मुझे चाँद चाहिए

(उपन्यास)

भारतीय ज्ञानपीठ से प्राप्य **सुरेन्द्र वर्मा** की अन्य कृतियाँ-

- सूर्य की अन्तिम किरण से सूर्य की पहली किरण तक (नाटक)
- नींद क्यों रात भर नहीं आती (एकांकी)
- आठवाँ सर्ग (नाटक)
- कैद-ए-हयात (नाटक)
- दो मुर्दों के लिये लिए गुलदस्ता (उपन्यास)
- काटना शमी का वृक्ष पद्म पंखुरी की धार से (उपन्यास)
- शकुन्तला की अँगूठी (नाटक)
- तीन नाटक (नाटक)
- प्यार की बातें तथा अन्य कहानियाँ (कहानी संग्रह)
- अंधेरे से परे (उपन्यास)

मुझे चाँद चाहिए

सुरेन्द्र वर्मा

वाणी प्रकाशन

प्रकाशन के उत्कृष्टतम 61 वर्ष

सजिल्द पाँचवाँ संस्करण : 2024

vaniprakashan.com

वाणी प्रकाशन

4695, 21-ए, दरियागंज, नयी दिल्ली-110 002

फ़ोन : + 91 11 23273167, 23275710

शाखाएँ

अशोक राजपथ, पटना-800 004, बिहार

कॉफ़ी हाउस कैम्पस, महात्मा गांधी मार्ग, प्रयागराज-211 001, उत्तर प्रदेश

महात्मा गांधी अन्तरराष्ट्रीय हिन्दी विश्वविद्यालय, वर्धा-442 001, महाराष्ट्र

sales@vaniprakashan.in
vaniprakashan@gmail.com

Mujhe Chaand Chahiye
by Surendra Verma

ISBN : 978-81-263-2074-5
Novel

मूल्य : ₹ 795

आर. टेक ऑफ़सेट प्रिंटर्स, दिल्ली-110032 में मुद्रित

वाणी प्रकाशन का लोगो मक़बूल फ़िदा हुसेन की कूची से

अचानक मुझमें असंभव के लिए आकांक्षा जागी। अपना यह संसार काफी असहनीय है, इसलिए मुझे चंद्रमा, या खुशी चाहिए–कुछ ऐसा, जो वस्तुतः पागलपन–सा जान पड़े। मैं असंभव का संधान कर रहा हूँ...देखो, तर्क कहाँ ले जाता है—शक्ति अपनी सर्वोच्च सीमा तक, इच्छाशक्ति अपने अनंत छोर तक! शक्ति तब तक संपूर्ण नहीं होती, जब तक अपनी काली नियति के सामने आत्मसमर्पण न कर दिया जाये। नहीं, अब वापसी नहीं हो सकती। मुझे आगे बढ़ते ही जाना है...

—कालिगुला

क्रम

मुझे चाँद चाहिए

खण्ड-एक

1
विष-वृक्ष

अगर मिस दिव्या कत्याल उसके जीवन में न आतीं, तो वह या तो आत्महत्या कर चुकी होती या रूँ-रूँ करते चार-पाँच बच्चों को सँभालती, किसी क्लर्क की कर्कश, बोसीदी जीवन-संगिनी होती।

पिछले साल जब वर्षा इंटरमीडिएट में थी, तभी मिस कत्याल मिश्रीलाल डिग्री कॉलेज में आयी थीं--लखनऊ से। वह दोनों किस्म की अंग्रेजी पढ़ाती थीं--सामान्य और साहित्य। साथ ही वह जनाने छात्रावास की वार्डन भी थीं। गेट से अंदर घुसते ही बायीं ओर उनका छोटा-सा सुंदर बंगला था। पोर्च में उनकी, उन्हीं के जैसी, नाजुक-सी, सुंदर कार खड़ी रहती थी।

मिस कत्याल ने मिश्रीलाल डिग्री कॉलेज के इतिहास में भाव पक्ष और कला पक्ष--दोनों दृष्टियों से नया, स्वर्णिम अध्याय जोड़ा था। वे खूब गोरी और आकर्षक थीं। कभी चूड़ीदार-कमीज पहनकर लावण्यमयी युवती बन जातीं, कभी लहराते पल्लू वाली साड़ी बाँधकर गरिमामय महिला। कभी बालों की दो चोटियाँ पीछे डोलतीं, कभी बड़ा-सा जूड़ा बन जाता। वेश कोई भी हो, लेकिन जैसे लक्ष्मी के साथ समृद्धि चलती है, वैसे ही अपने विषय का अधिकार उनके साथ-साथ चलता था। कॉलेज की वह अकेली अध्यापक थीं, जिनके हाथों में नोट्स की कॉपी नहीं देखी गयी। मिस कत्याल जब कॉलेज के गलियारों में चलतीं, तो विद्यार्थी-समुदाय की निगाहों से सम्मान की रेड कार्पेट बिछती जाती।

संस्थापक-दिवस पर अब तक सेठ मिश्रीलाल की दानशीलता पर भाषण होते थे, जिसके प्रारंभ में मंगलाचरण के समान यह कविता पढ़ी जाती थी, 'जीवन में मिश्री घोल गये तुम मिश्रीलाल पालरवाले/जड़ता के फाटक खोल गये तुम ज्ञान--जड़ी झालरवाले...।' मिस कत्याल ने आते ही इस कार्यक्रम को 'ध्रुवस्वामिनी' के मंचन के रूप में मनाया (कॉलेज का यह पहला नाट्य-प्रदर्शन था)। शहर के मुख्य बाजार में 'नारी सिंगार निकेतन' के बाहर रखा पोस्टर उत्सुक 'आँखों की बंदनवार' से शोभित होने लगा। शहर, जो एक सलोनी युवती के कुशल कार-चालन से चौंका हुआ था, इस नाटक के प्रदर्शन से स्तब्ध रह गया। मिस कत्याल की प्रसिद्धि मिश्रीलाल डिग्री कॉलेज की सीमाएँ पार करके नगर को आलोड़ित करने लगी।

यह वर्षा वशिष्ठ के जीवन का बेहद संकटकालीन दौर था।

पिछले महीने से उसकी ब्रा का साइज और बढ़ गया था। उसके शरीर के अंग तथा कटाव और मांसल और मुखर हो रहे थे। दिन पर दिन तीखी होती हुई समस्या यह थी कि देह के इस निखरते वसंत का उसके मन की ऋतु से कोई तालमेल नहीं था। उसके मन में लगातार शोकगीत बजते रहते थे।

क्यों?

कुछ सवालों का डंक उसे हमेशा चुभता था। वह क्यों पैदा हुई? उसके जीवन का उद्देश्य क्या है? क्या जीवन की प्रकृति वैसी ही होती है, जैसी ५४, सुल्तान गंज की है? क्या उसे भी वैसा ही जीवन जीना होगा, जैसा अम्माँ, दद्दा और जिज्जी का है?

अपने रक्त-सम्बन्धियों के लिए उसके मन में जो भावनाएँ थीं, वे हमदर्दी, उदासीनता, करुणा और आक्रोश के दायरे में स्पंदित होती रहतीं। इन दिनों अंतिम जज्बा उफान पर था।

किशनदास शर्मा प्राइमरी स्कूल में संस्कृत के अध्यापक थे। शहर के पुराने, निम्नमध्यम वर्गीय इलाके में सँकरी, ऊबड़खाबड़ गलियों और खुली बदबूदार नालियों के बीच उनका पंद्रह रुपया महीना किराये का आधा कच्चा, आधा पक्का दुमंजिला मकान था। बड़ा बेटा महादेव स्टेट रोडवेज़ में क्लर्क था। दो साल पहले उसका तबादला पीलीभीत हो गया था। बड़ी बेटी गायित्री माँ पर गयी थी--गोरी, आकर्षक। पढ़ाई के नाम से उसे रुलाई आती थी, इसलिए इंटरमीडिएट के बाद उसने विवाह के शुभ मुहूर्त की प्रतीक्षा में घर सँभाल लिया। इससे माँ को बहुत राहत मिली, क्योंकि 'जिन्दगी भर कोल्हू में जुते रहने के बाद अब बचा-खुचा समय तो सीताराम-सुमिरन में लगे।' सबसे छोटी नौ वर्ष की गौरी उर्फ झल्ली थी। उसके ऊपर तेरह वर्ष का किशोर और बीचों-बीच की साँवली, लम्बी-छरहरी बड़ी-बड़ी आखों वाली सिलबिल उर्फ यशोदा शर्मा।

अनुष्टुप के बिना ५४, सुल्तान गंज का पोर्टेट पूरा नहीं होता। यह तोता तुलसी के चौरे के पास बरामदे की दीवार से लटका रहता था। यह हरा जीवधारी अपने नाम को सार्थक करते हुए (इस छंद को काव्यशास्त्र में उपदेश देने के लिए सबसे उपयुक्त माना गया है।) मुँह अँधेरे से चालू हो जाता था, "झल्ली, सीताराम बोलो", किशोर, गायित्री-मंत्र पढ़ लिया?" सिलबिल के साथ अनुष्टुप का सम्बन्ध वैसा ही था, जैसे बाघिन का हिरनी से होता है। जैसे ही सिलबिल सामने आती, अनुष्टुप की टोकाटकी शुरू हो जाती, "सिलबिल, धीरे बोलो", "सिलबिल, तुलसी में पानी नहीं दिया?" 'सिलबिल, देर लगा दी।"

सिलबिली की पहली रणनीति अनुष्टुप को अपनी ओर फोड़ने की बनी। उसने मीठा ग्राइपवाटर पिलाया, सर्दी में पिंजरा धूप में रखा, मिश्री की डली खिलायी। पर जब इस पर भी अनुष्टुप ने अपने छंद का मूल-भाव नहीं छोड़ा, तो उसने गोबरभरी हरी मिर्च पिंजरे की कटोरी में रख दी। इस पर अनुष्टुप ने 'सिलबिल कपटी है' (उसका शब्द-चयन रीतिकाल के निकट पड़ता था और जीवन-दृष्टि भक्ति काल के!) की रट लगा कर माँ की डाँट की भूमिका बना दी।

सिलबिल का विचार था, तोते का नाम सही मानों में 'पृथ्वीभर क्षमा' होना चाहिए (जिस छंद का व्यवहार आक्षेप, क्रोध और धिक्कार के लिए किया जाता है। पिता

की आलमारी से महाकवि क्षेमेंद्र लिखित 'सुवृत्त-तिलक' के पन्ने उसने पटाट लिये थे)।

अनुष्टुप के संदर्भ में सिलबिल जो नहीं कर पायी, उसका खतरा अपने लिए उसने जरूर उठा लिया। हाईस्कूल का फॉर्म भरते समय (आत्मान्वेषण की जीवनभर चलने वाली सुदीर्घ यात्रा की शुरुआत में) सबसे पहले अपनी विरासत को नकारते और आत्मशुद्धि करते हुए उसने अपना नाम बदल लिया--वर्षा वशिष्ठ !

सिलबिल का घरेलू नामकरण तब किया गया था, जब वह कुछ हफ्तों की थी। लगभग तीन-चार साल तक उसने अपनी संज्ञा की सार्थकता बनाये रखी। चलते समय उसकी चड्डी फिसलती रहती थी, फ्रॉक से ही अचानक बह आयी नाक पोंछने से उसे कोई परहेज़ न था और कुछ नीचे गिराये बिना उसके लिए खाना-पीना मुश्किल था। लेकिन पाँच की उम्र तक धीरे-धीरे सिलबिल ने अपने संबोधन को निरर्थक सिद्ध कर दिया। समय के साथ-साथ शर्माजी को इस बात का एहसास हो गया था कि यशोदा और बच्चों से भिन्न है। वह दूसरों से उल्टे एकांतप्रिय और चिंतनशील थी। उन्होंने देखा था कि गहराती शाम को वह छत पर पड़ी खरहरी चारपाई पर पत्रिका पढ़ रही है या छुट्टी की दोपहर खोयी निगाह से सामने देखती हुई कुछ सोच रही है (जिसके पहले पैसे की कलेजा निचोड़ सनातन कमी के कारण कोई पारिवारिक कलह संपन्न हो चुकी होती थी)। घर में शुद्ध घी की अविद्यमानता के चलते वह दूसरे बच्चों के मुकाबले बिना चूँ-चपड़ किये रूखी रोटी खा लेती थी और त्यौहार पर नये कपड़ों के लिए जिद करते हुए भी उसे नहीं पाया गया। बस, ऐसे अवसरों पर उसके चेहरे पर धीरे-धीरे सख्ती-सी आने लगी, जो आगे चलकर घर की चारदीवारी में घुसने पर उसकी आँखों में आ जाने वाले स्थायी भाव में बदल गयी।

जब संध्या समय शर्माजी को बाजार में मिश्रीलाल इंटर कॉलेज के अध्यापक जनार्दन राय ने बताया कि सिलबिल ने अपना नाम बदल लिया है, तो कुछ पलों के लिए शर्माजी अवाक् रह गये। उन्होंने यह तो सुना था कि फलानी लड़की घर से भाग गयी, ढिकानी ने आत्महत्या कर ली, लेकिन ऐसे हादसे से वह अब तक दो-चार नहीं हुए थे। उनके वंश की सात पीढ़ियों के इतिहास में ऐसा कभी नहीं हुआ था।

जब शर्माजी घर में घुसे, तो काफी विचलित थे। उन्होंने अपना छाता आँगन-से लगे बरामदे में खूँटी पर टाँगा, चप्पलें एक कोने में उतारीं, सफेद टोपी उतारकर दूसरी खूँटी पर लटकायी।

गायित्री रसोई में मसाला भून रही थी। उसकी माँ आँगन में बैठी लौकी काट रही थी। किशोर जीने की निचली सीढ़ी पर बैठा अपने जूतों पर पॉलिश कर रहा था।

"दद्दा, चाय पियोगे?" गायित्री ने रसोई के द्वार पर आकर पूछा।

इसका जवाब दिये बिना शर्माजी ने पूछा, 'सिलबिल घर में है क्या?"

गायत्री ने माँ की ओर देखकर कहा, "ऊपर है।"

"सिलबिल..." शर्माजी ने पुकार लगायी।

"सिलबिल..." अनुष्टुप ने दोहराया।

माँ का तरकारी काटना भी रुक गया और किशोर की जूतों की पॉलिश भी।

ऊपर मुंडेर से स्वर सुनायी दिया, "क्या?"

उत्तर माँ ने दिया," दद्दा बुलाते हैं।"

शर्माजी दरी पर बैठ चुके थे। उन्होंने बगल में रक्खा तम्बाकू का डिब्बा उठा लिया था।

सिलबिल सहजता से नीचे आ गयी, "क्या है?"

शर्माजी ने उसकी ओर देखा (रंगमंच की शब्दावली में यह नाटकीय सक्षमता थी। शर्माजी को यह पता नहीं था कि आने वाले समय में सिलबिल ऐसे अनेक अवसर सुलभ करवायेगी)!

"तुमने अपना नाम बदल लिया है?"

सिलबिल ने अपराध-भाव से नीचे नहीं देखा। वह पूर्ववत् सामने देखती रही, "हाँ।" उसका स्वर स्थिर था।

"काहे?"

"मुझे अपना नाम पसंद नहीं था।"

पल भर की चुप्पी रही।

"अगर हाईस्कूल में नहीं बदलती, तो आगे चलकर बहुत मुश्किल होती। अखबार में छपवाना पड़ता।" सिलबिल ने आगे जोड़ा--वैसे ही समतल स्वर में।

इस नाटकीय दृश्य के तीनों दर्शक भी अवाक् थे। जैसे मंत्रबिद्ध-से बाप-बेटी को देखे जा रहे थे। जब शर्माजी ने सिलबिल को पुकारा, तो माँ और गायत्री के मन को आशंका कँपा गयी। किशोर भी मन-ही-मन सिहर उठा। सिलबिल ने किया क्या है? कारण स्पष्ट होते ही आतंक तिरोहित हो गया। माँ और गायित्री ने छुटकारे की साँस ली।

"तुम्हारे नाम में क्या खराबी है?" पिता ने कड़वे स्वर में पूछा।

"अब हर तीसरे-चौथे के नाम में शर्मा लगा होता है। मेरे क्लास में ही सात शर्मा है।...और यशोदा? घिसा-पिटा, दकियानूसी नाम। उन्होंने किया क्या था? सिवा क्रिश्न को पालने के?" सिलबिल ने पिता की ओर देखते हुए पल भर का विराम दिया, फिर उपसंहार कर दिया, "यशोदा शर्मा नाम में कोई सुंदरता नहीं ! (कालांतर में यह उद्‌गार 54, सुल्तान गंज में वैसा ही ऐतिहासिक माना गया, जैसे राष्ट्रीय स्तर पर 'भारत छोड़ो', 'तुम मुझे खून दो, मैं तुम्हें आजादी दूँगा' और 'स्वतंत्रता हमारा जन्मसिद्ध अधिकार है' आदि माने गये थे)।

माँ की समझ में बात थोड़ी-सी ही आयी। बस, इतना भलीभाँति उजागर हुआ कि मुद्दा उनके अधिकार-क्षेत्र से बाहर है। सिलबिल के बारीक़ सोच और तर्कशीलता के लिए गायित्री के मन में उसके प्रति कौतुक-भरा स्नेह जागा तथा किशोर के मन में आदर-भरी श्रद्धा। इस एक पल में दोनों भाई-बहनों के मन में सिलबिल थोड़ी ऊँचाई पर प्रतिष्ठित हो गयी।

पिता ने सपने में भी नहीं सोचा था कि यह बित्ते भर की छोकरी नाम का सौंदर्यबोधीय विश्लेषण करके उनकी हथेली पर रख देगी। नाम-जैसी सरलता से स्वीकृत चीज़ों के प्रति ऐसा नया दृष्टिकोण उन्हें तिलमिला गया।

"पर नाम से जाति का अता-पता तो मिलना चाहिए?"

"वशिष्ठ हमारा गोत्र है। उससे यह तो मालूम हो ही जाता है कि यह ब्राह्मण है। वैसे भी यह एक महान् मुनि का नाम है।"

"और वर्षा?"

"मैंने तुम्हारी आलमारी से 'ऋतुसंहार' लेकर पढ़ी थी। छहों ऋतुओं में मुझे सबसे अच्छी वर्षा लगी।" एक पल का विराम देकर उसने उद्धरण प्रस्तुत कर दिया, "देखो प्रिय, जल की फुहारों से भरे हुए मेघों के मतवाले हाथी पर चढ़ी हुई, चमकती विद्युत-पताकाओं को फहराती हुई और मेघ-गर्जना के नगाड़े बजाती हुई यह अनुरागी जनों की मनभायी वर्षा राजाओं का-सा ठाठ बनाये यहाँ आ पहुँची है।" (यहाँ थोड़ी सतर्कता बरतते हुए सिलबिल ने कालजयी काव्य-पंक्ति में 'प्रिये' को 'प्रिय' में बदलकर अपनी समझ में बालकवृंद के साथ जोड़ दिया था और 'कामीजनों' की जगह 'अनुरागीजनों' की दस्तंदाज़ी कर दी थी। इसका कारण सयानी बेटी के लाभार्थ साहित्य को ओट देने वाली पिता की सेंसर-दृष्टि थी। दो साल पहले 'मेघदूत' का पाठ करते हुए सिलबिल ने भोली जिज्ञासा की थी, "दद्दा, 'आलिंगन' का मतलब क्या होता है?" कालान्तर में सिलबिल ने माँ के आराध्य सीताराम को धन्यवाद दिया कि 'नखक्षत', 'अभिसारिका' एवं 'सीत्कार' जैसे विध्वंसक शब्दों ने उसकी भावकवृत्ति को नहीं कुरेदा। पिता अचकचा गये। अटककर बोले, "पारिवारिक जनों का बच्चे को गले से लगाना..." इसके तुरंत बाद ही पिता ने पूरी 'कालिदास ग्रंथावली' में पेंसिल से काट कर दी और सिलबिल की ओर देखे बिना कहा, "अभी कुछ शब्द तुम्हारे लिए उपयुक्त नहीं।")

'ऋतुसंहार' का नाम सुनकर पिता अवाक् रह गये। 'कविकुल-गुरु' के कृतित्व को वह 'भारतीय वाङ्मय का स्वर्णिम शिखर' मानते थे। चौखंबा सुरभारती से छपी 'ग्रंथावली' उनकी आलमारी के ऊपरी खाने में 'गीता' के बाद शोभा पाती थी।

पल भर का विराम देकर सिलबिल मुड़ी और ऊपर जाने लगी :

उसकी पदचाप सुनते हुए पिता गहरी साँस लेकर धीरे-से बोले, 'कविकुल-तिलक ने ठीक ही कहा है, अपने हाथ से सींचे हुए विष-वृक्ष को अपने ही हाथ से कोई कैसे काट दे..."

2

सतरंगी इंद्रधनुष

नया सत्र शुरू होने पर वर्षा वशिष्ठ ने जुला में ही फीस दी थी। अब बिना फीस का दूसरा महीना शुरू हो चुका था। वह पुराने ३ ग्वों से जानती थी कि जैसे-जैसे समय

बीतता जायेगा, एकमुश्त फीस चुकाने की संभावना और कम होती जायेगी।

पिछले महीने अनेकानेक जरूरतें एक साथ आ पड़ी थीं। महादेव भैया ने पीलीभीत में नयी साइकिल खरीदी थी, इसलिए वह तीनेक महीने कुछ भेजने में असमर्थ थे। जैसा कि होना था, गायित्री जिज्जी गर्भवती हो गयी थीं, इसलिए साड़ी, मिठाई-फल और चाँदी की एक कटोरी का शकुन भेजना जरूरी था। किशोर गर्म कोट के लिए चौखाने के मनपसंद कपड़े का आग्रह करते हुए दिन भर सिसकता रहा था। यह अवांतर है कि अस्सी रुपये की यह गगनचुंबी माँग फिर भी पूरी नहीं हो पायी, क्योंकि ट्वीड की यह विशेष डिजाइन 'कंचन बंधु' में ही उपलब्ध थी, 'हरीराम एवं संतति' में नहीं, जहाँ पुराने अध्यापक होने के नाते पिता का उधार चलता था। शाम ढले वर्षा को ही दुलार के साथ किशोर को चुप कराना पड़ा था। जो काम घर वाले दिन भर में नहीं कर पाये, वह वर्षा ने एक मिनट में संपन्न कर दिया। दस पंक्तियों के इस नाटकीय संवाद का अंतिम वाक्य बोलते हुए (''भैया, हम ग़रीब हैं।'') उसने जैसी कातरता से किशोर के बाल सहलाये (इसी क्षण से किशोर के भीतर बहन के साथ ऊँचे स्तर की आपसी समझदारी पनपने लगी)' उसने वर्षा के पूरी बाँहों वाले पुलोवर को खुद बुन देने के प्रस्ताव के स्वीकार के साथ अपना धरना समाप्त करते हुए अपनी इच्छा को कोल्ड स्टोरेज में स्थानान्तरित कर दिया (५४, सुल्तानगंज में इस स्टोरेज का आकार बहुत विशाल था। कभी-कभी वर्षा को वह मकान से भी ज्यादा बड़ा लगता था)।

वर्षा जानती थी, जिज्जी के ब्याह का क़र्ज चुकाने में पिता को बहुत समय लगेगा। उनकी खाँसी बढ़ गयी थी, पर वह डॉक्टर के पास नहीं जा रहे थे, जैसे बीस-पच्चीस रुपये बचाकर सब कुछ सँवार लेंगे।

''गुड मार्निंग !'' गलियारे में जाते हुए मिस कत्याल ने हल्की मुस्कान से वर्षा के अभिवादन का उत्तर दिया।

क्लास में वर्षा रुक-रुककर, लुके-छिपे, दृष्टि की संपूर्ण गहराई से उन्हें निहार लेती। उन्होंने वर्षा के सँकरे-से संसार में नये क्षितिज खोले थे, साहित्य के अध्ययन में ऐसी अर्थवत्ता भरी थी, जिसका कोर्स के पाठ से उतना ही सम्बन्ध था, जितना अपने सौंदर्यबोध को समृद्ध करने से ('सौंदर्यबोध', 'भावतंत्र', 'जीवन-सौंदर्य', 'अनुभूति' एवं 'अस्तित्व' जैसे क्रांतिकारी शब्द वर्षा की निजी शब्दावली में उन्हीं के सौजन्य से आये थे)। 'गुलाब को किसी भी नाम से पुकारो, सुगंध वैसी ही मीठी रहती है, 'डेनमार्क शहर में कुछ बहुत सड़ा-गला है' और 'रहना है या नहीं रहना है, यही सवाल है' जैसी प्रकाश-पंक्तियाँ उनके पतले-पतले अधरों से सुनकर वर्षा को रोमांच हो आया था। उसे पहली बार यह 'अनुभूति' हुई थी कि जिन्दगी उत्तेजक और सुंदर भी हो सकती है ! पर कैसे? किस तरह ? उदासी में डूबते जाने के साथ उसने सोचा था, मैं अपने को चाहे यशोदा कहूँ, चाहे वर्षा, पर मुझे हमेशा सिलबिल ही बने रहना है !

अंग्रेजी की कक्षा में भाषण के दौरान अचानक उसका झुका सिर उठा, तो सीधे मिस कत्याल से निगाह टकरा गयी... उसकी पलकों में नन्हा-सा आँसू उलझा हुआ था...मिस कत्याल ने तुरंत अपनी नज़रें फेरकर बात जारी रखी। इस दृष्टि-विनिमय की गोपनीयता और उसका मर्म उन दोनों के बीच ही सीमित रहा।

अपराह्न में जब वह छात्राओं के कॉमन रूम में थीं, तो चपरासी ने आकर कहा, 'मैडम कत्याल साब ने आपको बुलाया है--बंगले पर।''

वर्षा ने धड़कते दिल से छोटा-सा फासला तय किया। उसकी हथेलियाँ पसीने से नम हो आयी थीं। उससे कौन-सी भूल हो गयी?

बंगले का गेट खुला हुआ था। माली खुरपी लिये क्यारियों में से घास की सफाई कर रहा था। लॉन में खुले पड़े पाइप से हल्की कल-कल आवाज़ के साथ पानी बह रहा था।

लाल बजरी पड़े रास्ते पर चप्पलों की मद्धिम पदचाप के साथ वह आगे बढ़ी और बरामदे की सीढ़ियाँ चढ़ने लगीं।

दरवाज़े पर मोटा, रंगीन पर्दा लहरा रहा था।

''वर्षा, अंदर आ जाओ।''

वह अंदर आ गयी।

मिस कत्याल सामने के सोफे पर बैठी थीं। सामने कॉपियों का बंडल। उन्होंने अपने सामने के सोफे की ओर इशारा किया। वह चौकन्नी और अशंकित-सी बैठ गयी।

बैठक सादा और आकर्षक थी। फर्नीचर हल्का और आरामदेह। कमरे में इस्तेमाल हुए रंग आँखों को राहत देने वाले थे। दीवारों पर तीन तैल-चित्र लगे थे। ऐसी कलाकृतियाँ शाहजहाँपुर में उसने नहीं देखीं थीं। (तब वर्षा को 'लैंडस्केप' का अभिप्राय मालूम नहीं था)। कोने के स्वचालित रिकॉर्ड-प्लेयर में छह रिकॉर्ड लगे हुए थे (तब ७८ आर. पी. एम. से भी उसका परिचय नहीं था)। देखते-देखते 'अभी तो मैं जवान हूँ' की तान विलुप्त होने के साथ रिकॉर्ड नीचे खिसक गया और अपरिचित वाद्यों के साथ 'हार्ड डेज़ नाइट' शब्द बाहर उभरने लगे। वर्षा ने एक नज़र मोहित भाव से घूमते हुए तवे को देखा (५४, सुल्तानगंज में रेडियो भी नहीं था। कुछ वर्ष पहले तक वर्षा इतवार की सुबह बच्चों का कार्यक्रम सुनने के लिए पड़ोसिन ज्योति के यहाँ जाती थी। महादेव भाई की नौकरी लगने के एक साल बाद घर ने 'बिजली युग' में पदार्पण किया था)।

यह कैसा रंगारंग संसार है, वर्षा के भीतर मद्धिम पुलक भर गयी।

''मिसेज संपत ने मुझे तुम्हारा लेख दिखाया था।'' मिस कत्याल ने उसकी ओर देखा।

हाँ, दो हफ्ते पहले क्लास में ही लिखने को कहा गया था--मैं आगे चलकर क्या बनना चाहता/चाहती हूँ?

मिस कत्याल हल्के-से मुस्करायीं, ''जहाँ ज्यादातर लोग प्रधानमंत्री, टाटा और रविशंकर बनना चाहते हों, वहाँ तुम्हारी महत्वाकांक्षा... बहुत ताज़ी और अनूठी थीं।''

वर्षा सकुचा गयी। काली मन:स्थिति के दौर में उसने अनाप-शनाप लिख मारा था, 'मेरा बस चले, तो मैं आकाश की दहलीज़ पर बनी सात रंगों की इंद्रधनुषी अल्पना बनूँ, आश्रम में शंकुतला की प्रिय 'वन-ज्योत्सना' सखी बनूँ, चंद्रमा को देखकर खिल जाने वाली कुमुदनी बनूँ, पर जो अपने प्रदेश के अनुरूप ('इतना कायर हूँ कि उत्तर प्रदेश हूँ !') दबी-सकुची मध्यमवर्गीय कन्या है, उसकी महत्वाकांक्षा की अंतिम सीमा यही हो सकती है कि कोई लोअर-डिवीजन क्लर्क उसके हाथों से वरमाला स्वीकार कर ले

और मामूली दहेज़ के बावजूद ससुराल के रसोईघर में उसके साथ कोई दुर्घटना न हो...'

नौकरानी चाय की ट्रे लेकर आ गयी। मिस कत्याल ने दो प्यालों में चाय ढालना शुरू किया, "यहाँ जूनियर स्कूल के दो बोर्डर हैं--भाई-बहन। सातवीं और आठवीं क्लास में। उनकी गाँव की ज़मींदाराना पृष्ठभूमि है। उनको रोज़ एक घंटा ट्यूशन दे सकोगी? पैसे होंगे डेढ़ सौ महीना !"

वर्षा की साँस रुक गयी।... लगा कि, अभी कोई नस तड़केगी और गर्म-गर्म, लाल खून का फव्वारा फूट निकलेगा... काले, निर्मम अंधकार में से कहीं इस तरह आलोक के कपाट खुलते हैं?

मिस कत्याल से प्याला लेते हुए उसकी उंगलियाँ हल्के-हल्के काँप रही थीं।

उन्होंने चाय का घूंट लिया। पूछा, "चीनी ठीक है?"

उसने हामी में सिर हिलाया।

"चारेक बजे तो कॉलेज खाली हो जाता है। वहीं लड़कियों के कॉमन रूम में पढ़ा देना। मैं चपरासी से कह दूँगी।" उसकी ओर देखा, ठीक है?"

"जी !" वह कृतज्ञता से बोली।

"कल से शुरू करें?" वह हल्के-से मुस्करायीं।

वह भी मुस्करा दी, "जरूर !"

रामगिरि पर पत्नी के विरह से दग्ध हेममाली नामक यक्ष ने भी एक-एक दिन ऐसी बोझिल एवं व्यग्र उत्कंठा से नहीं बिताया होगा, जैसे वर्षा ने बिताया। एक तारीख काटते हुए वह कैलेंडर को ऐसे ही देखती, जैसे 'रघुवंश' में लंका से लौटे हनुमान द्वारा सीता से हुई भेंट के प्रमाण-स्वरूप उनकी दी हुई चूड़ामणि को राम ने देखा था।

उसने घर में इस बारे में चर्चा नहीं की थी। सोचा था, महीने भर बाद नये-नये नोट दिखाकर सबको चमत्कृत कर देगी।

पर बाज़ार में जनार्दन राय फिर शर्माजी से टकरा गये।

"सिलबिल!"

इस बार शर्माजी की आवाज़ में तेजी नहीं थी, सिर्फ स्थिति को समझने की व्यग्रता थी।

रात के नौ बज रहे थे। वह स्वयं ट्यूशन पढ़ाकर लौटे थे।

सिलबिल चूल्हे के बग़ल में बैठी रोटी सेंक रही थी। भाई-बहन खाना खा रहे थे। माँ सामने दीवार-से टिकी पूजा के दिये के लिए बत्तियाँ बना रही थीं।

सिलबिल ने स्वर को भाँप लिया। "क्या?" उसने सहज स्वर में पूछा।

"तुमने ट्यूशन शुरू कर दिया है?" पिता रसोई के दरवाजे पर आ खड़े हुए।

सबकी आँखें सिलबिल पर लग गयीं। तपिश से उसका चेहरा लाल हो रहा था। माथे पर दो-तीन लटें चिपक गयी थीं।

"हाँ।" उसने फूली रोटी उठायी और घी चुपड़कर किशोर की थाली में रख दी।

वह एक संपन्न व्यवसायी की बेटी को, जो सिलबिल की हमउम्र थी, पढ़ाकर लौटे थे और दोनों की विपरीत जीवन-स्थितियों से पल भर के लिए विचलित हो गये थे।

कविकुल-दीपक की पंक्ति उन्हें याद आयी, ''वृक्ष अपने सिर पर गर्मी सह लेता है, परन्तु अपनी छाया से दूसरों को बचाता है।'' मैं अपनी बेटी को ही नहीं बचा पा रहा हूँ, उन्होंने गहरी साँस के साथ सोचा।

सिलबिल ने पिता की ओर देखा। वे सुबह के निकले अभी लौटे थे--चेहरे पर आयु (और जीवन की) थकान के गहरे चिन्ह। अपनी काली मन:स्थिति और पिता से तीखे मत-वैभिन्य के बावजूद उसका मन थोड़ा तरल हो आया, ''दो पैसे और आयेंगे, तो घर की मदद ही होगी।'' उसने नर्मी से कहा।

माँ ने गहरी साँस ली। आज का मुद्दा भी उनके अधिकार-क्षेत्र से बाहर था।

किशोर की निगाह फिर थाली पर आ गयी। उसने मन-ही-मन छोटी जिज्जी को थोड़ी और ऊँचाई पर प्रतिष्ठित कर दिया। सिर्फ झल्ली थी, जो बारी-बारी से बहन व बाप को देख रही थी।

''लोग क्या कहेंगे?'' यह एक असमर्थ पिता की कातर पुकार थी, जो थोड़ा लुंज-पुंज होने के बावजूद बेटी के सामने खड़ा होने की कोशिश कर रहा था।

पिता के छाते और थैली से होती हुई सिलबिल की निगाह उनके चेहरे पर आ गयी। अगर बच्चे न होते, तो वह कह देती, मैंने दो महीने से फीस नहीं दी है। लोग उसका बंदोबस्त कर देंगे? पर इतना ही कहा, ''यह ऐसी बात नहीं, जिसका लोगों से कोई सरोकार हो।''

थोड़ी चुप्पी के बाद पिता गहरी साँस लेकर बोले, ''फिर भी यह अकरणीय है।'' (नकारात्मक 'अ' से शुरू होने वाले शब्द पिता को विशेष रूप से प्रिय थे--खास तौर से सिलबिल के संदर्भ में! 'अनुचित', 'अशोभनीय' और 'अवांछनीय' जैसी पदावली 'जय जगदीश हरे' आरती के समान सुबह-शाम घर में गूँजती ही रहती थी। शब्द का अर्थ-विस्तार कैसे होता है, इसे सिलबिल ने दद्दा से ही समझा था। उनका बस चलता, तो सयानी लड़की के लिए साँस लेने के अलावा सब कुछ 'अकरणीय' होता)।

उसने भी पिता के ढंग से गहरी साँस ली।

जैसे देवउठनी एकादशी को भगवान विष्णु के शेषशैया से उठने पर यक्ष के शाप की थरथराती अवधि खत्म हो गयी थी, ऐसे ही किसी तरह वह दिन भी आ गया, जिसका वर्षा को इतना इंतजार था। अनिरुद्ध ने अपने बस्ते से लिफाफा निकालकर उसे दिया। वर्षा ने कैसे उस दिन का एक घंटा काटा, यह वही जानती है।

बच्चों के जाने के बाद वह बगल के टायलेट में गयी और सिटकनी अंदर से बंद कर ली। लिफाफा खोला, तो उंगलियाँ थोड़ी पसीजी लगी।

...दस-दस के पंद्रह नोट थे-नये, कलफ किये हुए। उसने आँखें बंद कर चेहरा नीचे झुकाया और काग़ज़ व छपाई की सुगंध नथुनों में भर ली...(दो वर्ष बाद जब उसने मैक्समूलर भवन, नयी दिल्ली में 'मेघे ढाके तारा' फिल्म देखी और नायिका ने इसी तरह टॉयलेट में जाकर आवेग से पहले वेतन के नोटों को देखा, तो वह सचमुच स्तंभित रह गयी। वे आज के यही पल थे, जिन्होंने उसे सबसे पहले कलात्मक अनुभव की सार्वभौमिकता के नियम से परिचित करवाया)।

उसने तुरंत कार्यालय में जाकर दो महीने की तीस रुपये फीस जमा की और घर जाकर पाव भर पेड़ों के साथ सौ रुपये माँ के चरणों में रख दिये।

माँ ने पेड़े का एक टुकड़ा उसके मुँह में रखा, तो उनकी आँखें तरल थीं।

इस वंश की सात पीढ़ियों में काम करने वाली वह पहली कन्या थी !

3

रामजी की गाय

मेरा क्या बनेगा?

जिस तरह गोदने से लड़की के हाथ पर नाम व फूल-पत्ती गोदे जाते हैं, उसी तरह इस नुकीले सवाल ने उसके मन को निरंतर छेदना शुरू कर दिया था।

''बी. ए. के बाद मैं होटल मैनेजमेंट का कोर्स करने दिल्ली जा रही हूँ।'' सरला ने कॉमनरूम में दर्प से घोषणा की थी (उसके पिता शहर के प्रतिष्ठित वकील थे)।

अनेक सहपाठियों की तरह वर्षा ने भी उसे ईर्ष्या से देखा था। समर्थ और स्नेहशील पिता बेटी की सुरक्षा एवं खुशी का किस तरह बीमा कर देता है, उसने सोचा था ('शिव द्वारा कामदेव को भस्म कर देने के बाद उन्हें रिझाने का प्रयास कर रहीं पार्वती दुखी और लज्जित हो गयीं। तत्काल पिता हिमालय वहाँ आ पहुँचे और जैसे ऐरावत अपने दाँतों पर कमलिनी को उठा ले, वैसे ही अपनी दुखी कन्या को हिमालय ने कंधे पर उठा लिया और तेजी-से वापस लौट गये।' ''पार्वती का मनोरथ जल्दी ही पूरा हो जायेगा।'' वर्षा ने मन-ही-मन टिप्पणी की थी, ''उनके पिता उन्हें न सिर्फ बहुत प्यार करते हैं--'जैसे भौंरों की पाँतें वसंत के ढेरों फूल छोड़कर आम्रमंजरियों पर ही जा मँडराती हैं, वैसे ही अनेक संतानों के होते हुए भी हिमवान की आँखें पार्वती पर ही अटकी रहती थी।'--बल्कि बहुत 'रिसोर्सफुल' भी है) !

पर 54, सुल्तान गंज की सिलबिल का क्या होगा?

उसके पास यही पौने दो वर्ष हैं। बी. ए. पास करते-करते उसके सामने एक स्पष्ट स्वावलम्बी दिशा होनी चाहिए। पर क्या हो सकता है? सिर्फ बी. ए. की डिग्री के सहारे उसे कौन-सी नौकरी मिल सकती है? वह शॉर्टहैंड-टाइपिंग का कोर्स कर सकती है, पर इस शहर में ढंग की नौकरी कहाँ मिलेगी?

स्वावलम्बी दिशा का गूढ़ अर्थ ऐसा पथ था, जो उसे शाहजहाँपुर की सीमाओं से बाहर ले जाये। यहाँ रहते हुए वह अपनी नियति देख सकती थी, जो गायित्री जिज्जी से बदतर ही होगी।

शर्मा परिवार में गायित्री-विवाह का मुद्दा अब तक का सबसे घनघोर संकट था। नक़द बिल्कुल नगण्य था, पिता की कोई सामाजिक प्रतिष्ठा नहीं थी, लड़की के पास ऊँची शिक्षा नहीं थी--सिर्फ रूप था। चार-पाँच प्रस्तावों की असफलता के बाद माँ-बाप और भाई की व्यवहार-बुद्धि चौकन्नी हो गयी थी। अब वे बातचीत के प्रारंभिक दौर में ही बेटी को दिखलाना चाहते थे। नाइन झुनियाँ को यह क़सीदा तोते की तरह रट गया

था, ''लड़की क्या है, साक्षत उर्वशी है। सीता मैया-सा तेज है चेहरे पर। अन्नपूर्णा की तरह पूरी गृहस्थी सँभालती है। जिस घर में जायेगी, उजाला हो जावेगा।''

तीन-तीन देवियों की मिलीजुली गुणशीलता के बावजूद कोई गुणग्राहक नहीं पसीजा। इन सारे प्रदर्शनों में वर्षा गायित्री की सहायिका और गवाह रही। वह ऊपर के कमरे में मनोयोग से गायित्री को तैयार करती। तब तक बैठक में संभावित वर के परिवार को चाय के साथ कोई पकवान लड़की के पाक-कौशल की बानगी के रूप में खिलाया जा चुका होता (जो सचमुच गायित्री के हाथों से बना होता)। तितलियाँ काढ़ा हुआ मेज़पोश भी सामने रहता। फिर दूतिका झल्ली से संदेश पाने के बाद वर्षा मंद-मंथर गति से गायित्री को नीचे लाती (ज़ीने पर गायित्री हाथ जोड़कर मनौती माँगती, ''हे भगवान् पाँच रुपये का प्रसाद चढ़ाऊँगी, अगर...'')। बैठक में आ नीची निगाह किये गायित्री निर्णायक मंडल के सदस्यों को नमस्ते करती और इंगित कोने पर वर्षा के साथ बैठ जाती। पढ़ाई, रसोई, बुनाई को लेकर तीन-चार सवाल होते। एक बार एक संभावित ननद ने विवाहित जीवन में गायन की उपयोगिता रेखांकित की थी। वर्षा ने गायित्री को पहले से चौकस कर रखा था--उसने बाथरूम सिंगर की अपनी विनम्र पृष्ठभूमि के बावजूद पर्याप्त मीठे सुर में 'हेरी मैं तो प्रेमदीवानी' सुना दिया।

लेकिन गायित्री को अपना हमदर्द नहीं मिला। निर्णायक मंडल हफ्ते भर में संदेश भिजवाने या पत्र लिखने की बात करके चला गया।

हर प्रदर्शन के बाद परिवार के सदस्य और मौन होते जाते। घर के माहौल में तनाव और शोक के ताने-बाने गुँथने लगे।

पिता ने मंगल का व्रत रखना शुरू कर दिया था, माँ ने शुक्रवार का। जिज्जी ने अपने-आप ही दुर्गा सप्तशती का पाठ आरंभ किया और रोज़ शाम मंदिर में जल चढ़ाने लगी। वर्षा ने छेड़ा, ''क्यों, दूल्हे के लिए ऐसी बेताबी है?'' तो यकायक बुक्का फाड़ कर रो उठी।

एक शाम वर्षा ने देखा कि जिज्जी एकटक मिट्टी के तेल की बोतल को देख रही है...

आत्मपीड़न और संत्रास की यही प्रक्रिया थी, जो वर्षा को बहन का अंतरंग बना गयी। गायित्री धीरे-धीरे जैसे चुप्पी व अपराधी बन गयी थी, उससे वर्षा मन-ही-मन द्रवित होने लगी। जब जिज्जी एक बासी रोटी और थोड़ा-सा चावल खाकर संतुष्टि दिखाते हुए उठ जाती, तो वर्षा के अन्दर गुस्सा उफान लेने लगता, और उसका केन्द्र बनते पिता। जब सामर्थ्य नहीं थी, तो ताबड़तोड़ बच्चे क्यों पैदा किये? परिवार का नियोजन क्यों नहीं किया? इतने तो तरीके हैं ! क्यों सुअर की तरह इतने पिल्ले पैदा करके कीचड़ में लोटने के लिए छोड़ दिये?

अगर गायित्री नाम की न हिलायी जा सकने वाली चट्टान अंततोगत्वा ५४, सुलतान गंज की छाती से टल ही गयी, तो इसका श्रेय फिल्म 'मदर इंडिया' को है !

महादेव भैया के दोस्त शिवलाल शहर से पैंतीस मील दूर के क़स्बे में विकास

अधिकारी थे। एक शनिवार की शाम उन्होंने ग्रामवासियों के लिये चलचित्र का आयोजन किया। अपराह्न जीप लेकर शहर आये, तो भैया को आमंत्रण दिया। गायित्री चाय लेकर गयी, तो शिवलाल बोले, ''क्यों आलसिन, दिन भर अम्माँ की जान खाती रहती है ! घर चल, आज अपनी भाभी का खाना बना दे।''

ऐसे परिवर्तन के लिए दोनों बहनें तरस गयी थीं।

खुले मैदान में प्रोजेक्टर लगाया गया था। एक ओर विशिष्ट दर्शकों के लिए पंद्रह-बीस कुर्सियाँ थीं। दोनों बहनें तन्मय होकर भारत-जननी की हृदयविदारक गाथा से उद्वेलित होती रहीं। गायित्री मामूली साड़ी पहने थी। कंधों पर पल्लू। जब-तब डोलती चोटी। वर्षा ने लक्ष्य किया कि सफेद साड़ी पहने एक स्त्री कुछ अतिरिक्त ध्यान से जिज्जी को देख रही है (वर्षा को 'कुमारसंभव' का दृश्य याद आया, जहाँ उमा ने प्रणाम करके समाधि से जागे हुए शंकर के गले में धूप से सुखाये गये मंदाकिनी के कमल के बीजों की माला पहना दी। शंकर ने भक्त पर प्रेम करने के नाते उमा की वह माला पहनी ही थी कि कामदेव ने सम्मोहन नाम का अचूक बाण अपने धनुष पर चढ़ा लिया...)। उस स्त्री के चेहरे पर ऐसा ही सम्मोहन भाव था।

अगले दिन सुबह दोनों बहनें शिवलाल की पत्नी के साथ रसोई में आलू के परांठे बनाने में जुटी थीं। शिवलाल दिखायी नहीं दे रहे थे। वर्ष ने जिज्ञासा की, तो भाभी ने अर्थ भरी मुस्कान से गायित्री पर हल्की नज़र डालते हुए कहा, ''जरूरी काम से गये हैं।''

थोड़ी देर बाद शिवलाल लौटे और क्वार्टर के बाहरी अहाते में सिगरेट फूँकते हुए महादेव से कुछ विचार-विमर्श करते रहे। दोनों अतिरिक्त गंभीर थे। परांठों व अचार की तश्तरी मेज़ पर रखी रही और दोनों जाते दिखायी दिये।

दोपहर के लगभग बारह बजे थे। विविध भारती की पृष्ठभूमि में वर्षा भाभी को स्वेटर की एक नयी बुनाई सिखा रही थी। तभी बाहर आहट हुई। वर्षा ने देखा, शिवलाल और भैया के साथ एक अधेड़ पुरुष व कल रात वाली स्त्री भी थी।

विस्मित गायित्री के गले में सोने की लड़ी डालते हुए स्त्री ने कहा, ''गायित्री, तुम मेरी बहू हुई।''

गायित्री बौड़म-सी पल भर उन्हें देखती रही, तो सजल आँखों से भैया बोले, ''पगली, अपनी सास के चरण छुओ।''

शिकोहाबाद की मुंगेरी देवी को अपने चिरंजीव दीनदयाल उपाध्याय के लिए दो साल से 'सुंदर, सुशील और सात्विक' कन्या की तलाश थी। अपना दुमंजिला पक्का मकान था। पिता के निधन के बाद दीनदयाल अपनी बिजली के समान की दुकान पर बैठता था। आवागमन के लिए स्कूटर था उसके पास। मुंगेरी देवी यहाँ अपने ममेरे भाई के पास कन्या-अवलोकन के लिए ही आयी थीं। वह तीन नमूनों का परीक्षण कर चुकी थीं, जो खोटे साबित हुये थे। गायित्री को देखते ही उनकी त्रिगुणशीलता की कसौटी झंकृत होने लगी थी (''उसके चेहरे पर राम की गाय-जैसा भाव था!'')।

यह समाचार पाने पर ५४, सुल्तान गंज जिस तरह झंकृत हुआ, वह वर्तमान पीढ़ी के इतिहास में अभूतपूर्व था। अपने वयस्क जीवन में पहली बार वर्षा ने पिता की आँखों

में आँसू देखे, जो रुंधे स्वर में कह रहे थे, ''मुझे विश्वास था, ईश्वर है...कविकुल-गुरु ने कहा है, मेघ बिना गरजे हुए भी चातक को वर्षाजल से तृप्त करता है। नरोत्तम का तो स्वभाव ही यही है कि बिना कुछ कहे याचकों की माँग पूरी करे। फिर मैंने तो याचना भी की थी और वह भी निरंकार नरोत्तम से...।''

माँ बावली-सी तुलसी के चौरे पर माथा टेके जा रही थी। गायित्री अपने अस्तित्व की सार्थकता के प्रति आश्वस्त हो गदगद खड़ी थी। भैया चौड़ी मुस्कान से मिठाई लाने के लिए किशोर को पाँच का नोट दे रहे थे और लपककर बाहर भागी झल्ली पड़ोस में ऐलान कर रही थी, ''हमारे घर बड़ी जिज्जी की बारात आयेगी।''

छत की मुंडेर से यह दृश्य देखते हुए वर्षा ने गहरी साँस ली...नहीं, यह जीवन की सुंदरता नहीं हो सकती। यह सब मेरे लिए नहीं हो सकता। ये मेरे रक्त-सम्बन्धी हैं , इनका सुख-दुख मेरा है, पर मेरा सुख-दुख मेरा ही रहेगा। ये उसे बाँट नहीं सकेंगे। एक हद के बाद उसे समझ भी नहीं पायेंगे।

54, सुल्तान गंज में कुछ बहुत सड़ा-गला है, उसने उदासी के साथ सोचा।

4
अंधकार में आलोक-वृत्त

उसके जीवन को दिशा-निर्देश देने वाली सूचना छात्राओं के कॉमनरूम के नोटिस बोर्ड पर चार पिनों से बिंधी थी।

वह हस्बेमामूल अंदर घुसी।

गीता उमंग से कह रही थी, ''मैंने तो फौरन अपना नाम दे दिया। हो सकता है, मिस कत्याल कहें, फर्स्ट कम, फर्स्ट सर्व्ड।''

कॉन्वेंट से आयी सरला ने भवें टेढ़ी कीं, ''ऐसा नहीं होगा। वह अलग-अलग लोगों को ट्राइआउट करेंगी, टेस्ट लेंगी।''

'किस चीज का टेस्ट?' वर्षा ने पूछा।

गीता ने नोटिस बोर्ड की ओर इशारा कर दिया।

वर्षा दीवार तक आयी और पढ़ा।

''पिछले साल की तरह इस बार भी संस्थापक दिवस पर एक नाटक का प्रदर्शन आयोजित किया जा रहा है। जिस छात्र तथा छात्रा की रुचि हो, वह मिस दिव्या कत्याल को अपना नाम दे दे।''

अपने लिये इस विचार को अस्वीकृत करने में वर्षा को एक पल भी नहीं लगा। वर्षा वशिष्ठ रंगमंच पर अभिनय करेगी? हा! हा! हा! दीपावली-से जगमगाते स्टेज पर वर्षा वशिष्ठ सधे कदमों से आकर संवाद बोलेगी? सैकड़ों जोड़ी आँखों के सामने वर्षा वशिष्ठ सहज-स्वाभाविक बनी रहेगी? हा ! हा ! हा !

शायद उसके मुँह से मद्धिम-सा अट्टहास निकल भी गया, क्योंकि गीता ने तुरंत मुड़ कर देखा, "क्या हुआ?"

"कुछ नहीं !" वह चिक हटाते हुए बाहर निकल गयी।

अब तक के जीवन में मंच पर उसका पदार्पण कभी नहीं हुआ। जब वह चौथी कक्षा में थी, तो ऐसी दुर्घटना होते-होते बची थी। फैंसी ड्रेस प्रतियोगिता में उसे मोची के रूप में मंच पर अवतरित होना था। बहनजी ने सख्ती-से डाँट कर उससे हामी भरवा ली थी। वह घर से थैले में लाइनों वाला पुराना जांघिया और मैली बनियान फाड़कर लायी थी। साथ में पॉलिश की डिब्बी और ब्रश। ठीक समय पर दूसरे बच्चों के साथ वह तैयार भी हो गयी थी। मुख्य अतिथि पहली पंक्ति में बीचों-बीच बैठे थे। बहनजी ने समझा दिया था कि मंच पर उनके सामने जाकर कहना है, 'पॉलिश करा लो, पॉलिश..." और दूसरे सिरे से नीचे कूद जाना है।

पर जब उसने विद्यार्थियों और अभिभावकों से खचाखच भरे हाल को देखा (उसके घर से किसी के आने का प्रश्न ही नहीं था), तो उसका दिल दहल गया और जब उसने दूसरे प्रतियोगी बच्चों को देखा, जो राजकुमारी, परी, जनरल, सिंदबाद व अलीबाबा जैसी आकर्षक एवं मूल्यवान पोशाकों में थे (अपने पिता के सामाजिक वर्गीकरण के अनुरूप मोची की भूमिका की उपयुक्तता भी उसके अबोध दिमाग में थोड़ी-सी उजागर हो गयी), तो उसका रहा-सहा मनोबल भी चकनाचूर हो गया। जैसे ही तालियों की ऊँची गड़गड़ाहट के साथ दर्शकों ने पहले प्रतियोगी का स्वागत किया, सिलबिल कमान से छूटे तीर की तरह ग्रीन रूम को भागी। उसने अपना फ्रॉक वाला थैला उठाया ही था कि बहन जी ने उसका हाथ पकड़ लिया...

और सिलबिल दहाड़ मारकर रो पड़ी !

मंच की दहशत का यह बीज आगे चलकर खूब पल्लवित हुआ। अंत्याक्षरी, वाद-विवाद, कविता-पाठ...हर समारोह में वह श्रोताओं की सबसे पिछली कतार में सबसे कोने की कुर्सी पर पायी गयी। अपनी इस भूमिका से वह पूरी तरह संतुष्ट थी। वह जानती थी कि वह बहुत संकोची मितभाषी और मंचभीरू है--प्रकाश-वृत्त की करतल-ध्वनि से उसका कोई सरोकार नहीं।

"वर्षा, तुमने अपना नाम नहीं दिया?"

चार-पाँच दिन के बाद गलियारे में मिस कत्याल से सामना हो गया।

वह सकुचा कर ठिठक गयी, "जी, मैं...मैं...तो..."

"मैं तो क्या?" उन्होंने हल्की मुस्कान से पूछा।

"मैं तो बिल्कुल अनाड़ी हूँ।" वह संकोच की मुस्कान के साथ बोली।

गलियारे में लोग आ-जा रहे थे। मिस कत्याल उसे आने का संकेत देकर स्टाफ रूम की ओर बढ़ीं। एक क़दम पीछे चलते हुए उसने सोचा, गीता तो बता रही थी कि नाटक के लिए क़रीब सौ नाम आये हैं, फिर मैडम ने विशेष रूप से उससे क्यों कहा?

मिस कत्याल के इशारे पर वह उनके डेस्क के बग़ल की कुर्सी पर बैठ गयी। उन्होंने कुहनियाँ डेस्क पर टिकाये, हथेली पर ठुड्डी रखे, सामने देखते हुए कुछ पल

सोचा। उनकी देह से सेंट की भीनी गंध आ रही थी। इसका नाम क्या होगा, उसने सोचा।

''तुमने सोडे की बोतल तो खुलते हुए देखी है? ''उन्होंने मंद स्मित से पूछा।

वर्षा नासमझी से देखती रही।

''तुम्हारे अंदर जो ज्वार भरा है, उसे मुक्ति देने के लिए ढक्कन खोलने की ज़रूरत है।'' इस बार उनका भाव गंभीर था, ''तुम्हें अपनी अभिव्यक्ति के लिए एक माध्यम चाहिए। वह क्या होगा, यह मैं अभी पक्के तौर पर नहीं कह सकती। पर एक बार रंगमंच की कोशिश कर लेने में कोई हर्ज नहीं।''

उन्होंने वर्षा की ओर देखा। वह चुप रही। उनकी बात थोड़ी-सी उसकी समझ में आयी थी, पर अगले ही क्षण तीसरी घंटी की चेतावनी के साथ सैकड़ों जोड़ी आँखों की समग्र दृष्टि आलोकित हो उठी और उसे लगा कि उसकी हथेलियाँ नम हो रही हैं। उसने अटकते हुए अपनी मोची वाली भूमिका के बारे में बता दिया।

मिस कत्याल मुस्करायीं, ''इस बार अगर तुम स्टेज पर जाओगी, तो कम-से-कम चार हफ्ते की रिहर्सल के बाद।...अभी तुम सिर्फ एक हफ्ते के लिए आओ। अगर तुम्हारा अपनी कमज़ोरी से पीछा न छूटे या तुम्हारी दिलचस्पी न हो और या मैं तुम्हें संतोषजनक न पाऊँ, तो मैं तुम्हें रोकूँगी नहीं। ठीक?''

वर्षा ने हामी में सिर हिलाया।

उन्होंने अपने डेस्क से एक किताब निकाली, ''यह है नाटक ! अच्छी तरह पढ़ लेना। सोमवार से रिहर्सल शुरू करेंगे।''

अगले तीन दिनों में वर्षा ने 'अभिशप्त सौम्यमुद्रा' कई बार पढ़ डाला। मगध के दानवीर, उदार राजा हैं प्रसेनजित। उनकी अकेली संतान है सौम्यदत्ता। रूपवती। निष्पाप। प्रसेनजित के आमंत्रण पर श्रावस्ती का कवि मयंकदत्त उनके वंश का इतिहास लिखने के लिए मगध आता है। सुंदर। सुशील। धीरे-धीरे वह और सौम्यदत्ता एक-दूसरे के प्रेम-बंधन में बँध जाते हैं। उत्तरांचल का कपटी राजा गजगर्जन सौम्यदत्ता पर मुग्ध है, पर प्रसेनजित उसका विवाह-प्रस्ताव अस्वीकार कर देते हैं। उसकी जासूस वासवी आखेट के दौरान एक सुनियोजित षडयंत्र में सौम्यदत्ता की जान बचाकर उसकी प्रिय सहेली बन जाती है। उसके द्वारा भेजी गयी गुप्त सूचना के सहारे गजगर्जन श्रावस्ती से बाहर निकलने पर प्रसेनजित को धोखे से बंदी बना लेता है। प्रसेनजित अभी भी गजगर्जन की माँग ठुकरा देते हैं। गजगर्जन अपने सैनिकों की एक टुकड़ी सौम्यमुद्रा का अपहरण करने के लिए भेजता है। राजमहल में उनका सामना करते हुए मयंकदत्त की मृत्यु हो जाती है और सौम्यमुद्रा विषपान कर लेती है।

रिहर्सल के पहले दिन कॉलेज के सभागार में प्रदर्शन-लोलुपों की खूब भीड़ थी। मंच से नीचे पहली पंक्ति के आगे मिस कत्याल ने अपनी कुर्सी रखी थी। एक ओर छात्र थे, दूसरी ओर छात्राएँ। तीसरी पंक्ति के बीच के कोने में वर्षा बैठी थी। हल्की-सी धुकधुकी थी मन में।

क़रीब पंद्रह आलोकांक्षी अपने संवाद बोल चुके थे। मैडम अपने रजिस्टर में कुछ नोट करती जाती थीं। अचानक उन्होंने वर्षा की ओर इशारा किया, ''वर्षा, पेज ग्यारह-

वासवी...रक्षा, तुम सौम्यमुद्रा...''

वर्षा को लगा, सैकड़ों जोड़ी आँखें अपनी तीखी दृष्टि से उसे छेद रही हैं। हथेलियों में हल्की नमी-सी महसूस हुई। ग्यारहवाँ पृष्ठ निकालते हुए अपने दाँत थोड़े भींचकर उसने कुछ आत्मनियंत्रण की कोशिश की।

तभी रक्षा की आवाज़ सुनाई दी, ''वासवी, मेरे निकट बैठो।''

वर्षा के कानों में सहसा तीसरी घण्टी बजने लगी, पर किताब वाला हाथ ऊपर उठा कर उसे अनसुना करने की कोशिश करते हुए उसने हल्की मुस्कान से कोमल स्वर में कहा, ''जो आज्ञा देवि !''

क्षणांश के लिए उसे लगा कि यह पल स्थिर हो गया है और चारों ऊची दीवारों से उसका स्वर टकरा-टकरा कर गूँजने लगा है : ''जो आज्ञा देवि ! जो आज्ञा देवि ! जो आज्ञा देवि !''

लेकिन प्रतिध्वनि बीच में ही काटते हुए रक्षा की आवाज़ आयी, ''देवि नहीं, मुझे मेरे नाम से पुकारो।''

वर्षा ने अपनी मुस्कान और स्निग्ध करते हुए उत्तर दिया, ''जो आज्ञा देवि !''

इस बार कोई अनुगूंज सुनायी नहीं दी। अलबत्ता संवाद के सलोनेपन पर दो-तीन लड़के हँस पड़े।

''रूपशीले, तुम्हें मेरा नाम अच्छा नहीं लगता?''

वर्षा मुस्करायी, ''आपका नाम तो उतना ही मोहक है...'' उसने अपेक्षित विराम दिया, ...''जितनी कि आप ।''

इस बार लड़कों के साथ कुछ लड़कियाँ भी हँसीं। वर्षा भी किताब की ओर देखते हुए अपनी मुस्कान बनाये रखने में सफल रही।

''मधुरभाषिणी, तुम्हारे वचन अमूर्त ध्वनियाँ नहीं, पुष्पों की लड़ियाँ हैं, जो तन-मन को सुवासित कर देती हैं।''

''थैंक्स !'' कहते हुए मिस कत्याल ने उसकी ओर हल्की अर्थभरी मुस्कान से देखा।

5

अभिशप्त सौम्यमुद्रा

तीसरे सप्ताह तक एक नयी वर्षा का जन्म हो चुका था !

उठते-बैठते, सोते-जागते उसकी चेतना पर सौम्यदत्ता ही छायी रहती थी (हाँ, अंतिम कास्टिंग में उसे यही भूमिका दी गयी थी)।

पहला दृश्य दोपहर ढले का था। सौम्यदत्ता खिड़की के सामने खड़ी है। उदास। बाहर पक्षियों की चहक।

दासी आकर सूचना देती है : सीमावर्ती ग्राम से नटों का समूह आया है देवि ! अपने खेल दिखाने की अनुमति चाहता है।

सौम्यमुद्रा पलभर चुप रह कर कहती है : मन नहीं है चारु, उपयुक्त पुरस्कार देकर उन्हें विदा कर दे।

दासी : उनके साथ तरंगमाला नर्तकी भी है। उसका मयूर-नृत्य देखने की आपने इच्छा प्रकट की थी।

सौम्यदत्ता : तरंगमाला से मेरी ओर से क्षमा माँग ले चारु ! कहना, राजकुमारी स्वस्थ नहीं।

दासी : (चिन्ता से) आपको हुआ क्या है देवि ?

सौम्यदत्ता : (उदास मुस्कान से) पगली, जानती होती, तो उपचार न करती?

दासी : आपको किसी बात का कष्ट है?

(विराम)

सौम्यदत्ता : उदासी का ऐसा धुआँ मेरे अंदर भर गया है, जो बाहर निकलने के लिए कोई गवाक्ष नहीं पाता।

दासी : (चंचलता से) गवाक्ष हैं ये दो सलौने नैन ! इन्हीं से होकर प्रियतम की ऊष्मा भीतर आयेगी और उदासी के धुएँ को आह्लाद की सुगंधि में बदल देगी।

दूसरे दृश्य में सौम्यमुद्रा के कक्ष में आधी रात को प्रकाश देखकर पिता प्रसेनजित आते हैं। दुलारी बेटी को नींद नही आ रही, यह चिंता प्रबल होती है इस दुखद समाचार से कि सौम्यदत्ता को कुमार विक्रम का विवाह-प्रस्ताव स्वीकार नहीं।

प्रसेनजित : (हताश स्वर में) बेटी, हर आयु की अपनी आवश्यकता होती है। बचपन में तुम्हें कपोत और मृगशावक से खेलना भाता था। अब तुम्हें भावना की ऊष्मा चाहिए।

सौम्यदत्ता : (तनाव के साथ) तात ! मैं क्या करूँ? किसी की दृष्टि मुझमें भावना की ऊष्मा नहीं जगाती। किसी का स्वर मेरी कामना में सिहरन के तार नहीं छेड़ता। मैं अपने-आप से पूछ-पूछ कर थक गयी हूँ, कि मेरे भीतर ऐसा भावात्मक शून्य क्यों है?

रात को वर्षा इधर अपने कमरे में सोच रही थी, अगर सौम्यदत्ता सिर्फ सौम्या होती और प्रसेनजित होते राजकीय पाठशाला के प्राध्यापक, तो दृश्य कुछ इस तरह होता :

प्रसेनजित : (क्रोधित स्वर में) दुष्टे, आधी रात को तेल फूँक रही है !

सौम्या : (सहज स्वर में) नींद नहीं आ रही तात ! तुम्हारे साथ-साथ मुझे भी अपने ब्याह की चिंता सता रही है।

प्रसेनजित : (चिढ़ा हुआ) कल तुझे देखने कुशीनगर के लिपिक कुमार विक्रम आ रहे हैं।

सौम्या : (चौककर) वह तो लँगड़े और काने हैं।

प्रसेनजित : (चेतावनी के ढंग से) देख सौम्या, रामजी की गाय की तरह जिस खूँटे पर ले जाया जाये, चुपचाप बँध जा !

तीसरे दृश्य में सौम्यदत्ता और मयंकदत्त की पहली भेंट है। दोनों ने एक-दूसरे को पसंद किया, पर दोनों ही असमंजस में हैं। सौम्या को लगता है कि मयंक इतना सुदर्शन सुप्रसिद्ध कवि है, उसकी अवश्य कोई प्रेमिका होगी। मयंक को आशंका है कि राजकन्या सौम्या का कोई प्रिय पात्र न हो, ऐसा नहीं हो सकता। मयंक जैसे अकिंचन का उसके जीवन में क्या स्थान? सौम्या के संकेत पर चारु मयंक का मन टटोलती है और मयंक के संकेत पर विदूषक गिरिभट्ट सौम्या का। आगे सौम्या तथा मयंक के बीच बढ़ते हुए प्रेम एवं विश्वास के तीन बहुत सुंदर दृश्य हैं।

वर्षा पर क्यों नाटक इस तरह छा गया, इसकी थोड़ी छानबीन की जा सकती है। उसके लिए यह कटु यथार्थ से मखमली पलायन था। था तो अस्थायी (जैसे पलायन होते हैं।), पर उतनी ही देर में उसके लिए मन की शांति और संतोष के नये क्षितिज खोलता था। इसके निमित्त से उसके वास्तविक अभाव 'पूरे' हो रहे थे और उसे कल्पना से परे का 'सुख' मिल रहा था। वह एक राजमहल की इकलौती संतान थी। उसकी हँसी पर मोती की लड़ियाँ न्यौछावर की जाती थीं। वह अपने पिता के जीवन की धुरी थी। उसकी उदासी पूरी राजधानी की चिन्ता का विषय बन जाती थी। बदरंग और अभावों से जर्जर ५४, सुल्तान गंज की उपेक्षित, विपन्न सिलबिल अपने माध्यम से रेशम तथा स्वर्णाभूषणों से सुसज्जित लावण्यमयी, सुसंस्कृत राजकुमारी को रूपाकार दे रही थी (अपनी देह से परे न जा पाने के बावजूद, अपने से भिन्न और श्रेष्ठतर अस्तित्व को अभिव्यक्त करने की क्षमता के कारण रंगकला वर्षा को किसी चमत्कार से कम नहीं लगी। क्या यही जीवन की सुंदरता है, हल्के रोमांच के साथ उसने सोचा)।

''सिलबिल...''

सौम्यमुद्रा किंचित चौंकी। क्या प्रसेनजित स्नेहातिरेक में घरेलू नाम का व्यवहार कर रहे हैं?

''यह मैं क्या सुन रहा हूँ?'' शर्माजी दरवाजे पर खड़े थे। एक हाथ में छाता, दूसरे में थैला। ''तू नौटंकी में काम कर रही है? ...कान खोल कर सुन ले, हर बात की हद होती है। आखिर हमारे घर की भी कोई इज्जत है !''

सिलबिल ने ठंडी सांस ली। नाटकीय समक्षता की संभावना तो थी उसे, पर मंचन के बाद पहले नहीं।

''यह नौटंकी नहीं, 'क्लासिकल ड्रामा' है (वाक्यांश मिस कत्याल के सौजन्य से!) और उसमें ऐसे घरों की लड़कियाँ काम कर रही हैं, जिनकी इज्जत हमारे घर से ज्यादा ही है, कम नहीं !'' सिलबिल ने तेजी -से कहा।

पिता पल भर को सकपकाये, फिर आक्रामक हो गये,'' मुझे सिर्फ अपने घर से मतलब है। तेरे साथ लड़के भी काम कर रहे हैं। एक के साथ तू नाचती और गाना गाती है। कल के दिन कुछ ऊँच-नीच हो गया, तो हमें मुँह छिपाने को जगह नहीं मिलेगी।...लड़की की लाज मिट्टी का सकोरा होती है।''

सिलबिल आवेश में आ गयी, ''मैं किसी लड़के के साथ नाचती-गाती नहीं हूँ। मैडम के सामने पूरी रिहर्सल होती है। तुम जब चाहो, आकर देख लो। और जहाँ तक अपनी लाज का सवाल है...''

सिलबिल का यह रूप देखकर शर्मा जी सकते में आ गये, "बेशरम, कैसे ज़बान लड़ा रही है...मैंने बोल दिया, इस घर में नौटंकी नहीं होगी।"

"मैंने भी बोल दिया, यह नौटंकी नहीं, चौखंबा से छपी किताब है।"

चौखंबा का नाम सुनकर शर्माजी चौंके। वह नोबेल पुरस्कार से भी ज्यादा सम्मान चौखंबा सुरभारती ग्रंथमाला का करते थे। पर अब तो बात मुँह से निकल गयी थी।

"कल से तेरी रिहर्सल बंद !" और वह बड़े कदमों से नीचे उतरने लगे। सिलबिल ने आवेग से कहा, "दद्दा टु बी ऑर नॉट टू बी, दैट इज़ द क्वैश्चन !

अगले दिन सुबह जब वर्षा मिस कत्याल के यहाँ नाटक की पोशाक का नाप देने गयी, तो उसका चेहरा उतरा हुआ था।

फीते से उसकी कमर को घेरे में लेते हुए उन्होंने हल्की मुस्कान से कहा, "बाइस इंच...क्या हुआ वर्षा?"

"सुबह-सुबह आपका मूड खराब हो जायेगा।"

"क्या लड़कों ने फब्तियाँ कसीं?"

"थोड़ा-सा यह भी हुआ है, लेकिन मेरी परेशानी की वजह इससे बड़ी है।" उनके नाप नोट करने के दौरान वर्षा ने बता दिया कि जैसे समुद्र के हृदय में बड़वानल जला करता है, वैसे ही उसके भीतर पिता का आदेश धधक रहा है।

मिस कत्याल गंभीर हो गयीं, "छोटे शहरों में अभिभावक ऐसा रुख अपना लेते हैं। लेकिन तुम अपने मन को टटोल लो। अगर तुम्हारा इरादा बदल रहा हो तो ठीक है। हमारी मित्रता में कोई फर्क नहीं आयेगा।"

वर्षा की आँखें गीली हो गयीं। काँपते स्वर में कहा, "जो रास्ता आपने मुझे दिखाया है, उसे छोड़ने के लिए मत कहिए।"

उसकी आँखों में जो भाव था, उससे मिस कत्याल तरल हो गयीं। उन्होंने उसके हाथों को अपने हाथों में लेकर दबा दिया।

"जैसे रोगी यह समझ कर औषधि पी लेता है कि इससे मैं अच्छा हो जाऊँगा, वैसे ही राजा दिलीप भी उन बैरियों को अपना लेते थे, जो भले होते थे और जैसे सांप के काटने पर लोग अपनी उँगली भी काटकर फेंक देते हैं, वैसे ही राजा दिलीप भी अपने उन सगे लोगों को निकाल बाहर करते थे, जो दुष्ट होते थे..."

शर्माजी कक्षा में 'रघुवंश' का पाठ पढ़ा रहे थे, जब चपरासी ने आकर सूचना दी कि प्रधानाध्यापक ने तुरंत बुलाया है। कक्षा को छोड़कर जाने की बात थोड़ी अज़ीब थी, इसलिए उन्होंने कारण पूछ लिया। उत्तेजित चपरासी ने बताया कि मिश्रीलाल डिग्री कालेज के प्रिंसिपल डॉ० सिंहल और खुद कार चलाने वाली मिस कत्याल आये हैं।

प्रधानाध्यापक शुक्ल जी इतने विशिष्ट अतिथियों के पधारने से स्वाभाविक नहीं रह पा रहे थे। उन्होंने अतिरिक्त जोर से घण्टी बजायी थी और अतिरिक्त उत्साह से चाय का

आदेश दिया था। किंचित जर्द चेहरे के साथ जब शर्माजी भीतर घुसे, तो मिस कत्याल ने तुरंत खड़े होकर उनका अभिवादन किया। डॉ० सिंहल के मुँह पर थोड़ा शहीदाना भाव था कि क्या करें, अपने ओहदे के कारण ऐसी अजीब जिम्मेदारियाँ भी निभानी पड़ती हैं!

"आइए शर्माजी ! प्रधानाध्यापक अतिरिक्त ऊष्मा से बोले।

शर्माजी के बैठने के बाद दो पल का विराम रहा होगा, जब मिस कत्याल ने मुहावरेदार अंग्रेजी के परिष्कृत उच्चारण वाले लहजे में बात शुरू की, "सबसे पहले मैं आपसे माफी माँगती हूँ कि मैं आपके घरेलू मामले में हस्तक्षेप करने की धृष्टता कर रही हूँ। लेकिन वर्षा अगर आपकी बेटी है, तो मेरी भी छात्रा है और इस नाते मेरा थोड़ा-सा अधिकार बनता है कि मैं आपके सामने अपना दृष्टिकोण रख सकूँ। हम नाटक को एक सांस्कृतिक तथा सौंदर्यबोधीय कार्यकलाप के रूप में लेते हैं, ताकि एक ओर छात्रों को अपनी महान सांस्कृतिक विरासत की झलक मिले और दूसरी ओर इस कला-माध्यम के जरिये वे अपने को अभिव्यक्त करने से लाभान्वित हो सकें। इस प्रक्रिया में मैं ऐसा कोई कारण नहीं देख पाती, जिससे वर्षा की सामाजिक बदनामी का डर हो। यह नाटक संस्कृत साहित्य की एक अनूठी उपलब्धि है। आप स्वयं पढ़कर देख लें। इसमें ऐसी कोई आपत्तिजनक बात नहीं, जिससे हमारे ऊपर लांछन लगने की आशंका हो। रही रिहर्सल, तो वह हमेशा मेरी मौजूदगी में और मेरी जिम्मेदारी पर होती है।"

कुछ क्षणों के लिए वातावरण बिल्कुल स्तब्ध रहा। मिस कत्याल के ध्वनि-समूह ने जो वितान बनाया था, उसकी भव्य गरिमा के सम्मोहन एवं आतंक ने जैसे सबको मूक बना दिया।

शर्माजी चुपचाप मेज़ की ओर देखते रहे। मिस कत्याल ने उनके सामने जो पुस्तक रखी थी, उसे उठाने का कोई उपक्रम उन्होंने नहीं किया। फिर हल्के-से खाँस कर गला साफ करते हुए वह धीरे-धीरे बोले--किसी की ओर देखे बिना, "मैंने बाहर जो सुना, उसके आधार पर वर्षा को मना किया। मैं छोटा आदमी हूँ और मुश्किल से अपनी ज़िम्मेदारियाँ निभा पाता हूँ। मेरी आशाएँ भी मेरे ही अनुरूप हैं। बरसाती बावड़ी गंगा की ओर देखेगी, तो मलिन ही होगी। एक-दो जगह वर्षा के ब्याह की बात चल रही है। पता नहीं, नमक-मिर्च लगी कौन-सी बात उन तक पहुँच जाये।...जब आप लोग यहाँ तक आये हैं, तो आपका सम्मान रखना मेरा कर्तव्य है।"

शर्माजी ने मिस कत्याल का दृष्टिकोण कितना समझा, यह तो मालूम नहीं, लेकिन मिस कत्याल ने पिता के रूप में शर्माजी के दृष्टिकोण को काफी हद तक समझ लिया, लेकिन क्योंकि वह वर्षा की जिन्दगी से सम्बन्धित होते हुए भी उसकी इच्छा के विरुद्ध था, इसलिए वह उसे सहानुभूति नही ंदे पायीं।

शर्माजी ने बिल्कुल नहीं सोचा था कि इस मुद्दे पर वर्षा इतनी दृढता से मोर्चा लेगी। इस बात के लिए ऐसी दृढ़ता उनके तर्क की सीमा में नहीं आती थीं। रात को जब वह सोये, तो एक ठंडी साँस लेकर पत्नी से बोले, "मुझे इस लड़की के लच्छिन ठीक दिखायी नहीं देते। करोंदे की झाड़ी दोहद के बाद का खिला अशोक बनना चाहती है..."

६
तीसरी घंटी के बाद

'अभिशप्त सौम्यमुद्रा' अत्यंत सफल रहा।

आज जब वर्षा याद करती है, तो प्रदर्शन से पहले का अंतिम सप्ताह डेढ़ महीने के कठिन पूर्वाभ्यास का तनाव भरा, रोम खड़े कर देने वाला क्लाइमेक्स प्रतीत होता है।

शुक्रवार को जब ड्रेस-रिहर्सल हुई, तो वासवी की भूमिका करने वाली मंजरी नहीं थी। उसे फिरोजाबाद से गुरुवार को आ जाना था, पर वह अब तक नहीं पहुँची थी। डॉ. सिंहल की कार लिए प्रोफेसर सिन्हा बस-अड्डे पर खड़े थे और हर आने वाली बस में व्यग्रता से झाँकते थे। विनीता ने ड्रेस-रिहर्सल के दौरान वासवी की प्रॉक्सी की। प्रसेनजित की भूमिका करने वाले नंदकिशोर का पिछले हफ्ते एक्सीडेंट हो गया था। वह अभी तक ज़रा-सा लंगड़ा कर चलता था। मिस कत्याल ने वर्षा को हजारवाँ निर्देश दिया, ''अगर कल तक यह ठीक से न चल पाये, तो तुम दूसरे दृश्य के शुरू में यह लाइन जोड़ देना, ''तात ! आखेट में लगी आपकी चोट ठीक नहीं हुई। आपने स्वयं क्यों कष्ट किया? मुझे बुला लेते।'' मयंकदत्त का कुर्ता कंधों पर बहुत चौड़ा हो गया था। यह किरदार निभाने वाले मुरली ने दर्जी का कॉलर पकड़कर उसे इस तरह झकझोरा था कि वह रुआँसा हो ''हमारी भी इज्जत है'' का राग अलापते हुए कुर्ता ठीक करने से पहले डॉ० सिंहल से शिकायत करने के लिए बेचैन था! सौम्यदत्ता के नकली आभूषण मिस कत्याल को पसंद नहीं आये थे। वे असली गहनों के लिए संस्थापक के पौत्र, प्रबंधकारिणी के सभापति छगनलाल को फोन करने गयी थीं। (उन जेवरों को संभालना वर्षा की जिम्मेदारी थी)। पाँचवें दृश्य में पहनी जाने वाली पादुकाएँ वर्षा के अंगूठे को काटती थी। उन्हें थोड़ा फैलाने के लिए वह मोची के पास भाग रही थीं। पहली ही बार बैठने पर झूले की एक कड़ी टूट गयी थी और वर्षा की दायीं कुहनी में गहरी खरोंच आयी थी। मिसेज सिंहल हाथ में बैंडेड लिये वर्षा को ढूंढ़ रही थीं। पृष्ठभूमि संगीत के टेप में तीसरे दृश्यारंभ का वीणा-वादन पहले दृश्यांत के साथ जुड़ गया था, उसे फिर से रिकॉर्ड करना था, पर एक कार बस-अड्डे पर फंसी थी, मिस कत्याल का यहाँ होना लाज़िमी था और मिसेज सिंहल व मिसेज सिन्हा को ड्राइविंग नहीं आती थी...उद्यान के कटआउट का एक हिस्सा विंग्स में रखे पैडस्टल पंखे की हल्की हवा से ही टेढ़ा हो जाता था, जबकि गमलों के पौधों को हिलाने के लिए हवा ज़रूरी थी...

ऐसी आपाधापी और तनाव के बीच वर्षा भरसक सहज बने रहने की कोशिश करते हुए अपनी भूमिका पर एकाग्र थी। उसके संवाद-निरूपण तथा गति-विन्यास को

लेकर मिस कत्याल आश्वस्त थीं, पर ड्रेस-रिहर्सल में उन्होंने कुछ व्यवहारगत गलतियाँ बतलायी थीं। वीणा-वादन में वह अपना मुँह काफी पीछे कर लेती थी, जबकि वे प्रोफाइल चाहती थीं (इससे पहले वर्षा को मालूम नहीं था कि प्रोफाइल क्या होता है)। मयंकदत्त से गुलदस्ता लेने के बीच 'यह कुसुम-स्तवक नहीं, मेरी कामनाओं का इन्द्रधनुष है' कहते हुए वह हमेशा उसे 'मास्क' कर लेती थी। आखिरकार इस दृश्य के लिए मिस कत्याल ने मंच पर खड़िया से एक रेखा बना दी थी, जिसके ऊपर उसे हर्गिज पाँव नहीं रखना था। 'ओ मेरे अभिशप्त सपने, खिलने के लिए मुँह बंद कलियों में स्फुरण हुआ ही था कि डूबती हुई रश्मियाँ मुर्झाने का संदेश ले आयी' कहते हए वह विष-पात्र एकदम पी जाती थी, जबकि कुछ पल उदास मुस्कान से पात्र देखते हुए उसे धीरे-धीरे ऊपर उठाना था और अपने ऊपर केन्द्रित प्रकाश वृत्त के तीव्र हो जाने पर उसे मुँह से लगाना था।

रात को वर्षा ठीक से सोयी नहीं। थोड़ी-थोड़ी देर बाद नींद उचट जाती थी। करीब दो बजे जब लगा कि अब सो नहीं पायेगी, तो उसने चाय बनायी और छोटे-छोटे घूँट लेती कुर्सी पर बैठी रही। सामने नाटक खुला था। चौथी सदी ई.पू. में लिखा गया। हो सकता है, सौम्यमुद्रा काल्पनिक हो। हो सकता है, किसी वास्तविक कन्या या राजकन्या की प्रतिमूर्ति हो। आज हजारों साल बाद शाहजहाँपुर की वर्षा वशिष्ठ भोजपत्रों पर उकेरे नारी-पात्र को मांसल रूप देने की कोशिश कर रही है। सौम्यमुद्रा की आशाओं-स्वप्नों, आत्ममंथन तथा आसुओं-मुस्कानों के बीच अपने संवेदना-तंतुओं को तलाशने की कोशिश कर रही है (तब वर्षा के पास हूबहू ये शब्द नहीं थे)।

मध्य दिसम्बर के दिन थे। खुली खिड़की से क्षत-विक्षत चाँद दिखायी दे रहा था--उजला, ठंडा। आसपास गहरी नीरवता थी। हवा का हल्का-सा झोंका आया, तो किताब के पन्ने पलट गये। यह सौम्यमुद्रा और मयंक के बीच का दृश्य था। वह बोलने लगी, "मयंक, मेरे जीवन को निपट अंधकार बनाकर चले गये तुम !...तुम तो हमारे वंश का इतिहास लिखने आये थे। उस वंश को बचाने के लिए तुमने अपने प्राणों की आहुति दे दी... कितने सपने देखे थे हमने साथ-साथ...अब क्या होगा उनका?...प्रेत बनकर विकराल गिद्धों की तरह मेरी कामना नोच-नोच कर खायेंगे। तुम्हारी कितनी स्मृतियाँ मेरे तन-मन के साथ हैं। तुम्हारे विछोह की पीड़ा के दंश के साथ वे सुलगते अंगारे-सी दहक उठेंगी...आठों पहर मेरी भावना को झुलसायेंगी...मैं मूर्तिमान तुम्हारा समाधिलेख हूँ मयंक ! ... तुम्हारे बिना मेरी सार्थकता कैसे..." और एक नन्हा-सा आँसू उसके कपोल पर बह आया।

कपोल के भीगेपन को उँगली पर लेकर वर्षा पल भर देखती रही--पहले आतंकित हुई फिर विस्मित, फिर विभोर...सौम्यमुद्रा का आँसू मेरी आँखों में आ गया है!

अगले दिन दोपहर तीन बजे उसने सौम्यमुद्रा के वस्त्र पहने। नफीस, मुलायम रेशम का बदन पर स्पर्श बहुत भला लग रहा था। शृंगार-प्रसाधन और आभूषण पहनाते हुए पाँच बज गये। जब आदमकद आईने के सामने वह खड़ी हुई, तो उसे विश्वास नहीं हुआ कि

यह बचपन की जानी-पहचानी सिलबिल है !

"अरे भई, सौम्यमुद्रा को डिठौना लगा दो !" मेकअप की इंचार्ज मिसेज सिंहल ने हंसकर कहा।

आलता-लगे पाँवों में रुनझुन पायलें, कमर पर चौड़ी करधनी, जिसकी लड़ियाँ जंघाओं एवं नितंबों पर इठलाती हुईं, सुडौल उभारों को कसे चुस्त कंचुकी, वक्ष की मध्य-रेखा पर दपदप करती मणिमाला, बाहुमूलों में भुजबंध, कलाइयों में चूड़ियाँ और सोने के कड़े, दायीं अनामिका में बड़े नग की अंगूठी, कानों में बड़े-बड़े गोल कर्णफूल, पीठ पर लहराये बालों में गुंथी कलियाँ, माँग के बीचोबीच चमकती लड़ी वाला माथे का झूमर और काजल से तीखे किये नैन।

वह मंच पर आ गयी।

मंचाग्र पर एक ओर वीणा थी, दूसरी ओर तीन आसनों के साथ मदिराकोष्ठ। मंचपृष्ठ पर बायीं तरफ झूला था और दायीं तरफ चित्रफलक। उसके पीछे गवाक्ष था और झूले से थोड़ी दायीं ओर दीपस्तंभ।

वर्षा वस्त्राभूषणों के साथ अपनी गतियों का अभ्यास करने लगी। उसने एक आसन पर बैठ, झुककर वीणा के तार छेड़े। झूले पर बैठ थोड़ा झूली। कूची उठाकर फलक पर रेखाएँ खींची। फिर गवाक्ष के सम्मुख खड़ी हुई। तनिक झुकने पर ओढ़नी फिसल जाती थी। मिसेज़ सिहल से कहकर उस पर एक पिन लगवायी, "मिस कत्याल कहाँ हैं?" मेकअप के बाद उनसे सामना नहीं हुआ था।

'लाइटिंग बूथ में।'

मिस कत्याल पृष्ठभूमि संगीत तथा प्रकाश-संयोजना के प्रबंधकों के साथ क्यू शीट की दुरुस्तगी जाँच रही थीं।

दरवाजा खुलते ही भीनी सुगंध का झोंका आया, फिर रेशम की मुलायम सरसराहट के साथ पायलों की रुनझुन सुनायी दी। दोनों लड़के मोहविद्ध-से पीछे देख रहे थे। मिस कत्याल ने पीछे देखा, तो राजकीय गरिमा वाली भंगिमा से तीन पग चलकर वर्षा उनके सामने झुक रही थी, "देवि ! दासी का अभिवादन स्वीकार करें।" उसने रुचि का संवाद बोला।

मिस कत्याल ने मुस्करा कर उसे देखा, फिर हल्के से बाहों में भरते हुए माथे पर चूम लिया।

जब पहली घण्टी हुई तो उसने झुककर मंच छुआ और उँगलियाँ माथे से लगा ली। मन-ही-मन कहा, "हे सीताराम, मेरी लाज रखना।" फिर जोड़ा, "पाँच रुपये का प्रसाद चढ़ाऊँगी, अगर..."

पर्दे के पार लोगों की बातचीत की हल्की भनभनाहट सुनायी दे रही थी। कुल मिलाकर बारह कलाकार थे। मिस कत्याल बारी-बारी से सबसे हाथ मिला रही थीं। डेढ़ महीने के अनथक श्रम के बाद रिले रेस में उनकी पारी समाप्त हो रही थी-अब 'बेटन' कलाकारों के हाथ में था। वर्षा के पास वह सबसे आखिर में आयीं। हाथ मिलाते हुए मुस्कराकर कहा, "बेस्ट ऑफ लक !"

तीसरी घटी बजी। हॉल में धीरे-धीरे अँधेरा हुआ। पृष्ठभूमि में संगीत के सुर उभरने लगे। मंच पर धीरे-धीरे प्रकाश हुआ। वर्षा विंग्स में खड़ी थी। जैसे ही संगीत में उदास बाँसुरी का क्यू आया, वह राजकीय गरिमा से पाँच पग चली...अब वह प्रकाश के दायरे में थी-सैकड़ों जोड़ी आँखों का केन्द्र। पर बचपन की वह दहशत की अनुभूति नहीं थी, सिर्फ हल्की-सी धुकधुकी थी मन में, और पाँच पग चलने के बाद जब वह चित्रफलक के सामने खड़ी हुई, तो खासी सहज हो गयी थी। उसने कूची उठाकर रेखाएँ खींची। उसे याद था कि चौथी रेखा का अंत दासी का क्यू है, और अब वह पाँचवीं रेखा खींच चुकी थी। रुचि कहाँ गयी? उसने अपने को पीछे मुड़कर देखने से रोका।

तभी रुचि का स्वर सुनायी दिया, ''अरे, देवि यहाँ हैं। मैंने तो उद्यान का कोना-कोना छान मारा।''

हॉल खचाखच भरा हुआ था।

मिस कत्याल ने शर्माजी को विशेष रूप से निमंत्रण भेजा था, पर वह नहीं आये। वर्षा के बल देने के बावजूद माँ ने भी कोई रुचि नहीं दिखायी। हाँ, उमंगभरा किशोर आया था--झल्ली को साथ लेकर।

जब सौम्यमुद्रा ने अपने राजसी कक्ष में प्रवेश किया, तो किशोर का मुँह खुला रह गया। कुछ पलों के बाद झल्ली आतंक से रुंधे स्वर में फुसफुसायी, ''छोटी जिज्जी...''

जब सौम्यमुद्रा ने गुलाब का फूल तोड़ा, उसे सूँघते हुए झूले पर बैठी और दो-तीन पेंगे लीं, तो परिवार के दोनों छोटे सदस्य मोहाविष्ट थे। सिलबिल का इस समय उनकी रूखी, खुरदुरी दुनिया से कोई नाता न था--वह एक मायावी लोक की संचालिका थी। इस एक पल वर्षा किशोर के मन में बहुत ऊँचाई पर प्रतिष्ठित हो गयी (वह कई दिनों तक हस्बेमामूल वर्षा से पानी का गिलास नहीं माँग सका)।'

तीसरी घंटी के बाद दो घटों के लिए वर्षा जैसे हाल की स्थति में थी। देवी आये हुए एक-दो लोगों को उसने मुँह में त्रिशूल चुभोये हुए देख रखा था। बताया गया था कि थोड़े समय उन्हें पीड़ा का एहसास नहीं होता। वर्षा ने अपने भावोन्माद की प्रकृति थोड़ी भिन्न महसूस की। वर्षा के अपने दुख-दर्द भावतंत्र के तल में रह गये थे, ऊपर लबालब भरे सौम्यमुद्रा के विषाद का आलोड़न था। पर इस विषाद की भी प्रकृति भिन्न थी। सौम्यमुद्रा की व्यग्र कर देने वाली वेदना को अभिव्यक्त करते हुए वर्षा एक तरह से अपरिभाषित आनंद से थरथरा गयी (बाद में उसने समझा, यह भावमुक्ति की सिहरन थी)। होश सँभालने से लेकर अब तक हताशा, घुटन और आक्रोश का जो जहर वह बूँद-बूँद पीती आ रही थी, वह दो घंटों में वह न सिर्फ कपूर की तरह उड़ गया, बल्कि एक अनजाने सुख की तरंग से देह सिहर उठी। वर्षा को लगा, जैसे तमाम दर्शकों के सामने जगमगाते मंच पर वह यौवन की पहली प्रणय-क्रीड़ा के अनुभव से गुज़र रही है... क्या यही जीवन की सुंदरता है, रोमांच के साथ उसने सोचा।

कर्टेन-कॉल के समय ऊँची करतल-ध्वनि के बीच (मिस कत्याल की हिदायत के अनुसार) वर्षा ने थोड़ा झुकते हुए पहली बार दर्शक-समुदाय को उड़ती निगाह से देखा। किसी चेहरे पर नज़र टिक नहीं पायी। तमाम चेहरे एक-दूसरे से डिज़ॉल्व होते जा रहे थे।

जैसे हवा में तैरती हुई जब वह विंग्स में मिस कत्याल से टकरायी, तो इस बार उसने उन्हें जोर-से बाँहों में भरा और कपोल पर चूम लिया। (कॉलेज के स्टाफ-रूम में इन दो चुंबनों की पर्याप्त चर्चा हुई। दर्शन शास्त्र के प्रो. उप्रेती खाँस कर बोले, "महानगर से जब कोई युवा प्राध्यापिका आती है, तो अपने साथ कई संक्रामक बीमारियों के कीटाणु लेकर आती है!")

7
अपनी-अपनी सुख-परिभाषा

तीन महीने बीत गये थे।

बड़ी बेटी की शादी पर 54, सुल्तान गंज में छुटकारे तथा आह्लाद की जो तरंगें थरथरायी थीं, उनकी जगह फिर पुरानी दुश्चिंता की बोझिल जकड़न ने ले ली थी। कारण थी सिलबिल। और इस अनुभूति के तीखे, नुकीले होने के भी दो कारण थे। गायित्री के 'कच्चे अंगूर-से गोरे रंग' (सौजन्य गायित्री की सास मुंगेरी देवी) के विपरीत छोटी सावली थी। माँ-बाप घर के अंदर या बाहर और बेझिझक सिलबिल की मौजूदगी में भी राम नाम के समान हर दो दिन बाद इस सच्चाई को दुहराते हुए यों ठंडी साँस खींचते थे, जैसे सिलबिल लंगड़ी या कानी हो। दूसरा उतना ही शोचनीय कारण सिलबिल का 'दिन पर दिन बढ़ता हुआ स्वच्छन्द व्यवहार' (सौजन्य शर्माजी) था। "पता नहीं, ईश्वर मुझे किस जनम के पाप का दंड दे रहे हैं, शर्मा जी एक चुटकी तंबाकू फाँकने से पहले अवसाद से रुंधे स्वर में कहते।

गायित्री के जाने के बाद रसोई और घर का बोझ मुख्य रूप से माँ पर आ गया था। बढ़ती हुई आयु की वजह से घर-संसार उनके लिए साँसत बनता जा रहा था। सिलबिल कॉलेज, ट्यूशन और 'एक्स्ट्रा-कैरिकुलर एक्टिविटीज' (सौजन्य महादेव भैया) के कारण जो मदद कर पाती थी, वह वयस्क सदस्यों द्वारा एकमत से असंतोषनीय मानी गयी। "उसका इतना अहसान क्या कम है, जो साँझ-ढले घर आ जाती है !" पिता ने टिप्पणी की। माँ को परम पुलकित कर देने वाली सास बनने की ललक ऐसे बाहरी दबाव से और बलवती हो उठी। उनकी पड़ोसिन और पक्की गुइयां फूलवती ने दो टूक-लहजे में राय दी, "महोबा वाली, तुमने सारी उमर हड्डियाँ घिसी हैं। अब वो घड़ी आ गयी है कि तुम पीढ़े पर बैठी-बैठी बीड़ा चबाओ और बहू की चुटियाँ खेचों।" (महोबा वाली को इस काल्पनिक तस्वीर में दूसरी गतिविधि ने अधिक उत्तेजित किया)।

इसके विपरीत शर्माजी का दृढ़ मत था कि पहले सिलबिल को 'ठिये से लगाना' है। उन्हें अंदाज था कि यह 'भगीरथ प्रयत्न' होगा और इसके संपन्न हो जाने पर वह तथा महादेव जैसे 'चारों धामों का पुण्य' पा लेंगे।

पिछले महीने पहले ऐसा अवसर आ गया था।

वर्षा संध्या-समय अपने कमरे में पढ़ रही थी, तब झल्ली ने आकर कहा, "जिज्जी, दद्दा बुलाते हैं।"

वर्षा चौंकी। यह तो उनका ट्यूशन का समय था। आशंका की हल्की-सी छाया उसकी आखों में उभर आयी।

पिता बरामदे में दरी पर बैठे थे। धोती-कुर्ता पहने। इसका मतलब था, अभी फिर बाहर जायेंगे। छाता व थैला भी कोने में रखा था। सामने के प्याले से उन्होंने चाय का घूंट भरा।

वर्षा आकर सामने खड़ी हो गयी। पीछे-पीछे पुछल्ले की तरह झल्ली आ रही थी। खंभे-से टिकी खड़ी माँ ने कहा, 'झल्ली, भोग के लिए आधा पाव बताशे ले आ।''

पिता ने सामने के पीढ़े की ओर इशारा किया। वर्षा बैठ गयी।

शर्माजी ने चाय का एक घूँट और लिया। फिर वर्षा की तरफ देखा, ''स्कूल में मिश्राजी हैं न, नागरिक शास्त्र के अध्यापक। उनका मौसेरा भाई है अनमोल भूषण। बिजनौर कचहरी में पेशकार है। गाँव में खेती-बाड़ी भी है। उमर होगी यही बत्तीस के आसपास...''

कनपटियों की हल्की गर्माहट के साथ वर्षा ने लक्ष्य किया कि पिता अब फर्श को देख रहे हैं।

'' ...प्रसव के समय साल भर पहले पत्नी चल बसी थी। एक छोटा बच्चा है। उसके ऊपर पाँचेक साल की बेटी है।''

पल भर ठहरकर पिता ने वर्षा को देखा, ''आठ, साढ़े आठ बजे स्टेशन के वेटिंग रूम में देखना निश्चित हुआ है।''

''मुझे शादी नहीं करनी है।'' वर्षा ने स्थिर स्वर में कहा।

''कैसी बातें करती है!'' पिता ने स्नेह के साथ झिड़का, ''जीवन में आयु के अनुसार मनुष्य का धर्म निश्चित किया गया है। वेद-पुराणों ने गृहस्थ आश्रम का प्रतिपादन क्या ऐसे ही कर दिया? संसार-चक्र को चलाने के लिए सबको अपना दायित्व निभाना ही होता है। कौत्स ऋषि से रघु ने कहा था, अब आपकी इतनी अवस्था हो गयी है कि आप विवाह करें और सबका भला करने वाले गृहस्थाश्रम में प्रवेश करें। गृहस्थाश्रम को कविकुल-गुरु ने 'सबका भला करने वाला' क्या ऐसे ही कह दिया?''

''अभी मैं बी. ए. कर रही हूँ।'' वर्षा बोली।

''वंश की परम्परा और मर्यादा ज्यादा बड़ी है या तेरा बी.ए.?'' पिता का स्वर इस बार ऊँचा हो गया।

वर्षा खड़ी हो गयी।

''देख सिलबिल, मैंने वचन दे दिया है कि हम वेटिंग रूम में मिलेंगे।''

हताशा एवं क्रोध में शर्माजी का स्वर विकृत हो गया।

इस बार पत्नी ने उन्हें सहारा दिया, ''इस छोकरी का कुछ ओर-छोर ही नहीं मिलता। कैसे बाप के सामने तू-तड़ाक किये जाती है।...एक गायित्री भी थी। जहाँ बोलो, बेचारी सुग्गे-सी बैठ जाती थी।''

माँ के अप्रत्याशित विश्वासघात का नोटिस वर्षा ने एक ठंडी निगाह से किया।

शर्माजी सिलबिल द्वारा आँखों का ऐसा नाटकीय इस्तेमाल देख तिनक कर खड़े हो गये, ''तू जा ऊपर और अच्छी-सी साड़ी पहन कर आ !''

वर्षा ने दाँत भींच लिये, "अगर तुम लोगों ने जबर्दस्ती की, तो मैं कुएँ में कूद जाऊँगी।"

उसके चेहरे पर जो आक्रामक तीखापन था, उससे माँ-बाप सकपका गये। "क्या...?" शर्माजी के गले से यही एक शब्द फूट पाया।

वर्षा मुड़ी और धम-धम करती हुई जीना चढ़ गयी।

"जो एक सम्मानित कवि की प्रेरणा है, उसे रूखे-खुरदुरे अहलकार के साथ बाँधना चाहते हैं।" अपने बिस्तर पर बैठकर सिलबिल कुड़बुड़ाई। फिर तकिये के नीचे से मसला-तुसला कागज़ निकालकर पढ़ने लगी, "प्यारी-प्यारी कितनी तुम्हारी मुद्राएँ प्रिये...'

आकर्षक कमलेश 'कमल' इंजीनियर पिता के तबादले के साथ सत्रारंभ में कॉलेज में आया था और देखते-देखते कॉलेज का सबसे लोकप्रिय कवि हो गया था। पंद्रह अगस्त को 'भारत-विजय हो' से उसने अपनी पहचान बनायी थी। फिर अगले महीने की कविता-प्रतियागिता में 'रात किसी की बहुत याद आयी' से वह 'मिश्रीलाल डिग्री कॉलेज का बायरन' हो गया। (सौजन्य प्रो. उप्रेती, जो रंगमंच के साथ-साथ कविता को भी संक्रामक बीमारी मानते थे। वह गलत नहीं थे, क्योंकि कान्वेंट से आयी सरला भी हिन्दी कवि पर मुग्ध हो गयी थी)!

"मंच-सम्राज्ञी को शब्द-चितेरे की तुच्छ भेंट..."

मंचन के हफ्ते भर बाद जब वर्षा साँझ के झुटपुटे में मिस कत्याल के यहाँ से लौट रही थी, तो पेड़ के पीछे दुबका हुआ कमलेश यकायक सामने आ गया और हाथ का कागज आगे बढ़ाया।

अकेले लड़के के साथ उसका संवादलीन देखा जाना कॉलेज की नैतिकता और परिवार की मर्यादा के लिए घनघोर संकट था। वह पूछने जा रही थी कि यह क्या है कि तभी उसे गेट पर एक चपरासी की झलक दिखायी दी। अगर वह 'तुच्छ भेंट' लेने से इंकार करती, तो कमलेश 'कमल' आग्रह कर सकता था। वर्षा को लगा कि कागज़ थामने के अलावा और कोई विकल्प नहीं।

सड़क पर चलते हुए वर्षा का चेहरा वीरबहूटी हो गया। (असंबंधी युवक से बात करने का यह पहला अवसर था)।

'थ्री ईयर्स शी ग्रियु इन सन एंड शॉवर
दैन नेचर सैड, ए लवलियर फ्लॉवर
ऑन अर्थ वाज़ नेवर सीन...'

कुछ समय पहले ये पंक्तियाँ सुनाते हुए मिस कत्याल ने बताया था, वर्ड्सवर्थ ने लूसी को इस कविता में कालजयी बना दिया है।

मन की गहनतम सतह पर भावविभोर होते हुए वर्षा पढ़ती रही :

'प्यारी-प्यारी कितनी तुम्हारी मुद्राएँ प्रिये,
सौम्यमुद्रा, पोर-पोर मेरे मनमोर हो।।
आय रंगमंच पै चुराय लियो मेरो चैन

चित्त झकझोर, ओ सलोने चितचोर हो॥
जहाँ-जहाँ देखूँ वहाँ दीख पड़े तेरी छवि
सूरजमुखी रवी की, चाँद के चकोर हो॥
मिश्रीलाल कॉलेज के प्रांगण की विद्युत्लता
शाहजहाँपुर के हिरदय की हिलोर हो॥''

('सौम्यमुद्रा के प्रति' कोर्स में लगे 'साकेत' के सर्वप्रमुख छंद में ही लिखी गयी थी। वर्षा को लगा, कमलेश 'कमल' की प्रतिभा राष्ट्रकवि के साथ घुलमिल गयी है और वर्षा की छवि नायिका उर्मिला के साथ)!

उस रात सिलबिल को नींद नहीं आयी--अब वह एक प्रतिष्ठित कवि की प्रेरणा है, साहित्य के इतिहास में अमर होने जा रही है, आज से सौ साल बाद यही कविता मिश्रीलाल डिग्री कॉलेज के बी. ए. कोर्स में पढ़ायी जायेगी (तब सिलबिल के पास उच्चतम सौंदयबोधीय मूल्यांकन के लिए यही कसौटी थी)।

हफ्ते भर वर्षा हवा के पंखों पर सवार रही। जिन्दगी थोड़े बर्दाश्त के लायक हो गयी थी।

''मेरी रचना आपको कैसी लगी?''

शाम-ढले मिस कत्याल के यहाँ से लौटते हुए कमलेश 'कमल' ने उसे फिर घेर लिया।

सकपकायी हुई वर्षा ने बिना मुस्कान के प्रशंसा में सिर हिलाया।

''यह एक कलाकार की दूसरे को श्रद्धांजलि है!'' शायद कवि भी कुछ तनाव में था।

''मैं आभारी हूँ, लेकिन मेरे घर वाले सचमुच मेरा 'राम-नाम-सत्य' कर देंगे। मैं हाथ जोड़ती हूँ, कृपया मुझे अकेला छोड़ दें।''

कमलेश की अनुराग भरी आँखों में जो आहत भाव उभरा, वह वर्षा के मन को कई दिनों तक मथता रहा।

कॉलेज के गलियारे में आते-जाते एक पल के लिए उससे निगाह मिल जाती थी (वर्षा की दृष्टि 'रघुवंश' की इंदुमती के समान ही होती थी, जिसने अपनी मुस्कराती चितवन अज पर डालते हुए आँखों-आँखों में ऐसे उसका वरण कर लिया था, मानो वह दृष्टि ही स्वयंवर की माला हो)।

अगर जान पाते, तो शर्माजी इसे 'विधि की विडंबना' ही कहते कि जिस 'कालिदास-ग्रंथावली' से सिलबिल के मन में यौवनानुभूति के सवाल सुगबुगाये थे, उनके जवाब उसे 'सौम्यमुद्रा के प्रति' वाले कागज से मिलने शुरू हुए। आषाढ़ के पहले दिन पर्वत-शिखर से मेघ को टकराते देख कर विरही यक्ष क्यों तड़प उठा, आश्रम में दुष्यंत से पहली भेंट के बीच शकुंतला ने मन-ही-मन 'अपने पर बस हो, तब तो जाऊँ' क्यों कहा और विक्रम से मिलने के बाद पारिजात-शैया पर लेटी हुई उर्वशी को नंदनवन का शीतल पवन जलाने क्यों लगा? ऐसे उत्तेजित करने वाले उत्तरों की झांकियाँ सिलबिल के भीतर अब उभरने लगीं।

आकर्षक कवि की प्रेरणा बनने के बाद सिलबिल ने पहली बार अपने को पुरुष की आँखों से देखने की कोशिश की। अपनी देह के प्रति उत्सुकता इस एहसास का दूसरा चरण थी। कमरा बंद करके सिलबिल ने उज्जयिनी की अभिसारिका के समान कदली स्तंभ-सी जंघाओं का चिकनापन महसूस किया, मालविका के समान वक्ष पर चंदन का लेप लगाया, (सीताराम के माथे पर शोभित होने के लिए घिसे गये अनुलेप का ऐसा इस्तेमाल अगर महोबे वाली को मालूम हो जाता, तो?), इंदुमती के समान कमलनाल को दोनों उरोजों के बीच में रखकर सौंदर्य का प्रतिमान निर्धारित किया (फर्क बस, इतना था कि कमलनाल के न होने से हरे धनिये के पत्तेविहीन डंठल का व्यवहार करना पड़ा) और चोटी खोल कर मुआयना किया कि काले, मुलायम कुंतल-गुच्छ काम-कलशों के कितने निकट जा सकते हैं...

सिलबिल को लक्ष्य करके आकाश के झरोखे से कामदेव ने अपना सम्मोहन नाम का बाण चढ़ा लिया था और वह धीरे-धीरे डोरी खींचने लगा था...पर माता-पिता की सतत सीताराम-आराधना थी या मर्यादा पुरुषोत्तम ही अपने चंदन का ऐसा इस्तेमाल देखकर कुपित हो गये थे कि अयोध्या नरेश ने देखते-देखते कवि के इंजीनियर पिता के चित्रकूट-तबादले का आदेशपत्र भिजवा दिया।

'प्लेटॉनिक' प्रेम किसे कहते हैं, वर्षा यह जान गयी।

''जिज्जी!'' किशोर ने उमंग से पुकार लगायी, ''बड़ी जिज्जी आयी हैं।''

संपन्न ससुराल में प्यार और सम्मान पाने वाली बहू के सौभाग्य से आत्मदीप्त गायित्री पहली बार मैके आयी। गर्भवती हो गयी थी। साथ था एक ट्रंक, एक अटैची, एक बिस्तरबंद, एक डोलची, एक थर्मस, एक पर्स और नाटे-से, किंचित गोलमटोल पति परमेश्वर। जब दीनदयाल बैठक में आकर्षण का केंद्र बने, सास-ससुर व छोटे साले-साली के सामने बिजली-व्यवसाय की बारीकियों पर प्रकाश डाल रहे थे, तो गायित्री वर्षा के बिस्तर पर लेटी 'नारी-जीवन में ससुराल की महत्ता' विषय का विश्लेषण कर रही थी। पति के प्यार में पगी सुहागिन बात-बात पर खिलखिलाती थी। कैसे पति ने स्कूटर पर बिठाकर उसे शिकोहाबाद-दर्शन कराया है, कैसे ब्याह के तीनेक महीने बाद वे हनीमून पर नैनीताल गये थे, जहाँ वह जीवन में पहली बार होटल में ठहरी थी। इस यात्रा की स्मृतिस्वरूप कुछ तस्वीरें भी उसने दिखायीं। अपनी दिनचर्या का बखान करते हुए उसने सास पर विषयांतर किया और 'मुंगेरी तेरा चरित स्वयं ही काव्य है' की गहन गीतात्मक अनुभूतियों में डूबती-उतराती रही।

हल्की मुस्कान के साथ सामने कुर्सी पर बैठे हुए वर्षा ने पाया कि ब्याह से पहले इस घर में जिज्जी कड़वाहट व अपमान के जिस तन-मन को क्षत-विक्षत कर देने वाले दौर से गुजरी है, उसकी हल्की-सी खरोंच भी उन पर बाक़ी नहीं रही। उस यातना से जुड़े हुए अम्माँ व दद्दा को लेकर जिज्जी के मन में हल्का-सा आक्रोश भी शेष नहीं रहा, बल्कि उनका जिक्र करते हुए जिज्जी वात्सल्य भाव से भर उठी, ''अब अम्माँ बेचारी दिन भर खटती हैं और दद्दा कैसे कमजोर लगने लगे हैं।''

जहाँ वर्षा को मध्यमवर्गीय भारतीय कन्या की विशालहृदयता पर ताज्जुब हुआ, वहीं अपने एक-एक आँसू और एक-एक निद्राहीन रात का लेखा-जोखा रखने वाली

आत्मपीड़क प्रवृत्ति पर ग्लानि भी हुई।

अंततोगत्वा वर्षा अपने को रोक नहीं पायी, ''यहाँ जो कुछ तुमने भोगा है, वह याद नहीं आता?''

''मुझे मरने की फुरसत नहीं मिलती सिलबिल!'' जिज्जी हँसी और चूड़ियों व कंगन वाले हाथ से पेट पर हल्की-सी थपकी दी, ''अब यह नया बखेड़ा शुरू हो रहा है। राम करे, लड़का हो जाये, तो चैन मिले। सास कहती है, नया चंद्रहार गढ़वा के दूँगी।'' और खिलखिलायी।

जैसे तस्कर सोना और रुपयों का लेन-देन करने से पहले चिन्ह स्वरूप दिये गये एक नोट के दो फटे टुकड़ों को जोड़ कर देखते हैं, उसी तरह उसने जिज्जी के साथ की पहले की कटी हुई अंतरंगता के रेयें-रेशे जोड़कर देखें, पर वे मिले नहीं। उसके मुँह से एक ठंडी साँस निकल गयी।

'सिलबिल, तुम क्यों अम्माँ-दद्दा के पीछे पड़ी हो?''

जब दीनदयाल ने साले-सालियों के साथ पिक्चर व चाट खाने का कार्यक्रम बनाया, तो जिज्जी ने इस अवसर का उपयोग वर्षा के लिए स्त्री-धर्म प्रबोधिनी के समान किया।

''अच्छा, तुम्हारी भी चाबी भर दी उन्होंने?''

गायित्री ने उसका हाथ अपने हाथ में दबाते हुए कहा, ''बहन, तू एक बार सात फेरे लगा कर तो देख ! जब पति का प्यार मिलेगा, तो तेरे भीतर का सारा गुस्सा हवा हो जायेगा।'' और अर्थभरी मुस्कान के साथ उसे चिकोटी काटी।

उसका जी चाहा कि कहे, अगर गुस्सा न मिटा, तो? तो वह क्या करेगी? बाकी जिन्दगी गुस्सा मिटने की प्रतीक्षा करती रहेगी? जिसके दौरान चंद बाल-गोपाल उसकी झोली में गिरते जायेंगे?

पर बेकार की बहस करने को मन नहीं हुआ। अपना हाथ हल्के-से छुड़ाते हुए उसने कहा, ''मैं सिर्फ मादा नहीं हूँ।''

गायित्री उसकी ओर चौंककर देखने लगी, जैसे पहचानने में भूल कर बैठी हो।

बहन-बहनोई से मिलने महादेव आये। वर्षा की 'नमस्ते' के जवाब में भाई कुछ बुझे-से लगे। चुपचाप सिर पर हाथ रख दिया।

सप्ताह भर घर में उत्सव-सा रहा। यह समझने में उसे कठिनाई नहीं हुई कि जीजाजी के यहाँ-वहाँ होने पर परिवार की चर्चा और चिंता का एकमात्र विषय वही होती थी। उसके एकाएक उनके बीच पहुँच जाने पर चुप्पी छा जाती थी। घर में अलग-थलग तो वह पहले से थी, पर ऐसी चिन्हित और रेखांकित पहली बार हुई।

ऐसे में चुपचाप अपने कमरे में आ जाती और पढ़ाई की कोशिश करती। कभी थोड़ी देर जीजाजी भी 'अपनी कलाकार साली' से चुहल करने आ जाते।

रस्म के मुताबिक माँ की इच्छा थी कि गायित्री का प्रसव मैके में ही हो। मन-ही-मन गायित्री उन पर ऐसा बोझ नहीं डालना चाहती थी। शुभ संकेत यह था कि सास तथा

पति का भी यही विचार था। पोते की लौ लगाये सास रामजी की गाय को दूध, मक्खन व घी का खूब सेवन करवा रही थी (घर में एक-एक अदद गाय-बछड़े वाली 'गौशाला' भी थी)।

महादेव के आने पर गायित्री ने उससे अनुरोध किया कि माँ की भावना को ठेस पहुँचाये बिना वह विदाई के लिए उनकी स्वीकृति ले ले। महादेव शालिग्राम के मंदिर में चढ़ौती चढ़ाने के लिए माँ को साथ ले गये और उनकी रजामंदी ले आये। पिता ने, जो गुट-निरपेक्ष होने की मुद्रा अपनाये हुये थे, बेटे की व्यवहार-बुद्धि की मन-ही-मन सराहना की। माँ और गायित्री के क्रंदन के साथ विदाई की रस्म अदा हुई (इससे पहले बेटी ने पति से छिपाकर माँ को पाँच सौ रुपये दिये थे)। पिता और महादेव की आँखें भी सजल पायी गयीं। वर्षा को गले से लगाती हुए जिज्जी सिसकियों के बीच फुसफुसायी, 'सिलबिल, अपना जीवन सँवार बहन।'' सिलबिल का भी मन भर आया। पल्लू से आँखें पोंछते हुए सोचा, यही कोशिश तो कर रही हूँ।

रात हो गयी थी। हफ्ते भर की चहलपहल के बाद घर सूना लग रहा था। वर्षा मेज पर बैठी अपनी पढ़ाई में लगी थी। तभी भाई ऊपर आये और सामने बिस्तर पर बैठ गये। (सुबह उन्हें चला जाना था)। कुछ देर चुप्पी रही।

''यह नाटक का भूत तुम्हारे सिर पर कैसे सवार हो गया?'' भाई ने सामान्य स्वर में पूछा।

''यों ही...''

''इसमें ऐसा क्या है, जो तुम छोड़ नहीं सकती?''

उसने घूँट-सा भरा, ''जो आग मेरे भीतर धधकती रहती है, वह कुछ समय के लिए शांत हो जाती है।''

भाई ने ऐसा संवाद उसके मुँह से कभी नहीं सुना था, इसलिए गौर से उसकी तरफ देखा। समझा कितना, वह नहीं जान सकी।

'पर शहर में दस तरह की बातें होती हैं।''

''मैंने ऐसा कुछ नहीं किया, जो कोई मेरे ऊपर उँगली उठाये। जिनकी आदत ही गलत है, उनके लिए मैं क्या कर सकती हूँ।'' उसका स्वर दृढ़ था।

''हमें यहीं रहना है।'' भाई ने कहा।

उसके जबड़े सख्त हुए, पर वह चुप रही।

''कॉलेज के बाथरूम में तुम्हारे बारे में कुछ लिखा पाया गया था?'' भाई ने पूछा।

उसने साँस छोड़ी। ... मंचन के तीन दिन बाद की घटना। 'जब तुम्हारे अधरों पर मेरा नाम आयेगा सौम्यमुद्रा, तो मैं समझूंगा कि मेरे तप्त होंठों ने तुम्हारे रसभरे अधरों का चुंबन लिया है', मयंकदत्त का यह संवाद छात्रों के टॉयलेट में किसी ने दीवार पर लिख दिया था और 'सौम्यभुद्रा' को काट कर 'वर्षा' नाम जोड़ दिया था। दूसरे दिन बात मिस कत्याल तक पहुँची, तो उन्होंने छात्र-संघ के सभापति को बुलाकर शिकायत की। इबारत मिटा दी गयी। आगे ऐसी घटना नहीं हुई।

''जो लोग दिल्ली में करते हैं, वह तुम शाहजहाँपुर में करना चाहती हो।'' भाई ने मद्धिम लानत के स्वर में कहा।

वह अपराधी की मुद्रा में नीचे देखती रही। यह बात तो सही थी!

''और 'नारी सिंगार निकेतन' के पोस्टर का क्या बखेड़ा है?'' इस बार स्वर में झुंझलाहट थी।

दूसरी बार फिर वर्षा ने गहरी साँस छोड़ी।

इतवार की एक सुबह चपरासी मिस कत्याल का पुर्जा लेकर आया। वह गयी, तो उन्होंने उसे बहुत नफीस काँजीवरम साड़ी पहनने को दी और अपनी फुलवारी में अलग-अलग मुद्राओं में उसकी पाँच-छह फोटो खींची। शाम को जब वह चलने लगी, तो उन्होंने साड़ी का पैकेट उसके हाथ में थमा दिया। मुस्कराकर बोली, ''नारी सिंगार निकेतन' के बजाजजी ने तुम्हारा एक ब्लोअप इस साड़ी के पारिश्रमिक के रूप में चाहा है, जिसे वे दुकान में लगायेंगे। मुझे लगा, सौदा बुरा नहीं।''

उसका भी विचार ऐसा ही था। चित्र शालीन था। कंधों पर पल्लू के साथ, वह हल्की मुस्कान से फूल तोड़ रही थी।

पखवारे के बाद एक शाम दद्दा के साथ नाटकीय समक्षता संपन्न हुई। उनका आरोप था कि उसके 'वाहियात पोस्टर की चर्चा पूरे शहर में है।' उसने नर्मी से कहा कि तस्वीर लक्ष्मी की मूर्ति के बगल में लगी है और ऊपर लिखा है : वर्षा वशिष्ठ की असली पसंद--नारी सिंगार निकेतन की साड़ी। जब लक्ष्मी की निकटता से भी पिता नहीं पसीजे (जिनके लिए माँ के मन में भी पर्याप्त श्रद्धा थी। वह बरामदे में स्थापित अपने मंदिर के बगल में दीपावली के अवसर पर लक्ष्मी के तस्वीर चावल से चिपकाते हुए नीचे लिख देती थीं-श्री लक्ष्मीजी सदा सहाय करें। पर वर्षा ने अब तक कभी श्री लक्ष्मी जी को घर की सहायता करते हुए रंगे हाथों नहीं पकड़ पाया था), तो दूसरे दिन उसने श्री दिव्याजी से सहायता की प्रार्थना की। उन्होंने तुरंत बजाजजी के नाम से एक पत्र साड़ी के पैकेट के साथ भेज दिया। चित्र तत्काल हटा दिया गया, पर पैकेट वापस नहीं लिया गया।

''यह मिस कत्याल कौन है?'' भाई ने उसकी ओर देखते हुए पूछा।

स्वर में कुछ ऐसी अपमानजनक ध्वनि थी कि वह अपने पर नियंत्रण नहीं रख पायी, ''मेरी टीचर...मेरी सहेली...मेरी सब कुछ...'' उसने सीधे भाई से निगाह मिलायी।

''तुम उनके यहाँ बहुत जाती हो, कई बार रात को वहाँ रहती भी हो?''

''हाँ। उनका साथ मुझे बहुत अच्छा लगता है।''

कुछ पलों का मौन रहा। फिर भाई बचाव के ढंग से बोले, ''मैं सिर्फ जानना चाहता हूँ। यह तुम्हारी मित्रता पर टिप्पणी नहीं है।''

भाई ने सिगरेट सुलगायी। वर्षा को एहसास हुआ, आगे कठिन मुद्दा आ रहा है। उसे अपना गला थोड़ा सूखता महसूस हुआ। थूक निगलकर उसे तर किया।

''अनमोल भूषण जी से मिलने मैं बिजनौर गया था। जब पिताजी को मेरा पत्र मिला, उसके बाद ही उन्होंने तुमसे बात की थी। मैं मानता हूँ कि अनमोलजी के साथ तुम्हारा सम्बन्ध बहुत उपयुक्त नहीं है। लेकिन जिस चीज के सहारे हमारे समाज में सम्बन्ध तय होते हैं, उसकी हमारे घर में बहुत कमी है। मेरा बस चले, तो मैं अपनी खाल

बेचकर भी तुम्हारे लिए योग्य वर जुटाऊँ। पर ऐसा हो नहीं सकता और भाग्य की बात है कि तुम्हारा रंग-रूप गायित्री के जैसा नहीं है। अब तुम्ही बताओ, हम क्या करें?''

भाई ने सीधे, सरल ढंग से अपना पक्ष रखा था। उसमें उनकी पीड़ा, स्नेह, विवशता सब थी। न चाहते हुए भी उसका मन तरल हो आया। वह पीलीभीत में किराये के एक बोसीदा कमरे में भाई-बहनों के बेहतर भविष्य के लिए पेट काट-काटकर गुजारा कर रहे थे और स्वयं अपने भावी जीवन की रूपरेखा स्थगित करते जाते थे। इससे भी मार्मिक बात यह थी कि उन्होंने भाई-बहनों के सामने अपने को शहीद के रूप में प्रतिष्ठित करने की कोशिश नहीं की थी।

''आयु के जिस मोड़ पर मैं खड़ी हूँ, उसमें शादी मुझे उतने महत्व की नहीं लगती, जितना अपने पाँवों पर खड़ा होना लगता है।''

''यह तुम क्या कह रही हो? वंश की एक परंपरा होती है। उसके खिलाफ आदमी कैसे जा सकता है?''

''अगर चारा न हो, तो जाना ही होगा।'' वर्षा ने उत्तर दिया, ''यह मैं मानती हूँ कि मेरी वजह से घर के लोगों को बाहर दो बातें सुननी पड़ेगी, लेकिन ऐसा होना मेरी मजबूरी होगी।''

भाई सिगरेट की राख झाड़कर कुछ क्षण चुप रहे। फिर बोले, ''तुम इस तरह ब्याह के विरुद्ध क्यों हो?''

''उस जीवन में मेरे लिए आकर्षण नहीं।''

''यह तुम कैसी ऊटपटांग बातें कर रही हो?'' भाई बौखला गये।

वर्षा ने साहस करके स्पष्टीकरण दे दिया, ''कुपात्र के साथ बँधने से अकेले रहना अच्छा है।''

इस बार भाई ने पल भर ध्यान से उसे देखा फिर एक गहरी साँस ली, ''सिर्फ बी. ए. की डिग्री के सहारे तुम अपने पाँवों पर खड़ी हो जाओगी? इसके बाद तुम्हारी पढ़ाई की जिम्मेदारी निभाना घर के लिए संभव नहीं होगा।''

वर्षा को तसल्ली हुई कि सच्चाई अपने नग्न रूप में सामने आ गयी। वैसे उसने ऐसी कोई उम्मीद भी नहीं लगा रखी थी। कहने के साथ ही भाई के चेहरे पर थोड़ी शर्मिन्दगी आ गयी। उन्हें इस स्थिति से बचाने के लिए उसने विराम नहीं आने दिया।

''कोशिश करूंगी।''

भाई ने सिगरेट बुझा दी और उठ खड़े हुए। कुछ पल उसे देखते रहे, फिर बोले, ''एक बात कह दूँ। अगर हमें अच्छा वर मिल गया, तो मैं तुम्हारी ये नाटक वाली दलीलें नहीं सुनूँगा।'' अपने ही स्वर की सख्ती-से शायद वह फिर कुछ झेंप गये या सालों पहले की दुलारी गदबदी बहन याद आ गयी। उसके सिर पर हाथ रखा और जब बोले, तो आवाज रुँधी हुई थी, ''हम लोग तुम्हारे दुश्मन नहीं है।...तुम्हें सुखी देखकर...हमें सुख मिलेगा...''

उन्हें जाते हुए देखकर वह यह कहने का साहस नहीं जुटा पायी कि मेरी और आपकी सुख की परिभाषा अलग-अलग है।

8

फ्रेंड, फिलॉसफर एंड गाइड

झल्ली के साथ बाजार जाने पर सिंहल-परिवार से सामना हो गया था। "वर्षा, अगले साल तुम्हें नाटक डायरेक्ट भी करना होगा।" यकायक डॉ. सिंहल बोले।

वह चौंकी-सी रह गयी, "दिव्याजी के होते हुए..."

"यही तो रोना है।" मिसेज सिहल ने उदास स्वर में कहा, "वह लखनऊ वापस जाने की सोच रही हैं।"

वर्षा ने कभी देखा नहीं था कि ऊँचे, हरे-भरे पेड़ पर कड़कती बिजली के गिरने से वह किस तरह देखते-देखते जले, बदरंग ठूँठ में बदल जाता है। पर यह बात सुनने के बाद उसने अपने में ऐसा ही रूपांतर महसूस किया।

"आप बताइए, मेरी सौम्यमुद्रा में कौन-सी कमियाँ और गलतियाँ थीं?" इतवार की एक दोपहर उसने उनके ड्राइंगरूम में पूछा।

वह दीवान पर तकिये के सहारे बैठी थीं। पीछे की खुली खिड़की से जनवरी की ऊष्म, सुखद धूप आधे कमरे को अपने घेरे में लिये थी। उसने अपनी कुर्सी दीवान के बिल्कुल निकट, उनके पावों के पास खींच ली थी।

उन्होंने उसकी ओर देखा और हल्के-से मुस्करायी, "हाँ, इस शहर में रंगमंचीय कार्यकलाप की एक कमी यह है कि कोई अखबार नहीं निकलता। सुबह नाट्य-समीक्षक की कृपा से आप यह नहीं जान सकते कि आप कितने पानी में हैं !"

उसने "शाकुंतल' के नायिका-सखी दृश्य की पैरोडी की, "हे कोमलांगी, इसीलिए तो मैं आपके मोहक मुखड़े को यह कष्ट दे रही हूँ।"

"पर मैं तो प्रदर्शन से जुड़ी हुई हूँ। मेरी प्रतिक्रिया तटस्थ नहीं हो सकती।" मुस्कान की चंचलता से जाहिर था कि उसे छेड़ा जा रहा है।

"हो सकती है। मैं आपको थोड़ा-सा जानती हूँ।" उसने उनके पाँवों के दोनों ओर कुहनियाँ रख लीं और हथेली पर चिबुक टिका, टुकुर-टुकुर उन्हें देखती रही।

कुछ पलों की चुप्पी के बाद वह गंभीरता से बोली, "अभी तुम्हें सामान्य तकनीकी बातें सँवारनी हैं, जैसे चाल में अटपटापन न हो, ऐसा न लगे कि हाथों का क्या करूँ, अलग-अलग दृश्यों में अभिनय-शैली की निरंतरता रहे...पूरे प्रदर्शन में तुम्हारे चरित्र का अलग, संपूर्ण ग्राफ बन सके, आदर्श यह होना चाहिए।"

उसने सहमति में सिर हिलाया।

"एक मुख्य बात यह है कि तुम्हारे जो प्रणय-दृश्य थे, उनमें भावना की उन्मुक्तता नहीं आ पायी। ऐसा लगता था कि यह सजीली राजकन्या दिमाग से प्रेम कर रही है, दिल से नहीं। वह कह तो रही है कि "तुम्हारी रागभरी आँखों ने मेरे कामना-कोष की अर्गलाएँ

तोड़ दी हैं,'' लेकिन उसकी अपनी आँखों में भावनाओं का ज्वार दिखायी नहीं देता। बीच-बीच में चेहरे पर गहरे लगाव की लाली जरूर झलकती थी, लेकिन वह और तीव्र होकर पारावार नहीं तोड़ पायी। ऐसा लगता था कि राजकुमारी अपनी सत्तर फीसदी भावनाएँ स्टेट बैंक ऑफ मगध के लॉकर में छोड़ आयी हैं।''

वर्षा ने फिर हामी में सिर हिलाया, ''ऐसा भी है कि कभी मैंने संवाद पर मुख्य बल दिया और कभी चेहरे के भाव पर। पर दोनों में एक साथ तालमेल नहीं बैठा पायी।''

''यह बहुत कुछ सँभल सकता था, अगर आँखों का व्यवहार थोड़ा और कल्पनाशील, थोड़ा और प्रभावी होता। स्टेज पर कलाकार की बहुत बड़ी शक्ति है--उसकी आँखें...वर्षा रानी, तुम्हारे तो ऐसे सुंदर, मन में सेंध लगाने वाले खंजन नैन हैं! थोड़ा इनका इस्तेमाल सीखो न !''

वह शरारत से मुस्करायी, ''अब आप मिल गयी हैं, तो सीख ही लूँगी।''

वह एकदम खिलखिलाय़ीं, फिर सहसा चुप हो गयीं, ''नहीं, मुझसे मत सीखना। बहुत दुख उठाओगी।'' आवाज़ संजीदा हो गयी थी।

कुछ ठहरकर उसने कहा, ''आप कुछ कहने वाली थीं। फिर रुक गयीं।...ऐसा पहले भी हो चुका है।

उसकी आँखों में देखते हुए वह सीधी हुईं, उसका हाथ लेकर अपने कपोल से सटा लिया और बहुत कोमल स्वर में बोलीं, ''तुम सचमुच मुझे समझने लगी हो।''

'रघु के सिंहासन पर बैठते ही जल की मिठास अधिक हो गयी, फूलों की सुगंधि बढ़ गयी और पृथ्वी, जल, अग्नि, वायु और आकाश-इन पाँचों तत्वों के गुण भी बढ़ने लगे।' मिस कत्याल की मैत्री से वर्षा के जीवन में ऐसे ही सुखद परिवर्तन हुए।

रविवार अब उसके जीवन का श्रेष्ठतम दिन बन गया था। उसके मन का एक हिस्सा सोमवार की सुबह से रविवार की प्रतीक्षा शुरू कर देता। रविवार उसके जीवन को गुणवत्ता और सार्थकता देता था। छह दिन घर से संचित घुटन के बाद रविवार मदमाती बयार था। इस दिन वह अपने व्यक्तित्व के सबसे परिष्कृत, सबसे सूक्ष्म स्तर पर साँस लेती थी।

कभी दोनों दिन भर घर में रहतीं, संगीत सुनतीं। कभी लंबी लिस्ट के साथ बाजार चली जातीं। कभी मिस कत्याल अपने नोट्स लेतीं और वर्षा अपने कोर्स की किताब पढ़ती। कभी रसोई में पनीर-पराठे या अंडा-करी का कार्यक्रम बनता (मांसाहार के प्रशस्त पथ पर वर्षा का यह नन्हा-सा प्रयास था)। कभी सैंडविच वा कॉफी का थर्मस लिये शहर से पचास-साठ मील दूर किसी उजाड़ खंडहर में बैठती या हरी-भरी अमराई में घूमतीं। मिस कत्याल को डॉ. सिंहल, प्रो. चौधरी या किसी और घर से आमंत्रण होता, तो वर्षा साथ रहती।

या घर की फुलवारी में आम के पेड़ के नीचे दोनों कोई नाटक पढ़तीं।

''करार नहीं...आज मेरे दिल को करार नहीं...आज सुबह से ही क्यों मेरा दिल लरज रहा है?'' अपना संवाद बोल कर मिस कत्याल ने फिल्टर सिगरेट का कश लिया। (इतवार को यह उनका 'मुख-विलास' था, जिसके दौरान गेट पर निगाह रखनी होती

थी, अन्यथा दर्शनशास्त्र के प्रो. उप्रेती मिश्रीलाल डिग्री कॉलेज के स्टाफरूप में कानाफूसी करते पाये जाते, "भैया, कॉलेज के प्रांगण में ही अनैतिक स्वेच्छाचार का दावानल भड़क रहा है! आज शाहजहाँपुर में भारतीय नारी का अभूतपूर्व स्खलन हो रहा है)।"

"नहीं...मेरी नजरों को क्या हो गया है। आज...ताजमहल मुझे सुफेद दिखायी नहीं दे रहा। संगेमरमर की कबूतर के परों जैसी आब पर खून के छींटे हैं...दूर उफक़ पर अम्मी हुजूर ने आहो-फूंगा से थकी पलकें बंद की हैं और दर्दो-ग़म के क़तरे टप-टप करके नीचे गिर रहे हैं...मुर्तज़ा, तुम कब आये? क्या शाहजहानाबाद से कोई पैगाम है? क्या जंगे-विरासत में दाराशिकोह ने अपनी फतेह का परचम लहरा दिया?" वर्षा ने अपना संवाद बोला, "अब्बा हुजूर, आपकी तबीयत नासाज़ है। मेरी इल्तिजा है कि आप आराम फर्माएँ।"

"वर्षा, चरित्र-चित्रण और स्पष्ट होना चाहिए।" मिस कत्याल ने कुछ रुककर कहा, "जहाँआरा कैसी है? बहुत सुंदर, संवेदनशील, परिष्कृत। उत्तराधिकार के युद्ध में उसके प्रिय भाई दाराशिकोह की पराजय और हत्या हो चुकी है। वह अकबराबाद में अपने निर्वासित पिता के साथ दुख बाँट रही है। तुम्हारी सौम्यमुद्रा की तरह उसने भी एक कवि से प्रेम किया, लेकिन भावना के स्तर पर उसके होंठ प्यास से सूखे ही रहे।...अब कुछ कुंजी-शब्दों में चरित्र को परिभाषित कर लो। अगर औरंगजेब के चरित्र को 'रक्तपात' और 'सत्ता' शब्दों से समझा जा सकता है, तो जहाँआरा को तुम कैसे परिभाषित करोगी?"

वर्षा दो पल सोच कर बोली, "दुख...करुणा..."

मिस कत्याल ने सराहना की मुस्कान दी, तो वर्षा ने अपना हाथ आगे बढ़ाया, "लाइए, आज इनाम के रूप में एक कश!"

मिस कत्याल ने आतंकित होने का अभिनय किया, "तुम्हारे पिताजी संटी लेकर मेरी धुलाई करेंगे। अंडा खिलाकर तुम्हारा धर्म मैंने पहले ही भ्रष्ट कर दिया है।"

"उनके लिए मैं उसी दिन भ्रष्ट हो गयी थी, जिस दिन मैंने नौटंकी में काम किया।"

रविवार को सुबह के शो में कोई अच्छी अंग्रेजी फिल्म होती (हफ्ते में एक ही शो होता था), तो दोनों वहाँ जातीं। 'सिटी लाइट', 'ब्रिज ऑन द रिवर क्वाइ', 'जायंट्स', 'ए प्लेस इन द सन' 'टु कैच ए थीफ', 'क्लियोपेट्रा' इत्यादि ने एक नया अनुभव-संसार उसके सामने खोला। जेम्स डीन और मांटगोमरी क्लिफ्ट की सूक्ष्म, अंतर्मुखी अभिनय-शैली से वह विभोर हो उठी। लिज़ टेलर उसे सिर्फ आकर्षक लगी।

"हू इज एफ्रेड ऑफ वर्जीनिया वुल्फ' यहाँ आयेगी, तो देखेंगे।" मिस कत्याल ने कहा, "उसमें लिज़ ने अपनी सीमाओं के भीतर अपनी सामर्थ्य का श्रेष्ठ प्रदर्शन किया है।"

एक पत्रिका में मार्लिन ब्रेंडो की उच्चतर अभिनय-शैली पर एक लेख तो उसने पढ़ लिया था, पर कोई फिल्म देखने को नहीं मिली थी। मिस कत्याल ने उसके तीन

अभिनय-सोपानों के बारे में बताया-'आन द वाटरफ्रंट', 'ए स्ट्रीटकार नेम्ड डिजायर' और 'गॉडफादर'।

"आज मैं तुम्हारे साथ अपना सबसे गहन अनुभव बाँटना चाहती हूँ।" मिस कत्याल ने वर्षा की ओर देखते हुए कहा और कॉफी की ट्रे तिपाई पर रख दी।

दोपहर ढल रही थी। उत्तरोत्तर पीछे हटती सर्दी अपनी मद्धिम पड़ती छाया छोड़ गयी थी। धूप में बैठते, तो भीतर जाने का जी चाहता और भीतर बैठते, तो धूप में जाने का। दोनों कुछ देर पहले आँगन से आयी थीं। फिर बाहर जाने की इच्छा को दबाने के लिए मिस कत्याल ने कंधों पर शाल डाल लिया था और वर्षा ने कॉर्डिगन पहन लिया था।

दोनों शयनकक्ष में डबल बेड पर आड़ी लेटी थीं।

हवा के एक साथ-तीन चार झोंके आये, तो यहाँ और डाइनिंग-ड्राइंग रूम के सभी दरवाजों-खिड़कियों पर लगे पर्दे डोलने लगे। इधर से तीनों कमरों के फर्श व दीवारों पर जहाँ तक निगाह जाती थी, धूप और छाया की आँखमिचौनी चल रहा थी।

वर्षा ने कॉफी का एक घूंट लिया (शुरू में कॉफी उसे कड़वी लगती थी, पर अब स्वाद जबान पर रच गया था)।

"प्रशांत से मेरे प्रेम-सम्बन्ध को करीब चार साल हुए। वे कैमिकल इंजीनियर हैं। जाति अलग-अलग होने की वजह से यह रिश्ता उनके परिवार को मंजूर नहीं है। मेरी माँ भी इससे खुश नहीं। प्रशांत ने कहा, मुझे थोड़ा समय दो। मैं अपने घर वालों को मना लूँगा। इसी बीच और बेहतर जगह पर वह कलकत्ता चले गये।" मिस कत्याल ने दो-तीन बड़े घूंट भरे, "प्रशांत के बिना एक वर्ष गुजारने की यातना को मैं भुला नहीं पाऊँगी। लखनऊ में क़दम-क़दम पर उनके आसंग थे। माँ के साथ भी तनाव बढ़ रहा था। मैंने तय किया कि साल, दो साल किसी और शहर में रहूँगी। तब तक इस सम्बन्ध को जो मोड़ लेना है, ले लेगा। प्रशांत के पत्र नियमित रूप से आते रहे-आशा दिलाते हुए कि स्थिति हमारे अनुकूल हो जायेगी।" उन्होंने वर्षा की ओर देखा, "इधर चार महीने से कोई पत्र नहीं आया है।...नये वर्ष के मेरे शुभ कामना कार्ड का भी कोई उत्तर नहीं मिला।"

वर्षा सीधी हुई। एक मुलायम तकिया गोद में ले लिया।

कुछ पल चुप्पी रही। फिर बाहर एक चिड़िया चहकी।

"उनकी तस्वीर दिखाइये।" वर्षा बोली।

मिस कत्याल ने मेज़ की दराज़ खोली। बड़ा-सा लिफाफा निकालकर वर्षा को दिया। अंदर तीन तस्वीरें थीं। सुदर्शन पुरुष।...तो यह व्यक्ति है, जो दिव्या के जीवन का केंद्र रहा है...

हर व्यक्ति के साथ कितना कुछ गोपनीय होता है। सतह के ऊपर किसी से मिलते हुए, उसके बारे में बहुत कुछ जानते हुए भी हम उसके अंतर्मन के गहन कोनों से कितने अनजान रहते हैं, और हमें इसका भान भी नहीं होता। गलियारे में रजिस्टर लिये जातीं, अभिवादन का मुस्कान से जवाब देतीं मिस कत्याल को देखकर क्या कोई सोच सकता है कि ऐसी मोहक युवती के साथ निद्राहीन रातें जुड़ी हैं और उनके पीछे एक प्रेमी है।

मिस कत्याल ने उसे अपना राजदार बनाया। उसे मीठा लगा। बाँटना और क्या है? दूसरे को अपनी अंतरंगता की परिधि में शामिल करना...तुम मेरे प्रिय हो, 'मेरी यह गूढ़ आपबीती जान लो, ताकि हमारी साझेदारी और बढ़ जाये।

बारी-बारी से चित्र पलटते हुए वर्षा ने सोचा, क्या कभी ऐसा दिन भी आयेगा, जब वह अपनी किसी मित्र को ऐसे ही लिफाफा थमायेगी, "ये है परेश...मेरा सबसे गहन अनुभव..."

"बिलकुल चुप हो वर्षा ! कुछ कहो न !"

"क्या कहूँ..." वर्षा उदास-सी मुस्करायी। उनकी कोमल उँगलियाँ अपनी उँगलियों में फँसा लीं, "यही कह सकती हूँ कि आपको सुखी देखकर...मुझे बहुत सुख मिलेगा..."

दरअसल प्रेमक्षेत्र की अनुभवहीनता सिलबिल को अब कुछ ज्यादा ही सालने लगी थी।

फरवरी में लाइंस क्लब के लिए मिस कत्याल ने बीस दिन की तैयारी में 'एवं इंद्रजित' का मंचन किया था। सारे कलाकार अलग-अलग कालेजों से थे। वर्षा को मानसी की भूमिका दी गयी (वर्षा बराबर इसी डर से आक्रांत रही कि घर वालों को पता न चल जाये)।

यह आयोजन असफल रहा। न नाटक पसंद किया गया, न प्रस्तुति। सभी कलाकार कमजोर पाये गये। वर्षा ने खुद महसूस किया कि इंद्रजित के साथ उसके प्रणय-दृश्य बिल्कुल फीके और निर्जीव थे।

"मैं दो नाटकों के अनुभवों के आधार पर कह रही हूँ वर्षा ! मेरी यह विनम्र मान्यता है कि तुम...ठंडी हो।" अकेले में मिस कत्याल ने उसे छेड़ा। (रोचक सच्चाई यह है कि वर्षा को 'ठंडी' का अभिप्राय मालूम नहीं था ! स्पष्ट किया गया, तो उसके गालों पर सुर्खी छा गयी)।

वह स्वयं यह सोचकर खेद से भर जाती है कि लगभग सोलह की आयु के पड़ाव पर उसकी अनुभव-मंजूषा में सिर्फ एक कानी कौड़ी है। वयस्क होने के बाद उसे किसी पुरुष की उँगली तक छूने का सौभाग्य नहीं मिला। हाँ, नौ वर्ष की उम्र में उसे एक चुंबन की उपलब्धि अवश्य हुई थी !

वह परिवार के साथ एक ब्याह में बदायूँ गयी थी। एक मंगल को शाम-ढले रिश्ते के दसवर्षीय फुफेरे भाई नन्हें के साथ हनुमानजी के मन्दिर में भोग चढ़ाने चली गयी। परिक्रमा-पथ के अँधेरे में नन्हें ने उसका दायाँ गाल चूम लिया। वह उसे धक्का देकर घर भाग आयी। मुँह साबुन से खूब मल-मलकर धोया। उसका मन कई दिन इस अपराध-बोध से ग्रस्त रहा कि उससे जघन्य पाप हो गया है!

"पापिन ! दुराचारिणी ! ... बाल-ब्रह्मचारी के मंदिर में स्वच्छंद काम-क्रीड़ा और वह भी मंगलवार को..." मिस कत्याल हँसते-हँसते लोट-पोट हो गयीं। फिर उसकी चिबुक उठाकर कृत्रिम क्रोध से पूछा, "कहाँ था वह पाप का चिन्ह?"

वर्षा ने इंगित किया, तो उन्होंने अपने नर्म-गर्म होंठ वहाँ रख दिये, "लो, तुम

फिर से शुद्ध हो गयीं !"

शुद्धिकरण-या प्रबुद्धिकरण-की प्रक्रिया एक दूसरे स्तर पर भी चल रही थी।

मिस कत्याल की हिदायत के अनुसार अब वह अपने खाली पीरियड में छात्राओं के कॉमनरूम में वस्त्र-चलचित्र-चर्चा की श्रोता नहीं होती थी, बल्कि पुस्तकालय में जाकर हिन्दी-अंग्रेजी अखबार व पत्रिकाएँ पढ़ती थी (घर में अखबार की 'फिजूलखर्ची' नहीं होती थी। पिता भी स्कूल में आने वाले हिन्दी दैनिक की सुर्खिया देख लेते थे। देशकाल से तारतम्य बनाये रखने के लिए इतना काफी था), कठिन अंग्रेजी शब्दों को एक कॉपी में नोट करके शब्दकोश में उनके अर्थ देखती थी और याद करने के लिए कुछ दिनों तक दोहराती रहती थी (उसके मुँह से 'इमोशनल एंकर' पदावली सुनकर, किंचित न समझते हुए भी, जीजाजी सनाका खा गये थे)।

उर्दू शब्द सीखने और उनका उच्चारण ठीक करने के लिए वह उर्दू कविता की किताबें अपने कार्ड पर लेती रहती थी ('ए गमेदिल क्या करूँ' की उसकी भावभीनी अदायगी मिस कत्याल ने अपनी दस्ती मशीन पर रिकॉर्ड की थी, जिसको सुनने की फर्मायश सिंहल-दंपत्ति अक्सर करते थे)। इस लायब्रेरी में उपलब्ध लगभग सारे मौलिक तथा अनूदित नाटक वह पढ़ चुकी थी। किसी नयी किताब की अच्छी समीक्षा आती, तो वह पता इत्यादि नोट करके पुस्तकालयाध्यक्ष को दे देती, ताकि उसको मँगवाने का आदेश दिया जा सके।

पुस्तकालय में गत्ते के टुकड़ों पर सुलेख में अनेक सूचनाए टँगी थी-पुस्तकों का सावधानी से उपयोग कीजिए; ज्ञान पर सबका अधिकार है; पुस्तकें समय से लौटाइए--कोई और प्रतीक्षा में है; पुस्तक अंधकार में प्रज्वलित द्वीप है--जिनका श्रेय वर्षा को था।

और इसके लिए उसे प्रेरणा 'पुस्तक दिवस' पर दिये गये मिस कत्याल के सारगर्भित भाषण से मिली थी (जो मिश्रीलाल डिग्री कालेज के इतिहास में मील का पत्थर माना गया), "पुस्तकें हमारी सच्ची साथी हैं। संबंधियों और मित्रों से हमारे रिश्ते खराब हो जा सकते हैं, पर पुस्तकों से कभी नहीं। यह साधक और साध्य का नाता है, क्योंकि हर पुस्तक अपने आप में संचित ज्ञान-एकांश या अनुभव-मंजूषा है।" पुस्तकें किस तरह जीवन में जमीन-आसमान का परिवर्तन कर देती हैं, इसकी मिसाल देते हुए उन्होंने चेखब की एक कहानी का जिक्र किया, जिसमें एक दोस्त दूसरे की एक लाख रुपये की इस शर्त को स्वीकार कर लेता है कि वह उसकी कोठी के एक कमरे में पच्चीस वर्ष तक बंदी बन कर रहेगा--सिर्फ अपनी पसंद की पुस्तकों के सहारे। धीरे-धीरे वह व्यक्ति मनोरंजक किताबों से ऊपर उठता हुआ धर्म और दर्शन की ओर आकृष्ट होता है। शर्त की अवधि समाप्त होते-होते वह ऐसी आध्यात्मिक ऊँचाइयों तक पहुँच चुका है, जहाँ धन नगण्य है और अवधि समाप्त होने से पाँच मिनट पहले वह खुद बाहर निकलकर शर्त तोड़ने का निर्णय ले लेता है...

यह कहानी वर्षा को विचलित कर गयी और इन्हीं दिनों उसने स्वयं परखा कि

कैसे जीवन की तुलना में कलागत चरित्रों की परिणति तार्किक और विश्वसनीय होती है।

सुल्तानगंज की उसकी सहपठिन ज्योति के भाई प्रकाशमणि कानपुर के एक राष्ट्रीयकृत बैंक में अफसर थे। पिता द्वारा तय किये रिश्ते के बजाय वह अपनी दक्षिण की सहयोगिनी कुंकुमनायिकी से 'लव मैरिज' (पारंपरिक 'घृणा विवाह' के विपरीत ! यह वर्गीकरण उसे बहुत सार्थक लगता था) के लिए लालायित थे। सुल्तान गंज में अपने भीतर ऐसी सनसनीखेज पुलक उसने कभी महसूस नहीं की थी। जो सफेद पर्दे पर होता है, वह उससे तीन मकान छोड़कर घटित हो रहा था। सुल्तान गंज के परिप्रेक्ष्य में जीवन पर अपनी घटती आस्था के लिए उसने स्वयं को धिक्कारा। पिता-पुत्र के तीखे संघर्ष के बाद आखिरकार प्रकाशमणि की बारात गयी और वह जीवनसंगिनी लाये-लेकिन त्रिचूर से कुंकुमनायिकी को नहीं, बल्कि फिरोजाबाद से कामिनी देवी को। 'प्रेम-बारात' का ऐसा प्रत्यावर्तन सिलबिल को निस्पंद कर गया। अगर प्रकाशमणि अब भी संखिया फाँक लेते, तो जीवन पर सिलबिल की आस्था गहरी हो जाती। लेकिन वह तो घूंघट में सिमटी नववधू के साथ कानपुर को प्रस्थान कर रहे थे और छज्जे पर खड़ी, विदाई देखती हुई वेदना-विह्वल सिलबिल को देवदास की याद आ रही थी। यह कहते हुए सिलबिल को रत्ती भर हिचक नहीं कि अगर उसे अपनी 'एक्स्ट्रा-कैरीकुलर एक्टिविटी' छोड़कर घूँघट सँभालते हुए अनमोल भूषण के साथ बिजनौर जाने के लिए विवश किया गया, तो वह खुशी-खुशी देवदास के जैसा आत्मसंहार का पथ अपना लेगी। (शराब के माध्यम से नहीं, क्योंकि इतना समय उसके पास नहीं होगा। कुएँ का विकल्प ज्यादा कारगर है।)

इस घटना के बाद वर्षा का यह संकल्प दृढ़ हो गया कि वह जीवन की तुलना में कला का वरण करेगी।

9

दरो-दीवार पर हसरत की नज़र

वर्षा जब मिस कत्याल की बंगलिया तक पहुँची, तो भावात्मक सन्निपात की स्थिति में थी। इन तीन दिनों में ऐसा क्या हो गया, जो दिव्याजी इस निर्णय तक पहुँची? (परीक्षा-पूर्व के अवकाश में पढ़ाई के कारण वह यहाँ नहीं आ पायी थी)।

घंटी के बटन पर उसका स्पर्श हमेशा की तरह नाजुक, उमंग-भरा नहीं, बल्कि विचलित, व्यग्र था। कमजोरी की लहर पाँवों में ऊपर से नीचे तक उतरती गयी। लगा, चक्कर आ जायेगा।

उसने दीवार से टेक लगा ली। माथे पर पसीने की नमी आ गयी थी।

दरवाज़ा खुला।

वर्षा जिस स्थिति में थी, उससे मिस कत्याल पल भर को सहम गयीं।

वर्षा ने क्रमशः बुझती जाती निगाह से वह चिर-परिचित चेहरा देखा, हिलककर

बोली, ''कह दो कि यह झूठ है...कह दो कि यहाँ से नहीं जाओगी...''

''अच्छा, तुम अंदर तो आओ।'' स्वर में हड़बड़ाहट थी, जैसे मन-ही-मन तय किया जा रहा हो कि वर्षा के साथ कैसा निर्वाह करना है।

वर्षा ने दहलीज पर पाँव रखा और यकायक उनसे लिपटते हुए बिलख पड़ी, ''मुझे छोड़कर मत जाना...मैं घुट-घुटकर मर जाऊँगी।'' वह जैसे उन्माद में आ बार-बार उनका माथा, आँखें, कपोल व होंठ चूम रही थी और प्रलाप-सा किये जा रही थी, ''मैं तुम्हारे बिना नहीं जी सकती...मुझे मंझधार में मत छोड़ो...''

दरवाज़ा अटकाते हुए एक बाँह का सहारा दे, मिस कत्याल उसे बेडरूम में ले आयीं। कंधों पर हाथ रख, बिस्तर पर बिठाते हुए कहा, ''तुम चुप तो हो।...मैं बताती हूँ।''

वह अभी उसके बगल में बैठने का उपक्रम कर ही रही थी कि वर्षा सहसा तड़प कर उठी, फर्श पर घुटनों के बल बैठते हुए उनके पाँव गोद में ले, उन पर चुंबनों की बौछार करने लगी, ''मैं यहाँ एक दिन नहीं जी सकती, तुम्हारे बिना...तुम जिस गाड़ी से जाओगी, मैं उसी के नीचे कट जाऊँगी...''

''वर्षा, ऐसे नहीं करते।'' उसे उठाने की कोशिश करते हुए उन्होंने विह्वल स्वर में कहा।

वर्षा रुक गयी, आँखों से बहते अविरल आँसुओं के बीच उन्हें आरोप भरी दृष्टि से देखा, ''ऐसे छोड़कर जाना था, तो पास क्यों आने दिया? ...दुत्कार के भगा देतीं...''

''जब तक तुम रोना बंद नहीं करोगी, मैं कुछ नहीं बोलूँगी।'' अपने प्रति वर्षा के लगाव को जानने के बावजूद उसका ऐसा व्यवहार उनके लिए अप्रत्याशित था।

''ठीक है, मैं जा रही हूँ...आपका समय नष्ट किया। हो सके, तो क्षमा कर दें।''

दुपट्टे के कोने से आँसू पोंछते हुए और फिर भी सिसकते हुए वह दरवाजे की ओर बढ़ी।

मिस कत्याल अभी तक उसे चुपचाप देखे जा रही थीं। जब उसने बेडरूम के बाहर पहला कदम रखा, तो उनका स्थिर स्वर सुनायी दिया।

''वर्षा, चुपचाप यहाँ आकर बैठ जाओ।''

वर्षा ठिठकी और अंदर की पीड़ा की प्रतिछाया आँखों में लाते हुए उनकी ओर देखा, सिसकियों के बीच अटकते हुए बोली, ''अपनी जिन्दगी से निकालकर फेंक दोगी...और डाँटोगी भी...''

मिस कत्याल ने अपनी बाहें फैला दीं।

वर्षा पल भर रुकी रही, फिर दौड़ाकर आयीं। उनकी बाँहों में सिमट, मुँह उनके वक्ष में छिपा लिया। मिस कत्याल कुछ क्षण उसके बालों में उँगलियाँ घुमाती रहीं। फिर आहिस्ता-से कहा, ''दो दिन पहले माँ की चिट्ठी आयी थी। प्रशांत ने ब्याह कर लिया है...''

वर्षा की साँस ठहर गयी।

''...सुहासिनी सान्याल से। प्रशांत के परिवार ने यह संबंध स्वीकार कर लिया है।''

वर्षा ने मुँह तनिक उठाकर देखा। उनकी आँखें डबडबायी थीं और देखते-देखते

दो गीली रेखाएँ कपोलों पर बन गयीं। उन्होंने तुरन्त उन्हें पोंछा पर कुछ पलों में लकीरें फिर उभर आयीं। कुछ क्षणों के लिए वर्षा अपनी सर्वग्रासी पीड़ा भूल गयी और उसकी सारी चेतना इस नये मोड़ पर केंद्रित हो गयी। धुँधली याद आयी कि दरवाजा खुलने पर उनका चेहरा उतरा हुआ–सा था।

''शादी की टाइमिंग के लिए मैं प्रशांत की आभारी हूँ।'' उनके दुखी स्वर में कड़वाहट की रंगत थी, ''लखनऊ से मेरे दूसरे साल की छुट्टी इस सत्र के साथ खत्म हो जायेगी। यहाँ के मैनेजमेण्ट ने मेरे लिए इतना कुछ किया है। क्या यह मेरा कर्तव्य नहीं कि नये टीचर की नियुक्ति के लिए उन्हें पर्याप्त समय दूँ?''

वर्षा सीधी हुई। अपने दुपट्टे के छोर से उनकी अश्रु–रेखा पोंछी। वे छलछलायी आँखों से उसे देख रही थीं, ''तुम्हें भी इस बात का एहसास तो होगा कि तुम्हें छोड़कर जाने से मुझे कितनी चोट पहुँचेगी...मैं इस बारे में सबसे पहले तुम्हें ही बताना चाहती थी, पर पिछले दिनों तुमसे मिलना नहीं हुआ। परसों शाम अचानक डॉ. सिंहल ने बताया कि मैनेजमेंट मुझे ढाई सौ महीने के भत्ते के साथ एक्स्ट्रा–कैरिकुलर एक्टिविटीज़ की सारी ज़िम्मेदारियाँ सौंपना चाहता है। तब मुझे उनसे कहना ही पड़ा।''

वर्षा ने गहरी साँस खींची। होंठ काटकर भीतर की तरलता को रोका।

मिस कत्याल ने मेज़ से लिफाफा उठाकर माँ का पत्र दिखाया। दस पन्ने थे। 'तुमने अपने जीवन के दो वर्ष नष्ट किये। जिन्दगी तुम्हारी है। ठीक है। पर मेरा कोई अधिकार नहीं? ...मैं बुढ़ापे में सिर्फ यह संतोष पाना चाहती हूँ कि दिव्या सुखी है। (हर परिवार की यही समस्या है। माँ–बाप, बड़े भाई–बहन, लड़की को सिर्फ सुखी देखना चाहते हैं। उसने सोचा)। तुमने एक रिश्ते पर दो साल का दाँव लगा दिया। अब तो घर वापस आ जाओ। मैं वादा करती हूँ, भविष्य के लिए तुम पर कोई दबाव नहीं डालूँगी। तुम जैसे रहना चाहो, रहो, पर मेरे पास रहो। मेरे पास जीने को अब अधिक समय नहीं है...'

वर्षा चिट्ठी गोद में रखे संज्ञाशून्य बैठी थी। समय उसके लिए जैसे थम गया था (बाद में उसे मालूम हुआ कि रंगमंचीय भाषा में इसे 'फ्रीजिंग' कहते हैं)।

आँसू बहते–बहते सूख चुके थे। क्या वह सचमुच जीवित है?

हाँ, है तो। वह यह कमरा देख रही है। बिस्तर, मेज और तस्वीरें पहचान रही हैं। खिड़की का पर्दा डोल रहा है। आम के पेड़ की टहनियाँ दिखायी दे रही हैं।

ढाई–तीन महीने बाद यहाँ किसी का अनपहचाना सामान होगा। इस घर में कोई और व्यक्ति रहेगा। वह गेट के सामने से गुजरती हुई पल भर को ठिठक जाया करेगी। मन की चुभन के साथ जिन्हें याद करेगी, वह किसी दूसरे शहर में होंगी–अपनी दुनिया में व्यस्त।

तो जगहों के साथ आसंग इस तरह बनते हैं। आज पहली बार उसने उस डंक के जहरीलेपन को समझा, जिससे छटपटाकर दिव्या ने ('मिस कत्याल' यकायक औपचारिक लगने लगा था) अपना शहर छोड़ा होगा।

''वर्षा...कहाँ हो तुम?''

वह उसके सामने कॉफी का मग बढ़ाये खड़ी थीं। उसने निर्जीव हाथों से मग थाम

लिया।

''देखो, डॉ. सिंहल से तुम्हारे बारे में बात हो गयी है।'' वह उसकी बगल में बैठ गयीं, ''ग्रेजुएशन के बाद तुम बी.एड. में दाखिला ले लो। कॉलेज से तुम्हें सौ रुपये महीने की छात्र-वृत्ति मिलेगी, साथ में ट्यूशन भी जारी रखो। ट्रेंड होने पर तुम यहीं जूनियर स्कूल में टीचर हो जाओगी और उसके हॉस्टेल की वार्डन भी।''

वर्षा वैसी ही सूनी निगाहों से सामने देखती रही।

''अब सवाल है तुम्हारा अगला साल बिताने का। तो दशहरे, क्रिसमस और होली की तीन छुट्टियाँ हैं। तुम मेरे पास लखनऊ आओगी और हम वहाँ नाटक करेंगे। मैंने बताया था, हमारा पुराना ग्रुप है। तुम्हें उन लोगों के साथ अच्छा लगेगा।''

दिव्या ने वर्षा की ओर देखा। वह वैसी ही निश्चल बैठी थी।

कुछ देर चुप्पी छायी रही। दिव्या के लिए मौन एक आयामी था। उसकी सतह पर वह अपने आत्ममंथन की प्रतिछवि तो देख सकती थीं, पर वर्षा के भीतर कैसा हाहाकार चल रहा है, यह जानने का कोई रास्ता न था।

''मुझ पर इतना गुस्सा मत करो वर्षा ! मैं पहले ही बहुत जख्मी हूँ...'' कहते-कहते उनकी आवाज रुँध गयीं।

वर्षा की देह में स्पंदन हुआ। पलकें झपकीं।

''नहीं, आपका क्या दोष...मेरा नसीब ही ऐसा है...मैं सचमुच अभिशप्त हूँ...''

वह यकायक उठ खड़ी हुयी। दिव्या ने कोशिश की, पर वह रुकी नहीं। उन्होंने शाम को आने को कहा, तो उसने वैसे ही आत्मलीन सिर हिला दिया।

यह खोयापन कुछ क्षणों के लिए ही विलुप्त हुआ, जब उसने गेट के बाहर से मुड़कर आखिरी बार उनकी ओर ऐसे देखा, जैसे किसी राजहंसिनी द्वारा टूटे हुए कमल के डण्ठल से उसके तंतु खींचे जा रहे हों...

वर्षा शाम को नहीं आयी। दिव्या को छटपटाहट हुई। सोचा, चपरासी को भेजे।

फिर मन को कड़ा किया। उसे अपने दर्द के साथ अकेला रहने दो। तभी तो स्वीकार आहिस्ता-आहिस्ता उसकी व्यवस्था में जज्ब होगा।

सुबह छह बजे फोन की घंटी बजी।

रात भर करवटें बदलने के बाद उन्हें अभी ही हल्की सी झपकी आयी थी। थोड़ा अटपटा भी लगा। इस समय कभी-कभी माँ का फोन आता था, पर चिट्ठी आने के बाद फोन की क्या जरूरत? शायद माँ आश्वस्त होना चाहती हों कि दिव्या ने प्रशांत के ब्याह की खबर को सह लिया है या नहीं।

उसने रिसीवर उठाया। डॉ. सिंहल का स्वर था।

दिव्या के पाँवों के नीचे से जैसे जमीन खिसक गयी...

''इस लड़की ने वंश के कितने कीर्तिमान तोड़ दिये।'' शर्माजी ठंडी साँस लेकर अस्फुट स्वर में बोले।

वर्षा ने पिछली रात खाना नहीं खाया था। परिवार ने विशेष ध्यान नहीं दिया।

माता-पिता का विचार था कि अपनी काली मन:स्थिति के चलते वह परपीड़न तथा आत्मपीड़न के रंगारंग करतब दिखाती रहती है। यों भी अनमोल भूषण प्रकरण के बाद जन्मदाताओं से वर्षा की बोलचाल लगभग बंद थी।

रात के आठेक बजे जब वर्षा ने अपने कमरे में धतूरे के बीज खाये, तो वह बिल्कुल शांत थी। संसार-त्याग का निर्णय ले लेने के बाद के इन आठ घंटों में उसने अपने को माया-मोह के बंधनों से आजाद कर लिया था। उसे इस बात का भी दुख नहीं था कि अभी तक कोई ऐसा सामाजिक समारोह नहीं हुआ, जिसमें वह 'वर्षा वशिष्ठ की असली पसंद' वाली कांजीवरम साड़ी पहन सके (जिसे उसने मृत्यु-दंड पाये अपराधी की अंतिम इच्छा के समान एक नोट के साथ दिव्या के लिए छोड़ दिया था)। "यह दुनिया मेरे योग्य नहीं", उसने फुसफुसाकर अपने-आप से कहा। उसे अफसोस था तो सिर्फ यही कि अब वह रंगमंच पर एंट्री नहीं ले पायेगी-गांधारी, चारुलता और वसंतसेना जैसी भूमिकाएँ उसके चरित्र-निरूपण से आलोकित हुए बिना यहीं छूट जायेंगी। पर बहुत बड़ी मुक्ति यह थी कि इस घर की चारदीवारी और इस नगर की सीमा-रेखा में साँस लेने की विवशता अब खत्म हो रही है। जो जहाँ है, सुखी रहे। मैं तो चली, उसने दर्प से सोचा और एक कागज पर लिखने लगी, "अपनी मृत्यु के लिए सिर्फ मैं ही जिम्मेदार हूँ।" (अब घर वाले नहीं कह सकेंगे कि करमजली हमें पुलिस के चक्कर में फँसा गयी)।

जिस तरह बेहद सतर्क खूनी अपराध-स्थल पर कोई-न-कोई सुराग छूट जाता है, उसी तरह बहुत चौकस रहने के बावजूद वर्षा से एक छोटी-सी गलती हो ही गयी। (जगत-विसर्जन के हेतु उसका यह पहला विनम्र प्रयास था)।

वह कमरे की रोशनी बुझाना भूल गयी।

दोपहर के लगभग बारह बजे वर्षा को होश आया।

डॉ. सिंहल ने पुलिस इंस्पेक्टर से बात कर ली थी। उसने मामले को रफा-दफा करने का आश्वासन दिया था।

इंटेसिव केयर यूनिट की सफेद दीवार की पृष्ठभूमि में सफेद तकिये पर सिर रखे और सफेद चादर से गले तक ढँकी वर्षा दिव्या को बहुत दिनों तक 'हांट' करती रही।

उसका चेहरा जर्द पड़ गया था, जैसे देह का अधिकांश रक्त निकाल लिया गया हो। आँखें बिल्कुल रीती। उनमें कोई भाव नहीं आ रहा था। वह किंचित असमंजस में लगती थी कि कौन है,कहाँ है, क्यों है...

दिव्या की पहली चाह यह हुई कि उसे जोर-से अपनी बाँहों में भींचकर हिचकी ले-लेकर रोयें। उन्होंने मुश्किल से अपने को नियंत्रण में रखा।

कुछ ही पलों के बाद वर्षा ने जैसे तंद्रा से आँखें मूँद लीं।

डॉक्टर के संकेत पर दिव्या के अलावा सब बाहर चले गये।

बगल की कुर्सी पर दिव्या निश्चल बैठी रहीं। कभी-कभी अपने बहुत प्रिय व्यक्ति को भी हम कितना कम जान पाते हैं, उन्होंने सोचा। पिछले दिन जब वर्षा उनके घर से निकली थी, तब क्या वह सपने में भी सोच सकती थीं कि उसके भीतर कैस

विनाशी तांडव चल रहा है...

वर्षा अपने प्रयास में असफल जरूर हुई (और इसके लिए उसे पर्याप्त पश्चाताप था), लेकिन इसके बाद वह पीड़ा-नियंत्रण में अधिक सक्षम होती गयी। बात-बात के लिए दिव्या के स्पर्श से सांत्वना पाने की जरूरत कम होने लगी थी।

इसके विपरीत दिव्या अपराध-बोध से भर उठीं। अगर उनका यह एहसास स्थायी भाव नहीं बना, तो इसका कारण वर्षा की प्रतिक्रिया थी, ''भूल मेरी है। तुम्हारे ऊपर मेरी भावात्मक निर्भरता बहुत बढ़ गयी थी (वर्षा के मुँह से ऐसा सुभाषित सुनकर दिव्या उसकी तरफ देखती रह गयीं)। मुझे यह समझना चाहिए था कि अपना-अपना बोझ अकेले ढोने के लिए हर कोई अभिशप्त (यह उसका प्रिय शब्द हो गया था!) है।''

वर्षा के ऐसे यथार्थपरक चिन्तन के बावजूद दिव्या ने लखनऊ के कॉलेज से एक साल की छुट्टी और ले ली। जब वर्षा को मालूम हुआ, तो उसने प्रतिरोध किया, ''तुमने दो साल एक गलत रिश्ते के लिए गवाये हैं। अपना और एक साल बरबाद मत करो। मैं तुम्हें विश्वास दिलाती हूँ, मैं न सिर्फ जिंदा रहूँगी, बल्कि तुम्हारे वियोग में मोटी होकर भी दिखा दूँगी।'' (मृत्यु से अधूरा साक्षात्कार उसके हास्य-बोध को परिमार्जित कर रहा था)।

दिव्या ने उदासी की छाया में उसकी हँसने की कोशिश लक्ष्य की। उसके हाथ पर हाथ रख नर्म स्वर में कहा, ''अब तुम मेरी जितनी अंतरंग हो, उतना कोई भी समलिंगी व्यक्ति नहीं हुआ, इसलिए यह एक वर्ष मेरे इस अनुपम रिश्ते को समर्पित है। इस बीच में अपनी अधूरी थीसिस को भी पूरा कर लूँगी। यह मेरा दूसरा लाभ है। मैं तुम्हारे लिए त्याग नहीं कर रही। यह मेरी अपनी जरूरत है।''

घर और बाहर इस प्रकरण की अलग-अलग प्रतिक्रियाएँ हुई।

माता-पिता इसका तात्कालिक कारण नहीं समझ पाये। अगर यह बिजनौर वाले सम्बन्ध के दबाव का विरोध था, तो इसके लिए देर हो चुकी थी। इससे इतना जरूर स्पष्ट हुआ कि वर्षा का जीवनगत दृष्टिकोण 54, सुल्तान गंज के लगातार प्रतिकूल होता जा रहा है। झल्ली स्वतंत्र मत के लिए छोटी थी, लेकिन किशोर ने माँ-बाप के विरुद्ध स्टैंड लेने का साहस दिखाया, ''तुम लोग एक कलाकार के दिल को ठेस पहुँचाते हो''

मुहल्ले ने इस कांड के साथ दुहेजू के संग ब्याह की जबर्दस्ती को जोड़ा। डॉ. सिंहल इत्यादि की भी ऐसी ही मान्यता थी। न माँगी गयी काफी हमदर्दी वर्षा के आँचल में आ गयी।

वर्षा के साथ हुए इस हादसे का कोई रेशा दिव्या से जुड़ा है। यह बात उन दोनों के अलावा और कोई नहीं जान पाया, अन्यथा मिश्रीलाल डिग्री कॉलेज के स्टॉफरूम में प्रो० उप्रेती की कानाफूसी बहुत रंग लाती।

''सिलबिल, कहाँ गयी थीं?''

जब अशक्त-सी वर्षा किशोर का सहारा ले आँगन की सीढ़ियाँ चढ़ने लगीं, तो अपनी बटन-सी आँखें हिलाते हुए अनुष्टुप ने पूछा।

10
होपलैस केस

अप्रैल मध्य तक प्रथम वर्ष की परीक्षाएँ हो चुकी थीं। उसे हमेशा अच्छी द्वितीय श्रेणी मिलती आयी थी। अंक लगभग पचास प्रतिशत। इस बार भी ऐसी ही संभावना थी--न इससे कम, न इससे ज्यादा।

54, सुल्तानगंज में गर्मी की छुट्टियाँ बिताने के जिस आतंक से वह महीनों से सहमी हुई थी, उसका समाधान भी निकल आया था। 16 अप्रैल, से 31 मई तक उसे पुस्तकालय के पुनर्गठन में मदद देनी थी। जूनियर स्कूल की पुस्तकालय-शाखा उसकी अपनी इमारत में जा रही थी। वर्षा को बड़े पुस्तकालय से किशोरोपयोगी पुस्तकें छाँटनी थीं और लगभग पचास प्रकाशन-सूचियों से ऐसे किताबों के नाम नोट करने थे, जिनकी खरीद के आदेश दिये जा सकें। साढ़े तीन सौ रुपये पारिश्रमिक बताया गया था। वर्षा प्रमुदित थी। डेढ़ महीना भी कट जायेगा, किताबें भी पढ़ने को मिलेंगी और पैसे भी।

''मैं कैसे आपका आभार व्यक्त करूँ।'' उसने डॉ० सिंहल के ड्राइंगरूम में कहा।

''एक बार 'ऐ गमे दिल' सुना दो।'' मिसेज सिंहल मुस्करायीं।

घर लौटते हुए वर्षा सोच रही थी, वह बी० ए० की सामान्य छात्रा है। उसकी कोई सामाजिक हैसियत नहीं। अगर 'इतने बड़े-बड़े लोग' उसे अपने घर में घुसने देते हैं, चाय का प्याला देकर हँसकर बात करते हैं, उसकी मदद करना चाहते हैं, तो किसलिए?

पिछले सप्ताह ही कार्यकारिणी समिति के सभापति छगनलालजी ने दिव्या और उसको खाने पर बुलाया था। जिस गेट से अंदर घुसते हुए प्रो. उप्रेती जैसे लोगों की टाँगें काँपने लगती हैं, उसी गेट से वर्षा को आते हुए देखकर परिवार की बहू हँसते हुए बरामदे में निकल आयी थी, ''आओ वर्षा, तुम्हारे भाई साहब ने गाड़ी भेजी थी तुम्हारे घर। माँ ने बताया कि वर्षा तो घंटा भर पहले निकल गयी।'' षड्यंत्र के हल्के स्वर में जोड़ा, ''किसी मयंकदत्त से मिलने जाना था?''

''ऐसी किस्मत कहाँ है मेरी!'' वर्षा मुस्करायी।

गृहस्वामिनी ने हँसकर अपने पास बिठाया। छगनलालजी ने गर्व से घोषणा की, ''वर्षा कॉलेज का अभिमान है।''

एक छात्र-वृत्ति की कोशिश के सिलसिले में किशोर को शिक्षा अधिकारी का प्रमाण-पत्र चाहिए था। पिता तीन-चार चक्कर लगा चुके थे, पर अधिकारी तक नहीं पहुँच पाये थे। वर्षा गयी, तो चपरासी ने रुखायी से कहा, ''साहेब बिजी हैं। अपना नंबर लगाइए।''

वह बरामदे में बेंच पर बैठ गयी, जहाँ लगभग एक दर्जन लोग प्रतीक्षा कर रहे थे। दस-पंद्रह मिनट बाद सामने से निकलता एक नौजवान क्लर्क अचानक ठिठका, "आप वर्षाजी हैं न?"

उसके हामी भरने पर उसने 'कष्ट करने का कारण' पूछा। फौरन साहब के कमरे में गया और एक मिनट बाद बुलाहट हो गयी। दस मिनट में टाइप किया हुआ प्रमाण-पत्र उसके सामने था।

उसके धन्यवाद देने पर अधिकारी मुस्कराकर बोले, "कलाकारों से मिल कर किसे प्रसन्नता नहीं होती?"

रंगमंचीय आलोक-वृत्त में प्रदर्शित होने से ऐसे उपयोगी गौण उत्पादन भी होते हैं, यह जानकर वर्षा को भी प्रसन्नता कम नहीं हुई।

माँ की बीमारी की टाइमिंग काव्यात्मक न्याय के समान थी।

वर्षा को पुस्तकालय का काम करते दो दिन ही हुए थे कि उन्होंने बिस्तर पकड़ लिया। रक्तचाप, दमा और दुर्बलता पहले से थी, अब यह रहस्यमय किस्म का बुखार आ गया था। जिस घर के जीवन में कोई तर्कशीलता न हो, वहा अगर गृहस्वामिनी के ज्वर का तापमान अतार्किक ढंग से ऊपर-नीचे जाये, तो ताज्जुब नहीं होना चाहिए। वर्षा को नहीं हुआ और उसने चुपचाप रसोई का उत्तरदायित्व भी सँभाल लिया। वह पाँच बजे उठ जाती। माँ को चाय, दवाइयाँ और पथ्य देती। आठ बजे तक खाना तैयार करती। फिर नहा-धोकर टॉफियों के एक पुराने डिब्बे में दो पराँठे तरकारी रख कॉलेज को निकल जाती।

नौ से पाँच तक का समय श्रमसाध्य होते हुए भी भला और मनभावन था। वह पुस्तकों के संसार में थी, जहाँ जीवन एवं चरित्रों की तर्कशील संगति होती है। तेज धूप व लू के थपेड़ों के कारण खिड़कियाँ बन्द और पर्दे खिंचे रहते। वह गहरी खामोशी में पंखे की मद्धिम हवा के नीचे किताबों के पन्ने पलटती और बंडल छाँटती जाती। दिन के ये आठ घंटे उसे सुकून से भर देते।

शाम को घर पहुँचने पर वह फिर रसोई में जुट जाती। माँ को दवाएँ व पथ्य देती। सबके खाने के बाद झल्ली के साथ बर्तन माँजती। नहाकर जब वह अपने बिस्तर पर आती, तो दस बजे जाते। किसी किताब के चार पन्ने पलटने के बाद ही आँखें झपकने लगतीं।

इम्तिहान खत्म होने पर दिव्या लखनऊ चली गयी थीं। वह भरसक अपने को कड़ा रखने की कोशिश करती, पर दिव्या का न होना चुभता था। वह आखें मूंदे हुए उनके ताजा पत्र को अपने वक्ष पर रख भींच लेती और उनके स्पर्श व देह-गंध को महसूस करने का यत्न करती। फिर अपनी कमज़ोरी पर खीज, पत्र तकिये के नीचे रख देती।

"अरे, भैया ! ...नमस्ते !"

एक शाम जब वह लौटी, तो माँ के पास महादेव भाई बैठे थे। उत्तर में 'अच्छी तो हो?' पूछा और कुछ खोजभरी दृष्टि से देखा (संसार-मुक्ति के उसके प्रयत्न के बाद यह पहली भेंट थी)।

"बड़े, बहू क्या मेरी अर्थी उठने के बाद लाओगे?" माँ ने अपनी चिरंतन महत्वाकांक्षा दुहरायी।

दो दिन के लिए आये भाई लंबी कोशिश के बाद शाहजहाँपुर में अपना तबादला करा लेने में सफल रहे थे। इसी महीने आदेश आ जाने की बात थी।

माँ को देखने डॉक्टर टंडन आये। उन्होंने कह दिया कि यह पहले जैसी भागदौड़ न करें। इन्हें अब आराम और शांति की जरूरत है (इनकी जरूरत तो यहाँ कई लोगों को है, खंभे से टिकी खड़ी वर्षा ने सोचा)।

तबादला और अस्वस्थ माँ–यह दो ऐसे तत्व थे, जिन्होंने पिता एवं भाई के शिखर-सम्मेलन में ५४, सुल्तानगंज की भावी रणनीति को संशोधित करने के लिए मजबूर किया। हफ्ते भर बाद जब वह एक इतवार की भाँय-भाँय करती दोपहर को एक उपन्यास से काटने की कोशिश कर रही थी (यह अपेक्षाकृत लंबा दिन दिव्या-अनुपलब्धि की अतिरिक्त कचोट लेकर आता था), तो झल्ली हाथ में एक तस्वीर लिए कान खुजलाती हुई आयी, "अम्मा ने पूछा है, कैसी है?"

अपने संभावित वर की आशंका से पल भर को सिलबिल का दिल काँप गया, पर तस्वीर किसी लड़की की थी। नकली फूलों के गमले के पास कुछ परेशान-सी खड़ी थी। माँ को मेरी सेवा स्वीकार है, पर मुझसे संवाद नहीं, सोचते हुए उसने तस्वीर लौटायी, "अच्छी है।"

मई के अंतिम सप्ताह में उसने अपने गिने-चुने कपड़े तैयार कर लिये। (पर शाहजहाँपुर में प्रचलित उसकी ढीली शलवारें बेकार गयीं। दिव्या ने प्रदेश की राजधानी के फैशन के अनुरूप उसके लिए दो चूड़ीदार का बंदोबस्त कर रखा था)।

एक शाम को लौटते हुए वह दिव्या की बंगलिया से छोटा सूटकेस ले आयी (दिव्या ने डुप्लीकेट चाबी उसके पास छोड़ी थी, जो शर्माजी को पसंद नहीं आया, "ऐसा जोखिम नहीं लेना चाहिए। मान लो, वहाँ चोरी-वोरी हो गयी, तो जवाबदेही तुम्हारी होगी न !" वह ऐसी भन्नायी कि मुँह तक नहीं खोला। इन लोगों की 'वेव लेंथ' ही बिल्कुल दूसरी है, उसने सोचा), तो पिता ने भौंहें टेढ़ी करके उसकी ओर देखा, "यह क्या है?"

अभिप्राय समझते हुए भी उसने कड़वाहट में कह दिया, "सूटकेस है।"

"यह तो मैं भी देख रहा हूँ। अभी अंधा नहीं हुआ। पर यह लायी क्यों हो?" पिता को सिलबिल की भावी लखनऊ यात्रा का भान था, फिर भी सवाल पूछा गया।

"दो जून को मुझे लखनऊ जाना है।"

शर्माजी ने वर्षा को एकटक देखा, इस लड़की की उच्छृंखलता की कोई सीमा भी है? "माँ की हालत तू नहीं जानती? झल्ली अकले रसोई सँभाल लेगी?" उन्होंने झल्लाकर पूछा।

"मैने महीने भर के लिए महराजिन का बंदोबस्त कर दिया है।"

पिता स्तब्ध रह गये, "महाराजिन?...कौन महाराजिन?"

''मोती पुल की चमेली...वह पहली तारीख से दोनों जून रसोई कर जायेगी।'' वर्षा ने स्थिर स्वर में कहा।

''तेरा दिमाग तो नहीं चल गया? यहाँ पैसे-पैसे के लाले पड़े हैं और तू है कि...''

सिलबिल ने बात काट दी, ''पैसे मैं दूँगी-साठ रुपये। पहली को मुझे कॉलेज से मिल जायेंगे।''

''आ हा हा हा, बड़ी धन्ना सेठ बनी है !'' पिता भड़क उठे, ''बहुत हो गयी रामलीला ! चुपचाप बैठ घर में...''

''मुझे जाना है। जून में ड्रामा है वहाँ।''

पिता क्रोध से काँपने लगे, ''सिलबिल, मेरा हाथ उठ जायेगा...दूर हो जा मेरी आँखों से...''

सिलबिल ने पिता को इतने आक्रोश में पहली बार देखा था। पर उसे डर नहीं लगा। सिर्फ वितृष्णा हुई (अभी एक साल और इन लोगों की सूरतें देखनी है)। वह अपने दाँत सख्ती-से दबाती ऊपर चली गयी।

अगले दिनों घर में ऐसा तनाव रहा कि अगर तीली दिखाओ तो विस्फोट हो जाये। भर्त्सना की विवशता में माँ को उससे सीधे बात करनी पड़ी, ''देखो तो कुलच्छिनी को...अब बुढ़ापे में मुझे कुजात के हाथ का ठुसायेगी (वर्षा की इस दलील को नजर अंदाज कर दिया गया था कि चमेली महोबे वाली के जैसी ही कुलीन ब्राह्मण है)...अरे नासपीटी, भले हैं तेरे बाप...कोई और होता, तो दुरमुट से कूट के रख देता...मेरे भाग फूटे, जो नहीं रहीं बिंतो बुआ...नहीं तो पैदा होते ही टेंटुवा दबवा देती...''

जहाँ तक पिछली पीढ़ी के संयुक्त परिवार की परम्परा का प्रश्न है, उसमें बिंतो बुआ की एक निश्चित एवं निर्णायक भूमिका थी। वह सौर-गृह में ही कुछ गिनी-चुनी साँसों के बाद नवजात कन्या का जगत-विसर्जन कर देती थीं। विज्ञजनों का अनुमान था कि उन्होंने लगभग पैंतीस 'आपदाओं' से परिवार को विमुक्ति दिलवायी थी। अगले एक वर्ष में माँ के इस मर्मस्पर्शी पछतावे में परिवार के अन्य वयस्क सदस्य भी शामिल हो गये।

दो जून को सुबह नौ बजे सिलबिल हाथ में सूटकेस लिए जीने-से उतरी। यह देख झल्ली और किशोर आशंका के मारे रुआँसे हो गये। फूलवती महोबे वाली से कुछ कहते-कहते अटक गयीं। स्तब्ध माँ पर एक निगाह के साथ सिलबिल सामने रुकी। हाथ का कागज और सौ के दो नोट पैताने रखते हुए बोली, ''यह लखनऊ का पता है और कुछ रुपये...छह-सात जुलाई तक लौट आऊँगी।''

''अरे, सुनते हो...'' ऊँचा बोलने के कारण माँ की आवाज़ फट गयी।

बैठक में बाहरी दरवाजे की सांकल लगी थी। पिता कुर्सी पर बैठे एक पोथी सिल रहे थे, जो पत्नी का स्वर सुनकर उन्होंने मेज पर रख दी। सिलबिल को भीतर से आते देख, वे क्रोध से दहाड़े, ''सिलबिल, साँकल को हाथ लगाया, तो मुझसे बुरा कोई न होगा।''

''मुझे जाना है।'' सिलबिल का स्वर स्थिर था।

''बहुत जोम चढ़ गया है तुझ पर...''

अभी पिता सिलबिल पर झपट ही रहे थे कि दहलीज़ तक आयी झल्ली बुक्का फाड़कर रो पड़ी...इतने दिनों से घूँट-घूँट अपना आक्रोश पीते आ रहे पिता का थप्पड़ बहुत तीखा था। आघात से सिलबिल का मुँह तिरछा हो गया...हत्था छूट जाने से सूटकेस नीचे लुढ़क पड़ा...सिलबिल को अपनी कनपटी पर सुलगती झन्नाहट महसूस हुई...उसने पिता को आग्नेय दृष्टि से देखा, जिसमें चुनौती का धिक्कार था...वह फिर सूटकेस के लिए झुकी और पिता का हाथ फिर ऊपर लहराया...

''जिज्जी को मत मारो दद्दा!'' किशोर नपुंसक क्रोध के दर्द से रो पड़ा।

तब तक पिता का हाथ क्रियाशील हो चुका था...दूसरे तमाचे के बाद सिलबिल की आँखों में आँसू आ गये। पर वह रोयी नहीं।...पहले के सख्त भाव के साथ एक कदम बढ़कर उसने साँकल खोल ली।

''अगर तूने बाहर पाँव रखा, तो फिर घर में नहीं घुस सकती...'' शारीरिक प्रहार के बाद अब उनके स्वर में क्रोध की वह सघनता नहीं रह गयी थी।

''सिलबिल, कहाँ चली?'' अनुष्टुप ने गुहार मचायी।

पर सिलबिल बाहर निकल गयी।

''सिलबिल का केस अब होपलैस हो गया है।'' इस घटना की जानकारी मिलने पर महादेव भाई ने टिप्पणी की।

11

शाहजहाँपुर की मुमताज़

प्रदर्शन से दो दिन पहले पूर्वाभ्यास चल रहा था।

''मैं समझ नहीं पाया अनुराधा! तुम्हारे मन का एक हिस्सा मेरे लिए हमेशा पहेली बना रहा।'' मिट्ठू उदास भाव से बोला।

वर्षा ने अवसाद से कहा, ''सेवा और भक्ति के मंदिर में ऐसी बातें मत करो मोहित ! ...सुप्रिया कैसी है? उसकी खुशी का ध्यान तो रखते हो न?''

''हाँ।''

''मेरी तुमसे यही एक विनती है। अगर मेरे लिए तुम्हारे मन में कुछ भी रहा है, तो उसी भावना की सौगंध, सुप्रिया पर उदासी की आँच न आने देना।''

''तुम्हारे तईं जवाबदेही समझकर सुप्रिया को तो मैं संभाल लूँगा, लेकिन मेरे भीतर के इस अंधड़ को कौन सँभालेगा?'' मिट्ठू मोहाविष्ट एक कदम आगे आया, ''तुम्हारी इन झील-सी आँखों में कभी मैंने अपने सपनों के अक्स ढूँढ़े थे...''

''यह ईश्वर का घर है। यहाँ कामना की चीत्कार मना है।'' वर्षा पीठ फेरकर दृढ़ता से बोली।

''अनुराधा, बार-बार ईश्वर का नाम दुहराकर तुम जिन कलियों की चटख अनसुनी करना चाहती हो, उन्होंने मेरे मन में नन्दन-कानन की सुगंध भर दी है।''

"पाप के बोल मत बोलो मोहित ! मेरा मन प्रभु के चरणों में है।" वर्षा थरथरायी।

"पर मेरा मन कहीं और है अनुराधा ! उस पर मेरा जोर नहीं चलता।"

"आरती का समय हो गया। मैं चलती हूँ। ईश्वर तुम्हें शक्ति दे..." मंच के एक कोने तक आकर वर्षा ठिठकी, "सुप्रिया को मेरा प्यार देना।"

मिट्ठू कुछ आगे बढ़ आया, "तुम अपने मन पर पत्थर बाँध सकती हो। काश, मैं भी ऐसा कर सकता !"

दिव्या के संकेत पर रोहन ने नेपत्य से शंख बजाया।

"शंख बज उठा...देखो मोहित, अब यहाँ मत आना। तुम्हें देखने के बाद..." अटक जाती है।

मिट्ठू उसे एकटक देखता है, 'रुक क्यों गयीं?"

अपनी बड़ी-बड़ी आँखों से वर्षा ने प्रणय-व्यथा झलकायी, "विदा मोहित..."

चाय का गिलास लिये वर्षा रवीन्द्र मंच के लॉन पर अकेली बैठी थी--छोटे-छोटे घूँटों से गला तर करते हुए। इस नाटक के पूर्वाभ्यास उसे भावात्मक रूप से क्लांत कर देते थे। ऐसा लगता, जैसे वह पच्चीस किलोमीटर की दौड़ के बाद हाँफती हुई, सूखी जीभ बाहर निकाले आयी हो...प्रेम की पीड़ा, सहेली के प्रति स्नेह, ईश्वर के लिए थोपा हुआ लगाव, यौवन की अनवरत दस्तक, कामना की बलात् कुचलन-तीव्र विरोधी भावनाओं के बटनों पर बार-बार उँगली रखते हुए उन्हें पल-पल जलाना-बुझाना होता था...गला बिल्कुल सूख जाता, मुँह के दायरे में जीभ ऐंठने लगती और अपने ही शब्दों की ध्वनियाँ दूर की अनुगूंजों की तरह कानों में बजने लगतीं।

यह एक महीना ऐसे बीता, जैसे साँस लेने की गति चार-पाँच गुना ज्यादा हो गयी हो। उसके अकेले छूटने की नौबत नहीं आती थी। (दिव्या के मकान में उसे अलग कमरा दिया गया था, पर वह उनके साथ ही सोती थी)।

नाट्य-दल के लोगों में सबसे पहले भेंट हुई मिट्ठू से (दादी का दिया हुआ नाम इतना लोकप्रिय हुआ कि औपचारिक नाम सिर्फ प्रमाण-पत्रों तक रह गया)। पहुँचने के पहले दिन वर्षा दिव्या के सुसज्जित ड्राइंगरूम में सोफे पर अधलेटी नाटक की अपनी प्रति पढ़ रही थी और संवाद के कुंजी-शब्दों के नीचे पेंसिल से लकीरें खींचती जाती थी। पृष्ठभूमि में स्टीरियो पर धीमा सितार चल रहा था। तभी बाहर अहाते में कार के रुकने की आवाज़ सुनायी दी। कुछ क्षणों बाद कुर्ता-पाजामा में एक युवक सहज भाव से अंदर घुसा। वर्षा ने 'नमस्ते' की, तो वह 'हलो' के साथ सामने रुका।

"मुझे मिट्ठू कहते हैं। तुम्हें अकेले आने में कोई परेशानी तो नहीं हुई?"

वर्षा चौंकी। फिर इंकार में सिर हिलाया।

"नाटक पढ़ लिया तुमने? कैसा लगा?"

वर्षा कुछ क्षण सोचकर बोली, "बहुत जटिल है।" (अभी उसकी शब्दावली काफी किताबी थी)।

मिट्ठू सामने बैठ गया और सिगरेट निकालते हए पूछा, "ऐतराज़ तो नहीं?"

वर्षा को अटपटा लगा। (उसे इस 'बारीक़ी' का पता नहीं था)। नाहीं में सिर हिलाया।

एक कश खींचकर मिट्ठू भीतरी दरवाजे की ओर मुखातिब हुआ, "मम्मी, चाय दे दो...और बेसन के लड्डू रखे हैं कि खतम हो गये? बड़ी भूख लगी है।"

दिव्या की मम्मी मुस्कान के साथ क्षण भर को दरवाजे पर दिखायी दीं, "अभी देती हूँ। तू जब आता है, भूखा ही आता है।"

"दिव्या दीदी कहाँ हैं?" मिट्ठू ने वर्षा की ओर देखा।

"नहा रही हैं।"

जब मिट्ठू उन लोगों को अपने बंगले में ले गया, तो वर्षा और चौंकी। यह घर अधिक आधुनिक और भव्य था।

तीसरी भूमिका करने वाली नीहारिका की कुछ महीने पहले शादी हुई थी। उसका घर छोटा पर कलात्मक था। नाट्य दल 'बहुवचन' के प्रबंध-संचालक थे रोहन। अपनी वातानुकूलित गाड़ी (जैसी वर्षा ने पहली बार देखी थी) के साथ वह सदा सेवा के लिए तत्पर रहते थे। ("साल में दो ही नाटक कर पाता हूँ, पर मैं कला के लिए समर्पित हूँ। बैक स्टेज शंख फूंकने और मजीरा बजाने में मुझे जो सौंदर्यबोधीय संतोष मिलता है, वह हज़ारों का ऑर्डर पाकर भी नहीं मिलता।" उन्होंने वर्षा से कहा था)।

तीन-चार दिन नाटक का वाचन दिव्या के यहाँ हुआ। फिर वे ब्लॉकिंक के लिए थिएटर में चले गये। अब आलम यह था कि बस, सुबह का नाश्ता दिव्या के यहाँ होता, फिर लंच और रात का खाना कभी मिट्ठू के यहाँ, कभी नीहारिका के घर और कभी रोहन के अत्याधुनिक एवं जरूरत से ज्यादा सज्जित बंगले पर। चाय और गप्पों के मध्यांतर के साथ दिन में रिहर्सल होती और देर रात तक नाटक की शल्य क्रिया।

"सुप्रिया और अनुराधा इतनी अंतरंग हैं। यह कैसे हो सकता है कि उसे मोहित के लिए अनुराधा की भावनाओं का पता न चले?" रोहन के यहाँ नीहारिका ठंडी बियर का घूंट लेकर बोली।

देर से चलते एयर कंडीश्नर ने कमरे को खूब ठंडा कर रखा था। (इस यंत्र से वर्षा का यह प्रथम साक्षात्कार था)। उसे अपना दुपट्टा फैला कर कंधे ढँकने पड़े।

"हो सकता है। अनुराधा अंतर्मुखी है, अल्पभाषी है। क्योंकि सुप्रिया उससे बिल्कुल उलटी है, इसलिए अनुराधा और भी अपना मनोभाव अपने तक रखना चाहती है।" दिव्या ने मुर्गी की टाँग उठाते हुए स्पष्ट किया, "वह जानती है कि अपनी सरलता में सुप्रिया किसी से कुछ भी कह सकती है। अनुराधा नहीं चाहती कि उसके भावजगत में एक रोशनदान खुले।"

नीहारिका कुछ बोलने को थी, पर मिट्ठू ने काजू फाँकते हुए शिकायत कर दी, "अनुराधा ने मोहित से अनुरोध किया कि तुम मुझे छोड़कर सुप्रिया पर मोहित हो जाओ, तो वह एबाउट टर्न करके सुप्रिया के पास चला गया। मुझे यह खासा सरलीकृत लगता है।"

रोहन के प्लेट आगे बढ़ाने पर वर्षा ने एक शामी कबाब उठा लिया। (देखो दद्दा, मैं कैसी 'जोखिम' उठा रही हूँ)।

"मिट्ठू, जिसे हम जी-जान से चाहते हैं-और साथ ही अपनी अंतर्शक्ति तथा व्यक्तित्व के लिए जिसका सम्मान भी करते हैं-उसका ऐसा आत्मपीड़क, अनूठा आग्रह माना जा

सकता है, क्योंकि इसी के बाद अनुराधा दीक्षा लेने के लिए मठ में चली जाती है, यानी मोहित साफ देख रहा है कि अनुराधा तो उससे दूर हो ही गयी–चाहे वह अनुराधा का अनुरोध माने या नहीं, और इस तरह उसके मन में नये सिरे से अनुराधा के लिए सम्मान जागा।''

''वर्षा, तुम ऐसा त्याग कर सकती हो?'' मिट्ठू ने मुस्कराकर पूछा।

''स्टेज पर––हाँ...'' सबकी हँसी के बीच वर्षा ने बियर का घूँट भर लिया। (आसव-पान के प्रशस्त पथ पर झागदार शीतलता वाले पहले विनम्र प्रयास से पहले वह पल भर सकपकायी थी कि अगर देखते-देखते वह 'उन्मत्त' हो गयी, तो? लेकिन बगल में दिव्या के होने की आश्वस्ति के साथ उसने 'ऐडवेंचर' चालू रखा। 'निपुणिका, सुनती हूँ कि मदिरा पीने से स्त्रियाँ बहुत सुंदर लगने लगती हैं। यह सच है क्या?' उसे 'मालविकाग्निमित्र' का संवाद याद आया)।

वर्षा कभी-कभी इन लोगों और इनके संसार की ओर आश्चर्य से देखती। नाटक के अलावा इनकी जिन्दगी में और कोई चिंता नहीं थी। इनके दिन-रात अमूर्त कलात्मक संतोष के लिए ही समर्पित थे। (मेरे उत्तर प्रदेश में ऐसे सुखी लोग भी हैं ! उसने ईर्ष्या से सोचा)।

शुरू के आठ-दस दिन नीहारिका वर्षा से कटी-कटी रही (वह नायिका अनुराधा की भूमिका करना चाहती थी), पर फिर वर्षा की अभिनय-सामर्थ्य एवं स्वभावगत सरलता पहचान कर 'शाहजहाँपुर की मुमताज' (सौजन्य मिट्ठू) के निकट आ गयी।

मिट्ठू बीच-बीच में उसे घुमाने ले जाता था––हजरतगंज, इमामबाड़ा, यूनिवर्सिटी। ऊँचे रेस्तरांओं में बैठते हुए वह किंचित आत्मसजग रही, पर मिट्ठू अपनी धाराप्रवाह वार्ता से उसका अटपटापन टिकने नहीं देता था। दिव्या के कहने पर (''वर्षा को एक्सपोज़र चाहिए।)'' मिट्ठू उसे तीन नाट्य-प्रदर्शनों में भी ले गया। शाहजहाँपुर की तुलना में वर्षा ने उन्हें कलात्मक दृष्टि से ऊँचा पाया। उनके चरित्र-निरूपण तथा अभिनय-शैली के बारे में सोचा और उनके अच्छे-बुरे तत्वों की चर्चा की।

यहीं वह मुकाम आता है, जहाँ वर्षा को अपने वयस्क जीवन का पहला चुंबन प्राप्त हुआ।

वे शाम-ढले एक बाग के सुरक्षित एकांत में थे। मिट्ठू यकायक मुड़ा और उसे आलिंगन में लेकर अधरों पर चूम लिया। दोनों को छूती हुई परस्पर आकर्षण की हिलोर का उसे एहसास था। पूर्वाभ्यास के दौरान तीसरे दृश्य में जब मोहित तथा अनुराधा बाँहों में बँधते हैं, तो वर्षा सकुचा गयी–जीवन और मंच, दोनों में पुरुष के साथ उसका यह पहला भरपूर आलिंगन था। वर्षा की रीढ़ में हल्की-सी झुरझुरी हुई...

लता-वितान के भीतर यह अनुभूति गहरायी, जब मिट्ठू ने उसके होंठों पर तप्त दबाव बढ़ाया...यौवनावेग के अनेक स्पंदन अचानक देह में चमक उठे।

इस चुंबन की अवधि सुदीर्घ पायी गयी। जैसे कोई किताब प्रस्तावना, विविध अध्यायों एवं उपसंहार जैसे अनेकानेक खंडों में बँटी होती है, वैसे ही यह चुंबन भी निकटता के अनेक सोपानों को अपनी श्वास-रेखा में घेरे हुए था...जब साँस टूटते-टूटते आखिर टूट ही गयी, तो वर्षा ने झटके-से अपने को अलग करते हुए हल्की मुस्कान से कहा, ''सेवा और भक्ति के मंदिर में ऐसा मत करो मिट्ठू !''

वर्षा का मिट्ठू से कोई रिश्ता नहीं है, मोहित और अनुराधा प्रेमी हैं, अनुराधा तथा मोहित मंच पर आलिंगन में बँधते हैं, लेकिन लता-मंडप में चुंबन वर्षा और मिट्ठू के बीच होता है-जीवन और रंगमंच के बीच ऐसी भ्रांति से हक्की-बक्की होने के बावजूद वर्षा ने पाया (और आगे चलकर यह कई बार साबित हुआ) कि देहायाम के अनुरागी क्षणों में उसका हास्य-बोध कुछ और निखर उठता है!

''मुझे अंदाज था, तुम यहीं होगी।'' मिट्ठू दोनों हाथों में चाय का एक-एक गिलास थामे चला आ रहा था।

गर्म तरलता से गले को तर करना उसे भला लगा। नसों की जैसे सिकाई हो जाती थी।

''तुम्हें शो से पहले डर लगता है?'' मिट्ठू सामने बैठा सिगरेट जला रहा था।

''पहली बार हल्का-सा लगा था। फिर नहीं। हाँ, तनाव जरूर रहता है।''

''पिछला नाटक कौन-सा था तुम्हारा?''

''एवं इंद्रजित।''

मिट्ठू मुस्कराया, ''अजीब संयोग है। मेरा भी यही था।''

''कौन-सा रोल किया था तुमने?''

''इंद्रजित...पर यह कैरेक्टर मुझे फबा नहीं। दरअसल मैं 'लेखक' करना चाहता था। पर निर्देशक माने नहीं। पता है क्यों? क्योंकि 'लेखक' वह खुद करना चाहते थे।'' उसने मुस्कान के साथ कश खींचा, ''जब डायरेक्टर कोई भूमिका भी निबाहे, तो प्रदर्शन पर बुरा असर पड़ता है। तुम क्या सोचती हो?''

वर्षा दो पल चुप रही। फिर बोली, ''मुझे अभी ऐसा कोई अनुभव नहीं। पर अगर कलाकार नये हों, तो नुकसान का डर है।''

कछ क्षण मौन रहा। आकाश पर शाम की लाली छा रही थी। हल्की हवा थी। लम्बे, गहन पूर्वाभ्यास के बाद बाहर अच्छा लग रहा था।

''तुमने दिव्याजी को स्टेज पर देखा है?'' वर्षा ने पूछा।

''हाँ, देवसेना की भूमिका में।''

''कैसी थी?''

''बहुत अच्छी। पर अचानक उन्होंने तय किया कि अब सिर्फ डायरेक्ट करेंगी।''

जब लखनऊ के बस-अड्डे पर उसने दिव्या को देखा, तो पहली प्रतिक्रिया आवेग के साथ गले से लगने की हुई। पर अपने को जब्त करते हुए सिर्फ हाथ थाम कर रह गयी।

''कोई मुश्किल तो नहीं हुई?'' उन्होंने पूछा था।

वह एक पहल के लिए ठिठकी, ''नहीं।'' पर उनकी ओर देख नहीं पायी।

भीतर का हाहाकार फूटा कई दिनों के बाद। देर रात दोनों वापस लौटी थीं। सोने की तैयारी थी। दिव्या बाथरूम से निकली-रेशमी लुंगी-कुर्ते में। खुले बालों में रिबन बाँधते हुए।

वह टकटकी लगाये देखती रही, ''बहुत सुंदर लग रही हो।''

''एक जोड़ी तुम्हें दूँगी...सोते समय पहनना।''

जैसे साँप अपनी केचुल छोड़ देता है, कुछ-कुछ वैसे ही वह पिछले दिनों में अपना

अतीत विस्मृत किये हुए थी।...यह पोशाक अपने घर में पहनकर वह कैसी प्रलय का 'जोखिम' उठायेगी? और ५४, सुल्तानगंज का डंक अपनी संपूर्ण तीक्ष्णता एवं गहनता के साथ एक ही क्षण में चुभा। इसके लिए वह आसानी जुटाई दिव्या के इधर सुलभ एकाधिकार भरे सान्निध्य ने, जिसकी वजह से वह उमंगवश चहकती रहती थी।

...और अचानक उसका बाँध टूट गया... दिव्या का वक्ष उसके आँसुओं से भीग गया था, पर उसका आवेग था कि रुकने में नहीं आ रहा था।

फिर एकाएक वैसे ही झटके-से वह अलग हुई और स्वयं को सँभालते हुए आँसू पोंछे (मम्मी सुनेंगी, तो क्या सोचेंगी)।

मम्मी ने दिव्या-वर्षा की जोड़ी खासी मनोरंजक पायी। ''सिर्फ बाथरूम जाने के लिए ही दोनों अलग होती हैं।'' उन्होंने हंसकर रोहन को बताया। जब एक बार एकांत में मम्मी ने 'शाहजहाँपुर में दिव्या-जीवन : एक अनुशीलन' विषय छेड़ा, तो वर्षा अभिप्राय समझ गयी। दिव्या के लिए रोहन का आकर्षण सूक्ष्म होते हुए भी उससे छिपा नहीं था। फिर एक रात दिव्या ने भी 'मम्मी की असली पसंद' का जिक्र कर दिया। ''यह रोहन का लचीलापन (उन्होंने ''विशालहृदयता' के लिए इस शब्द का प्रयोग किया था। वर्षा चमत्कृत हो उठी)। है कि मेरा अतीत जानते हुए भी उनका रुख नहीं बदला।''

''वर्षा, तुम्हारी सखी चाहती क्या है?'' मम्मी ने पूछा, ''अब तो उस कलकत्ते वाले की बाट भी नहीं जोह रही। तीस की हो रही है। उम्र क्या लौट कर आयेगी? बाहर चार बातें तो मुझे सुननी पड़ती हैं। ('नयी पीढ़ी का स्वच्छन्दतावाद' का विवेचन करते हुए हर माँ-बाप की प्रमुख दलील यही होती है)। उसमें कोई खोट हो, तो मन को समझा भी लूँ...रूप में, ज्ञान में, गुण में...सोने-सी है मेरी बिटिया...'' मम्मी पल्लू से आँखें पोंछने लगीं।''

जिस नाम ने उसके जीवन की दिशा बदल दी, वह पहले-पहल उसने निहारिका से सुना था।

प्रदर्शन के बाद रोहन के यहाँ शैंपेन की बोतल खोली जा रही थी। लघु विस्फोट सहित काग खुलने के साथ जब झाग के ज्वार को प्यालों में उड़ेला गया, तो वर्षा रोमांचित हो उठी। बिल्कुल उत्सव का वातावरण था। वर्षा जैसे ऊँचाई पर खड़ी, अपने सिर के पीछे आलोक-मंडल-सा अनुभव कर रही थी। थिएटर में उसने जिस सामाजिक स्तर के स्त्री-पुरुषों को देखा, उससे वह किंचित आतंकित हो गयी। यह प्रदेश की राजधानी है, उसने सोचा। बाद में कुछ गणमान्य व्यक्ति पिछली तरफ बधाई देने आये। उनमें दो मंत्री भी थे। स्त्रियों की वेशभूषा, केशसज्जा देखकर वर्षा को लगा, जैसे वह पाषाण-युग में रहती है। उसने सँभल-सँभलकर, मुस्कानों से आभार प्रकट किया। बोली बहुत कम 'जी', 'अवश्य', 'कृपा है' जैसे शब्दों से काम चलाया।

मै कहाँ हूँ? यह कौन-सी दुनिया है? उसके बदन में ऐसी सिहरन दौड़ा देने वाली पुलक उठी कि बाँहों की रोमावली खड़ी हो गयी...

वर्षा ने शैंपेन का एक घूँट लिया...जीभ पर तरलता का ऐसा लतीफ स्पर्श...मुँह से पेट तक जैसे पुण्य-रेखा-सी खिंचने लगी।

"वर्षा, तुम... में जाओ।" नीहारिका उसके पास आयी।

दूर कोने में दिव्या फोन पर किसी प्रशंसक से बधाई ले रही थी। बगल में रोहन उनका प्याला थामे खड़े थे। नीहारिका के पति सुनील को मिट्ठू प्रमुदित उत्तेजना के साथ बता रहा था कि कैसे नीहारिका के मुँह से "मैंने अनुराधा से कल कहा था' की बजाय 'अनुराधा ने मुझसे कल कहा था' निकल गया और इस पर उसने कैसे जून की गर्मी में ठंडे पसीने से नहाते हुए अपना अगला संवाद संशोधित करने में सफलता पा ली...

वर्षा की आँखों में बहुत नाजुक, पारदर्शी सुरूर के डोरे आ गये। "क्या?" वह समझी नहीं।

"नेशनल स्कूल ऑफ ड्रामा...मैंने दो साल पहले फॉर्म भरा था। पर मुझे लिया नहीं गया।"

वर्षा उसकी ओर देखती रह गयी।

वे दोनों सो रही थीं, जब सुबह नौ, साढ़े नौ बजे दरवाजे पर दस्तक हुई।

"कौन?" दिव्या ने बोझिल पलकें खोलीं।

कुछ समाचारपत्र लिए चौड़ी मुस्कान से नीहारिका अंदर घुसी, "अरे जिनकी तारीफ शहर की जबान पर है, वे दोनों घोड़े बेचकर सो रही हैं।"

तस्वीरों के साथ तीन और चार कॉलम के शीर्षक थे (रोहन के सही संबध भी 'बहुवचन' की गतिविधियों को सुर्खियाँ बनाने में मदद देते थे (–'बहुवचन का नया सोपान', 'अभिलाषा का श्रेष्ठ प्रदर्शन', 'दिव्या कत्याल की नयी विजय पताका' इत्यादि के नीचे दी गयी समीक्षाओं ने अपनी-अपनी दृष्टि से थोड़ी नुक्ताचीनी करते हुए कुल मिलाकर प्रस्तुति की प्रशंसा की थी। नाटक के बारे में रायें अलग-अलग थीं। पर निर्देशन ऊँचे स्तर का है, इस बारे में सब सहमत थे। एक ने वर्षा में 'ऊँची संभावनाए देखी थीं, दूसरे ने उसके 'संवेदनशील अभिनय को प्रदर्शन का प्राण' माना था और तीसरे ने प्रमाण-पत्र दे दिया था- ''शाहजहाँपुर की मुमताज पर लखनऊ को भी नाज़ है!'

वर्षा मोहभरे आतंक से अपना छपा हुआ नाम और अपनी तस्वीरें देख रही थी। प्रिंट-मीडिया से यह उसकी पहली नाटकीय समक्षता थी।

"बाइ बाइ वर्षा!"

"अब कब आओगी?"

"टेक केयर डियर !"

लखनऊ से जिस तरह वर्षा ने 'अलविदा' कहा, वह उसका दिल ही जानता है।

बस में हरकत हुई, तो उसने सूनी आँखों से खिड़की से झांका--रोहन, नीहारिका, मिट्ठू और दिव्या हाथ हिला रहे थे...वर्षा का मन ऐसे कँपकँपाया, जैसे अपने रक्त-सम्बन्धियों से बिछुड़ रही है...

बस ज्यों-ज्यों आगे बढ़ रही थी, वर्षा को लग रहा था, जैसे वह ऊपर से छोड़ी खाली गागर की तरह कुएँ की अतल गहराई में डूबती जा रही है...

12
फिर वही कुंजे-क़फस, फिर वही सैयाद का घर

शाम हो रही थी, जब वर्षा सूटकेस लिये घर में घुसी। मन में धुकधुकी थी कि पता नहीं, क्या घटने वाला है।

बैठक खुली पर खाली थी। बरामदे में माँ के पास पिता और भाई बैठे थे और जैसे ही वह दालान में आयी, आँगन में सब्जी काटती फूलवती के पास जिज्जी बैठी दिखायी दीं।

उसके प्रवेश के साथ ही दृश्य जैसे फ्रीज हो गया।

'लो, सिलबिल आ गयी।'' अनुष्टुप ने टिप्पणी की।

उसने एक ही साँस में भाई को 'नमस्ते' के साथ 'तुम कब आयीं जिज्जी?'' कहा। भाई ने सिर्फ आग्नेय दृष्टि से देखा, बोले कुछ नहीं। (भाई के साथ इसी घड़ी से द्वंद्वात्मक सम्बन्ध का नया अध्याय शुरू हुआ)। जिज्जी जवाब देने ही वाली थीं कि माँ का कर्कश स्वर आँगन में छा गया, ''जा के मर वहीं, जहाँ महीना भर काटा है...बड़े, इसकी चुटिया पकड़ के ढकेल दो सड़क पर...पाप कटे!''

पिता उसकी ओर से धिक्कार की निगाह हटाकर बिस्तर पर खेल रहे नाती का झुनझुना बजाने लगे थे। (जिज्जी के पुत्र-रत्न ही हुआ था। मुंगेरी देवी ने दुलारी बहू को चंद्रहार गढ़वा कर दिया था)।

वर्षा जीना चढ़ने लगी। कोई कुछ न बोला।

कमरे में आ उसने सूटकेस कोने में रखा और बिस्तर पर बैठ गयी। कल इस समय क्या थी उसकी जिन्दगी, और आज...नहीं, उसे रोना नहीं है, उसने सख्ती से अपने दाँत भींचे।

देर रात गये दद्दा के उद्गार (''जहाँ जनमजली के सींग समायें, चली जाये।'') के बावजूद जिज्जी अछूत एवं बहिष्कृत के लिए खाने की थाली लिए ऊपर आयीं। छोटे-छोटे कौर निगलती सिलबिल ने उनके आत्मसंतुष्ट तथा तृप्त घर-संसार के बारे में पूछा, पर जिज्जी सिलबिल एवं विरोधी पक्ष के बीच मध्यस्थ की भूमिका निभाने के लिए अधिक व्यग्र थी, ''सिलबिल, अपना जीवन सँवार बहन ! यह तुमने क्या ड्रामे की लत पाल ली है! सिलायी, कशीदाकारी जैसा कुछ सीखतीं, तो कोई बात भी थी। लड़के वालों की आँखों में कुछ चढ़ेगा, तभी तो नाव मँझधार से निकलेगी।''

सिलबिल चुपचाप रोटी के टुकड़े से मूँग की दाल खाती रही।

''तुम क्यों घर वालों को सताने पर तुली हो?'' गायित्री ने खीजा हुआ आरोप लगाया।

गायित्री का यह सवाल घर के वातावरण में घुलमिलकर काँटों के झुरमुट में बदला और साल भर वर्षा को अनवरत छेदता रहा। अब तक के जीवन में पल-पल आत्मा के कुतरे जाने की यंत्रणा इस एक वर्ष में अपने चरम तक पहुँची। इसे वर्षा के यंत्रणा-युग का स्वर्णिम वर्ष कहा जा सकता है और इसके पदार्पण में ५४, सुल्तानगंज की चिर-प्रतीक्षित घटना थी।

अगले महीने भाई का विवाह हुआ। इसका पहला तात्कालिक परिणाम यह निकला कि नवविवाहित दम्पति के लिए सिलबिल को अपना कमरा छोड़ना पड़ा। उसके जीवन में बुनियादी, गुणात्मक परिवर्तन आ गया। अपनी निजता उसका अटूट कवच थी। खपरैलों वाले इस छोटे-से एक खिड़की के अभेद्य दुर्ग में वह अपने सपनों एवं सिसकियों के साथ सुरक्षित महसूस करती थी। अब बगल के बड़े कमरे के दायें कोने में उसकी पाँचवीं चारपाई लग गयी जो पूरे परिवार का शयन-कक्ष था। उसने अपने को समझाने का प्रयत्न किया कि यह अनिवार्य था। पर एक और तीखी अनिवार्यता दो-ढाई महीनों के भीतर ही उजागर होने लगी, जिसके चलते उसने अपने-आपको ऐसी अंधी गली की अंतिम दीवार से चिपका पाया, जो सामने से पैने सींग हवा में लहराये, धरती रौंदते, मुँह से फेन बिखराने वाले बौराये साँड़ से बचने की कोशिश में हो।

मोहिनी इटावा के गया प्रसाद की आठ संतानों में से पाँचवीं बेटी थी। उसे अपने पिता की कुटिल व्यवहार-बुद्धि घुट्टी में मिली थी, जो अब हेड कांस्टेबिल के रौबदार पद तक पहुँच गये थे। उसने अपने मायके में ही 'नौटंकीबाज' ननद के बारे में सुन लिया था और अपनी रणनीतिक योजना बना ली थी।

ब्याह से पहले भी भाई विरोधी पक्ष में थे। पर वह विभाजन-रेखा के पास थे और सिलबिल की बात एक सीमा तक कम-से-कम सुनने के लिए प्रस्तुत तो थे। लेकिन पति बनने के बाद देखते-देखते सिलबिल के सिलसिले में क्रुद्धता उनका स्थायी भाव बन गयी। मोहिनी ने अपने नाम को चरितार्थ किया था या स्त्री-संसर्ग से धन्य हुए निम्न मध्यमवर्गीय भारतीय नौजवान की यही गति होती है, यह तो नहीं मालूम। पर इतना जरूर हुआ कि सिलबिल को लेकर पत्नी के दृष्टिकोण से महादेव बिल्कुल सहमत पाये गये। हाँ, उसकी शब्दावली पत्नी के जैसी रूखी और कठोर नहीं थी। ("छाती पर मूँग दलती इस बला को टालना अनिवार्य है।")

एक स्त्री दूसरी को नहीं सह सकती, मगर यह सच है, तो मोहिनी इसका सटीक नमूना साबित हुई। घर के तेज़ पर्यवेक्षण के बाद वह तुरंत सिलबिल के प्रति उदासीनता से रुखाई पर उतर आयी। इस कार्यशैली की सुंदरता यह थी कि सामने मुँह से एक शब्द नहीं कहा गया। सिलबिल का सुखाया गया कपड़ा गुड़मुड़ी करके छत पर फेंकने, उसकी किताबों को तितर-बितर करने, सिलबिल के सामने खाने की थाली पटकने और रोटी जला कर देने जैसी बारीकियों से मोहिनी ने संप्रेषण के नये प्रतिमान स्थापित किये।

सिलबिल, जो अपने भोलेपन तथा निरुपायता में भाभी के रूप में हमदर्द पाने की महत्वाकांक्षा पाले बैठी थी, बिसात पर यह चाल देखकर स्तब्ध रह गयी।

मोहिनी के सौजन्य से अनमोल भूषण का कोल्ड स्टोरेज में रखा हुआ प्रस्ताव पुनर्जीवित हुआ (अब वर्षा के सम्मुख विरोधी पक्ष इसको लेकर किंचित क्षमाप्रार्थी-सा भी नहीं पाया गया), बल्कि उसकी एक बड़ी बहन के दूर के विधुर देवर भी दृश्य पर प्रकट हुए।

एटा के पास मकरौनी में नायब तहसीलदार नर्मदाशंकर अनमोल भूषण से दो साल छोटे और सिर्फ एक बच्चे के बाप थे। सिलबिल की समझ में न आया कि उसमें ऐसी कौन-सी नैसर्गिक या अर्जित योग्यता है, जो उसे सिर्फ दुहेजू के योग्य होने की विशेष पात्रता देती है!

"इतना बड़ा अफसर है। राजा है तहसील का-जो चाहे स्याह-सफेद करे। रानी बनकर रहोगी।" पिता बोले, "और क्या चाहिए तुम्हें?"

सिलबिल नाखून से फर्श कुरेदती रही।

"क्या तुम सोचती हो कि कलक्टर आयेगा तुम्हारी डोली ले जाने?" भाई कटुता से बोले (कालांतर में यह उनका प्रिय व्यंग्य-बाण बन गया था)।

दीवार से हाथ टिकाये खड़ी मोहनी घूँघट में मुस्करायी।

"मड़बे में बिठा दो इसे हाथ-पाँव बांध के। जान तो छूटे।" माँ ने कहा।

फिर कुछ क्षणों की चुप्पी रही।

"सिलबिल, तुम हर लिहाज से सीमा पार कर चुकी हो।" पिता बोले।

"मैं बी. ए. कर लूँ। फिर नौकरी करूँगी।"

भाई भड़क उठे, "फिर वही ढाक के तीन पात। बी.ए. के बाद तुममें क्या सुर्खाब के पर लग जायेंगे? कौन-सी नौकरी मिल जायेगी तुम्हें?"

"डॉ. सिंहल ने मुझे भरोसा दिलाया है।"

मिस कत्याल का नाम उसने जानबूझकर नहीं लिया था--वह पिता-भाई के लिए ऐसे ही था, जैसे साँड़ को लाल कपड़ा दिखाना। यों यह भरोसे वाली बात पूरी तरह सही नहीं थी, पर उसे विश्वास था कि ऐसे अवसर की अनिवार्यता पर डॉ. सिंहल एवं छगनलालजी उसके लिए कुछ अस्थायी प्रबंध जरूर कर देंगे-चाहे वह कुछेक ट्यूशनों का ही क्यों न हो। सिलबिल ने उनके बी.एड. के प्रस्ताव को नहीं छेड़ा था। उसमें दो साल और यहाँ रहने की बाध्यता होती, जो उसे स्वीकार नहीं थी। उसने मन्नत माँग ली थी, अगर जीती-जागती, सही-सलामत जून तक पहुँच गयी, तो ग्यारह रुपये का प्रसाद चढ़ायेगी।

"हमारे वंश में कभी लड़की ने नौकरी नहीं की।" पिता बोले।

"वंश में जो नहीं हुआ, वह आगे भी न हो, यह जरूरी नहीं।" इस बार सिलबिल से नहीं रहा गया, "यह ब्याह मैं नहीं करूंगी। तुम लोग चाहे मारो, चाहे कूटो।"

कुछ पल वह ठिठकी रही कि अगर किसी को हाथ उठाना है, तो श्रीगणेश कर ले। पर जब पिता या भाई ने ऐसी तत्परता नहीं दिखायी, तो वह मुड़ी और जीना चढ़ गयी। (इस प्रकार सिलबिल मकरौनी की नायब तहसीलदारिन बनते हुए बाल-बाल बची)।

जो अभी टल गया था, वह कुछ समय बाद घटित हुआ और अजीब संयोग है कि उसका कारण रंगमंच ही बना।

संस्थापक दिवस पर नया नाटक "परिणीता' हुआ था। नरोत्तम ने शहर के एक चायघर में कहा, "सिर्फ एक माला पहनाने से उसने अपने को परिणीता समझ लिया? दरअसल इसके लिए गर्भसिद्धि होनी चाहिए थी और इस तरह नायक की भूमिका के लिए मैं सबसे उपयुक्त होता।"

निर्मल ने आपत्ति की, "अपनी सहपाठी के बारे में ऐसी अशोभनीय बात नहीं कहनी चाहिए। तुम अपने शब्द वापस ले लो।"

अपने शब्द वापस लेने के बजाय नरोत्तम ने निर्मल पर प्रहार कर दिया। निर्मल ने अपने हॉकीस्टिक से जवाब दिया, पर वार कुछ गहरा बैठा और पुलिस को बीच में आना पड़ा।

कॉलेज के अधिकारियों ने मामला रफा-दफा करवाया, पर चर्चा तो हो चुकी थी।

वर्षा आशंका से दो दिन थरथराती रही। रोचक बात यही थी कि निर्मल को वह सिर्फ शक्ल से ही पहचानती थी। उसने वर्षा से कभी बात करने की भी कोशिश नहीं की थी।

तीसरे दिन रात को नौ बजे के लगभग भाई का ऊँचा स्वर सुनायी दिया, ''यशोदा...''

वह अभी जीने पर ही थी कि भाई दहाड़े, ''अब तेरी वजह से लड़के एक-दूसरे का सिर भी फोड़ने लगे।''

''इसमें मेरा क्या दोष...'' वर्षा का गला सूख गया था।

''दोष तेरा नहीं, तो क्या मेरा है?'' मैंने कहा था तुझसे कि यह ड्रामा अब नहीं होगा। कहा था या नहीं, बोल?''

वर्षा चुप रही।

''अब जो थुक्का-फजीहत हो रही है, उसका सामना कौन करेगा।?''

एक पल की चुप्पी रही।

''बोल, कौन करेगा उसका सामना?'' भाई के मुँह पर तीखे रोष की कँपकँपाहट थी।

''छोटे शहर में लोग छोटी बातें करते हैं। लखनऊ में कोई ध्यान नहीं देता।''

इसी बात ने पलीते में लौ का काम किया। पर सिलबिल समझती है, बात कोई भी हो, परिणाम यही होना था। संघर्ष चरमबिन्दु तक पहुँच गया था, विस्फोट अनिवार्य था। एक प्रकार से अच्छा ही हुआ, सबको भावात्मक मुक्ति मिल गयी।

''मुझे और तुझे मरना यहीं है।'' विकृत हुए स्वर के साथ भाई ने लपककर खूँटी पर टँगी पिता की छड़ी उठा ली...

एक गवाह माँ थी, जो बरामदे में बैठी एकटक देख रही थी और दूसरी भाभी, जो रसोई के द्वार पर आ खड़ी हुई थी...सात-आठ प्रहार रहे होंगे-पीठ, कंधों और दायें हाथ के पीछे...वर्षा न रोयी, न अपने को बचाने का प्रयास किया। अगर भाई तर्क करते, तो वह उत्तर देती। बल के सामने सिर्फ विवश हो सकती थी...

आधी रात झल्ली ने बैठक में सिंकाई की। आँखों में आँसू भरे किशोर जीने पर बैठा रहा (सिलबिल की पीठ अनावृत्त होनी थी)। प्रहार के समय जो आँसू नहीं आये थे, वे अब आ गये। लेकिन कम और आहिस्ता...जैसे अंदर न तरलता हो, न रिसने के लिए साँस।

जिस व्यक्ति का स्पर्श पाकर दर्द कम हो सकता था, उसको बताना वर्षा ने उपयुक्त नहीं समझा। उसके घर के तनाव के लिए दिव्या अपने को जिम्मेदार मानने लगी थीं ''अगर मुझे इस बात का जरा भी अंदाज होता, तो मैं तुम्हें नाटक में शामिल होने के लिए कभी न कहती।''

तीन दिन घर में जरूरी काम का बहाना बना वर्षा दिव्या से दूर रही। अगर उठने-बैठने या उनकी आकस्मिक छुअन से मुँह से 'आह' निकल जाती, तो? शारीरिक प्रहार में जितनी पीड़ा थी, दिव्या से उसका छिपाना उतना ही पीड़ामय साबित हो रहा था।

चौथे दिन जब वह ट्यूशन पढ़ा रही थी, तब चपरासी आकर बोला, ''मैडम ने कहा है, एक मिनट बंगले पर होती हुई जायेंगी?'' (मुहल्ले की उसकी सहपाठिन ज्योति ने अपने ट्यूटोरियल में भेद खोल दिया था)।

दिव्या ड्राइंगरूम में ही बैठी थीं। वर्षा अंदर घुसी, तो उन्होंने बाहर का दरवाजा बंद किया। जैसे ही उन्होंने उघाड़ने के लिए उसका कुर्ता छुआ, वर्षा रो पड़ी...दिव्या के आँसू बहे लम्बे, टेढ़े निशान देखने के बाद...जो सलोनी पीठ पर रेत पर रेंग गये साँप के चिन्हों की तरह पीछे छूट गये थे...

इस कांड के बाद घर श्मशान हो गया। मानों यहाँ प्रेतों का निवास हो--आपस में न बोलने की शपथ लिये हुए। अब वह भाभी को थाली पटकने का अवसर नहीं देती थी। दो रोटियाँ, नाम मात्र की तरकारी और दाल की छोटी कटोरी भरकर जल्दी-जल्दी ऐसे निगलती, जैसे खाने में देर लगाने से प्रति सैकिंड के हिसाब से खाने की मात्रा बढ़ी हुई मान ली जायेगी। इस्तेमाल के बाद अपने ये बर्तन धोकर रखती और कॉलेज चली जाती। (रात को बर्तन माँजना उसका दायित्व था)।

भाभी गर्भवती हुई, तो रात की रसोई की जिम्मेदारी उस पर आ गयी। शाम को रसोई में घुसने पर वह झल्ली के द्वारा भाभी से पुछवा लेती, दाल या तरकारी कौन-सी बननी है। (एक दिन इसी बात को लेकर वितंडा हो गया था)।

''देखो, सिलबिल ने दाल जला दी ! अनुष्टुप ने नया ताना सीख लिया था।''

जिस झल्ली का शाम को घर में पाँव भी नहीं टिकता था, वही अब आँगन में ही मंडराती रहती। पता नहीं, छोटी जिज्जी को कब, कैसी मदद की जरूरत पड़ जाये (किशोर ने भी उससे कह दिया था, ''ये लोग जिज्जी को बहुत सता रहे हैं।'')।

यही वह दौर था, जब वह एक बार फिर आत्महनन की ओर आकृष्ट हुई। कक्षा में 'अबला जीवन हाय तुम्हारी...' का अर्थ सुनते हुए सिलबिल की आँखों में सचमुच पानी भर आया था। अगले दिन अमावस्या को प्रथानुसार आसपास की कुँआरी लड़कियों की टोली सती माँ के मंदिर में पूजा के लिए गयी। फिर बाहर मेले में व्यस्त हो गयी। दो सौ इक्कीस सीढ़ियाँ चढ़कर सिलबिल मंदिर की छत पर पहुँची। पिछली ओर पहाड़ी की गहरी खाई थी।

दोपहर ढलने को थी। आकाश में बादल थे। प्रकाश ऐसे मद्धिम हो रहा था, जैसे पर्दों से छनकर आ रहा हो।

खाई में एक कोयल कूकी और उसकी सुरीली गूँज आसपास भर गयी। सिलबिल को लगा, जैसे यह उसकी विकराल, कुरूप जिन्दगी के लिए सौंदर्य के साथ एकाकार हो जाने का आह्वान है। छत की मुंडेर पर हाथ रख वह नीचे देखती रही...क्या अंतिम घड़ी आ गयी है? वह रीते आँचल की कचोट के साथ विदा ले ले? क्या उसके बाकी बचे जीवन में सौंदर्य के साथ एकाकार हो जाने की आशा है? क्या वह जून तक का अवसर लेकर देखे?

आँखों में आये एक नन्हें आँसू के साथ उसने महसूस किया, वह मरना नहीं चाहती। अभी भी उसके भीतर उम्मीद के दिए की टिमटिमाहट है...

''जिज्जी...'' नीचे कहीं से झल्ली का व्यग्र स्वर सुनायी दिया।

इसी समय वह तेजी-से पत्रिकाओं के साप्ताहिक भविष्य-फल की ओर झुकी। अपनी सिंह राशि के भावी सप्ताह में वह पहले तीक्ष्ण दृष्टि से सिर्फ 'परिवार' शब्द ढूँढ़ती थी। अगर वह नहीं मिला, तो सिलबिल संतोष की साँस लेती। 'परिवार में कलह के आसार हैं' जैसी

चेतावनी दिखायी देते ही सिलबिल का मन सिहर उठता। वह पूरे हफ्ते मैनपुरी के किसी विधुर के प्रस्ताव की आशंका से लरजती रहती।

इन्हीं दिनों वह शांति मठ के स्वामीजी के पास भी गयी थी। दस रुपये के चढ़ावे के साथ उसने अपनी जन्मकुंडली प्रस्तुत की। आसन पर बैठे स्वामीजी ने कुछ क्षण कुंडली का अध्ययन किया।

''क्या कष्ट है?'' उन्होंने गंभीर स्वर में पूछा।

''बहुत चिंता सताती है। चित्त स्थिर नहीं रहता। क्या आज का संताप पूर्वजन्म के दुष्कर्मों का फल है?''

''ऐसा लेखा-जोखा तो अंतर्यामी ही जानते हैं। मनुष्य तो यही कर सकता है कि अपने धर्म का पालन करे।''

''धर्म क्या है? जो व्यक्ति चाहता है या जो उसके परिजन उससे चाहते हैं?'' सिलबिल ने जिज्ञासा की।

''इन दोनों का ही सम्मिलन।''

''अगर दोनों परस्पर विरोधी हों, तो?''

''अपने विवेक से काम लेते हुए, परिजनों को कम से कम क्लेश पहुँचाने के साथ व्यक्ति धर्माचरण के अपने उपयुक्त पथ का चुनाव कर सकता है।''

13
बन्ना मेरा रंगरंगीला

मिट्ठू के लगभग छह पत्र आ चुके थे।

वर्षा के भावात्मक शून्य के फ्रेम में एक रूपाकार, एक चेहरा बस गया था। मौन को एक स्वर मिल गया था। कुछ भाव-भंगिमाओं की पहचान हो गयी थी। अब कहीं प्रेम की बात पढ़ते या प्रेम का अभिनय करते हुए उसके पास संदर्भ के लिए छोटा-सा अनुभव था।

'तुम्हारी हँसी याद आती है और तुम्हारी आँखों की उदासी। मैं वहाँ अपने होंठ रखकर सारी उदासी सोख लेना चाहता हूँ।' मिट्ठू ने पहले पत्र में लिखा था।

'डार्लिंग, तुम्हारी चिट्ठी है मेज पर ! दिव्या लखनऊ से आया अखबार पढ़ रही थी।

वर्षा को अटपटा लगा। उसे कौन लिखेगा? छोटा-सा पत्र पढ़कर उछाह हुआ। तकनीकी दृष्टि से इसे प्रेम-पत्र कहा जा सकता है या नहीं, यह तो प्रेमशास्त्र के अधिकारी विद्वान ही बता पायेंगे। यह दिव्या के नाम के लिफाफे में यों ही खुला रख दिया गया था-एक और लिफाफे में बन्द नहीं था। यह कॉपी के पन्ने पर ही लिखा था। इसमें आवेगों का आलोड़न नहीं था। (वर्षा ने मिट्ठू की समझदारी की दाद दी, जो उसने पत्र सीधे उसके घर के पते पर नहीं भेजा, अन्यथा उसका 'राम-नाम-सत्य' हो जाता)।

उस दिन घर लौटते समय सिलबिल की चाल में किंचित लचक की रंगत थी। रात को

सोने से पहले उसने तकिये में मुँह छिपाये मिट्टू का नाम लिया। उसका चुंबन याद आया और वह पुरानी सिहरन शरीर में झनझना गयी।

'यह जानकर भला लगा कि कोई मेरा अंधेरा बांटना चाहता है।' वर्षा ने उत्तर दिया, 'इस समय मैंने अपनी आँखें बंद कर ली हैं और मेरी पलकों पर परिचित स्पर्श है...'

नया वर्ष शुरू हो चुका था।

दिव्या 'महानारी' नाम से छह पात्रों के एकालापों की प्रस्तुति तैयार कर रही थीं-कुंती, सीता, गांधारी, राधा, द्रौपदी और सावित्री। पात्र की जीवनगत जटिलता, वेदना और आत्ममंथन को मार्मिक ढंग से पकड़ा गया था। यह नाट्य-रचना पिछले साल वर्षा ने ही दिव्या को दिखायी थी।

छड़ी-प्रकरण के कारण दिव्या ने उसे रोकने की कोशिश की, ''घर वालों को तुम्हारे साथ बदसलूकी की एक और वजह मिल जायेगी।''

वर्षा दृढ़ थी, ''अब और वे क्या कर लेंगे? गला ही घोंट सकते हैं, तो घोट दें। दोनों ही पक्षों को छुटकारा मिल जायेगा। गर्मी की छुट्टियों के बाद मुझे इस शहर में रहना ही पड़ा, तो होस्टल में रहूँगी। उस घर में मेरा गुजारा अब नहीं हो सकता।''

इन दिनों 'गर्मियों की छुट्टियों के बाद' कहते हुए उसकी आवाज़ काँप जाती थी। बी. ए. के बाद अब उसका पहला लक्ष्य नेशनल स्कूल ऑफ ड्रामा था, जहाँ होनहार विद्यार्थी को छात्र-वृत्ति भी मिलती थी।

''तुमने मुझे एन. एस. डी. के बारे में क्यों नहीं बताया?'

दिव्या ने सोचने के लिए समय लिया, ''साल भर तुम सिर्फ छोटे शहर की अच्छी अभिनेत्री थी। वह राष्ट्रीय स्तर का संस्थान है। नीहारिका की नाकामयाबी को देखते हुए मुझे डर लगा कि अगर तुम्हारे साथ भी ऐसा ही हुआ, तो तुम्हें चोट गहरी लगेगी।''

सिलबिल ने दिव्या के तर्क को स्वीकार किया। उसे उनकी यह बात अच्छी लगती थी कि वह मित्रता की दृष्टि से सौंदर्यबोधीय मूल्यांकन का निर्धारण नहीं करती थीं। उसके कच्चेपन को देखते हुए उसमें थोड़ी मुलामियत एवं प्रोत्साहन जरूर घोल देती थीं।

'महानारी' की प्रस्तुति प्रभावी रही। (इसे वस्त्र विक्रेता संघ ने प्रायोजित किया था, जिसके सभापति थे 'नारी सिंगार निकेतन' के बजाज। दिव्या के साथ-साथ वर्षा को भी पाँच सौ रुपये पारिश्रमिक मिला, जिसे उसने अपने डाकघर खाते में जमा कर दिया)। लगभग दो घंटे तक वर्षा अकेली मंच पर रही और उसने पर्याप्त विस्तार एवं गहराई में छहों वेदना विह्वल पात्रों को रूपायित किया।

इस प्रदर्शन से वर्षा पर गंभीरता तथा गरिमा की छाप लग गयी। पहले मंचन के तीन-चार दिन बाद तक वह कॉलेज के प्रांगण में अर्थभरी निगाहों और मद्धिम फब्तियों का लक्ष्य बनती थी। इस बार लड़के सम्मानजनक मौन से उसका रास्ता छोड़ते देखे गये।

इसकी एक कलात्मक परिणति उसका 'ट्रेजडी क्वीन' के रूप में टाइप होना था। अब तक उसके वही मंचन सफल रहे थे, जिनमें उसने पीड़ित दुखान्त भूमिका की थी। 'महानारी' ने जैसे उसकी कलात्मक नियति पर मुहर लगा दी।

‘‘ऐसा कैसे कहा जा सकता है?’’ उसने दिव्या के समक्ष आपत्ति की, ‘‘मैं हल्की-फुल्की भूमिकाएँ भी करना चाहती हूँ।’’

‘‘हर कलाकार का चरित्र-निरूपण उसकी शरीर-रचना, उसके व्यक्तित्व द्वारा निर्धारित होता है। उसकी भीतरी-बाहरी प्रकृति में कुछ ऐसे तत्व होते हैं, जो उसे सुख या दुख जैसे विरोधी मनोभावों के साथ जोड़ना आसान एवं सहज बना देते हैं। पर मैं तुम्हारी इस आकांक्षा से असहमत नहीं कि तुम हल्की भूमिकाएँ भी करना चाहती हो।’’

मिट्ठू और रोहन अचानक आ गये थे।

वर्षा अपराह्न में ट्यूशन पढ़ा रही थी, जब चपरासी आया, ‘‘मैडम ने कहा है, आप जाते हुए बंगले पर आयेंगी?’’

पहचानी वातानुकूलित कार गेट के बाहर खड़ी थी-धूल की मोटी परत चढ़ी। वह उमंग से ड्राइंगरूम में घुसी, तो रोहन व मिट्ठू खड़े हो गये। उसने मुस्कराकर दोनों से हाथ मिलाया। महीनों की त्रासद घुटन के बाद उन्हें देखना सुहाना लग रहा था। उसके अंधेरे बंदीगृह में बाहरी दुनिया के उजाले व स्वच्छ पवन की पहुँच हुई थी। गप्पों और ठहाकों में समय का पता ही न चला।

‘‘मुझे जाना है।’’ यकायक अंधेरा देख वह अचकचाकर खड़ी हो गयी, ‘‘कल मिलेंगे।’’

‘‘हम तुम्हें छोड़ आयेंगे। जल्दी क्या है?’’ रोहन बोले।

‘‘मेहमानों के साथ ऐसी बेरुखी...’’ मिट्ठू ने आहत भाव से कहा।

वह दिव्या की ओर देख उदासी से मुस्करायी, ‘‘भाभी के बच्चा होने वाला है। रात की रसोई मेरे जिम्मे है।...अगर पुरुषों वाली कार से मुझे उतरता देखा गया, तो घर में हंगामा हो जायेगा।’’

जब एक साथ इतनी नग्न सच्चाइयाँ उजागर हुईं, तो दोनों के चेहरों के भाव बदल गये। उस चुप्पी में और कुछ कहने की जरूरत नहीं थी।

मेरे दोनों संसार इतने अलग और प्रतिकूल क्यों हैं? घर वापस लौटते हुए उसने सोचा, मेरी कितनी शक्ति एक से दूसरे तक पहुँचने और सहज बने रहने में लग जाती है।

छोटे शहर की लाचारगी में दोनों अतिथि छगनलालजी के अतिथि गृह में सोये। (पर फिर भी मिश्रीलाल डिग्री कॉलेज का स्टाफरूम प्रो. उप्रेती की कानाफूसी से तरंगायित हुआ)।

‘‘कितनी शांति है यहाँ!’’ इतवार की दोपहर रोहन सिर के नीचे कुशन लगाये बोले।

चारों बगीचे में बैठे, लेटे और अधलेटे थे। मध्य फरवरी की म्लान धूप। आसपास बिल्कुल चुप्पी थी। वर्षा प्यालों में कॉफी डाल रही थी, आम के पेड़ से टेक लगाये।

‘‘कभी-कभी जरूरत से ज्यादा...’’ दिव्या ने कहा।

प्याला मिट्ठू को देते हुए वर्षा की निगाह झुक गयी। पिछली रात मिट्ठू ने यहीं उसे आलिंगन में बांधा था। छोटे-बड़े चुंबनों के बीच कहा था, ‘‘मैं तुम्हें लेकर संजीदा हो रहा हूँ।’’

उसके मुँह से ठंडी साँस निकल गयी।

"तुमने आगे के बारे में क्या सोचा है?"

"मेरे सोचने से मेरा कुछ नहीं बनता मिट्ठू!"

"बहरहाल मैं मेडिकल स्टोर खोल रहा हूँ।" उसके पिता बड़े डॉक्टर थे। "जब तुम गर्मियों में आओगी, तो...

वर्षा कुछ कह नहीं पायी। भविष्य को लेकर चुप्पी और तनाव के अलावा उसके पास कुछ नहीं था।

ड्राइंग रूम की खिड़की से सितार की व्याकुल रागिनी की तरंगें निरंतर बाहर झरती हुईं जहाँ-तहाँ बिखरी जा रही थीं। (दिव्या के लिए यह लाँग प्लेइंग रिकॉर्ड रोहन लखनऊ से लाये थे)। मिट्ठू की ऊष्मा भली लगी। उससे अपने आपको एक तरह का अर्थ मिला। बड़े सुहाने किस्म की आत्मविश्वास की भावना भीतर भर गयी।

"कभी जरूरत से ज्यादा शांति भी अच्छी लगती है।" मिट्ठू बोला।

छोटा घूँट भरते हुए वर्षा ने सोचा, हम चार व्यक्तियों में तीन के पथ निश्चित हैं। सिर्फ वही है, जो चारों ओर कोहरे से घिरी है।

"वर्षा, तुम गर्मियों में लखनऊ आ रही हो।" चलने से पहले रोहन ने कहा, "तुम सोशल वैलफेयर का कोर्स ज्वायन करोगी। तुम्हारे लिए पार्टटाइम नौकरी का बंदोबस्त हो जायेगा। कोर्स पूरा होने के बाद तो तुम्हें अच्छी जगह मिल ही जायेगी।"

उसने चौंककर दिव्या की ओर देखा। वह हल्के-से मुस्करायीं। तो दिव्या उसे 'मँझधार में छोड़कर' नहीं जायेगी।

मिट्ठू और रोहन ने हाथ हिलाया। फिर कार मोड़ पर गुम हो गयी। पीछे धूल का बगूला उड़ा, जो उदासी को थोड़ा बढ़ा गया।

"थोड़ी देर रुकोगी डार्लिंग? मन डूब-सा रहा है।"

दोनों फिर आम के पेड़ के नीचे बैठ गयीं।

धूप ऊँचाइयों से सिमटने लगी थी। हवा में हल्की-सी खुनकी आ रही थी।

"रोहन ने पूछा है, मैं कब तक प्रतीक्षा करूँ? मैं क्या कहूँ, मेरा मन बिल्कुल सूना है...पिछली कचोट कम हो गयी है, पर आगे के लिए कोई उमंग नहीं।" दिव्या धीरे-धीरे बोली।

पेड़ पर कोयल कूक उठी। ये दोनों जब भी कोई संजीदा बात करती हैं, कोयल जरूर बोलती है, उसने सोचा।

"लखनऊ में तुम मेरे साथ रहोगी। इस बात को लेकर उधेड़बुन मत करना। अच्छा?" उन्होंने औपचारिक रूप से मिश्रीलाल डिग्री कॉलेज से अपना त्यागपत्र दे दिया था।

वर्षा ने हामी में सिर हिलाया। मन आश्वस्त हुआ। उसने उनके कंधे पर कपोल टिका लिया और चुपचाप बैठी रही। तमाम वर्षों के बाद वह पीछे मुड़कर इस निर्णायक संध्या के बारे में सोचेगी-अपने व्यवस्थित एवं पेंच-कसे जीवन की व्यस्तता के बीच...कि कैसे उथल-पुथल के क्षणें में उसे सांत्वना दी गयी थी और आज की इस अनुभूति को याद करेगी...

जिस 'महानारी' ने उसे 'ट्रेजडी क्वीन' की उपाधि से अलंकृत करते हुए दुखांत भूमिका-प्रवीण अभिनेत्री के रूप में प्रतिष्ठित किया था, वही परिवार के सामने सुलगते सिलबिल नामक सवाल के लिए मेघमल्हार-प्रस्ताव का निमित्त बनी।

'नारी सिंगार निकेतन' के बजाजजी ने जब बुलंदशहर से आये अपने व्यवसायी मित्र सच्चिदानन्द अवस्थी से 'महानारी' के मंचन में चलने का आग्रह किया, तो उन्हें मालूम नहीं था कि वह 'पहले से जख्मी' सिलबिल के जीवन में कैसे संकट का सूत्रपात कर रहे हैं। अवस्थीजी अपने सबसे छोटे बेटे भास्कर के लिए चिंतित थे। अपरिपक्व पैदाइश के कारण भास्कर दुर्बल एवं बेडौल तो था ही, बुरी तरह हकलाता और लुंज-पुंज दायीं टांग की जगह बैसाखी लेकर चलता था। मंच पर की कन्या ने जब अंधे पति के भाग्य को बाँटते हुए अपनी ज्योति-संपन्न आँखों पर पट्टी बाँध ली, लोकापवाद से विचलित पति को मुक्ति देने के लिए धरती माँ के फटने का आह्वान किया और पति के प्राण-पखेरू बचाने के लिए निर्मम यमराज को भी पिघला दिया, तो अवस्थीजी बिल्कुल निश्चित हो गये कि अगर यह सती-साध्वी बहू बनकर उनके घर में आ गयी, तो भास्कर का कायाकल्प हो जायेगा। (वैसे देखा जाये, तो यह काव्यात्मक न्याय का ही एक आयाम था। जीवन की तर्कहीन विरूपता के सामने सिलबिल ने कला की सुविचारित व्यवस्था को नमन किया था। अवस्थीजी रंगमंच की उसी आदर्श, महिमामंडित संपूर्णता से वास्तविक जीवन की हीनता की क्षतिपूर्ति करना चाहते थे)।

महादेव उत्तेजित-से एक दिन के लिए बुलंदशहर गये। वापस लौटकर पिता को रपट देते हुए उन्होंने तीन मंजिला मकान, दुकान और पेट्रोल पम्प की चर्चा अधिक की। लड़के के बारे में बहुत कम बोले। उन्होंने चुपचाप रणनीति तैयार कर ली।

मार्च का महीना। परीक्षा से पहले का अवकाश था। सिलबिल ऊपर के कमरे में पढ़ रही थी। अचानक सामने खिलखिलाती जिज्जी प्रकट हुई।

"सिलबिल, तूने, अपना जीवन संवार लिया बहन !" उसे गले से लगाते हुए जिज्जी बोली, "खुशी के मारे मैं रो पड़ी!"

सचमुच उनकी आँखों में आँसू थे।

शाम को आँखों में आँसू भरे, सजी-धजी सिलबिल आँगन में निर्जीव बैठी थी। बस, ये आँसू विवशता के थे। उसे घेरे औरतें ढोलक की थाप पर गा रही थीं-बन्ना मेरा रंगरंगीला छैलों का सरताज...सामने बड़े थाल में वरपक्ष को जाने वाली भेंट-सामग्री थी--फल-मिठाई, नारियल, सूट का कपड़ा, पाँच सौ एक नक़द।

सिलबिल ने आला कमान का सामना किया था। यह पहली नाटकीय समक्षता थी, जिसकी पहल सिलबिल की ओर से हुई।

"यह क्या तमाशा है?" वह बैठक में पहुँची, "मैंने कहा था, मैं अभी शादी नहीं करूँगी।"

"शादी कहाँ हो रही है? सिर्फ पक्कयात जा रही है।" भाई ने नर्मी से बहकाया।

"क्यों? ऐसी क्या जल्दी है?"

'घर अच्छा है। कहीं हाथ से न निकल जाये।''

सिलबिल ने कड़वाहट छिपाने की कोशिश नहीं की, 'चिंता मत करो। हकला और लंगड़ा हाथ से नहीं निकलेगा।''

पल भर के मौन के बाद पिता बाले, ''जरा जीभ लड़खड़ाती है...घर को देखो, चाँदी की थाली में खाते हैं।''

''मैंने बोल दिया था, मैं बी.ए. करूँगी।''

''तो करो न, रोका किसने है?'' भाई ने कहा।

निरुपाय सिलबिल रुआँसी हो गयी, ''तुम लोग जून तक नहीं ठहर सकते? मेरी दो रोटियाँ इतनी भारी हैं?''

इस बार चुप्पी कुछ ज्यादा रही। 'जनमजली' ने दुखती रग पर उँगली रख दी थी। विरोधी पक्ष किंचित अपराध भाव से भर उठा। पर यह भी साफ था कि इस अवसर को छोड़ना नहीं है। अगर अभी सिलबिल को नहीं बाँध पाये, तो बरसाती नदी की तरह कूल-किनारे तोड़ देगी।

शाम होने से पहले सिलबिल ने आत्महत्या से नीचे के विकल्पों पर विचार किया था। घर से अभी भागना असंभव है। और जायेगी भी तो कहाँ? अगले महीने इम्तिहान जो देना है (एन.एस.डी. के लिए भी न्यूनतम शैक्षणिक योग्यता बी. ए. थी)। वह सोच रही थी, जून में बाबुल के पेड़ से उड़ जायेगी, पर ये लोग तो उसके पंख ही कतर रहे हैं...

''बन्ना मेरा रंगरंगीला' के सुरों के बीच उसने सख्ती-से दाँत भींचे।

''देखो, सिलबिल तो चली!'' अनुष्टुप बोला।

14
लिए जाती हैं कहीं एक तवक़्क़ो ग़ालिब

नेशनल स्कूल ऑफ ड्रामा से मई के तीसरे हफ्ते में साक्षात्कार के लिए पत्र आ गया था-डॉ. सिंहल के पते पर।

मँगनी-कांड से दिव्या सन्न रह गयीं। उनकी दृष्टि में यह 'पेटी-से-नीचे-का प्रहार' था। ''मुझे डर यही है कि ये लोग तुम्हें बाँधने के लिए और भी नीचे जा सकते हैं।'' उन्होंने कहा। उनका एक डर और था। उन्हें छूते हुए वर्षा को कसम खानी पड़ी कि वह जगत-विसर्जन की बात नहीं सोचेगी।

परीक्षा खत्म हो चुकी थी। हफ्ते भर चलने वाले विदाई-समारोह के बाद दिव्या जा रही थीं। यह तय हुआ था कि वर्षा नयी दिल्ली का इंटरव्यू देकर लखनऊ पहुँच जायेगी।

बंगले में दिव्या की जो अंतिम रात थी, वह वर्षा ने उनके साथ ही बितायी। दोनों चुप, गुमसुम थीं। दिव्या अपना शोध-प्रबंध संभालती रहीं, जिसके अंतिम अध्याय का संशोधन बाकी रह गया था। ''शाहजहाँपुर में मेरे तीन वर्षों की दो उपलब्धियाँ हैं-वर्षा और

थीसिस...''उन्होंने मुस्कराकर कहा।

यह अंतिम रात दोनों को याद रही। नींद टूटी, तो वर्षा दिव्या को देखती रही। करवट बदलने में आख खुली, तो दिव्या ने वर्षा के हाथ पर हाथ रखा।

सवेरे ट्रक आ गया। जाना-पहचाना फर्नीचर, जिसके साथ वर्षा के इतने आसंग थे, देखते-देखते ट्रक में भरकर रस्सियों से कस दिया गया। पलंग, मेज-कुर्सियाँ, आलमारी, चौकियाँ, दीवान, तस्वीरें, गुलदस्ते...

खाली घर ऐसा क्षत-विक्षत लग रहा था कि वर्षा का दिल डूबने लगा। वह दुपट्टे का छोर आँखों पर दबाते हुए बाहर आ गयी।

डॉ. सिंहल और छगनलाल जी का पूरा परिवार दिव्या को विदा देने के लिए आया था। ''मिश्रीलाल डिग्री कॉलेज का एक स्वर्णिम अध्याय समाप्त हो गया।'' छगनलालजी ने भाव भरे स्वर में घोषणा की, ''लेकिन जिस पौधे को आपने सँवारा है, वह फलते-फूलते हमें हमेशा सुगंधि देता रहेगा।''

सबसे विदा लेकर दिव्या भीगी आँखों से कार की पिछली सीट पर बैठ गयी। (छगनलालजी का ड्राइवर उन्हें छोड़ने जा रहा था)।

जब कार मोड़ पर ओझल हुई, तो वर्षा के आसुओं में दुगुना वेग आ गया। अब तक के जीवन का सबसे निर्णायक अध्याय समाप्त हो रहा था और सबसे प्रिय व्यक्ति के साथ संबंध नया मोड़ ले रहे थे। अगर नयी दिल्ली में ना उम्मीदी मिली, तब भी मैं शाहजहाँपुर नहीं लौटूँगी, उसने सोचा।

अगर सिलबिल अपने ढीले-ढाले शलवार-कुर्ते में ही इंटरव्यू देने की सोचती, तो स्थिति ऐसा नाटकीय मोड़ न लेती। पर वह तो पिछली गर्मियों में प्रदेश की राजधानी में ही चूड़ीदार धारण कर आधुनिका बन चुकी थी और यह एंट्री देश की राजधानी में होने वाली थी। वह पीछे कैसे रहती?

भाभी अपने कमरे में नवजात बेटी को दूध पिला रही थीं। (सौर से निकलते हुए माँ ने घोषणा की, ''भवानी आयी है।'' आगे प्रार्थना में जोड़ा, ''भगवान करे, सिलबिल जैसी न हो।'') उन्होंने निगाह ऊपर उठायी, तो छत की रस्सी पर दो चूड़ीदार सूखते दिखायी दिये। (प्रस्तावित यात्रा गोपनीय रखी जा रही थी)। हैड कांस्टेबिल की चतुर बेटी ने सिलबिल के पिछले दिनों दिखायी दिये पुनउत्साह के साथ इस पहनावे का रिश्ता जोड़ लिया। थोड़ी कानाफूसी के बाद जब महादेव ने सिलबिल की चीजों की छानबीन की, तो कविता की पाठ्य-पुस्तक में ''मैं नीरभरी दुख की बदली'' पन्ने से दबा हुआ नाट्य विद्यालय का पत्र मिल गया। फिर नाटकीय समक्षता सम्पन्न हुई।

''यह क्या है?'' महादेव ने पत्र ऐसे दिखाया, जैसे हिटलर किसी यहूदी को गैस-चैंबर के दरवाजे का हत्था दिखा रहा हो।

''इंटरव्यू लैटर है।'' सिलबिल कटुता से बोली।

''वह तो मैं भी देख रहा हूँ। आँखों से दिखायी देता है मुझे ! तुम्हारी तरह शोभा के लिए नहीं लगा रखीं।'' महादेव सिलबिल के साथ अब बारीक संप्रेषण का आनन्द लेने लगे थे।

"मतलब?"

"तीन महीने बाद तुम्हारा ब्याह है। तुम नयी दिल्ली में यह कोर्स करोगी या बुलंदशहर में अपना घर सँभालोगी?"

सिलबिल जिस तरह से बिफरी, उससे भाई और पिता को एक बार निगाह मिलानी पड़ी। जाहिर था कि 'दुख की बदली विस्तृत नभ के (नयी दिल्ली) कोने को अपना बनाने के लिए' कटिबद्ध थी। (अगली सुबह दस बजे उसे विद्यालय में उपस्थित होना था)। जैसे ही कंधे पर एयरबैग लटकाये सिलबिल जीने से उतरी, महादेव ने बाँह पकड़कर उसे स्नानघर में बंद किया और बाहर से साँकल लगा दी। (आला कमान का दृढ़ मत था कि इस बार सिलबिल के दरवाजे से निकलने का मतलब हाथ से निकलना है)। सिलबिल ने बहुतेरा दरवाजा पीटा, चीखी-चिल्लाई, घंटे भर पानी के नल को खुला छोड़ा, खाली बाल्टी में लोटा बजाया। पर यह जाहिर होने लगा कि लाख 'उमड़ने' के बाद उसे अब 'मिट' ही जाना है।

विरोधी पक्ष डॉक्टर एवं मिसेज सिंहल को देखकर ऐसे चौंका, जैसे रावण के महल में प्रहरियों ने सीता को संदेश देने आये हनुमान को देख लिया हो। (किशोर ने 'कलाकार के दमन' के प्रति विभीषण-शैली में विद्रोह कर दिया था)।

"मेरे यहाँ बच्चों ने गाने का कार्यक्रम रखा है। थोड़ी देर के लिए वर्षा को भेज दें।" डॉ. सिंहल ने अभिवादन के साथ कहा।

महादेव एकाएक आक्रामक हो उठे, "उसकी तबियत ठीक नहीं। वह आराम कर रही है। आप कृपया जाइए।"

तब तक कॉलेज के दो चपरासी चबूतरे से आगे बढ़ कर ऐन दरवाजे के सामने 'क्या-आदेश है?' की मुद्रा में तत्पर खड़े हो गये थे।

"महादेव, वयस्क लड़की के साथ ऐसी जबरर्दस्ती कानूनन अपराध है। मैं पुलिस सुपरिंटेंडेंट को नहीं लाया, क्योंकि इस घर की इज्जत मेरी भी इज्जत है।" डॉ. सिंहल ने गुरु गम्भीर स्वर में कहा और मिसेज सिंहल को इशारा किया, जो तुरंत भीतर को बढ़ीं।

"दूसरे के घर में जबर्दस्ती घुसना भी कानूनन अपराध है..."गुस्से से हकलाये महादेव आगे बढ़े, पर जूड़े-लिपिस्टिक वाली संभ्रान्त महिला को हाथ से रोकने की हिम्मत नहीं कर पाये।

इस बीच शर्माजी निश्चल बैठे थे, जैसे डॉ. सिंहल को देखते ही उन्हें अपनी पराजय का एहसास हो गया हो।

"देखो, सिलबिल चली !" अनुष्टुप ने चेतावनी दी।

जर्द चेहरे वाली सिलबिल को एक बाँह से थामे मिसेज़ सिंहल लौटीं। दूसरे हाथ में सिलबिल का एयरबैग था, जिसमें उसने अपनी ढीली शलवार (चूड़ीदार पर इस्तरी करवाने का समय नहीं मिला), कुर्ता, स्नो-पाउडर, कंघी इत्यादि रख ली थी। जिस तरह अंदर से निकलते हुए सिलबिल ने माँ-भाभी को अनदेखा कर दिया था, उसी तरह बाहर से निकलते हुए उसने भाई-पिता को नहीं देखा। दोनों पक्षों के बीच की लाख कटुता के बावजूद सिलबिल ने कभी ऐसे बर्ताव की अपेक्षा नहीं की थी। उसने दरअसल इस प्रकरण

को 'पेटी-से-नीचे का प्रहार' माना। भाई-पिता के साथ संलग्न उसके मन का एक बहुत नाजुक तंतु इस दिन ऐसे टूटा कि फिर कभी जुड़ न सका...

जब तक सिंहल दम्पत्ति वर्षा को स्टेशन पर चाय के साथ पेस्ट्री खिलायें, गाड़ी आ गयी थी। चपरासी टिकट ले आया था। वर्षा के बटुवे में तीन सौ रुपये थे। उसने टिकट के पैसे देने चाहे, पर डॉ. सिंहल ने नहीं लिये।

''ऐसी शालीन लड़की के साथ ऐसा व्यवहार करता है कोई...'' मिसेज़ सिंहल ने उसके सिर पर हाथ फेरते हुए द्रवित स्वर में कहा।

मिसेज़ सिंहल ने जनाने डिब्बे में उसे बिठा दिया। डॉ. सिंहल ने बिस्किट का पैकेट, फल व दो पत्रिकाएँ उसके पास रख दीं।

गाड़ी खिसकी, तो वर्षा ने 'नमस्ते' की।...

शाहजहाँपुर का स्टेशन पीछे छूटने लगा। फिर बाहरी सिगनल निकल गया।

वह पहली बार ट्रेन में अकेले यात्रा कर रही थी। वर्तमान रक्तपात से सना मांस का लोथड़ा था और भविष्य अंधेरे की वादी...हे प्रभु, मेरा क्या बनेगा? उसने दुपट्टे का कोना आँखों पर रखते हुए सोचा।

सुबह गाड़ी नयी दिल्ली स्टेशन पहुँची। महिलाओं के प्रतीक्षालय में जाकर नहायी, कपड़े बदले, बाल संवारे। एयरबैग में ताला लगाकर क्लॉक रूम में रख दिया। एक हाथ में मंचनों की तस्वीरें तथा नाट्य-समीक्षाओं की कतरनों की फाइल ली और कंधे पर पर्स लटकाया। इधर-उधर देखती, तीव्र चहल-पहल से विचलित, आत्मसजग सिलबिल स्टेशन से बाहर निकली।

एक ऑटोरिक्शा वाला सीढ़ियाँ चढ़ आया, ''कहाँ जाना है?''

''बहावलपुर हाउस।''

उसने मीटर नीचे गिराया। लंबी सड़क पर सिलबिल भारी यातायात से आतंकित रही। ट्रैफिक का कितना शोर था ! कितनी कारें, टैक्सियाँ और बसें। स्कूटर ने जब कनाट प्लेस का बाहरी गोलाकार चक्कर लगाया तो सिलबिल दायीं ओर की भव्य दुकानों को देखती रह गयी। जब ऑटो बाराखंभा रोड पर मुड़ा, तो सिलबिल ऊँचे भवनों, लंबे-चौड़े फुटपाथों और पेड़ों की कतारों से चमत्कृत हो उठी।

चौराहे का चक्कर लगाकर ऑटो मंडी हाउस के स्टैंड पर खड़ा हो गया, ''यह रहा मंडी हाउस !''

''मुझे तो बहावलपुर हाउस जाना है।'' सिलबिल आतंकित हो उठी। दस बजने को थे।

''यही कहीं होगा। किसी से पूछ लो। दस रुपये हुए।''

दस का नोट देकर (सिलबिल को बाद में मालूम हुआ कि वह ठगी गयी) सिलबिल ने इधर-उधर देखा। पीछे चायघर के बाहर कुछ लड़के-लड़कियाँ बैठे थे। वह किंचित शर्म के साथ एक लड़की के पास आयी, ''स्कूल ऑफ ड्रामा कहाँ है?''

उसने अंग्रेजी में जवाब दिया, ''आपको कहाँ जाना है-स्कूल या रिपर्टरी?''

पल भर उसे कुछ नहीं सूझा। फिर अपनी भाषा में हथियार डाल दिये, ''मुझे भर्ती होने के लिए इंटरव्यू देना है।''

लड़की एक कदम आगे आयी और इशारा किया, ''यह भगवानदास रोड है न...और आगे वह गेट दिखायी दे रहा है...उसी से अंदर जाकर राइट साइड...जहाँ वैन खड़ी है...''

सिलबिल ने 'धन्यवाद' दिया, तो लड़की किंचित मुस्कान से 'यू आर वैलकम' कहते हुए मुड़ी और फिर जोड़ा, 'बेस्ट ऑफ लक'!

बहावलपुर हाउस में दायें द्वार पर लड़के-लड़कियों का जमघट था। वह कुछ मिनट वहीं मँडरायी, पर उनके अंग्रेजी वार्तालाप का बहुत छोटा हिस्सा पल्ले पड़ रहा था। ज्यादातर जींस, बैलबॉटम और चूड़ीदार ही दिखायी दे रहे थे। अकेली वही 'बहनजी' थी। बिना किसी मेकअप के साड़ी पहने, खूब बड़ा रंगीन चश्मा लगाये एक लड़की मोपेड का हैंडिल थामे खड़ी थी। सिलबिल को वह अपनी बिरादरी के अपेक्षाकृत पास लगी। उसने पास आ 'नमस्ते' के साथ अपनी समस्या बतायी।

सामने दरवाजे की ओर संकेत करते हुए उसने कहा, ''यू गो इनसाइड एंड रिपोर्ट एट द रिसैप्शन !''

सामने संस्थान का नामपट और प्रतीक-चिन्ह था। सिलबिल की देह में सिहरन भर गयी। सीढ़ियाँ चढ़कर कारपेट बिछे लाउंज में आयीं। दोनों ओर विदेशी मंचन के बड़े चित्र लगे थे। सामने गलियारे के सिर पर काँच से आवृत्त फोन वाली मेज पर एक युवती बैठी थी, चार-पाँच लोगों से घिरी हुई।

सिलबिल चुपचाप पीछे खड़ी हो गयी। जब पाँचेक मिनट वह असमंजस में अपनी जगह हिलती-डुलती रही, तो युवती ने गर्दन तिरछी करते हुए पूछा, ''मे आइ हैल्प यू?''

''मैं इंटरव्यू के लिए आयी हूँ-वर्षा वशिष्ठ...'' उसने डरते-डरते कहा।

युवती ने सामने की लम्बी टाइपशुदा सूची पर निगाह डाली और उसके नाम के साथ सही का निशान लगाते हुए कहा, ''यू वेट आउटसाइड। वी विल कॉल यू।''

हे भगवान, क्या यहाँ चपरासी भी अंग्रेजी बोलेगा? सिलबिल फिर बाहर आ गयी। सीढ़ियों के पास पाँच-छह का झुंड था। वह हिचकिचाकर पास रुकी। एक लड़की ने मुस्कान दी, तो सिलबिल ने भी प्रत्युत्तर दिया।

''रीटा साहनी...फ्रॉम चंडीगढ़!'' लड़की बोली।

बड़े-बड़े बालों वाले सुंदर लड़के ने सिलबिल को देखा, ''नरेन्द्र कुमार फ्रॉम बॉम्बे!

''केवल सूरी फ्रॉम न्यू डैल्ही इटसैल्फ !''

''रक्षाधर फ्रॉम श्रीनगर !''

''वर्तिका देसाई फ्रॉम अहमदाबाद !''

सिलबिल सूखते गले से बोली, ''वर्षा वशिष्ठ... फ्रॉम शाहजहाँपुर...'' (और अपने-आप पर ही मुग्ध हो उठी)!

नरेन्द्र कुमार ने बताया, पच्चीस जगहों के लिए अस्सी से ऊपर प्रत्याशी हैं। जब से फिल्म एंड टेलीविज़न इंस्टीट्यूट में अभिनय-प्रशिक्षण खत्म हुआ है, यहाँ कोहराम मच गया है। यहाँ से निकले एक-दो लोगों की सिनेमा में सफलता के बाद स्थिति और भी विकट हुई है।

तभी एक सजीला प्रत्याशी रुमाल से मुँह पोंछते हुए निकला। लोगों ने उसे घेर लिया, ''मेरे मुँह से निकल गया, मेरी पसंद का नाटक है 'वेटिंग फॉर गोडो', तो एब्सर्ड थिएटर पर

सवालों की बौछार हो गयी। मैं कोई स्पेशलिस्ट हूँ?'' उसने हताशा से कहा, ''मेरा अभिनेता यहाँ साँसें तोड़ रहा है। कल से मैं घर की दुकान पर बैठूँगा।''

सिलबिल रुआँसी हो गयी। जब पब्लिक स्कूल से निकले इतने स्मार्ट लोगों की यह दशा है, तो सिलबिल तो यहाँ के रंगमंच पर झाड़ू देने लायक भी नहीं पायी जायेगी !

''इंटरव्यू बोर्ड में कौन-कौन हैं?'' किसी ने पूछा।

''स्कूल के डायरेक्टर, 'टाइम्स ऑफ इंडिया' के ड्रामा क्रिटिक, दिल्ली यूनिवर्सिटी में इंग्लिश डिपार्टमेंट के प्रोफेसर, इन्फारमेशन एंड ब्रॉडकास्टिंग मिनिस्ट्री के सेक्रेटरी और उर्दू ड्रामाटिस्ट मंसूर !''

'सिलबिल, स्टेशन चल !' उसने मन-ही-मन कहा। वह अपने सपने को सामने फर्श पर साँसें तोड़ते हुए देख रही थी।

''वर्षा वशिष्ठ...'' दरवाजे पर आयी युवती उसका नाम पुकार रही थी।

वह चपरासी के पीछे लम्बे गलियारे में चलती गयी। अगल-बगल के कमरों की ओर देखने का साहस नहीं था। दायीं ओर 'डायरेक्टर' की चमकती प्लेट पर क्षण भर निगाह जरूर ठहरी। एक मोड़ पर कुछ सीढ़ियाँ उतर वे तलघर के सामने रुके। बाहर वही सूची थामे एक क्लर्क खड़ा था।

''अंदर एक केंडीडेट है। फिर आपकी बारी है।''

सिलबिल ने सिर हिलाया। जब दिल्ली तक आयी है, तो यह नज़ारा भी देखती चले। पचास साल बाद नाती-पोतों को सुनायेगी, प्रागैतिहासिक काल में मैं एक्ट्रैस बनना चाहती थी। वे टिल-टिल करके हँसेंगे, और उनके साथ वह भी।

कुछ समय बाद जब वह बाहर निकली, तो जैसे भावात्मक ज्वार में थी।

स्थान और समय की उसकी चेतना गड्डमड्ड हो गयी थी।

''कैसा रहा?'' कोई लपककर उसके पास आया।

वह कुछ बुदबुदायी। क्या, उसे याद नहीं। और आगे बढ़ गयी।

''एक और स्टार चमकने से पहले टूट गया !'' पीछे टिप्पणी हुई।

वह सड़क के किनारे-किनारे चलती गयी। जहाँ मोड़ आया, मुड़ गयी (वह बंगाली मार्किट निकला)। एक रेस्तराँ में कुछ लोग बैठे दिखायी दिये। उसका गला सूख रहा था। वह अंदर घुसी और एक मेज़ पर जा बैठी। वेटर सामने आया, तो उसने कहा, ''चाय।'' प्याला सामने आया, तो उसने बड़े-बड़े घूँट लिए (पहली बार रेस्तरां में अकेले बैठने की सजगता भी नहीं थी)।

इंटरव्यू को तरतीब से लगाने में उसे कुछ घंटे लगे।...

वह तलघर में घुसी और अपने पीछे धीरे-से दरवाज़े को बंद किया। सामने निर्णायक-मंडल था। सधे कदमों से आगे बढ़ी और मेज़ के पास रुकी। अपनी फाइल मेज़ पर रख दी। एक ने उठायी और पन्ने पलटे।

इसके बाद उसे परवर्ती हिस्सा याद आता है, जब वह रुमाल से आँखों की नमी पोंछती कुर्सी पर बैठ रही थी। पहले सवाल पर ही उसने कह दिया, उससे उसकी भाषा में ही पूछा

जाये। अपनी पसंद के तीन नाटकों के नाम बताइए? वह कौन-सा चरित्र है, जिसे निभाते हुए आपको सबसे अधिक संतोष मिला? आपको सुखांत नाटक पसंद हैं या दुखांत?

"क्यों?"

"दुख का नाटकीय प्रभाव गहरा और स्थायी होता है। मेरा व्यक्तिगत रुझान उसी की ओर है।"

"अभिनय में आपकी दिलचस्पी क्यों हुई?"

"शुरुआत संयोग से हुई, पर फिर इसके दौरान मैंने अपने-आपके ऐसे कोने देखने शुरू किये, जिनकी जानकारी मुझे भी नहीं थी।"

"रंगमंच के अलावा आपकी रुचि क्या है?"

"कविता।"

"अपनी पसंद की कोई चीज़ सुनाइए।"

उसने 'ए गमे दिल, क्या करूँ' की कुछ पंक्तियाँ गुनगुनायीं।

यहाँ से 'कट टु' करके (उसे बाद में पता चला, वह सिनेमायी व्याकरण की शब्दावली है)। उसे इंटरव्यू का पूर्ववर्ती हिस्सा याद आता है।

'कौन-से नाटक का दृश्य करेंगी आप?"

...निर्णायक-मंडल की ओर उसने पीठ फेरी और कुछ क़दम आगे बढ़ी। कुछ क्षण चुपचाप खड़ी रही।... सौम्यमुद्रा ५४, सुल्तानगंज के अपने कक्ष में है। द्वार भीतर से बंद। बैंड-बाजे के साथ भास्कर बारात लेकर आ रहा है-अपनी बैसाखी के सहारे आगे-आगे चलता हुआ। जिज्जी द्वार पर दस्तक देती है, "जल्दी आ सौम्या, तेरा जीवन सँवरने वाला है!" वह विषभरा पात्र ऊपर उठाती है...

वर्षा ने निर्णायक-मंडल की ओर मुँह फेरा, "लो, अंतिम विदा की बेला भी आ गयी। वातावरण कैसा स्तब्ध है ! पंक्षियों की चहक तक सुनायी नहीं दे रही...वह मयंक दत्त का भेजा कुसुम-स्तवक है, जिसे मैं अपनी कामनाओं का इंद्रधनुष कहती थी...मेरी कामनाओं के समान इसके कुसुम भी मुरझा रहे हैं..."

संवाद के दौरान वर्षा के मन के एक स्तर पर बार-बार बैंड की ध्वनियाँ तीव्र हुईं, जिज्जी की दस्तक ऊँची हुई, भास्कर के सिर्फ चेहरे ने (बाद में उसने 'क्लोज़ अप' का अभिप्राय समझा) उसे प्रेम-संदेश दिया, पर बार-बार उसके मुँह से थूक का फेन ही गिरा, सुहाग-शैया पर क्रोधोन्मत्त भास्कर ने उसकी नग्न पीठ पर बैसाखी से वैसे ही तीक्ष्ण प्रहार किये, जैसे भाई ने छड़ी से किये थे, अट्टहास करते हुए पिता और भाई ने उसके घावों पर नमक छिड़का...व्यथा की गहन रेखाओं के साथ उसने विष-पात्र को देखा, "ओ मेरे अभिशप्त सपने, खिलने के लिए मुँहबन्द कलियों में स्फुरण हुआ ही था कि डूबती हुई रश्मियाँ मुर्झाने का संदेश ले आयीं..." और अनजाने ही उसकी आँखों में दो नन्हे-नन्हें आँसू आ गये।...

दरवाज़ा बंद होने पर तलघर में कुछ पल चुप्पी रही। फिर नाट्य-समीक्षक ने निर्देशक से अंग्रेज़ी में पूछा, "प्लेन जेन के बारे में आपका क्या विचार है?"

डॉक्टर अटल ने अर्थभरी, बारीक़ मुस्कान से पल मौलिक भर के लिए उन्हें देखा।

खण्ड–दो

1
शाहजहाँपुर से शाहजहानाबाद तक

नाट्य विद्यालय में वर्षा के तीन महीने पूरे हो रहे थे।

पहले वर्ष की कक्षा में अभिनय के प्रशिक्षार्थी पंद्रह थे, निर्देशन के छह और रंगतकनीक के चार। जब वर्षा ने पाठ्य-क्रम देखा, तो उसे पसीना आ गया। नाट्य-सिद्धान्त और नाटक के इतिहास के साथ चार संस्कृत नाटक, छह आधुनिक भारतीय नाटक, चार एशियाई नाटक और छह पश्चिमी नाटकों का अध्ययन करना था। व्यावहारिक पक्ष में अभिनय के अंग थे-शरीर के लिए योग, नृत्य गतियाँ, मूकाभिनय, इंप्रोवाइजेशन, जूडो, मणिपुरी युद्धकलाएँ और आधुनिक नृत्य। स्वर के लिए स्पीच, संगीत, वॉयस प्रोडक्शन, व्याख्या, नाट्य-प्रदर्शन और हर वर्ष एक पारंपरिक लोक नाट्य में प्रशिक्षण। इसके साथ मंच-रचना, वेशभूषा-रचना, प्रकाश-व्यवस्था और मेकअप। थिएटर आर्कीटेक्चर में संस्कृत, ग्रीक, रोमन, मध्यकालीन, एलिजाबेथन, उन्नीसवीं शताब्दी का तथा पारंपरिक भारतीय एवं आधुनिक प्रोसेनियम, मुक्ताकाशी और एरीना थिएटर का लेखाजोखा। प्रदर्शन-पक्ष में हर साल छह प्रमुख प्रस्तुतियाँ थीं-एक संस्कृत या पारंपरिक लोकनाट्य, दो आधुनिक भारतीय नाटक और तीन पश्चिमी नाटक। साथ में छह विद्यार्थी-प्रस्तुतियाँ और देश के विभिन्न भागों के दौरे।

पहले दिन जब वर्षा अपने ढीले शलवार-कुर्ते में ('मैं अपने व्यक्तित्व के अनुसार धीरे-धीरे बदलूँगी') सुबह नौ से कुछ पहले विद्यालय पहुँची, तो बोर्ड पर सूचना थी-निर्देशक डॉक्टर अटल ठीक नौ बजे पहले वर्ष के विद्यार्थी को सम्बोधित करेंगे।

देश के अलग-अलग कोनों से आये पचास विद्यार्थी क्लास में बैठे थे। वर्षा को लगा, सबसे विचलित वही है।

"नेशनल स्कूल ऑफ ड्रामा में आपका स्वागत है।" डॉक्टर अटल के जैसा तेजस्वी व्यक्तित्व उसने पहली बार देखा था, "अभी तक आपने शौकिया ढंग से रंगमंचीय गतिविधि में भाग लिया है। अब आप इस कला में विधिवत प्रशिक्षित होंगे, जो बेहद उत्तेजक, अत्यंत कड़े अनुशासन से युक्त और आपके भावतंत्र एवं व्यक्तित्व में आमूल परिवर्तन लाने वाली साबित होगी। हो सकता है, शुरू में आपको हमारी प्रशिक्षण-पद्धति बेहद श्रमसाध्य, कठिन और आक्रामक लगे। पर मैं आपको विश्वास दिलाता हूँ, रंगमंचीय सर्वश्रेष्ठ के लिए और दूसरा विकल्प नहीं। इन तीन वर्षों में आपको तन-मन के एक-एक पोर और एक-एक कोने से इस वातावरण की तरंगें जज्ब करनी हैं। जब हर रात थकान से चूर होकर आप सोयें, तो आपको लगे कि इन चौबीस घंटों में मेरा व्यक्तित्व कुछ और संपन्न हो गया है--ऐसा हमारा लक्ष्य होना चाहिए। स्टाफ का हर सदस्य हमेशा आपके लिए उपलब्ध

है और मैं भी। किसी भी मदद, जरूरत या शिकायत के लिए–चाहे वह मेरे ही खिलाफ क्यों न हो !–आप जब चाहें, मेरे दरवाज़े–पर दस्तक दे सकते हैं।... एक बात से मैं आपको आगाह कर दूँ। मुझे काहिली, वक्त की बर्बादी और बहानेबाजी से सख्त नफरत है।...बेस्ट ऑफ लक !''

वर्षा ने इस भाषण को जैसे कार्यशैली में उतार लिया। सुबह छह बजे वह उठ जाती। थोड़ा पढ़ती। फिर नाश्ता करके विद्यालय आ जाती (महिला छात्रावास बहावलपुर हाउस के अहाते में ही था)। फिर एक के बाद एक कक्षाओं का क्रम चलता। दोपहर के भोजन के लिए मेस में आती। फिर पूर्वाभ्यास शुरू हो जाते। वह नियमित रूप से पुस्तकालय में बैठती थी। नयी दिल्ली से कितने तो अखबार निकलते थे। कितनी ही पत्रिकाएँ उसने यहाँ पहली बार देखीं। और नाट्य–साहित्य देखकर तो वह चमत्कृत हो उठी (मिश्रीलाल डिग्री कॉलेज की एक आलमारी में समाहित नाटक पढ़कर सिलबिल ने समझा था कि उसने आगस्त्य के समान समुद्र सोख लिया है)।

शाम को त्रिवेणी या श्रीराम सेंटर में किसी सहपाठी के साथ बैठती या त्रिवेणी अथवा रवीन्द्र भवन की कलादीर्घा में कोई चित्र–प्रदर्शनी देखती। आठेक बजे खाना खाकर दो–तीन घंटे पढ़ती। पढ़ने के लिए कितना कुछ था। लगभग हर दूसरे दिन अपने कार्ड पर वह नयी किताब लेती।

विद्यालय के प्रांगण में वर्षा को बहुत सुहाना लगता। चमकते हुए फर्श और गलियारे। खूब खुले, हवादार कमरे। भीतरी अहाते में फूलों की क्यारियाँ व हरी घास के मैदान। बीच में लता–वितान से आच्छादित सँकरा रास्ता। पूरे–अधूरे मॉडलों वाला वर्कशाप, जहाँ तरह–तरह के औज़ारों के बीच छिली हुई लड़की की गंध समायी रहती।

वर्षा रवीन्द्र भवन की ऊपरी मंजिल पर रिपर्टरी कंपनी का भी चक्कर लगा आयी थी। लाउंज तथा गलियारे की दीवारों पर उनके प्रमुख प्रदर्शनों के चित्र लगे थे। उसने छोटा स्टूडियो थिएटर देखा और बाहर का खुला 'मेघदूत', जो कितनी ही स्मरणीय प्रस्तुतियों के लिए प्रसिद्ध थे।

दूसरे ही महीने उनका 'एंटीगनी' देखने का मौका मिल गया। जो सिलबिल लखनऊ के दर्शक–समुदाय के दर्शन से विभोर हो गयी थी, वह रिपर्टरी के लाउंज में जमा भीड़ को देखकर सिहर उठी। कैसे ऊँचे अफसर, दूतावासों के राजनयिक और संभ्रांत लोग थे। महिलाएँ तो देखते ही बनती थीं। नाटक की प्रस्तुति ने उसका मन मोह लिया। प्रोफेसर ज्योत्सना मुदंडा ने पहले ही ग्रीक ट्रेजिडी पर व्याख्यान दे दिया था। संस्कृत नाटक की तुलना में उसकी संघर्ष की मूल अवधारणा वर्षा को अनंत नाटकीय संभावनाओं से भरी प्रतीत हुई। स्टूडियो थिएटर के मंच पर रिपर्टरी के प्रसिद्ध कलाकारों को देखकर वह रोमांचित हो उठी (क्या एक दिन मैं भी इसी मंच पर डिमर के सामने खड़ी होऊँगी, उसने बढ़ी हुई धड़कन के साथ सोचा)।

इन्हीं दिनों यहाँ उसका पहला मंच–अवतरण भी हो गया। दूसरे वर्ष की दुहरायी गयी विद्यार्थी–प्रस्तुति 'जाग उठा है रायगढ़' में अभिनय के सभी विद्यार्थी प्रमुख भूमिकाओं में थे। निर्देशक कुट्टी ने उससे कहा और शाहजहाँपुर की मुमताज ने पाया कि वह बांदी के रूप में दिल्ली दरबार में चँवर डुला रही है !

''वर्षा, दोपहर के शो में 'ऑन द वाटरफ्रंट' चलेंगे।'' इतवार की सुबह उसकी रूममेट रीटा साहनी बड़ा-साँबर के नाश्ते के बीच बोली।

चाय का घूँट लेकर वर्षा ने कहा, ''मैं ज़रा अपनी जेब देख लूँ।''

छात्रावास का किराया, मेस का बिल और स्कूल की फीस देने के बाद सिलबिल को अक्सर अपनी जेब टटोलनी पड़ती थी (छात्रवृत्ति तीन सौ पचास रुपये मासिक थी)।

''पास ही 'रीगल' में है। घूमते हुए चलेंगे।'' रीटा बोली।

कोई पुरुष साथ नहीं। अकेली दो लड़कियाँ कनाट प्लेस में घूम रही हैं, पिक्चर देख रही हैं, कॉफीहाउस के बाहरी, सामान्य कक्ष में सैंडविच खा रही हैं (अंदर महिला कक्ष में घुटन थी)-ऐसी गतिविधि सिलबिल को खूब उत्तेजित कर देती थी। पर सिनेमाघर में वह कोने की सीट पर बैठकर ही इत्मीनान की साँस ले पाती थी। बगल में बैठी रीटा को अपने बायीं ओर किसी अनजान 'परपुरुष' (सिलबिल की शब्दावली पर रीटा हँसी) के बैठने से उलझन नहीं होती थी (''तुम महानगर से आयी हो!'' सिलबिल के लिए चंडीगढ़ का यही दर्जा था। दिल्ली उसके लिए 'विराट नगर' थी)

आज सिलबिल ने दिल्ली में पहली बार चूड़ीदार धारण किया था और उसे लग रहा था कि सारी दिल्ली उसे घूर-घूर कर देख रही है। चार्ट पर मनपसंद सीट देखकर टिकट लेने, वेटर को ऑर्डर देने और जनपथ दुकान में सेल्समैन से कमीज़ की कीमत पूछने का दायित्व रीटा ही निभाती थी। सिलबिल ने एकाध बार कोशिश की थी, पर उसे लगता, जैसे बोलते ही उसके तलवों में झुनझुनी होने लगती है !''

जैसे बोलते ही उसके तलवों में झुनझुनी होने लगती है !

''विल यू प्लीज़ कीप एन आइ ऑन माइ बैग?'' मध्यांतर में रीटा के बगल में बैठे दोनों लड़के खड़े हुए और एक इन दोनों से मुखातिब हुआ।

सिलबिल की साँस रुक गयी।

''श्योर...'' सरसरी नज़र फेरकर रीटा उसे बताने लगी कि कैसे फिल्म में ब्रेंडों का संवाद 'आह जॉनी', तुम नहीं जानते, मैं कुछ बन सकता था--लफंगा बनने की बजाय, जो होकर रह गया हूँ।' अपनी विशिष्ट अभिनय-शैली के कारण कितना चर्चित हुआ था।

''भूख लग रही है।'' वर्षा बोली।

''तुम पॉपकॉर्न ले आओगी?'' रीटा ने पर्स से एक नोट निकाला।

''मुझे शर्म आती है।'' सिलबिल ठुनकी।

''अच्छा, मैं ले आती हूँ।'' रीटा उठने लगी।

''और कहीं दोनों रोमियो तुमसे पहले आ गये, तो?'' सिलबिल सकपकायी।

''तो तुम्हें कच्चा चबा जायेंगे और मेरा पीछा छूटेगा।'' रीटा हँसकर चली गयी।

''देखो, वो लोग कैसे घूर-घूर कर देख रहे हैं।'' कॉफी हाउस में सिलबिल फुसफुसायी।

जींस-टीशर्ट के साथ रंगीन चश्मा लगाये रीटा ने हमेशा की तरह पथ-प्रदर्शन किया, ''तुम उस तरफ ध्यान मत दो।'' और कल आये कपिल के पत्र के बारे में बताने लगी।

कपिल उसका एक वर्ष पुराना प्रेमी था और ताज्जुब की बात यह थी कि रीटा के परिवार

को न सिर्फ इस सच्चाई की जानकारी थी, बल्कि कपिल के घर आने पर भी उन्हें आपत्ति नहीं थी। उसके डैडी कपिल को 'हैलो ब्वॉय, हाउ आर यू?' से सम्बोधित करते थे और अपने पास बिठाते थे।

''ऐसे पिता का चरण-जल पीना चाहिए।'' सिलबिल ने अपनी धारणा प्रकट की।

रीटा खिलखिलाकर हँसी। आसपास से कुछ निगाहें उठीं। सिलबिल संकुचित हो गयी, पर रीटा अप्रभावित थी।

कपिल ने फीते से रीटा के 'वाइटल स्टैट्स' नाप रखे थे। रीटा के दिल्ली प्रस्थान से पहले उसने अपनी भोली अभिलाषा प्रकट की--वह रीटा की अंग-रेखाओं को अपने अधरों से मापना चाहता है।

सिलबिल की साँस रुक गयी...

''वर्षा, तुम्हारी समस्या क्या है?' पूर्वाभ्यास के दौरान डॉक्टर अटल ने पूछा।

मॉलियर के रूपांतर 'बेवफा दिलरुबा' में उसे छोटी-सी भूमिका मिली थी-चुलबुली, शोख रेहाना की। अपनी उन्मादी यौवन के दुर्दम्य आकर्षण से माशा-रत्ती सजग और उससे अभिभूत निसार को अपनी उँगली के भी स्पर्श को मौका न देते हुए पल-पल सताती।

''कुर्बान जाऊँ ! कैसा खूबसूरत जोड़ा पहना है तुमने !'' ईद पर रेहाना की पोशाक देखकर निसार उसे देखता ही रह जाता है, ''मेरा दिल तुम्हारे दोबाला हुए हुस्न की ताब नहीं ला पा रहा...और उस पर ये दिलफरेब हीरों के बटन... असली हैं न?''

''मेरे पास नकली कुछ भी नहीं।'' रेहाना इतराती है।

''एक बार देखने तो दो।''

रेहाना सीधी होती है।

''लमहा भर दुपट्टा हटा कर...'' निसार मिन्नत करता है।

''उई अल्ला, ऐसी भी क्या प्यास...'' रेहाना नखरा दिखाती है।

''तुम्हें खुदा का वास्ता रेहाना...'' निसार तड़प उठता है।

''नौज़... खुदा को क्यों ले आये बीच में? ...चलो, मैं दुपट्टा हटाकर एक झलक दिखा भी दूँ, तो तुम्हारा क्या भरोसा...कहने लगो, रेहाना, मैं हीरे छूना चाहता हूँ।... चलो, पड़ोस का लिहाज़ करके मैं तुम्हें अपने हीरे छू भी लेने दूँ, तब भी तुम्हारा क्या ऐतबार...कहने लगो, रेहाना, जहाँ हीरे चमक रहे हैं, मैं वहाँ बोसा लेना चाहता हूँ। ...ना बाबा, न, ... मैं ऐसी नादान नहीं। मेरी अम्मी ने मुझे सब सिखा रखा है।''

वर्षा ने अपनी समझ से चरित्र-निरूपण किया था। ''मेरे पास नकली कुछ भी नहीं'' के साथ इतराते हुए उसने अपने कंगन खनकाये थे। ''ऐसी भी क्या प्यास...''कहते हुए अपने होंठों पर हथेली की ओट सहित वह पीछे हटी थी और ''मैं दुपट्टा हटाकर एक झलक दिखा भी दूँ'' के साथ उसने दुपट्टे से अपने को और अच्छी तरह ढक लिया था।

वर्षा के साथ रीटा की डबल कास्टिंग थी। यह दृश्य करते हुए रीटा ने अपनी युवा देह के सौंदर्य, चाल एवं भाव-भंगिमा का चपलता के साथ प्रभावी इस्तेमाल किया। संवाद अदायगी के कृत्रिम भोलेपन ने अदाओं को मोहक धार दी। ''मेरे पास नकली कुछ भी नहीं'' कहते हुए उसने हल्की लचक से अपने वक्ष की मूल्यवत्ता रेखांकित कर दी। ''ऐसी भी क्या प्यास...'' के साथ उसने निसार के पास आ अपने अधखुले होंठों को चुबंनामंत्रण

के लिए प्रस्तुत कर दिया, पर निसार के लपकने से पहले ही सीत्कार भरती हुई तुरंत पीछे हट गयी ''और मैं दुपट्टा हटा कर एक झलक दिखा भी दूँ'' कहते हुए उसने सचमुच अपने पुष्ट उरोजों का क्षणिक भर भरपूर नज़ारा दिखाकर निसार को उत्तेजना के चरम तक पहुँचा दिया। अंत में अपनी माँ का हवाला देकर बनावटी कमसिनी से परिहास को ऐसी रंगत दी कि कुछ लोग हँस पड़े।

'चरित्र की तुम्हारी जो व्याख्या है, वह निर्देशक की संपूर्ण प्रस्तुति की व्याख्या से बिल्कुल उल्टी है।'' डॉक्टर अटल बोले।

(सिलबिल को तब हल्का-सा एहसास हुआ कि यह कुंजी-शब्द व्याख्या उसके जीवन के केंद्र में आ रहा है!)

''तुम्हें अपने यौवन का कम एहसास है और उसके कलात्मक व्यवहार का और भी कम।... वे हीरे कौन-से हैं, जिनका जिक्र इस सीन में होता है? तुम्हारी समस्या क्या है?''

पूर्वाभ्यास के दौरान वर्षा डॉक्टर अटल को पहली बार क्रोध में देख रही थी। वह सकपका गयी। घबराहट आशंका में बदलने लगी। इसके बाद उसने जो कोशिश की, वह फीकी एवं निर्जीव रही।

डॉक्टर अटल अंग्रेजी में भड़के, ''तुम चंद्रमुखी बनने की कोशिश करती हुई पारो लग रही हो-जबकि तुम्हें कॉक-टीज़र बनना है !''

सिलबिल ने अपनी ओर से बहुतेरी कोशिश की, उसके अनुरोध पर रीटा अपने कार्ड पर 'कामसूत्र' लेकर आयी (सिलबिल खुद नहीं ला सकी-लायब्रेरियन श्रीमती नटराजन के फ्लांश को घूर कर देखने का डर था), तमाम नायिका-भेदों एवं प्रणय-समागमों के अंतर्गत रेहाना की चरित्रगत विशेषताएँ खोजीं, पर सर्प-कुंडली के समान उसके अभिव्यक्ति-द्वार पर संकोच एवं झिझक का पहरा बना रहा।

जिस शाम बहावलपुर हाउस के भीतरी प्रांगण के खुले मंच पर 'बेवफा दिलरुबा' का दूसरा प्रदर्शन हुआ, उस रात सिलबिल सो नहीं पायी। देश की राजधानी में यह उसकी पहली मंचोपस्थिति थी, जो असफल रही। शाहजहाँपुर-लखनऊ और दिव्या से अब तक उसने कुल मिलाकर और अंततोगत्वा प्रशंसा ही पायी थी, इसलिए ठेस और ज्यादा लगी। पूर्वाभ्यास के दौरान क्रोध निरंतर पूरी कक्षा के सामने व्यक्त हुआ, इसलिए कचोट और तीखी रही। अब सच्चाई पूरे विद्यालय के सामने थी, इसलिए अवसाद भरी शर्म भी घुलमिल गयी।

रात आधी बीत चुकी होगी, जब वर्षा आहिस्ता-से कमरे से निकल आयी (एक दिन पहले अपनी कला का सफल प्रदर्शन कर चुकी रीटा गहरी नींद में थी)। हवा ठंडी थी। उसने कंधों पर शाल और कस लिया (रेहाना के रूप में दुपट्टा कसने की याद आयी)। भीतरी प्रांगण में जहाँ-तहाँ रोशनियाँ जल रही थीं। प्रकाश के गोलाकार घेरों की बाहरी रेखाओं पर कोहरा घना था। चप्पलों के नीचे ढँकें पावों पर घास पर चलते हुए ओस की नमी महसूस हुई (उसने देखादेखी दिल्ली की सर्दी में बचाव के लिए कमरे के अंदर मोज़े पहनने शुरू कर दिये थे)।

सामने खुला मंच था-सूना और मूक। खंभों और जालियों वाला दृश्यबंध कुछ घंटों पहले की उसकी अक्षमता का साक्षी बना खड़ा था। उसकी 'रेहाना' की गतियों की गर्मी

और स्वर के कंपन विलुप्त हो चुके थे। उस दृश्यबंध से उसकी छाप मिट चुकी थी। सिलबिल को लगा, जैसे वह उसका उपहास कर रहा है।

विद्यालय में आकर उसने भूल तो नहीं की? छोटे शहर की मंचीय सफलता से कहीं उसे गलतफहमी तो नहीं हो गयी? क्या सचमुच उसमें राष्ट्रीय स्तर पर विकसित होने की प्रतिभा है?

नाक ठंड से सुन्न हो रही थी। उसने हथेलियाँ बगल में दबा लीं। मुँह से अपने-आप ही ठंडी साँस निकल गयी, "हे प्रभु, मेरा क्या होगा?"

गहरी खामोशी में उसकी ध्वनियाँ कुछ क्षण कँपकँपाती रहीं। फिर धीरे-धीरे विलुप्त हो गयीं...

यकायक दिव्या के गले से लगकर सिलबिल सिसकने लगी।

दिव्या चौंकी-सी रह गयीं। वर्षा अच्छी-भली बंद कमरे में उन्हें उबटन लगा रही थी। हल्दी मिला सुवासित शीतल लेप अंगों पर मलती हुई उमंग से बोली, "कैसा रूप निखर आया है नवेली दुल्हिन का..."

दिव्या उदास-सी मुस्करायीं। लेप का टीका उसके कपोल पर लगाते हुए कहा, "और रेहाना का रूप कैसा निखरा? तस्वीरों में तो खूब सलोनी लग रही थीं।"

"...वर्षा? क्या हुआ?"

वर्षा ने जल्दी ही अपने को सँभाल लिया, "डॉक्टर अटल के व्यंग्य-बाणों से कलेजा छलनी है। ऐसे में तुमसे बिछुड़ने का दर्द सहा नहीं गया।"

इस बार दिव्या चुप रहीं। वर्षा के हाथों के अनुरूप देह मोड़ती रहीं।

"तुम बुझी-बुझी-सी क्यों हो?" आखिर वर्षा ने पूछ ही लिया।

"बढ़ती उम्र के साथ मेरे अकेली स्थिति अब माँ के लिए त्रासद बन गयी है। उनकी खुशी के लिए समझौता कर रही हूँ। रोहन के लिए मेरे मन में इज्जत के अलावा और कुछ नहीं। अब मैं तुम्हें चहकती हुई कैसे दिखायी दूँ?" वर्षा की ओर देखते हुए दिव्या ने उसके हाथ थाम लिए। आँखें डबडबा आयीं, "वर्षा, पिछले कुछ सालों से तुम मेरा भावात्मक संबल रही हो। तुम्हारे साथ जितना मैं बाँट सकती हूँ, उतना और किसी के साथ नहीं-अपने होने वाले पति को मिलाकर। अब तुम्हारी अपनी ज़िन्दगी उठान पर है। अपनी व्यस्तता में मुझे अपनी जिन्दगी से दूर मत फेंक देना।"

वर्षा स्तब्ध रह गयी। लग्नमंडप को जाती ऐसी विचलित वधू न तो उसने अब तक अपनी वास्तविक दुनिया में देखी थी और न तार्किक संपूर्णता वाले कलात्मक संसार में। एक से दो होने से इस विवश निर्णय ने अकेली दिव्या को और भी अकेला बना दिया है?

उनका तार पाकर उसने तो समझा था कि उन्होंने हल्के मन से यह फैसला किया है। 'वर-वधू को आशीर्वाद देने सोलह तारीख को आ जाओ।' इबारत वाला तार लेकर वह पहली बार व्यक्तिगत काम से निर्देशक के कार्यालय में सहमते हुए दाखिल हुई थी, "सर, मुझे शादी के लिए तीन दिन की छुट्टी चाहिए।" वह भड़क उठे, "कलात्मक यात्रा में व्यक्तिगत कारणों की रुकावट नहीं आनी चाहिए। तुम अपनी शादी तीन साल के लिए स्थगित कर दो।" कुछ पलों के बाद जब उन्होंने निगाह उठायी, तो वह यथास्थान खड़ी थी।

उसकी आँखें भीग आयी थीं। काँपते स्वर में कहा, ''शी इज़ माइ इमोशनल एंकर !'' सिलबिल के मुँह से ऐसी सूक्ति सुनकर उन्होंने क्षण भर के लिए उसकी ओर देखा, ''ठीक है। लेकिन अगर सोमवार को सुबह नौ बजे हाजिरी में तुम्हारी 'यस सर' सुनायी नहीं दी, तो बहावलपुर हाउस के कंपाउंड में तुम्हें फाँसी दे दी जाएगी।''

रोहन उमंग में थे। बात-बात पर हँसते, ''मैंने मम्मी से कह दिया था, मुझे दहेज़ में वर्षा चाहिए। उसके बिना मैं आपकी बेटी को खुश नहीं रख सकता।''

सप्तपदी के बीच वर्षा ने देखा, मम्मी की आँखें भर आयी हैं। यह कैसा रिश्ता है ! अपनी गीली आँखें पोंछते हुए उसने सोचा, बेटी घर से जा रही है और माँ की खुशी सँभाले नहीं सँभलती। दिव्या अब स्त्री हैं और स्त्रीत्व की पूर्णता के लिए उन्हें पुरुष चाहिए। माँ ने अपनी पसंद का पुरुष बेटी के लिए जुटाया है। अब अपने जीवन का शेष भाग माँ इस संतोष से काट देगी कि बेटी का स्त्रीत्व सार्थक हो रहा है। ('मेना को यह देखकर बड़ा संतोष हुआ कि शिव पार्वती के यौवन का पूरा उपभोग कर रहे हैं, क्योंकि जब माँ यह देख लेती है कि मेरी कन्या का पति उसे प्यार करता है, तो उसका जी हल्का हो जाता है।' कुमार संभव' की पंक्ति याद करते हुए वर्षा ने मन-ही-मन कहा, ''कविकुल-गुरु, यहाँ आप शब्दों में कृपणता दिखा गये हैं। 'जी हल्का नहीं होता', बल्कि माँ तृप्ति से थरथरा जाती है, उसका जीवन धन्य हो जाता है ! ...हाल में ही वर्षा ने एक उदीयमान नाटककार के पहले प्रयास में संशोधन किये थे, आज कालजयी कृति में दस्तंदाजी करते हुए उसे संकोच नहीं हुआ)।''

वर-वधू हनीमून के लिए मसूरी चले गये। घर में उत्सव के बाद का सूनापन छा गया।

''वर्षा, हमारे बीच यह दूरी क्यों आ गयी है?'' स्टेशन पर उसे छोड़ने आये मिट्ठू ने पूछा।

वर्षा ने महसूस किया था, मिट्ठू उससे रूठा-सा है। वह अब भी उसे पसंद करती है, पर यह एहसास कोहरे में घिरा है।''

''मुझे मालूम नहीं मिट्ठू...'' उसने धीरे-से कहा।

गाड़ी ने जब स्टेशन छोड़ा, तो वर्षा के भीतर तीखी टूटन थी। ''अपना जीवन सँवारो'', ज्जिजी ने कहा था। ''तुम्हारी जिन्दगी उठान पर है'', दिव्या बोली थीं। पर उसे अपनी जिन्दगी में किसी सुविचारित, शक्तिदायिनी व्यवस्था का ओर-छोर दिखायी नहीं देता था। सब कुछ पहले के जैसा गड्डमड्ड एवं बेतरतीब था। एक व्यक्ति के रूप में अपनी चिंता करने का भी अवकाश नहीं था, जबकि जीवन की कलात्मक बुनियाद में ही चौड़ी-चौड़ी दरारें पड़ रही थीं। घर की घुटन से मुझे छुटकारा मिला, तो नाट्य विद्यालय के संत्रास ने आ दबोचा, सिलबिल ने सोचा और सूनी आँखों से सुनसान जंगल को देखती रही।

2
निकलना आइसबर्ग का 'अपने-अपने नर्क' से

अगर इस मुकाम पर सिलबिल के कलात्मक जीवन में चतुर्भुज धनसोखिया न आते, तो उसका पहला वर्षांत डॉक्टर अटल के साथ के पहले प्रदर्शन के समान दारुण रहा होता।

एक बच्चे के पिता, अट्ठाइस वर्षीय चतुर्भुज तीसरे (और अंतिम) साल में निर्देशन कोर्स के छात्र थे। उनके प्रवेश के लिए नाट्य विद्यालय के अनेकानेक नियमों को शिथिल किया गया था। वे मैट्रिक के ड्रापआउट थे और सत्रारंभ के एक महीने बाद नयी दिल्ली में आत्महत्या के उद्देश्य से आये थे।

चतुर्भुज का परिवार तीन पीढ़ियों से इंद्र टूरिंग थिएटर का संचालक था। चतुर्भुज जब ग्राम खुरली, तहसील बमौनी, जिला हाथरस में थिएट के तंबू में अवतरित हुए, तो माँ की पुचकार उन्होंने बाद में सुनी, बाहरी कमरे में रिहर्सल करते पिता के ओजस्वी स्वर से पहले आनंदित होते देखे गये, ''बस गये द्वारका में मोहन वृदांवन आना छोड़ दिया/ बंशीधर क्यों बंशीवट पर बंशी का बजाना छोड़ दिया/वे सपनों की सी बातें थीं जो अपनों को तुम भूल गये/वेदना सही नहीं जाती है तुम छेद हृदय में शूल गये/तुम सच्चे प्रेमी बनते हो पर प्रेम निभाना छोड़ दिया...'' उन्होंने दोहा-चौपाई में तुतलाना शुरू किया और आवाज़ साफ होते ही भाँति-भाँति की संवाद अदायगी करने लगे, ''जैसे ही मैं धरती पर आया, मादर ने यमपुर का टिकट कटाया। जिस दाई ने दूध पिलाया, उसको काल ने खाया। वालिद ने पाला, तो उसकी जान का निकल गया दिवाला। क़िस्मत से एफ. ए. का इम्तिहान दिया, तो बीवी ने अदम को कूच किया। रेलवे में जो नौकरी पायी, तो सुबह-शाम रिश्वत खायी...'' आठ वर्ष की उम्र में वह 'भक्त प्रहलाद' के नायक बने और चौदहवें वर्ष की शुरुआत उन्होंने मंच पर मजनूँ के रूप में गाते हुए प्रवेश के साथ की, ''झंकार की अदा है, इक, इकरार बहुत हैं/ सच तो ये है कि प्यार में आजार बहुत हैं/ फरहाद जूये शीरी में डूबा तो क्या किया/यां डूबने की चाह में तैयार बहुत हैं...'' आगे के इतने ही सालों में उन्होंने कितने नाटकों में अभिनय और निर्देशन का दायित्व संभाला, यह उन्हें याद नहीं था, और न उत्तर भारत के उन अनगिनत गाँवों-तहसीलों के नाम, जिनके दौरे टूरिंग कंपनी करती थी। उन्हें सिर्फ यह टीसता एहसास याद था कि वह नौ महीने की इस निरंतर खानाबदोश ज़िन्दगी से बेहद थक चुके हैं (बरसात में काम ठप्प हो जाता था)। सिनेमा की चमक-दमक के कारण कंपनी भी जर्जर हो चुकी थी। पत्नी और पिता से अनवरत संघर्ष जीवन की ध्रुव पंक्ति बन चुकी थी। ऐसी ही एक नाटकीय समक्षता के बाद वह थिएटर की गुल्लक से सौ रुपये चुराकर जीवन-समाप्ति के इरादे-से भाग निकले।

ऐसे लक्ष्य की सिद्धि के लिए उन्होंने दिल्ली का ही चुनाव क्यों किया, इसके दो कारण थे। रेडियो पर लोक नाट्य कार्यक्रम सुनकर उन्होंने अपने स्वर के ऐसे ही नाट्योपयोग के लिए केन्द्र निर्देशक, लखनऊ को सात पत्र लिखे थे। लेकिन जब कोई जवाब न आया, तो बरसात के अवकाश में (जब उन्नाव के पुश्तैनी मकान में सपरिवार निवास होता था) वह लखनऊ पहुचे। संबद्ध अधिकारी टी. एन. खीमा ने उनके सामने बाबूशाही के अकाट्य तर्क पेश किये, "आपने मुझे जौनपुर से पत्र क्यों लिखा? वह इलाहाबाद कार्यालय को जाना चाहिए था। आपने मुझे जबलपुर से पत्र क्यो लिखा? वह भोपाल कार्यालय को जाना चाहिए था। अगर आपकी चौपाल में रुचि थी, तो आप विविध भारती, बंबई को लिखते। हमारा उससे क्या सम्बन्ध?" बहरहाल, चतुर्भुज के उग्र स्वभाव और तीन दिन कार्यालय के चक्कर लगाने के बाद खीमा ने उनका ऑडीशन टेस्ट ले लिया और बरसात खत्म होते-होते चतुर्भुज को आकाशवाणी का पत्र मिल गया, "हमें आपको सूचित करते हुए खेद है कि आपका स्वर संतोषजनक नहीं पाया गया। हमारे कार्यक्रम में रुचि लेने के लिए धन्यवाद।" उन्नाव से निकलते हुए चतुर्भुज सोंटा लेकर लखनऊ गये, लेकिन खीमा का तबादला नयी दिल्ली हो चुका था।

दूसरा कारण किंचित दार्शनिक और चतुर्भुज के 'प्रदर्शनीय' होते हुए भी उनकी मूल प्रदर्शनविरोधी प्रवृत्ति को रेखांकित करता है। जहाँ तक जगत-विसर्जन का सवाल है, वह हमेशा से गालिब के 'न कहीं जनाजा उठता, न कोई मजार होता' के कायल थे। इसलिए उन्होंने जब 'गर्के-दरिया' होने का कार्यक्रम बनाया, तो गंगा अनुकूल नहीं समझी गयी, क्योंकि आसपास के गाँवों में उनकी फूली हुई लाश को पहचान लिये जाने की आशंका थी और इस प्रकार वे 'मरकर रुसवा' हो जाते ! गंगा में नहीं तो जमुना में सही। पवित्रता में थोड़ा-सा ही तो अंतर है, उन्होंने सोचा।

आकाशवाणी भवन की पिछली बैरक में खीमा ने पकड़े हुए कॉलर से स्वयं को झकझोरे जाने के बीच बहुतेरी सफाई दी कि 'माइक के उपयोग की तकनीकी जानकारी का अभाव' उनकी अस्वीकृति का कारण रहा होगा। लेकिन चतुर्भुज ने 'कभी न छोड़ूँ इस बैरी को, सुन लो लोगों कान लगाय' की उद्घोषणा कर दी थी। हो सकता था, चतुर्भुज पर 'एक सरकारी कर्मचारी पर कार्यालय में कर्तव्यपालन के समय शारीरिक प्रहार' के अभियोग के अंतर्गत कानूनी कार्यवाही की जाती, पर उनके सुरीले गले पर मुग्ध एक प्रोग्राम एक्जीक्यूटिव ने बीच-बचाव करवा कर उन्हें सिर्फ मुख्य द्वार दिखा दिया।

अब दूसरा कार्यक्रम जमुना में जल-समाधि का था। इसके पहले चतुर्भुज ने कनाट प्लेस की 'काके दी हट्टी' में तंदूरी मुर्गी का अंतराल रखा। अखबार पर सरसरी निगाह डालते हुए जब उन्होंने 'आज के कार्यक्रम' में रिपर्टरी कंपनी की प्रस्तुति डी. एल. रॉयकृत "शाहजहाँ' का विवरण पढ़ा तो वह उत्तेजित हो उठे। यह रचना वर्षों उनके थियेटर के नाट्य चक्र में रही थी और वह निर्देशन के अलावा समय-समय पर सभी प्रमुख पात्रों की भूमिका निभा चके थे। इस प्रकार वह जमुना-पुल से जाने वाली शाहदरा की बस से बीच में ही मंडी हाउस उतर गये और एक सौ साठ नंबर का पान मुँह में दबाये 'मेघदूत' थियेटर पहुँचे।

'शाहजहाँ की प्रस्तुति देखकर चतुर्भुज की संवेदना के तार झंकृत हो उठे। उन्हें खीमा के कपोल-प्रहार पर भी पश्चाताप हुआ। यह समझने में उन्हें कठिनाई नहीं हुई कि जीवन

भर की साधना के बाद 'मंचोपयोग की उनकी जानकारी' कितनी सीमित है। लिपटवाँ पर्दों, फ्लड लाइट्स और बुलंद आवाज के सहारे दो-ढाई घंटों के 'प्रोग्राम को जमा देने वाला' निर्देशक प्रतीकात्मक मंचसज्जा, अलग-अलग शक्ति के अनेकों डिमर, प्रभावी पृष्ठभूमि संगीत और कलाकारों की कल्पनाशील ग्रुपिंग्स से अभिभूत हो गया।

रात उन्होंने रवीन्द्र भवन के (चौकीदार से एक बडल बीड़ी का बँटवारा करने के बाद) स्कूटर स्टैण्ड पर काट दी। सुबह नौ बजे वह नाट्य विद्यालय पहुँचे और चपरासियों, क्लर्कों तथा प्राइवेट सेक्रेटरी की रुकावटें पार कर लंच टाइम में दो मिनटों के लिए डॉक्टर अटल के कार्यालय में घुसा दिये गये।

अभिजात, राडा से प्रशिक्षित, ऑफ बॉडवे के अनुभवों से सम्पन्न डॉक्टर अटल ने पारंपरिक भारतीय रंगमंच के अनेक प्रकार के अनकानेक नमूने देख रखे थे, लेकिन चतुर्भुज धनसोखिया की धज देखकर एकबारगी वह भी चौंक उठे। औसद कद पर गहरा सांवला रंग। बड़े-बड़े बाल। दो दिन की दाढ़ी। दो दिन पहना हुआ कुर्ता-पजामा। केसर मुनक्का (भाँग की गोली) के सुबह-सुबह सेवन से लाल हुई आँखें। पान से रंगे दाँत। हाथ में बीड़ी का बंडल।

"यह सत्र शुरू हो चुका है। आप अगले साल फॉर्म भरिएगा।" डॉक्टर अटल ने कहा।

"मेरे पास समय नहीं है श्रीमान !" (चपरासी से लेकर निर्देशक तक-सबके लिए यही संबोधन था)।

"क्या मतलब? अभी आपकी उम्र क्या है?"

"वह बात नहीं। मैं दिल्ली में जीवनांत के लिए आया हूँ।"

डॉक्टर अटल ने अपनी गंभीर, पैनी आँखों से पल भर चतुर्भुज को देखा।

शाम पाँच बजे स्टाफ के छह सदस्यों के सामने चतुर्भुज का परीक्षण हुआ। पहले उन्होंने लोकधर्मी नाट्य, संगीत परंपरा, ख्याल, तुर्रा, कलगी, भगत, स्वांग और नौटंकी आदि से संबंधित धुआँधार प्रश्नों के खटाखट जवाब दिये। फिर हारमोनियम, सितार, बाँसुरी, करताल, मंजीरे, तबला, ढोलक, सारंगी, इत्यादि बजाये (वायोलिन माँगा गया, पर वह था नहीं)। फिर शाहजहाँ, चाणक्य, मजनूँ, चंद्रगुप्त, औरंगजेब, मुमताज़, लैला, पुतली बाई इत्यादि की भूमिकाएँ निभाते हुए अपने कई नाटकों के दृश्य दिखाये। फिर कुछ नाट्य गीत एवं लोकगीत गाये और अंत में जब अपनी बुलंद सधी आवाज़ में 'रोयें खड़े दिलगीर, हमार गौने की तैयारी' में विदा लेती दुल्हिन की पीड़ा को वाणी दी, तो भीतरी प्रांगण में 'बैजू बावरा' के दृश्यबंध पर चहकते पंछी सहसा चुप हो गये।

'प्रोवीज़नल एडमीशन' होते ही चतुर्भुज ने सबसे पहले डॉ. बुल्के का अंग्रेजी-हिन्दी कोश खरीदा। जैसे 'ड्यूटी आवर्स' में कामदेव के हाथों में सदा पुष्पधनुष रहता है, वैसे ही विद्यालय के प्रांगण में चतुर्भुज के हाथों में हमेशा यह जिल्द शोभायमान होती थी। अगर गलियारे में आते हुए माइम-डांस मूवमेंट्स की प्रो. सान्याल ने हंसकर कहा, "इज़ इट योर विंटर ऑफ डिस्कंटेंट?" तो चतुर्भुज तुरंत कोश में 'डिस्कंटेंट' का अर्थ देखकर उत्तर देते। जो शब्द इस कोश में नहीं था, वह चतुर्भुज की संवेदन-सीमा में दाखिल नहीं हो सकता था। एक बार जब डॉक्टर अटल ने उनकी नोटबुक में लिखा, 'योर मिस-एन-सां इज़ वैरी

ओरीजिनल एंड इमैजिनेटिव', तो दस मिनट बाद चतुर्भुज उनके पास नोटबुक लिये पहुँच गये, "श्रीमान् कृपया अपनी टिप्पणी में संशोधन कर दें। टिप्पणी का दूसरा शब्द मेरे शब्दकोष में नहीं है !"

चतुर्भुज विद्यालय के किसी भी काम के लिए किसी भी समय उपलब्ध थे। कुछ महीनों बाद जब उन्होंने रिपर्टरी कंपनी के 'किस्सा गज़ाला माहेरु' में संगीत दिया, तो समाँ बँध गया। अखबारों में प्रदर्शन की समीक्षा एक कॉलम में हुई, तो संगीत की प्रशंसा ने दुगुनी जगह ली। तभी डॉक्टर अटल ने उन्हें डॉ. बाहरी का दो जिल्दों वाला बृहद् शब्दकोश भेंटस्वरूप देते हुए पहले पन्ने पर लिखा, "आशा है, अब आप मुझे अपनी टिप्पणी में संशोधन करने के लिए नहीं कहेंगे !"

"कुमारी, तुम मेरे प्रोडेक्शन में काम कर रही हो।" मंडी हाउस चौराहे के चायघर पर चतुर्भुज वर्षा से बोले (जहाँ पहली बार वर्षा ने नाट्य विद्यालय का पता पूछा था)।

"पर मैं आपकी क्लास में नहीं हूँ।" वर्षा को उलझन हुई, "आप अपनी क्लास की अभिनेत्रियों को क्यों नहीं लेते?"

"शहनाज़, पिंकी और अनुपमा मुझे भाव नहीं देतीं," चाय का आखिरी घूँट लेकर चतुर्भुज ने गिलास नीचे रखा और ज़र्दे की डिब्बी निकाली, "क्योंकि मैं मुहावरेदार अंग्रेजी नहीं बोल पाता।"

'डिक्टेटर (निर्देशक के लिए विद्यार्थी-समुदाय में यही संज्ञा प्रचलित थी) ऐसी अनुमति नहीं देंगे।" वर्षा ने शंका की।

"मैंने उनसे बात कर ली है। दस मिनट के विवाद में एक बार भी मुझे डिक्शनरी कंसल्ट नहीं करनी पड़ी।" चतुर्भुज मुस्कराये, "यह लो मूल नाटक और अनुवाद।"

वर्षा ने देर रात तक एक ही बैठक में 'अपने-अपने नर्क' पढ़ डाला। सिर्फ दो पात्र थे। स्त्री इतिहासकार है और दुब्चैक द्वारा 'समाजवाद के मानवीय चेहरे' को पाने के प्रयास की समर्थक। 'प्राग स्प्रिंग' के बाद उसे देश के इतिहास के पुनर्लेखन की टोली में लगा दिया जाता है, जिस पर ऐतिहासिक तथ्यों को विस्मृत, अर्ध-विस्मृत और विकृत करने का दायित्व है। उसका पति वाद्यवृंद का सदस्य और जैज़ के प्रति बहुत उत्साही है। पर अब 'ह्रासोन्मुख संगीत' पर पाबंदी लग गयी है। इतिहास की कृत्रिम पुनर्रचना की काली छाया धीरे-धीरे शान्या की आत्मा को डसने लगती है। दुमेगो अपेक्षाकृत सरलता से 'संगीत की निर्माणकारी भूमिका' के अनुरूप धुनें बनाने लगता है और आलमारी में बंद जैज़ धुनों के उसके संगीत-पृष्ठ धीरे-धीरे पीले पड़ने लगते हैं। यह स्थिति दांपत्य सम्बन्धों को भी सर्द बना गयी है, क्योंकि शान्या के विपरीत दुमेगो शयनकक्ष के एकांत में भी किसी 'आपत्तिजनक एवं खतरनाक विचार' को प्रकट नहीं करता।

एकाएक समाचार मिलता है कि अंतर्राष्ट्रीय संघ की एक उपसमिति द्वारा आयोजित परिसंवाद के लिए शान्या को प्रतिनिधि-मण्डल में चुन लिया गया है। इस सूचना से उसकी आँखें चमक उठती है।

दूसरे अंक में दुमेगो उत्साहित है कि शान्या 'पूँजीवादी एवं उपभोक्ता संस्कृति

के शिखर-बिन्दु' को देख पायेगी। उसे गर्व है कि शासन ने शान्या को बाहर भेजने के लिए विश्वासयोग्य पाया। वह दोनों के उज्जवल भविष्य के प्रति आशावान होता है। इसके विपरीत शान्या अंतर्द्वन्द्व एवं दुख से जर्जर है-वह 'डिफैक्ट' करने का निर्णय ले रही है (तब वर्षा को पता नहीं था कि यह शब्द उसके जीवन में कितनी केंद्रीय जगह लेगा)।

तीसरे अंक में शान्या न्यूयॉर्क पहुँच गयी है। उसने अमेरिकी विदेश विभाग से संपर्क कर लिया है और उसे आश्रय की स्वीकृति मिल गयी है। आज का निर्णायक दिन आ गया है। शान्या को कुछ ही देर में निकल जाना है। तभी दुमेगो का फोन आता है। वह दिनदहाड़े की लूट, हिंसा और अश्लीलता के बारे में सवाल पूछता है। फिर अपने लिए गिटार लाने का अनुरोध करता है। शान्या रुँधे स्वर में 'हाँ' करके फोन रख देती है और नयी जिन्दगी शुरू करने निकल जाती है। लेकिन वह निश्चित स्थान पर नहीं पहुँच पाती, अपने दूतावास के सुरक्षा अधिकारी उसका अपहरण कर लेते हैं और अचेत करके प्राग वापस ले आने में सफल हो जाते हैं।

चौथे अंक में शान्या बंदीगृह में है। दुमेगो बहुत आहत है-वह देश के प्रति शान्या का द्रोह क्षमा कर सकता है, पर अपने प्रति नहीं। अंततोगत्वा इसी कारण वह शान्या के खिलाफ गवाही देने को राजी हो जाता है। उसे पदोन्नति और पहले से बड़ा सुसज्जित फ्लैट बदले में मिलता है। शान्या को सुदूर, देश के सबसे प्रचंड बंदीगृह में कठिन परिश्रमयुक्त आजीवन कारावास का दंड सुनाया जाता है। पति-पत्नी की अंतिम भेंट होती है। अर्ध-विक्षिप्त शान्या सशरीर यातना-पुंज है, वास्तविकता की यथार्थ रेखाएँ धुँधला गयीं हैं। अपनी करनी पर दुमेगो बिलख उठता है। लड़खड़ती शान्या दीवार का सहारा लेकर चली जाती है...

नाटक पढ़कर वर्षा अभिभूत हो उठी। चतुर्भुज से ऐसे चुनाव की उसे आशा नहीं थी। (बाद में जाहिर हुआ कि किसी को नहीं थी। नाटक कुछ महीने पहले न्यूयॉर्क से छपा था और पता नहीं, कहाँ से उसकी प्रति उपलब्ध की गयी थी)।

"सब मुझसे संगीत भरे नाटक की अपेक्षा करते हैं। मैं ऐसी कलात्मक अपेक्षा के विरुद्ध जाना चाहता हूँ।" चतुर्भुज बोले।

पति की भूमिका के लिए हर्षवर्धन का चुनाव हुआ। वरिष्ठ आइ. ए. एस. पिता का अकेला बेटा बेहद आकर्षक व्यक्तित्व वाला और अपनी कक्षा का सर्वश्रेष्ठ अभिनेता था। ('अभिनेता जन्मजात होता है, जैसे कि राजकुमार।' परिचय के समय 'कीन' की पंक्ति याद करते हुए वर्षा ने भीतर की हल्की मुस्कान के साथ सोचा था, हर्षवर्धन दोनों हैं।) मॉडर्न स्कूल से निकलकर उसने सेंट स्टीफेंस से (तब तक वह दिल्ली के अंग्रेजी रंगमंच का श्रेष्ठ अभिनेता बन गया था) अंग्रेजी साहित्य में एम. ए. प्रीवियस किया था, पर फिर साहित्य को धता बताकर नाट्य विद्यालय की ओर मुड़ गया था। पहले वर्ष के तीसरे महीने में ही 'खड़िया का घेरा' में 'अज़दक' की भूमिका में उसने अपनी धाक जमा दी थी। राजदूत मोटरसाइकिल पर आते-जाते सौम्य, मितभाषी हर्षवर्धन से वर्षा की 'हैलो' हो जाती थी। (वर्षा को मालूम था, पहले वर्ष की वर्तिका देसाई से लेकर रिपर्टरी कम्पनी की 'ए' क्लास अभिनेत्री ममता लहरिया तक-स्कूल में अनेकानेक अनुरागभरी आँखें हर्षवर्धन का पीछा

करती हैं)।

पूर्वाभ्यास के छह हफ्तों में वर्षा के सामने रंगयात्रा के कुछ अनजाने पहलू उजागर हुए। उसने कभी नहीं सोचा था कि विदूषक-जैसे दिखने वाले चतुर्भुज में ऐसी कलात्मक क्षमता हो सकती है। सादा दृश्यबंध के उपकरण एवं रंग कथावस्तु की अवसादभरी बोझिलता को व्यंजित करते थे। गतियों तथा रंगव्यापार का प्रभावी और दुहरी अर्थवत्तायुक्त व्यवहार था। (आशा और उमंग में पति-पत्नी की विशिष्ट गतियाँ एवं 'बिजनेस' समान थे और परवर्ती पीड़ा में उन्हें मार्मिक ढंग से दोहराया गया था)। पृष्ठभूमि संगीत के लिए पश्चिमी सिंफनी ली गयी थी और दोनों चरित्रों के एकालापों के साथ उसका गूँथा जाना मनः स्थिति को अपेक्षित गहराई देता था।

चतुर्भुज की मास्टर स्क्रिप्ट में पूरे नाटक की शल्यक्रिया हो चुकी थी।

"शान्या चर्च का हवाला क्यों देती है?" अपने पहले एकालाप के बीच सहसा वर्षा ने पूछा।'

"चर्च उसके लिए ईश्वरीय सत्ता से जुड़ा है-मनुष्य से ऊपर की नियामक शक्ति के साथ। पहली बार इसका जिक्र उस दिन होता है, जब अपने काम में शान्या ने असत्य को प्रश्रय दिया है और अपनी आत्मा के एक अंश का मरना महसूस किया है, 'काश, मैं चर्च जा सकती ।' किसलिए? आत्म-स्वीकार एवं आत्म-भर्त्सना द्वारा उस मरे हुए हिस्से को जिंदा करने की कोशिश में। दूसरी बार चर्च का उल्लेख आशा और उल्लास के साथ होता है, 'मैं फिर चर्च जा सकूँगी।' यहाँ चर्च व्यक्ति-स्वातंत्र्य के लगभग ईश्वरीय होने का प्रतीक है और इसीलिए यह संवाद ऐसी पावन लालसा के साथ बोला जाता है, मानो शान्या को कोई दैवी चीज मिलने वाली हो। तीसरी बार चर्च का जिक्र अंत में है, जहाँ शान्या दुमेगो से पूछती है, 'उस बंदीगृह के अहाते में चर्च है क्या?' और उत्तर मिलता है, 'नहीं।' यानी जीवन के अंत में भी अब ईश्वरीय सत्ता से अपनी पीड़ा के एकाकार होने की उम्मीद नहीं। उसे अपने व्यक्तिगत नर्क का बोझ ढोते हुए अकेले, घिसट-घिसटकर मरना है।"

निर्देशक के साथ अभिनेता का सम्बन्ध किस तरह उसके अभिनय-स्तर को प्रभावित करता है, इसके सकारात्मक पक्ष का वर्षा ने इस बार अनुभव किया। जहाँ डॉक्टर अटल से वह आतंकित और उनकी उपस्थिति से असहज थी, वहीं चतुर्भुज के साथ समझदारी का मैत्रीभरा संबंध बन गया।

"कृपया जोर से न डाँटें श्रीमान !" वर्षा ने पूर्वाभ्यास के दूसरे दिन प्रार्थना की, "यह अभिनेत्री अल्हड़ है, डर जाती है !"

चतुर्भुज और हर्षवर्धन-दोनों हँस पड़े।

सहअभिनेता के साथ का सम्बन्ध भी कैसे अभिनय में गुणात्मक अंतर पैदा करता है, यह बात भी इस बार उजागर हुई। 'निसार' की भूमिका करने वाला मकरंद वर्षा की तुलना में अपनी श्रेष्ठतर पृष्ठभूमि के कारण आत्मगौरव से छलका हुआ था। ('साँवली लौकी के साथ लव-सीन करना पड़ा रहा है !')। चुहल भरे संवादों के बीच मकरंद की आँखों में अपनी 'दयनीय स्थिति' झलक उठती थी। प्रदर्शन के दौरान उसने एक और हरकत दिखायी-वही बराबर अपने भाव-विन्यास एवं स्वर-निर्धारण में कुछेक परिवर्तन करता

गया। अनुभवहीन सिलबिल राजधानी के मंच की चकाचौंध में और भी चौंधिया कर रह गयी !

इस बार सिलबिल ने बिल्कुल शुरू से ही हर्षवर्धन के सामने हथियार डाल दिये "देखिए मैं बिल्कुल अनाड़ी हूँ। मगर आपने साथ नहीं दिया, तो मेरा 'राम-राम सत्य' हो जायेगा।"

हर्ष हल्के-से मुस्कराया, 'मुझे मॉडेस्ट लोग पसंद हैं।"

बाद में वर्षा ने महसूस किया कि शालीन हर्ष से ऐसे अनुरोध की जरूरत नहीं थी। वह नये लोगों के प्रति अतिरिक्त उदार था। सिलबिल के एकालापों के दौरान मंच-शून्य में जब उसकी ध्वनियों का वितान क्रमशः घना होता जाता, तो कभी एक स्वर-तल मंद लगने पर हर्ष फुसफुसाता, "वर्षा, क्रेसेंडो ढीला हो रहा है..." दोनों के समूहन में वह बराबर ध्यान रखता कि दृश्य की आवश्यकतानुसार शान्या की प्रमुखता बनी रहे। आलोक-वृत्त में आलिंगन के दौरान वर्षा अपने तन्मय भाव-विन्यास में बाहरी प्रकाश-रेखा पर छूट जाती, तो हर्ष बलिष्ठ बाँहों से उसे कुछ इंच आगे आलोकमध्य में खींच लेता।

सिलबिल को भला लगता। उसके स्पर्श से जिस्म में गुदगुदी होने लगती।...

'अपने-अपने नर्क' के प्रदर्शन के बाद सबने एकमत से स्वीकार किया कि इतनी श्रेष्ठ विद्यार्थी-प्रस्तुति स्कूल में अभी तक नहीं हुई थी। (सर्वश्रेष्ठ निर्देशन के लिए चतुर्भुज को स्वर्ण-पदक मिला)।

"इसकी कलात्मक परिपक्वता हमारी रिपर्टरी कंपनी के बराबर है।" प्रदर्शन के बाद चतुर्भुज को बधाई देते हुए डॉक्टर अटल ने कहा।

सिलबिल जैसे ही कपड़े बदलकर निकली, डॉक्टरी अटल से सामना हो गया।

"वर्षा, मुझे खुशी हुई कि तुम आइसबर्ग निकलीं!"

(वर्षा को यह समझने में देर लगी कि यह प्रशंसोक्ति थी!)

3
'आइ एम इन लव !'

दो विरोधी स्थितियों की जकड़ सिलबिल को बराबर कसती जा रही थी-54, सुल्तानगंज द्वारा अपने प्रति कर्तव्य निभाने की पुकार और हर्षवर्धन का भावात्मक लगाव !

विद्यालय में दाखिले के हफ्ते भर बाद उसने किशोर को छोटा-सा पत्र लिखा था। हॉस्टेल का कमरा, कोर्स की मोटी बातें और छात्रवृत्ति के बारे में लिखकर आखिर में जोड़ दिया था, 'छोटों को प्यार, भैया-भाभी को नमस्ते, अम्मा-दद्दा को चरण-स्पर्श।' रक्षा-बंधन पर उसने दोनों भाइयों को राखी भेजी थी। जवाब सिर्फ किशोर का आया था-'प्रतिकूल परिस्थितियों से जूझती कलाकार बहन' के प्रति स्नेह से छलकता।

परिवार के वयस्क सदस्यों में से सबसे पहले पत्र आया जिज्जी का, 'सिलबिल तुम्हें क्या हो गया है बहन? तुमने घर छोड़कर यह कैसी लीक पकड़ ली है? ऐसी ऊटपटाँग बातें न कभी देखी, न सुनीं। बड़े होने पर संतान का क्या कर्तव्य होता है? (गोद में ताजा शिशु आते ही जिज्जी की संतति-अपेक्षा जाग्रत हो गयी थी)। माता-पिता को धीरज बँधाना या उनकी जान सांसत में डालना?' आगे मुंगेरी देवी और पति परमेश्वर के मन में आ जाने वाले सिलबिल-विरोधी जज्बों का हवाला था। (जैसे इससे सिलबिल ड्रामा स्कूल छोड़कर अपना एयरबैग उठा सीधे सुल्तानगंज वापस पहुँच जायेगी।)

कुछ महीनों बाद आखिर शर्माजी का अंतर्देशीय आ ही गया। कविकुल-गुरु की परंपरा में आरंभ इस उपमा से हुआ था, 'संतान कमान से छूटा तीर है, जो कभी प्रत्यावर्तन नहीं करती, ऐसा वाङ्मय में कभी दृष्टिगत नहीं हुआ। तुम रक्षा-बंधन, विजयादशमी, दीपावली, होलिका-किसी में न आयी। बुलंदशहर से बारंबार संदेश आ रहे हैं। इस पत्र को तार समझो और बाईस तारीख तक अवश्य आ जाओ, अन्यथा तुम मेरा मरा मुँह देखोगी।' (जगत-विसर्जन का विधान अब प्रतिकूल हो गया था) !

सिलबिल ने छोटा-सा पत्र लिखा। फिलहाल आना नहीं हो पायेगा। विद्यालय के कार्यक्रम की विवशता है।

चिट्ठी डाक में छोड़कर वह श्रीराम सेंटर के किताब-कोने में खड़ी थी। उर्दू कविता की एक नयी किताब आयी थी। मन में कमजोरी जागी, पर पैंतालीस रुपये की गुंजायश इस समय नहीं थी।

'हाइ...'

पीछे हर्ष खड़ा था-हाथ में हैमलेट लिए।

'हाइ...' वह मुस्कुरायी।

'' 'साइलेंस' देखोगी-मैक्समूलर भवन में?''

मोटरसाइकिल की पिछली सीट पर बैठते हुए सिलबिल को खेद हुआ, उसे आज ही साड़ी पहननी थी ! (उसने दो दिन बाद ही कमला नगर मार्केट से नब्बे रुपये की 'विंग्स' की नीली जींस ले ली और पहली बार धारण करने के बाद चतुर्भुज के सामने बनावटी ढंग से इतरायी, 'हमहूँ मॉडर्न हैं !'' अगली बार वह हर्ष के पीछे दोनों पाँव दोनों ओर फुटरेस्ट पर रखते हुए चालक से खूब चिपककर बैठी)।

जब मोटरसाइकिल ने हेली रोड पर तीखा मोड़ लिया, तो सिलबिल ने हर्ष के कंधे पर हल्का हाथ रख अपना संतुलन सँभाला। पैरों के तलवों में तनिक झुरझुरी हुई। ('पहले फूल खिले, फिर नयी कोंपलें फूटीं, फिर भौंरे गूँजने लगे और तब कोयल की कूक सुनायी दी। इस क्रम से धीरे-धीरे वनस्थली में बसंत ने अपने पाँव आगे बढ़ाये।' उसे 'रघुवंश' की पंक्ति याद आयी। फूल पूर्वाभ्यास के पहले सप्ताह में ही खिलने लगे थे, जब कल्याणी करमाकर ने चंचल मुस्कान से बताया, ''पता है, शाम को चायघर पर क्या हुआ? सामने चौराहे से कोई हिरनी लेकर आ रहा था। ममता लहरिया ने हंसकर पूछा, मंडी हाउस में हिरनी क्या करने आयी है? जानती हो, हर्ष ने मीठी मुस्कान से क्या जवाब दिया? ... वर्षा वशिष्ठ से अपनी आँखें नापने!'')

पिक्चर के बीच वह बगल में बैठे हर्ष की उपस्थिति एवं गंध के प्रति सजग थी। बर्गमैन की कई फिल्में वह देख चुकी थी ('समर' सीरीज की दोनों फिल्में, 'सेविंथ सील', 'वाइल्ड स्ट्राबेरीज़', वर्जिन स्प्रिंग' व 'पर्सोना)। उनके नारी पात्रों पर एक लेख भी पढ़ लिया था। उनकी अभिनेत्रियों-हेरियट एंडरसन, ईवा, बीबी, बिरजिटा, इंग्रिट और लिव पर वर्षा मोहित थी।

वापसी में हर्ष ने मोटरसाइकिल राजपथ पर मोड़ ली। सेंट्रल विस्टा वर्षा को बहुत प्रिय था। लम्बे चौड़े घास के मैदानों और ऊँचे पेड़ों से घिरी ऐसी समतल, चिकनी सड़कें। तेज रोशनी से चमचमातीं। बायीं ओर को पतली सी नहर और बच्चों की किलकारियाँ।

''मुझे लिव बिल्कुल अपनी लगती है। उसका चेहरा कितना पारदर्शी है। कभी-कभी लगता है, जैसे चेहरा नहीं, आईना है, जिसमें अंदर की एक-एक नस और रक्त की एक-एक बूँद देखी जा सकती है।'' वर्षा बोली।

वे पेड़ों के नीचे धीरे-धीरे टहल रहे थे। कभी सूखे पत्तों के झुरमुट नीचे आ जाते, तो हल्की चरमर होती।

''तुम्हारा चेहरा भी कम पारदर्शी नहीं'' हर्ष का प्रसिद्ध स्वर सुनायी दिया। यह लय विद्यालय में जानी-पहचानी थी। कितनी ही प्रस्तुतियों में नाट्य-प्रेमियों के मर्म-बिन्दुओं को छू चुकी थी।

हर्ष की बाँहों ने उसे घेरा, तो वह रुक गयी। उसका चेहरा हर्ष से इंच भर की दूरी पर होगा...फिर हर्ष के होंठों ने उसके होंठ छुये। सिगरेट की बहुत हल्की-सी गंध आयी...गुनगुना मांसल स्पर्श। उसकी आँखें झप गयीं। हर्ष के कंधों पर अपने हाथों से सहारा लिया... हर्ष का चुंबन होंठों के साथ-साथ मन के भीतर किसी गहरायी पर गतिशील हुआ...बढ़ता हुआ ऊष्म दबाव, जैसे गर्म चाकू की नोंक मुलायम मक्खन को पिघलाते हुए चीर रही हो...

''ऐसी 'पार्टी-विरोधी गतिविधि' ठीक नहीं कामरेड दुमेगो !'' उसने अपना स्वर सुना और हँसने लगी।

हर्ष ने मुस्कान के साथ उसे देखा। फिर व्यग्र चुंबन से उसकी हँसी को दबा दिया। हँसी कुछ क्षण फड़कती रही-जैसे कपोत की गर्दन पर नस। फिर शांत हो गयी-सुख से विभोर।

''सर?'' सिलबिल ने कुछ सहमते हुए दरवाजा खोला।

डॉक्टर अटल ने कागजों पर से निगाह उठायी और सामने कुर्सी की ओर संकेत किया।

आगे बढ़कर बैठते हुए सिलबिल की धड़कन तेज हुई। जाने-अनजाने कौन सी भूल कर बैठी?

उन्होंने उसके बैठने के बाद पल भर का भी विराम नहीं आने दिया। दराज़ से दो लिफाफे निकालकर तुरंत उसके सामने रखे, ''तुम्हारे पिता ने मुझे यह पत्र लिखा है। यह उसका उत्तर है।''

सिलबिल सुन्न-सी हो गयी। क्या उसका परिवार अपेक्षा की सीमाएँ बराबर बढ़ाता जायेगा?

डॉक्टर अटल बाहर चले गये। पहले से ऐसा सोच रखा था या उसे संज्ञाशून्य-सा

देखकर ऐसा किया, वह नहीं जान सकी। खामोशी में एयरकंडीशनर की एकरस घर्र-घर्र भरती रही।

गहरी साँस लेकर उसने लिफाफा खोला।

'...आपको यह पत्र लिखते हुए मुझे दुख हो रहा है, पर एक पिता के नाते मैं विवश हूँ। वर्षा मेरी इच्छा के विरुद्ध इस विद्यालय में भर्ती हुई है। अब वह निश्चित विवाह के लिए आने को प्रस्तुत नहीं है। समाज में हमें कैसे कलंक का सामना करना पड़ेगा, आप समझ सकते हैं। मेरा आपसे अनुरोध है कि उसे समझाने की कृपा करें। हमारी पारिवारिक प्रतिष्ठा खतरे में है।'

पत्र पढ़कर सिलबिल का गुबार कुछ कम हुआ। पिता ने कितने ऊहापोह के बाद ये पंक्तियाँ लिखी होंगी, इसका आभास हुआ। जब वह इन कलात्मक बीहड़ो में भटकते हुए लहूलुहान अपना रास्ता ढूँढ़ रही है, तो घर में उसके जीवन का समाधान शीशे के नाजुक बर्तन-सा सहेजा जा रहा है। वह उन्हें कैसे समझाये कि उसे अपना समाधान यहीं खोजना है...(गायित्री से पिता को शंकाहीन संपूर्ण स्नेह मिला था, जैसे गोनेरील और रीगन से किंग लियर को, पर मैं कार्डेलिया के समान अपनी अस्मिता के मूल्य पर पिता की भावनाओं का प्रतिदान नहीं दे सकती, वर्षा ने मन-ही-मन कहा)।

'मुझे आपका पत्र पढ़कर दुख हुआ, इसलिए कि मैं इस सम्बन्ध में कुछ करने में असमर्थ हूँ। छात्रों का व्यक्तिगत जीवन मेरे अधिकार-क्षेत्र के बाहर है। अगर एक अभिनेत्री के रूप में वर्षा में कुछ कमियाँ देखता हूँ, तो इसके लिए मैंने आपसे संपर्क करना उचित नहीं समझा। मेरा आपको यही परामर्श है कि आप वर्षा को कुछ समय दें। कालांतर में स्थिति सुलझ जायेगी, हम यही आशा कर सकते हैं।''

''क्या बात है वर्षा? चुप-चुप हो?'' हर्ष ने पूछा।

वर्षा उदास-सी मुस्करायी। हर्ष ने बाँहें फैलायीं, तो चुपचाप उनमें समा गयी। अंदर का आलोड़न थोड़ा कम होता लगा। अपने घर का दुखड़ा रोती भी तो क्या ! 'अपने-अपने नर्क' के प्रदर्शन पर और बाद में घर पर हर्ष के परिष्कृत परिवार से वह मिल चुकी थी-डैडी, मम्मी और जवाहरलाल नेहरू यूनिवर्सिटी में असिस्टेंट प्रोफेसर सुजाता दीदी। पाइप पीते डैडी तो कम ही बोलते थे, पर मम्मी व दीदी उससे काफी स्नेह दिखातीं।

''मछली और लो वर्षा ! तुम्हें हाइ प्रोटीन की जरूरत है।'' दीदी बोलीं।

''वर्षा होशियार !'' हर्ष हंसा, ''दीदी तुम्हें मानसी से मौसी के रोल में देखना चाहती है !''

''वर्षा को तो नहीं, लेकिन मैं तुमको जरूर देखना चाहती हूँ एक रोल में, जो दरअसल तुम्हारा रियल-लाइफ कैरेक्टर है।'' दीदी के चेहरे पर चंचल मुस्कान थी।

''मतलब?''

''वेटिंग फॉर गोडो' के दोनों आवारा गंदे!''

हर्ष कृत्रिम क्रोध से दीदी को पकड़ने दौड़ा, तो वह खिलखिलाते हुए मम्मी के पीछे छिप गयीं। मम्मी के चेहरे पर वात्सल्य की तृप्ति थी और सलाद का टुकड़ा काटते हुए डैडी

भी हल्के-से मुस्कराये। मजे की बात यह थी कि पूरा परिवार बिल्कुल सहज था (घर में युवती-मित्र को लाने वाले बेटे को मिलाकर)-अगर आत्मसजग थी, तो सिर्फ सिलबिल !''

पल भर सिलबिल ने प्रतिकूल दृश्य की कल्पना की। वह हर्ष को 54, सुल्तानगंज ले जाने की जोखिम उठाये', तो? कल्पना मात्र ही उसे सिहरा गयी। हे प्रभु, तुमने कितनी फुर्सत में मेरी पैदायश का घर चुना है !

''डिक्टेटर ने ठीक कहा था, तुम सचमुच आइसबर्ग हो। शुक्र है, यह जरा-सा हिस्सा दिखायी देता है।'' हर्ष ने उसकी चिबुक पर उँगली रख, चेहरा ऊपर उठाते हुए कहा।

वे लोदी गार्डन में खंडहर के पास थे। गर्मियाँ शुरू हो चुकी थीं। सूरज देर से डूबता था। आसपास ढेर सारे पंछी चहचहा रहे थे।

हर्ष के पाँव से गेंद टकरायी, तो उसने उठा ली।

पाँचेक साल की लड़की झबरीले कुत्ते के साथ दौड़ती हुई आयी, ''प्लीज गिव मी माइ बॉल।''

''तुम्हारा नाम क्या है?''

''आइ डोंट हैव वन...'' लड़की वैसे ही संजीदा भाव से बोली, पर अंदर-ही-अंदर मुस्करा रही थी।

''तुम्हारे घर वाले तुम्हें कैसे बुलाते हैं?''

''दे सिंप्ली कॉल मी-द गर्ल...''

''यह कैसे हो सकता है? सबका नाम हेाता है, जैसे इस लड़की का है।'' हर्ष ने वर्षा की ओर संकेत किया।

''व्हाट्'स दैट?''

''वर्षा !''

'दैट्स ए नाइस नेम...'' वह हाथ हिलाते हुए ठुनकी, ''वर्षा, आस्क योर फ्रेंड टु रिटर्न माइ बॉल प्लीज़!

लड़की ऐसी चितचोर थी कि वर्षा ने हर्ष से गेंद लेकर घास पर उछाल दी। बच्ची अपने कुत्ते के साथ दौड़ गयी।

''इस उम्र में तुम भी ऐसी ही चुलबुली थीं?''

सिलबिल के मुँह से ठंडी साँस निकल गयी। इस उम्र में मैं जैसी थी हर्ष ! तुम देखते, तो रो पड़ते...

वह देर से चुंबन की प्रतीक्षा कर रही थी (हिन्दुस्तानी लडकी होने की अजीब मुसीबत यह है कि आप खुद पहल नहीं कर सकते)। अब जो चुंबन सम्पन्न हआ, तो सिलबिल ने संतोष की साँस ली। अब सिहरन का एहसास जिस्म पर जहाँ-तहाँ बौराया-सा थिरकता नहीं रहता था, रोम-रंध्रों में धीरे-धीरे जज्ब होने लगता था। सांस ऐसे स्थिर एवं गतिशील हो जाती, जैसे नशा टूटने के बाद वांछित मात्रा मिल गयी हो...क्या यही प्रेम है, उसने सोचा।

इंडिया इंटरनेशनल सेंटर में 'सात समुराई' देखते हुए उसने हर्ष के कंधे पर अपना कपोल टिका लिया। जब से परिचित गंध और स्पर्श में अपनत्व मिला, तब से दिल्ली भी

बेगानेपन की चुंगी से निकलकर अपनेपन के दायरे में सिमट आयी थी...क्या यही प्रेम है, उसने दिव्या से पूछा था।

''सिलबिल तेरा इरादा क्या है बहन?'' जिज्जी ने आवेग से पूछा।

वर्षा का एक हिस्सा अभी भी 'मैना गुर्जरी' के पूर्वाभ्यास में था। जिज्जी जीती-जागती उसके सामने हैं, इस सच्चाई के चेतना में घुलने-मिलने में कछ समय लगा। जीजाजी चुपचाप बगल में बैठे सिगरेट फूंक रहे थे। बच्चा मौसी को 'ए बी सी डी' सुनाने की आतुरता में बाप की डाँट खा चुका था और मुँह बिसूरता कोने में चुपचाप बैठा था।

''बेचारी को चाय तो पी लेने दो'' जीजाजी ने उसे सँभलने का मौका देना चाहा।

दोपहर को रिसेप्शनिस्ट ने वर्षा को बताया था कि शिकोहाबाद से उसके जीजाजी आये हैं। शाम पाँच बजे उसे लेने आयेंगे। जीजाजी ने पौने पाँच बजे ही मुख्य द्वार पर मोर्चा संभाल लिया था (उन्हें आशंका थी कि सिलबिल उनका सामना करने के डर से यहाँ-वहाँ निकल जायेगी)।

''कैसे आना हुआ?'' ऑटो में उनके रिश्तेदार के दरियागंज स्थित मकान को जाते हुए सिलबिल ने पूछा। तेज बारिश में जोर से बोलना पड़ा।

''सोचा, कलाकार साली के दर्शन कर लें। बहुत दिन हो गये।'' जीजाजी हँसे।

सिलबिल को यह समझने में कठिनाई नहीं हुई कि यह 54, सुल्तानगंज की रणनीतिक चाल है। (यही अकेले सम्बन्धी थे, जो दिल्ली-यात्रा का अनावश्यक खर्च उठा सकते थे। अभी अपेक्षाकृत नये रिश्ते के कारण कर्तव्यपरायणता का बोध भी बना हुआ था। फिर ससुराल की ओर से इस तरह का यह पहला अनुरोध था)।

जीजाजी के कहने पर उसने एक मठरी खायी और चाय पी।

''तुम गर्मियों की छुट्टियों में भी घर नहीं आयीं। चंडीगढ़ और लखनऊ घूमती रहीं। आखिर तुम्हारे मन में है क्या? घर से नाता बिल्कुल तोड़ लिया?'' जीज्जी भरी बैठी थीं।

''किसलिए जाऊँ घर? किसके लिए जाऊँ? दीवारों से सर फोड़ने के लिए? या गुसलखाने में बंद किये जाने के लिए?'' सिलबिल के स्वर की तेजी से जिज्जी-जीजाजी अचकचा गये।

''यह एक बात तुम्हारे मन में ऐसी लग गयी?'' जिज्जी थोड़ी नर्म पड़ी।

''एक बात नहीं, सैकड़ों बाते हैं। यहाँ कलेजा छलनी हुआ रखा है।'' (आगे सिलबिल 'पुर हूँ मैं शिकवे से यों राग से जैसे बाजा' उद्धृत करने वाली थी, पर फिर यह सोचकर रुक गयी कि यहाँ कौन समझेगा)।

स्थिति नाजुक देखकर अब जीजाजी ने सूत्र थामा, 'वर्षा रानी, घर के प्रति हमारा भी कुछ कर्तव्य है। माता-पिता वृद्ध हो चुके हैं। भाई के ऊपर अपनी गिरस्ती के साथ-साथ परिवार का भी बोझ है।''

''तो इसमें मेरा क्या दोष? जहाँ तक परिवार के बोझ का सवाल है, किसी लायक होते ही मैं उसमें हाथ बटाऊँगी।''

''इस बोझ में तुम दूसरे ढंग से भी हाथ बँटा सकती हो।'' छोटे-से विराम के बाद जीजाजी गंभीर स्वर में बोले, ''कविकुल-गुरु ने लिखा है, गर्भवती भाभी को वन में छोड़

आने का आदेश सुनकर लक्ष्मण स्तब्ध रह गये। उन्होंने सुन रखा था कि पिता का आदेश पाकर परशुराम ने अपनी माता का वैसे ही निर्दयता से वध कर दिया था, जैसे कोई अपने शत्रु का वध कर दे। इसलिए उन्होंने पिता के समान राम की आज्ञा अपने सिरमाथे चढ़ा ली, क्योंकि बड़ों की आज्ञा पर विचार नहीं किया जाता-उसका पालन किया जाता है।'' (वर्षा ने समझ लिया, जीजाजी के मुँह से किसकी 'कोचिंग' बोल रही है)।

''मैं स्कूल नहीं छोड़ूंगी और ब्याह नहीं करूँगी। इसके अलावा आप जो चाहें, हुकुम देकर देख लें। ... आप कहें, दूसरी मंजिल से नीचे कूद जाओ। आपके चरणों की सौगंध, मैं अभी कूद जाऊँगी।'' सिलबिल की आँखें डबडबा आयीं । वह अपने जाती दोज़ख में चौबीस घंटे उबल रही है और इस पर हर चार दिन बाद सुल्तानगंज तरह-तरह से उसका कलेजा निचोड़ता रहता है। पर जीजाजी घर के सम्मानित सदस्य हैं। कहीं विरोधी पक्ष उसके ऊपर उनकी अवज्ञा की नयी तोहमत न लगा दे।

''सिलबिल अगर दूसरी मंजिल से कूदने से समस्याएँ सुलझने लगतीं, तो जिन्दगी बहुत आसान हो जाती।'' जीजाजी ने किंचित दार्शनिक मुद्रा अपना ली। (जब चतुर्भुज चाणक्य की भूमिका निभाते होंगे, तो कुछ-कुछ ऐसा ही प्रभाव पैदा होता होगा, मन-ही-मन मुस्कराते हुए सिलबिल ने सोचा)।

थोड़ी चुप्पी रही। जीजाजी अगली चाल सोच रहे थे।

''ड्रामा स्कूल के प्रति तुम्हारा जो मोह है, हम सचमुच उसे समझने में असमर्थ हैं।'' वह हल्की मुस्कान से बोले।

''ऐसा हो जाता है।'' सिलबिल ने काफी ऊँचाई से हामी भरी, ''क्योंकि हम लोग एक-दूसरे की जिन्दगी जीने में समर्थ नहीं।''

''मैं सचमुच नहीं समझ पा रहा हूँ कि तुम ड्रामा स्कूल क्यों नहीं छोड़ सकतीं?'' अब जीजाजी ने अपनी व्यक्तिगत स्थिति दाँव पर लगा दी थी।

''जिस तरह आप अपना घर-परिवार नहीं छोड़ सकते-क्योंकि वह आपकी जिन्दगी की धुरी है।''

दोनों सन्नाटे में आ गये।

''तू बोल क्या रही है? पगला गयी है क्या?'' जीज्जी ने भर्त्सना की, पर सम्बन्धी का घर होने के कारण स्वर ऊपर नहीं उठा सकीं।

''इन दोनों स्थितियों की तुलना कैसे हो सकती है?'' जीजाजी ने आश्चर्य से पूछा।

''जिस तरह आपका घर आपकी जिन्दगी को सार्थकता देता है, उसी तरह रंगमंच मेरी जिन्दगी में ऐसा अर्थ भरता है, जिससे मैं जिन्दा रह सकूँ।''

''अगर तुमसे यह निगोड़ा स्कूल छुड़वा दिया जाये, तो तुम मर जाओगी?'' जिज्जी ने अंतिम निर्णय के ऐसे स्वर में पूछा, जैसे पागलखाने के लिए उसकी पात्रता तय की जा रही हो।

सिलबिल ने सहमति में सिर हिला दिया।

- तन्मय चुंबन के दौरान सिलबिल ने महसूस किया कि उसकी कमीज के बटन खोले जा रहे हैं।

"घर आये अतिथि का वस्त्राहरण आपको शोभा नहीं देता श्रीमान !" सिलबिल ने कृत्रिम प्रतिरोध किया।

"जो प्रेमी चुंबन-श्रृंखला तोड़ता है, वह गौवध के पाप का भागी बनता है।" हर्ष गंभीरता से बोला।

"भूल हुई। 'कामसूत्र' का मेरा अध्ययन आपके जैसा गहन नहीं।" मुस्कान दबाते हुए सिलबिल ने कहा।

हर्ष ने उसके एक कान की लौ अपने होंठों में ली, चुभलायी और हल्के-से काट ली।

"तुम कैसे भारतवासी हो?" सिलबिल कराही, "गणतंत्र दिवस पर नवनिर्माण के बजाय ऐसी ह्रासोन्मुख हरकत..."

अब दृढ़ आलिंगन में वर्षा की नग्न पीठ पर हर्ष के चपल हाथ का स्पर्श था। जहाँ-जहाँ हाथ फिसलता, त्वचा रोमांचित होती जाती।

स्टोरियो पर धीमे-सुरों में सितार की रागिनी चल रही थी। एक खिड़की बंद थी, एक खुली। पर्दे खिंचे हुए थे। बड़े लॉन का बड़ा बंगला बिल्कुल खामोश था। (परिवार कलकत्ते गया हुआ था)। बिस्तर के बगल की दीवार पर चैपलिन का ब्लोअप लगा था और सामने ऑथेलो के रूप में हर्ष की तस्वीर।

सहसा हुक खुला और उसकी ब्रा निकाल ली गयी (अंतर्वस्त्रों का यह जोड़ा हर्ष की भेंट था)।

"मेरी भोलीभाली कंचुकी ने तुम्हारा क्या बिगाड़ा है?"

हर्ष मोहाविष्ट-सा उसके वक्ष को देख रहा था (सिलबिल को खुशी हुई कि कुछ वर्ष पहले दिव्या की सलाह पर उसने रात को सोते समय ब्रा पहने रहना बंद कर दिया था। आकार एवं पुष्टि की दृष्टि से परिणाम बहुत सुंदर निकले। (उसने अगले ही दिन दिव्या को पत्र लिखकर आभार व्यक्त किया था)।

"चैपलिन जी क्या सोचेंगे? वरिष्ठ अभिनेता का लिहाज़ करना हमारा..."

सिलबिल की बात पूरी नहीं हो पायी। हर्ष ने उसके बायें उरोज को चुंबनों की लड़ी से बाँधते हुए चूचुक को होंठों में भर लिया। सीत्कार के साथ सिलबिल की साँस रुक गयी। तलवों से झुनझुनी उठी और पूरे ज़िस्म को स्पंदित कर गयी...

उसकी जींस का बटन काज से निकला और जिप खुली।

"कुमारी कन्या के नीवि-बंधन को न छेड़ो आर्यपुत्र !"

उन्मादी चुंबनों की श्रृंखला से उसका मुँह बंद करते हुए हर्ष ने एक आतुर हाथ से लेस की पेंटी के पार उसके नितंबों को सहलाया...अपने वक्ष पर हर्ष के नग्न सीने का स्पर्श हुआ, तो सिलबिल का गला सूखने लगा। हर्ष की पीठ पर उसकी हथेलियों का दबाव अपने-आप बढ़ गया। मेरे शरीर में ऐसी उन्मत्त बयार बंदी थी, हर्ष ने अपने स्पर्श से ये झरोखे खोले हैं, उसने सोचा।

...हर्ष ने बिस्तर पर उसे उलटा और सीधा लिटा कर स्पर्शों और चुम्बनों से पूरे शरीर में थरथराहट भर दीं। सिलबिल ने अपने भीतर ऐसी तप्त नमी कभी महसूस नहीं की थी। जब हर्ष उसके भीतर प्रविष्ट हुआ, तो सिलबिल की साँस रुक गयी। बंद आँखों वाले चेहरे पर आशंका की छाया तैरी। नवचुंबन से हर्ष ने उसे आश्वस्त किया...कामना और अपनत्व की

सिहरन के साथ सिलबिल ने अपने को ढीला छोड़ दिया...

समागम से पहले सिलबिल जितनी मुखर थी, बाद में उतनी ही मौन हो गयी।

हर्ष ने एक हाथ उसकी गर्दन के नीचे रख, दूसरे हाथ से उसकी कमर को घेरे हुए उसे अपने से सटा रखा था। उसका मुँह हर्ष के सीने में छिपा हुआ था। हर्ष की उँगलियाँ उसके बालों में उलझी थीं।

सिलबिल ने धीरे-धीरे साँस छोड़ी। तन-मन आह्लाद और तृप्ति से शिथिल था। अपनत्व एवं सुरक्षा की ऐसी अनुभूति पहले कभी नहीं हुई थी-जैसे वह हर्ष के साथ दुर्गम पर्वत के शिखर पर पहुँच गयी हो, जहाँ सिर्फ मौन, शांति और सुकून था। बहुत ऊँचाई से उसे बाहरी संसार का शोर और अंधड़ याद आया, जो अब बहुत पीछे छूट गया था। अब वह अपने अभेद्य दुर्ग में हर्ष के साथ सुरक्षित थी। पुरुष के साथ तादात्म्य ऐसे कवच की तरह काम करता है, उसने आश्चर्य से सोचा।

बाथरूम के आईने में आगे-पीछे से अपनी देह का प्रतिबिम्ब देखते हुए वह चौंक उठी-'' गले, दायें उरोज और बायें नितंब पर तीन स्पष्ट दंत-चिन्ह थे।

''यह क्या कर दिया?'' सिलबिल हर्ष के सामने जा खड़ी हुई।

हर्ष ने उसे बाँहों में भरकर गले पर एक और दंत-चिन्ह बना दिया।

सिलबिल चिहुँक उठी, ''अब मैं बाहर कैसे जाऊँगी?''

''मैं तुम्हारे लिए दीदी का एक हाइनैक पुलोवर निकाल दूँगा।''

गर्म चाय के घूंटों के साथ सिलबिल चार टोस्ट और दो अंडों का ऑमलेट खा गयी। फिर एक सेब कुतरते हुए केला छीलने लगी, ''बहुत भूख लगी है। मुझे मालूम नहीं था कि यह कार्यवाही एक हफ्ते की योगा क्लॉस के बराबर है।'' और लजा गयी।

हर्ष हँसा, ''तुम ऊपर से कैसी चुप और गुमसुम बनी रहती हो और अंदर से ऐसी रंगारंग हो !''

नहीं, हूँ नहीं, तुम्हारी आत्मीयता से ऐसा परिवर्तन एवं निखार आया है। तुम मेरे व्यक्तित्व के सबसे गुणात्मक बिन्दुओं को बाहर ले आते हो, उसने सोचा।

''मैंने सूर्यभान से कह दिया, आपकी वरिष्ठता का मैं सम्मान करता हूँ लेकिन नाटक का निर्देशक मैं हूँ।'' चतुर्भुज मंडी हाउस चौराहे के चायघर पर कह रहे थे,''आपको मेरी अवधारणा के अनुसार अपनी अभिनय-शैली लचीली बनानी पड़ेगी।''

वर्षा ने चाय का घूंट लेकर पूछा, ''फिर ?'' और हाइनैक का ऊपरी किनारा फैला लिया।

''उन्हें अपनी ग्रीक नायक वाली भाव-भंगिमा बदलनी पड़ी। आप हर नाटक में ईडिपस बने नहीं रह सकते...''

कौमार्य-विसर्जन के बाद का दिन था। सिलबिल उमंग से प्रफुल्लित थी। अपने-आप मुस्करा उठती, अपने आप गुनगुनाने लगती। मैंने भी सृष्टि का रहस्य जान लिया है। बंगाली मार्कीट में अपने-अपने बच्चों की उँगलियाँ थामे दो युवा स्त्रियों को मुक्त भाव से खिलखिलाते हुए देखकर उसने सोचा, मैं भी स्त्री बन गयी हूँ। उसके तन-मन में क्रांति हो

चुकी थी और मंडी हाउस जहाँ-का-तहाँ खड़ा था। उसका जी चाहा, रवीन्द्र भवन की छत पर चढ़ जाये और ऊँची पुकारों से सारे इलाके को गुंजायमान कर दे, "मैं स्त्री बन गयी हूँ! मैं स्त्री बन गयी हूँ !!"

उसने अभी-अभी दिव्या के नाम का पत्र डाक में छोड़ा था,"हर्ष ने पहली बार मेरा चुंबन इंडिया गेट की छाया में शास्त्री भवन के पीछे लिया था। वह मोतीलाल नेहरू मार्ग पर रहता है। जैसे मेरे भावात्मक इतिहास में स्वतंत्रता आंदोलन के शलाका पुरुषों का इतना जुड़ना काफी नहीं था। निष्ठुर ने रति-रंग के लिए अपना घर और वह राष्ट्रीय पर्व चुना, जब भारतीय गणतंत्र का संविधान लागू हुआ था। जब राजपथ पर तोपें राष्ट्रपति को सलामी दे रही थीं, तो हठी प्रेमी मेरे कामकलश पर नखरेखा अंकित कर रहा था। इस तरह मेरे तन-मन की क्रांति राष्ट्रीय चेतना के इतिहास के साथ गुँथ गयी हैं..."

"ड्रामा स्कूल किधर है?"

चतुर्भुज के कुछ बोलने से पहले अपने पीछे का स्वर पहचान कर सिलबिल मुड़ी।

"यशोदा, या तो तू कुएँ में कूद जा, या हम सबको ज़हर दे दे।" महादेव ने प्रस्ताव रखा।

यह चतुर्भुज की एक कमरे की गृहस्थी थी। (उन्होंने पत्नी-पुत्र को बुला कर बंगाली मार्कीट के रेलवे क्वार्टर में एक कमरा किराये पर ले लिया था। सिलबिल जल्दी ही सुशीला की 'गुइयाँ' बन गयी थी। नयी दिल्ली की चकाचौंध से आक्रांत ग्रामीण गृहस्वामिनी खुद अपने नाम का उच्चारण 'सुसीला' करती थी)।

सिलबिल कुछ कहे, इससे पहले सुशीला दो प्याले चाय के लेकर आ गयी।

"भाभी, आपने क्यों तकलीफ की?"

"तकलीफ काहे की, रानी !"

और वह तुरंत बाहर चली गयीं। चतुर्भुज भी उन्हें एकांत देने के उद्देश्य से थैला लेकर सब्जी लाने चले गये थे।

महादेव ने चाय का घूँट लिया, "तुमने घर से ऐसे नाता तोड़ लिया, जैसे तुम्हारा कोई कुछ लगता ही नहीं।"

कल इस समय वह हर्षप्रिया बनी हुई थी। हर्ष के स्पर्श अभी भी शरीर पर जहाँ-तहाँ तरंगायित हो जाते थे। उसने पल भर आँखें मूँदकर उस आवेग को अनुभूत करना चाहा, पर ऐसा हुआ नहीं। वर्तमान का यह क्षण कठोर था। उसके भीतर की गीतात्मक अनुभूति पल भर में सूख गयी। मन में सूनेपन के झोकें लहरा उठे।

'दद्दा ने मुझे तुमसे दो टूक फैसला करने के लिए भेजा है।" भाई ने उसकी ओर देखा, "अगर अब भी तुमने अपनी जिद न छोड़ी, तो घर से तुम्हारा रिश्ता हमेशा के लिए टूट जायेगा।"

अभी-अभी भाई उसे नाता तोड़ लेने का उलाहना दे रहे थे और अब नाता तोड़ लेने की धमकी दे रहे हैं। इन लोगों की कार्यशैली कितनी अतर्कसंगत है, उसने सोचा।

"तुमने बहनोई से यह कहा कि तुम अपना घर-बार छोड़ दो, तो मैं ड्रामा स्कूल छोड़ दूँगी?"

सिलबिल ने गहरी साँस ली।

"मैं क्या पूछ रहा हूँ?"

"अपनी समझ के हिसाब से लोग बात को समझते हैं।"

"क्यों नहीं। मॉडर्न समझ वाली तो एक तुम्हीं रह गयी हो।" महादेव ने उसकी जींस पर कटाक्ष किया।

भाई की संवाद-शैली पर उसे अफसोस हुआ। अगर परिवार बनाम ड्रामा स्कूल वाला मुद्दा उठाना था, तो इसे पिता की चेतावनी वाले मुद्दे से पहले व्यक्त करना चाहिए था। नाटक की चरम सीमा के बाद कहीं पहला अंक दिखाया जाता है। अगर भाई को देश का सीमा-विवाद सुलझाने कहीं भेजा जाये, तो यह सारी ज़मीन लुटाकर आ जायेंगे।

"अब तुम आखिरी बार बोल दो, ब्याह कब करना है?"

पास की पटरियों पर कोई रेल गुज़री। कुछ पल धरती के नीचे धमक होती रही।

"तुम कोई राजकुमारी हो, जो बुलंदशहर वाले जिन्दगी भर तुम्हारी बाट जोहते रहेंगे?"

"मैं कितनी बार कहूँ कि मुझे ब्याह नहीं करना है?" इस व्यंग्य से 'सौम्यमुद्रा कुछ तिलमिला गयी। मेरी स्थिति कितनी करुण है, यह मुझे बोलकर बताया जायेगा।

"क्यों? क्यों नहीं करना है?" दूसरे के घर में स्वर जितनी ऊँचाई तक जा सकता था, चला गया।

"आइ एम इन लव !"

सिलबिल ने अपने को कहते हुए सुना। यह उद्‌घोषणा स्वयं उसके लिए आश्चर्यजनक थी। इस क्षण से पहले उसने हर्गिज़ नहीं सोचा था कि वह अपना व्यक्तिगत राज़ उजागर करेगी। पर बार-बार हाँके के पशु की तरह खदेड़े जाने की अनिवार्यता, भाई की अवांछनीय कटुता और अपनी विवाह विरोधी दलील के कारगर न हो पाने की संभावना ने मन पर लगा ढक्कन यकायक खोल दिया।

कीर्तिमान-निर्माण के क्षेत्र में सिलबिल की अभूतपूर्व प्रतिभा के बावजूद महादेव को बिल्कुल अपेक्षा नहीं थी कि वह बड़े भाई के सामने ऐसे मुँहफट ढंग से इज़हारे-तमन्ना कर बैठेगी।

"यह मैं क्या सुन रहा हूँ?" भाई हक्के-बक्के रह गये। उनके स्वर में कुछ ऐसी भी ध्वनि थी कि अभी भी समय है, अपना वक्तव्य वापस ले लो।

मेरे शरीर पर चार ताजे अनुराग-चिन्ह भी हैं, सिलबिल ने सोचा।

चुप्पी खिंच जाने पर महादेव ने पूछा,"कौन है वह?"

सिलबिल ने नाम बता दिया।

"जाति कौन-सी है?"

सिलबिल को हैरानी हुई। 'करता क्या है?" सवाल पहले पूछा जाना चाहिए। इन लोगों की प्राथमिकताएँ बिल्कुल गड्डमड्ड हैं।

"कायस्थ हैं।"

भाई ऐसे चौंके, जैसे साँप पर पाँव पड़ गया हो। एक ठंडी साँस ली। (सिलबिल ऐसी पतित है कि प्रेम भी करेगी, तो ब्राह्मण से नहीं)। "कौन-से?" श्रीवास्तव या खरे?" (जैसे इससे बड़ा फर्क पड़ जायेगा)।

"मालूम नहीं !"

"घर में मांस तो बनता ही होगा?"

"हाँ।"

महादेव ने भर्त्सना एवं क्रोध की मिलीजुली दृष्टि से देखा, "तुमने भी खाया होगा?"

"हाँ।" (क्या आगे जोड़ दूँ कि मैं बीफ भी चख चुकी हूँ?)

"शादी कब कर रही हो?"

"अभी ऐसी कोई बात नहीं। आगे के कुछ वर्ष मैं अपनी कलासाधना में लगाऊँगी। मेरा व्यक्तिगत जीवन क्या रूप लेगा, यह आने वाला समय निर्धारित करेगा।"

"यानी प्रेम का स्वेच्छाचार चलता रहेगा? खानदान पर कीचड़ उछालती रहोगी?" महादेव कटुता से बोले।

"मेरा व्यक्तिगत जीवन मेरा सरोकार है।" सिलबिल ने स्थिर स्वर में कहा।

"ठीक है।" भाई उठ खड़े हुए। वह असामान्य ढंग से शांत हो गये थे, "बड़े शहर की आजादी ने तुम्हारी सनक को पागलपन में बदल दिया है। तुम जहाँ जा रही हो, वह पतन और विनाश का रास्ता है। एक दिन तुम्हें पछतावा होगा, पर तब तक बहुत देर हो चुकी होगी। यह कहने की जरूरत नहीं कि आज से हमारा-तुम्हारा कोई सम्बन्ध नहीं रहा ! तुम हमारे लिए हमेशा दुख और शर्मिंदगी का कारण रहोगी।"

...वर्षा हाथ बगल में दबाये सुनसान मंडी हाउस में वापस लौटी। सर्दी बढ़ गयी थी। चौराहे पर प्रकाश-कुमकुमों के बीच फौवारों की ऊँची धार गिर रही थी। निचली सतह पर बौछार की निरंतरता ने कोहरे-सा घना रूप ले लिया था।

घर से पहले से ही लाख कट जाने के बावजूद वर्षा को आज अतिरिक्त खालीपन महसूस हुआ, जैसे किसी आत्मीय का दाह-संस्कार करके लौट रही हो। बचपन के अनेक स्मृति-चित्र भीतर चमकते-बुझते रहे। सुल्तानगंज का दुमंजिला मकान सम्मुख आया-आँगन में तुलसी का पौधा, पानी के बड़े मटके, गली की परिचित गंध, पहचानी ध्वनियाँ...अनुष्टुप के ताने...

व्यक्तिगत जीवन की जड़ें कट गयीं। अब यहाँ अपनी कलात्मक जड़ें पनपानी हैं, बहावलपुर हाउस के भीतर घुसते हुए उसने सोचा।

4

तुम पर निगाह रखी जा रही है

डिक्टेटर मुझे नापसंद करते हैं-मुख्यत: मेरी अकांवेटी पृष्ठभूमि के कारण।

वर्षा की यह धारणा दूसरे वर्ष के मध्य तक पनपती गयी थी। पर बीच-बीच में विपरीत झटके लगते थे, जिससे वह भ्रम में पड़ जाती थी।

"डॉक्टर अटल को तुम्हारा दूसरा मंज़र पसंद आया।" नाटककार मंसूर ने (जो नाट्य-रचना के रूपांतरकार थे) 'बेवफा दिलरुबा' की उसकी असफलता के बाद कहा।

मटन बिरयानी खाते हुए सिलबिल ठिठक गयी, "मुझे तो ऐसा कभी नहीं लगा।"

''कैसे?''

''उन्होंने कभी कुछ कहा नहीं।''

''तुमसे लफ्ज़ों में कहने के लिए अभी जल्दी नहीं है?'' मंसूर हल्के-से-मुस्कराये।

फौजिया ने वर्षा की कटोरी में रायता परोसते हुए कहा, ''यासमीन ने मुझे बताया था। जब उसे फेडेरल रिपब्लिक ऑफ जर्मनी की स्कॉलरशिप मिली, तो वह अचंभे में आ गयी। बाद में मालूम हुआ कि डॉक्टर अटल ने उसके नाम की सिफारिश की थी।''

दूसरे दृश्य में रेहाना ने ऐसा क्या किया था। वह उदास भाव से दीवान पर बैठी है। उसने अपने प्रेमी के नाम छोटा-सा खत लिख लिया है, पर तय नहीं कर पायी है कि उसे भेजेगी या नहीं। अम्मीजान अपना पानदान लिये पास आ बैठती हैं और बीड़ा बनाते हुए उमंग से अपनी शादी की चर्चा कर रही हैं। रेहाना आशा और दुविधा के ऊहापोह में अपनी क़मीज में छिपे खत पर हाथ रख लेती है। उसके 'अच्छा', 'हाँ', 'फिर?' जैसे संवाद थे। (क्या डॉक्टर अटल की सूक्ष्म दृष्टि ने शब्दों के सहारे के बिना भाव-विन्यास की उसकी संभावना देख ली थी?)

''वर्षा आपा, मेरी सहेलियाँ आपसे मिलना चाहती हैं।'' नन्हीं आयशा ने मुस्कराते हुए सूचना दी।

पीछे-पीछे समवयस्क दो लड़कियाँ थीं। एक ने लजाते हुए अपनी ऑटोग्राफ-बुक आगे बढ़ा दी।

'सेलेब्रिटी' होने के नाते हस्ताक्षर देने का सिलबिल का यह पहला अनुभव था। ''बेवफा दिलरुबा' का प्रदर्शन चाहे जैसा रहा हो, पर दिल्ली दूरदर्शन से उसके प्रसारण ने सिलबिल को लोकप्रियता दे दी थी। मंडी हाउस में कुछ निगाहें पल भर को उसके चेहरे पर रुक जाती थीं)। सिलबिल ने किंचित स्टाइल में दोनों शब्दों के पहले अक्षरों को थोड़ा फैलाते हुए दस्तखत कर दिए, तो दूसरी कुछ शर्माकर बोली, ''कोई मैसेज भी लिख दीजिए-मेहरबानी करके...''

क्षण भर सोच कर सिलबिल ने लिख दिया, 'कुछ भी बनना-पर अदाकारा नहीं।'

''वर्षा, कल शाम पाँच बजे तुम मुझे 'मिट्टी की गाड़ी' की वेशभूषा के स्केच दिखा रही हो।'' डॉक्टर अटल बोले।

''यह असंभव है सर।'' वर्षा स्तंभित रह गयी, ''मुझे संदर्भ के लिए किताबें ढूंढ़ने में ही एक हफ्ता लग जायेगा।''

''प्रदर्शन तुम्हारी सुविधा के लिए स्थगित हो जाना चाहिए?'' नाराजगी के साथ उसे आने का संकेत करते हुए वह पुस्तकालय की ओर मुड़ गये। उन्होंने अभ्यस्त सहजता से अलग-अलग आलमारियों से चार किताबें निकालीं और उसे थमा दीं।

वर्षा ने देर रात तक पात्र-सूची सामने रखकर नोट्स लिये। अगले दिन लंच उसने दस मिनट में खत्म किया और नारी-पात्रों की वेशभूषा के रेखाचित्र बना लिए। बाद में रोमन मंच-रचना की कक्षा में वह पीछे बैठी पुरुष-पात्रों पर काम करती रही। पाँच बजने में अभी एक मिनट था, जब वह फाइल लिए कार्यालय के बाहर पहुँच गयी। अंदर कोई विदेशी

अतिथि था। वर्षा को लगा, व्यस्तता में डॉक्टर अटल को उसका ध्यान नहीं रहेगा।

ठीक पाँच बजे डाक्टर अटल ने दरवाजा खोला। सरसरी निगाह से फाइल के पन्ने पलटे और ढाई सूत की मुस्कान के साथ कहा, ''जो शब्द नेपोलियन के शब्दकोश में नहीं था, वह वर्षा वशिष्ठ के शब्दकोश में क्यों हो?''

''मुझे पागल कुत्ते ने काटा था, जो मैंने एक्ट्रेस बनने की सोची?''

पूरे चौबीस घंटों की निद्रा के बाद चाय पीते हुए सिलबिल अपने-आप बोली। वह शरीर के एक-एक पोर को थकान से चूर-चूर कर देने वाले स्कूल के बीस दिवसीय दौरे से लौटी थी, जिसमें उन्होंने दस नगरों में सत्ताइस प्रदर्शन किये थे।

यह दौरा जैसे सैनिक अभियान के समान संपन्न हुआ। अभिनय के अलावा अलग-अलग विद्यार्थियों एवं उनकी टुकड़ियों पर अलग-अलग दायित्व थे। सिलबिल पर लगभग पाँच सौ इकाइयों वाली वेशभूषा की जिम्मेदारी थी। लगभग पचास पोशाकों को रोजाना धोना, सुखाना और इस्तरी करके तैयार करना होता था। पिछले साल के बड़े शहरों के दौरे के विपरीत इस बार प्रदर्शन-स्थलों में बहुत वैविध्य था-गाँव की चौपाल से लेकर फैक्टरी का आहाता, म्यूनिसिपल प्रेक्षागृह या किसी ऐतिहासिक इमारत की पृष्ठभूमि। इसी हिसाब से दर्शकों की सामाजिक श्रेणियाँ थीं। उनकी संख्या भी ढाई-तीन सौ से लेकर पन्द्रह हजार तक पहुँची। एक बार स्कूल ने चौबीस घंटे की अवधि में तीन स्थलों पर चार विभिन्न प्रदर्शन किये। बाहरी दुनिया के साथ रंगकर्म के ऐसे तीखे साक्षात्कार से वर्षा के अनुभव ने नया आयाम जोड़ा। यहाँ व्यक्तिगत आराम, व्यक्तिगत अहं की कोई गुंजाइश नहीं थी। यहाँ निश्चित समय पर प्रदर्शन अनिवार्य था और वह व्यक्तिगत के साथ-साथ सबकी सामूहिक जिम्मेदारी थी। कितनी बार सिलबिल ने खाना-पीना व सोना छोड़कर उपकरण ढोये, मेकअप किया, बॉक्स ऑफिस पर टिकट बेचे, जख्मी को फर्स्ट एड दी।

''वर्षा लो।'' पहली घंटी के बाद नरसिंहन ने चाय का गिलास और समोसों का लिफाफा ग्रीन रूम की मेज पर रखते हुए कहा।

''किसने भेजा?' उसने अचकचाकर पूछा। पर नरसिंहन पृष्ठभूमि संगीत के लिए टेपरिकॉर्डर चालू करने बाहर दौड़ गया था।

वर्षा छत पर दो मुखौटों की मरम्मत कर रही थी। उसे मालूम ही नहीं हुआ कि दोपहर का भोजन कब हो गया।

इस बात पर किसकी निगाह थी?

वर्षा ने अब तक डॉक्टर अटल का पर्याप्त अध्ययन कर लिया था। कड़ा अनुशासन एवं कठोर परिश्रम उनकी जीवन शैली का आधार था। सुबह आठ बजे उनकी सफेद फिएट डी. एल. बी. 7391 बहावलपुर हाउस के गैराज में आ खड़ी होती थी। प्रति सप्ताह विविध विषयों की लगभग तीस-चालीस कक्षाएँ वह स्वयं लेते थे (विरासत में पाये कुछेक निकम्मे प्राध्यापकों के कारण)। वह काम में बड़े-छोटे का परहेज नहीं करते थे। एक बार जमादार की लापरवाही से (सरकारी कर्मचारी को बर्खास्त करना आसान नहीं) टॉयलेट का फर्श गंदा रह गया। वह आस्तीनें समेट कर गीले कपड़े से फर्श रगड़ते पाये गये। बाहर घास पर गप्पे लगाता छात्र-छात्राओं का दल तत्काल साथ देने को दौड़ा। एक प्रदर्शन से पहले 'मेघदूत'

के प्रांगण में सिगरेट की खाली डिब्बी घास से उठाकर दूर कूड़ेदान में फेंकते हुए वर्षा ने उन्हें खुद देखा था।

''क्या मैं जान सकता हूँ कि तुमने कब से नहीं नहाया?'' ग्रुपिंग करते हुए जींस-जैकेट व दाढ़ी वाले जमील की बाँह पकड़ते-पकड़ते वह यकायक ठिठक गये।

''करीब तीन हफ्ते हुए होंगे।'' जमील सिटपिटा गया, ''आजकल सर्दी बहुत है न !''

'मैं तुम्हें आधे घंटे की छुट्टी के साथ साबुन की टिकिया बतौर भेंट देता हूँ।''

डॉक्टर अटल ने ऐसे अवसरों के लिए सुरक्षित अपनी खास मुस्कान का प्रदर्शन किया, ''तुम्हारी सफाई के बाद ग्रुपिंग भी नीट हो सकेगी।''

समान अवसर तथा कलात्मक विकास के लिए प्रमुख चरित्रों की दुहरी, तिगुनी, भूमिकाएँ होती थीं और कलाकारों को बराबर विरोधी एवं विविध प्रकृति के चरित्र दिये जाते थे। अलग-अलग कार्यक्षेत्रों की जिम्मेदारी देकर आत्मविश्वास बढ़ाना उनकी कार्यशैली का एक हिस्सा था। फिर विद्यार्थी विशेष के हिसाब से वह अपेक्षा-स्तर भी बढ़ाते जाते थे। उनकी बारीक पर्यवेक्षण-प्रक्रिया बराबर चलती रहती। सामान्य जीवन में कोई कैसे चलता है, कैसे दरवाजा खोलता और बन्द करता है, निचले कर्मचारियों से कैसे पेश आता है, किसने एक महीने से पुस्तकालय से एक भी किताब नहीं ली-उनकी सूक्ष्म दृष्टि सब लक्ष्य करती थी। सिलबिल को लगता, जैसे वह '1984' के 'बिग डैडी' के समान सब पर निरंतर नज़र रखे हुए हैं।

''वर्षा, तुम इम्तिहान के बाद कुछ काम करोगी?'' पिछले वर्षान्त पर यकायक प्रोफेसर कपूर ने उससे पूछा।

''ज़रूर।''

''प्रगति मैदान की नयी नुमाइश में दिल्ली मंडप का रिनोवेशन हो रहा है। एक महीने के लिए दो सहायक चाहिए।''

वर्षा ने रंगों के चुनाव और काम की निगरानी में हाथ बँटाया। उसे पन्द्रह सौ रुपये का पारिश्रमिक मिला। (उसने फौरन बंगाली मार्कीट की पंजाब नेशनल बैंक शाखा में अपना बचत खाता-संख्या 3417 खोल लिया और कई दिन अपनी पासबुक देख-देखकर रोमांचित होती रही)।

यह पता नहीं चल पाया कि इस काम के लिए उसका नाम किसने सुझाया था, पर वह जो भी रहा हो, उसे सिलबिल की आर्थिक स्थिति का सही अनुमान था।

''वर्षा, कल शाम तुम मुझे पच्चीस प्रतिनिधि उर्दू कविताओं की सूची दे रही हो। दो दिन बाद इंडिया इंटरनेशनल सेंटर में चार और साथियों के साथ तुम्हें उनका पाठ करना है।'' डॉक्टर अटल ने कहा।

इस बार वर्षा बोली, ''यस सर !''

काम आसान नहीं था। चयन में काव्य-विकास के विभिन्न चरणों एवं विविध प्रवृत्तियों का ध्यान रखना था। साथ ही किसी प्रमुख कवि की उपेक्षा भी नहीं होनी थी। एक घंटे के कार्यक्रम का समय ऊपर भी नहीं जाना चाहिए था।

"ठीक है।" डॉक्टर अटल ने सूची पढ़कर कहा। फिर पल भर उसे देखकर बोले, "काम करने की आदर्श स्थितियाँ जिन्दगी में कम मिलती हैं।"

डॉक्टर अटल के अनेक अमृत-वचन सिलबिल के स्मृति-कोश में सुरक्षित हो रहे थे- 'रंगमंच विकास के विभिन्न चरणों में मानव-समुदाय का सूक्ष्म, कलात्मक पर्यवेक्षण है', 'अभिनेता को कलात्मक सत्य की खोज के लिए अपने शरीर को रचनात्मक उपकरण के रूप में विकसित करना होता है', 'आज का अभिनेता मानव-समुदाय के संपूर्ण इतिहास का व्याख्याकार होता है', जो अभिनेता शारीरिक स्तर पर गोगो बना रहता है, वह संवेदना के स्तर पर वर्शिनिन नहीं बन सकता', 'रंगमंच आत्मरति का सिंहद्वार नहीं', 'प्रस्तुति के ताने-बाने में रुमाल उतना ही महत्वपूर्ण है, जितना ऑथेलो-एक सच्चे कलाकार को ये दोनों ही भूमिकाएँ स्वीकार होनी चाहिए', 'जो अभिनेत्री सिर्फ शूद्रक की बसंतसेना बनना चाहती थी, शेक्सपियर की डायन नहीं, उसे बहावलपुर हाउस में फाँसी पर चढ़ा दिया जाना चाहिए', 'जो कलाकार नाट्य-समीक्षा में सबसे पहले अपना नाम ढूँढ़ता है, उसकी सही जगह बहावलपुर हाउस नहीं, साइबेरिया का यातना-शिविर है!'

इनमें कितने कटाक्ष उसके ऊपर लागू होते हैं, सिलबिल सोचती रही।

5

'मेरे जीवन के तीसरे पृष्ठ!'

क्लास में 'सीगल' का वाचन चल रहा था।

वर्षा शाहजहाँपुर में चेखव की कई कहानियाँ पढ़ चुकी थी। 'हंसिनी के अनुवाद के पन्ने पलटने का भी उसे ध्यान था, पर तब वह नाट्य-कृति से विशेष प्रभावित नहीं हुई थी (क्योंकि घटनाक्रम ऊपरी तौर पर नाटकीय आलोड़न से विहीन व चमत्कार भरा नहीं था)। लेकिन इस बार के पाठन ने नशीली दवा की तरह धीरे-धीरे उसकी चेतना में फैलना शुरू किया। पृष्ठभूमि के रूप में वह चेखव के रचना-संसार पर एक सारगर्भित लेख पढ़ चुकी थी। चाक्षुष बिम्बों से निकट परिचय के रूप में सोवियत दूतावास के सौजन्य से 'द हंटिंग एक्सीडेंट' फिल्म भी देख ली थी।

नाटक की इब्तिदा से ही सिलबिल मोहपाश में बँधने लगी :

मेडवेडेंको पूछता है, तुम्हारे कपड़ों का रंग हमेशा काला क्यों होता है?

माशा जवाब देती है, मैं अपनी जिन्दगी का सोग़ मना रही हूँ। मैं दुखी हूँ।

वर्षा को लगा, जैसे माशा स्वयं सिलबिल के दर्द को स्वर दे रही हो!

उसे चारों नारी-पात्र मोहक लगे। अभिनेत्री आइरीना, जो अपने युवा बेटे की अनुपस्थिति में बत्तीस वर्ष की है और उसकी मौजूदगी में तैतालिस वर्ष की, जो मार्मिक ढंग से मंचन के बाद की करतल-ध्वनियों का जिक्र करती रहती है और 'अपने जीवन के अंतिम पृष्ठ', 'अपने गर्व', और 'अपने कोष- त्रिगोरिन को अपने मेकअप-बॉक्स के समान स्वामित्व

की भावना के साथ प्यार करती है, पर जो अपने कोष में से कुछ सैकड़ा रूबल न बेटे कोस्त्या को देती है और न अपने भाई सोरिन को। एस्टेट मैनेजर की पत्नी पॉलीना है, जो एक ओर अपने पति के सबके प्रति असहिष्णु बर्ताव से विचलित है और दूसरी ओर अपनी बेटी माशा के प्रेमजनित दुख से। वह इस ढलती उम्र में डॉक्टर डॉर्न से विनती करती है, "मेरे प्रियतम, मुझे आकर अपने साथ रहने दो। समय बीत रहा है। हम युवा नहीं रहे। हम कम-से-कम बचा हुआ समय-एक दूसरे के साथ बिना झूठ बोले और चीजें छिपाये बिता सकते हैं।" (प्रेम की यह परिभाषा वर्षा को लुभा गयी)।

जहाँ तक माशा का सवाल है, वर्षा को उसका दूसरा ही संवाद पहले के जैसा गहन एवं अर्थवान लगा, "लोग गरीब होते हुए भी सुखी रह सकते हैं।" वह कोस्त्या से प्रेम करती है-यह जानते हुए कि कोस्त्या स्वयं नीना के प्रेमपाश में बँधा है (प्रेम-व्यापार की मजबूर पेचीदगी वर्षा को चकित कर गयी)। कालांतर में 'बिना आशा के प्रेम का क्या अर्थ है?' कहते हुए माशा ने निर्धन स्कूल-मास्टर मेडवेडेंको से विवाह किया, पर कोस्त्या को देखते हुए मन के घाव भर नहीं पाये। अब उसे उम्मीद है अपने पति के कहीं दूर तबादले की, जिसके बाद वह अपनी भावना को 'जड़ समेत अपने मन से उखाड़ फेंकेगी।'

'जहाँ तक नीना के चरित्र की आंतरिक बुनावट का प्रश्न है, उसका आधार सिलबिल ही है।' तीसरी बार नाटक के वाचन के बाद वर्षा की यह धारणा बलवती हो गयी। नीना के चरित्र की पारिवारिक रूपरेखा, रंगकामना और कला-ललक में सिलबिल ही स्पंदित हो रही थी। अगर उसने स्टानिस्लावस्की की 'चुनिंदा रचनाओं' में यह न पढ़ा होता कि 'सीगल' का मॉस्को आर्ट थिएटर का पहला सार्थक प्रदर्शन १८९८ में हुआ था, तो वर्षा का यह विश्वास पक्का हो जाता कि चेखव ने शाहजहाँपुर में दूर-दूर से सिलबिल को स्टडी किया था!

नीना के पिता ने उसके आवागमन पर सख्त पाबंदी लगा रखी है और वह उसके रंगाकर्षण के भी खिलाफ है। जब अर्काडीना ने कहा, "ऐसी सूरत और ऐसे सुंदर स्वर के होते हुए अपने को देहात में दफनाना अपराध होगा", तो वर्षा ने फौरन सहमति में सिर हिलाया। जब नीना ने प्रसिद्ध लेखक त्रिगोरिन से कहा, "कुछ लोग कितनी मुश्किल से अपनी उबाऊ, महत्वहीन जिन्दगियों में, जो एक-जैसी और दुखी होती हैं, घिसटते जाते हैं, और दूसरी ओर लाखों में किसी एक का जीवन रोचक विलक्षण और अर्थ से भरपूर होता है," तो वर्षा ने इन शब्दों की अर्थवत्ता एकदम समझ ली। जब नीना ने आवेग से कहा, "एक अभिनेत्री होने की खुशी के लिए मैं अपने परिवार की नाराजगी, गरीबी और निराशा बर्दाश्त कर लूँगी, तलघर में रह लूँगी, ब्राउन ग्रेड खाऊँगी और अपनी कमियाँ महसूस करने की यंत्रणा सहूँगी, लेकिन बदले में मुझे नाम चाहिए-सच्ची, चारों ओर गूँजती हुई शोहरत, "तो सिलबिल की देह झनझना उठी। जब उत्तेजना से लरजती नीना ने त्रिगोरिन को बताया, "मैंने फैसला कर लिया है। मैं रंगमंच पर जा रही हूँ। कल तक मैं जा चुकी होऊँगी। मैं अपने पिता को और सब कुछ छोड़कर नयी जिन्दगी शुरू कर रही हूँ। मैं मॉस्को जा रही हूँ," तो सिलबिल को एयरबैग लेकर शाहजहाँपुर से निकलने का दृश्य याद आ गया।

लेकिन मॉस्को में नीना की 'निजी जिन्दगी पूरी तरह असफल रही। उसके बच्ची हुई, जो रही नहीं। त्रिगोरिन की उसमें दिलचस्पी खत्म हो गयी। उसका कलात्मक जीवन शीघ्र ही प्रादेशिक स्तर पर पहुँच गया। उसने हमेशा प्रमुख भूमिकाएँ लीं, पर आरोपित स्वर एवं खटकने वाली भाव-भंगिमाओं से युक्त उसका अभिनय रुचिहीन तथा फूहड़ पाया गया।

कुछ पल थे, जिनमें उसकी प्रतिभा प्रदर्शित हुई-एक चीत्कार में या मंच पर मृत्यु में। पर वे एकाकी पल थे...'

वर्षा की आँखें भर आयीं। उसने किताब बंद कर दी। नीना के दुख ने मन पर काले त्रास का ऐसा जाल फेंका कि उससे कमरे में अकेले नहीं बैठा गया।

''माशा !'' पाठन के बीच यकायक डॉक्टर अटल ने वर्षा की ओर संकेत किया।

वर्षा ने तुरंत माशा का अगला संवाद बोला, ''मेरा स्कूल-मास्टर ऐसा कुछ जहीन नहीं। लेकिन वह भला वा गरीब है और मुझे बहुत चाहता है। उसके लिए मुझे अफसोस होता है और उसकी बूढ़ी माँ के लिए भी। आपके लिए मिस्टर त्रिगोरिन, मेरी शुभकामनाएँ समर्पित हैं। मेरे बारे में बुरा मत सोचें। मेरे तईं हमदर्दी दिखाने के लिए धन्यवाद। अपनी किताब मुझे भेजें और अपने दस्तखत करना न भूलें। कुछ औपचारिक न लिखें। इतना ही काफी होगा-माशा को, जो नही जानती कि कहाँ जुड़ी है या किसके लिए जिन्दा है। अलविदा !''

नीना का अगला संवाद पहले की तरह रीटा साहनी ने बोला और अर्काडीना का इस साल की रूममेट कल्याणी ने , जो आयु में कुछ बड़ी और किंचित स्वस्थ थी।

सहपाठियों के साथ सम्बन्ध रोचक साबित हो रहे थे। 'बेवफा दिलरुबा' के पहले तक रीटा के साथ अच्छी मैत्री थी, पर प्रदर्शन में अपनी कलागत प्रतिष्ठा स्थापित होने के बाद रीटा में बारीक सी उच्चतर छाया आ गयी थी। वर्षा इससे मलिन नहीं हुई। उसने अपनी ओर से वैसा ही व्यवहार बनाये रखा। 'अपने-अपने नर्क' के बाद सिलबिल ने महसूस किया कि रीटा के व्यवहार की वह छाया धीरे-धीरे धुंधली हो रही है। मकरंद भी अब 'रेहाना' के साथ पहले के जैसा कटा-कटा नहीं रहा। रीटा के साथ रहते हुए वर्षा को अपनी अंग्रेजी माँजने का अवसर सुलभ था, पर इस वर्ष उसने अपने को कल्याणी के साथ पाया। शायद निर्देशक ने सोचा होगा, वर्षा ने एक साल में अपनी अंग्रेजी काफी सुधार ली। अब उसके सान्निध्य में मराठी भाषी कल्याणी करमाकर को अपनी हिन्दी परिमार्जित करने का अवसर मिलना चाहिए। (पिछ्ले वर्ष वह कन्नड़भाषी जानकी जयरमन के साथ थी)। रीटा ने उससे कहा था, वे दोनों एक कमरे में बने रहने की प्रार्थना के साथ निर्देशक के पास चलें। पर वर्षा ने सुविचारित परिवर्तन में हस्तक्षेप की विनती उचित नहीं समझी। उसे विश्वास था, डॉक्टर अटल ने निश्चित उद्देश्य के बिना ऐसा नहीं किया होगा।

''कल्याणी, अर्काडीना का रोल मिलने से तुम खुश हो न?'' रात को वर्षा ने पूछा।

''बिलकुल।'' कल्याणी मुस्करायी।

उसने एम० बी० बी० एस० कर रखा था और एम० डी० की सोच रही थी, जब यकायक उसने नाट्य विद्यालय का रास्ता पकड़ लिया। वह पूना के 'एक्सपेरिमेंटल थिएटर' की (वहाँ कलात्मक शौकिया रंगमंच की यही संज्ञा थी)। अच्छी अभिनेत्री मानी जाती थी, पर विद्यालय में अभी तक उसकी पहचान नहीं बन पायी थी। इस कारण अब उसमें असंतोष पनपने लगा था।

''पर तुम्हें नीना का रोल मिलना चाहिए था-डबल कास्टिंग में ही सही।'' कल्याणी ने उसकी ओर देखा।

वर्षा कुछ पल सोचती रही। नाट्य-रचना के अंत में अभिनेत्री के रूप में नीना असफल सिद्ध होती है। चौथे अंक का नीना-कोस्त्या साक्षात्कार उसके मन को विदीर्ण कर चुका था।

अगर वह 'हंसिनी' में नीना के रूप में असफल रही, तो?

"नहीं, मैं नीना की चुनौती झेलने के लिए अभी तैयार नहीं।" वर्षा बोली, "मैं माशा से संतुष्ट हूँ। वह एक रोचक चरित्र है। भावनाओं के आरोह-अवरोह का उसका संपूर्ण ग्राफ बनता है।" मुँह पर मुस्कान आ गयी, "अभी रूमाल ही काफी है। ऑथेलो आगे फिर कभी सही।"

"नीना !" अगले दिन पाठन में डॉक्टर अटल ने वर्षा को इशारा किया।

वह अचकचा गयी। किसी तरह अपने को सँभालकर नीना का एकालाप पढ़ा, "मनुष्य, शेर, गिद्ध...और सभी जीवात्माएँ अपना दुखभरा चक्र पूरा करके विलुप्त हो चुकी हैं। हजारों वर्षों से धरती पर एक भी जीवात्मा ने सांस नहीं ली और इस बेचारे चाँद की लालटेन बेकार जल रही है। यहाँ सर्दी है, खालीपन और भय। सभी प्राणी धूल में बदल चुकने के बाद चट्टान, पानी और बादल बन गये हैं। सारी आत्माएँ घुलमिल कर एक हो गयी हैं और मैं इस सारे संसार की आत्मा हूँ। मेरे भीतर अलेक्जेंडर महान, सीजर, शेक्सपीयर, नेपोलियन और सबसे खूँखार जंगली जानवर समाये हैं। मुझे सब कुछ याद है और मैं हरेक जिन्दगी को नये सिरे से जी रही हूँ..."

वर्षा शाम को हर्ष के साथ त्रिवेणी कैफे में बैठी थी, जब कल्याणी ने आकर उत्साह से बताया, "वर्षा, फाइनल कास्टिंग नोटिस बोर्ड पर लगी है। तुम और रीटा नीना कर रही हो।"

वर्षा रात को ठीक से सो नहीं पायी। अंतर्द्वन्द्व की रागिनी भीतर झनझनाती रही। अब निर्देशक के साथ सीमित संवाद की स्थिति बन चुकी थी। वर्षा ने अपना सारा मनोबल इकट्ठा किया और सुबह साढ़े आठ बजे उनके कार्यालय का दरवाजा खोलते हुए हल्की आशंका के स्वर में पूछा, "मे आइ कम इन सर?"

डॉक्टर अटल ने फाइल पर से निगाह उठाकर उसकी ओर देखा। फिर आने का संकेत किया। दूसरे संकेत पर वह बैठी।

"क्या बात है?" उन्होंने पूछा। स्वर शांत था।

"क्या मैं माशा का रोल कर सकती हूँ?"

पल भर का विराम रहा।

"जानकी जयरमन को पिछले वर्ष अच्छा अवसर नहीं मिला। इस बार माशा उसके लिए मुझे उपयुक्त लगता है। नीना को लेकर तुम्हारी क्या मुश्किल है?" स्वर अभी भी शांत था।

वर्षा को लगा, सुबह का समय चुनकर उसने ठीक किया।

"मैं अभी ऐसी चुनौती के लिए तैयार नहीं।"

वह चमड़े से मढ़ी रोबीली कुर्सी पर पीछे की ओर टिक गये (जब सिलबिल ने 'गॉडफादर देखी, तो डॉन कैरलियोन की कुर्सी को देखते हुए उसके सामने इस कुर्सी के बिम्ब आते रहे)। और उसकी ओर देखा। चेहरे पर छात्र से जुड़ा सरोकार का भाव था, "वर्षा, तुमने जो कला-पथ चुना है, उसमें चुनौती तुमसे एप्वाइंटमेंट लेकर नहीं आयेगी। शाम के अंधेरे में एक तीखी, आक्रामक चुनौती यकायक तुम्हारा रास्ता रोककर तुम्हें द्वंद्व के लिए ललकारेगी और तुम्हें अपनी सारी क्षमता व मनोबल के साथ उसका सामना करना होगा। विश्वास रखो, पीछे बराबर मैं रहूँगा और हर घात प्रतिघात पर तुम्हें दिशा-निर्देश दूँगा। पर अगर तुम उस रास्ते से लौटने की सोचने लगो, तो यह उस रास्ते का भी अपमान है और

तुम्हारा व मेरा भी!''

वर्षा सिर नीचा किये रही। फिर साहस जुटाया, ''मैं असफलता से डरती हूँ।''

वर्षा की अपेक्षा के विपरीत उनके चेहरे का भाव अब भी नहीं बदला और न स्वर का संतुलन, ''वर्षा, यह ड्रामा स्कूल है, कोई व्यावसायिक प्रतिष्ठान नहीं, जहाँ वित्तीय वर्ष के अंत में हरेक भागीदार को उच्चतर लाभांश मिलना ही चाहिए, अन्यथा औद्योगिक कौशल को असफल माना जायेगा। असफलता का तत्व हमारी रचनात्मक अवधारणा में अंतर्निहित है। कलात्मक प्रयासों में असफलता का प्रतिशत अनिवार्य है। संसार का ऐसा कौन-सा कलाकार है, जिसने नाकामयाबी का बोझ न ढोया हो? और असफलता की कचोट हमारे कलात्मक व्यक्तित्व के निर्माण में अपना योग देती है।''

वर्षा चुप रही। आगे कोई तर्क नहीं सूझा।

''मत भूलो कि रंगमंच में तात्कालिकता एवं अनुशासन बहुत महत्वपूर्ण है। अगले वर्ष फ्रांस से मिस्टर पैरों आ रहे हैं। पंद्रह सितम्बर को 'द लाक' का पहला प्रदर्शन होगा। वह छह हफ्तों की रिहर्सल में चौथे हफ्ते तक कास्टिंग में तब्दीली कर देते हैं। अगर उन्होंने तुम्हें 'कैथेरीन' से हटा कर 'जोन ऑफ आर्क' बना दिया, तो तुम कहोगी, मैं पंद्रह नवम्बर से पहले इस भूमिका की चुनौती नहीं सँभाल सकती। अब तुम्हीं बताओ, क्या तुम्हारा ऐसा सोच तुम्हारी और स्कूल की प्रतिष्ठा के अनुकूल है?''

प्रश्न बंदनवार की तरह हवा में झूल गया।

जैसे मध्यकालीन रणबाँकुरे रनिवास की रम्य कामिनियों के सामूहिक जौहर के साथ शत्रु-संहार के लिए युद्धोन्मत्त हो जाते थे, वैसे ही वर्षा निजी आशंकाओं और निजी राक्षसों से आँखें मूँदने की कोशिश के साथ नीना को साधने में पूरी तरह तल्लीन हो गयी। उसने शाम का घूमना-फिरना और हर्ष से मुलाकातें बंद कर दीं।

''नहीं हर्ष, मैं 'थ्रोन ऑफ ब्लड' देखने नहीं जा सकती। मुझे नीना पर कंसंट्रेट करना है।''

''मतलब?'' हर्ष अचरज से उसकी ओर देखने लगा।

''सबसे कठिन है चौथा अंक, जहाँ हर तरह से टूटी हुई नीना कोस्त्या के सामने आती है। मुझे उसके अकेलेपन, दुख और हताशा के जख्म को समझना है।''

''थोड़ी देर के लिए मेरी बाँहों में आ जाओ। मैं सब समझा दूँगा।'' हर्ष ने उसका हाथ थाम लिया।

''नहीं मुझे छुओ मत।'' वर्षा ने मुस्कान दबाते हुए अपना हाथ अलग किया, ''मेरे पास भी मत आओ। मैं तुम्हें दूर-दूर से देखूँगी और टीस को महसूस करूँगी।''

''यह क्या पागलपन है वर्षा? तुम इमोशनल रिकॉल थियोरी के उल्टे जा रही हो।''

''सबको अपनी थियोरी खुद विकसित करनी होती है।''

''लेकिन यह तर्कसंगत नहीं है। कल के दिन अगर तुम 'द क्राइसिस' में जेन की तैयारी करोगी, तो पहले मेरी हत्या करना चाहोगी?''

वर्षा गंभीर थी, ''अगर तुम सच्चे दोस्त होगे, तो अपना सीना खोल दोगे।''

अंक 1 : नीना। सुंदर, संवेदनशील, उदास। मातृहीन। सौतली माँ और पिता की कड़ी, निर्मम निगरानी में। 'मंच और झील की ओर खिंची चली आती है, जैसे हंसिनी।' कोस्त्या के प्रति

मन में पनपता लगाव। उसके लिखे नाटक में नीना की भागीदारी। ('आज दोनों की आत्मा का मिलन होगा और एक सम्पूर्ण कलात्मक बिम्ब की रचना होगी।') माँ के उपहास पर क्रोधित कोस्त्या द्वारा मंचन का रोक दिया जाना। त्रिगोरिन से नीना की भेंट। नीना के मन में आकर्षण के अंकुर का फूटना।

अंक 2 : कलाकारों के प्रति नीना का रूमानी रुख। अर्कादीना एवं त्रिगोरिन जैसे 'श्रेष्ठ' कलाकारों को सामान्य व्यक्तियों के समान व्यवहार करते हुए देखकर स्तब्ध रह जाती है। कोस्त्या शिकार करके मृत हंसिनी नीना के पाँवों में रखता है। त्रिगोरिन के साथ लंबा दृश्य। त्रिगोरिन द्वारा लेखकीय जीवन के उबाऊ विस्तारों पर प्रकाश। नीना के मन में अर्थपूर्ण कलात्मक जीवन के प्रति ललक और प्रसिद्धि के लिए मोह।

अंक 3 : नीना रंगमंच को लेकर दुविधा में। नीना के प्रति अधेड़ त्रिगोरिन का आकर्षण माशा एवं अर्कादीना से छिपा नहीं। इस मुद्दे पर तनाव एवं आँसुओं से बिंधे दृश्य के बाद अर्कादीना एवं त्रिगोरिन मॉस्को वापस लौट रहे हैं। उत्तेजित नीना क्षणिक एकांत में त्रिगोरिन को बताती है कि उसने रंग साधना के लिए मॉस्को जाने का निर्णय कर लिया है।

अंक 4 : कोस्त्या अब पत्रिकाओं में प्रकाशित हो रहा है। मेडवेडेंको कहता है, 'बाहर के पुराने मंच को हटा देना चाहिए (जहाँ दो वर्ष पहले नीना ने अभिनय किया था)। वह जर्जर एवं विरूप हो गया है और पर्दा हवा में फड़फड़ाता है। कल रात जब मैं वहाँ से निकला, तो मुझे लगा कि मैंने किसी का रोना सुना है।' वस्तुत: वह नीना थी, जो अपने कला-जीवन के पहले मंच पर दो वर्ष बाद पहली बार रोयी। अर्कादीना एवं त्रिगोरिन भी आये हुए हैं। कोस्त्या बेचैन और तनावग्रस्त है। आखिरकार नीना उसके पास आती है। दुबली हो गयी है। (उसकी बच्ची गुजर चुकी है। त्रिगोरिन अपनी पुरानी प्रेमिकाओं के पास वापस लौट गया है। नीना की कलात्मक अक्षमता उजागर है, जिसे उसने स्वीकार कर लिया है। कोस्त्या को भेजे गये पत्रों से साफ था कि 'वह कितनी गहनता से दुखी है। प्रत्येक पंक्ति तनावयुक्त, दर्द भरी नस थी।')।

'तो तुम लेखक बन गये हो और मैं अभिनेत्री हूँ। कभी मैं सुबह सोकर उठती थी और मेरे मुँह से गीत फूटता था। और अब? मैं कल सुबह येलेट्स जा रही हूँ-किसानों के साथ तीसरे दर्जे में।...ओह, मैं कितनी थकी हुई हूँ। काश, मैं थोड़ी देर सुस्ता सकती...कोस्त्या, अब मुझे महसूस होता है कि जिस चीज का हमारे पेशे में महत्व है, वह यश नहीं, बल्कि सहने की क्षमता है-अपना दायित्व निभाओ और विश्वास रखो। मुझमें विश्वास है और इसीलिए अब वैसा दर्द नहीं उठता और जब मैं अपने अंत के बारे में सोचती हूँ, तो मुझे अपने जीवन से डर नहीं लगता...'

वर्षा लिखते हुए ठिठक गयी।

चारित्रिक ग्राफ के तर्कसंगत विकास एवं संतुलन के लिए वह पहली बार नोटबुक का व्यवहार कर रही थी।

''नहीं, मुझे छोड़ने बाहर मत आओ। मैं खुद चली जाऊँगी। मेरी टैक्सी पास ही है। त्रिगोरिन से कुछ मत कहना। मैं उन्हें प्यार करती हूँ-पहले से अधिक।...एक कहानी का विचार था।... पहले सब कुछ कितना भला था कोस्त्या ! जिन्दगी कितनी पावन, ऊष्म और निष्पाप थी...''

ब्लॉकिंग के दौरान नीलकांत की ओर दो पग चलकर वर्षा ने अपना संवाद बोला।

''वर्षा, 'मैं उन्हें प्यार करती हूँ' में गहराई चाहिए।'' डॉक्टर अटल ने टोका, ''आगे तुमने एक लाइन छोड़ दी है- 'मैं उन्हें तन्मयता से, डूबते हुए की तरह प्यार करती हूँ।''

''सर, मेरी एक समस्या है।'' सिलबिल ने अपना स्वर सुना।

पूर्वाभ्यास के बीच डॉक्टर अटल पहली बार उसकी आपत्ति सुन रहे थे, ''क्या?''

''नीना अब त्रिगोरिन से प्यार नहीं करती कम-से-कम पहले के जैसा नहीं।''

''क्यों?''

''वह जीवन में वयस्क हो गयी है। भावना की परिवर्तनशील प्रकृति उसने समझ ली है। कला के आंतरिक सत्य को भी उसने एक सीमा तक पहचान लिया है। अब वह कला के गौण उत्पादन यश को नहीं, बल्कि अपने आंतरिक गुणों को महत्व देती है। अब कोस्त्या के लिए उसके पहले अंक की भावना में पुनर्जीवन का संचार हो रहा है। 'डूबते हुए की तरह प्यार' सही मानों में पुराने मंच और उसके रचनाकार के प्रति है, हालांकि वह कोस्त्या के सामने इसे स्वीकार नहीं कर सक़ती। तभी वह ललक के साथ पुराने जीवन को याद करती है, 'जो कितना पावन, ऊष्म और निष्पाप था।'

वर्षा ने महसूस किया कि वह कितनी ही जोड़ी आँखों का केंद्र है।

''वर्षा, हम व्याख्यापरक कलाकार हैं। एक क्लैसिक में परिवर्तन हमारी कार्य-सीमा से बाहर है।'' डॉक्टर अटल ने शांत स्वर में कहा।

वर्षा ने अगली बार 'मैं उन्हें प्यार करती हूँ' में अपना संशय जोड़ दिया और 'तन्मयता से, डूबते हुए की तरह प्यार करती हूँ' वाक्य को कारुणिक प्रश्न-जैसा रूप दे दिया और साथ ही उस पत्रिका को कोमलता से छुआ, जिसमें कोस्त्या की कहानी छपी थी। ('प्राप्स में अर्थवत्ता कैसे भरी जाती है, यह वर्षा सीख रही थी)।

''वर्षा...'' डॉक्टर अटल भी दुविधा में लगे।

''सर, मैं ऐसी कोशिश कर सकती हूँ? मुझे नीना की परिणति को तर्कसंगत बनाना है।'' वर्षा के चेहरे पर डूबते-जैसा भाव था।

डॉक्टर अटल ने पल भर उसे देखा, ''ठीक है। लेकिन तुम 'एक कहानी का विचार' संवाद में भी त्रिगोरिन को पूरा महत्व नहीं दे रही हो। आखिरकार नीना वह हंसिनी है, जिसकी हत्या त्रिगोरिन ने की।''

''आइ ऑब्जेक्टिवली ऑब्जेक्ट सर !'' वर्षा ने नरमी से व्यक्तिगत जीवन में चेखव का प्रिय मुहावरा दुहरा दिया।

डॉक्टर अटल मुस्कराये, ''क्यों?''

''नीना का आत्मिक संहार स्वयं उसकी कलात्मक अक्षमता ने किया। त्रिगोरिन अकेले घर में नीना की कला-लालसा का उपहास कर सकता था, पर भीड़ भरे प्रेक्षागृह में ऊँचा प्रदर्शन करने से नीना को रोकना तो उसके बस में नहीं था। इस स्थिति को गहरा बनाया असमय के मातृत्व, पैसे की कमी और बच्चे के निधन ने। नीना को जिन्दा रहने के लिए प्रादेशिक स्तर के मंच पर उतरने के लिए मजबूर होना पड़ा। यह पीड़ा जानलेवा रही होगी...यह ऐसी ही है, जैसे मुझे इस स्कूल से निकलकर शाहजहाँपुर में अभिनय करना पड़े। इस दौरान त्रिगोरिन नीना से उदासीन हुआ या नीना त्रिगोरिन के लिए जड़ हो गयी या दोनों ने ही एक-दूसरे के प्रति प्रतिक्रिया करना अपने-आप बंद कर दिया-यह बात उतनी

महत्वपूर्ण नहीं।''

डॉक्टर अटल की मुस्कान धीरे-धीरे विलुप्त होती गयी थी और अंत में वह वर्षा के समान गंभीर हो गये।

''चलो, अपनी व्याख्या के मुताबिक इस सीन को फिर से लो।''

यहीं से वर्षा का चेखव के साथ भावात्मक लगाव शुरू हुआ। उसने अपनी मेज़ पर चेखव की तस्वीर लगा ली-मॉस्को आर्ट थिएटर के सदस्यों के साथ 'सीगल' का पाठ करते हुए (पर बिल्कुल बायें कोने पर बैठी ओल्गा निपर को काट कर सिलबिल ने रद्दी की टोकरी में फेंक दिया)। अब वह जब-तब देखा करती-पिंस-नेज़ के पीछे झाँकती छोटी, तीखी आँखें, माथे पर कुछ नीचे आयी एक लट, छोटी-सी दाढ़ी। अकेले में अक्सर उसका एकालाप जारी रहता, 'एंटन पावलोविच, तुम्हारे पास पहुँचने का रास्ता इंट्यूशन और फीलिंग का है। तुम्हारी नाट्य-कृति के मोहक अंतर्प्रवाह उसे तेजस्वी बनाते हैं। तुम्हारे चरित्रों की 'अक्रियाशीलता' उनके जटिल भावजगत का चित्तरंजक आवरण है। तुम्हारे मंचीय कार्यकलाप के गूढ़ार्थ को समझने पर ही प्रस्तुति में प्राण फूंके जा सकेंगे। तुम्हारे चरित्रों को 'जिया' जाना चाहिए, तभी उनके आत्मिक विकास की गहन अंतर्रेखाएँ उजागर होंगी।''

''मेरे जीवन के 'तीसरे पृष्ठ' (मिट्ठू और हर्षवर्धन के बाद), मॉस्को आर्ट थिएटर के 1898 के प्रदर्शन में नीना की भूमिका एम. आई. रोकसानोवा ने की थी। पता नहीं, तुम्हें वह कैसी लगी। क्षमा करना, मैं उसकी तस्वीर से प्रभावित नहीं हुई। मुझे 1968 के प्रदर्शन में नीना के रूप में एस. आई. कोर्कोश्को ने मुग्ध कर दिया। उसकी देहयष्टि, नैन-नक्श और भाव-भंगिमाएँ बहुत सलोनी और प्रभावी लगीं। विशेषकर बड़ी-बड़ी, बेधक आखें...(सूचनार्थ निवेदन है कि अपने खंजन-नैन भी किसी से कम नहीं)।''

''एंटन पावलोविच, सच-सच बताना, ओल्गा निपर में तुमने क्या देखा, जो वह तुम्हारी प्रेमिका भी बनी और पत्नी भी? उस छुटकी, मुटल्ली में ऐसा कुछ नहीं, जो उसे श्रेष्ठ अभिनेत्री बनाये !'' पूर्वाभ्यास के दौरान जब सिलबिल ने कल्याणी को बधायी देते हुए पूरी संजीदगी से कहा, ''तुमने ओल्गा निपर को पीछे छोड़ दिया है।'' तो अनेकानेक भौंचक्के रह गये (डॉक्टर अटल ने पीछे मुड़कर अपनी सूक्ष्म मुस्कान छिपा ली)!

कुछ समय के लिए वर्षा के भावतंत्र पर जैसे नीना ने अधिकार कर लिया था। अंक १ से अंक ४ तक की नीना की दिनचर्या उसकी नोटबुक में थी-वह सबुह कितने बजे सोकर उठती होगी, क्या और कैसे खाती होगी, क्या पढ़ती होगी, हर अंक में उसकी गतियों में कैसी चपलता, दुविधा, तेज़ी और तनाव होगा, वह कहाँ और कैसे बैठेगी, किस तरह और कितना मुड़ेगी, कैसे गहरी साँस लेगी, कैसे भाव से मृत हंसिनी को देखेगी।

''कल्याणी !'' रात को बिस्तर में लेटे हुए वर्षा बोली, ''नीना के पिता ने जबर्दस्ती उसकी मँगनी कर दी थी-ताशकंद के एक लँगड़े बुखारोव से।''

''यह नाटक में तो नहीं है।'' कल्याणी चौंकी।

''चेखव के जर्नल्स में है।'' सिलबिल चंचलता से मुस्करायी।

''तीसरे अंक के अंत में रसोइए और नौकरानी को मैंने काट दिया है।'' चाय के अवकाश में

डॉक्टर अटल बोले, "अब अर्कादीना याकोव से कहती है, 'यह रहा एक रु बल। इसे तुम रसोइए और नौकरानी के साथ बाँट लो।"

"ठीक है सर !" याकोव की भूमिका कर रहे गनेशन ने कहा।

"किसी का और कोई सुझाव है?"

"हाँ, सर !" सिलबिल ने घूँट लिया "नीना और माशा का सम्बन्ध ठीक से विकसित नहीं हुआ है। दोनों के बीच दूसरे अंक में सिर्फ एक संवाद है। 'तुम कोस्त्या के नाटक से कुछ पढ़कर सुनाओगी?' माशा पूछती है। 'तुम चाहती हो कि मैं सुनाऊँ? नाटक ऐसा फीका है।' नीना कहती है। कम-से-कम चौथे अंक में दोनों का साक्षात्कार जरूर होना चाहिए था।"

"क्यों?"

"क्योंकि दोनों कोस्त्या के साथ जुड़ी हैं और अपने-अपने ढंग से दुख के साथ सह-अस्तित्व की स्थिति में हैं।"

"मैं तुम्हारे साथ सहमत हूँ।" डॉक्टर अटल ने कहा, "पर इस सिलसिले में हम कुछ नहीं कर सकते।"

नीना की जिस चुनौती को झेलने के तनाव से वर्षा डरी हुई थी, जब उसकी चरम सीमा का दिन आया, तो वैसी आशंका नहीं रही। धीरे-धीरे उसकी मनःस्थिति चौथे अंक की नीना की परिणति के अनुरूप हो गयी थी-'जिस चीज़ का हमारे पेशे में महत्व है, वह यश नहीं, बल्कि सहने की क्षमता है। अपना दायित्व निभाओ और विश्वास रखो।'

वर्षा का विश्वास पनप रहा था।

'हंसिनी' के पहले प्रदर्शन के बाद लोगों ने कई तरह के प्रशंसोद्गार व्यक्त किये, पर वर्षा को सिर्फ डॉक्टर अटल की बात याद रही, "वर्षा नीना की प्रतिभा मंच पर चीत्कार या मरने के द्वारा ही प्रदशित हो पायी थी। इसके उलटे तुमने शुरू से आखिर तक अपने चरित्र-निरूपण की तर्कसंगति, निरंतरता और श्रेष्ठता बनाये रखी। मेरी हार्दिक बधाइयाँ !"

6

आदर्श प्रेमिका सिंड्रॉम उर्फ मंडी हाउस का शाप

इतवार की सुबह थी। वर्षा चाय का गिलास मेज़ पर रखे अपने प्रिय व्यक्तियों से संवादलीन थी।

'मेरी अपनी दिव्या, डेढ़ महीने की शारीरिक-मानसिक यातना के बाद 'हंसिनी' से मुक्ति मिली है। लिखने में देर हुई। मुझसे गुस्सा मत करना।...

ऐसी आशंका निराधार थी। दिव्या अपनी ओर से नियमित रूप से पत्र लिखती थीं और अक्सर किसी आने-जाने वाले के ज़रिये उपहार भी आता रहता था-चूड़ियाँ, पायलें, क़मीज़, दुपट्टा। पिछले हफ्ते ही रिसेप्शन पर बादामी कागज़ का पैकेट मिला था। एक

विदेशी लिपिस्टिक के साथ सुरमई ब्लाउज़ था, 'कपड़े का इतना टुकड़ा था कि प्रिया का फ्रॉक बना लिया और तुम्हारी चोली। तुम्हारी काँजीवरम साड़ी के साथ फबेगा। मेरे पास तुम्हारा कुछ महीने पुराना नाप है। आशा करती हूँ, शंकुतला के समान तुम्हारे नाप ने दिन-दिन बढ़ते हुए मेरे श्रम को व्यर्थ साबित नहीं किया होगा।'

आज फिर पत्र पढ़ते हुए वर्षा मुस्करा उठी।

वह दो दिन के लिए लखनऊ पहुँची थी, तो दिव्या को ताजा-ताजा गर्भसम्पन्न पाया। ढीली-ढाली मैक्सी पहने उसे देखते ही ड्राइंगरूम में उठकर खड़ी हो गयीं और गले लग कर सिसकने लगीं। रोहन अचकचा कर ठिठक गये। फिर उसका सूटकेस रख धीमे क़दमों से बाहर निकले।

''क्या बात है दिव्या?'' वह उन्हें बेडरूम में ले आयी और बिस्तर पर बिठा दिया।

हनीमून पर पहली रात दिव्या ने देह-समर्पण नहीं किया था। पुष्पशैया पर वर-वधू बीच में देहांतर के साथ समानांतर सोये। अगली रात रोहन ने सामने सोफे पर बितायी। दिन घूमने-फिरने में निकल जाता था, पर रात जब अपने समय पर आती, तो तनाव लेकर। बुकिंग एक हफ्ते की थी। तीसरे दिन रोहन ने प्रस्ताव रखा, वे वापस लखनऊ लौट चलें। यह भी दिव्या को मान्य नहीं था। माँ और दूसरे लोग क्या सोचेंगे?

''दिव्या, मैं तुम्हारी मनःस्थिति समझ रहा हूँ। तुम भी मेरी हालत समझने की कोशिश करो।'' रोहन ने नरमी-से कहा।

आखिर पाँचवें दिन मधुमंद्रिका सम्पन्न हुई। 'यह मेरी कैसी पराजय है?'' दिव्या ने लिखा था, 'अंतरंग क्षणों में रोहन के शरीर के साथ किसी और का चेहरा मेरी आँखों में उभरने लगता है। वर्तमान के ठोस शिकंजे के भीतर अतीत की तरंगे मुझे बार-बार थरथराये जाती हैं।'' इसी कारण रातें आशंका का गर्भ बन गयीं। लखनऊ में फिर रोहन का दूसरे कमरे में सोने का प्रस्ताव व्यावहारिक नहीं पाया गया। 'अपने को मजबूत बनाओ दिव्या!' वर्षा ने लिखा था, ''अतीत के उस आलोक-गवाक्ष को बंद करने का प्रयास करो। अतीत तुम्हारा नहीं रहा। अगर वर्तमान को बरजोगी, तो कैसे चलेगा?'

''बात कुछ नहीं।'' दिव्या ने आखें पोंछकर गीली मुस्कान से कहा, ''तुम्हें बहुत दिनों के बाद देखा, इसलिए मन भर आया। बहुत खिली-खिली लग रही हो। आखें जुड़ा गयीं।''

इस बार दिव्या की पहली बात थी, जो वर्षा ने नहीं मानी।

''मैं गेस्ट-रूम में सोऊँगी। दांपत्य-शैया पर सहेली के घुसने का क्या मतलब? तुम्हारी शयनकक्ष-रागिनी की एक निश्चित लय बन गयी है। उसे तोड़ना अनुचित होगा। दो दिन बाद जब मैं चली जाऊँगी, तो तुम्हें नये सिरे से आलाप लेना होगा। और फिर यह रोहन के साथ भी ज्यादती है। है न?''

दिव्या ने पल भर उसे देखा। फिर उदास मुस्कान से बोली, ''बहुत समझदारी की बातें करने लगी हो।''

''वर्षा, तुम्हारी सहेली खुश तो हैं न?'' मम्मी ने अकेले में उसे घेर लिया।

वर्षा के अंदर रोष उमड़ आया। क्या इन लोगों की अपेक्षाओं का कोई अंत नहीं?

''मम्मी, आपसे प्रार्थना है कि कुछ समय के लिए दिव्या को न कोंचे।''

''मैंने क्या किया?'' मम्मी अचकचा गयीं।

"मम्मी, खुशी का कोई स्विच नहीं होता। वह अपने-आप पनपती है। उसके लिए अवसर तो देना होगा न!"

मम्मी ने कितना समझा, वर्षा को नहीं पता। पर चुप रहीं। वर्षा को ऐसे देखा, जैसे नये सिरे से पहचान रही हो।

"वर्षा!" अब रोहन की बारी थी, "तुम्हारी सहेली मुझे बताये कि आखिर मेरा क्या दोष है?"

"किसने कहा कि तुम्हारा दोष है?" सिलबिल ने वात्सल्य से भरकर रोहन के हाथ थाम लिए, "मुझे तुम पर गर्व है रोहन ! तुमने जैसे सब्र और समझदारी से इस स्थिति का निर्वाह किया है..."

रोहन की आँखें सजल हो गयीं। अटककर बोले, "दिव्या क्या नहीं समझतीं कि उनके इस तरह घुटने से मुझे कैसी चोट पहुँचती है..."

"कुछ चीजों पर अपना बस नहीं होता रोहन !"

"मुझे क्षमा करना वर्षा !" उसने सूप का कटोरा उनके हाथों में दिया, तो दिव्या बोली, "तुम्हें मेरे ऊपर लगाये गये आरोप झेलने पड़ रहे हैं।"

"मुझसे क्षमा माँग कर मुझे काँटों में मत घसीटो।" वर्षा मुस्करायी, "शांत और प्रसन्न रहो और विटामिन-प्रोटीन पर जोर देते हुए दिव्या एंड संस पर ध्यान लगाओ।"

वर्षा को मालूम नहीं हुआ, पर मम्मी, रोहन एवं दिव्या के त्रिगुट सम्मेलन में एकमत से स्वीकार किया गया कि वर्षा बहुत सयानी हो गयी है।

अगली बार गर्मियों में जब वर्षा आयी, तो प्रिया कुछ हफ्तों की थी। दिव्या पर गयी थी। उन्हीं का रंग पाया था, उन्हीं के नक्श। मातृत्व ने शिकंजे में कसी दिव्या को कुछ ढीला कर दिया था। रोहन भी अपेक्षाकृत सहज थे और मम्मी उमंग से भरी हुई।

"वर्षा कल से रिहर्सल शुरू करें?" दिव्या ने आग्रह से पूछा।

"इस तरह अपने को थकाओ मत।"

"मैं घर में घुसे-घुसे तंग आ गयी हूँ।" दिव्या ने मिन्नत की।

आखिर तीन एकांकियों की 'लघु नाटक संध्या' पर समझैता हुआ। दिव्या ने एक स्त्री और एक पुरुष पात्र वाली तीन रचनाए चुनीं। मिट्ठू के लिए मेडिकल स्टोर से इतना समय निकालना संभव नहीं था। इसलिए यूनिवर्सिटी से प्रभातकुमार आये। मिट्ठू एक एकांकी तक में काम करने को तैयार नहीं हुआ। 'बहुवचन' की कार्यकारिणी का सदस्य होने के नाते स्टोर बंद होने के बाद वह दो-तीन दिन में एक चक्कर जरूर लगा लेता था। नीहारिका अपने बेटे और गृहस्थी में ऐसी मगर थी कि वह प्रॉम्पटिंग तक के लिए नहीं आ पायी।

इन लोगों के पैशन का क्या हुआ? सिलबिल ने सोचा।

प्रभात कुमार ने उसे शहर घुमाने की पेशकश की, पर वर्ष अनमनी रही। ('मुझे अब एक्सपोज़र की जरूरत नहीं।') वर्षा की इस मन:स्थिति को दिव्या ने तीन-चार दिन में ही लक्ष्य कर लिया।

"वर्षा, मन की बात मन में ही रखना कब से शुरू कर दिया?" पाँचवें दिन की दोपहर को ठंडे शयनकक्ष में दिव्या ने पूछा।

वर्षा ने उनके कंधे पर सिर रख लिया, "तुमसे नहीं, तो किससे कहूँगी?" उदास स्वर

में 'बेवफा दिलरुबा' प्रसंग के बारे में बताया, "मुझे लगता है, मेरा कलात्मक स्तर छोटे शहर का ही है।"

"अभी ऐसे निर्णय के लिए जल्दी है।" दिव्या ने उसके बाल सहलाये।

"मन बहुत उदास है दिव्या। अगर एक बार और कलात्मक पराजय हुई, तो मैं दिल्ली छोड़ दूँगी।" वर्षा ने उनकी ओर देखा, "यहा कुछ बंदोबस्त हो जायेगा?"

"इस बात को लेकर तुम परेशान न हो। अब सोशल वेलफेयर का कोर्स करने की भी जरूरत नहीं। रोहन ने इंटीरियर डेकोरेशन का दफ्तर खोला है। जब चाहो, वहाँ काम शुरू कर सकती हो।"

मेरी ऐसी मित्र है। मुझे चिन्ता क्यों हो? वर्षा ने सोचा।

"पर तुम इस तरह निराश न हो। कलात्मक प्रशिक्षण ऐसी प्रक्रिया है, जिसमें काले-उजले क्षण आते रहते हैं।"

"देखें, क्या होता है।" वर्षा ने ठंडी साँस ली।

अगले वर्ष जब वर्षा होली पर दो दिन के लिए आयी, तो 'अपने-अपने नर्क' और हर्षवर्धन-प्रसंग से राग जैजैवंती की तरह बज रही थी। दिव्या को बाँहों में भरकर उमंग से उनका चुंबन लिया।

"वर्षा मैंने कुछ नहीं देखा।" रोहन ने चुटकी ली।

प्रिया अब छोटे-छोटे आदेशों पर प्रतिक्रिया करने लगी थी। "प्रिया, वर्षा कहाँ है?" दिव्या के पूछने पर उसने ड्राइंगरूम में लगी 'सौम्यमुद्रा' की तस्वीर की ओर इशारा कर दिया।

"अच्छा, मैं दफ्तर चल रहा हूँ।" रोहन मुस्कराये, "शाम तक अगर बातों का गुबार कुछ थम जाये, तो फोन कर देना। मैं आ जाऊँगा।"

"और न थमा, तो?" दिव्या भी सहज भाव से हँसी।

"तो रात को मुझे अपनी ससुराल जाकर सोना होगा।"

वर्षा पहले 'शान्या' की रचनात्मक आप बीती सुनाना चाहती थी, पर भीतर के आहलाद से मोतीलाल नेहरू मार्ग पर संपन्न हुआ 'गणतंत्र-दिवस समारोह' झंकृत होने लगा। (व्यक्तिगत जीवन की तुलना में कलात्मक अनुभव को तरजीह देने वाली सिलबिल भी इस तरह गड़बड़ा गयी। आखिर पिता द्वारा सेंसर किये गये 'कालिदास-ग्रंथावली' के अंशों को वह उसी दिन तो संपूर्णता से समझ पायी थी। सोचा था, 'चौखंभा प्रकाशन को लिखेगी, 'कविकुल-गुरु के सर्वश्रेष्ठ टीकाकार श्री मल्लिनाथ नहीं, श्री हर्षवर्धन हैं!)

"दिव्या, क्या नैतिक दृष्टि से मुझसे गलती हुई?"

दिव्या 'अपने-अपने नर्क' की तस्वीरों में दुमेगो को देख रही थीं। निगाह उसकी ओर उठायी, कुछ पल सोचती रहीं, "वर्षा, अनुभव तुम्हारे लिए भी कच्चे माल की तरह है। फिलहाल विविध और रंगारंग अनुभवों से गुज़रना तुम्हारी एक आंतरिक ज़रूरत है। लेकिन साथ ही मैं मानती हूँ कि जिन्दगी में कुछ नैतिक आधार, कुछ मूल्य, कोई विश्वास-तुम उसे कुछ भी नाम दे लो-भी होना चाहिए। तुमने अपनी भावना की गहराई और ऊष्मा के साथ यह सम्बन्ध अर्जित किया है। व्यक्तिगत तौर पर मैं इसमें कुछ भी अनुचित नहीं मानती। मेरे लिए तुम पहले की तरह निष्पाप और पवित्र हो..."

"गंगा की तरह?" वर्षा ने कृत्रिम बल देकर खुलासा करना चाहा।

"हाँ।" दिव्या की मुस्कान पल भर में सिमट गयी, "लेकिन मुझे यह भी लगता है कि बार-बार अनुभव या सुख के लिए ऐसा आचार एक ओर व्यक्ति के रूप में तुम्हें हीन और दुर्बल बनायेगा और दूसरी ओर नैतिक दृष्टि से भी मलिन करेगा।"

मिट्ठू की शादी का कार्ड सामने था।

पिछले हफ्ते जब कार्ड मिला, तो वर्षा की पहली प्रतिक्रिया आहत विक्षोभ की थी-इसलिए नहीं कि मिट्ठू विवाह कर रहा है, बल्कि इसलिए कि उसे कार्ड भेज रहा है। पर फिर धीरे-धीरे सही परिपार्श्व उभरा। यह एक सुंदर रिश्ता था और एक-दूसरे के सुख-दुख से दोनों को सरोकार होना चाहिए। मिट्ठू ने कितनी बार उसे 'तुम ठीक तो हो?' और 'कैसा चल रहा है?' की उत्कंठा वाले पत्र लिखे थे, जो कम-से-कम उसकी हितचिन्ता के तो द्योतक थे। इस कार्ड के द्वारा मिट्ठू ने उसे अपने जीवन में होने जा रहे एक महत्वपूर्ण परिवर्तन की सूचना दी है और एक विपरीत लिंगी मित्र-भूतपूर्व ही सही के नाते उसकी प्रतिक्रिया क्या होनी चाहिए?

वर्षा का दृढ़ मत था कि दिव्या इस तरह नहीं टूटती, अगर प्रशांत ने रिश्ते की गरिमा निबाही होती। महीनों दिव्या के पत्रों का उत्तर न देने के बजाय यकायक विवाह कर लेना और उसका समाचार एक तीसरे व्यक्ति द्वारा दिव्या के घर पहुँचना एक कोमल सम्बन्ध की बहुत भौंड़ी, क्रूर परिणति थी। इसे चार-पाँच पंक्तियों के छोटे-से पत्र से सँवारा जा सकता था, 'प्रिय दिव्या, सबसे पहले तुम्हें सूचना देना मेरा कर्तव्य है कि पिछले कुछ समय से मेरी भावनाओं का केंद्र कोई और व्यक्ति है। यह सम्बन्ध जल्दी ही एक सामाजिक रिश्ते में बदल रहा है। मैं तुम्हारा अपराधी हूँ। आगे क्षमा माँगने का एक और अपराध नहीं करूँगा। हार्दिक शुभकामनाओं के साथ...' (सिलबिल ने इस काल्पनिक पत्र का मसविदा दिव्या को दिखाया था। उन्होंने हल्की मुस्कान से कहा था, "यह तो मैं अभी नहीं कह सकती कि तुम अभिनेत्री कैसी बनोगी, पर एक आदर्श प्रेमिका बनने के काफी लक्षण तुममें हैं!"

'प्रिय मिट्ठू, तुम्हारा कार्ड इस बात का प्रमाण है कि हमारी मित्रता में तुम्हारा विश्वास बना हुआ है।' वर्षा ने लिखा, "तुम्हारी और जीवन-संगिनी की खुशियों के लिए मेरी हार्दिक शुभकामनाएँ।' ('तुम्हारी स्मृतियाँ मेरे साथ हैं' लिखा था, पर कुछ सोच कर काट दिया)

'प्रिय किशोर, यह जानकर खुशी हुई कि अर्धवार्षिक परीक्षाओं में तुम्हें अच्छे अंक मिले। पढ़ाई की ओर ध्यान लगाये रहना। तुम्हारे ऊपर हम सबकी आशाएँ हैं।" आगे छोटे के लिए स्नेह और बड़ों के प्रति सम्मान व्यक्त करते हुए (जिसे ५४, सुल्तान गंज में आडंबर ही माना जाएगा)। उसने ढाई सौ रुपये का क्रॉस किया हुआ महादेव भाई के नाम का चेक (परिवार में सिर्फ उन्हीं का बैंक-खाता था) भी रख दिया। यह राशि उसे लेडी श्रीराम कॉलेज के नाट्य-प्रदर्शन में मंच-परिकल्पना के पारिश्रमिक स्वरूप मिली थी।

लिफाफे चिपकाकर वर्षा बिस्तर पर आ बैठी और अखबार खोल लिया। सिनेमाघरों का जायज़ा लेना उसे बहुत भाता था, हालांकि देखे अभी तक गिने-चुने ही थे-कनाट प्लेस के रीगल, रिवोली, प्लाजा और ओडियन, विनय मार्ग का चाणक्य, ग्रेटर कैलाश का अर्चना,

वसंत विहार का प्रिया और नयी दिल्ली स्टेशन के पास का शीला (''इतने सिनेमाघर नाकाफी नहीं हैं।'' वर्षा का असंतोष जानकर रीटा ने कहा था, ''इनके सहारे तुम अपनी जिन्दगी काट सकती हो!'')। 'आज के कार्यक्रम' पढ़त हुए वह हमेशा की तरह विभोर हो गयी-कमानी में रूसी बैले था, तो फाइन आर्ट्स में पोलिश कठपुतलियों का तमाशा। श्रीराम सेंटर में सितार-वादन था, तो सप्रू हाउस में कत्थक। फिकी में ग़ज़लों की शाम थी, तो महाराष्ट्र रंगायन में लावणी। विज्ञान भवन में 'तीसरे महायुद्ध के खतरे' पर भाषण था, तो अशोका में भावी फैशन की वेशभूषा-प्रदर्शनी। कब मेरे पास इतना समय और साधन होंगे, जब मैं इस 'सांस्कृतिक सरोवर' में जी भरकर किलोलें कर सकूँगी; सिलबिल ने सोचा।

''वर्षा !''दरवाजे पर दस्तक हुई और जानकी जयरमन ने झांका, 'हर्ष एंड कम्पनी तुम्हें टी कॉर्नर पर बुला रही है।''

वर्षा जब हर्ष एवं स्नेह 'निर्झर' के साथ ओबेरॉय होटल की लॉबी में घुसी, तो थोड़ी आत्मसजग थी। (यों पांचसितारा क्षेत्र में यह उसका तीसरा विनम्र प्रयास था। पिछले साल रीटा के साथ वह मौर्या शेरटन में साड़ियों की सेल में गयी थी और लखनऊ में रोहन-दिव्या उसे डिनर के लिए क्लार्क अवध में ले गये थे)।

''मिस्टर आदित्य कौल का नम्बर क्या है?'' हर्ष ने रिसेप्शन पर पूछा।

वर्षा आदित्य को तीन-चार फिल्मों में देख चुकी थी। वह नाट्य विद्यालय के अब तक के सबसे प्रसिद्ध अभिनेता थे। वह और पत्नी इरावती डॉक्टर अटल के पहले बैच से थे। कुछ समय पहले 'अंधा युग' में कृष्ण के रूप में उनका ओजस्वी, समृद्ध स्वर सुनकर वर्षा अभिभूत हो गयी थी। विद्यालय और रिपर्टरी दोनों की दीवारों पर उनके विभिन्न मंचनों के चित्र शोभित हो रहे थे। नये छात्रों को टोडरमल रोड पर स्थित १, मॉडर्न स्कूल क्वार्टर की ओर इशारा करके बताया जाता था, ''यहा सालों तक आदित्यजी का निवास था। यहीं से 'पंचम वेद' का संचालन होता था।''

कुछ ही वर्षों में 'पंचम वेद' राजधानी का शीर्षस्थ नाट्य दल बन गया था। उसके प्रमुख सदस्य स्कूल के पुराने छात्र थे। उन्होंने अपने प्रदर्शनों का स्तर भी ऊँचा रखा था और अपना दर्शक-वर्ग भी तैयार कर लिया था। ('टाइम्स ऑफ इंडिया' के नाट्य समीक्षक सोमेश चन्द्र के अनुसार ये दोनों बातें परस्पर विरोधी थीं।)

''सो रहा होगा।'' स्नेह ने लिफ्ट में सातवीं मंजिल का बटन दबाते हुए कहा।

खादी का कुर्ता-पजामा, कंधे पर खादी का झोला और छोटी-सी दाढ़ी वाले स्नेह 'निर्झर', 'पंचम वेद' के दूसरे संस्थापक सदस्य थे। वह अभिनय, निर्देशन, मंच-व्यवस्था, नाट्य-समीक्षा सभी कुछ करते थे। 1, मॉडर्न स्कूल क्वार्टर में जाने से पहले आदित्य एवं स्नेह बाबर लेन के रेलवे क्वार्टर में साथ-साथ रहते थे, जो अभी भी उनका निवास था।

स्नेह भागल्पुर में 'निराला के काव्य में वेदना' विषय पर शोध कर रहे थे (यह जानकर सिलबिल का मनोबल थोड़ा टूटा कि संज्ञा-परिवर्तन के क्षेत्र में नाट्य विद्यालय में स्नेह बहुत पहले अगुवाई कर चुके हैं। उनका वास्तविक नाम बटुक दयाल पीपल वाले 'पथिक' था। वह निराला-काव्य को समझने की कुंजी इन पंक्तियों को मानते थे-'स्नेह-निर्झर बह गया है/रेत ज्यों तन रह गया है; जो कालांतर में उनकी नयी पहचान बनीं। (सिलबिल को सिर्फ इतना ही संतोष रहा कि उसने ऐसी पहल शिक्षा-प्राप्ति के प्रारंभिक चरण में ही कर ली

थी)। और नेशनल लायब्रेरी, कलकत्ता में गहन अध्ययन के लिए आये थे। वहीं मूड़ी खाते हुए अखबार के पन्ने पर उन्होंने स्कूल का दाखिला-नोटिस देखा। इसके दो महीने बाद वह अपना टीन का ट्रंक लिये नयी दिल्ली स्टेशन पर उतरते देखे गये, पर सप्ताह भर बाद ही उन्होंने अपने ठेठ बिहारी लहजे में डॉक्टर अटल को नोटिस दे दिया, ''आंग्ल भाषा के व्याख्यान हमारे पल्ले नहीं पड़ते। अनुमति दी जाय कि हम वापस भागलपुर लौट जावें!'' (कालांतर में नाट्य विद्यालय की राजनीति में उनके 'सक्रिय हस्तक्षेप' के चलते डॉक्टर अटल को समझा-बुझाकर उन्हें रोक लेने की अपनी उपलब्धि पर पछतावा हुआ होगा)!

''मैं सात दिनों से रोज़ाना अठारह घंटे शूटिंग कर रहा हूँ। आज जाकर छुट्टी मिली है।'' आदित्य ने आलमारी से जॉनीवाकर की बोतल निकाली, ''हर्ष, रूम सर्विस को स्नेक्स के लिए कह दोगे?''

स्नेह ने गिलास मेज़ पर लगा दिये और फ्रिज से पानी की बोतल व बर्फ निकाली।

''मुझे मत दीजिए।'' वर्षा ने नरमी से आदित्य को टोका, जो ढालना शुरू कर चुके थे।

स्नेह हँसे, ''साहब बीवी गुलाम' के नाट्य-रूपांतर में छोटी बहू का रोल कैसे करोगी?'' ''हालांकि वह खुद सिर्फ साथ देने के लिए ही जाम हाथ में लेते थे)।

रिसीवर थामे हुए हर्ष मुस्कराया, 'आदित्यजी, आपको पता है, नीना की भूमिका की तैयारी इन्होंने कैसे की थी?''

''चियर्स !'' अपना गिलास ऊपर उठाते हुए आदित्य बोले।

मार्च की दोपहर के बारह बज रहे थे। खिंचे हुए पर्दों और वातानुकूलन के कारण बाहर की तेज धूप का एहसास नहीं हो पा रहा था, पर थी तो दोपहर ही। ऐसे में घूँट भरना सिलबिल को अजीब-सा लगा।

''हर्ष, तुम यह कुशन ले लो। आराम से बैठो।'' आदित्य बोले।

दो दिन पहले वर्षा सुंदर नगर की एक कोठी में आदित्य को काम करते देख आयी थी। शूटिंग देखने का यह उसका पहला अनुभव था। ड्राइंग रूम में लगभग डेढ़ घंटे तो लाइटिंग होती रही। वर्षा भौचक्की हो तरह-तरह के उपकरण देख रही थी। फिर रिहर्सल हुई। आदित्य सोफे पर बैठे, सिगार मुँह में दबाये, एक किताब पढ़ रहे हैं। फिर नायक आता है। ''आओ सुरेश, कैसे हो?'' वह पूछते हैं। ''जी, अच्छा हूँ।'' वह उत्तर देता है। आदित्य सामने संकेत करते हैं, तो वह बैठ जाता है। लगभग तीस सेकिंड के इस टुकड़े को फिल्माने में क़रीब तीन घंटे लगे। निर्देशक ने आकर प्रकाश-व्यवस्था का जायज़ा लिया। कैमरामैन से बात की। फिर असिस्टेंट चिल्लाया, 'साइलेंस !' मधुमक्खियों-सी भन-भन कम हो गयी। 'लाइट्स।' मेकअप वाले ने दौड़कर दोनों अभिनेताओं को आईना दिखाते हुए पसीने की नमी पोंछीं। नायक ने पफ लगाया। क्लैप दिया गया। 'साउण्ड' पर टेपरिकॉर्डर चालू हुआ और 'कैमरा' पर कैमरा। डायरेक्टर को देखते हुए सिलबिल के दिल की धड़कन रुक गयी। (उस समय वह उसे संसार के सबसे महान फिल्मकार लगे)। उनके 'एक्शन' कहते ही आदित्य ने किताब का पन्ना पलटा।

''ऐसे टुकड़ों में काट-काटकर ऐक्टिंग हो जाती है?'' बाद में उसने अचरज से आदित्य से पूछा था।

सिगरेट जलाते हुए आदित्य मुस्कराये, ''अब नाटक देखते हुए मुझे ताज्जुब होता है कि

ऐसे लगातार पर्फोर्मेन्स कैसे हो जाती है।''

पिछले दो दिनों में उन्होंने हर्ष का 'कालिगुला' देखा था और वर्षा का 'सीगल'। हर्ष ने मॉडर्न स्कूल के दिनों से उनके साथ काम किया था। वह नाट्य विद्यालय की ओर मुड़ने का प्रेरणा-स्रोत आदित्य को मानता था।

''दिल्ली आकर मेरी बैटरी रिचार्ज हो जाती है।'' तीन घूंटों में आदित्य ने चौथाई गिलास खाली कर दिया था।

'और बहावलपुर हाउस आकर कैसा लगाता है अब?'' स्नेह ने संजीदगी से पूछा।

आदित्य ठिठके, ''कुछ-कुछ वैसा ही, जैसा बहादुरशाह ज़फर को रंगून से दिल्ली जीते-जी आने पर लगता!''

दोनों उदास भाव से मुस्कराये। पल भर चुप रहे। फिर एकाएक एक साथ दोनों ने ऊँचा, अर्थभरा ठहाका लगाया।

धूप-छाँह साथ-साथ झेले हुए दो पुराने मित्रों के निजी संदर्भ तथा गूढ़ार्थ होते हैं, वर्षा ने सोचा। अगर कोई दिव्या के साथ उसकी बातचीत सुने, तो शायद कुछ ऐसी ही ईर्ष्या तथा बाहर रह जाने के भाव का अनुभव करे।

''मैंने पूरे दो साल के बाद ड्रामा देखा।'' आदित्य वर्ष एवं वर्षा से मुखातिब हुए, ''हर्ष तुम्हारा काम मैं देखता आ रहा हूँ, इसलिए संतोष हुआ। इस बात की खुशी हुई कि मेरी परंपरा को-इस गर्वोक्ति के लिए मुझे क्षमा किया जाये-तुम आगे ले जा रहे हो।...पर वर्षा, तुम्हें देखना सुखद आश्चर्य था।''

सिलबिल कृतज्ञ भाव से मुसकरायी।

''आप बम्बई में नाटक नहीं देखते?'' हर्ष ने पूछा।

आदित्य ने इंकार में सिर हिलाया, ''एक तो समय नहीं मिलता। दूसरे, रुचि भी नहीं होती। तीसरे, मैं इतना थका हुआ घर लौटता हूँ कि फिर बाहर निकलने को जी नहीं चाहता।''

स्नेह ने काजू-वैफर्स की प्लेट सामने करते हुए पूछा, ''इरा ने रंगमंच निर्वासन को स्वीकार कर लिया है?'

आदित्य के चेहरे पर काली छाया तैर गयी, 'छटपटाती है, पर चारा क्या है? कभी दूरदर्शन पर काम करके शांति पा लेती है।'' आदित्य ने आखिरी घूँट लेकर बोतल उठायी, ''तुम लोग धीमे जा रहे हो। स्टॉक की चिंता मत करो। प्रोडक्शन मैनेजर रोज़ शाम को एक बोतल रख जाता है। अभी आलमारी में दो और हैं।''

''तुम ज्यादा पीने लगे हो आदित्य !'' स्नेह बोले।

फिर वही क्षणिक छाया आदित्य की आँखों में सुगबुगा उठी, ''ज्यादा कमाने भी लगा हूँ।'' वह तेज़ स्वर में बोले, ''यहाँ दो महीने में जितना मिलता था, उतना वहाँ एक शिफ्ट में मिल जाता है और वह भी सामने वाला एहसानमंद होकर देता है।'' पल भर स्नेह को देखा, फिर व्यथा से मुस्कराये, ''अब मेरी मान्यताएँ पाली हिल की हो गयी हैं।''

दोनों हँसे, पर हँसी नीचे सुर में और करुणा की रंगत लिये थी।

सिलबिल, जो इस समय अपने रंगावेश के चरम पर थी, मंच के एक शलाका-पुरुष की ऐसी प्रतिक्रिया देखकर स्तब्ध रह गयी। रंगज्वार द्यसंकोच से सिमटने लगा। पर परिपार्श्व को समझना जरूरी था।

"आपने दिल्ली और थिएटर क्यों छोड़ा?

पाँच-पाँच-पाँच की सिगरेट जलाते हुए आदित्य ने पल भर उसकी ओर देखा। आँखों में आहत भाव था। सिलबिल सकुचा गयी। शायद इस प्रश्न के साथ उनका सम्बन्ध आक्रामक के जैसा रहा होगा।

'माफ करें।" वह अटककर बोली, "आपको कोंचने का मेरा इरादा नहीं था।"

"नहीं। ऐसा सवाल पूछना तुम्हारा अधिकार है और मेरी जवाबदेही बनती है।" उनके प्रभावशाली स्वर की तरंगें कमरे में कंपकंपाने लगीं, "बेटा होने के नाते मेरी कई पारिवारिक जिम्मेदारियाँ थीं, जिन्हें मैं यहाँ रहते हुए ठीक से निभा नहीं पाया। (फिर वही मध्यमवर्गीय भारतीय संलक्षण ! सिलबिल ने सोचा)। मेरे पिता ने मेरे लिए एक्साइज इंसपेक्टर की नौकरी जुटा ली थी, पर मैंने ड्रामा स्कूल के लिए कूच किया। पिताजी सालों तक मुझे माफ नहीं कर सके। हमारे वक्त में स्कूल कैलाश कॉलोनी में था और तब हेली रोड का हॉस्टेल भी नहीं था। हम लोग रैगड़पुरा में एक कमरे में रहते थे।"

"तब बसों की हालत अब से भी बदतर थी।" स्नेह बोले, "और अक्सर जब बस मिल जाती थी तो हमारे पास किराये के पैसे कम पड़ जाते थे।"

"वर्षों के जानलेवा संघर्ष के बाद ग्रुप जम गया था, पर उसकी और हमारी आर्थिक हालत किसी लिहाज़ से संतोषजनक नहीं थी। जो शक्ति रचनात्मक काम में लगनी चाहिए वह ब्रोश्योर के लिए विज्ञापन और स्पांसर पाने में चली जाती थी। कलाकार और व्यक्ति दोनों रूपों में ठहराव आ गया था। घर में बेटी हो गयी थी। कार और मकान जैसी लालसाएँ सिर उठाने लगी थीं। और क्यों न हो? मैं सुविधाओं के साथ अपनी ज़िन्दगी क्यों न जिऊँ?" आदित्य का स्वर थोड़ा तीखा हो गया, "हमने राजधानी में रंगमंच के ऊँचे प्रतिमान स्थापित किये-तिल-तिल जल कर। और ध्यान रहे, हम बस यहाँ बाहर से आये हुए बेसहारा लोग थे-किटी पार्टियों और गोल्फ की डिफेंस कॉलोनी वाली सोसायटी की पैदायश नहीं। मैंने अपनी ज़िन्दगी के सर्वश्रेष्ठ वर्ष रंगमंच को दे दिये। बदले में मुझे क्या मिला?"

आदित्य के प्रभावशाली चेहरे पर आयु, थकान एवं आक्रोश की रेखाएँ इस तरह फुँकारते हुए खड़ी हो गयीं, जैसे सोये हुए नाग को निर्ममता से छेड़ दिया गया हो।

"स्नेह रंगसंत है। यह ज़िन्दगी भर रेलवे क्वार्टर के एक कमरे में रह सकता है-अच्छे-अच्छे प्रलोभनों से दामन बचाते हुए। पर मैं अपने और अपने परिवार को शहीद क्यों बनाऊँ?"

मौन नुकीला हो गया था। सबको चुभने लगा था।

"जिस समाज के सांस्कृतिक पर्यावरण के लिए हमने अपना सब कुछ होम दिया, क्या उसका हमारे प्रति कोई दायित्व नहीं?" स्नेह बोले, पर अपने समतल स्वर में, "आदित्य को कितने पहले संगीत नाटक अकादमी का एवार्ड मिलना चाहिए था, पर तत्कालीन सचिव अपने अहं के चलते रोड़ा बने रहे। दो बार इसे पद्मश्री मिलने की बात हुई, पर फाइल कहीं धूल खाती रही। शिक्षा मंत्रालय तीन नाट्य-दलों को साल में एक-एक लाख का अनुदान दे रहा था। अंतिम सूची में 'पंचम वेद' का भी नाम था। हमने शंकर मार्कीट में दफ्तर देख लिया था। हम दर्जन भर लोग थोड़े मासिक वेतन पर पूरी लगन से पूरे समय सिर्फ संजीदा थिएटर करने के लिए दृढ़ संकल्प थे। विश्वास रखो वर्षा, हम थोड़े-से समय में ही राजधानी और उत्तर भारत में सार्थक रंगमंच का शंखनाद कर देते। पर एक-दो

सांस्कृतिक धृतराष्ट्रों ने अनुदान-सूची से हमारा नाम काट दिया। जी-हुजूरी के साथ थोथी ड्राइंगरूम कॉमेडी करने वालों की पीठ ठोंकी गयी और कलात्मक, जीवंत रंगमंच चप्पलें चटखाता घूमता रहा।''

''लेकिन कलात्मक रंगमंच हमारी अपनी ज़रूरत भी तो है। हम क्यों बार-बार मदद के लिए समाज का मुँह ताकें?'' वर्षा बोली।

''वर्षा, सारे संसार में कलात्मक रंगमंच या तो राज्य की मदद लेता है या निजी क्षेत्र की'' आदित्य ने कहा, ''सिर्फ टिकट बिक्री के सहारे देर तक ग्रुप को चलाना संभव नहीं।''

''अब खर्च कितने बढ़ गये हैं। रिहर्सल की जगह, आना-जाना, हॉल का किराया, लाइटिंग, सेट, कॉस्ट्यूम्स, पब्लिसिटी, चाय-पानी-पंद्रह बीस हज़ार मामूली बात है।'' स्नेह ने वर्षा की ओर देखा, ''आप ट्रेंड कलाकारों से कब तक यह उम्मीद रख सकते हैं कि वे पैशन के लिए काम किये जायें?''

''ऐसी उम्मीद तो आप अनट्रेंड कलाकारों से भी नहीं रख सकते।'' हर्ष बोला।

वर्षा के सामने मिट्ठू और नीहारिका की सूरतें झलक गयीं।

''अब आप खुश हैं?'' उसने पूछा।

आदित्य एक क्षण चुप रहे, जैसे बम्बई के साथ जुड़ी टीस को याद कर रहे हों, ''जिन्दगी में हर चीज़ की कीमत चुकानी होती है। अभी मैं 'पंचम वेद' में होता, तो क्या हम यहाँ बैठे स्कॉच पी रहे होते? हमने नब्बे रुपये के चिकन का ऑर्डर दिया होता? हमारी सेवा में प्रोडक्शन की कार खड़ी होती? हम प्लेन से सफर करते? मैं दिन में दो बार बम्बई को फोन करता?''

''यह मेरी बात का जवाब नहीं हुआ।'' वर्षा नम्रता से हँसी।

आदित्य मुस्कराये, ''स्नेह, तुम वर्षा को गांधारी के शाप की तर्ज़ वाली अपनी कविता सुना दो।''

''जब आदित्य हमसे दामन छुड़ाकर नयी दिल्ली स्टेशन के प्लेटफॉर्म नम्बर एक से राजधानी एक्सप्रेस में बैठ रहा था,'' स्नेह बोले, ''तो मैंने यह कविता सुनायी थी।''

आदित्य ने सोफे पर पीछे टिककर अपनी आखें बंद कर लीं, जैसे उस दृश्य को फिर से महसूस कर रहे हों।

''चले जाओ आदित्य,/ हमेशा के लिए पीछे छोड़ कर/ रेलवे और मॉडर्न स्कूल का क्वार्टर/ मंडी हाउस का चायघर, नाथू स्वीट हाउस और कोने की पान की दुकान/रुँधे हुए गले से तुम्हें विदाई दे रहे हैं-/कालिदास, ईडीपस, नंद, कंजूस, क्रियॉन, कृष्ण, किंग लियर और कालिगुला/ मेघदूत, फिरोज़शाह कोटला, पुराना किला और त्रिवेणी थिएटरों की आखें नम हैं/ बंगाली मार्कीट का ज़र्रा-ज़र्रा / सुलगता अंगारा है/ 'स्टेट्समैन' के नाट्य समीक्षक और रवीन्द्र भवन/ तुम्हें दे रहे हैं शाप/ ओ अभिशप्त तेजस्वी अभिनेता/ अपने ओजस्वी स्वर से/ प्रेक्षागृहों को थरथराने वाले/ तुम्हारी आवाज़ घुट जायेगी फिल्म स्टूडियो के गर्म प्लोर और डबिंग थिएटर में/ परिष्कृत संवेदना और कलात्मक मूल्य/ भड़कीली पोशाकों और सुनहरी विग में/ साँस तोड़ते कीड़ों-से कुलबुलायेंगे/ शूद्रक, प्रसाद और शेक्सपियर की आत्माएँ कराहेंगी/ जब तुम माफिया डॉन, डॉक्टर, फैक्टरी-मालिक और काइयाँ वकील का रूप धारण करोगे/ हीरोइन के पिता बनोगे और हीरो के विश्वासघाती चाचा/ पाली हिल के अपने

एयरकंडीशंड फ्लैट में दर्शकों की तुमुल करतल-ध्वनियाँ/ तुम्हें सोने नहीं देंगी चैन की नींद/ अपने ही पुराने संवादों की अनुगूँजें/ सुबह-शाम तुम्हारे कानों के पर्दे फाड़ती रहेंगी/ अपने चुनाव की विवशता/ तुम्हारी आत्मा का सदाबहार ज़ख्म बनेगी/ जिसमें से बराबर टपकती रहेगी/ लहू की एक-एक बूँद...''

7

विराट नगर में अपना पता

रिपर्टरी कम्पनी में वर्षा का पहला साल चल रहा था।

अब उसका जीवन बाक़ायदा एक कामकाजी युवती का था। वह ग्रेड 'सी' में 470-750 वेतनमान की अभिनेत्री थी (वर्षा अपने वर्ग की स्वर्ण-पदक विजेता सर्वश्रेष्ठ अभिनेत्री घोषित हुई थी। उसके चार सहपाठी रुपये पाँच सौ कुल के वेतन पर एपरेंटिसशिप फैलो के रूप में नियुक्त हुए थे। कल्याणी तथा जानकी जयरमन इन्हीं में थीं)।

''वर्षा, आय'म डेस्पेरेटली इन लव!''

सत्रांत से कुछ पहले चाय गिलास में ढालती हुई रीटा साहनी का तनाव भरा स्वर सुनायी दिया। (कई वर्षों बाद 'डेस्पेरेटली सीकिंग सूजन' फिल्म देखते हुए वर्षा ने 'डेस्पेरेट' का गूढ़ार्थ समझा और रीटा के वाक्य की सुरलहर याद आयी)।

''यू हैव बीन डेस्पेरेटली इन लव सिंस ए लाँग टाइम!'' रीटा के बिस्तर पर सब्जी की खरीद का हिसाब लगाते हुए वर्षा पल भर ठिठकी। (तंगदस्ती के आर्थिक अनुशासन में छात्र मेस की व्यवस्था खुद सँभाल रहे थे)।

''मैं अपने जीवन के 'दूसरे पृष्ठ' की बात कर रही हूँ।'' वर्षा की ओर गिलास बढ़ाते हुए रीटा ने कहा।

सुकुमार चटर्जी से रीटा ने उसे मिलवाया था। वह जेफर्सन इंडिया में एक्जीक्यूटिव था। शांत, मितभाषी, गंभीर। चुलबुली, शोख रीटा के बिलकुल विपरीत। यों पहले वर्ष के अंत पर वह बीसेक दिनों के लिए रीटा के साथ चंडीगढ़ भी गयी थी (जहाँ उन्होंने एक मंचन किया था)। और कपिल से भेंट हुयी थी। कपिल उसे ठीकठाक लगा था, पर सुकुमार के व्यक्तित्व में नि:सन्देह गहरायी थी।

''सुकुमार के साथ मैं आश्वस्त महसूस करती हूँ।'' चाय का घूंट लेकर रीटा बोली, ''मेरी चंचलता शांत रहती है। मुझे चुप्पी अच्छी लगने लगती है।'' (प्रेम की एक और परिभाषा सिलबिल को लुभा गयी)।

रीटा किंचित आत्मलीन और गंभीर थी। उसकी ऐसी छवि वर्षा पहली बार देख रही थी।

''तुम तनाव में क्यों हो?''

''सुकुमार के घर वालों ने उसकी शादी तय कर दी है-अगले महीने। अगर हमें कुछ करना है, तो अगले हफ्ते ही हो जाना चाहिए।''

वर्षा सन्नाटे में आ गयी, ''सुकुमार क्या कहते हैं?''

रीटा ने उसकी ओर देखा, ''एक हफ्ते में शादी कर लो।''

''क्या कह रही हो?'' वर्षा झटके-से सीधी बैठ गयी।

''कल रात मैंने डैडी को फोन किया था।''

''फिर?'' वर्षा की साँस रुक गयी, ''क्या उन्होंने हमेशा के लिए तुमसे रिश्ता तोड़ लेने की धमकी दी?''

सिलबिल की प्रतिक्रिया पर रीटा ने अपनी मुस्कान रोकी, ''उन्होंने कहा, अगर तुम्हें लगता है कि इस व्यक्ति के साथ तुम्हारी खुशी जुड़ गयी है, तो किस उधेड़बुन में पड़ी हो?''

''तुम्हारे डैडी देवता हैं।'' सिलबिल ने गद्‌गद स्वर में अपनी धारणा प्रकट की।

''आज के पिता का रुख ऐसा ही होना चाहिए। मुझे अफसोस है, तुम्हारा अनुभव इससे उलट रहा।''

''पर अभी शादी कर लेने से तुम्हारें कला-स्वप्न का क्या होगा?'' वर्षा ठिठक कर बोली।

''यही एक काँटा है, जो मेरे मन में चुभा है।'' रीटा ने उसका हाथ थाम लिया और आवेग को दबाने के लिए दाँतों-तले निचला होंठ काटा, ''वर्षा, मैं सुकुमार को नहीं खो सकती और महान अभिनेत्री भी होना चाहती हूँ।...''

इतने स्पष्ट शब्दों में अपनी सौंदर्यबोधीय महत्वाकांक्षा रीटा ने पहली बार प्रकट की थी और वह भी अपनी प्रतिद्वंद्वी के सामने। वर्षा का मन तरल हो आया। वह अपने दुपट्टे के कोने से रीटा के आँसू पोंछने लगी।

अगले इतवार की शाम हनुमान रोड के आर्यसमाज मंदिर में रीटा और सुकुमार का परिणय हुआ। चंडीगढ़ से रीटा का परिवार आया था। नाट्य विद्यालय के अनेक सहपाठी थे। डॉक्टर अटल भी आशीर्वाद देने आये।

परीक्षा समाप्त होते-होते एहतियात बरतने के बावजूद, रीटा गर्भवती हो गयी।

''अब?'' टेस्ट की रिपोर्ट देखकर वर्षा का मुँह खुला रह गया। (व्यावहारिक सुविधा के कारण रीटा ने अभी हॉस्टल नहीं छोड़ा था)।

''मेरा जीवन मेरे कला-स्वप्न से बिलकुल उलटी दिशा में जा रहा है।'' रीटा की आँखें भर आयीं, ''अब मैं क्या करूँ?''

अब जो उपाय था, उसे शब्द देने का साहस वर्षा को नहीं हुआ।

''सुकुमार क्या कहते हैं?''

''खुशी से बावले हो रहे हैं।'' विचारलीन वर्षा को सामने देखते पा रीटा ने आगे जोड़ा, ''जो बात तुमने नहीं कहीं, वह मैं कर नहीं पाऊँगी। मुझे अपने भीतर स्पंदन महसूस होता है, मुझे दो नन्हीं-नन्हीं आँखें अपनी ओर देखती और मुस्कराती महसूस होती हैं...इस तृप्ति की संभावना से मेरे भीतर उमंग हिलोरें ले रही हैं...''

रीटा के चेहरे पर तीखी, हृदयबोधक विवशता थी। वर्षा ने सांत्वना के भाव से उसका हाथ थाम लिया।

शादी से पहले की नाटकीय समक्षता के दौरान वर्षा ने अनुभव किया था कि वह और रीटा एक-दूसरे के अधिक निकट आ गयी हैं। पहले की कलात्मक प्रतियोगिता धुंधली हो चुकी थी। उसकी मलिन छाया भी रीटा ने अपनी रंगलालसा में उसे राज़दार बनाकर तिरोहित कर दी थी अब दोनों के बीच व्यक्तिगत समझदारी पनप रही थी।

वर्षा और रीटा ने जब शाम पंडारा रोड पर स्थित डॉक्टर अटल के बंगले का गेट खोला (रीटा ने 'व्यक्तिगत समस्या' पर बात करने के लिए फोन पर समय ले लिया था), तो लुभावना, झबरे बालों वाला छोटा-सा कुत्ता नन्हीं-सी भौंक के साथ बाहर निकल भागने का जुगाड़ करता दिखायी दिया।

डॉक्टर अटल लॉन पर एक किताब लिए बैठे थे। उन्होंने मद्धिम आदेश दिया, "सोल्जर!"

सोल्जर एकदम पलटा और कुछेक लंबी छलांगों के साथ उनके सामने पहुँचकर दुम हिलाने लगा। वे दोनों अभी बैठी ही थीं कि नौकर चाय की ट्रे लेकर आ गया। इस घर के प्राणी कैसे सूक्ष्म अनुशासन-तंतुओं से संचालित हैं, वर्षा ने सोचा।

जिस किताब के पन्ने डॉक्टर अटल पलट रहे थे, वह चेखव के जीवन पर थी। वर्षा ने कामनाभरी आँखों से मुखपृष्ठ को देखा। बगल की तिपाई पर रैपर रखा था, जिसके बायें कोने में बम्बई के एक पुस्तक-विक्रेता का नाम-पता था।

"सर, शी इज़ एक्सपेक्टिंग।" वर्षा बोली।

"दैट्स नाइट...कांग्रेचुलेशंस रीटा !" डॉक्टर अटल की मुस्कान का नाप उतना ही था, जितना कि अवसर की माँग थी।

रीटा ने रुआँसी मुस्कान से अनुग्रह व्यक्त किया।

"सर, रीटा को अगला साल अपने बढ़ते हुए परिवार को समर्पित करना होगा। क्या यह परवर्ती सत्र में रिपर्टरी कंपनी में आ सकती है?"

वर्षा को महसूस हुआ कि डॉक्टर अटल को रीटा के साथ उसका आना पसंद आया।

"ऐसा हो सकता है, लेकिन अभी मैं ग्रेड का आश्वासन नहीं दे पाऊँगा। वह अगले सत्रांत में तीसरे वर्ष की छात्राओं के प्रदर्शन पर निर्भर करेगा। हाँ, एपरेंटिस फैलोशिप का वादा मैं कर सकता हूँ।"

"थैंक्यू सर !" रीटा बोली।

दोनों उठ खड़ी हुईं। वर्षा की निगाह फिर किताब पर चली गयी।

"अगर तुम चाहो, तो यह किताब पढ़ने के लिए ले लो।" डॉक्टर अटल हल्की मुस्कान से बोले, "लेकिन वापस करना मत भूलना।"

"थैंक्यू सर !" वर्षा ने आतुरता से किताब ले ली।

एजेंडा में पहला आइटम रहने की जगह थी। (रिपर्टरी कंपनी के सदस्यों को छात्रावास की सुविधा नहीं थी। जानकी जयरमन मैसूर क्षेत्र के लोकसभा सदस्य के साउथ एवेन्यू स्थित फ्लैट में चली गयी थी, जो उसके पिता के मित्र थे। कल्याणी ने रिफ्यूजी मार्कीट से लगे बंगले में तीन सौ मासिक का कमरा ले लिया था। उसके पिता की पूना में बड़ी क्लिनिक थी। एक मैं हूँ, जिसके पास ऐसा कोई सहारा तो नहीं ही है, उलटे जिसे घर पैसे भेजने होते हैं। वर्षा ने करुण मुस्कान से सोचा)।

जून के तीसरे सप्ताह में वर्षा लखनऊ से आ गयी। रोज़ाना 'हिन्दुस्तान टाइम्स' में 'किराये पर जगह' का कॉलम देखते हुए वह फोन करती, फिर मुआयने के लिए बाहर निकलती। अक्सर हर्ष उसे मोटरसाइकिल पर ले जाता।

बात बन नहीं रही थी। वर्षा न पुरानी दिल्ली जाना चाहती थी, न जमुना पार। वह मंडी हाउस से ज्यादा दूर जाने को भी प्रस्तुत नहीं थी और बस भी एक से ज्यादा नहीं लेना चाहती थी। कमरे की सुरक्षा भी आवश्यक थी और मालिके-मकान की पूरे परिवार के साथ शराफत भी। ज्यादा व्यक्तिगत पूछताछ भी वर्षा को पसन्द नहीं थी। कमरा और आसपास शांत होना चाहिए था, पर बाजार से दूर भी नहीं। इस पर तुर्रा यह कि किराये के नाम पर सत्तर रुपये से अधिक सुनकर वह रुँआसी हो जाती थी।

हर्ष को हँसी आ गयी, ''वर्षा, ऐसा करो कि नीना के रूप में अपनी तस्वीर 'जगह चाहिए' शीर्षक के साथ 'हिन्दुस्तान टाइम्स' में छपवा दो। मुझे विश्वास है, डिफेंस कॉलोनी में कोई महान अभिनेत्री के संकट पर पसीज जायेगा!''

वर्षा ने मुँह बनाया, ''ठीक है। सारा मंडी हाउस मेरे ऊपर हँस रहा है। तुम भी मखौल उड़ा लो।''

दस दिन भटकने के बाद आखिर हर्ष उसे अपने डैडी के एक व्यवसायी मित्र श्री सहगल के पास ले गया। वहाँ उनकी जैसी आवभगत हुई, उससे वर्षा को हर्ष के डैडी की महत्ता का आभास हुआ (वह उद्योग मंत्रालय में सचिव थे)। श्री सहगल ने दूसरे कमरे में जाकर फोन किये। फिर एक पता हर्ष को दिया, ''मेरे चचेरे भाई हैं।''

शाम को वे दोनों करोल बाग पहुँचे। वेस्टर्न एक्सटेंशन एरिया की गली थी, जो एक ओर अज़मलखाँ रोड को छूती थी और दूसरी ओर पूसा रोड को। बीच में यह तीन मंजिला मकान था। नीचे मिस्टर सहगल की पत्नी और छोटे बेटे के साथ रहते थे। पहली मंजिल पर उनकी बड़ी बेटी (जो परित्यक्ता थी) अपनी बेटी के साथ रहती थी।

बायीं ओर के ज़ीने से ऊपर जाकर वर्षा ने बरसाती देखी। खूब बड़ा कमरा था। एक खिड़की पूरब को खुलती थी, एक पश्चिम को। काँच के पल्लों के पार जाली का एक और पल्ला था। पंखा लगा हुआ था। बिजली की दूसरी फिटिंग्स भी थीं। बगल में रसोई, गीज़र-लगा गुसलखाना तथा शौचालय। छत बैडमिण्टन के कोर्ट जितनी बड़ी थी। आसपास पर्याप्त शांति महसूस हुई।

''जगह कैसी लगी?'' वे नीचे गये, तो मिसेज़ सहगल ने पूछा।

''बहुत अच्छी है।'' वर्षा अपनी प्रसन्नता छिपा नहीं पायी।

''तीन साल से किसी को रखा नहीं। बॉबी कभी-कभी वहाँ जाकर पढ़ लेता है।'' मिसेज़ सहगल ने बेटे की ओर संकेत किया।

''तो अभी भी पढ़ लिया करेगा। मेरा छोटा भाई इसी के जितना है।'' वर्षा मुस्करायी।

''यहाँ से आप एक मिनट में पूसा रोड के स्टैण्ड पर पहुँच जायेंगी।'' बॉबी बोला, ''वहाँ से मण्डी हाउस को सीधी बस है।''

''इन्हें साढ़े चार सौ रुपये तनख्वाह मिलेगी।'' हर्ष नम्रता से बोला (हर्ष की चालाकी पर वर्षा मोहित हो उठी। उसने बीस रुपये कम बतलाये थे), ''किराये को लेकर आपका जो हुक्म हो...''

''बेटा, ताऊजी ने फोन किया है। घर की ही बात है। ''मिसेज सहगल ने क्षण भर सोचा, ''चलो, डेढ़ सौ दे देना।''

हर्ष के संकेत पर वर्षा ने दस-दस के पंद्रह नोट उन्हें दे दिये। (वर्षा को ऐसा लगा, जैसे अपना कलेजा निकालकर दे रही हो)।

"हर्ष, मैं क्या करूँगी?" वापसी में वर्षा बोली, "डेढ़ सौ किराया, पचास बस के लगा लो, डेढ़ सौ में रसोई का सामान, पचास रुपये दूध के... सब्जी, ब्रेड-बटर, अंडे...मेरा तो सर चकरा रहा है..." आगे वह चारपाई, मेज-कुर्सी इत्यादि की बात करने वाली थी, पर यकायक रुक गयी। हर्ष से यह सब नहीं कहना चाहिए। तुरंत बात को पलटा, "पर बरसाती बहुत अच्छी मिली। मेरा तो जीवन सफल हो गया।"

"तुम्हारा जीवन बहुत जल्दी सफल हो जाता है।" हर्ष हँसा।

तुम अपने साथ मेरी तुलना क्यों करते हो, वर्षा ने मन-ही-मन सोचा। वर्षा ने कभी जानने की कोशिश नहीं की, पर उसका अनुमान था कि हर्ष का पूरा वेतन उसका जेबखर्च होगा (वह रिपर्टरी में 'ए' क्लास में था)।

"दिव्या, बरसाती मिल गयी!" रात आठ के बाद वर्षा ने ईस्टर्न कोर्ट से लखनऊ फोन किया (दिव्या का आदेश था कि कमरा मिलते ही उन्हें तुरंत सूचना दी जाये), "अब विराट नगर में मेरा अपना एक पता है-वर्षा वशिष्ठ, चौदह बटा चौदह, वेस्टर्न एक्सटेंसन एरिया, करोल बाग, नयी दिल्ली...और रिक्वैस्ट फोन नम्बर है-पाँच छह सात तीन एक नौ..."

'अच्छा, तुम कुछ खरीदारी मत करना। मैं परसों सुबह आ रही हूँ।" दिव्या ने कहा, "तुम दस बजे तक मिस्टर धवन के यहाँ आ जाना।"

वर्षा की समझ में कुछ नहीं आया। क्या दिव्या जगह और मकान मालिक के प्रति आश्वस्त होना चाहती हैं?

रोहन के मित्र धवन दंपत्ति से वह चार-पाँच बार मिल चुकी थी। दिव्या के उपहार लेकर वे नाट्य विद्यालय आये थे। एक बार हैदराबाद से आते हुए दिव्या-रोहन एक दिन के लिए दिल्ली रुके थे, तो वह उनसे मिलने गोल्फ लिंक्स गयी थी।

"जी, टैक्सी आ गयी।" नौकर ने कहा।

"चलो वर्षा !" दिव्या चाय का आखिरी घूँट लेकर उठ खड़ी हुई, "शैला, मैं चलती हूँ। रात को न आऊँ, तो चिंता मत करना।"

"अच्छा..." शैला मुस्करायी।

जब धवन का नौकर आगे टैक्सी में बैठा, तो वर्षा कुछ चौंकी। जब टैक्सी चौदह बटा चौदह के सामने रुकी, तो वर्षा ने देखा कि अहाते में ऊपर जाने वाली सीढ़ियों के पास कुछ फर्नीचर रखा है।

"मैं लखनऊ से लायी हूँ।" दिव्या ने कहा, "सुबह यह स्टेशन से ले आया था।"

उन्होंने नौकर की ओर संकेत किया, जो डिकी से गैस का सिलेंडर उतार रहा था।

"शैला के पास दो सिलेंडर हैं। तुम्हारा जब खत्म हो जाये, तो उसे फोन कर देना। नौकर बदलवा देगा। अपनी गैस के लिए तुम जल्दी अर्जी दे दो।"

वर्षा दो दिन से चिंता में थी। कमरा तो ले लिया, पर और बंदोबस्त कैसे और कब तक कर पायेगी? उसके खाते में सात सौ रुपये थे। वेतन अगले महीने ही मिलना था। यह पूरा महीना सामने मुँह फाड़े खड़ा था। कुछ चीज़ें खरीद लेगी, तो गुजारा कैसे चलायेगी?

अहाते में पलंग, दीवान, मेज़-कुर्सी, स्टूल, तस्वीरें, टेबिल लैंप, गद्दे, चादरें, तकिये, कुशन और सजावट के छोटे-छोटे सामान थे। ऊपर जाकर उसने देखा, तो रसोई में काम

चलाने की सभी चीज़ें थीं-पतीली, कढ़ाई, तश्तरियाँ, चम्मच, तवा, बेलन। डिब्बों में दालें, चावल, आटा, मसाले।

"इतना सारा सामान...?" वर्षा आँखें फाड़े देख रही थी।

"तुम जानती हो, वहाँ इतना फालतू सामान है, जो कभी छुआ भी नहीं जायेगा।" दिव्या ने कमरे की खिड़कियाँ खोलीं, "पुताई हाल में ही हुई लगती है।" दीवारों को देखते हुए उन्होंने कहा, "चलो। हमारा एक काम तो कम हुआ।"

वर्षा सामान की उठाधराई कर रही थी-मेज़पोश, कुर्सी की गद्दी, पाँवपोश, छोटे नैपकिन-कुछ भी तो नहीं भूली थीं दिव्या! छोटा-सा पोर्टेबुल टेलीविज़न सेट भी था।

"ऐसे क्या देख रही हो? दिव्या ने उसकी ओर देखा, "क्या तुम्हारे ऊपर मेरा अधिकार नहीं?"

दिव्या के स्वर में उस आहत भाव की परछाईं थी, जिससे वह भलीभाँति परिचित थी। उससे तुरंत जीभ दांतों-तले दबाते हुए कान पकड़े।

"चलो, बाल्टी में पानी ले आओ।" दिव्या ने पल्लू कमर में खोंसते हुए कहा, "बहुत काम पड़ा है।"

शाम के पाँचेक बजे तक घर सँवर गया था। दीवारों पर तस्वीरें, खिड़कियों-दरवाज़ों पर लहराते पर्दे। एक कोने में बिस्तर, एक में दीवान। टी. वी. के सामने फर्श पर गद्दा और गाव तकिये। स्टूल पर लैंप। मेज़ के पास किताबों का रैक। वर्षा को अपना कमरा ऐसा लगा, जैसे रंगीन पत्रिका का विज्ञापन सजीव हो उठा हो।

शाम को सहगल-परिवार ऊपर आया, तो विभोर हो गया।

"हमने तो सुना था कि कलाकार बोहेमियन होते हैं।" मिस्टर सहगल बोले।

घर की ऐसी सज्जा के साथ दिव्या-जैसी परिष्कृत महिला को देखकर उन लोगों के मन में वर्षा की 'ग्रेडिंग' ऊँची हो गयी। (मिसेज़ सहगल को शायद अफसोस हो रहा हो कि किराया कम ले लिया, वर्षा ने सोचा)।

दोनों फर्श के गद्दे पर समानान्तर लेटी हुई थीं। बगल में चाय की ट्रे रखी थी (नौकर को दिव्या ने घर भेज दिया था)। तभी जीने पर हर्ष के बूटों की खट्-खट् हुई।

"तुमने फोन क्यों नहीं किया?" हर्ष ने ज़ीने से ही पूछा, 'मैं दिन भर घर में बैठा रहा।"

वर्षा सकुचा कर कुछ कह पाती, इससे पहले हर्ष ने दिव्या को देख लिया, जिन्होंने सीधे बैठते हुए हल्की मुस्कान दी थी।

"मुझे हर्ष कहते हैं।" के साथ उसने कमरे को लक्ष्य किया। उसके मुँह से अपने-आप ही सीटी बज गयी, "ऐसा घर रिपर्टरी कंपनी में किसी का नहीं होगा।"

वर्षा ने लाड़ से दिव्या के कंधे पर सिर रख लिया।

नहा-धोकर दोनों हर्ष के साथ अजमल खाँ रोड पर घूमने निकलीं। अब यह मेरा इलाक़ा है, वर्षा ने सोचा। वह उमंग से भरी हुई थी।

'गृहप्रवेश के नियमों के अनुसार आज खाना घर में ही बनना चाहिए।" दिव्या बोलीं।

"मैं कहने ही वाली थी।" वर्षा मुस्करायी।

"हर्ष, वर्षा को आलू-पूड़ी बहुत पसंद है। तुम्हें?"

''पसंद तो मुझे भी है, पर परिवार के साथ एक जगह जाना है।'' हर्ष विनम्रता से मुस्कराया, ''मुझे आप लोगों से विदा लेनी होगी।... वैसे भी दो अंतरंग मित्रों के बीच मेरा हड्डी बनना उचित नहीं।''

''देखा दिव्या?'' वर्षा ने आखें नचायीं, ''बिल्कुल रोहन की तरह बोल रहे हैं।''

''श्री रोहन कौन हैं?'' हर्ष ने पूछा।

दिव्या हँसी, ''दूसरी हड्डी!''

''मुझे शाहजहाँपुर के दिन याद आ रहे हैं।'' वर्षा ने पूड़ी बेल कर दिव्या को दी, तो उसे कढ़ाही में छोड़ते हुए वह बोली।

वर्षा के चेहरे पर मीठी मुस्कान थी। उसे ऐसा लग रहा था, जैसे वह कोई सुहानी फिल्म देख रही हो। उसके जीवन की रूपरेखा, उसका आसपास ऐसा मधुर हो सकता है?

इसे बनाये रखने के लिए कुछ अतिरिक्त कमाई ज़रूरी होगी। पिछले दिनों दूरदर्शन उपग्रह के एक प्रोड्यूसर नेगी से भेंट हुई थी। उन्होंने वर्षा के सामने कृषि सम्बन्धी कार्यक्रमों को कम्पेयर करने का प्रस्ताव रखा था, जो सुदूर ग्रामीण अंचल में प्रसारण के लिए थे। (विद्यालय एवं रिपर्टरी कंपनी के लोगों को व्यक्तिगत रूप से आकाशवाणी-दूरदर्शन कार्यक्रमों में भाग लेने की मनाही थी)। मंसूर ने उससे 'प्रवाह' पत्रिका के लिए कुछ अंग्रेजी कहानियों का अनुवाद करने का सुझाव दिया था। दसेक पन्ने की एक रचना के लिए सौ रुपये पारिश्रमिक की बात कही थी। वह कल ही विज्ञान भवन एनैक्स में नेगी से मिलने जायेगी और इसी इतवार को मंसूर के घर। कोशिश करेगी कि जाने से पहले एक अनुवाद तैयार कर ले।

''हर्ष कैसा लगा?'' देर से अपने को रोके रखने के बाद आखिर वर्षा ने पूछ ही लिया।

दिव्या ने कॉफी का घूँट लिया। फिर सोचते हुए बोलीं, ''समझदार है। अपनी पृष्ठभूमि का बोझ लेकर नहीं चलता।''

चुप्पी के बीच टेलीविज़न पर चलने वाले परिसंवाद की आवाज़ें मुखर होती रहीं।

''क्या सोच रही हो?'' वर्षा ने पूछा।

''तुम्हारी पुरानी बात याद आ रही है।'' उसकी ओर देखते हुए दिव्या बुजुर्गों-जैसे मीठे भाव से मुस्करायीं, ''जब मैंने पूछा था, वर्षा, तुमने नाटक के लिए अपना नाम नहीं दिया? तो तुमने कैसी घबराहट से जवाब दिया था, मैडम, मैं तो बिल्कुल अनाड़ी हूँ।''

दोनों हँसीं। फिर गंभीर हो गयीं। (वर्षा को आदित्य-स्नेह के एक साथ ठहाका लगाने की याद आयी)।

दिव्या ने नीचे खिसककर तकिये पर सिर रख लिया। कुछ ठहरकर बोलीं, ''आज मुझे बहुत भला लग रहा है। एक अच्छी अभिनेत्री होने के साथ-साथ अब तुम्हारा अपना घर है। तुम काम करने वाली युवती हो। हर्ष के रूप में तुम्हारा भावात्मक संबल है। तुम्हारा छोटा-सा संसार बस गया है।''

कुछ देर बाद रोशनी बुझा दी गयी। दोनों फर्श के गद्दे पर ही लेटी हुई थीं। दोनों खिड़कियाँ खुली थीं। हल्की हवा के झोंके आ रहे थे।

वर्षा ने गहरी साँस लेकर कहा, "दिव्या, अगर तुम मुझे न मिलतीं, तो मेरा क्या होता?"

देखते--देखते उसकी निश्चित दिनचर्या बन गयी थी।

सुबह छह बजे वह सोकर उठती। मिसेज़ सहगल का नौकर दिल्ली मिल्क स्कीम की आधे लीटर की बोतल दे जाता। छत के किसी कोने पर आ, वह एक कप चाय पीती (अखबार की फिज़ूलखर्ची केवल इतवार या छुट्टी के दिन होती थी)। फिर दो टोस्ट, एक अंडा और एक गिलास दूध का नाश्ता करती। फिर दो पराठे और सब्ज़ी बनाकर लंच बॉक्स में रख लेती। नहा-धोकर आठेक बजे वह घर से निकलती और पूसा रोड के स्टॉप पर आ जाती। मंडी हाउस की बस मिल जाती, तो ठीक। नहीं मिलती, तो वह सुपर बाज़ार की बस ले लेती। (अनुभव से उसने सीख लिया था कि दिल्ली परिवहन की बस की प्रतीक्षा करने के बजाय गंतव्य की ओर गति बनाये रखना बेहतर है।) सुपर बाज़ार से पैदल बाराखंभा रोड पार करने में लगभग पंद्रह मिनट लगते थे। समय की कमी होती, तो वह बाराखंभा रोड से कोई भी बस पकड़कर बीस पैसे का टिकट और ले लेती। नौ से कुछ मिनट पहले ही वह रिपर्टरी पहुँच जाती और रजिस्टर में अपने हस्ताक्षर करती। (यह दिन का पर्याप्त गर्वीला क्षण होता था)।

एक बजे वह दस मिनट में खाना निपटाकर नीचे साहित्य अकादमी के पुस्तकालय में आ जाती और हिन्दी-अंग्रेज़ी अखबार पढ़ती। शाम को पाँच बजे वह रवींद्र भवन से निकलती। कभी मित्रों के साथ श्रीराम सेंटर इत्यादि में बैठती या किसी फिल्म का कार्यक्रम बनता। कभी वह सीधे घर आ जाती और एक कप चाय बनाकर 'हनीमून' का अनुवाद करने बैठ जाती। (मुख्यतः हास्य-नाटक करने वाले 'अग्रगामी' के बहल ने पाँच सौ पारिश्रमिक पर उसे यह काम दिया था। नाटक का पूरा भारतीयकरण करना था। पहले अंक के पंद्रह पृष्ठों का अनुवाद बहल को पसंद आया था। मंसूर से फोन करवा कर वह एक प्रकाशक से मिलने गयी थी। उन्होंने पुस्तक छापने में रुचि दिखायी थी और वर्षा को एकमुश्त पाँच सौ रुपये देकर कॉपीराइट ले लेने का प्रस्ताव रखा था। दो महीने में हज़ार रुपये अतिरिक्त कमा लेने के विचार से सिलबिल खासी उत्तेजित चल रही थी। दूरदर्शन उपग्रह के लिए उसने दो कार्यक्रम कंपेयर किये थे और अस्सी-अस्सी रुपये के दो चेक मिल गये थे। पर तभी रिपर्टरी चीफ सूर्यभान ने उसे अपने कमरे में बुलाया था, "देखो वर्षा, मेरे पास तुम्हारी शिकायत आयी है। कोई और होता, तो मैं सस्पेंड कर देता। पर यह तुम्हारी पहली भूल है। मैं स्थिति को यह कहकर सँभाल लूँगा कि वर्षा ने रिकॉर्डिंग गर्मी की छुट्टियों में की थी। तुम्हारा शुभाकांक्षी और एक वरिष्ठ सहयोगी होने के नाते क्या मैं आशा करूँ कि ऐसा फिर नहीं होगा?" वर्षा ने क्षमा माँग कर वादा किया था)। आठ बजे के लगभग वह रसोई में आ, खाना बनाने में लग जाती। कभी टेलीविज़न पर कोई रोचक कार्यक्रम होता, तो समय में थोड़ी फेरबदल हो जाती। खाना खाने के बाद वह घंटे भर कुछ पढ़ती। फिर रोशनी बुझा देती।

इतवार को सुबह साढ़े दस के लगभग जीने के दरवाज़े पर दस्तक हुई। वर्षा दूसरी कहानी का अनुवाद कर रही थी। (पहली मंसूर को पसंद आयी थी। सप्ताह भर बाद पत्रिका से फोन आ गया कि नये अंक में वह प्रकाशित हो रही है)।

बॉबी किसी के फोन की इत्तिला देने आया है, छत पर आते हुए वर्षा ने सोचा। दरवाज़ा खोला, तो सुजाता खड़ी थीं।

''दीदी !'' वर्षा अचरज से भर उठी, ''आइए आइए...गंगू तेली के घर में राजा भोज पधारे हैं !''

सुजाता के ना-ना करने पर भी वह कॉफी बनाने रसोई में आ गयी। हर्ष ने मित्रता के प्रारंभिक दौर में ही बताया था कि भावना में शिकस्त खायी सुजाता के कारण हमारा पूरा परिवार भीतर से मुर्झाया हुआ है। ('हर सुखी परिवार एक-जैसा होता है। दुखी परिवार अपने दुख के कारण विशिष्ट हो जाते हैं, वर्षा को कहीं पढ़ी हुई पंक्तियाँ याद आयी थीं)। सुजाता की 'भावनाओं का केन्द्र' अक्षय था। वह तबादले पर कलकत्ता गया, तो उसने वहीं एक बंगाली युवती से विवाह कर लिया। वर्षा सुनकर स्तब्ध रह गयी। तत्क्षण दिव्या और प्रशांत की याद आयी। अब कलकत्ते से उसका आसंग ऐसा हो गया था, जहाँ उत्तर भारतीय प्रेमिका को विरह-ज्वाला में जलता छोड़कर प्रेमी किसी शस्य-श्यामला एलोकेशी के साथ नया नीड़ बना लेता है। ('दीवाने-ग़ालिब' में कलकत्ते का जो नाम लिया तूने हमनशीं/ इक तीर मेरे सीने में मारा कि हाय-हाय' पढ़ते हुए उसके सामने अश्रु-प्लावित दिव्या-सुजाता के क्लोज़अप आ गये)।

''कॉफी अच्छी बनाती हो।'' सुजाता ने एक घूँट लेकर कहा।

वर्षा आपकी-कृपा-है-के भाव से मुस्करायी। वह थोड़ी आशंकित होने लगी थी। दीदी अकेली आयी थीं और संजीदा थीं। क्या उससे कोई भूल हो गयी?

सुजाता ने वैसे ही गंभीर भाव से पॉलीथीन के थैले से एक लिफाफा निकाला और उसकी ओर बढ़ाया। वर्षा ने खोला, तो एक कार्ड था, ''श्री तथा श्रीमती वर्धन अपनी बेटी सुजाता के मंगल परिणय के अवसर पर...''

अब सुजाता चंचल मुस्कान से उसकी ओर देख रही थीं।

''दीदी !'' वर्षा ने उनका हाथ थामकर आवेग से कहा, ''मैं कैसे अपनी खुशी प्रकट करूँ...''

पिछले वर्ष से सुजाता कसमसाने लगी थीं। पारिवारिक वातावरण अपेक्षाकृत उन्मुक्त हो गया था। हर्ष ने बताया था, जे. एन. यू. के एक एसोशिएट प्रोफेसर योगेश से (जो स्कूल ऑफ चायनीज स्टडीज़ में थे) सुजाता की मित्रता हो गयी है।

''मोतीलाल नेहरू मार्ग पर मेरा कमरा खाली हो रहा है।'' सुजाता ने उसी चंचल मुस्कान से कहा, ''वहाँ आने के बारे में क्या ख्याल है?''

''दीदी...'' वर्षा सकुचा गयी।

''हर्ष के मन में क्या है, मैं थोड़ा-सा जानती हूँ।''

सुजाता ने हाइनैक का पुलोवर वापस नहीं लिया था। ''दीदी कहती है, वर्षा के ऊपर अच्छा लगेगा। उसी के पास रहने दो।'' हर्ष ने बताया था।

क्या दीदी समझ गयी होंगी कि पुलोवर की ज़रूरत क्यों पड़ी, वर्षा ने सोचा था। वह संकोच के मारे उस पुलोवर को पहनकर कभी हर्ष के घर नहीं गयी।

''डैडी भरसक हम लोगों की जिन्दगी में दखल नहीं देते।'' सुजाता ने कहा, ''रही मम्मी की बात, तो धीरे-धीरे वह उन्हें मना लेंगे।''

तो मम्मी का रुख सुजाता ने भी लक्ष्य कर लिया था।

जब से हर्ष उसके प्रति अधिक ऊष्म हुआ था, मम्मी वर्षा के प्रति थोड़ी सर्द हो गयी थीं। एक कारण तो निःसन्देह वर्षा का नीचा सामाजिक स्तर था। दूसरी कारण थी- शिवानी !''

अहमदाबाद से बिज़नेस मैनेजमेंट का कोर्स किये हुए शिवानी एक मल्टीनेशनल में एक्ज़ीक्यूटिव और डैडी के एक सहयोगी मित्र की बेटी थी। मम्मी को वह लम्बे समय से प्रिय थी।

पहले साल सुजाता की वर्षगाँठ पर शिवानी से भेंट हो गयी थी।

''वर्षा !'' सुजाता ने परिचय कराया था, ''शिवानी!''

''हैलो !'' शिवानी नें तौलती निगाह से उसे देखते हुए अंग्रेजी में कहा, ''मैंने तुम्हारे बारे में सुना है। दुर्भाग्य से तुम्हारा कोई नाटक मैं अब तक नहीं देख सकी।''

''अच्छा ही हुआ, वरना आपको निराशा हुई होती।'' वर्षा उदास मुस्कान से बोली। (तब नाट्य विद्यालय में उसका 'ब्लैक पीरियड' चल रहा था)।

वर्षा की तुलना में शिवानी का कद काफी छोटा था। वर्षा ने संतोष के भाव से लक्ष्य किया कि शिवानी की आँखें और वक्ष-रेखाएँ भी उसके आगे वैसी ही हैं, जैसे उज्जयिनी की श्री के सामने विदिशा। पर शिवानी न सिर्फ बड़े पावन ढंग से गोरोचन-सी गोरी थी, बल्कि उसमें गहरा सहज आकर्षण था। ('फिर पार्वती में वह यौवन फूट पड़ा, जो शरीर-लता का स्वाभाविक शृंगार है, जो मदिरा के बिना ही मन को मतवाला बना देता है और कामदेव का बिना फूलों वाला बाण है।' उसे 'कुमारसंभव' की पंक्तियाँ याद आयीं। नहीं, नवयौवन ने मेरी देहलता पर ऐसे रंग नहीं बरसाये, उसने ठंडी सांस के साथ सोचा)। शिवानी ने बैल-बॉटम और फ्रिल वाला टॉप पहन रखा था। कानों में बड़े-बड़े कुंडल। पीठ पर लहराते कटे हुए बाल। काले लाइनर से हाइलाइट की गयी आँखें और स्वप्निल से 'लुक' के लिए ग्रे शैडो। सनसेट पिंक लिपस्टिक में भरे-भरे होंठ ऐसे लगते थे, जैसे पकी हुई कलियाँ टूटन को मचल रही हों।'

हॉस्टल से निकलते हुए वर्षा को इस नाटकीय समक्षता की जानकारी थी, पर उसने तय किया था कि वह अपनी सादगी पर दृढ़ रहेगी। उसने रोज़मर्रा की नीली जींस और पूरी बाँहों की क़मीज़ पहनी थीं बालों की एक ढीली ढाली चोटी, कोल्हापुरी चप्पलें और बरायेनाम मेकअप।

मॉडर्न स्कूल के साहचर्य के बाद से शिवानी से हर्ष की अच्छी मित्रता चली आ रही थी। वर्षा को कौतूहल था, पर संकोच के कारण उसने कभी यह जानने की चेष्टा नहीं की थी कि इस मित्रता की प्रकृति क्या है।

शिवानी के माता-पिता और भाई-भाभी से भी परिचय हुआ। उस शाम वर्षा ने कई बार महसूस किया कि उसे आँखों-आँखों में तौला जा रहा है। बदक़िस्मती से नाट्य विद्यालय से और कोई नहीं था, (स्नेह और चतुर्भुज को आमंत्रण मिला था, पर चतुर्भुज बोले, ''वर्षा, हर्ष के घर की पार्टी में सब सुख में पले चेहरे होते हैं। मैं सकुचा जाता हूँ।'') इसलिए वह अधिकतर समय या तो काम में मदद करती रही या सुजाता के आसपास मँडराती रही। हर्ष से वह जानबूझकर दूर रही।

''वर्षा !'' सुजाता ने केक के छोटे-छोटे टुकड़ों की प्लेट उसकी ओर बढ़ायी, मेहमानों में बाँट दो।''

''दीदी प्लीज!'' वर्षा कातर भाव से बोली, ''मुझे यह काम करता देख कोई कुछ और मतलब न लगा ले?''

सुजाता ने उसकी ओर देखा। उस एक क्षण में उन्होंने वर्षा को कुछ और पहचान लिया।

सप्ताह भर सुजाता की शादी की गहमागहमी रही। शाम पाँच बजे वर्षा रिपर्टरी से निकलती और हर्ष के घर चली जाती। मेहमानों की सूची बनाना, लिफाफों पर नाम-पते लिखना, मेन्यू की तैयारी-सबमें उसने हाथ बँटाया। कपड़ों और गहनों की खरीददारी में सुजाता उसे साथ ले जातीं। सुजाता मम्मी की सूची दो चीज़ें काटतीं, तो डैडी तीन और जोड़ देते।

''डैडी, क्यों फिजूलखर्ची कर रहे हो?''

वर्षा ने मुग्ध भाव से बाप-बेटी की बहस सुनी।

''फिजूलखर्ची?'' उसने पहली बार डैडी का तरल स्वर सुना, ''मेरी एक ही तो बेटी है!''

(हे प्रभु भारतवर्ष में ऐसे पिता भी पाये जाते हैं! वर्षा ने रोमांच के साथ सोचा)।

शनिवार की दोपहर वर्षा ने सुजाता को उबटन लगाया। (इस अंतरंग कार्य-व्यापार के लिए सुजाता ने उसी का चुनाव किया था)। नग्न पीठ पर आलेप मलते हुए वर्षा को दिव्या की याद आयी। मैं ज़िन्दगी भर नयी-नवेली दुल्हिनों के लिए यही करती रहूँगी, उसने मुस्कान के साथ सोचा।

''मुस्करा क्यों रही हो?'' सुजाता ने मुस्कराते हुए पूछा।

''कुछ साल पहले भी मैंने एक दुल्हिन की ऐसी ही सेवा की थी। पता नहीं, इस रोल के लिए मुझे क्यों उपयुक्त समझा जाता है।''

''क्या वह दुल्हिन खुश है?'' सुजाता ने पूछा। मुस्कान विलुप्त हो गयी थी।

वर्षा पल भर ठिठकी, ''इतना कह सकती हूँ कि उनका मन, जो बहुत बेचैन था, अब शांत और स्थिर हो रहा है।''

''आमीन !'' सुजाता धीरे-से बोलीं-कुछ अपने-आपसे ही।

वह रात वर्षा ने सुजाता के कमरे में ही बितायी। देर रात तक आँगन में बन्ने गाये गये। वर्षा ने ढोलक बजायी। (चतुर्भुज की मित्रता से कला पर निखार आ गया था)। इसरार पर एक गाना वर्षा ने भी छेड़ा-'बन्ना मेरा रंगरंगीला छैलों का सरताज...'' (कुछ पलों के लिए इसके साथ जुड़ी त्रासद याद सुगबुगा उठी, जो वैसे बहुत धुँधली पड़ गयी थी। पिछले वर्ष किशोर ने लिखा था कि बुलंदशहर वालों ने मँगनी तोड़ दी है)। शिवानी सामने बैठी उसे देख रही थी, जैसे प्रतिद्वंद्वी की स्थिति आँक रही हो। उसने मन-ही-मन कहा, ''शिवानी, मेरी-तुम्हारी कोई प्रतियोगिता नहीं। इतना ही बहुत है कि मैं जिन्दा हूँ, आज़ाद हूँ...''

''कोई नाचेगा नहीं?'' पुलक से भरी मम्मी बोलीं, ''वर्षा?''

उनकी बात रखने के लिए वर्षा कर्मक्षेत्र में उठ खड़ी हुई। (डाँस मूवमेंट की क्लास का कुछ लाभ तो होना ही था)।

सप्ताह भर इस घर में वर्षा का व्यवहार सुविचारित और सही रहा। हर्ष और सुजाता की भावना का निर्वाह करने के लिए वह उपस्थित एवं क्रियाशील थी, पर मम्मी की भावना का

सम्मान करते हुए वह बराबर पृष्ठभूमि में रही। कम-से-कम बोलते हुए, कम-से-कम नज़र आते हुए उसने अपनी नाज़ुक सी भूमिका निबाही। परिवार की लड़की-जैसा दायित्व निभाती रहो, पर ऐसा न लगे कि परिवार की सदस्य हो या बनने वाली हो !

सुजाता के साथ-साथ डैडी ने भी इसे लक्ष्य किया।

''वर्षा इज़ डीसेंट!'' पाइप का कश खींचकर डैडी धीमे स्वर में सुजाता से बोले, 'व्हाट डू यू थिंक?''

''मुझे खुशी है डैडी कि इस बारे में हम दोनों सहमत हैं।'' सुजाता बोली, ''दैट गर्ल हैज़ कैरेक्टर, इनर स्ट्रैंथ एंड डिगनिटी।''

इतवार की शाम को विवाह हुआ।

वर्षा को पहली बार कांजीवरम साड़ी पहनने का अवसर मिला था और दिव्या की भेजी चोली। कंधों को पल्लू से ढके वह पंडाल में चुपचाप पाँचवीं पंक्ति के कोने में बैठी रही। शिवानी चटक बनारसी साड़ी के साथ ज़ेवरों से लदी हर्ष की मम्मी के ठीक पीछे बैठी थी।

''आप बहुत सुंदर लग रही हैं।'' सामने पड़ जाने पर वर्षा ने कहा था।

''थैंक्स!'' गले के हार की लड़ियाँ समतल करते हुए शिवानी बोली, ''यू टू आर लुकिंग ग्रेसफुल!''

जब विदाई हुई, तो सुजाता हर्ष से लिपटकर हिलक-हिलककर रोयीं। हर्ष ने अपने आँसू पोंछे और सुजाता के भी। डैडी अपने पर नियंत्रण रखे हुए थे, पर मम्मी का बाँध टूट गया। हर्ष ने मुश्किल से उन्हें सँभाला।

''वर्षा...'' कार के दरवाजे पर सुजाता को यकायक उसकी याद आयी।

वर्षा पीछे और ओट में थी। पर अब आगे आना ही पड़ा।

सुजाता ने उसे बाँहों में बाँध लिया और धीमे स्वर में फुसफुसायीं, ''मुझे विश्वास है, हम एक-दूसरे की ज़िन्दगी बाँटेंगे।''

जब वर्षा अपनी बरसाती में लेटी, तो एक बज रहा था। बदन थकान से शिथिल था, पर नींद नहीं आ रही थी।

वर्षा, वर्धन परिवार का अंग हो जाने के मुद्दे पर तुम्हारी क्या प्रतिक्रिया है?'' उसने जोर-से अपने-आपसे पूछा।

''वर्षा ने मन को खँगाला था। कई कारण थे, जो उसे मनाही का संकेत दे रहे थे। पहला कारण कलात्मक था। अभी उसने रचनात्मक व्यक्तित्व के निर्माण का एक चरण पूरा किया है। अभी उसकी उपलब्धि क्या है? वह कम-से-कम पच्चीस वर्ष रिपर्टरी में रहेगी और एक सक्षम अभिनेत्री के रूप में (रीटा की तर्ज पर 'महान' बनने के विचार से उसे संकोच था) अपने को स्थापित करेगी। (रिपर्टरी की एक अभिनेत्री श्रीमती चित्रलेखा सारस्वत तेतालिस वर्ष की थीं। उन्होंने तीस की आयु में स्कूल में दाखिला लिया था और दो बार पति का तबादला होने पर रिपर्टरी छोड़ गयी थीं। अगर मैंने ब्याह कर भी लिया, तो भी मैं रिपर्टरी कभी नहीं छोड़ूंगी-वर्षा ने तय कर लिया था। मैं रंगमंच के बिना नहीं जी सकती। गृहस्थी और बच्चे मंचोपस्थिति के जादू का स्थानापन्न नहीं हो सकते। अगर उसके पति का तबादला हुआ, तो वह रिपर्टरी के बजाय उसे छोड़ देगी)। दूसरा कारण आत्मसम्मान से जुड़ा था।

मम्मी की ठंडी दृष्टि के चलते वह मोतीलाल नेहरू मार्ग के बंगले में बहू बनकर नहीं घुसेगी। अपने ही घर में घुसपैठिये की स्थिति की कल्पना से वह सुलग उठती थी। (चौदह बटा चौदह की निजता एवं स्वतंत्रता के बाद इस एहसास में और गहरायी आयी थी)। तीसरा कारण व्यक्ति और कलाकार के रूप में उससे की जाने वाली अपेक्षाओं तथा उसकी सीमाओं से जुड़ा था। रंगदायित्व के प्रति अपने संपूर्ण समर्पण की वजह से अभी उसे यह कार्यकलाप पूरे समय की माँग करने वाला लगता था। इसके साथ वह पत्नी और पुत्रवधू की भूमिकाएँ निरन्तर कैसे निभाएगी? कुछ समय बाद इसमें माँ की भूमिका का जुड़ना अनिवार्य था। तब समय और समर्पण का विभाजन और भी तीखा एवं तनाव भरा होगा। अंतिम कारण हर्ष की उसके ऊपर हावी होने की प्रवृत्ति थी। अब तक वे भावात्मक रूप से एक-दूसरे के काफी निकट आये थे, पर दूसरे स्तर पर विरोधी विचारों की नोंकें भी चुभने लगी थीं।

वह सुजाता से संकोच के मारे कुछ नहीं कह सकी (कहीं यह न सोचें कि खामखाह इतरा रही है), पर उनकी शादी का कार्ड मिलने से लेकर अब तक के समय में उसकी यह धारणा बलवती हो गयी थी कि अभी हर्ष के साथ जीवन बिताने का निर्णय लेना जल्दबाज़ी होगी। अभी उन दोनों के बीच विचार-पद्धति एवं जीवन-शैली के समीकरण के ताने-बाने और साफ, और सुलझे हुए होने चाहिए।

8

पझपंखुरी की धार से शमी का पेड़ काटोगे?

हर्ष से पहला वैचारिक मतभेद दूसरे वर्षांत पर ब्रेश्ट के कारण हुआ था।

''गर्मियों में हम 'पुंटिला' कर रहे हैं।'' शशांक मुखोपाध्याय एक शाम को श्रीराम सेंटर में कॉफी की चुस्की लेकर बोले, ''मुझे तुम दोनों का सहारा है।''

वामपंथी शशांक 'युगांतर' के संचालक थे और अपनी विचारधारा के अनुरूप सिर्फ प्रतिबद्ध मंचन करते थे। उनके हर प्रदर्शन की शुरुआत में सारे कलाकार मंच पर आकर सामूहिक रूप से ब्रेश्ट की कविता 'ड्रामानिगार का नग्मा' का पाठ करते थे, 'मैं हूँ नाटककार, दिखाता हूँ/जो मैंने देखा है, देखा है मैंने/कैसे इंसान को बेचा जाता है? इंसानों के बाज़ारों में/मैं वही दिखाता हूँ...'

''मुझे परिवार के साथ गोआ जाना है।'' हर्ष बोला, ''पर मैं तीनेक हफ्तों के लिए अपना कार्यक्रम बदल दूँगा।''

''वर्षा?'' शशांक ने चारमीनार की सिगरेट सुलगाते हुए उसकी ओर देखा।

''मुझे लखनऊ जाना है।'' वर्षा ने बचने की कोशिश की।

''दो-तीन हफ्ते बाद चली जाना।'' शशांक ने ज़ोर दिया।

''माफ करें, ब्रेश्ट के नाट्य-सिद्धान्त में मेरा विश्वास नहीं।''

शशांक और हर्ष दोनों उसकी ओर देखने लगे।

''मतलब?'' शशांक बोला।

"एक दर्शक के रूप में, 'मैं अलगाववाद' से सहमत नही हूँ। मैं जिस नाटक को देख रही हूँ, उसके प्रति मंचन के दौरान आलोचनात्मक रुख नहीं अपना सकतीं।" वर्षा ने नरमी से कहा।

"तुम कहना चाहती हो कि 'एलिनेशन' से ब्रेश्ट की मंचोपयोगिता कम हुई है?" हर्ष ने पूछा।

"मंचोपयोगिता नहीं, मंच-प्रभाव।"

हर्ष आवेश में आ गया, "अब एक प्रबुद्ध युवती के रूप में भी अपना विचार बता दो।"

वर्षा ने उसकी ओर देखा, फिर संतुलित स्वर में कहा, "उनके नाटकों का सौंदर्यबोधीय आधार काफी क्षीण है।"

"तुम जिस शब्दावली का व्यवहार कर रही हो, वह बूर्ज्वा, ह्रासोन्मुख और उपभोक्तावादी संस्कृति की देन है।" शशांक उठते हुए बोले, "आओ हर्ष, हम रीटा से बात करते हैं।"

वर्षा अपनी मेज़ पर बैठी रही। शशांक एवं हर्ष रीटा के साथ जा बैठे। कुछ देर बाद दोनों उठे और बाहर निकल गये। हर्ष ने उसकी ओर नहीं देखा।

"हर्ष, मैं यह क्या सुन रही हूँ?" पिछले सत्रारम्भ में वर्षा ने रवीन्द्र भवन के पार्किंग स्थल पर हर्ष को घेर लिया, "तुम सूर्यभान के खिलाफ चुनाव लड़ रहे हो?"

विद्यालय की कार्यकारिणी समिति में रिपर्टरी का एक प्रतिनिधि होता था। परंपरा थी कि रिपर्टरी चीफ को ही सर्वसम्मति से मनोनीत कर दिया जाता था।

"हाँ'।"

"पर क्यों?"

हर्ष ने उसकी ओर देखा, "क्यों नहीं?"

"तुम बुनियादी तौर पर एक्टर हो। अपनी शक्ति उस क्षेत्र में लगाओ, जो तुम्हारी पहली प्राथमिकता है।" वर्षा बोली।

"अपने अधिकारों की रक्षा के लिए संघर्ष करना होगा।" हर्ष सीट पर बैठ गया।

"तुमसे तुम्हारा कौन-सा अधिकार छीना गया है? तुम्हें रिपर्टरी में मन पसंद रोल नहीं मिलते? तुम्हें 'बी' से 'ए' ग्रेड नहीं दिया गया?"

"सिर्फ मेरी बात नहीं। दूसरों के हितों की भी रक्षा होनी चाहिए।"

"दूसरे कौन?" वर्षा ने बल दिया।

हर्ष चुप रहा।

"तुम स्नेह और चतुर्भुज की बात कर रहे हो?"

स्नेह रिपर्टरी के लिए 'चंद्रगुप्त' करना चाहते थे, पर उनके तीन वर्ष पहले किये गये 'मुद्राराक्षस' का अनुभव अच्छा नहीं माना गया, इसलिए यह प्रस्ताव स्वीकृत नहीं हुआ। निर्देशक को किसी विशेष मंचन के लिए ही अनुबंधित किया जाता था, इसलिए चतुर्भुज को पूरे सत्र के लिए लेना संभव नहीं था। अभिनेता के रूप में उनके सामने 'सी' वर्ग का प्रस्ताव रखा गया था, पर वह सीधे 'बी' वर्ग चाहते थे। विशेषज्ञ समिति ने (जो एक प्रकार से सूर्यभान के मत की उपमा थी।) इसे स्वीकार नहीं किया था। इस जगह के और भी प्रत्याशी थे, जिनके दावे वैध माने गये।

"हाँ। उनके साथ नाइंसाफी हुई है।"

"कार्यकारिणी में तुम अकेले उनके लिए आवाज़ उठाकर उन्हें इंसाफ दिला दोगे?"

वर्षा का स्वर मुलायम था, पर हर्ष तिलमिला गया, "तुम सूर्यभान की हिमायत क्यों कर रही हो?"

वर्षा ने उसके हाथ पर हाथ रख दिया, "क्योंकि तुम अभिनेता के रूप में अपनी जगह को नुकसान पहुँचा सकते हो।" उसका स्वर तरल हो गया था।

"यथास्थित के तुम्हारे जैसे पैरवीकारों की वजह से ही आज देश की यह हालत है।" हर्ष ने किक मारी।

"तुम सामाजिक कार्यकर्ता नहीं हो।" इंजन की गुर्राहट पर वर्षा ने अपना स्वर ऊँचा किया, "अभिनेता के रूप में तुम्हें अभी आगे जाना है।"

अर्धचंद्राकार निशान पीछे छोड़ता हुआ हर्ष गेट से बाहर निकल गया।

अंततोगत्वा गुप्त चुनाव हुआ। हर्ष को सिर्फ तीन मत मिले। सूर्यभान के साथ सम्बन्ध में गाँठ पड़ गयी।

मित्रता के प्रारंभिक दौर के बाद वर्षा को हर्ष के साथ अच्छे रेस्तराओं में जाना पसंद नहीं था। अव्वल तो वर्षा का बटुवा हल्का होता था और अगर महीने में एक दो बार वह बिल देना भी चाहती, तो हर्ष ऐसा नहीं होने देता था। जरा-सा कुछ मँगाओ, तो बीस-पच्चीस रुपये देखते-देखते खर्च हो जाते, जो वर्षा को खलता था। वह मोहन सिंह प्लेस से कॉफी हाउस का प्रस्ताव रखती। (जनपथ का कॉफी हाउस बंद हो चुका था), तो हर्ष वीटो कर देता, "मुझे वहाँ घुटन होती है।"

"तो छत पर बैठ जायेंगे।" एक बार वर्षा ने कहा।

"धूप होगी"

"शाम के छः बजे हैं। अब क्या धूप होगी? दीवार के बगल की मेज़ पर बैठ जायेंगे।"

'नहीं, 'रैबिल' चलेंगे।"

बौद्धिक पसंद में भी हर्ष की ज़िद चलती। वर्षा टैनेसी विलियम्स की प्रशंसा करती, तो वह आर्थर मिलर की श्रेष्ठता प्रतिपादित करने लगा। वर्षा जीवन में किसी धार्मिक-नैतिक धुरी की आवश्यकता रेखांकित करती, तो हर्ष का प्रतिवाद होता, "धर्म ज़िन्दगी की आँखों पर लगा रंगीन चश्मा है।" वर्षा को 'एन अनमैरिड वूमैन' फिल्म का अंत भी सार्थक लगा (जहाँ चित्रकार प्रेमी की संगिनी बनी रहने के बजाय नायिका ने अकेली, स्वावलम्बी ज़िन्दगी का वरण किया)। और जिल क्लेबर्ग का अभिनय भी, तो हर्ष ने 'फेमिनिस्ट क्रैप' और 'कुरूप भेड़' कहकर दोनों बातें खारिज कर दीं। उसने तर्क दिये, तो हर्ष ने बीच में ही उपवास के ढंग से उसकी क़मीज़ का ऊपरी बटन खोलकर देखा, "अरे, तुमने अभी तक अपनी ब्रा जलायी नहीं?" (कालांतर में उसे 'ब्रा-बर्नर' कहकर पुकारा जाने लगा!)।

"देखिए, नृत्य में मस्त मयूर..." कहते हुए वर्षा ने मोर के जैसी भाव-भंगिमा अपना ली।

हर्ष ने उसके पीछे-पीछे मंच का एक चक्कर लगाया, फिर थकान की साँस लेकर कहा, "वनकन्या, और कितनी दूर है तुम्हारी कुटीर?"

चपल प्रफुल्लता से आगे-आगे चलती हुई वर्षा मुस्करायी, "बस नरेश, आ ही गया समझिए। इस उपवन के बाद निर्मल निर्झर है, उसके बाद हरित अमराई है, फिर सरसों के पीले-पीले खेत हैं, फिर पावन सरोवर है, फिर गणेशजी का मंदिर। उसके बाद फिर निर्मल निर्झर है, फिर हरित अमराई है, फिर सरसों के पीले-पीले खेत हैं, फिर पावन सरोवर है, फिर योगमाया का मंदिर।...बस, आ ही गया समझिए..."

हर्ष हल्की मुस्कान से उसे देखता है।

"देखिए, हिरण-शावक!" वर्षा उमंग से कहती है और हिरन की अनुकृति में मंच का एक चक्कर लगाती है।

"सर, जब वह नाचती है, तो मैं क्या करूँ?" हर्ष ने किंचित रूखे स्वर में अंग्रेजी में पूछा।

श्री मेनन ने अंग्रेजी में ही उत्तर दिया, "एक राजा, जो अपनी राजधानी से सुदूर जंगल में आया है, एक प्रकृति-पुत्री को अपने परिवेश से जुड़ा देखकर अभिभूत है। यह भोलीभाली युवती कोयल की बोली सुनकर वैसी ही प्रतिध्वनि देती है, सरसो को हवा में झूमते देखकर अपनी देह को वैसे ही थिरकाती है...वह देखकर राजा की प्रतिक्रिया क्या होनी चाहिए?"

"इस पूरे दृश्य में यही चलता है।" हर्ष ने नापंसदगी से कहा।

"अपने सार रूप में संस्कृत नाटक क्या है? खाली स्पेस में अभिनेता का शरीर। दर्शक की आँख में इन्हीं मुद्राओं-छवियों से एक विज़न बनता है, जो अंततः चाक्षुष काव्य की रचना करता है। बोले जाने वाले शब्द का संगीत, भाव-भंगिमाओं में अनूदित हुए नाटक के बिम्ब, संगीत और नृत्य से प्रदर्शन अपना अस्तित्व ग्रहण करता है। यह अपने-आप में एक संपूर्ण रंगभाषा है।"

"यह नाटक मुझे नापसंद है। इस रोल से मुझे नफरत है।" शाम को मंडी हाउस के चायघर पर बड़ा-सा घूंट लेकर हर्ष ने कड़वाहट से कहा।

वर्षा देखती रह गयी। उसकी ऐसी सख्त प्रतिकिय्रा उसने पहली बार देखी थी।

"नाटक में कैसी मोहक विजुअल पोयट्री है।" वर्षा ने प्रतिवाद किया।

"वह तुम्हें मोहक इसलिए लगी, क्योंकि तुम्हारी भूमिका से उपजती है।"

वर्षा को ऐसा लगा, जैसे हर्ष ने उसके वक्ष पर घूँसा मार दिया हो।

"हर्ष..." वह आहत भाव से उसे देखती रह गयी।

"आइ रियली हेट दिस संस्कृत शिट !" हर्ष ने तीन-चार बड़े घूँटों में गिलास खाली कर दिया, "अगर तथाकथित जड़ों की तलाश और पुनरुत्थान का तकाज़ा न हो, तो पूरे संस्कृत में एक नाटक नहीं, जो पश्चिम के मुक़ाबले खड़ा हो सके।" वह सिगरेट ढीली करते हुए तंबाकू निकालने लगा।

"तुम क्या कह रहे हो?" वर्षा स्तंभित रह गयी, 'शाकुंतल' और 'मुद्राराक्षस' क्लैसिक्स नही हैं?"

"यह तुम वर्नाक्यूलर वालों का ढकोसला है!" हर्ष ने पहली बार अपने को उसकी बिरादरी से अलग किया था, "होता क्या है 'शाकुंतल' में? बीस मिनट के एकांकी की कहानी है, जिसे ढाई घंटे खींचा गया है। और नाटकीय विकास कैसे होता है? दुर्वासा के शाप से ! दुष्यंत के सामने एक प्रतिनायक खड़ा करते, तो कुछ नाटकीय संघर्ष होता। पर

नहीं, वहाँ तो संघर्ष की अवधारणा ही नहीं। रससिद्धान्त-माई फुट ! ... और तुम्हारा 'मुद्राराक्षस'...आधा नाटक हो जाता है, पर चरित्रों के पारस्परिक सम्बन्ध ही साफ नहीं होते। मोटिवेशन क्या है? राक्षस को मंत्री बनाना। पूरे आर्यावर्त में और कोई नहीं रह गया था? ...नो इनसाइट, नो लॉजिक!''

''अब, 'मिट्टी की गाड़ी' पर भी अपनी कीमती राय दे दो।' वर्षा ने मुस्कान दबाते हुए कहा।

''मिट्टी डालो 'मिट्टी की गाड़ी' पर...दरअसल एब्सर्ड थिएटर वालों को उसे क्लेम करना चाहिए। कहीं प्रेम-कहानी है, कहीं क्रांति है, कहीं साला राजा का साला है...नो स्ट्रक्चरल इंटैग्रिटी नो थीमेटिक थ्रस्ट !'' उसने पुड़िया से चरस की गोली निकाली और जलती तीलियों से पिघलाने लगा। (जेब में पुड़िया रखना उसने हाल में ही शुरू किया था)।

वर्षा चुपचाप देखती रही। वह तंबाकू मिला रहा था।

''मैं जानता हूँ, मेरी बात तुम्हें ज़हर लग रही है।''

ऐसी कटुता और अतर्कसंगति उसने हर्ष में पहली बार देखी थी।

''यह सब सूर्यभान की कारिस्तानी है।'' लंबा कश खींचकर हर्ष बोला।

''ऐसा नहीं हो सकता।''

रिपर्टरी कंपनी का दूसरा समूह रॉयल शेक्सपीरियन थिएटर से आये एंडरसन के निर्देशन में 'किंग लियर' का पूर्वाभ्यास कर रहा था। संस्कृत नाटक 'पझपंखुरी की धार और शमी का पेड़' की रिहर्सल दो सप्ताह पहले शुरू हुई थी और मेनन ने सारे कलाकारों के पाठन के बाद अपनी कास्ट का चुनाव किया था।

''ऐसा नहीं हो सकता?'' सितार के तारों की तरह हर्ष का स्वर कुछ कस गया। चरस का असर रहा होगा।

''मेनन पूरे देश में सम्मानित निर्देशक हैं। उन्हें कास्टिंग को लेकर पहले से ऐसा सुझाव दिया जाये, यह बात नहीं सोची जा सकती। यहाँ बुलाये गये निर्देशक को कैसा सम्मान और सुविधा मिलती है, यह तुम मुझसे ज्यादा जानते हो। वैसे भी अपनी मर्जी के विरुद्ध मेनन ऐसा सुझाव मान लेंगे, यह मैं स्वीकार नहीं कर सकती।''

''सूर्यभान को किंग लियर की भूमिका ऐसे ही मिल गयी?'' हर्ष ने उसकी ओर देखा।

''वह इस भूमिका के लिए तुमसे ज्यादा उपयुक्त है।'' वर्षा ने निगाह चुरायी नहीं।

एक पल जैसे स्थिर हो गया।

''कैसे?''

''पहली बात यह कि वह तुमसे उम्र में बड़े हैं।''

''और दूसरी बात यह कि वह मुझसे बेहतर अभिनेता है ! ...कह दो।''

''हर्ष तुम्हें क्या हो गया है?'' वर्षा के स्वर में उलझन थी और खेद की छाया।

''मुझे कुछ नहीं हुआ।'' हर्ष ने कश खींचा, ''जब से 'इंडिया टुडे' में तुम्हारा राइटअप छपा है, तुम्हें कुछ हो गया है।''

सत्र के शुरू में इस पत्रिका ने हर कला-क्षेत्र के ऐसे क्रियाशीलों पर आवरण-कथा छापी थी, जो अपनी विशिष्ट पहचान बना चुके थे और अब जिनसे राष्ट्रीय स्तर पर श्रेष्ठतर उपलब्धियाँ उपेक्षित थीं। रंगमंच का प्रतिनिधि वर्षा को चुना गया था। उसके कई रंगीन चित्रों

के साथ इंटरव्यू भी छपा था।

कुछ देर चुप्पी रही। वर्षा का अवसाद बोझिल होने लगा। उन दोनों के बीच इस किस्म का तनाव आ जायेगा, उसने कभी सोचा नहीं था।

''मैं चलती हूँ।'' ठंडी साँस लेकर वह उठ खड़ी हुई।

हर्ष ने न उसे रोका, न सुपर बाज़ार के स्टॉप तक छोड़ने की पेशकश की।

पूर्वाभ्यास के कुछ सप्ताह कठिन रहे। जब प्रमुख अभिनेता का नाटक तथा अपनी भूमिका को लेकर ऐसा नकारात्मक दृष्टिकोण हो, तो नायिका पर उसका असर पड़ना स्वाभाविक है। नाट्य-व्यापार की यह एक और गुत्थी वर्षा के सामने उजागर हुई।

क्या हर्ष का रुख वैध है, वर्षा ने सोचा। अगर कोई पेशेवर अभिनेता है, तो उसके सामने ऐसी स्थिति भी आयेगी, जहाँ उसे मनमाफिक, जिन्दगी से बृहत्तर भूमिका नहीं मिलेगी। विभिन्न प्रकार की, विभिन्न महत्व की भूमिकाएँ करना भी तो कलात्मक प्रशिक्षण का एक हिस्सा है, या रिपर्टरी कम्पनी में आने या अभिनेता के रूप में स्थापित हो जाने के बाद प्रशिक्षण का दौर खत्म मान लिया जाये? सिर्फ नायकप्रधान, एक केन्द्रीय चरित्र से दैदीप्यमान नाटक ही किये जायें? वर्षा ने अपने मन को टटोलने की कोशिश की। क्या अब से कुछ वर्ष बाद वह भी अपेक्षाकृत अकेंद्रीय भूमिका करने के लिए उत्साह से तत्पर रहेगी? (उसे कैथरीन हैपबर्न पर हिचकॉक की टिप्पणी याद आयी, ''वह कहती है कि अब मैं कौन-सा रोल कर सकती हूँ-सिवा जोन ऑफ आर्क के ! मैंने कहा, कैथरीन, तम दफ्तर की एक मामूली कामकाजी औरत का रोल करो। हो सकता है, वह एक छोटी-सी औरत की बड़ी फिल्म बन जाये!'')।

''वर्षा, एक मिनट...'' वह लंच के बाद बाहर निकल रही थी, जब सूर्यभान ने उसे टोका। वह अंदर उनके कमरे में गयी, तो उन्होंने दराज़ से एक फाइल निकालकर सामने रख दी।

''इत्मीनान से देखो।'' कहकर वह बाहर निकल गये।

वर्षा ने फाइल खोली। 'पझपंखुरी की धार और शमी का पेड़' की नाट्य-समीक्षाएँ थीं। (पिछले तीन दिनों में एक उसने देख ली थी और एक-दो के बारे में सुना था।) 'स्टेट्समैन' ने संस्कृत नाटक उठाने के लिए रिपर्टरी कंपनी को साधुवाद दिया था। मेनन के काम के परिप्रेक्ष्य में मंचन को आँकते हुए उसे 'एक महत्वपूर्ण दिशांतर' घोषित किया था। 'यहाँ से वर्षा वशिष्ठ का नया कला-सोपान शुरू होता है। वह निःसन्देह राजधानी की भावप्रवण, संवेदनशील अभिनेत्रियों में विशिष्ट हैं।' 'टाइम्स ऑफ इंडिया' ने 'वर्षा ने विजय-पताका फहरायी' शीर्षक से लिखा था, 'यह प्रदर्शन शुरू से आखिर तक वर्षा वशिष्ठ की गीतात्मक व्यंजना-शैली से स्पंदित है। रास्ता चलने-जैसे आम दृश्य को भी वह अपनी सलोनी देह-छवियों से सौंदर्य का प्रतिमान बना देती हैं। 'अपने-अपने नर्क' से 'सीगल' और फिर 'पझपंखुरी की धार और शमी का पेड़' के उत्तरोत्तर ऊँचे होते हुए विजय-स्तंभ उनकी अभिनय-सामर्थ्य के कीर्तिमान हैं।' 'इंडियन एक्सप्रेस' ने 'कालिगुला का पतन' शीर्षक से दूसरे, तीसरे और चौथे पैरा में हर्ष की धज्जियाँ उड़ायी थीं। फिर 'यथार्थपरक' से बिल्कुल भिन्न प्रकार की चुनौती का सामना करने के लिए वर्षा की सराहना की थी। 'हिन्दुस्तान टाइम्स', 'पैट्रियट' 'नेशनल हैराल्ड' इत्यादि सभी में वर्षा की सराहना की गयी थी। (यों हिन्दी कतरने भी साथ लगी थीं। पर रोचक सच्चाई यह थी की हिन्दी रंगमंच की गंभीर चर्चा

में हिन्दी प्रेस की कोई भूमिका नहीं थी-उसका कहीं जिक्र भी नहीं होता था)। हर्ष की मुख्य रूप से निन्दा ही हुयी थी।

वर्षा ने फाइल बंद कर दी। मुँह से ठंडी साँस निकल गयी।

"शालिनी कात्यायन !" हर्ष ने चतुर्भुज के घर में कड़वा ठहाका लगाया, "बेचारी जिन्दगी में कुछ नहीं कर पायी। शास्त्रीय गायिका बनना चाहा था, तो साल भर बाद उस्ताद ने शगिर्दी छीन ली। रेडियो में प्रोड्यूसर बनी, तो डिसिमस हुई। किसी तरह शादी हुई, तो साल भर बाद पति ने छोड़ दिया। हर क्षेत्र में लात खाने के बाद 'इंडियन एक्सप्रेस' में ड्रामा क्रिटिक बन गयी!"

"लेकिन वह अचानक तुम्हारे पीछे हाथ धोकर क्यों पड़ गयी!" अनुपमा ने चाय का घूँट लेकर अर्थ भरे स्वर में कहा, "कुछ समय पहले तो तुम्हारी खूब तारीफ करती थी, 'हर्षवर्धन आदित्य और सूर्यभान को पीछे छोड़ रहा है!"

हर्ष मुस्कान के साथ सिगरेट से तम्बाकू निकालने लगा।

"तुम्हारे साथ त्रिवेणी में गप्पे लगाते भी मैंने देखा था।" चतुर्भुज चरस की गोली पिघलाते हुए हँसे, "उस दिन खास तौर से बनी-ठनी थीं"

'हर्ष, ऐसा भी क्या राज़ है?" स्नेह बोले।

"यार, ज़रा-सी बात है। वह दोस्ती को ऐसी दिशा में ले जाना चाहती थी, जो मुझे मंजूर नहीं था।" हर्ष गंभीर हो गया, "शनिवार की शाम को उसके घर व्हिस्की पीने से बेहतर विकल्प मेरे लिए यह है कि मैं तुम लोगों के साथ बैठकर चाय पिऊँ। इस बात को क़रीब छह महीने हो रहे हैं। तुम लोगों ने कभी मेरे मुँह से ऐसी बात सुनी, जो उसके सम्मान के विरुद्ध हो? लेकिन पहला मौक़ा मिलते ही उसने एकदम बिलो द बेल्ट हिट किया है।"

वर्षा स्तब्ध रह गयी। कलात्मक नाट्य-समीक्षा का नया आयाम उसके सामने उजागर हुआ। हो सकता है, हर्ष की बात में थोड़ी अतिरंजना हो, पर व्यक्तिगत राग-द्वेष सौन्दर्यबोधीय मूल्यांकन की कसौटी इस तरह बदल सकते हैं?

"ये लोग कुछ भी लिख सकते हैं?" वर्षा हैरानी से बोली।

"इस तरह कहो कि यह किसी भी प्रदर्शन का अपनी संवेदना के अनुसार मूल्यांकन कर सकते हैं।" चतुर्भुज द्वारा बढ़ायी गयी सिगरेट के लिए मना करते हुए स्नेह बोले। (वह गाहे-बगाहे धूम्रपान कर लेते थे, पर चरस के साथ नहीं। पार्टी में साथ देने के लिए वह व्हिस्की का एक पैग हाथ में लेते थे, जो अंत तक उनके हाथ में रहता था), "कोई व्यक्ति किसी कला-विधा का समीक्षक कैसे बनता है? संपादक के साथ अपने सही सम्बन्ध के कारण। सामर्थ्य की बात गौण होती है। आम तौर से तीखा प्रहार करते हुए समीक्षक शिकार का ध्यान रखते हैं। शालिनी ने मेनन या डिक्टेटर पर निशाना क्यों नहीं साधा?"

"सामर्थ्य गौण है, इसीलिए समीक्षा आम तौर से सतही होती है।" अनुपमा ने कहा, "पहले पैरा में ग्रुप के बारे में लिखा। बाद के दो पैरा में कहानी दे दी। चौथे पैरा में प्रोडक्शन पर फतवा दे दिया। पाँचवें में एक्टिंग की ग्रेडिंग कर दी। सूक्ष्म रंगदृष्टि, बारीक़ विश्लेषण की रत्ती भर झलक नहीं।"

"कुछ हम लोगों की भी कमज़ोरी है।" वर्षा बोली, "हम हमेशा सिर्फ तारीफ पढ़ना चाहते हैं।"

"इस बात से मैं सहमत नहीं।" हर्ष ने लम्बा कश लिया, "मैं अपने काम की कमियाँ और ग़लतियाँ जानने को उत्सुक हूँ, लेकिन सिर्फ सुपात्र से। इन ऐरें-गैरों-नत्थू खैरों से नहीं।"

"मंज़र पर ऐसा सुपात्र है कौन?" चतुर्भुज ने पूछा।

" 'टाइम्स ऑफ इंडिया' के सोमेश को तो जानती हो। "स्नेह बोले, "वह दूरदर्शन के बड़े अधिकारी हैं और संपादक के घनिष्ठ मित्र। इंटरवल में अलग-अलग लोगों की राय पूछकर झटपट रिव्यू तैयार कर देते हैं। शाम भी कलात्मक ढंग से कट गयी और डेढ़ सौ रुपये की दिहाड़ी भी बन गयी!" स्नेह ने अपना परिचित ठहाका लगाया, "पर कुछ साल पहले बेचारे बुरे फँसे।"

सबने उत्सुक होकर स्नेह को देखा। मंज़र पर विद्यालय के सबसे वरिष्ठ छात्र होने के नाते ऐसी किंवदंतियाँ सिर्फ उन्हीं के झोले में थीं।

"कलकत्ते से 'बहुरूपी' 'राजा' लेकर आया। शंभु मित्र मध्यांतर के खिलाफ हैं। एक घंटा हुआ 'तो ड्रामा क्रिटिक बेचैन होने लगे। उन्होंने बगल की महिला से फुसफुसा कर पूछा, तो वह बोली, 'मध्यांतर होबे ना!" ड्रामा क्रिटिक की सिट्टीपिट्टी गुम...(अब वर्षा की समझ में आया कि कभी-कभी सोमेशचंद्र से मिलते समय स्नेह अभिवादन के तौर पर क्यों कहते हैं, 'मध्यांतर होबे ना!') नाटक खत्म होते ही वह बाहर भागे, 'कैसा लगा?' शो के बाद लोग जल्दी में होते हैं। 'अच्छा है' के साथ उन्होंने टाल दिया। मैं बैकस्टेज बधाइयाँ देकर निकला, तो रोनी सूरत लिए ड्रामा क्रिटिक दिखायी दिये..."

चतुर्भुज ने मुस्कान के साथ टोका, "आपको दया आ गयी। आपने कहा, लिखो। मैं डिक्टेट करता हूँ।"

"अरे यार, तुम कहाँ छिपे थे?" स्नेह ने ठहाका लगाया।

"अगर सिर्फ रंगकर्मी ही समीक्षा लिखें, तो?" वर्षा ने पूछा।

"उनके अपने पूर्वाग्रह होते हैं।" स्नेह बोले, "हिन्दुस्तान टाइम्स' और 'स्टेट्समैन' के नाट्य-समीक्षक सक्रिय रंगकर्मी थे-'कर्टेन' नाट्यदल से जुड़े हुए। डॉक्टर अटल का कोई काम उनके गले से नहीं उतरता था। आखिर डिक्टेटर ने दोनों अखबारों के संपादकों को पत्र लिखा और दोनों की छुट्टी हो गयी।"

"यहाँ तो फिर भी गनीमत है।" हर्ष बोला, "न्यूयार्क टाइम्स' का ड्रामा क्रिटिक अपने एक खराब रिव्यू से किसी भी प्रदर्शन को देखते-देखते बंद करवा सकता है। रंगसंसार का हिटलर है वह!"

"हर्ष के साथ ज्यादती हुई है।" स्नेह ने कहा, "लेकिन वर्षा, मुझे खुशी है कि तुम्हारे काम का सही मूल्यांकन हुआ।"

वर्षा ने कुछ क्षण प्रतीक्षा की, पर हर्ष चुप रहा।

अगर प्रेमी-प्रेमिका एक ही कला-माध्यम से जुड़े हुए हों, तो उनके बीच ऐसा तनाव अनिवार्य है? बस में लौटते हुए वर्षा ने सोचा, एक ही माध्यम की सामान्यता पारस्परिक समझदारी बढ़ाती है, पर साथ ही उस क्षेत्र को प्रतियोगिता-अखाड़े में भी बदल देती है। क्या उनमें इतनी वयस्कता नहीं आनी चाहिए कि वे प्रतियोगिता को सही परिपार्श्व में रख सकें? यही हर्ष था, जो 'अपने-अपने नर्क' में उसके प्रति कितना उदार था। सिर्फ इसलिए

कि वह नौसिखिया थी? आज वह उसके साथ कदम मिलाकर चल रही है, तो हर्ष के अहं को ठेस पहुँच रही है? अगर वे दोनों कुशल चिकित्सक होते और अलग-अलग दो ऑपरेशन कर रहे होते : हर्ष के मरीज़ का देहान्त हो जाता, पर वर्षा अपने रोगी को बचा लेती, तो क्या हर्ष उसे बधाई नहीं देता?...ऐसी पेचीदगी कला-क्षेत्र में ही क्यों है? अन्नपूर्णा अगर संगीत-सभाओं में सितार-वादन करतीं, तो क्या रविशंकर की प्रतिष्ठा को ठेस पहुंचती? उन्होंने अपनी कला को पर्दे में रखने का निर्णय क्यों लिया? 'शताब्दी के सर्वश्रेष्ठ अभिनेता' औलीवियर का अपनी सक्षम अभिनेत्री पत्नी वीवियन से विच्छेद क्यों हुआ? लिज़ और बर्टन के बीच सनातन द्वंद्व क्यों चलता था? स्नेह ने बताया था कि दिल्ली के अंतिम वर्षों में आदित्य एवं इरावती के बीच झड़पें होने लगीं थीं। क्यों?

...वर्षा सीट पर पीछे टिक गयी और आँखें बंद कर ली।

''भूख लग रही है।'' रवींद्र भवन की सीढ़ियाँ उतरते हुए हर्ष बोला।

सप्ताह भर से हर्ष के साथ उसकी दूर-दूर से देखादेखी चल रही थी। आज संयोग से रिपर्टरी से निकलते हुए साथ हो गया था। हर्ष आम तौर से लिफ्ट का व्यवहार करता था और वह सीढ़ियाँ उतर रही थीं। पर न जाने क्यों, आज हर्ष सीढ़ियों की ओर मुड़ गया।

'' 'निरुला' में चलते हैं।'' नीचे आकर हर्ष ने कहा।

''घर चलो न !'' वर्षा ने अनुरोध किया, ''मैं जल्दी से आलू के पराँठे बना दूँगी। तुम्हें पसंद भी हैं।''

वर्षा को उम्मीद नहीं थी, पर हर्ष यकायक सहमत हो गया।

पंद्रह मिनट बाद वह जल्दी-जल्दी रसोई में आटा गूँध रही थी। कूकर में आलू उबल रहे थे।

लगभग बीस मिनट बाद वह पराँठे, आम का आचार और कॉफी के मग की ट्रे लिये कमरे में आयी। हर्ष फर्श के गद्दे पर कुशन गोद में रखे 'फिल्मफेयर' पढ रहा था।

''मैं खिला दूँ?'' उसने पूछा। (घर में खाना अक्सर हर्ष स्वयं नहीं खाता था, मम्मी या सुजाता खिलाती थीं। जब वर्षा ने पहली बार देखा, तो चमत्कृत हो उठी, 'राजदुलारे के चोंचले देखो !')।

हर्ष ने सीधे बैठते हुए सहमति में सिर हिलाया। दो निवाले खाने के बाद बोला, ''अच्छे बने हैं।'' और कॉफी का घूँट लिया।

थोड़ी देर चुप्पी रही।

''अच्छी गृहस्वामिनी बनने के काफी लक्षण तुममें है।'' हर्ष बोला। स्वर गंभीर था।

वह पूर्ववत नीचे देखती रही। फिर नया निवाला आगे बढ़ाया। चेहरे का भाव बदलने नहीं दिया।

''अब साड़ी कब पहनोगी?''

इस बार वह मुस्करा पड़ी, ''कोई मौका तो आये।''

''काँजीवरम में तुम घर में सबको बहुत अच्छी लगीं।'' वह उसकी ओर देख रहा था।

थोड़ी देर चुप्पी के बाद वह असहज होने लगी, ''अचार कैसा लगा? दिव्या लखनऊ से लायी थीं।''

हर्ष मुस्कराया, 'साड़ी पहनने का मौका तुम्हें चाहे न मिले, पर दिव्या का नाम जपने का मौक़ा तुम ज़रूर ढूंढ़ लेती हो। कुछ नहीं तो अचार के बहाने ही याद कर लिया!''

वर्षा मुस्करायी, "और मेरी दिव्या कैसी लगीं?" (पिछली बार अपनी किसी धुन में होने के कारण उसने ध्यान नहीं दिया था)।

हर्ष ने नाहीं में सिर हिलाया।

"क्यों?" वर्षा चिहुंक पड़ी।

"तुमको लेकर उनमें अधिकार की भावना है।" उसके होंठों पर चंचल मुस्कान थी।

वह ट्रे रसोई में रखकर लौटी, तो हर्ष ने अपने पास बिठा लिया। फिर कंधे पर हाथ रख अपने साथ सटा लिया। उसके होंठों पर उँगली रखकर बोला, "जब चुप होती हो, तो ज्यादा अच्छी लगती हो।"

वर्षा भीतर ही उदासी से मुस्करायी। तो अच्छा लगने का यह मूल्य चुकाना होगा?

"क्या सोच रही हो?"

वर्षा ने इंकार में सिर हिलाया।

"मैं तुमको माइंड मॉनीटर के साथ अटैच कर दूँगा। जो तुम सोचोगी, स्क्रीन पर आ जायेगा।"

बस, इतनी ही कमी रह गयी है, वर्षा ने सोचा।

"प्रेम में लोग पज़ैसिव क्यों हो जाते हैं?" हर्ष बोला।

"पता नहीं।" वह अपने हाथ को थामे हर्ष के हाथ को देख रही थी, जो खूब गोरा था। मेरे दोनों प्रिय व्यक्ति-दिव्या और हर्ष (क्या इसी क्रम में भी !) - कितने उजले हैं, उसने सोचा। अगर वह हर्ष को यह बात बताये, तो वह फिर दिव्या का नाम ले आने का उलाहना दे देगा।

"क्यों? तुम नहीं हो?"

वह मुस्करा दी, "जब प्यार करूँगी, तभी तो पज़ैसिव होऊँगी!"

"ओहो..." हर्ष हँसा, 'ज़रा शाहजहाँपुर की सिलबिल का सेंस ऑफ ह्यूमर तो देखो !"

तभी ज़ीने पर आहट हुई। वर्षा अलग होकर बैठ गयी।

"दीदी, मैं आऊँ?" पहली मंज़िल की छोटी-सी पिंकी ने झाँका।

"हाँ, आओ।"

पिंकी आगे आ गयी, "आपकी चिट्ठी है।"

वर्षा ने देखा, अंतर्देशीय पर किशोर की लिखावट थी। पल भर में उसे सब कुछ याद आ गया-अपना अतीत, वर्तमान में अपनी स्थिति, बृहत्तर संसार के साथ अपना सम्बन्ध...

9

रौ में है रख्शे-उम्र

सिलबिल जब कंधे पर एयरबैग लटकाये ५४, सुल्तानगंज के चबूतरे पर चढ़ी, तो बैठक का दरवाज़ा खुला हआ था। पिता, महादेव भाई और जीजाजी आमने-सामने बैठे थे। उसे देखते ही दृश्य फ्रीज़ हो गया।

उसने 'नमस्ते' की, तो भाई सिर हिलाकर सामने देखने लगे और पिता ने गहरी साँस ली।

"आओ वर्षा !" जीजाजी हँसकर बोले, "लालक़िले पर झंडा फहरा ही दिया तुमने !"

वह कुछ कह पाती, इससे पहले ही किशोर अंदर से निकल आया। पहले से ऊँचा और बलिष्ठ।

"जिज्जी... "रुँधे गले से वह जैसे ही पाँव छूने को झुका, सिलबिल ने उसे वक्ष से लगा लिया... और यकायक सिलबिल का बाँध टूट गया-तीन वर्षों के निर्वासन, दुख तथा तनाव के कपाट पल भर में चरमरा गये। वह हिलककर रो उठी। झल्ली दौड़ती हुई आयी और उससे लिपट गयी।

"अरे भाई कलाकार, खुशी के अवसर पर यह क्या है!" ...जीजाजी बोले।

जिज्जी भी अंदर घुसते हुए सिसक पड़ी और उसे बाँहों में भर लिया। फिर आँसू पोछते हुए बोलीं, "दूसरों को रुलाती हो और फिर खुद रोती हो।"

वह उसे बाँह में लेकर भीतर ले आयीं। अम्माँ के बिस्तर के सामने पीढ़े पर बिठा दिया।

"महोबा वाली !" सुपारी काटते हुए फूलवती बोलीं, "सुबह की भूली शाम को लौटी है!"

"बड़ी जल्दी सुध ले ली सिलबिल !" अम्माँ ने अपने खास स्वर में ताना मारा।

"क्या अम्माँ, बिचारी को साँस तो लेने दो।" जिज्जी ने उसके कंधे से बैग निकाल कर झल्ली को थमा दिया।

भाभी सुलह की मुस्कान से सामने आयीं और कंधे के शिशु को सिलबिल की गोद में रख दिया। आँसुओं के पार सिलबिल ने देखा कि दो नन्हीं-नन्हीं आँखें चकित भाव से उसे देख रही हैं। वर्षा ने गीली मुस्कान से उसका चुंबन लिया, तो वह प्रसन्न भाव से नवागंतुक का चेहरा छूने लगा।

"हँस रहा है।" झल्ली मुस्कराकर बोली।

"दिल्ली की बुआ से पहचान हो गयी।" भाभी ने टिप्पणी की।

"सिलबिल, कहाँ गयी थीं?" अब अनुष्टुप की चोंच खुली।

"तेरी तेरहवीं की पंगत खाने..." भीगे स्वर के साथ वर्षा मुस्करायी।

"अब घर में मुझे मरने की फुर्सत नहीं मिलती।" दोपहर को ऊपर के कमरे के एकांत में जिज्जी बता रही थी, "सास पहले आधा काम कर देती थीं। बिट्टू को तो एक तरह से वही सँभालती थीं। वह बुढ़ापे के मारे लाचार हैं। सारा बोझ मुझ पर आ गया है। जब से गुड़िया हुई है, चार घंटे की नींद को तरस गयी हूँ। बड़े भोर गाय को दुहने से लेकर जो चक्कर शुरू होता है, तो आधी रात तक नहीं थमता..."

आगे उन्होंने बेटे के शिक्षा-बीमे का जिक्र किया, फिर बेटी के दहेज़ के लिए आवर्ती बचत खाते का ब्यौरा बताया, फिर तिरुपति मंदिर की महिमा बखानी, जहाँ वह हाल में ही 'मरने की फुर्सत न मिलने के बावजूद' दर्शन करके आयी थीं।

हल्की मुस्कान से सिलबिल को ध्यान आया कि वस्तुत: जब से जिज्जी का ब्याह हुआ है, उन्हें 'मरने की फुर्सत' नहीं मिली!' उसे विवाहोपरांत मैके में जिज्जी का पहला पदार्पण याद आया, जब वह सास-महिमा, पति-अनुराग और ससुराल-गौरव से लबालब

थीं। उसे पूरा विश्वास था कि जब दस साल बाद जिज्जी से भेंट होगी, तब भी उन्हें 'मरने की फुर्सत' नहीं होगी !

ऐसे सूक्ष्म, संपूर्ण ब्यौरों में सृष्टि की रचना सिलबिल को किसी चमत्कार से कम नहीं लगी, जहाँ जिज्जी-जैसे प्राणियों का मानसिक संतुलन बनाये रखने के लिए ऐसी पक्की व्यवस्था कर दी गयी थी कि उन्हें पल भर भी खाली न रहना पड़े। अगर उन्हें खाली समय से जूझना पड़ता, तो वह पागल हो जाने के अलावा और क्या कर सकती थीं?

क्षण भर के लिए वर्षा को जिज्जी ने साथ ईर्ष्या हुई और अपनी निरंतर सुलगने वाली मानसिक बेसब्री की आँच पर आक्रोश। एक ओर जहाँ चार घंटे की नींद को तरसती जिज्जी का जीवन समतल एवं तृप्त रहेगा, वहीं आठ घंटे की भरपूर नींद के बावजूद सिलबिल कला-लालसा के व्यग्र ज्वार में हमेशा डूबती-उतराती रहेगी।

"और तुम्हारा क्या हाल है बहन?" जिज्जी पूछ रही थीं।

"तुम्हारी कृपा है।" वह मुस्करायी।

"नौटंकी का कोर्स तो पूरा हो गया! अब क्या कर रही हो!"

वर्षा ने कम-से-कम शब्दों में विद्यालय एवं रिपर्टरी का अंतर बतलाया, "यह भी एक तरह की ट्रेनिंग ही है।"

"तो यह दूसरी ट्रेनिंग कब तक चलेगी?" जिज्जी ने किंचित विस्मय से पूछा।

वर्षा ने बताया कि इसकी कोई अवधि नहीं है, जब तक कोई खुद ही न छोड़े या निकाल न दिया जाये।

जिज्जी पल भर उसे देखती रहीं, जैसे कोई पहेली बूझ रही हो। फिर बोली, "तुम्हारी माया तुम ही जानो। वैसे जीवन के बारे में क्या सोचा है?"

सिलबिल के मुँह पर मुस्कान आ गयी, "क्यों? मैं अपना जीवन जी नहीं रही?"

"यह कोई जीवन है सिलबिल?' जिज्जी के स्वर में तेज़ी आ गयी, "अपना स्त्री-धर्म निभाओ बहन!"

वर्षा ने एक नज़र कमरे की ओर देखा। ऐसे प्रश्न इन दीवारों से कितनी बार प्रतिध्वनित हुए हैं। कैशोर्य से लेकर कच्चे यौवन तक के कितने यातना-क्षण इस कमरे में जीवंत हैं। तरह-तरह के झंझावातों से गुज़रकर उसने चौदह बटा चौदह तक के अपने निजी पते की यात्रा पूरी कर ली है, पर न यहाँ के यातना-क्षणों की छाया से मुक्ति मिल पायी है, न इन जूझते प्रश्नों से।

"उस कायस्थ से अभी भी तुम्हारा...प्रेम चल रहा है?" जिज्जी ने पूछ तो लिया, पर अंत तक आते-आते शर्मा गयीं।

सिलबिल ने हल्की मस्कान से सिर हिलाया।

"सिलबिल, यह तुम क्या कर रही हो?" जिज्जी ने खेद के स्वर में कहा, "हमारे घर की सात पीढ़ियों में कभी किसी ने प्रेम किया है?"

वर्षा ने सिर झुका लिया, "हाँ जिज्जी, मैं बहुत पतित हूँ।" (देखो दिव्या, मैंने कैसा इंप्रोवाइज़ किया)।

"तो समझते हुए भी ऐसा क्यों कर रही हो?" सिलबिल के तथाकथित अपराध-बोध में जिज्जी को आशा की किरण दिखलायी दी।

थोड़ा मौन रहा। वर्षा को आशंका हुई, अब हर्ष के साथ शादी का मुद्दा उठेगा। हर्ष की याद से चुभन हुई। उसके साथ के तनाव की याद आयी। (इस सम्बन्ध की कैसी परिणति

होगी)?

"तुम्हें पता होगा, बुलंदशहर वालों ने सगाई तोड़ दी।"

जिज्जी ने उसकी ओर प्रतिक्रिया के लिए देखा। वह भावहीन थी।

"बहुत अच्छा घर हाथ से निकल गया बहन!" जिज्जी के स्वर में वास्तविक खेद था, "तुम चाँदी के कटोरे में कुल्ला करतीं और चाकरिन पंखा झलती।...अब बिरादरी में वर मिलना कठिन होगा। वह तो कहो, बुलंदशहर वाले भले लोग निकले, वरना दरवाज़े पर आकर दद्दा की थुक्का-फज़ीहत करते, तो हम क्या बिगाड़ लेते उनका?"

जिज्जी कैसी तृप्त और उत्तरदायित्वों से भरी-भरी गृहस्वामिनी लग रही थीं-बिल्कुल माँ का छोटा संस्करण।

"हाँ जिज्जी, मेरी वजह से तुम लोगों की नाक कट गयी।"

शाम को बच्चे का अन्नप्राशन हुआ। भाभी ने जो भी टुकड़ा बच्चे के मुँह में दिया, वह मज़े से चुभलाता रहा। किशोर ने अपने दोस्त के आग्फा कैमरे से तस्वीरें लीं।

"वर्षा, अब मुझे काहे को पहचानोगी?" कंधे पर साल भर के बच्चे को लिए हुए एक गर्भवती युवती ने वर्षा को पीछे से चुटकी काटी।

"ज्योति..." वर्षा के मुँह से निकला।

वह प्रसव के लिए सुल्तानगंज के मैके में आयी हुई थी। 'पति परमेश्वर' गोरखपुर में सेंट्रल बैंक में क्लर्क थे। उसने बी. एड. कर लिया था और शीतला प्रसाद प्राथमिक विद्यालय में अध्यापिका हो गयी थी।

"बड़े मज़े की कट रही है वर्षा!" ज्योति जिज्जी के जैसी तृप्त मुस्कान से बोली, "बैंक से क्वार्टर मिला हुआ है। रसोई में फ्रिज और मिक्सी है। वेस्पा स्कूटर है। पहली ही बार में मुन्ना हो गया, तो अब इस मोर्चे पर भी कोई चिंता नहीं।" फिर गर्व से बोली, "तुम तो अपनी ही हो, तुमसे क्या छिपाना। मकान का प्लॉट भी लेने वाले हैं।"

"अच्छा लगा सुनकर..." वर्षा मुस्करायी।

"कुछ अपनी भी तो सुनाओ।" ज्योति ने गहरी नज़र से देखा, "अभी भी एकला चलो रे?"

"तुम्हारे-जैसा नसीब कहाँ है मेरा!" वर्षा ने विवश मुस्कान दी।

"क्यों? वह कायस्थ लड़का तो था?" ज्योति ने अर्थभरी मुस्कान दी।

"जिज्जी, बड़े भैया बाहर बुला रहे हैं।" तभी झल्ली ने सूचना दी।

वर्षा चौंकी। कंधों पर पल्लू लपेटते हुए बैठक में आ गयी (उसने घर के अनुरूप सामान्य सूती साड़ी पहनी थी)।

"सर, यही है मेरी छोटी बहन..." महादेव ने अदब से टाई बाँधे, मुँह में सिगार दबाये पुरुष को संबोधित किया और वर्षा की ओर मुड़े, "मिस्टर भार्गव-हमारे सुपरिंटेंडेंट!" (इस दौरे में भाई ने पहली बार उससे बात की थी)।

वर्षा ने नम्रता से 'नमस्ते' की और सामने कोने की कुर्सी पर बैठ गयी।

"एक्चुअली इट वाज़ माइ वाइफ, हू हैज़ फर्स्ट सीन दैट आर्टीकिल इन 'इंडिया टुडे।' भार्गव बोले, "ए कैप्शन इन योर फोटो सैड, वर्षा वशिष्ठ फ्रॉम शाहजहाँपुर। दैन आइ आस्क्ड मिस्टर चोपड़ा..." उन्होंने सामने के एक व्यक्ति की ओर संकेत किया और मुस्कराये, "ही टोल्ड मी कि सर, शी इज़ मिस्टर शर्माज सिस्टर!"

चोपड़ा और महादेव भाई उनके साथ-साथ हँसे।

"दरअसल मैं कानपुर में पैदा हुआ और पढ़ा-लिखा। कानपुर में ही मैंने अब तक सर्विस की।" भार्गव के स्वर में बड़े शहर के होने का गर्व था, "इसीलिए मैं शाहजहाँपुर के बारे में बहुत कम जानता हूँ।"

"सर हमेशा बड़े शहर में रहे, इसलिए यहाँ इनका मन नहीं लगता।" चोपड़ा बोले।

"भई, पोस्टिंग जहाँ होती है, निभानी पड़ती है।" भार्गव ने सिगार का कश खींचा (जो निःसन्देह उन्हें शाहजहाँपुर में विशिष्ट बनाता होगा!) और वर्षा से मुखातिब हुए "आइ हैव बीन ए स्टूडेंट ऑफ लिटरेचर। आइ नो आलमोस्ट ऑल द प्लेज़ रेफर्ड इन दैट आर्टीकल एक्सैप्ट 'अवर ओन हैल्स'...व्हाट दिस प्ले इज़ एबाउट एंड हाउ डिड यू लाइक वर्किंग इन इट?"

वर्षा ने ट्रेनिंग के बाद निखार पायी हुई अपनी सधी-संतुलित आवाज़ में कहा, "इट्स ए न्यू प्ले वैरी रीसेंटली ब्रॉट आउट बाइ ए न्यूयॉर्क पब्लिशिंग हाउस। टु द बेस्ट ऑफ माइ नौलेज, अवर्स वाज़ द फर्स्ट प्रोडक्शन इन एशिया। इट्स ए वैरी सेंसिटिव, पेंसिव डिसैक्शन ऑफ इंडवीडुएल फ्रीडम वर्सेज़ स्टेट स्ट्रांगहोल्ड। इट वैरी ब्यूटीफूली पोर्टेज़ द रिलेशनशिप बिटवीन ए हस्बैंड एंड वाइफ इन ए क्लोज्ड सोसायटी एंड टु व्हाट एक्सटेंट द सिस्टम कैन डैमेज एन इंड्वीडुएल। आइ डिड द हिरोइन शान्या। इट वाज़ ए वेरी सेंसिटिव, वेरी टेंडर कैरेक्टर, आलवेज़ ऑन द ऐज, एंड ग्रेजुएली फाल्स एपार्ट। आइ विल ऑलवेज़ रिमैम्बर शान्या, बिकाज इट'स शी, हू गेव मी माइ फर्स्ट वैलिड आइडेंटिटी एज़ एन एक्ट्रैस इन न्यू डेल्ही, व्हैन आइ माइसैल्फ वाज फालिंग एपार्ट..."

जब तक वर्षा बोलती रही, पुरुष वर्ग मंत्रबद्ध-सा उसे देखता रहा। सिलबिल के जाने-पहचाने स्वर में जाने-अनजाने, भारी-भरकम शब्दों से युक्त विदेशी भाषा-निर्झर फूटता देखकर सब, विशेषतः भाई, पिता, जीजाजी एवं किशोर सकते में आ गये। ('न्यूयार्क', 'एशिया' तथा 'डिसैक्शन' शब्द खास तौर से प्रभावपूर्ण साबित हुए)। जलपान की तश्तरियाँ लाती झल्ली आतंकित हो जिज्जी को देखती रही। शर्मा जी को दिव्या का अंग्रेजी वार्तालाप याद आया, जब वह उनके स्कूल में सिलबिल के लिए अभिनय-अनुमति लेने आयी थीं। वंश की सात पीढ़ियों में कोई स्त्री पहली बार अंग्रेजी बोल रही है और वह भी ऐसे असरदार ढंग से, शर्माजी ने सोचा। परिवार के साथ वर्षा का अलगाव स्थापित हो चुका था। भाई ने 'इंडवीज्युल', 'सेंसिटिव' एवं 'आइडेंटिटी' जैसे खतरनाक शब्दों का अभिप्राय पूरी तरह नहीं समझा, लेकिन यह अलगाव जैसे चौखटे में जड़कर बैठक की दीवार पर सुशोभित होने लगा। सिलबिल हमसे बहुत दूर जा चुकी है, उन्होंने सोचा।

स्तब्ध मौन में भार्गव को शिष्टाचार की याद आयी, "माफ कीजिए, मैं आपसे पूछे बिना..." उन्होंने सिगार की ओर संकेत किया। (वर्षा की अंग्रेजी सुनने के बाद शायद उन्हें लगा कि अब अंग्रेजी बोलने की जरूरत नहीं रही!)।

तभी बाहर कार के रुकने की आवाज़ हुई और चबूतरे पर खेलता छोटे बच्चों का झुंड चुप हो गया (आखिर नगर की इकलौती मर्सिडीज़ आकर रुकी थी!)

पहले डॉक्टर सिंहल व मिसेज़ सिंहल दिखलायी दिये और फिर मगनलाल एवं भाभी। (वर्षा ने किशोर के द्वारा नोट भिजवाये थे)।

शाहजहाँपुर के संभ्रान्त वर्ग की मलाई को देखकर पुरुष वर्ग तुरंत अभ्यर्थना में खड़ा हो गया। (डॉक्टर सिंहल को देखकर भाई ने आखें नीची कर लीं)।

वर्षा डॉक्टर सिंहल के पाव छूने झुक रही थी, पर उन्होंने उसे बीच में ही रोक लिया।

"वर्षा, हमने तो समझ था कि तुमने हमें बिसार दिया।" मिसेज़ सिंहल उसे गले लगाते हुए बोलीं।

वर्षा ने आवेग के साथ कहा, "चरणों की धूल चरणों से अलग हो सकती है...?"

"दो साल के बाद मिल रहे हैं" भाभी ने उसे बाँहों में भरते हुए कहा। (पति-पत्नी दिल्ली आने पर नाट्य विद्यालय में उससे मिलने आये थे)।

"आज के उत्सव के छोटे हीरो से तो मिलाओ।" भाभी हँसी।

तीन वर्ष के बाद शाहजहाँपुर का दौरा कई दृष्टियों से अप्रत्याशित रहा।

वर्षा को अंदाज़ नहीं था कि नयी दिल्ली में इतने साल गुज़ारने के बाद शहर उसे छोटा, सँकरा और परायेपन की रंगत लिये हुए लगेगा। सड़कों के मोड़, नालियों की बू और धीमी रफ्तार सब जाना-पहचाना था, पर पहचान में अलगाव के पैबंद लग गये थे। उसे हल्का-सा ताज्जुब हुआ कि उसे अपने जीवन के इतने सारे वर्ष यहाँ गुज़ारने पड़े हैं। उसने कॉलेज को जाने वाली सड़क पर कुछ वर्ष पहले की सिलबिल की छवि पुनर्निर्मित की ढीला-ढाला शलवार-कुर्ता, सख्ती से भिंचे हुए जबड़े और निरंतर चलता हुआ आत्मा का क्रंदन। वर्षों चलने वाली उस मनःस्थिति का सारतत्व अभी भी उसके भीतर कहीं कसक रहा है। आज अगर वह 'राजधानी की भावप्रवण अभिनेत्रियों में विशिष्ट' है, तो भिंचे हुए जबड़े इसका एक बुनियादी कारण हैं। अतीत का एक हिस्सा कैसे रहस्यमय ढंग से उड़ी हुई धूल में पीछे विलीन हो जाता है और दूसरे स्तर पर वह कैसे वर्तमान की ठोस हदबंदी में सेंध लगाता रहता है, उसने सोचा।

भावना के पीछे कुछ क्षेत्रों में वर्षा अपने को खासा सख्त मानती थीं, इसलिए जब तीन वर्ष बाद घर में घुसने पर उसकी रुलाई फूट पड़ी तो यह उसके लिए आश्चर्यजनक था। इस भावात्मक विमुक्ति को सकारात्मक उसने इसलिए माना कि इससे मन पर रखी भारी-भरकम सिल कुछ हल्की हुई।

तीन वर्ष बाद विरोधी पक्ष के साथ नाटकीय सक्षमता की आशंका से वर्षा के मन का एक हिस्सा विचलित था। स्टेशन से सुल्तान गंज की ओर बढ़ते हुए उसके पावों में दुर्बलता की झुनझुनी हुई थी। उसे पूरा विश्वास था कि घर पहुँचते ही महानाटकीय, रौद्र दृश्य उपस्थित होगा। महादेव भाई दरवाज़े पर उसका रास्ता रोककर भीतर घुसने के उसके मूल अधिकार को चुनौती देंगे (जिस तरह उन्होंने दिल्ली में उससे विदा ली थी, उसकी तार्किक परिणति यही होती)। टूटी मँगनी की हेठी और जगहँसाई से विक्षुब्ध पिता अगर शारीरिक प्रहार करते, तो उसे आश्चर्य नहीं होता। अम्माँ का छाती पीटते हुए 'कुलकलंकिनी' को कोसना तो बिल्कुल तय था। उसकी प्रताड़ना देखकर भाभी अपमानजनक भाव से मुस्कान दबायेंगी, जिज्जी विरोधी पक्ष को सक्रिय सहयोग देंगी, जीजाजी मुँह से कुछ न कहें, पर हाव-भाव से उसके प्रति विरोध ही प्रकट करेंगे। वर्षा को हमदर्दी मिलेगी, तो सिर्फ किशोर और झल्ली से।

वर्षा ने सोचा था कि अगर नाटकीय दृश्य अधिक दारुण हुआ, तो रात के लिए डॉक्टर सिंहल के यहाँ चली जायेगी और सुबह शहर हमेशा के लिए छोड़ देगी। हो सकता है, घर से ही सीधे स्टेशन चली जाये।

पर ऐसी नौबत नहीं आयी। क्या परिवार के वयस्क सदस्य सचमुच वयस्क हो गये हैं, उसने सोचा।

'वर्षा!'' रात के भोजन के बाद जीजाजी बोले, ''दरियागंज की मेरी ममेरी बहन है न ! उन्होंने लिखा था कि तुम्हें टी. वी. पर एक नाटक में देखा था।''

अम्माँ के अलावा पूरा परिवार बैठक में इकट्ठा था। भाभी भी ससुर को ओट देकर दीवार से टेक लगाये बैठी थीं।

'हाँ, पहले साल में हुआ था।''

''उसकी रिकार्डिंग कहाँ हुई थी? स्कूल में ही?''

''नहीं, टी. वी. सेंटर के स्टूडियो में।'' वर्षा बोली, ''पार्लियामेंट स्ट्रीट पर।''

''रिकॉर्डिंग कैसे होती है?''

'स्टेज के आसपास दो-तीन कैमरे लगा देते हैं।''

''तुमने कौन-सा रोल किया था?''

''एक चुलबुली लड़की रेहाना का'' वर्षा को इस भूमिका से जुड़ा बोझिल अनुभव याद आया।

जिज्जी पान की तश्तरी लेकर आयीं। वर्षा ने मना किया। महादेव भाई, जीजाजी और किशोर ने पान लिया, तो झल्ली कैसे पीछे रहती।

''कुआँरी लड़की चबर-चबर करती अच्छी नहीं लगती।'' जिज्जी ने झिड़का।

''किशोर ने तो लिया।'' झल्ली रुआँसी होकर बोली।

''लड़के की बराबरी करेगी तू?''

सच्चाई बिजली की तरह कड़क गयी। वर्षा ने ठंडी साँस ली।

''चलो, ले लो।'' बड़े भाई ने उदारता दिखायी।

किशोर ने अपने पान से इलायची निकालकर वर्षा को दी।

''आदित्य कौल को जानती हो तुम?'' जीजाजी ने पूछा, ''वह भी तो तुम्हारे स्कूल के हैं।'' (जीजाजी चलचित्र-रसिक थे। अनेक फिल्मी पत्रिकाएँ लेते थे)।

''हाँ, पिछले साल वह एक शूटिंग के लिए दिल्ली आये थे, तो हम लोग उनसे मिलने ओबेरॉय होटल गये थे। उन्होंने हमें लंच खिलाया था।'' ('उससे पहले व्हिस्की भी पिलायी थी' कह दें, तो कैसा रौरव मच जायेगा, उसने सोचा)।

''वह तुमको पर्सनली जानते हैं?'' किशोर ने पूरा इत्मीनान करना चाहा।

''हाँ।'' वर्षा उसके बालों में उँगलियाँ उलझाकर उसका सिर हिलाते हुए मुस्करायी, ''वह मेरा नाटक 'हंसिनी देखने के बाद बैकस्टेज आये थे।''

''तुम्हारे पास रहने की जगह कितनी है?'' जिज्जी से पूछा।

''एक कमरा, रसोई-बाथरूम और बहुत बड़ी छत।''

''किराया कितना है?'' भाभी ने छोटे से घूंघट में से जिज्ञासा की। (वर्षा की आर्थिक हैसियत जानने के लिए वह काफी उतावली चल रही थीं। यों घर के नारी मंडल के सामने वर्षा ने अपने ग्रेड का खुलाशा कर दिया था, पर उसे एहसास था कि भाभी ने उस पर विश्वास नहीं किया है। कम करके बता रही है, उन्होंने सोचा होगा)।

'डेढ़ सौ।''

''बाप रे !'' किशोर का मुँह खुला रह गया, ''इतने में तो यहाँ पूरा मकान मिल जाये।''

''बहन कहती थी, अकेली लड़की को जगह मिलने में मुश्किल होती है।'' जीजाजी बोले।

''हाँ, मुझे मेरे...'' (आगे 'मित्र' कहने जा रही थी, फिर एकाएक सँभल गयी)। ''...एक सहपाठी के पिता की वजह से मिल गयी। वह बड़े ऑफिसर हैं।''

''आइ. ए. एस. हैं। उद्योग मंत्रालय में सेक्रेट्री!''

कुछ क्षणों चुप्पी रही। वर्षा के दूरस्थ निजी संसार का प्रभामंडल जगमगा उठा।

''अभी सामान-वामान तो कुछ लिया नहीं होगा?'' भाभी ने पूछा।

''दिव्या लखनऊ से सब कुछ ले आयी थीं। एक दिन लगाकर पूरा घर बना दिया...छोटा-सा टी.वी. तक दे गयी हैं।''

किशोर और झिल्ली के मुँह खुले रह गये।

''तुम रोज़ टी. वी. पर पिक्चर देखती हो?'' झल्ली ने पूछा।

''रोज़ नहीं पगली, इतवार की शाम को।''

भाभी की आँखों में वर्षा ने ईर्ष्या पढ़ी। (नौटंकी वाली के ठाठ तो देखो, उन्होंने सोचा होगा)।

''तुम्हारी दिनचर्या क्या रहती है?'' जीजाजी ने पूछा।

वर्षा ने संक्षेप में बता दिया।

''घर में सिक्योरिटी है?'' उन्होंने तसल्ली करनी चाही।

''हाँ! अपने जीने का दरवाज़ा मैं शाम को ही बन्द कर लेती हूँ। रात को दस बजे मकान-मालकिन नीचे का गेट बंद कर ताला लगा देती हैं।''

''कभी शो के कारण तुम देर से आओ, तो?''

''मेरे पास डुप्लीकेट है।''

भाभी की आँखें चमक उठीं। (रात को गुलछर्रे उड़ाकर देर से लौटती है, उन्होंने सोचा होगा)।

स्टेशन से ट्रेन खिसकी, तो किशोर एवं जिज्जी-जीजाजी ने हाथ हिलाया।

डेढ़ दिन अतीत में काटकर वह फिर अपने वर्तमान में वापस लौट रही थी।

खिड़की के पार शहर की धुँधली रोशनियाँ पीछे छूटती जा रही थीं। वर्षा खिड़की पर कोहनी टेके, अनमनी दृष्टि से बाहर देखती रही। यह स्टेशन छोड़ने का पिछला अनुभव याद आया, जब वह स्कूल के इंटरव्यू के लिए गयी थी। इस बार उसकी मनः स्थिति वैसी टूटी नहीं है, पर फिर भी मन क्लांत है।

''जिज्जी, भैया-भाभी अलग होने की सोच रहे हैं'' ऊपरी कमरे के एकांत में किशोर धीरे-से बोला।

वर्षा स्तब्ध रह गयी।

''भाभी का कहना है कि ''यहाँ की जिम्मेदारियाँ उन्हें नोचकर खा जायेंगी। आखिर अब मुझे अपने बच्चों की भी तो सोचना है।'' किशोर ने उसकी ओर देखा, ''भैया इटावे में तबादले की कोशिश कर रहे हैं। नहीं हुआ, तो यहीं अलग मकान लेंगे।''

वर्षा ने गहरी साँस छोड़ी।

''जिज्जी, एक बात बोलूँ?'' किशोर ने निरीह भाव से कहा। पल भर अटककर जोड़ा, ''अगले साल मुझे टेक्नीकल कोर्स के लिए बाहर जाना होगा। तुम सौ रुपये महीना दे सकोगी?''

''हाँ।'' वर्षा ने उसके सिर पर हाथ रखा, तू चिंता मत कर!''

किशोर के चेहरे पर छुटकारे का जैसा भाव आया, उससे वर्षा पिघल गयी। (पीलीभीत के दिनों में भाई ने एक बार यह मत व्यक्त किया था कि काश, सिलबिल की जगह भाई होता, तो पारिवारिक बोझ उठाने में उनका हाथ बँटाता)।

'वर्षा रानी, हम लोगों की एक बात सुनोगी?'' प्लेटफॉर्म पर जीजाजी बोले।

वर्षा के मन का एक कोना हिल उठा, 'कहिए?'

''एक अच्छा वर है। पी.सी.एस. में है-यानी डिप्टी कलक्टर!'' जीजाजी ने खुलासा किया, ''बाँकेबिहारी दीक्षित अभी खुर्जा में पोस्टेड हैं। वह एक बार तुमसे मिलना चाहते हैं।''

''सिलबिल तुम्हारे ऊपर कोई दबाव नहीं है।'' जिज्जी बोली, ''उनसे भेंट के बाद तुम हमें अपनी मर्जी लिख देना।''

''शिक्षित परिवार है। दहेज़ इत्यादि की कोई माँग नहीं।'' जीजाजी ने सतर्कता से आगे जोड़ा, ''तुम यह भी देखो कि हमें रहना तो बिरादरी में ही है। कल के दिन झल्ली के हाथ पीले करने निकलेंगे, तो हमें कौन ड्योढ़ी पर खड़ा होने देगा?''

क्या सिलबिल को यह समझना शेष था कि अगर वह कुलीन, ब्राह्मण परिवार के खूंटे से नहीं बँधी, तो ५४, सुल्तानगंज पर एक के बाद एक कैसी आपदाएँ टूटेंगी !

''बाँकेबिहारी दीक्षित ने मुझे कहाँ से सूंघ निकाला?''

''उन्होंने तुम्हारे बारे में 'नवभारत टाइम्स' में पढ़ा था।'' जिज्जी मुस्करायीं, ''फिर उन्होंने तुम्हारा ड्रामा भी देखा...क्या तो नाम था-बीना ... रीना...''

''नीना...''

जीजाजी के चेहरे पर ड्रामा स्कूल के लिए पहली बार सम्मान का भाव देखा गया। (जो चीज़ डिप्टी कलक्टर को विवाह की पहल के लिए प्रेरित कर दे, उसमें कुछ तो सार होगा!)

एंटन पावलोविच, अगर मीडिया के कारण मेरे परिवार की क्रुद्धता भोथरी हुई है, तो तुम्हारे कारण मुझे डिप्टी कलक्टर दूल्हा मिल रहा है। इस संभावना की प्रतिक्रियास्वरूप परिवार फिर मेरे प्रति थोड़ा अनुकूलित हुआ है। चाय का घूंट लेते हुए वर्षा ने उदास मुस्कान से सोचा। उसे कुछ नाटकों की याद आयी, जिनमें पारिवारिक यंत्रणा का मर्मस्पर्शी अंकन हुआ है-विशेषकर 'ए लांग डेज़ जर्नी इनटू नाइट' की। उसका परिवार भी ऐसे नाटक का मनोरम कच्चा माल है। क्या मैं मंसूर से कहूँ कि इस बारे में सोचिए?

''तुम संतुष्ट तो हो न?'' चलते समय पिता ने पूछा था।

सिर हिलाने के अलावा वह और क्या करती? पिता और दुर्बल हो गये थे। चिंताओं ने अधिक कृश कर दिया था। (नौकरी से अवकाश मिलने में भी देर नहीं थी)। भाई भी पहले की तुलना में दायित्वों में सुलगते और मन से बुझे-से लगे। मध्यमवर्गीय सपाट, सूनी ज़िन्दगी कैसे तिल-तिल करके जलाती है, उसने सोचा।

“अपना जीवन सँवारो बहन !” जिज्जी ने कुछ वर्ष पहले कहा था। “अपना स्त्री-धर्म निभाओ बहन !” जिज्जी ने इस बार कहा था।

जब तक वह सारी संभावनाओं को फलीभूत करते हुए अपना अभिनेत्री धर्म नहीं निभा सकती तब तक स्त्री-धर्म कैसे निभायेगी?

हर्ष की याद आयी और मन में टीस हुई।

‘अभी मेरा कुछ भी निश्चित नहीं। अभी मेरा कुछ भी स्थिर नहीं।’ उसने ठंडी साँस लेकर सोचा, “न मेरे हाथों में लगाम है, न मेरे पावों में रकाब, और उम्र का घोड़ा तेज-तेज़ दौड़े जा रहा है...”

10

अँधेर नगरी में आत्महत्या

सुबह ‘अँधेर नगरी’ के सेट पर फाँसी के फंदे से लटका मधुकर जुत्शी का शव पाया गया था।

मधुकर को विद्यालय से उत्तीर्ण हुए तीन वर्ष हो चुके थे। वह फ्रीलांसिंग करता था। उसे इस मंचन में चेले की भूमिका के लिए अनुबंधित किया गया था। यह अंतिम प्रदर्शन था।

छानबीन से मालूम हुआ कि कुछ समय से उसका रहने का भी ठौर नहीं था। वह चार पाँच मित्रों के बीच में तीन-तीन दिन का आतिथ्य बदलता रहता था।

श्रीनगर फोन करने के बाद उसके एक भाई से संपर्क हो सका। परिवार से कोई नयी दिल्ली आने के लिए प्रस्तुत नहीं हुआ। उनके निर्देश पर विद्यालय के साथियों ने निगमबोध घाट पर मधुकर का दाह-संस्कार कर दिया।

विद्यालय में शोक सभा हुई और दो मिनट का मौन रखा गया।

‘संजीदा रंगकर्मी के सामने आत्महत्या के अलावा और कोई विकल्प नहीं?” मंडी हाउस के चायघर पर चतुर्भुज ने आवेश से कहा।

कुछ क्षणों की चुप्पी रही।

दरअसल विद्यालय के लोगों के लिए यह मुद्दा मन का हमेशा टीसने वाला जख्म था। इस कसक के फलते फूलते पिछले साल काफी समय से बंद दीक्षांत समारोह हुआ, तो एक स्नातक ने मंच पर अपने प्रमाण-पत्र के टुकड़े-टुकड़े करके फेंक दिये। इससे कुछ समय पहले विद्यार्थियों की हड़ताल भी हुई थी। उनकी प्रमुख माँगें थीं-स्कूल का अलग कैंपस हो वर्तमान तीन वर्षीय कोर्स को स्नातक डिग्री के समकक्ष मान्यता मिले, छात्रवृत्ति बढ़ायी जाये, कॉलेजों और विश्वविद्यालयों में स्वतंत्र नाट्य विभाग खोले जायें, बड़े नगरों के विभिन्न भागों में और कम-से-कम जिला केन्द्रों में प्रेक्षागृह बनाये जायें, स्कूल का स्वतंत्र विश्वविद्यालय के समान विकास हो, इत्यादि।

विद्यालय के अनेक लोगों की दुर्दशा की वर्षा साक्षी रही थी। रिपर्टरी में कुछ गिने-चुने लोग ही आ पाते थे, शेष को बाहरी दुनिया के झंझावात का सामना करना पड़ता था। यह

तीखे अनिश्चय, तनाव और अभावों से लहूलुहान करने वाला अस्तित्व था। दिल्ली में रहते हुए संभावनाएँ गिनी-चुनी थीं। कई कॉलेज साल में कम-से-कम एक प्रदर्शन करते थे और दो-तीन लोगों को निर्देशन, प्रकाश-व्यवस्था, मंच-रचना, वेशभूषा आदि का काम मिल जाता था। कुछ मिल कर अपनी मंडली चलाते थे, जिसमें ज्यादातर समय ब्रोश्योर के लिए विज्ञापन जुटाने में निकल जाता था। कभी किसी दूसरे शहर से कोई प्रायोजक मिल जाता, तो कुछ पैसा हाथ में आ जाता। आकाशवाणी और दूरदर्शन के नाटकों में काम था, पर पूर्वाभ्यास समयसाध्य था और पारिश्रमिक मामूली। पिछले कुछ वर्षों में उत्तर भारत के अनेक नगरों में केन्द्र एवं राज्यों की संगीत नाटक अकादमियों या साधनसम्पन्न नाट्य-दलों द्वारा रंगशिविर आयोजित होने लगे थे या कोई मंचन किया किया जाता था, तो कुछ सप्ताहों के लिए काम था। आम तौर से कँवारे लोग ही इससे लाभान्वित होते थे। 'पैदायशी खानाबदोश' होने के नाते चतुर्भुज जैसा दुस्साहस कम लोगों में था, जिन्होंने मिडिल स्कूल के एक कमरे में अपने परिवार को साथ रखते हुए कानपुर में नौटंकी पर दो महीने के रंगशिविर का संचालन किया था। बलभद्र ने मध्य प्रदेश के विभिन्न नगरों में विविध लोकनाट्य शैलियों पर एक के बाद एक तीन रंगशिविर चलाये थे और जब छह महीने बाद उन्होंने शकूरपुर बस्ती स्थित अपने घर का दरवाज़ा खटखटाया, तो उनकी पत्नी ने उन्हें पहचानने से इंकार कर दिया।

"विकल्प है", स्नेह मुस्कराये, "लेकिन आपको दिल्ली छोड़नी पड़ेगी।"

प्रशिक्षण के बाद पश्चिमी, दक्षिणी तथा पूर्वी अंचलों के तमाम छात्र वापस लौटे थे। पाँच-छह महाराष्ट्रीय कलाकार व्यावसायिक मंच पर ऊँचा स्थान बना चुके थे। दो निर्देशक अपनी सफल मंडलियाँ चला रहे थे, जो अर्ध-व्यावसायिक एवं गंभीर मंचनों पर एकाग्र थीं। बंगलौर में शिवप्पम का नाट्यदल 'रंगश्री' बहुत प्रतिष्ठित था। किसी भी तरह की कठिनाई होने पर वह सीधे मुख्यमंत्री को फोन करता था, जो तुरंत लाइन पर आते और 'रंगश्री की सहायता करके गौरवान्वित होते थे। शिवप्पम ने तीन कन्नड़ फिल्में भी बनायी थीं, जिनमें से दो राष्ट्रीय पुरस्कार से सम्मानित हुई थीं। वेणु ने हुबली के पास के अपने गाँव में सांस्कृतिक केन्द्र खोला था। वहाँ वह मंचनों के साथ-साथ सिनेमा क्लासिकों का प्रदर्शन भी करता था। त्रिवेंद्रम और कोचीन में भी विद्यालय के लोग सक्रिय थे। नागम की मंडली 'फ्रंटलाइट' मणिपुर को राष्ट्रीय रंग-नक्शे पर ले आयी थी। उसने अपने काम में लोकनाट्य का रचनात्मक इस्तेमाल किया था। भुवनेश्वर में मलय राजकीय नाट्यकेन्द्र का संचालक होने के साथ-साथ व्यावसायिक उड़िया सिनेमा का व्यस्त खलनायक बन चुका था।

इस दृष्टि से उत्तर भारतीयों की स्थिति काफी शोचनीय थी। अगर दिन में एक बार भी छोले-भटूरे मिल जायें, तो वे दिल्ली नहीं छोड़ना चाहते थे। जब ऐसी भी गुंजायश नहीं रह गयी, तो कुछ ने खून के आँसू रोते हुए दिल्ली की सीमा छोड़ी थी। गोविन्द ने मेरठ में रंगकार्य शुरू किया, पर जल्दी ही पारिवारिक व्यवसाय में डूब गया। सेवक ने जयपुर के विश्वविद्यालय में रंगकला का विभाग 'हॉबी सेंटर' के नाम से खुलवा लिया और विद्यार्थी समुदाय में रंगचेतना का विकास होने लगा। पर दो वर्ष बाद ही उन्हें टोकियो से काबुकी के अध्ययन के लिए छात्रवृत्ति मिल गयी और वह प्रसन्न भाव से पालम से उड़ते हुए देखे गये। दो साल बाद जब लौटे, तो फिर दिल्ली में जापानी बोलते हुए अपना ठिया ढूंढ़ने लगे। आदित्य के सहपाठी महतो ने जोधपुर में सालों की मेहनत के बाद 'रंगकपोत' जमा लिया था। राज्य सरकार उनकी सहायता के लिए आगे आने लगी थी, पर तभी उनके पास कहीं

कोल्ड स्टोरेज में दबा हुआ दिल्ली दूरदर्शन में प्रोड्यूसर का नियुक्तिपत्र पिघल कर आ गया। उन्होंने तुरंत 'रंगकपोत' के साथ-साथ अपनी रंगक्षमता के भी पर काट डाले और दूरदर्शन केंन्द्र में टाई लगाकर 'कृषिदर्शन' का नियोजन करने लगे।

नौकरी के लिए इन तीन क्षेत्रों में अपेक्षाकृत कुछ गुंजायश थी-दिल्ली के किसी पब्लिक स्कूल में अध्यापन। (मंचन जिसका अंग होता था), दूरदर्शन और संगीत नाटक विभाग।

''मधुकर को मैं सांग एंड ड्रामा डिवीज़न ले गया था।'' स्नेह बोले, ''उसके लिए जम्मू ऑफिस में कुछ बंदोबस्त हो सकता था, पर वह जाने के लिए तैयार नहीं हुआ।''

''उसकी मनः स्थिति मैं समझ सकती हूँ।'' वर्षा ने कहा, ''अगर मुझे भूख और शाहजहाँपुर में से किसी एक का चुनाव करना पड़े, तो मैं भूख को चुनूंगी।''

''वर्षा, तुम एक्ट्रैस हो।'' चतुर्भुज बोले, ''यह समस्या बुनियादी तौर पर निर्देशक और टेकनिशियन की है।''

''लड़की के लिए रिपर्टरी भी अच्छी है।'' हर्ष ने राय दी, ''अपना शौक पूरा हो रहा है और गुज़ारा चल रहा है। शादी करोगी, तो मुख्य जिम्मेदारी पति की होगी। मुश्किल लड़के की है, क्योंकि पैसा और सामाजिक प्रतिष्ठा दोनों काफी कम हैं।''

वर्षा चौंक गयी। रंगमंचीय कार्यकलाप का ऐसा मूल्यांकन हर्ष ने पहली बार किया था। क्या अपने पिता की सामाजिक स्थिति के कारण उसे आहत होना पड़ता है?

''आपने कइयों के लिए दिल्ली के बाहर नौकरी जुटायी है।'' चतुर्भुज ने मुस्कान के साथ स्नेह को सम्बोधित किया, ''एक बार हिम्मत करके आपने चंडीगढ़ के ड्रामा डिपार्टमेंट को सम्मानित भी कर दिया था। फिर यहाँ शून्य में वापस क्यों आ गये?''

''मैं रंगअजगर हूँ।'' स्नेह हँसे, ''न मैं चाकरी कर सकता हूँ न मंडी हाउस की सांस्कृतिक बांबी के बाहर साँस ले सकता हूँ।''

''आप महान हैं।'' हर्ष संजीदगी से बोला, ''आपकी कोई महत्वाकांक्षा नहीं। लेकिन जिनकी है-कलाकार और व्यक्ति, दोनों के रूप में वे क्या करें?''

प्रश्न हवा में लहराता रहा।

रात के लगभग ग्यारह बजे होंगे। वर्षा सो चुकी थी, जब ज़ीने के दरवाज़े पर दस्तक हुई और मिस्टर सहगल ने उसका नाम पुकारा।

छत की रोशनी जलाते हुए वर्षा ने दरवाज़ा खोला। क्या हुआ?

''हर्ष के पिताजी गुज़र गये।'' उन्होंने कहा, ''बंगले से तुम्हारे लिए फोन आया था।''

अब हर्ष का क्या होगा, वर्षा की पहली प्रतिक्रिया यही हुई। दिल्ली में समर्थ पिता कितना बड़ा संबल होता है, उसने समझ लिया था। ऐसे आधार, कवच और ब्रह्मास्त्र के बिना हर्ष ज़िन्दगी का सामना कर लेगा?

उसने कपड़े बदले। पर्स देखा, पैंतीस रुपये थे। श्री सहगल ने उसे पूसा रोड के स्टैड पर टैक्सी करवायी और नंबर भी नोट कर लिया।

शंकर रोड से टैक्सी आगे बढ़ी, तो हवा के झोंके ठंडे हो गये। अवसाद से क्लांत वर्षा ने आँखें बन्द कर ली।

''वर्षा, हर्ष ने बताया कि अगले साल तुम्हें 'बी' ग्रेड मिलने की बात है?'' सुजाता ने अपने परिवार के साथ उसे भी लंच पर बुलाया था, तो डैडी ने बियर का घूँट लेकर एक तरह से पहली बार उसे सीधा सम्बोधित किया।

''जी, उम्मीद तो है।'' वर्षा ने राखदानी उठाकर उनके पास रख दी।

हर्ष योगेश के साथ बाहर उनकी कार का क्लच ठीक कर रहा था। मम्मी सामने बैठी थीं।

''हर्ष रिपर्टरी से क्यों असंतुष्ट है?'' डैडी ने पाइप का कश लिया।

''सूर्यभान जी से उनके कुछ मतभेद हैं।''

सुजाता तले हुए पापड़ लेकर रसोई में आयीं और डैडी को वर्षा से बात करते पाकर प्रसन्न मुस्कान दी।

''मैंने हर्ष के लिए बात की थी-टी. वी. पर प्रोड्यूसर की जगह और सांग-ड्रामा डिवीज़न में डिप्टी डायरेक्टरशिप के लिए।'' डैडी बोले, ''उसने दोनों का विरोध किया। क्या तुम लोगों के सर्किल में ये नौकरियाँ अच्छी नहीं मानी जातीं?''

''ऐसा तो नहीं। हमारे कितने ही वरिष्ठ साथी वहाँ काम कर रहे हैं।'' आगे धीमे स्वर में जोड़ा, ''रोज़ी कमाना जिनकी मजबूरी है, वे नापसंदगी की दलील कैसे दे सकते हैं?''

''फिर हर्ष का ऐसा रुख क्यों है?'' मम्मी ने कहा।

''सांग एंड ड्रामा डिवीज़न में सिर्फ प्रचारात्मक काम होता है। टी. वी. में भी सिर्फ ड्रामा सेक्शन ही ऐसा है, जिसमें कुछ सौंदर्यबोधीय काम करने की गुंजायश है, पर उसकी भी एक सीमा है।'' वर्षा बोली, ''हर्ष बुनियादी तौर पर अभिनेता हैं, निर्देशक नहीं, इसलिए उनकी रुचि न होना समझ में आता है।''

''देखो, वर्षा ने कैसे बात साफ कर दी।'' मम्मी मुस्करायीं, ''हर्ष गुस्से में बोलता है, तो बात को और उलझा कर रख देता है।''

सुजाता ने वर्षा को अर्थ भरी मुस्कान दी। (मम्मी पर किया गया सुजाता का अनुकूलन कार्य रंग ला रहा था)।

डैडी ने विचारपूर्ण ढंग से कश लिया, ''पिछले साल हर्ष बम्बई जाना चाहता था। हम लोगों ने अपनी नापसंदगी दिखाकर शायद ठीक नहीं किया।''

''हर्ष के बिना घर काटने को दौड़ेगा।'' मम्मी बोली।

यह उनकी दुखती रग रही होगी, इसलिए डैडी चुप रहे।

''वर्षा !'' कुछ क्षणों के मौन के बाद मम्मी बोलीं, ''अगले सितम्बर में हर्ष की सालगिरह है न...तब हम तुम दोनों की मँगनी कर देना चाहते हैं।''

वर्षा के कान सनसनाने ले। सकुचाकर नीचे देखने लगी। कहना चाहा, जी, अभी नहीं। अभी जल्दी है। अभी मेरे सामने कलात्मक चुनौतियाँ हैं। अभी मेरे और हर्ष के बीच में कुछ चुभने वाली नोंके हैं। अभी मुझे थोड़ा समय चाहिए।

''वर्षा, मम्मी-डैडी के पाँव छुओ।'' सुजाता ने उसे लाड़ से पुचकारा।

वर्षा अचकचाकर उठ खड़ी हुई।

''नंगे सिर नहीं, पगली !'' सुजाता ने स्वर के तरल होने के साथ अपने दुपट्टे से उसका सिर ढँक दिया। (वर्षा टी शर्ट पहने थी)।

वर्षा ने डैडी के पाँव छुये।

''जीती रहो बेटी !'' डैडी के स्वर में आवेग था।

मम्मी ने चरण-स्पर्श के बाद उसके सिर पर हाथ रखा ही था कि सुजाता ने उसे गले से लगा लिया।

यह क्या हो रहा है, वर्षा ने सोचा।

''दीदी, आप मुझे अभयदान दें, तो मैं कुछ कहूँ।'' वर्षा सूखे गले से बोली।

हफ्ते भर बाद दीदी ने उसे शाम को फोन करके शाहजहाँपुर का पता माँगा। डैडी पिता को पत्र लिखना चाहते थे। वर्षा तुरंत बाद दो बसें बदलकर सुजाता के यहाँ पहुँच गयी।

''क्या बात है?'' सुजाता ने आशंकित होकर पूछा।

वर्षा ने बहुत संक्षेप में विवाह को लेकर अपना दृष्टिकोण बताया-कलात्मक जरूरत, हर्ष के साथ अहं का टकराव, भावी संतान के द्वारा कला-यात्रा पर लागू होने वाली अनिवार्य सीमाएँ। ''मैच्योरिटी लाइज़ इन हैविंग लिमिटेड ऑब्जैक्टिव्स इन लाइफ'' भी उसने उद्धृत कर दिया। ('द अरेंजमेंट' उपन्यास उसने हाल में ही पढ़ा था) !

सुजाता विचारलीन लगीं।

''दीदी, आप मुझसे गुस्सा तो नहीं हैं?''

सुजाता ने इंकार में सिर हिलाया, ''तुम थोड़ा समय और माँग रही हो। मुझे तुम्हारी माँग अनुचित नहीं लगी।''

वर्षा ने छुटकारे की साँस ली। उसे अपेक्षा थी कि सुजाता उसकी बात एक सीमा तक समझ लेंगी।

''मैं डैडी का मूड देखकर उनसे बात करूँगी। पर मम्मी से अभी कुछ नहीं कहेंगे। उन्हें बुरा लगेगा। ठीक?''

पल भर की चुप्पी के बाद वर्षा ने हामी में सिर हिलाया।

बंगले पर वैसी ही भीड़ थी, जैसी सुजाता की शादी पर दिखायी दी थी। बस, इस भीड़ की प्रकृति बिल्कुल भिन्न थी। अलग-अलग टुकड़ियों पर मौन छाया हुआ था।

ड्राइंगरूम का फर्नीचर हटा दिया गया था। फर्श पर एक ओर चादर और फूलों से ढंका डैडी का शव रखा था।

हर्ष निश्चल, भावहीन बैठा था। आखें सूखी। सुजाता रह-रहकर आँसू पोंछती थी। सिर्फ मम्मी थीं, जो बराबर रोये जा रही थीं। उनके पीछे बैठी शिवानी उन्हें सांत्वना दे रही थी।

सूती साड़ी के पल्लू से कंधे ढके वर्षा कहीं पीछे बैठ जाना चाहती थी। पर सुजाता ने उसे देख लिया और हिलककर रो पड़ीं। उनसे गले लगते हुए वर्षा के भी आँसू निकल आये। हर्ष ने एक नजर उसे देखा, फिर सामने देखने लगा।

हर्ष के चेहरे का वह भाव उसे बहुत दिनों तक याद रहा। उसमें वैसा ही आतंक था, जैसे कोई अबोध बालक मेले में अकेला छूट गया हो।

''वर्षा ...मम्मी की रुलायी की यह कड़ी विशेष रूप से बेधक थी। (शायद इसलिए कि गृहस्वामी इकलौती पुत्रवधू के गृहप्रवेश से पहले ही चले गये थे)। मम्मी ने इस तरह उसका हाथ पकड़ा कि वर्षा को उनके बगले में ही बैठना पड़ा। (शिवानी क्या सोचेगी, उसने सोचा)। आवेग से मम्मी की पीठ हिल रही थी और गीला चेहरा विकृत हो रहा था। वर्षा ने कुछ कहना चाहा, पर मुँह से बोल नहीं फूटा। शब्द इतने छोटे और अपर्याप्त उसे कभी

नहीं लगे थे। उनका हाथ थामे सामने देखती रही।

डैडी का चेहरा शांत था। पता नहीं, सुजाता को उनसे बात करने का अवसर मिला या नहीं। पर चेहरे पर मलिनता का ऐसा चिन्ह दिखायी नहीं दिया कि हाय, बेटे की वर्ष गाँठ को दुहरे उत्सव के रूप में नहीं मना पाये।

इस बंगले को मैं कभी नहीं भूल पाऊँगी, उसने सोचा। यहीं पहली बार मेरा शारीरिक समागम हुआ था।

एक और महिला मातमपुर्सी के लिए नीचे झुकी। उनकी घड़ी में वर्षा ने देखा, एक बजकर दस मिनट हुए थे।

इतनी लंबी रात उसके जीवन में कभी नहीं आयी थी...

नौ बजने में सात मिनट थे, जब वर्षा मंडी हाउस के स्टॉप पर उतरी। कुछ कदम चलते ही चायघर पर बैठे हर्ष ने हाथ हिलाया, 'गुडमार्निंग !''

वर्षा पास आकर ठिठकी, ''क्या प्रोग्राम है?''

''स्नेह आने वाले हैं। इश्तिहारों के लिए जाना है।'' हर्ष सिगरेट ढीली करके तंबाकू निकालने लगा, ''लंच के बाद रिहर्सल करेंगे।''

वर्षा ने पल भर उसे देखा, ''यह सुबह से ही शुरू करने लगे?''

हर्ष ने बड़ी-बड़ी आँखें उठाकर उसकी ओर देखा। भावप्रवण आँखों में लाल-लाल डोरे थे। इसने एक मुनक्का भी लगा रखी है, वर्षा ने सोचा !

''शाम को रिहर्सल पर आऊँगी।'' कहकर वर्षा रवींद्र भवन को मुड़ गयी।

यकायक हर्ष ने रिपर्टरी छोड़ दी थी।

'हिन्दुस्तान टाइम्स' में हर्ष का इंटरव्यू छपा था, जिसमें उसने कम्पनी की व्यवस्था पर 'आलोकतंत्री एवं एकाधिकारवादी' होने का आरोप लगाया था। उदाहरण के रूप में उसने अगले सत्र. के कार्यक्रम में 'क्रियॉन' नाटक को शामिल न करने की घटना का हवाला दिया था। इस इंटरव्यू के प्रकाशन के बाद सूर्यभान ने हर्ष को कारण-बताओ नोटिस दे दिया, 'कम्पनी की बैठक में स्पष्ट हो चुका था कि इस साल 'ट्रॉजन वीमैन' का मंचन हो चुका है, इसलिए कुछ महीने बाद ही दूसरे ग्रीक नाटक को लेना उचित नहीं होगा। वैसे भी सितम्बर में कलकत्ते के निर्देशक श्री सेनगुप्ता आ रहे हैं, जो हमारे साथ समकालीन भारतीय नाटक के लिए अनुबंधित हैं। कम्पनी के सदस्यों की इस बात से सहमति थी। ऐसा होने पर भी आपने बाहर सार्वजनिक रूप से कंपनी की आलोचना क्यों की?'

इस पर हर्ष ने त्यागपत्र दे दिया।

डॉक्टर अटल ने हर्ष को बुलाया था। उसने त्यागपत्र पर पुनर्विचार करने से इंकार कर दिया। उन्होंने स्कूल में एक हज़ार के मासिक वेतन पर स्पीच-टीचिंग का प्रस्ताव रखा। हर्ष ने इसे भी मंजूर नहीं किया।

''तुम अपने पावों पर कुल्हाड़ी मार रहे हो।'' वर्षा की हर्ष के साथ इतनी तीखी नाटकीय समक्षता पहली बार सम्पन्न हुई।

''अच्छा?'' हर्ष ने उपवास के ढंग से उसे देखा।

''रिपर्टरी ही वह राष्ट्रीय मंच है, जिस पर काम करते हुए तुम महान अभिनेता हो सकते हो।''

"हाँ। अपने आत्मसम्मान को कड़वी गोली की तरह निगलते हुए..."

"तुम अपने आत्मसम्मान को एक ओर दो दोस्तों की हितचिन्ता तक खींच रहे हो और दूसरी ओर सूर्यभान के साथ गैरजरूरी टकराहट तक। एक लमहे के लिए तुम गांधारी की तरह अपनी आँखों में पट्टी बाँध लो और सिर्फ अपने बारे में सोचो। शिड्यूल बनाना रिपर्टरी चीफ का काम है।"

"तभी तुमने 'क्रियॉन' के मुद्दे पर मेरा साथ नहीं दिया।"

"क्योंकि अगले सीज़न में 'क्रियॉन' का शामिल किया जाना उचित नहीं था।" आज सच्ची बात कहते हुए वर्षा हिचकिचायी नहीं, "तुम 'क्रियॉन' इसलिए करना चाहते हो न, ताकि सूर्यभान के 'किंग लियर' को उन्नीस ठहरा सको? सूर्यभान के साथ प्रतियोगिता ठानने का क्या मतलब है? मैं तुम्हें नौजवान भूमिकाओं की एक दर्जन चुनौतियाँ गिनाऊँ?"

"रहने दो।" हर्ष ने गहरी साँस ली, "तुम राष्ट्रीय मंच पर काम करते हुए महान अभिनेत्री बन जाओ। मुझे मेरे हाल पर छोड़ दो।"

"वर्षा, हर्ष का क्या करें?" मम्मी रुआँसे स्वर में बोलीं।

मम्मी मुनीरका के डी.डी.ए. फ्लैट में आ गयी थीं (जो सुजाता के नाम से लिया गया था। वसंत विहार का डैडी का भव्य बंगला एक दूतावास के पास लीज़ पर था। वे छोड़ने को तैयार थे, पर मम्मी राजी नहीं हुई, "उसको सँभालना बहुत खर्चीला होगा।")

मध्यमवर्गीय फ्लैट में सादी, सफेद साड़ी में मम्मी को देखना काफी दुखद था। पुराने तेवरों की हल्की छाया थी, जो तेजी से विलुप्त होती जा रही थी। प्रभावशाली पति की अनुपस्थिति ने उनकी विवशता को तरल और पारदर्शी बना दिया था।

"शिवानी के डैडी का फोन आया था।" सुजाता बोलीं, "उन्होंने सांग एंड ड्रामा डिवीज़न की जगह के बारे में फिर बात की है, पर हर्ष सुनने को तैयार ही नहीं।"

"मेरा माथा तो तभी ठनका था, जब इसने एम. ए. बीच में ही छोड़ दिया।" मम्मी ने ठंडी सांस ली, "सोचा था, बाप से भी आगे जायेगा, खानदान का नाम रोशन करेगा...पर ईश्वर की लीला देखो..."

मम्मी ने पहली बार हर्ष के कारण ईश्वर को याद किया था। उनकी ऐसी मनःस्थिति के चलते क्या 'राजदुलारे' को खाना अब अपने हाथ से खाना पड़ता है, वर्षा ने सोचा।

"वर्षा", सुजाता ने उसकी ओर देखा, "तुमने हर्ष से बात नहीं की?"

दीदी, मैंने इतने हाथ-पाँव जोड़े, रिपर्टरी मत छोड़ो, तो उलटे मुझे ऐसी जली-कटी सुना दी..." वर्षा को जब्त करना पड़ा कि स्वर कहीं तरल न हो जाये।

"हर्ष का ईगो किंगसाइज़ है, पर वह भूल जाता है कि अब डैडी नहीं हैं।" सुजाता गुस्से से बोलीं।

घर में हर्ष का ऐसा अवमूल्यन वर्षा पहली बार देख रही थी। हर्ष के लिए आशंका की लहर उसे हल्के-से कँपा गयी।

हर्ष सुबह आठ बजे बाहर निकल जाता था। (शायद घर के ऐसे तनाव के कारण) अक्सर वह मंडी हाउस के चायघर पर बैठा मिलता या स्नेह और चतुर्भुज के साथ होता। (उद्योगपति खेमका 'पंचम वेद' के पुराने संरक्षक थे। स्नेह को उन्होंने पन्द्रह हजार नकद दिये थे और अपने कुछ मित्रों से कम-से-कम दस हजार के विज्ञापनों का आश्वासन। इस

राशि से 'प्रतिशोध' के भव्य प्रदर्शन की योजना थी। सप्ताहांतों पर पूरे दस दिनों के लिए कमानी ऑडीटोरियम की तारीखें ले ली गयी थीं। मंडी हाउस में खासी सनसनी थी)। लंच तक हर्ष दोनों मित्रों के साथ दौड़धूप करता। फिर मॉडर्न स्कूल के जिमनैज़ियम में रिहर्सल होती। चतुर्भुज निर्देशन कर रहे थे। प्रमुख भूमिकाओं में स्कूल के पुराने स्नातक थे।

शाम को पाँच बजे वर्षा रिपर्टरी से निकलकर रिहर्सल पर आ जाती । वेशभूषा का दायित्व उसने निभाया। लगभग साढ़े सात तक करोलबाग की बस पकड़ लेना उसके लिए जरूरी था, क्योंकि फिर सुरक्षा अपेक्षाकृत कम रह जाती थी। (यों दिल्ली परिवहन में लड़की की सुरक्षा की अवधारणा खामख्याली है!) उसे मालूम था कि हर्ष देर रात तक मित्रों के साथ रहता है। जब दोनों में से कोई साथ खाने का प्रस्ताव रखता, तो हर्ष 'मम्मी इंतजार कर रही होगी।' के साथ मोटर साइकिल की ओर बढ़ता था। अब उसकी आँखें दिन भर लाल रहतीं। दो-तीन बार वर्षा ने हर्ष को जमील के साथ चाँदनी चौक जाते या वहाँ से आते हुए पाया। (जमील भाँति-भाँति की नशीली चीजों का विशेषज्ञ था)।

''हर्ष, यहाँ आओ।'' ऐसे ही अवसर पर उसने पुकारा।

वह ज़िमनैजियम के बाहर बैठी थी। अंदर हर्षरहित दृश्य का पूर्वाभ्यास चल रहा था। वर्षा के साथ ठंडक चली आ रही थी। इसलिए हर्ष थोड़ा अचकचा गया। जमील अंदर चला गया। हर्ष उसके सामने आ खड़ा हुआ।

''क्या है?'' उसका स्वर भावहीन था।

''मेरा कुछ खो गया है। तुम्हारी जेबें देखनी हैं।''

''बस, यही कसर रह गयी है।'' कहकर उसने जींस की जेब से एक हाथ बाहर निकाला और दोनों जेबें उलटाकर दिखा दीं।

''यह क्या है?'' वर्षा ने उसके हाथ में छिपी पुड़िया की ओर संकेत किया।

''यह तुम्हारी नहीं।''

वर्षा स्तब्ध रह गयी, ''यह मेरी बात का जवाब है?''

हर्ष ने निगाह चुरा ली, ''यह कोई नयी चीज़ नहीं।

''पुरानी हो जाने से कोई चीज अच्छी हो जाती है?''

हर्ष ने घूँट-सा निगला, ''अच्छा हो, अगर हम व्यक्तिगत बातों में दखल न दें।''

''मैं तुम्हारी व्यक्तिगत बातों की सीमा से बाहर हूँ?'' वर्षा का चेहरा तमतमा आया।

शायद हर्ष को ऐसी तीखी प्रतिक्रिया की अपेक्षा नहीं थी, इसलिए पल भर को वह अस्थिर हो गया, ''अब सबकी निगाहें बदल गयी हैं-घर के अंदर भी और बाहर भी।'' अपनी पहचान का हर्ष का संकट कठिन हो गया होगा, तभी वह बात को तर्क के घेरे से निकालकर व्यक्तिगत दयनीयता तक ले आया था।

''उन सबमें मुझे भी शामिल कर लिया है?'' न चाहते हुए भी वर्षा का स्वर तरल हो आया था। हर्ष के लिए उसका सरोकार निश्छल था। वह तो तब भी उसके साथ सामाजिक सम्बन्ध के लिए उत्सुक नहीं थी, जब डैडी जीवित थे। अब, जब वह वास्तविकता की अपेक्षाकृत खुरदुरी ज़मीन पर खड़ा है, उसे ऐसे आरोप में कैसे लपेट सकता है?

''हर्ष तुम्हारा सीन...'' तभी रीटा ने बाहर झाँका।

''टिंग टू...टिंग टू...यहाँ देखो...''

वर्षा पालने के बगल में घुटनों के बल बैठी झुनझुना बजा रही थी। शिशु उसे टुकुर-टुकुर ताक रहा था।

वर्षा पूर्वाभ्यास के बाद रीटा के साथ ही आ गयी थी। सुकुमार तीन दिन के दौरे पर बाहर थे। तय हुआ था कि वर्षा रात यहीं बितायेगी। उसने श्रीमती सहगल को फोन कर दिया था।

''चियर्स !'' रीटा ने बियर का गिलास ऊपर उठाया।

''चियर्स !'' वर्षा ने घूँट भरा और ठंडी तरलता अंदर जज्ब होने लगी।

मार्च का तीसरा सप्ताह था, पर एयरकंडीशनर ने कमरा खूब ठंडा कर रखा था।

''वर्षा, तुम्हारी पसन्द के भरवाँ बैगन बनवाये हैं और अरहर की छाल। सरसों का साग भी रखा है। चलेगा?'' रीटा ने मसालेदार काजू की प्लेट उसके सामने बढ़ायी।

वर्षा ने सिर हिलाते हुए एक काजू उठाया। रीटा को उसकी पसंद याद है, यह जानकर भला लगा।

कम्पनी लीज़ पर ली हुई बंगले की पहली मंजिल थी-पूरी तरह सुसज्जित। वह हफ्ते में यहाँ का एक चक्कर लगा जाती थीं। अगर नागा हुआ, तो रिपर्टरी में रीटा का फोन आ जाता था।

''वर्षा, मैं सचमुच मोटी हो गयी हूँ?'' रीटा ने किंचित तनाव से पूछा।

भावना के स्तर पर रीटा तृप्त और छलछलायी थी, पर कला के स्तर पर असुरक्षा एवं संदेह सोख्ते पर गिरी बूँद-से फैलते जा रहे थे।

वर्षा ने पल भर उसे देखा, ''किसने कहा?''

''सुकुमार ने।''

''छेड़ रहे होंगे।''

''सुकुमार ऐसे क्यों छेड़ेंगे भला?''

''सुकुमार नहीं छेड़ेंगे, तो क्या नीचे वाले सरदार चमनसिंह गिल छेड़ेंगे?''

रीटा हँस पड़ी।

''तुम्हारा वज़न उतना ही बढ़ा है, जितना किसी भी ताजी-ताजी माँ का बढ़ता है।'' वर्षा बोली, ''सुबह एक्सरसाइज़ कर रही हो न?''

''हाँ।'' रीटा ने तपाक-से कहा।

''बस, साथ में खाने के थोड़े कंट्रोल से फिर पहले की तरह चुस्त हो जाओगी।'' कुछ पल चुप्पी रही।

''वर्षा, पता है, पिछली बार मैंने तुम्हें फोन किया, तो क्या हुआ?'' रीटा के चेहरे पर फिर तनाव की कँपकँपाहट थी।

वर्षा ने सवालिया निगाह से देखा।

''जिसने फोन उठाया, वह पूछने लगा, कौन-सी रीटा?... मेरे तो आँसू निकल आये। एक साल में स्कूल के लोग ही मुझे भूल गये, तो ऑडियेंस क्या खाक़ पहचानेंगी?''

''वह क्लर्क नये आये हैं रीटा ! इसलिए तुम्हें नहीं पहचाना होगा। जहाँ तक ऑडियेंस का सवाल है, वह चेहरे की पहचान से कम और अभिनय की सामर्थ्य से ज्यादा प्रभावित होती है। जहाँ स्टेज पर तुमने एक सीन किया, दर्शकों केलिए तुम बरसों की जानी-पहचानी हो जाओगी।''

रीटा को कुछ तसल्ली हुई। एक बड़ा घूँट भरा, '' 'प्रतिशोध' में मेरा काम कैसा लग रहा है?''

''अच्छा है।'' वर्षा ने पल भर सोचा, ''चतुर्भुज ने तुम्हारे व्यक्तित्व के गंभीर पक्ष को बाहर लाने में सफलता पायी है। यह एक सुंदर, पेंचीदा चरित्र है, जिसमें अभिनय की लुभावनी चुनौती है।''

''तुम ऐसा सोचती हो?'' रीटा ने उसकी ओर देखा।

वर्षा ने हामी से सिर हिलाया।

बेटा हाथ हिलाते हुए कुनमुनाने लगा। रीटा ने उसे बनावटी क्रोध की चपत लगा दी, ''यह सब इसी बदमाश की कारस्तानी है।''

शिशु रो उठा, तो रीटा पिघलकर उसे चूमने लगी।

वर्षा रीटा की नाइटी पहनकर गुसलखाने से निकली।

''वर्षा, तुम मेरे साथ सो जाओगी?'' डबलबेड पर बैठी हुई रीटा मुस्करायी, ''यह रात को अगर तंग करे, तो तुम दूसरे बेडरूम में चली जाना।'' थोड़ी झेंप के साथ जोड़ा, ''मुझे अकेले नींद नहीं आती।''

वर्षा सहमति से सिर हिलाकर रीटा के पास लेट गयी।

''मुस्करा क्यों रही हो?'' रीटा ने हथेली में इलायची बढ़ाते हुए मुस्कराकर पूछा।

''अपने नसीब पर।''

''मतलब?''

''मेरी क़िस्मत में यही लिखा है कि मैं अपनी शादीशुदा सहेलियों के डबलबेड पर सोती रहूँ। दिव्या हैं, जिनके पति को मेरे आने पर दूसरे कमरे में सोना पड़ता है और तुम हो, जिसे अपने पति के बाहर जाने पर मेरी ज़रूरत पड़ती है।''

''जी छोटा मत करो।'' रीटा खिलखिलायी, 'जब तुम्हारा शादीशुदा डबलबेड होगा, तो मैं तुम्हारे पति की गैरहाज़िरी में तुम्हारे साथ सोने आ जाऊँगी।''

रीटा ने ऊपर की रोशनी बुझ दी और बगल का लैंप जला दिया। अँधेरे और हल्के उजाले के ताने-बाने अंतरंगता का माहौल बनाने लगे।

''सुकुमार को गये दो दिन हुए हैं। मुझे मुश्किल से दो-दो घंटे की नींद आयी होगी।'' रीटा कोहनी के बल उठी हुई उमंग से बता रही थी, ''दिसम्बर में मैं चंडीगढ़ गयी, तो मुझे नींद ही नहीं आयी। रात को तीन बजे मम्मी उठीं, तो मुझे बिस्तर पर बैठा पाया। पूछा, क्या हुआ? मैंने कहा, नींद नहीं आती। तो मम्मी खूब हँसी। बोलीं, इसी घर में तूने सुकुमार के बिना इतने बरस कैसे काट दिये?''

वर्षा मुस्करायी।

''मेरी बड़ी बहन कुछ और समझीं। पर सच्चाई यह है कि वर्षा कि वी डोंट मेक लव एव्री नाइट। बिस्तर पर सुकुमार की मौजूदगी, उनकी सांसों का एहसास हो, तो मुझे फौरन नींद आ जाती है। शायद इसी को भावात्मक सुरक्षा या प्रेम कहते हैं।''

प्रेम की एक और परिभाषा वर्षा को लुभा गयी ! (कभी ऐसा भी होगा, जब वह अपनी अनुभूतियों के आधार पर प्रेम की कोई मौलिक परिभाषा रचेगी?)

''वर्षा, तुम्हें जीवन में पति नाम के इस जंतु का अनुभव जरूर करना चाहिए।'' रीटा के

स्वर में आहलाद लबालब था, "तुम्हारे जैसे संवेदनशील व्यक्तित्व में यह अनुभव बड़ा मोहक निखार लायेगा...मैं कल्पना कर सकती हूँ तुम्हारे लाल जोड़े की, मेंहदी लगे हाथों की, सिंदूर भरी माँग की..."

बेडरूम की स्थिति ड्राइंगरूम से बिल्कुल विपरीत थी। अब वर्षा असुरक्षा एवं संदेह से जकड़ी हुई थी। रीटा की बात सुनकर तनाव के दाने वर्षा के चेहरे पर उभरने लगे।

"हर्ष के साथ कैसी स्थिति है?"

विद्यालय में सिर्फ रीटा थी, जिसके साथ एक हद तक वर्षा ने अपने व्यक्तित्व सम्बन्ध की चर्चा की थी।

"उतार-चढ़ाव काफी हैं।"

रीटा ने सीधे होकर तकिये पर सिर रख लिया, "तुम इस रिश्ते की कैसी परिणति देखती हो?"

"अभी सब धुँधला है रीटा।"

कुछ क्षण चुप्पी रही। फिर रीटा कोहनी की टेक लगाकर आधी उठ गयी, "मैं तो काफी दिनों के बाद हर्ष से मिली। बहुत मूडी और नाराज़ रहता है।

वर्षा ने गहरी साँस ली।

"पर एक बात माननी होगी। इस नाटक में हर्ष का काम बहुत ऊँचे स्तर का है। मुझे ताज्जुब नहीं होगा, अगर इसके बाद लोग कहें कि वह राजधानी का सर्वश्रेष्ठ अभिनेता है।"

"आमीन !" वर्षा ने कहा। (आँखों में अनजाने ही चमक आ गयी थी)।

रीटा की बात सच साबित हुई।

'प्रतिशोध' संस्कृति-सरोवर में अभूतपूर्व मंथन का कारण बना। पहले दिन हॉल आधा खाली था। दूसरे और तीसरे दिन चौथाई। पर फिर 'मुँह की प्रशंसा' और नाट्य-समीक्षाओं ने रंग दिखाया। पाचवें प्रदर्शन पर 'हाउसफुल' का बोर्ड जो लगा, तो आखिरी दिन तक अडोल रहा। 'वर्षा मंत्रविद्ध-सी बोर्ड को ताकती रही। जी चाहा, आरती उतार ले!)।

नाट्य-समीक्षाओं में ऐसा मतैक्य कम ही देखने में आया था। 'पंचम वेद : प्रबल विकल्प' शीर्षक से 'हिन्दुस्तान टाईम्स' ने लिखा, "साधन-सम्पन्न रिपर्टरी कंपनी के सामने स्कूल के स्नातक अपने मामूली साधनों से एक गौरवशाली प्रदर्शन लेकर आये हैं। अल्पव्यय के अर्थशास्त्र से गुणवत्ता के प्रतिमान कैसे स्थापित किये जाते हैं, "प्रतिशोध" इसका उत्कृष्ट उदाहरण है। यह ऐसा दुर्लभ प्रदर्शन है, जिसमें कोई बड़ा दोष दिखायी नहीं देता और इस प्रदर्शन के प्राण हैं-हर्षवर्धन !" 'हेल हर्षवर्धन ! शीर्षक से 'स्टेट्समैन' ने तीन कॉलमों में हर्ष के भूमिका-निर्वाह का विश्लेषण करते हुए उसे 'समकालीन भारतीय रंगमंच का लॉरेंस ऑलीवियर' घोषित किया था। 'इंडियन एक्सप्रेस' की शालिनी कात्यायन इस बार हर्ष पर न-पेटी-से-नीचे प्रहार कर पायी, न ऊपर। 'सूर्यभान, सिंहासन खाली करो, हर्षवर्धन आ गये हैं!" उनकी समीक्षा का शीर्षक था। 'टाइम्स ऑफ इंडिया' ने हर्ष को 'दिल्ली रंगमंच का महाबली' घोषित किया था। (बाद में एक जानकार ने बताया कि सोमेशचंद्र तीन किस्म की समीक्षाएँ लेकर सुबह-सबेरे सूर्यभान के घर गये थे-प्रशंसात्मक,

निंदात्मक और मध्यवर्ती। "जो आप कहें, मैं छपने के लिए दे दूँ।" सूर्यभान ने डपट दिया, "वे लोग मेरे गुर-भाई हैं। आपको जैसा लगा हो, वैसा लिखिए। उनकी तारीफ होगी, तो स्कूल का भी सम्मान बढ़ेगा।" आखिरी जुमले को कुंजी मानते हुए ड्रामाक्रिटिक ने अपना फ़र्ज़ निभाया)।

स्नेह ने चंडीगढ़, शिमला, कानपुर, लखनऊ, कलकत्ता आदि में 'प्रतिशोध' के प्रायोजित प्रदर्शन तय कर लिये थे। स्नेह चतुर्भुज और हर्ष काफी उत्तेजित-से मंडी हाउस में घूमते। अगले नाटक की खोज होने लगी थी।

तभी सूर्यभान व्यग्रता से कमरे में आये, जहाँ वर्षा स्पीच का अभ्यास कर रही थी।

"वर्षा, बम्बई से हर्ष के लिए फोन आया था - हीरेश पांड्या का !" सूर्यभान ने कहा, "मेरे पास हर्ष का मुनीरका का नंबर नहीं है। मैंने कह दिया, आज रात तक हर्ष आपको ज़रूर फोन कर लेगा।" उन्होंने वर्षा को देखा, "वह अपनी नयी फिल्म 'कंपन' में हर्ष को मुख्य भूमिका देना चाहते हैं।...यह है बम्बई का फोन नम्बर..."

वर्षा ने हाथ में आये काग़ज़ के टुकड़े को देखा (क्या यह हर्ष के जीवन की दिशा बदल देगा?)।

प्लेटफॉर्म नम्बर एक पर राजधानी एक्सप्रेस के डीज़ल इंजन ने सीटी दी।

हर्ष ने चतुर्भुज और स्नेह से हाथ मिलाया, "शूटिंग और डबिंग के बीच में मैं आऊँगा। 'प्रतिशोध' के सारे स्पांसर्ड शोज़ करेंगे।"

"देखेंगे...।" स्नेह बोले।

"देखेंगे नहीं।" हर्ष दृढ़ स्वर में बोला, "तुम लोगों के साथ मैं प्रतिबद्ध हूँ।"

"यह तुम इसलिए तो नहीं कह रहे कि स्नेह कहीं 'मंडी हाउस का शाप' न सुना दें?" चतुर्भुज मुस्कराये।

तीनों ने ऊँचा ठहाका लगाया। आसपास के कुछ लोगों ने मुड़कर देखा। मम्मी और सुजाता एक-दूसरे को देखकर मुस्करायीं।

हीरेश पांड्या पिछले वर्षों में हर्ष के तीन नाटक देख चुके थे। दो-तीन बार भेंट भी हुई थी। हीरेश ने अब तक पाँच फिल्में बनायी थीं। तीन को राष्ट्रीय पुरस्कार मिले थे। पिछली फिल्म ने सर्वश्रेष्ठ निर्देशन के लिए 'फिल्मफेयर' पुरस्कार भी पाया था। 'कंपन' के लिए दस हज़ार का पारिश्रमिक तय हुआ था। पटकथा की प्रति के साथ दो हज़ार का चेक भी आया था। राष्ट्रीय प्रेस में हर्ष के ब्रेक की खूब चर्चा हो रही थी।

इंजन ने फिर सीटी दी।

'अच्छा मम्मी..." हर्ष ने झुककर माँ के पाँव छुये। मम्मी ने सजल आँखों से उसके सिर पर हाथ रखा।

हर्ष ने सुजाता से हाथ मिलाया।

"टेक केयर..." सुजाता बोली।

पल भर के लिए वर्षा से निगाह मिली।

"आई विल बी इन टच।" हर्ष ने कहा।

वर्षा ने होंठों का कोना दाँतों-तले दबा कर आवेग रोका।

गाड़ी खिसकने लगी। हर्ष ने डिब्बे के दरवाज़े से हाथ हिलाया।

मम्मी पल्लू से आँसू पोंछने लगी।

"दो महीने बाद आयेगा मम्मी!" सुजाता सांत्वना के स्वर में बोली।

(हर्ष पाँच महीने के बाद तीन दिन के लिए आया। जिस सितम्बर में हर्ष की वर्षगाठ और मँगनी का दुहरा कार्यक्रम था, उस समय फिल्म पत्रिकाएँ 'कंपन' की नायिका चारुश्री के साथ उसे सनसनीखेज़ प्रेमकांड से रंगी हुई थी!)

स्टेट एंट्री रोड से कनाट प्लेस की ओर आते हुए वर्षा के मन में कविता की पंक्तियाँ गूँजती रहीं, "रुँधे हुए गले से तुम्हें विदाई दे रहे हैं-/अज़दक, फरहाद, स्टेनले, स्कंदगुप्त और कालिगुला/मेघदूत, कमानी और श्रीराम थिएटर की आखें नम हैं..."

11

ज़िदगी : एक ऊलजुलूल नाटक

वर्षा के साथ और उसके आसपास जो घट रहा था, वह तर्क से परे था। कहीं कोई तारतम्य या एकसूत्रता नहीं थी। उसे लग रहा था, जैसे वह एब्सर्ड नाटक जी रही है।

श्रीमती सहगल ने खेद की मुस्कान से कह दिया, "वर्षा, महँगाई बढ़ गयी है। बरसाती हम दूसरी किरायेदार को देने को मजबूर हैं, जो तीन सौ किराया देगी।"

वर्षा को काटो, तो खून नहीं। अभी एक ही साल हुआ था। महँगाई की काट के लिए उसी की बरसाती रह गयी थी? क्या उसके अप्रत्याशित अवमूल्यन के पीछे हर्ष के डैडी का असामयिक निधन नहीं है? वर्षा का मन सुन्न होने लगा। प्रभावशाली पिता के अनुपस्थित हो जाने से हर्ष एवं परिवार का तो अभी स्थूल दुख झेलने की नौबत नहीं आयी, लेकिन देखते-देखते उसके सिर से साया हट गया। ऐसा गली में उसकी वी. आई. पी. अवस्था के बावजूद हो रहा था। दिल्ली दूरदर्शन से 'हंसिनी' का प्रसारण हुआ था। 'कल हमारा है' नामक युवा कार्यक्रम के अंतर्गत विविध नाट्य-दृश्यों के साथ उसका साक्षात्कार भी दिखाया गया था, जिसके बाद गली के लोग, विशेषकर महिलाएँ और बच्चे उसे मुस्कान देने लगे थे। सहगल परिवार का जो अतिथि आता, उसे मिलवाया जाता। इसके बावजूद उसे अल्टीमेटम दे दिया गया? वर्षा को व्यक्तिगत बेकदरी से ज्यादा ग्लानि कला के असम्मान पर हुई। ऐसी संवेदनशील, भावप्रवण अभिनेत्री के साथ ऐसा टुच्चा व्यवहार? (भारतीय रंगमंच का इतिहास सहगल परिवार को कभी क्षमा नहीं करेगा!)

रात भर वर्षा करवटें बदलती रही। विराट नगर में यह बरसाती उसके लिए लाल क़िले से कम नहीं थी। इसे छोड़कर वह कहाँ जायेगी?

किराया वह थोड़ा-सा बढ़ा सकती थी। उसे 650-950 के वेतनमान में 'बी' ग्रेड मिल गया था। पर किशोर बिजली के घरेलू उपकरणों की मरम्मत का कोर्स करने कानपुर चला गया था और वर्षा उसे सौ रुपया महीना भेज रही थी। महादेव भाई का तबादला इटावा हो गया था। कई सालों के बाद पिता ने उसे सीधे पत्र लिखा था, 'महादेव ने कहा तो है कि घर की सहायता करते रहेंगे, पर क्या कर पायेंगे, यह तो समय ही बतायेगा। छप्पर की लकड़ी की पहचान भादों में ही होती है। मैं किसी को दोष नहीं देता। पूर्वजन्म के कर्म जो कुछ दिखायेंगे, भुगतना होगा।' वर्षा ने थोड़ा सोच-विचार करके पचास रुपये का मनीऑर्डर उन्हें भेजना शुरू कर दिया था। (उसे 'विक्रमोर्वशी' की पंक्ति याद आयी थी, 'रथ के जिस जुए को बड़ा बैल खींचता हो, उसे छोटे-से बछड़े के कंधे पर डाल देना ठीक नहीं।')

अब फिर कुछ अतिरिक्त आय जरूरी थी। (क्या यह सिलसिला चलता ही रहेगा?) उसने कुछ घंटे साहित्य अकादमी पुस्तकालय में लगाकर दो कहानियाँ छाँटी थीं और चार दिन में एक अनुवाद पूरा करके 'प्रवाह' में दे आयी थी। (अब मंसूर को दिखाने की जरूरत महसूस नहीं होती थी)। उसने जिस शाम को दूसरा अनुवाद शुरू किया था, चौदह बटा चौदह छोड़ने का आदेश मिल गया था।

चिंता और अनिद्रा के तनाव से करवटें बदलते हुए वर्षा क्लांत हो गयी। बोझ ऐसा गहन तथा सर्वग्रासी था...कि उसे रोना आ गया। तकिये में मुँह छिपाये वर्षा सिसकती रही-अपनी मजबूरी पर, अपने अकेलेपन पर, अपनी कलात्मक आकांक्षाओं पर...

दूसरे दिन वर्षा ने अपने सहयोगियों एवं मित्रों से बात की। कोई संतोषजनक समाधान नहीं निकला। (अधिकतर एक ही नाव के यात्री थे !) स्नेह तथा चतुर्भुज ने किसी रेलवे क्वार्टर में एक कमरे का बंदोबस्त हो सकने की आशा दिलायी, पर क्वार्टर में किसी अपरिचित के साथ ज़िन्दगी बाँटना वर्षा को शुरु से अप्रिय था।

''वर्षा ! तुम एकदम यहाँ आ जाओ...इट्स एन एमरजेंसी !'' शाम को रिपर्टरी में सुकुमार ने फोन पर कहा।

ऑटो में निज़ामुद्दीन की ओर बढ़ते हुए वर्षा उलझन में रही। सुकुमार ने अपनी बात कहकर फोन रख दिया था। रीटा को रिपर्टरी में एपरेंटिसशिप फैलोशिप मिली थी। उसे अभिनेत्री के रूप में फिर सक्रिय हो पाने पर बेहद पुलक थी। नया सत्र शुरू हुए एक हफ्ता हो चुका था। रीटा बीमार माँ को देखने चंडीगढ़ गयीं थी। रोज़ाना रिपर्टरी में उसका फोन आता था। कंपनी का एक समूह 'मालविकाग्निमित्र' की रिहर्सल शुरू करने वाला था। सूर्यभान ने रीटा से कहा था, वह मालविका कर रही है। कल रात रीटा ने वर्षा को घर पर फोन किया था, वह कल सुबह दिल्ली लौट रही है और दस बजे तक रिपर्टरी पहुँच जायेगी। (''एक साल के संन्यास के बाद मेरी अभिनेत्री का पुनर्जन्म हो रहा है!'' नाट्य-समीक्षाओं द्वारा दिखायी गयी सामूहिक उपेक्षा के बाद उसने 'प्रतिशोध' की गिनती नहीं की थी)।

सुकुमार गेट पर ही खड़े थे। चेहरा उतरा हुआ।

पैसे देकर वर्षा मुड़ी, ''क्या बात है?''

''रीटा बहुत नाराज़ है। उसने दोपहर से अपने को बेडरूम में बंद कर रखा है।''

सुकुमार की सूखी आवाज़ तनाव से लरज़ गयी।

"हुआ क्या?"

सुकुमार ने उसकी ओर ऐसे देखा, जैसे अभी रो पड़ेंगे।

"मेरा प्रमोशन और ट्रांसफर हो गया है-दार्जिलिंग। मैं ब्रांच मैनेजर बन गया हूँ।" सुकुमार अपराधी के भाव-से बोले, "फर्निश्ड बंगला और कार मिलेगी। अभी जो वेतन मिल रहा है, उससे दुगुने से भी ज्यादा। पर्क्स भी खूब है। ऑर्डर तीन दिन पहले मिल गया था। आज सुबह मैंने रीटा को बताया।" याद करते हुए सुकुमार का चेहरा फिर निचुड़ गया, "उसे जैसे पागलपन का दौरा पड़ गया। उसने चाय का कप मारकर पेंटिंग का फ्रेम तोड़ दिया। गुलदस्ता चकनाचूर कर डाला..." पल भर हिचककर बोले, "और देखो..." उनके गले पर नाखून की खरोंच के निशान थे।

"रीटा !" वर्षा ने शयनकक्ष के सामने आ नरमी-से पुकारा।

कुछ क्षणों चुप्पी रही। किशोरी आया बैठक के कोने में बच्चे को लिये सहमी खड़ी थी। बच्चा धीमे सुर में रोये जा रहा था।

"दरवाज़ा खोलो रीटा!" वर्षा ने कुछ जोर-से कहा।

"मुझे अकेला छोड़ दो।" रीटा चिल्लायी।

"आधे मिनट के लिए मेरी बात सुन लो। फिर चली जाऊँगी।"

फिर मौन रहा।

सुकुमार छोटे-कदमों से चुपचाप पास आ गये। हिचकते हुए बोले, "देखो, वर्षा कैसी भागती हुई आयी है।"

सुकुमार का वाक्य पूरा नहीं हो पाया था कि दरवाज़े पर काँच की कोई बड़ी चीज़ टकरायी और झनझनाकर टूट गयी। जग रहा होगा।

"शट अप यू बिग शॉट, यू कैरियरिस्ट, यू हस्बैंड..." रीटा दहाड़ी।

वर्षा और सुकुमार की नज़र मिली। उसने सुकुमार को हट जाने का संकेत किया। वह पिटे हुए पिल्ले की तरह बैठक के दरवाज़े पर चले गये।

"रीटा ! तोड़फोड़ करने से समस्या सुलझ जायेगी?" वर्षा ने पूछा।

"तुम जाओ यहाँ से!" रीटा ने डपटा।

बच्चे के रोने की लय बढ़ गयी। वर्षा के इशारे पर आया पास आयी। वर्षा ने बच्चे को बाँहों में लेकर पुचकारने की कोशिश की, "हाय, कितने बड़े-बड़े आँसू...राजा बेटे की आँखों में..."

दरवाज़े के निकट रीटा की आहट सुनायी दी। शायद कान लगाकर सुन रही थी।

वर्षा दरवाज़े के ठीक सामने फर्श पर बैठ गयी-दीवार से पीठ लगाकर। "तेरी माँ का दिल पत्थर है।" उसने ज़ोर से कहा।

बच्चा फिर रोया। आया दूध की बोतल लेकर आ गयी। वर्षा ने निपिल बच्चे के मुँह में देने की कोशिश की, तो उसने रोते हुए मुँह अलग हटा लिया। वर्षा उसे थपथपाते हुए पुचकारने लगी, "यह तो राजा बेटा है...यह तो कहना मानता है..."

अचानक ज़ोर-से शयनकक्ष का दरवाज़ा खुला। रीटा के बाल बिखरे थे, आखें दहकती।

"तुम क्यों मुझे सताने पर तुली हो?" रीटा बिफरी।

"सता कौन रहा है, पहले इसका फैसला हो जाये।" वर्षा ने समतल स्वर में कहा।

रीटा बिलखते हुए मुड़ी और सहसा ड्रेसिंग टेबिल पर माथा पटक दिया। तीन पल्लों के शीशों में से एक झनझनाकर टूटा...जब तक वर्षा बच्चे को फर्श पर छोड़कर लपके, तब तक रीटा पल्ले पर दो बार सिर मार चुकी थी।

रीटा ने एक झटके में अपने को बंधनमुक्त कर लिया और लहूलुहान माथे को फिर नीचे मारा। रक्त की तीन-चार लकीरें उसकी चिबुक तक बह आयी थीं।

"सुकुमार..." वर्षा रीटा का हाथ पकड़ती हुई चिल्लायी।

"साहब..." आया के मुँह से रुलायी फूट पड़ी और उसने दौड़कर बच्चे को उठा लिया, जिसके रुदन की लय तेज़ हो गयी थी।

रीटा ने फिर अपने को छुड़ाने की कोशिश की, पर इस बार वर्षा की पकड़ मजबूत थी।

"छोड़ो मुझे ... बेवकूफ बेशर्म..." उसका मुँह नोचते हुए रीटा चीखी।

ज़ीने पर सुकुमार की व्यग्र आहट सुनायी दी।

वर्षा शाम को करोलबाग में ही दो जगहें देखकर लौटी थी। पूसा रोड की बरसाती अच्छी थी, पर किराया साढ़े तीन सौ बताया गया था। बीडनपुरा के छोटे-से मकान में एक छोटा-सा कमरा था। पाँच व्यक्तियों का परिवार, जिसमें तीन लड़के थे। गुसलखाना सामान्य था। किराया तीन सौ से कम नहीं।

वर्षा चाय का प्याला लिये निढाल-सी बैठी थी। कुछ ही समय पहले जो दिल्ली बिल्कुल निजी लगती थी, अब बेगानेपन की रंगत ले चुकी मेरा क्या हागा? उसने सोचा।

"दीदी, हम आयें?" ज़ीने के दरवाज़े से पिंकी की आवाज़ सुनायी दी।

वर्षा ने निगाह उठायी, पिंकी के पीछे सतवंती भी खड़ी थी।

"आइए।" वर्षा ने उठते हुए मुस्कराने की कोशिश की।

सतवंती हमेशा की तरह थोड़ी सकुचाती हुई अंदर आयी। हाथ की फाइल उसकी ओर बढ़ाते हुए कहा, "एक लैसन हो गया है। आप ज़रा देख लेंगी?"

वर्षा टाइप किये हुए पन्ने पढ़ने लगी। पल्लू से कंधे ढके सतवंती सामने सिमटकर बैठ गयीं। पिंकी उनसे लगभग चिपककर बैठी।

शुरू में महीने भर सतवंती से उसकी सिर्फ 'नमस्ते' होती रही थी। पहली दिवंगत पत्नी की संतान होने के नाते श्रीमती सहगल के लिए वह अस्वीकार्य थीं। फिर पति द्वारा त्याज्य होने के बाद यहाँ आने की विवशता में वह तिरस्कृत हो गयी थीं। दुर्भाग्य के दुहरे प्रहार ने सतवंती को कारुणिक ढंग से दयनीय बना दिया था।

महीने भर बाद वह एक टाइप की हुई रिपोर्ट लेकर झिझकते आयीं, "वर्षाजी, माफ कीजिए। आपको तकलीफ दे रही हूँ। ज़रा आप स्पैलिंग की गलतियाँ बता देंगी?" (कुछ वर्ष पहले इस बरसाती में टाइपिंग इंस्टीट्यूट खुला था, जो चल नहीं पाया। श्री सहगल ने किराये के एवज़ में दो टाइपराइटर जब्त कर लिये थे)।

उसी हफ्ते रिपर्टरी में स्क्रिप्ट की अशुद्धियों को लेकर कलाकारों ने वितंडा किया था। सूर्यभान से बात करके वर्षा ने सतवंती को स्टेंसिल दिये और पूरे आलेख को उनके साथ बैठकर पढ़ दिया। सतवंती ने हफ्ते भर में स्टेंसिल टाइप कर दिये। गलतियाँ नौ-दस हुई थीं, जिन्हें वर्षा के बताने पर ठीक कर दिया गया। सूर्यभान नियमित रूप से सतवंती के लिए काम देने लगे।

कुछ दिनों बाद वर्षा सतवंती को लेकर आर्यसमाज रोड के नालंदा कोचिंग इंस्टीट्यूट में गयी। वहां के एक अध्यापक श्री अरोड़ा से श्रीराम सेन्टर में भेंट हुई थी। उन्होंने विद्यार्थियों को दी जाने वाली अध्ययन-सामग्री के कुछ पाठ तैयार करवाने शुरू कर दिये।

शादी से पहले सतवंती ने प्राइवेट तौर पर बी. ए. किया था, पर स्वभाव और फिर प्रतिकूल परिस्थितियों के कारण उसमें आत्मविश्वास बिलकुल नहीं था। ज़रा-सी बात पर टप-टप उसके आँसू बहने लगते थे। (वर्षा अभी तक अपने-आपको 'अबला-जीवन, हाय तुम्हारी...' का सटीक उदाहरण मानती आयी थी, पर सतवंती को जानने के बाद उसने चुपचाप अपने लिए नंबर दोयम स्वीकार कर लिया)।

अपनी लगन तथा वर्षा के निर्देश एवं प्रोत्साहन से सतवंती की हीन भावना क्षीण हुई थी। टाइपिंग मशीनों के सदुपयोग से सहगल परिवार भी प्रसन्न हुआ-विशेषकर श्रीमती सहगल (हर महीने सतवंती को दिये जाने वाले खर्च में कटौती की सुविधा हो गयी थी)।

"ठीक किया है आपने !" पेंसिल उठाते हुए वर्षा बोली, "सात पन्नों में सिर्फ दो ग़लतियाँ हैं।"

"एक तो ओरिजिनल में हल ग़लत है।" सतवंती ने कहा।

'कोचिंग इंस्टीट्यूट के टीचर हैं बेचारे !" वर्षा मुस्करायी।

फाइल लेने के बाद सतवंती उठी नहीं। कुछ क्षणों चुप्पी रही।

"मम्मी से कहिएगा, मैं जगह ढूंढ़ रही हूँ।" आखिर वर्षा बोली, "तीस तारीख तक खाली कर दूँगी।"

सतवंती ने अबूझ भाव में उसे देखा, "क्या?"

"आपको नहीं मालूम ? मुझसे बरसाती खाली करने के लिए कहा गया है।"

देखते-देखते सतवंती की आँखों से टप् - टप् आँसू बहने लगे, "मेरे-जैसी नसीबजली चिराग लेकर ढूँढ़ने से भी नहीं मिलेगी..." (वर्षा को एकदम शाहजहाँपुर की अपनी मनोदशा याद आयी, जब दिव्या के जाने की सूचना पाकर उसने आत्महत्या की कोशिश की थी)।

माँ के आँसू देखकर पिंकी तत्काल रुआँसी हो गयी।

"मैं तो आपसे यह कहना चाहती थी कि आज मैंने राजमा-चावल बनाये हैं। खाना हमारे साथ ही खाइए।" सतवंती ने पल्लू के कोने से आखें पोंछते हुए कहा।

रवींद्र भवन के प्रांगण में खड़े हुए वर्षा ने घड़ी देखी, पाँच बजकर एक मिनट हुआ था।

वह पौने पाँच बजे रिपर्टरी से निकल आयी थी। सोचा था, मंडी हाउस स्टॉप से निजामुद्दीन के लिए बस ले लेगी। रीटा को देखना ज़रूरी था। यों सुकुमार ने फोन पर बता दिया था, अब ज़ख्म भी ठीक है और मनःस्थिति भी।

रवींद्र भवन की कला दीर्घा से निकलते हुए चित्रकार असीम मिल गये। उनसे बात करके वह आगे बढ़ी ही थी कि पीछे से कल्याणी ने पुकारा। 'तुम्हारा फोन आया था' के

साथ एक पुर्जा उसे थमाकर वह बाहर दौड़ गयी, जहाँ उसके प्रेमी विनायक शिंदे स्कूटर चालू किये खड़े थे। वर्षा को हाथ हिलाते हुए वह पीछे की सीट पर बैठी और ओझल हो गयी।

'शिवानी पाँच बजकर पाँच मिनट पर तुमसे रवींद्र भवन के बायें गेट पर मिलेगी।' वर्षा ने ध्यान से नाम देखा। नहीं, शिवानी ही लिखा था। (हालाँकि पहला अक्षर ऐसे घसीटकर लिखा गया था कि उसे 'दिवानी' भी पढ़ा जा सकता था !)। शिवानी और उससे मिलेगी? क्यों? किसलिए? कुछ नहीं लिखा था। बायें गेट पर... बायें से क्या मतलब? रवींद्र भवन में घुसते हुए बायाँ या रवींद्र भवन से निकलते हुए बायाँ? अब वह कहाँ प्रतीक्षा करे? नेपाली दूतावास वाले गेट पर या मंडी हाउस स्कूटर स्टैंड वाले गेट पर? ... तारीख भी नहीं है। यह भेंट कहीं कल के लिए तो नहीं? और शिवनी ने यह कैसे समझ लिया कि वह खाली बैठी रहती है? चार-पचास पर फोन किया कि पाँच-पाँच पर मिल जाओ। कैसे मिल जाओ? निजामुद्दीन में महान अभिनेत्री को देखने नहीं जाना है उसे?

हिन्दुस्तानियों को जीने का सलीका कभी नहीं आयेगा, वर्षा ने झुंझलाहट से सोचा।

''वर्षा, तुमं यहाँ खड़ी हो?'' पीछे से डाँट सुनायी दी, ''पाँच मीटिंग है।'' वर्षा मुड़ी। शशांक खड़े थे।

''मीटिंग?''

''तुमने श्रीराम सेंटर में नोटिस नहीं देखा?'' उन्हेंाने फिर डाँटा।

''कैसा नोटिस?''

''पागल की तरह मेरी बात दुहराओ मत।'' उनका स्वर आक्रामक था, 'चाँदनी चौक में हमारे स्ट्रीट प्ले को बीच में ही रोककर गुंडों ने हम पर हमला किया। कार्पोरेशन के चुनाव के कारण सत्तारूढ़ दल विपक्ष का मुँअ बंदकर देना चाहता है। प्रजातंत्र में दिनदहाड़े अभिव्यक्ति-स्वातंत्र्य का गला घोंटा जा रहा है। एक कलाकार होने के नाते तुम्हारा कर्तव्य है कि कला और संस्कृति के महान मूल्यों के लिए आवाज उठाओ। कला और संस्कृति के सतत प्रहरी होने के नाते तुम्हें यह चाहिए कि...''

भाड़ में गयी कला और संस्कृति!'' वर्षा ने अपना क्रोधित स्वर सुना, ''कला और संस्कृति के लिए अपनी आवाज़ उठाने से पहले मैं पूछती हूँ, तुम्हारी कला और संस्कृति ने मेरे लिए क्या किया? तुम्हारी कला और संस्कृति को पहले यह चाहिए कि मुझे दिल्ली में सस्ती बरसाती दिलाये।''

''यू आर ए गौन केस !'' आक्रोश के साथ शशांक आगे बढ़ गये।

और सिरदर्द की पहली तीखी तड़प ने वर्षा को बेहाल कर दिया। ऐसा लगा, जैसे मूँज की खुरदुरी रस्सियों के नागपाश में जकड़ा उसका सिर विपरीत दिशाओं को हाँके जाने वाले बौराये हाथियों द्वारा कसा जा रहा हो। माथे पर पसीने की बूँदें छलछला आयीं और टाँगें काँपने लगीं। तभी दर्द की दूसरी लहर ने उसे झिंझोड़ दिया। उसने सहारे के लिए हाथ बढ़ाया, पर कुछ था नहीं। वह घिसटती-सी कुछ कदम आगे बढ़ी और लड़खड़ाती-सी लॉन पर धम् से बैठ गयी। सामने के मंज़र में जहाँ-तहाँ अँधेरे धब्बे भर गये। आँखें बंद हो गयीं और दाँत कसकर उसने चक्कर के आघात को झेलने का यत्न किया। पल भर को यह भी विस्मृत हो गया कि वह कौन है, कहाँ है...

बंद आँखों के पार पहले चिड़ियों की मद्धिम चहचहाट सुनायी दी, फिर एक कोमल स्वर, ''वर्षा, तुम ठीक तो हो न?''

वर्षा ने आखें खोलीं, तो शिवानी झुकी हुई थी।

"क्या हुआ?"

"सिरदर्द से चक्कर आ गया था।"

वह उठने को हुई, तो शिवानी ने हाथ बढ़ाया। वह सहारा लेकर खड़ी हो गयी।

शिवानी ने सफेद प्रीमियर पद्मिनी का दरवाजा खोला। वर्षा धीरे-धीरे बैठ गयी। शिवानी ने बगल की सीट पर आकर पर्स खोला और कुछ ढूँढ़ने लगी, "हाँ, है।" उसने सिरदर्द की दो टिकियाँ बढायीं।

उसके संकेत पर शिवानी ने मंडी हाउस के चायघर के सामने कार रोकी। छोटू तुरंत दो गिलास पानी लेकर आ गया। वर्षा ने दवा खायी और ठंडे पानी के छींटे मुँह पर मारे।

"यकायक जी चाहा कि तुमसे मिलूँ।" शिवानी का स्वर धीमा था, जैसे अपने-आप से ही कह रही हो।

कार की गति तेज थी। सपाट सड़क पर फिसलती जा रही थी। दोनों ओर के काँच गिरे थे। हवा के ठंडे झोंके आँखमिचोली-सी खेल रहे थे।

वर्षा को अजीब-सी अनुभूति हुई। लगा, जैसे वह इस दृश्य का हिस्सा नहीं। वह कहीं बैठी है और इस दृश्य को जैसे पर्दे पर देख रही है।

"अब कैसा महसूस हो रहा है?" शिवानी ने एक पल उसे देखकर फिर निगाह सामने फेर ली।

"बेहतर..."

गति सचमुच तेज़ थी। पर शिवानी के हाथ सधे हुए थे।

"डर लग रहा है?" शिवानी हँसी। कानों के बड़े-बड़े कुंडल हिले।

वर्षा मुस्करायी।

"अगर हम दोनों एक-दूसरे की बाँहों में बेजान पाये जायें, तो मंज़र कैसा दिलकश होगा। है न?" शिवानी फिर हँसी। जलतरंग-जैसी पतली, अस्थिर हिलोर, जो बुलबुले की तरह तीन-चार पलों में पानी की सतह पर विलुप्त हो जाती है।

"सचमुच..." वर्षा ने कहा। सचमुच मुझे तमाम तनावों से एक साथ मुक्ति मिल जायेगी।

"मैं बताऊँगी नहीं कि तुम्हें कहाँ ले जा रही हूँ।" शिवानी रहस्य के स्वर में बोली।

"मैं पूछूँगी नहीं।" वर्षा मुस्करायी।

"क्यों?"

"यह शाम तुम्हारी है।"

शिवानी का स्वर अर्थभरा था, "मैं जो चाहे करूँ, तुम सवाल नहीं करोगी?"

"सवाल कर सकती हूँ, पर एतराज़ नहीं।"

"क्यों?"

"यह मुलाकात तुम्हारी मर्जी से हुई है।"

शिवानी मुस्करायी।

तभी एक टोयोटा ने ओवरटेक कर लिया। आगे की सीट पर दो लड़के थे। एक ने पदमिनी की दिशा में 'वी' का संकेत किया। शिवानी ने दो छोटे-छोटे हॉर्न देकर प्रतियोगिता की घोषणा कर दी। अगले कुछ मिनटों में वर्षा ने दो परस्पर विरोधी भावनाओं का अनुभव किया। कार की गति बढ़ने के साथ उसका जीवन मोह थरथरा गया। जब आसपास की गाड़ियों को कुछेक इंचों के फासले से शिवानी ने पीछे छोड़ा, तो वर्षा का वीतराग पक्ष हल्के-से मुस्कराया। इस दौरान शिवानी की निगाह बराबर सड़क पर थी और उसके चेहरे पर ज़रा-सी मुस्कान के साथ कुछ-कुछ आशंका जगाने वाली एकाग्रता थी, जैसे वह घने जंगल में कई दिनों की भूखी शेरनी हो और उसने कुलाँचे मारते हिरन को देखकर अपने नथुने फुला लिये हों... पता नहीं, गंतव्य क्या था, पर शिवानी टोयोटा के पीछे रिंग रोड पर मुड़ गयी। आश्रम के चौराहे पर बत्तियों का रंग बदलने से पहले शिवानी ने ऐसे रफ्तार पकड़ी कि एक ऑटो से टक्कर होते-होते बची। ...वर्षा ने आँखें बंद कर लीं और ईश्वर को याद किया, मित्रो ! कहा-सुना माफ करना... शिवानी के लम्बे हॉर्न पर वर्षा ने आँखें खोलीं... वह पीछे छूट गयी टोयोटा को 'वी' का संकेत दे रही थी...

"बोलो, क्या पियोगी?"

यह ग्रेटर कैलाश के सुसज्जित बंगले का ड्राइंगरूम था। वर्षा सफेद कवर-चढ़े सोफे पर बैठी थी। ऊपर आलोकित शेडेलियर था, जिसकी लड़ियाँ बंदनवार-सी चमक रही थीं। वर्षा को अपनी समकालीन प्रबल चिंता की धुंधली सी याद आयी।

शिवानी ने बता दिया था, आजकल उसका निवास यहीं है। यह मम्मी की विरासत है। मम्मी-डैडी लोदी रोड के सरकारी बंगले में हैं। बाहरी गेट पर चौकीदार था, जिसने गेट खोला था। नौकरानी को मैंने आज छुट्टी दे दी है, शिवानी ने अर्थ भरी मुस्कान से कहा था।

"जो तुम पिलाना चाहो।"

"एक ऑन द रॉक्स दूँ? ...सिर का भारीपन दूर हो जायेगा।"

"अच्छा।"

शिवानी रसोई से बर्फ की डोलची लेकर आयी और टुकड़े गिलासों में डाले। भारी गुच्छे की एक चाबी से आलमारी खोली। ईगल रेमर की बोतल निकाली और ढालने लगी।

"चियर्स!"

वर्षा ने गिलास ऊपर उठाया, फिर घूँट भरा। नये पेय का उसका पहला घूँट सतर्क और मुआयना करता-सा होता था। एक-दो घूँटों में वह निर्णय कर लेती थी कि उसे कितना चौकस रहना है। पर आज चार घूँटों के बाद भी अनिश्चय बना रहा।

शिवानी सामने बैठ गयी थी। उसने सैंडिल उतारकर पाँव कारपेट पर फैला लिये थे। वह स्ट्रेच पेंट के साथ लंबी-ढीली बटन डाउन शर्ट पहने थी। कानों के कुंडलों का यह जोड़ा उसने पहली बार देखा था। पुराने जोड़े के विपरीत इनमें छोटी-सी लटकन थी। कुंडल शिवानी को विशेष रूप से प्रिय है, उसने सोचा।

"तुम्हारा ऑफिस कैसा चल रहा है?" वर्षा ने पूछा।

"ठीक। काम बढ़ता जा रहा है।"

''ऑफिस का माहौल कैसा है-लड़की होने के नाते?''

शिवानी ने पल भर उसे ध्यान से देखा, ''थोड़ा मुश्किल सवाल पूछा है तुमने।'' उसने विचारपूर्ण ढंग से घूँट लिया, ''पुरुषों का एक वर्ग है, जिसे युवा स्त्रीलिंग से आदेश लेने में तकलीफ होती है। ऐसे कुछ नमूने हमारे यहाँ भी हैं। मैं काफी कोशिश करती हूँ कि उनके अहं को ठेस न पहुँचे, पर कुछ का अहं इतना नाजुक है कि वह सिर्फ मेरे अच्छे प्रदर्शन से ही, जिसका उनसे चाहे कुछ भी संबंध न हो, चटख जाता है। तब संतुलन बनाये रखने में कुछ कठिनाई होती है।''

शिवानी की विचार-पद्धति और वाक-शैली से वर्षा प्रभावित हुई।

''मैंने 'प्रदर्शन' शब्द का इस्तेमाल किया है, जो बुनियादी तौर पर तुम्हारा क्षेत्र है।'' शिवानी मुस्करायी।

कुछ पल मौन रहा। फिर शिवानी नीचे मुलायम कार्पेट पर बैठ गयी-सोफे से टिकी। और गुदगुदा कुशन गोद में रख लिया।

''हर्ष की क्या खबर है?'' शिवानी उसकी ओर देख रही थी। एकटक।

''दीदी के पास फोन आया था। इसी हफ्ते में शूटिंग शुरू होगी।'' वर्षा ने सिर्फ सूचना दी। कोई भाव नहीं जुड़ने दिया।

''हर्ष का एम. ए. अधूरा छोड़ देना मेरे पापा को बुरा लगा। वह हर्ष के डैडी की तरह नहीं, जो बच्चों की पसंद में बहुत दूर तक दखल नहीं देते थे।'' शिवानी मुस्करायी, ''वह ऐसे पिता हैं, जो पाँच साल के बच्चे के हाथ में उसके पूरे जीवन का मानचित्र थमा देते हैं।''

''समर्थ पिता का अपना दृष्टिकोण होता है।''

''मेरे भाई की व्यावसायिक इकाई है। पापा चाहते थे कि अब थिएटर को छोड़कर हर्ष उसके सांथ जुड़े।'' फिर वह वर्षा की ओर मुड़ी, ''थिएटर में तुम्हारी दिलचस्पी कैसे हुई?''

''यह एक लंबी कहानी है।'' वर्षा उदास ढंग से मुस्करायी।

''लंबी कहानियाँ मुझे पसंद है।''

''तुम ऊब जाओगी।''

''आज की शाम मेरी है।''

वर्षा ने अपनी पारिवारिक पृष्ठभूमि भरसक बचाते हुए संक्षेप में बता दिया।

''सुजाता से तुम्हारी अच्छी बनती है न?'' यकायक शिवानी ने पूछा।

वर्षा ने सहमति में सिर हिलाया।

''मेरे साथ उतना हमवार नहीं।'' शिवानी सोचते हुए बोली, जैसे साथ-साथ कारण का भी विश्लेषण कर रही हो, ''पता नहीं, क्या हुआ कि...अजीब है न, कभी-कभी रिश्ते की स्थिति का कारण स्पष्ट नहीं हो पाता।''

वर्षा फर्श देख रही थी। इस बात पर टिप्पणी करना उचित नहीं लगा।

''पहले हर्ष की मम्मी सौ फीसदी मेरी थीं। अब लगभग आधी रह गयी हैं।'' वह कुछ खिन्न लगी, ''तुमने कौन-सा कूटनीतिक कौशल अपनाया है?''

''क्या कहूँ...'' वर्षा अटक गयी, ''इसे धर्मयुद्ध समझ लूँ और रात के विश्राम में बता दूँ कि कल किस तरह से मेरा वध हो सकता है?''

शिवानी थोड़ी आत्मलीन रही। लगा नहीं कि उसने वर्षा की परवर्ती बात पर ध्यान दिया है।

''नाट्य-समीक्षक कहते हैं कि तुम्हारी आँखें बोलती हैं। इन्हीं के जरिये बता दो।''

वर्षा को लगा कि शिवानी हँसी कर रही है। पर वह गंभीर थी।

''शिवानी, जो तुम पूछ रही हो, उसके बारे में मैं कुछ नहीं जानती। मैंने सिर्फ मँझधार में अपने को छोड़ दिया है।''

शिवानी ने एक बार उसे देखा। फिर आखिरी घूँट लेकर गिलास खाली कर दिया। ''कैसी लगी?''

वर्षा ने फैलाये हाथ हिलाते हुए उड़ने का मूकाभिनय किया। अपना सिर उसे स्वच्छ, निर्मल आकाश-सा लग रहा था, जहाँ सुरूर के महीन बादल मँडरा रहे थे।

''सिरदर्द कैसा है?'' शिवानी ने हँसकर पूछा।

''गायब हो गया।'' वर्षा भी हँसी। पर अगले ही पल चौंक गयी। इसमें हँसने की क्या बात है?

शिवानी ने मसालेदार मूँगफली के कुछ टुकड़े उठाये, ''यह मेरी कमज़ोरी है।'' और प्लेट आगे बढ़ायी।

वर्षा ने कुछ दाने उठा लिये।

शिवानी ने दोनों गिलास भरे। वर्षा ने अपना गिलास लिया। फिर यकायक नीचे कारपेट पर ही बैठ गयी। शिवानी के बिल्कुल सामने। अब ठीक है। शतरंज के खिलाड़ियों ने मोर्चा सँभाल लिया है, उसने सोचा।

''तुम्हें पता होगा, हर्ष और मैं बचपन के दोस्त हैं।'' शिवानी ने सीधे उसकी ओर देखा।

''हाँ।'' वर्षा भरसक सहज स्वर में बोली।

''हर्ष ने मेरे बारे में क्या कहा?'' शिवानी ने पूछा। आक्रामक और तेज युवती विलुप्त हो गयी थी। सिर्फ निरीह प्रेमिका बची थी-विवश। असुरक्षित।

''कुछ नहीं।''

''अपनी तरफ से न कहा हो, पर तुम्हारे सवालों के जवाब में तो कुछ कहा ही होगा?''

''मैंने कभी पूछा नहीं।''

''क्यों? तुम्हें मेरे बारे में जानने की उत्सुकता नहीं हुई?''

''हुई तो, पर सीधे पूछना उचित नहीं समझा।''

शिवानी ने गहरी निगाह से देखा, ''तुम भावना में एकाधिकार नहीं मानतीं?''

''क्या मानने से एकाधिकार मिल जाता है?''

''तुम भावना में ईर्ष्यालु नहीं हो?''

''ईर्ष्या जहाँ से शुरू होती होगी, उस मुकाम तक मैं पहुँची नहीं।''

शिवानी असंतुष्ट लगी। उसके चेहरे पर भूखी शेरनी के सूँघने-जैसा भाव उभर आया, ''हर्ष ने तुम्हें खत लिखा है?''

वर्षा ने इंकार में सिर हिलाया।

''लगभग एक साल हुआ, जब वह तुमको लेकर संजीदा होने लगा। मैं समझ गयी थी,

तीसरा व्यक्ति आ गया है...और वह तुम निकलीं-शाहजहाँपुर की सिलबिल...'' शिवानी ने ठंडी साँस ली, ''मुझे धक्का-सा लगा।''

''किस बात से? मेरे और तुम्हारे सामाजिक वर्ग के अंतर से?''

''हाँ। और एक व्यक्ति के रूप में भी...कोई वजह है कि तराजू के पलड़े पर मैं ऊपर जाऊँ?''

वर्षा ने पल भर सोचा। फिर नाहीं में सिर हिलाया।

''पर भावना के क्षेत्र में बहुत कुछ अजीब और अनपेक्षित होता है।'' शिवानी की उद्धत तर्कशीलता अगले ही पल करुण हो गयी, ''मुझसे ज्यादा बेचैन मेरे पापा हैं। उनका मेरे हाथ में थमाया गया मानचित्र कारगर साबित नहीं हो रहा है।''

वर्षा चुपचाप एक दीवार के काँच के पैनल को देखती रही, जिसके पार क्यारियों की कतार दिखायी दे रही थी।

''कब से हर्ष मेरा भावात्मक रहा है।'' शिवानी जैसे अपने में डूबी थी, ''उसको लेकर मैंने तमाम सपने बुने...थे।'' अंतिम शब्द बोलने से पहले उसने विराम दिया। (क्या वह 'है' कहना चाहती थी?)

सहसा शिवानी घुटनों पर झुकती हुई उसके बिल्कुल निकट आ गयी। वर्षा की चिबुक ऊपर उठायी, ''तुम्हारी आँखें बहुत सुंदर हैं।'' उसने बिना मुस्कान के कहा।

वर्षा हल्के-से मुस्करायी। अचानक अपनी पलक पर शिवानी के होठों का स्पर्श पाया। दृश्य जैसे फ्रीज़ हो गया।

''मैंने तुम्हारे गिलास में साइनाइड मिला दिया है।'' शिवानी अपनी जगह बैठी मुस्करा रही थी। वर्षा को लेकर जो चौकन्नापन अभी तक उसमें था, वह अब क्षीण लग रहा था।

शिवानी के चेहरे के इस भाव को मैं कैसे परिभाषित करूँ, वर्षा ने सोचा। यह अब अपने समीप, अपने हाथ की पहुँच की की सीमा में लगती है।

''मेरी लाश का क्या करोगी?'' वर्षा हँसी।

''मसाला लगाकर अपने पास रखूँगी, जैसे ममी रखी जाती है।'' शिवानी भी हँसी, ''और तुम्हारे साथ तुम्हारी सारी पसंदीदा चीजें - नाटक, कौस्ट्यूम, रिव्यूज। और तुम्हारे एक प्रिय व्यक्ति की तस्वीर...बोलो, किसकी?'' शिवानी चंचलता से मुस्करा रही थी।

''दिव्या की!'' वर्षा हँसी।

शिवानी भी प्रतिक्रिया के रूप में खिलखिलायी।

''हम लोग कुछ ज्यादा ही हँस रहे हैं।'' वर्षा ने हँसते हुए टिप्पणी की।

''जुगलबंदी है।'' शिवानी अर्थपूर्ण स्वर में बोली।

वर्षा शिवानी के नर्म डबलबेड पर बैठी हुई थी। कोने में लैंप जल रहा था। स्टीरियो पर सितार एवं सरोद के स्वर एक-दूसरे से गुँथ रहे थे। इस बार वर्षा को और भी गहन रूप से लगा कि वह इस दृश्य का हिस्सा नहीं। यह किसी और के साथ घटित हो रहा है।

''इसके अंत में क्या होगा वर्षा?'' शिवानी ने लांग-प्लेइंग रिकॉर्ड की ओर संकेत

किया।

''ऐसी गहरी अनुभूति जागेगी, जो कलात्मक प्रतिस्पर्धा से परे है।''

शिवानी ने गिलास से एक घूँट लिया और छोटे कदमों से पैताने तक आ गयी।

''मुझे पापा के यहाँ से एक चीज लानी थी, पर समय नहीं मिला।'' शिवानी ने उसकी ओर देखा, ''पूछो क्या?''

वर्षा मुस्करायी, ''क्या?''

''पिस्तौल।''

वर्षा हँसी, ''सिर्फ उसी के न होने की रुकावट है?''

''नहीं।'' शिवानी निकट आयी। अपना गिलास बगल की मेज पर रखते हुए बिस्तर के किनारे बैठ गयी, ''तुम्हारी नाजुक-सी गर्दन पर...'' उसने अपने दोनों हाथ वर्षा के गले पर रखे, थोड़ा जोर दिया और मुस्कराकर पूछा, ''दबा दूँ?''

''बड़ी संवेदनशील कातिल हो।'' वर्षा हँसी, ''मक्तूल से उसकी मर्जी पूछ रही हो।''

शिवानी ने दबाव थोड़ा बढ़ा दिया, फिर थोड़ा और...दोनों मुस्करा रही थीं, पर वर्षा को अब साँस लेने में मुश्किल हो रही थी और चेहरे पर तनाव झलक आया था।

''अलविदा...'' शिवानी बोली।

''खुश रहो अहले-वतन...'' वर्षा ने आँखें बंद कर लीं।

जैसे थककर शिवानी ने हाथ पीछे हटा लिये, ''बधाई वर्षा!'' वह मुस्करायी, पर पारदर्शी उदासी की छाया झलक गयी।

वर्षा ने सवालिया निगाह से देखा।

''अगली सालगिरह को दुहरे उत्सव के रूप में मनाये जाने की बधाई!''

वर्षा ने गहरी साँस ली। कुछ कहे, पर क्या? अगर चुप रहे, तो शिवानी को कैसी गलतफहमी रह जायेगी। पर कहे, तो कैसे?

''संबद्ध लोगों की भावनाओं का ध्यान रखते हुए मेरा कुछ कहना उचित नहीं होगा।'' वर्षा ने अटकते हुए कहा।

कुछ पलों का विराम रहा।

फिर शिवानी सहसा सिसकने लगी। फिर दोनों हाथों में मुँह छिपा लिया। रुदन में विवशता और शर्मिंदगी की रंगत थी, जैसे ऊँचे उड़ते कपोत को पंख की अक्षमता के कारण किसी टहनी पर बसेरा लेना पड़े।

''शिवानी...'' वर्षा ने बाँह पकड़कर उसे खींचा। शिवानी मुड़ी और जैसे भीगी आँखें दिखाने की शर्म से बचने के लिए मुँह वर्षा के वक्ष में छिपा लिया। वर्षा ने अपनी उंगलियाँ उसके बालों में उलझा लीं, ''तुम्हारा मन हल्का करने के लिए मैं क्या करूँ...''

''तुम भी मेरी तरह मजबूर हो।''

कुछ पलों के बाद शिवानी सीधी हुई और आँसू पोंछे, ''माफ करना। यह आइटम मेरे कार्यक्रम में नहीं था। पर एकाएक जब्त नहीं रहा।''

और यहीं से वर्षा क्रमशः बेसुध होने लगी। शिवानी ने कुछ कहा, फिर उसने भी। फिर शिवानी मुस्करायी। इस दौरान कितने पल बीते, वर्षा को नहीं मालूम। फिर शिवानी के

मुखड़े का क्लोज अप जैसे धीरे-धीरे पीछे खिसकते हुए डिजॉल्व हो गया और पर्दे पर अँधेरे के चौकोर खाने उभरने लगे...वर्षा को कुछ पहले से लगने लगा कि उसे अपना-आप अतिरिक्त तरंगमय महसूस हो रहा है, वह हवाओं में झूला झूल रही है, पेंग तेज होती जाती है...सहसा झूले की कड़ी टूटी और लुढ़ककर काली, अतल गहराई में स्लो मोशन के साथ गिरने लगी...

सुबह आठ बज चुके थे, जब वर्षा की नींद टूटी। आँखें खुलीं, को कॉर्निस पर दिव्या की तस्वीर दिखायी नहीं दी। उसकी जगह खिड़की का पर्दा लहरा रहा था।

वर्षा चिहुँककर सीधी हुई....हे भगवान!...विस्फारित आँखों से आसपास देखा। तो उसने शिवानी के बिस्तर पर सारी रात गुजार दी! बगल के तकिये पर शिवानी के सिर पर ताजा दबाव था।

और यकायक मन में आशंका की हिलोर उठी। सहगल परिवार क्या सोचेगा?

वर्षा ने ठण्डी साँस ली। फिर बाल सँभालने को हाथ उठाये और हतप्रभ रह गयी। वह ब्रा के बिना शिवानी की नाइटी पहने थी।

''गुड मॉर्निंग!'' हाथ में चाय का कप लिये सजी-सँवरी शिवानी आयी।

वर्षा ने इस प्रकार की शर्म का अनुभव पहली बार किया था।

''लो, चाय पियो और तैयार हो जाओ। फिर गर्मागर्म ब्रेकफास्ट करते हैं। रात को कुछ खाया नहीं। पेट में बिल्कुल वैक्यूम है।''

''तुमने क्यों नहीं खाया?'' कप लेते हुए वर्षा बोली।

''मेरी मेहमान सो गयी, तो मैं कैसे खाती?''

शिवानी उसके बगल में बैठ गयी। ताजा-ताजा नहायी, सुगंधित।

वर्षा ने चाय का घूँट लिया, ''ऐसा मेरे साथ पहले कभी नहीं हुआ।''

''ऐसा क्या हो गया?'' पारदर्शी नाइटी पर पल भर शिवानी की दृष्टि ठहरी रही। वर्षा ने शिवानी को लाज की मुस्कान से देखा।

''तुम्हारी लैंडलेडी को मैंने फोन कर दिया था।''

''सच...?'' वर्षा ने दिलासे के स्वर में कहा।

''हाँ। एक छूट मैंने जरूर ली थी - तुमको नाइटी पहनाने की।'' शिवानी चंचलता से बोली, ''पर विश्वास रखो, मैंने तुम्हें छुआ नहीं।''

इस एक क्षण शिवानी उसे मोहक और प्रिय लगी।

''सुकुमार ने तीन विकल्प बताये हैं।'' आरामकुर्सी पर लेते हुए रीटा बोली। वह सामान्य थी। बस, चेहरे पर तीन चिप्पियाँ लगी हुई थीं।

''एक रास्ता तो यह है कि रीटा बच्चे व आया के साथ दिल्ली में रहे'', सुकुमार बोले, ''पर किसी और जगह। इस फ्लैट में मेरे एक सहयोगी आयेंगे। मैं दो-तीन महीनों में आता-जाता रहूँगा। कम-से-कम तीन साल मुझे दार्जिलिंग रहना होगा।''

''यह सुझाव कारगर नहीं है।'' रीटा ने वर्षा की ओर देखते हुए स्थिर स्वर में कहा,

''नंबर एक, दो एस्टाब्लिशमेंट हमारे लिए बहुत महँगे होंगे। प्रमोशन का कोई फायदा नहीं रहेगा। नंबर दो, मैं बच्चे की जिम्मेदारी अकेले नहीं सँभाल सकती। आधी रात को कोई एमरजैंसी आ गयी, तो मैं कहाँ भागूँगी? नंबर तीन, मैं सुकुमार के बिना एक हफ्ता नहीं रह सकती। तीन साल अलग रहने के ख्याल से ही मेरा कलेजा काँप जाता है।'' साथ ही सुकुमार को नकली ढंग से डपटते हुए जोड़ा, ''इतराने की जरूरत नहीं। सीधे बैठो।''

''दूसरा सुझाव क्या है?'' वर्षा ने पूछा।

''मैं बच्चे को अपने साथ ले जाऊँ।''

''व्यावहारिक रूप से यह सरल है, पर इसे भी निभाना संभव नहीं'' रीटा बोली, ''इससे मेरी स्थिति बहुत संगीन हो जाती है। दिन भर मैं रिपर्टरी में रिहर्सल करूँ और रात भर मैं अकेले बिस्तर पर रोऊँ।''

''आगे?'' वर्षा ने सुकुमार को देखा।

''मैं यह प्रमोशन स्वीकार न करूँ।'' सुकुमार दबी आवाज में बोले, नीचे देखते हुए।

''वर्षा, मैंने ऑफिस में दो-तीन शुभचिंतकों से बात की है।'' रीटा ने ठंडी साँस ली, इससे सुकुमार के कैरियर पर बुरा असर पड़ेगा। तुम्हें पता नहीं, एक दर्जन लोगों में से सुकुमार को चुना गया है। नंबर दो, साल भर बाद फिर तबादला होगा, तब क्या करेंगे?''

कुछ क्षणों मौन रहा। बस, सोते हुए बच्चे की समतल साँसों की आवाज थी।

''मुझे बाँकेबिहारी दीक्षित कहते हैं, पी.सी.एस., खुर्जा...'' त्रिवेणी कैफे में सफारी सूट और चश्मे वाले दुबले युवक ने हाथ जोड़े, ''वह मेरी बड़ी बहन है, कुमारी चंद्रिका देवी, प्रधानाध्यापिका, छज्जूमल कन्या महाविद्यालय, खुर्जा...''

वर्षा ने नमन के साथ कुर्सियों की ओर संकेत किया, ''बैठिए।''

और वह अपनी कुर्सी पर फिर बैठ गयी।

दोपहर को रिपर्टरी में फोन आया था, ''मैं बाँकेबिहारी दीक्षित, पी.सी.एस., खुर्जा बोल रहा हूँ।'' ''कहिए?'' उसकी समझ में न आया, यह कौन-सा प्राणी है! ''दीनदयाल जी ने आपसे बात की होगी।'' कौन-से दीनदयालजी? उसने सोचा। गनीमत हुई, कहा नहीं। ''आपके जीजाजी...'' ''ओह हाँ....'' वर्षा को शाहजहाँपुर स्टेशन की याद आ गयी।

''पिछली बार जब मैंने फोन किया था, तो आप किसी रिहर्सल में व्यस्त थीं।''

वर्षा को याद आ गया। कुछ समय पहले वह उन्हें टालने में सफल हो गयी थी। कोशिश तो इस बार भी की थी, पर वह 'पाँच मिनट दर्शन करने के लिए' रिपर्टरी में ही आने को उतावले थे। वहाँ यह तमाशा दिखाना वर्षा को मंजूर नहीं था।

''क्या लेंगे आप?'' वर्षा ने पूछा।

''मैं तो कॉफी ही पीती हूँ। बहन बोली।

वर्षा ने वेटर को कॉफी के लिए कह दिया।

''हमारे परिवार में बस, हमीं दोनों हैं।'' बाँकेबिहारी बोले, ''बहनजी ने ही मुझे पाला है। मेरी खातिर इन्होंने विवाह भी नहीं किया।''

तो कर लेंगी। अनमोल भूषणों और भास्करों की कमी नहीं है, वर्षा ने सोचा।

बहन मुस्करायीं, ''कर्तव्य का पालन व्यक्ति के लिए उतना ही आवश्यक है, जितना क्षत्रिय के लिए शस्त्र और वैश्य के लिए व्यापार-बुद्धि - ऐसा किसी संस्कृत कवि ने कहा है।''

ब्राह्मण और शूद्र की आवश्यकता को कविवर क्यों भूल गये, वर्षा ने सोचा। ''क्या आपका विषय संस्कृत है?'' उसने पूछा।

''जी हाँ।''

''जिज्जी से मालूम हुआ था कि आपके पिता भी संस्कृत के अध्यापक हैं।'' बाँके बिहारी बोले।

''अनेकानेक सुयोग मिल रहे हैं - आप दोनों की कुंडली के समान।'' बहन ने अनुमोदन किया, ''भैया भी साहित्य-रसिक और कला-अनुरागी हैं। इतना बड़ा अफसर है, परंतु पुस्तकालय नियमित रूप से जाता है। नृत्य, रंगमंच, संगीत - सभी विधाओं का ज्ञानी है।''

वेटर ने कॉफी के प्याले रखे। वर्षा अपने प्याले में चम्मच चलाती रही। दोनों भाई-बहन लगभग एकाग्र भाव ने उसे देखते रहे थे। वर्षा को लगा, जैसे वह कपूर दी हट्टी में रखा आभूषण है।

''वर्षाजी, अब मैं आपसे कुछ कहूँ, तो यह सूर्य को दीपक दिखाना ही होगा।'' बहन बोली। (वर्षा अगले वाक्य के साथ इसका संबंध ठीक-से जोड़ नहीं पायी। शायद दिल्ली-निवास के बाद मेरी मातृभाषा गड़बड़ हो गयी है। उसने सोचा।) ''भैया के लिए बड़े-बड़े घरों से प्रस्ताव आ रहे हैं, परंतु यदि कलाकार को कलामर्मज्ञ मिले, तो सर्वोत्तम है। फिर यदि उत्तर प्रदेश की विभूति उत्तर प्रदेश में ही रहे, तो इसे सोने में सुहागा ही कहा जावेगा।''

क्षेत्रीयता की ऐसी टुच्ची मनोवृत्ति वर्षा ने पहली बार देखी थी। वह एकटक प्याले को ताकती रही, जैसे वहाँ जीवन का कोई गूढ़ भेद छिपा हो।

''आजकल आपकी कौन-सी रिहर्सल चल रही है?'' बाँके बिहारी ने पूछा।

'' 'लुक बैक इन एंगर'।''

''बहुत गंभीर रचना है।'' वह प्रशंसा के स्वर में बोले, ''नयी पीढ़ी की हताशा का मर्म को छूने वाला आकलन।''

''वही पुस्तक, जो डी.एस.पी. साहब ले गये थे?'' बहन ने पूछा।

''नहीं। वह तो 'ए मैन फॉर आल सीजंस' है।''

कुछ क्षणों की चुप्पी के बाद बहन टॉयलेट को चली गयी।

झेलो, अब झेलो, वर्षा ने सोचा और मन-ही-मन जीजाजी को लिखे जाने वाले पत्र का मसौदा बनाने लगी? मुझे यह लिखते हुए खेद हो रहा है कि जनाब बाँके बिहारी दीक्षित, पी.सी.एस., खुर्जा के साथ मेरे 'वाइब्स' ठीक नहीं रहे। जब दस मिनट के चायपान की ऐसी स्थिति रही, तो पैंतीस वर्ष के जीवनयापन की स्थिति क्या होगी, आप समझ सकते हैं (भारतीय स्त्री की औसत आयु के लिए देखें जनसंख्या सर्वेक्षण, भारत सरकार, 1977)।'

''वर्षाजी, अच्छा तो यह होता कि हमें एक-दूसरे को थोड़ा जानने का अवसर मिलता...'' वाक्य उन्होंने थोड़े अर्थपूर्ण ढंग से अधूरा छोड़ दिया।

"मुश्किल यह है कि मुझे अपने-आपको जानने का अवसर नहीं मिल पाता।" वर्षा फीके ढंग से मुस्करायी और जताकर घड़ी देख ली।

"मैं आपको बता दूँ कि मैं उदार और विशालहृदय हूँ। मैं वैवाहिक सम्बन्ध में दो व्यक्तित्वों के बराबर प्रस्फुटित होते जाने का पक्षधर हूँ।" पलभर उसे देखकर वह बोले, "आप विवाह को दो आत्माओं का मिलन तो मानती ही होंगी?"

मैं दो प्रेतात्माओं का मिलन मानती हूँ, वर्षा ने सोचा।

"खुर्जा में रंगमंचीय गतिविधियों की पूरी संभावनाएँ हैं। मेरे बहुत अच्छे संपर्क हैं। वैसे भी मेरे पद के कारण हमें अनेक प्रकार की सुविधाएँ मिलेंगी। मैं आपको विश्वास दिलाता हूँ हमारा नाट्य-दल बहुत सफल होगा।"

हाँ, मैं शाहजहाँपुर से जान बचाकर इसीलिए तो भागी थी कि खुर्जा में जाकर बस जाऊँ, वर्षा ने सोचा।

"तो... आपका क्या निश्चय रहा?" बाँके बिहारी आश्वस्त ढंग से मुस्कराये।

वर्षा चमत्कृत हुई कि किसी व्यक्ति की इच्छाएँ ऐसी सुविचारित हो सकती हैं, कोई अपनी दी गयी भौगोलिक सीमाओं के भीतर उपलब्ध स्रोतों के साथ इस तरह अपनी इच्छाओं का यथासंभव समन्वय कर सकता है। ऐसा व्यक्ति किस तरह संदेह एवं अनिश्चय को परे हटाकर खुशियों की न्यूनतम गारंटी ले लेता है।

"मुझे विचार करने के लिए थोड़ा समय दें।" वर्षा धीरे-से बोली।

"और कोई रास्ता नहीं है वर्षा!" विवशता में रीटा की आँखें सजल थीं।

इंजन ने सीटी दी।

आया बच्चे के साथ सीट पर बैठी थी। सुकुमार प्लेटफॉर्म पर सिगरेट सुलगा रहे थे – कुछ सहयोगियों और उनकी पत्नियों से घिरे।

"जेफर्सन : इंडिया के हीरो बन गये हैं सुकुमार! रीटा का स्वर ऐसा था कि उसे व्यंग्य भी समझा जा सकता था और प्रशंसा भी। (सतत स्पीच-प्रैक्टिस से इतना भी न होता!)

वर्षा रीटा का छोटा-सा नोट डॉक्टर अटल को देने गयी थी। ("उनका सामना करने की मुझमें हिम्मत नहीं।" रीटा ने बचाव में कहा था)। 'आपने अपना वादा निभाया। मैं ही दुर्भाग्यशाली हूँ, जो इस सुयोग का लाभ नहीं उठा सकी।' डॉक्टर अटल के पूछने पर वर्षा ने थोड़े-से शब्दों में स्थिति बता दी थी। वर्षा को बिठाकर उन्होंने एक पुर्जा लिखा था। रीटा ने उनका संदेश पढ़कर सुना दिया, 'जीवन जिस रूप में सामने आये, निभाना चाहिए। बहादुर बनो। शुभ कामनाओं के साथ...'

"कुछ साल पहले जब मैं चंडीगढ़ से आयी थी, तो कैसे अरमान थे मेरे..." रीटा के मुँह पर आत्मिक पीड़ा की मुस्कान थी, "तब कभी सोचा था कि मैं एन.एस.डी. से इस तरह विदा लूँगी!"

"अपने प्रतिद्वंद्वी के वाकआउट कर जाने पर मुझे सचमुच दुख है।" वर्षा बोली।

पलभर दोनों की दृष्टि मिली रही। प्रतियोगिता का ऐसा करुण परिणाम भी होता है? यह तो पराजय से भी बदतर है, उसने सोचा।

इंजन ने लंबी सीटी दी।

वर्षा खिड़की के पास आयी और दुधमुँहे बच्चे को हिदायत दी, ''मम्मी का ध्यान रखना।'' वह टुकुर-टुकुर वर्षा को देख रहा था।

गाड़ी खिसकने लगी।

''वर्षा, तुम गर्मियों में हमारे पास आ रही हो।'' रीटा बोली।

वर्षा ने सिर हिलाया।

''वर्षा, अपना एक रहस्य बताऊँ?'' दरवाजे में खड़ी रीटा किंचित तनाव से कह रही थी।

खिसकती ट्रेन के साथ वर्षा चली।

''मैंने सोचा था, 'टू फ्रेंड्स' में हम दोनों साथ-साथ काम करेंगे। मैं संगीतकार वर्जीनिया बनूँगी और तुम गृहस्वामिनी बन जाने वाली लीडिया, और मैं स्टेज पर तुमको अपने से उन्नीस ठहराकर रहूँगी... पर देखो, मैं महान अभिनेत्री बनते-बनते गृहस्वामिनी बनकर रह गयी...''

'प्रतिशोध' में रीटा की छोटी, गंभीर भूमिका से वर्षा बहुत प्रभावित हुई थी। हर्ष के साथ के एक दृश्य में रीटा ने क्रोध और करुणा का ऐसा मर्मस्पर्शी दृश्य अभिनीत किया था कि वर्षा की आँखें सजल हो गयी थीं। उसे कचोट इस बात की रही कि सिर्फ एक नाट्य-समीक्षक ने एक पंक्ति में रीटा का सामान्य नोटिस लिया था। यह चुलबुली लड़की ऐसी संजीदा भूमिका भी निभा सकती है, वर्षा ने मद्धिम ईर्ष्या के साथ सोचा था।

पटरियों की खट्-खट् के साथ वर्षा भीगी मुस्कान से रीटा को देखती रही, जो मोड़ के साथ ओझल होने लगी थी।

''दीदी, हम आयें?'' पिंकी ने पुकार लगायी।

स्टेशन से लौटकर वर्षा गुमसुम बैठी थी।

''आओ न!'' उठते हुए उसने देखा कि पिंकी के पीछे श्री सहगल और सतवंती भी खड़े हैं।

''वर्षा, जीवन में यों होता है कि पत्नी की बात भी रखनी पड़ती है।'' श्री सहगल कुछ क्षमायाचना के स्वर में बोले, ''फिर हुआ ऐसा कि सतवंती ने इतने सालों में पहली बार कोई इच्छा प्रकट की। पर इसी तरह समस्या का एक निदान भी निकल आया लगता है।''

उन्हें देखते ही वर्षा आशंकित हो गयी थी। अब थोड़ी सांत्वना मिली। पर उलझन बनी रही।

''सतवंती अपनी बैठक का इस्तेमाल नाम के लिए ही करती है। तुम उसमें शिफ्ट हो जाओ। खाना सतवंती की रसोई में ही बना लिया करना। किराये के तौर पर दो सौ रुपये सतवंती को ही दे देना।'' श्री सहगल ने खिसियायी मुस्कान दी, ''यह बंदोबस्त मेरी पत्नी को भी पसंद है।''

''वर्षाजी, हम आपको बिल्कुल डिस्टर्ब नहीं करेंगे।'' सतवंती ने भरी-भरी आँखों से उसकी ओर देखा, ''मुझे आपका बड़ा सहारा है।'' (मूक संवाद में सतवंती की आँखें ऐसी

सक्षम थीं कि वर्षा को लगता था कि 'बात बोलेगी हम नहीं' पंक्ति में? 'बात' की जगह? 'आँख' कर देना चाहिए!)

वर्षा ने पल भर विचार किया। फिलहाल इससे अच्छा विकल्प उसके सामने नहीं था।

"आप लोगों ने मुझे भी बहुत सहारा दिया है।" उसने हल्की मुस्कान से कहा।

12

जब नियति ट्रेजिक ढंग से किसी के साथ जुड़ गयी

कुछ महीने बहुत बोझिल गुजरे।

हर्षविहीन दिल्ली के संत्रास से वह सुन्न हो गयी थी। (थी वो इक शख्स के तसव्वुर से/अब दो रअनाइ-ए-ख्याल कहाँ', वर्षा ने अपनी नोटबुक में लिखा था)। ठीक है, हर्ष के साथ पिछले दिनों तनाव चल रहा था। पर उसकी उपस्थिति तो थी। भावात्मक रिश्ते में शारीरिक उपस्थिति के क्या मायने होते हैं, वर्षा ने पहली बार समझा। हर्ष का एक वाक्य, उसका एक स्पर्श, उसकी एक छवि वर्षा को दिन भर जिलाये रखने की ऑक्सीजन सुलभ कर देती थी। मेरी अपनी साँसें मुझे जिलाये रखने के लिए अभी काफी नहीं हैं, उसने उदास स्मित से सोचा। ('अपने साथी से बिछुड़ी चकवी के समान अकेली रहने वाली और कम बोलने वाली उस सुंदरी को देखकर ही तुम समझ लोगे कि वह मेरा दूसरा प्राण ही है। विरह के कठोर दिन बड़ी उतावली से बिताते-बिताते उसका रूप इतना बदल गया होगा कि उसे देखकर तुम्हें यह धोखा भी हो सकता है कि यह कोई बाला है या पाले से मारी हुई कमलिनी', उसे 'मेघदूत' की याद आयी)।

बस में आते-जाते बहुत उजाड़ और सूना लगता। निरूला, ओडियन, कनाट प्लेस के बीचों बीच का फव्वारा-कितनी जगहों के साथ हर्ष के आसंग थे। किसी राजदूत मोटर साइकिल को देखते ही वर्षा की धड़कन बढ़ जाती। हर्ष के वाहन की भी उतनी ही याद आती थी, जितनी उसकी। पिछली सीट पर बैठे हुए हर्ष के साथ सटने की स्थितियाँ सामने उभरने लगतीं। फिल्म सोसायटी के प्रदर्शन में 'जूल्स एंड जिम' देखने के लिए वह अकेली दो बसें बदलकर इंडिया इंटरनेशनल सेंटर गयी थी। प्रेक्षागृह में बगल की सीट पर सिर टिकाने के लिए हर्ष का कंधा नहीं था। वापसी में उसे करोलबाग छोड़ने के लिए 'ड्राइवर' नहीं था। (फिल्म की समाप्ति के बाद देर होने के कारण हर्ष उसे बस से नहीं आने देता था)।

स्टॉप पर बस की प्रतीक्षा करते हुए वर्षा का मन भर आया। जैसे हर्ष की महत्ता जतलाने के लिए ही बस भी एक घंटे बाद आयी। (अगले इतवार मम्मी से मिलने जाने पर वर्षा ने गैराज में परिवार की कार के बगल में खड़ी हर्ष की मोटर साइकिल देखी। उस पर धूल की मोटी तह जम गयी थी। वर्षा ने तुरंत नौकर को बुलवाकर सफाई करवायी। मम्मी को

भला लगा!)

"आओ सुदर्शना!" चाणक्य की भूमिका में सूर्यभान ने मुस्कान के साथ कहा, "यात्रा की थकान दूर हुई?"

"हाँ तात!" वर्षा ने उत्तर दिया और डॉक्टर अटल के संकेत पर आसन पर बैठ गयी।

"श्वेतकीर्ति का क्या समाचार है?"

"अभियान उठान पर है। उनके दूत लगभग पचास सहस्र सैनिकों को इकट्ठा कर चुके हैं। अस्त्र-शस्त्र भी भारी मात्रा में आ रहे हैं। सही संख्या का आकलन अभी नहीं हो पाया। उनके छिपाने की जगह हिमगिरि दुर्ग है। वहाँ तक पहुँचने का मेरा प्रयत्न सफल नहीं हो पाया। हाँ, इतना अवश्य मालूम हुआ है कि धन श्रेष्ठि चंदनदास द्वारा सुलभ हुआ है।"

"चंदनदास के अपने स्रोत सीमित हैं। मंजूषाओं पर कुछ और हाथ भी होने चाहिए।"

"इनके प्रमुख हैं नीलांचल के राजकुमार समीर सेन।"

"यह कैसे हुआ सुदर्शना? संगीतसाधक को राजनीति के वात्याचक्र में उलझने की कौन-सी विवशता आ पड़ी?

"आर्य राक्षस के साथ उनकी मित्रता ही इसका कारण हो सकती है।"

सूर्यभान ने वर्षा को देखा, "समीर सेन से तुम्हारी भेंट हुई?"

"हाँ तात! वीणावादिका लवंगलता के रूप में..."

"अपनी राजनीतिक पक्षधरता में समीर सेन कितने पक्के हैं?"

"मैत्री के लिए वह अपने प्राणों की आहुति भी दे सकते हैं, पर व्यक्ति के रूप में सरल और निश्छल लगे।"

"लवंगलता के प्रति संगीतसाधक का आकर्षण कैसा है?"

"बीज पड़ गया है श्रीमान! वियोग के खाद-पानी से कोंपलें शीघ्र ही फूटनी चाहिए।"

वर्षा को तत्क्षण हर्ष के बिछुड़ने की चुभन हुई।

इधर वर्षा की यह धारणा बलवती हो गयी थी कि उसके भूमिका-निर्वाह की माँग में व्यक्तिगत अनुभवों की अनुरूपता प्रमुख हो जाती है। 'विषकन्या' में ऐसे अनेक प्रसंग थे, जो उसके व्यक्तिगत जीवन में प्रतिबिंबित होते थे। सुदर्शना अकालपीड़ित क्षेत्र के एक बड़े, निर्धन परिवार की बालिका थी, जिसे पिता ने सौ स्वर्णमुद्राओं में एक गुप्तचर को बेच दिया था (वर्षा को विश्वास था कि उसका अपना परिवार उन लोगों से अधिक भिन्न नहीं होगा!)। गुप्तचरी की तैयारी का उसका कैशोर्य उदासी और दुख से आहत था। अब दायित्व-निर्वाह के यौवन में वह शोक की प्रतिमूर्ति हो गयी थी, लेकिन अपने काम में अत्यंत कुशल। गुप्तचरी के प्रशिक्षण में वह वर्षों अकेली रही थी। बिना किसी संगी के अपने अकेलेपन के साथ समय बिताना उसके लिए संभव था। तरह-तरह की यातनाओं के प्रशिक्षण ने उसे मन से बहुत सहनशील बना दिया था। सबसे बड़ी बात यह भी कि वह बिना किसी आकांक्षा के जीवित थी - स्त्री के रूप में आकांक्षा। चाणक्य और चंद्रगुप्त का उस पर अगाध विश्वास था।

सुदर्शना के चरित्र-निरूपण में वर्षा के जो सुझाव आये - उसकी आँखों का खाली भाव, उसकी चाल की यांत्रिकता, उसका शून्य में देखते रहना - डॉक्टर अटल ने सब स्वीकार किये।

''देवि, आसव नहीं पिया?'' चेरी मंजरी की भूमिका में कल्याणी ने पूछा।

''जी नहीं चाहता मंजरी!'' वर्षा आसन पर पीछे टिक गयी, ''तू मेरे पास आ!''

कल्याणी पास आ गयी। वर्षा ने उसका हाथ अपने हाथों में थाम लिया।

''जब से आप नीलांचल से लौटी हैं, विचलित हैं।''

''समीर सेन की कामना भरी आँखें मुझे बेध रही हैं। उनके सहज विश्वास ने धार और तीखी कर दी है।''

''मेरी ओर देखिए देवि!''

दोनों की दृष्टि मिलती है।

''मुझे आपकी आँखों में अनुराग की लालिमा दिखायी देती है।''

''हाँ मंजरी! कर्तव्य की वल्गा पर मेरे हाथों की पकड़ ढीली हो रही है।''

''इसका अंत बहुत दुखद होगा देवि!''

वर्षा ने आह भरी, ''हाँ मंजरी! अंत के साथ एक देहांत जुड़ा है।''

''तुम्हारी कास्टिंग के साथ किसी की महत्वाकांक्षा का देहांत हुआ है।'' श्रीराम सेंटर के चायघर में कल्याणी ने अर्थ भरे स्वर में कहा।

''किसकी?''

''दोनों की।''

'ए' वर्ग में अब सिर्फ दो व्यक्ति थे। दोनों अभिनेत्रियाँ-अर्चना संतोषी और ममता लहरिया। इसमें संदेह नहीं कि दोनों बहुत सक्षम अभिनेत्रियाँ थीं, पर कंपनी की अपेक्षाकृत नयी सदस्यों को उनसे असंतोष था। आम तौर से केंद्रीय नारी भूमिकाएँ दोनों के बीच बँटती जाती थीं। अर्चना अभी-अभी 'लुक बैक इन एंगर' में 'एलिसन' बनी थी, इसलिए ममता को विश्वास था कि विषकन्या का किरदार उसे ही दिया जायेगा।

वर्षा का भी यही विचार था। नाट्य-पाठ की शुरुआत में डॉक्टर अटल ने उससे मंजरी के संवाद पढ़वाये थे। यों भी वर्षा का मनोबल इन दिनों गिरा हुआ था। उसमें चुनौती भरी भूमिका के लिए ललक नहीं थी। उसने मंजरी की सीमित अपेक्षा वाली भूमिका के लिए अपने को तैयार कर लिया था। पर तीसरे दिन लंच के समय नोटिस बोर्ड पर कास्टिंग की सूचना लग गयी।

''वर्षा बधाई!'' ममता ने वर्षा से कहा, जो नीचे साहित्य अकादमी पुस्तकालय में अखबार पढ़कर लौटी थी, ''मंच पर अपने प्रेमी को डँसने की भूमिका तुम्हें मिली है।''

उसके स्वर में कुछ ऐसा चुभो देने वाला था कि वर्षा तिलमिला गयी। तो तुम अपने प्रेमी को मंच के बाहर डँस लो, उसने कहना चाहा। पर अपने को जब्त कर लिया (ममता उससे काफी वरिष्ठ थी!)। कलात्मक लालसा कलाकारों को कैसे क्षत-विक्षत कर देती है,

इसके कई उदाहरण वह देख चुकी थी ('जो लोग एक-सी विद्या वाले होते हैं, वे कभी एक-दूसरे की बढ़ती नहीं सह पाते।' उसे 'मालविकाग्निमित्र' का संवाद याद आया था)। मन-ही-मन तय किया था कि वह अपने को न तो आक्रामक होने देगी और न आहत। वैसे भी विज्ञजनों के अनुसार ममता का जीवन काफी खाली था - वह चिरकुमारी चली आ रही थी (अर्चना ने विद्यालय के दूसरे वर्ष में ही विवाह कर लिया था)। लगभग हर सत्र के प्रारंभ के साथ कंपनी के किसी अभिनेता से उसका प्रेम चलता था, सत्र-मध्य में उसके 'बस जाने' की अटकलें लगती थीं और सत्रांत तक उसके प्रेम-संबंध का अंत हो जाता था (स्नेह ने उसे 'सत्र-प्रेमिका' की संज्ञा दी थी!)।

"लवंगलता, आज तुम विचलित क्यों हो?" समीरसेन की भूमिका कर रहे नीलकांत ने पूछा।

"कुछ विशेष नहीं श्रीमान!" वर्षा ने नीचे वीणा की ओर देखते हुए कहा।

"तारों पर तुम्हारी उँगलियाँ स्थिर नहीं। रागिनी की सूक्ष्मताओं पर तुम्हारा ध्यान नहीं।"

वर्षा मौन रही।

"जब से तुम अवंती से लौटी हो, व्यग्र और चिंतित लगती हो।"

"मुझे मित्र मानती हो न? तो मन का भार हल्का नहीं करोगी?" पास आ नीलकांत वर्षा का हाथ थाम लेता है, "बोलो, इन अधरों पर मुस्कान वापस लाने के लिए मैं क्या करूँ?

"मुस्कान मेरे वश से बाहर हो गयी है।"

"ऐसा क्या हुआ लवंगलता?"

"कर्तव्य और भावना का द्वंद्व है।" वर्षा उसे सीधे देखती है, "अंतरात्मा को जिलाये रखना चाहती हूँ, तो मनोरम कामना का संहार होता है। मन की ऊष्मा को आँचल की ओट देती हूँ, तो...."

"मैं समझा नहीं। मेरे साथ तुम्हारे कर्तव्य का विरोध कैसे?"

"समीर, तुम्हारी निश्छलता ने मुझे पराजित कर दिया है।"

"पहेलियाँ मत बुझाओ प्रियतमे!" नीलकांत उसे बाँहों में ले लेता है। (वर्षा को स्पर्श अप्रीतिकर लगा। हर्ष की याद आयी)।

"अच्छा, अगर मैं कहूँ कि मैं वीणा-वादिनी के अलावा कुछ और भी हूँ, तो?"

"मैं जानता हूँ।"

"क्या जानते हो तुम?" वर्षा स्तब्ध रह जाती है। अलग होती है।

"तुम्हारी वास्तविकता..." नीलकांत उसे देख रहा है, "मित्र राक्षस ने एक सप्ताह पहले तुम्हारा चित्र दिखलाकर पूछा था, क्या इस युवती ने तुम्हारे निकट आने का प्रयत्न किया है? मैंने कहा, नहीं।

"तुम जानते हो कि स्वयं ही अपना विनाश कर रहे हो?"

"मैं देखना चाहता हूँ कि तुम्हारी वंचना में अधिक बल है या मेरी भावना में।"

"परखने की बेला बीत गयी।" वर्षा उदास-सी मुस्कराती है और ताली बजाती है।

प्रहरी आता है।

"मुझे बंदी बनाने का आदेश दो।" वर्षा नीलकांत को देखती है।

नीलकांत के संकेत पर प्रहरी चला जाता है।

"तुम स्वतंत्र हो लवंगलता! चाहो, तो चाणक्य के पास जा सकती हो। चाहो, तो मुझे समाप्त कर सकती हो।"

नीलकांत वर्षा की ओर पीठ किये आसन पर बैठ जाता है। चौकी पर नग्न कटार रखी है।

वर्षा कटार को देख रही है।

"आगे बढ़ो....आगे...."

ठसाठस भरी बस में कंडक्टर का कर्कश स्वर गूँजा। वर्षा थोड़ा आगे आ गयी। 'स्टेट्समैन' के आगे अर्ध गोलाकार चक्कर लेते हुए बस सिंधिया हाउस की ओर बढ़ी। स्टॉप पर काफी भीड़ थी। कंडक्टर ने घंटी मार दी और बस रुके बिना आगे निकल गयी। जनपथ पर हरी बत्ती थी। ड्राइवर ने गति बढ़ायी और बस ने रीगल पार किया।

वर्षा जब चौदह बटा चौदह के सामने पहुँची, तो छह बजने को थे। खिड़की पर खड़ी पिंकी ने गली के मोड़ में ही उसे देख लिया था ('दीदी आ गयीं' की पुकार सुनकर सतवंती ने चाय का पानी रख दिया होगा।) और अब पास आने पर हाथ हिलाया। जब तक वर्षा गेट से निकलकर जीने तक पहुँचे, पिंकी ने दरवाजा खोल दिया था।

पिंकी के सिर पर थपकी लगा कर वर्षा भीतर आ गयी। पर्स और पॉलीथीन का थैला मेज पर रखा।

"बहनजी..." वह गलियारे से होती हुई रसोई के सामने आ गयी।

"हाँ।" सतवंती दो प्यालों में चाल ढाल रही थीं।

"मैं बना लेती न..."

"आप दफ्तर से थकी-हारी लौटी हैं।" (रिपर्टरी के लिए सतवंती का यही नाम था)।

"क्या किया आपने दिन भर?" वर्षा दीवार से तकिया लगाये बिस्तर पर आड़ी बैठी थी। सतवंती ने पास कुर्सी खींच ली थी।

"एक लैसन पूरा कर लिया।" वह उत्साह से बोलीं।

"थोड़ी देर में देखूँगी।"

"कोई जल्दी नहीं है। कल शाम तक एक और हो जायेगा, तो दोनों इकट्ठे ही देख लें। ठीक?"

वर्षा ने हामी में सिर हिलाया। गर्म पेय भला लग रहा था।

"आज जालंधर से पाँच सौ रुपये का ड्राफ्ट आया है।" सतवंती बोलीं, "पिंकी के नाम छोटी-सी चिट्ठी भी है।"

जालंधर के उनके हरे-भरे संसार में भूचाल ला देने का कारण कुमारी कौशल्या बाली थीं। उस 'बाल-कटी' ने दफ्तर में आते ही पति पर कुछ 'टोटका' कर दिया। देखते-देखते पति को सतवंती में खोट-ही-खोट दिखायी देने लगे। सतवंती आज भी स्तब्ध हैं कि उन-जैसी गृहस्वामिनी पर कोई उँगली कैसे उठा सकता है! 'मेरा घर चम-चम चमकता था। मेरी

रसोई में आपको एक मक्खी भिनभिनाती मिल जाये, तो बेशक आप मुझे सूली पर लटका दो।'' ''छः किस्म के अचार तो आप कभी भी माँग लो।'' ''मजाल है, जो एक पैसे की बर्बादी हो। बासी रोटी बच जाये, तो उसका इस्तेमाल मुझे मालूम। दूध फट जाये, तो उसका इस्तेमाल मुझे मालूम।'' 'जुल्म की हद' उस दिन हुई, जब पति ने 'सौतन को छाती पर ला बिठाया।' ''दरअसल हमारे परिवार की औरतों पर शाप है। मेरी नानी को भी नाना ने छोड़ दिया था। मेरी माँ नसीबों वाली थी, जो मुझे जनम देकर सिधार गयी। मैं कभी की कुएँ में कूद जाती, पर अभागी पिंकी का मुँह देखती हूँ, तो....''

सतवंती ने आँखें पोंछी, ''वर्षाजी इतवार को आपके पास थोड़ा वक्त हो, तो जरा स्वामीजी के पास चलेंगी? पास ही है - गंगाराम मार्ग पर...''

वर्षा ने हामी में सिर हिलाया। भीतर की उदासी ठोस होने लगी।

''सुदर्शना, यह मैं क्या सुन रहा हूँ?'' चाणक्य स्तंभित हो गये, ''तुमसे मुझे स्वप्न में भी ऐसी आशा नहीं थी।''

''मुझे भी अपने-आप से ऐसी आशा नहीं थी तात!'' सुदर्शना धीमे स्वर में बोली।

चाणक्य ने चहलकदमी की।

''मुझे मृत्युदंड देकर मुक्त कीजिए।''

चाणक्य ने उसकी ओर देखा।

सुदर्शना ने ताली बजायी। प्रहरी भीतर आया।

''आदेश दें तात!'' सुदर्शना ने विनय की।

चाणक्य ने संकेत किया। प्रहरी चला गया।

''तुम समीरसेन के पास वापस जाओ सुदर्शना!''

''यह कैसा निर्णय है आपका?'' सुदर्शना विह्वल हो गयी।

''तुम समीरसेन को हमारे अनुकूल करो। मुझे विश्वास है, यह संभव होगा। फिर समीर के माध्यम से राक्षस से भेंट करो।''

सुदर्शना विचारलीन है।

''जो रणनीति हमने सोची थी, यह उससे अधिक लाभकारी है।''

''आप अभी भी मुझ पर विश्वास कर सकते हैं?''

चाणक्य सहमति से सिर हिलाते हैं।

''मुझसे विश्वासघात और राज्यद्रोह का जघन्य पाप हो चुका है।''

''मेरे आदेश का पालन करो। तुम फिर निर्मल हो जाओगी।

सुदर्शना प्रणाम करती है। चाणक्य उसके सिर पर हाथ रखते हैं। उनके स्वर में आवेग है, ''अभिशप्त उर्वशी! तुम्हारी आत्मा का संताप कैसे दूर करूँ?

बाड़ा हिंदूराव के मंदिर के पुजारी क्या मंत्र पढ़ रहे थे, वर्षा की समझ में नहीं आया। उसे लगा कि वह 'हनुमान चालीसा' की पंक्तियों में संस्कृत विभक्तियाँ और विसर्ग ठूँसते जा रहे हैं। पर उसका सिर ऐसा भारी था कि इस बात से ध्यान हटाने की कोशिश की।

चतुर्भुज हमेशा की तरह पाजामा-कुर्ता पहने थे, लेकिन आज वह गंदा नहीं था। सिर पर सफेद टोपी रख ली थी। इतने वर्षों में अनुपमा को कीमती साड़ी पहने वर्षा ने पहली बार देखा। वह नाक में लौंग, कानों में झुमके और गले में माला भी पहने थी। दुल्हिन की तरह सचमुच लजा रही थी।

यह वही अनुपमा है, जो कुछ वर्ष पहले 'अपने-अपने नर्क' में काम करने को तैयार नहीं थी, वर्षा ने सोचा। चतुर्भुज से उसकी बढ़ती हुई मित्रता की वर्षा साक्षी रही थी, ('प्रतिशोध' की वह प्रभावशाली नायिका थी।) लेकिन वह मित्रता ऐसा रूप ले लेगी, वर्षा ने कभी नहीं सोच पाया था।

"कुमारी, घंटे पर बाद मेरी और अनुपमा की शादी पर तुम सादर आमंत्रित हो।" चतुर्भुज ने रवींद्र भवन से निकलते हुए उसे रोका।

"आप कह क्या रहे हैं श्रीमान्?" वर्षा स्तंभित रह गयी।

"तुमने गलत नहीं सुना।" चतुर्भुज मुस्कराये, "वर्शिनिन के शब्दों में, अभी तक मैंने रफ जिंदगी जी थी, अब उसे फेयर कर रहा हूँ - पुरानी गलतियों से बचते हुए।"

"अगर मैं कहूँ कि फेयर कॉपी की इब्तिदा ही बड़ी गलती से हो रही है, तो?" आम तौर से वर्षा दूसरों की व्यक्तिगत जिंदगी में हस्तक्षेप नहीं करती थी, पर चतुर्भुज के अंतरंग और इस मोड़ के अप्रत्याशित होने से सतर्कता फिसल गयी।

चतुर्भुज ने उसे घूरकर देखा, "क्या सुशीला मेरी सच्ची जीवनसंगिनी बन सकती है?"

"भूल को सुधारने के लिए बहुत देर नहीं हो चुकी है?"

"सबको एक ही जिंदगी मिलती है। मैं इसका अपवाद नहीं हूँ।"

"अनुपमा की और आपकी दुनिया अलग-अलग है।"

"हम दोनों ही खाई को पाटने की कोशिश करेंगे।"

वर्षा ने आगे कुछ कहना उचित नहीं समझा।

"चलिए, वधू को जयमाला पहनाइए।" पुजारी ने निर्देश दिया।

चतुर्भुज ने गेंदे के फूलों का हार अनुपमा को पहनाया। फिर अनुपमा ने उनको।

स्नेह ने अपने झोले से मिठाई का डिब्बा निकाला।

"सुशीला उन्नाव के घर में है। अब वहीं रहेगी।" कल्याणी नीलकांत के कान में फुसफुसायी।

"सोलह की उम्र में मेरी शादी हो गयी थी।" स्नेह के कमरे में चतुर्भुज बोले, "सुशीला मुझसे दो साल छोटी है। दिल्ली आने के बाद मेरी विचारधारा, मेरा व्यक्तित्व सब बदल गया है। सुशीला मेरी भावात्मक जरूरत पूरी नहीं कर सकती। मुझे उसके लिए अफसोस है, लेकिन मैं विवश हूँ।"

कुछ क्षण चुप्पी रही। वैसे खुशी का अवसर था, पर एक घर टूटने का अवसाद वातावरण में छाया हुआ था।

"मेरा खत मिलते ही पिताजी पुलिस लेकर आयेंगे।" अनुपमा दुर्बल स्वर में बोली।

वापस लौटते हुए वर्षा का मन और भारी हो गया। जब प्रबल आत्मनियंत्रण और कठोर

प्रशिक्षण की आग में तपी सुदर्शना भावना के हाथों में विवश हो सकती है, तो क्या चतुर्भुज-अनुपमा नहीं हो सकते? उसने अपने को समझाने की कोशिश की। कलाजगत में अतार्किक ढंग से कुछ होता है, तो उसका सौंदर्यबोधीय शमन कर लिया जाता है। इन दोनों के साथ स्थिति विकृत हुई, तो उसकी सँवार ये कैसे करेंगे?

अपनी गली में घुसते हुए वर्षा ने ठंडी साँस ली।

''मित्र राक्षस ने आर्य चाणक्य का आग्रह स्वीकार कर लिया है।'' पत्र पढ़ते हुए समीरसेन के मुँह पर प्रसन्नता की मुस्कान फैल गयी, ''सम्राट चंद्रगुप्त को नीति-निपुण मंत्री की उपलब्धि हो गयी है।''

''मेरा उद्देश्य पूरा हुआ।'' सुदर्शना ने संतोष से कहा, ''अब मेरा नाम लेते हुए आर्य चाणक्य को अपराध-बोध नहीं होगा।'' सुदर्शना खड़ी हुई और नीलकांत के निकट आयी, ''विश्वासघात के दंड के लिए प्रस्तुत हूँ।''

समीरसेन उसे एकटक देख रहा है। फिर यकायक सुदर्शना को बाँहों में भरकर अधरों पर चूम लेता है। कुछ पल सुदर्शना प्रत्युत्तर देती है। फिर सहसा झटके-से अलग हो जाती है।

''यह क्या किया?'' सुदर्शना दुख भरे आतंक से कंपित है, ''मैं आर्यावर्त की सबसे घातक विषकन्या हूँ। मेरा चुंबन-दंश भी नसों को विषाक्त कर देता है।''

''मेरी लवंगलता! मेरी नियति बड़े त्रासद ढंग से तुमसे जुड़ गयी है (वर्षा को तत्क्षण हर्ष की याद आयी।)... तुमसे अलग होकर जीवन में कोई अर्थ नहीं रहेगा...मैं इस सुंदर मन और सलोनी देह को जानना चाहता हूँ और मूल्य के रूप में अपने प्राण देने को प्रस्तुत हूँ...''

समीरसेन उसे फिर बाँहों में भर लेता है।

''एक रात के सान्निध्य के लिए अपने जीवन का बलिदान मत करो समीर!''

''मैं कह चुका हूँ, तुम्हारे बिना अब जीवन में कोई सार्थकता नहीं रही।''

''मृत्यु, चाहे वह कितने ही उत्कृष्ट रूप में हो, उस जीवन से बेहतर नहीं हो सकती, जो चाहे कितना ही निकृष्ट हो...ऐसा आर्य चाणक्य कहा करते हैं।''

''आर्य चाणक्य को प्रेम की ऐसी आकुलता का अनुभव नहीं होगा।''

सुदर्शना छूटने का यत्न करती है, ''मेरी पीड़ा और मत बढ़ाओ समीर!''

समीर ठिठक जाता है, ''मेरे रक्त-प्रवाह की गति बढ़ गयी है...मेरी रोमावलि में ठंडक भरी सिहरन होने लगी है...''

''विष ने अपना प्रभाव शुरू कर दिया...'' वर्षा का स्वर रुँध जाता है, ''मेरे चुंबन-दंश की संहारक सीमा एक ही व्यक्ति ने पार की थी, पर मेरे कंचुकी-बंध खोलते-खोलते उसके भी प्राणपखेरू उड़ गये थे...''

''मेरे पास भी अधिक समय नहीं...'' सुदर्शना उसका हाथ थाम लेता है।

सुदर्शना अपनी ओढ़नी हटाती है, ''मृत्यु के लिए प्रतिबद्ध प्रियतम.... लो, विषकन्या का सांघातक पर कामना भरा कौमार्य समर्पित है... प्रात:काल इस लोक से हम दोनों साथ-साथ विदा लेंगे।''

''नहीं।'' समीर स्तब्ध रह जाता है।

''ऐसे एकलगनी, दुस्साहसी प्रेमी के बिना मेरे जीवन में भी कोई अर्थ नहीं होगा।''

''सान्निध्य का मूल्य तुम भी चुकाओ, यह मुझे स्वीकार नहीं।''

''मृत्यु मेरी कामना के फलीभूत होने का मूल्य होगी।'' सुदर्शना ने बाँहें फैलायीं, ''आओ, समय बहुत कम है...''

इतवार की सुबह छह बजे उठकर वर्षा आर्यसमाज मार्ग के चौराहे पर गयी और पाँच-छह अखबार खरीद लिए।

'सतत संघर्ष का विलक्षण कीर्तिमान' शीर्षक से 'हिंदुस्तान टाइम्स' ने लिखा, 'समकालीन भारतीय नाटक की ऐसी श्रेष्ठ प्रस्तुति अनेक वर्षों से दिखायी नहीं दी। यह जैसे अभिनय-प्रतिभाओं का निरंतर चलने वाला द्वंद्व है। अनुभवसंपन्न सूर्यभान और समर्थ नीलकांत के साथ यहाँ बराबर वर्षा वशिष्ठ जूझती दिखायी देती हैं और अपनी ऊँची कलात्मक क्षमता का लोहा मनवाने में सफल होती हैं। यह प्रदर्शन उन्हें अर्चना संतोषी तथा ममता लहरिया के साथ रिपर्टरी की तीन सर्वश्रेष्ठ अभिनेत्रियों के रूप में प्रतिष्ठित कर देता है। अन्य दोनों की तुलना में इस भूमिका के लिए वह निःसंदेह सबसे उपयुक्त है।' 'वर्षा वशिष्ठ : एक गौरवशाली दीपशिखा' शीर्षक से 'टाइम्स ऑफ इंडिया' ने लिखा, 'ग्रीक ट्रेजिडी जैसी गरिमावान 'विषकन्या' वर्षा वशिष्ठ की उत्कृष्ट अभिनय-प्रभा से आलोकित है। चरित्र-निरूपण की ऐसी सुचिंतित बारीकियाँ समकालीन भारतीय रंगमंच पर कम ही दिखायी देती हैं। कर्तव्य और भावना का द्वंद्व दुख और करुणा के साथ सौंदर्य तथा ऊष्मा के घात-प्रतिघातों के अत्यंत मोहक, सूक्ष्म ताने-बाने इस दुबली-पतली, नाजुक-सी अभिनेत्री ने बुने हैं। 'ट्रेजिडी क्वीन का सिंहासनारोहण' शीर्षक से 'इंडियन एक्सप्रेस' ने लिखा, 'दुख और करुणा जैसी भावनाओं को वर्षा वशिष्ठ अपनी आँखों और अपने कार्य-व्यापार से संप्रेषित करती हैं। जब वह संवादों का सहारा लेती हैं, तो बोली जाने वाली भाषा को नया स्पंदन, नयी गरिमा मिलती है...'

''ट्रेजिडी क्वीन बनना तुम्हारी नियति है।'' दिव्या मुस्कराकर बोलीं और नाट्य-समीक्षाओं की कतरनें काटने लगीं। ('विषकन्या' देखने के लिए वह विशेष रूप से आयी थीं)।

हल्की मुस्कान से वर्षा ने चाय का घूँट लिया। निद्राहीनता और थकान से सिर थोड़ा भारी था। कल रात शो के बाद डॉक्टर अटल ने अपने घर पार्टी रखी थी। संस्कृति मंत्रालय के कुछ ऊँचे अधिकारी, दूतावासों के सांस्कृतिक सचिव और रिपर्टरी से सूर्यभान, अर्चना एवं ममता थीं। वर्षा को ऐसा आमंत्रण पहली बार मिला था। ''वर्षा, तुम ब्रिटिश काउंसिल की स्कॉलरशिप पर लंदन जाना चाहोगी?'' डॉक्टर अटल ने अकेले में पूछा था। वर्षा ने पलभर सोचकर क्षमा माँगी थी, ''सर, अभी मेरी कुछ पारिवारिक जिम्मेदारियाँ हैं। मेरा मन भी ठीक नहीं।''

''कमरा बदलने के बारे में तुमने मुझे क्यों नहीं लिखा?'' दिव्या ने धीरे-से शिकायत के लहजे में पूछा।

"मैं तुम्हें परेशान नहीं करना चाहती थी।" वर्षा क्षमायाचना के भाव से बोली।

"तुम्हारी मुश्किल मेरे लिए परेशानी कब से बन गयी?" दिव्या ने उसकी ओर देखा। उनका स्वर तरल हो गया था।

वर्षा आशंका से सिहर उठी। अब तक उसने समझ लिया था कि मानवीय संबंध हमेशा बदलते रहते हैं। दिव्या के साथ का आरोही रिश्ता भी कभी अवरोही मोड़ ले सकता है, यह विचार ही उसे कँपा जाता था। अगर कभी ऐसा हुआ, तो क्या वह इस आघात को झेल पायेगी? उसने लरजकर दिव्या की गोद में सिर-रख दिया और विचलित होकर बोली, "मुझसे गुस्सा मत करना...."

दिव्या ने कतरन के पिछले किनारों पर गोंद की लकीर बनायी और चिपकाने लगीं (उन्होंने वर्षा से संबंधित अपनी सुंदर स्क्रैप बुक बना रखी थी)।

"शैला की बरसाती का इस्तेमाल नहीं होता। छत का व्यवहार अचार को धूप दिखाने के लिए ही किया जाता है। मैं बात करूँ? तुम्हें पता है, रोहन के उन लोगों के साथ व्यावसायिक संबंध हैं। हमारी वजह से उन्हें लाभ ही होता है।"

"कुछ समय बाद देखें?" वर्षा सीधी हो गयी, "अभी मेरा मन ठीक नहीं।" एक बार शैला ने दिव्या-रोहन को लेकर उससे कुत्सित पूछताछ की थी। तभी से वर्षा शैला के प्रति भीतर-ही-भीतर सर्द हो गयी थी (यों भी अनात्मीय से उपकृत होने की बजाय करोलबाग का यह विकल्प उसे ज्यादा स्वीकार्य था। कुकिंग गैस के सिलेंडर के लिए भी एक बार भी शैला को फोन करने की जरूरत नहीं पड़ी। 'अग्रगामी' के बहल के पास बर्शेन की एजेंसी थी। उन्होंने महीने भर में वर्षा की अर्जी मंजूर करवा दी थी। वर्षा ने तुरंत नया सिलेंडर शैला के यहाँ भिजवा दिया था)।

"तुमने एक बार पूछा था, मैं तुम्हारा ध्यान रखने के लिए क्यों 'अभिशप्ता' हूँ।" उसका प्रिय शब्द बोलते हुए वर्षा मुस्करायीं, "इस बात का जवाब दे दूँ?"

वर्षा हौले-से मुस्करायी।

"कई कारण हैं। तुम्हारे माध्यम से मैं संतोष पाती हूँ, अपने ऊपर गर्व करती हूँ कि तुम्हारी प्रतिभा ढूँढने का निमित्त मैं बनी। व्यक्तिगत रूप से तुम मेरी सबसे अंतरंग हो। तुम जानती हो कि अपना बहुत कुछ मैं पति के साथ भी नहीं बाँट सकती। तुम उम्र कुछ और बढ़ जाने के बाद समझोगी कि ऐसी मित्त का होना कितनी बड़ी नेमत है। तुम्हें फलता-फूलता देखकर मुझे जो तृप्ति और सार्थकता का एहसास होता है, उसे मैं शब्दों में नहीं बाँध सकती। इसलिए तुम्हारी मुश्किल मुझे विचलित कर देती है। वैसे भी तुम्हारे अलावा और कौन है, जिसके लिए मैं कुछ कर पाने का सुख पा सकूँ?"

वर्षा का मन पुलक से भर आया। इतने ढेर सारे शब्दों में दिव्या ने पहली बार उनके रिश्ते की व्याख्या की थी।

"तुम्हारा मन ठीक न होने के पीछे क्या बात है? क्या हर्ष की नामौजूदगी...?"

"मुख्य रूप से...हाँ।" वर्षा ने गहरी साँस ली, "विराट नगर सुनसान हो गया है। मन में हमेशा अंधड़ चलता रहता है।"

दिव्या ने उसके हाथ पर हाथ रखा। उनका स्पर्श नर्म और सांत्वना देता हुआ-सा था।

पिछले कितने वर्षों में कितनी बार दिव्या ने उसका अँधेरा बाँटा है। इस मित्रता की महत्ता जानने के लिए मुझे उम्र के बढ़ने की जरूरत नहीं, उसने सोचा।

13

प्रेम की निजी परिभाषा

"वर्षा! हर्ष शाम की फ्लाइट से आ गया। बहुत थका हुआ है। सो रहा है।" मम्मी के स्वर में आह्लाद था, "लो, सुजाता से बात करो।"

फिर सुजाता का पुलक भरा स्वर सुनायी दिया, "हैलो ट्रेजिडी क्वीन, क्या हो रहा है?"

"ट्रेजिडी क्वीन क्या करेगी दीदी! आँसू बहा रही है।" वर्षा हँसी।

"आँसू पोंछने वाला आ गया है।" सुजाता खिलखिलायीं, "अच्छा, कल शाम तुम हर्ष के साथ घर आना।"

बंबई जाने के कुछ हफ्तों बाद हर्ष का कार्ड आया था। सामने वाले मोड़ पर क्षत-विक्षत हृदय के रेखाचित्र के साथ छपा था, 'मैं आहत हूँ...' दूसरे मोड़ पर मुँह पर बंधी पट्टी के रेखाचित्र के साथ शब्द थे, '...तुम्हारे मौन से!'

वर्षा ने नवीन मामा के पैडर रोड के पते पर अपने हाथ से बनाया हुआ कार्ड भेजा था। आगे लिखा था, 'कब मिलेंगे प्रश्न?' पीछे वाक्यांश था, 'उत्तर कब मिलेंगे?'

फिर छोटा-सा पत्र सौराष्ट्र से आया था, जहाँ लोकेशन शूटिंग चल रही थी। अपनी भूमिका और शूटिंग के अनुभवों को जिक्र था। अंत में लिखा था, 'तुम्हारी स्मृति हमेशा मेरे साथ रहती है।'

कुछ सप्ताह के बाद सुजाता के पते पर भेजे गये एक ही पत्र में 'प्रिय सुजाता और प्रिय वर्षा' संबोधन था। आखिर में 'तुम दोनों की बहुत याद आती है' लिखा था।

"देखा हर्ष का पागलपन?" सुजाता उसे पत्र देकर हँसी थीं, "बहन और प्रेमिका को एक ही खत में निपटा दिया!"

वर्षा तनिक-सी मुस्करायी। (क्या यह धीरे-धीरे बदलते हुए रिश्ते का आभास था? वह बहन के रूप में रूपांतरित होती जा रही है या उन दोनों के बीच ऐसा कुछ नहीं रहा, जिसे बहन से गोपनीय रखना हो?)

"वर्षा!" शिवानी ने दो हफ्ते पहले फोन पर कहा था, "छह बजे मैं तुम्हें तुम्हारे चायघर से ले लूँ? तुम्हें कुछ दिखाना है।"

"मैं बेचैनी से इंतजार करूँगी।"

"एक प्रेमी की तरह?...चाओ..." शिवानी ने हँसकर फोन रख दिया।

अब शिवानी से नाता मित्रता का बन रहा था।

दूसरी भेंट की पहल वर्षा की ओर से हुई थी। हर्ष की मम्मी से मालूम हुआ कि दफ्तर की सीढ़ियों पर गिर जाने से शिवानी को काफी चोट आयी है। सिर का घाव जानलेवा हो सकता था। वर्षा ने जनपथ के फ्लोरोस्टि को 'प्रतिभासंपन्न लेकिन साधनसीमित अभिनेत्री' के रूप में अपना परिचय दिया और सत्रह रुपये में एक गुलदस्ता लेने में सफल हो गयी। वह चार बजे ऑल इंडिया इंस्टीट्यूट ऑफ मेडिकल साइंसेज पहुँची। सोचा था, थोड़ी देर में शिवानी के प्राइवेट कमरे से निकल आयेगी, क्योंकि फिर उसके परिवार के और सदस्यों से टकरा जाने की आशंका थी। सुजाता की शादी में मम्मी-पापा, भाई-भाभी से परिचय हुआ था। वर्षा-शिवानी की 'प्रतिद्वंद्विता' का सबको एहसास था, जिसके कारण वर्षा को अजीब-सा संकोच घेर लेता था।

"अभी-अभी जागी हैं।" नर्स ने कहा।

शिवानी पीठ के पीछे तकिया लगाये बिस्तर पर बैठी थी। सिर और बायीं बाँह पर पट्टी। चेहरा कुम्हलाया हुआ।

"शिवानी..." वर्षा का सरोकार आँखों में झलक आया, "कैसी तबीयत है?"

शिवानी ने वर्षा के यहाँ आने की अपेक्षा शायद कभी नहीं की थी। उसके चेहरे पर कई भावों की परछाइयाँ तैरीं।

"वर्षा..." दुर्बल स्वर में कहा। फिर बढ़ाया गया गुलदस्ता ले लिया। हल्के स्पर्श से फूलों के डंठलों को छुआ, आँखें थोड़ी मूँदकर उन्हें सूँघा।

वर्षा बगल की कुर्सी पर निःशब्द बैठ गयी।

"बेहतर हूँ वर्षा! ब्रेन हैमरेज से बाल-बाल बची हूँ..." और दर्द की लहर से शिवानी सहसा लरज गयी, "सिस्टर..."

जब तक वर्षा उठे, नर्स फुर्ती-से आयी, "अभी ठीक हो जायेगा।" के साथ उसने एक गोली और पानी दिया। फिर शिवानी के हाथ से गुलदस्ता लेकर एक पानी भरे गिलास में मेज पर लगा लिया।

शिवानी की आँख से एक नन्हा-सा आँसू बहा। इस समय वर्षा को वह बहुत असहाय लगी। शिवानी का हाथ थामते हुए उसने अपने रुमाल से उसका आँसू पोंछा। शिवानी उसकी ओर देखते हुए भीगी-सी मुस्करायी, जैसे अपनी बेचारगी पर द्रवित हो।

यही दृश्य था, जो परिवार के चारों व्यक्तियों-मम्मी-डैडी और भाई-भाभी ने भीतर घुसते हुए देखा।

"लो पढ़ो।" शिवानी ने खुला हुआ 'फिल्मफेयर' उसकी गोद में रख दिया।

'जब हर्ष की आँखें चमक उठीं' शीर्षक से दो पृष्ठों में कई चित्रों के साथ हर्ष का इंटरव्यू था।

वर्षा सोफे से टिकी कार्पेट पर बैठी थी! मन में उमंग की हिलोर-सी उठी।

हर्ष ने अपनी पृष्ठभूमि और नाट्य-प्रशिक्षण के बारे में प्रखर उत्तर दिये थे। डॉक्टर अटल की बहुत प्रशंसा की थी। अपनी प्रमुख भूमिकाओं का विश्लेषण किया था। विशेष भूमिका के लिए अपनी तैयारी का दृष्टिकोण बतलाया था। श्रेष्ठतर अभिनय के क्षेत्र में कंपनी के चार

कलाकारों - सूर्यभान, अर्चना, ममता और वर्षा-के नाम लिये थे। फिल्म माध्यम के लिए खास तौर से वर्षा की 'प्रबल संभावनाएँ' रेखांकित की थीं - 'वर्षा वशिष्ठ का चेहरा बहुत फोटोजैनिक है।'

" 'कंपन' की नायिका चारुश्री व्यावसायिक सिनेमा का प्रतिनिधित्व करती हैं। वह काफी मूडी और अहंकारी बतायी जाती हैं। उनके साथ काम करते हुए आपको कैसा लग रहा है?" रिपोर्टर ने प्रश्न किया था। "उनके अहंकार और मूड का मुझे कोई अनुभव नहीं हुआ। इस कला-माध्यम में मेरे नये होने के बावजूद उन्होंने पर्याप्त धैर्य, समझदारी और मित्रता का व्यवहार किया है। मेरे और उनके 'वाइब्स' बहुत अच्छे हैं।" (चारुश्री का जिक्र करते हुए हर्षवर्धन का स्वर ऊष्म हो गया, आँखें चमक उठीं।' रिपोर्टर ने टिप्पणी की थी)।

वर्षा ने लंबी साँस खींची और शिवानी की ओर देखते हुए मुस्करायी। फिर उसकी मुस्कान बीच में ही विलीन हो गयी, जैसे लहरों पर थरथराता पत्ता एकाएक डूब गया हो। सूनी आँखों से सामने ताकती रही।

मुझे बुरा क्यों लग रहा है? मेरे मन में आशंका का बादल क्यों घुमड़ रहा है? मैं तो अपने अंदर इतनी साफ थी-मैं तो अभी हर्ष के साथ मँगनी के लिए भी तैयार नहीं थी, उसने सोचा।

"वर्षा, गर्म हो रही है..." शिवानी ने टंबलर की ओर संकेत किया। उसका स्वर अतिरिक्त रूप से नर्म था।

वर्षा ने दोनों हथेलियों पर काँच की ठंडक महसूस की। फिर घूँट लिया।

"इस आखिरी कॉलम के कारण मैंने घंटे भर सोचा कि तुम्हें दिखाऊँ या नहीं। फिर तुम्हें फोन करना ही ठीक लगा।" शिवानी का स्वर किंचित अपराधी-सा था।

वर्षा ने हल्के-से हामी में सिर हिलाया।

सब कुछ उजाड़ लगने की अनुभूति कुछ और गहन हो गयी थी। वर्षा को लगा कि अपने मन पर उसके नियंत्रण के विश्वास के पीछे ज्यादा मजबूत बुनियाद नहीं रही। वह एक ही धक्के में धराशायी हो रही है। ऐसे ही शीशे के जैसे नाजुक मनोबल के साथ वह दुस्तर कलात्मक अश्वमेध यज्ञ करने निकली थी? (तुरंत खुद ही तर्क दिया, यह उसका कठिन निजी संग्राम है, सौंदर्यबोधीय युद्धक्षेत्र नहीं!)

"वर्षा!" शिवानी ने उसका हाथ थाम लिया, "मुझसे नाराज तो नहीं हुईं?"

"इसमें तुम्हारा क्या दोष? तुम नहीं बतातीं, तो रिपर्टरी में कोई और बता देता। बल्कि तुमने बताया, तो अच्छा लगा। यह हमारी आपसी समझदारी की निशानी तो है ही, तुम्हारे सामने मुझे अपने पर जब्त रखने की मजबूरी भी नहीं है। पिरर्टरी में चार लोगों के सामने बात होती, तो अपने पर काबू रखने में चूक हो सकती थी।" जैसे इतना बोलने से वर्षा निढाल हो गयी और नीचे खिसककर शिवानी के कंधे पर सिर रख लिया। उसका हाथ शिवानी के हाथों में था: उसका स्पर्श भला लग रहा था।

"अब मुझे बिस्तर पर जाते हुए बेहद अकेला लगता है। आज दोपहर से मैं उमंग में हूँ कि सोने से पहले जी भरकर बातें करने के लिए वर्षा होगी। सुबह सोकर उठूँगी, तो बगल

में वर्षा को पाऊँगी।'' शिवानी थोड़ी दयनीयता से मुस्करायी, ''क्या यह स्पिंस्टर हो जाने के लक्षण हैं?''

वर्षा ने बोलना चाहा, पर कुछ सूझा नहीं। मौन को तोड़ने की भी इच्छा नहीं हुई।

''तुम्हें अकेले अच्छी नींद आ जाती है?'' शिवानी ने पूछा।

''अच्छी तो नहीं, पर आ जाती है।'' वर्षा उदास-सी मुस्करायी, ''मैंने तकिये के नीचे हर्ष की तस्वीर रखी है। बिस्तर पर जाने के बाद उसी से उल्टी-सीधी बातें करती हूँ। मैंने प्रेम की निजी परिभाषा बनायी है। बताऊँ?''

''हूँ?'' शिवानी कौतुक से मुस्करायी।

''जब किसी की स्मृति नींद ला देने में समर्थ होने लगे, तो इसे व्यावहारिक रूप से प्रेम कहा जा सकता है।''

शिवानी उदास चंचलता से मुस्करायी, ''और जब किसी की स्मृति से नींद उड़ने लगे, तो क्या यह भी प्रेम की उतनी ही सार्थक परिभाषा नहीं होगी?''

''मौसी...'' बावला ने अपने छोटे-से हाथ से गेंद उसकी ओर फेंकी। गेंद धीरे-धीरे लुढ़कती हुई पास आयी। वर्षा ने गेंद फिर उसकी ओर उछाल दी। वह किलकारी मारता हुआ उसे उठाने दौड़ा।

गार्डेन अंब्रेला के नीचे वर्षा सामने की कुर्सी पर पाँव रखे बैठी थी। कोने में माली क्यारियों में पानी दे रहा था। आकाश गहरा नीला था। हवा बिल्कुल साफ और स्निग्ध। पीछे उजली कंचनजंगा दिखायी दे रही थी (हिममंडित कैलाश में देवताओं की स्त्रियाँ अपना मुँह देखा करती हैं, जिसकी कुमुद-जैसी उजली चोटियाँ आकाश में ऐसे फैली हैं, जैसे नित्य का इकट्ठा किया हुआ शंकर का अट्टहास... उसे 'मेघदूत' की पंक्ति याद आयी)।

तभी कार भीतर घुसी और पोर्च में आकर खड़ी हो गयी। रीटा हाथ में एक पत्रिका लिए आगे आयी। उसने जिस भाव से 'स्टार एंड स्टाइल' बढ़ायी, वर्षा को उलझन हुई।

'मेरा मन आलोकित हो गया है!' मुखपृष्ठ पर चारुश्री की तस्वीर के साथ कैप्शन था।

रीटा मुड़ी तो वर्षा ने धड़कते दिल से भीतरी पन्ना खोला।

''आप मुख्यधारा सिनेमा की स्टार हैं और हर्षवर्धन नया चेहरा। आपने यह फिल्म क्यों मंजूर की?'' प्रतिनिधि ने पूछा था। ''मैंने 'कंपन' निर्देशक की प्रतिष्ठा के कारण मंजूर की थी। पर एक दिन हर्षवर्धन के साथ काम करने के बाद मैंने समझ लिया कि वह कितने ऊँचे दर्जे के अभिनेता हैं। मुझे बहुत खुशी है कि मैं इस फिल्म के साथ जुड़ी हूँ।'' ''हर्षवर्धन के साथ आपके कैसे संबंध हैं?'' ''बहुत दोस्ताना।'' ''हवाओं में कानाफूसी है कि इस लोकेशन पर आप बहुत मीठी और मधुर पायी जा रही हैं? क्यों?'' ''(खिलखिलाते हुए) यह मेरा मीठा और मधुर रहस्य है!'' ''क्या इसका कारण आपके सहअभिनेता हैं?'' ''(और भी खिलखिलाते हुए) आप हवाओं से पूछिए!''

चारुश्री के अनेक चित्र थे। वह काला चश्मा लगाये कैनवास की कुर्सी पर बैठी थी। बालों में कर्लर। 'कंपन' के एक दृश्य में उसे पीछे से बाँहों में लिये हुए हर्ष उसकी गर्दन पर होंठ रखे था। चारुश्री अनुराग की मुस्कान से पीछे देख रही थी। हर्ष के चेहरे पर कामना की

तन्मयता थी। 'प्रणय-दृश्य 'कंपन' की विशेष उपलब्धि होंगे!' नीचे टिप्पणी थी।

वर्षा की देह पर हर्ष के चुंबनों की स्मृतियाँ सुगबुगायीं। पलकें झपने लगीं। उसे अपने होठों पर हर्ष के दबाव की ऊष्मा का अनुभव हुआ। फिर तत्क्षण मन में एक कातर पुकार गूँजी, जो देह की भीतरी नसों में प्रतिध्वनित हुई...जैसे प्राचीन, भग्न खंडहर में कोई चीखे और अबाबीलों वाली ऊँची मेहराबों वा जाली-लगे खंडित गलियारों में प्रेतात्माओं-सी बौराई अनुगूँजें सुनायी दें...

रीटा हाथों में ट्रे लिए आयी और दो प्यालों में चाय ढालने लगी।

"दिल्ली में तुम्हारे निकलने से पहले हर्ष का खत आया था?" रीटा ने पूछा।

"हाँ।" वर्षा ने घूँट भरा।

"चारुश्री के बारे में कुछ लिखा था"

"नहीं। ज्यादातर अपनी व्यस्तता और डबिंग की बातें थीं।"

"तुम पूछो।"

वर्षा ने कुछ पल सोचा, "हमारे बीच कोई शाब्दिक प्रतिबद्धता तो थी नहीं।"

"वर्षा, क्या यह दो देशों का व्यापार-समझौता है?" रीटा के स्वर में खिन्नता थी, "क्या तुम्हारे लिए यह जानना जरूरी नहीं कि इस रिश्ते की स्थिति क्या है?"

"मुझे लगता है, मैं कुछ पूछकर छोटी हो जाऊँगी।"

स्नेह के क्वार्टर का गेट खोलते ही हर्ष का ठहाका सुनायी दिया।

वह बरामदे की सीढ़ियाँ चढ़ने लगीं। न चाहते हुए भी धड़कन बढ़ गयी थी।

"ट्रेजिडी क्वीन को सलाम!" दीवान पर बैठे हर्ष ने तुरंत सावधान की मुद्रा में आकर सैनिक अभिवादन किया। हल्की मुस्कान से वर्षा ने भी वैसा ही उत्तर दिया। फिर हर्ष ने गर्मजोशी से उससे हाथ मिलाया। व्यक्तित्व और निखर आया था। लेवी की जींस और पीली कमीज में आकर्षण में धार आ गयी थी...वर्षा ने निगाह हटा ली।

"मुझे और अनुपमा को बचाने में वर्षा का बहुत योगदान है।" चतुर्भुज बोले।

"वर्षा न होती, तो चतुर्भुज की हडडी-पसली एक कर दी जाती।" अनुपमा हँसी और खींचकर वर्षा को अपने साथ बिठा लिया।

"तुमने अपने इंटरव्यू में सूर्यभान का जिक्र क्यों किया?" स्नेह ने पूछा।

"हमारी रसोई के बर्तन आपस में खटकते जरूर हैं, लेकिन बाहरी दुनिया के सामने हमें एकता बनाये रखनी चाहिए।" हर्ष संजीदा हो गया, "डिक्टेटर के प्रति यह हमारा दायित्व है।"

वर्षा को अच्छा लगा। यों सूर्यभान को हर्ष की सनद की जरूरत नहीं थी। उन्हें संगीत नाटक अकादमी का सर्वश्रेष्ठ अभिनेता का पुरस्कार मिल चुका था। वह दो कला फिल्मों में भी काम कर चुके थे। एक का प्रदर्शन नहीं हो पाया था, पर दूसरी राष्ट्रीय पुरस्कार पाने के बाद दूरदर्शन पर दिखायी गयी थी।

"सर तुम्हें पूछ रहे थे।" वर्षा ने कहा।

"मिल कर आ रहा हूँ।" हर्ष बोला।

नीलकांत थाली में घर में उपलब्ध गिलास-प्याले लिये आ गया, ''अरे, वर्षा आ गयी। पड़ोस से एक प्याला ले आता हूँ।''

''वर्षा और मैं एक ही गिलास में पी लेंगे।'' हर्ष ने एक गिलास लेकर वर्षा को थमा दिया।

पारस्परिक संबंध को लेकर हर्ष का तौर-तरीका उजागर नहीं होता था। उसका भाव पावन रहस्य-जैसा था। आज पहली बार उसने ऐसा व्यवहार किया। वर्षा को संकोच भी हुआ और भला भी लगा।

''सिगरेट...'' नीलकांत के संकेत पर हर्ष ने अपना पाँच-पाँच-पाँच का पैकेट बढ़ा दिया।

चतुर्भुज जेब से पुड़िया निकाल चुके थे। उन्होंने भरने के लिए हर्ष के पैकेट से एक सिगरेट ली।

''मेरे लिए चार मीनार भरो।'' हर्ष मुस्कराया।

''मंडी हाउस में आकर मॉडेस्ट बन रहे हो?'' स्नेह ने ठहाका लगाया।

''विदेशी गाड़ी किसकी लेकर आये हो?'' चतुर्भुज शरारती ढंग से मुस्कराये, ''दिल्ली-यू.पी. के डिस्ट्रीब्यूटर की?''

''बहनोई की है यार!'' हर्ष हँसा, ''मैंने अभी मंडी हाउस से डिफैक्ट नहीं किया है। मेरे खिलाफ मोर्चाबंदी मत करो।''

वर्षा ने चाय का गिलास हर्ष को थमा दिया। उसने बड़ा-सा घूँट लिया। मोर्चाबंदी चाहे न हो, पर सूक्ष्म-सी विभाजन-रेखा खिंच चुकी थी। दोनों पक्षों को इस कटाव का एहसास था।

शायद उसे नकारने के लिए ही हर्ष ने पूछा, ''किसी नाटक की योजना नहीं है?''

''करने वाले कहाँ हैं?'' स्नेह बोले, ''चतुर्भुज महीने भर का वर्कशॉप करके गोरखपुर से लौटे हैं। अब उज्जैन जा रहे हैं।''

''मैं नहीं जा रही हूँ।'' अनुपमा बोली, ''आप कुछ शुरू कीजिए।''

चतुर्भुज लौ दिखाकर चरस पिघलाते रहे। उन्होंने निगाह नहीं उठायी।

तो मतभेद शुरू हो चुके हैं, वर्षा ने ठंडी साँस के साथ सोचा।

कुछ पलों में ही वातावरण भारी हो गया।

''आप 'प्रतिशोध' के प्रदर्शनों का तय कीजिए। मैं दो महीने बाद आ रहा हूँ।'' हर्ष ने विभाजन-रेखा के पार से जैसे हाथ बढ़ाया।

''तुम पिछली बार भी यही कहकर गये थे।'' स्नेह बोले, पर स्वर समतल था।

''शूटिंग का शिड्यूल कई बार बदला। वह मेरे हाथ में नहीं था।''

''मैं तुम्हें दोष नहीं दे रहा हूँ। आदित्य भी 'कंजूस' के शोज के लिए ऐसे ही कह कर गया था। फिर कभी नहीं लौटा।'' स्नेह करुणा से मुस्कराये। यह गौतम बुद्ध-जैसी मुस्कान थी-रंगमंचीय मानव-समुदाय के लिए सरोकार से भरी हुई, ''दो घोड़ों की एक साथ सवारी नहीं हो पाती।''

बहुत कुछ सवार के ऊपर भी निर्भर करता है, वर्षा ने कहना चाहा। पर हर्ष के चेहरे पर

पहले ही अपराध की छाया थी। उसे गहरा करना अच्छा नहीं लगा।

''सुना है, आपकी खिड़की से ठंडी पुरवाई आने लगी है?'' हर्ष ने हल्की मुसकान से स्नेह को संबोधित किया।

वर्षा ने पहली बार स्नेह के चेहरे पर ऐसी झेपी मुस्कान देखी, ''क्या करूँ? तुम लोगों ने पश्चिमी घाट जाते हुए मेरी उस दिशा की खिड़की बंद कर दी है। अब साँस लेने के लिए पूरब की खिड़की तो खोलनी ही होगी।''

तभी बाहर कार रुकी। कुछ क्षणों बाद दरवाजा बंद हुआ।

''नाम लिया और आ गयी।'' चतुर्भज बोले।

पर वह शालिनी कात्यायन निकली, ''हैलो...'' सब पर सामान्य निगाह डाली, ''कैसी हो वर्षा?'' और हर्ष से मुखातिब हुई, ''स्टार बनते ही पुराने दोस्तों से ऐसी बेरुखी? मैं एक घंटे से त्रिवेणी में झख मार रही हूँ।''

''माफ करना।'' हर्ष ने दाँतों-तले ज़ीभ दबायी, ''बिल्कुल भूल गया।''

''मैंने न्यूज एडीटर को फोन कर दिया है। वह चार कॉलम की जगह रोक लेंगे।'' कात्यायन नरमी-से मुस्करायी, ''मेरे एक चेक पर लात मत मारो।''

''मैं आधे घंटे में आया।'' हर्ष स्नेह से कहते हुए खड़ा हो गया, फिर मुड़ा, ''वर्षा, जाना मत।''

''रीटा कैसी है?'' हर्ष ने सिगरेट जलाते हुए पूछा।

''अच्छी है। दूसरा बच्चा होने वाला है।''

''अनुपमा और चतुर्भुज के बीच तनाव क्यों है?''

''वह सिर्फ कमिटिड थिएटर करना चाहती है। गोरखपुर में 'वल्लभपुर की रूपकथा' को बीच में ही छोड़कर आ रही थी। अब चतुर्भुज उज्जैन में 'विक्रमोर्वशी' करेंगे। अनुपमा ने कहा है, अगर तुम 'खड़िया का घेरा' करो, तो मैं जाऊँगी, वरना नहीं।''

''कालिदास समारोह में ब्रेश्ट का नाटक होगा?'' हर्ष खिन्न हो गया।

लोदी गार्डन में खंडहर के पीछे ढेर सारा पीलापन छा गया था। पंछी लगातार चहक रहे थे। आसपास हल्की हवा में पत्तों की सरसराहट थी।

''पुरवाई कौन है?''

''लेडी श्रीराम कॉलेज में लेक्चरर। स्नेह ने उनके लिए 'यर्मा' किया था।''

''कैसी है?''

''समझदार। ठहरी हुई।''

''उम्र क्या होगी?''

''तैंतीस से ऊपर चार महीने हुए।''

''तुम्हें सारे डीटेल्स पता हैं।'' हर्ष हँसने लगा।

''मेरी अच्छी दोस्ती हो गयी है।''

''मुझे मालूम हुआ है।'' हर्ष मुसकान के साथ उसे देख रहा था, ''तुम्हारी काफी अजीब दोस्तियाँ हो रही हैं।''

वर्षा भी मुस्करायी, "शिवानी ने फोन किया। मैं मिलने से मना कैसे करती?" अटककर जोड़ा, "तुम्हें नागवार गुजरा?"

"क्या कह रही हो? मुझे क्यों नागवार गुजरेगा!"

"उससे मिले तुम? ... बहुत उदास है।" 'बेचारी' कहते-कहते अपने को रोक लिया।

हर्ष ने बेधक दृष्टि से उसे देखा, "अच्छा? मुझे धकेलकर शिवानी के पास भेज रही हो? ...इतनी नाराज हो मुझसे?"

मैं तुमसे नाराज हूँ? खुश हूँ? मुझे पता नहीं। शायद इन दोनों के बीच कहीं हूँ। शायद इन दोनों से परे हूँ। मैं उलझ गयी हूँ। भूगोल और समय के व्यवधान से धुंध छा गयी है... वह नीचे देखती रही। घास की सीमा पर रेलिंग थी, जहाँ छोटा-सा झबरीला कुत्ता रेंग आया था।

"मेरी बात का जवाब नहीं दिया? मुझसे गुस्सा हो?" हर्ष ने घास पर रखे उसके हाथ पर हाथ रख दिया। स्पर्श परिचित था। पहचान की तरंग ने उसकी देह को झंकृत किया।

"नाराजगी नहीं। पर उलझन जरूर है।"

"किस बात की?"

"तुमको लेकर... अपने को लेकर..."

"सुलझाने के लिए मुझे थोड़ा समय चाहिए।"

मौन को तोड़कर हर्ष का स्वर बहुत पास से आया, "मुझे तुमसे यह कहने की जरूरत नहीं कि तुम मेरे मन के कितने नजदीक हो।"

कुछ पल जैसे ठहर गये।... हर्ष का चुंबन नर्म और मद्धिम था....जैसे नये सिरे से पहचान बना रहा हो, पर साथ में अपनत्व का आश्वासन भी दे रहा हो।

"तुम्हें मुझसे कुछ पूछना है?" हर्ष ने पूछा।

उसके स्वर में ऐसी ध्वनि थी कि वर्षा को लगा, जैसे अपराधी कह रहा हो कि अगर तुम पूछो, तो मैं बता दूँ कि मैंने तुम्हारे घर में सेंध क्यों लगायी?

"तुम्हें कुछ बताना हो, तो बता दो।"

वर्षा ने हर्ष को देखा। सामान्य दृष्टि थी - किसी विशेष भाव से विहीन।

हर्ष से निगाह मिली, "मैं किसी के साथ इन्वॉल्व नहीं हूँ। मैं भावना के स्तर पर तुमसे अभी भी वैसे ही जुड़ा हूँ, जैसे पहले था।"

वर्षा ने रुकी हुई साँस ली।

"इतना जरूर है कि नये युद्धक्षेत्र में हूँ। अपने-पराये को पहचानने की कोशिश कर रहा हूँ।"

वर्षा ने हामी में सिर हिलाया।

"तुम ऐसी चुप-चुप क्यों हो?"

"नहीं तो।"

"दुबली भी हो गयी हो। खाने-पीने का ध्यान नहीं रखतीं क्या?"

"रखती तो हूँ।"

"तुम्हें बरसाती छोड़नी पड़ी। मुझे बहुत गुस्सा आया।"

उनकी जगह है हर्ष! हम जबर्दस्ती तो नहीं कर सकते। एक साल अच्छा कट गया, इतना ही क्या कम है।''

हर्ष ने सिगरेट सुलगायी, ''मैं वहाँ फ्लैट लेने की कोशिश में हूँ। फिर मम्मी को ले जाऊँगा। तुम मुनीरका में रहना।''

वर्षा सामने देखती रही।

''सुन रही हो न?'' यह उसके पुरुष के अधिकार वाला स्वर था, जिसके बाद संशय या तर्क की गुंजायश नहीं रहती।

''अच्छा!'' उसने कह दिया।

''फिर तुम्हें भी ले जाना है। अगर फिल्म बॉक्स-ऑफिस पर कामयाब हो गयी, तो देर नहीं होगी।'' स्वर धीमा था, जैसे अपने-आप से ही कह रहा हो या अपने को ही भरोसा दे रहा हो।

''हैलो वर्षा...'' पोनी टेल वाली लड़की सामने थी-झबरीले कुत्ते को उठाये। पहले से कुछ बड़ी हो गयी थी।

''हैलो...'' वर्षा मुस्करायी।

''यू केम हियर ऑफ्टर ए लांग टाइम।''

वर्षा ने हामी में सिर हिलाया।

''हम सामने रहते हैं।'' उसने दायीं ओर इशारा किया। फिर चंचलता से मुस्करायी, ''आइ हैव ए नेम!''

वर्षा ने हर्ष को देखा।

''आइ कैन टैल यू, बट नॉट टू योर फ्रेंड...ही डिडन्ट रिटर्न माइ बॉल।''

''बताओ।''

लड़की वर्षा के कान में फुसफुसायी, ''साशा...''

''नवीन का फोन आया था।'' मम्मी बोलीं, ''तुम अर्से से उससे नहीं मिले।''

''पैडर रोड बहुत दूर है मम्मी!'' हर्ष ने कहा, ''आने-जाने में पूरा दिन निकल जाता है।''

सुजाता ने मुर्गी का बड़ा टुकड़ा वर्षा की प्लेट में रखा।

''थोड़ा कम, दीदी!'' वर्षा ने अनुनय की।

''खाओ न!'' हर्ष ने आँखें तरेरीं, ''दिन भर बस, चाय पीती रहती हो।''

वर्षा सकुचा गयी। परिवार के सामने ऐसा अधिकार हर्ष पहली बार दिखा रहा था। सुजाता और योगेश की निगाह मिली।

''सहगल कुत्ता निकला। डैडी थे, तो कैसे दुम हिलाया करता था।'' हर्ष ने क्रोध से कहा।

''दुम हिलाने वाले डैडी के साथ चले गये हर्ष!'' सुजाता ने योगेश को सलाद दिया, ''अब हमें नये हालात के साथ समझौता करना है।''

वर्षा के संकोच में अपराध भाव भी घुलमिल गया। मम्मी अच्छी-खासी अपनी बात

कह रही थीं कि हर्ष ने उसकी बरसाती का राग छेड़ दिया।

फोन की घंटी बजी।

''वर्षा, देखो बेटी...'' मम्मी ने कहा।

वर्षा को भला लगा। (गर्भ की शिथिलता में सुजाता को कोने तक पहुँचने में समय लगता)।

''मिस्टर धवन...'' वर्षा ने हर्ष को देखा।

''धवनजी, माफ कीजिए...आज तो नहीं आ पाऊँगा...परिवार के साथ बैठा हूँ...कल?...लंच पर ठीक है...शाम को रिपर्टरी के दोस्तों के साथ प्रोग्राम है...अच्छा, मैं बारह बजे आप के ऑफिस ही आ जाऊँगा...अशोका? ...धवनजी, मैं स्टार नहीं हूँ...पराँठेवाली गली में चलेंगे...''

हर्ष मुस्कान के साथ अपनी कुर्सी पर आ बैठा, ''फिल्म के दिल्ली-यू.पी. के डिस्ट्रीब्यूटर हैं।''

नौकर गर्म चपातियाँ दे गया।

''अकेले मेरा दम घुटता है।'' मम्मी बोलीं, ''मैं जिंदगी में कभी अकेली नहीं रही।''

''मुझे उम्मीद है, छः महीने में फ्लैट का बंदोबस्त हो जायेगा।'' हर्ष ने कहा, '' ''कपंन' रिलीज होने दो।''

''मेरी उम्र हो गयी है। मेरी तबीयत भी ठीक नहीं रहती।''

''जब मैं थिएटर में था, तब मैं 'निखट्टू' चल रहा था। अब मैं कुछ बनने की कोशिश कर रहा हूँ, तब भी तुम संतुष्ट नहीं हो।'' हर्ष के स्वर में असहायता की ध्वनि थी।

''मुझे यह लाइन पसंद नहीं।''

''मैं पेशेवर अभिनेता हूँ। सिनेमा ही वह क्षेत्र है, जो मुझे मेरी सामर्थ्य का सम्मानजनक मूल्य दे सकता है।''

''प्रेस में बेकार की बातें छपती हैं। लोगों की बातें सुनते-सुनते मेरा सर भन्ना जाता है।'' मम्मी बोलीं।

''क्या करूँ? शो बिजनेस की अपनी शर्तें हैं। ऐसे भी लोग हैं, जो अपने को लाइमलाइट में रखने के लिए खुद अपने बारे में स्कैंडल छपवाते हैं।''

''आदित्य के बारे में तो कुछ अनाप-शनाप नहीं छपता।'' सुजाता ने टिप्पणी की।

हर्ष ने सुजाता को घूरकर देखा।

''देखो मम्मी, कैसे गुस्से से देख रहा है।'' सुजाता ने बनावटी शिकायत की।

योगेश मुस्कान दबाते हुए पानी पीने लगे।

''हर्ष, अब उसकी शादी हो गयी है।'' मम्मी बोलीं।

सुजाता ने हाथ बढ़ाकर हर्ष का कान खींचा, ''जब तुम्हारी शादी हो जायेगी, तो मैं भी पब्लिकली तुम्हारे कान खींचना बंद कर दूँगी।'' और वर्षा की ओर देखकर मुस्करायीं।

''नवीन ने तुमसे एजेंसी की बात की थी। तुमने जवाब नहीं दिया।'' मम्मी ने हर्ष को देखा।

''मम्मी, एक्टिंग छोड़ने के लिए मत कहो। यह सिर्फ मेरी रोजी ही नहीं, मेरा पैशन भी है। मैं अपना सर्वश्रेष्ठ सिर्फ इसी क्षेत्र में दे सकता हूँ। इसके अलावा मैं तुम्हारी हर बात मान लूँगा।'' हर्ष बहुत संजीदा हो आया, ''वैसे भी अब डैडी नहीं हैं। तुम्हें खुश रखने की जिम्मेदारी मेरी ही तो है।''

''मुझे शांति चाहिए और भरापूरा घर चाहिए।'' मम्मी बोलीं, ''बाकी भगवान का दिया हुआ बहुत कुछ है।''

'परिवार के साथ भोजन' नाटक का दृश्य वैसा ही रहा, जैसा वर्षा ने सोचा था। उसमें सारी वांछनीय भावनाएँ थीं–माँ का अकेलापन और पीड़ा, बहन का ममत्व, पुत्र की कर्तव्य परायणता, पर कलात्मक लालसा के कारण उपजा संघर्ष। साथ में 'भावी' पुत्रवधू का मूक साक्षी होना।

मुझमे पटकथा-लेखन के पर्याप्त गुण हैं, सुजाता की नाइटी पहनते हुए वर्षा ने हल्की मुस्कान से सोचा। बस, बहू की भूमिका में गड़बड़ हो गयी। बेचारी का कोई संवाद ही नहीं था। 'मंच' पर बैठे हुए उसने अपने को कितना फालतू महसूस किया होगा!

''मैंने मिसेज सहगल को फोन कर दिया है।'' दरवाजे पर दस्तक देकर सुजाता आयीं, ''सुबह योगेश का कनाट प्लेस में एप्वाइंटमेट है। वह तुम्हें रिपर्टरी छोड़ देंगे!''

''जी!'' वर्षा आभार के भाव से मुस्करायी।

सुजाता बिस्तर पर बैठ गयीं।

''तुम्हारा फिगर बहुत अच्छा है वर्षा! मैं कब से कहना चाहती थी।'' फिर अपने पेट पर हाथ फेरा, ''और मुझे देखो, गुब्बारा हो रही हूँ!''

''आपके गुब्बारा बनने का हम सब बेचैनी से इंतजार कर रहे थे।'' वर्षा ने नरमी-से उनके पेट को छुआ।

सुजाता ने सुपारी के छोटे-छोटे टुकड़े बढ़ाये।

''मम्मी के मन में पता नहीं, कैसी आशंका भर गयी है।'' सुजाता विचलित स्वर में बोलीं, ''उन्होंने हर्ष से साफ कह दिया, स्टार को बहू की तरह घर में नहीं घुसने दूँगी। पता है, आजकल हम लोग जहाँ जाते हैं, इसी बात का सामना करना पड़ता है। अच्छा है शो बिजनेस! मैं तो आजिज आ गयी हूँ... शिवानी की माँ ने ताना मारा। मम्मी तो रुआँसी हो गयीं। हमारा एरिस्टोक्रेनिक खानदान है। दादा और नाना-दोनों तरफ क्लास वन ऑफीसर्स होते आये हैं। हमारे यहाँ किसी चीज की कमी है, जो दूसरे के पैसे पर राल टपकायें? मम्मी ने कह दिया, हमें ऐसी हविस होतीं, तो शिवानी का हाथ नहीं माँगते? हमें बस, भली लड़की चाहिए। पारिवारिक पृष्ठभूमि को लेकर चाटना है? शिवानी की माँ का इतना-सा मुँह निकल आया...''

वर्षा के मन में अजीब-सी ग्लानि भर उठी। उसे अनजाने में और न चाहते हुए भी बिसात का कैसा शर्मिंदगी भरा मुहरा बना दिया गया है। कोई उससे क्यों नहीं पूछता, तुम क्या चाहती हो?

''आपने डैडी को मेरे संशय की बात बतायी थी?''

''हाँ।'' सुजाता अचकचा गयीं। उसे गहरी निगाह से देखा।

''उन्होंने क्या कहा था?''

''कच्ची उम्र है। रिश्ते के बनने की प्रक्रिया में ऐसे संदेह उभर आते हैं। समय के साथ सब ठीक हो जाता है।''

कच्ची उम्र ताश का जोकर है, जिसे विपरीत पक्ष अपनी सुविधा के अनुसार किसी भी जोड़ी में मिला लेता है, उसने सोचा।

''आप भी ऐसा मानती हैं?''

''हर स्त्री-पुरुष के बीच में किसी-न-किसी तरह का तनाव आता है। इस रिश्ते की प्रकृति ही ऐसी है। तुम क्या सोचती हो, मेरा और योगेश का संबंध आदर्श है? लेकिन आपसी मतभेदों को सुलझाते हुए जिंदगी भी गुजारनी होती है। तुम्हारे मंडी हाउस की तरह जे.एन.यू. भी लिबरेशन का बड़ा अड्डा है। अगर तुम्हारी तरह हर कोई सौ फीसदी अंडरस्टैंडिंग की दलील लेकर अड़ जाये, तो यहाँ कोई घर ही न बसे। अंडरस्टैंडिंग एक प्रक्रिया है, जो एक अवस्था के बाद साथ-साथ धूप-छाँव झेलने से ही अपना स्वरूप लेती है। इसमें दोनों ही पक्षों को एडजस्ट करना होता है। क्या तुम यह कहना चाहती हो कि तुम्हारे और हर्ष के बीच में कोई बुनियादी मतभेद है?''

वर्षा चुप रही। जवाब देने से पहले 'बुनियाद' की परिभाषा देनी होती, जिससे नयी बहस छिड़ सकती थी।

''तुमने अपनी कलात्मक लालसा और संतान से हो सकने वाली कठिनाइयों का जिक्र किया था। तुम और हर्ष एक ही क्षेत्र में हो। टकराव तो होंगे ही। लेकिन पारस्परिक प्रेम और सद्भावना से उन्हें झेला जा सकता है। रही बच्चे की बात, तो मम्मी तुम्हारे सामने कोई टाइमटेबिल नहीं रख रही हैं कि ठीक नौ महीने बाद मुझे पोता देना होगा। और रखें भी, तो तुम अपनी सहूलियत के हिसाब से उसका निर्वाह करो।'' सुजाता पीछे तकिये से टिक गयीं, ''जितना मैं तुम्हें जानती हूँ, उसके आधार पर कह सकती हूँ कि अब सैटिल होना तुम्हारी भी आंतरिक जरूरत है। बाहरी जरूरत की बात मेरे अधिकार-क्षेत्र से बाहर है, पर तुम्हारी शुभचिंतक होने के नाते इतना कह सकती हूँ कि करोलबाग में किरायेदार बने रहना तुम्हारी खुशी और व्यक्तित्व के विकास के लिए उपयुक्त नहीं है।''

सुजाता ने रेशमी जाली से ढँके जग से पानी उँड़ेल कर पिया। घर की सज्जा बहुत सुंदर और सुरुचिपूर्ण थी। अगर मैं वर्धन परिवार की बहू बनी, तो आंतरिक साजसज्जा में अपनी ननद से दीक्षा लूँगी, उसने सोचा।

''हर्ष ने तुमसे स्टार के बारे में क्या कहा?''

''कुछ खास नहीं।''

''तुमने साफ-साफ नहीं पूछा?''

वर्षा ने नहीं में सिर हिलाया।

''तुम भी कमाल करती हो।'' सुजाता के स्वर में तेजी थी, ''ऐसी बात पूछने का रिश्ता तुम्हारा है, मेरा तो नहीं।''

"ऐसी जिरह मेरे स्वभाव के विरुद्ध है दीदी! भावना की लगाम न मोड़ने से मुड़ती है, न रोकने से रुकती है।"

"किताबी बातें मत करो।" सुजाता ने झिड़का, "तुम उसकी प्रेमिका हो, भावी पत्नी हो। अपने को एसर्ट करना तुम्हारा अधिकार भी है और कर्तव्य भी।" सुजाता ऐसी तन्मयता से उससे पहली बार बोल रही थीं, "मैं हर्ष की बहन हूँ। मेरा पहला सरोकार अपने भाई की हितचिंता है। मेरी यह पक्की धारणा है कि उसकी खुशी तुम्हारे साथ बँधने में है और सौभाग्य की बात यह है कि तुम्हारी खुशी भी इसी में है।"

'शुभ रात्रि' के साथ सुजाता ने दरवाजा बंद कर दिया था। वर्षा बिस्तर पर अपनी जगह बैठी थी। अनमनी-सी टेबिल लैंप को देख रही थी, जिसकी प्रकाश-रेखाएँ काँच के चौखटे में बंद मनोरम गुड़िया पर पड़ रही थीं।

अचानक फिर सुजाता ने दरवाजा खोला।

"वर्षा, पता नहीं क्यों, मुझे ऐसा लग रहा है कि हर्ष परसों दिल्ली से निकला, तो हमारे हाथ से भी निकल जायेगा। मैं मम्मी को फोन करूँ? कल तुम दोनों की शादी हो जाये?"

वर्षा अवाक् थी,"दीदी, ऐसे होता है कहीं..."

"तुमने मेरे खोये प्रेम के बारे में सुना होगा?" (सुजाता ने दरवाजा बंद किया, न अपनी आवाज नीची की), "अक्षय के कलकत्ता जाने से एक दिन पहले मैंने ऐसे ही आलोड़न का अनुभव किया था। वह बोले, कल शादी कर लेते हैं। डैडी शहर से बाहर थे। मैं हिम्मत नहीं जुटा पायी... और जिंदगी की दिशा ही बदल गयी..."

"दीदी, अगर अनहोनी होनी है, तो क्या शादी से टल जायेगी?"

... दरवाजा बंद हो गया।

इस नाटकीय समक्षता के बाद वर्षा शिथिल हो गयी।

क्या वास्तव में उसकी माँगों से तराजू का पलड़ा झुका जा रहा है? सतवंती भी तो है, जो सिर्फ माँग में सिंदूर लगाने के अधिकार के लिए रसोई के साम्राज्य से संतुष्ट थीं। वह आत्मसम्मान पर थोड़ी खरोंच से बिदक क्यों उठती है? गृहस्वामिनी के पद और भावना की तृप्ति की क्षतिपूर्ति से अपने को सार्थक क्यों नहीं मान लेती? रीटा ने अपनी कलात्मक लालसा को काँटेदार झाड़ियों में फँसे पल्लू की तरह झटक दिया है। कल्याणी ने पूना में घर बसा लिया है (उसका डॉक्टर पति भी अभिनेता है। दोनों ही क्षेत्रों में संघर्ष के संशय ने कल्याणी को विचलित क्यों नहीं किया?)। जानकी जयरमन मैसूर में इंजीनियर पति के साथ मगन है (जो जानकी के नाट्यदल 'मैसूर प्लेयर्स' में व्यवस्था की जिम्मेदारी निभाते हैं)। क्या इन सबके आत्मसम्मान उसके आत्मसम्मान के आगे हीन हैं? मजेदार तथ्य यह है कि उसकी पारिवारिक पृष्ठभूमि इन सबसे हीन है!

"तुम कल हर्ष से पूछो," दूसरी बार दरवाजा बंद करने से पहले सुजाता बोलीं, "मेरे और तुम्हारे सम्बन्ध की वास्तविक स्थिति क्या है?"

"हर्ष से नहीं दीदी!" वह करुणा से मुस्करायी, "हवाओं से पूछो!"

14
फिर भी कितनी यातना

"मैं सोचती हूँ व्यक्ति को किसी चीज में विश्वास जरूर करना चाहिए या किसी विश्वास की खोज करना चाहिए, वरना उसकी जिंदगी बिल्कुल खाली होगी। कोई जिंदा रहे और यह न जाने कि सारस क्यों उड़ते हैं, बच्चे क्यों पैदा होते हैं, आकाश में सितारे क्यों हैं..." वर्षा ने 'माशा' का संवाद बोला और डॉक्टर अटल के संकेत के अनुसार बगल में कुछ ऊपर देखा, "यह जानना जरूरी है कि तुम क्यों जिंदा हो। इसके बिना सब कुछ बेकार है, निरर्थक है।" (अंतिम पंक्तियों में उसकी वर्तमान मनःस्थिति ही प्रतिबिंबित हुई)।

"फिर भी मैं कहूँगा कि जवान न रहना दयनीय है।" नीलकांत ने 'वर्शिनिन' का संवाद बोला।

"जैसा कि गोगोल ने कहा है, जिंदगी उबाऊ है मेरे दोस्तो!"

'तीन बहनें' की कास्टिंग को डॉक्टर अटल ने 'दिग्गजों का द्वंद्व' कहा था। उसके निश्चित होने से पहले वर्षा को लगता था, उसे 'आइरीना' की भूमिका मिलेगी। पर उसे 'माशा' मिली। ममता 'ओल्गा' थी और अर्चना 'आइरीना', जो एक बच्चे की माँ होने के बावजूद कमसिन दिखती थी। सूर्यभान 'चेबुटीकिन' कर रहे थे और चिंतामणि 'तुसेनबाख', आभा 'नताशा' थी और हरमिंदर 'ऐन्द्रेइ'।

नाटक की अनेक पंक्तियों ने वर्षा को मोहित कर लिया था-'मुझमें कुछ भी अच्छा नहीं-सिवा तुम्हारे लिए मेरे प्यार के।' 'अब सजा-ए-मौत, हमले और यंत्रणा नहीं, पर फिर भी कितनी यातना है।' 'इस कस्बे में तीन भाषाएँ जानना बेकार का विलास है।' 'इस नौकरी में कोई कविता नहीं।' 'स्त्रियाँ प्रेम के लिए विवाह नहीं करतीं। यह उनका कर्तव्य है।' 'देखो, बर्फ गिर रही है। इसका क्या अर्थ है?' 'हमारे हैडमास्टर हमेशा कहते हैं कि किसी भी जीवन में सबसे महत्वपूर्ण चीज उसका आकार है। जो चीज अपना आकार खो देती है, नष्ट हो जाती है।'

"प्यारी बहन आइरीना!" स्कूल मास्टर कुलीजिन के रूप में चिंतामणि आगे आये, "मुझे अनुमति दो कि मैं तुम्हारी वर्षगाँठ पर तुम्हें बधाई दूँ और सेहत के साथ उन सारी चीजों की शुभ कामनाएँ समर्पित करूँ, जो तुम्हारे जैसी युवती को दी जानी चाहिए। और फिर मैं तुम्हें उपहार के रूप में यह छोटी-सी पुस्तक देना चाहूँगा-अपने स्कूल का पिछले पचास सालों का इतिहास, जो मैंने ही लिखा है। ... सबको सुप्रभात!" चिंतामणि अभिवादन में झुकता है, "फ्योदोर कुलीजिन-स्थानीय व्याकरण स्कूल का अध्यापक... इस पुस्तक में उन सारे विद्यार्थियों की सूची है, जो हमारे स्कूल से पिछले पचास वर्षों में उत्तीर्ण हुए हैं।"

चिंतामणि की निरीह सरलता और स्कूल से संलग्नता पर गहरे गर्व के कारण कई लोगों के साथ-साथ वर्षा को भी हँसी आ गयी। चेखव ने खुद लिखा था, स्कूल प्राध्यापक रूस

का कितना दयनीय प्राणी है। उसके जीवन में गुणात्मक सुधार के लिए वह कितने चिंतित थे। स्कूल-मास्टर की दयनीय परिकल्पना के लिए वर्षा को दूर जाने की जरूरत नहीं थी- उसके अस्तित्व की टीस महसूस करने के लिए पिता के क्लोज-अप को सामने लाना ही काफी था।

''मेरी मीठी माशा! मेरी प्यारी माशा!'' चिंतामणि संतोष की मुस्कान से पास आया।

''वह थककर चूर है। उसे आराम करने दो।'' आइरीना ने कहा।

''मैं जा रहा हूँ। मेरी पत्नी अच्छी, भली स्त्री है। मेरे एक और अकेले प्रेम... मैं हूँ संतुष्ट, संतुष्ट, संतुष्ट...''

माशा ने गहरी साँस ली, ''मैं हूँ ऊबी, ऊबी, ऊबी...''

''यह ठीक हो रहा है कि नहीं?'' लिफाफे पर नाम-पता लिखते-लिखते यकायक स्नेह ठिठक गये।

''आप कमजोर क्यों पड़ रहे हैं?'' वर्षा बोली।

''क्योंकि इस निर्णय के पीछे परिस्थितियों का दवाब भी है।'' स्नेह करुणा से मुस्कराये, ''तुम लोगों को यह सुन कर अजीब लगेगा, अगर मैं कहूँ कि अभी 'पंचम वेद' चल रहा होता, तो मैंने अपनी जिंदगी को इस तरह 'व्यवस्थित' करने की बात नहीं सोची होती। रंगअजगर मंडी हाउस की अपनी अव्यवस्थित बाँबी में संतुष्ट था। पर अचानक सामने कोई लक्ष्य नहीं रह गया है। सुबह सोकर उठता हूँ, तो पूरा दिन भंयकर जबड़े फैलाये खड़ा हो जाता है, बताओ, मेरा क्या करोगे?''

कुछ क्षण चुप्पी रही।

''आप मेरे साथ जन-जागरण का थियेटर क्यों नहीं करते?' अनुपमा ने पूछा।

''बीच-बीच में तुम्हारे साथ हाथ बँटाने को मैं तैयार हूँ। नुक्कड़ नाटक में आम लोगों से सीधे जुड़ने पर मुझे भली उत्तेजना मिलती है, लेकिन मेरा बुनियादी लगाव कलात्मक रंगमंच से ही है।''

चतुर्भुज सिगरेट भर रहे थे।

''जिंदगी का तीन-चौथाई हिस्सा ऐसे ही बीत गया। कलात्मक उपलब्धि के नाम पर मेरे झोले में कुछ बदरंग ब्रोश्योर हैं और 'पंचम वेद' की स्टेशनरी व मुहर। व्यक्तिगत जीवन तो बिल्कुल सूना ही रहा।'' स्नेह ने गहरी साँस ली, ''अगर कलकत्ते में मूंड़ी खाते हुए मैंने स्कूल का दाखिला नोटिस न देखा होता, तो आज कम से कम मेरा व्यक्तिगत जीवन भरापूरा होता। डॉक्टरेट के बाद भागलपुर में अध्यापिकी मिल गयी होती। घरबार होता। जिंदगी की एक दिशा और गंतव्य होता।''

कुछ देर चुप्पी रही। पास की पटरियों से गुजरती रेल से फर्श पर धमक होती रही।

''पता नहीं, शायद यह आदत की ही बात हो। जैसे, पिता के चल बसने के बाद हमें अर्दलियों की नामौजूदगी स्वीकार करने में बहुत समय लगा।'' वर्षा ने संवाद बोला, ''शायद दूसरी जगहों में बात भिन्न हो, पर हमारे कस्बे में सबसे शिक्षित और सुसंस्कृत लोग

सेना में ही हैं।''

''मुझे प्यास लगी है। मैं थोड़ी चाय पसंद करूँगा।'' नीलकांत ने कहा।

''चाय लगने का समय हो गया है। मैं अट्ठारह की थी, जब मेरी शादी हो गयी। मैं अपने पति से डरती थी, क्योंकि वह स्कूल मास्टर थे और मैंने ताजा-ताजा स्कूल छोड़ा था। मैं समझती थी कि वह बड़े विद्वान, चतुर और महत्वपूर्ण हैं। अब स्थिति बदल गयी है-दुर्भाग्य से।''

''अच्छा...'' नीलकांत ने गहरी दृष्टि से उसे देखा।

''मैं अपने पति की बात नहीं कर रही। उनकी मुझे आदत हो गयी है, लेकिन मुझे तब तकलीफ होती है, जब कोई व्यक्ति अपर्याप्त रूप से असंवेदनशील हो। अपने पति के सहयोगियों का साथ मेरे लिए दर्द भरा रहता है।''

''मैं नहीं सोचता कि सिविलियन और सैनिकों में कोई बड़ा अंतर है-कम-से-कम इस कस्बे में। यहाँ तुम किसी भी शिक्षित व्यक्ति से बात करो और वह तुम्हें बता देगा कि वह अपनी पत्नी, घर, जायदाद या घोड़ों से तंग आ चुका है। एक रूसी, जो स्वभाव से उच्चबुद्धि का है, अपनी निजी जिंदगी में अपना लक्ष्य इतना नीचा क्यों रखता है? बताओ?''

''क्यों?''

''क्यों वह अपनी पत्नी और बच्चों से तंग आया हुआ है? और बच्चे उससे तंग हैं?''

''आज तुम अच्छे मूड में नहीं हो।''

''शायद नहीं। आज मैंने नाश्ते के बाद कुछ खाया नहीं। मेरी बेटियों की तबीयत ठीक नहीं। जब मेरी नन्ही बच्चियाँ बीमार हो जाती हैं, तो मैं चौकन्ना हो जाता हूँ। मेरा ज़मीर मुझे धिक्कारने लगता है कि उनकी माँ ऐसी है। काश, तुम आज उसे देख पातीं। वह कितनी टुच्ची है। हमने सात बजे से लड़ना शुरू किया और नौ पर मैं दरवाजा भड़ाक्-से बंद करके बाहर निकल आया... मैं इस बारे में किसी से बात नहीं करता। अज़ीब है कि मैं तुमसे बात कर रहा हूँ।'' पल भर दोनों की निगाह मिली रहती है। फिर नीलकांत उसका हाथ चूमता है, ''मेरा कोई नहीं-तुम्हारे सिवा।''

''हवाओं की आवाज सुन रहे हो? यह ऐसी ही थी, जब मेरे पिता चल बसे थे?'' (क्या यह माशा के जीवन से वर्शिनिन की भावात्मक मौत का संकेत है, वर्षा ने सोचा)।

''तुम अंधविश्वासी हो?''

''हाँ।''

''तुम कैसी आश्चर्यजनक और विलक्षण स्त्री हो। यहाँ अँधेरा है, पर मैं तुम्हारी आँखों की चमक देख पा रहा हूँ।''

वर्षा दूसरी कुर्सी पर बैठती है, ''यहाँ उजाला है।''

''मैं तुमसे प्यार करता हूँ-तुम्हारी आँखों से, तुम्हारी गतियों से। मैं उनके सपने देखता हूँ।''

वर्षा की आँखों में कोमलता भर आती है, ''जब तुम ऐसे बोलते हो, तो मुझे हँसी आने लगती है, हालाँकि मैं डर से ठंडी हो जाती हूँ। विनती करती हूँ, ऐसी बातें मत करो।

...अच्छा, कह दो, मुझे परवाह नहीं।''

'माशा और वर्शिनिन का पारस्परिक आकर्षण एक दुखी स्त्री और एक दुखी पुरुष का है।' वर्षा ने अपनी नोटबुक में लिखा, 'पर इनका दुख विशिष्ट है-सामान्य जीवन से सँजोयी हुई पीड़ा नहीं, बल्कि दर्द भरे विवाह को झेलने का दुख। कुलीजिन के स्वभाव से शांत और व्यवहार से मद्धिम होने के नाते माशा कोहरे के जैसे ठंडे अवसाद से घिरी है। अपनी पत्नी के विस्फोटक स्वभाव के कारण वर्शिनिन का दुख आक्रामक यंत्रणा का है। जैसे विपरीत एक-दूसरे को आकर्षित करते हैं, वैसे ही यह धारणा भी प्रतिपादित की जा सकती है कि समान भी आपस में खिंचने लगते हैं,अन्यथा वर्शिनिन ओल्गा की ओर क्यों नहीं झुका? वह तो आइरीना के विपरीत (जिसके प्रति तुसेनबाख का लगाव स्पष्ट था)। माशा से उम्र में भी बड़ी थी, इसलिये वर्शिनिन की बौद्धिक परिपक्वता के अधिक निकट पड़ती थी। शायद उसे ओल्गा के चेहरे पर जीवन की सामान्य पीड़ा ही दिखायी दी (क्या इस प्रेम-संबंध से माशा और ओल्गा के रिश्ते में हल्का-सा बदलाव आया?)

इस विशिष्ट पीड़ा में ऐसी क्या बात है? दुख व्यक्ति में गंभीरता, गहराई और गरिमा लाता है। दुख व्यक्ति का आध्यात्मिक परिष्कार कर देता है। (ऐसी गहन अनुभूति के लिए वह हर्ष की आभारी है। अगर हर्ष के माध्यम से उसने पीड़ा की ऐसी कचोट न जानी होती, तो आज उसके पास दुख भरी भूमिकाओं का ऐसा विश्लेषण न होता)।

दूसरे अंक में चेबुटीकिन और एन्द्रेई के प्रवेश से पहले माशा चली जाती है, पर वर्षा ने अनुरोध किया कि माशा को कुछ प्रारंभिक पंक्तियाँ सुननी चाहिए और फिर उदास मुस्कान से उसका प्रस्थान हो। (डॉक्टर अटल ने मान लिया)।

''मैं शादी नहीं कर सका, क्योंकि जिंदगी कौंधती बिजली की तरह निकल गयी और क्योंकि मैं तुम्हारी माँ से पागल की तरह प्यार करता था, जो पहले से ही शादीशुदा थी।'' सूर्यभान ने कहा।

''किसी को शादी नहीं करनी चाहिए।'' हरमिंदर बोला, ''यह उबाऊ चीज है।''

''हो सकता है, पर अकेलेपन का क्या किया जाये? कुछ भी कहो, पर अकेलापन भयंकर है, हालाँकि यह भी सच है कि कुछ भी करो, पर आखिरकार कोई अंतर नहीं पड़ता।'' सूर्यभान के मुँह पर उदास मुस्कान थी।

''नमस्ते वर्षाजी! नमस्ते स्नेहजी!'' खेमका हाथ जोड़े खड़े हो गये, ''आइए विराजिए।''

''क्षमा करें। छुट्टी के दिन सुबह-सुबह आपको कष्ट दिया।'' स्नेह बोले।

''छुट्टी होती किसलिए है? मन-प्राणों में नयी स्फूर्ति के संचार के लिए।'' खेमका मुस्कराये, ''और स्फूर्ति मिलती कैसे है? मित्रों और अंतरंगों से मिलकर।''

वर्षा और स्नेह उनके सामने गद्दे पर बैठ गये थे।

वर्षा स्नेह के साथ कई बार यहाँ आ चुकी थी। दो महीने पहले मित्रों के परिवारों के लिए यहाँ एक काव्य-पाठ भी आयोजित हुआ था, जिसमें वर्षा ने भी अपनी कुछ प्रिय कविताएँ सुनायी थीं।

''या फिर मैं अपनी पसंद की साहित्यिक पुस्तकें पढ़ता हूँ।''

''आपके प्रिय लेखक कौन-से हैं?'' वर्षा ने पूछा।

''निराला मेरे प्रिय कवि हैं। 'बाणभट्ट की आत्मकथा' मेरी प्रिय रचना है। 'डॉक्टर जिवागो' को मैं महान उपन्यास मानता हूँ।'' खेमका मुस्कराये, ''अगर आप हँसे नहीं, तो मैं बताऊँ कि कुछ समय पहले तक मैं रविवार को काव्य रचना किया करता था।''

''आज तो आपने एक सनसनीखेज रहस्य का उद्घाटन किया।'' स्नेह बोले।

''कॉलेज में मैं साहित्य-सभा का मंत्री रह चुका हूँ। उन दिनों मेरी एक कविता बहुत हिट हुई थी।'' खेमका ने तन्मय भाव से पाठ किया, ''एक बार अंबर में लगी नुमाइश भारी/गीतकार को ईश्वर का आमंत्रण आया/आओ स्वर के साधक, बेटे सरस्वती के/तुमने कविता का प्रकाश जग में फैलाया... वर्षाजी, होता यह है कि उस प्रदर्शनी में सब कुछ है-सोना-चाँदी, हीरे-जवाहर, फूल-कलियाँ, मुस्कान-ठहाके, यौवन-सुख। पर हमारा जो गीतकार है, वह दर्द को चुन लेता है।'' खेमका मुँह ऊपर उठाकर हँसे-कुछ ऐसे भाव से, जैसे बालसुलभ नादानी पर हँसा जाता है।

''आप मन-ही-मन हम लोगों पर हँसते होंगे, क्योंकि हमने भी गलत चुनाव कर लिया है।'' स्नेह मुस्कराये।

''सृष्टि की रचना अद्भुत है स्नेहजी! यहाँ हर प्रकृति के लोग हैं और सबकी निश्चित भूमिका है। अपने चुनाव से आप हमारा सांस्कृतिक पर्यावरण-चतुर्भुजजी की यह शब्दावली मुझे पसंद है-बनाये रख रहे हैं, जिसके लिए समाज को आपका आभारी होना चाहिए।'' खेमका गंभीर थे, ''मैं पश्चिम में अपनी आँखों से देखता हूँ-निजी क्षेत्र कलाकारों के लिए कितना कुछ करता है। इस सिलसिले में अपनी ही बिरादरी से मेरी बड़ी शिकायत है। धर्म के नाम पर हमसे कुछ भी निकलवा लो, पर कला के नाम पर गजल की महफिल से ऊपर नहीं उठ सकते।''

''धन्य भाग, सुबह-सुबह कलाकारों के दर्शन हुए।'' गृहस्वामिनी मुस्करा रही थीं।

''नमस्ते भाभी!'' वर्षा और स्नेह ने अभिवादन किया।

''वर्षा दीदी, बबलू पूछ रहा है, टी.वी. पर आपका ड्रामा कब आयेगा?'' बेटी ने अपने शरमा रहे भाई की ओर से पूछा।

''अगले महीने के दूसरे शनिवार को।'' वर्षा मुस्करायी।

''परफोर्मिंग आर्ट्स की यही विडंबना मुझे क्षुब्ध कर देती है।'' स्नेह ने कृत्रिम उपालंभ दिया, ''यहाँ निर्देशक को कोई घास नहीं डालता। सब कलाकारों पर बलिहारी जाते हैं।''

दो नौकरों ने नाश्ता लगा दिया था। वर्षा तश्तरियों की संख्या पर चकित थी-आम, नींबू, मिर्च व कटहल के अचार, पौदीने की चटनी, मटर भरी कचौड़ी, मठरी, पूड़ी, सूखे आलू, रायता, सलाद, तले हुए पापड़ और मिर्च, सूखे मेवे पड़ी खीर।

''पिताजी, तुम अपनी तोंद देखकर खाया करो।'' बेटी ने टोका

गृहस्वामिनी पल्लू में मुँह छिपाकर हँसी।

''अरे बेटी, यह बोलो कि अपने इनकम टैक्स रिटर्न की फाइल सामने रखकर खाया

करो।'' खेमका हँसे।

''मौसीजी का फोन है।'' नौकर दरवाजे से झाँका।

गृहस्वामिनी खड़ी हो गयीं, ''वर्षाजी, मुझे क्षमा करेंगी...''

नाश्ते के बाद खेमका ने डनहिल के पैकेट से सिगरेट निकाली। स्नेह ने लाइटर की लौ दिखायी।

''स्नेहजी, मैंने उस बात पर विचार किया है।'' कश खींचते हुए खेमका बोले, ''आप गृहलक्ष्मी टेक्सटाइल्स में हमारे जनसंपर्क अधिकारी बनकर आ जाइए। काम आपके स्वभाव के अनुकूल है। वेतन ढाई हजार। एक हजार एंटरटेनमेंट एलाउंस ले लीजिए। पुरवाईजी के पास गाड़ी है। पेट्रोल एलाउंस कंपनी देगी। अगर आप चाहें, तो कंपनी की ओर से गाड़ी की व्यवस्था भी हो जायेगी।'' खेमका कुछ क्षण सोचते रहे, ''मेरी यह दृढ़ मान्यता है कि व्यक्ति को परखने की कसौटी वैवाहिक बंधन है। जब आपने इस मोड़ पर पारिवारिक जिम्मेदारी निभाने का बीड़ा उठाया है, तो आपका साथ देना मित्रों का कर्तव्य है-और विश्वास रखिए, ऐसा करते हुए हमें प्रसन्नता हो रही है।''

''हमारे हेडमास्टर ने अपनी मूँछें साफ कर ली हैं।'' कुलीजिन मुस्कराकर बोले, ''और जब मैं उनका सहायक बना, तो मैंने भी ऐसा ही किया। किसी को यह पसंद नहीं आया, पर मुझे परवाह नहीं। मैं संतुष्ट हूँ। मूँछें हों या नहीं, पर मैं संतुष्ट हूँ।''

चिंतामणि की भाव-भंगिमा वर्षा को जानी-पहचानी लगी (परिचय नया था) रिपर्टरी में उसका यह पहला वर्ष था। यह पहली मुख्य भूमिका थी। उसके स्कूल में रहते हुए चार-छह बार 'हैलो' हुई होगी (रिपर्टरी के लोगों की स्कूल से सम्मानजनक दूरी बनी रहती थी)। ''वर्षाजी!'' रिहर्सल के पहले दिन चिंतामणि उसके पास आया, ''मुझे आपकी शुभकामनाएँ और कृपादृष्टि चाहिए।'' उसके चेहरे पर प्रख्यात कलाकारों के साथ जूझने का तनाव, अपनी सामर्थ्य का अनिश्चय और डिक्टेटर का आतंक था। वर्षा को याद आया, 'अपने-अपने नर्क' की शुरुआत में उसने हर्ष के सामने ऐसे ही याचना की थी। उसने कुछ कहा नहीं। बस, चिंतामणि के सिर पर आशीर्वाद का हाथ ऐसे रख दिया, जैसे वह किशोर का दूसरा रूप हो)।

और यकायक वर्षा की स्मृति में एक भूला-बिसरा चेहरा कौंधा... बाँकेबिहारी दीक्षित, पी.सी.एस., खुर्जा... हाँ, चिंतामणि थोड़े परिवर्तनों के साथ बाँकेबिहारी की अनुकृति थी और यह समानता चरित्र-निरूपण में जैसे एक नयी दृष्टि ले आयी। बाँकेबिहारी के स्वर में कुलीजिन का संवाद उसके कानों में गूँजा, ''मैं हूँ संतुष्ट, संतुष्ट, संतुष्ट...'' खुर्जा में स्कूल अध्यापक बाँकेबिहारी के साथ अपने दमघोंटू विवाहित जीवन की कल्पना करके माशा की पीड़ा के ताने-बाने बुनने में मदद मिली। वर्शिनिन के रूप में हर्ष का चेहरा सामने आना जैसे अनिवार्य था (एकमात्र दृढ़, भावात्मक आधार के रूप में इससे बेहतर विकल्प अभी उसके पास नहीं था)। वर्शिनिन की पत्नी नाटक में सामने नहीं आती, पर वर्षा ने उसकी जगह चारुश्री का चेहरा प्रतिष्ठित कर लिया (शिवानी अब प्रिय हो चुकी थी। उसके माध्यम से द्वेष भावना को पनपाना मुमकिन नहीं था)। यों वर्षा को विश्वास था कि माशा ने कहीं छिप

कर वर्शिनिन की पत्नी को जरूर देखा होगा और दूसरे अंक में वर्शिनिन के द्वारा पत्नी के प्रति तीखी प्रतिक्रिया व्यक्त करने पर वर्षा ने समझने के भाव से सहमति प्रकट की। (डॉक्टर अटल ने उसके मत को स्वीकार किया)। इसी तरह वर्शिनिन की नन्हीं बेटियाँ भी मंच पर नहीं आतीं, पर अपनी धारणा के विस्तार के रूप में माशा ने उन्हें भी देख लिया था और प्रिया के चेहरे में उनका भोलापन एवं मोहकता ढूँढ़ ली थी। (प्रिया उसकी बहुत प्रिय थी। उसके साथ बातें करते, खेलते वर्षा घंटों बिता देती थी)। नताशा के रूप में मोहिनी को परिकल्पित करना स्वाभाविक था। वर्षा को पक्का विश्वास था कि ऐसी कुटिल भाभी सात जन्मों के 'पुण्य' से ही मिलती है! एन्द्रेई के साथ संबंध-निर्वाह में भी महादेव भाई की प्रेरणा रही। उसने उनके साथ प्यानो-वादन की कुशलता जोड़ ली, जो रोडवेज की श्रमसाध्य नौकरी के सम्मुख धीरे-धीरे कुंद हो गयी थीं। उनके विवाह के बाद संबंध के खराब होने में अधिक कल्पनाशीलता की जरूरत नहीं पड़ी।

'संजीदा अभिनेता का लक्ष्य है मानवीय आत्मा की रचना और उसे चाक्षुष रूप में प्रस्तुत करना।' वर्षा अपनी नोटबुक में लिख रही थी, 'ऐसा करने के लिए सबसे महत्वपूर्ण है आंतरिक बिंब और भूमिका की रीढ़। इस रचनात्मक काम में भूमिका का भावात्मक रूप से अपने साथ सम्मिश्रण करना होता है। यह प्रक्रिया अनिवार्य एवं अपरिहार्य है। सही और रचनात्मक रूप से भावात्मक सम्मिश्रण के बिना कला नहीं हो सकती।

अगली रचनात्मक प्रक्रिया शारीरिकीकरण है। अभिनेता को अनुभूति के प्राकृतिक शारीरिकीकरण के बाहरी दैहिक रूप को समझना होता है। उसे सिर्फ अनुभूति ही याद नहीं रहती, बल्कि उसका दृश्यमान बाहरी परिणाम भी यानी उसके द्वारा निर्मित रूपाकार, भीतर की भावात्मक अवस्था ही नहीं, बल्कि दैहिक स्नायु स्पंदन भी।

आंतरिक बिंबों को मंच पर प्रभावी बनाने के लिए उन पर कृत्रिम ढ़ंग से बल देना होता है, उनका विवेचन करना होता है और उन्हें प्रदर्शनीय बनाना होता है। इस क्षण अभिनेता क्या महसूस कर रहा है, यह महत्वपूर्ण नहीं है, बल्कि उसे देखता हुआ दर्शक क्या महसूस कर रहा है, यह महत्वपूर्ण है। इस तरह रंगमंच की आवश्यकता अनुभूति नहीं, बल्कि उसका चाक्षुष परिणाम है। हाँ, रंगपरंपराओं को भावात्मक रूप से सार्थक होना चाहिए।

विश्वास के बिना भावात्मक लगाव नहीं हो सकता, रचनात्मक कला नहीं हो सकती और कोई गहरा प्रभाव नहीं छूट सकता।

भावात्मक रूप से जी गयी भूमिका का जब शारीरिकीकरण हो जाता है, तब अभिनेता को आंतरिक बिंब, पैशंस और मानवीय आत्मा के जीवन को व्याख्यायित करते हुए सर्वश्रेष्ठ कलात्मक आकार की रचना करनी होती है।

अब वास्तविक जीवन के धरातल से रंग परंपराओं के धरातल की यात्रा शुरू होती है। उसकी भूमिका के द्वारा जी गयी भावनाओं के शारीरिकीकरण के आकार का प्रभावपूर्णता, कलात्मक संप्रेषण, रुख इत्यादि की दृष्टि से परीक्षण होता है। ऐसा करने की प्रक्रिया में अभिनेता को अपनी स्वनिर्मित भूमिका के आकार में 'स्वयं को मंच पर देखना' होता है। अपनी कलात्मक कल्पना, अंतर्दृष्टि, अपनी प्रत्येक गति और भाव-भंगिमा की चेतना और संपूर्ण बाहरी बिंब के परीक्षण से ऐसी उपलब्धि हो जाती है, क्योंकि वह अपने को, अपनी

महत्वपूर्ण गुणशीलता को और एक क्षण में अपनी अनुभूति की सूक्ष्मताओं को जानता है, इसलिए वह अपनी भूमिका के आकार के प्रभाव को कमोबेश जान लेता है। वह उसकी आलोचना और मूल्यांकन करता है और आकार को सही बनाने वाले संकेतों को पकड़ने की कोशिश करता है। ये संकेत उसकी कल्पनाशीलता के आकार को और प्रभावी तथा बेहतर बनाने का सुझाव देते हैं, जिसका स्वप्न वह अब देखना शुरू करता है। अपनी भूमिका के आकार की इस स्वप्न के साथ तुलना करते हुए वह इसमें संशोधन करता है, ताकि उसे समृद्धतर, और प्रभावी तथा अधिक संप्रेषणीय बनाया जा सके। संक्षेप में उसकी रचना और रंगमंचीय बन जाती है।

बाहरी बिंब (मेकअप, वस्त्र, विशिष्ट आदतें, तौर-तरीका, चाल और स्वर) भी पहले अभिनेता की कल्पना में रचा जाता है। इसे फिर वह अपने व्यक्तित्व में ढालता है, जैसे रेखाचित्र कैनवास में बदला जाता है।

कोक्वेलिन जैसा अभिनेता इस बाहरी बिंब की रचना करते हुए वेशभूषा को पहले एक काल्पनिक व्यक्ति को (या अभिनेता से परिचित किसी वास्तविक व्यक्ति को) पहने देखता है और फिर स्वयं पहनता है। वह उसकी चाल, गतियाँ, भाव-भंगिमाएँ देखता और उसकी आवाज सुनता है। वह उसकी शारीरिकता का सूक्ष्म पर्यवेक्षण करता और फिर उसे ग्रहण कर लेता है। संक्षेप में, हर सूक्ष्मता को पकड़ते हुए अभिनेता उसे अपने भावतंत्र में समाहित कर लेता है। इस तरह कह सकते हैं कि वह अपनी त्वचा को एक ढाँचे के अनुसार काटता और सिलता है और इसमें तब तक संशोधन करता जाता है, जब तक उसके अंदर बैठा आलोचक संतुष्ट नहीं हो जाता कि काल्पनिक व्यक्ति के साथ अब उसका निश्चित सादृश्य बन चुका है।

''मेरी प्यारी बहनों!'' माशा ने कहा, ''मैं तुम्हारे सामने आत्मस्वीकृति करना चाहती हूँ। मैं उस पुरुष के प्रेम में पड़ गयी हूँ। मैं कर्नल वर्शिनिन से प्रेम करती हूँ।''

''चुप रहो। मैं नहीं सुन रही।'' ओल्गा बोली (क्या उसके चेहरे पर ईर्ष्या की छाया घिर आयी?)।

''मैं इस बारे में कुछ नहीं कर सकती। पहले मुझे लगा कि वह अजीब है। फिर मुझे उसके लिए दुख हुआ। फिर मैं उससे प्रेम करने लगी-उसकी आवाज से, उसके शब्दों से, उसकी मुश्किलों से, उसकी दोनों बच्चियों से...''

''तुम बेवकूफी की कुछ भी बात करो। मैं नहीं सुन रही।''

''बेवकूफ तो तुम हो ओल्गा! मुझे प्रेम हो गया है। यही किस्मत है। हालात को ऐसा ही होना था। और वह भी मुझसे प्रेम करता है। सचमुच भयंकर है न? गलत है न?'' माशा छोटी बहन का हाथ थाम लेती हैं, ''प्यारी आइरीना, हम कैसे जियेंगे? हमारा क्या बनेगा? जब कोई प्रेम-कहानी पढ़ता है, तो वह कैसी घिसी-पिटी, कैसी नकली लगती है। पर जब कोई सचमुच प्रेम में पड़ जाता है, तब लगता है कि दूसरे कुछ नहीं जानते और हममें से हरेक को अपने लिए फैसला करना होता है। मैंने अपनी बात कह दी है और अब मैं चुप रहूँगी-गोगोल के पागल की तरह।''

अपने मन के एक हिस्से को वर्षा ने दर्शक की तरह सामने प्रतिष्ठित किया और पीछे के आलोक में तीनों बहनों की उदास छायाकृतियाँ देखीं–अपने–अपने दर्द में डूबीं।

फिर वर्षा ने उस लंबे–चौड़े पूर्वाभ्यास कक्ष को देखा–मानवीय सभ्यता के प्रादुर्भाव से लेकर बीसवीं सदी के उत्तरार्ध तक के कैसे–कैसे मानवीय मनोभावों को यहाँ वाणी मिली है, नवरसों से घुले–मिले हर्ष और विषाद के कैसे–कैसे इंद्रधनुष यहाँ झिलमिलाये हैं...यहाँ यौवन का उमंगभरा नर्तन हुआ है, यहाँ कामना के आकुल सुर फूटे हैं, यहाँ आक्रोश का संहार भरा तांडव हुआ है, यहाँ करुणा की उजली किरणें बिखरी हैं...क्या रात के अँधेरे में इन दीवारों पर इफीजीनिया, रानी हेकुबा और किंग लियर की अभिशप्त आत्माएँ रेंगती होंगी? हाथ में दीप लिए लेडी मैकबेथ चलती होगी? माँ और मार्था ने अनजाने में बेटे–भाई का वध किया होगा? रात को सहसा जग गये भरत को शकुंतला थपथपाकर सुलाती होगी?

दुख, पीड़ा और यातना के अनवरत क्रंदन से यह पूर्वाभ्यास कक्ष क्षत–विक्षत है। वस्तुतः यह कलात्मक यातनाकक्ष है। तुसेनबाख ने सच कहा था, अब प्राण–दंड, आक्रमण और यंत्रणाएँ नहीं, पर फिर भी कितनी यातना है!

...जैसे वर्षा अपनी दुहरी जिंदगी के चमत्कार बोध से आलोड़ित हो उठी। चौदह बटा चौदह में वर्षा वशिष्ठ नामक एक सामान्य युवती अपने सपनों एवं सिसकियों के साथ रहती है। इस कक्ष की दहलीज पर वह अपना बाह्य कलेवर छोड़ देती है। उसका भावतंत्र उन्नीसवीं सदी के छोटे–से रूसी कस्बे की हताश माशा में विलीन हो जाता है। अपनी सामर्थ्य तथा संवेदना के सहारे वह कुछ शाम माशा की हँसी हँसती है, उसके आँसू रोती है, फिर माशा की वेशभूषा को वह एक ट्रंक में बंद कर देती है, माशा की आत्मा को वह अपने भावतंत्र के एक खाने में बंद करके ताला लगा देती है और दहलीज पर रखा वर्षा वशिष्ठ का कलेवर धारण कर लेती है। ''इतने दिनों कहाँ थीं?'' उसे अपना स्वर सुनाती देता है, ''शाहजहाँपुर से शिकायती चिट्ठी आयी है। और वह हर्ष है न, दुष्ट ने कितने दिनों से कोई खबर नहीं ली... शिवानी के दो फोन आ चुके हैं, दिव्या को बुखार है...''

''वर्षाजी, चाय पियो न!'' सतवंती का स्वर सुनायी देता है, ''बहुत थक गयी हैं? दफ्तर में काम ज्यादा था?''

''कर्नल वर्शिनिन की टुकड़ी चली गयी है।''

''कौन वर्शिनिन?''

''स्नेहजी!'' सप्तपदी के चौथे चक्कर के बीच चतुर्भुज फुसफुसाये, ''अभी भी समय है। भाग निकलिए।''

कई लोग हँस पड़े। पुरवाई भी अपनी मुस्कान नहीं रोक पायीं। उनकी एक सहयोगी ने थिएटर वालों के हास्यबोध पर नाक–भौं सिकोड़ी।

लाजपतनगर–३ के मकान के अहाते में शामियाना लगा था। ढाई कमरों का आधा हिस्सा पुरवाई के पास किराये पर था। अब स्नेह को अपनी 'ससुराल' में ही रहना था। वह सुबह अपनी किताबों का गट्ठर लेकर आ गये थे। रेलवे क्वार्टर के कमरे में दीवान, स्टूल , तीन–चार तस्वीरें, छह प्याले–गिलास, दो–तीन भगौने इत्यादि छूटे थे, जो उन्होंने चतुर्भुज

को समर्पित कर दिये थे। (''आदित्य-हर्ष सिनेमा में डिफैक्ट कर गये हैं, मैं नौकरी वा गृहस्थी में!'' उन्होंने बाबर लेन से विदा लेते हुए कहा था)।

''इस शादी पर मैं बहुत खुश हूँ।'' वर्षा के बगल में बैठी अनुपमा फुसफुसायी।

स्नेह के चेहरे पर गहन अनुभूति से गुजरने का भाव था। उनकी दाढ़ी मुद्दत के बाद आज ही कटी थी। चेहरा थोड़ा उजला लग रहा था।

''स्नेह, मेरी एक बात मानोगे?'' पुरवाई दोपहर को बोलीं, ''तुमने नयी नौकरी की दलील देकर हनीमून पर जाने से इनकार कर दिया। यह सपना मैंने हमेशा से सँजो रखा था। चलो, मैं मन को समझा लूँगी। पर आज जो तस्वीरें खिंचेंगी, वे मेरी सारी जिंदगी के लिए भावात्मक धरोहर होंगी। इनमें मैं तुम्हारा चेहरा इस घुँघराले फ्रेम के बिना देखना चाहती हूँ।''

''हमने तय किया था कि एक साल इस बारे में बात नहीं करेंगे,'' स्नेह समतल स्वर में बोले, ''जिसके दौरान मैं धीरे-धीरे अपने को तैयार करूँगा।''

''यह इतनी बड़ी बात है, जिसके लिए एक साल मनन करना पड़े?''

''पुरवाई, मैं अड़तीस का हो चुका हूँ। पंद्रह साल से मेरा चेहरा ऐसा ही चल रहा है। मेरी एक निश्चित जीवन-शैली बन चुकी है। तुम चाहती हो कि मैं एक ही झटके में इन सारी परतों को झटक दूँ?'' स्नेह के स्वर में आवेश था-थोड़ा ही, पर था।

''अच्छा, माफ कर दो।'' पुरवाई ने उनका गाल थपथपाते हुए कहा, ''तुम तो जानते हो, मैं पगली हूँ। मुझसे भूल हुई।''

पुरवाई वर्षा के पास बैठ कर नेलपॉलिश लगाने लगीं। थोड़ी देर बाद स्नेह गुसलखाने से निकले।

पुरवाई के हाथ जहाँ के तहाँ थम गये। कुछ क्षणों बाद व्यग्रता से उठीं और स्नेह को बाँहों में भरकर होंठों पर चूम लिया। स्नेह के सफाचट चेहरे पर कुछ शहीदाना भाव था। वर्षा से निगाह मिली, तो वे हल्के-से मुस्कराये।

''मंडी हाउस से विदाई लेते हुए स्नेहजी ने इतनी शानदार दावत दी।'' अपनी प्लेट भरते हुए नीलकांत बोला।

दावत के प्रायोजक वस्तुत: खेमका थे, जो सपत्नीक आये हुए थे।

लगता था, जैसे पुरा मंडी हाउस ही इकट्ठा हो गया हो। स्नेह की मित्रता का दायरा बहुत फैला हुआ था। रिपर्टरी तो पूरी थी ही, स्कूल के दूसरे-तीसरे वर्षों के भी कई विद्यार्थी थे। सभी नाट्य-दलों के लोग और लगभग सभी नाट्य-समीक्षक थे।

''सोमेशजी, मध्यांतर हुआ है।'' चतुर्भुज बोले, ''आप लोगों की राय पूछ लीजिए।''

''आज का रिव्यू तो मैं दे भी आया!'' उन्होंने ठहाका लगाया, ''शीर्षक है-स्नेह का अभूतपूर्व प्रदर्शन...''

''धीरे बोलिए, धीरे...आज का प्रदर्शन दर्शकों के लिए नहीं है।''

धीरे-धीरे सभी मेहमान जा चुके थे। बस, तीनों अंतरंग मित्र बचे थे। चतुर्भुज स्नेह से 'चेयर्स' पर बहस किये जा रहे थे।

"अच्छा, अब इन दोनों को अकेला भी छोड़ना है या नहीं?" वर्षा बोली, "ग्यारह बज चुके हैं। एब्सर्ड थिएटर कल डिस्कस कर लेना।"

"एक सिगरेट भरो यार!" स्नेह बोले। उनके चेहरे पर हमेशा जैसी सहजता नहीं थी।

"अच्छा, आज आपको भी जरूरत महसूस होने लगी!" चतुर्भुज हँसे और तुरंत जेब से सिगरेट निकालने लगे।

"वर्षा!" पुरवाई ने संकेत से उसे बाहर बुलाकर धीमे स्वर में कहा, "मुझे डर लग रहा है। मैं कुँवारी हूँ।

वर्षा ने गहरी निगाह से पुरवाई को देखा-छोटी-सी, नाजुक।

"डर किस बात का? तुम अपने प्रिय पुरुष के साथ हो।" वर्षा ने उनके कपोल पर प्यार की थपकी लगायी।

"मैंने सुना है, पुरुष कई बार रफ हो जाते हैं।"

"तुमने स्नेह को सामान्य व्यवहार में भी रफ होते हुए देखा है? मुझे विश्वास है, वह मुलायम पति साबित होंगे-भरोसे और समर्पण के योग्य।"

मूलचंद चौराहे से ऑटो मिला। तीन सवारियों और रात्रि-शुल्क के कारण किराया दुगुना तय हुआ।

"आज मेरे यहाँ रुक जाओगी?" चतुर्भुज ने अनुपमा से पूछा। (शादी के बाद भी अनुपमा ने भगवानदास रोड छात्रावास का अपना कमरा छोड़ा नहीं था)।

पल भर ठहरकर अनुपमा ने हामी में सिर हिला दिया।

लैंपपोस्ट एक के बाद एक पीछे छूटते जा रहे थे। दिन में खूब गुलजार रहने वाली सड़क अपेक्षाकृत सूनी थी। रात में शहर हमारा अधिक अपना हो जाता है, उसने सोचा।

"सुहागरात के कारण स्नेहजी आशंकित थे।" सन्नाटा चतुर्भुज की आवाज से टूटा।

"देर से शादी करने पर ऐसा हो जाता है।" अनुपमा बोली।

फिर देर तक चुप्पी रही। एक और अंतरंग मित्र का जीवन बदल गया था। सब अपना ठिकाना बनाते जा रहे हैं। अकेली वर्षा है, जो बावली-सी भटक रही है, उसने सोचा।

दो दिन बाद 'तीन बहनें' का पहला प्रदर्शन था। अपनी सुहागरात से पहले माशा भी पुरवाई की तरह आशंकित होगी। वह कमसिन थी, कुँआरी थी और अपने पति के 'गरिमामय' पद से सहमी हुई। शयनकक्ष उसका यातना कक्ष हो गया होगा। कुलीजिन का एक पुरुष के रूप में व्यवहार कैसा होगा? ढुलमुल? अकल्पनाशील? उबाऊ? उनकी प्रेमाभिव्यक्ति भी लिजलिजी होगी। माशा दिन भर रात के खयाल से थरथराती रहती होगी। वर्शिनिन को जानने के बाद उसे रात के इस बलात् सान्निध्य से और वितृष्णा हो गयी होगी। (तभी नाटक के तीसरे अंक में वह घर जाने के लिए प्रस्तुत नहीं है)। माशा की नैतिक दृष्टि कैसी होगी? क्या तीसरे अंक की समाप्ति और चौथे अंक की शुरुआत के पहले उसने एक दोपहर को वर्शिनिन को अपने घर बुलाया होगा? अपने शयनकक्ष में आत्मसमर्पण किया होगा? अपने प्रियतम को संपूर्णत: जान लेने के बाद माशा को अपना अभाव दुगुनी कचोट के साथ महसूस हुआ होगा? यह बात ओल्गा को मालूम हो गयी होगी? ओल्गा ने माशा को डाँटा होगा? चौथे अंक

में कुलीजिन माशा को क्षमा करता है। उसे माशा और वर्शिनिन के संबंध में कितनी जानकारी है? माशा के अब तक संतान नहीं हुई। क्यों? वह ऐसे पति से संतान की इच्छुक नहीं, जिसे वह प्यार करने में अक्षम है?

''माशा की सुहागरात के बारे में सोच रही हो?'' अनुपमा ने पूछा।

वर्षा हौले-से मुस्करायी, ''एक अभिनेत्री दूसरी को कितनी अच्छी तरह समझती है!''

''नीलकांत कंपनी से विदा ले रहे हैं।'' सूर्यभान कह रहे थे, ''उनसे अलग होते हुए हम विचलित हैं! हमें एक प्रिय मित्र से अलग होने का दुख तो है ही, एक प्रतिभाशाली कलाकार को खो देने की पीड़ा भी है। जब वह अवस्था आयी थी, जहाँ से उनके प्रति हमारी कलात्मक अपेक्षाएँ और बढ़ी थीं, वहीं से उन्होंने अपने लिए एक अलग रास्ते का चुनाव कर लिया। बहरहाल, उनके और उनकी भावी पत्नी वर्तिका के साथ हमारी हार्दिक शुभकामनाएँ...''

लोगों ने तालियाँ बजायीं।

फिर नीलकांत खड़ा हुआ। वस्तुतः वह सूर्यभान से अधिक विचलित लगा, ''यह चुनाव मैंने खुशी से नहीं किया है। मुझे क्षमा करें दोस्तो! आदित्यजी, सूर्यभानजी और हर्षजी की परंपरा को आगे बढ़ाने की बजाय मैंने एक सुविधाभरा शॉर्टकट चुन लिया है...''

चपरासी चाय और नमकीन की प्लेटें बाँटने लगा।

''मैं तो शौक के लिए रिपर्टरी में आयी थी।'' वर्तिका हँसकर कह रही थी, ''शौक पूरा हो गया। घर बसा रही हूँ।''

''अगले हफ़्ते पटना में शादी है।'' नीलकांत बोला, ''पहली को राँची में ज्वॉयन कर लूँगा।''

''सांग एंड ड्रामा डिवीजन में काम में मन लग जायेगा?'' अर्चना ने पूछा।

''कुछ समय के बाद हर काम मशीनी हो जाता है-अभिनय को मिला कर। वहाँ परिवार नियोजन, देशप्रेम और सामाजिक कुरीतियों पर मंचन करवाने होंगे, पर दूसरे फायदे भी तो देखिए। आधी तनख्वाह में अच्छी तरह गुजारा हो जायेगा। आधी की हर माह बचत होगी। डिवीजन में वर्तिका को कांट्रेक्ट पर रख लूँगा। यह फायदा अलग। वैसे भी छोटे शहर की जिंदगी आराम-इत्मीनान से भरी होती है।''

''पर तुम बुनियादी रूप से अभिनेता हो।'' ममता बोली।

''भूलने की कोशिश करूँगा।'' नीलकांत मुस्कराया।

''दिल्ली में रहते हुए हम घर बसाने की सोच सकते थे?'' वर्तिका ने पूछा।

एकाएक चुप्पी छा गयी। यह सबकी दुखती हुई रग थी।

चिंतामणि अपने नगर वाराणसी के संसत्सदस्य के गुरुद्वारा रकाबगंज मार्ग स्थित बंगले के आउट हाउस में सपत्नीक रहते थे। (शादी की वर्षगाँठ की दावत पर वर्षा वहाँ जा चुकी थी)। हरमिंदर अपने बड़े भाई के साथ रहता था, जिन्हें आयकर विभाग के बड़े अधिकारी के नाते रामकृष्णपुरम में बड़ा फ्लैट मिला हुआ था, पर सत्र के शुरू से उनके तबादले की

तलवार ऊपर लटकी हुई थी। नीलकांत जमुनापार की कोठरी में था और वर्तिका अपनी बहन-बहनोई के साथ पंजाबी बाग में। (बहन की ससुराल वालों को यह व्यवस्था पसंद नहीं थी)। सूयर्भान को शिमला के एक व्यवसायी ने पंचशील पार्क के अपने बंगले में एक सेल्फ-कंटेंड हिस्सा दिया हुआ था। इसके पीछे उनका यह गर्व था कि सूर्यभान राष्ट्रीय राजधानी में प्रदेश के नाम को गौरव दे रहे हैं। प्रकाश-संयोजक शिंदे कोंकण के अपने मित्र के साथ गोआ भवन के कर्मचारी निवास में रहते थे। तीन लड़कों ने गोल मार्कीट में नगर निगम का एक फ्लैट सबलैट करवा लिया था, जिसके दरवाजे पर 'श्री मस्केटियर्स' की चिप्पी लगी थी-तीनों के चेहरे के रेखाचित्र के साथ! ममता अपने पिता के साथ सरोजिनी नगर के सरकारी क्वार्टर में रहती थी, जो केंद्रीय सचिवालय में सेक्शन ऑफिसर थे। बलवीर ने रवींद्र भवन के पीछे धोबी घाट पर कोठरी ले रखी थी और आंशिक किराये के रूप में वह धोबी के कपड़ों पर इस्तरी कर दिया करता था! अर्चना अपने इंजीनियर-आर्कीटेक्ट पति के साथ ससुर की फ्रेंड्स कॉलोनी स्थित तरणतालयुक्त भव्य कोठी में रहती थी, जो तेहरान, मॉस्को और लंदन के बाद अब वाशिंगटन डी.सी. में भारत के राजदूत थे। (अर्चना के बेटे की सालगिरह पर वर्षा वहाँ जा चुकी थी और विचार-विमर्श के लिए दिल्ली आये महामहिम राजदूत से भी परिचय हुआ था)। यह स्पष्ट था कि 'कलात्मक रंगमंच के अग्रदूत' अपने बूते पर दिल्ली में सिर्फ सिर छिपाने का ठिया ही पा जायें, तो बहुत है!

बस में वापस लौटते हुए वर्षा अवसाद से भरी रही। कलात्मक लालसा को कुछ लोग दुखते दाँत की तरह उखाड़ फेंकते थे। कुछ दिनों टीस उठती होगी। फिर घाव भर जाता होगा। पर दूरदराज के एक कस्बे की सीमित, संकुचित जिंदगी दमघोंटू नहीं होती होगी? नीलकांत और वर्तिका अब एक-दूसरे में और अपने नये घर में इसकी क्षतिपूर्ति ढूँढ़ेंगे।

''जिंदगी में बार-बार चुनना होता है।'' चिंतामणि ने दार्शनिक टिप्पणी की थी।

उसके आसपास के लोगों को चुनाव का अवसर मिल रहा है, पर उसे नहीं। उसके आसपास के लोगों की जिंदगी बदल रही है, पर उसकी नहीं।

वर्षा ने ठंडी साँस ली।

बस, संतोष की एक ही बात थी। कला-पथ पर लगातार प्रगति थी। 'तीन-बहनें' में 'माशा' को 'अत्यंत श्रेष्ठ उपलब्धि' माना गया था। दो नाट्य-समीक्षकों ने उसे ममता से बेहतर घोषित किया था, एक ने ममता तथा अर्चना दोनों से। एक ने अन्य दो के नाम लिए बिना उसे सीधे 'रिपर्टरी की राजमहिषी' की पदवी से विभूषित कर दिया था। (''वर्षा के जनसंपर्क बहुत कारगर हैं,'' ममता की टिप्पणी उस तक पहुँच गयी थी)। 'हिंदुस्तान टाइम्स' ने अपने रविवारीय संस्करण में उसका बड़ा इंटरव्यू छापा था, जिसमें वर्षा से उसकी पृष्ठभूमि, प्रमुख भूमिकाओं और उसकी रंगदृष्टि से संबंधित प्रश्न पूछे गये थे। वर्षा ने 'अपनी प्रेरणा-स्रोत और दिशा-निर्देशक' के रूप में दिव्या को बहुत याद किया था। अपने को धैर्यपूर्वक माँजने और निखारने-सँवारने में डॉक्टर अटल के प्रति आभार व्यक्त किया था।

''वर्षा, गर्मियों का क्या कार्यक्रम है?'' सूर्यभान ने शाम को पूछा।

''दार्जिलिंग और लखनऊ जाऊँगी।''

''संभावित तारीखों के साथ पते दे दो। अगले महीने रिपर्टरी और स्कूल सोसायटी की

मीटिंग होगी। हो सकता है, मैं तुम्हें खुशखबरी दूँ।''

वर्षा ने पते लिख दिये।

''अगर अनुशासन भंग न होता हो, तो हल्का-सा संकेत दे सकते हैं?'' उसने संजीदगी का अभिनय किया। (वह अनुशासन के प्रबल हामी थे)।

''चंचल बालिके !'' सूर्यभान मुस्कराये, ''मुद्दा है-वर्षा वशिष्ठ को 'ए' ग्रेड दिया जाना...''

15
रंगमंच के प्रेमी

नया सत्र शुरू हुए तीन दिन हो चुके थे। शनिवार की शाम। वर्षा उदास थी। उसे 'ए' ग्रेड (वेतन 700-1300) मिल गया था। फिर यह उदासी क्यों है, उसने अपने-आप से पूछा।

मित्र-मंडली बिखर गयी थी। स्नेह को दफ्तर फोन किया, तो वह फरीदाबाद स्थित फैक्टरी गये थे, जहाँ 'काम धीरे' चल रहा था। शाम को घर फोन किया, तो पुरवाई ने बताया, ''अभी लौटे नहीं है। तुम घर आना। पर आज शाम हमें एक सहयोगी के यहाँ डिनर पर जाना है और कल दोपहर को मैं स्नेह के साथ तीन दिन के लिए शिमला जा रही हूँ।'' फिर हँसी, ''वर्षा, तुम भी शादी कर लो। इट्स ए ग्रेट फीलिंग!''

वह दार्जिलिंग से शिवानी के लिये कुंडलों का एक सुंदर जोड़ा लायी थी। दोपहर को उसके दफ्तर फोन किया, तो वह बाहर गयी हुई थी। शाम को घर फोन किया, तो वह अभी तक वापस नहीं पहुँची थी।

चतुर्भुज रायपुर में रंगशिविर का संचालन कर रहे थे। अनुपमा को फोन किया, तो मालूम हुआ कि उसने छात्रावास छोड़ दिया है और जोड़बाग में कहीं रह रही है। वर्षा ने श्रीराम सेंटर का चक्कर लगाया। दो-तीन परिचितों से अनुपमा के बारे में पूछा, पर कुछ पता नहीं चला।

सब अपनी-अपनी दुनिया में मगन हैं। किसी को मेरी परवाह नहीं। रसोई में चाय बनाते हुए वर्षा ने सोचा।

सतवंती पिंकी को लेकर मंदिर गयी हुई थीं।

वह आकर बिस्तर पर पसर गयी और सुड़क-सुड़ककर चाय पीने लगी।

हर्ष की कोई चिट्ठी नहीं थी। सुजाता को तो मालूम होगा कि रिपर्टरी खुल गयी है। उन्होंने फोन भी नहीं किया। (सुजाता के बेटा हुआ था। उसने दार्जिलिंग से सुंदर-सा स्वेटर बना कर बच्चे के लिये भेजा था। वह लखनऊ में दो हफ्ते रही, पर सुजाता ने पार्सल की पावती भी नहीं भेजी)।

बड़े लोग हैं, उसने ठंडी साँस लेकर सोचा।

एक बार मन हुआ, मम्मी को फोन करे। फिर सोचा, कल दिन में सीधी चली ही जाऊँगी। फोन पर वह हर्ष-आख्यान लेकर बैठ जायेंगी, तो श्रीमती सहगल को देर तक फोन

का व्यस्त रहना पसंद नहीं आयेगा।

उसकी पदोन्नति की प्रतिक्रिया वैसी ही रही, जैसी अपेक्षा थी। कुछ को ईर्ष्या हुई, कुछ को खुशी। ममता ने जिक्र भी नहीं किया, अर्चना ने मिलते ही बधाई दी। चिंतामणि ने गर्मजोशी से हाथ मिलाया और जबर्दस्ती पत्नी के हाथ का बेसन का लड्डू खिलाया। सूर्यभान ने नये प्रदर्शन की जानकारी दी, जिसमें केंद्रीय भूमिका वत्सला छिब्बर निभा रही थी। वर्षा के लिए दो दृश्यों की सहायक भूमिका सोची गयी थी। वर्षा ने निर्विकार भाव से हामी में सिर हिलाया और आलेख ले लिया।

आज की शाम वह बाहर बिताना चाहती थी, पर कोई रास्ता नहीं सूझ रहा था। क्या करे? मंसूर के यहाँ ही चली जाये? उनसे मिल भी काफी दिन हो गये।

तभी दरवाजे पर दस्तक हुई।

''वर्षा दीदी!'' बाहर बॉबी खड़ा था, ''अनुपमाजी का फोन है।''

अनुपमा मूडी और अस्थिर थी।

पिता भोपाल में व्यवसायी थे। अनुपमा दस की उम्र से दिल्ली के मदर्स स्कूल में बोर्डर थी। नाट्य विद्यालय में आने से पहले उसने पहले सितार और फिर कत्थक के कोर्स शुरू किये थे, पर कुछ महीनों बाद ही उसका मन उचट गया। वह भगवानदास रोड के कार्यशील महिला छात्रावास में रहती थी। श्रीराम सेंटर कैफे में स्कूल के कुछ लोगों से परिचय हुआ, तो उसने अभिनय कोर्स में दाखिला ले लिया। (घर से पूर्ववत तीन जीरो वाला चेक हर महीने आता रहा)। इन्हीं दिनों शशांक मुखोपाध्याय से मित्रता हुई, तो वह 'युगांतर' के साथ आसपास के अर्धग्रामीण क्षेत्रों में नुक्कड़ नाटक करने लगी। इस अनुभव को उसने जीवंत और मूलभूत पाया। धीरे-धीरे रंगमंच के प्रति उसकी धारणा बदलने लगी। 'विशुद्ध कलात्मक रंगमंच' से हट कर 'सोद्देश्य रंगमंच' उसे आकृष्ट करने लगा। आरंभ में उसने वामपंथी विचारधारा से प्रेरित नाट्यायोजन किये, जिनका लक्ष्य 'आम आदमी की समझ को विकसित करना और सामाजिक-राजनीतिक परिवर्तन के लिये उन्हें तैयार करना' था।

वे तीखी आपाधापी के दिन थे। माओवाद का सर्वव्यापी चलन था। नन्हें वियतनाम ने अमरीका के छक्के छुड़ा दिये थे। नक्सलवादी हिंसा से पश्चिम बंगाल की चूलें हिल चुकी थीं। चारु मजूमदार ने विद्यार्थियों को ग्रामीण क्षेत्रों में जाकर किसानों को संगठित करने का आह्वान दे दिया था। अनुपमा स्वप्निल आँखों से माओ, हो ची मिन्ह और ग्वेवारा का जिक्र करती। एक दुर्बल क्षण में उसने वर्षा को जल्दी ही अपने भूमिगत हो जाने के इरादे का राजदार बना लिया था। उन दिनों वह इतने आत्मविश्वास एवं निश्चय से क्रांति की बात करती थी, जैसे क्रांति दिल्ली गेट पर लाल बत्ती के कारण रुकी हुई हो और अभी देखते-देखते मंडी हाउस में आ खड़ी होगी। लेकिन कुछ समय में अपने सहयोगियों के रवैये और जनसामान्य की निकटता से नुक्कड़ नाटक के प्रति उसकी दृष्टि बदली।

इसमें कारगर भूमिका अदा की पलवल की एक मजदूर औरत लाखी ने।

पति ने दूसरी स्त्री झोंपड़े में लाकर लाखी व बच्चे को बाहर निकाल दिया। नुक्कड़

नाटक की पहचान के सहारे लाखी अनुपमा के पास आयी। दो-तीन दिन की भागदौड़ के बाद अनुपमा ने लाखी के लिए एक परिचित के यहाँ घरेलू नौकरानी के काम का बंदोबस्त कर दिया, जहाँ रहने की सुविधा भी थी। दिल्ली के दूरवर्ती क्षेत्रों में नाट्य-प्रदर्शन के बाद लोग, विशेषकर स्त्रियाँ, जैसे अपनी व्यक्तिगत समस्याओं की बात करती थीं, उससे अनुपमा ने महसूस किया कि अभी सामाजिक-राजनीतिक परिवर्तन की भूमिका तैयार करने से भी ज्यादा जरूरी है सफाई-शिक्षा की महत्ता प्रतिपादित करना, परिवार-नियोजन के लाभ बताना; शराब, दहेज, कच्ची उम्र में ब्याह की बुराइयाँ उजागर करना और स्त्रियों को स्वावलंबी होने में मदद देना। शशांक को अनुपमा की वरीयता का यह परिवर्तन पसंद नहीं आया। लंबी बहस के बाद जब वह अनुपमा को सहमत नहीं कर पाये, तो अनुपमा ने 'बिगुल' नाम से अपनी अलग संस्था बना ली। इसमें छात्रावास के ऊँचे अधिकारियों, विशेषतः महिला कल्याण समिति की श्रीमती जुत्शी ने, विशेष मदद की।

पहले वर्ष में वर्षा दो-तीन बार अनुपमा के साथ नुक्कड़ नाटक करने गयी। अनुभव अच्छा था, पर बेहद थका देने वाला। इतवार को सुबह छह बजे वे निकलते। दस के लगभग नाट्य-प्रदर्शन शुरू होता। कोशिश होती कि एक दौरे में तीन गाँव शामिल हो जायें। पर आमतौर से दूसरे गाँव के बाद शाम ढलने लगती। प्रारंभिक पड़ावों के लोग स्नेह के मारे जाने नहीं देते थे। मुखिया अपने घर से भोजन के बिना उठने नहीं देता। शरबत और मलाई वाली चाय के गिलासों का ताँता लग जाता। व्यक्तिगत समस्याओं का दुखड़ा शुरू होता, तो रोके न रुकता।

वर्षा ने लक्ष्य किया कि दूसरे वर्ष में अनुपमा बदलने लगी थी। अपनी वेशभूषा तथा मेकअप के प्रति उसमें लापरवाही आ गयी थी। स्कूल में वह तीन-तीन दिन तक एक ही जींस-कमीज पहने रहती। नुक्कड़ नाटक के लिये जाते समय वह मामूली साड़ी लपेट लेती। (''इससे गाँव की औरतें हमारे बीच का अंतर कम महसूस करेंगी।'')। धीरे-धीरे पब्लिक स्कूल के उसके पुराने मित्र भी छिटकने लगे।

दूसरे वर्ष की समाप्ति तक नाट्य विद्यालय में अनुपमा की रुचि बहुत कम रह गयी। अगर उसने स्कूल छोड़ा नहीं, तो शायद इसके पीछे डॉक्टर अटल से दाखिले के समय किया गया उसका वादा था। दिलचस्प बात यह थी कि वह अभिनेत्री अच्छी थी। दूसरे वर्ष में 'सम्मानित वेश्या' में लिजी के रूप में उसने विशिष्ट पहचान बनायी थी। सत्रांत में उसे 'मीडिया' में प्रमुख भूमिका मिली थी। विशेष रुचि न लेने के बावजूद उसके प्रदर्शन को सराहा गया। उसे रिपर्टरी में सम्मिलित होने का आमंत्रण मिला था, जिसे उसने स्वीकार नहीं किया।

अब वह राजधानी की तीन-चार स्त्री संबंधी संस्थाओं से जुड़ी हुई थी। एक समाजसेवी ने 'बिगुल' के लिये प्रत्येक इतवार को पेट्रोल सहित अपनी मिनीबस की सेवाएँ भी अर्पित कर दी थीं, जिससे नुक्कड़ प्रदर्शनों में सुविधा हो जाये।

लोदी गार्डन के सामने ही छोटा-सा सुंदर बंगला था। बहुत बड़ा लॉन। बायीं ओर आम के पेड़ के इर्द-गिर्द बेलों का मंडप बना था। क्यारियों में फूलों के पौधे लहरा रहे थे। बरामदे

से लगा हुआ दफ्तर जैसा कमरा था।

वर्षा जैसे ही खुले गेट से भीतर घुसी, बारिश होने लगी। कहीं बाल न भीग जायें, सोच कर उसने जल्दी कदम बढ़ाये। (वह कैसी दिख रही है, इस बात की चेतना अब बढ़ गयी थी)।

ड्रांइगरूम का दरवाजा खुला था, पर कोई दिखायी नहीं दिया। उसने एक पल के लिए घंटी को छुआ।

फर्नीचर आधुनिक था। पूरे रख-रखाव में नफासत थी।

चप्पलों की आहट के साथ गहरे रंग की चौबीस-पच्चीस साल की युवती बाहर आयी। पान से रँगे दाँत।

"वर्षा दीदी न?" वह हँसी, "आप तो बारिश लेकर आयीं। 'आइए न।'

वर्षा कोने के सोफे पर बैठ गयी।

"उपमा दीदी नहा रही हैं (वर्षा ने मुश्किल से हँसी रोकी)। सुबह की निकली अभी लौटी हैं।" वह पल भर रुककर मुस्करायी, "मेरा नाम झुमकी है।"

"अच्छा।"

"आप क्या पियेंगी? चाय या कॉफी? फ्रिज में कैंपा, मैंगोला और लिमका भी है। दीदी तो कॉफी पियेंगी।"

"मेरे लिए भी वही।"

झुमकी को गये कुछ ही पल हुए थे कि भीतर कहीं दरवाजा खुला। फिर बाथरोब में अनुपमा आयी-पोटली-जैसे तौलिये से भीगे बालों को कसे-ढँके।

"हाइ..." वर्षा खड़ी हो गयी।

अनुपमा ने दोनों बाँहों में भरकर उसे कपोल पर चूम लिया, "बड़ी निखर आयी हो। दार्जिलिंग की आबोहवा का असर लगता है।"

वर्षा मुस्कान के साथ सामने बैठी, "यहाँ कब शिफ्ट किया तुमने?"

"एक महीना हुआ।"

झुमकी ने ट्रे आगे बढ़ायी, तो वर्षा ने प्याला उठा लिया।

"चीनी एक चम्मच डाली है।" झुमकी ने अनुपमा को ऐसे भाव से सूचना दी, जिसमें प्रशंसा की अपेक्षा थी।

"शाबास..." अनुपमा मुस्करायी, "अब वर्षा दीदी को ऐसा खाना खिलाना, जिससे मंडी हाउस में तुम्हारी तारीफ हो। इन्हें पराँठें ज्यादा पसंद हैं। बना लोगी?"

"क्यों नहीं बना लूँगी जी।"

शाम को अकेले छोड़ दिये जाने की उदासी के बाद ऐसी आत्मीयता वर्षा को बहुत मधुर लगी। पेय भी अच्छा था-कॉफी, दूध और चीनी की सही मात्रा। अनुपमा झुमकी को प्रशिक्षण दे रही है, उसने सोचा।

"यहाँ मेरी सुबह की शुरुआत अच्छी होती है। सबसे पहले झुमकी का हँसता हुआ चेहरा देखती हूँ।" अनुपमा ने एक घूँट लिया। कुछ पल को आँखें बंद कर लीं। फिर खोलीं, "सुबह सात बजे की निकली अभी लौटी हूँ। पहाड़गंज की एक विधवा औरत को ससुराल

वालों ने निकाल दिया था। पुलिस को बुलाना पड़ा। सबके स्टेटमेंट हुए। ससुर-जेठ को पुलिस ने बाउंड-डाउन किया। अब औरत वहाँ रहने को तैयार नहीं। उसे घंटों यह समझाया कि अगर यह घर छोड़ दिया, तो जायदाद पर तुम्हारा कानूनी हक भी खत्म हो जायेगा। बड़ी मुश्किल से तैयार हुई। यहाँ का फोन नंबर देकर आयी हूँ। हो सकता है, फोन आ जाये कि बहनजी, बचा लो। ये लोग मुझे मार डालेंगे।''

''यह जगह क्या है?''

''यह नारी कल्याण संस्था 'मरहम' की सचिव का निवास और कार्यालय है। पिछले कई सालों से यहाँ मिस वीरोनिका थीं, जो अब यूनेस्को के एक एसाइनमेंट पर पेरिस चली गयी हैं। इस समय 'मरहम' की कार्यकारी निदेशक श्रीमती जुत्शी है।'' अनुपमा उठ खड़ी हुई, ''घर देखोगी?''

भीतरी आँगन के सामने सारे उपकरणों से सज्जित रसोई थी। फिर स्टोररूम। ड्राइंगरूम के बायीं ओर अनुपमा का बेडरूम था। पूरी तरह फर्निश्ड-डबलबेड, तिपाइयाँ, पढ़ने-लिखने की मेज-कुर्सी, लैंप, गुलदस्ते, तस्वीरें। अटैच्ड बाथरूम। बिल्कुल इसी तरह फर्निश्ड दूसरा बेडरूम ड्राइंगरूम के दायीं ओर था। बाग वाली खिड़कियाँ खुली थीं। पर्दे खिसके थे। बारिश की हल्की रुनझुन और गीले फूल-पत्तों की गंध... वर्षा मुग्ध-सी खिड़की के सामने खड़ी रही।

''तुम इस कमरे में कब शिफ्ट हो रही हो?'' अनुपमा बिस्तर पर बैठी घूँट भर रही थी।

वर्षा स्तब्ध रह गयी।

''मिस वीरोनिका ने अभी पाँच साल की छुट्टी ली है। पर उन्होंने श्रीमती जुत्शी से कहा है कि वह लौटेगी नहीं। अपने घर स्वीडन जायेंगी।''

वर्षा धीमे कदमों से अनुपमा के पास आयी।

''यहाँ दो हजार महीना मेरा ऑनरेरियम है। बिजली और फोन के बिल संस्था देगी। माली पार्टटाइम आता है। झुमकी का खाना हमारे साथ है। उसके रहने को सेल्फकंटेंड आउटहाउस। साल में दो धोतियाँ-ब्लाउज। पैसे कितने देंगे, यह अभी तय नहीं किया है।'' अनुपमा ने उसे देखा, ''तुम चौदह बटा चौदह छोड़ना चाहती हो न?''

अनुपमा कई बार उसके यहाँ आ चुकी थी। विवाह के बाद जब भोपाल से उसके क्रुद्ध पिता आये थे, तो वह दो दिन वर्षा के कमरे में छिपी रही थी। पिता के साथ की नाटकीय समक्षता वर्षा के यहाँ ही सम्पन्न हुई थी।

''अगर विकल्प हो, तो छोड़ना चाहती हूँ।'' वर्षा ने कहा, ''सतवंती मेरा ख्याल रखती हैं, लेकिन जगह कम है। प्राइवेसी नहीं है और रसोई-सामान्य होने से असुविधा होती है। उनसे बातचीत के मुद्दे बहुत सीमित हैं। अगर मैं चुप रहूँ, तो उन्हें लगता है कि मैं किसी बात पर बुरा मान गयी हूँ। वहाँ मैं कसा-बँधा महसूस करती हूँ।''

''श्रीमती जुत्शी से मैंने तुम्हारे लिए अनुमति ले ली है। उन्हें अच्छा ही लगा। कारण यह है कि मेरे न होने पर तुम फोन उठा सकती हो। अगर कोई मुसीबतजदा औरत है, तो उसे मदद का रास्ता सुझा सकती हो। झुमकी को मैं सिखा रही हूँ, पर अभी इसमें समय लगेगा।'' अनुपमा ने उसकी ओर देखा, ''फिर तुम्हारे साथ होने से मुझे भी अच्छा लगेगा। तुम्हें पता

है, मेरा मन अस्थिर चल रहा है।''

''चतुर्भुज यहाँ रहेंगे?''

''नहीं। मैं नहीं चाहती कि वह बाबर लेन का कमरा छोड़ें। बीच-बीच में एकाध दिन यहाँ रह सकते हैं, तो मेरा अपना बेडरूम है। तुम्हारी आजादी और प्राइवेसी सुरक्षित रहेगी।'' अनुपमा मुस्करायी, ''तुम्हारे ब्वॉय-फ्रेंड का भी 'सहर्ष' स्वागत है।'' (उसने पाँचवें शब्द पर अतिरिक्त बल दिया)।

वर्षा भी मुस्करा पड़ी। फिर पूछा, ''खर्च में मेरा शेयर किस तरह से हो?''

''तुम बताओ।''

वर्षा ने कुछ पल सोचा, ''ऐसा करें कि रसोई के हैड में हम आधा-आधा दें, माली और झुमकी की तनख्वाह मैं दूँगी। यह अंदाजन कितना होना चाहिए?''

''लछमन कुछ लेने को तैयार नहीं। उसके भाई को मैंने नौकरी दिलवायी है। फिलहाल उसे डेढ सौ दे देंगे। दिन में एक घंटे का काम है। झुमकी को मैं तीन सौ सोच रही हूँ। ठीक है?''

वर्षा ने सिर हिलाया।

''झुमकी को मैं अंग्रेजी और टाइपिंग सिखाना चाहती हूँ। इसमें तुम मदद करोगी?''

''जरूर। बल्कि यह काम तुम मेरे ऊपर ही छोड़ दो। शाम को तो मैं सीधे घर आ जाती हूँ।''

''कैसी हो?'' हर्ष ने हल्की मुस्कान से पूछा।

वह थोड़ा दुबला लगा। पिछली बार चेहरे पर जैसा तेज और आकर्षण था, उस पर झीना-सा आवरण पड़ गया था।

''ठीक हूँ।''

हर्ष ड्रांइगरूम में आ गया। सरसरी निगाह से आसपास देखते हुए कहा, ''जगह तो अच्छी है।''

वह सोफे पर बैठा और पाँच-पाँच-पाँच की सिगरेट जलायी, ''मुझे खुशी है कि चौदह बटा चौदह से तुम्हें छुटकारा मिल गया।''

31, जोड़बाग में उसके लिए जो पहला फोन आया, वह सुबह हर्ष का था।

''दीदी, आपका फोन...'' झुमकी ने कमरे में झाँका।

''किसका है?''

''मैंने पूछा नहीं।'' वह चंचलता से मुस्करायी, ''बड़ी मीठी बोली है।''

''गुडमार्निंग ट्रेजिडीक्वीन!'' रिसीवर उठाते ही हर्ष की आवाज आयी।

''तुम...'' वर्षा की साँस रुक गयी। दिल जोर-जोर से धड़कने लगा।

''पूछोगी नहीं, कब आया हूँ, कैसा हूँ?''

''दिल सँभल जाये तो पूछूँ...'' और न चाहते हुए भी आवाज रुँध-सी गयी।

''वर्षा...'' हर्ष अटककर बोला।

वर्षा को विज्ञापनों और बैनरों से मालूम हो गया था कि शुक्रवार को 'कंपन' का प्रीमियर

है। मंडीहाउस में कई लोगों ने हर्ष के बारे में पूछा। उसने अज्ञान प्रकट किया। मम्मी या सुजाता को भी फोन नहीं किया। वह अब अपनी तरफ से नहीं पूछेगी।

''बहुत नाराज हो?''

''मुझे क्या हक है नाराज होने का...'' महीनों का अकेलापन, पीड़ा और तनाव सँभाले नहीं सँभल रहा था।

''अच्छी तो हो न?''

''हाँ। खूब मोटी हो गयी हूँ।'' उसने खाँसकर गला साफ किया, ''रिपर्टरी कब आ रहे हो? लोगों को जवाब देते-देते मेरा मुँह सूख गया है।''

''आज तो नहीं आ पाऊँगा। प्रेस के कुछ लोगों से मिलना है। तुम शाम को कब वापस लौटोगी?''

''साढ़े पाँच तो बज ही जायेंगे।''

''ठीक है। मैं साढ़े पाँच तक ही आऊँगा।''

पानी का गिलास लेकर झुमकी आयी। बिना कुछ कहे उसने समझ लिया था कि हर्ष वर्षा के लिए बहुत विशिष्ट है। अनुराग में ऐसी कौन-सी अपरिभाषित सुगंधि होती है, वर्षा ने सोचा।

''ये कुमारी झुमकी हैं।'' वर्षा ने परिचय दिया।

हर्ष मुस्कराया। गिलास लेकर कुछ घूँट भरे।

झुमकी शरमा रही थी। पल्लू से आधे चेहरे की ओट किये हुए बोली, ''पीने को क्या लाऊँ?''

''चाय पिऊँगा-थोड़ी देर बाद।'' हर्ष बोला, ''अनुपमा नहीं है?''

''नहीं। कोई जरूरी मीटिंग है।''

हर्ष उठ खड़ा हुआ, ''तुम्हारा कमरा देखूँ...''

हर्ष ने उसे बाँहों में भरा, तो वर्षा की आँखें भीग गयीं। दबाव और गंध चिरपरिचित थी, जो समय के अंतराल से और व्यग्र, और आवेगमयी हो गयी थी। चुंबन की पहल ऊष्मा ने ही इतनी प्रतीक्षा और उसके दंश को थरथरा दिया। व्यवधान की परतें ध्वस्त होने लगी। हर्ष के आलोड़न में अतिरिक्त हिलोर महसूस हुई, जैसे उसके साथ-साथ अपने को भी आश्वस्त कर रहा हो।

हर्ष ने रूमाल के छोर से उसकी आँखें पोंछी। फिर भीगी पलकें चूम लीं।

वह बिस्तर पर बैठी थी। हर्ष सामने कुर्सी पर। पीछे की खिड़की खुली थी। हवा के झोंकों के साथ क्यारियों की खुशबू भीतर आ रही थी।

''इस जगह का मिलना बहुत अच्छा हुआ।'' हर्ष ने सिगरेट जलायी।

''हाँ। जिंदगी भें फिर थोड़ी उमंग आ गयी है। अनुपमा मेरा, मेरी प्राइवेसी का बहुत ध्यान रखती है।''

''ए ग्रेड की बधाई।''

वर्षा चौंकी, ''तुम्हें कैसे मालूम हुआ?''

''पिछले महीने डिक्टेटर को फोन किया था।'' हर्ष ने कश खींचा।

'झुमकी, चाय...'' वर्षा ने कुछ ऊँचे स्वर में कहा।

''अभी लायी...'' भीतरी आँगन के आसपास से झुमकी की आवाज सुनायी दी। कुछ ही क्षणों बाद वह ट्रे लिए आयी। चाय की केतली के साथ गर्मागर्म पकौड़ियों की प्लेट थी। प्यालों में गर्म पानी भरा हुआ था। पल्लू से वैसे ही आधा मुँह ढँका था। ट्रे वर्षा के सामने रखकर झुमकी चली गयी।

''मैं तीन महीने से एक प्रोड्यूसर मित्र के फ्लैट में हूँ। मुझे दो-तीन फिल्मों के प्रस्ताव मिले हैं। लेकिन 'कंपन' की बॉक्स-ऑफिस सफलता पर सब निर्भर करता है। अगले हफ्ते बंबई में रिलीज है।'' हर्ष ने चाय के दो बड़े घूँट लिये, ''माफ करना, पिछले कुछ समय से तुमसे संपर्क नहीं रख सका। एक बड़े डैवलपमेंट की उम्मीद थी। सोचता था, उसी की खुशखबरी दूँगा। पर प्रोजेक्ट अभी तक मैच्योर नहीं हो पाया।''

''मम्मी क्या कहती हैं?''

''वही अकेलेपन का दुखड़ा...मैं साथ ले जाने को तैयार हूँ, पर वहाँ मेरी ज़िंदगी बिल्कुल अव्यवस्थित है। सुबह निकलता हूँ, तो आधी रात को लौटता हूँ।'' हर्ष कड़वाहट से मुस्कराया, ''मैं यह भी समझता हूँ कि फ्लैट मुझे देकर मुझमें इन्वैस्ट किया गया है। अगर 'कंपन' चल गयी, तो मुझे उसकी कीमत देनी होगी। ठीक है। मुझे स्वीकार है।'' वह पल भर ठिठका, ''पर कंपन' नहीं चली, तो?''

हर्ष का स्वर भी बदल गया था और आँखों का भाव भी। उस एक क्षण वह चिरपरिचित नहीं लगा।

पता नहीं क्यों, आशंका की हिलोर वर्षा को कँपा गयी।

वर्षा बेचैन-सी अशोका की लॉबी में टहल रही थी। एक बज रहा था। हर्ष का कोई पता नहीं था। स्नेह भी नहीं आये थे। अनुपमा ने तो रिपर्टरी में ही फोन कर दिया था कि वह नहीं आ पायेगी, श्रीमती जुत्शी के साथ समाज कल्याण मंत्रालय जाना है।

वह फिर आकर रिसैप्शन के सामने बैठ गयी। चारुश्री के कमरे का नंबर मालूम था, पर फोन करना ठीक नहीं लगा। परिचय है नहीं। पता नहीं, वह कैसे व्यवहार करें।

तभी सफारी सूट पहने एक मोटा, काला आदमी हाथ में पाँच-पाँच-पाँच का टिन लिये आया और सरसरी निगाह से आसपास देखा। फिर आगे आ रूखे ढंग से पूछा, ''आप वर्षा वशिष्ठ हैं?''

वर्षा ने हामी भरी।

''आइए।'' वह पलटकर लिफ्ट की ओर बढ़ गया।

ऊपरी मंजिल पर गलियारा पार करते हुए उसी के जैसा एक और आदमी सोफे से उठ खड़ा हुआ, ''यह कौन?'' उसकी भाव-भंगिमा बिल्कुल उजड्ड थी।

''हर्षजी की फ्रेंड हैं।''

घंटी बजने पर सफेद साड़ी पहने साँवली-सी युवती ने दरवाजा खोला।

''जाइए।'' पहले आदमी ने ऐसे कहा, जैसे कृतार्थ कर रहा हो।

युवती सोफे की ओर संकेत कर भीतर चली गयी। और कोई नहीं था। मेज पर तीन-

चार गुलदस्ते रखे थे और फलों की टोकरी। अंदर कोई नारी-स्वर फोन पर बात कर रहा था-बीच-बीच में खिलखिलाहट। फिर मोटे कालीन पर हल्की आहट सुनायी दी। फिर खुशबू के झोंके के साथ साड़ी पहने बहुत आकर्षक युवती आयी, "हमें चारुश्री कहते हैं।" उसने मोहक नजाकत से हाथ बढ़ाया।

हड़बड़ी में खड़ी हुई वर्षा ने हाथ मिलाया।

"हर्षजी और प्रोड्यूसर-डायरेक्टर कुछ जर्नलिस्टों के साथ बार में हैं। माफ कीजिए आपको इंतजार करना पड़ा।" चारुश्री ने फिर कोमल भंगिमा से सोफे की ओर इशारा किया और सामने बैठ गयी।

"हमारे दोस्त स्नेहजी भी आने वाले थे, इसलिए मैं..."

"उनका फोन आया था। वह फरीदाबाद की फैक्टरी में हैं। आ नहीं पायेंगे।"

"तो मैं चलती हूँ।" वर्षा फिर उठ गयी, "माफ कीजिए, आपको डिस्टर्ब किया।"

चारुश्री ने मुस्कान के साथ उसे देखा, "आप यहाँ लंच पर बुलायी गयी हैं। उसके बिना आप कैसे जा सकती हैं? आप हर्षजी की दोस्त हैं और मेजबानी का जिम्मा मेरा है।"

झेंपी मुस्कान के साथ वर्षा फिर बैठ गयी।

"दरअसल प्रेस-कांफ्रेंस तो चार बजे ही है। ये प्रेस से हर्षजी के कुछ व्यक्तिगत दोस्त हैं। मिस्टर पांड्या को लगा कि इनसे मिलने से फिल्म को कुछ फायदा ही होगा।"

चारुश्री की वेशभूषा मूल्यवान होने पर भी सुरुचिपूर्ण थी। आभूषण कम, पर सौंदर्य को उभारने वाले थे। मेकअप हल्का, पर बहुत प्रभावी। किसी फिल्म-स्टार को इतने पास से वर्षा पहली बार देख रही थी।

"आजकल आपका कोई प्ले चल रहा है?"

"मेरी तो आजकल रिहर्सल ही चल रही है, पर हमारी रिपर्टरी का प्ले चल रहा है-? ट्रॉजेन वीमैन।' "

"यह किस बारे में है?"

"स्त्रियों के ऊपर युद्ध के विनाशकारी प्रभाव के बारे में।"

"इसी को ग्रीक ट्रेजिडी कहते हैं? हर्षजी ने बताया था।"

वर्षा ने हामी में सिर हिलाया।

"मैं आप लोगों का ड्रामा देखना चाहती हूँ, पर मुझे डराया गया कि तुम मॉब्ड हो जाओगी।"

"मैं आपको स्टूडियो थिएटर में छह बजे बिठा दूँगी-दायें कोने की सबसे पिछली सीट पर। किसी को पता नहीं चलेगा कि आप मौजूद हैं।"

चारुश्री खिलखिलायी, "तो पक्का रहा। अगली बार मैं आपको कांटैक्ट करूँगी।"

पल भर चुप्पी रही।

"आप एपिटाइजर क्या लेंगी?" चारुश्री ने मैन्यू उसकी ओर बढ़ाया।

"जो आप पसंद करें।"

"मुझे यहाँ का जलजीरा बहुत पसंद है।" चारुश्री मुस्करायी, "चलेगा?"

"जरूर।" उसने मैन्यू नीचे रख दिया।

"यास्मीन..." चारुश्री ने नरमी-से पुकारा।

साँवली युवती पीछे फोन का नंबर घुमाने लगी।

वर्षा चारुश्री के आत्मविश्वास पर मुग्ध हो रही थी।

"हर्षजी आपकी एक्टिंग की बहुत तारीफ करते हैं। आपका वो प्ले है न, किसी फॉरेन कंट्री की बैकग्राउण्ड वाला, जिसमें हीरोइन डिफैक्ट कर जाती है..."

" 'अपने-अपने नर्क।' " वर्षा बोली, "हमारे यहाँ बहुत अच्छे एक्टर्स हैं-सूर्यभानजी, ममता, अर्चना, चिंतामणि...आदित्यजी और हर्ष को तो आप लोगों ने खींच लिया।"

"हर्षजी बहुत सेंसिटिव एक्टर हैं। उनका पहला शॉट देखकर ही मैं दंग रह गयी थी। आप 'कंपन' में देखिएगा। कितना ऊँचा काम है उनका।" चारुश्री ने संजीदगी से कहा, "शाम को बिड़ला मंदिर में चढ़ावा भेज रही हूँ कि हे भगवाान, फिल्म चल जाये।"

वेटर ने गिलास मेज़ पर रखे। चारुश्री के संकेत पर वर्षा ने घूँट लिया।

"आपने मेरी फिल्में देखी हैं?"

वर्षा चौकन्नी हो गयी, "हाँ।"

"मेरे बारे में क्या खयाल है आपका?"

वर्षा ने कुछ पल सोचा। क्या इतनी बड़ी स्टार भीतर थोड़ी असुरक्षित है, जो उसकी प्रतिक्रिया से शक्ति पाना चाहती है? या वह अपने को लेकर पूरी तरह आश्वस्त है-सिर्फ वर्षा को टटोलना चाहती है?

"डांसर तो आप बहुत ऊँचे दर्जे की हैं। एक अभिनेत्री के रूप में भी आपने मुझे प्रभावित किया। 'मंदिर' का वह दृश्य मुझे नहीं भूलता, जब आपने आत्महत्या की थी।"

चारुश्री की आँखों में चमक आ गयी।

"अगर आप ऊँची कलात्मक फिल्मों में काम करें, तो मुझे विश्वास है, आप अपनी भूमिका के साथ न्याय करेंगी।"

"कला फिल्मों में कुछ मिलता नहीं है। 'कंपन' मैंने इसलिए की, क्योंकि मिस्टर पांड्या मेरी पहली पिक्चर में एसिस्टेंट डायरेक्टर थे और उन्होंने मुझे काफी हौसला बँधाया था।" चारुश्री बोली, "आप शाम को 'कंपन' देख रही हैं न?"

वर्ष ने हामी में सिर हिलाया।

"आप मुझे अपनी प्रतिक्रिया जरूर बताइयेगा। मुझे बहुत उत्सुकता रहेगी।" आगे जोड़ा, "इस भूमिका को अगर मैंने सँभाल पाया, तो इसका बहुत कुछ श्रेय हर्षजी को है।"

और गहरी दृष्टि से वर्षा को देखा-लगा, जैसे वह क्षण फ्रीज हो गया हो।

"आपका फिगर बहुत अच्छा है, आँखें बहुत सुंदर, और चेहरा फोटो-जनिक...हर्षजी ठीक कहते हैं।"

वर्षा सकुचा गयी। चारुश्री की आँखों में तौलने वाला भाव था। आँखें झुक गयीं।

"हर्षजी और आप बहुत पुराने दोस्त हैं न?" आवाज सहलाती हुई-सी थी, जैसे किसी बच्चे को फुसला रही हो।

वर्षा ने हामी में सिर हिलाया।

"आप दोनों प्रेमी हैं?" कौतुक के आवरण में वास्तविकता जानने की व्यग्रता थी।

"हाँ, रंगमंच के प्रेमी..."

चारुश्री खिलखिलायी। उन्मुक्त हँसी थी, जैसे मुद्दत से बंद पंछी को नीले-नीले बादलों के बीच यकायक मुक्त किया गया हो और उसने बंदूक से छूटी गोली की तरह निर्बंध उड़ान भरी हो। हँसी धीरे-धीरे थमी-तीन-चार अवस्थाओं में। पर उसकी छाया बनी रही।

"हर्षजी की मम्मी और दीदी प्रीमियर पर आयेंगी?"

"हाँ।"

पल भर ठहरकर पूछा, "मम्मी कैसी हैं?"

"जैसी माँ होती है-बहुत स्नेहशील।"

"साथ ही सख्त भी?" चारुश्री का स्वर अर्थभरा था।

प्रश्न सुलगता रहा। वर्षा ने आँच महसूस की।

चारुश्री ने फिर एकटक उसे देखा, पर इस बार चेहरे पर हल्की मुस्कान थी, "आप दोनों की शादी की बात है?"

"हवाओं में चर्चा तो है।"

चारुश्री फिर खिलखिलायी।

"अब क्या करें?" मम्मी कंधों पर शाल कसते हुए हताश स्वर में बोलीं।

वर्षा ने दवा की गोली और पानी का गिलास आगे बढ़ाया।

"देखिए, मैं शूटिंग पर मौजूद नहीं था, इसलिए कुछ नहीं कह सकता।" धवन ने कहा, "मैं हर्षजी की यह बात माने लेता हूँ कि ऊँचे दर्जे के कलाकारों को सँभालना पांड्या के बूते का नहीं है। पर क्या ऐसी बात खुल्लमखुल्ला इंटरव्यू में कहनी चाहिए?"

"मिस्टर पांड्या ने पहले हर्ष पर अभियोग लगाया कि 'कंपन' की असफलता की जिम्मेदारी हर्ष पर है।" वर्षा बोली।

"देखिए, मैं बीस साल से डिस्ट्रीब्यूशन में हूँ। फिल्म की असफलता के बाद एक-दूसरे पर ऐसे इल्जाम लगाये जाते हैं। लेकिन हर्ष को यह सोचना चाहिए कि अभी वह नये हैं। कीचड़ उछालने से सबसे पहले नुकसान उन्हीं का होगा, पांड्या का नहीं।"

सुजाता कॉफी की ट्रे लेकर आयीं, "क्या इस वेनिस एवार्ड से हर्ष को फायदा होगा?"

"होना तो चाहिए। पश्चिमी देश में भारतीय अभिनेता का ऐसा सम्मान बहुत बड़ी बात है। फेस्टीवल डायरेक्टोरेट से भी फोन आया था। 'कंपन' को 'बेस्ट फीचर फिल्म' का नेशनल एवार्ड मिलने की उम्मीद है।" धवन ने कॉफी का घूँट लिया, "हर्षजी की तीन पिक्चरें एनाउंस हुई हैं। इस एवार्ड के बाद लो बजट 'दीपशिखा' के शुरू होने की बात है।"

"और 'सहयात्री'?" सुजाता ने पूछा।

"उसके निर्माता चारुश्रीजी के मित्र हैं। उनका फोन आया था। मैंने कहा कि जो कहानी अभी है, उसके आधार पर मेरी दिलचस्पी नहीं है। चारुश्री की इमेज सैक्सी डांसर की है।

ऐसा सब्जेक्ट लीजिए, जो आम दर्शक की ऐसी अपेक्षा पूरी करे। उसका फॉर्मूला होना जरूरी नहीं है, पर कहानी की व्यावसायिक संभावना होनी चाहिए। तीन-चार गाने होना भी जरूरी है।''

धवन ने कॉफी खत्म की और अभिवादन के साथ उठ खड़े हुए। दरवाजा अभी बंद ही हुआ था कि फोन की घंटी बजी।

''हाँ, कल से फायदा है। टेम्परेचर भी नॉर्मल है। ब्लडप्रेशर नीचे है। कंधों में दर्द है।'' सुजाता कह रही थीं, ''पैसे भेजें?...तकल्लुफ की जरूरत नहीं।''

उन्होंने रिसीवर मम्मी को दिया।

''हाँ, कल से बेहतर हूँ।'' मम्मी बोलीं, ''सुजाता के यहाँ कैसे चली जाऊँ? लोग बातें नहीं बनायेंगे? बेटी के घर डेरा डालना मुझे पसंद नहीं।...उन्हें कैसे बुला लूँ? सुजाता-योगेश का काम अपनी किताबों के बिना चल सकता है? बार-बार अपनी लायब्रेरी ढोते फिरेंगे?...तुम्हारी सलाह से पहले वर्षा दो बार कह चुकी है। मैंने ही मना किया। उसकी रिहर्सल और शोज चल रहे हैं। सुबह सात बजे वह दो बसें बदलकर रिपर्टरी जायेगी, रात को साढ़े दस बजे वापस लौटेगी, फिर मेरी सेवा करेगी? वह मशीन है क्या?...मेरी मानो, तो छोड़ दो बंबई और घर आ जाओ। ... हाँ, चल जायेगा। भगवान का दिया हुआ बहुत है। ... तुम्हारे छह महीने खत्म होने में ही नहीं आते।...वर्षा यहीं है...''

''हाँ, ठीक हूँ।'' वर्षा ने धीरे-से कहा, ''तुम अपना ध्यान रखना...(''तुम्हारी स्मृति मुझे बहुत सहारा देती है।'')...जान कर अच्छा लगा...'' और एकाएक सिसकी बँध गयी। आगे कुछ नहीं कह पायी।

सुजाता ने रिसीवर ले लिया, ''वर्षा रो रही है...हर्ष, क्यों लड़की को सता रहे हो?''

''इधर आ बिटिया।'' मम्मी ने पुचकारा और बाँह में लेकर वर्षा का सिर अपने कंधे पर रख लिया। उनकी आँखें भी सजल हो गयी थीं, ''हे भगवान, क्या बनेगा इस घर का?''

मौन सघन हो गया था। तीनों ने उसे तोड़ने में अपने को असमर्थ पाया। (वर्षा को 'तीन बहनें' के दृश्यांत की याद आयी, जहाँ हताशा से टूटी तीनों नारियाँ निस्पंद बैठी रहती हैं। एक-दूसरे के स्पर्श से सांत्वना पातीं)।

पूरा सप्ताह अवसाद से बोझिल था, इसलिए जब शनिवार की सुबह शिवानी का फोन आया, तो वर्षा उमंग से भर उठी। उसी समय झुमकी को खाने के ब्योरे बता दिये, हालाँकि पूरा दिन पड़ा था। पल भर को अपने उत्साह के अतिरेक पर खीज भरा ताज्जुब भी हुआ कि क्या सचमुच उसकी जिंदगी इतनी खाली हो गयी है?

रिहर्सल के बाद वेशभूषा पर विचार-विमर्श करते हुए देर हो गयी। वर्षा जब घर लौटी, तो पौने सात बज चुके थे। सर्दियों के कारण शाम भी जल्दी होती थी।

उसने गीजर का बटन दबाया और जींस व पूरी बाँहों का स्वेटर पहनने के लिये निकाल लिया।

''कॉफी बनाऊँ''' झुमकी ने पूछा।

"नहाकर पिऊँगी।"

अगर वह चौदह बटा चौदह में होती, तो सर्दी में इस समय नहाती नहीं। पर यहाँ कमरे से लगे स्नानगृह का सुख सुलभ था। गुनगुने पानी ने अपने ऊष्म स्पर्श से दिन भर की क्लांति धो दी। भीतर-बाहर सब ताजा लगने लगा। इस पर शिवानी के सान्निध्य से भरी शाम की आश्वस्ति...वर्षा फिर अपने ऊपर मुस्करा उठी।

वह गुनगुनाती हुई ड्राइंगरूम में आयी। पल भर बाद झुमकी ट्रे लेकर आ गयी। वर्षा ने अखबार के पन्ने करीने से लगाकर मेज पर रखे ही थे कि कार बाहर पोर्च में रुकी।

वर्षा बरामदे में निकल आयी, "हाइ..." और शिवानी को बाँहों में भर लिया।

शिवानी ने उसके कपोल का चुंबन लिया, "बहुत ताजा लग रही हो।"

"अभी-अभी नहाया है।"

झुमकी ने दूसरे प्याले में कॉफी उड़ेल दी थी।

"कॉफी में थोड़ी रम डाल लें?" शिवानी बोली, "मुझे सर्दी लग रही है।"

"जरूर।" वर्षा ने कहा, "झुमकी, दीदी की आलमारी से ओल्ड मोंक की बोतल लाना।" और शिवानी के हाथ छुये, "अरे, बिल्कुल सर्द हो।"

"शिमला में बर्फ गिरी है।"

"मेरे कमरे में बैठें-हीटर लगाकर?"

"मैं कहने ही वाली थी।"

कोने में रखा हीटर नर्म सुरों में गर्म हवा छोड़ रहा था। बगल की लव-सीट पर वर्षा-शिवानी बैठी थीं। पैर सामने कुर्सी पर, जिन पर शाल फैला हुआ था। सामने बड़ा लैंप जल रहा था, जिसकी बाहरी प्रकाश-परिधि कुर्सी तक मद्धिम हो जाती थी।

शिवानी कॉफी का बड़ा घूँट लेकर मुस्करायी, "रम के डैश से मेरी नसों में झंकार होने लगी है।" और वर्षा का हाथ अपने हाथों में ले लिया, "माफ करना, सर्दी में मुझसे हाथ थामे बिना बात नहीं की जाती।"

"जो भी पास हो, उसका हाथ पकड़ लोगी?" वर्षा हँसी।

शिवानी खिलखिलायी, "नहीं, थोड़ा-सा चुनाव तो करना होता है।" उसने माथे पर झूल आयी दो लटें पीछे हटायीं, "हाँ, इन कुंडलों के कारण मुझे बहुत कांपलीमेंट्स मिल रहे हैं। किसी ने कहा कि वह इन कुंडलों और इन्हें पहनने वाले कानों को चूमना चाहता है..." और फिर हँसी, "यह डिजायन तुमने कहाँ से ढूँढ़ निकाली?"

"दार्जिलिंग में शहर के अंदरूनी हिस्से में एंटीक्स की दुकान है। जो औरत उसे चलाती है, वह बहुत चुप्पी और रूखी है। ऐसा लगता है, जैसे उसकी दिलचस्पी चीजें बेचने में नहीं, ग्राहक को भगाने में है। थोड़ी देर मैंने उससे मीठी-मीठी बातें कीं। तब कहीं जाकर उसने अंदर की आलमारी खोली।"

"मीठी बातें करने में तो तुम माहिर हो।"

वर्षा मुस्करायी, "नहीं, थोड़ा-सा चुनाव तो मैं भी करती हूँ।"

शिवानी खिलखिलायी। वर्षा ने महसूस किया कि जिंदगी में अश्विनी के आने के बाद शिवानी उन्मुक्त हो गयी है।

"जिसने कुंडल और कानों को चूमना चाहा है, उसके मन की मुराद कब पूरी होगी?" वर्षा ने तनिक चंचल मुसकान से पूछा।

"हो चुकी है।" शिवानी हँसी, "हम तुम्हारे-जैसे संगदिल नहीं। बुद्ध की तरह दुखी मानवता के लिये हमारा मन करुणा से भरा है।"

"और मन की मुराद कानों से आगे बढ़े, तो?"

"बढ़ रही है। यही तो चिंता है। समझ में नहीं आता, अब क्या करूँ?"

"बुद्ध के उपदेशों की किताब पढ़ो। उसी में से रास्ता निकलेगा।"

शिवानी मुस्करायी। फिर मुस्कान धीरे-धीरे खो गयी, "बहुत नया-सा अनुभव है वर्षा! हर्ष अपने-आप में और अपनी कला में इतना डूबा रहता था कि उसने शायद ही कभी मेरे कपड़ों, मेरे गहनों पर ध्यान दिया हो। अश्विनी हैं कि संबसे पहले मेरी साड़ी, मेरे लॉकिट, मेरे सेंट का जिक्र करते हैं। उनसे दस मिनट मिल कर मेरे अंदर की स्त्री उमंग में आ जाती है। मेरी चाल बदल जाती है, मेरा आत्मविश्वास मेरी आँखों में चमकने लगता है..." शिवानी ने वर्षा का हाथ दबाते हुए उसकी आँखों में देखा, "बहुत अच्छा एहसास है वर्षा। भीतर की धुँध छटने लगी है। सुबह सोकर उठती हूँ, तो घड़ी की सुइयाँ शहनाइयों की तरह बजती हैं..."

झुमकी कबाव की प्लेट और बर्फ की डोलची लिये आयी।

"झुमकी, आँखें दिखाओ। नशा तो नहीं हुआ?"

शिवानी ने मुस्कान के साथ झुमकी की आँखों का परीक्षण किया। (उसने झुमकी के प्याले में भी तीन चम्मच रम डाल दी थी)।

"दीदी की बातें... गाँव में मैं चौथाई बोतल महुआ पी जाती हूँ।"

"अच्छा?" शिवानी हँसी, "अगली बार गाँव जाओ, तो एक बोतल मेरे लिए भी लाना।"

"ठीक है। मेरा आपका यहीं कंपटीशन होगा।"

शिवानी ने वर्षा को देखा, "सुबह फोन पर मुझसे बोल रही थी, आई रिकॉग्नाइज्ड योर लवली वॉयस..."

"झुमकी समझदार है।" वर्षा बोली, "जल्दी सीख रही है।"

शिवानी ने पॉलीथीन के बैग से जेमसन की बोतल निकाली और तीन गिलासों में ढालने लगी।

"यह तुम कहाँ से लायी हो?" वर्षा ने पूछा।

"भैया के पास अच्छा स्टॉक रहता है।"

वर्षा ने तीसरा गिलास झुमकी की ओर बढ़ाया। थोड़ी ना-नुकुर के बाद उसने ले लिया और रसोई में चली गयी।

"हम लोग मुनीरका गये थे। मम्मी बहुत टूटी हुई लगीं।" शिवानी बोली।

"कोई रास्ता दिखायी नहीं देता। फिलहाल वह बंबई नहीं जा सकतीं और उनका अकेले

रहना भी दुश्वार है।''

शिवानी ने एक घूँट भरा। पल भर के विराम के बाद पूछा, 'तुमने अपने बारे में क्या सोचा है?''

वर्षा ने अपना सिर शिवानी के कंधे पर रख लिय.. उसकी उँगलियों में अपनी उँगलियाँ उलझाते हुए कहा, ''कुछ नहीं।''

''सुजाता ने बताया कि चारुश्री से तुम्हारी मुलाकात हुई?''

''हाँ।''

''कैसी लगी?''

''शार्प।...प्रीमियर के बाद मिलना तय हुआ था। पर ओडियन पर लाठी-चार्ज हो गया, तो पुलिस उन्हें पिछले दरवाजे से निकाल ले गयी। फिर उसी रात को वह बंबई चली गयीं।''

''चारुश्री और हर्ष के बीच में कुछ है?''

वर्षा ने ठंडी साँस छोड़ी, ''कोई चिंगारी है तो...''

शिवानी ने उसकी चिबुक पर उँगली रख चेहरा अपनी ओर किया, ''तुमने ठीक समझा है?''

वर्षा ने हामी में सिर हिलाया।

''हर्ष ने स्वीकार किया?''

वर्षा ने इन्कार में सिर हिलाया।

''ऐसा तो नहीं कि हर्ष की ओर से खास कुछ न हो, वह स्थिति को झेल रहा हो?''

''मैं ऐसा ही सोचती हूँ, वरना मुझसे कट जाने में कौन-सी रुकावट है?''

''मम्मी और सुजाता?''

''वे दोनों हर्ष की पसंद के खिलाफ और मेरे समर्थन में दूर जा सकती हैं, मुझे संदेह है।''

वर्षा सीधी हो गयी और बड़ा घूँट लिया, ''तुम प्रीमियर पर नहीं आयीं?''

इस शाम को पहली बार शिवानी उदास भाव से मुस्करायी, ''बीते हुए से अलग होने की कोशिश है।''

आसपास की शांति में चुप्पी और घनी हो गयी थी। खिड़की के काँच के पार धुँधलाया चाँद दिखायी दे रहा था। उजली चाँदनी को देखते हुए सर्दी की हिलोर महसूस हुई।

''यह क्या मंजर है दोस्तो!'' अनुपमा हँसती हुई आयी, ''लव-सीट पर दोनों लड़कियाँ... कमरे में ऐसा मीठा अँधेरा... पूछा जा सकता है कि हो क्या रहा है?''

''एक-दूसरे के भावात्मक शून्य में झाँक रहे हैं।'' शिवानी मुस्करायी।

वर्षा ने कुर्सी से पाँव हटा लिये, ''इतनी देर कहाँ लगायी?''

अनुपमा गहरी साँस के साथ बैठ गयी, ''नुक्कड़ नाटक की रिहर्सल... तीन लोग नये हैं।''

शिवानी ने नया गिलास अनुपमा की ओर बढ़ाया।

''थैंक्स!'' अनुपमा ने दो घूँट लिये। फिर एक कबाब उठाया और खुद भी उठ खड़ी

हुई, ''मुझे माफी दी जाये। सुबह साढ़े पाँच बजे उठना है। इतनी थकी हूँ कि पाँच मिनट में खाना खाते-खाते ही सो जाऊँगी।'' गिलास से घूँट भरते हुए वह निकल गयी।

''तुम्हारा यहाँ शिफ्ट करना मुझे बहुत अच्छा लगा।'' शिवानी बोली।

''हाँ, वरना रिपर्टरी के लोग कैसे रहते हैं, मैंने तुम्हें बताया था।''

''बहुत अफसोस की बात है। तुम लोगों के ग्रेड्स इतने कम हैं।''

''अगर नेशनल थिएटर बन जाता, तो हम लोगों की हालत सुधर जाती।''

शिवानी उठ खड़ी हुई। छोटी-सी अंगड़ाई ली। हाथ-पाँव झटके। फिर एक सिगरेट जलायी, ''वर्षा, तुम्हारी सिनेमा में दिलचस्पी है?''

''हाँ।''

''मेरा मतलब है, तुम फिल्मों में काम करना चाहती हो?''

''हाँ। यह बहुत शक्तिशाली माध्यम तो है ही, पैसा भी ठीक देता है। अब वह समय आ गया है, जब मैं जीने के लिए थोड़ी सुविधाएँ चाहती हूँ।''

शिवानी ने सिगरेट बढ़ायी, तो वर्षा ने एक कश लिया।

''झुमकी हमारे लिए बैठी होगी?''

''नहीं। हमारा खाना हॉटकेस में रखा है। जब तुम कहोगी, मैं ले आऊँगी।'' शिवानी ढेर सारा अपनत्व भरकर वर्षा को देख रही थी।

''ऐसे क्या देख रही हो?'' वर्षा मुस्करायी।

''अगर उस दिन मैंने तुम्हें फोन न किया होता, तो मैं तुम्हें जानने से वंचित रह जाती और मेरा कितना भावात्मक नुकसान होता।''

''यह तुम मेरे मन की बात कह रही हो।''

शिवानी कुछ पल खोयी-सी रही। फिर धीरे-धीरे बोली, ''मैं कुछ समय पहले तक हर्ष से नाराज थी। अब नहीं। वयस्क होने के बाद मैंने पहली बार इस तरह का दुख भोगा है। मैं इस अनुभव से मजबूत बनकर निकली हूँ। तुमसे मैंने काफी दिनों ईर्ष्या की है। अब तुम्हारे लिये मेरे मन में शुभचिंता रह गयी है। ईश्वर न करे कि हर्ष के साथ तुम्हारे रिश्ते में कोई धुँधलाहट आये। पर अगर ऐसा हुआ, तो मुझे सचमुच दुख होगा।''

कुछ देर वर्षा को नींद नहीं आयी। बगल में शिवानी की समतल साँसों का एहसास था। शिवानी ने तकिये और सिर के बीच में मुड़ी हुई कोहनी लगा रखी थी। लिहाफ थोड़ा नीचे फिसल गया था। नाइटी के स्ट्रैप से उजला कंधा दिखायी दे रहा था। वर्षा ने हल्के-से लिहाफ ऊपर खींच दिया। नींद में डूबी शिवानी बहुत अपनी महसूस हुई। मन में आवेग-सा उठा, उसका चुंबन लेने को वर्षा झुकी, फिर दो सूत के फासले पर रुक गयी। लगा कि उसके स्पर्श से शिवानी जाग न जाये।

शिवानी यहाँ तीन-चार बार आ चुकी थी, पर रात को ठहरी पहली बार थी। उसने बताया था कि रात को वर्षा के यहाँ रुकने के कार्यक्रम को जानकर उसकी भाभी ने कौतुक भरी मुस्कान दी थी। उन दोनों की मित्रता कुछ लोगों के लिए उलझन बन गयी थी। स्वयं वर्षा के लिए यह रिश्ता किसी पहेली से कम नहीं था। मानवीय संबंधों की चमत्कारिक

प्रकृति पर उसे ताज्जुब हुआ। कैसे-कैसे अनजान कोणों से, कैसे-कैसे मनोभावों की परतों में अंतरंगता बँधी चली जाती है, उसने सोचा।

16

लंबी दौड़ वाले धावक का अकेलापन

सत्र के उत्तरार्ध में पहला विकास था - अकादमी पुरस्कार!

वर्षा को मालूम था कि इन दिनों संगीत नाटक अकादमी की बैठकें चल रही हैं। रवींद्र भवन में आते-जाते देश के कई प्रख्यात कलाकारों एवं विशेषज्ञें को उसने देखा था। जिनसे पहचान थी, उनसे अभिवादन और कुशल-क्षेम का आदान-प्रदान भी हुआ था। पर रवींद्र भवन में ऐसी गतिविधियाँ तो चलती ही रहती थीं। उसके विशेष ध्यान देने का कोई सवाल ही नहीं था। उसे थोड़ा अटपटा तब लगा, जब एक सुबह मंसूर नौ बजे से पहले सूर्यभान के कमरे में थे और बाहर बैठे चपरासी ने वेंकट को अंदर जाने से रोक दिया, "जरूरी बात कर रहे हैं। आप लंच के बाद सिगनेचर करा लेंगे?"

थोड़ी देर बाद सूर्यभान और मंसूर नीचे चले गये। उस दिन पूर्वाभ्यास में सूर्यभान ने हिस्सा नहीं लिया।

लंच के बाद वर्षा लायब्रेरी से एक किताब लेकर लौटी, तो दरवाजा खुला था और अंदर से सूर्यभान तथा मंसूर के मिले-जुले ठहाके की आवाज आयी। वर्षा ने मंसूर को 'आदाब' किया, तो उन्होंने झुक कर मीठी मुस्कान से प्रत्युत्तर दिया।

अगली सुबह वह लॉन के लता-मंडप में (जो सुबह की चाय का उसका प्रिय स्थल था) घूँट भरते हुए अखबार के बीच के पन्ने देख रही थी। पाँच मिनट पहले अनुपमा शेष पन्नों के साथ फोन सुनने उठ गयी थी।

"वर्षा!" अनुपमा यकायक एक पृष्ठ लिए दौड़ती हुई आयी, "बधाई!"

उसने नासमझी से निगाह उठायी।

"तुम्हें अकादमी एवार्ड मिला है।" उसने तीसरे कॉलम के शीर्षक पर उँगली रखी। रंगमंच वर्ग में अभिनय के लिए वर्षा वशिष्ठ को पुरस्कृत किया गया था। अनुपमा ने बाँहों में भर कर उसे चूम लिया, "बकरी, तू पेपर पढ़ती है या उसकी जुगाली करती है? तू एवार्ड पाने वाली सबसे कम उम्र एक्ट्रैस है!"

तभी झुमकी बरामदे से निकल आयी, "वर्षा दीदी, लखनऊ से दिव्याजी का फोन है।"

"मैं और सूर्यभान कमेटी में थे।" थोड़ी देर बाद मंसूर का फोन आया, "मद्रास के एक डांस एक्सपर्ट अपनी फील्ड के एक उम्मीदवार को आगे बढ़ाना चाहते थे। हमें इसमें एतराज नहीं था। इसलिए तुम्हारे नाम पर फैसले में कोई रुकावट नहीं आयी।"

रिपर्टरी में घुसते ही अर्चना ने बधाई दी, ''वर्षा, आय'म श्योर यू विल गो प्लेसेस!'' दूसरे सहयोगी भी उमंग में थे। चिंतामणि ने गलियारे में ही उसका हाथ पकड़ कर डिस्को किया। ममता ने भी मुस्कान के साथ 'क्रांग्रेचुलेशंस' कहा, पर उसकी आँखें ठंडी थीं।

''वर्षाजी प्रणाम!'' सूर्यभान उसे देखते ही हाथ जोड़ कर मुस्कान के साथ खड़े हुए ''आपको सामने देखकर मेरे पाँव वैसे ही काँप रहे हैं, जैसे रामभरोसे के आगे कालिदास आ गये हों!''

''मुझे खुशी हुई।'' वर्षा सामने बैठ गयी, ''लेकिन थोड़ा अपराधी महसूस कर रही हूँ। अर्चना और ममता मुझसे सीनियर हैं।''

सूर्यभान संजीदा हो गये, ''तुम्हारी भावना की मैं कद्र करता हूँ, पर वरिष्ठता मूल्यांकन का एक तत्व हो सकती है, कसौटी नहीं। रिपर्टरी के एक सदस्य से कई अपेक्षाएँ हैं-प्रतिभा पहली शर्त है, फिर सहयोगियों के साथ अच्छे संबंध, कंपनी के प्रति दायित्व का एहसास, अपने से ऊपर कंपनी को रख पाने की क्षमता, कट्टर अनुशासन की भावना, स्कूल की राजनीति के बजाय अपने काम में ध्यान। दूसरे लोगों को भी समयानुसार उनका दाय मिलना चाहिए, लेकिन सिर्फ वरिष्ठता के आधार पर नहीं।''

मजे की बात यह थी कि न मंसूर ने डॉक्टर अटल का नाम लिया था, न सूर्यभान ने। पर अब वर्षा कुछ-कुछ समझने लगी थी। वह 'ब्लड वैडिंग' की वेशभूषा के रेखाचित्र दिखाने उनके कार्यालय में गयी, तो वह हल्की मुसकान से बोले, ''कांग्रेचुलेशंस!''

''सर!'' वर्षा अटककर बोली, ''मेरे पास अपना आभार प्रकट करने के लिए शब्द नहीं हैं।''

''तुम्हें आभारी होना है अपनी प्रतिभा का,'' वह गंभीर स्वर में बोले, ''अपनी लगन का, अपने व्यवहार और अपने व्यक्तिगत गुणों का। आज तुम जहाँ हो, उन्हीं के कारण हो।''

वर्षा के सामने स्कूल के दाखिला-इंटरव्यू की बौखलायी स्थिति से लेकर अब तक के कितने ही क्षण कौंध गये-अवहेलना के, पराजय के, हताशा के। वह कितनी बार टूटी, कितनी बार लहूलुहान हुई, कैसे तन-मन की पूरी एकाग्रता से अपने को कला-कुंड में झोंका। अगर इन तीखी आँखों की प्रेरणा और डर न होता, तो शायद वह इस अग्निपरीक्षा में खरी साबित न हो पाती। पर वह कह कुछ नहीं पायी। बस, एक छोटा-सा आँसू आँख में झिलमिला गया। (उसे याद आया, तीसरे वर्ष में एक नाटक की विवेचना करने वाली उसकी नोटबुक में डॉक्टर अटल ने टिप्पणी करते हुए 'मालविकाग्निमित्र' की पंक्ति उद्धृत की थी, 'शिक्षक की कला मेधावी शिष्य के पास पहुँचकर वैसे ही खिलती है, जैसे बादल का पानी समुद्र की सीपी में पहुँचकर मोती बन जाता है।')

''भावुकता मुझे पसंद नहीं।'' ग़नीमत थी कि आवाज सहज थी, उसमें गुस्सा नहीं था, ''आँसू बहुत बड़ी नेमत हैं।''

उसने दुपट्टे के कोने से आँखें पोंछीं।

''एवार्ड मिलने के बाद लोग सुस्त और मोटे हो जाते हैं।'' डॉक्टर अटल मुस्कराये, ''इसलिए तुम्हारे लिए जो अगला नाटक मैंने चुना है उसका नाम है- 'द लोनलीनैस ऑफ ए लांग डिस्टेंस रनर!' इसमें तुम्हें धावक की भूमिका निभानी है। तुम रोजाना सुबह नौ के

पहले और शाम को पाँच के बाद मेघदूत थिएटर के चक्कर लगाओगी–कुल मिला कर सौ!''

''मैं आज शाम से ही शुरू कर दूँगी।'' वर्षा मुस्करायी।

''दैट्स गुड!'' उन्होंने सेट का मॉडेल अपने पास खिसकाया, ''नाउ एबाउट टर्न, क्विक मार्च, लेफ्ट, राइट, लेफ्ट...''

''थैंक्यू सर!'' वर्षा ने गीली मुस्कान से दरवाजा खोला।

''वर्षा मुझसे बहुत नाराज है।'' स्नेह मुस्कराये, ''सुबह मैंने फोन किया, तो पहचानने से इंकार कर दिया। बोली, मैंने आपका नाम लिस्ट में से काट दिया है।''

पुरवाई हँसीं। सिगरेट भरते हुए चतुर्भुज मुस्कराये।

''मैंने बिल्कुल ठीक किया।'' वर्षा बोली, ''जब आपको दफ्तर फोन करो, तो फरीदाबाद फैक्टरी में गये हैं। घर फोन करो, तो मेम साब के साथ डिनर पर बाहर गये हैं। छुट्टी के दिन फोन करो, तो खेमकाजी के यहाँ गये हैं। या तो आप कॉलबैक नहीं करते और करते हैं तो ऐसे समय, जब मैं घर में न होऊँ। मतलब साफ है, आपने अपनी दुनिया बसा ली है, अब दोस्तों को समझदारी दिखाते हुए कट जाना चाहिए।''

पुरवाई स्नेह के साथ उँगलियाँ उलझाये बैठी थी। स्नेह उसकी ओर देखकर विवश भाव से मुस्कराये। फिर वर्षा की ओर देखा, ''फैक्टरी में गो–स्लो चल रहा था। खेमका जी को लगाा कि मेरे व्यवहार और संबंधों का कुछ उपयोग हो सकता है। वह मुझे इतनी सुविधाएँ दे रहे हैं। उनकी कीमत तो चुकानी होगी।'' उन्होंने तीखी मजबूरी से वर्षा को देखा। लगा, उन्होंने कुछ कहते–कहते अपने को रोक लिया है। फिर जेब से मोटा–सा बटुवा निकाला (कसी हुई पतलून के साथ टाई में वह सहज नहीं लगे।) और सौ का नोट पुरवाई को देते हुए कहा, ''जरा ड्राइवर से कहोगी, एक बोतल ले आये।''

पुरवाई के भाव से वर्षा समझ गयी, उन्हें यह कार्यक्रम रुचिकर नहीं है। वर्षा को भला लगा कि वह काफी दिनों से इधर नहीं आयी। अगर चतुर्भुज लंबे प्रवास के बाद दिल्ली नहीं आये होते, तो आज की इस शाम भी साथ होने की नौबत नहीं आती।

पुरवाई बाहर निकल गयीं, तो स्नेह धीमे स्वर में बोले, ''देखो, मैं खेमका और पुरवाई–दोनों की अपेक्षाएँ पूरी करने की कोशिश कर रहा हूँ। यह आसान नहीं है। अगर तुम्हारे–जैसे दोस्त ही नहीं समझेंगे, तो मेरे लिए 'व्यवस्थित' होने का अर्थ बहुत कम रह जायेगा।''

उनके स्वर में पीड़ा भी थी और दंश भी।

वर्षा ने होंठ काट लिया, ''माफ कीजिए, मुझे मालूम नहीं था कि स्थिति पेचीदी है।''

पुरवाई आयीं, पर पहले की तरह स्नेह के निकट नहीं बैठीं।

''जब से तुम गये, इसे छूने का मौका ही नहीं मिला।'' चतुर्भुज ने सिगरेट बढ़ायी, तो स्नेह बोले।

लगा, पुरवाई कुछ कहने वाली थीं, फिर रुक गयीं।

स्नेह ने खूब डूब कर तीन–चार कश लिये।

फोन की घंटी बजी।

"वर्षा..." पुरवाई ने रिसीवर बढ़ाया, " 'दिनमान' से... तुम्हारा इंटरव्यू चाहिए।"

"हैलो..." वर्षा बोली, "कल शाम मिल सकते हैं... पाँच बजे, त्रिवेणी।" उसने रिसीवर रख दिया।

"तुम्हें एवार्ड मिलने से एस्टाब्लिशमेंट पर मेरा थोड़ा विश्वास हुआ है।" स्नेह बोले।

"मंडी हाउस में सनसनी छा गयी।" चतुर्भुज हँसे।

"डार्लिंग, तुम कपड़े बदल लो न!" पुरवाई लाड़ से बोलीं, "रिलैक्स करो।"

"अच्छा।" स्नेह भीतर चले गये।

"आपकी क्लॉसेज चल रही हैं अभी?" वर्षा ने पूछा।

"नहीं। इम्तिहान की तैयारी की छुट्टियाँ हो गयी हैं। पुरवाई मुस्करायीं, "हम लोग गर्मियों में श्रीनगर जा रहे हैं।"

"दैट्स ग्रेट!"

"मैं खेमकाजी के पीछे पड़ जाऊँगी। उन्हें स्नेह को तीन-चार हफ्ते की छुट्टी देनी ही पड़ेगी।" पुरवाई के स्वर में गर्व था, "तुम लोगों को पता नहीं है, स्नेह ने कैसे जोड़-तोड़ करके गो-स्लो खत्म करवाया है।"

"जोड़-तोड़ के तो ये माहिर हैं।" चतुर्भुज हँसे।

स्नेह कुर्ता-पाजामा पहनकर आ गये। बाहर आहट हुई। पुरवाई बोतल और बाक़ी पैसे लेकर लौटीं।

"ड्राइवर पूछ रहा है, वह घर जा सकता है?"

स्नेह का मुँह एकदम तमतमा गया, "नहीं जा सकता। मैंने इन लोगों को खाने पर बुलाया है। इन्हें छोड़ने नहीं जायेगा वह?"

पुरवाई मलिन पड़ गयीं।

"स्नेहजी, हम लोग चले जायेंगे।" चतुर्भुज दुर्बल स्वर में बोले, "यहाँ से आटो मिलने में कोई मुश्किल नहीं।"

"घर में गाड़ी और ड्राइवर है और तुम लोग ऑटो से जाओगे?" स्नेह का स्वर आक्रामक हो गया, "मुझे अपनी बिरादरी से एकदम काट दिया है? ऐं? नौकरी करने के बाद मैं अछूत हो गया हूँ? अगर तुम लोगों ने ऐसे व्यवहार किया, तो भगवान की सौगंध, मैं सब कुछ छोड़-छाड़कर बाबर लेन चला जाऊँगा। वह दिन भूल गये, जब तुम्हारी जेब में बीस रुपये थे, तो मैंने आधे छीन लिये थे?

"सॉरी स्नेहजी!" चतुर्भुज ने तुरंत कान पकड़े।

"मैं गिलास लाती हूँ।" पुरवाई ने उत्साह दिखाया और भीतर चली गयीं।

"आज ही मुझे भावुकता दिखाने पर डिक्टेटर की डाँट पड़ी है।" वर्षा मुस्करायी, "स्नेहजी, भावुक मत होइए।" और उसने हँसकर पूरा प्रसंग सुनाया।

स्नेह मुस्कराये। चतुर्भुज हँसे। वातावरण का तनाव थोड़ा कम हुआ।

पुरवाई ट्रे में गिलास लेकर आयीं। नौकर ने बर्फ का कटोरा और नमकीन की प्लेटें रखीं।

"तुम्हारा वर्कशॉप कैसा रहा?" स्नेह ने पूछा।

''बहुत अच्छा।'' चतुर्भुज पैग बनाते हुए उमंग से बोले, ''छोटे शहरों की नयी पीढ़ी में इतना जोश है कि कुछ पूछिए मत। काम के घंटे मैंने चार रखे थे–शाम पाँच से नौ तक। पर आधी रात से पहले कभी नहीं छूटा। सुबह सोकर नहीं उठता था कि भक्त लोग आने लगते थे। आज किसके साथ मुझे लंच पर जाना है, इस बात को लेकर झगड़ा होता था। एक अभिनेत्री अपनी गाड़ी लिये हाजिरी में रहती थी।''

''चियर्स!'' स्नेह ने गिलास ऊपर उठाया और घूँट भरा।

नौकर बाहर से आया और सिगरेट का पैकेट चतुर्भुज के सामने रखा।

''बहादुर, चपातियाँ और पराँठे दोनों बनाना।'' स्नेह बोले, ''वर्षा-अनुपमा को पराँठे पसंद हैं।''

''जी।''

''सूखे आलू बनाये हैं न?''

''हाँ।'' जवाब पुरवाई ने दिया।

''ठीक। वह वर्षा की पसंद है। थोड़ी मिर्चें तल लेना। वह अनुपमा की पसंद है और चतुर्भुज का काम रायते के बिना नहीं चलता।''

''याद रहेगा कि मैं आऊँ?'' पुरवाई बोलीं।

''याद रहेगा जी!'' नौकर अंदर चला गया।

थोड़ी चुप्पी रही।

''महीनों के बाद तुम लोगों के साथ बैठा हूँ।'' स्नेह बोले, ''बहुत अच्छा लग रहा है। ...जैसे पुराने दिन लौट आये हों।'' उनके चेहरे पर कुछ खो जाने का भाव था। सहसा अपना गिलास पुरवाई के सामने कर दिया।

''तुम क्या जानते नहीं... मैं नहीं पीती।''

''एक घूँट!''

पुरवाई ने थूक-सा निगला, ''स्नेह, प्लीज...''

''एक घूँट!'' स्वर स्थिर था।

''डार्लिंग, ऐसे जिद नहीं करते...'' पुरवाई कातर हो गयीं।

विराम आ गया। चतुर्भुज नीचे देखने लगे।

''स्नेहजी, प्लीज...'' वर्षा ने अनुनय की, ''उनकी मर्जी नहीं है न...''

''मैं अपनी मर्जी के खिलाफ बहुत कुछ कर रहा हूँ वर्षा !'' स्नेह ने पुरवाई को देखा, ''एक घूँट!''

''क्यों सता रहे हो?'' पुरवाई का चेहरा उतर गया था।

''तुम्हीं तो कहती हो, जिंदगी में समझौता करना पड़ता है।''

''तब संदर्भ दूसरा था।''

''सदंर्भ बदल जाने से समझौते की प्रकृति तो नहीं बदल जाती।'' स्नेह बोले, ''एक घूँट !''

उनका हाथ वैसे ही सामने था। एक पल। दो पल।

''ठीक है। फैसला हो गया।'' कहते हुए स्नेह उठने को ही थे कि पुरवाई ने गिलास थामते हुए एक घूँट ले लिया।

''अब तो खुश हो।'' मुस्कराते हुए पुरवाई ने स्नेह का गाल थपथपा दिया।

वर्षा और चतुर्भुज ने छुटकारे की साँस ली। लगा, जैसे मन पर आ गिरी सिल हट गयी हो।

"अरे, हमारे आने से पहले ही चियर्स हो गया !" अनुपमा भीतर घुसी, "हैलो पुरवाई... बड़ी सुंदर माला पहनी है। कहाँ से ली?"

"स्नेह पिछले हफ्ते बंबई गये थे। वहीं से लाये हैं।"

एकदम सन्नटा छा गया।

"स्नेहजी, आप बहुत कपटी हैं।" वर्षा ने कहा।

"वर्षा, मैंने यह बात आखिर के लिए रख छोड़ी थी। मैं तय नहीं कर पाया था कि इसे किस रूप में तुम लोगों तक पहुँचाना है।" स्नेह झेंप गये थे।

"डार्लिंग, मुझसे भूल हुई।" पुरवाई आर्त्त स्वर में बोली।

"इसमें तुम्हारी कोई गलती नहीं।" स्नेह ने पुरवाई का हाथ थाम लिया।

"अब बता भी दीजिए।" चतुर्भुज मुस्कराये, "पूर्वरंग बहुत खिंच गया।"

"मैं डेढ़ दिन बंबई में था।"

"गये किसलिए थे?" अनुपमा ने पूछा।

"देखो, वर्षा को चिढ़ाने के लिए जानबूझकर नांदीपाठ में संवाद जोड़ रही है।" चतुर्भुज बोले।

"वर्षा, तुम मेरे लिए ऐसा सोच सकती हो? जिस फ्रीक्वेंसी पर हर्ष की खबर आनी है, उसे मैं जाम कर सकती हूँ?"

इससे पहले कि वर्षा नाहीं में सिर हिलाये, स्नेह बोले, "पहले मैं नहीं बता रहा था, अब तुम लोग मुझे बोलने नहीं दे रहे हो।"

"सब खामोश..." चतुर्भुज ने दोनों हाथ ऊपर उठाये।

"मैं दफ्तर के काम से गया था। वह कुछ घंटों में हो गया। फिर सारा समय हर्ष के साथ था।" स्नेह ने क्षण भर श्रोताओं को देखा, "हर्ष मिस्टर नायडू के फ्लैट में है। उन्हीं की एक गाड़ी में चलता है। फिलहाल उसके पास पैसे की कमी है। 'दीपशिखा' शुरू हो रही है। उसके डायरेक्टर नंदा समझदार हैं। उनसे हर्ष की बनती है। दूसरी फिल्म 'सहयात्री' में उसके साथ चारुश्री है। नायडू की पिछली दो फिल्मों में चारुश्री थी, जो सफल रही हैं। इसलिए नायडू चारुश्री पर भरोसा किये हैं। पर 'कंपन' की नाकामयाबी के बाद चारुश्री के भाई सदानंद मौजूदा कहानी से सहमत नहीं। वह साफ-सुथरी कहानी है, हर्ष को पसंद है, पर सदानंद का कहना है, 'सहयात्री' एवार्ड के लिए नहीं बनायी जा रही है। चारुश्री के कैरियर ग्राफ पर 'कंपन' का बुरा असर पड़ा है। सदानंद का कहना है, चारुश्री-हर्ष की जोड़ी 'कंपन' में क्लिक नहीं हुई, तो 'सहयात्री' में कैसे हो जायेगी? इसमें तो 'कंपन' के जैसे सुंदर प्रणय-दृश्य भी नहीं हैं। अभी तक 'सहयात्री' के लिए एक भी डिस्ट्रीब्यूटर आगे नहीं आया है। नायडू चारुश्री की इच्छा का सम्मान करते हैं, इसलिए कह रहे हैं कि स्वीकृत कहानी को छोड़ते हुए इसी जोड़ी के साथ वह थोड़ी लोकप्रिय ढंग की कहानी फिल्माने को तैयार हैं, पर निर्देशक व्यावसायिक सिनेमा का ही होगा। यह हर्ष को स्वीकार नहीं हैं दूसरी तरफ सदानंद का कहना है कि अगर व्यावसायिक फिल्म बनानी है, तो हर्ष को लेने में क्या तुक है?"

"आप चारुश्री से मिले?" चतुर्भुज ने पूछा।

"हाँ। हर्ष के साथ ही गया था। वहाँ मेरी खूब आवभगत हुई। दरअसल हर्ष के कारण चारुश्री के घर में भी दो कैंप हो गये हैं-चारुश्री और माँ हर्ष को पसंद करती हैं, भाई और भाभी उसके खिलाफ हैं।"

"आदित्यजी का क्या कहना है?" वर्षा ने सूखे गले से पूछा।

''वह कहता है कि अपने बेबाक बयानों से हर्ष की इमेज एक मुँहफट अहं-केंद्रित अभिनेता की बन रही है। हर्ष का कहना है कि वह अपने पर संयम रखने की कोशिश करता है, पर मूर्खों की बातों से उत्तेजित हो जाता है।''

''पैसे की कमी है?'' वर्षा ने पूछा।

स्नेह ने हामी में सिर हिलाया, ''वैसे उसे एक व्यावसायिक फिल्म में सहनायक की भूमिका ऑफर हुई है, पर उसने पैसे ज्यादा माँगें हैं। आदित्य के कहने पर मैंने इस बारे में भी हर्ष से बात की। उसने कहा कि निर्माता के फिर आने पर वह कीमत कर कम देगा। मैंने कहा, तुम खुद निर्माता को फोन कर दो, तो बोला, इस तरह इन लोगों का दिमाग खराब हो जाता है।'' स्नेह ने एक घूँट लिया, ''हाँ, चारुश्री तुम्हारी तारीफ कर रही थी।''

''प्रसंग क्या था?'' अनुपमा ने पूछा।

''हर्ष ने अकादमी एवार्ड का जिक्र किया, तो चारुश्री बोली, मुझे ताज्जुब नहीं हुआ। उस लड़की की आँखें बोलती हैं।''

(वर्षा को हर्ष के तार की याद आयी, 'बधाइयाँ! आलिंगन और चुंबन-विशेषकर आँखों पर!' उसने आँखें मूँद कर तार के कागज से अपना चेहरा ढँक लिया था!)

पुरवाई वर्षा को शादी का एलबम दिखाने लगीं। चतुर्भुज स्नेह को बता रहे थे कि रंगशिविर में अपेक्षाकृत नये लोगों के साथ स्थानीय लोकनाट्य करने में क्या फायदा रहता है। तभी फोन की घंटी बजी। अनुपमा ने रिसीवर उठा लिया। कुछ क्षणों बाद उसके चेहरे का भाव जैसे बदला, उससे सबकी बातचीत अपने-आप रुक गयी। ''वर्षा, शाहजहाँपुर से तार आया है। माँ का देहांत हो गया।''

जब कंधे पर बैग लटकाये वर्षा ५४, सुल्तानगंज के सामने पहुँची, तो महादेव भाई चबूतरे पर ही खड़े पंडित से बात कर रहे थे। वर्षा सामने ठिठकी, तो उन्होंने उसके सिर पर हाथ रखा, ''अच्छा हुआ, तुम समय से आ गयीं।''

बैठक में दद्दा बैठे थे। आसपास पड़ोस के कुछ लोग। वर्षा ने दहलीज पर पाँव रखा ही था कि जिज्जी ने सिसकी के साथ उसे गले से लगा लिया।

आँगन में अर्थी पर शव था। कोरे कपड़े से ढँका हुआ। एक ओर औरतें बैठी थीं।

वर्षा ने कपड़े का कोना हटाकर अंतिम दर्शन किये। चेहरे पर झांई-सी पड़ गयी थी। वह भावहीन-सा लगा। कृश। निस्पंद। वर्षा ने गहरी साँस ली। कभी सोचा था, माँ से संबंध सुधारने की कोशिश करेगी। पर उन्होंने पारस्परिक तनाव के साथ ही विदा ले ली।

''महोबेवाली की ठीक समय पर सुन ली भगवान ने...'' फूलवती बोलीं।

''जिज्जी...''

किशोर उसके गले से लगकर फूट पड़ा। किशोर का स्पर्श पाते ही वर्षा के भीतर आवेग का सोता-सा फूटा, पर सिसकी मद्धिम रही। उसके देखते हुए परिवार में यह पहली मृत्यु थी। उसकी प्रतिक्रिया ऐसी दुर्बल क्यों है, वर्षा ने सोचा।... लंबे व्यवधान के बाद किशोर से मिलने की अनुभूति ज्यादा गहन लगी। उसने होंठ काटा।

शव-यात्रा चलने लगी। नाम के सत्य होने की पुकार धीरे-धीरे धीमी हो गयी।

''पिछले छह महीने बहुत तकलीफ उठायी।'' जिज्जी ने कहा, ''चलने-फिरने की लाचारी बुरी होती है।''

वर्षा दीवार से पीठ लगाये बरामदे में बैठी थी। भाभी गोद के छोटे बच्चे को दूध पिला रही थीं। झल्ली नन्ही भतीजी को झुनझुना बजा कर बहला रही थी। झल्ली बड़ी हो गयी

थी। शलवार-कुर्ता पहनने लगी थी।

वर्षा के सामने चिर परिचित जगह थी। अलगनी पर लटकते कपड़े। आँगन के कोने में नल से टपकती एक-एक बूँद। कोने में तुलसी का चौरा। ऊपर दीवार से खाली पिंजरा टँगा हुआ था। पिछले साल एक रात को अनुष्टुप बिल्ली का खाद्य बन गया था। सुबह उसके नुचे हुए पंख मिले थे।

वर्षा ने ठंडी साँस ली।

रात भर की यात्रा से देह क्लांत थी और शोक से मन। लग रहा था, जैसे उसका महसूस करना स्थगित हो गया हो। जैसे वह जल्दी-जल्दी स्थितियों से गुजर रही है, फिर जोड़बाग के अपने घर में पहुँचकर बारी-बारी से अपनी अनुभूतियों की जुगाली करेगी। जोड़बाग की याद आयी, तो कुछ खोया हुआ-सा लगा।

दोपहर को घर के लोग लौटे। एक-एक करके सबने स्नान किया।

झल्ली ने चाय का पानी चढ़ाया, तो एक बच्चा रोने लगा।

''बच्चों को कुछ खाने को दे दो भई!'' महादेव भाई बोले।

वर्षा ने गर्म-गर्म चाय का घूँट लिया, तो भीतर की धुंध छटती-सी महसूस हुई।

''जिज्जी, बड़े भैया बुला रहे हैं।'' शाम को झल्ली ने संदेश दिया।

शादी का कोई प्रस्ताव होगा, वर्षा ने सोचा। पर इस बार पहले के जैसी आशंका नहीं हुई। वह कंधों पर पल्लू लपेटते हुए सीढ़ियाँ उतरने लगी।

पूरा विरोधी पक्ष मौजूद था-जिज्जी और भाभी को मिला कर। वह कोने की कुर्सी पर बैठ गयी।

''वर्षा, दुबली हो गयी हो।'' जीजाजी सरौते से सुपारी काट रहे थे।

वर्षा हल्के-से मुस्कराकर रह गयी।

''तुम घर ज्यादा पैसे भेजने लगी हो।'' दद्दा बोले, ''तुम्हारा गुजारा चल जाता है?''

''हाँ। मुझे प्रमोशन मिल गया है।''

''तुमने किशोर को तीन हजार का ड्राफ्ट दिया है?''

''घर के खर्च में काम आयेंगे।''

''यह एवार्ड क्या है?'' महादेव भाई ने पूछा।

''एक्टिंग के लिए है। उसी के साथ पाँच हजार का चेक भी मिला था।''

घर के लोग, विशेषकर नारियाँ उसे कौतूहल से देख रहे थे। वह उनके लिये ऐसे संसार का गवाक्ष खोलती थी, जो नासमझी और अचरज से भरा था।

''कुछ समय से झल्ली ही घर सँभाल रही है।'' पिता बोले, ''इसलिए सबकी, राय यह है कि अब किशोर का ब्याह कर दिया जाये।''

तो इस बार कठघरे में वर्षा नहीं है, उसने छुटकारे की साँस के साथ सोचा। किशोर पिछले साल से मलैया इलैक्ट्रिकल्स में काम कर रहा था-पंखे, इस्तरी और फ्रिज की मरम्मत। घर पर निजी तौर से भी बिगड़ी चीजें आने लगी थीं।

''बाराबंकी में बात हुई है। गयाप्रसाद पांडे धर्मशाला के मैनेजर हैं। उनकी दूसरी बेटी हेमलता बी.ए. के पहले साल में हैं।'' भाई ने जीजाजी की ओर इशारा किया, ''तुम कल सुबह लल्ला के साथ बाराबंकी चली जाओ और लड़की को देख लो।''

वर्षा ने हामी में सिर हिलाया।

तभी किशोर बाहरी दरवाजे पर आ गया, ''डॉक्टर सिंहल और मगनलालजी आये हैं।''

हेमलता भारी साड़ी में आत्मसजग-सी आयी और 'नमस्ते' की। छोटी-सी, सजी-धजी गुड़िया-जैसी लग रही थी। तनिक-सी मुस्कान चेहरे पर आ गयी थी, जिसे शायद माँ की टेढी भौंहों का विचार करके तुरंत दबा लिया।

"बैठो।" वर्षा के मन में दया भरा स्नेह जाग उठा।

पल्लू सँभालते हुए हेमलता सामने बैठ गयी।

"कौन-से कॉलेज में पढ़ती हो?"

"मिर्जा इस्माइल बेग डिग्री कॉलेज में।" शुरू में आवाज सकुचायी थी, अंत में मुक्ति का एहसास महसूस हुआ।

"कौन-से विषय हैं?"

"भूगोल, संगीत और गृहविज्ञान।"

वर्षा ने सोचा कि पूछे, अन्य दोनों विषयों के साथ भूगोल को लेने के पक्ष में तर्क दो, फिर रुक गयी। उसके हास्य-बोध के सामने बेचारी हेमलता की सिट्टीपिट्टी गुम हो जायेगी।

"संगीत में क्या सीखती हो?"

"गायन और वादन दोनों।"

"स्कूल के हर प्रोग्राम में गाती है-वीणावादिन, वर दे।" माँ ने कहा, "पिछले सालाना जलसे में मैडिल भी मिला था।"

साथ बैठे पिता मुस्कराये।

"अच्छा?" कौन-सा गाना था?"

"ठुमक चलत रामचंद्र बाजे पैंजनियाँ।" हेमलता ने उत्तर दिया। वर्षा के मीठे व्यवहार से हेमलता का आत्मविश्वास बढ़ रहा था।

भाभी ने कहा था, उन्हें मालूम हुआ है कि लड़की भेंगी है। वर्षा ने ध्यान से हेमलता की आँखें देखीं। छोटी थीं, पर बिल्कुल ठीक।

"हेमा, घर का काम करती हो?"

"जी हाँ।" हेमा तनिक-सा मुस्करा दी, "कच्ची-पक्की रसोई करती हूँ। गुझिया, गाजर का हलवा, बर्फी-सब बना लेती हूँ। सिलाई-कढ़ाई, कशीदाकारी भी आती है।"

"जब से बड़ी की शादी हुई, घर यही सँभालती है।" माँ ने सूचना दी।

"एक गाना तो सुनाओ।" पान भरे मुँह से जीजाजी ने आदेश दिया।

वर्षा को हेमलता पर तरस आया, पर विवश थी।

हेमलता का अपनी माँ से दृष्टि-विनिमय हुआ। फिर उसने जरा खाँस कर गला साफ किया और 'मधुबन में राधिका नाचे री' गाने लगी। आवाज सधी थी, अभ्यास अच्छा था। सुर अनायास भाव से फूटते रहे। वर्षा ने जीजाजी से निगाह मिलायी। उन्होंने सहमति का संकेत दे दिया।

गाना समाप्त होने पर कुछ पलों का विराम रहा।

"पांडेजी, बिटिया हमें पसंद है।" जीजाजी ने घोषणा की।

पांडेजी ने गदगद भाव से हाथ जोड़े। माँ के चेहरे पर डूबते-डूबते बच जाने-जैसा भाव था।

वर्षा ने पर्स से कंठी निकाली और हेमलता के गले में पहना दी। फिर उसका माथा चूम लिया।

शाम ढल रही थी। हवा ठंडी होने लगी थी। आम के पेड़ पर ढेर सारी चिड़ियाँ चहक रही थीं।

वर्षा लता-मंडप में बैठी थी। चाय का प्याला सामने।

हफ्ते भर बाद अपने घर में होना बहुत भला लग रहा था। ट्रेन लेट होने से घर पहुँचते-पहुँचते दोपहर के बारह बज गये। नहाया। थोड़ा-सा खाया। फिर सो गयी। थकान और जागरण के कारण नींद गहरी आयी। दोपहर में अनुपमा आयी थी, पर उसे जगाया नहीं। झुमकी ने पैड दिखाया था, जहाँ फोन करने वालों के नाम और संदेश थे। एक नाम अजनबी था-सिद्धार्थ स्याल। दोपहर को उनका फोन फिर आया। झुमकी ने बताया, आ गयी हैं। सो रही हैं।

वर्षा को तसल्ली रही कि शाहजहाँपुर के इस दौरे में कोई चुभने वाली स्थिति सामने नहीं आयी। किशोर ने घर सँभाल लिया था। वह आठ सौ-हजार के लगभग कमा लेता था। महादेव भाई घर की ओर से निश्चिंत हो गये थे, इसलिए सहज लगे। परिवार के सामने वर्षा पहले की तरह सुलगता सवाल बनी नहीं खड़ी थी। जिज्जी ने 'जीवन सँवारने' का उपदेश नहीं दिया, न जीजाजी ने बाँकेबिहारी दीक्षित, पी.सी.एस., खुर्जा के मुद्दे को छेड़ा। शोक की छाया को मलिन करने में आगामी विवाह की उमंग की प्रमुख भूमिका रही।

"जीवन-चक्र चलता रहता है।" पिता बोले, "दुख के काँटे उगते हैं। फिर उल्लास के अंकुर फूटने लगते हैं। कविकुल-गुरु ने कहा है कि एक ज्योति का बुझना और दूसरी का उभरना-यही जीवन का नियम है।"

"जिज्जी, तुम कैसी चुप-चुप हो गयी हो।" किशोर ने कहा था।

"मुझे संतोष है कि तुमने घर सँभाल लिया है।" वर्षा ने उसके बालों में उँगलियाँ उलझायीं।

"मेरा ब्याह तुमसे पहले हो, यह अच्छा नहीं लगता।"

"पगले, मेरी वजह से पहले ही तुमने बहुत सहा है। (वर्षा का पक्ष लेने और उसके 'महाप्रस्थान' में अपनी भूमिका के लिये किशोर को महादेव भाई एवं दद्दा का कोपभाजन बनना पड़ा था।) फिर घर सँभालने के लिए भी तो कोई चाहिए न!"

थोड़ी हिचकिचाहट के बाद किशोर ने पूछ लिया, "तुम्हारे मित्र वही हर्षवर्धन हैं, जिनकी 'कंपन' का पोस्टर लक्ष्मी टॉकीज पर लगा है?"

वर्षा ने हामी में सिर हिलाया।

"तुम कब ब्याह करोगी जिज्जी?"

वर्षा ने हल्की मुस्कान से उसकी नाक पकड़कर हिला दी, "मैं तो लंबी दौड़ का धावक हूँ। मेरे साथ बस, मेरा अकेलापन है।"

उसे लगा, किशोर कुछ कहने वाला है। फिर ऐसे मुद्दे को छेड़ते हुए छोटे शहर का छोटा भाई महानगर की आधुनिका बड़ी बहन के सामने संकुचित हो गया।

"घर की याद आ रही है दीदी?" झुमकी थाली में सब्जी लिये आयी और पास बैठकर काटने लगी।

"हाँ।"

"मुझे भी कभी-कभी बहुत याद आती है, पर कलेजे पर पत्थर रख लेती हूँ।"

अपने ही गाँव में झुमकी का ब्याह हुआ था-मँगरू के साथ। वह बिना बात मारपीट करता था। इसलिए एक शाम झुमकी ने घर छोड़ दिया।

"झुमकी, मेरे पीछे तुमने इंगलिश रीडर पढ़ी?"

"हाँ दीदी!" मैं कठिन शब्द उपमा दीदी से पूछ लेती थी।" उसने प्याज के छिलके उतारे।

"जल्दी ही छोटे भाई का ब्याह होगा।" वर्षा बोली।

कुछ पल ठहरकर झुमकी मुस्करायी, "भाँवरें तो वैसे दीदी, आपकी पड़नी चाहिए। हर्ष

भैया के साथ आपकी जोड़ी कैसी फबती है-पी-ए-आई-आर पेयर...''

''तू चबर-चबर करेगी, तो मैं लछमन के साथ तेरा पी-ए-आइ-आर बना दूँगी।''

''नहीं दीदी!'' झुमकी ने आतंक से कान पकड़े, ''उस हकले के साथ नहीं।''

तभी गेट से एक दुबला-सा युवक भीतर घुसा। कुछ आगे आने पर उसने लता-मंडप में बैठी वर्षा को सिर हिलाकर अभिवादन किया, पर क्यारियों की भूलभूलैया ऐसी थी कि कुछ पल पौदों के पास ठिठका खड़ा रह गया। वर्षा ने संकेत से घूम कर आने का रास्ता बताया।

झुमकी प्याली और ट्रे उठाकर चली गयी।

''मेरा नाम सिद्धार्थ स्याल है।'' निकट आकर उसने कहा।

वर्षा ने सामने के पीढ़े की ओर इशारा किया।

''जिस सुबह मैंने पहली बार फोन किया था, उससे पिछली रात को आप बाहर चली गयी थीं। एक तरह से एक हफ्ते से आपका इंतजार कर रहा हूँ।''

''माफ कीजिए। आपको असुविधा हुई।''

''नहीं, आपकी क्या गलती है !'' वह मुस्कराया, ''मुझे आने से पहले खत लिखना चाहिए था।'' उसने पैकेट व माचिस निकाली, ''इजाजत है?''

वर्षा ने हल्की स्मित से सहमति दी।

उसने सिगरेट जलायी, फिर यहाँ-वहाँ देखकर एक गमले में तीली रख दी, ''मैंने फिल्म इंस्टीट्यूट से डायरेक्शन का कोर्स किया है-पाँच साल पहले। बंबई में हूँ। अब पहली फीचर फिल्म बना रहा हूँ। इसमें लीडिंग रोल के लिए आपको लेना चाहता हूँ।''

वर्षा को ऐसा लगा, जैसे पानी की शांत सतह पर कंकड़ गिरा हो, फिर दूर-दूर तक लहरों के कंपन होते रहे... वह असमंजस में थी कि इसे क्या काम हो सकता है। फिल्म की बात दूर-दूर तक नहीं सोच पायी थी।

सिद्धार्थ ने प्लास्टिक के सुदंर कवर वाली फाइल आगे बढ़ायी, ''स्क्रिप्ट !''

झुमकी ट्रे लेकर आयी। प्याला सिद्धार्थ को दिया।

वर्षा ने स्क्रिप्ट खोली। अंग्रेजी में थी। पहले पन्ने पर लिखा था- 'जलती जमीन-टी.मणि के उपन्यास पर आधारित। सिद्धार्थ स्याल की पटकथा।' दूसरे पन्ने पर तीन दृश्य थे। वर्षा अचकचा गयी। एक ही पृष्ठ पर तीन दृश्य। ... उसने पन्ने पलटे। अस्सी पृष्ठों का आलेख था। एक सौ तिरेपन दृश्य थे। वर्षा को अटपटा-सा लगा। इतने छोटे-छोटे दृश्य...

वर्षा ने चाय का प्याला उठाया और एक घूँट लिया, ''आपने मेरे लिए कैसे सोचा?''

''मैंने आपके तीन नाटक देखे हैं- 'अपने-अपने नर्क', 'विषकन्या' और 'तीन बहनें'।'' सिद्धार्थ ने तथ्यात्मक ढंग से कहा, किसी रहस्य को प्रकट करने वाले भाव से नहीं।

''ओह...''

''मैं नियमित रूप से दिल्ली आता हूँ। मेरी बहन और बहनोई यहाँ हैं।''

''कहाँ?''

''सफदरजंग एंक्लेव में। दोनों डॉक्टर हैं।'' सिद्धार्थ ने कश लिया, ''मेरे कैमरामैन भी इंस्टीट्यूट के हैं-सुंदरम। उन्हें दो साल पहले सर्वश्रेष्ठ छायांकन के लिए राष्ट्रीय पुरस्कार मिला है।''

''और कौन-से कलाकार लिये हैं आपने?''

''तीन तो इंस्टीट्यूट के ही हैं-गिरिराज, छाया और नरेश। शायद आपने इनका काम देखा हो।''

''गिरिराज और छाया को देखा है।''

''आपकी इंटरनेशनल सिनेमा में दिलचस्पी है?''

''हाँ। मैं 'तस्वीर' फिल्म सोसायटी की सदस्य हूँ।''

''स्कूल के तीसरे साल में आप फिल्म इंस्टीट्यूट भी गयी होंगी?''

''हाँ।'' वर्षा मुस्करायी, ''आपके बोधिवृक्ष के नीचे बैठ चुकी हूँ। फिल्म एप्रीसिएशन पर भाषण भी सुने हैं।''

सिद्धार्थ कुछ पल ठहरकर विनीत भाव से बोला, ''क्या मैं यह अनुरोध कर सकता हूँ कि आप संभव हो, तो आप कल शाम तक मुझे स्क्रिप्ट के बारे में अपनी प्रतिक्रिया बता दें?''

''मैं आज रात को ही पढ़ लूँगी।'' वर्षा ने कहा, ''कल शाम को आपको कहाँ मिलने में सुविधा होगी ! पाँच बजे त्रिवेणी में या छह बजे यहाँ?''

''त्रिवेणी बेहतर है। फिर मुझे मॉरिस नगर जाना है।''

अभिवादन करके सिद्धार्थ चला गया। वर्षा आकृति को गेट पार करते हुए देखती रही। उसने लक्ष्य किया था कि सिद्धार्थ ने एक भी अनावश्यक शब्द नहीं कहा था।

नौ बजे तक वर्षा ने पटकथा पढ़ ली।

केंद्रीय चरित्र दाखाँ का था। सुलगते रेगिस्तान में आठ-दस झोंपड़ों के गाँव में रहने वाली। आत्मशक्ति, जिजीविषा से भरपूर। मुसाफिरों के लिए रैन-बसेरा चलाती है। दिनचर्या श्रम और संघर्ष से झेलती हुई। अपना भुगतान माँगने वाले पति के हाथों से खून हो जाता है। उसे जेल भेज दिया जाता है। अकाल पड़ गया है। जिंदगी और बेधक हो गयी है। ऊँट जख्मी हालत में अनजान सुमेरा को लाता है। दाखाँ के उपचार और देखभाल से वह ठीक होता है। दोनों में भावना के अंकुर फूटते हैं। सुमेरा रात को निकलते एक तस्कर की हत्या करके सोना लूट लेता है। उसे बेचने दाखाँ के साथ कस्बे में जाता है। सुनार सुमेरा को पकड़वा देता है और थानेदार से मिलकर सोना बाँट लेता है। मौका पाकर दाखाँ भाग निकलती है। निर्जन रेगिस्तान में यकायक उसे प्रसव-पीड़ा होती है। बेटे का जन्म होता है (जिसका बाप सुमेरा है)। शाम ढलने को है। तूफान आने वाला है। अपने को सँभालकर दाखाँ उठ खड़ी होती है- बच्चे को कंधे पर लिये, और बालू के ढूहों वाला निर्जन, झुलसता रास्ता पार करने लगती है। पृष्ठभूमि में जीवन की जिजीविषा को रेखांकित करने वाला गीत चलता है...

पटकथा में बार-बार तकनीकी शब्दों का व्यवहार हुआ था - मिडशॉट, मिडलांग शॉट, लांग शॉट, एक्सट्रीम लांग शॉट, कैमरा डॉलीज आउट, हैंड-हेल्ड कैमरा, एब्रप्ट कट, डिजॉल्व टु, कैमरा पुल्स बैक टु रिवील, मोंताज...

वर्षा ने अपने सीमित सिनेमा ज्ञान के सहारे दृश्यों को आँखों के सामने जाग्रत करने का प्रयत्न किया। थोड़ी सफलता मिली, पर संपूर्ण प्रभाव के बारे में वह निश्चित नहीं थी।

''क्या पढ़ रही हो?'' अनुपमा भीतर आयी।

वर्षा ने पटकथा उसके सामने रख दी।

''यह तो फिल्म स्क्रिप्ट है।'' अनुपमा चौकन्नी हो गयी।

''हाँ।'' वर्षा मुस्करायी।

घंटे भर अनुपमा ने पटकथा नहीं छोड़ी। प्लेट बगल में रख कर खाना खाया। वर्षा ड्रांइगरूम में आकर झुमकी के साथ टी.वी. देखती रही (जिसके साथ झुमकी का रिश्ता चुंबक और धातु का था)।

"बहुत शक्तिशाली स्क्रिप्ट है।" अनुपमा सामने आकर बैठ गयी, "दिल को छूने वाली, मथने वाली। बोले जाने वाले शब्द कम-से-कम हैं। माध्यम का प्रभावी इस्तेमाल है। ... तुमने क्या जवाब दिया?"

"कल शाम को देना है।"

"कह दो-हाँ !"

"मैं तैयार हूँ।" वर्षा ने कहा।

"मुझे बहुत खुशी हुई। सच्चाई यह है कि मेरे मन से भारी बोझ उतर गया है।" सिद्धार्थ बोला, "अब दूसरा मुद्दा है-पारिश्रमिक। इस फिल्म के लिए मुझे एन.एफ.डी.सी. से लोन मिल रहा है। कुल रकम बहुत सीमित है। आपके लिए आठ हजार निर्धारित हुआ है, जो हम निर्माण की प्रगति के साथ किस्तों में देंगे।"

वर्षा ने ऊपर से शांत भाव से हामी में सिर हिलाया, पर भीतर सनसना गयी-आठ हजार!... मैं देखते-देखते एक बार में इतना कमा लूँगी!

"डबिंग के लिए आपको बंबई आना होगा। हम एक प्रतिष्ठित परिवार के साथ आपके रहने की व्यवस्था करेंगे। कृपया यह स्वीकार कर लीजिए।"

"ठीक है।"

"अब दूसरा मुद्दा है आपकी तारीखें। जैसलमेर के पास हमारा लोकेशन है। एक मई से तीस जून तक हमारी शूटिंग होगी।"

"यह तो मुश्किल होगा।" वर्षा बोली, "जून के मध्य तक रिपर्टरी खुली है।"

"आप कृपया बात करके देखें।" सिद्धार्थ ने नरमी से कहा, "मैंने इसी हिसाब से कलाकारों और तकनीशियनों की तारीखें ले ली हैं। इक्विपमेंट भी बुक कर लिया है। फिर मौसम भी अनुकूल नहीं रहेगा। जुलाई में तो बरसात होने लगती है।"

अगली सुबह वर्षा ने सूर्यभान के सामने स्थिति रख दी।

वह ग्रीष्मकालीन कार्यक्रम सामने रखकर कुछ देर सोचते रहे। फिर बोले, "तुम्हारे दो नाटक दुहराये जायेंगे। उनमें मैं दूसरी अभिनेत्रियों को ले लूँगा। तुमसे यह अवसर छूटना नहीं चाहिए। इससे तुम्हारे साथ-साथ रिपर्टरी को भी गौरव मिलेगा।" उन्होंने मुस्कान के साथ हाथ आगे बढ़ाया, "बेस्ट ऑफ लक !"

रिपर्टरी के मुख्य द्वार से बाहर निकलते हुए वर्षा का मन यकायक ऐसे काँपा, जैसे निर्वासन के दिन प्रात:काल कुबेर के प्रासाद में घुसते हुए यक्ष थरथराया था। "ऐसा

"ऐसा क्यों?" दीवारों पर लगे मंचनों के चित्रों को देखते हुए वर्षा ने मन-ही-मन कहा, "मुझे तो पच्चीस साल रिपर्टरी में रहना है !"

खण्ड तीन

1
अजनबी भाषा के पत्र

प्लेटफॉर्म नंबर एक पर खड़ी राजधानी एक्सप्रेस ने सीटी दी।

''स्नेहजी !'' चतुर्भुज ने अपनी खास शरारती मुस्कान की झलक दिखायी, '' 'मंडी हाउस का शाप' सुना दीजिए।''

''मैं आप दोनों की पिटाई कर दूँगी।'' वर्षा ने आँखें तरेरीं, ''मैं सिर्फ दो हफ्तों के लिए डबिंग पर जा रही हूँ।''

''आप लोग इस बेचारी के पीछे क्यों पड़ गये हैं?'' अनुपमा ने वर्षा का पक्ष लिया, ''स्नेहजी, आपके पास अब नाटक देखने का भी समय है? जब श्रीराम सेंटर में तीसरी घंटी बज रही होती है, तो आप चेम्सफोर्ड क्लब में मँडराते हुए देखे जाते हैं।''

''पर मेरी आत्मा अभिशप्त हैमलेट की तरह मंडी हाउस में भटकती रहती है।''

''तो वर्षा के मन का एक हिस्सा भी 'मेघदूत' में भटकता रहेगा।''

''इसका एक हिस्सा क्यों भटके, जबकि यह समूची 'मेघदूत' के मंच पर जगमगा सकती है।''

''आपकी तरह इसकी भी जरूरतें हैं। यह भी जिंदगी में थोड़ी सुविधाएँ चाहती हैं।'' अनुपमा अवेश में आ गयी, ''समझौते का रास्ता सिर्फ आपके लिए नहीं खुला है। दूसरों को भी समझौता करने की छूट है।''

''वर्षा मुझसे बेहतर स्थिति में है। इसे रिपर्टरी से एक्टिंग की तनख्वाह मिलती है।'' स्नेह ने तर्क दिया।

''वह समय के लंबे विस्तार के लिए काफी नहीं। उसके आधार पर कोई अपनी पूरी जिंदगी नहीं गुजार सकता।''

स्नेह पल भर चुप रहे, तो चतुर्भुज बोले, ''वर्षा ने अकादमी का पुरस्कार भी स्वीकार किया है।''

''इसे इस तरह कहना चाहिए कि वर्षा के कलात्मक प्रतिमान को अकादमी ने स्वीकार कर लिया है।''

''अब वर्षा को अपने कला-माध्यम के प्रति प्रतिबद्ध होना पड़ेगा।'' स्नेह ने कहा।

''वह अभिनेत्री है। अपनी कला के परिष्कार के लिए उसे दूसरे माध्यम की चुनौती झेलने का पूरा हक़ है।''

''इस चुनौती के बहाने वर्षा अपनी गाड़ी की महत्वाकांक्षा पूरी करना चाहती है।'' चतुर्भुज बोले।

''गाड़ी की महत्वाकांक्षा वर्षा का पैदायशी हक है। ऐसी महत्वाकांक्षा सिर्फ स्नेहजी की मिल्कियत नहीं।''

''गाड़ी मेरी नहीं है बाबा! बीबी की है।'' स्नेह मुस्कराये।

''मैं सिर्फ यह कहना चाहता हूँ कि मान्यता मिल जाने के बाद कला के प्रति कलाकार का दायित्व और गहरा हो जाता है।'' चतुर्भुज बोले।

''वर्षा ने कहाँ इसका विरोध किया? पर मान्यता के साथ-साथ यह थोड़ी सुविधाएँ क्यों न चाहे? यह पुरस्कार चार दिन पहले मिला है। अब तक के कितने साल इसने व्यक्तिगत और कलात्मक संघर्ष में लहूलुहान होते हुए बिताये हैं। शाहजहाँपुर से शाहजहानाबाद तक के उन खून से रंगे नक्शे-कदम भी तो देखो!''

''इससे कौन इंकार कर रहा है?'' चतुर्भुज बोले।

''हमें इस बित्ते भर की छोकरी की संकल्पशक्ति पर नाज है।'' स्नेह ने वर्षा के सिर पर हाथ रखा।

वर्षा, जिसे अब तक गुस्सा आने लगा था, विवाद के ऐसे भावुक मोड़ ले लेने पर तरल हो आयी। मन में आवेग-सा भर उठा। स्नेह और चतुर्भुज की बाँह पकड़ते हुए भरे गले से बोली, ''मुझ पर ऐसे आरोप मत लगाओ। मैं डिफैक्ट नहीं कर रही हूँ।''

''हाइ...'' शिवानी हाइ हील में लहराती हुई आयी।

अनुपमा ने स्नेह और चतुर्भुज से परिचय कराया।

''मैंने आप दोनों के नाम बहुत सुने हैं।'' शिवानी मीठे ढंग से मुस्करायी (जब यह ऐसे मुस्कराती है, तो और भी कमनीय लगती है, वर्षा ने सोचा)।

''अपना ध्यान रखना ट्रेजिडी क्वीन, और जल्दी आना।'' शिवानी ने वर्षा का हाथ थाम लिया, ''मेरी सालगिरह की तारीख याद है न?''

वर्षा ने हामी में सिर हिलाया। डोलते हुए कुंडलों के बीच उजला चेहरा दमक रहा था। मन हुआ, शिवानी का चुंबन ले ले, पर प्लेटफॉर्म पर ऐसा साहस नहीं जुटा पायी।

''वर्षा...'' स्टेट एंट्री रोड की ओर से सुजाता आ रही थीं-हाँफती हुई, ''यकायक इंजन बंद हो गया। दीवार फांद कर आयी हूँ।'' सुजाता ने उसके सिर पर हाथ रखा, ''मम्मी की और मेरी हार्दिक शुभकामनाएँ और आशीर्वाद...''

गाड़ी खिसकी, तो वर्षा ने हाथ हिलाया। उसका निजी संसार पीछे छूट रहा था। वर्षा का मन भर आया। इतने वर्षों में उसकी यही तो कमाई है-अमूर्त कला और इनकी आत्मीयता एवं सौहार्द्र (कुछ लोग और भी हैं, जो यहाँ मौजूद नहीं-डॉक्टर अटल, सूर्यभान, मंसूर, सतवंती, हर्ष...)। अगर इनका सहारा न होता, तो वह विराट नगर की आपाधापी में बची रह सकती थी?

वह चुपचाप दो कुर्सियों के जोड़े वाली अपनी खिड़की-सीट पर बैठ गयी और दुहरे काँचों के पार चिरपरिचित मिंटो ब्रिज को पीछे छूटते देखती रही।

''देवियो, सज्जनो और बालक-वृंद ! मैं आपका गाड़ी-अधीक्षक श्री बी.पी. लाहिड़ी बोल रहा हूँ।'' ध्वनि-विस्तारक पर आवाज आयी, ''पश्चिम रेलवे की राजधानी एक्सप्रेस पर मैं अपने और अन्य कर्मचारियों की ओर से आपका स्वागत करता हूँ। यहाँ से बंबई तक की इतने-इतने किलोमीटर की दूरी हम लगभग अट्ठारह घंटे में पूरी करेंगे। इस दौरान हमारी ट्रेन हरियाणा, उत्तर प्रदेश, मध्य प्रदेश, राजस्थान, गुजरात और महाराष्ट्र से गुजरेगी। यात्रा में आपको शाम की चाय, रात का खाना, सुबह की चाय और नाश्ता दिया जायेगा...''

वर्षा ने आँखें मूँद लीं।

पहले दिन का पहला शॉट।

सिद्धार्थ फ्रेम-सेटर में से देख रहा था।

''शिंदे, मल्टी पीछे लो...''

सुंदरम कैमरे के आइ-लेंस में झाँकते हुए निर्देश दे रहे थे। लाइट ब्वॉयंज उनके निर्देशों पर संयोजन कर रहे थे।

''दो नंबर बेबी का लेफ्ट बार्नडोर खोलो... मीटर रीडिंग क्या है?''

''फाइव-सिक्स प्लस...'' सहायक कैमरामैन की आवाज अतिरिक्त रूप से बुलंद थी।

''नेट लगाओ... तीन नंबर बेबी को टिल्ट अप करो। ... नंबर एक पर सोफ्टी डालो।''

वर्षा चूल्हे के पास बैठी थी। छोटी-सी कांचली। खुली पीठ पर कसने। मैला लहंगा। सीन 53 का शॉट नंबर 1। पति जेल जा चुका है। दाखाँ अकेली है। जिंदा रहने के संघर्ष और भावात्मक अकेलेपन से जूझती हुई। वर्षा को शुरू में अटपटा लगा। वह समझती थी, दृश्य 9 से शूटिंग शुरू होगी। सिद्धार्थ ने बताया, सबसे पहले झोंपड़ी के दृश्य फिल्मायेंगे। वर्षा के धीरे-धीरे चरित्र में उतरने के लिए उन्होंने इस अंश से शुरुआत की थी। (जैसे 'शाकुंतल' का मंचन सातवें अंक में मारीच-आश्रम से शुरू हो, वर्षा ने कौतुक से सोचा था)।

वर्षा चूल्हे के पास गोबर-लिपे फर्श पर बैठी थी। घुटनों से बाँहों को घेरे। आसपास की गहमागहमी और शोर में दाखाँ के दुख में डूबने की कोशिश कर रही थी। एकाग्रता बार-बार टूट जाती। लोग बतियाते हुए यहाँ से वहाँ लाइटें धकेल रहे थे। कोई जोर-से चाय माँग रहा था। साउंड रेकॉर्डिस्ट ने मशीन की जाँच के लिए ऊँचे सुरों में ध्वनि-प्रभावों का टेप लगा रखा था।

''एट्टी...'' वर्षा चिहुँक उठी। छोटा-सा सफेद मीटर उसके चेहरे से सटा हुआ था। सहायक कैमरामैन रीडिंग ले रहा था। उसने वर्षा की ओर देखा भी नहीं और पीछे आ गया, ''नाइटी !'' उसने जोर-से कहा।

दाखाँ अकेली है, दर्द से बेजार है, वर्षा ने मन-ही-मन सोचा और नीचे देखते हुए ध्यान एकाग्र करना चाहा।

बगल में जोर का आघात हुआ। वर्षा फिर चौंक उठी। आर्ट डायरेक्टर दीवार में कील ठोक रहे थे। फिर वहाँ उन्होंने कड़छी लटकायी। फिर आसपास की चीजों को व्यवस्थित करने लगे।

''वर्षाजी, एक मिनट...'' सहायक निर्देशक भट्ट ने वर्षा के पास से छुरी उठायी और सब्जी के छोटे-छोटे टुकड़े काटने लगा।

''मैडम...'' मेकअपमैन उसके चेहरे पर पफ लगाने को झुक रहा था।

वर्षा के चेहरे पर आतंक छा गया।

''मेकअप नहीं मैडम! पर चेहर पर चिकनाई नहीं दिखनी चाहिए।''

सामने सिद्धार्थ कैनवास की कुर्सी पर बैठा था। गोद में खुली स्क्रिप्ट। बगल में खड़ी प्रमुख सहायक निर्देशक मीरा पटवर्धन उन्हें कुछ बता रही थी। (मीरा ने कट-टु-कट, शॉट डिवीजन वाली महाभारतनुमा स्क्रिप्ट उसे भी दिखायी थी। ''यह मेरे लिए ग्रीक-लैटिन है।'' वर्षा ने हँस कर कहा था)।

''आय'म रैडी।'' सुंदरम की आवाज आयी।

सिद्धार्थ उठा और कैमरे में झाँकने लगा।

''वर्षा,'' मीरा घुटनों के बल झुकी उसकी बगल में थी, ''चार-छह कदम चलोगी? सिद्धार्थ चाल के बारे में आश्वस्त होना चाहते हैं।''

''श्योर...'' उठते हुए वर्षा ने सोचा, रेगिस्तान की स्त्री की चाल कैसी होनी चाहिए? उनकी मन:स्थिति और आत्मशक्ति चाल में कैसे झलकनी चाहिए?

थोड़ी बोझिल भाव-भंगिमा से उसने दरवाजे तक चल कर दिखाया।

''ठीक है।'' सिद्धार्थ ने कहा, ''शॉट में सामने देखने में चार-पाँच सेकिंड और ले लोगी?''

''ओके।''

''एपरेचर आठ पर रखो।'' सुंदरम के निर्देश चल रहे थे, ''केयरफुल एबाउट फोकस-पुलर... जब मैडम आगे आती हैं, तो फोकस-शिफ्टिंग होगी।''

(अपने लिए ऐसा संबोधन सुन कर वर्षा संकुचित हो गयी।)

''मैं टेक के लिए तैयार हूँ।'' सिद्धार्थ कैमरे की पीछे से हटा।

प्रोडक्शन कंट्रोलर नेगी ने नारियल तोड़ा और गरी के टुकड़े बाँटने लगा।

भट्ट ने जेब से खड़िया निकाल ली थी और क्लैप बोर्ड पर लिख रहा था।

''साइलेंस !'' मीरा जोर-से चिल्लायी।

वर्षा ने चिहुँक कर कानों पर हाथ रख लिये।

''सॉरी वर्षा !'' मीरा मुस्करायी, ''जल्दी ही आदत हो जायेगी।''

''सब तैयार हैं?'' सिद्धार्थ ने पूछा।

तमाम आवाजें एक साथ गूँजीं, ''यस!''

''लाइट्स !'' सिद्धार्थ का स्वर उभरा।

अगले पल झोंपड़ी दिवाली-सी जगमगा उठी। वर्षा का दिल धक-धक करने लगा।

''साउंड !'' सिद्धार्थ बोला।

''रनिंग !'' साउंड रिकॉर्डिस्ट ने नागरा का बटन दबाते हुए कहा।

''कैमरा !''

''रनिंग !'' सुंदरम ने कहा।

भट्‌ट ने क्लैप दिया, तो वर्षा ने इबारत देखी – बॉम्बे यूनिट प्रोडक्शन नंबर १। सीन ५३, शॉट नंबर १, टेक नंबर १।

''एक्शन !'' सिद्धार्थ ने वर्षा की ओर देखा।

वर्षा एकटक चूल्हे की आँच को देख रही थी। फिर कढ़ाई उठायी, उसे चूल्हे पर रखा और तेल की बोतल उठायी।

''कट !'' सिद्धार्थ का ऊँचा स्वर सुनायी दिया।

वर्षा असहज हो उठी। कौन-सी भूल कर बैठी?

''सॉरी !'' उसने कहा।

''तुम्हारी गलती नहीं। कढ़ाई को पहले से चूल्हे पर होना चाहिए।''

भट्‌ट ने टेक का नंबर बढ़ाया।

साइलेंस, लाइट्स, कैमरा, साउंड और एक्शन के आदेश फिर दुहराये गये। आसपास ऐसी खामोशी थी, जैसे सबसे साँस भी रोक रखी हो। वर्षा को लगा, जैसे उसके दिल ने धड़कना स्थगित कर दिया हो। उसने तेल की बोतल उठायी और धार कढ़ाई में छोड़ी। दाखाँ अकेली है, दाखाँ दुखी है, मन-ही-मन सोचते हुए वर्षा ने सब्जी कढ़ाई में छोड़ी। फिर कड़छी से चलाने लगी।

बाहर आहट हुई। वर्षा ने आहिस्ता-से सिर घुमाया। फिर खड़ी हुई और पाँच-छह कदम चल कर दरवाजे तक आयी। सामने देखा। फिर बायें।

''कट !''

वर्षा ने सिद्धार्थ को देखा।

''बाहर पैडस्टल रखो।'' सिद्धार्थ बोला, ''जब दाखाँ दरवाजे पर खड़ी होती है, तो उसके बालों की दो-तीन लटें हिलनी चाहिए।''

एक स्पॉटब्वॉय ने पैडस्टल पंखा उठाया। दूसरा बिजली का बोर्ड खिसकाने लगा।

वर्षा फिर चूल्हे के सामने आ बैठी।

फिर सारे आदेश दुहराये गये। अब वर्षा अपेक्षाकृत स्थिर हो गयी थी। अब उसने दरवाजे से झाँका, तो बालों की लटें लहरायीं। (बहुत अजीब लग रहा था। दर्शक नहीं हैं। मैं सिर्फ कैमरे के लिए अभिनय कर रही हूँ।) वापस लौटते हुए सहसा दीवार पर लगे छोटे-से आईने पर उसकी निगाह पड़ी। वह सामने ठिठक गयी। अपना चेहरा देखा। सूनी, उदास आँखें। वर्षा को अपने ऊपर सारी यूनिट की आँखें लगी महसूस हुईं... दाखाँ दुखी है। वर्षा ने अपना सारा संचित दुख अपनी आँखों में झलकाने की कोशिश की...

''कट !'' सिद्धार्थ की आवाज गूँजी, ''ओके !''

''चाय !'' छोकरे ने पुकार लगायी।

''आ जाओ।'' मीरा बोली।

वर्षा शाम को नहा कर थोड़ी देर सुस्ता चुकी थी। अब आईना सामने रखे अपने भाव-विन्यास का परीक्षण कर रही थी-मुस्कान को कैसे एक से सवा सूत नहीं होना चाहिए,

रूदन में होंठ जयादा टेढ़े न हों, आवेग में पलकें कितनी और कैस झपकें। (रंगमंच में अपने चेहरे की इतनी बारीक निगरानी कभी नहीं की थी)।

"थैंक्स !" वर्षा ने मीरा से प्याला ले लिया।

टूरिस्ट बंगले के पाँच कमरों में फर्श पर गद्दे लगे थे। इस कमरे में लड़कियाँ थीं। प्रोडक्शन कंट्रोलर नेगी ने सिर्फ वर्षा से चारपाई के लिए पूछा था। वर्षा ने मना कर दिया। रहन-सहन, खाना, आना-जाना-वह अपने लिए कुछ भी विशेष नहीं चाहती थी। (मीरा के सामने पूछा जाना ही उसे अटपटा लगा था)। सुबह नहाने के लिए भी गुसलखाने की अपनी बारी का इंतजार करती। मीरा को उसे ठेलना पड़ता कि पहला शॉट तुम्हारा ही है।

"आज तुम्हरा रोने का सीन बहुत अच्छा हुआ।" कंटीन्युटी शीट पर झुकी मीरा ने सिर उठाया, "सिद्धार्थ तारीफ कर रहे थे।"

"मुझे खुशी हुई। तुम लोग संतुष्ट हो।"

मीरा को डायरेक्शन का कोर्स किये तीन वर्ष हो चुके थे। यह उसका पाँचवाँ कथाचित्र था। वर्षा उसकी स्मृति पर चकित थी। यों सामने की दीवार पर लंबा-चौड़ा चार्ट चिपका हुआ था, जिसमें समय, स्थान एवं पात्रों के साथ एक-एक शॉट का ब्यौरा अंकित था और लिये जा चुके शॉट पर क्रॉस का निशान लगा दिया गया था, पर ये सारे विस्तार मीरा की स्मृति में राई-रत्ती सुरक्षित थे। एक दृश्य कितने शॉट्स में बँटा है, यह भी उसे याद था।

सुबह सूरज निकलने के साथ पानी भर कर लौटते हुए दाखाँ का शॉट ले लिया गया। पूरा उजाला होने में अभी कुछ समय था। मीरा ने तुरंत सुझाव दिया, "सीन नंबर ग्यारह में शॉट नंबर नौ ले लें? ...दाखाँ जेल से लौटी है..."

शॉट देने से पहले पाँच मिनट वर्षा को एकाग्रता सँजोनी पड़ी। उसे लगा, वह पहले अंक के माशा के संवाद 'मैं घर जा रही हूँ' से सीधे छलाँग लगाकर दूसरे अंक पर आ गयी है, "बैरन, तुम घर क्यों नहीं जाते?" आदित्य से अपने सवाल की याद आयी, "आप ऐसे टुकड़ों-टुकड़ों में एक्टिंग कैसे कर लेते हैं?" तब उसे मालूम नहीं था कि टुकड़ों की कोई तरतीब भी नहीं होती !

"छाया, चाय ठंडी हो रही है।" वर्षा ने उसका प्याला प्लेट से ढँक दिया था।

छाया कुनमुनायी। फिर उठ कर बैठ गयी। तकिये के आसपास टटोलकर पैकेट उठाया और सिगरेट जलायी। छाया के नैन-नक्श बहुत सलोने थे। वह दो पारिवारिक फिल्मों की नायिका रही थी, पर इधर उसकी सेहत जरूरत से ज्यादा अच्छी हो गयी थी। डाइटिंग के दो कोर्स करने के बाद उसने वास्तविकता को स्वीकार कर लिया था।

"मेरा ब्वॉयफ्रेंड होता, तो अपने हाथ से चाय पिला देता।" छाया ने गिरे स्वर में कहा।

"मैं पिला दूँ?" वर्षा ने प्रस्ताव रखा।

"वह बीच-बीच में मेरा चुंबन लेकर जिंदगी में मेरी आस्था भी बनाये रखता।"

"माफी चाहती हूँ। मैं ऐसा भाव जगाने में असमर्थ हूँ।"

छाया ने हताश भाव से प्याला उठा लिया और चाय पीने लगी।

दरवाजे पर दस्तक हुई।

"एंटर !" मीरा बोली।

सिद्धार्थ भीतर आया, ''मीरा, कल सुबह सीन नंबर ९ से शुरू करें?''

''वर्षा आज भी सुबह चार बजे उठी थी।'' मीरा के स्वर में हमदर्दी थी।

''नो प्रॉब्लम !'' वर्षा ने तुरंत कहा।

''कल सीन ७ कर लें?'' मीरा ने सुझाव दिया, ''शुरू में सुमेरा है। दाखाँ की जरूरत तीन घंटे बाद पड़ेगी। सीन ९ को परसों सुबह ले लेंगे?''

पल भर सोच कर सिद्धार्थ ने कहा, ''ठीक है।...वर्षा, वह बंजारिन घंटे भर में आ जायेगी। तुम जरा गाने की प्रैक्टिस कर लो।''

वर्षा ने हामी में सिर हिलाया।

''सिद्धार्थ !'' छाया बोली, ''प्रोडक्शन की तरफ से एक प्रेमी का बंदोबस्त हो सकता है?''

''कोशिश करता हूँ।'' सिद्धार्थ संजीदा था।

''वर्षा, समझ लो कि मैरिलिन मुनरो दाखाँ का रोल कर रही है।'' गिरिराज बोला, ''वह सिर्फ एक तौलिया लपेटे चूल्हे से उठती है...''

गिरिराज ने बाँध तोड़ने को आतुर यौवन की उन्मादी चाल चली। 'तौलिया' वक्ष-रेखा से फिसला, जिसे गिरिराज ने कमर पर रोक लिया। दरवाजे के सामने खड़े हो उसने मोहक अदा से बालों की उड़ती लटें सँभालीं। फिर अनुराग के आमंत्रण वाली मुस्कान के साथ 'हस्की' स्वर में पूछा, ''हनी, तुमको चटनी के साथ बाजरे की रोटी चाहिए या थकान उतारने वाली रति-क्रीड़ा?''

वर्षा हँसते-हँसते लोटपोट हो गयी। नरेश खिलखिला कर हँसा।

''समझ में नहीं आता, तुम अभिनेता बड़े हो या मिमिक !'' वर्षा बोली।

''अब तो मिमिक होकर ही रह गया हूँ।'' गिरिराज ने उदास भाव से सिगरेट जलायी, ''नौ साल बाद पहली बड़ी भूमिका मिली है। गृहस्थी चलाने को तीन साल पहले नौकरी कर ली। बीच-बीच में एक-दो सीन का काम मिल जाता है, तो कर लेता हूँ।''

वर्षा स्तब्ध रह गयी, ''तुम्हें बड़ी भूमिका क्यों नहीं मिली?''

गिरिराज ने माथे की लकीरें दिखायीं।

''मेरा केस भी ऐसा ही है।'' नरेश बोला, ''मुझे पूना से आते ही बड़ी भूमिका मिली थी, लेकिन वह फिल्म पूरी नहीं हुई। कुछ साल भटकता रहा। फिर रेडियो की नौकरी कर ली।''

''पर इंस्टीट्यूट के लोग तो बराबर फिल्में बना रहे हैं।'' वर्षा ने कहा।

''बजट कम होने से मेहनताना बहुत कम मिलता है।'' गिरिराज ने लंबा कश खींचा, ''फिर ये फिल्में या तो अनबिकी रह जाती हैं या अंतर्राष्ट्रीय फिल्म समारोह में एक दिन दिखा दी जाती हैं। अगर रिलीज भी होती हैं, तो देखते-देखते उखड़ जाती हैं।''

''वर्षा, तुम इस बात को अन्यथा मत लेना।'' नरेश बोला, ''पर तुम सचमुच खुशकिस्मत हो। लीडिंग रोल का प्रस्ताव घर बैठे तुम्हारे सामने आया है।''

वर्षा चुप रही। उसके सामने नया परिपार्श्व खुल रह था।

झोंपड़ी के दरवाजे पर दस्तक हुई।

"पाँच मिनट ! कपड़े बदल रही हूँ।" वर्षा ने कहा।

"जीप को एक ट्रिप लगाने दें?" सिद्धार्थ बोला, "तुम थोड़ा रुक सकती हो?"

"अच्छा।"

कुछ मिनटों बाद वर्षा बाहर निकली, तो अँधेरा और सन्नाटा था। पल भर के लिए वह डर गयी। उसे अकेला छोड़कर सब चले गये क्या?

"तुम्हारी चाय..." अंधेरे में सिगरेट चमकी।

वर्षा ने गिलास ले लिया। झोंपड़ी से दरवाजे के आकार की रोशनी ऐसे बाहर फिसल आयी थी, जैसे रूई के रेशे।

"ज्यादा ठंडी तो नहीं हुई?"

"नहीं, चलेगी।" वर्षा ने दो बड़े घूँट लिये, "गले की थोड़ी सिकाई हो जायेगी।" वह बगल की कुर्सी पर बैठ गयी।

"सॉरी, आज तुम्हें स्ट्रेन हो गया। सीन बहुत बोझिल था।"

वर्षा मुस्करायी, "पार्ट ऑफ द गेम !" एक घूँट को कुछ पल गले में रोके रखा, फिर नीचे उतार लिया, "ठीक हुआ न?"

कुछ पल रुककर सिद्धार्थ ने गहरी साँस छोड़कर कहा, "बहुत प्रभावशाली हुआ। बिल्कुल वैसा ही, जैसा मेरे जेहन में था। दाखाँ के लिए सुमेरा क्या है? दूसरी जिन्दगी। अब तक की कमियों और अभावों की पूर्ति। तुमने अपने मन पर रखी दुख की सिल एक निगाह से उजागर कर दी। नयी उम्मीद के मौसम को मुस्कान की एक रेखा और आँखों की लमहे भर की चमक से झलका दिया।"

"संवाद बिलकुल रोजमर्रा के हैं। पानी पी लो, रोटी ठंडी तो नहीं हुई, और इन्हीं के गिर्द कैसे गहरी भावनाएँ गूँथी गयी हैं।"

"यही तो इस मीडियम की शक्ति है।"

सिद्धार्थ के स्वर में वर्षा को वास्तविक संतोष महसूस हुआ। अगर कुछ खास पसंद न आये, तो वह 'ठीक है' से ज्यादा नहीं बोलता था। जैसा उसने शुरू के कुछ छोटे-छोटे दृश्यों में किया था। वर्षा से उसने शूटिंग के पहले दिन ही कहा था, "मंच पर अभिनेत्री दर्शक से दूर होती है। उसे अपने को प्रोजैक्ट करना होता है। यहाँ कैमरा तुम्हारे बिल्कुल पास है-बहुत सेंसिटिव, बहुत क्रूर। यहाँ तुम्हें अंडरप्ले करना होगा। वास्तविक जिंदगी में जो तुम्हारा बर्ताव होगा, लगभग उसी के जैसा, पर संतुलित और सुविचारित।"

चाँद निकल आया था। दूर-दूर तक दिखायी देते बालू के ढूहों पर चाँदनी फैली थी। अरनों और कैरों के कँटीले झाड़ गुमसुम खड़े थे। दिन भर की तपिश ठंडी होने लगी थी। हवा में तरल छुअन थी।

वे दोनों धीरे-धीरे टहलते हुए आगे निकल आये थे। आसपास गहरी खामोशी। दूर कहीं से बाँसुरी की हल्की ध्वनि आ रही थी।

''इसी ओर आजकल उन बंजारों का पड़ाव है।'' सिद्धार्थ बोला।

वर्षा के सामने जुगनी की छवि तैर गयी-साँवला, कसा चेहरा। नाक में चाँदी की नथ। तान में अधमुँदी आँखें।

जाने किस चीज की झाड़ी थी। उसमें से गिलहरी फिसलकर भागी।

वर्षा को ठंडी रेत का स्पर्श भला लग रहा था। उसने चप्पलें एक हाथ में लटका ली थीं। उसकी अपनी दुनिया बहुत पीछे छूट गयी मालूम होती थी। यह जैसे मायालोक था। उसने मुड़कर अपने पाँवों के निशान देखे-छोटे-छोटे, धूमिल चिन्ह।

''क्या देख रही हो?''

''अपने नक्शे-कदम।''

''थोड़ी देर में हवा तेज होगी, तो मिट जायेंगे।''

वे एक-दूसरे के बहुत निकट थे। आमने-सामने। इतना याद है कि चुंबन ऊष्म और लंबा था। शुरू के कुछ क्षण वर्षा असमंजस में रही। जैसे सिद्धार्थ ने होंठ नहीं, अजनबी भाषा का पत्र आगे बढ़ाया हो। फिर लिपि के अनजान प्रतीक-चिन्ह जानी-पहचानी साँसों के दायरे में विलीन हो गये...

रात को वर्षा को थोड़ी देर में नींद आयी। हर्ष का चेहरा सामने उभरा। यह क्या हो रहा है? पर भीतर कोई नकारात्मक भाव नहीं जागा। मेरे मन ने जो चाहा, मैंने कर लिया। मेरे ऊपर किसी का एकाधिकार नहीं। जी चाहा, दिव्या को लिखे। पर गहरी थकान थी। सोचा, कल लिखूँगी।

छाया अपने ब्वॉयफ्रेंड को पत्र लिख रही थी। बीच-बीच में बोलते हुए, ''यहाँ नशाबंदी है। काश, तुम्हारी स्मृति व्हिस्की की बोतल होती, तो मैं अपने होंठों से लगा कर पी जाती...''

''वर्षा, पाँच मिनट में बत्ती बुझाती हूँ।'' मीरा ने कहा।

उस दिन यूनिट में अतिरिक्त उत्साह था। बंबई से तार आया कि रशेज बहुत अच्छे आये हैं। तीन दिन की देर करके बैंकड्राफ्ट भी आ गया था। इस बीच यहाँ अस्तित्व का संकट हो गया। टूरिस्ट बंगला सरकारी था। मैनेजर ने कहा, उधार करूँगा, तो मैं फँस जाऊँगा। कैटरिंग वाले ने पिछला हादसा बयान किया, जब पंद्रह दिनों का बकाया दिये बिना यूनिट भाग गयी थी। ट्रांसपोर्ट वाले ने कहा, जीप और मिनी बस में डीजल आप भरवा दीजिए।

वर्षा को मालूम हुआ कि सिद्धार्थ ने अपनी अगूँठी और घड़ी गिरवी रखी है। उसने तुरंत अपनी कुल पूँजी पाँच सौ मीरा के हवाले कर दी। तीन दिन ऐसे कटे, जैसे सब शोकगीत गा रहे हों। कला-फिल्म के निर्माण का एक नया पक्ष वर्षा के सामने उद्घटित हो रहा था।

जब बैंक से लौटकर प्रोडक्शन कंट्रोलर नेगी ने सौ-सौ के नोटों से भरा ब्रीफकेस खोला, तो कुछ लोगों ने उसके इर्द-गिर्द भांगड़ा संपन्न किया। वर्षा ने भी ठुमक कर 'बल्ले बल्ले' का ताल दिया।

सिद्धार्थ हल्की मुस्कान से सुंदरम के साथ अगले दृश्य के लिए लेंस का चुनाव करता रहा। वर्षा को सिद्धार्थ की कुछ बातें विशेष रूप से पसंद आयी थीं–हर स्थिति में धीरज बाँधे रहना, आपा न खोना। एक कलाकार ने नौ रिटेक्स दिये, पर सिद्धार्थ ने संयम नहीं खोया। जहाज के कप्तान के रूप में वह छोटे-छोटे श्रमिकों के हितों एवं सुविधाओं का विशेष ध्यान रखता था। अगर लंच के लिए शूटिंग नहीं रोकनी है, तो वह कामकारों एवं सहायकों को खाने के लिए पहले भेजता। खुद सबसे बाद में दो टैक्स के बीच में खड़े-खड़े खा लेता। पहले हफ्ते में ही एक बार लंच में वर्षा की बारी आने पर सब्जी खत्म हो गयी। वर्षा चुपचाप नमक से दो रोटियाँ खाकर आ गयी। मीरा ने जब सिद्धार्थ तक खबर पहुँचायी, तो उसने दूसरे सहायक भट्ट की ड्यूटी लगा दी कि वह आगे से लंच वर्षा के साथ करे और उसका ध्यान रखे।

''वर्षा!'' सुंदरम मुस्कान के साथ बोले, ''दो दिन तुम्हारे साथ शूटिंग करने के बाद मुझे लगा था कि कैमरे के साथ तुम्हारा खास रिश्ता है। मेरी यह धारणा सही साबित हुई।'' उन्होंने तार के एक अंश पर उँगली रखी, 'वर्षा स्क्रीन पर बहुत भली और अपनी लगती है। विशेषकर क्लोजअप्स में प्रभावी सम्मोहन है।'

''यह तो तुम्हारे काम की तारीफ है।''

''मेरे काम की सीमा है। लाइटिंग से तुम्हारे चेहरे के आसपास सिर्फ वातावरण बना सकता हूँ। तुम्हारे फीचर्स में तो संशोधन नहीं कर सकता। दरअसल तुम्हारे चेहरे के अनुरूप तुम्हारी नाक की बनावट बिल्कुल सही है।'' सुंदरम संजीदा थे, ''इससे मुझे एंगिल निर्धारित करने में बहुत लचीली सुविधा मिलती है। लाइटिंग से तुम्हारी नाक की क्षतिपूर्ति नहीं करनी पड़ती।''

अपनी हँसी रोकने में वर्षा को थोड़ी मुश्किल हुई। अब तक उसने अपनी चाल की तारीफ सुनी थी, अपने फिगर के अभिनंदन-छंदों की भी उसे जानकारी थी, अपनी वक्ष-रेखा और आँखों के कसीदे भी उसने सुन रखे थे, पर औरों को तो छोड़ें, उसके शरीर के सूक्ष्म पर्यवेक्षक हर्ष ने भी कभी उसकी नाक की कमनीयता रेखांकित नहीं की थी।

वर्षा ने कुछ देर आईने में अलग-अलग कोणों से अपनी नाक का जायजा लिया। फिर दिव्या को लिखा, ''फिल्म बनाने वाले सनकी होते हैं।''

''तुम्हारा स्पर्श मेरे लिए ऐसा ही है/जैसे मोरचंग पर किसी की साँस/मुझमें से सुर फूटने लगते हैं/मेरी ऊँटनी खुशी से झूम कर अपनी गर्दन हिलाती है/मेरी मतवाली चाल से बालू के दाने ऐसे छिटकते हैं/मानों गर्म कोयलों पर भूने जा रहे हों हरे चने...''

तन्मय जुगनी सारंगी की लय पर गा रही थी। उसने थोड़ी-सी देर में ''जय गोगाजी पीर की, जय दरेरा के बलबीर की, जय मेड़ी के धजाधीर की'' हाँक लगाने के बाद केसर कस्तूरी की आधी बोतल गटक ली थी। अब स्वर में स्वच्छंद मस्ती आ गयी थी।

''यह बड़ी गायिका है।'' सिद्धार्थ ने कहा, ''पर चार दिन बाद इसे ढूँढ़ पाना मुश्किल होगा।''

बीचों बीच अलाव जल रहा था। कुछ बंजारों के साथ यूनिट के चुनिंदा लोग थे।

वर्षा ने बियर का छोटा-सा घूँट भरा। (बहुत इसरार के बावजूद उसने ह्विस्की का गिलास नहीं लिया था। अगर फिल्म यूनिट की जगह ड्रामा स्कूल के साथी होते, तो वह खुले में झर रही चाँदनी के नीचे आज व्हिस्की ही पीती और खूब पीती। उनके ऊपर रक्त संबंधियों के जैसा भरोसा था, पर यूनिट में मीरा और सिद्धार्थ उसके अकेले विश्वास पात्र थे। दूसरे शिक्षित सदस्यों का व्यवहार सही था, पर वर्षा को चौकस रहना बेहतर लगता था। उनके नीचे की श्रेणी के जो लोग थे, उनके साथ रंगमंच के विपरीत अभिवादन के बाद संवाद की गुंजायश नहीं लगती थी)।

''मुझे मालूम नहीं था कि तुम नाच भी लेती हो।'' सिद्धार्थ मुस्कराया।

''जैसा मैं नाचती हूँ, वैसा ड्रामा स्कूल की हर लड़की नाच लेती है।'' वर्षा मुस्करायी।

जुगनी के अनुरोध पर वर्षा ने चतुर्भुज से सीखे हुए नृत्य-गीत-कार्यक्रम की झलक दिखायी थी- 'रोयें खड़े दिलगीर, हमार गौने की तयारी।'

वर्षा को खुशी थी, पर साथ में मेला उठ जाने-जैसा खालीपन भी था। आज शाम पाँच बजे पैकअप हो गया था। शिड्यूल से दो दिन पहले शूटिंग संपूर्ण हो चुकी थी। फिल्म बजट से ऊपर नहीं गयी थी। निगेटिव के तीन रोल बच गये थे।

''बंबई बात हुई?'' सिद्धार्थ नेगी के साथ शाम को बियर की क्रेट व्हिस्की और केसर कस्तूरी की एक दर्जन बोतलें लेकर लौटा, तो मीरा ने पूछा।

''हाँ।'' सिद्धार्थ बोला, ''मैं दो दिन बाद वर्षा के हिस्सों की एडीटिंग शुरू करूँगा। वर्षा, तुम दिल्ली जाकर हफ्ते भर रिलैक्स करो। फिर डबिंग करने आ जाओ।''

''जल्दी है?'' वर्षा ने पूछा, ''तुम दिल्ली नहीं रुकोगे?''

''नहीं। एक तो मैं पंद्रह जुलाई से पहले तुम्हारी डबिंग खत्म कर देना चाहता हूँ, ताकि तुम अपनी रिपर्टरी ज्वायन कर सको। दूसरे, नेशनल एवार्ड की रीजनल पैनल की सबमिशन डेट सितंबर में है। तब तक मेरा प्रिंट तैयार हो जाना चाहिए।

''चुप-चुप हो।'' वर्षा ने कहा।

''बहुत बड़ा सपना पूरा हुआ है वर्षा।'' सिद्धार्थ ने गहरी साँस ली, ''मेरी पहली फीचर फिल्म की शूटिंग पूरी हो गयी है। फिल्म-निर्माण का यही एक हिसा है, जिस पर निर्माता का बस नहीं चलता। अगर पैसे की समस्या न हो, तो बाद की अवस्थाओं पर कमोबेश उसका अधिकार रहता है।''

बगल में खेजरे के पेड़ थे। ऊपर गोलाकार चाँद। मंथर हवा। गाने के मद्धिम टुकड़े बीच-बीच में उड़ आते थे।

''तुम्हारे प्रति अपना आभार प्रकट करने के लिए मेरे पास शब्द नहीं हैं।'' सिद्धार्थ ने धीमे स्वर में कहा।

''अच्छा है।'' वर्षा ने प्रगल्भ मुस्कान दी, ''मुझे डॉक्टर अटल की तरह खामोशी ज्यादा पसंद है।''

इस बार चुंबन कई थे। लंबे और गहन।

उजली चाँदनी के नीचे सब कुछ ठहरा हुआ था। वर्षा का जी चाहा, वह खुद भी ठहर

जाये। इस अनुभूति को कहीं गहरे में सँजो ले। दृष्टि की सीमाओं पर दुनिया सिमट गयी-सी लगती थी। रेत के उजले विस्तार में और असमतल ढूहों के बीच जैसे वही दो चेतन प्राणी थे। शेष मिथ्या था-किसी पुराने जन्म की स्मृति की तरह। इस एक क्षण अपने बाहरी निजी संसार का भान भी अवास्तविक लगा।

''मैं बंबई में बेचैनी से तुम्हारा इंतजार करूँगा।''

''तुम्हें बेचैन देखना मुझे अच्छा लगेगा।'' वर्षा मुस्करायी, ''कभी देखा नहीं।''

2

'वर्षाजी का निवास'

सुबह छह बजे रोशनी हुई और शहनाई के सुर कोच में भरने लगे।

वर्षा ने मुँह पर ओढ़ी हुई चादर खींची। विस्मृति-लोक से वास्तविक संसार तक वापस लौटने में कुछ क्षण लगे। अधमुँदी आँखें धीरे-धीरे खुलीं। उसने हाथ ऊपर उठाये और छोटी-सी अंगड़ाई ली।

''देवियो और सज्जनो! (बालक-वृंद को क्यों भूल गये?) सुप्रभात!'' ध्वनि-विस्तारक पर आवाज आयी, ''आशा है, आपको नींद अच्छी आयी। सुबह की चाय कुछ ही देर में आपको दी जा रही है। हमारी गाड़ी ठीक समय पर चल रही है...''

खिड़की का पर्दा खींचा, तो दौड़ती हुई ट्रेन से सुबह का सुहानापन आँखों में भर उठा। हरियाली के बीच-बीच में ऊँचे-ऊँचे पेड़ों का अनंत सिलसिला था। आकाश के पूरबी कोने में उजास भरी थी। उस पर के अनगिनत पारदर्शी आवरण एक-एक करके उठ रहे थे। लगता था, हर पल आलोक बढ़ता जा रहा हो। एक पतली-सी नदी आयी। पुल के खंभों की खट् खट् हुई। फिर नदी यों तेजी-से पीछे खिसकने लगी, जैसे कोई मछुवा जाल में फँसाकर खींचने लगा हो।

''प्लीज...'' पीछे के बच्चे ने उसकी कुर्सी पर टिक-टिक की।

वर्षा ने रिलैक्सिंग स्थिति से कुर्सी सीधी कर ली।

''चाय!'' वेटर ने थर्मस बढ़ाया।

वर्षा ने सामने की कुर्सी से बोर्ड का हुक हटाया, चाय ढक्कन में उड़ेली और बड़ा-सा घूँट लिया। गर्माहट की रेखा भीतर एक खिंच गयी। भला लगा।

पर्स से कंघी निकाल कर बाल सँवारने लगी। नींद उखड़ी-सी आयी, पर आराम मिल गया था। उसने छोटे-से आईने में अक्स देखा। चेहरे पर साँवले रूखेपन की परत छीजने लगी थी।

''वर्षा!'' उसे देखते ही अनुपमा उमंग से लपकी।

वर्षा ने अनुपमा को बाँहों में भरा, तो अनुपमा ने उसका चुंबन ले लिया।

''वर्षा, तुम्हारे बिना बहुत सूना लग रहा था।''

''मैंने भी तुम्हें मिस किया।''

झुमकी मुस्कान के साथ निकली और वर्षा के हाथ से सूटकेस ले लिया।

इतने दिनों के बाद घर में होना मधुर-सा लग रहा था, जैसे किसी अँधेरी गुफा में बंदी रहने के बाद लौटी हो।

ड्राइंगरूम में आकर वर्षा सोफे पर पसर गयी।

''पहली फिल्म का अनुभव कैसा रहा?''

''बहुत उत्तेजक। पर थका देने वाला।''

''चेहरा कुम्हला गया है।'' अनुपमा ने उसके माथे पर हाथ रखा।

''गर्मियाँ, रेगिस्तान और लाइटिंग की तपिश। आउटडोर में सुलगती रेत और रिफ्लैक्टर की आँच।

''पहली बार अफसोस हो रहा है कि हमारे यहाँ एयरकंडीशनर नहीं।''

''स्नेहजी और चतुर्भुज सुनेंगे, तो हमें कच्चा चबा जायेंगे।'' वर्षा मुस्करायी। फिर स्नेह की नकल की, ''अभी तुमने जुम्मा-जुम्मा एक आर्ट फिल्म की है और तुम्हें गर्मी भी लगने लगी!'' फिर चतुर्भुज का स्वाँग भरा, ''कुमारी, तुमने एक अदद एयरकंडीशनर के लिए अपनी आत्मा को बेच दिया।''

झुमकी जग में लस्सी लिये आयी, जिसमें बर्फ के टुकड़े तैर रहे थे।

वर्षा किलकारी मार कर उठ बैठी। एक गिलास भरा और गटागट पीने लगी।

लगभग तीन दिन वर्षा एक तरह से सोती ही रही। पाँच-छह घंटे बाद उठती। दिन होता, तो झुमकी से खाने की प्लेट ले लेती। देर रात होती, तो फ्रिज में से कुछ निकाल लेती। फिर ठंडे पानी की एक बोतल खाली करके, लड़खड़ाती हुई बिस्तर पर लुढ़क जाती।

इस दौरान वह नींद की विभिन्न अवस्थाओं में रही। कभी लहंगे की पटलियाँ कमर में खोंसे ऊँट की पीठ पर लू के थपेड़ों के बीच रेत के ढूह पार किये, कभी नाक में चाँदी की नथ पहने केसर कस्तूरी की तरंग में लंबी तान ली, कभी छिटकी चाँदनी में खेजड़े के पेड़ से टिके मोरचंग के सुर निकाले। मीरा ने चाय का गिलास बढ़ाया, तो 'थैंक्स' के साथ ले लिया। ''कट,'' सिद्धार्थ की आवाज आयी, तो वह सकुचाकर बोली, ''सॉरी।'' ''अम्मल लोगी?'' सुमेरा ने अफीम की डली बढ़ायी, तो उसने मुँह में रख ली। 'लाइट', 'कैमरा' और 'एक्शन' की ध्वनियाँ कानों में ओवरलैप होती रहीं। शाम के झुटपुटे में वह झोंपड़ी में घुसी, तो सुनहरे बालों वाली एक गोरी तौलिया लपेटे चुल्हे के पास बैठी बाजरे की रोटी सेंक रही थी। ''कौन हो तुम?'' उसने आवेश से पूछा, ''मेरे घर में क्या कर रही हो?'' ''सुमेरा ने तुम्हें छोड़कर मुझे रख लिया है।'' उसने 'हस्की' स्वर में कहा। खट! खट! खट! आर्ट डायरेक्टर उसकी हथेली पर कील ठोक रहा था। ''स्माइल !'' स्टिल फोटोग्राफर उसे फोकस में लेता हुआ चिल्लाया। ''तुम्हारा स्पर्श मेरे लिए ऐसा ही है। जैसे मोरचंग पर किसी की साँस...'' जुगनी ने तान छेड़ दी थी...

किसी ने उसके कफ्तान की जिप खोली। फिर उसे कंधों से सरकाने लगा। ''छाया, तंग मत करो।'' वर्षा कुनमुनायी। कोई सुगंधित क्रीम उसकी पीठ पर मल रहा था। ब्रा के स्ट्रैप के नीचे पतली-पतली उँगलियाँ। नाजुक, कोमल स्पर्श। शिराएँ धीरे-धीरे सुगबुगाने लगीं। वर्षा की देह अपने-आप ढीली हो गयी। स्पर्श और नीचे फिसला कमर से होता हुआ पेंटी-तले नितंबों, फिर जांघों और पिंडलियों तक। वर्षा के होठों पर बारीक-सी मुस्कान आ गयी। फिर किसी ने हौले-से उसे सीधा किया। क्रीम की खुशबूदार तरलता बाँहों पर फैली। मुलायम हथेलियों ने उसे एकसार किया। फिर गले से होता हुआ स्पर्श उरोजों को छूता हुआ सपाट पेट को सहलाने लगा। फिर जंघाओं की मांसलता पर अठखेलियाँ करने लगा। वर्षा गुनगुनी सनसनी से भर उठी...

धीरे-धीरे वर्षा की पलकें खुलीं। चिर-परिचित मुखड़ा उस पर झुका मुस्करा रहा था।

''डार्लिंग, तुम्हारी स्किन कैसी झुलस गयी है।'' शिवानी ने नरमी-से उसका माथा सहलाया। फिर उसके अधर चूम लिये।

''शिवानी...'' वर्षा का असमंजस धीरे-धीरे विलीन हुआ, ''तुम कब आयीं?''

''थोड़ी देर हुई।'' शिवानी ने उसके बालों में उँगलियाँ उलझा लीं, ''थकान है? और सोओगी?''

वर्षा एकटक उसे देख रही थी, ''तुम्हें कितने दिनों के बाद देखा... पर आँखों में कैसी धूप भर गयी है...''

शिवानी ने उसे खड़ा किया। फिर कफ्तान पहना कर जिप लगा दी, ''अभी नहाना नहीं। क्रीम को जज्ब होने दो।''

वर्षा ने हामी में सिर हिलाया। फिर बिस्तर पर बैठ गयी। पल भर चुप रही। फिर बोली, ''अच्छा हुआ, तुम आ गयीं। मैं सुबह से सो रही हूँ।''

''सुबह से?'' शिवानी ने कौतुक से उसे देखा।

''शिवानी दीदी। चाय लाऊँ?'' पर्दे के पार से झुमकी ने पूछा

''लाओ।''

झुमकी हँसती हुई आयी, ''शुक्र है भगवान का। वर्षा दीदी को बैठे हुए तो देखा।''

''झुमकी, मैं कब से सो रही हूँ?'' वर्षा ने झेंपी मुस्कान से पूछा।

''तीन दिन से।'' झुमकी ने ट्रे बिस्तर पर रखी, ''मैं खीर के साथ पुलाव या खिचड़ी की कटोरी फ्रिज में रखती थी। तुम आधी रात को साफ करके फिर सो जाती थीं।''

''मुझे मालूम नहीं था, फिल्म के एक्टर को इतनी मेहनत करनी होती है।'' शिवानी बोली।

''कहो, आर्ट-फिल्म के एक्टर को।'' वर्षा धीरे-धीरे सजग हो रही थी, ''सिद्धार्थ ने बताया, व्यावसायिक फिल्म होती, तो या तो स्टूडियो में ही रेगिस्तान का सेट लगता या जोधपुर के फाइव स्टार होटल में स्टार ठहरते और एकाध दिन झुलसती धूप में शूटिंग करने के बाद आउटडोर लोकेल्स को इनडोर में बदलवा देते।''

झुमकी ने दोनों को प्याले दिये।

''क्या किया इतने दिन?''

''प्रेम...'' शिवानी ने स्निग्ध मुस्कान दी।

वर्षा ने लक्ष्य किया, शिवानी की आँखों में अनुराग के डोरे थे।

''तुम कल शाम हमारे यहाँ खाने पर आ रही हो-लोदी रोड पर। अश्विनी भी आ रहा है।''

वर्षा को अश्विनी अच्छे लगे थे। जैसे आतुर भाव से उनकी आँखें शिवानी का पीछा करती थीं, उससे वर्षा को पुलक भरी आश्वस्ति महसूस हुई थी।

''कल की मीटिंग एक तरह से पहली स्क्रीनिंग है।'' शिवानी संजीदा हो गयी थी, ''इसमें अश्विनी का अभी सामान्य परीक्षण होगा। कमरे में कैसे घुसता है, अभिवादन व बात कैसे करता है, बैठता और हँसता कैसे है, प्रतिवाद करने का ढंग क्या है। इस सबके आधार पर उसके व्यक्तित्व का विश्लेषण होगा।'' शिवानी पल भर ठिठकी, ''तुम्हें मेरे साथ ही पहुँचना है। छह बजे के आसपास। तुमसे भी तुम्हारी राय पूछी जायेगी।''

''अच्छा?''

''डैडी और भैया की अकेली लाडली हूँ, जायदाद की आधी वारिस, बिजनेस की आधी पार्टनर।'' शिवानी के स्वर में विवशता थी, ''मेरा हाथ पाने के लिए अश्विनी को लोहे चने चबाने पड़ेंगे।''

ऐसी बातें सुनकर आज वर्षा को अपने ऊपर दया कम आयी, अपनी स्थिति के लाभकारी बिंदु ज्यादा उजागर हुए। यह क्या छोटी बात है कि वह अपने से संबंधित कोई भी निर्णय स्वयं ले सकती है?

''ये कहाँ से आये?''

झुमकी प्याले उठाने आयी, तो वर्षा की निगाह पहली बार कोने के स्टूल पर रखे 'नीविया' के दो जारों पर पड़ी।

''शिवानी दीदी लायी हैं।'' झुमकी बोली, ''मैंने फोन पर बता दिया था।''

''झुमकी, दिन में तीन बार मालिश कर देना।'' शिवानी ने निर्देश दिया, दो हफ्तों में स्किन नॉर्मल हो जायेगी।''

''अच्छा दीदी।'' झुमकी बाहर जाते-जाते चंचलता से मुस्करायी, ''वैसे असली हुनर तो आपके हाथ में है। वर्षा दीदी को मालूम भी नहीं हुआ कि कब उनकी जिप...''

वर्षा और शिवानी की नजर मिली। दोनों मुस्करायीं। वर्षा ने शिवानी के गले में हाथ डाल लाड़ से उसे अपने साथ सटा लिया, ''तेरे लिए मैंने लाखों के बोल सहे...''

''चतुर्भुज से इस बार लड़ाई हो गयी।'' सुबह लोदी गार्डेन में जॉगिंग करते हुए अनुपमा ने कहा।

''मुझे ताज्जुब नहीं हुआ।'' कदम मिलाते हुए वर्षा बोली, ''वैसे वजह क्या थी?''

''वह दो महीनों के वर्कशॉप पर इंदौर जा रहे थे। मुझे साथ ले जाने के लिए जिद पकड़े हुए थे। मैंने कहा, मैं दो-तीन हफ्तों के लिए निकल सकती हूँ, अगर तुम मेरी पसंद का नाटक करो।''

''यह तुम्हारी ज्यादती है अनुपमा।''

कुछ क्षण चुप्पी रही। साथ-साथ उठते हुए पाँवों की लय थी और तेज होती हुई साँसों की गति।

''मैंने सोचा था, यह शादी मुझे खुशी देगी।''

''यह तुमने कैसे सोच लिया था?'' वर्षा ने रूमाल से माथे की नमी सोखी।

''उन दिनों मैं पूरी तरह इस बात से मोहित थी कि हम दोनों की पृष्ठभूमि बिलकुल उलटी है। अब मुझे लगता है कि मेरे तथाकथित आकर्षण के पीछे चतुर्भुज के आम आदमी होने का तथ्य था, जिसके आस-पास मेरी रंगमंचीय गतिविधियाँ केन्द्रित थीं। मैंने अपने वैचारिक सरोकार को ज्यादा ही खींच लिया।''

वर्षा ने समझा था, बात खत्म हो गयी। पर अपनी धुरी पर गोल-गोल घूमने वाले गोलाकार गेट से बाहर निकलते ही अनुपमा फिर बोली, ''चंद दिनों बाद ही उनका सॉफिस्टीकेटिड न होना, उनकी अर्थीनैस, उनका सेव ऑफ ह्यूमर-सब खलने लगा। दिन में दो घंटों के लिए मिलने वाले एक रंगमंचीय दोस्त के रूप में जो बातें अच्छी लगती थीं, वह बिस्तर पर साथ सोने वाले पुरुष के रूप में नागवार गुजरने लगीं।''

''तुमने अपनी मनोदशा का सही विश्लेषण कर लिया है।''

दोनों हाँफते हुए बरामदे की कुर्सियों पर बैठीं। झुमकी पानी का जग और गिलास ले आयी। वर्षा ने क्यारी पर झुककर मुँह पर ठंडे पानी के छींटे मारे।

''मम्मी ने चाय पी?'' अनुपमा ने एक साँस में आधा गिलास पीकर पूछा।

''हाँ। पूजा कर रही हैं।''

कमरे में आसन्न संकट का तनाव था।

नाश्ते के बाद मेज साफ हो चुकी थी। झुमकी ने मम्मी के आदेशानुसार उनके सूटकेस से सफेद लिफाफा निकालकर सामने रख दिया था और भीतरी आँगन में चली गयी थी।

अनुपमा हथेली पर ठुड्डी टिकाये एकटक सामने देख रही थी।

वर्षा ने अखबार सँभाला और नि:शब्द उठने लगी।

''वर्षा, तुम बैठो।'' मम्मी स्थिर स्वर में बोलीं, ''अनुपमा के डैडी ने कहा है, वर्षा के सामने बात करना।''

वर्षा चुपचाप अपनी जगह बैठ गयी।

मम्मी ने लिफाफे से दो तस्वीरें निकालीं, ''दोनों अच्छे परिवारों के लड़के हैं। दिनेश भोपाल में घर का बिजनेस करता है। राकेश बी.एच.ई.एल. में इंजीनियर है।''

उन्होंने तस्वीरें मेज पर अनुपमा के सामने रख दीं।

''दोनों को तुम्हारी तस्वीर पसंद आयी है। दिनेश ने 'हाँ' कर दी है, राकेश यहाँ आकर तुमसे मिलना चाहता है।''

अनुपमा कुछ क्षण पूर्ववत सामने देखती रही। फिर पूछा, ''डैडी की तबियत अब कैसी है?''

''तुमने तो अपनी तरफ से कोई कसर नहीं छोड़ी।'' मम्मी के स्वर में आक्रोश-भरा आरोप था, ''डॉक्टर ने कहा है, इनके दिल को ठेस नहीं पहुँचनी चाहिए। उनसे कैसे कहा

जाये कि घर की बेटी ही...''

''मम्मी।'' अनुपमा ने मेज पर रखे मम्मी के हाथ पर हाथ रखा, ''तुम भी मेरे खिलाफ हो गयी हो?''

''तुम्हारी जो जायज बात थी, उसमें मैंने हमेशा तुम्हारा साथ दिया।'' मम्मी ने अपनी भरपूर दृष्टि से जैसे वर्षों के सहयोग को अभिव्यक्त कर दिया, ''हम तुम्हें डॉक्टर बनाना चाहते थे। तुमने कहा, मेरी दिलचस्पी म्यूजिक में है। मैंने कहा, ठीक है। फिर तुमने कहा, मेरी दिलचस्पी ड्रामा में है। मैंने कहा, ठीक है। हम क्या चाहते थे? कि तुम्हारी खुशी से खुश हों। फिर तुमने किसी से पूछे बिना उस सड़कछाप नौटंकी वाले से गठबंधन कर लिया। हमारे तईं तुम्हारी कोई जवाबदेही नहीं? हमारा तुम पर कोई अधिकार नहीं? ...इस शादी से खुशी तो तुम्हें क्या मिलनी थी, तुम्हारा मानसिक क्लेश और बढ़ गया है। क्यों? क्येंकि उसके साथ तुम्हारा कोई मेल नहीं। पाँवपोश सुहागसेज पर शोभा पा सकता है? तुम्हारे डैडी तो कहते हैं मर गयी अनुपमा... पर क्या करूँ, माँ का दिल है, नहीं मानता...'' मम्मी की रूलाई फूट पड़ी। कुछ क्षणों आवेग बहुत तीक्ष्ण था, ''बचपन से लेकर अब तक तुम्हारी कौन-सी ख्वाहिश नहीं मानी? तुम्हारी कौन-सी चाह में रुकावट डाली? उसकी तुमने ऐसी सजा दी?... संतान होती किसलिए है? मन का संताप दूर करने के लिये कि कलेजे में कटार भोंकने के लिये?''

अनुपमा चुपचाप नीचे देख रही थी।

''तुम्हारे डैडी से हाथ जोड़कर मैं आखिरी बार बात करने आयी हूँ।'' मम्मी पल्लू से आँखें पोंछकर तन गयीं, ''आज फैसला होकर रहेगा।'' मम्मी ने दोटूक भाव से अनुपमा को देखा, ''बोलो, क्या कहती हो?''

''क्या कहूँ मम्मी !'' अनुपमा की आवाज भर्रा गयी, ''मैं बहुत उलझन में हूँ।''

''कैसी उलझन?''

''मैं यहाँ जो काम कर रही हूँ, वह नहीं छोड़ना चाहती।''

मम्मी ने पल भर सोचा, ''ठीक है। हम तुम पर जोर नहीं डालेंगे।''

''मुझे अपने भीतर सब धुँधला लगता है।''

''मतलब?'' मम्मी ने अनुपमा को देखा।

''मैंने ब्याह की वजह से औरतों के इतने तरह के दुख देखे हैं कि मुझमें ऐसी कोई चाह नहीं जागती।''

''यह कैसी बात हुई?'' जो श्मशान में अर्थी फूँकता है, वह क्या अपने बसेरे में आग लगा देता है? क्या तुम्हारी मिसेज जुत्शी ने घर नहीं बसाया? मुझे ले चलो उनके पास। मैं हाथ जोड़ कर उनसे पूछूँगी कि दुखियारी औरतों का दुख सुनने वाली को क्या अपने सिंगार का भी स्यापा कर लेना चाहिए?''

मम्मी हर एक के आगे हाथ जोड़ने को तैयार थीं। उनके चेहरे पर ऐसी कातरता थी कि वर्षा पसीज उठी।

''अच्छा मम्मी ! मुझे थोड़ा समय दो। अभी मेरा मन आपे में नहीं।''

मम्मी ने पल भर उसे देखा, ''ठीक है।'' कुछ सोचा, ''तुम रक्षाबंधन पर घर आओगी!

तभी बात होगी।''

''अगर डैडी घर में घुसने देंगे, तो मैं भैया को राखी बाँधने जरूर आऊँगी।''

''अगर सुबह की भूली शाम को लौट रही हो, तो डैडी घर में क्यों नहीं घुसने देंगे?''

अनुपमा आवेग से थरथरायी। फिर अपने को सँभाला, ''मेरी एक विनती है।''

मम्मी ने निगाह उठायी।

''अभी किसी को मुझे देखने के लिए यहाँ मत भेजना।''

''ठीक है।'' अब स्वर बदल गया था। उसमें विरोध की विभाजन-रेखा की तीक्ष्णता नहीं थी, ''इतनी बात और साफ हो जाये कि अब उस फटीचर से तुम्हारा कोई वास्ता नहीं है।''

अनुपमा ने हामी में सिर हिलाने के लिए कुछ पल लिये।

''तुम्हारे डैडी तो केस करने पर उतारू थे। मैंने ही कहा कि हमारे ही नाम पर लोग थूकेंगे।'' मम्मी ने वैसी ही गहरी साँस ली, जो जवान बेटी की माँ ही ले सकती है, ''लड़की वाले हैं। हर तरह से हमारी ही नाक नीची होगी।''

अनुपमा सिर झुकाये बैठी थी, जैसे अपनी करनी पर पछतावे से भरी हुई हो। वर्षा को उसके तथाकथित ब्याह की याद आयी, जब अनुपमा रंगीन साड़ी और आभूषणों में दमक रही थी। तब की उमंग और उत्तेजना की ऐसी परिणति होनी थी?

वर्षा ने घड़ी देखी, पौने बारह बजे थे। उसे क्या हो गया है? वह कभी भी सो जाती है।

''झुमकी, पानी दोगी?''

वह खिड़की के आगे आ खड़ी हुई। धूप म्लान थी। हवा मद्धिम।

सुबह वह देर से सोकर उठी। नाश्ते के बाद झुमकी ने क्रीम की मालिश की। वह थोड़ी देर लेटी रही। फिर झपकी आ गयी।

पीछे आहट हुई। वर्षा ने बढ़ाया गया गिलास ले लिया और दो घूँट भरे। यकायक लगा कि झुमकी का हाथ बहुत गोरा हो गया है और सेंट वह कब से लगाने लगी...

पीछे चंचल मुस्कान से दिव्या खड़ी थीं।

''दिव्या...'' वह आवेग से गले लग गयी। उनके कंधे पर सिर रखे, उन्हें बाँहों में बाँध लिया। वही परिचित स्पर्श। वही परिचित गंध।

''दीदी एक घंटे से बैठी हैं।'' झुमकी दरवाजे पर आयी, ''मैंने कितना कहा, जगा देती हूँ। पर मना कर दिया।''

उसे मालूम था, दिव्या के लिए नींद पावन है। किसी को, विशेषकर प्रिय को, सोते से जगाना उन्हें पसंद नहीं।

''तुम्हारी शूटिंग की थकान अभी तक नहीं उतरी?''

वर्षा ने मुस्कराकर नाहीं में सिर हिलाया, ''सुबह आयी हो? सामान शैला के यहाँ है?''

''हाँ।'' दिव्या बिस्तर पर बैठ गयीं।

किसी का दिल न दुखाने की दिव्या इस नीति से वर्षा सहमत थी। रहेंगी वर्षा के पास। सामान शैला के यहाँ रहेगा।

''प्रिया?''

''बाग में खेल रही है।''

वर्षा उनके सामने बैठ गयी, ''अचानक तुम्हें सामने पाकर जिंदगी में आस्था बढ़ गयी।''

''कितने सालों से गर्मियाँ तुम्हारे साथ बीतती हैं।'' दिव्या बोलीं, ''तुम्हारी आखिरी चिट्ठी आयी, तो मुझे लगा, तुम डबिंग के लिए चली जाओगी, तो कैसे मिलना होगा?''

फिर बातों का सिलसिला चल निकला। पहले चाय पी, फिर शर्बत पिया, फिर खाना खाया। फिर बिस्तर पर लेटे कुछ धीमे स्वरों में बातें की, क्योंकि प्रिया सो रही थी। फिर दिव्या को झपकी आ गयी। अब प्रिया कुनमुनाने लगी। वर्षा ने प्रिया को गोद में उठाया और दबे पाँव बाहर निकल आयी।

दिव्या जब बाहर आयीं, तो पाँच बज रहे थे। वर्षा बाग में प्रिया के साथ आँख-मिचोली खेल रही थी।

''झुमकी, चाय दोगी?'' वर्षा ने पुकारा, ''दीदी जाग गयीं।''

शाम ठंडी होने लगी थी। लता-मंडप में पंछी चहक रहे थे।

''तुम्हारा लता-मंडप देखकर मुझे शकुन्तला का पौदों को सींचने वाला सीन याद आता है।'' दिव्या बेंत की कुर्सी पर बैठीं और आसपास भरपूर निगाह डाली।

''देखो मम्मी ! देखो वर्षा !'' आखिरकार प्रिया ने एक तितली पकड़ ली थी।

''शाबास! प्रिया कितनी होशियार है।'' दिव्या ने कहा, ''अब उसे छोड़ दो। देखो, बेचारी कितनी डर गयी है।''

''नीरू तो तितली अपनी किताब में रखती है।'' प्रिया ने धीमे स्वर में प्रतिवाद किया।

''जो तितली को सताता है, उसे तितली का शाप लगता है।'' दिव्या ने स्थिर स्वर में कहा, ''जैसा मुनि दुर्वासा का शकुंतला को लगा था।''

प्रिया के चेहरे पर कई रंग आये और गये। पर आगे कुछ कहने की जरूरत नहीं थी। प्रिया ने तितली को उड़ा दिया, फिर ताली बजाते हुए उसके पीछे-पीछे दौड़ी।

प्रिया दिव्या के चेहरे का एक-एक भाव, आँखों का एक-एक संकेत पहचानती थी। दिव्या का आदेश, छोटा, संतुलित एवं आवेगहीन होता था और प्रिया का तत्पर उत्तर, ''अच्छा मम्मी।'' वर्षा ने कभी नहीं देखा कि दिव्या ने प्रिया को डाँटा हो। उनके चार शब्द (''प्रिया, ऐसे नहीं करते।'') प्रिया को किसी भी बाल सुलभ चंचलता से रोकने के लिए काफी थे। दिव्या की आँखों का संकेत हो, तो प्रिया चुपचाप देर तक अपनी जगह बैठी रह सकती थी। वर्षा ने कभी नहीं देखा कि प्रिया ने दिव्या से किसी चीज की जिद की हो। (यों ऐसी कोई जरूरत भी नहीं थी। उसके पास खिलौनों और कपड़ों का अनुपम भंडार था, जिसमें रोहन बराबर इजाफा करते रहते थे)। घर में कोई नयी, मूल्यवान चीज आये तो हाथ बढ़ाने से पहले प्रिया दिव्या से अनुमति लेती, ''मम्मी, मैं छू लूँ?'' हाँ, रोहन के साथ उसका व्यवहार दूसरा था। शाम को कार की आहट होते ही प्रिया सीढ़ियों पर दौड़ती। फिर रोहन के कंधे से चिपकी ऊपर आती। इस दृश्य पर वर्षा ने दिव्या को कभी स्निग्ध मुस्कान देते हुए नहीं देखा। वर्षा ने यह भी नहीं देखा कि दिव्या ने प्रिया के साथ लाड़ दिखाया हो। 'प्रिया' उनका स्थायी और स्टैंडर्ड संबोधन था। 'मेरी बिटिया', 'मेरी लाड़ली', 'मेरी

राजदुलारी' इत्यादि कभी नहीं सुने गये। एक बार प्रिया के ज्वर के दौरान दिव्या ने उसके कपोल पर अपने अधर जरूर टिकाये थे। इसके अलावा दिव्या को पिघलते कभी नहीं देखा गया। प्रिया का अब गोद में बैठने वाला बचपन नहीं रह गया था। अब दिव्या शारीरिक निकटता का इतना ही अवसर देती थीं कि सड़क पर चलते हुए प्रिया की उँगली थाम लेती थीं। ''बच्चे बहुत संवेदनशील होते हैं।'' एक बार दिव्या ने कहा था, ''वे अपने घर का भारी वातावरण समझ जाते हैं।''

''यह क्या है?'' प्रिया ने वर्षा के मोटे-से शूटिंग-एलबम की एक तस्वीर पर उँगली रखी।''

''क्लैप।'' वर्षा बोली।

''यह कौन है?''

''सुमेरा !''

''यह तुम्हें क्या दे रहा है?''

''अफीम !''

''क्यों?''

''दाखाँ बहुत दुखी है, इसलिए !''

''यह तुम्हारा कौन है?''

''प्रेमी !''

''ओ माइ गॉड !'' प्रिया ने अजीब-सी परेशानी का भाव दिखाया।

वर्षा हँस पड़ी। दिव्या के होंठों पर भी छोटी-सी मुस्कान आ गयी।

''प्रिया !'' झुमकी बरामदे में निकल आयी, ''मैंगोला लोगी?''

प्रिया उसकी ओर दौड़ गयी।

''तो यह है सिद्धार्थ !'' दिव्या ने पन्ने पलटे।

सिद्धार्थ झोंपड़ी में वर्षा को दृश्य समझा रहा था, बालू के ढूह पर चलने का ढंग दिखा रहा था, दोनों कैनवास की कुर्सी पर बैठे हँस रहे थे, सिद्धार्थ ऊँट पर बैठी वर्षा को सलाम कर रहा था, सिद्धार्थ उसके घुटने की खरोंच पर फाहा रख रहा था।

''एकदम ध्यान खींचने वाला चेहरा है। कौन है यह?''

जुगनी उसकी बाँह-में-बाँह डाले बैठी थी।

''जुगनी...'' वर्षा ने जुगनी की अनुकृति में तान ली, मैं कब करूँ सोलह सिंगार?/मुँह अँधेरे निकल जाना होता है मुझे/जलती दोपहर तक पहुँचती हूँ भीड़भरे कुएँ पर/दो घड़ों के भरते-भरते शाम ढल जाती है/चाँद फ़ीका होने लगता है घर पहुँचते-पहुँचते/ओ पगड़ी वाले साजन, मैं कब करूँ सोलह सिंगार?'' पल भर चुप्पी रही। फिर वर्षा ने दिव्या को देखा, ''अकाल पड़ा, तो जुगनी का पति काम की तलाश में पाकिस्तान की सीमा पार निकल गया। उसका छोटा-सा बेटा काम ढूँढ़ने वालों की टोली के साथ पंजाब की ओर चला गया। जुगनी बाड़मेर तक आयी। एक व्यवसायी उसे रोटी के वादे पर गुजरात ले आया। जुगनी उसके साथ दो साल रही। समय के माप की कसौटी यह है कि उसके दो बच्चे हुए। फिर यकायक उससे अपने इलाके का एक सौदागर टकराया, जिससे मालूम हुआ कि रेगिस्तान में

बारिश हो चुकी है। व्यवसायी के घर में जुगनी को खाने-पीने की कोई चिंता तो नहीं ही थी, काफी आराम भी था। पर उसने फौरन अपनी छोटी-सी पोटली उठायी और अकेली रेगिस्तान को निकल गयी।''

दिव्या स्तब्ध-सी उसे देख रही थीं।

''कहती थी, औरत ऐसी बेल है, जिसमें ओस की बूँद गिरने से भी फूल आ जाता है। बेचारी अकेली बेल अपने बूते पर हर फूल को सहेज कर रख सकती है?''

''वर्षा, तुम्हें शाहजहाँपुर में मेरी आखिरी रात याद है?''

''हाँ।'' वर्षा ने गहरी साँस लेकर सामने के अँधेरे और सन्नाटे में देखा, ''तब भी गर्मियाँ थीं। हम देर रात को बाहर बरामदे की सीढ़ियों पर बैठे थे। आसमान में बड़ा-सा चाँद था। तुम्हारे आम के पेड़ की टहनियाँ हवा में डोल रही थीं। मैंने ड्रामा स्कूल में दाखिले का फार्म भेज दिया था, पर अभी इंटरव्यू की सूचना नहीं आयी थी। उम्मीद नहीं थी कि एडमीशन होगा। तुमने कहा था, जी छोटा मत करो। लखनऊ आकर मेरे पास रहना...'' अंत तक आते-आते उसकी आवाज थोड़ी रुँध गयी।

''मैं अपनी थीसिस का आखिरी, रफ चैप्टर देखते हुए उठी थी।'' दिव्या ने एक हाथ की उँगलियाँ उसके साथ उलझा लीं, ''मैंने कहा था, शाहजहाँपुर-निवास की मेरी दो उपलब्धियाँ हैं-वर्षा और थीसिस। फिर हमने एक सिगरेट पी थी।''

वर्तमान की इस ऊँची प्राचीर से अतीत का वह क्षण कितनी दूर जान पड़ता था, जैसे किसी प्राचीन युग का ध्वंसावशेष हो। क्या सचमुच आज की संपूर्ण, जीती-जागती वर्षा हजारों साल पहले की उस खंडित, जर्जर अनुभूति से निकली है? और अगर दिव्या का सहारा न होता, तो वह ऐसे समग्र रूप में यहाँ तक पहुँच सकती थी? (अगर ड्रामा स्कूल में उसका दाखिला न होता, तो? अगर उस दौर की भूलभुलैया में उसे दिव्या का आश्रय न मिलता, तो? आत्मपीड़ा के स्वागत के लिए इस मुद्दे को कुरेदना उसका प्रिय शगल था)।

देर रात थी। वे बरामदे की सीढ़ियों पर बैठी थीं। ऊपर आधा कटा हुआ चाँद था। हवा सुहानी हो गयी थी। अनुपमा काफी देर पहले सोने के लिए उठ गयी थी। प्रिया टी.वी. देखते हुए सो गयी थी। झुमकी ने उसे बिस्तर पर लिटा दिया था। फिर 'गुडनाइट' कह कर आउटहाउस में चली गयी थी। थोड़ी देर पहले वर्षा दो कप कॉफी बना कर लायी, तो दिव्या ने सिगरेट के लिए पूछा। वर्षा की दराज में पाँच-पाँच-पाँच का पैकेट था, जो हर्ष उसके कमरे में भूल गया था।

दिव्या ने कॉफी का बड़ा-सा घूँट लिया और सिगरेट सुलगायी। अँधेरे में लौ चमकी और दिव्या के पतले-पतले होंठ दिखायी दिये।

''रोहन अच्छे हैं न?''

''हाँ। काफी व्यस्त हैं।'' दिव्या ने गहरी साँस ली, ''अब दूसरा बच्चा चाहते हैं। बेटा हो, तो उनकी और माँ की मुराद पूरी हो जाये।''

दिव्या ने सिगरेट बढ़ायी, तो वर्षा ने कश लिया।

''तुमने क्या कहा?''

''कुछ नहीं।'' दिव्या कुछ पल चुप रहीं, ''मन का एक कोना बिलकुल सूना है। वहाँ कोई उमंग नहीं। उसे बाहर की कोई खुशी नहीं छूती।'' फिर कुछ अटकीं, ''मानती हूँ, विरासत में छोड़ने के लिए रोहन के पास बहुत कुछ है। पर एक वारिस तो घर में आ गयी।'' फिर थोड़ी चुप्पी रही, ''पिछले साल अजीब-सी बात हुई। कॉलेज के पते पर कलकत्ते से प्रशांत का ग्रीटिंग कार्ड आया। कुछ दिन मन को झकझोरने वाली उथलपुथल में बीते।''

''यह तो प्रशांत ने ठीक नहीं किया।'' वर्षा धीमे स्वर में बोली, ''जो घाव भर रहे हों, उन्हें क्यों कुरेदना चाहिए?''

''मेरी पहली प्रतिक्रिया यही थी। गुस्सा भी आया। सोचा, कार्ड वापस भेज दूँ। फिर धीरे-धीरे भीतर कोमलता पनपने लगी। तो मुझे भूल नहीं पाये हैं। जैसे हारे हुए और लहूलुहान को मालूम पड़े कि विजेता के पाँव में मोच आ गयी है...'' दिव्या दयनीय भाव से मुस्करायीं।

''प्रेम बहुत पेचीदी गुत्थी है।'' वर्षा बोली।

खामोशी में दूर कहीं हवाईजहाज उड़ने की आवाज आयी। कोई अंतर्राष्ट्रीय उड़ान होगी, वर्षा ने सोचा।

''सिद्धार्थ कैसा है?''

''बहुत नर्म। बहुत भरोसा जगाने वाला। एक भी शब्द ज्यादा न कहने वाला।'' वर्षा ने दिव्या को मुस्कान के साथ देखा, ''कुछ और कहूँ? सुनोगी?''

''इसीलिए तो आयी हूँ।'' दिव्या लाड़ से बोलीं। (यह रूप शायद मेरे ही लिए सुरक्षित है, वर्षा ने सोचा)।

''उसके स्पर्श में थरथराहट-सा संकोच और आह्लाद है। मुझे ताज्जुब नहीं होगा, अगर मैं उसकी पहली संजीदा प्रेमिका निकलूँ। मुझे महसूस होता है कि गहरे चुंबन में वह भावना की पूरी गहराई से लीन हो चुका है। उसकी साँसों में समर्पण का ऐसा स्पंदन होता है कि मेरा रोम-रोम सार्थकता से सिहर उठता है।'' वे क्षण वर्षा की स्मृति में उभर आये। सुख से विभोर हो जाने की अनुभूति कहीं दूर उमगी और भीतर तक सुगबुगा गयी।

कुछ देर चुप्पी रही। क्यारियों में हल्की, नम सरसराहट हुई। शायद ओस की बूँदें टपकी थीं।

''फिर काम के क्षेत्र में हमारी जगहें अलग-अलग हैं। वह कैमरे के पीछे है और मैं कैमरे के साामने। हम प्रतियोगी नहीं होते-एक-दूसरे को काम्प्लीमेंट करते हैं।'' वर्षा ने कॉफी का घूँट लिया, ''निर्देशक के बिना सिनेमा में मैं ऐसे अनुभव करती हूँ, जैसे भूलभुलैया में खो गयी होऊँ। वह हाथ थाम कर पुरपेच गलियारों से मुझे दरवाजे तक ले जाता है। रंगमंच में भी निर्देशक का महतव है, पर मुझे अपने ऊपर भरोसा रहता है। अगर मेरे ऊपर छोड़ दिया जाये, तो मैं अपना चरित्र और अन्य पात्रों के साथ उसके अंतर्संबंध तो समझ ही लेती हूँ, अपनी गतियाँ भी स्वयं निर्धारित कर सकती हूँ। लेकिन फिल्म में टेक से पहले मैं मेले में खो गये बच्चे-सा महसूस करती हूँ। दृश्य का नाटकीय महत्व तो मैं स्क्रिप्ट के सहारे समझ लेती हूँ, पर स्क्रीन पर कैसा दिखेगा, यह जाने बिना मैं अपने चरित्र के निर्वाह का थ्रस्ट निर्धारित नहीं कर सकती। जैसे ही मुझे यह मालूम होता है कि इस शॉट में दरवाजा

खोलती दाखाँ का कमर से ऊपर का हिस्सा ही दिखायी देगा, वह दरवाजा खोल कर धीरे-धीरे खिड़की तक आयेगी और लालटेन खिड़की पर लटका देगी, फ्रेम की निचली रेखा दाखाँ की नाभि-रेखा है। यह जानते ही मेरी समझ में आ जाता है कि मुझे अपनी चाल के लिए चिंतित नहीं होना है, हाथ को नीचे कहाँ तक ले जाना है, आइ-लाइन कहाँ तक बनानी है...'' पहली बार वर्षा के मन में आया, यदि इस फिल्म में 'सुमेरा' की भूमिका में हर्ष होता, तो? उसकी उपस्थिति के कौन-कौन-से लाभ और हानियाँ होतीं? (क्या सिद्धार्थ के साथ उसका संबंध ऐसा बन पाता)?

''हर्ष की क्या खबर है?''

वर्षा चमत्कृत हो उठी (दिव्या के साथ क्या मेरी टेलीपैथी है?) ''यहाँ आने पर पुराना पत्र मिला है, जिसमें पहली फिल्म के लिए बधाई दी गयी है-और ढेर सारे आलिंगन व चुंबन!'' (क्या समय के साथ हर्ष की ईर्ष्या की भावना धुँधली हो गयी है?) वर्षा ने घुटनों को घेर, उन पर सिर रख लिया था, ''अब बंबई में भेंट होगी।'' वह कुछ पल खोयी रही, ''देखें, क्या होता है?''

''एक ही शहर में तुम्हारे दो प्रेमी होंगे।'' दिव्या गंभीर स्वर में बोलीं, ''यह कोई आदर्श स्थिति नहीं है।''

वर्षा ने निरीह भाव से दिव्या की गोद में सिर रख दिया, ''बताओ, क्या करूँ?

''अपने मन को टटोलो। अब तुमने तेइस पूरे कर लिये हैं।'' दिव्या ने उसके बालों में उँगलियाँ उलझा लीं, ''आगे के लिए क्या सोचा है?''

''सोचती तो हूँ, पर उलझ भी जाती हूँ।''

''घर बसाने की चाह है?''

''हाँ।'' वर्षा ने स्वप्निल मुस्कान दी, ''मेरा छोटा-सा घर होगा। बहुत सुंदर और बहुत शांत।''

''अब तफसील भी बता दो।'' दिव्या मुस्करायीं।

वर्षा सीधी हो गयी, ''बाहर बड़ा लॉन होगा, जहाँ बीच-बीच में कुरूबक, शिरीष और मल्लिका की क्यारियाँ होंगी। किनारों पर मौलिश्री, कदंब और अशोक के पेड़ होंगे। बीचोंबीच माधवी से छाया हुआ लता-मंडप होगा।''

''माली गुप्त पीरियड से ही इंपोर्ट करोगी?''

वर्षा हँस दी, ''एक ओर हौज में मछलियाँ किलोलें करेंगी। घास पर दीर्घापाँग नाम का हिरन उछल-कूद मचायेगा। उसके साथ विदूषक नाम का झबरीला कुत्ता नोंक-झोंक करेगा। मेरे पाँवों के पास मँडराती हुई प्रियंवदा नाम की बिल्ली कौतुक के साथ उन दोनों को देखेगी।''

''तुम कहाँ होओगी?''

''आम के पेड़ से लटकते झूले पर, जहाँ मैं सुबह की चाय पिऊँगी।''

''सुबह की चाय हो गयी।'' दिव्या मुस्करायीं, ''अब घर के अंदर चलें?''

''जरूर। सफेद रंग का ड्राइंगरूम, जिसकी बाहरी दीवार काँच की होगी। ऊपर बिल्लौरी लड़ियों का मुक्ताकलाप। दरवाजे पर अल्पना...''

''ठहरो वर्षा! मुझे होशियारी से अंदर घुसना होगा।''

''सामने की दीवार के सहारे बड़ा, चमकता दीपदान, जिसमें एक सौ एक बत्तियाँ जलेंगी। बायीं दीवार पर साउंड सिस्टम। धीमे सुरों में सितार की रागिनी। बीचों-बीच सफेद मखमल मढ़े तीन सोफे। दायीं ओर पीढ़ों के साथ छोटी मेज। पीछे मदिरा-प्रकोष्ठ। कोने में सफेद फोन, जिसकी घंटी जलतरंग-सी बजेगी। झुमकी रिसीवर उठायेगी।'' वर्षा ने रिसीवर उठाने का माइम किया, ''वर्षाजी का निवास...क्षमा कीजिए, देवि शयनागार में हैं। आप कृपया एक पहर के बाद अंकालिंगन करें।''

दिव्या खिलखिलायीं, ''अब देवि के शयनागार में चलें?''

''हाँ। यह स्पिल्ट लैवेल कंस्ट्रक्शन है। सीढ़ियों पर मोटा कार्पेट। बायीं ओर स्टडी। तीन दीवारों पर छत को छूते रैक, जिसमें संसार का श्रेष्ठ साहित्य भरा है, खास कर नाटक। एक कोने में मेज-कुर्सी और इंटरकॉम।'' वर्षा ने एक बटन 'दबाया, ''झुमकी, कॉफी दोगी?''

''अभी लायी देवि!'' दिव्या तत्परता से बोलीं।

''अरे, मेरे शयनकक्ष के बाहर तो लाल बत्ती जल रही है, जिसका मतलब है-कृपया विघ्न न डालें। पर तुम तो अपनी ही हो, आ जाओ।''

''थैंक्स!''

''शयनागार में बायीं ओर क्वीन साइज बेड। मुलायम तकिये। धवल चादरें। बड़ी-सी खिड़की पर सफेद पर्दे। फूलों-लदी बेलें खिड़की को छूती हुईं। दायीं ओर बड़ी वार्डरोब, जिस पर चारों ऋतुओं की नाम-पट्टिकाएँ लगी हैं...''

''यह आइडिया मुझे अच्छा लगा।''

''बगल में मेरे कद का आईना। दायाँ दरवाजा आधुनिक, भव्य बाथरूम में खुलता है। हाँ, यहाँ लाइटिंग ऑटोमैटिक है। जैसे ही तुम दरवाजा खोलोगी, कोने में हल्की-सी रोशनी जल जायेगी।''

''अब जरा देवि के भी दर्शन हो जायें?''

''मैं शॉवर के बाद रेशमी, महीन नाइटी पहनकर निकलती हूँ। कॉलर पर मेरा मोनोग्राम है-वी.वी.। ...डार्लिंग, तुम्हारी ड्रिंक। ...बिस्तर पर लेटा मेरा प्रेमी छोटा-सा, गोलाकार गिलास मेरी ओर बढ़ाता है। मैं अपना हाथ बढ़ाती हूँ, पर वह नटखट गिलास देने के बजाय मुझे अपने पास खींच लेता है और मुझे अपनी बाँहों में भींच कर...''

''दैया रे!'' चौंकी हुई झुमकी भोर के भीने उजाले में सामने खड़ी थी, ''दोनों दीदियाँ रात भर बातें करती रहीं!''

3

सुंदर मुंबई हरित मुंबई

थोड़ी मंत्रमुग्ध और थोड़ी आशंकित वर्षा खिड़की के सामने खड़ी थी।

ऐसी प्रबल, धारासार और दुर्जेय वर्षा उसने पहली बार देखी थी। लगता था, जैसे इन काली-काली मेघमालाओं के पीछे लाखों अश्वशक्ति का आक्रांत कर देने वाला बल हो। बीच-बीच में पूरी गरिमा के साथ बिजली कड़कती (वर्षा को उसमें आत्मशक्ति से दीप्त, असीम संहारक ऊर्जा का आभास हुआ।) और पहले का तेज प्रवाह थोड़ा और तीखा हो जाता। जलप्लावन की तीव्रता निरंतर बनी हुई थी। साथ ही हवा का हाहाकार भी जीवंत था। ऐसी हठीली, उत्तेजित एवं अदम्य हवा से भी यह उसका पहला साक्षात्कार था। ऐसा लगता था, जैसे हवा और पानी के तीखेपन में प्रतियोगिता चल रही हो। क्या ये दोनों प्रदर्शन-कला के प्रतिद्वंद्वी हैं, वर्षा ने हल्की मुस्कान से सोचा।

जैसे ही राजधानी एक्सप्रेस वापी पहुँची, मद्धिम वर्षा ने उसकी अगवानी की। आकाश के नीचे धूमिल तरलता की चादर थी। खिड़की के काँच के पार वह बौछार की मार से दुबकी हरियाली को देखती रही। फिर पश्चिम रेलवे के उपनगर आने शुरू हुए। एक-जैसे स्टेशन, नाम पटों के समान आकार और रंग। ऊपर बिजली के तारों का जाल। जब उसने पहली बार लोकल गाड़ी के दरवाजों से बाहर लटके हुए लोग देखे, तो उसकी भोली प्रतिक्रिया हुई कि ये मेघ-मकरंद में सराबोर होने को बेताब हैं। बंबईवासियों के प्रकृति-प्रेम पर वर्षा बलिहारी हो गयी।

फिर उसने प्लेटफार्मों की भीड़ देखी। पहले हैरानी हुई, फिर घबराहट। फिर उसने निगाह फेर ली। मानवता पर से विश्वास उठ जाने का डर लगा। स्टेशनों के नाम भी अजीब लगे-नालासोपारा, भायंदर, कांदिवली। फिर गाड़ी रुक गयी। मालूम हुआ कि पटरियों पर पानी फैल गया है।

कुछ घंटों बाद जब ट्रेन बंबई सेंट्रल पर आयी, तो वर्षा क्लांत हो गयी थी। राजधानी एक्सप्रेस में पहली बार बैठने और बंबई पहली बार आने की तरंग कुछ मंद पड़ गयी थी।

कोच के दरवाजे पर खड़े हो उसने खोज भरी निगाह से आसपास देखा। एक पल को डर लगा, अगर कोई लेने नहीं आया, तो?

तभी निकट आ रहे मीरा और सिद्धार्थ ने हाथ हिलाया।

''वैलकम टु बॉम्बे !'' सिद्धार्थ मुस्कराया।

''सॉरी वर्षा ! तेज मानसून में यहाँ गाड़ियाँ लेट हो जाती हैं।'' मीरा का भाव ऐसा था, जैसे इसके लिए वह स्वयं दोषी हो।

''वर्षा को लोकल ट्रेन से सैकिंड क्लास में ले चलें?'' सिद्धार्थ के चेहरे पर चंचल मुस्कान थी।

''पहले डबिंग हो जाने दो।'' मीरा हँसी, ''वर्षा की दीक्षा उसके बाद करेंगे।''

बाहर निकलकर जो पहली चीज वर्षा को पसंद आयी, वह टैक्सी के लिए लगा शांत क्यू था। अगर नयी दिल्ली स्टेशन होता, तो कोई जरूर अपनी आक्रामकता दिखाता।

कुली ने वर्षा का सूटकेस और बैग डिकी में रख दिया। पैसे देकर सिद्धार्थ वर्षा के पास आया, ''वर्षा, मुझे एन.एफ.डी.सी. में थोड़ा काम है। तुम मीरा के साथ चली जाओगी? मैं शाम को आता हूँ।''

''सिद्धार्थ ने कहा था कि तुम्हें किसी सम्मानित परिवार के साथ ठहरायेंगे।'' मीरा मुस्करायी, ''मुझे आशा है, तुम मुझे पर्याप्त सम्मानित पाओगी।''

थोड़ी दूर चलकर टैक्सी की गति बहुत धीमी हो गयी। अब वह रेंग रही थी। गाड़ियों के बम्पर एक-दूसरे से सटे हुए थे।

''किसी और रास्ते से चलें?'' वर्षा ने पूछा।

''रास्ता एक ही है वर्षा।'' मीरा विवशता से मुस्करायी।

वर्षा को अटपटा लगा। यह कैसा शहर है? अगर जोड़बाग जाते हुए पार्लियामेंट स्ट्रीट पर ट्रैफिक जाम हो, तो वह एक मोड़ लेकर कम-से-कम तीन रास्तों से निकल सकती है। पर वर्षा ने लक्ष्य किया कि दिल्ली की तुलना में ट्रैफिक बहुत अनुशासित है। न उजड्ड ढंग से लोगों ने हॉर्न बजाये, न गलत दिशा से ओवरटेक करने की कोशिश की।

टैक्सी सांताक्रूज में एक पुरानी, बदरंग बिल्डिंग के सामने खड़ी हुई। बरामदे में स्टूल पर बैठा चौकीदार खड़ा हो गया। वर्षा बाहर निकली, तो मीरा ने अपने छोटे-से ऑटोमैटिक छाते से उसे ढँक लिया।

''लिफ्ट नहीं है वर्षा। और हम चौथे माले पर हैं।''

''नो प्रॉब्लम।'' वर्षा मुस्करायी, ''थोड़ी एक्सरसाइज हो जायेगी।''

फ्लैट के भीतर घुस कर वर्षा अचकचा गयी। छोटी-सी बैठक थी। बगल में छोटा-सा कमरा और जिसके कोने में रसोई का सामान था।

''यह दो सौ अस्सी स्क्वायर फुट का फ्लैट है।''

ऐसे आंकड़ों से वर्षा का कोई परिचय नहीं था।

''पहले छाया यहाँ ही थी। फिर उसके पिता रिटायर हुए, तो उन्होंने घाटकोपर में फ्लैट ले लिया। ग्यारह महीने बाद मुझे खाली करना था, पर बहुत कोशिश करने पर भी मैं दूसरा इंतजाम नहीं कर सकी। फ्लैट के स्वामी मुझे निकालने यहाँ आये, तो मैं जॉंडिस से बीमार पड़ी थी। एस्टेट एजेंट ने अपनी जिम्मेदारी पर मुझे कुछ महीनों की मुहलत दिलवा दी।''

''एस्टेट एजेंट किरायेदार से पैसा लेता है?''

''हाँ। दो महीनों के किराये के बराबर कमीशन।''

''किराया कितना है?''

''एक हजार महीना।''

''बाप रे!'' वर्षा का मुँह खुला रह गया।

''और पाँच हजार डिपॉजिट !''

''यह क्या होता है?''

''फ्लैट का मालिक अपने पास रखता है और खाली करते समय वापस देता है।''

वर्षा के चेहरे पर जो भाव था, उसे देखते हुए मीरा मुस्करायी, ''सिद्धार्थ खार में पेइंग गैस्ट है। वह एक कमरे का हजार देता है। उसको फोन की सुविधा है। आने वाले संदेशों के लिए वह सौ रुपया महीना और देता है और एक फोन करने के दो रुपये। लैंडलेडी इसमें महीने के तीस कॉल झूठे जोड़ देती है। उसको सुबह नौ तक बाहर निकल जाना चाहिए। वह अपने सूटकेस के अलावा कहीं ताला नहीं लगा सकता। फीमेल विजिटर की मनाही है। एक

दिन इतवार को सुबह दस बजे नरेश मिलने आ गया। पंखा चल रहा था। लैंडलेडी आयी और उसने पंखा बंद कर दिया।''

दो पल चुप्पी रही।

''फ्लैट-मालिक के परिवार में कोई कुआँरी लड़की तो नहीं?'' वर्षा ने अर्थभरे स्वर में पूछा।

मीरा खिलखिलायी, ''नहीं।''

सुदर्शन नरेश ने संघर्ष के तीसरे वर्ष में फ्लैट के स्वामी की खासी स्थूल और अनाकर्षक बेटी से शादी कर ली थी। मीरा ने बताया था, इंस्टीट्यूट के पाँच युवक (जो छायांकन, साउंड रिकॉर्डिंग, संपादन, निर्देशन और अभिनय का कोर्स करके आये थे) अपने संघर्ष का पैनापन दूर करने के लिए घरजमाई बनने का शॉर्टकट अपना चुके थे।

''जानती हो, इस फ्लैट की कीमत क्या होगी?''

''बीस-पच्चीस हजार?''

''डेढ़ लाख।''

दीक्षा की शुरुआत में ही वर्षा हताश हो गयी।

नहा कर लेटी, तो थकान से नींद आ गयी। मीरा एडीटिंग पर चली गयी थी। फोन नंबर छोड़ दिया था।

लेटने से पहले उसने मिस्टर नायडू का नंबर मिलाया।

''हलो...'' भौंड़ी-सी आवाज आयी।

''मिस्टर हर्षवर्धन हैं?'' उसने नरमी-से पूछा।

''तुम कौन?'' (भारतवर्ष के सारे बदतमीज इस शहर में इकट्ठे हो गये हैं।)

''मेरा नाम वर्षा है। दिल्ली से आयी हूँ। हर्षजी की पारिवारिक मित्र हूँ। उनकी माँ और बहन उनकी खबर जानने के लिए बहुत परेशान हैं।''

''इदर से चला गएला है।''

''कब?''

''मय उसकी हिस्ट्री नई रखता बाई।''

(बाई होगी तेरी माँ, तेरी बहन। वर्षा ने दाँत भींचे।)

''कहाँ चले गये हैं?''

''अपुन कूँ नई पता।'' और फोन बंद हो गया।

अजनबी शहर और घर में आते ही अकेला होना... फिर इस पर अकेलेपन को गहराती निरंतर बारिश... ('मृदंग के समान गड़गड़ाते हुए, बिजली की डोरी वाला इंद्रधनुष चढ़ाये हुए ये बादल अपनी तीखी धारों के पैने बाण बरसा कर परदेस में पहुंचे हुए लोगों का मन कसमसाये डाल रहे हैं', उसे 'ऋतुसंहार' की पंक्तियाँ याद आयीं)।

उसने गैस जला कर पैन में पानी रखा। मीरा कटोरदान में समोसे और बटाटा बड़ा छोड़ गयी थी। पर कुछ खाने को जी नहीं चाहा। चाय और चीनी के डिब्बे बगल में रखे थे। उसने

फ्रिज से दूध का बर्तन निकाला।

स्ट्रांग चाय का प्याला लेकर वह बैठक में आ गयी। घूँट भरते हुए 'टाइम्स ऑफ इंडिया' उठाया। यहाँ का संस्करण भारी लगा। मनोरंजन का कॉलम पलटा। यकायक चौकन्नी हो गयी।

कल्याणी का नाटक पृथ्वी थिएटर में चल रहा था।

वर्षा स्तब्ध थी।

दाखाँ झोंपड़ी में लालटेन जला रही थी... दाखाँ बालू के ढूहों के बीच बौरायी हुई-सी भाग रही थी... दाखाँ चाँदनी रात में सुधबुध भूलकर नाच रही थी...

जैसे कई वर्ष पहले छोटी जिज्जी को 'सौम्यमुद्रा' के रूप में मंच पर देखकर किशोर और झल्ली आतंकित रूप से भावविह्वल हो गये थे, वैसे ही वर्षा को बड़े पर्दे पर क्रियाशील देखकर सिलबिल बदहवास हो गयी। यह तथ्य खासा हैरतअंगेज साबित हुआ कि काँचली और मैले लहंगे में ऊँट को नकेल पहनाती यह युवती बजाते-खुद वर्षा वशिष्ठ ही है !

"टेक करें?" इंटरकॉम पर सिद्धार्थ की आवाज आयी।

"ओके !" माइक के सामने खड़ी वर्षा ने उत्तर दिया।

वह सुबह ठीक आठ बजे मीरा के साथ डबिंग थिएटर पहुँच गयी थी। दरवाजे पर कई जोड़े जूते और चप्पलें थीं। मीरा की देखादेखी उसने भी चप्पलें उतार दीं। दुहरे दरवाजे ठेल कर वह वातानुकूलित थिएटर में पहुँची। पचास के लगभग सीटें थीं। ("यह प्रिव्यू थिएटर भी है।" मीरा ने बताया।) एक ओर माइक और सामने पर्दा।

मीरा उसे काँच के बड़े पैनल वाले रिकॉर्डिंग बूथ में ले गयी। अधेड़ साउंड रिकॉर्डिस्ट श्री विश्वास से परिचय हुआ।

"दादा, मैं बिल्कुल अनाड़ी हूँ।" वर्षा ने हाथ जोड़े, "आपको तंग करूँ, तो माफ कर दें।"

उन्होंने पल भर उसे गौर से देखा, फिर सिर पर आशीर्वाद का हाथ रख दिया।

"तुम बेकार डर रही हो।" पिछली शाम सिद्धार्थ ने कहा था, "डबिंग तुम्हारे लिए मुश्किल नहीं होगी। तुम्हें तीन बातों पर ध्यान देना है-कंसेन्ट्रेशन, टाइमिंग और रिबिल्डिंग ऑफ इमोशन।"

"सीन टू, टेक वन..."

वर्षा ने दो बार दृश्य देख लिया था। समय का ठीक अनुमान हो गया था। माइक से सवा इंच दूर अपना मुँह रखकर उसने कुछ लाइनें दुहरा कर देख ली थीं।

...दाखाँ ने निगाह उठाकर पति को देखा, फिर थाली की रोटी को। गहरी साँस ली (क्या इतनी बारीक ध्वनि रिकॉर्ड हो गयी होगी?) ...एक क्षण... दाखाँ के होंठ हिलने ही वाले थे कि वर्षा ने कहा, "नहीं, मैंने खा लिया है।"

एक पल चुप्पी रही। फिर सिद्धार्थ की आवाज आयी, "पर्फेक्ट, थैंक्यू !"

बूथ में मीरा ने ताली बजायी। पहला टेक पहली बार में 'ओके' हो गया था।

अजनबी शहर में वर्षा का चौथा दिन चल रहा था। सिद्धार्थ सुबह आठ से दोपहर बारह तक ही उसके साथ काम करता। ''ज्यादा काम करने से टोनल क्वालिटी के कम हो जाने का अंदेशा है'', उसने कहा था। शेष शिफ्ट के लिए छाया, गिरिराज, नरेश या दूसरी सहायक भूमिकाओं के लोग आते।

शेष समय और शक्ति हर्ष-अनुसंधान में जा रही थी। मिस्टर नायडू के यहाँ पहली रात को फिर फोन किया, तो उनके भतीजे कृष्णन ने उठाया। हर्ष का कुछ सामान अभी भी पड़ा था, पर वह कहाँ है, यह बताने में वह असमर्थ थे। हीरेश पांड्या के यहाँ फोन किया और 'कंपन' के दिल्ली प्रीमियर पर हुई भेंट का हवाला देते हुए अपना परिचय दिया। ''हाँ वर्षाजी, अच्छी तो हैं आप? मुझे मालूम हुआ था कि आप डबिंग के लिए आयी हैं।'' कुशल-क्षेम के बाद वह मतलब पर आ गयी, ''वर्षाजी, हर्षवर्धन का नाम मेरे लिए नासूर है, गाली है। मेरा उनसे कोई संपर्क नहीं। हाँ, आप मिस्टर नंदा को फोन कर लें। उनका नंबर है...''

वर्षा ने नया नंबर मिलाया, ''मेरा नाम वर्षा वशिष्ठ है। मैं हर्षजी की पारिवारिक मित्र हूँ। उनकी माँ और बहन उनका समाचार जानने के लिए बहुत परेशान हैं। आपकी बड़ी कृपा होगी, अगर बता सकें कि वह कहाँ मिल सकते हैं।'' पल भर चुप्पी रही। फिर नंदा ने पूछा, ''आप बंबई से ही बोल रही हैं?'' ''जी, सुदीप थिएटर से।'' ''हर्ष परसों आये थे। आजकल में आना चाहिए। मैं आपका संदेश दे दूँगा। आप जहाँ ठहरी हैं, वहाँ का नंबर भी दे दीजिए। वह रात को भी आ जाते हैं।'' वर्षा ने नंबर के साथ बहुत-बहुत धन्यवाद दिया। उलझन के साथ यह भी सोचा, क्या नंदा को यह नहीं मालूम कि हर्ष रहता कहाँ है?

दूसरे दिन सुबह आदित्य को फोन किया था। ''अच्छा, तुम्हीं वर्षा हो। मैं इरा बोल रही हूँ। आदित्य मद्रास गये हैं। हफ्ते भर बाद आयेंगे। तुम घर आना। ...हर्ष? यहाँ बहुत दिनों से नहीं आये। ... नहीं, पता तो हमारे पास नहीं।''

नवीन मामा को फोन करना बेकार लगा। उनसे तो हर्ष वैसे भी नहीं मिलता।

वर्षा ने पहले ही दिन मीरा की मेज पर बंबई डायरेक्टरी के बगल में छोटी-सी फिल्म इंडस्ट्री डायरेक्टरी देखी थी। उसमें चारुश्री के दो नंबर थे। दो दिन की कोशिश के बाद जब वह रुआँसी हो गयी, तो कल सुबह पहला नंबर मिलाया। ''हर्ष? उसके यहाँ होने का क्या मतलब?'' पुरुष-स्वर गर्वीला और रूखा था, ''वह कहाँ रहता है, हमें नहीं मालूम।'' और फोन बंद हो गया। (क्या यह सदानंद थे?)

आज सुबह धड़कते दिल से उसने दूसरा नंबर मिलाया। ''हैलो...'' आवाज किसी अधेड़ स्त्री की लगी। ''मैं यास्मीनजी से बात कर सकती हूँ? मेरा नाम वर्षा है।'' कुछ क्षणों बाद दूसरा नारी-स्वर सुनयी दिया, ''हैलो, चारुश्री जी तो फिल्म सिटी गयी हैं।'' (अनुभवशून्य होने पर भी वर्षा ने समझ लिया कि झूठ है।) ''नहीं, उनको डिस्टर्ब नहीं करना चाहती थीं। मैं हर्षजी को ढूँढ़ रही हूँ। उनकी माँ और बहन उनकी खबर जानने के लिए बहुत परेशान हैं। (यास्मीन ने भी समझ लिया होगा कि इसमें कितनी सच्चाई है।) आपकी बड़ी मेहरबानी होगी, अगर बता सकें कि वह कहाँ मिलेंगे?'' ''आपका नंबर क्या है?'' वर्षा ने तुरंत नंबर बताया, ''दिन में मैं सुदीप में डबिंग करती हूँ। आपके एहसान का

बदला चुका नहीं पाऊँगी यास्मीनजी।'' ''उन तक पैगाम पहुँचाने की कोशिश करूँगी।'' और फोन बंद हो गया।

गहरी साँस के साथ वर्षा ने रिसीवर रख दिया। कैसी ऊलजुलूल स्थिति है। अपने हर्ष से मिलने के लिए दूसरों की चिरौरी करनी पड़ रही है।

''रंगमंच से फिल्म की एक्टिंग आपको किस मायने में भिन्न लगी?'' 'स्क्रीन' के कामथ ने पैड सँभालते हुए पूछा।

''रंगमंच में बाकायदा वातावरण बनाया जाता है। दर्शक अपनी जगह आकर बैठते हैं और प्रतीक्षा करते हैं। एक के बाद एक तीन घंटियाँ बजती हैं। फिर धीरे-धीरे रोशनी होती है और अभिनेता सक्रिय होता है। नेपथ्य से कोई विघ्न नहीं डालता। मंच पर कोई रुकावट नहीं होती। एकाग्र और दो-ढाई घंटों की सुदीर्घ तल्लीनता से अभिनेता अपनी कला-यात्रा पर बढ़ता जाता है।'' वर्षा कह रही थी, ''इसके उलटे शूटिंग पर यूनिट के सभी सदस्य अपने-अपने काम में जुटे रहते हैं। इन कामों की प्रकृति ऐसी है कि अभिनेता एक सीमा तक ही अपने दायित्व में एकाग्र हो सकता है।''

''इस बात को और स्पष्ट करेंगी?''

''शॉट लगभग तैयार है। मैं अपने संवाद और भावनाओं में डुबकी लगा रही हूँ। तभी कॉस्ट्यूम इंचार्ज आकर मेरे माथे पर बँधा रूमाल बदलने लगता है, जिसे थोड़ी देर पहले उसी ने बाँधा था। मेकअपमैन आकर मेरा चेहरा रिटच करता है। आर्ट डायरेक्टर बराबर ठोकाठाकी कर रहा है। मैं शब्दों के साथ मूवमेंट्स का तालमेल बैठा रही हूँ और असिस्टेंट कैमरामैन मेरे चेहरे से मीटर सटा कर रीडिंग ले रहा है। पाँच लाइनों के साथ मेरा रोने का सीन है। डायरेक्टर ने इसे पाँच शॉट में बाँट दिया है। पहला शॉट तीसरे टेक में ओके हो गया है। अब कैमरे का एंगिल बदल गया है और लाइट रिएरेंज हो रही है। अब दूसरे शॉट के लिए मुझे फिर इमोशन को रिबिल्ड करना है। इस तरह पाँच हिस्सों में पच्चीस बार मुझे एक भावना को रूपाकार देना होता है, जो काफी थका देने वाली पद्धति है।''

''आपको फिल्म की तुलना में थिएटर की एक्टिंग बेहतर लगती है?''

''भिन्न और कठिन।''

''और सिनेमा का अभिनय?''

''अपेक्षाकृत आसान है।''

डबिंग थिएटर से लगा हुआ वातानुकूलित कक्ष था। प्रोडक्शन कंट्रोलर नेगी के पीछे वेटर आया और कॉफी के गिलास रख गया।

''फिल्म में लीडिंग रोल्स करने वालों की स्थिति विशिष्ट होती है। इस बारे में आपकी क्या प्रतिक्रिया है?'

''हाँ।'' वर्षा मुस्करायी, ''अपनी मित्र मीरा पटवर्धन के शब्दों में मुझे यहाँ काफी 'भाव' मिलता है। आप यहाँ पहुँचे, तो प्रोडक्शन कंट्रोलर ने फौरन आपको बैठाया। फिर मुझे सूचना दी कि आपके मेहमान आये हैं। अगर रिपर्टरी में आप मुझसे मिलने आये होते, तो कोई खास बात नहीं होती।''

"आप अकादमी-पुरस्कार-विजेता अभिनेत्री हैं और सिद्धार्थजी की यह पहली फिल्म है। क्या शूटिंग के दौरान आप दोनों के बीच कोई समस्या आयी?"

(हम दोनों के बीच कुछ चुंबनों की समस्या आयी, वर्षा ने मुस्कान दबाते हुए सोचा।)
"फिल्म बुनियादी तौर पर निर्देशक का माध्यम है। अभिनेता उसके लिए कठपुतली के समान है। मैं खुशी से कठपुतली बनने के लिए तैयार हूँ, बशर्ते कि पूरी फिल्म का एक-एक फ्रेम निर्देशक के दिमाग में साफ हो, चरित्रों के मोड़, आपसी रिश्ते और विकासगत बारीकियों पर उसकी पैनी नजर हो। चूँकि सिद्धार्थजी के पास मेरी हर कलात्मक शंका का समाधान था, इसलिए हमारे बीच कोई मुश्किल नहीं आयी। उलटे बहुत धीरज और समझदारी के साथ उन्होंने मुझे इस माध्यम में दीक्षित किया। उनके साथ काम करके मुझे गहरा रचनात्मक संतोष मिला है।"

"आजकल रिपर्टरी के आपके पुराने सहयोगी हर्षवर्धन सुर्खी बने हुए हैं। 'कंपन' की कंट्रोवर्सी के बारे में आपका क्या विचार है?"

"क्षमा करें, मैं इस बारे में कुछ नहीं जानती। हाँ, 'कंपन' मैंने देखी है। वह एक श्रेष्ठ फिल्म है और हर्षजी का काम बहुत ऊँचे स्तर का है।"

"आप हर्षजी के साथ फिल्म में काम करना पसंद करेंगी?"

"बिलकुल मुफ्त में !" वर्षा हँसी, "आप बनाइए न !"

"आप व्यावसायिक फिल्म में काम करेंगी?"

"क्यों नहीं ! बस, रोल अच्छा होना चाहिए।"

एक हफ्ता हो चुका था। उसकी डबिंग पूरी हो गयी थी।

मीरा, छाया या कल्याणी के साथ थोड़ा बंबई-दर्शन कर लिया था (कल्याणी ने पति विनायक के साथ दादर में क्लिनिक खोली थी। पास ही निवास था।)-पृथ्वी और टाटा थिएटर में एक-एक नाटक, जुहू तट, गेटवे ऑफ इंडिया, चौपाटी, तारापुरवाला मछलीघर और मैरिन ड्राइव। बटाटा-बड़ा, पाव-भाजी और भेलपूरी भी चख ली थी। (अंतिम चीज उसे नहीं रुची। नाथू की चटपटी चाट की याद आयी)।

वर्षा की यह धारणा पक्की हो गयी थी कि यहाँ के रेस्तराँओं के वेटरों को जबरदस्ती लखनऊ भेज कर तीन महीने का शिष्टाचार-क्रैशकोर्स करवाना चाहिए। बैठते ही छोकरा सामने आकर अक्खड़ ढंग से पूछता, "क्या माँगता?" "तुम्हारा सर !" वर्षा ने मुश्किल से अपने को कहने से रोका। उसने बड़ा-साँबर का आखिरी टुकड़ा मुँह में रखा-अभी चम्मच हाथ में ही था कि वेटर ने झपट्टा मारकर कटोरी उठा ली। उसने चाय का आखिरी घूँट लिया ही था कि छोकरे ने लपक कर प्लेट उठायी और मेज पर गीला कपड़ा मार दिया। "ये लोग चाय का प्याला रख कर सैकंड गिनते हैं। दस सैकंड में पाँच घूँटों में अगर प्याला खत्म नहीं किया, तो मेज की सफाई करने लगते हैं।" उसने मीरा से कहा।

रेस्तराँओं की चेतावनियाँ भी उसे क्रुद्ध कर गयीं - 'देर तक मत बैठें' (हमारे पास टाइम फालतू नहीं और फटीचर जगह को तुम ताजमहल समझ रहे हो क्या?), 'बालों में कंघी मत करें' (बाल भी हमारे, कंघी भी हमारी, और हिंदुस्तान में डेमोक्रेसी है !), 'तीन

मिनट से ज्यादा बात न करें' (क्यों न करें? मेहनत की कमाई के दो रुपये दिये हैं तुझे !) इत्यादि को तो उसने बर्दाश्त कर लिया, पर 'प्लीज डोंट क्रिएट एनी न्यूसेंस' देखते ही वह तिनक कर उठी और मीरा का हाथ पकड़कर उसे बाहर खींच लायी।

जुहू पर जीवन में पहली बार समुद्र के साथ नाटकीय समक्षता संपन्न हुई। वर्षा ने जैसे उद्वेलन की कल्पना की थी, वैसा कुछ नहीं हो पाया। पानी बहुत मलिन था-कालिख से मटमैला, जिसमें सड़े पत्ते, लत्ते, टूटी चप्पलें, टायर के टुकड़े इत्यादि तैर रहे थे। ''प्रिय और सम्मानित अरब सागर !'' उसने ''चैरी आर्चर्ड' में किताबों की आलमारी के प्रति बोले गये गामेव के संवाद को इंप्रोवाइज किया, ''तुम्हारे अस्तित्व पर मेरी हार्दिक बधाइयाँ, जो हजारों सालों से सौंदर्य और शांति की अवधारणा को संस्कार देता आ रहा है और अपने को रिक्लेम करने की (टाटा थिएटर के कारण थोड़ा अप्रत्यक्ष कलंक मेरे ऊपर भी आता है) बंबई निवासियों की टुच्ची कारगुजारियों के बावजूद अपनी सहनशक्ति बरकरार रखे हैं। बहरहाल अभी भावविभोर न हो पाने के लिए मुझे क्षमा किया जाये। मैं किसी और तट से दुबारा कोशिश करूँगी।''

बंबई की स्पेस की अवधारणा ने भी उसे विक्षुब्ध कर दिया। कुर्सियाँ-बेंचें मेज से इतनी सटीं कि पाँव घुसाने और रखने के लिए जगह ही नहीं। वर्षा को जीवन में पहली बार अपने सलोने, लंबे पाँवों से वितृष्णा हुई। ''घर में बौने बच्चे के पैदा होने पर यहाँ के लोग खुशियाँ मनाते होंगे'', उसने कल्याणी से कहा था। बेड और सोफे में सामान रखने की जगह, ट्रेन की बर्थों की तरह एक-के-ऊपर एक बिस्तर, दीवार से लगा डेस्क, जिसे लिखने के लिए खोला, फिर सिमटा कर बंद कर दिया। विरार में गिरिराज की एक कमरे की गृहस्थी देखकर वह स्तंभित रह गयी, जहाँ चार का परिवार रहता था। एक कोने में रसोई थी, दूसरे में बच्चों की स्टडी, तीसरे में टी.वी., चौथे में शयन-कक्ष। इन बच्चों को पैदा करने की सुविधा इन्हें कहाँ से मिली, उसने सोचा।

और भीड़... ऐसी भयंकर, त्रासद और मानवता पर की आस्था को चकनाचूर कर देने वाली भीड़ उसने जिंदगी में कभी नहीं देखी थी। चर्चगेट और विक्टोरिया टर्मिनस का नरसंचार देखकर वर्षा की आत्मा काँप गयी। गाड़ी अभी रुकने भी नहीं पायी थी कि भीड़ का रेला भीतर ठुँसने लगा। जिन्हें उतरना है, वे असहाय अपनी जगह बैठे हैं। ''कोटि-कोटि जन्मों के पुण्यों से मिलने वाली मनुष्य-योनि के यही नुमांइदे हैं?'' उसने मीरा से जिज्ञासा की। मीरा के साथ जनाने डिब्बे में सफर तो फिर भी गनीमत था। पर सिद्धार्थ के साथ होने से सामान्य डिब्बे में बैठे। दो बेंचों के बीच में भी लोग ठसाठस भरे हुए थे। ''जल्दी ही लोग पंखों से लटकने लगेंगे,'' वर्षा ने भविष्यवाणी की। उतरने की तैयारी की प्रक्रिया ने भी वर्षा को रोमांचित किया। जिस स्टेशन पर इस पशु-पिंजरे से मुक्ति पानी है, उससे पिछले स्टेशन से गाड़ी के हिलते ही दरवाजे की ओर का मोर्चा सँभाल लेना होता था। अगर निकलने की तेज और आक्रामक भंगिमा में कुछ कोताही हुई, तो बाहर से आया भीड़ का रेला फिर अंदर ठेल देता था। ''घर वापस पहुँचकर ये लोग ऐसे सेलीब्रेट करते होंगे, जैसे तीसरे महायुद्ध से सही-सलामत लौट आये हों,'' वर्षा ने टिप्पणी की।

इस प्रचंड मानवीय सैलाब के वहशी ढंग से उमड़ने और बिखरने का कारण शहर की

विलक्षण जीवन-शैली थी। सुबह काम पर पहुँचने के लिए चर्चगेट और वी.टी. स्टेशनों पर शहर की तीन-चौथाई आबादी उतरती थी-आसपास के उपनगरों से ही नहीं, बल्कि सुदूर कर्जत, कसारा, पूना और सूरत से भी। फिर शाम-ढले से रात ढले तक वापसी का अभियान चलता था। "इन बेचारों की आधी जिंदगी तो सफर में बीत जाती है।" वर्षा ने माँ की ममता से लबालब स्वर में कहा।

"ये तकरीबन बाइस बिल्डिंगें देख रही हो?" सिद्धार्थ ने नरीमन प्वाइंट की बहुमंजिला इमारतों की ओर संकेत किया, "यह देश का औद्योगिक हृदय है... और पीछे मंत्रालय व विधानसभा भवन है न, वह प्रदेश का राजनीतिक-प्रशासनिक नर्वसेंटर है। इन्हीं के कारण शहर का ढाँचा चरमरा गया है।"

"मुझे चीफ मिनिस्टर बना दें।" वर्षा ने मासूम सुझाव दिया, "मैं एक हफ्ते में सब कुछ डिसेंट्रलाइज कर दूँगी। लोकल गाड़ियों में लटकने वाले लाखों मानवीय चमगादड़ और उनके परिवार सुबह-शाम मुझे दुआ देंगे।"

शहर में अनेकानेक मनोरंजक बैनर और दार्शनिक भित्ति-लेख पाये गये। मेयर का उद्गार ('सुंदर मुंबई, हरित मुंबई') अपने-आप में मनोरम वेदांती पहेली थी। वर्षा ने बड़ी कोशिश की कि लक्ष्मी और सरस्वती के समान एक-दूसरे के गले में बाँहें डाले ये दोनों चीजें भी दिखायी दे जायें, पर ऐसा हो नहीं पाया। जहाँ मुंबई सुंदर लगी, वहाँ हरीतिमा के नाम पर महज कैक्टस के ही दर्शन हुए और जहाँ हरीतिमा थी, वहाँ सुंदरता की तलाश को बीच में ही रोककर नाक पर रूमाल रखना पड़ा। अंधेरी स्टेशन पर एक टिकट-खिड़की के ऊपर लिखी इबारत से वर्षा अलबत्ता चमत्कृत हुई. 'जीवन की यात्रा में क्या सिंगल, क्या रिटर्न? हमें चाहिए पापों का प्रायश्चित्त और परमात्मा की कृपा !' (लगा कि इस शहर में ऐसे ही हास्य-बोध के सहारे जिंदा रहा जा सकता है।) बांद्रा में पानी के पाइप पर अंकित दो बिंदु-बिंदु विचार उसकी जुबान पर चढ़ गये, 'गरीब ने वोट दिया। गरीब को क्या मिला?-शाहिद हकीम।' और 'गरीब की दुनिया में हरदम अँधेरा क्यों?'-शाहिद हकीम।'

"भाभी, बर्फी लो न।" सोलहसाला अन्नू ने चंचल मुस्कान से अनुरोध किया।

"ली तो..." न चाहते हुए भी वर्षा लजा गयी।

"अन्नू क्यों वर्षा को तंग कर रही हो?" मामी बोलीं।

"भाभी को भाभी न बोलूँ, तो क्या बोलूँ?" अन्नू ने भोला-सा चेहरा बनाया।

शनिवार को दोपहर के बारह नहीं बजे थे। वह डबिंग थिएटर से लगे कक्ष में मीरा के साथ गप्पें लगा रही थीं, जब नेगी के साथ नवीन मामा भीतर घुसे।

"अरे मामाजी, नमस्ते !" वह तुरंत खड़ी हो गयी। (सुजाता की शादी और डैडी के देहांत पर मामा, मामी और अन्नू से भेंट हुई थी)।

"वर्षा, तुम बहनजी से मुझ पर डाँट पड़वाओगी क्या?" नवीन मामा बोले, "एक हफ्ते से तुम बंबई में हो और मैं फोन का इंतजार कर रहा हूँ। हार कर कल एन.एफ.डी.सी. को फोन किया, तो यहाँ का पता मिला।"

"मामाजी, सॉरी।" वर्षा ने क्षमा माँगी, "सोचा था, डबिंग से फुर्सत पा लूँ, फिर

आऊँगी।''

''अच्छा, चलो अब। अन्नू और तुम्हारी मामी इंतजार कर रही हैं।''

जुहू से टाउन तक मामा रियल एस्टेट के विषय पर वर्षा का ज्ञानवर्धन करते रहे। बिल्डिंग कैसे बनती है और बिल्डर कैसे बनता है, इस पर उन्होंने काफी प्रकाश डाला। (वह आयकर विभाग में ऊँचे अधिकारी थे।) उनकी वातानुकूलित गाड़ी में वर्षा 'हाँ', 'हूँ' करती रही, जो उनकी विदेशी पोस्टिंग की उपलब्धि थीं।

''हाजी अली देख रही हो?'' मामाजी ने संकेत किया, ''अब देखते-देखते इसके आसपास का समुंदर रिक्लेम करके बिल्डिंगें बनने लगेंगी।''

वर्षा को 'रघुवंश' की याद आयी, 'जब सम्राट सगर अश्वमेध यज्ञ कर रहे थे, तब कपिल उनका घोड़ा चुरा कर पाताल लोक में ले गये। तब सगर के पुत्रों ने उस घोड़े की खोज के लिए सारी धरती खोद डाली थी। इसी से यह सागर बना।' जो सगर के बेटों ने किया था, वही अब बंबई के बिल्डर भी कर रहे हैं, वर्षा ने सोचा।

''यह बिल्डिंग देख रही हो?'' पैडर रोड पहुँचने पर मामाजी ने एक ओर इशारा किया।

''हाँ।''

''इसमें एक फ्लोर पर एक फ्लैट है। बताओ, एक फ्लैट की कीमत क्या होगी?''

वर्षा ने काफी होशियारी दिखाते हुए सोचा। फिर बोली, ''ढाई लाख?''

''एक करोड़ !''

वर्षा की साँस रुक गयी। ऐसे आँकड़े उसके गणित की सीमा से बाहर थे। मैं दस हजार तक ठीकठाक सोच सकती हूँ, वर्षा ने सोचा, इससे ऊपर मेरे लिए सब गोरखधंधा है।

''अगले वीक एंड पर भाभी को माथेरान ले चलेंगे।'' अन्नू बोली।

''इस बार माफ करो अन्नू !'' वर्षा ने विवशता की मुस्कान दिखायी, ''बुधवार को मैं वापस जा रही हूँ। टिकट भी आ गया है।''

जिस सवाल से वर्षा डर रही थी, अगले क्षण उससे सामना हो गया।

''हर्ष कहाँ है?'' मामी ने पूछा।

मामा पाइप सुलगाने लगे।

वर्षा ने लक्ष्य किया, दोनों के चेहरे का भाव बदल गया है।

''वर्षा, हर्ष तुमसे नहीं मिला?'' मामी के स्वर में उलझन थी।

''मैंने तीन दिन पहले मिस्टर नंदा को दुबारा फोन किया था।'' वर्षा नीचे देखने लगी, ''उन्होंने कहा, पूना गये हैं। आते ही मैं तुम्हारा नंबर दूँगा।''

''बहनजी की तबीयत ठीक नहीं और हर्ष का यह हाल है।'' मामी बोलीं।

मौन बोझिल था। दूसरे लोगों के साथ-साथ वर्षा ने भी उसका भार महसूस किया। मुँह से लंबी साँस निकली, जिसमें थकावट की अनुभूति घुली-मिली थी।

'स्क्रीन' का इंटरव्यू वर्षा के तीन चित्रों के साथ छप गया था। सिद्धार्थ उसे एन.एफ.डी.सी. में मैनेजिंग डायरेक्टर श्रीमती कुलकर्णी से मिलाने ले गया था। उन्होंने फिल्म का रफ कट देख लिया था। वह बहुत प्रभावित लगीं। बंबई दूरदर्शन पर 'आज के मेहमान' कार्यक्रम में उसका इंटरव्यू प्रसारित हुआ था, जिसमें वर्षा ने सुलझे हुए ढंग से

फिल्म माध्यम और अपने फिल्म-अनुभवों का लेखाजोखा प्रस्तुत किया था। अब वह बंबई से थक गयी थी। रिपर्टरी और घर की याद आने लगी थी।

"मैं शाम को भाभी को लेकर कफ पैरेड जा रही हूँ।" फोन से चिपकी हुई अन्नू अलग हुई, "मंगला जिद कर रही है।"

"मेरी बहू कहीं नहीं जायेगी।" मामी बोलीं, "जिसको मिलना हो, यहाँ आकर मिले।"

"दिस इज नॉट फेयर।" अन्नू ने मुँह बनाया।

खाने के बाद वी.सी.आर. पर 'क्रैमर वर्सेज क्रैमर' देखी जा रही थी। अन्नू उससे चिपक कर बैठ गयी थी। भाभी का संबोधन और इस भावना का एहसास वर्षा को गुदगुदा गया। कैसा फलता-फूलता है विवाह का बंधन। इसके संपन्न होते ही वर्धन परिवार के कितने सदस्यों से नाता जुड़ जायेगा-किसी की बहू, किसी की ननद, किसी की साली।

वी.सी.आर. वर्षा को लुभा गया। यह मशीन उसने पहली बार देखी थी। सोचा, इसकी कीमत पता करेगी (अन्नू से पूछना ठीक नहीं लगा। वह सबके सामने ठिठोली कर देगी, "हर्ष भैया लेकर आयेंगे न। तुम्हें फ्रिक करने की क्या जरूरत भाभी?")। जोड़बाग में टी.वी. के बगल में वी.सी.आर. की कल्पना की, तो अच्छा लगा। फिर ख्याल आया, इसके साथ तो रंगीन टेलीविजन होना चाहिए। दोनों चीजें मिलाकर तीस-पैंतीस हजार से कम क्या होंगी (बाद में वर्षा को सुखद आश्चर्य हुआ कि पहली बार उसका अंदाज सही निकला)। अगर उसे पंद्रह-पंद्रह हजार के पारिश्रमिक पर एक साथ दो फिल्में मिल जायें, तो मन की मुराद पूरी हो सकती है। वर्षा एकाएक उदास हो गयी। मुँह से ठंडी साँस निकली। वी.सी.आर. को भी अतृप्त आकांक्षाओं के कोल्ड स्टोरेज में रखना होगा।

फोन की घंटी बजी।

"भाभी !" अन्नू ने रिसीवर बढ़ाया, "मीरा..."

वर्षा अचकचा गयी। तय हुआ था कि वह रात को पैडर रोड ही रुकेगी। कल अपराह्न में मीरा के यहाँ वापस पहुँचेगी।

"वर्षा, यहाँ एक बड़े प्रोड्यूसर आये हैं। तुमसे जरूरी बात करना चाहते हैं।"

"श्री दुर्गा चित्रमंदिर को स्थापित हुए पंद्रह साल हो रहे हैं।" श्री नारंग बोले, हमने अब तक सात पिक्चरें बनायी हैं। पाँचवीं नर्म गयी थी। बाकी सब कामयाब रहीं। 'दर्द का रिश्ता' हमारा आठवाँ प्रोडक्शन है। स्टार कास्ट है। छह महीने में पूरी करना चाहते हैं। ऊटी में दो गाने पिक्चराइज कर लिये हैं।" उन्होंने बगल के चश्माधारी व्यक्ति की ओर संकेत किया, "हमारे डायरेक्टर मिस्टर हुसैन..."

"मैंने बॉम्बे लैब में 'जलती जमीन' के रशेज देखे थे।' हुसैन ने सिगरेट का कश लिया, "आपका काम मुझे पसंद आया। फिर आपके बारे में जो सुना था, वह भी अच्छा था। फिर आपका इंटरव्यू पढ़ा, तो और मुतास्सिर हुआ।" उन्होंने वर्षा को देखा, "आपके आदित्यजी ने मेरे साथ तीन पिक्चरें की हैं। ट्रेंड एक्टर्स मैथाडिकल होते हैं।"

"वर्षाजी, मुझे साफ बात पसंद है।" नारंग बोले, "इस रोल के लिए मैंने नूपुरजी को

अनुबंधित किया था। पर नसीब की बात, पिछले हफ्ते बंगलौर में घोड़े से गिरने से उनके तीन फ्रैक्चर हुए हैं। यहाँ फिल्मसिटी में मेरा सेट तैयार है।'' उन्होंने ऊपर की ओर इशारा किया, ''उसकी लीला वही जाने...''

''अब मैं कहानी और आपका रोल बता दूँ।'' हुसैन ने कहा।

सहनायिका की भूमिका थी। डॉक्टर रूपा मन-ही-मन नायक से प्रेम करती है, लेकिन अपनी बात कहने से पहले उसे मालूम हो जाता है कि वह उसकी सखी निशा पर अनुरक्त है। निशा की गरीबी के कारण नायक के पिता को यह रिश्ता स्वीकार नहीं। रूपा अपनी सारी कमाई एक लॉटरी टिकट के बहाने से निशा को दे देती है और अंत में जब नायक का कुटिल मैनेजर उसे अपनी गोली का निशाना बनाना चाहता है, तो रूपा अपना बलिदान करके नायक की जान बचा लेती है।

व्यावसायिक सिनेमा की कार्यशैली का अंतर उसके सामने उजागर होने लगा। सिद्धार्थ ने पहली भेंट में अपना परिचय देने के बाद स्क्रिप्ट उसके हवाले कर दी थी। यहाँ स्क्रिप्ट का नाम भी नहीं लिया गया था। मीरा ने उसे आगाह कर दिया था, स्क्रिप्ट माँगने की भूल मत करना।

''रोल पसंद आया आपको?'' नारंग ने पूछा।

''जी।'' वर्षा नरमी-से बोली।

हुसैन को शायद तसल्ली नहीं हुई, ''बहुत सिम्पैथिटिक रोल है। आपके डायलॉग कमाल के हैं। एक-एक सीन में आडियेंस आँसू भी बहायेगी और तालियाँ भी बजायेगी।''

''मुझे विश्वास है।'' वर्षा ने कहा (डायलॉग फिर भी नहीं दिखाये जा रहे हैं। शायद मीरा की बात ठीक है, शूटिंग के ही दिन सुबह लिखे जाते हैं)।

''हम पारिश्रमिक के रूप में आपको पाँच के साथ चार जीरो देंगे।'' नारंग की आवाज आयी।

वर्षा के कान सनसना उठे। आँकड़ों के साथ रिश्ता कच्चा था, इसलिए पहले उसने पाँच हजार समझा। पर कुछ क्षणों के बाद चार शून्यों का अर्थ दिल के साथ घुलमिल कर धक्-धक् करने लगा।

''हाँ, छह महीनों के लिए आपको बंबई में ही रहना होगा। हर शिड्यूल पर दिल्ली ऐयरफेयर की गुंजाइश हमारे बजट में नहीं है।'' उन्होंने टाइप किये कुछ पन्ने बढ़ाये, ''यह रहा एग्रीमेंट।''

''आप कृपया मुझे एक दिन का समय दें।'' वर्षा ने कहा, ''मुझे छुट्टी के लिए रिपर्टरी चीफ को दिल्ली फोन करना होगा। कल शाम तक मैं आपको बता दूँगी।''

नारंग ने हामी में सिर हिलाया, फिर भीतर से आयी युवती को संबोधित किया, ''नीरजा, वर्षाजी को चाय नहीं पिलाओगी? ...मेरी छोटी बेटी, प्रोडक्शन का काम सँभालती है।''

वर्षा ने अभिवादन किया, ''शूटिंग के दौरान आपके होने से मेरा हौसला बँधा रहेगा।''

नीरजा मुस्करायी।

''आपसे एक प्रार्थना है।'' वर्षा विनीत भाव से बोली।

नारंग की आँखें चौकन्नी हो गयीं (रंगमंच और सिनेमा के लोगों का अंतर एक पल में स्थापित हो गया)।

''आप छह महीने के लिए मेरे रहने का बंदोबस्त करा सकेंगे? छोटा-मोटा, मामूली-सा कमरा चलेगा। बस, सिर छिपाने की जगह चाहिए। (मीरा से किरायेदारों की दारुण गाथा सुनकर वर्षा हिल उठी थी)। वाजिब किराया मैं दूँगी, पर मकान मालिक से सीधे डील करने की हिम्मत मुझमें नहीं।

नारंग मुस्कान के साथ सहज हो गये।

''डैडी, वर्षाजी को दीदी के फ्लैट में रख दीजिए न!'' नीरजा ने कहा।

नारंग ने हामी में सिर हिलाया, ''मेरी बड़ी बेटी और दामाद विदेश गये हैं। आप बखुशी वहाँ रहिए।''

''आइ विल टेक केयर आफ यू!'' नीरजा मुस्करायी।

''क्या बात है वर्षा?'' रात को दस बजे फोन पाकर सूर्यभान के स्वर में आशंका आ गयी, ''तुम ठीक तो हो न!''

''जी हाँ, भरत मुनि की कृपा से मैं ठीक हूँ। एक डैवलपमेंट है।'' उसने थोड़े-से शब्दों में प्रस्ताव के बारे में बताया, ''कल मैं क्या कहूँ?

''पागल लड़की, तुम्हें 'हाँ' के अलावा कुछ नहीं कहना चाहिए। तुम कल ही मुझे छुट्टी के लिए औपचारिक पत्र भेज दो। हाँ, छुट्टी विदाउट पे होगी, यह समझ रही हो न!''

''हाँ, समझ रही हूँ। जितनी पागल आप मुझे समझते हैं, उससे थोड़ी कम हूँ।'' वर्षा मुस्करायी, ''तो कल मैं एग्रीमेंट पर साइन कर दूँ?''

''बिलकुल। तुम्हारा नाम होगा, तो रिपर्टरी का भी सम्मान बढ़ेगा।''

(रिपर्टरी के साथ सूर्यभान के जैसा तादात्म्य अद्भुत था। चिंतामणि ने एक लतीफा गढ़ा था। किसी ने सूर्यभान के आगे प्रस्ताव रखा, ''आप ड्रामा स्कूल के प्रतीक-चिन्ह का वस्त्र पहनकर रवीन्द्र भवन की छत से कूद जायेंगे, जिस पर दूरदर्शन के कैमरे लगे हुए हैं?'' ''क्यों नहीं।'' उन्होंने तुरंत कहा, ''मैं नहीं रहूँगा, पर रिपर्टरी का प्रचार तो हो जायेगा।'')

''सूर्यभानजी, अपना आभार प्रकट करने के लिए मेरे पास शब्द नहीं।''

''चंचल बालिके ! बेस्ट ऑफ लक!''

वर्षा ने हल्की मुस्कान से धीरे-धीरे रिसीवर रखा।

''टु वर्षा...'' सिद्धार्थ ने वाइन का गिलास ऊपर उठाया, ''फॉर द बिग लीप इन मेनस्ट्रीम सिनेमा!''

नारंग के यहाँ से लौटते हुए वर्षा ने अपनी स्थिति का विश्लेषण कर लिया था। बंबई में उसे खास अच्छा नहीं लगता, छह महीने काफी बोरियत और ऊब होगी, दिल्ली और रिपर्टरी की कमी रोज काँटे-सी चुभेगी, लेकिन इतने कम वक्त में इतना पैसा इन सारी न्यूनताओं की क्षतिपूर्ति कर देगा। हर्ष मिल जाता, तो वह उससे राय ले लेती। एक बार जी चाहा, दिव्या को फोन करे। फिर लगा, क्या अब भी उसमें इतनी सामर्थ्य नहीं आयी कि वह अपनी

जिंदगी के निर्णय खुद ले सके? फिर इतनी बात तो उसके सामने स्पष्ट है कि दृढ़ आर्थिक आधार की उसे सख्त जरूरत है। तय किया कि कल कांट्रैक्ट पर दस्तखत करने के बाद दिव्या, अनुपमा और शिवानी को पत्र लिखेगी।

"पैचवर्क क्या होता है?" वर्षा ने इकरारनामे पर से दृष्टि उठायी।

"कंप्लीट पिक्चर को देखते हुए अगर तकनीकी या दृश्य की प्रभावपूर्णता की दृष्टि से कोई बात खटके, तो उसे रिशूट करके सुधारा जाता है।" सिद्धार्थ ने बताया, "कभी कुछ रिएक्शन शॉट डाल कर उसे सँभाल लेते हैं, कभी कुछ लाइनें जोड़ी जाती हैं।"

एग्रीमेंट की मुख्य धाराएँ तारीखों से ही संबंधित थीं। उसे हर शिड्यूल पर और आवश्यकता होने पर बराबर उपलब्ध रहना था। फिल्म पूरी होने पर अगर रिशूटिंग की ज़रूरत महसूस की गयी, तो बिना अतिरिक्त पारिश्रमिक के उसकी सेवाएँ सुलभ रहनी थीं।

"एग्रीमेंट ठीक है?" वर्षा ने पूछा।

"हाँ, स्टैंडर्ड है।" सिद्धार्थ बोला, "और एक्सक्लूसिव नहीं है। इस फिल्म के दौरान तुम्हें और काम मिले, तो कर सकती हो, पर मिस्टर नारंग को असुविधा नहीं होनी चाहिए।"

"पैसे तो पच्चीस हजार ही लिखे हैं।" वर्षा ने आशंका प्रकट की।

"ह्वाइट का एमाउंट है।" मीरा बोली, "कल साफ कर लेना।" (ऐसा ही था।)

"पूछना, काले और सफेद की कितने की किस्तें कब-कब देंगे।" सिद्धार्थ ने कहा, "यों मिस्टर नारंग की रैपूटेशन बुरी नहीं है, पर कब किसके साथ इस धंधे में हेराफेरी हो जाये, कुछ कहा नहीं जा सकता।"

सिद्धार्थ ने उसका छोटा, संक्षिप्त चुंबन लिया। सप्ताह भर में यह पहली अंतरंगता थी। एक तो सिद्धार्थ बहुत व्यस्त था। दूसरे, वे सुरक्षित एकांत में अकेले नहीं हुए थे। एन.एफ.डी.सी. के रीजेंट चैबर्स के गंतव्य में सिद्धार्थ ने जब-तब उसका हाथ ही छुआ था। (अगर अपने घर की सुविधा न हो, तो बंबई में प्रेमियों को अपेक्षित एकांत कहाँ मिल सकता है। वर्षा ने बारिश के बीच जुहू-तट पर छाते की ओट लिये हुए युवा जोड़ों को प्रेमाचार की विविध स्थितियों में देखा था। "इन बेचारों की सुविधा के लिए यहाँ पार्क नहीं?" वर्षा मातृत्व भाव से भर उठी। "हैं दो-चार, पर वहाँ बच्चों-बूढ़ों और औरतों का जमघट रहता है।" मीरा बोली, "अगर अरब महासागर का सहारा न हो, तो बंबई प्रेम का मरुस्थल बन जाये!"

जैसलमेर के बाद बंबई की इस पहली निकटता में वर्षा को व्यवधान का अनुभव हुआ। हल्की हिचकिचाहट की अनुभूति थी, जो दोनों ओर फैली थी। अपने छोर की छानबीन वर्षा कर सकती थी। हर्ष से भेंट न हो पाने से मन विचलित था। (जैसे प्रमुख भावात्मक आधार हर्ष ही था और नंबर दोयम के साथ रिश्ता तभी ठीक रह सकता था, जब तक पहले संबल के साथ कोई बाधा न आये!) फिर इस नयी फिल्म ने उसे झिंझोड़ दिया था। पर सिद्धार्थ को कौन-सी उलझन है?

बाहर मीरा के आने की आहट हुई। वर्षा अलग हट गयी।

"दोसे वाला बारिश की वजह से चला गया है।" मीरा बोली, "वाचमैन से ब्रेड और अंडे मँगाये हैं। चलेगा वर्षा?"

''चायनीज कॉर्नर चलें?'' सिद्धार्थ ने कहा, ''वह देर तक खुला रहता है।''

''बारिश में बाहर निकलने का मन नहीं।'' वर्षा ने पाँव सोफे पर समेट लिये।

''मिस्टर नारंग से मत कहना कि आर्ट फिल्म वालों ने मुझे भूखा रखा।'' सिद्धार्थ ने उसकी ओर देखा।

''सच्ची बात कैसे छिपा सकती हूँ?'' वर्षा मुस्करायी, ''मैं कहूँगी, 'जलती जमीन' की वजह से मेरा वजन चार केजी कम हो गया है।''

''वर्षा, तुम सौभाग्यशाली हो।'' सोते समय मीरा ने कहा, ''घर बैठे तुम्हारे आँचल में पहली फिल्म टपकी थी। घर बैठे तुम्हारी शर्ट की जेब में दूसरी फिल्म गिरी है। मेरे ऐसे भी दोस्त हैं, जो सालों से चप्पलें घिस रहे हैं, पर एक-दो सीन के रोल से आगे नहीं बढ़ पाते।''

''मानती हूँ। पर तुम यह भी देखो कि मैं दूसरे माध्यम में अपनी क्षमता साबित कर चुकी हूँ।''

वर्षा दीवान पर कुहनी टेके लेटी थी। यही दीवान दिन में बैठने का काम देता था। मीरा ने सोफे की पीठ खोलकर चादर बिछा ली थी।

''इससे मैं इंकार नहीं कर रही। अगर सिद्धार्थ ने तुम्हें स्टेज पर न देखा होता, तो दाखाँ की भूमिका तुम्हें नहीं मिलती।'' कुछ रुककर मीरा बोली, ''कल गणेश मंदिर चलेंगे। तुम प्रसाद चढ़ाना।''

''जरूर।''

थोड़ी देर चुप्पी रही। फिर मीरा उठ कर बैठ गयी।

''वर्षा, एक बात बोलूँ?'' उसके मुँह पर आत्मसजग मुस्कान थी।

वर्षा ने सवालिया निगाह उठायी।

''मैंने एक स्क्रिप्ट लिखी है-मराठी कादंबरी पर आधारित। मैं लोन के लिए एन.एफ.डी.सी. को एप्रोच करना चाहती हूँ। अगर तुम्हें स्क्रिप्ट पसंद आये, तो मेरी फिल्म में काम करोगी?''

वर्षा ने मीरा का हाथ दबा दिया, ''यह कोई कहने की बात है !''

''मिसेज कुलकर्णी तुमसे प्रभावित हैं। तुम्हारे नाम का अनुकूल असर पड़ेगा।''

वर्षा को थोड़ा अटपटा लगा। शाहजहाँपुर की सिलबिल के नाम का ऐसा महत्व हो गया है कि राष्ट्रीय फिल्म विकास निगम की मैनेजिंग डायरेक्टर उससे प्रभावित होने लगे ! (हल्की मुस्कान के साथ डॉक्टर अटल की झिड़की याद आयी, अगर तुम्हें आभारी होना है, तो अपनी प्रतिभा के प्रति हो)।

''वर्षा, अब तुम मेनस्ट्रीम सिनेमा में जा रही हो।'' मीरा कह रही थी, ''वह काफी पेचीदी और विस्फोटक जगह है। तुम्हें होशियार रहना होगा।''

वर्षा ने सिर्फ सिर हिलाया, कुछ कहा नहीं। पर मन के एक स्तर पर उसने अपनी रणनीति तैयार कर ली थी-वह इंटैलैक्चुअल सवाल करके व्यावसायिक सिनेमा के लोगों को हीन ठहराने की कोशिश नहीं करेगी (ऐसा पारिश्रमिक आर्ट सिनेमा तो नहीं दे सकता!), प्रेस के साथ मैत्री-संबंध बनायेगी और अपने काम से काम रखेगी... ('इससे

आगे अगर कुछ हो, तो लड़की का भाग्य है !' उसे 'शकुंतला' के विदाई-दृश्य में कण्व का संवाद याद आया।)

4
अपरिचय के सह्याद्रि

"यह भी बंबई है?" जैसे ही कार गोरेगाँव के हाइवे से दायीं ओर मुड़ कर आगे बढ़ी, वर्षा को सुखद आश्चर्य हुआ।

"हाँ।" नीरजा मुस्करायी।

दूर एक-दूसरी से सटी हुई पहाड़ियाँ थीं और हरियाली का आँखों को राहत देने वाला सिलसिला। मद्धिम वर्षा ने खामोशी को लुभावना बनाते हुए सुहानेपन को गहरा कर दिया था।

वर्षा ने काँच को आधा खोल लिया और ताजी हवा भीतर भरने की कोशिश की। नीरजा ने रफ्तार बढ़ा दी थी। इतनी सुबह ट्रैफिक बहुत कम था।

"यहाँ पहुँच कर जान में जान आयी।" वर्षा बोली।

ऊँची, एकरस बिल्डिंगों और सँकरी, भीड़ की रेलपेल वाली सड़कों के बाद ऐसा हरा और शांत खुलापन वर्षा को विभोर कर गया।

"बस, पहुँच गये।" नीरजा ने दायीं ओर कार मोड़ी।

ऊँचे-ऊँचे पेड़ों वाले रास्ते से थोड़ा आगे जाते ही गेट दिखायी दिया। चौकीदारों ने नीरजा को सलाम मारा। उसने दायीं ओर की इमारत के साथ कार खड़ी कर दी।

"यह एयरकंडीशंड फ्लोर है वर्षा।"

बाहर निकलते ही नीरजा ने सुदंर-सी, ऑटोमैटिक छतरी से उसे ढँक लिया। सीढ़ियाँ चढ़ कर वे ऊपर पहुँचीं। बरामदे में दो-तीन लोग खड़े थे। अभिवादन का उत्तर देते हुए नीरजा ने दूसरे कमरे का दरवाजा खोला, "तुम्हारा मेकअप रूम..."

सेट का चक्कर लगाने के लिए नीरजा चली गयी।

तो कला-संग्राम की तैयारी के लिए यह मेकअप रूम है, वर्षा ने मंद स्मित से सोचा। बिलकुल सामने ड्रेसिंग टेबिल थी, ऊपर फोल्डिंग शीशा। ऊपर बल्ब झूल रहे थे। मेज पर भाँति-भाँति के पाउडर और क्रीम के डिब्बे व शीशियाँ, क्लिप, कर्लर, हेयर ब्रशेज, ब्लो डायर्स और विग। एक ओर बड़ा सोफा था।

छोटे पगों से वर्षा खिड़की तक आ गयी। थोड़ी दूर कैंटीन दिखायी दे रही थी। उसने दायीं ओर से दूर तक देखने की कोशिश की, तो फुलवारी, पुलिस स्टेशन और मंदिर के स्थायी सेट दिखायी दिये। ऐसे प्रबंध पर वर्षा मुस्करा उठी।

दरवाजे पर दस्तक हुई।

''कम इन।''

मोटी-सी स्त्री मुस्कान के साथ आयी, ''गुडमॉर्निंग मैडम। हेयरड्रैसर मैरी...''

''गुडमॉर्निंग।'' वर्षा ने हाथ मिलाया।

मैरी ने अपना बॉक्स और आइसपेल मेज पर रखा, ''मिस्टर हुसैन ने बोला, आपका बुफों हेयरस्टाइल माँगता।''

''ठीक है।'' वर्षा मुस्कान के साथ कुर्सी पर बैठ गयी। उसे नहीं मालूम था, यह विशेष केशसज्जा कैसी होती है। मेकअप भी रंगमंच में बहुत हल्का ही किया था।

रुई के छोटे-छोटे गीले टुकड़ों से मैरी उसका चेहरा साफ करने लगी। बताया, पहले वह पैनकेक लगायेगी। फिर बर्फीले पानी से मुँह धोयेगी। फिर बेस मेकअप करके चीक बोन्स, होंठों और आँखों को हाइलाइट करेगी। फाल्स आइलैशेज लगायेगी। वह इस पेशे में पन्द्रह वर्ष से है और फलाँ-फलाँ स्टार की निजी हेयर ड्रैसर रह चुकी है।

दरवाजे पर दस्तक हुई और चाय आयी। फिर दस्तक हुई और कॉस्ट्यूम-इंचार्ज साड़ी-ब्लाउज के हैंगर टाँग गया। थोड़ी देर बाद फिर दस्तक हुई।

''गुडमार्निंग मैडम।'' युवक मुस्कराया, ''मैं मजीद हूँ - हुसैन भाई का सैकिंड असिस्टेंट। पहला शॉट आपका ही है।''

''तुम्हारे विमलजी को तो आने दो।'' मैरी बोली।

''फोन किया था। जाग गये हैं। चाय पी रहे हैं।''

वर्षा मन-ही-मन कौतुक से मुस्करायी, तो इस तरह स्टूडियो से घर में बैठे स्टार की दिनचर्या को मॉनीटर किया जाता है।

मैरी ने क्लिप्स और कर्लर के सहारे उसके सिर पर बालों की अट्टालिका-सी बना दी थी। अपना केश-विन्यास निहारते हुए वर्षा को वर्ली में देखी हुई सिएट टायर की इमारत याद आयी-एक के ऊपर एक मंजिलें और बाहरी ओर काँच की एक के बाद एक खिड़कियाँ। उसे लगा, वह रस्सी पर चलने वाली नटी की तरह अपने सिर पर काँच की इमारत लिए बैठी है। सौम्यमुद्रा अभिनय करेगी या अपनी हेयरस्टाइल सँभालेगी !

फिर दस्तक हुई।

''गुडमार्निंग मैडम !'' वह युवक भी मुस्कराया, ''मैं करीम हूँ-हुसैन भाई का चीफ असिस्टेंट। यह रहा आपका सीन...''

आईने के सामने खड़ी वर्षा 'डॉक्टर रूपा' को देख रही थी - मॉडेल और गगन-सुंदरी के इस सम्मिश्रण में क्या गंभीर, गरिमामय, त्यागशील चरित्र के दर्शन होते हैं? ''बनाने वाले और खरीदने वाले तुमसे बेहतर जानते हैं वर्षा वशिष्ठ !'' उसने अपने-आपको लताड़ा, ''तुम चुप रहोगी।''

''क्लिनिक से आ रही हो? ''हाँ।'', ''काम ज्यादा था?'' ''खास नहीं। पर यकायक दिल का दौरा पड़ जाने का एक केस आ गया।'' ''वह तो मुझे भी पड़ गया है।'' नायक अर्थभरी मुस्कान से कहता है। दृश्य की भाषा अटपटी लगी। संवाद बनावटी। रूपा समझ रही है कि नायक को उससे प्रेम है, पर दर्शक जानते हैं कि मोहन का संकेत निशा की ओर है

और यह गलतफहमी मध्यांतर तक खींची जाती है। उसका काम बस, इतना ही है कि इन संवादों को अपने पूरे विश्वास के साथ निभा दे। अगर वह इनकी अदायगी में ब्रेश्ट का 'अलगाववादी' सिद्धान्त ले आये, तो? उसने हल्की मुस्कान से सोचा। "ज्यादा चंचलता अच्छी नहीं होती वर्षा वशिष्ठ।" उसने अपने-आपको डाँटा।

वर्षा ने सोफे पर बैठे हुए गहरी साँस ली, मैं गोडो का इंतजार कर रही हूँ।

वह आठ बजे आ गयी थी। नौ पर तैयार हो गयी थी। अब ग्यारह बज रहे थे। दो बार चाय पी चुकी थी। अपना सीन तीन बार पढ़ चुकी थी। एक बार संवाद बोल कर देख लिये थे। कोई किताब भी साथ नहीं थी। अब ऊब चुभने लगी थी। हार कर सीढ़ियाँ उतरने लगीं।

वातानुकूलित फ्लोर पर आते ही ठंडक का भला गिलाफ अपने में समेटने लगा। "गुड मार्निंग सर!" (नयी लहर के प्रतिष्ठित निर्देशकों को भी वर्षा से ऐसा सम्मान नहीं मिला था)।

"गुड मार्निंग वर्षाजी।" हुसैन कुर्सी से उठ खड़े हुए-चौड़ी मुस्कान के साथ। एक निगाह उसे ऊपर से नीचे तक देखा, "वैरी गुड! आप बिलकुल मेरा कैरेक्टर दिख रही हैं।" उन्होंने वर्षा के पीछे से आते मजीद को संबोधित किया, "क्या हुआ?"

"घर से चल चुके हैं।" मजीद ने सूचना दी।

"आइए, आपको सेट दिखाऊँ।"

ड्राइंगरूम का बहुत भव्य सेट था। नायक का घर (जो युवक ऐसे प्रासाद में रहता है, उसका पिता बेटे की प्रेमिका को इसलिए अस्वीकार कर देगा कि वह गरीब है। वर्षा ने कौतुक से सोचा)। तमाम लोगों की निगाहों को अपने ऊपर महसूस करते हुए वर्षा ने सेट का जायजा लिया। पीछे प्लेंक्स, कपड़े, पेपर, रंग के डिब्बे, गोंद की शीशी और रद्दी कागज का ढेर दिखायी दे रहा था।

"गुडमार्निंग सर!" कैमरे के निकट बैठे मिस्टर ईरानी के पास वर्षा अभिवादन के साथ रुक गयी, "मेरा नाम वर्षा है।"

"गुडमार्निंग।"

"आपकी तबीयत कैसी है अब?"

"पहले से बैटर..." ईरानी मुस्कराये, "टीटेटलर, नॉन-स्मोकर हूँ। कांदा (प्याज) और पान तक नहीं खाता। फिर भी अटैक हो गया।"

वर्षा अपने पिता की बीमारी के बारे में बताने लगी। असिस्टेंट कैमरामैन ने वर्षा के लिए कुर्सी खींच दी।

पाँच मिनट बाद खलबली-सी मच गयी। 'आ गये' की पुकारें गूँजीं। हुसैन बाहर चले गये।

वर्षा साउंड रिकॉर्डिस्ट को अपना परिचय देकर नागरा की बारीकियाँ समझ रही थी। कुछ लोग सम्मान भरे अलगाव के भाव से आसपास खड़े थे।

"मैडम, एक मिनट..." प्रोडक्शन कंट्रोलर आप्टे पास आया, "आपके लिए लंच क्या मँगवाऊँ? मुगलाई, चायनीज, या कुछ और?"

वर्षा के चेहरे पर नासमझी थी।

"विमलजी के लिए चिकन तंदूरी आता है, कंचनप्रभाजी चायनीज पसंद करती हैं।"

"जो यूनिट के लिए आता है, वही मुझे दे दें।"

"ठीक है मैडम!" आप्टे ने एक वाउचर व बॉलपैन आगे बढ़ाया, "साइन कर दें प्लीज-टैक्सी फेयर के लिये।"

वर्षा अचकचा गयी, "मैं तो नीरजाजी के साथ आयी हूँ। वापस भी उन्हीं के साथ जाऊँगी।"

"मैडम, कन्वेयेंस तो सबको मिलता है। स्टार भी पेट्रोल मनी लेते हैं।"

मुझे रिपर्टरी से आने-जाने के लिए बस या ऑटो का किराया तो नहीं मिलता, वर्षा ने सोचा।

"आप नीरजाजी को बता दीजिए।"

"उन्होंने ही यह लिस्ट ओके की है मैडम।"

वर्षा ने यह सोच कर हस्ताक्षर कर दिये कि कहीं यह न समझा जाये कि सौ रुपये के लिए शहीद बनने का नाटक कर रही है।

"मैं इसे आपके पर्स में रखे देता हूँ।" आप्टे ने सौ का नोट दिखाया।

वर्षा ने पानी के गिलासों की ट्रे लिये जाते स्पॉट ब्वॉय का इशारा किया, तो वह सकुचाकर आप्टे को देखने लगा।

"नीरजाजी के कमरे से ले आओ।" स्पॉट ब्वॉय को आदेश देकर आप्टे वर्षा से मुखातिब हुआ, "मैडम, बड़े लोग यहाँ का पानी नहीं पीते। वे फिल्टर का वाटर-जग अपने साथ लाते हैं।"

"ठीक है।" वर्षा मुस्करायी, "कल से लाऊँगी।" (उसे याद आया, स्कूल जाते बच्चों को कंधे पर वाटर-बोटल लटकाये हुए देखा था। तो छोटें और बड़ों के पानी का अंतर इतना भयावह है!)

"दिल से नग्मा फूटता तो है, पर उसे अल्फाज नहीं मिलते।" विमल ने मीठी मुस्कान के साथ धीरे-धीरे आगे बढ़ते हुए कहा, "दिल से रागिनी फूटती तो है, पर उसे..."

"कट।" हुसैन की आवाज गूँजी, "दूसरी लाइन गड़बड़ हो गयी विमलजी।"

यह दूसरा टेक था

"सॉरी।"

"कोई बात नहीं। आप फिर डायलॉग देख लीजिए।"

थोड़ी पी गयी सिगरेट फिर सँभालकर विमल को थमायी गयी और करीम उनके पास संवाद लेकर खड़ा हुआ।

वर्षा वक्ष पर हाथ बाँधे एक खंभे को देखती रही। सामने देखना अटपटा लगता था। कितनी जोड़ी आँखें अपने चेहरे पर जमी महसूस होती थीं।

दो घंटे पहले जब वह कंपाउंड का छोटा-सा चक्कर लगा कर लौटी, तो फ्लोर की गहमागहमी के बीच कुछ लोगों से घिरे हुए विमल कुर्सी पर बैठे सीन पढ़ रहे थे। हुसैन

उनकी बगल में थे। पीछे संवाद लेखक खड़े थे। दो अनजान व्यक्ति गर्व के भाव से विमल के निकट थे। एक उनका चाय का गिलास थामे था, एक सिगरेट का पैकेट।

''नमस्ते।'' वर्षा ने अभिवादन किया, ''मेरा नाम वर्षा वशिष्ठ है।''

''आइए।'' विमल मुस्कान के साथ खड़े हो गये।

''मैं फिल्मों में अनाड़ी हूँ। कोई भूल हो जाये, तो माफ कर दें।''

विमल ने हल्की मुस्कान से उसकी ओर देखा। (वर्षा को नीरजा से मालूम हुआ था कि उसकी कास्टिंग से पहले विमल से सहमति ली गयी थी)।

''टेक करें?'' हुसैन ने पूछा।

उन्होंने सीन समझा दिया था। यों वर्षा के लिए समझने को कुछ नहीं था। दृश्य बिलकुल मामूली था। रूपा समझ रही है कि नायक उसके प्रति प्रेम की अभिव्यक्ति से झिझक रहा है, जबकि वास्तव में उसकी भावनाओं का केंद्र निशा थी। हुसैन दृश्य को ऐसे समझा रहे थे, जैसे अस्तित्ववाद का खुलासा कर रहे हों (हर्ष की पीड़ा उसे थोड़ी-सी समझ में आयी, ''मैं बेवकूफों को बर्दाश्त नहीं कर सकता।'')। पर वह गंभीर भाव से सुनने का अभिनय करती रही। अपनी तल्लीनता दिखाने के लिए एक सवाल भी पूछ लिया। स्पष्ट था कि हुसैन को अच्छा लगा।

''सायलेंस।'' हुसैन की आवाज गूँजी।

''मैडम, अपनी लाइनें देखेंगी? डायलॉग लंबा है।'' करीम ने पूछा।

वर्षा को जरूरत नहीं थी, पर दिखावे से बचने के लिए कागज पर सरसरी नजर डाल ली।

बड़ी व्यावसायिक फिल्म में नंबर दो स्टार के साथ यह पहला शॉट था। 'लाइट्स' के साथ एक पल को वर्षा के दिल की धड़कन ठिठकी, फिर समतल हो गयी।

''पता नहीं, क्यों...'' 'एक्शन' के आदेश पर विमल की ओर मीठे ढंग से देखते हुए वर्षा एक कदम आगे बढ़ी, ''आज की शाम बहुत सुहानी लग रही है। हवा की अठखेलियों में कशिश कुछ ज्यादा है। दिल में उमंगों की घटाएँ छा रही हैं। आँखों के सपने कुछ ज्यादा ही दिलकश हो उठे हैं।'' उसने भावभरी आँखों से विमल को देखा, ''तुम क्या सोचते हो मोहन?''

''कट।'' हुसैन की आवाज आयी, ''ईरानी साब, इज इट ओके विद यू?''

''पर्फेक्ट।'' उन्होंने मुस्कान के साथ कहा।

''ओके, प्रिंट।'' हुसैन बोले, ''अब दोनों 'आर्टिस्टों' की अलग-अलग एंट्री और क्लोजअप लेते हैं।''

वर्षा अचकचा गयी (सिद्धार्थ ने 'मास्टर सीन' शूट नहीं किये थे।)। हुसैन की ओर मुड़ती अपनी सवालिया निगाह को वर्षा ने बीच में ही रोक लिया। शपथ ले ली थी कि यहाँ गांधारी की पट्टी का वह निरंतर नया इस्तेमाल करेगी। आँखों चित्रनगरी की मुख्य धारा कार्यप्रणाली देखेंगी, पर मुँह बिलकुल बंद रहेगा।

''मैडम, डायलॉग आपको कैसे लगे?'' 'एहसास' हैदराबादी ने विनम्र भाव से पूछा।

वर्षा हाथ में कागज थामे निस्पंद बैठी थी। दुखी दृश्य का उसका अंतिम संवाद था,

'अपने अरमानों के मजार पर दिल की शमा जलाने आयी हूँ।' मुख्य धारा सिनेमा का आज पहला दिन था, लेकिन मन बिलकुल मुर्झा गया था। ड्रामा स्कूल और रिपर्टरी के छह वर्षों में शूद्रक और चेखव के साहचर्य के बाद उसकी यह गति होनी थी ! ('मंडी हाउस का शाप' की पंक्तियाँ याद आयी थीं।) एक पल के लिए मन ने विद्रोह कर दिया-पाँच हजार का साइनिंग एमाउंट वापस करके कल सुबह दिल्ली चली जाऊँगी। पर दूसरे ही पल चार-चार शून्य पर्दे पर अनेकानेक 'स्प्लिट इमेजिस' के समान अलग-अलग रूप एवं आकारों में नर्तन करने लगे। इकट्ठी इतनी राशि तुम्हारे परिवार की सात पीढ़ियों ने भी नहीं देखी होगी, वर्षा भीतर ही फुसफुसायी।

"अच्छे हैं।" थोड़ी कोशिश के बाद वर्षा चेहरे पर छोटी-सी मुस्कान ले आयी।

वे वृद्ध थे। दद्दा से दो-चार साल बड़े ही होंगे।

"अगर आप इजाजत दें, तो मैं 'शमा' को 'शम्मा' कह सकती हूँ? बोलने में सही फ्लो आ जाता है।"

उन्होंने उत्तर देने के बजाय पल भर च्यान से उसकी ओर देखा। फिर चेहरे की पिघलती रेखाओं के साथ उसके सिर पर हाथ रखते हुए बोले, "जीती रहो बेटी। नामो-रुतबा बुलंद हो।"

वर्षा थोड़ी उलझन से उन्हें जाते हुए देखती रही।

"वर्षा," चाय का गिलास थामे विमल पास आये और बगल की कुर्सी पर बैठ गये, "तुम तो 'वन टेक आर्टिस्ट' निकलीं... और मुझसे डायलॉग मार रही थीं कि मैं अनाड़ी हूँ एट्सैट्रा एट्सैट्रा..." उन्होंने कृत्रिम उपालंभ के भाव से देखा, "टाँग खींचने के लिए बंबई में और कोई नहीं मिला?"

वर्षा सकुचायी-सी मुस्करायी। कुछ पल रुककर कहा, "मैं आपकी बहुत आभारी हूँ। आपने मेरी कास्टिंग पर एतराज नहीं किया।"

विमल संजीदा हो गये, "जब कास्टिंग पर मेरी राय ली जाती है, तो मुझे अपना एक हादसा याद आ जाता है। वे स्ट्रगल के दिन थे। गोरेगाँव के गेस्टहाउस में रहता था। दो-तीन सपोर्टिंग रोल कर चुका था। एक प्रोड्यूसर ने हिम्मत करके लीडिंग रोल में लिया और तब की एक फीमेल स्टार से हीरोइन की बात करने गये। उन्होंने ना कह दिया।" विमल ने एकटक वर्षा को देखा। पुराना आहत भाव आँखों में रेंग उठा था, "वर्षा, तीन दिन नींद नहीं आयी। मन हुआ कि उन स्टार के पास जाऊँ और कदमों में सिर रख दूँ। एक सुबह उनके घर तक गया भी। फिर अपने पर ही शर्म आयी। बाहर से वापस लौट आया! हीरो बनने के लिए मुझे एक साल और इंतजार करना पड़ा। कुछ वक्त पहले जब एक दिन सेट पर पहुँचा, तो वही हीरोइन मेरी माँ का रोल कर रही थीं। एक बार तो मन में आया कि फ्लोर पर सबके सामने अपना हिसाब बराबर कर लूँ। फिर अपनी माँ को याद करते हुए अपने पर काबू पाया। दोनों हाथ जोड़ कर उन्हें प्रणाम किया..." कुछ पल के विराम में विमल ने जैसे खोये हुए एक साल को याद किया, फिर थोड़ी करुणा और थोड़ी कड़वाहट के स्वर में कहा, "अगर किसी में टेलेंट है, तो उसे रोका नहीं जा सकता, सिर्फ डिले किया जा सकता है।"

यूनिट के लोग देख रहे थे कि विमल कैसे डूब कर वर्षा से बात कर रहे हैं।

"तुम्हारी तरह मुझे किसी ट्रेनिंग का अवसर नहीं मिला। मैं पंजाब के छोटे-से कस्बे का प्रोडक्ट हूँ। यों ही मौज में आकर फिल्मफेयर टेलेंट कंटैस्ट का फॉर्म भर दिया। बंबई आया, तो पूरा उजबक था।" विमल ने जैसी सूरत बनायी उससे वर्षा को हँसी आ गयी, "अंग्रेजी आती नहीं थी। ईरानी रेस्तराँ में पहली बार ज्यूक बॉक्स देखा, तो भौंचक्का रह गया। फोन पर बात करना भी मेरे लिए बड़ा मोर्चा जीतना था। ... हाँ, एक सच्ची बात तुम्हें बता दूँ, पर किसी से कहना मत। मैं अपने को एक्टर-फैक्टर नहीं मानता। बस, माथे की लकीरों ने स्टार बना दिया है।"

उन्होंने विस्तार से अपने प्रारंभिक संघर्ष की कहानी सुनायी। शुरू की दो फिल्में फ्लॉप हुईं। फिर तीसरी चल निकली। कैसे पहला फ्लैट लिया, फिर वर्तमान बंगले तक पहुँचे, पूना के पास फार्म बनाया, अपने प्रोडक्शन में छह फिल्में बनायीं, डिस्ट्रीब्यूशन ऑफिस खोला।

"गरीब घर का हूँ वर्षा ! इसलिए शुरू-शुरू में मेरे कदम बहके थे। यहाँ की चमक-दमक और शानोशौकत से आँखें चौधिया गयी थीं। फिर कुछ ठोकरें लगीं, तो समझा।" विमल ने सिगरेट सुलगायी, "परसों दूसरे इतवार की छुट्टी है। तुम्हारा कुछ प्रोग्राम है?"

"जी, नहीं तो।"

"तो लंच पर मेरे घर आओ। मेरी छोटी बेटी है न-मीता ! उसे ड्रामे का बहुत शौक है। एक बार तुम्हारे पीछे पड़ गयी, तो फिर छोड़ेगी नहीं।"

अपनी बेटी की बात करते हुए विमल के मुँह पर स्वप्निल मुस्कान आ गयी।

"डैडी के पास तुम्हारे बारे मे दो-तीन इंक्वारीज आयी थीं।" सातवें दिन रात को वापस लौटते हुए नीरजा बोली, "उन्होंने कह दिया, रोल अच्छा होगा, तो वर्षाजी जरूर करेंगी।"

ट्रेड व सामान्य पत्रों में शूटिंग का समाचार और तस्वीरें छप गयी थीं। राउंड पर स्टूडियो आने वाले कुछ फिल्म पत्रकारों से परिचय हुआ था। अगले हफ्ते 'टिंसल टाउन' के लिए फोटोग्राफ-सैशन तय हो चुका था। 'धर्मयुग' ने 'फिल्म जगत' स्तंभ में रंगीन और श्वेत-श्याम चित्रों के साथ उस पर पूरा लेख छापा था।

"अगर मुझे कोई नयी फिल्म मिली, तो उसका काम छह महीने से आगे भी जा सकता है?"

"हाँ।"

"पर मेरे पास छुट्टी तो इतनी ही है।" वर्षा विवशता से बोली।

"छह महीने और बढ़ा लेना।"

"ऐसी माँग अनुचित होगी। सूर्यभान और डॉक्टर अटल की सहयोग भावना को और ज्यादा खींचते हुए मैं अपराधी महसूस करूँगी।"

दो दिन पहले मीरा के पते पर डॉक्टर अटल का उत्तर आ गया था, 'नये कला-माध्यम में विस्तार के समाचार से खुशी हुई। हार्दिक शुभकामनाओं के साथ...'

"वर्षा, यह तुम्हारे जीवन का एक निर्णायक मोड़ है।" नीरजा ने पल भर उसे देख कर सड़क पर निगाह फेर ली, "अगर तुम यहाँ नहीं रहोगी, तो मेनस्ट्रीम सिनेमा से नाता बनना बहुत मुश्किल होगा। यहाँ जब शूटिंग शिड्यूल बनता है, तो उसका आधार स्टार्स की डेट्स

होती हैं। दिल्ली में अचानक तुम्हारे पास फोन आयेगा, कल नटराज स्टूडियो में सुबह छह बजे रिपोर्ट कीजिए। तुम कहोगी, कल तो मेरा 'मृच्छकटिक' का शो है। हम लोग तुम्हारी वजह से अपना शिड्यूल नहीं बदल सकते, क्योंकि पिक्चर तो हम स्टार्स के नाम से बेचते हैं। तो अब क्या होगा? अगर हम तुम्हारे साथ कुछ शूटिंग कर चुके हैं, तो तुम्हारा रोल कम कर देंगे। अगर नहीं की है, तो तुम्हें रिप्लेस कर देंगे। इण्डस्ट्री में यह बात फैल जायेगी और तुमको लेते हुए लोग झिझकने लगेंगे। हाँ, अगर तुम्हारे नाम से पिक्चर बिकने लगी, तो हम मुस्कराकर अपना शिड्यूल बदल देंगे और पूरी यूनिट खुशी-खुशी दिल्ली से ही नहीं, बल्कि नॉर्थ पोल से भी तुम्हारे आने का इंतजार करेगी।''

सीधा-साधा माँग और पूर्ति का बाजारी नियम है, वर्षा ने सोचा।

''इस पिक्चर में तुम्हें क्यों लिया? नूपुरजी को हमने पौने दो लाख में साइन किया था। उनके एक्सीडेंट के बाद सुनंदा रॉय को सोचा। वह तकरीबन इतनी ही कीमत पर आतीं। फिर उनके नखरे भी बहुत हैं। फिर इस लंबे शिड्यूल के लिए उनके पास डेट्स भी नहीं थीं। तब हुसैन भाई ने तुम्हारा नाम लिया। हमने सोचा, आर्टिस्ट तो अच्छी हैं, क्लासेज में थोड़ा नाम है, पैसा भी कम देना पड़ेगा और बराबर एवलेबिल भी रहेंगी। एक-दो डिस्ट्रीब्यूटर्स ने नाक-भौं सिकोड़ी, पर डैडी ने अपने पुराने संबंधों के आधार पर उन्हें मना लिया। हाँ, अगर पिक्चर पूरी होने के बाद उन्हें तुम पसंद नहीं आयीं, तो हो सकता है, वे प्राइस थोड़ी कम करने के लिए जिद करें और अगर पिक्चर चल गयी, तो यही डिस्ट्रीब्यूटर्स कहेंगे,'' नीरजा ने पान भरे मुँह से बोलने का अभिनय किया, ''हमने तो पहले ही कह दिया था, नारंग साब में टेलेंट को पहचानने का टेलेंट है।''

वर्षा हँस पड़ी। फिर पूछा, ''तुम कब से प्रोडक्शन सँभाल रही हो?''

''पाँच साल हो गये।'' नीरजा बोली, ''दरअसल हमारे कोई भाई नहीं, इसलिए डैडी काफी उदास चल रहे थे कि मेरे बाद कंपनी का क्या होगा। बड़ी बहन बिलकुल घरेलू है और बहनोई साइंटिस्ट। तो ताल ठोककर हम अखाड़े में आ गये।''

वर्षा मुस्करायी। सबवे से कार गुजरी, तो ऊपर दौड़ती लोकल ट्रेन की खटाखट कानों में भर गयी।

''वर्षा, जैसा अवसर तुम्हें मिला है, वैसा मुश्किल से मिलता है और बार-बार नहीं मिलता। मेरा सुझाव यही है कि अब तुम सब्सटेंशियल पैसा कमा लो।''

''कितने को तुम सब्सटेंशियल कहोगी?''

''यह तो तुम्हारे ऊपर निर्भर करता है, पर इतना तो होना ही चाहिए, जो बंबई में सिर पर अपनी छत दे सके और महीने का ठीक-ठाक गुजारा। वैसे तृष्णा का तो कोई अंत नहीं।''

''मैं उलझन में हूँ नीरजा।''

बिल्डिग के गेट पर 'गुडनाइट' के साथ वर्षा उतर गयी। पहले चौकीदार ने सलाम किया, फिर लिफ्टमैन ने। (यह नीरजा की रोजाना आने वाली होंडा का प्रताप था, जिसमें परसों विमलजी की मर्सिडीज ने वृद्धि कर दी थी)।

फ्लैट के भीतर आकर उसने रोशनी जलायी। दरवाजे के नीचे दिव्या, अनुपमा और शिवानी के पत्र पड़े थे। साथ में मीरा की छोटी-सी स्लिप थी, 'तुम्हारे पत्र छोड़ रही हूँ।

इतवार को मिलेंगे।'

बड़ा-सा फ्लैट, जो भीतर घुसते हुए बराबर भाँय-भाँय करता था, पत्रों के कारण उतना त्रासद नहीं लगा। उसने जल्दी-से नहाया। (यहाँ का पानी पीने के लिए नहीं, सिर्फ नहाने के लिए है। पानी में ऐसी स्फूर्ति क्षमता उसने दिल्ली में महसूस नहीं की थी।) फिर एक कप चाय बनाकर सोफे पर पसर गयी।

''वर्षा डार्लिंग,'' शिवानी ने लिखा था, ''तुम मेरी सालगिरह पर नहीं आयीं। पार्टी का मजा आधा रह गया। सिर्फ गिने-चुने लोगों को ही तो बुलाया था। भाभी ने ताना मारा, 'बहुत 'वर्षा-वर्षा' करती थीं। कहाँ है तुम्हारी वर्षा?'

हाँ, तुम्हारा उपहार मिला। बहुत पसंद आया। ढेर सारे कांप्लीमेंट्स मिले। (अश्विनी ने क्या कहा, यह मिलने पर बताऊँगी)।

तुम्हें बड़ी फिल्म मिली। मुझे बहुत अच्छा लगा। बहुत लंबे चुंबन के साथ बधाई ! पर यहाँ तुम्हारी कमी बहुत कसकती है। जोड़बाग या मंडी हाउस से गुजरते हुए यकायक उदास हो जाती हूँ।

एक फिल्म के बनने में छह महीने लगते हैं? ये लोग क्या स्लोमोशन में काम करते हैं? छह महीने कैसे काटूँ, तुम्हीं बताओ?

आलिंगनों और चुंबनों के साथ। तुम्हारी, शिवानी।''

नीचे 'पुनश्च' करके लिखा था, 'अपना दोस्त कैसा है? उसे मत बताना कि मैंने उसे याद किया...या बता देना। क्या फर्क पड़ता है!'

कुशन वक्ष पर दबाये वर्षा ने चाय का बड़ा घूँट लिया। शिवानी के साथ यह पहला पत्र-व्यवहार था। कितनी मित्रताओं का आधार शारीरिक उपस्थिति होती है। पत्र के माध्यम बनने पर कुछ मित्रताएँ क्षीण और झीनी हो जाती हैं। वर्षा को शिवानी के साथ ऐसी ही आशंका थी, पर शिवानी के पत्र ने इस संबंध को जैसे नये परिपार्श्व के साथ आलोकित कर दिया ('लाइटिंग का 'सोर्स' हमारे भीतर है।' वर्षा ने फिल्म लाइटिंग की शब्दावली का व्यवहार करते हुए सोचा)। डोलते कुंडलों के साथ शिवानी का मुस्कराता क्लोजअप सामने उभरा।

''शिवानी! मैं तुम्हें कितना याद करती हूँ।'' उसने जोर-से कहा।

'तुम्हारे बिना घर बहुत सूना लगता है।' अनुपमा ने लिखा था, 'रात को वापस लौटते हुए उत्साह नहीं रहता। तुम्हारे लता-मंडप में सुबह की चाय पीने नहीं बैठती। अखबार अपने कमरे में ही पढ़ लेती हूँ। घर की दिनचर्या तुम्हारे साथ कैसी गुँथ गयी थी। झुमकी की भी खिल-खिल कम हो गयी है।'

संबंध टूटने को चतुर्भुज ने बुरी तरह से लिया। हर जगह मेरे खिलाफ जहर उगल रहे हैं। तुम्हें भी लिखा होगा।

उद्योग मंत्रालय में फँसी एक योजना को सँभाल कर स्नेह ने खेमकाजी का थोड़ा विश्वास और जीत लिया है। पुरवाई गर्भवती हैं।

मैं रक्षा बंधन पर भोपाल जा रही हूँ। देखूँ, घर में कैसा रिसैप्शन मिलता है।

तुम्हें व्यावसायिक फिल्म मिलने पर रिपर्टरी में खुशी मनायी गयी। विश्वस्त सूत्रों का

कहना है कि ममता को उदास पाया गया।

वर्षा के मुँह से एक ठंडी साँस निकल गयी। नये शहर के अजनबीपन की अनुभूति इन पत्रों से तीखी हो गयी। लिंकिंग रोड, एस.सी. रोड, वैस्टर्न एक्सप्रेस हाइवे और जुहू-ब्रांदा के ऊपर कनाट प्लेस, लोदी गार्डन, अमृता शेरगिल मार्ग और बंगाली मार्क्रेट सुपरइंपोज हो गये। जोड़बाग का घर सामने उभरा। ''गुडमार्निंग दीदी।'' के साथ मुस्कराती हुई झुमकी ने प्याला बढ़ाया। ''वर्षा, शाम को पाँच बजे रवींद्र भवन के बायें गेट पर मिलेंगे'', शिवानी का स्निग्ध स्वर सुनायी दिया। ''चंचल बालिके , तुम अपनी रिहर्सल करोगी या मेरा सिर खाओगी?'' सूर्यभान बोले। वर्षा के मन से एक हूक-सी उठी। वह कहाँ भटक रही है? क्यों लहूलुहान होते हुए थके हाथों की भोथरी कुदाल से अपरिचय के सह्याद्रि काटने की कोशिश कर रही है?

वर्षा ने पहलू बदला और अपना आवेग दबाने का प्रयत्न किया। जी चाहा, एक सिगरेट पिये, पर सिगरेट कहाँ थी...ओह क्या है मेरी ज़िंदगी? जब चाहती हूँ, तो एक सिगरेट भी नहीं मिलती, उसने कड़वाहट से सोचा। क्या करूँ? सातवीं मंजिल की इस खिड़की से छलाँग लगा लूँ?

कुछ क्षण खिड़की की ओर टुकुर-टुकुर देखती रही।

पश्चिम की खिड़की से सुहानी हवा के झोंके आ रहे थे। (शहर का एक और निराला सम्मान-पैमाना उसने पहचाना था। अगर आप समुद्र-तट पर या पश्चिम दिशा में रहते हैं, तो आपका सामाजिक मूल्यांकन ऊँचा होता है। अगर आप पश्चिम रेलवे उपनगरों के पूर्वी भाग में रहते हैं, तो आप सम्मान के पात्र नहीं हैं और अगर आप मध्य रेलवे की किसी बस्ती में पाये जाते हैं, तो आपकी सरासर बेइज्जती हो सकती है?))।

''नयी खबर पाकर खुशी हुई।'' बच्चे की तृष्णा की तरह दिव्या का पत्र उसने सबसे आखिर के लिए रख छोड़ा था, 'रोहन का कहना है, तुम्हारी पूँजी का सबसे लाभकारी निवेश डी.डी.ए. फ्लैट होगा। पर सेल्फ-फाइनेंसिंग स्कीम के लिए अभी यह राशि कम है। रोहन तुम्हारे लिए लोन जुटाने का आश्वासन दे रहे हैं। काश, ऐसी ही एक फिल्म तुम्हें और मिल जाये। अब तुम्हारे क्षितिज का विस्तार होना चाहिए।'

वर्षा आश्वस्ति के भाव से पत्र सामने रख कर बैठी रही। जो रास्ता वह अँधेरे में ढूँढ़ रही थी, दिव्या ने उस पर प्रकाश-रेखा झलका दी थी। अगर उसका ब्याह नहीं होता है, तो कुछ महीनों बाद दिल्ली पहुँचने पर उसकी जीवन-शैली पहले-जैसी ही रहेगी। अगर अनुपमा दिल्ली छोड़ दे या शादी कर ले, तो फिर उसे करोलबाग-जैसे सँकरे, घुटे अस्तित्व में लौटना होगा। कार और एयरकंडीशनर को फिलहाल छोड़ दिया जाये, अभी तो उसके पास अपना फोन, फ्रिज और स्टीरियो तक नहीं है। बंबई में मन बुझा-बुझा रहने के बावजूद अभी उसका कुरुक्षेत्र स्टूडियो फ्लोर ही होगा-स्टूडियो थिएटर का मंच नहीं।

''नमस्ते।'' वर्षा ने निकट आकर अभिवादन किया, ''मेरा नाम वर्षा वशिष्ठ है।''

ड्रैसिंग गाउन पहने कंचनप्रभा कुर्सी पर बैठी थी-राजमहिषी-जैसी गरिमा के साथ। परिचारिका पीछे खड़ी थी। बगल में बैठे हुसैन दृश्य समझा रहे थे।

गोरी, रूपवान कंचनप्रभा ने निगाह उठाकर उसका सर्वेक्षण किया। चेहरे पर सर्द तिरस्कार का भाव आ गया, ''अच्छा, आप ही हैं वर्षा वशिष्ठ!...ऐसी शक्ल के साथ स्टार बनना चाहती हैं!''

वर्षा के कान गर्म हो गये। तत्क्षण रुधिर का प्रवाह बढ़ता महसूस हुआ। हुसैन और आसपास के लोगों की आँखों में तनावभरी आशंका के अंगारे एकदम सुलग उठे।

''ड्रामा स्कूल में सहयोगी मुझे 'साँवली लौकी' कहते थे।'' अगले ही पल वर्षा चेहरे पर सहज मुस्कान ले आयी, ''आप तो जानती हैं, आकांक्षाओं के पीछे अक्सर लॉजिक नहीं होती।''

पिछले दरवाजे से बाहर आ वर्षा सामने की हरियाली को देखती रही। ऊँचे-ऊँचे पेड़ और झाड़ियों के छोटे-बड़े गुच्छे थे और टीलों के लहराते घुमाव। मद्धिम बारिश ने सन्नाटे को और गहरा कर दिया था।

वयस्क होने के बाद वर्षा ने ऐसा अपमान अभी तक नहीं झेला था। डॉक्टर अटल से बहुत डाँट खायी थी, लेकिन उसकी प्रकृति दूसरी थी-अभिनय कौशल की कोताही पर उसकी प्रतारणा हुई थी, शारीरिक न्यूनता पर नहीं। अगर उसका रंग साँवला है, नाक-नक्श मामूली हैं, तो क्या यह उसका दोष है? पर जिंदगी में बहुत कुछ अतार्किक होता है। विमल ने बताया था, उन्हें कितने लांछन सहने पड़े थे। ('दूसरे लोग ही दोजख हैं', उसे 'इन कैमरा' का संवाद याद आया)।

डिप्रैशन की धुँध को गहराने वाली बारिश थोड़ी तेज हो गयी थी। अगर मैं बंबई में कभी आत्महत्या करूँगी, तो यह काम मानसून में ही संपन्न होगा, उसने सोचा।

''मैडम, शॉट तैयार है।'' पीछे मजीद का स्वर सुनायी दिया।

''अच्छा।''

वर्षा ने पल्लू हल्के-से आँखों पर रखा। नहीं, आँखें सूखी थीं।

वर्षा अभी मुड़ी ही थी कि हुसैन आ गये।

''वर्षाजी, मैं आपसे माफी चाहता हूँ।'' उनके चेहरे की झुर्रियों में तनाव था।

''आपने क्या किया।''

''मेरा मतलब इससे भी है...'' उन्होंने संवाद का कागज आगे बढ़ाया। पल भर को उनके चेहरे पर करुण कशमकश झलक गयी।

वर्षा ने उन्हें नासमझी से देखा।

''मेरा दिल ऐसी नाव है, जिसकी पतवार किसी और के हाथ है।' '' हुसैन ठंडी साँस लेकर बाले, ''आपकी यह लाइन कंचनप्रभा बोलना चाहती हैं।''

कुछ पल हुसैन की निगाह उससे मिली रही।

''वह अभी सेट छोड़कर चल जायेंगी। बहुत अनप्रोफेशनल रुख है, पर खामियाजा हमें भुगतना होगा।'' हुसैन के चेहरे पर विवशता थी और उससे उपजी तिलमिलाहट।

''ठीक है।'' वर्षा ने स्थिर स्वर में कहा।

''एक्शन।''

"आज किसी से मुलाकात हुई।" कंचनप्रभा टैनिस रैकेट के स्ट्रोक की माइमिंग के साथ अपनी एड़ियों पर प्रथुल नितंबों को लहराते हुए घूमीं, "आँखों-आँखों में बात हुई।"

"किससे?" वर्षा ने मुस्कराकर पूछा।

"उसका नाम नहीं मालूम।" इस बार रैकेट को कंचनप्रभा ने ऐसे थामा कि हत्था उसकी पुष्ट जाँघों के बीचोंबीच लटकने लगा।

(वह झालरदार पेंटी-जैसी चीज पहने थी। इन्हीं नंगी जाँघों की एक झलक के लिए टिकट-खिड़की पर कोहराम मच जाता है, वर्षा ने सोचा। निशा गरीब घर की है, पर एक्सक्लूसिव क्लब में टैनिस खेलने जाती है और वह भी पेंटी पहन कर ! "हे हाथी के बच्चे की सूँड-सी जाँघों वाली।" वर्षा ने मन-ही-मन 'शाकुंतल' की पंक्ति इंप्रोवाइज की, "ऊपर टीशर्ट पहनने की मॉडेस्टी क्यों? अपने पल-पल बढ़ते हुए काम-कंदुकों को नन्ही-सी ब्रा में छलकाते हुए भायखला से विलिंगडन क्लब तक चली जातीं!")।

"यह कैसी कंपोजीशन है?" 'कट' होते ही कंचनप्रभा ने पूछा, "मैं तो मिडलांग में दिखायी दूँगी, जबकि वर्षा कैमरे के इतने पास है?"

"अगला रिवर्स शॉट है।" हुसैन ने सांत्वना दी।

"मेरी पहली लाइन के साथ मेरा क्लोजअप डालिए न!" कंचनप्रभा ठुनकी, "मैं ऐसे देखूँगी..." उसने रैकेट की जाली में से तिरछी चितवन का डिमांसट्रेशन दिया, "बहुत अच्छा लगेगा।"

हुसैन पल भर दुविधा में लगे।

"प्लीज हुसैन भाई!" कंचनप्रभा ने मनुहार की।

क्लोजअप के बाद जब अगले शॉट की तैयारी होने लगी, तो सोफे पर चुपचाप बैठी वर्षा के पास करीम आकर फुसफुसाया, "एडीटिंग टेबिल पर क्लोजअप फेंक देगा।"

रात को घर लौट कर वर्षा आधा घंटा शॉवर के नीचे बैठी रही। बाल भी भिगो लिये (लिकिंग रोड से ड्रायर खरीद लिया था)।

कलात्मक प्रतिद्वंद्विता उसके लिए नयी नहीं थी। चुनौती भरी भूमिका पाने के लिए रीटा और ममता के साथ तनाव हुआ था। रिपर्टरी का हर सदस्य ऐसे संघर्ष से कभी-न-कभी आहत हो चुका था। रिपर्टरी में भी वरिष्ठ और नये, समर्थ और किंचित कम कुशल कलाकारों के बीच भेद था, पर एक बार जो भूमिका मिल गयी, उसे बिना चूँ-चपड़ किये निभाने के वास्ते सब प्रतिबद्ध थे। कोई 'ए' क्लास अभिनेता किसी एपरेंटिस को जलील कर दे, यह अकल्पनीय था।

पर कंचनप्रभा के साथ एक दिन शूटिंग करके वर्षा विक्षुब्ध रह गयी। दोपहर से ही सिर भन्नने लगा। यकायक सिरदर्द की तीखी लहर उठी। उसने आप्टे से एस्प्रो की दो गोलियाँ मँगवायीं और चाय के साथ निगल गयी। कंचनप्रभा के मजमे से दूर एक कोने में अलग बैठी रही। कैमरामैन, साउंड रिकार्डिस्ट, सहायक निर्देशक, नीरजा और स्वयं हुसैन-सब बारी-बारी से उसके पास आये और इधर-उधर की बातें करते रहे। उनका मंतव्य वर्षा समझ रही थी। वे अपनी सहानुभूति व्यक्त करना चाहते थे। वर्षा चाहती थी कि उसे अकेला छोड़

दिया जाये, पर ऐसा कह नहीं पायी।

'रंगमंच आत्मरति का सिंहद्वार नहीं!' डॉक्टर अटल का एक सुभाषित था। यहाँ स्थिति बिलकुल उल्टी थी। स्टानिस्लावस्की से उनके सहयोगी नेमिरोविच ने मास्को आर्ट थिएटर की एक प्रदर्शन-मुग्धा के बारे में कहा था, ''शी डज़ नॉट लव आर्ट। शी लव्ज हरसैल्फ इन आर्ट।''

वर्षा को पूरा विश्वास था, यह अभिनेत्री कंचनप्रभा ही रही होगी (हालाँकि अभिनय-सामर्थ्य के नाम पर वह मॉस्को आर्ट थिएटर में झाड़ू लगाने के काबिल भी नहीं पायी जायेगी!)।

कंचनप्रभा भूमिका के निर्वाह में भी अपनी व्यक्तिगत चाल ही चलती थी। चेहरा अधिकतर कोरा रहता था। होंठ कुछ और कहते थे, आँखें कुछ और। संवादों की अदायगी अटपटी और सपाट ('करार', 'मैखाना' और 'कशमकश' जैसे शब्द भी उससे ठीक नहीं बोले जाते थे)। विराम से उसका कोई परिचय नहीं था। बोलने की ऐसी जल्दी, जैसे उसकी ट्रेन ने आखिरी सीटी दे दी हो। दो पंक्तियों का संवाद बोलने में उसे चार टेक की जरूरत पड़ती थी। हाँ, जिस्मानी प्रदर्शन में वह खूब माहिर थी। निचले अधर को दाँतों-तले दबा कर उत्तेजना पैदा करना, अधखुली आँखों से मस्ती टपकाना, वक्ष-रेखा उजागर करना, उरोजों को मादक ढंग से हिलाना, नितंबों के साथ अठखेलियाँ करना, द्विअर्थी संवाद में धार देने के लिए कमर लचकाना-ऐसी कुशलता उसने वर्षा के साथ के दृश्य में ही दिखा दी थी। नायक के साथ तो वह पता नहीं, कैसा गजब ढाती होगी!

क्या किसी मंचन में एक कलाकार दूसरे की पंक्तियाँ छीन सकता है? इयागो की भूमिका कर रहे लॉरेंस ओलीवियर ऑथेलो का एकालाप हड़प सकते हैं? माशा करते हुए वर्षा आइरीना की पंक्ति दबोच सकती है? सोचने से ही उबकाई आने लगती थी। पर कंचनप्रभा ने आज उसके दो संवादों पर डाका मारा था।

'एहसास' हैदराबादी को जलील करते हुए तीन संवादों में भौंड़ी तब्दीलियाँ की थीं और अपने पाँच-छह अतिरिक्त क्लोजअप डलवाये थे। उसका पूरा व्यवहार इतना फूहड़, कुरुचिपूर्ण और ज्वलनशील अहं-उद्घोषित था कि वर्षा को सेट से घिन होने लगी थी। 'पैकअप' पर उसने छुटकारे की ऐसी साँस ली थी, जैसे मृत्युदंड पाये अपराधी को यकायक जीवन-दान मिला हो।

वापसी में वर्षा चुप बैठी रही। नीरजा ने एक-दो बार कनखियों से उसकी ओर देखा।

''वर्षा, हम तुमसे माफी माँगते हैं।'' आखिरकार नीरजा बोली।

''मुझे तुम लोगों से कोई शिकायत नहीं।'' वर्षा ने समतल स्वर में कहा।

थोड़ी देर चुप्पी रही।

''रात को हुसैन भाई डैडी से बात करने घर आ रहे हैं।'' लगा कि नीरजा जल्दी-से-जल्दी अपना बोझ हल्का कर लेना चाहती है, ''कंचनप्रभा की माँग है कि पिक्चर के आखिर में वह मरे, तुम नहीं। वह समझती है इससे दर्शकों की हमदर्दी उसको मिलेगी।''

''शूटिंग पूरी होने के बाद वह पिक्चर में मरती है या रियल लाइफ में, मुझे कोई फर्क नहीं पड़ता।'' कहते-कहते वर्षा आत्मसजग हो गयी। आक्रोश में ऐसी तीखी बात उसने

अपने मुँह से पहली बार सुनी थी।

क्या यह मेरे ऊपर मुख्य धारा माहौल का असर है, उसने सोचा।

बाथरोब पहने हुए वर्षा ड्रांइगरूम में खिड़की के सामने खड़ी थी। ड्रायर के गर्म भपके गीले बालों पर महसूस करते हुए ब्रश से सँवार रही थी। खिड़की की चौखट पर चाय का मग रखा था। बीच-बीच में गर्म घूँट भरना अच्छा लग रहा था।

अँधेरे में ट्रैफिक की मद्धिम सीत्कार सुनायी दे रही थी। उसके ऊपर बारिश की धीमी रूनझुन। अच्छी है यहाँ की बारिश। रुकने का नाम ही नहीं लेती।

तनी हुई नसों को शांत करने और नींद लाने के लिए क्या करूँ? लिफ्टमैन से सिगरेट और नींद की गोलियाँ मँगवाऊँ? पर प्रैस्क्रिपशन तो है नहीं। शायद दस का एक नोट देने से हो जाये।

दरवाजे की घंटी बजी-चिड़िया की मीठी चहक के सुर में। इस समय कौन है? भीतर चिड़चिड़ाहट भर गयी।

छेद से झाँक कर देखा। पल भर को धड़कन रुक गयी। दरवाजा खोलते हुए हाथ शिथिल लग रहे थे।

''हैलो...'' चिर-परिचित स्वर सुनायी दिया।

हर्ष भीतर आया। वर्षा ने दरवाजा बंद किया। सिटकनी और लैच का लॉक लगाया। क्लांत नसें फिर से तनतना उठीं।

हर्ष सोफे पर बैठा था। खोजभरे ढंग से आसपास देख रहा था।

पहले से दुबला लगा। एक दिन की दाढ़ी। कमीज पर दो-तीन सिलवटें थीं। आस्तीनें कुहनियों तक मोड़ रखी थीं। बंबई की जलवायु (या फैशन) के अनुरूप बनियान नहीं थी। उजला रंग पहले से कुछ मलिन हो गया था। बिना मोजों के रबर की सैंडिलें। आँखें थोड़ी लाल।

''सिगरेट है?'' वर्षा ने पूछा।

नाटकीय समक्षता की ऐसी शुरुआत से हर्ष अचकचा गया। हामी में सिर हिलाया, ''भरूँ?''

वर्षा ने भी हामी में सिर हिलाया। कुछ पल बाद बोली, ''जल्दी करो।'' फिर कुछ पल बाद बोली; ''कितनी देर लगा रहे हो?''

इस बार हर्ष ने छोटी-सी मुस्कान से उसकी ओर देखा। वर्षा फिर स्विच-बोर्ड के पास आ गयी थी और बालों में ब्रुश चला रही थी।

हर्ष ने सिगरेट बढ़ायी, तो वर्षा ने आतुरता से थाम ली। उसने एक के बाद एक दो लंबे कश लिये।

''वर्षा, धीरे...'' हर्ष उसकी ओर देखता हुआ आशंका से बोला।

वर्षा ने दो लंबे कश और लिए, पर बीच में थोड़ा अंतर था।

हर्ष उठा और निकट आया। सिगरेट उससे लेकर ऐश-ट्रे में रख दी। फिर उसे बाँहों में भर कर सीने से लगा लिया।

लंबी-लंबी साँसें लेती हुई वर्षा स्थिर हो गयी। फिर साँसें भी समतल होने लगीं। अंदर का ज्वार कुछ सँभलता-सा लगा। इस देह की गंध और साँसों का अपनत्व बहुत दिनों के बाद मिला था। तात्कालिक व्यग्रता के सुगबुगाते धुएँ का स्रोत धीरे-धीरे भरने लगा।

हर्ष के होठों ने उसके सूखे, मुलायम बालों को सहलाया, "क्या हुआ?"

वर्षा ने मुँह उठाया और अधखुली आँखें झपक गयीं। चुंबन लंबा और मंद था। पुराने लगाव के रूपाकार को टटोलता हुआ। संशय और अंतर्द्वंद्व के व्यवधान को लरजते स्पर्श से पाटता हुआ।

"मुझे एक-एक बात बताओ।" वर्षा अचानक अलग हो गयी, "तुम पूना गये थे? फिर कहाँ गये थे? साथ में कौन था? क्यों गये थे? तुम कहाँ रहते हो? मुझसे पता क्यों छिपाया गया? वहाँ और कौन रहता है? उससे तुम्हारा क्या रिश्ता है? चारुश्री से तुम्हारा क्या रिश्ता है?"

ऐसी आक्रामक बौछार से हर्ष लड़खड़ा गया, "ओह माइ गॉड..."

वर्षा क्रुद्ध भाव से लंबी-लंबी साँसें ले रही थी, "मालूम है, तुम्हारा पता पाने की कोशिश में मुझे कितनी जिल्लत उठानी पड़ी?"

हर्ष करुणा से मुस्कराया, "मेरा नाम वर्षा वशिष्ठ है। मैं दिल्ली से आयी हूँ। मैं हर्षजी की पारिवारिक मित्र हूँ। उनकी माँ और बहन उनकी खबर जानने के लिए बहुत परेशान हैं।" फिर उसकी ओर देखते हुए संजीदा हो गया, "पारिवारिक मित्र क्यों कहा? हर्ष की मित्र क्यों नहीं?"

"मैं तुम्हारी मित्र नहीं रही।" वर्षा ने सिगरेट उठा ली और दो कश लिये। हर्ष ने नरमी-से सिगरेट लेनी चाही। पल भर को वर्षा ने सोचा, इसको भी मुद्दा बना ले। फिर सिगरेट को छोड़ दिया।

"इतनी गुस्सा हो..." हर्ष ने उसके बालों में उँगलियाँ उलझानी चाहीं।

"मुझे छुओ मत।" वर्षा बौखला गयी, "मेरा कलेजा छलनी हुआ रखा है।"

फिर जो हुआ, वह अप्रत्याशित था।

हर्ष के चेहरे पर कई भाव आये और गये, पर बोझिल बेचारगी बराबर चेहरे की रेखाओं में थरथराती रही। एक बार लगा कि वह कुछ कहना चाहता है। वह निःसंदेह बहुत दारुण और करुण रहा होगा, क्योंकि आँखें बड़े यातनामय ढंग से आहत दिखायी दीं। फिर होंठ खुलते-खुलते ठहर गये और चेहरे पर असहजता छा गयी, "तुम तो मुझसे मुँह मत फेरो।"

यह स्वर और वह भाव...बंबई ने हर्ष को बदल दिया है...वर्षा ने पल भर धड़कन रुकने के साथ सोचा।

आत्मविश्वास से दीप्त, तेजस्वी हर्ष का ऐसा चेहरा वह पहली बार देख रही थी। मन का एक हिस्सा तत्काल पिघल उठा, पर जबड़े कसते हुए वर्षा ने अपने पर काबू पाया, "मुझे मुँह फेरना है या नहीं, यह पूरी बात सुनने के बाद तय करूँगी।" (हर्ष को लेकर उसने पहली बार दाँत भींचे थे)।

"मैं रंजना के साथ माहिम में रहता हूँ।" हर्ष सोफे पर अपनी जगह बैठ गया था और निगाह ऐसी थी, जिससे थोड़ी वर्षा दिखायी दे और थोड़ा फर्श। एक वाक्य के बाद ही वह अटक गया, "थोड़ा पानी पी लूँ?"

(बात शुरू करते ही न सिर्फ पानी की जरूरत महसूस हुई, बल्कि इसके लिए अनुमति लेना भी जरूरी समझा गया!)।

''साथ रहने का मतलब है-उसके फ्लैट के एक कमरे में।'' गटागट एक गिलास पीने के बाद हर्ष ने कहा, ''वह डाँस-डायरेक्टर है। लगभग पैंतीस साल की। मुझे लेकर फिल्म प्रोड्यूस करने की बात है। रंजना को चारुश्री से मिलाया था। चारुश्री अपने पेमेंट के बड़े भाग की क्रेडिट देने को तैयार है। पूना रंजना के एक व्यापारी मित्र से मिलने गये थे। वह हमारी फिल्म के लिए थोड़ा फायनेंस जुटा रहे हैं। वहाँ से महाबलेश्वर गये, जहाँ रंजना की कुछ प्रॉपर्टी है। पर मुश्किल यह है कि यह सब करने के बाद भी दो गाने रिकॉर्ड करना और चार रीलें बनाना मुमकिन नहीं लग रहा है, जबकि रंजना के एक डिस्ट्रीब्यूटर मित्र ने कम-से-कम चार रीलों की शर्त रखी है।''

''तुम रंजना के ही पास रहने क्यों गये?''

हर्ष ने पल भर वर्षा को देखा। फिर उसके दो-टूक ढंग को चुपचाप स्वीकार कर लिया, ''मैं डी.एन. नगर में जहाँ रहता था, वहाँ का किराया एक महीना नहीं दे पाया। एक शाम को जब वापस लौटा, तो मालिक ने सूटकेस बाहर फेंक दिया।'' हर्ष नीचे देखने लगा था, ''नवीन मामा के पास जाने में अपमान का अनुभव हुआ। शायद तुम समझ सको, इन दिनों मैं अपरिचितों से मिली जलालत बर्दाश्त कर सकता हूँ, मित्रों और संबंधियों से नहीं।''

''तुममें रंजना की दिलचस्पी सिर्फ फिल्म के लिए ही है?''

''नहीं।'' हर्ष ने एक पल का भी विराम नहीं दिया था।

''फिर?''

''वह मुझसे पुरुष के रूप से आकर्षित है।''

वर्षा ने गहरी साँस ली, ''क्या वह अकेली है?''

''हाँ। पति ने बहुत पहले छोड़ दिया था।''

बारिश के साथ-साथ हवा भी तेज हो गयी। पर्दे आधे ऊपर उड़ कर फड़फड़ाने लगे। साइड टेबिल पर रखा लैंप हिला-डुला।

वर्षा ने खिड़की बंद कर दी। फिर बेडरूम से नीरजा की दी हुई सफेद हुराक की बोतल लायी और किचन से गिलास व बर्फ। एक गिलास हर्ष के सामने रख दिया। अपना गिलास तनिक ऊपर उठाया, फिर एक-एक करके तीन बड़े घूँट लिये। हर्ष वर्षा को थोड़े कौतुक से देख रहा था, पर उसके चेहरे का भाव देखकर कुछ बोला नहीं।

'' 'दीपशिखा' का क्या हुआ?''

''शेल्व हो गयी है। कर्टसी सदानंद। इसीलिए मुझे नायडू का फ्लैट छोड़ना पड़ा।''

हर्ष ने सादी सिगरेट जलायी। फोर स्क्वायर थी, पाँच-पाँच-पाँच नहीं।

''चारुश्री के साथ तुम्हारा क्या रिश्ता है?''

''मेरी तरफ से सिर्फ मित्रता का है।''

''कैसी मित्रता?''

"जैसी विपरीत लिंग के दो सहयोगियों में होती है, जैसी मेरी ममता, अर्चना और अनुपमा के साथ रही है।"

"और उसकी तरफ से?"

"वह अब सैटिल होना चाहती है। एक स्टेज पर उसे और उसकी माँ को लगा था कि मैं वह व्यक्ति हो सकता हूँ। 'दीपशिखा' इसी प्रक्रिया को तेज करने की कड़ी थी, जिसे सदानंद ने तोड़ दिया। चारुश्री को फीमेल स्टार नंबर एक की जगह से कंचनप्रभा ने अपदस्थ कर दिया है। वैसे भी वह अपने कैरियर से थक चुकी है।"

"शादी को लेकर चारुश्री से साफ-साफ बात हुई?"

"नहीं, गोलमोल ढंग से।"

"तुमने क्यों नहीं साफ जवाब दिया?"

हर्ष हताश भाव से मुस्कराया, "मैं स्मार्ट बन कर सोच रहा था कि ऐसे में एक बड़ी फिल्म बन जाये, तो क्या बुरा है। पर मेरी स्मार्टनैस किसी काम नहीं आयी। बदनामी हुई सो अलग। मम्मी व सुजाता भी रूठ गयीं और तुम्हारा गुस्सा भी देख रहा हूँ।" हर्ष ने उसका हाथ अपने हाथ में ले लिया, फिर उस पर छोटे-छोटे कई चुंबन जड़ दिये।

"अगर फिल्म बन जाती, तो शायद तुम स्थायी संबंध की दिशा में भी सोचने लगते?"

हर्ष ठिठक गया, "मुझे इतना उथला समझती हो? ... कुछ भी कह लो, पर ऐसा आरोप मत लगाओ। मम्मी की गवाही तो मानोगी? पिछली बार मैं उनके सिर पर हाथ रख कर कसम खा चुका हूँ कि घर में बहू आयेगी, तो उनकी पसंद की।"

वर्षा का गिलास खाली हो चुका था। हर्ष का अभी आधा था। वर्षा ने फिर दोनों भर दिये। बर्फ के टुकड़े डाले और दो बड़े-बड़े घूँट लिये। हर्ष ने उसकी ओर थोड़ी उलझन से देखा। वर्षा ने उसके हाथ से सिगरेट ले ली और दो कश लिये। अब नशे की मद्धिम तरंग भीतर झनझनाने लगी थी।

"मिस्टर नंदा की फिल्म कब शुरू हो रही है?"

हर्ष ने ठंडी साँस ली, "वहाँ भी उलझन है।"

"कुछ कहने से पहले तुम्हारा यह जान लेना जरूरी है कि मैं मिस्टर नंदा और आदित्यजी से मिल चुकी हूँ।" वर्षा ने सामने देखते हुए कहा।

हर्ष भरा-भरा-सा मुस्कराया, "तुम अपनी शूटिंग करती हो या मेरा इंवैस्टीगेशन?" पल भर की चुप्पी के बाद बोला, "ठीक है। अब तुम्हीं बता दो कि मेरे ऊपर क्या-क्या इलजाम हैं?"

"तुममें सब्र क्यों नहीं है? आदित्यजी कहते हैं, हर्ष तो आते ही बंबई को लूट लेना चाहता है। बैंडस्टैंड के टैरेस फ्लैट से नीचे बात ही नहीं करता। आर्ट सिनेमा में पैसा मामूली होने से तुम्हारी दिलचस्पी नहीं है, मैं माने लेती हूँ, हालाँकि मिजाज, पसंद और सामर्थ्य के हिसाब से तो बजट सिनेमा हमारे ज्यादा अनुकूल पड़ता है।" वर्षा ठिठकी, "तुम्हें व्यावसायिक फिल्म में सहनायक का रोल मिल रहा था। वहाँ क्या हुआ?"

"तुम्हें जो कहना है, कह दो।" हर्ष का स्वर थोड़ा ठंडा हो गया।

"तुम्हारा जवाब जाने बिना कैसे तय कर सकती हूँ कि मुझे क्या कहना है?"

हर्ष ने विवशता के भाव से सिर झटका, "अव्वल तो वे पैसा कम दे रहे थे, फिर कैरेक्टर को लेकर मुझे संतुष्ट नहीं कर पाये।"

"जो पैसा उन्होंने तुम्हें ऑफर किया था, वह कम नहीं था। पहली ही फिल्म में वे तुम्हें पाँच जीरो कैसे दे देंगे? जब तुम्हारे नाम से फिल्म बेचने में मदद मिलेगी, तब तुम्हारी माँग सुनी जायेगी। मेनस्ट्रीम सिनेमा की मार्केटेबिलिटी में इंटरनेशनल एवार्ड से खास मदद नहीं मिलती, यह क्या तुम नहीं जानते?" वर्षा ने फिर दो बड़े घूँट लिये, "तुम भिन्न संवेदना लेकर लोकप्रिय सिनेमा में आये हो। तुम्हारा व्यवहार ऐसा होना चाहिए कि वे तुम्हारे साथ सहज महसूस करें, मगर तुमने 'आक्रेटाइपल इंडियन वुमैन', 'एक्सटेंशन ऑफ द मैटाफर ऑफ यूथफुल पैशन' और 'द कैरेक्टर इन आल हिज मिजरी रिप्रेजेंट्स ए डिस्टिलेशन ऑफ समथिंग इंडिस्ट्रकटिबली ह्यूमन' जैसे उद्गार बोल कर उन्हें आतंकित कर दिया। फिर तुम अपने कैरेक्टर को लेकर इंटैलैक्चुअल सवाल पूछने लगे, मेरे इस एक्शन का मोटीवेशन और एस्थेटिक पर्सपैक्टिव क्या है? यह मेरे इनर सैल्फ के ओवरऑल लेआउट में कहाँ फिट होता है? हीरोइन को रेप करते हुए विलेन यकायक ठिठक कर अपना मोटीवेशन पूछता है? झरने के नीचे अधनंगी कंचनप्रभा जब अपना एक-एक किलो का ब्रेस्ट हिलाते हुए मस्ताना गाना गाती है, तो इस आक्रेटाइपल इंडियन वुमैन का मोटीवेशन क्या होता है? पाँच रुपये वाले फ्रंटस्टाल के दर्शक में गुदगुदी पैदा करना... क्या यहाँ तुम शूटिंग रोक कर कला के सामाजिक दायित्व पर यूनिट को लेक्चर पिलाओगे?" वर्षा ने क्षण भर हर्ष को देखा, "नंदा को तुम फिल्म में गाने डालने से रोक रहे हो। तुम्हारी दलील है कि स्क्रीन पर गाना गाते हुए तुम अपने-आपको बेवकूफ समझते हो। मिस्टर हर्षवधन, यहाँ हरे-हरे नोटों के बंडल आपको बेवकूफ बनने के लिए ही मिल रहे हैं। अगर अक्लमंद ही बने रहना है, तो रिपर्टरी वापस चले जाइए।"

हर्ष एकदम चिहुँक उठा। वर्षा ने अंतिम शब्द के साथ अपना खाली गिलास कोने की दीवार पर मार दिया था। ऊँची झनझनाहट के साथ वह टकराया और छोटे-बड़े टुकड़े नीचे बिखर गये।

"तुम बेवकूफ बनी रहने से संतुष्ट हो?"

"हाँ, मैं लोकप्रिय सिनेमा में बेवकूफ बनी रहूँगी, पर साथ ही लो बजट फिल्में भी करूँगी। मीरा पटवर्धन का प्रोजेक्ट जल्दी ही मैच्योर हो जायेगा।"

वर्षा ने हर्ष के खाली गिलास को भरा, फिर दो बड़े घूँट लेकर हर्ष की ओर बढ़ा दिया, "दो-चार दिन को दिल्ली नहीं जा सकते? मम्मी की तबीयत ठीक नहीं। सुजाता जे.एन.यू. से मुनीरका और मुनीरका से जे.एन.यू. दौड़ती रहती है।"

हर्ष बुझ गया, "मैं मम्मी से कहकर आया था, अगली बार साथ ले जाऊँगा। अगर अभी गया, तो वापस नहीं लौट पाऊँगा।" कुछ ठहरकर घड़ी पर निगाह डाली, "मैं चलूँ?"

वर्षा बेडरूम से अपना पर्स ले आयी। हजार के नोटों की गड्डी हर्ष की जेब में रखते हुए कहा, "ये रख लो।"

"मेरा काम चल रहा है।" हर्ष सकुचाकर बोला।

हर्ष का ऐसा संकोच वह पहली बार देख रही थी। हमेशा का दाता आज लेने वाले की भूमिका में था।

''कैसे चल रहा है? रंजना देती है न?

हर्ष नीचे देखने लगा।

''मेरा अधिकार उससे कम है?''

हर्ष ने चुपचाप नोट रख लिये।

''मैं सचमुच हाई हो गयी हूँ।'' वर्षा यकायक ठिठक गयी, ''तुम्हें खाने को भी नहीं पूछा।''

''खाना कौन बनाता है?''

''कभी मैं बनाती हूँ, कभी नीरजा का नौकर दोपहर को बनाकर रख जाता है।''

हर्ष भी वर्षा के पीछे-पीछे रसोई में आ गया।

वे खुली खिड़की के सामने खड़े थे। तिरछी बौछार के छींटे भीतर आ रहे थे। हर्ष उसे बाँहों में घेरे था। एक हाथ में उसका हाथ थामे। हर्ष की कलाई जहाँ थी, उसके ठीक नीचे वर्षा का दायाँ नग्न उरोज था। मैं तब से सिर्फ बाथरोब पहने हूँ, वर्षा को कौतुक से भान हुआ। (अगर छेद से झाँकने पर वह हर्ष की जगह सिद्धार्थ को देखती तो दरवाजा खोलने से पहले गाउन पहन लेती। भीतर की हल्की मुस्कान के साथ सोचा, तो मेरे इन दो रिश्तों में ऐसा अंतर है!)।

''क्या बात हुई?'' हर्ष ने पूछा

''अगर तुम न आते, तो मैं नींद की गोलियाँ मँगवाने वाली थी।''

हर्ष ने उसे कंधों से मोड़ा और अपने साथ कसते हुए पूछा, ''तुम शाम से बिखरी हुई हो।''

''वो सेक्स-किटिन है न...'' वर्षा ने धीरे-धीरे बताया।

''नये लोगों के साथ यह होता रहता है। तुम्हें इस पर सिर नहीं खपाना चाहिए हर्ष ने उसके कपोलों पर हथेलियाँ रख चेहरा ऊपर उठाया, ''सुनो, नींद की गोलियों से मुझे नफरत है। डिप्रैशन में तादाद बढ़ जाती है और कुछ भी हो सकता है। वादा करो, आगे गोलियाँ नहीं मँगवाओगी?''

वर्षा ने वादा किया।

''वर्षा, तुम्हारे ऊपर अब मुझे गर्व है। 'जलती जमीन' में तुम्हारे काम की बहुत तारीफ हो रही है। जब पूना में इस दूसरी फिल्म की खबर पढ़ी, तो सोचा, तुम कहाँ और कैसे नये शहर में रहती होगी। मैं तो कुछ मदद करने की स्थिति में हूँ नहीं। पर यहाँ आकर देखता हूँ कि तुम व्यवस्थित हो।''

वर्षा ने कहना चाहा कि सब अस्थायी है, पर कुछ बोलने को जी नहीं चाहा। हर्ष की प्रतिक्रिया भली लगी।

''मैं जाऊँ?''

''मुझे सुला कर जाना।''

हर्ष ने चुंबन लिया, तो वर्षा का उत्तर आक्रामक और उत्तेजित था। अवसाद के टूटे पत्ते तेज हवा में दूर उड़ गये थे। कामना की उष्णता से भीतर झुरझुरी भर गयी थी।

हर्ष के कंधों को घेरे वर्षा के हाथ पीछे हटे और बाथरोब को फिसला कर फिर अपनी जगह आ गये।

''दिव्या से इजाजत ले ली है?'' उसकी नग्न पीठ को सहलाते हुए हर्ष मुस्कराया।

''दिव्या जब आज की मेरी मन:स्थिति के बारे में जानेंगी, तो यह टेक ओके कर देंगी।''

आज की संपूर्ण शारीरिक निकटता बहुत समय के बाद थी। मोतीलाल नेहरू रोड के अनुभव की गहनता के बाद वर्षा को लगा था कि देह-क्रंदन के बावजूद अगर वह इसे नियमित बनायेगी, तो हीन हो जायेगी। फिर दिव्या के ऐसे ही मत से और बल मिला। चौदह बटा चौदह की बरसाती में अकेले रहते हुए भी वह अपनी जीवन-शैली ऐसी नहीं रखना चाहती थी, जिससे सहगल परिवार की भौंहें टेढ़ी हों। (हर्ष के आने पर वह जीने का दरवाजा खुला रखती थी)। फिर जब से हर्ष के साथ विवाह की बात उठी, उसके प्रति हर्ष के रुख में सूक्ष्म सम्मान की भावना जुड़ गयी। (दक्षिण दिल्ली में रहते हुए भी हर्ष की नैतिक मान्यताएँ उत्तर दिल्ली की है, वर्षा ने छोटी-सी मुस्कान के साथ सोचा था)।

हर्ष की साँस टूटने लगी, पर वर्षा के व्यग्र चुंबनों की श्रृंखला नहीं टूटी...

हर्ष के साथ ऐसी तीखी नाटकीय समक्षता पहली बार संपन्न हुई थी, जिसमें वह न सिर्फ कठघरे में था, बल्कि आरोपों के यथोचित जवाब भी नहीं दे पाया था। वर्षा को आशंका थी कि हर्ष क्रुद्ध हो उठेगा, पर जब हर्ष ने अपना संतुलन नहीं खोया, तो वर्षा भावभिवोर हो उठी। ('राजदुलारा' अब वयस्क हो रहा है, उसने सोचा)। अजनबी शहर की चुभन और अपमान के डंक के बाद हर्ष से भेंट मेघ-मालाओं की पहली बौछार थी। अपनी सफलता पर हर्ष की खुशी से उमंग और बढ़ गयी... यह पुरुष मेरा अपना है, संसार में मेरा निकटतम यही है। मेरे स्त्रीत्व की सारी गहन अनुभूतियाँ इसी के साथ जुड़ी हैं। यह मेरे अँधेरे क्षणों का साथी और सहारा रहा है...

बिस्तर पर वर्षा हर्ष के ऊपर थी। साँसें तेज। नसों में उन्माद की भाप। ... उसने हर्ष को कोने का लैंप नहीं बुझाने दिया था। उसकी ऊष्मा पर हर्ष मुस्कराकर रह गया। वर्षा ने हर्ष के गले पर दंत क्षत संपन्न किया, तो वह सीत्कार कर उठा, ''तुम कंचनप्रभा का बदला मुझसे ले रही हो!''

आवेग के ज्वार के बीच वर्षा हँसी। ('कुमारसंभव' की पार्वती के समान शंकर को गुरु-दक्षिणा दे रही हूँ!)।

जब उसकी नींद टूटी, तो सुबह हो रही थी। संभोग भीतर-बाहर को ऐसी निर्मलता, ऐसी स्फूर्ति देने वाला भी हो सकता है, उसने आश्चर्य से सोचा। उसे ऐसी गहरी नींद आयी थी। हर्ष के साथ सिमटे हुए एक ही करवट में रात कट गयी। खिड़की के काँच पर सारी रात की तेजी के बाद बौछार अब मंद हो गयी थी। पीछे दूर उजास फूट रही थी। सहसा अपने जीवन पर वर्षा पुलक से भर उठी।

उसने सोये हुए हर्ष को हौले-से चूम लिया।

तभी घंटी बजी। (फोन में ऐसी मानवीय आकुलता वर्षा पहली बार महसूस कर रही थी। बारीक सुरों में सुर्ख आँखों के साथ पहाड़–सी रात काट देने की बोझिल व्यग्रता स्पंदित हुई)।

''हैलो...'' चेहरे पर बिखर आये बाल हटाते हुए उसने तंद्राभरे स्वर में कहा।

''हर्षवर्धन हैं?''

''जान सकती हूँ कि कौन बोल रहा है?'' कमजोरी की झुनझुनी से वर्षा के तलवे लरज गये।

''रंजना...''

5
अपने–अपने गॉडफादर

दोनों घटनाएँ एक के बाद एक घटीं–'जलती जमीन' में वर्ष की सर्वश्रेष्ठ अभिनेत्री के लिए राष्ट्रीय पुरस्कार और विमल के अपने बैनर की सातवीं भेंट 'आरती और अंगारे' में नायिका की भूमिका।

वह शाहजहाँपुर के दो दिवसीय दौरे के बाद लौटी थी और सांताक्रुज एयरपोर्ट से सीधे सेट पर चली गयी थी। रात नौ बजे तक शूटिंग की। फिर आकर नहाया और एक प्याला चाय लेकर सोफे पर ढेर हो गयी।

उस सुबह दरवाजे की घंटी बजी, तो वर्षा ने समझा, दूधवाला है, पर वह तारवाला निकला। पिछला तार माँ के देहांत से जुड़ा था, इसलिए वर्षा साफ–साफ डर गयी ('अगर अनहोनी होनी है, तो उसके द्वार कहीं से भी खुल सकते हैं', उसे 'शाकुंतल' का संवाद याद आया)।

पर तार खोलने पर जान में जान आयी। किशोर की शादी की सूचना थी। शुभ लग्न के चक्कर में यकायक निर्णय लिया गया होगा। और सब लोग तो अपने उत्तर प्रदेश में ही हैं। वही एक है, जो काला पानी भोग रही है।

''नीरजा, मैं क्या करूँ?'' उसने गाड़ी में बैठते ही तार उसे दिखाया, ''परसों बारात जायेगी और उसी दिन से गाना पिक्चराइज होना है।''

''हुसैन भाई से बात करते हैं।'' नीरजा का स्वर स्वाभाविक रहा।

वर्षा काफी आशंकित हो गयी थी। उसने अनुबंध–पत्र पर पूरे सहयोग के लिए हस्ताक्षर किये हैं। निर्माता ने उसे रहने की सुविधा दी है। वह नीरजा के साथ स्टूडियो आती–जाती है और रोजाना सौ रुपये की बचत करती है।

''वर्षाजी, जाना जरूरी है न।'' हुसैन भाई ने पूछा।

''जी।'' और अटक कर बोली, ''अगर आप कोई रास्ता निकाल सकें...''

"ठीक है। हम विमलजी का एक्शन सीनकर लेंगे। पर कंचनप्रभाजी की तारीखों का इस्तेमाल नहीं हो पायेगा।"

"मैं उनसे बात कर लेती हूँ।" नीरजा तुरंत बोली।

आज की इस सदाशयता से मैं नीरजा के आगे और भी झुक गयी, वर्षा ने सोचा।

"इंडियन एयरलाइंस की उड़ान नंबर फलाँ फलाँ पर हम आपका स्वागत करते हैं। हमारे मुख्य वैमानिक कप्तान सी.पी. जौहरी हैं। यहाँ से दिल्ली तक की दूरी हम लगभग दो घंटे में तय करेंगे।" खिड़की-सीट पर बैठी वर्षा उद्घोषणा सुन रही थी।

हर्ष उसे सांताक्रुज हवाईअड्डे तक छोड़ने आया था। वर्षा को उम्मीद नहीं थी कि वह इतनी सुबह उठकर माहिम से जुहू आ सकेगा, पर उसने फोन पर किया गया अपना वादा निभाया। उसका टिकट लिये (बंबई-दिल्ली-लखनऊ और वापसी का टिकट नीरजा ने कंपनी की ओर से दिया था।) वह चैक-इन करते हुए युवती क्लर्क से मुस्कराकर बातें कर रहा था।

"इतना मुस्कराने की क्या जरूरत थी?" वर्षा ने भवें टेढ़ी की।

"मैंने कहा, बहुत बड़ी एक्ट्रैस हैं। प्लीज, विंडो-सीट दे दीजिए।"

उसने सूटकेस वजन करवाकर काउँटर पर छोड़ा। फिर टैग उसके बैग में लगा कर बोर्डिंग कार्ड व सामान-रसीद का काउंटरफॉयल उसकी कमीज की जेब में रख दिया।

"मुझे डर लग रहा है।" वर्षा ठुनकी।

"तुम्हें हर नयी चीज से डर लगता है।" हर्ष मुस्कराया, "पहले ड्रामे से डर लगा था, पहली पिक्चर से डर लगा था और पहली बार प्यार करने से भी!"

"नहीं, आखिरी चीज से डर नहीं लगा-तुम साथ जो थे। थोड़ी नर्वस जरूर थी।" वर्षा की मुस्कान में शर्म की थोड़ी रंगत घुल गयी, "तुम भी चलो न।"

"महान अभिनेत्री की जड़ें देखने के लिए अगली बार जरूर शाहजहाँपुर चलूँगा।" हर्ष ने उसे कंधों से घुमाकर उलटा कर दिया, "एनाउंसमेंट सुना? अब आप सुरक्षा-जाँच से अपनी पिस्तौल बचाते हुए विमान की ओर प्रस्थान कीजिए।"

विमान जब अरब महासागर पर थोड़ा घुमाव लेकर और ऊपर उड़ा, तो हल्की बारिश हो रही थी। धवल मृगशावक-सा बाल-मेघ काँच पर अपने सींग मारता-सा लगा। सारी उम्र जिस आकाश को वह नीचे से निहारती रही, अब उसी के बीच है। उसी की चिकनी पगडंडी पर स्केटिंग-सी कर रही है। वर्षा रोमांचित हो उठी। सिर पीछे टिकाये एकटक बाहर देखती रही। फिर थकान और अनिद्रा से पलकें मुँद गयीं।

वर्षा की नींद जब टूटी, तो विमान पालम पर अर्धचंद्राकार चक्कर ले रहा था। नीचे उसकी दिल्ली बिछी थी। वर्षा ने आवेग से ऐसे उसाँस ली, जैसे जनम-जनम के बिछुड़े मिल रहे हों।

पर आज अपने शहर को पाली की तरह छूना ही नसीब में लिखा था। वह लाउँज में आयी, तो घोषणा हुई कि लखनऊ की उड़ान जाने के लिए तैयार है, यात्री सुरक्षा-जाँच के

लिये प्रस्थान करें। परसों जब वापस लौटूँगी, तो मेरे पास पूरा दिन होगा, उसने सोचा।

''जिज्जी, बारात आ गयी।'' झल्ली ने दौड़कर सूचना दी।

पिछले दिन वर्षा के घर पहुँचने से आधा घंटा पहले बारात चली गयी थी। झल्ली ने बताया था, किशोर बार-बार सड़क के मोड़ की ओर देखता रहा।

वर्षा बाहर निकल आयी। उसे देखते ही किशोर मौर पहने हड़बड़ाकर नीचे उतरा। पाँव छूने को झुका, तो वर्षा ने उसे वक्ष से लगा लिया। छोटा-सा भाई इतना बड़ा हो गया था कि घर सँभालने के साथ-साथ ब्याह भी कर लाया। आवेग से दोनों की आँखें सजल हो गयीं। पिता और महादेव भाई चुपचाप गंभीर भाव से यह दृश्य देखते रहे और जीजाजी हल्की मुस्कान से।

झल्ली घूँघट में लिपटी हेमलता को उतार लायी।

वर्षा दरवाजे पर तेल चुआने लगी।

''महोबा वाली की आत्मा को शांति मिल गयी आज।'' फूलवती ने दुल्हिन और वर्षा की ओर देखते हुए टिप्पणी की।

''क्या सिलबिल आज ही चली जाओगी?'' दोपहर को पिता ने पूछा।

''मजबूरी है दद्दा।''

''सेट लगा है?'' जीजाजी ने प्रशंसा भाव से उसे देखा, ''विमल कुमार के साथ शूटिंग है?''

''शिकोहाबाद में बैठे-बैठे आपको फिल्मसिटी की पूरी खबर रहती है!''

''कंचनप्रभा तुम्हारे खिलाफ क्यों बोल रही है?''

''क्योंकि उसके जीजाजी आपके जैसे चलचित्र-प्रेमी नहीं।''

सब हँसे। भाभी और जिज्जी ने भी साथ दिया।

''अब बंबई में ही रहना है?'' भाई ने पूछा।

''मन तो नहीं चाहता, पर मजबूरी है।'' उसने कुछ ठहरकर धीमे स्वर में कहा।

''जब हुसैन जैसे बड़े डायरेक्टर तारीफ करें, तो मानना होगा कि वर्षा वशिष्ठ में सार है।''

जीजाजी की बात का किसी ने प्रतिवाद नहीं किया। पिता और बड़े भाई, जिनके चेहरे लपलपाती ज्वाला के पर्याय थे, सामने देखते रहे। वर्षा के भीतर इस चारदीवारी में घटित वे अनेकानेक क्षण कसके, जब वह क्षत-विक्षत हुई थी। पर दंश में पहले-जैसी पीड़ा नहीं थी, घाव भरे हुए-से लगे। मरहम का काम किसने किया-समय, उपलब्धियों या विरोधी पक्ष की स्वीकृति ने, उसने अपने-आपसे पूछा। विशेष खुशी नहीं हुई। बस, थोड़ी वीतराग-सी संतुष्टि थी।

यहाँ बैठे हुए अपनी बाहरी दुनिया बहुत दूर और अँधेरे में लिपटी महसूस हुई, जिसमें वह अपना रूपाकार स्थगित छोड़ कर आयी है।

''वर्षा, तुमने जाने के इतने दिन बाद खत लिखा और वह भी छोटा-सा।'' सुजाता ने आरोप के स्वर में कहा।

"मैं डबिंग और फिर नयी फिल्म में बहुत व्यस्त थी दीदी।" वर्षा ने सुजाता का हाथ थामकर अनुनय की, "माफ करें।"

"हर्ष कैसा है?" मम्मी ने आखिर पूछ ही लिया।

"ठीक हैं। एक फिल्म की उम्मीद है।"

"उम्मीद तो उसे हमेशा बनी रहती है।" सुजाता बोलीं, "काम कैसे चल रहा है?"

"फिल्म्स डिवीजन की डॉक्युमेंटी में हिन्दी-अंग्रेजी कमेंट्री की डबिंग कर लेते हैं।"

"अब रहता कहाँ है?" सुजाता ने पूछा, "नायडू के यहाँ फोन किया, तो कोई कुछ बताता ही नहीं।"

"वहाँ स्याफ के जो लोग डेरा डाले रहते हैं दीदी, उन्हें पता नहीं होता। हर्ष के पास डुप्लीकेट चाबी है न!" सुजाता के चेहरे का भाव देख कर वर्षा को आगे जोड़ना पड़ा, "वैसे कभी-कभी माहिम में अपने दोस्त के यहाँ चले जाते हैं।"

"वहाँ का फोन नंबर क्या है?" सुजाता ने पैड उठाया।

वर्षा अचकचा गयी, "एक मिनट... "पर्स में कुछ ढूँढ़ने का अभिनय किया, "सॉरी दीदी, मैं नोटबुक नहीं लिये हूँ।"

"वर्षा, तुम हमसे कुछ छिपा रही हो?"

"दीदी, कैसी बातें करती हैं।" वर्षा ने फिर सुजाता का हाथ थाम लिया। सुजाता की दृष्टि एक पल को मम्मी से मिली, तो वर्षा सह नहीं पायी। भरे गले से कहा, "प्लीज दीदी, थोड़ा-सा समय दें। सब सँभल जायेगा।" इतने दिनों से हर्ष की स्थिति देखते-देखते मन पर जो बोझ था, उसमें कहीं दरार पड़ गयी और नन्हा-सा आँसू आँख में झलक आया। कुछ पल पलक में उलझा रहा। फिर उसने रूमाल में सोख लिया।

"वर्षा, हर्ष से एक जरूरी बात कहना।" मम्मी बोलीं, "बसंत बिहार का बंगला बेच कर बंबई में फ्लैट खरीदने को मैं तैयार हूँ। मैं कब तक साँप की तरह कुंडली मार कर बैठी रहूँ? आखिर सब उसी का तो है..." आखिर तक आते-आते मम्मी की आवाज लड़खड़ायी और सीने पर ऐसे हाथ रखा, जैसे साँस लेने में तकलीफ हो रही हो। जब तक सुजाता उठे, मम्मी सोफे पर लुढ़क गयीं।

"क्या हुआ मम्मी?" उन्हें सँभालते हुए सुजाता ने पूछा, तो वह कुछ कह नहीं पायीं। पीड़ा से चेहरा विकृत हो रहा था।

"माइल्ड अटैक है।" डॉक्टर ने सीरिंज पोंछ कर बैग में रखी, "शाम तक सोने दीजिए। जैसे ही होश में आयें, मुझे फोन कर दीजिए।"

बेडरूम के किवाड़ सुजाता ने अटका दिये थे। सुजाता और वर्षा देर तक ड्राइंग रूम में बैठी रहीं। नौकर चाय के प्याले रख गया था।

वर्षा सुबह लखनऊ से आयी थी। शाम को बंबई की फ्लाइट लेनी थी। सोचा था, यहाँ से निकलकर अनुपमा, शिवानी, स्नेह और डॉक्टर अटल से मिलेगी। फिर रिपर्टरी जायेगी। पर ऐसी स्थिति में उठते नहीं बना।

"दो महीने के गुजारे का बंदोबस्त स्नेहजी ने कर दिया है।" चतुर्भुज बता रहे थे, "फरीदाबाद में फैक्टरी वर्कर्स के बच्चों के साथ वर्कशॉप कर रहा हूँ। इसका समय शाम

पाँच से आठ है। कभी देर हो जाती है, तो फैक्टरी के गेस्ट हाउस में ही सो जाता हूँ।''

चैक-इन करने वालों की अंतिम टुकड़ी में वर्षा थी। दिल्ली के इस अजीब-से दौरे ने मन को मथ दिया। सुजाता ने अपराह्न में कहा था कि तुम जाकर अपने मित्रों से मिल लो, पर वर्षा को अपराध-बोध हुआ। मम्मी शाम को सचेत हुईं। बाथरूम गयीं। चाय पी। ठीक थीं, पर थोड़ी कमजोर लग रही थीं।

वर्षा ने जोड़बाग फोन किया, तो अनुपमा बाहर थी। झुमकी उसकी आवाज सुनकर उत्तेजित हो गयी, फिर हताश, ''यह क्या दीदी? घर भी नहीं आओगी?'' वर्षा ने मुश्किल से अपने पर काबू रखा। ''संगदिल, सताने के लिए ही फोन किया था?'' शिवानी ने आरोप लगाया। ''तुम ऐसे बोलोगी, तो मैं फोन पर ही रो पड़ूँगी।'' वर्षा को सचमुच रूमाल आँखों पर रखना पड़ा। स्नेह पुरवाई को चैक-अप के लिये डॉक्टर के पास ले गये हैं, नौकर ने बताया। मंसूर और फौजिया से बात हो गयी।

''जब तुमने श्रीराम सेंटर फोन किया, तो मैं उठ चुका था। गेट से निकलते हुए चपरासी की पुकार सुनी।'' चतुर्भुज ने सिगरेट सुलगायी, ''तुम्हें मेरा पत्र मिला होगा?''

वर्षा ने हामी में सिर हिलाया, ''श्रीमान्, आप अनुपमा विरोधी अभियान क्यों चला रहे हैं?''

''क्योंकि मेरे साथ अन्याय हुआ है। मेरा पुराना घर भी टूट गया है और मेरा नया घर भी।''

''क्षमा करें, इसकी जिम्मेदारी आप पर कम नहीं। आप अनुपमा से ज्यादा समझदार हैं। आप जानते थे कि वह स्वभाव से अस्थिर है। पर तब आप मॉडर्न बीबी पाने की तरंग में थे। दरअसल अन्याय सुशीला के साथ हुआ है।''

''सुशीला मेरी बौद्धिक और भावात्मक जरूरत पूरी नहीं कर सकती थी।''

''यह आपको आठ साल के बाद पता चला? और अगर अनुपमा सीन पर न आती, तो? आप वैसे ही सुशीला के साथ गृहस्थी-रथ का एक पहिया बने रहते न?''

''तुम्हारी यह आपत्ति हाइपोथैटिकल है।'' चतुर्भुज ने लंबा कश खींचा, ''कुमारी, तुम अनुपमा को समझाओ।''

''उसने अपना मन बना लिया है। मैंने पहली बार किसी चीज पर उसे ऐसा मजबूत देखा है।''

''क्या वह दुबारा शादी करना चाहती है?''

''दुबारा नहीं, पहली बार। आप लोगों की शादी की कोई कानूनी हैसियत नहीं।''

''ऐसे शादी करना हँसी-ठट्ठा है? मैं उस पर केस कर दूँगा।''

''बहुपत्नीत्व कानून अपराध है श्रीमान्! उससे पहले आप फँसेंगे। वर्षा बोली, ''वैसे आप दोनों की मित्र होने के नाते मैं चाहूँगी कि आपस में यह कीचड़ उछाली न की जाये।''

कुछ पल चुप्पी रही। फिर चतुर्भुज रुँधे स्वर में बोले, ''मैं बहुत दुखी और अकेला हो गया हूँ।''

फिर देखते-देखते उनकी आँखों से आँसू बह निकले। वर्षा स्तब्ध रह गयी। आसपास लोगों की आवाजाही थी। सार्वजनिक स्थल पर ऐसी गहन, निजी टूटन उसे लंबे समय तक

याद रही।

"वर्षा, मैं फिलहाल यहाँ से निकलना चाहता हूँ।" चतुर्भुज ने वर्षा के रूमाल से आँखें पोंछी (वह स्वयं रूमाल नहीं रखते थे।), "देखना, अगर कुछ बंदोबस्त हो सके, तो..."

वर्षा ने हामी में सिर हिलाया ('मंडी हाउस का शाप' की धुँधली-सी याद आयी।)।

"वर्षा..."

वर्षा ने शिवानी के हाथ थामे। शिवानी ने उसे बाँहों में भर लिया।

"यह मिलना कोई मिलना हुआ? अगर बड़ी फिल्म करने का मतलब यह होता है कि मित्रों के लिये तुम्हारे पास समय ही नहीं, तो मैं कहूँगी कि तुम छोटी फिल्में ही करो।"

"ताना मत दो शिवानी! मैं खुद बहुत विचलित हूँ।"

टी.वी. स्क्रीन पर उसकी उड़ान की सुरक्षा-जाँच की सूचना बार-बार कौंध रही थी। यात्रियों की पंक्ति बेताबी से पर्दा-लगे सुरक्षा-कक्ष में समाती जा रही थी। ध्वनि-विस्तारक पर बार-बार सूचना दोहरायी जा रही थी। ऐसे में क्या बात होती!

"तुम्हारे चेहरे पर ग्रेस आ गया है।" शिवानी बोली।

"रोजाना मेकअप होता है। उसी का असर होगा।"

"अब कब आओगी?"

"जल्दी से जल्दी।"

"टेक केयर डार्लिंग..."

...उसके शहर की रोशनियाँ पहले नीचे छूटीं। फिर पीछे। सुरक्षा-पेटी खोल कर वर्षा क्लांत बैठी रही। उसकी जीवन-शैली कैसी हो गयी है? अपने प्रिय नगर और अपने प्रिय मित्रों से उसे इस तरह मिलना होगा? (दिव्या तक के साथ बस, घंटे भर का समय मिला था।) क्या आकांक्षाओं की कीमत इतनी ऊँची होती है?

दरवाजे की घंटी बजी। चाय का प्याला मेज पर रखते हुए वर्षा ने सोचा, हर्ष होगा। पर गलियारे में आते ही बाहर मीरा की गुनगुनाहट सुनायी दी, 'वर्षा आयी, वर्षा आयी। झूम उठी मेरी अमराई...'

दरवाजा खोला, तो मीरा के साथ सिद्धार्थ भी खड़ा था। दोनों के हाथों में पॉलीथीन के बैग। 'मास्टर सीन' के त्रासद माहौल के बाद दोनों से मिलना वर्षा को ऐसा ही लगा, जैसे 'अनुरागी जनों को निर्मल सुगंधित जल, धुले हुए भवन का तल और मनोहारी वीणा के गीत मिल गये हों।'

"अच्छा हुआ, तुम जाग रही हो।" सिद्धार्थ बोला।

"तुम सो भी गयी होतीं, तो हम चिल्ला-चिल्लाकर तुम्हें जगा देते।" मीरा चहकी।

"वर्षा को बंबई की लेटनाइट की आदत हो गयी है।"

यह नये शहर की जीवन-शैली का एक और दिलचस्प पहलू था। दिल्ली में आठ बजे कनाट प्लेस सुनसान होने लगता था। नौ बजे तक लोग घर में घुस कर दरवाजे बंद कर लेते थे। दस बजे मुहल्ले में सोता पड़ जाता था। यहाँ ड्रामा नौ बजे शुरू होता था और पार्टी दस

बजे। आधी रात तक स्टेशनों के निकटवर्ती बाजारों में उसने खूब रौनक देखी थी। यह शहर सोता कब है, उसने ताज्जुब से सोचा था।

''दिन कैसा गुजरा?'' सिद्धार्थ ने पूछा।

''बहुत थकाने वाला।'' वर्षा सोफे पर पसर गयी, ''इतने टेक हुए कि सिर भन्नाने लगा। पहली बार गाने का पिक्चराइजेशन कर रही हूँ। पार्टी सीन है, जिसमें विमलजी, कचंनप्रभा और मैं एक-एक अंतरा गाते हैं। आज विमलजी का हिस्सा हुआ। पार्टी के मेहमानों के साथ बड़े-बड़े कंपोजिट शॉट्स थे। कभी किसी की रिद्म गलत हो जाये, कभी किसी का मूवमेंट। कभी स्पॉन्टेनिटी न हो।''

''एक लाइन के पाँच टेक होंगे, तो स्पॉन्टेनिटी कहाँ से आयेगी।'' सिद्धार्थ बोला।

''पाँच नहीं, पच्चीस कहो।'' वर्षा ने आतंक दिखाया, ''मुझे तो उस गाने से ही उबकाई आने लगी है।''

मीरा रसोई से गिलास और बर्फ लेकर आ गयी थी और बैग से व्हिस्की की बोतल निकाल चुकी थी, ''हम तुम्हारा फेवरिट फ्राइड चिकिन लेकर आये हैं।''

''आय'म टच्ड।'' वर्षा मुस्करायी।

''चियर्स!'' मीरा ने गिलास ऊपर उठाया।

वर्षा ने भी अपना गिलास ऊपर उठाया। फिर घूँट भरते-भरते ठिठक गयी।

'' 'जलती जमीन' में राष्ट्रीय पुरस्कार पाने वाली वर्षा वशिष्ठ के नाम पर...'' सिद्धार्थ कह रहा था, ''जिन्होंने आर्थिक-सामाजिक संघर्षों से उपजे सामान्य भारतीय स्त्री के अकेलेपन और पीड़ा का अत्यंत संवेदनशील एवं मार्मिक रूपायन किया है... यह जूरी का साइटेशन है।''

''टाँग खींचने के लिये और कोई नहीं मिला?'' वर्षा ने मुँह बनाया।

''सिद्धार्थ सच कह रहा है वर्षा।'' मीरा बोली।

''पहले मेरे पास फिल्मोत्सव निदेशालय से फोन आया।'' सिद्धार्थ की मुस्कान ऐसी भरी-भरी थी कि अब वर्षा को विश्वास होने लगा, '' 'जलती जमीन' को दो पुरस्कार मिले हैं-सर्वश्रेष्ठ अभिनेत्री और सर्वश्रेष्ठ फिल्म।''

''जिसमें सब्सटेंशियल कैश भी है।'' मीरा ने जोड़ा।

''और पता है, निर्णायक समिति के अध्यक्ष कौन थे?'' सिद्धार्थ ने सस्पेंस की डोर खींची।

''कौन?''

''तुम्हारे डॉक्टर अटल।'' सिद्धार्थ मुस्कराया, ''जूरी के दो सदस्य बंबई से हैं। उनमें से एक श्री मजूमदार के घर से हम लोग सीधे यहाँ आ रहे हैं।''

''बेस्ट एक्ट्रैस के लिये साइकिया पूर्व की एक अभिनेत्री की सिफारिश कर रहे थे।'' मीरा बोली, ''इस पर डॉक्टर अटल ने दाखाँ के चरित्र-निरूपण पर जो छोटा-सा भाषण दिया, वह बकौल श्री मजूमदार के, फिल्म समीक्षा में मील का पत्थर माना जायेगा। फिर उन्होंने अभिनेत्री के रूप में तुम्हारे विकास पर भी प्रकाश डाला। उसका एक वाक्य मजूमदार को कंठस्थ है।''

''जो अभिनेत्री ड्रामा स्कूल के दाखिला इंटरव्यू में डरी हुई हिरनी की तरह पलकें झपकाती दाखिल हुई थी, इस फिल्म में भूखी, क्रुद्ध शेरनी की तरह कला-आखेट में तल्लीन दिखायी देती है।''

वर्षा को थोड़ी देर तक नींद नहीं आयी। उसे खुशी थी, पर थोड़ी उलझन भी थी।

उसे एहसास था कि दाखाँ के चरित्र को उसने विश्वसनीय और जीवंत बनाया है, पर वह एक गरीब स्त्री की रोजमर्रा की लड़ाई है। इससे अधिक कुछ नहीं। यह फिल्म उसे 'महान' नहीं बनाती (रीटा के प्रिय शब्द का व्यवहार करते हुए एक पल को हिचक हुई।) अगर डॉक्टर अटल निर्णायक-समिति के अध्यक्ष न होते, तो? क्या तब भी उसे यह पुरस्कार मिलता?

लंबे दिल्ली-निवास से कला-पुरस्कारों की निरर्थकता एक हद तक उसके सामने सिद्ध हो चुकी थी। ललित कला अकादमी के पुरस्कारों के विरोध में चित्रकारों के प्रदर्शन और भूख-हड़ताल की वह साक्षी थी। उसे मालूम था कि चेखव और टॉल्सटॉय जैसे लेखकों को नोबेल पुरस्कार नहीं मिला है।

''मेरे जीवन के तीसरे पृष्ठ!'' उसने फुसफुसाते हुए चेखव को संबोधित किया, ''मैं तुमसे ज्यादा सौभाग्यशाली हूँ।''

''कैमरा।'' निर्देशक इस्सर की आवाज गूँजी।

सम्मानित अतिथि ने क्लैप दिया।

''एक्शन।''

वर्षा ने घंटी बजाते हुए पूजा शुरू की। एक ओर आहट हुई, तो मुड़कर देखा। कपड़ों पर लहू के दो-तीन धब्बों के साथ विमल आ खड़े हुए थे। पेटी में खुसी पिस्तौल।

''कौन हो तुम?'' वर्षा ने पूछा।

''जलता हुआ अंगारा।'' ('अगर इंसाफ कर दिया जाये-चाहे हत्यारों के द्वारा ही सही-तो इस बात से क्या अंतर पड़ता है कि तुम कौन हो? तुम और मैं नगण्य मात्राएँ हैं, वर्षा को 'द जस्ट एसैसिंस' का संवाद याद आया)।

''यह ईश्वर का मंदिर है। यहाँ हिंसा के हथियार (क्या हथियार अहिंसा के भी होते हैं!) और बदले की भावना पर पाबंदी है।''

''कट! ओके !''

तालियों की गड़गड़ाहट से स्टूडियो का सजा हुआ फ्लोर गूँज उठा। कैमरों के फ्लैश चमक उठे। मेहमानों को पेड़े और ठंडे पेय की बोतलें दी जाने लगीं।

विमल के पास खड़ी वर्षा विनीत भाव से प्रतिष्ठित लोगों की बधाइयाँ स्वीकार कर रही थी। सफेद साड़ी-ब्लाउज पहने थी। बाल खुले हुए। माथे पर टीका। गले में बड़े-बड़े मोतियों की माला।

''वर्षाजी, बधाई!'' कंचनप्रभा मुस्करा रही थी (इस क्षण पुरानी अवहेलना का कोई चिन्ह दिखायी नहीं दिया)।

वर्षा ने महसूस किया कि उसके चेहरे का एक-एक सूत भाव लक्ष्य किया जा रहा है। फिर कैमरों के शटर की क्लिक हुई। वर्षा ने आभार की समुचित मुस्कान दी।

''बाअदब होशियार!'' चारुश्री ने घोषणा की, ''नेशनल एवार्ड विनर मेनस्ट्रीम सिनेमा में तशरीफ ला रही हैं।''

''धन्यवाद!'' वर्षा ने हाथ मिलाया, ''आपको देखकर अच्छा लगा। अर्से के बाद मुलाकात हुई।''

''अच्छा?'' आपको हमारी पिछली मुलाकात याद है?''

''वह मेरी कीमती स्मृति है।''

चारुश्री खिलखिलायी।

''मेरे भाई सदानंद...''

वर्षा ने साँवले, अनगढ़ चेहरे को देखा।

''मुबारक हो।'' (हाँ, वही आवाज थी, जिसने उजड्ड भाव से कहा था, ''हर्ष के यहाँ होने का क्या मतलब।'')।

''अब तो हम एक ही शहर में हैं।'' चारुश्री मुस्करायी, ''फिर टकराना चाहिए।''

''बेशक।''

'आरती और अंगारे' की घोषणा से वर्षा ऊँचे व्यावसायिक स्तर पर प्रतिष्ठित हो रही थी (इस फिल्म में उसका पारिश्रमिक एक के साथ पाँच जीरो थे।)। मुख्य भूमिका विमल के उपयुक्त थी-शक्तिशाली पुरुष की उनकी इमेज को गौरवमंडित करती थी। अपनी अकेली, मासूम बहन के सामूहिक बलात्कार और हत्या के बाद नायक का सभी मानवीय मूल्यों से विश्वास उठ जाता है। प्रतिशोध की आग में झुलसते हुए वह एक-एक अपराधी का निर्मम वध कर रहा है। नयी स्कूल की संगीत-शिक्षिका शांति से उसकी भेंट होती है। सुंदर, सरल और स्नेहमयी। वह फिर जीवन के प्रति नायक के मन में आस्था जगाती है।

कुछ समय पहले इस भूमिका के लिए चारुश्री का नाम प्रस्तावित हुआ था, पर उसमें अपेक्षित गंभीरता एवं गरिमा नहीं पायी गयी। विमल के दो वितरक मित्रों ने 'दर्द का रिश्ता' के रशेज देखे, तो विमल के साथ उनकी यह धारणा दृढ़ हुई कि वर्षा इस भूमिका के उपयुक्त है और विमल-वर्षा की जोड़ी को दर्शक पसंद करेंगे (अगर युवा वर्षा के साथ माध्यम आयु के विमल चल गये, तो उनके कैरियर को नयी लीज मिलेगी, सिद्धार्थ ने खुलासा किया था।)। विमल ने इतनी जोखिम जरूर ली थी कि 'दर्द का रिश्ता' की रिलीज से पहले अपनी फिल्म शुरू कर दी थी। नीरजा ने कहा था, अगर विमल थोड़ी-सी शूटिंग करके रुक जायें और 'दर्द का रिश्ता' के रिलीज की प्रतीक्षा करें, तो यह उनकी सावधानी या चालाकी होगी। हुसैन ने गोपनीय ढंग से कहा था, अगर 'दर्द का रिश्ता' असफल रही, तो शायद 'आरती और अंगारे' शेल्व कर दी जाये।

''मोंटू, सँभाल के!'' शोभा भाभी बोलीं।

''सँभाल के ही पिला रहा हूँ।'' दस वर्षीय मोंटू ने तत्पर उत्तर दिया, ''देखो, वर्षा बुआ पर एक बूँद भी नहीं गिरी।''

''मैं भी चाय पियूँगी।'' मीता ठुनकी।

''तुमने अभी-अभी आइसक्रीम खायी है।'' वर्षा ने कहा, ''ठंडी चीज के ऊपर गर्म चीज नहीं पीते।''

करवा चौथ के दिन भाभी के बुलावे पर वर्षा मेंहदी लगवाने आ गयी थी। देखादेखी मीता ने भी हाथ-पाँव रंगवा लिये थे और सूखने के इंतजार में कुछ न छूने की विवशता के कारण खासी उत्तेजित चल रही थी। उसे हर पाँच मिनट में प्यास लगती थी। मोंटू मेंहदीवालियों की सेवा में लगा हुआ था।

''भैया, मुझे खुजली हो रही है।'' मीता ने हाँक लगायी।

''इसे खुजली-वुजली कुछ नहीं हो रही।'' मोंटू ने माँ से शिकायत की, ''मुझे तंग कर रही है।

''एक बार पीठ पर हाथ फेर दो मोंटू।'' वर्षा ने सिफारिश की।

''अरे वाह, आज तो मेंहदी-पार्टी हो रही है!'' अपने ही कम्पाउण्ड में बने थिएटर में डबिंग कर रहे विमल लंच-टाइम में आ गये।

''देखो पापा!'' मीता ने अपनी नन्ही-नन्ही हथेलियाँ दिखायीं।

विमल ने डूब कर मीना का चुंबन लिया। वर्षा भावविभोर देखती रही।

''यह मैगजीन कौन लाया?''

विमल का क्रुद्ध स्वर सुनकर मोंटू की गर्दन अपराधी की तरह झुक गयी।

''मोंटू, मैंने तुम्हें मना किया था न?''

''सॉरी!'' मोंटू ने पत्रिका उठा ली।

वह सिर झुकाये बाहर निकल गया।

''अगर मुझे किसी चीज से नफरत है, तो इस गॉसिप-ग्लॉसीज से।'' विमल ने वर्षा को संबोधित किया, ''शायद तुम्हें मालूम हो, पाँच साल पहले एक तथाकथित इंवेस्टीगेटिव जर्नलिस्ट के एक घूँसे में दो दाँत मैंने तोड़ दिये थे। मैं संजीदगी से सोच रहा हूँ कि मोंटू को पढ़ाई के लिये विदेश भेज दूँ, ताकि वह इस कीचड़ से मुक्त रहे।''

शोभा ने नौकर को आवाज दी, ''खाना लगाओ।''

''शाम को साथ ही खायेंगे।'' विमल बोले, ''अभी बस, थोड़ी छांछ पिलवा दो।''

नौकर गिलास लेकर आया।

''एक और लाओ न!''

''मैंने अभी-अभी चाय पी है।'' वर्षा मुस्करायी।

''वर्षा और बच्चों के लिए सरसों का साग और मक्की की रोटी बनवायी है।'' शोभा ने कहा, ''थोड़ा-सा खा लेते।''

''उपवास मेरे लिए भी अच्छा है।'' विमल ने मुस्कान के साथ पेट पर हाथ फेरा, ''तोंद कंट्रोल में रहती है।''

मीता ने भी विमल के ढंग से अपने पेट पर हाथ फेरा और हँसी।

''तू क्या हँस रही है पगली?'' विमल ने कुछ घूँट लिये और सिगरेट सुलगायी, ''वर्षा, हफ्ते भर पहले एक आइडिया आया है।''

"क्या?"

"तुम्हारे साथ एक क्विकी बनाते हैं।" उन्होंने कश लिया, "मैंने एक पिक्चर में यूरोप की लोकेशन शूटिंग के लिये दो महीने अलग रखे थे। पर वह शिड्यूल कैंसिल हो गया है। तो सोचा, इसी बहाने अपने बैनर की सातवीं फिल्म हो जाये। एक कहानी मुझे काफी समय से पसंद है।"

"कुमारी, मुबारक हो!" चतुर्भुज सामने खड़े मुस्करा रहे थे।

"आपको भी!" वर्षा ने हाथ मिलाया।

उसने हुसैन से बात करके चतुर्भुज के लिए दो दृश्यों की मारवाड़ी महाजन की मसखरी भूमिका जुटा दी थी। चतुर्भुज ने अपनी भूमिका में मनोरम मैनरिज्म जोड़ कर संवाद इम्प्रोवाइज कर लिये थे। जब रशेज देखे गये, तो उनका स्वरचित तकियाकलाम 'मैं बोल्लूँ' खूब पसंद किया गया। श्री नारंग के निर्देशानुसार दो दृश्यों में उनकी भूमिका और जोड़ी गयी। 'आरती और अंगारे' में विमल ने उन्हें बड़ी हास्य-भूमिका सौंपी, जिसमें उन्हें अपने ही स्वर में एक लोकगीत भी गाना था ('बल्मा की जुल्फें घुँघराली' सुना कर वे नीरजा की पूरी यूनिट को मोहित कर चुके थे।)। मीरा ने अपनी फिल्म 'चंद्रग्रहण' में उन्हें एक महत्वपूर्ण संजीदा भूमिका का आश्वासन दिया था। एक दिन समय काटने के लिए वह आदित्य के सेट पर चले गये। आदित्य ने तुरंत बड़ी-बड़ी मूंछें लगवा कर उन्हें अपना प्रमुख हेंचमैन बना लिया (वह स्वयं माफिया डॉन की भूमिका में थे।)। तीन दिन के काम के लिए चतुर्भुज को तीन हजार पारिश्रमिक मिला और वर्षा को आदित्य ने फोन पर बताया कि चतुर्भुज का खुद गढ़ा गया तकियाकलाम 'खड़े-खड़े कच्चा चबा जाऊँगा' खूब पसंद किया जा रहा है।

"मोहतरिम कालिगुला दिखायी नहीं दे रहे?"

"वे रहे।" चतुर्भुज के संकेत पर वर्षा ने देखा, हर्ष पीछे की कुर्सी पर बैठा आत्मलीन भाव से सिगरेट भर रहा था। एक दिन की दाढ़ी। कमीज पर दो-तीन सिलवटें।

वर्षा के चेहरे का भाव देखकर चतुर्भुज अचकचा गये, "मैं समझा चुका हूँ कि सबके सामने डिमांसट्रेशन मत किया करो। तो मुझे कालिगुला का संवाद पिला दिया, 'इस दुनिया की कोई अहमियत नहीं, जब आदमी को इस बात का एहसास हो जाता है कि वह अपनी आजादी हासिल कर रहा है!"

चतुर्भुज का कुर्ता-पाजामा साफ था। हजामत बनी हुई। वह ध्यान रखते थे कि अपनी तलब खुले आम न मिटायें और बिना संकोच के सबसे मिल लेते थे-खास कर समर्थ लोगों से।

वर्षा हर्ष को विमल से मिलवाने उनके घर ले गयी थी। केंद्रीय चरित्र के बाद युवा पुरुष की एक ही अच्छी भूमिका थी (शांति से मन-ही-मन प्रेम करने वाले एक संजीदा युवक की।), पर छोटी होने के कारण वह हर्ष को पसंद नहीं आयी।

"लीडिंग रोल में फिल्म शुरू होने की उम्मीद है।" हर्ष ने दलील दी थी, उस पर बुरा असर पड़ेगा।"

वर्षा चुप रह गयी।

"हर्ष ने विमलजी को बधाई दी?" वर्षा ने पूछा।

"नहीं। बोला, अभी वे चमचों से घिरे हैं। बाद में मिल लूँगा।"

चतुर्भुज हर्ष की ओर बढ़ गये।

एक ओर मीरा श्री ईरानी से बात कर रही थी। सिद्धार्थ नहीं आ पाया था। एक सेमिनार में भाग लेने पूना चला गया। दूसरी ओर विमल का लंबा-चौड़ा परिवार था।

"वर्षा, आओ न!" विमल के भाई ने, जिन्हें 'बीरजी' कहा जाता था और जो उनके प्राइवेट सेक्रेटरी थे, आवाज लगायी, "एक ग्रुप-फोटो हो जाये।"

उसके निकट आने पर भाभी के भाई ने, जिन्हें 'मामाजी' कहा जाता था और जो विमल प्रोडक्शंस का काम देखते थे, उनके लिए शोभा के पास केंद्रीय जगह बनायी। दोनों के बीच में मीता खड़ी थी और उसने वर्षा का हाथ थाम रखा था।

एक पल को वर्षा ठिठक गयी। उसे याद आया कि हर्ष बीरजी और मामाजी को पसंद नहीं करता।

"स्माइल प्लीज!" फोटोग्राफर बोला।

"मुहूर्त में इतनी मुस्कान ठीक है।" बीरजी बोले।

"थोड़ी जुबिली के लिए भी तो बचा कर रखें।" मामाजी ने टिप्पणी की।

तिरछी निगाह से यह कार्य-व्यापार देखते हुए (वर्षा को यह नजर देर तक याद रही।) हर्ष ने लंबा कश खींचा। फिर चतुर्भुज को कालिगुला का संवाद सुनाया, "आदमी रोते हैं, क्योंकि दुनिया बिलकुल गलत है।"

"हैलो..." रात सवा दस के लगभग दरवाजा खुलवाने पर सिद्धार्थ बोला, "तुमसे बात करने का सबसे अच्छा समय यही है। लेकिन अगर तुम्हें नींद आ रही है, तो कल स्टूडियो में आता हूँ।"

"डोंट बी सिली!" वर्षा भीतर आ गयी और सोफे पर दोनों पाँव रख कर बैठी। घुटने मोड़ लेने से आराम मिला (आज दिन भर बच्चों के साथ नाचने-गाने का सीन किया था)। उसने स्लीपिंग सूट पर ड्रेसिंग गाउन पहन रखा था। बायीं कलाई पर चाँदी का ब्रेसलेट दिखायी दे रहा था।

"यह गहना बहुत सुंदर है।"

"शिवानी ने भेजा है।" वर्षा ने नर्म स्पर्श से नक्काशी छुयी, जैसे शिवानी को ही छू रही हो।

"लड़कियों की मित्रता की प्रकृति अक्सर मेरी समझ में नहीं आती।" सिद्धार्थ मुस्कराया, "बिना अवसर के उपहार भेजने का क्या मतलब है?"

"तुम पुरुष लोग नहीं समझोगे।" वर्षा काफी ऊपर से मुस्करायी, "इट्'स ए वे ऑफ सेइंग-आइ मिस यू..."

सिद्धार्थ ने पैकेट से सिगरेट निकाली। सुलगायी।

"जिंदगी से संतुष्ट दिखायी दे रहे हो।" वर्षा ने टिप्पणी की।

''हाँ।'' सिद्धार्थ ने कश लिया, ''एन.एफ.डी.सी. का लोन चुकता हो रहा है। थोड़ा पैसा बच जाने की उम्मीद है। पर असली बात कुछ और है-मुझे एक प्रोड्यूसर मिले हैं।''

''दैट्'स ग्रेट!'' वर्षा ने ताली बजायी।

''इमेज लैब में मैं सोलह एम.एम. की प्रोसेसिंग करता रहा हूँ-तीन कमर्शियल शॉर्ट्स, दो डॉक्यूमेंट्रीज और यह फीचर। उसके मालिक श्री देसाई से मैंने मजाक में कई बार कहा कि इतना पैसा बैंक में ब्लॉक करके आप देश के आर्थिक और मेरे बौद्धिक विकास को बेकार रोक रहे हैं। परसों अचानक मुझे रोक कर उन्होंने 'हाँ' कर दी और बजट भी 'जलती जमीन' से लगभग दुगुना होगा।'' उसने प्लास्टिक कवर की सुंदर-सी फाइल मेज पर रख दी, ''यह रही स्क्रिप्ट! बुधवार को उनसे मिलना निश्चित हुआ है।''

''तुमने इतनी जल्दी स्क्रिप्ट भी तैयार कर दी?'' वर्षा ने ताज्जुब से पूछा।

सिद्धार्थ ने गहरी साँस लेकर कहा, ''वर्षा, पाँच साल मैंने बहुत स्ट्रगल की है।''

('संघर्ष' शब्द में वैसे अर्थ-बिंब नहीं है, एक बार सिद्धार्थ ने विश्लेषण किया था, 'संघर्ष से जो द्वंद्व द्योतित होता है, वह अस्त्र-शस्त्र से लैस दो योद्धाओं का है, जो अपनी जमीन या राज्य के लिए लड़ रहे हैं। इसके विपरीत 'स्ट्रगल' से जो रक्तपात व्यंजित होता है, वह एक महत्वाकांक्षी के विपरीत परिस्थितियों के साथ जूझने से जुड़ा है-आधे पेट, चप्पलें चटखाते हुए दौड़ कर बस पकड़ना, ठसाठस भरी हुई लोकल के डिब्बे में घुसने की कोशिश में अंततः सफल होना, बिना किसी उम्मीद के रात को तीन-तीन बजे तक स्क्रिप्ट से सिर मारना, संभावित फिल्म के लिए धड़कते दिल से निर्माता के वातानुकूलित दफ्तर में प्रतीक्षा करना, आधी रात को हताश भाव से अपने बोसीदा कमरे को वापस लौटना। दर्द और तनाव, टूटन और नाउम्मीदी के छीलते काँटों की सटीक व्याख्या 'स्ट्रगल' शब्द से ही होती है।)

''तब मैंने साहित्यिक कृतियों पर आधारित कई पटकथाएँ लिखी थीं।'' सिद्धार्थ ने करुण मुस्कान से कहा, ''यह सोचते हुए कि पता नहीं, कब मेरी भटकती नाव को कोई प्रकाश-स्तम्भ मिल जाये।''

''तुमसे 'हाँ' करने के लिए मुझे तुम्हारी स्क्रिप्ट पढ़ने की जरूरत नहीं।'' वर्षा ने सिद्धार्थ के हाथ पर हाथ रखा।

उस स्पर्श में पारस्परिक समझदारी की गहनता स्पंदित हुई-और लगाव। चुंबन छोटा-सा था, जैसे इस अंतरंगता पर मुहर लगाता हुआ।

तभी दरवाजे की घंटी बजी।

सिद्धार्थ ने उठ कर दरवाजा खोला।

''वर्षाजी है?'' हर्ष का स्वर सुनायी दिया।

''हाँ, आइए....'' सिद्धार्थ ने अपना परिचय दिया।

''आओ हर्ष!'' वर्षा ने मुस्कान दी और अपने पार्श्व की ओर संकेत किया।

पर हर्ष कारपेट पर दीवार से पीठ टेककर बैठ गया, ''मुझे यहाँ ज्यादा आराम मिलता है।'' (हर्ष का ऐसा रुख वर्षा को थोड़ा अजीब लगता था। वह दूसरों के सामने वर्षा के साथ की अंतरंगता को छिपाने की कोशिश करता था। दूसरों की मौजूदगी में वर्षा को छूना तो

दूर की बात, निकट बैठना तक उसे पसंद नहीं था। एक बार जब वह मजबूरी में वर्षा के सेट पर पहुँचा, तो उसने वर्षा को 'आप' कह कर संबोधित किया। वर्षा को हँसी आ गयी)।

हर्ष को भीतर आते देखकर वर्षा ने मुस्कान तो दे दी थी, पर पल भर के लिए तीखी दुविधा से ग्रस्त भी हो गयी थी (''एक ही शहर में तुम्हारे दो प्रेमी होंगे।'' दिव्या की बात याद आयी थी, ''यह कोई आदर्श स्थिति नहीं है।'' मुझे इस स्थिति का संजीदगी से विश्लेषण करना चाहिए, उसने सोचा। दुष्यन्त, अग्निमित्र और विक्रम-सबकी पत्नियाँ थीं और साथ-ही-साथ कम-से-कम एक-एक अदद प्रेमिका। पर 'कीर्तिमान-निर्माण के क्षेत्र में सिलबिल की अद्‌भुत क्षमता' (सौजन्य दद्‌दा!) के बावजूद उसने भावनाओं के बँटवारे का तनाव महसूस किया)।

''सिद्धार्थ की नयी फिल्म शुरू हो रही है।'' वर्षा ने पटकथा की ओर इशारा किया।

हर्ष ने पटकथा उठा ली। शीर्षक पढ़ा, ''आकाशदीप...'' उसका स्वर थोड़ा ढीला था। पन्ने पलटते हुए उँगलियाँ काँप गयीं।

वर्षा ने उसे गौर से देखा। आँखें लाल थीं और गोरा चेहरा भी। वर्षा को याद आया कि कमरे में घुसते हुए हर्ष अपनी चाल को संतुलित कर रहा था, पर बैठते समय थोड़ी लड़खड़ाहट झलक गयी थी।

''मैं चाहता हूँ कि फिल्म एक शिडयूल में पूरी हो जाये। लोकेशन अलीबाग के ठीक हैं। फिल्म में दो गाने हैं। संगीत के लिए मैं सोचता हूँ...''

तभी पटकथा हर्ष के हाथों से फिसल गयी। हर्ष का सिर तकिये पर एक ओर लुढ़क गया।

एक पल को वर्षा के दिल की धड़कन रुक गयी, ''हर्ष...'' उसने कंधे पर हाथ रखा, ''क्या हुआ?''

सिद्धार्थ ने हर्ष का सिर सीधा किया, उसका मुँह सूँघा, एक पलक थोड़ी खोल कर आँख देखी। फिर बोला, ''इन्होंने कोई ड्रग ले रखा है। ऐसे ही सोने दो। सुबह तक ठीक हो जायेंगे।''

6

101, सिलवर सेंड उर्फ अरब सागर, मेरा नेक्स्ट-डोर नेबर

''यही बिल्डिंग है।'' गली में कार के घुसते ही बीरजी ने दायीं ओर इशारा किया।

दस मंजिल की बिलकुल नयी, चमचमाती बिल्डिंग थी। चौड़ी कम, ऊँची ज्यादा। रंग सफेद और हरा। बाहर बड़ा-सा बोर्ड लगा था-सिलवर सेंड : ए प्रोजैक्ट ऑफ अजीम बिल्डर्स।

कार के रुकते ही चौकीदार और बिल्डर के मुलाजिम ने सलाम किया।

''आओ वर्षा।'' अगली सीट पर बैठे बीरजी बाहर निकले।

"बुआ, मैं तुमसे पहले उतर गयी।" दरवाजा खोलते हुए मीता चहकी।

दो दिन पहले 'दिल का सौदा' की शूटिंग के लिए वर्षा देर से पहुँची थी। बांद्रा के एक रेस्टोरेंट का लोकेल था।

"वर्षाजी, आपने मेरे साथ हिसाब चुकाना शुरू कर दिया।" विमल उसे देखते ही मुस्कराये।

"नहीं विमलजी! एस्टेट एजेंट मुझे दो फ्लैट दिखाने ले गया था, इसलिए देर हुई।"

"मतलब?"

"नीरजा के बहन-बहनोई वापस लौट रहे हैं न! मुझे उनका फ्लैट खाली करना है। किराया माँग रहे हैं पाँच हजार महीना, पचास हजार डिपोजिट और दस हजार ब्रोकरेज।" वर्षा रूआँसे स्वर में बोली, "मैंने जितना कमाया है, सब खर्च हो जायेगा।" उसे अपनी सिसकी रोकने में कुछ कठिनाई हुई।

उसकी सूरत देखते हुए विमल की मुस्कान विलुप्त हो गयी।

क्यों मुनव्वर, खुदा को कैसे मुँह दिखाओगे? तुम लोग बंबई की चौथाई बिल्डिंग बनाते हो और तुम्हारी हीरोइन किराये का फ्लैट ढूँढ़ रही है!"

"विमल भाई, वो क्या है कि..." मुनव्वर हकलाने लगे।

"जरा अजीम भाई को मेरा सलाम कहना।" विमल उसी ओर मुड़े "आओ वर्षा, शॉट तैयार है।"

वर्षा की समझ में कुछ नहीं आया। इस फिल्म की शूटिंग का तीसरा दिन था। उसे साइन करने के लिए सहनिर्माता असगर आये थे। मुनव्वर को आज उसने पहली बार देखा था। उनका इस फिल्म से क्या संबंध है, उसे नहीं मालूम था। अजीम का नाम भी वह पहली बार सुन रही थी।

"वर्षा!" उसी शाम को बीरजी ने पूछा, "तुम्हारे पास अभी कितना पैसा है? नारंग साब और हमारे प्रोडक्शन पर तुम्हारा जो बकाया है, उसे भी जोड़ लो।"

वर्षा ने एक कागज पर हिसाब लगाया। बंगाली मार्कीट के पंजाब नेशनल बैंक के ढाई हजार और शाहजहाँपुर में पोस्ट ऑफिस के सवा दो सौ भी जोड़ लिए (यहाँ जुहू में उसका खाता हरे राम हरे कृष्ण मंदिर के प्रांगण में स्थित इंडियन ओवरसीज बैंक में था-सौजन्य नीरजा। किसी मंदिर के अहाते में ऐसी व्यवस्था उसने पहली बार देखी थी। धर्म और जीवन-धुरी का ऐसा आधारभूत संगम देखकर वर्षा चमत्कृत हो उठी थी)।

"अजीम भाई ने बोला, अभी होल्ड करने का।" मुलाजिम ने लिफ्ट में बताया, "अक्खा बिल्डिंग में बस, तीन फ्लैट दिएला है-वो भी फ्रेंड लोग का वास्ते।"

लिफ्ट सीधे दसवीं मंजिल पर रुकी। मुलाजिम ने बड़े-से गुच्छे से चाबी छाँटते हुए लैच खोला।

भीतर घुसते हुए वर्षा की साँस रुकने लगी। लंबे पैसेज के दायीं ओर बड़ी रसोई थी। फिर लंबा-चौड़ा हॉल। दायीं ओर दो बड़ी-बड़ी खिड़कियाँ, जो पश्चिम की ओर खुलती थीं। बायीं ओर लंबी बाल्कनी। आगे पैसेज के बायीं ओर स्टोररूम, फिर बाथरूम, फिर बेडरूम। ठीक सामने मास्टर बेडरूम, जिसमें बाथरूम भीतर था। दायीं ओर बड़ी खिड़की।

पैसेज के अंत का दरवाजा लंबी-चौड़ी टैरेस पर खुलता था। सिटकनी हटाते ही हवा के थिरकते झोंके पूरे फ्लैट में भर गये।

एक मंजिल पर एक ही फ्लैट होने के नाते पूरी प्राइवेसी। टैरेस के बायीं ओर गली थी, दायीं ओर की बिल्डिंग थोड़ी पीछे। समुद्र की लहरें इतनी निकट और अपनी थीं, जैसे फुसफुसाकर उनसे बात की जा सकती हो। दायीं ओर वर्सोवा गाँव के तट पर नौकाएँ दिखायी दे रही थीं।

''कैसा लगा?'' बीरजी ने पूछा।

''बिलकुल सपना है।'' वर्षा बालों की उड़ती लटें सँभालते हुए बोली।

''बुआ, मैं यहीं रहूँगी।'' मीता ने घोषणा की।

अगले दिन बीरजी मुनव्वर के साथ फिल्मालय स्टूडियो में उसके मेकअप रूम में आये।

''देखो वर्षा, तुम्हारे पास कुल इतना है...'' उन्होंने हाथ के कागज पर एक आँकड़ा दिखाया, ''नारंग फिल्म्स और विमल प्रोडक्शंस से इतना पेमेंट हो गया... अजीम पिक्चर्स ने तुम्हारा इतना पूरा पेमेंट एडवांस में कर दिया। फ्लैट की प्राइस में अजीम भाई ने पच्चीस हजार कम कर दिये। इस शिड्यूल का अपना दो का ब्लैक एमाउंट विमल ने टोटल प्राइस के डिफरेंस में एडजस्ट करवा दिया। हिसाब बराबर... अब तुम सिगनेचर कर दो।''

मुनव्वर ने एग्रीमेंट की दो प्रतियाँ खोलीं। बीरजी ने बॉलपैन आगे बढ़ाया। वर्षा जैसे मंत्रविद्ध थी। मुनव्वर के संकेत पर उसने लगभग पच्चीस जगह हस्ताक्षर कर दिये। कई जगह अंकित पता उसे याद हो गया-101, सिल्वर सेंड...

''रजिस्ट्रेशन के बाद आपकी एग्रीमेंट कॉपी भेज दूँगा।'' मुनव्वर ने कहा और जेब से चाबी निकालकर सामने रखी, ''मैडम, हाउस वार्मिंग की मेरी मिठाई मत भूलिएगा।'' और आदाब करके चला गया।

''देखो वर्षा!'' बीरजी ने उसी कागज पर लिखे दो फोन नंबरों की ओर संकेत किया, '' 'हैप्पी होम' से तुम अपनी पसंद का फर्नीचर ले लो और 'नायाब इलैक्ट्रॉनिक्स' से फ्रिज, टी.वी., वी.सी.आर. व किचिन एप्लाइंसेज। मेरी बात हो गयी है। एक साल में थोड़े ब्याज पर माहवारी किस्तों में पेमेंट कर देना। विमल का जो लोन है, वह तुम अपनी सहूलियत से थोड़ा-थोड़ा करके दे देना।''

अकेले कमरे में वर्षा मोहाविष्ट-सी चाबी को देखती रही। विमल से उधार की बात सुनकर संकोच हुआ था, पर उपाय क्या था? अगर किराये का फ्लैट लेती, तो सारा नकद फिजूल निकल जाता। ग्यारह महीने बाद वह फिर दूसरा किराये का फ्लैट ढूँढ़ रही होती। ''वर्षा, यह बहुत अच्छा डैवलपमेंट है।'' पिछली रात नीरजा ने कहा था, ''विमलजी के एक फोन पर तुम्हें सभी निर्माताओं से बकाया मिल रहा है, जिसका लगभग पच्चीस प्रतिशत अक्सर डूब जाता है (नीरजा की अपनी कंपनी भी शामिल थी, पर उसने सच्चाई निर्विकार भाव से प्रकट कर दी)। अपने-आप इतना पैसा इकट्ठा करने में तुम्हें समय लगेगा और तब तक कीमत भी बढ़ जायेगी। सिलवर सेंड का यह फ्लैट चार साल में कीमत के लिहाज से दुगुना हो जायेगा। रियल एस्टेट सोने की खान है। इससे बढ़ कर कोई इंवेस्टमेंट नहीं। अभी

फिलहाल तुम्हें बंबई में रहना है और किराये की जगह में हर हिसाब से नुकसान है और अपने फ्लैट में हर हिसाब से फायदा।'' ''एक ही बेडरूम का फ्लैट क्यों न लूँ! किसी से उधार भी नहीं लेना पड़ेगा।'' वर्षा ने दलील दी। ''अब सारी बात तय हो चुकी है। वैसे इन लोगों ने सोच-समझकर ही तुम्हें बड़ा फ्लैट दिखाया है। दरअसल अब तुम्हें बड़ा फ्लैट चाहिए ही। कई बार दो पार्टीज मिलने आ जाती हैं। उनको आमने-सामने नहीं पड़ने देना चाहिए। एक को ड्रांइगरूम में बिठा देना, एक को एक्सट्रा बेडरूम में। अपने खुद के बेडरूम में किसी प्रोड्यूसर को ले जाना अच्छा नहीं लगेगा। एक अतिरिक्त कमरा हर लिहाज से अच्छा है। वहाँ तुम कहानी सुन सकती हो। दिल्ली से तुम्हारे मित्र या बहन-भाई आयेंगे, तो ठहरने के लिए जगह चाहिए न! फिर कल के दिन तुम्हारा परिवार बढ़ेगा। बच्चे का इतना सामान होता है। उसके लिए अलग कमरा चाहिए ही।'' ''क्यों? बच्चे का बाप निखट्टू होगा क्या?'' वर्षा ने आँखें दिखायीं, ''वह घरजमाई बन कर रहेगा?'' नीरजा हँसने लगी। पर मन-ही-मन वर्षा ने उसका तर्क स्वीकार कर लिया। जब एहसान ले ही रही है, तो फ्लैट बड़ा ही लेना चाहिए।

''विमलजी!'' शाम को उसने भरे गले से कहा, ''आपका आभार व्यक्त करने के लिए मेरे पास शब्द नहीं।'' (कितनी बार उसे यह वाक्य दुहराना होगा!)

''कुछ बातों को वैसे अनकहा ही छोड़ देना चाहिए।'' विमल ने दार्शनिक भाव से चाय की चुस्की ली, ''पर तुमने कहा है, तो जवाब दे रहा हूँ। मैंने भी अपना पहला फ्लैट इसी तरह लिया था। दुनिया ऐसे ही चलती है। और तुम्हारी मदद करने में इस समय निर्माताओं को भी कुछ फायदे के आसार नजर आते हैं। अब तुम पूछोगी, कैसे?''

''कैसे?''

''मुझे तुमसे यही उम्मीद थी।'' विमल ने मीठी झिड़की दी, ''नया 'ट्रेंड गाइड' देखा है?''

''नहीं।'' वर्षा झेंपी-सी मुस्करायी।

''कामू और सार्त्र के नाटक छोड़कर कभी ट्रेड पेपर्स भी पढ़ लिया करो। तीसरे हफ्ते में 'दर्द का रिश्ता' का बहुत अच्छा कलैक्शन है। वर्षा वशिष्ठ ने पहली कमर्शियल पिक्चर की है, जो हिट हो रही है। ईश्वर से प्रार्थना करना कि 'आरती और अंगारे' भी चल जाये। फिर तुम्हारे दरवाजे पर निर्माताओं का क्यू लग जायेगा।''

सारी आशंकाओं के बावजूद 'आरती और अंगारे' का काम अपनी योजना के अनुसार हुआ था। 'दर्द का रिश्ता' के रिलीज से पहले डबिंग हो चुकी थी। आजकल मास्टर प्रिंट के लिए कलर करैक्शन हो रहा था (''विमलजी अपनी बात के पक्के निकले।'' नीरजा ने कहा था)।

''यही डर लग रहा है कि मैंने इतना उधार कर लिया है। समय से चुका भी पाऊँगी कि नहीं।''

''चुका लोगी।'' विमल मुस्कराये, ''वह तुमने 'सौम्यमुद्रा' का संवाद सुनाया था न-''मेरे जीवन का अश्रु-युग समाप्त हो रहा है। अब मुस्कान-युग की बेला है।''

(वर्षा उन्हें अपना आत्मचरित सुना चुकी थी-विशेषकर शाहजहाँपुर की परिवार के

विरोधी पक्ष से जुड़ी संघर्ष-गाथा। फिर दिल्ली की कलात्मक उपलब्धियाँ और हर्ष के साथ रागात्मक संबंध। निर्देशक के रूप में सिद्धार्थ की तारीफ की थी, पर निजी लगाव को छिपा लिया था)।

''वाहेगुरु पर भरोसा रखो वर्षा!''

विमल की मुस्कान किंचित अर्थभरी थी। वर्षा अभिप्राय समझ नहीं पायी।

वर्षा ने जब अपनी गली में अपनी सैकिंड-हैंड प्रीमियर पद्मिनी मोड़ी, तो साढ़े नौ बज रहे थे। (चक्के पर हाथ सध गया था। सिर्फ रिवर्स गियर में थोड़ी कठिनाई होती थी। ''तुम्हारी यह मुश्किल प्रतीकात्मक है।'' सिद्धार्थ ने मुस्कान के साथ टिप्पणी की थी, ''तुम रिपर्टरी की ओर वापस नहीं लौट सकतीं!)'' गली लंबी और सूनी थी। कार की रोशनी में गली के अंत पर शुरू होने वाला बालू का सिलसिला झलक गया।

वह थकी थी और उनींदी। यह मेरे जीवन का स्थायी भाव बन चुका है, उसने सोचा। लेकिन कौतूहल भरी बात थी कि नींद पर उसे अजीब-सा नियंत्रण हो गया था। ''प्रिय नींद, अभी मैं जरूरी बात कर रही हूँ। तुम कृपया दो घंटे बाद आना।'' नींद हामी में सिर हिला कर चली जाती। फिर दो घंटे बाद पलकों को नरमी-से छूती। ''प्रिय नींद, एक और जरूरी काम आ गया है। एक घंटे के लिए माफी चाहूँगी।'' नींद निःशब्द फिर चली जाती।

कार के गेट पर आते ही दोनों चौकीदारों ने तत्परता से सलाम किया और एक पीछे-पीछे आ गया। वर्षा के दरवाजा खोलने पर चौकीदार ने थर्मोवेयर और वाटर-जग उठाया और बिल्डिंग की ओर बढ़ा। तब तक पहला लिफ्ट को तलब कर चुका था।

वर्षा ने दरवाजा लॉक किया और कार की चाबियों के केस की जिप बंद करके उसे पर्स में चाबियों के गुच्छे के खाने में रख दिया। कितनी तो चाबियाँ हो गयी थीं!

लिफ्ट से निकलकर वर्षा दरवाजा की ओर बढ़ी। बटन पर उँगली रखी। संगीत भरी घंटी के सुर अभी उभरे ही थे कि दरवाजा खुल गया। मुस्कराते चेहरे से झुमकी एक ओर हटी। फिर चौकीदार की ओर हाथ बढ़ाया।

रसोई में कुकर की सुगबुगाहट हो रही थी। ड्राइंगरूम में टी.वी. चल रहा था।

वर्षा गहरी साँस लेकर सोफे पर बैठ गयी। पर्स बगल में रख लिया। फिर झुक कर सैंडिलें उतारने लगी।

''दीदी, नहा लो, फिर बैठो।'' झुमकी ने रिमोट कंट्रोल का बटन दबा कर टी.वी. की आवाज धीमी की, ''थकी-सी लग रही हो।''

''अच्छा।'' वर्षा उठ गयी।

झुमकी ने घर की व्यवस्था सुचारु रूप से सँभाल ली थी। वर्षा की एक-एक आदत और पसंद की उसे जानकारी थी। कुछ कहने की जरूरत ही नहीं पड़ती थी।

''उपमा दीदी को ऑफिस की तरफ से कार मिली है।'' झुमकी ने छोटा-सा पत्र लिखा था, ''ड्राइवर गोम्स और उनकी पत्नी सैली दो बच्चों के साथ आउटहाउस में रहने आ गये हैं। मैं ज्यादातर तुम्हारे कमरे में ही सोती हूँ। सैली इंगलिश जानती है और फोन सँभाल सकती है। उपमा दीदी मुझे महिला कल्याण समिति के दफ्तर में भेजने की सोच रही हैं,

पर मैं वहाँ नहीं जाना चाहती। क्या तुम मुझे रख लोगी?''

वर्षा की बाँछें खिल गयीं। हिचकते हुए अनुपमा को फोन किया। ''झुमकी और सैली के बीच में तनाव चल रहा है। मुझे खुशी होगी, अगर समस्या का ऐसा समाधान निकल आये, जो झुमकी को पसंद हो।'' अनुपमा बोली।

जैसे ही नये फ्लैट की चाबी मिली, शिवानी झुमकी को लेकर आ गयी। वर्षा मीरा की फिल्म 'चंद्रग्रहण' के शिड्यूल में व्यस्त थी। सुबह निकलती और रात को दस बजे तक वापस लौटती। शिवानी ने फर्नीचर की इकाइयों और नाप की सूची बनायी और नीरजा के साथ 'हैप्पी होम' जाकर सारी खरीदारी की। इसके बाद बिजली के उपकरणों की बारी आयी। रसोई की सज्जा में वर्षा कुकिंग रेंज, टोस्टर, मिक्सी इत्यादि को स्थगित करके थोड़ी किफायत करना चाहती थी, पर नीरजा ने कहा, ''वर्षा, लेना तो तुम्हें सब कुछ है ही। आज लो या कल, इतनी किफायत से खास अंतर नहीं पड़ेगा। वैसे भी एक्टिंग से आसान पैसा और कहीं नहीं-स्मगलिंग में कम-से-कम जोखिम तो उठानी पड़ती है! और मैं यह कहने के लिए मजबूर हूँ कि तुम बहुत लकी हो।''

पता नहीं, यह नीरजा की टिप्पणी थी या सचमुच उसके जीवन का 'मुसकान-युग' शुरू हो गया था (या उसके बंबइया गॉडफादर का वरदहस्त था!) कि अगली सुबह मद्रास की फिल्म 'शिकवा' में उसे साइन करने के लिए निर्माता पी. राव आ गये (अभी तक का यह सर्वोच्च पारिश्रमिक था-दो के साथ पाँच जीरो!)। दस्तखत किया हुआ अनुबंध-पत्र ब्रीफकेस में रखते हुए राव ने अंग्रेजी में कहा, ''मिस्टर बीरजी (इसे नाम ही समझ लिया गया था!) ने बताया कि आप नये फ्लैट में शिफ्ट कर रही हैं, इसलिए पहले शिड्यूल का ब्लैक भी रख दिया है।''

उनके जाने के बाद वर्षा ने अटैची खोली। ऊपर से नीचे तक सौ-सौ के नोटों की गड्डियाँ भरी हुई थीं। (उसे कई वर्ष पहले मिश्रीलाल डिग्री कॉलेज के गर्ल्स कॉमन रूम के टॉयलेट के वे क्षण याद आये, जब ट्यूशन के पहले पारिश्रमिक में मिले डेढ़ सौ रुपयों को उसने मोहभरे आतंक से देखा था!)।

क्या मैं सचमुच सौभाग्यशाली हूँ, वर्षा ने सोचा। बंबई में आये हुए एक वर्ष पूरा हुआ था (जिस रिपर्टरी में वह पच्चीस साल रहने के लिए कटिबद्ध थी, उसी को उसने हाल में औपचारिक रूप से छोड़ दिया था। ''पाँच जीरो वाला पारिश्रमिक लेते हुए हजार रुपये की नौकरी के लिए छटपटा रही हो।'' नीरजा मुस्करायी थी। वह वर्षा की पीड़ा समझ नहीं पायी। एक पंक्ति का त्यागपत्र लिखते हुए वर्षा ऐसे लरज उठी, जैसे शूद्रक, यूरीपीडीज और लोर्का से हमेशा के लिए नाता टूट रहा हो। जिस नाट्य विद्यालय के प्रवेश-स्वीकृति के पत्र को पाकर वह ऐसे उन्मत्त हो उठी थी, जैसे दुष्यंत ने अनपहचाने भरत के हाथ से गिरा रक्षावलय छू लिया हो, वही जगह अब उसके लिए निरर्थक हो गयी थी!)।

''नहीं भई,'' विमल ने बनावटी मनाही दिखायी, ''हमारे यहाँ लड़की के घर पानी भी नहीं पीते।''

''इसीलिए तो व्हिस्की लायी हूँ।'' शिवानी ने मुस्कराकर कहा।

''पापा, झूठ क्यों बोल रहे हो?'' मीता बोली, ''रास्ते में तुमने मम्मी से पूछा नहीं था, आज तो थोड़ी पी सकता हूँ?''

''लो, मेरे घर में ही विभीषण बैठा है।'' विमल हँसे, ''हर्ष कहाँ है वर्षा? उसके साथ मेरा बूजिंग कंपटीशन होना है।''

''आते ही होंगे।''

वर्षा को यह विश्वास होने में कुछ समय लगा कि यह उसका घर है, जिसमें गृहप्रवेश हो रहा है।

दरवाजे से घुसते ही कोने में सजीली अल्पना और बीचोंबीच तीन, क्रमश: छोटे होते हुए स्वस्तिक-लगे मंगल-कलश। ऊपर फूलमालाएँ और आम्रमंजरी।

लिविंग रूम के लिए पैसेज में आते हुए सबसे पहले मुक्ताकलाप पर निगाह पड़ती थी-छोटी-छोटी, बिल्लौरी लड़ियाँ रोशनी में झिलमिलाती जातीं। एक ओर तीन सतहों वाली काँच की मेज के आसपास हल्की हरी छींट के आवरण वाले सोफे और मूढ़े। पीछे स्टैंड पर चमकते पीतल का छोटा-सा पिंजरा, हाथी और मोर। एक किनारे पर बेलों से लिपटे ब्लॉसममेट्स के पॉट-होल्डर में हरे-भरे पौधों के गमले। दूसरी ओर गावतकिये वाले कॉपरफ्लेक्स के लंबे-चौड़े गद्दे पर हैंडलूम की चित्रित चादर और गिलाफ। सामने रंगीन टी.वी., वी.सी.आर. और स्टीरियो सिस्टम। बगल में लाँग-प्लेइंग, कैसेट और वीडियो कैसेट से ठसाठस भरी वालयूनिट। अगली बृहत वालयूनिट का मुख्य कपाट खोलते ही आईनों से जड़ा हुआ मदिरा प्रकोष्ठ था। शीवाज रीगल, सदर्न कम्फर्ट, टकीला से लेकर फेनी और ओल्ड मोंक तक की बोतलें छोटे-बड़े प्रतिबिंबों में बँटने लगती थीं। साथ में अलग-अलग आकारों और डिजायनों के प्यालों की कतारें।

दीवारों पर हल्का सुरमई डिस्टेंपर था। पतले, सजीले फ्रेमों में अभिसारिका, प्रोषित्पतिका, खंडिका और मानिनी नायिकाएँ (नीरजा के स्टिल फोटोग्राफर ने मिनिएचर्स को शूट करके ब्लोअप किया था।) शोभित हो रही थीं।

बायीं ओर की पूरी दीवार पर स्लाइडिंग काँच के केस में किताबें लगी थीं- 'कालिदास-ग्रंथावली' (पिता द्वारा पूजित चौखंबा सुरभारती ग्रंथमाला की ही!) से लेकर चुनिंदा नाट्य-साहित्य, सिनेमा और कविता। सचित्र डिलक्स संस्करण में 'कामसूत्र' भी था (दद्दा आयेंगे, तो छिपा दूँगी, वर्षा ने सोचा था!)।

मुगल शैली के जाली और नक्काशी वाले लकड़ी के पार्टीशन के पार डाइनिंग टेबिल थी, जिस पर ड्रिप-ड्राइ के टुकड़े थे और सलोनी कढ़ाई की लिनन।

वर्षा के शयनकक्ष में चारों दीवारों को छूता मोटा कार्पेट था। सामने पूरी दीवार को घेरने वाली वार्डरोब-लहंगा-चोली से लेकर बैगीज और साड़ियों तक भरी हुई। जिस पर ढीले-ढाले शलवार-कुर्ते में वह नाट्य विद्यालय का इंटरव्यू देने आयी थी, वह भी हेंगर पर टँगा था (जैसे दिल्ली म्यूजियम में शाहजहाँ का अंगरखा टँगा है-हर्ष हँसा था, ''सिलबिल, जब भी एन.एस.डी. का आर्काइब्ज बनेगा, तो वे इसे प्राइड ऑफ प्लेस देंगे'')। एक खाने में भाँति-भाँति के अंतर्वस्त्र रखे थे-ब्रा, पेंटी, फुल, हाफ और टॉप स्लिप, क्रॉस और स्ट्रेट बिकिनी। दायीं दीवार से लगी बड़े दर्पण वाली ड्रेसिंग टेबिल थी। दराजें श्रृंगार-प्रसाधनों से

भरी हुई। पश्चिमी दीवार से लगा डबल बेड था। उस पर पत्तियों वाले मोटिफ का बेडस्प्रैड। दोनों ओर की छोटी मेजों पर दो लैंप।

टेरेस पर बेंत की कुर्सियाँ और रॉकिंग चेयर रखी थी। लिविंग रूम वाले छज्जे में ऊपर से लटकती झूलेनुमा कुर्सी। अपने बेडरूम वाले पैसेज में वर्षा ने अपने अनेकानेक नाट्य-प्रदर्शनों की सिर्फ अपनी तस्वीरों का कोलाज लगाया था-'अभिशप्त सौम्यमुद्रा' से लेकर 'तीन बहनें' तक (इसमें सिर्फ दो ही बाहरी व्यक्तियों को वर्षा के साथ शोभित होने का सम्मान मिला था। वर्षा के निर्देशानुसार स्टिल छायाकार ने १८९९ में मॉस्को आर्ट थिएटर की मंडली के साथ लिए चेखव के नाट्यपाठ के दृश्य में इस तरह ट्रिक फोटोग्राफी की थी कि मेज पर बीच में चेखव पांडुलिपि खोले पढ़ रहे हैं, उनके बायीं ओर स्यानिस्लावस्की बैठे हैं और दायीं ओर मेज पर कुहनी टिकाये, हथेली पर चिबुक टेके माशा की वेशभूषा में सिलबिल बैठी है। तस्वीर के मूल बारह सदस्य गायब कर दिये गये थे-ओल्गा निपर को मिला कर! मूल चित्र में मेज पर कुहनी टिकाये वर्षा के 'जीवन के तीसरे पृष्ठ' के दायीं ओर जो युवा अभिनेत्री बैठी थी, उसका नाम वर्षा को मालूम नहीं था। "प्रिय रंगसहयात्री, मुझे माफ कर देना।" वर्षा ने कहा था। पर बेचारी ओल्गा निपर को इस सौजन्य के लायक नहीं समझा गया था। यह चित्र देखकर हर्ष जोर से हँसा था। फिर उसे बाँहों में भर कर चूम लिया था, "शाहजहाँपुर की मेरी सिलबिल का सेंस ऑफ ह्यूमर तो देखो!")।

'यह समाचार ऐसे ही है,' पिता ने लिखा था, 'जैसे कोई ताँबे का पैसा ढूँढ रहा हो और उसे स्वर्ण-मुद्राओं से भरी मंजूषा मिल जाये। हमारी सात पीढ़ियों में कभी कोई उत्तर प्रदेश से बाहर नहीं निकला, सभी किरायों के आवासों में रहे। तुमने इन दोनों परंपराओं को तोड़ा और वह भी मायानगरी बंबई में! मैं तो विस्मयविमूढ़ हूँ।'

बंबई के मित्रों में सिर्फ नीरजा, मीरा, सिद्धार्थ और विमल-परिवार था (बीरजी एवं मामाजी शाम को बधाई दे गये थे।)। थोड़ी देर पहले चतुर्भुज का फोन आया था, "कुमारी, सुना है, अनुपमा आयी हुई है?" "हाँ।" "मैं आऊँ कि नहीं?" "श्रीमान्, दिल्ली के सिर्फ अभिन्न मित्रों को ही बुलाया है।" "अच्छा!" कह कर चतुर्भुज ने फोन रख दिया। वर्षा समझ नहीं पायी कि उन्होंने क्या तय किया।

पर थोड़ी देर पहले वह सहज भाव से भीतर घुसे। सबको सामान्य अभिवादन करके कोने में गये, "हैलो अनुपमा, अच्छी तो हो?"

"हाँ।" अनुपमा मुस्करायी, "सुना है, बहुत व्यस्त चल रहे हो?"

पल भर को आशंकित वातावरण फिर सहज हो गया।

"हम लोग इमेज के गुलाम हैं।" विमल दिव्या एवं रोहन को बता रहे थे, "मेरे पास जो भी प्रस्ताव आता है, उसमें कहानी शक्तिशाली पुरुष के आसपास घूमती है। वितरक ऐसे ही प्रोजेक्ट को बैक करते हैं, इसलिए निर्माता ऐसे ही प्रोजेक्ट को शुरू करते हैं। मैं यह कहने को मजबूर हूँ कि ज्यादातर दर्शक ऐसे ही प्रोजैक्ट को पसंद करते हैं। मेरे घर में ही मेरी इमेज पर मुहर लगाने वाला दर्शक मौजूद है..." विमल ने मीता का गाल थपथपाया, "जिस पिक्चर में मैं दो-तीन दर्जन दुश्मनों के जबड़े नहीं तोड़ता, वह मीता को अच्छी ही नहीं लगती।" विमल ने गिलास से एक घूँट लिया, "अब चतुर्भुज हैं। ये इंडस्ट्री में 'तकियाकलाम

कॉमेडियन' के नाम से मशहूर हो रहे हैं। 'दर्द का रिश्ता' में इनका 'मैं बोल्यूँ', चल गया, अब हर पिक्चर में इन्हें एक तकियाकलाम ढूँढ़ना होगा।''

''दिल्ली से सुजाता...'' प्रिया फोन के पास ऑपरेटर बनी बैठी थी। (वर्षा के प्राइवेट सेक्रेटरी पांडे ने दस हजार की रिश्वत देकर फोन सुलभ कर लिया था)।

''वर्षा, बहुत-बहुत बधाई...'' सुजाता ने कहा, ''वर्धन परिवार का प्रतिनिधि तो है न वहाँ?''

''नहीं दीदी, आते ही होंगे।''

''अरे, इस शुभ अवसर पर भी लेट हो गया!''

बारह बजे मीता की आँखे झपकने लगीं, तो वर्षा ने बच्चों को खाना खिला दिया। थोड़ी देर बाद विमल और भाभी ने भी खाना खाया। फिर सोती हुई मीता को कंधे पर लिए विमल अपने परिवार के साथ चले गये।

''बाप रे, इतने बड़े स्टार को सामने देख कर मेरी तो सिट्टी-पिट्टी गुम हो गयी! अनुपमा हँसी।

''जब हम लोगों का यह हाल है,'' शिवानी भी हँसी, ''तो छोटी जगह के लोगों का क्या होता होगा!''

''झुमकी तो ऐसे आँखें फाड़कर देख रही थी, जैसे विमलजी को कच्चा ही चबा जायेगी।'' चतुर्भुज मुस्कराये।

''दीदी, हर्ष भैया आ गये!'' थोड़ी देर बाद उमगी हुई झुमकी वर्षा के पास आकर बोली।

''तर्क, कालीगुला!'' हर्ष नाटकीय भंगिमा से दरवाजे पर खड़ा था, ''देखो, तर्क कहाँ ले जाता है। शक्ति अपनी सर्वोच्च सीमा तक, इच्छाशक्ति अपने अनंत छोर तक। आह, इस धरती पर मैं ही हूँ, जिसे यह रहस्य मालूम है...शक्ति तब तक संपूर्ण नहीं होती, जब तक अपनी काली नियति के सामने आत्मसमर्पण न कर दिया जाये। नहीं, अब वापसी नहीं हो सकती। मुझे आगे बढ़ते ही जाना है, जब तक कि समागम न हो जाये।''

आदित्य, इरावती, चतुर्भुज और अनुपमा तालियाँ बजाने लगे।

आगे बढ़ता हुआ हर्ष यकायक ठिठक गया।

''हैलो...'' बायीं ओर शिवानी खड़ी थी।

''सो नाइस टु सी यू...'' हर्ष मुस्कराया।

शिवानी कुछ कह नहीं पायी ("बहुत दिनों बाद जिस हर्ष को देखा था, वह अंदर-बाहर से बहुत बदला हुआ लगा। वर्षा, मैंने मुश्किल से अपने पर काबू पाया।'' शिवानी ने बाद में कहा था। अच्छी बात यह थी कि शिवानी और हर्ष का क्या रिश्ता है, यह वर्षा के अलावा और किसी को मालूम नहीं था)।

''सबसे पहले यह बताओ कि तुम थे कहाँ?'' आदित्य ने पूछा।

''गोराई बीच से सीधा आ रहा हूँ। एडवर्टाइजिंग फिल्म की शूटिंग चल रही थी।''

''गृहप्रवेश पर हार्दिक बधाई।'' थोड़ी देर बाद हर्ष ने किचिन में उससे हाथ मिलाया और यहाँ-वहाँ देखकर होंठों पर छोटा-सा चुंबन जड़ दिया।

"थोड़ी देर पहले दिल्ली से फोन आया था।"

हर्ष ने गहरी साँस ली। कुछ बोला नहीं। फिर अपना गिलास लिए बाहर चला गया।

सोती प्रिया को उठा कर वर्षा अपने बेडरूम में ले आयी। तय किया था, दिव्या और रोहन यहाँ सोयेंगे, दूसरे बेडरूम में शिवानी, अनुपमा, नीरजा एवं झुमकी के साथ वह स्वयं और हर्ष-चतुर्भुज ड्राइंगरूम में (बड़े फ्लैट की उपयोगिता गृहप्रवेश पर ही उजागर हो गयी थी। अगर एक ही बेडरूम का फ्लैट लिया होता, तो?)।

तभी बाहर ऊँचा कोलाहल हुआ। पल भर को वर्षा सकपका गयी। जल्दी से बाहर निकली, तो देखा, कंधे पर बैग लटकाये स्नेह आदित्य से गले मिल रहे थे।

"बालिके, मुबारक!" स्नेह ने उसे बाँहों में भर लिया।

नीरजा प्रमुदित भाव से देख रही थी ("थिएटर के लोग आपस में बहुत अनौपचारिक होते हैं।" उसने बाद में कहा था। "हाँ। हम लोग पूर्वाभ्यासों व मंचनों के दौरान एक-दूसरे के सामने भावात्मक रूप से इस तरह अनावृत हो जाते हैं कि बहुत विशेष प्रकार की आपसी समझदारी पनपने लगती है।" उसने जवाब दिया था)।

अनुपमा स्नेह को पूरे घर की परिक्रमा करवा कर लायी, तो चतुर्भुज ने उनके हाथ में गिलास थमा दिया। देखते-देखते स्नेह का चेहरा गंभीर हो गया। आदित्य, हर्ष, चतुर्भुज और वर्षा को एक निगाह देखकर उन्होंने अपना गिलास ऊपर उठाया, फिर बोले, "टु डिफैक्टर्स..."

कुछ क्षणों के लिए फिर पहले के जैसा तुमुल कोलाहल हुआ। खिलखिलाहट और ठहाकों से घर भर गया। दिव्या और रोहन कौतुक के भाव से दृश्य देखते रहे। झुमकी भी मुस्कराने लगी।

"स्नेहजी को यकायक यहाँ देखते ही मैं समझ गया था।" चतुर्भुज बोले, "डिफैक्टर्स को कठघरे में खड़ा करने का ऐसा मौका ये छोड़ने वाले नहीं।"

"आज की सबसे संगीन अपराधी है वर्षा वशिष्ठ!" स्नेह बोले, "चलो, गीता की कसम खाओ।"

वर्षा ने हाथ आगे बढ़ा कर छूने का मूकाभिनय किया, "मैं गीता पर हाथ रखकर कसम खाती हूँ कि जो भी कहूँगी, सच कहूँगी और सच के सिवाय कुछ नहीं कहूँगी।"

"तुमने अपने पूरे होशोहवास में, बिना किसी कुसूर के, भोलीभाली सौम्यमुद्रा को कुएँ में धक्का दिया?" स्नेह ने हल्की मुस्कान से पूछा।

"हाँ।" वर्षा ने गंभीरता से उत्तर दिया।

"तुमने निहत्थी शान्या, नीना और सुदर्शना के सीने में छुरा भोंका?"

"हाँ।"

"तुमने माशा के गले में बँधा फाँसी का फंदा खींचा?"

"हाँ।"

स्नेह उसे देखते हुए बोले, "अब तुम्हें क्या सजा दी जाये?"

"अंडमान और साइबेरिया भी मेरे लिए कम होंगे।" वर्षा ने आँसू पोंछने का माइम किया, "मैं इतनी नीच हूँ कि जिंदगी भर थिएटर करने के बाद मैंने बेडरूम में एयरकंडीशनर लगवा लिया है।"

एक-दो लोग हँसे, पर स्नेह की संजीदगी देखकर चुप हो गये।

''तुम्हें ऐसी सजा दी जायेगी कि रंगवंचना की लालसा रखने वालों के कलेजे काँप जायें।'' स्नेह ने नाटकीय ढंग से वर्षा की ओर संकेत किया, ''वर्षा वशिष्ठ, हम तुम्हें कमर्शियल सिनेमा में स्टार बन जाने की सजा देते हैं।''

फिर ठकाके लगे-ऊँचे और लंबे। घर गूँज-सा गया।

''स्नेहजी, आप आते ही वर्षा के पीछे पड़ गये।'' अनुपमा बोली, ''बाकी अपराधियों को भी कठघरे में बुलाइये न।''

''मुझे तो बहुत पहले स्नेह कलात्मक फाँसी दे चुके हैं।'' आदित्य फीकी हँसी हँसे।

''स्नेह, प्लीज...'' इरा ठंडे स्वर में बोली, ''ऐसी बातों से आदित्य का बी.पी. बढ़ जाता है।''

''स्नेहजी, अब आप कठघरे में हैं।'' अनुपमा बोली, ''कसम खाइए।''

स्नेह ने गीता की कसम खायी।

''क्या यह सच है कि खेमका एंटरप्राइज ने डिफेंस कॉलोनी में आपको फर्निश्ड मकान दिया है?'' अनुपमा ने हल्की मुस्कान से पूछा।

''हाँ।'' स्नेह ने संजीदगी से उत्तर दिया।

''क्या यह सच है कि आप अनौपचारिक रूप से खेमका एंटरप्राइज के पी.आर.ओ. हैं और उनकी हर तरह की कठिनाइयाँ सुलझाने में मदद करते हैं?''

''हाँ!''

''क्या यह सच है कि आप लंबे समय से किसी थिएटर हॉल में झाँकने भी नहीं गये?''

''हाँ।''

''अब आप बताइए, आपको क्या सजा दी जाये?''

स्नेह ने गहरी साँस ली, ''हाकिमे इंसाफ और मेम्बराने जूरी, जब ये चारों मुलजिम मुझे एक-एक करके मंडी हाउस में अकेला छोड़ गये, तो शादी जैसी संगीन सजा तो मुझे, मिल ही चुकी है।''

एक बार फिर ठहाकों का मौसम आ गया।

सिल्क का कुर्ता और लुंगी पहने बालों में रिबन बाँधती हुई वर्षा ड्राइंगरूम में आयी।

''कुछ पियोगी दीदी?'' झुमकी ने पूछा।

पल भर सोच कर वर्षा ने कहा, ''थोड़ी-सी वाइन दे दो।''

घुटने पर घुटना रखे वर्षा सोफे पर बैठी थी। एक कुशन बगल में, एक गोद में।

नये नीड़ और झुमकी के कारण उसकी घर की अवधारणा बदल गयी थी। करोलबाग और जोड़बाग में भी (वह दिल्ली में 'बागों' में ही क्यों रही, उसने सोचा।) उसके घर थे, लेकिन उनकी प्रकृति दूसरी थी। वे रैनबसेरे कभी भी उससे खाली करवाये जा सकते थे। (करोलबाग की बरसाती तो खाली करवायी भी गयी थी। अब उसकी समझ में आया कि सहगल परिवार के प्रति उसके व्यवहार में सदाबहार विनयशीलता क्यों थी!)। पर अपनी

चाबी से १०१, सिलवर सैंड का दरवाजा खोलते हुए जो अनुभूति हुई, वह अभूतपूर्व थी। ये छतें और दीवारें मेरी हैं, इन खिड़कियों और रोशनदानों पर मेरा स्वामित्व है, ये कमरे मेरी जागीर हैं, इन टैरेस पर मेरी प्रभुता है, यहाँ से बायें, दायें और सामने सागर का जो पारावार है, उस पर वर्षा वशिष्ठ की अमूर्त पताका फहरा रही है। मेरे इस लाल किले से मुझे कोई मकानमालकिन नहीं हटा सकती, उसने ठोस आत्मविश्वास के साथ सोचा।

लेकिन स्वामित्व की जो भावना ऐसी दृढ़ थी, वह अपने अकेलेपन के कारण निरीह लगने लगी। पिछले माँगे हुए फ्लैट में सबसे त्रासद क्षण वह होता था, जब वह रात को वापस लौटकर लैच खोलती थी, फिर अँधेरे में भीतर घुस कर पहली रोशनी जलाती थी। अंधेरा और अकेलापन–इन दोनों के ताने-बाने जैसे मकड़ी के जालों की तरह दीवार पर अटके होते थे और आईना बनकर उसे अपने चेहरे के करुण अक्स को देखने के लिए मजबूर करते थे। जब झुमकी के आने के बाद उसकी मुस्कान से स्निग्ध, आलोक से जगमगाता घर घंटी के बजाने पर खुलने लगा (अपनी चाबी के इस्तेमाल की जरूरत नहीं थी!,) तो वर्षा के सामने पहली बार 'घर' की संज्ञा के बिंब उभरे।

''वर्षा, मैं आज कितनी खुश हूँ, तुम समझ सकती हो।'' गृहप्रवेश पर दिव्या ने कहा था।

वे पैसेज की दीवार पर मैरिल स्ट्रीप का ब्लोअप चिपका रही थीं। वर्षा निचले कोनों को दबाये खड़ी थी।

''अब मैं तुम्हें व्यक्ति के रूप में व्यवस्थित देखना चाहती हूँ। मैं तुम्हें विश्वास दिलाती हूँ, कलात्मक लालसा और व्यवस्थित जीवन के बीच कोई द्वंद्व तो नहीं ही है, बल्कि तुम्हारे भावात्मक स्वरूप को जानते हुए मैं यह भी कह सकती हूँ कि ऐसी तृप्ति तुम्हारी कलाक्षमता में और धार लायेगी। मैरिल तुम्हारी प्रिय अभिनेत्री है। तुम उसका उदाहरण देख सकती हो। अपने मूर्तिकार पति और दो बच्चों के साथ उसने ठोस भावात्मक सुरक्षा पा ली है। भावात्मक ऊहापोह से अनिश्चय और संशय पनपते हैं, जो व्यक्ति के रूप में तो घुन बनते ही हैं, कलात्मक चुनौती से जूझने की प्रखरता को भी किसी सीमा तक कुंद कर देते हैं।''

दिव्या को गोंद का ब्रश थमाते हुए वर्षा ने इस घर में भावात्मक सुरक्षा की कल्पना की। रात को वह वापस लौटी, तो हर्ष ने उसे बाँहों में बाँध लिया। छुट्टी के दिन वह उससे सटी देर तक बिस्तर पर पड़ी रही। उसकी बाँह थामे किसी समारोह के लिए फ्लैश की चमक के साथ हॉल में दाखिल हुई।

''हमारे समाज की प्रकृति ऐसी है कि भावात्मक संबल को सामाजिक मान्यता मिलनी चाहिए। यह संबद्ध व्यक्तियों के लिए ही नहीं, आगे आने वाली संतान के लिए भी जरूरी है।''

वर्षा को तत्क्षण चौदह बटा चौदह का पहला दिन याद आया, जब दिव्या उसकी बरसाती सजा रही थी। जब उन्होंने एक कामकाजी, स्वतंत्र युवती के लिए सिर्फ हर्ष के भावात्मक संबल को रेखांकित किया था। आज दिव्या व्यवस्थित जीवन पर बल दे रही है। समय के साथ अभिन्न मित्रों की माँगें कैसे बढ़ जाती हैं, उसने हल्की मुस्कान से सोचा।

वर्षा के बिंब में हर्ष के सिर पर सेहरा लग गया और उसने पीछे-पीछे वेदी के सात फेरे लिये।

इन दिनों फिर उसने स्थिति का विश्लेषण करने की कोशिश की थी। दिल्ली में पारस्परिक तनाव के पीछे अगर कलात्मक प्रतिद्वंद्विता थी, तो बंबई में कारण क्या बताया जा सकता था? क्या वर्षा की तुलना में हर्ष की पेशेवर अस्थिर स्थिति?

''हर्ष, तुम मिस्टर इस्सर से मिल लो।'' 'आरती और अंगारे' के मुहुर्त पर उसने नरमी से कहा था, ''उनकी एक और फिल्म शुरू हो रही है। उसमें एक अच्छी भूमिका है।'' (यह जानबूझकर छिपा लिया कि उसने हर्ष की बलपूर्वक सिफारिश की है)।

''बाद में मिल लूँगा।'' हर्ष ने एक नजर इस्सर की दिशा में देखते हुए कहा, ''अभी वह भक्तों से घिरे हैं।'' (अपने मुँह का स्वाद कम कड़वा करने के लिए ही शायद उसने 'चमचे' शब्द का प्रयोग नहीं किया था)।

''यहाँ बड़े लोग हमेशा भक्तों से घिरे रहते हैं। तुम कब तक अपनी मुलाकातें स्थगित करते जाओगे?'' वर्षा अपनी नाराजगी दबा नहीं पायी। वह मुस्कराकर, विनीत भाव से कितनी कोशिश कर रही है, दूसरों के 'बड़प्पन' के सामने अनुगृहीत हो रही है और जिसके लिए यह सब झेल रही है, उसका यह रवैया है?

''रंजना की फिल्म शुरू हो जाये, मुलाकातों की जरूरत ही नहीं रहेगी।''

''रंजना की फिल्म के लिए तुम कब तक अपना कैरियर स्थगित करते जाओगे? यह थिएटर नहीं है कि तुमने नाराज होकर रिपर्टरी छोड़ दी, स्नेह ने कुछ हजार का बंदोबस्त किया और तुमने दिल्ली में धमाका कर दिया। फिल्म को पूरा करने के लिए लाखों की जरूरत पड़ती है। अगर न हो पाये, तो?'' आवेग में अंतिम वाक्य बोलते हुए उसे संकोच नहीं हुआ।

''अगर नहीं हो पाये, तो इस्सर को मेरे पास आने से किसने रोका है? क्या उन्हें मालूम नहीं कि मैं किस दर्जे का अभिनेता हूँ? अगर उन्होंने 'कंपन' नहीं देखी, तो वेनिस एवार्ड के बारे में तो सुना होगा?''

''तुम्हें एवार्ड जरूर मिला है- उसके लिए मुझे गर्व है, पर 'कंपन' फ्लॉप फिल्म है।'' वर्षा का स्वर भी हर्ष के समान तीखा था, ''इसलिए तुम इनके लिए 'क्लासेज' के एक्टर हो, 'मासेज' के नहीं। जिस दिन तुम्हारी फिल्म जुबिली हो जायेगी, ये सिर के बल तुम्हारे पास आयेंगे, लेकिन जब तक ऐसा नहीं होता, तुम्हें ही इनके पास जाना होगा।''

हर्ष ने उसे घूर कर देखा, ''किस तरह कमर्शियल सिनेमा की शब्दावली में उन लोगों की वकालत कर रही हो। और क्यों नहीं होगा, उन्होंने तुम्हें हीरोइन जो बनाया है।''

चतुर्भुज ने, जो अभी तक इस दृश्य के मूक साक्षी थे, पहली बार मुँह खोला, ''हर्ष, यह पेटी-के-नीचे-का-प्रहार है। वर्षा ने वही तर्क दिया है, जो लोकप्रिय सिनेमा वाले सचमुच देते हैं।''

हर्ष ने जैसी जलती निगाह से चतुर्भुज को देखा, उससे यही प्रकट होता था कि वह अपनी प्रतिक्रियाओं में कितना सीमित और उफान भरा हो गया है।

''कुछ मत कहिए चतुर्भुजजी, वरना यह आप पर भी मेरा चमचा होने का इलजाम लगा देंगे।'' वर्षा ने भरपूर आहत दृष्टि से हर्ष को देखा, फिर तरल छाया वाले स्वर में कहा, ''जिंदगी में मेरी जो थोड़ी-सी आस्था रह गयी है, तुम उसको भी मिटा कर रहोगे।''

वर्षा के मन का एक हिस्सा दिन भर उदास रहा। हर्ष और उसके संबंध की यह कैसी नियति है? क्यों रह-रहकर उनके बीच में तनाव आ जाता है? क्या ऐसे तनावों के बोझ ढोते-ढोते वह आजिज नहीं आ गयी? आज जो नाटकीय समक्षता संपन्न हुई, उसके पीछे क्या उसका दोष है? यह सिलसिला कब तक चलता रहेगा?

शाम को अकेलेपन से बचने के लिए वह मीरा के यहाँ चली गयी। देर तक गप्पें होती रहीं। फिर साथ-साथ खाना बनाया और खाया। जब आधी रात को वह वापस लौटी, तो दरवाजे की कुंडी में छोटी-सी चिट फँसी हुई थी। आठ चालीस पर आये हर्ष ने लिखा था, "वर्षा, मैंने तुम्हें चोट पहुँचायी है। मैं माफी माँगता हूँ।"

दिन भर की दोनों भावनाएँ पल भर में घुल गयीं-उदासी और आक्रोश...

"हर्ष," गृहप्रवेश के दूसरे दिन वर्षा ने कहा था, "मुझे तुम्हारा रंजना के यहाँ रहना पसंद नहीं।"

'दर्द का रिश्ता' के दो गीत काफी लोकप्रिय हो रहे थे। हर्ष ने कहा था, क्या वह नारंग के माध्यम से संगीत-निर्देशक कुसुमाकर सावरकर से रंजना की फिल्म के लिए बात कर सकेगी? कुसुमाकर पारिश्रमिक में रियायत के लिए सहमत हो गये थे। अगले दिन शाम पाँच बजे उन्होंने बात करने के लिए बुलाया था। "मैं और रंजना मिल लेंगे।" हर्ष ने मुस्कान के साथ कहा था।

हर्ष उसकी ओर देखता रहा। फिर जरा-सा मुस्कराया, "पूछ सकता हूँ, क्यों?"

"तुम अभी मुझे जानते नहीं हो। मैं बहुत ईर्ष्यालु और पजैसिव हूँ। मैं हँसते-हँसते खून तक कर सकती हूँ।"

"अच्छा हुआ, बता दिया। आगे से होशियार रहूँगा।"

"मैं संजीदगी से कह रही हूँ।"

हर्ष की भी मुस्कान विलुप्त हो गयी, "बिना किराया दिये और कहाँ रह सकता हूँ?

"मैं तुम्हें जुहू में साथ रखना चाहती थी। पर तुमने कहा, नीरजा के घर वाले एतराज कर सकते हैं। मैं चुप रह गयी। अब तो मुझे किसी का डर नहीं।"

"क्यों? तुम्हारे घर वालों को आपत्ति नहीं होगी?"

"उन्होंने अपने अनुभव से सीख लिया है। वे मेरी जाती जिंदगी में दखल नहीं देते।"

हर्ष कुछ पल चुप रहा। फिर बोला, "सुजाता और मम्मी को बुरा लगेगा।" फिर उसका हाथ थामते हुए जोड़ा, "वर्षा, कुछ ही दिनों की बात है।"

"सुजाता ने फिर फोन कर पूछा था, मम्मी के बंगले वाले प्रस्ताव पर तुमने अपनी प्रतिक्रिया नहीं बतायी।"

इस बार हर्ष के चेहरे पर वैसी ही पीड़ा भरी दुर्बलता का भाव आ गया, जो उसने कुछ समय पहले हर्ष की आँखों में जुहू के फ्लैट में देखी थी।

"वर्षा, ऐसे ही मन हुआ कि तुमसे बात करूँ।" रात को सुजाता ने फोन पर कहा, "तुम सो तो नहीं गयी थीं?"

''नहीं दीदी! दोपहर दो से रात दस तक की शिफ्ट थी। थोड़ी देर पहले लौटी हूँ।'' सामने बैठे हर्ष की ओर मुस्कान फेंकते हुए वह बोली।

''प्रेम की परिभाषाओं को लेकर तुम बहुत उत्सुक रहती हो न!'' सुजाता का स्वर चंचल था, ''अभी-अभी मैंने इस साल के मिस्टर इंडिया का इंटरव्यू पढ़ा। फर्माते हैं, 'लव इज ए गुड रिक्रियेशन!' ''

वर्षा उन्मुक्त भाव से हँसी। बंबई से दिल्ली तक की लाइन खिलखिलाहट की तरंगों से आलोड़ित हो उठी।

हर्ष ने पल भर उसकी ओर देखा, फिर अपनी ओर संकेत करते हुए नाहीं का इशारा किया।

''नहीं दीदी, हर्ष तो नहीं आये।'' उसे कहना पड़ा, पर स्वर में कचोट थी।

जब वर्षा ने रिसीवर रखा तो उसकी निगाह नीचे रही। बहन-भाई के रिश्ते पर से कोई गोपनीय आवरण उसके देखते-देखते हट चुका था। यकायक पूछने का न मन हुआ, न साहस।

''उसे बंगले को नहीं छुऊँगा, चाहे कुछ भी हो जाये।'' हर्ष ने धीमे स्वर में कहा। सिगरेट सुलगायी, तो उँगलियाँ हल्के-से काँप गयीं, ''ओल्गा, माशा और आइरीना ने कुल मिलाकर एन्द्रेइ के लिए उतने सपने नहीं देखे होंगे, जो सुजाता ने मेरे लिए देखे थे। मैरिट लिस्ट में मेरा नाम होगा, मैं विदेश सेवा में जाऊँगा, पैरिस, मॉस्को और वाशिंगटन में भारत का राजदूत बनूँगा। मैं दिल्ली की इलिट बिरादरी का सबसे एलीजिबल बैचलर रहूँगा। 'कंपन' फिल्म मिलने से वे टूटे सपने थोड़े जुड़े थे, पर फिल्हाल मेरे वजूद का एहसास सुजाता के लिए वैसा ही है, वैसे काँच के टूटे टुकड़ों पर पाँव पड़ जाना... 'सीगल' में कोस्त्या बिलकुल सच कहता है वर्षा, 'औरतें नाकामयाबी कभी माफ नहीं करतीं!' ''

वर्षा ने कहना चाहा, अभी तुम नाकामयाब नहीं हुए हो, अभी भी तुम सँभल सकते हो। पर दर्द से स्तब्ध खामोशी को तोड़ने की पहल नहीं कर पायी।

जब वर्षा ने कहा था कि वह बहुत ईर्ष्यालु है, तो गलत नहीं था। हालाँकि यह अनुभूति नयी थी (शिवानी-प्रसंग के समय वह हर्ष के साथ अपने संबंध को लेकर स्वयं आश्वस्त नहीं थी। चारुश्री-प्रसंग के दौरान वह स्टार के सामने अपनी विपन्न स्थिति पर संकुचित थी। तो इस नये एहसास को सुलगाने वाली हवा कौन-सी थी? बढ़ती उम्र में भावात्मक संबल को कसने की ललक या व्यावसायिक सिनेमा में अपनी दृढ़ होती हुई स्थिति?)। हर्ष से बंबई में पहली भेंट के बाद वह इस उधेड़बुन में थी कि कैसे रंजना को देखे। वर्षा को विश्वास था कि रंजना को देखने के बाद निश्चय हो जायेगा कि संशय का आधार है या नहीं। वह यही सोच रही थी कि किस बहाने से माहिम पहुँचे कि तभी रात को दरवाजे की घंटी बजी।

ढलती उम्र और ढलते सौंदर्य की गोरी-सी स्त्री सामने खड़ी थी। रखरखाव में आयु के चिन्हों को छिपाने की कोशिश। बाल डाइ किये गये थे और मैक्सी में देह की अनचाही मांसलता को ढाँपा गया था। नैन-नक्श में अभी भी आकर्षण की धुँधलाहट थी।

''मैं रंजना...'' उसने व्यग्रता से कहा, ''आपने हर्ष को पैसे दिये थे?''

वार्तालाप की ऐसी शुरुआत से वर्षा बौखला गयी (वह हर्ष को अब तक तीन बार पैसे दे चुकी थी)।

''मैंने क्या दिया था या क्या लिया था, इससे आपका कोई मतलब नहीं।''

''माफ कीजिए वर्षाजी।'' रंजना ने अनुनय की, ''मैं बहुत परेशान हूँ, इसलिए ठीक से कह नहीं पायी। हर्ष दो दिन से ड्रग एडिक्ट्स के एक अड्डे पर पड़े हैं। इकट्ठा पैसा उनके हाथ में आ जाये, तो यही डर रहता है। मैं उन्हें लेने खुद नहीं जा सकती। हर्ष मुझसे बहुत नाराज होंगे। मैं आपको वहाँ तक छोड़ दूँगी। आप हर्ष से मेरा नाम मत लीजियेगा। कहिएगा, असलम ने आपको फोन किया था।''

इतने विस्तार जानने के बाद वर्षा को रंजना के उद्देश्य पर विश्वास हो गया। यह भी समझ में आ गया कि रंजना का प्रश्न उसके एवं हर्ष के संबंध-क्षेत्र में अतिक्रमण नहीं था। उसने क्षमा माँगी।

''वो सामने...'' रंजना ने कालीना में पिछवाड़े के जीर्ण-शीर्ण मकान की ओर संकेत किया। रास्ते में कोई बात नहीं हुई थी। वर्षा डर से सुन्न थी। हर्ष यहाँ तक जा सकता है, उसने सोचा।

टैक्सी से उतरकर वर्षा दरवाजे तक आयी रंजना बगल के स्टोर की ओट में आ गयी थी।

वर्षा की धड़कन बढ़ गयी थी। सामने मैला पर्दा लटक रहा थां उसने दो बार दरवाजे पर दस्तक दी।

पीछे आहट हुई। फिर पुरुष-स्वर सुनायी दिया, ''कौन?''

पल भर वर्षा की समझ में न आया कि क्या कहे।

''जरा खोलिए। जरूरी काम है।'' वर्षा को लगा, उसकी आवाज कुछ ऊँची हो गयी है।

दरवाजा खुल गया। दुबला-पतला, काला आदमी तंग पाजामा और बाँहों वाली बनियान पहने उसे देखकर उलझन में था।

''मैं हर्ष को लेने आयी हूँ।'' वर्षा ने थूक-सा गटका, ''गोरे, लंबे। नीली जींस पहने हैं।''

वह आदमी क्षण भर रुका, फिर रूखे स्वर में बोला, ''बाई, तुम टैक्सी में जाके बैठो। अपुन को लफड़ा नई माँगता।''

अपने बिस्तर पर लेटे हर्ष को वह थोड़े ताज्जुब और थोड़े दर्द से देख रही थी। वह होश में नहीं था। टैक्सी तक लाने में उस आदमी के और बिल्डिंग तक पहुँचने के बाद चौकीदार के सहारे की जरूरत पड़ी थी (होंडा और मर्सिडीज से उतरने वाली वर्षा को 'बेवड़े' (शराबी) के साथ देखकर चौकीदार के चेहरे पर जो भाव उभरा था, वह वर्षा को याद आया)।

इतने वर्षों में वर्षा ने हर्ष को कभी नशे में बेसुध नहीं देखा था। वह सिर्फ मोहक तरंग में आता था। चेतना या संयम खोने का प्रश्न ही नहीं था। वस्तुतः हर्ष का आसव-पान वर्षा के लिए गर्व का कारण था। एक पैग के बाद उसकी हाजिरजवाबी में और निखार आ जाता था। उसकी ड्राइविंग की सजगता में भी कमी नहीं आती थी। आज दूसरी बार हर्ष को चेतनाहीन देखकर वर्षा सकपका गयी। मदिरा और ड्रग्स में क्या आधारभूत अंतर होता है, यह वर्षा के सामने थोड़ा-सा उजागर हुआ।

"हर्ष, यह क्या हो रहा है?" अगले दिन शाम को उसने पूछा था।

वह सुबह निकल गयी थी। हर्ष वैसे ही सो रहा था। जगाना उसने ठीक नहीं समझा। यों ऐसी कोशिश का कोई फायदा भी दिखायी नहीं दे रहा था। उसकी तंद्रा सघन थी। दोपहर को उसने स्टूडियो से फोन किया। जब छह बार घंटी बजी और रिसीवर नहीं उठाया गया, तो उसने फोन बंद कर दिया। वह चिट छोड़ कर गयी थी, 'चाय का सामान गैस के पास है। खाना फ्रिज से लेकर गर्म कर लेना।'

हर्ष खिड़की के सामने बैठा चाय पी रहा था। उसने चारमीनार की मुड़ी-तुड़ी डिब्बी से सिगरेट निकाली।

प्रश्न पूछकर वर्षा को संकोच हुआ और लगा कि सुन कर हर्ष को। सूर्यभान से लड़ने पर वर्षा हर्ष को आड़े हाथों ले सकती थी, व्यावसायिक फिल्म में छोटी भूमिका स्वीकार न करने पर उसे लताड़ सकती थी, पर यह बिलकुल निजी क्षेत्र में घुसना था। हर्ष पुरुष और व्यक्ति-दोनों रूपों में मेरा सरोकार है, वर्षा ने सोचा। हमारे बीच कुछ भी निजी और व्यक्तिगत नहीं (स्त्री-पुरुष के संबंध का यह नया आयाम उसे किसी चमत्कार से कम नहीं लगा)।

"मुझे विश्वास है, तुम मेरी शर्मिंदगी की कल्पना कर सकते हो।" वर्षा ने थोड़े आवेग से जोड़ा।

हर्ष ने सिगरेट जलायी। वह अभी ही उठा होगा (खाना अनछुआ था)। आँखों में वह बोझिलता थी, जो लंबी तंद्रा से जागने के बाद बाहरी दुनिया के साथ अपना रिश्ता जोड़ने में होती है।

"अब प्रतीक्षा में मेरे लिए बड़ी यातना है।" हर्ष ने कहा, "एक डैवलपमेंट के बारे में तीन दिन बाद पता चलना था। उन पहाड़-जैसे तीन दिनों को काटने का मेरे सामने और कोई रास्ता नहीं था।"

इस तर्क का वर्षा क्या जवाब देती-सिवा एक ठंडी साँस लेने के।

"दीदी, शाम को मिसेज कुलकर्णी का फोन आया था।" झुमकी पैड देख रही थी, "फिर करीम भाई का। फिर पांडेजी बोले, शनिवार को तुम्हें स्टार नाइट में जाना है, जो चीफ मिनिस्टर रिलीफ फंड के लिए है...और हाँ, आठ बजे चंदन का फोन आया था। बोला, एन.एस.डी. से हूँ। वर्षा मुझे जानती हैं।"

वर्षा ने हामी में सिर हिलाया। सिनेमा में किस्मत आजमाने के लिए नाट्य विद्यालय के मंचविमुख बंबई आने लगे थे। हफ्ते में एक फोन का औसत चल रहा था।

"भायंदर स्टेशन के बाद बंबई फोन करना हो, तो ट्रंककाल करना पड़ता है?" झुमकी ने पूछा।

"अच्छा?"

"हाँ। चंदन ने कहा, वह विरार में ठहरा है। रात को फिर फोन नहीं कर पायेगा। कल सुबह जब घर से निकलेगा, तो भायंदर उतरकर फोन कर लेगा।"

"अगर तब तक मैं निकल जाऊँ, तो कहना, दिन में कभी भी नटराज स्टूडियो आ जाये।" वर्षा ने बड़ा-सा घूँट लिया, "झुमकी, क्या किया दिन भर?"

''बहुत काम थे दीदी! इतना बड़ा तो अपना घर है। आज मैंने गेहूँ का आटा पिसवा लिया। यहाँ बाजार में जो मिलता है, उसमें राम जाने, कितनी मैदा मिलाते हैं।''

''शाम को थोड़ा घूम आतीं। बीच तो लगा हुआ है।''

''वर्सोवा बीच बहुत गंदा है दीदी! जुहू बीच साफ है।'' झुमकी बोली, ''शाम को मार्कीट जरूर गयी थी। अच्छा बताओ दीदी, तुअर की दाल क्या होती है?'' स्थानीय शब्दावली के कारण झुमकी आजकल खासी उत्तेजित चल रही थी।

''मुझे नहीं मालूम।'' वर्षा मुस्करायी।

''अरहर!'' झुमकी खिलखिलायी, ''अच्छा, अगर तुम एक रुपया सब्जी वाले...सॉरी, भाजी वाले को देकर 'हरा मसाला' माँगो, तो वह तुम्हें क्या देगा?

''क्या?''

''अदरक का छोटा टुकड़ा, थोड़ी हरी मिर्चें, थोड़ा हरा धनियाँ और एक डंठल तेज पत्ता।'' झुमकी फिर हँसी, ''आज मैं अमूल श्रीखंड भी लायी हूँ. खाने के बाद मुँह मीठा करना।''

झुमकी प्रसन्न थी। रसोई का पूरा अधिकार उसके पास था। कितने छोटे-छोटे सुख हमें जिलाये रखते हैं, वर्षा ने सोचा।

दरवाजे की घंटी बजी।

''हैलो...'' सिद्धार्थ खड़ा मुस्करा रहा था।

''आओ सिद्धार्थ...'' वर्षा ने सामने के सोफे की ओर संकेत किया।

पैसेज से आते हुए झुमकी के चेहरे पर थोड़ी उलझन थी। यह तीसरा मौका था, जब सिद्धार्थ देर से और अकेला आया था। झुमकी के मन में यह अधिकार सिर्फ हर्ष के लिए सुरक्षित था। पहली बार सिद्धार्थ ने खड़े-खड़े पाँच मिनट बात की और चला गया। दूसरी बार थोड़ा बैठा और चाय पी।

''झुमकी...'' वर्षा ने वाइन की ओर संकेत किया।

''नहीं, थैंक्स...मैं जल्दी में हूँ। सिद्धार्थ थोड़ा असहज था।

''बैठो न!''

वर्षा समझ रही थी कि उलझन के दो आयाम हैं। जिस तरह झुमकी सिद्धार्थ के कारण उलझन में है, उसी तरह सिद्धार्थ हर्ष के कारण। जिस दिन हर्ष वर्षा के घर में सिद्धार्थ के सामने बेसुध हुआ था, उसी हफ्ते 'इल्लस्ट्रेटिड वीकली' के सिनेमा स्तंभ में वर्षा पर एक टिप्पणी छपी थी, जिसमें हर्ष के साथ रागात्मक संबंध की ओर सूक्ष्म संकेत था। शब्दावली शिष्ट एवं शालीन थी। पर इधर सिद्धार्थ ने घर और बाहर हर्ष तथा वर्षा को साथ-साथ देखा भी था। उसने क्या और कितना समझा, वर्षा नहीं कह सकती, पर अभी तक उसने कुछ पूछा नहीं था। हर्ष इतना आत्मलीन रहता था कि वर्षा के यहाँ सिद्धार्थ को देखकर उसने इसे पेशेवर मित्रता के आस-पास की स्थिति समझा होगा।

पर इस उलझन का तीसरा आयाम भी था – हर्ष और सिद्धार्थ से जुड़ी वह खुद। वर्षा ने स्थिति का विश्लेषण करने की थोड़ी-सी कोशिश की थी, पर पेशेवर और बाहरी व्यस्तता

इतनी थी कि अपनी भावनाओं का मंथन करने की गुंजायश ही नहीं थी। इस पर हर्ष की स्थिति वैसी ही अनिश्चित चल रही थी। जिस तरह हर्ष रंजना की फिल्म के लिए अन्य अवसरों की संभावना को स्थगित करता जाता था, उसी तरह वर्षा ने भी अपनी भावात्मक उलझन को फिलहाल स्थगित कर रखा था।

''अगले महीने का मेरा शिड्यूल तय हो चुका है।'' सिद्धार्थ ने एक घूँट लिया।

तभी फोन की घंटी बजी।

''हैलो...'' झुमकी ने तुरंत आकर रिसीवर उठा लिया था। फिर वर्षा की ओर मीठे ढंग से मुस्करायी, ''हर्ष भैया...''

''वर्षा,'' हर्ष की आवाज सुनायी दी, ''परसों नौ बजे सुबह से फेमस में दोनों गाने रिकार्ड कर रहे हैं।''

7
'द एंपायर स्ट्राइक्स बैक'

''मिस वशिष्ठ!'' एयर होस्टेस ने अभिवादन के साथ कहा, ''हमें आशा है, आपकी यात्रा सुखद रही।''

''बेशक।'' वर्षा ने मुस्कान के साथ अभिवादन का उत्तर दिया, ''धन्यवाद।''

अन्य सहयात्री सम्मानजनक अंतर बनाये थे। मोटे गॉगल्स से आँखे ढँके, नीली जींस और सूती कमीज पहने वर्षा सीढ़ियाँ उतरने लगी। एयरबैग कंधे पर लटकाये झुमकी पीछे थी।

''गुड मार्निंग मैडम।'' लाउंज में घुसने पर पांडे, करीम भाई और निर्माता तुलसियानी ने अभिवादन किया। (वर्षा ने लक्ष्य किया, उसकी वेशभूषा देखकर पांडे के चेहरे पर खिन्नता की एक परत चढ़ गयी। सार्वजनिक स्थल पर देखे जाने के बावजूद भी वर्षा की न तो लकदक पोशाक थी, न जगमग गहने, न झिलमिल केशसज्जा। ''मैडम, आम आदमी की यह अपेक्षा पूरी होनी चाहिए कि स्टार स्वप्नलोक का जीव है।'' उन्होंने खुलासा किया था)।

''करीम भाई, माफ करें। उड़ान में देरी हुई।''

''वह आपके बस की बात नहीं मैडम।'' तुलसियानी ने संतोष की मुस्कान दी, ''आप आ गयीं, यही हमारा सौभाग्य है।''

दूसरे कोने से ऐसे ही लोगों से घिरे अजय ने हाथ हिलाया। उत्तर देते हुए वर्षा ने सोचा, हफ्ते भर में सिने पत्रिकाएँ अजय के साथ उसके सनसनीखेज रोमांस से रंग जायेगी।

''दीदी, बाहर का पानी मत पीना। प्यास लगे, तो सोडा पी लेना।'' बाहर निकलते हुए झुमकी ने हिदायत दी, ''और लंच के बाद दवा मत भूलना। पर्स में रख दी है।''

''मैं याद दिला दूँगा।'' तुलसियानी तत्परता से बोले, ''आप चिंता मत करें।''

शोफर ने वर्षा की टोयोटा सामने लगा दी।

''झुमकी, तुम घर जाओ।'' वर्षा ने कहा, ''क्यों बेकार मेरे साथ फिल्म सिटी का चक्कर लगाओगी। मैं करीम भाई के साथ चली जाऊँगी।'' (हिंदुस्तानी, गैरवातानुकूलित कार में जाने की पेशकश सुन कर अब तक चार 'संघर्षियों' को स्टार बनाने वाले पांडे के चेहरे पर खिन्नता की एक और परत चढ़ गयी। ''मैडम, अब आप रिपर्टरी की 'जूनियर आर्टिस्ट' नहीं।'' वर्षा को हाल में 'सिलवर सेंड' के सामने ऑटो-रिक्शा से उतरते देख कर पांडे ऐसे चौंके थे, जैसे इंद्र ऐरावत के बजाय नंदी से उतरे हों, ''कामयाबी के साथ अपनी माँगें बढ़ाते जाना स्टारडम की एक अनिवार्य शर्त है। कंचनप्रभाजी को तो आपने देखा है। वे अपने कुत्ते को भी हिंदुस्तानी कार में न घुसने दें!''

एंबैसेडर सामने आकर लगी, तो तुलसियानी ने लपककर दरवाजा खोला।

''हाइ...'' सामने से जल्दी-जल्दी मीरा आ रही थी, ''कैसा रहा मद्रास का ट्रिप?''

''अच्छा रहा, पर थका देने वाला। वहाँ काम ज्यादा और जल्दी होता है। यहाँ की तरह वक्त खराब नहीं होता।'' वर्षा मुस्करायी, ''क्या प्रोग्रेस है?''

''सारी डबिंग हो गयी है। बस, तुम्हारे ही कुछ सीन बचे हैं।'' मीरा विनीत भाव से मुस्करायी, ''एक-दो दिन में समय दे सकोगी? रीजनल कमेटी की डेडलाइन की प्रॉब्लम है।''

''करीम भाई, कल मैं लंच के बाद आ जाऊँ?'' वर्षा ने प्रार्थना की।

करीम भाई की तुलसियानी से निगाह मिली। पल भर वह चुप रहे।

इस कार्य-व्यापार से पांडे के माथे पर बल पड़ गये थे। झोला, जींस और दाढ़ीवाला कला-फिल्म वर्ग उन्हें सामान्य रूप से और मीरा-सिद्धार्थ विशेष रूप से नापसंद थे। वे व्यावसायिक निर्माताओं की तरह पांडे को फोन करके वर्षा की तारीखों के लिए चिरौरी नहीं करते थे, बल्कि सीधे वर्षा के घर आ धमकते थे। बगल में बैठकर बराबरी से बात करते थे ('मैडम' नहीं, 'वर्षाजी' नहीं, 'डियर' और 'यार'!), वर्षा का खाना खाते और कॉफी-व्हिस्की पीते थे। पारिश्रमिक भी कम देते थे और मनमानी तारीखें भी ले जाते थे। देर-सबेर होती, तो वर्षा की कार उन्हें छोड़ने भी जाती। (''आर्ट सिनेमा कंगालों की बस्ती है। उसके निर्देशक खटमल हैं।'' उन्होंने अपना मत व्यक्त किया था)।

''ठीक है। हम कपिलजी का सीन कर लेंगे।'' करीम बोले

''थैंक्स।'' मीरा मुस्करायी।

''मीरा, हम तुम्हें कहीं ड्रॉप कर सकते हैं?'' वर्षा ने पूछा।

पांडे के जबड़े कस गये।

''अच्छा, 'जंबो दर्शन' पर मुझे छोड़ देना।''

वर्षा ने दरवाजे पर हाथ रख पहले मीरा को बिठाया। पांडे के चेहरे का भाव देखते हुए वर्षा ने मन-ही-मन मुस्कान रोकी (एक बार उसने उन्हें अपना दृष्टिकोण बतलाने की कोशिश की थी, ''हस्तिनापुर में शकुंतला की तरह मैं यहाँ अकेली हूँ। आश्रम के संगी-साथी पीछे छूट गये हैं। 'सिलवर सेंड' में अभी दुष्यंत भी नहीं। मेन स्ट्रीम सिनेमा के अजायबघर में मैं साइबेरियन क्रेन की तरह छटपटाती हूँ। समान वेव लेंथ होने के कारण यही

एक-दो मित्र बन गये हैं।'' पांडे गहरी साँस लेकर बोले, ''मैडम, मित्रता और शत्रुता बराबर वाले के साथ ही शोभा देती है।''))।

''आपका सीन, मैडम।'' अँधेरी से आगे बढ़ने पर करीम ने पन्ने उसकी ओर बढ़ाये।

वर्षा ने सरसरी निगाह डाली। छोटे-बड़े बेडौल अक्षरों और आड़ी-तिरछी लकीरों में संवाद लिखे थे, 'यह इम्तिहान का रिजल्ट नहीं, मेरे अरमानों की चिता है। मेरे दो सालों की तपस्या यहाँ कोयले का ढेर बनी पड़ी है (अगर 'कोयले' की जगह 'राख' होता तो बेहतर था। पर उसने कुछ कहा नहीं)। चौबीस महीने मेरी एक-एक साँस ने जो सपने देखे थे, वे यहाँ दम तोड़ रहे हैं। (सपने 'साँसें' देखती हैं?) सात सौ तीस दिन मैंने ख्वाबों का जो महल बनाया था, उसकी एक-एक ईट चकनाचूर हो गयी है' (रूपक को कितना खींचोगे यार? इसके बाद दो साल के घंटों को भी गिनोगे?)।

उसने पन्ने मोड़ कर बगल में रख लिए और उदास भाव से बाहर देखने लगी। अगर रिपर्टरी में मंचन के लिए ऐसा दृश्य दिया जाता, तो? सबसे पहले तो सूर्यभान ही हिज्जों की गलतियों और ऊटपटाँग लिखावट के कारण दृश्य को रद्दी की टोकरी में फेंक देते। फिर कथ्य की बारी आती, तो कलाकार प्रमुदित भाव से दृश्य का होलिका-दहन करते। (उसे एक उदीयमान महिला नाटककार का ध्यान आया, जो भगीरथ प्रयत्न के बाद कंपनी के सामने अपना नाटक पढ़ने आयी थीं। स्टूडियो थिएटर में कुछ पन्नों के बाद लोगों के चेहरे पर सूक्ष्म मुस्कानें आने लगी थीं। समाप्ति के बाद नाटक की शल्यक्रिया के बीच बेचारी रुआँसी हो गयीं। ''क्षमा कीजिए।'' सूर्यभान नरमी-से बोले, ''कंपनी अपने स्तर के अनुरूप ही नाटक चुनती है।'')

काश, मैं इस दृश्य को खिड़की से बाहर फेंक सकती, वर्षा ने सोचा।

उसे लंबी जमुहाई आयी। पिछली रात जैमिनी स्टूडियो में ग्यारह बजे उसका पैकअप हुआ था। सोने के लिए कपड़े बदलते समय बारह बजे रहे थे। सुबह की फ्लाइट थी। उसका बस चलता, तो वह घर जाकर एक झपकी लेती। फिर कुशन गोद में रखे, कॉफी का घूँट लेते हुए वी.सी.आर. पर 'टूट्सी' देखती। पर नहीं, उसे दिन भर इस बेजान, फूहड़ दृश्य को विश्वसनीय बनाना था।

''वर्षाजी, आपकी नजरे-करम चाहिए।'' 'दर्द का रिश्ता' की रजत-जयंती पर करीम भाई ने विनीत भाव से कहा था।

''क्या बात है करीम भाई?'' वर्षा मुस्करायी।

करीम भाई का व्यवहार उसे पसंद था। वह मीठा बोलते थे, टेकिंग्ज के विस्तार उसे मनोयोग से समझाते थे। फिर कंचनप्रभा के साथ आये तनाव के समय उन्होंने गोपनीय रूप से उसे हमदर्दी दी थी (फाइनल प्रिंट में कंचनप्रभा के ठूँसे क्लोजअप कम हो गये थे और पिक्चर के अंत में वर्षा ही मरती थी-कंचनप्रभा नहीं। नारंग के साथ हुई बहस में हुसैन एवं नीरजा के साथ करीम भाई ने भी वर्षा का ही पक्ष लिया था)।

''वर्षाजी, मुझे डायरेक्ट करने का चांस मिल रहा है।'' उनके चेहरे पर जो मुस्कान थी, उसकी अर्थवत्ता समझने में वर्षा को कठिनाई नहीं हुई। उनकी उम्र पैंतीस के आसपास

होगी। दस वर्ष उन्हें हुसैन का प्रमुख सहायक बने हो चुके थे। 'स्ट्रगल' के कितने लंबे, अँधेरे और काँटों भरे रास्ते के बाद वह इस मुकाम तक पहुँचे थे, इसका अनुमान उनके चेहरे के भाव से हो जाता था।

"बहुत-बहुत मुबारक!" वर्षा ने उनसे हाथ मिलाया।

"मैं आपके कोऑपरेशन के भरोसे हूँ। करीम भाई ने कातर दृष्टि से उसे देखा।

ऐसी निगाह और 'सहयोग' का मतलब वर्षा समझने लगी थी। मद्रास में फिल्म ठोस पूँजी के आधार पर बनती थी, यहाँ ज्यादातर व्यक्तिगत संबंधों के सहारे। उससे पारिश्रमिक में कटौती और क्रेडिट की अपेक्षा है (उसे याद आया, दिल्ली में चारुश्री ने 'कंपन' स्वीकार करने का कारण बताया था अपनी पहली फिल्म में प्रमुख सहायक निर्देशक पांड्या के साथ बने अच्छे संबंध)।

"मैं आपके साथ हूँ करीम भाई।"

जैसे ही कार फ्लोर नंबर एक के सामने रुकी, बाहर खड़ा हुआ करीम का प्रमुख सहायक मजीद चिल्लाया, "वर्षाजी आ गयीं!" (एक दिन मुझे मजीद के साथ भी सहयोग करना होगा, वर्षा ने हल्की मुस्कान से सोचा)।

यह पुकार दो-तीन व्यक्तियों के द्वारा अंदर तक दुहरायी गयी, "वर्षाजी आ गयीं!"

थोड़ी देर बाद कपड़े बदलकर और हल्का-सा मेकअप करके जब वह सेट पर आयी, तो सुभद्रा देवी को देखा। पहले पल में चेहरा सिर्फ पहचाना लगा। दूसरे पल में नाम याद आया (नायिका के रूप में उनकी कई फिल्में शाहजहाँपुर के स्कूली-जीवन में देखी थीं)। आज का यह दृश्य नायिका और उसकी माँ के बीच था। सुभद्रा उसकी माँ की भूमिका करने आयी थीं। उनके चेहरे पर ऐसा असमंजस था कि अभिवादन में पहल करें या नहीं।

"नमस्ते।" वर्षा ने तुरंत निकट जाकर अभिवादन किया, "मेरा नाम वर्षा है। मैं आपकी फैन रही हूँ।

"जीती रहो।" सुभद्रा देवी अपेक्षाकृत सहज हो गयी थीं।

अहं बहुत पेचीदी चीज है, वर्षा ने मन-ही-मन सोचा।

वर्षा की जगह सहायक को खड़ा करके कैमरामैन लाइटिंग कर रहे थे। वर्षा करीम भाई से दृश्य समझ रही थी (समझने का अभिनय कर रही थी। समझने को कुछ था नहीं)। तभी वह स्वर सुनायी दिया, जिससे इन दिनों वर्षा को बेइंतिहा नफरत हो गयी थी।

"हैलो वर्षा!" पता नहीं, किस कोने से दीना दस्तूर निकल आयी थी।

करीम भाई तत्क्षण सकपका गये। दूसरों के भीतर भी आशंका का मीटर टिक-टिक करने लगा। एक पल में वर्षा ने स्थिति का विश्लेषण कर लिया। वह चारुश्री या कंचनप्रभा के समान दीना को सेट से निकलवाने की माँग कर के 'बददिमाग और असभ्य' कलाकारों की श्रेणी में शामिल नहीं होगी और 'टिंसल टाउन' को फिर एक नयी, सनसनीखेज कवर-स्टोरी का मसाला नहीं देगी।

"हैलो..." ठंडे स्वर में उत्तर देते हुए वर्षा करीम भाई की ओर उन्मुख हुई, "रिजल्ट

देख कर मुझे सीधे माँ के पास आना है या अपनी नाउम्मीदी के बारे में दो सैकिंड सोचना है?''

अगर वर्षा यह समझती थी कि उसके अच्छे व्यवहार तथा रंगमंचीय पृष्ठभूमि के कारण फिल्म प्रेस उससे ठीक से पेश आयेगा, तो यह उसकी गलतफहमी निकली। कुछ समय तक मौसम बेशक सुहाना रहा। सिर्फ अपने अहं के चट्खारे के लिए किसी पत्रकार को चक्कर लगवाना उसे पसंद नहीं था। वह एक ही फोन में मिलने का समय दे देती थी (''मैडम, यह क्या गजब ढा रही हैं आप?'' पांडे ने विस्फारित दृष्टि से उसे देखा था, ''जब तक पत्रकार छह फोन न करे और एक-दो एप्वाइंटमेंट आप कैंसिल न करें, तब तक इंटरव्यू की कोई कीमत नहीं।'' वर्षा मुस्कराकर रह गयी। इससे पहले नीरजा की सलाह और बीच-बीच में खाली होने के बावजूद उसने टाउन जाकर 'ग्लॉसीज'-दफ्तरों के चक्कर कभी नहीं लगाये थे)। 'दर्द का रिश्ता' के निर्माण के प्रारंभिक चरण में वह अपने आर्थिक संघर्ष, अपनी प्रतिभा के विकास में नाट्य विद्यालय के योगदान और 'जलती जमीन' के सिनेमाई अनुभव का जिक्र करती थी। ग्लैमर से आक्रांत, प्रदर्शन-लोलुप और फोटो-सैशन में तीन-चौथाई अनावृत होने को बेकल कमनीय ललनाओं की तुलना में वर्षा वशिष्ठ विशिष्ट पायी गयी। नयनाभिराम रंगों में मुखपृष्ठ और सेंटरस्प्रैड पर महिमामंडित होने के प्रलोभन के बावजूद वह बिकिनी तो दूर, पीठ तथा जाँघें तक उजागर करने को तैयार नहीं थी। (''आय हैव नथिंग टू रिवील एक्सैप्ट माइ टेलेंट'')। नहीं, वह लाज-शर्म का बुर्का ओढ़े, शाहजहाँपुर की पुरातनपंथी पर्दानशीं नहीं। अगर 'द मिसफिट्स', 'पर्सोना' और 'आई रिमैम्बर' जैसी संजीदा, सघन फिल्म बने, तो वह प्रणय-दृश्यों में मितभाषी एवं मितभूषी होने को तैयार है, लेकिन सिर्फ ध्यानाकर्षी होने के लिए वह ब्रा-विसर्जन नहीं करेगी। 'डिबॉनेयर' संस्कृति में साँस लेती बैगीज-धारी 'संपादिकाओं' एवं 'पत्रकारों' को, जो ताजा-ताजा कॉलेज से निकलकर, जर्नलिज्म का तीनमासी पार्टटाइम कोर्स करके (या उसके बिना ही) ऐसी जिम्मेदार जगहों पर बैठीं (पता नहीं, कैसे! वर्षा को लगता था, प्रकाशक ने 'आज ग्यारह-इकतालीस पर चर्चगेट के बायें दरवाजे से जो भी नौजवान लड़की निकलेगी, उसे संपादक बना दूँगा' के आधार पर इन्हें चुना होगा।) खासी उत्तेजित चल रही थीं, वर्षा वशिष्ठ किंचित अजूबा-सा ही प्रतीत हुई। अगर एकदम वे उसे नोंच खाने में प्रवृत्त नहीं हो गयीं, तो इसका कारण 'साँवली लौकी' की उपलब्धि-सूची थी। वह संगीत नाटक अकादमी पुरस्कार की सबसे कम उम्र विजेता थी। उसने जिन नाटकों में काम किया था, वे विश्व-साहित्य के गौरव-ग्रंथ थे। (बंबइया रंगमंच पर देखी जाने वाली भड़ैती और फूहड़ प्रहसन नहीं।) और वह 'समोवार' में रूबरू बैठ कर सोफोक्लीज, पिंटर और बैकेट के नाटकों का रंगमंचीय विश्लेषण कर सकती थी। (और वह भी अंग्रेजी में!)।

अभी तक वर्षा सिने-संसार के हाशिये पर थी, पर राष्ट्रीय पुरस्कार ने उसे कम-से-कम 'नयी लहर' की हलचल बना दिया। कर्दम-वाटिका की च्युंग्गम चबाने वाली भँवरियों में सहसा भनभनाहट होने लगी। ''हर्षवर्धन आपकी बहुत प्रशंसा करते हैं। क्यों?' ''क्योंकि हम दोनों अच्छे अभिनेता और अच्छे मित्र हैं।'' ''मित्रता को परिभाषित कीजिए।'' क्षमा

करें, मैं यहाँ मानवीय गुणों पर भाषण देने नहीं आयी।'' ''चारुश्री के साथ हर्ष की मित्रता पर आपकी क्या प्रतिक्रिया है?'' ''वही, जो मेरे साथ गिरिराज की मित्रता पर हर्ष की है।''

इन्हीं दिनों एक रात दरवाजे की घंटी बजी। सामने एक कमसिन लड़की खड़ी थी। उम्र अभी इक्कीस-बाइस के ऊपर नहीं होगी।

''माइसैल्फ मेहरू मर्चेंट!'' उसने परिचय दिया, ''फिल्म फंटूश' की विशेष संवाददाता! 'कोर्ट मार्शल' कॉलम के लिए आपको इंटरव्यू करना है। मैंने सुबह दो बार फोन किया, पर कोई उठाता नहीं।''

वर्षा ने क्षमा माँगी, ''मेरी सुबह की शिफ्ट चल रही है। असुविधा के लिए खेद है।''

उसने कॉफी का प्याला सामने रखा।

मेहरू ने अपना दस्ती टेपरिकार्डर चालू किया, ''शादी से पहले के सेक्स पर आपके क्या विचार हैं?''

वर्षा सन्नाटे में आ गयी, ''अगर यह इंटरव्यू नेशनल एवार्ड की प्रतिक्रियास्वरूप है, तो शुरुआत 'जलती जमीन' से होनी चाहिए।''

मेहरू ने मुँह बनाया, 'ओह नो, घिसे-पिटे सवाल मैं ओल्ड फॉगीज के लिए छोड़ती हूँ। मेरा विश्वास है, साक्षात्कार में मेरा व्यक्तित्व सामने आना चाहिए।''

''मैं जान सकती हूँ, और कौन-से सवाल सोच रखे हैं आपने?''

'' 'कामसूत्र' के कौन-से आसन आपको विशेष पसंद हैं? किस उम्र में आपकी कौमार्य-तिलांजलि हुई थी? 'वननाइट स्टैंड' पर आपकी क्या राय है? आज की जटिल जिंदगी में आप इसे अनिवार्य मानती हैं न? आप 'आर्जी अपने मित्रों के साथ पसंद करेंगी या अजनबियों के साथ? दो पुरुष के संग एक साथ सेक्स-थ्री-वे लव-पर आपका क्या मत है?''

वर्षा ने दरवाजा खोल कर भावहीन स्वर में कहा, ''मैं तीन तक गिनती हूँ। तुम दफा हो जाओ।''

नहीं, नरीमन प्वाइंट और कफ पैरेड वाली 'जश्ने-गलाजत' की ये संचालिकाएँ अब उस ओर मुड़ रहीं थीं, जहाँ वर्षा से टकराहट अनिवार्य थी।

''तुम संजीदा और बुद्धिमान हो।'' 'फिल्मफेयर की वंदना भवालकर ने कहा था, ''पर उन्हें सिर्फ कुछ सनसनीखेज चाहिए। इसीलिए 'टिंसल टाउन' ने तुम्हारे जवाब तोड़ मरोड़कर ऐसे निष्कर्ष निकाले हैं, जो तुम्हारा अभिप्रेत नहीं थे। तुम कवरेज का आधार अपनी अभिनय-क्षमता मानती हो और वे तुम्हारी व्यक्तिगत जिंदगी या प्रेम-सेक्स के बारे में तुम्हारे विस्फोटक विचार। तुम्हारे और उनके बीच टकराव तो होगा ही।''

इसका निमित्त बनी 'आरती और अंगारे'।

यों काली सुगबुगाहट 'दर्द का रिश्ता' के बाद ही शुरू हो गयी थी। वर्षा को अफसोस इस बात का रहा कि इस कीच-प्रवाह का पेच खोलने का काम अपनी ही बिरादरी के एक व्यक्ति के हाथों संपन्न हुआ। 'मुख्य धारा सिनेमा में घुसने के लिए वर्षा वशिष्ठ का ओछापन।' शीर्षक से नूपुर का इंटरव्यू उसे नीरजा ने दिखाया था। शुरू में वर्षा को इसलिए

दोषी ठहराया गया था कि सने फिल्म स्वीकार करने से पहले नूपुर से नहीं पूछा कि वह कितने समय में स्वस्थ हो जायेगी (मैं अनजान स्टार से ऐसी पूछताछ के लिए बंगलोर जाती!) आगे की बात को अगर संवाददाता ने कलाबाजी नहीं खिलायी थी, तो इसका सीधा अभिप्राय यही था कि घोड़े से नूपुर का गिना एक पुरपेच षड्यंत्र था, जिसके पीछे वर्षा का हाथ था! इस पर तुर्रा यह कि पत्रिका की प्रतिनिधि वर्षा का पक्ष जानने के लिए उसके पास आयी (नूपुर का आरोप छापने के बाद-उससे पहले नहीं)। वर्षा ने अपना पक्ष बता दिया, पर नूपुर के खिलाफ कुछ कहने से इंकार कर दिया, काफी उकसाये जाने पर भी वह टस-से-मस नहीं हुई। वर्षा ने बल दिया कि श्री नारंग से तथ्यों की पुष्टि कर ली जाये। पर प्रतिनिधि ने यह तकलीफ गवारा नहीं की। (शायद इसलिये कि कुछ मसाला तो मिलने वाला है नहीं)।

अगर 'दर्द का रिश्तो' फ्लॉप हो जाती, तो 'आरती और अंगारे' का मामला तूल नहीं पकड़ता, पर वह तो ऑल इंडिया हिट साबित हो रही थी। हर दो दिन के बाद वर्षा को अपने बारे में एक नयी जानकारी मिलती। 'सालों पुराने भूमिगत प्रेम का भंडाफोड़' शीर्षक से एक पत्रिका ने लिखा था, 'विश्वसनीय सूत्रों से मालूम हुआ है कि कई वर्ष पहले लखनऊ में एक लोकेशन शूटिंग के अवसर पर विमल की भेंट वर्षा से हुई थी। यह पहली नजर में प्यार का मामला था।' दूसरी पत्रिका के अनुसार 'वर्षा के परिवार ने इस प्रेम-संबंध का बहुत विरोध किया था, पर अपने तन-मन की प्यास बुझाने के लिए वर्षा अपने शादीशुदा प्रेमी के पास आ ही गयी।' तीसरी पत्रिका ने जुहू के माँगे हुए फ्लैट को 'विमल की सतर्कता' बताया था, ताकि 'जलते बदन गोपनीयता से मिल सकें।' (वर्षा ने ईश्वर को धन्यवाद दिया कि श्री नारंग को उसका प्रेमी घोषित नहीं किया गया, वरना वह नीरजा को मुँह कैसे दिखाती!) चौथी पत्रिका ने 'शोभा का नर्वस ब्रेकडाउन' शीर्षक से लिखा, 'विमल के एक पड़ोसी के अनुसार वर्षा-विमल कांड से शोभा अर्धविक्षिप्त हो रही है। पिछले सप्ताह आधी रात को घर से उसके चीखने-चिल्लाने की आवाजें आयीं। फिर एक डॉक्टर भीतर जाते देखे गये।' दरियागंज, दिल्ली से निकलने वाली एक पत्रिका ने सूचना दी कि कोदाइकनाल में वर्षा-विमल का अवैध बच्चा पल रहा है।

शुरू-शुरू में वर्षा के चेहरे पर मुर्दनी छा गयी। बाहर निकलती, तो लगता, चौकीदार से लेकर बिल्डिंग के निवासी तक-सब उसे देख रहे हैं। सेट पर आती, तो लगता, मन-ही-मन लोग मुस्करा रहे हैं। सबके सामने विमल से बात करते हुए संकोच होता। (दोनों रात को मिलने का समय तय कर रहे होंगे)

''वर्षा बहुत अपसेट हो गयी है।'' मोंटू की सालगिरह पर नीरजा ने विमल एवं शोभा से कहा।

''देखो वर्षा, यह इस पेशे का अँधेरा पहलू है।'' विमल बोले, ''अब तुम पब्लिक प्रॉपर्टी हो। आता-जाता कोई भी पत्थर फेंक सकता है।''

''आजाद प्रेस का मतलब यह है? आइ.पी.सी. में मानहानि का कानून नहीं?''

''मैंने तुम्हें बताया था, मैं एक खोजी पत्रकार का दाँत तोड़ चुका हूँ। फिर मुझे उससे

माफी माँगनी पड़ी और एक-दूसरे के गले में बाँहें डाले, हँसते हुए हमारी फोटो छपी।'' विमल विवश भाव से मुस्कराये, ''मेरे वकील ने राय दी थी, मुकदमा दायर करने से कुछ नतीजा नहीं निकलेगा। ये लोग लिखते हैं, 'विश्वस्त सूत्रों से मालूम हुआ है', 'एक यूनिट मेम्बर का कहना है', 'एक दोस्त ने देखा है।' हम इन्हें स्रोत की आइडेंटिटी बताने को मजबूर नहीं कर सकते। बंबई हाइकोर्ट से इनके इस विशेषाधिकार को मान लिया है। मेरे वकील बोले, अपना स्टेटमेंट देने के लिए आपको कोर्ट आना होगा और जिस स्टार के साथ आपका नाम जोड़ा गया है, उसको भी। फिर आप दोनों का क्रॉस-एग्जामिनेशन होगा। इसमें ऐसे-ऐसे सवाल पूछे जायेंगे, जिससे आपकी शर्मिंदगी सौ गुना बढ़ेगी। हो सकता है, विरोधी पक्ष शोभा को भी तलब करे। आपकी हर पेशी पर कोर्ट में हंगामा होगा और मैगजीन को वही मिलेगा, जो वह चाहती है-बढ़ती हुई पब्लिसिटी।'' पल भर रुकते हुए विमल संजीदा हो गये, ''इनसे निपटने का एक ही तरीका है-अपनी खाल को मोटी बनाने की कोशिश करो और इनको इग्नोर करना सीखो।''

''कंचनप्रभा ने तुम्हारे खिलाफ कई इलजाम लगाये हैं।'' दीना दस्तूर ने मुस्कराकर कहा, ''तुम किसी भी लिहाज से सुंदर नहीं हो, तुममें स्टार क्वालिटी नहीं है। अगर अभिनय क्षमता है भी, तो उसका क्षेत्र रंगमंच है, सिनेमा नहीं। हम फेयर डील में विश्वास करते हैं। तुम कंचनप्रभा के बारे में जो भी कहोगी, हम हू-ब-हू छापेंगे।''

अनुभव न्यूनता के बावजूद वर्षा को समझने में मुश्किल नहीं हुई कि इस पक्षपातहीन रूख के पीछे क्या है। वर्षा और कंचनप्रभा के बीच कालिख-द्वंद्व चलेगा और 'टिंसल टाउन' को सुर्खियाँ मिलेंगी। उसे कंचनप्रभा के रूख पर भी वितृष्णा हुई। वर्षा का अपमान करने से ही उसे संतोष नहीं मिलेगा। वह खुलेआम उस पर कर्दम-बौछार भी कर रही है? यह कैसी मनोवृति है? ये लोग किस मिट्टी के बने हैं? इनका अहं किस फैक्टरी से खास ऑर्डर देकर बनवाया गया है? कंचनप्रभा उसकी सहयोगी है। ये लोग मन के भीतर इतना जहर भरे साथ काम कैसे कर लेते हैं?

''मैं इस बारे में कोई टिप्पणी नहीं कर रही।'' वर्षा ने भावहीन स्वर में कहा। अब इन पत्रकारों से बात करते हुए उसकी सहज नरमी और शिष्टता घुलने लगी थी। मुस्कान को वह कुछ समय के लिए डीप फ्रीजर में रख देती थी।

''मैंने सुना है, कंचनप्रभा को लेकर तुमने कोई लतीफा गढ़ा है?'' दीना कुटिलता से मुस्करायी, ''उसे हमारे हजारों पाठकों के साथ बाँटों न!''

ट्वंटीएथ सैंचुरी फौक्स प्रैजेंट्स-कंचनप्रभा-इन एंड ऐज-'छम्मकछल्लो'-ए फिल्म वाइ फ्रांसिस फोर्ड कपोला-सहनिर्माता स्टीवन स्पीलबर्ग-सहायक भूमिकाओं में रॉबर्ट रैडफोर्ड, डस्टिन हॉफमैन और वारेन बैटी...इस फिल्म के लिए कंचनप्रभा को आस्कर नामजदगी मिली, पर ऐकेडमी ऑफ मोशन पिक्चर आर्ट एंड साइंस ने उसके सामने एक शर्त रख दी। शैर ने पुरस्कार लेते हुए अपने पारदर्शी लिबास के अगले हिस्से के सिर्फ तीन बिंदुओं को जरा-सा ढँका था। आप पुरस्कार लेते हुए सिर्फ एक बिंदु को ढक सकती हैं।... पता है, कंचनप्रभा ने कौन-सा अंग ढँका?... अपना मुँह!

यह लतीफा उसने हर्ष, मीरा, सिद्धार्थ, नीरजा, हुसैन, करीम तथा विमल को सुनाया था। उनके ठहाके सुनकर वर्षा को जैसा संतोष मिला, वह अभूतपूर्व पाया गया। परनिंदा सुख की ऐसी पावन प्रवृत्ति मेरे भीतर सुगबुगा रही थी, वर्षा ने प्रमुदित भाव से सोचा।

''तुम, किस बारे में बात कर रही हो, मैं नहीं जानती।'' भावहीन स्वर में कहते हुए वर्षा उठ खड़ी हुई।

'आरती और अंगारे' बंबई में ग्यारह सिनेमाघरों में सातवें हफ्ते में चल रही थी। छियानवे प्रतिशत कलैक्शन था। दिल्ली-यू.पी., ईस्टर्न सर्किट और सी.पी.सी.आई. में भी प्रतिक्रिया उत्साहवर्धक था। दक्षिण में फिल्म इसी सप्ताह रिलीज हो रही थी।

उस शाम जल्दी ही वर्षा का पैकअप हो गया। घर आयी, तो झुमकी खरीदारी को निकल रही थी।

''मैं भी चलती हूँ।'' वर्षा ने कहा।

किसी दुकान में घुसे उसे मुद्दत हो गयी थी। आलू-प्याज के ताजा भाव भी मालूम नहीं थे।

जीवन-शैली का बदलना एक स्तर पर भला लगता था। वह बहुत व्यस्त थी। इतने समय में आम तौर से उसे महीने में दूसरे इतवार की छुट्टी ही मिली थी, या दो-तीन बार और, जब किसी कारण से शूटिंग कैंसिल हुई थी। मन उखड़ा होने या सिरदर्द के कारण उसने नखरा नहीं दिखाया था। मेरे मूड खराब होने की कीमत निर्माता को हजारों रुपयों के नुकसान से चुकानी होगी, सोच कर उसने अपने पर नियंत्रण किया था। उनींदी होने से तुम्हारा सिर भारी है, पर यूनिट के सौ सदस्य तुम्हारी प्रतीक्षा कर रहे हैं, उसने अपने-आपको डाँटा था।

वी.आई.पी. जीवन-पद्धति सुविधा-सत्कार से लबालब थी। वह घर से निकलती, तो झुमकी लिफ्ट के खुले दरवाजे पर विदा देती। नीचे उतरती, तो शोफर कार का दरवाजा खोले मिलता। स्टूडियो के प्रांगण में कार के रुकते ही दूसरा-तीसरा एसिस्टेंट या स्पॉट ब्वॉय कार का दरवाजा खोलता। 'वर्षाजी आ गयीं' की पुकार गूँज जाती। उसके मेकअपरूम के दरवाजे पर एक-के-बाद-एक विनीत दस्तकें होतीं। पर्स के अलावा उसे कुछ उठाना नहीं होता था। किसी चीज की जरूरत हो, तो माँगने की नौबत नहीं आती थी। उसके लिए अपने-आप बहुत कुछ सुलभ था (बहुत पहले 'रघुवंश' में उसने पढ़ा था, 'विश्वामित्र के यज्ञ की रक्षा के लिए जब राम और लक्ष्मण चलने लगे, तो विदाई के समय दशरथ द्वारा नगरसज्जा की आज्ञ से पहले ही मेघों ने जल बरसा दिया और वायु ने पुष्प बिखेर दिये। रास्ते में सरोवर ने अपना मीठा पानी पिला कर, पक्षियों ने मधुर गीत सुना कर, समीर ने सुगंधित पराग फैला कर और बादलों ने ठंडी छाया देकर अपने को धन्य किया। राम को देखते हुए पुरवासियों की आँखें ऐसी जान पड़ती थीं, मानों आँखों की बंदनवार बाँध दी गयी हो...' कविकुल-तिलक को पता नहीं था, पर वस्तुत: वे फिल्म स्टार की महिमा गा रहे थे! वर्षा को अतिरिक्त संतोष इस बात से मिला कि उसके स्टारडम की फिनिशिंग टाइ माँ के आराध्य के प्रभामंडल से चल रही थी!)।

अभ्यर्थना की मुस्कानें, जुड़े हुए हाथ, बढ़ाये गये गुलदस्ते--धीरे-धीरे इनकी आदत हो रही थी। हवाई अड्डे पर पहुँचते ही बोर्डिंग कार्ड उसे थमाया जाता। गंतव्य पर पहुँचने पर उसे तुरंत भेज दिया जाता। पीछे दूसरी गाड़ी में उसका सामान आता। (''जो आधा घंटा इंतजार करके अपना सूटकेस खुद ले जाना चाहे, वह स्टार नहीं है।'' पांडे ने टिप्पणी की थी।)। बंबई में शूटिंग करते हुए वर्षा घर से लंच ले जाने लगी थी--सादा सब्जी-दाल। पतली-पतली चपातियाँ। बाहर का मसालेदार खाना अब रुचता नहीं था। कभी सुबह की शिफ्ट होती या झुमकी खाना जल्दी न बना पाती, तो दोपहर में प्रोडक्शन की कार उसका थर्मोवेयर लेने आती। वर्षा को शुरू में अटपटा लगा। इतना पेट्रोल फूँक कर उसका खाना लाया जायेगा? पर जब दूसरों के लिए कॉपर चिमनी, दिल्ली दरबार और ताज से लंच आते हुए देखा, तो चुप रह गयी। (इन मगरमच्छों के सामने तुम नन्ही-मुन्नी मछली हो, उसने सोचा)। यों पहले दिन पांडे ने शोफर को कैसरोल्स लिए देखा, तो सन्न रह गये। ''मैडम, अब आप रिर्पटरी की 'जूनियर आर्टिस्ट' नहीं, जो अपना लंच बॉक्स साथ लेकर चलें। कंचनप्रभाजी को तो आपने देख लिया है। उनका बस चले तो उनकी एटेंडेंट उनका जमीर तक लेकर चले।'' ''मैं कंचनप्रभा नहीं हूँ पांडेजी।'' उसने कहा था, ''इसलिए मुझे अपना जमीर भी ढोना है और अपना लंच भी।''

प्रीमियर और शूटिंग के सिलसिले में वह पाँच सितारा होटलों में ठहर चुकी थी (नयी दिल्ली में उसी ओबेरॉय में, जिसमें कुछ साल पहले आदित्य से मिलने गयी थी)। लिफ्टमैन, रिसैप्शन और लॉबी मैनेजर के साथ एक के बाद एक मुस्कान सहित अभिवादन का दौर चलता। रोजाना सरोकार भरे सवाल पूछे जाते, ''मैडम, आपको कुछ चाहिए? आपको कोई असुविधा तो नहीं?'' हाउस की ओर से फलों की टोकरी भेजी जाती। शिवानी को साथ लेकर एक शाम वह बार में गयी, तो बारटेंडर ने हाउस की ओर से उसके लिए शैम्पेन खोली। 'ओडियन' के सामने 'मॉब्ड' होने का संत्रास भी थोड़ा झेल लिया था। आसपास के लोगों को धक्का देते हुए सिपाहियों के बीच बीरजी एवं मामाजी उसे घेर कर कार तक ले गये थे। ''यह मेरा ही शहर है दोस्तो।'' उसने कहना चाहा, ''मैं पर्दे पर तुमसे दूर हो सकती हूँ, पर अजनबी नहीं हूँ।'' उसे वे दिन याद आये, जब वह दोस्तों के साथ हाहा-ठीठी करते हुए इसी कनाट प्लेस के चक्कर लगाया करती थी और कोई मुड़ कर दूसरी बार उसकी ओर देखता भी नहीं था।

पर तब वह सिर्फ रंगमंच की अभिनेत्री थी।

''दीदी, चाय दोनों ले लेते हैं।'' सहकारी भंडार में चुनिंदा पैकेट उठाते हुए झुमकी बोली, ''लाइट के लिए ताजमहल, स्ट्रांग के लिए रेड लैबेल।''

वर्षा ने हामी में सिर हिलाया और प्लास्टिक का झोला आगे बढ़ा दिया। सामान्य ज्ञान ठीक रखने के लिए वह मूल्य की चिप्पी देखने लगी।

''दीदी, अचार कौन-सा ले लें? हर्ष भैया को आम पसंद है।''

''एक-एक शीशी सबकी ले लो--आम, मिर्च, नींबू।''

लोग जब-तब उसकी दिशा में देख लेते थे, पर दूरी बनाये थे। उसे शहर की यह बात पसंद आयी। दिल्ली होती, तो पास आकर गँवारू ढंग से घूरा जाता, फब्तियाँ कसी जातीं।

शोफर ने सामान कार में रख दिया था। झुमकी बगल में आरे डेरी के स्टॉल से मक्खन-पनीर ले रही थी। वर्षा ने दो गजरे लिए (पिछली बार ऐसी कारगुजारी पर झुमकी हँसी थी, "हाय दीदी, जनानी अपने-आप गजरा लेती है कभी? मरद ले के दे, तब बात है।" "हमें मरद नहीं मिलता, तो क्या गजरा भी नहीं मिलेगा?" वर्षा ने बनावटी गुस्सा दिखाया था।) एक अपने बालों में लपेट लिया। दूसरा झुमकी को देने को बढ़ते हुए यकायक ठिठक गयी। फुटपाथ पर लगी पत्रिकाओं में 'टिंसल टाउन' के मुखपृष्ठ पर उसके चेहरे के ऊपर छपा था--'टू-टाइमिंग वर्षा!'

विमल ने उदासीनता बरतने की हिदायत दी थी। वर्षा भरसक उस पर अमल करती आ रही थी। पर उसके बारे में कुछ कुत्सित सामने बिखरा था। वह इतनी वीतराग कैसे हो जाती?

'स्केलटंस फ्रॉम वर्षा'ज कपबोर्ड' शीर्षक से ड्रामा स्कूल में उसके अनेक 'रहस्यों' का उद्घाटन किया गया था--वह पूर्वाभ्यास के बाद एक पुरुष सहयोगी के साथ संदेहास्पद स्थिति में पायी गयी थी, 'त्रिवेणी' में उसे हर दूसरे दिन नये ब्यॉय फ्रेंड के साथ देखा जाता था, दिल्ली में एक मकान-मालिक के साथ उसके 'मधुर' संबंध थे...

अगले पन्ने पर हर्ष की दो तस्वीरें थीं।

'शाहजहाँपुर नामक छोटे-से, सोते शहर में अनेकों दिल तोड़ने के बाद यह मुमताज दिल्ली आयी थी। यहाँ उसने जो कई गुल खिलाये, उनमें हर्षवर्धन-कांड राजधानीवासियों को अभी तक याद है।' आगे हर्ष की वास्तविक पारिवारिक पृष्ठभूमि दी गयी थी। वर्षा के परिवार के ब्यौरे में कई नयी सूचनाएँ थीं, 'कॉलेज में वर्षा का जेब-खर्च इतना था कि उसके पिता को शाम को ट्यूशन करने पड़ते थे। कालांतर में वर्षा के उच्छृंखल व्यवहार से पिता ने मानसिक संतुलन खो दिया था और उनका उपचार अभी तक जारी है। वर्षा की माँ असामयिक निधन को प्राप्त हुई हैं, जिसका कारण दिल्ली में बेटी का स्वेच्छाचार बताया जाता है। वर्षा के बहन-भाइयों को उसके नाम से घृणा है...'

"वर्षा," सिद्धार्थ ने धीमे स्वर में कहा, "अगर तुम्हारे मन में कुछ और था, तो हमारे बीच जो हुआ, उसे मैं क्या समझूँ?"

वर्षा सामने देखती रही।

"क्या वह बोरडम दूर करने का एक जरिया था? या सैडिज्म में एक नया प्रयोग?"

"ठीक है। तुम्हें कोई भी कड़ी बात कहने का अधिकार है।"

वर्षा को कब से आशंका थी कि यह क्षण आयेगा। और वह आ गया था। अँधेरी रात में अचानक बारिश की तरह।

थोड़ी-सी चुप्पी दोनों ओर तीखे ढंग से चुभी।

"जो आरोप तुमने लगाये हैं, वैसी कोई बात नहीं।" उसने सूखे गले से कहा।

"तो क्या बात है?" सिद्धार्थ का स्वर हमेशा की तरह नर्म नहीं था। उसमें पीड़ा का तीखापन सनसना रहा था।

"जब हम रेगिस्तान में मिले, तब मैं लंबे समय से भावात्मक अनिश्चय में थी...अँधेरे में थी"

"और जब हम बंबई में मिले, तब?"

"स्थिति ज्यादा नहीं बदली थी।"

"क्या तुम उनमें से हो, जो थोड़ा-सा भी भावात्मक अकेलापन नहीं सह सकते?"

"ऐसा तो नहीं।"

"तो कैसा है?" उसकी आकुलता घायल पंछी के परों की फड़फड़ाहट की तरह वातावरण में भर गयी।

"सिद्धार्थ शुरू से ही चुप्पा और संजीदा है।" सिद्धार्थ की बड़ी बहन दमयंती ने सामने बैठे हुए कहा था।

वह पति के साथ दोपहर को ओबेरॉय आयी थीं और उसे सफदरजंग एंक्लेव के घर में ले गयी थीं।

"हाल में उसके चेहरे पर जो खुशी दिखायी देती है, वह सिर्फ पहली फीचर फिल्म बनाने और उसकी कामयाबी की ही नहीं है।" उन्होंने वर्षा की ओर देखते हुए अर्थ भरे स्वर में कहा।

उनसे निगाह मिलने पर पल भर को वर्षा के दिल की धड़कन बढ़ गयी।

आज भी ऐसा ही हुआ।

"मैं सोचती थी, स्थिति कुछ साफ होगी। पर समय के बीतने के साथ वह और उलझती गयी।" वर्षा ने गहरी साँस ली, "यही कह सकती हूँ कि मैंने तुम्हारे साथ कोई छल नहीं किया। जो हुआ, उसके पीछे मेरा एहसास था।"

" 'जलती जमीन' में जो भावना कली थी, वह 'आकाशदीप में फूल बन गयी।" सिद्धार्थ की तस्वीर वाले पृष्ठ पर छपा था, 'पहली फिल्म में रंगमंच की अनुभवसंपन्न अभिनेत्री को नये माध्यम में, प्रशिक्षित निर्देशक का सहारा था। दूसरी फिल्म में व्यावसायिक स्तर पर प्रतिष्ठित हो रही अभिनेत्री ने नये निर्देशक को बाजार के लिए अधिक स्वीकारयोग्य बनाया। यह तो हुआ रिश्ते का सौंदर्यबोधीय आयाम। लेकिन संबंध का निजी स्तर बहुत रंगारंग एवं विस्फोटक है, ऐसा दोनों ही फिल्मों की यूनिट से जुड़े एक सदस्य का कहना है। 'जलती जमीन' के दौरान नायिका एवं निर्देशक बाहरी-भीतरी आँच में तप रहे थे। लोकेशन से ज्यादा गर्म दृश्य टूरिस्ट बंगले के बेडरूम में अभिनीत होते थे। विश्वस्त सूत्रों का कहना है कि 'आकाशदीप' के दौरान प्रेमोच्छवास आकाशचुंबी हो गये। जुहू के एक पड़ोसी के अनुसार, जहाँ वर्षा अपने फ्लैट में शिफ्ट करने से पहले रहती थी, आधी-आधी रात को सिद्धार्थ को आते-जाते देखा गया है...'

"यह तुमने अपना हिसाब बराबर किया है?" हर्ष ने सामान्य स्वर में पूछा।

"तुम यही सोचते हो?" वर्षा ने उसकी ओर देखा।

"क्या सोचूँ? बताओ?"

"मैं अँधेरे में थी--तुमको लेकर..."

हर्ष कुछ कहते-कहते रुका। कुछ सोचा। आखिरकार बोला, "मुझे तुमसे यह उम्मीद नहीं थी।"

वर्षा ने गहरी साँस ली। हर्षविहीन दिल्ली के भेदते क्षण याद आये। अपनी स्थगित निर्जीव जीवन-शैली याद आयी। ''मैं इस दुनिया में तुम्हारी अपेक्षाएँ पूरी करने के लिए नहीं हूँ।'' उसने स्थिर स्वर में कहा।

हर्ष ने उसकी ओर देखा, जैसे नये सिरे से पहचान रहा हो। ''काश, मुझे पता होता... कि तुम्हारी अपेक्षाएँ मुझसे अलग भी जा सकती हैं।''

''काश, मुझे भी पता होता...'' वर्षा सूनी आँखों से सामने देखती रही, ''जिंदगी इतनी उलझी हुई क्यों है...''

हर्ष नीचे देखता रहा। फिर निगाह ऊपर उठायी। पर उसकी ओर नहीं। ''तुमने क्या सोचा है?''

''सोचने का समय ही नहीं मिलता।'' वर्षा ने घूँट-सा भरा, ''वैसे भी सोचने से कुछ नहीं होता--कम-से-कम मेरी तरफ। इस सवाल को इस तरह पूछा जाना चाहिए, तुमने क्या सोचा है?''

इस बार हर्ष ने गहरी साँस ली। वाद-प्रतिवाद की गेंद फिर अनिश्यय के कोर्ट में आ गयी थी।

मौन गहरा और लंबा था। उसके दौरान लहरों के किनारे पर टकराने की आवाजें बिखरती रहीं।

वर्षा ने 'टिंसल टाउन' का पहला पृष्ठ देखा। नयी दिल्ली ब्यूरो के अन्तर्गत छवि सान्याल का नाम दिया गया था। खोजी पत्रकार ने 'बिंदास वर्षा के नाइट गेम्स' शीर्षक से दिव्या को उसकी पहली प्रेमिका घोषित किया गया था। 'वस्तुत: किशोरावस्था से ही वर्षा में अप्राकृतिक प्रेम की ओर रुझान था, ऐसा उसकी एक पुरानी सहपाठी का कहना है। कॉलेज में दिव्या कत्याल के सान्निध्य से उसकी लेज्बियन कामनाएँ फूली-फलीं। किसने किसको दीक्षित किया, यह हम अपने प्रिय पाठकों की कल्पना पर छोड़ते हैं। कालांतर में दिल्ली पहुँचने पर वर्षा बाइसेक्सुअल हो गयी। पुरुष प्रेमियों के साथ-साथ अनुपमा एवं शिवानी उसकी प्रणय-शैया की केलि-सखियाँ हैं। अनुपमा के साथ तो हमारी मनोहारी नायिका लंबे समय तक जोड़बाग में रही है। एक पड़ोसी के अनुसार दोनों एक ही शयनकक्ष में रहती थीं और देर रात तक उनकी रति-क्रीड़ाओं से तंग आकर बेचारे अनिद्रा के शिकार हो चुके हैं। निकटवर्ती सूत्रों का कहना है कि इसी संबंध के कारण अनुपमा का विवाह टूट गया। पाठकों को याद होगा, हाल में मध्य प्रदेश पुलिस की दो महिला कर्मियों ने आपस में शादी की थी। हमें आश्चर्य नहीं होगा, अगर कला के क्षेत्र में कीर्तिमान-रचना के लिए प्रख्यात वर्षा के पास भी ऐसा कोई प्रमाणपत्र निकले!'

कई दिनों तक वर्षा की आँखों के आगे जिज्जी-जीजाजी, महादेव भैया और पिता के चेहरे उभरते रहे। मीडिया की संहारक शक्ति किसी महामारी से कम नहीं है, इतना वह समझ गयी थी। बहुत सुशिक्षित और पेशे में अत्यंत प्रतिष्ठित, गंभीर लोगों को भी उसने जैसी तन्मयता के साथ 'स्टारडस्ट' एवं 'सिने ब्लिट्ज' का पाठ करते देखा था, उससे उसे विस्मयभरी वितृष्णा हुई थी। दूसरों के शयनकक्ष में झाँकते हुए कैसी कुत्सित मुस्कान से इनके चेहरे खिल उठे हैं, उसने सोचा था। इससे यही प्रकट होता है कि इनकी अपनी

जिंदगी कितनी खाली है। हमारी मानसिक विकृति का अंदाज इसी बात से लगाया जा सकता है कि देश में तीन हजार से ऊपर सिने पत्रिकाएँ छपती हैं, नीरजा ने बताया था।

'तुम्हारी प्रसिद्धि ऐसे-ऐसे रूपों में मेरे सामने पहुँची है कि मैं हतप्रभ, किंकर्तव्यविमूढ़ तथा स्तब्ध रह गया हूँ।' पिता ने लिखा था, 'कविकुल-गुरु ने कहा है, गर्मी में बरसाती वायु का स्पर्श पाकर मोरनी के प्राण धीरे-धीरे लौटने लगते हैं। जीवनपर्यंत तुम्हारे व्यवहार से संतप्त हम ऐसा ही अनुभव कर रहे थे कि एक नये आघात ने मरणासन्न कर दिया। क्या लिखें, क्या न लिखें। तुम्हारे ऊपर पहले ही हमारा अधिकार नहीं था। अब तो तुम ऐसे देश में पहुँच गयी हो, जहाँ का वीसा ही हमारे पास नहीं। इस लौह-आवरण के रहते अपना क्रंदन कैसे सुनायें? बस, यही समझ लो कि बिरादरी में ऐसी थू-थू हो रही है कि अस्तित्व का संकट उपस्थित हो गया है (वर्षा प्रशंसा से भर उठी, पिता के पास ऐसी आधुनिक शब्दावली भी है!)। तुम्हें अपने जीवन का क्या करना है, हमें नहीं मालूम। हमें इतना ही मालूम है कि पोथी पर लिखा अक्षर पत्थर की लकीर होता है। कल के दिन झल्ली के हाथ पीले करने निकलेंगे, तो कौन हमें अपनी दहलीज पर खड़ा होने देगा? (वर्षा को कठघरे में खड़ा करने के लंबे दौर में परिवार के हर वयस्क सदस्य ने कभी-न-कभी यह आरोप लगाया था)।

'पिछले वर्षों में आपने मुझे अनेक पत्र लिखे हैं।' वर्षा ने तुरंत उत्तर दिया, 'लेकिन आपको जवाब देते हुए इतना अपराधी मैं पहली बार महसूस कर रही हूँ। मेरे कारण आपको बहुत मानसिक क्लेश पहुँचा है। मैंने कई बार गलत कदम उठाये हैं। (उनको सांत्वना पहुँचाने के लिए ऐसा आत्मस्वीकार कर लिया)। मैं पथभ्रष्ट और लक्ष्यविमूढ़ हो सकती हूँ। लेकिन कुलटा और दुराचारिणी नहीं हूँ। पोथी के सारे अक्षर सही नहीं हैं। यही कह सकती हूँ कि दूसरे देश में रहते हुए भी अपनी पारिवारिक जिम्मेदारी का मुझे एहसास है। कुलीन ब्राह्मण वंश में झल्ली के ब्याह का पूरा उत्तरदायित्व मैं लेती हूँ और यह मंगल कार्य आपके द्वारा वर को पसंद किये जाने के बाद ही संपन्न होगा। अपनी कुख्यात बेटी को क्षमा करने का प्रयत्न करें...'

पत्र समाप्त करते-करते वर्षा की आँखें भर आयीं। पारिवारिक द्वंद्व का यह कैसा अभिशाप उसके सिर है? जब लग रहा था कि कलेजा कुतरने वाले अतीत के संघर्षों की स्मृति धूमिल हो गयी है, तो जमी हुई पपड़ी की दरारों से नये नाग फुंकारने लगे...

''मैडम,'' पांडे ने कहा, ''दिव्याजी, अनुपमाजी और शिवानीजी के कुछ फोटोग्राफ्स दे दीजिए। अगर कुछ तस्वीरों में आप भी साथ हों, तो अच्छा रहेगा।''

वह अभी-अभी फोन से अलग हुए थे। उन्होंने पब्लिसिस्ट शिवनाथ का नाम मुदित भाव से उच्चारित किया था। वर्षा ने लक्ष्य किया था कि उसकी बेडरूम-विरुदावली से उसके संबंधी और मित्र--सब विक्षुब्ध थे, प्रसन्न थे तो केवल पांडे!

यों इस हफ्ते अपने पाँवों के नीचे वर्षा को फिर जमीन का एहसास होने लगा था। 'तुम्हारी आशंका निराधार है।' दिव्या ने लिखा था, 'रोहन ने मुझसे सिर्फ इतना कहा है, अगर वर्षा टिंसल यातना-शिविर से आजिज आ गयी हो, तो रिलैक्स करने के लिए उसे

यहाँ बुला लो।' 'तुमने सब्सटेंशियल कमा लिया है।' अनुपमा ने लिखा था, 'अब जाड़ बाग के अपने कमरे में आ जाओ। अनिद्रा के शिकार अपने पड़ोसी के लिए मैंने ट्रैक्वलाइजर की व्यवस्था कर दी है।' 'डार्लिंग!' शिवानी ने लिखा था, 'डैडी और भैया को तुम्हारे साथ मेरी मित्रता पर गर्व है, शर्मिंदगी नहीं। तुम पहली फुर्सत में मेरे पास ग्रेटर कैलाश आ जाओ, ताकि हम वह सब कर सकें, जो 'टिंसल टाउन' कहती है! अपनी विस्फोटक तसवीरें हम खुद छवि सान्याल के पास भेज देंगे। आलिंगन और चुंबन के साथ...'

"क्यों?" वर्षा ने मेज पर रखी दिव्या की तस्वीर को एक नजर देख कर पूछा।

" 'आरती और अंगारे' अच्छी जा रही है। लोहा गर्म है। थोड़ी पब्लिसिटी से कैरियर मोमेंटम में मदद मिलेगी।"

"पांडेजी, मुझे ऐसी पब्लिसिटी नहीं चाहिए।" वर्षा स्थिर स्वर में बोली।

"मैडम, यह शो बिजनैस है।" पांडे ने दलील दी, "यहाँ की शर्तें और पैमाने अलग हैं। हम सौभाग्यशाली हैं कि आपकी सिने इमेज और इस स्कैंडल की प्रकृति--दोनों विरोधी है। इससे दोनों ही पक्षों को फायदा होगा। 'टिंसल टाउन' के पाठक 'आरती और अंगारे' देखने को उत्सुक होंगे और फिल्म के दर्शक पत्रिका का अंक पढ़ने को। वैसे अब दूसरी पत्रिकाओं तक यह बौछार फैलनी चाहिए। मैंने शिवनाथ से बात कर ली है।"

"अपने मित्रों को इस अनचाही लाइमलाइट में लाने का मुझे कोई अधिकार नहीं।"

"यह सरगर्मी चार दिन की है मैडम! फिर लोग आपके मित्रों को भूल जायेंगे।"

"मैं अपने पेशे को अपनी व्यक्तिगत जिंदगी से अलग रखना चाहती हूँ।"

"ऐसा कभी हो पाया है? प्रधानमंत्रियों और राष्ट्रपतियों तक को लोगों ने नहीं छोड़ा।"

"कोशिश करके देखने में कोई हर्ज नहीं।"

"हर्ज है मैडम! तब तक देर हो जायेगी और नुकसान हो चुका होगा।"

"पांडेजी, मैं आज जहाँ हूँ, वहाँ अपने काम और कुछ मित्रों की मदद के बूते पर हूँ, स्कैंडल और पब्लिसिटी के सहारे नहीं।"

"एक वक्त के बाद स्टार बासी हो जाता है। आकर्षण बनाये रखने के लिए बाहरी रंग-रोगन की जरूरत पड़ती है।" पांडे पीछे नहीं हटे, "सिर्फ मिसाल दे रहा हूँ। अभी यह स्कैंडल छपे की विमलजी अपना घर छोड़ कर यहाँ आपके साथ रहने लगे, फिर टिकट-खिड़की की भीड़ आप देख लीजिए।"

"आपका बस चले, तो हर फिल्म की रिलीज पर आप दो-चार घर तोड़ दें।" कह कर वर्षा अपने कमरे में चली गयी।

पांडे ने उसकी दिशा में देखते हुए गहरी साँस ली।

"थोड़ा इमोशन लाइए सर!" निर्देशक ने कहा, "आपका डायलॉग इतना सैड है और पलकें ज्यादा झपकाइये मत। एक तरह से बिलकुल मत हिलिए।"

अजय ने हामी में सिर हिलाया। उसकी दो-तीन-एक वाली अवरोही 'इंटोनेशन' स्थायी थी--'आज मेरी माँ मर गयी' और 'आज मेरी शादी हो गयी' जैसे संवाद वह एक ही सुरलहर में बोलता था। (काफी समय पहले जिस व्यावसायिक फिल्म में सहनायक की

भूमिका हर्ष ने पारिश्रमिक के मुद्दे पर ठुकरा दी थी, उसका नायक अजय ही था। नंदा के माध्यम से हर्ष की प्रतिक्रिया वर्षा को मालूम हुई थी, ''मैं उस 'डमकोफ' का 'साइडी' बनूँगा? एक्टिंग तो बहुत दूर की बात है। पहले मैं उसकी एक हजार एक पीढ़ियों को यह सिखाऊँ कि कैमरे के सामने खड़े कैसे होते हैं!'' हर्ष की पीड़ा का वास्तविक एहसास वर्षा को आज हुआ)।

''बोलिए।''

अजय कुछ पल ठिठका, फिर गंभीर भाव से बोला, ''मेरी जिंदगी दुखों का जुलूस है। पहला नारा मैं ही उठाता हूँ, फिर सैकड़ों आवाजों में मैं ही उसे दुहराता हूँ।''

भावनाएँ तब रजिस्टर करती हैं, जब शब्दों के बीच में अपेक्षित विराम और उन पर सही बल दिया जाये।'' निर्देशक अपने पर संयम रखने की कोशिश कर रहे थे।

''मैं कहाँ फँस गया!'' अजय ने परेशानी से कहा, ''वर्षा, जरा यह लाइन बोलोगी?''

वर्षा ने नाटकीय अदायगी का एक नमूना दिया।

''चाय!''

पाँचवें रिटेक में अजय ने पहले टेक से भी खराब किया था। निर्देशक ने उसे कुछ देर सुस्ताने की हिदायत दे दी थी। वह पाँच-पाँच-पाँच की सिगरेट जलाये ऐसे कश खींच रहा था, जैसे धूम्रपान से ही टेक 'ओके' हो जायेगा। रिटेकों के बीच वर्षा ने अपनी कुढ़न पर संयम रखा था और अब चाय का घूँट भरती हुई चुपचाप बैठी थी।

''मेरी जिंदगी दुखों का जुलूस है...'' अजय ने दुहराया ('मेरी जिंदगी लंबा दाह-संस्कार रही है, जिसमें अर्थी के पीछे कोई शोकार्थी नहीं।' वर्षा को 'नेक्रासोव' का संवाद याद आया)।

अजय की पहली फिल्म सफल रही थी। वह पहली पंक्ति का फैशन मॉडेल था और सूटिंग-शर्टिंग की बानगी दिखाते-दिखाते मूवी कैमरे के सामने आ खड़ा हुआ था। वर्षा ने सुना जरूर था कि फैशन मॉडेल, टेस्ट क्रिकेटर और पहलवान भी अभिनेता बन जाते हैं, पर ऐसी विभूति के साथ काम करने का यह पहला मौका था। निर्देशक को उसकी कोफ्त का थोड़ा अंदाज हो गया था (झुँझलाहट में गहनता आ जाने का एक कारण यह भी था कि अजय का पारिश्रमिक उससे कहीं ज्यादा था।) ''मैडम, हमारी खातिर थोड़ा बर्दाश्त कर लीजिए।''

बर्दाश्त कर तो रही हूँ--आपकी खातिर, फिल्म की खातिर। उसने सोचा था।

''वर्षा, कल शाम क्या किया?'' अजय ने पूछा।

''झुमकी के साथ मैरीना बीच पर थोड़ा घूमी।''

''यही पेशकश मैंने भी की थी, तो तुम बोलीं, मैं थकी हुई हूँ।'' अजय ने शिकायत की।

वर्षा तनिक-सा मुस्करा दी।

''आज शाम का क्या प्रोग्राम है?''

"झुमकी के साथ भरतनाट्यम देखने जा रही हूँ।"

"मेरे साथ देखोगी, तो नाच की क्वालिटी खराब हो जायेगी?"

वर्षा उदास मुस्कान से सामने देखती रही।

वर्षा, मुझे लग रहा है कि तुम्हारे बारे में जो लिखा गया है, उसमें सच्चाई है।"

वर्षा का चेहरा उतर गया। 'तुम अपनी हर नायिका के साथ रोमांस करते हो। मैं हाथ छूने नहीं दे रही, इसीलिए लेज्बियन तो हो ही जाऊँगी।' उसने कहना चाहा, पर अपने पर काबू किया। अभी तीन-चौथाई शूटिंग बाकी थी। कंचनप्रभा के अनुभव से वह जान गयी थी कि सहयोगी के साथ तनाव के बीच काम कैसी यंत्रणा बन जाता है। दिलो-दिमाग की एक-एक नस तनी रहती है। फिर नायक के साथ तनाव तो और भी विकराल होगा। फिर कहीं बदकिस्मती से यह फिल्म चल गयी, तो अजय के साथ उसकी जोड़ी सफल हो जायेगी। साथ काम करने के और भी प्रस्ताव आयेंगे... अपनी खातिर बर्दाश्त करना ही होगा, उसने सोचा। (अजय--जैसों को वह एक लमहे में दुरूस्त कर सकती थी--उस बेवकूफ निर्माता के समान, जिसने उसे 'सीरॉक' में स्टोरी-सैशन में बुलाने का 'हिमालयन ब्लंडर' किया था। पर जानती थी, स्कैंडल कैसा भी हो, मुख्य हानि स्त्री की ही होगी।)

"मैडम!" यकायक निर्माता सुब्रमण्यम सामने आ गये, "होटल से फोन आया था। आपके लिए 'ए फेस इन द क्राउड' की कैसेट का बंदोबस्त हो गया है।"

वर्षा आभार के भाव से मुस्करायी।

"मुझसे दूर रहने के लिए तुम कितने बहाने कर रही हो?" निर्माता के मुड़ते ही अजय ने चोट खायी दृष्टि से उसे देखा, "इसी फिल्म को देखने के लिए मैंने पिछले हफ्ते तुम्हें बुलाया था।"

"अजय, मैंने बहुत जद्दोजेहद की है।" वर्षा धीमे स्वर में बोली, "कई तरह के जख्म खाने के बाद मैं यहाँ तक पहुँची हूँ। मैं तुम्हारे आगे हाथ जोड़ती हूँ। मुझे अकेला छोड़ दो... लोग देख रहे हैं। कुछ अशोभनीय हो गया, तो सजा मुझे भुगतनी होगी।"

अजय चुपचाप उठ गया।

वर्षा सूनी आँखों से सामने देखती रही। खुले दरवाजे के चौखटे में धूप का उजला आकार था। उसके बाहर बाहरी दुनिया अपने कोलाहल के साथ जी रही थी। फिलहाल अपनी निजी दुनिया के साथ मेरा संबंध सस्पेंडिड एनीमेशन का है, उसने सोचा। इस समय हर्ष बंबई में क्या कर रहा होगा? और सिद्धार्थ?... वह इतने दिन से यहाँ थी। किसी ने फोन भी नहीं किया (बस, पांडे का फोन आता था, फलाँ का कलैक्शन इतना हो गया, एक अच्छा प्रस्ताव आया है)। वर्षा ने अपने को बहुत अकेला और निरीह महसूस किया। "अपना जीवन सँवारो, बहन!" जिज्जी ने कहा था। पिछले दिनों उसे लगने लगा था, शायद जीवन सँवरने को है, पर वह मृगमरीचिका ही निकली। काँटों भरे, सर्पीले पथ पर वह अनवरत दौड़े जा रही है और उसके साथ सिर्फ धावक का अकेलापन है...

"बताओ शाहिद हकीम!" उसने फुसफुसाकर पूछा, "वर्षा की जिंदगी में हरदम अँधेरा क्यों?"

8
"वर्षाजी बाथरूम में हैं!"

दूसरे शनिवार की रात को वर्षा की कार जैसे ही कंपाउंड में घुसी, जीने पर दसवीं मंजिल की जाली से झल्ली चहक उठी, "भाभी, जिज्जी आ गयीं।"

हल्की मुस्कान से वर्षा नीचे उतरी। कटावदार जाली की रोशनी में झल्ली के साथ हेमलता की आकृतियाँ दिखायी दे रही थीं। दोनों के बीच में खड़ी कुरुबक ने नन्ही-सी भौंक दी।

सेवानिवृत्त होने के कुछ ही दिनों बाद पिता के सपने में माँ आयीं और बोलीं, "क्यों? अपना वादा पूरा नहीं करोगे?" पिता सनाका खा गये। अपनी पुरानी, पीली पड़ी पोथियों की तरह दीमक लगी, जर्जर स्मृतियाँ पलटी। एक शाम को सहसा याद आया कि दिवंगत पत्नी का मंतव्य क्या था! प्रागैतिहासिक काल में फूलवती अयोध्या जा रही थीं और माँ के मन में अपने आराध्य सीताराम के पाँव पखारने की ललक उठी आयी थी (अब तक के वैवाहिक जीवन में माँ की एक ही प्लैजर ट्रिप संपन्न हुई थी--नौचंदी मेले की)। पर सामान्यत: बच्चों की परीक्षा और विशेषत: सौ रुपयों की दुर्लभता के कारण माँ की यह लालसा कोल्ड स्टोरेज में चली गयी। ('५४, सुल्तानगंज में ऐसे स्टोरेज का आकार बहुत विशाल था!) तब पिता ने फीकी हँसी से कहा था, "मन छोटा मत करो। मैं तुम्हें इस जीवन में ही रामेश्वरम के दर्शन कराऊँगा।"

पिता को पक्का विश्वास हो गया कि व्योग--गवाक्ष से पत्नी ५४, सुल्तानगंज पर बराबर निगाह रखे हैं, अन्यथा उन्हें यह कैसे मालूम होता कि घर की जीवन-शैली अब पहले जैसी काली एवं त्रासद नहीं रह गयी है? (अगर ऐसा नहीं है, तो मध्यमवर्गीय सपनों को भी खासा यथार्थोन्मुख माना जाना चाहिए!) वर्षा की सहायता से खुलवायी गयी किशोर की दुकान न सिर्फ अच्छी चल रही थी, बल्कि उसने बिजली की फिटिंग के दो बड़े सरकारी कांट्रैक्ट भी जुटा लिए थे। मकानमालिक के देहांत के बाद ५४, सुल्तान गंज का कच्चा-पक्का ढाँचा अब उनकी मलीहाबाद--स्थित ब्याहता बेटी की मिल्कियत था। पंद्रह रुपये मासिक किराये के चलते उन्होंने जब पुताई और मरम्मत की कटौती स्वीकार नहीं की, तो किशोर ने उद्दंडता के साथ अपने अधिकार को रेखांकित करते हुए वकील का नोटिस भेज दिया। थोड़े मोलभाव के बाद मकानमालकिन पैंतीस हजार में इस जंजाल से पीछा छुड़ाने को तैयार हो गयीं। पिता के पी.एफ. में किशोर ने अब तक की अपनी बचत

जोड़ी। फिर भी ग्यारह हजार की कमी रही, जो खुशी-खुशी वर्षा ने पूरी की।

बरामदे में माँ के ठाकुरजी प्रतिष्ठित थे, जिनके सामने रहल पर रामनाम छापे के कपड़े में कल्याण प्रेस से छपा माँ का 'मानस' का गुटका रखा था (दैनिक पूजा के लिए इसे पर्याप्त समझा गया था। अखंड पाठ के अवसर पर सम्पूर्ण पोथी फूलवती के घर से आती थी।)। पिता जब तीर्थ-यात्रा पर निकले, तो उन्होंने यह गुटका साथ रख लिया (अगर सिंहासन पर विद्यमान राम की चरण-पादुकाएँ राजसत्ता का प्रतीक बन सकती थीं, तो रामेश्वरम में 'मानस' का गुटका माँ के पुण्यलाभ का माध्यम कैसे नहीं बनता!)।

सिलवर सेंड में गृहप्रवेश के अवसर पर परिवार से कोई सम्मिलित नहीं हो पाया था। झल्ली ने इस वर्ष बी.ए. का फॉर्म प्राइवेट तौर पर भरा था। पिता की तीर्थयात्रा की तैयारी देखकर उसने हेमलता के सामने मुंबई-दर्शन की उमंगभरी पेशकश रखी। लक्ष्मी टॉकीज में 'दर्द का रिश्ता' का छठवाँ सप्ताह चल रहा था। पहले सप्ताह ही पूरा परिवार--मैनेजमेंट के विशेष आमंत्रण पर--वर्षा-दर्शन के लिए गया था ('डॉक्टर कोटनीस की अमर कहानी' और 'पड़ोसी' के बाद पिता की यह तीसरा चलचित्र एडवेंचर था)। लाउडस्पीकर वाला तांगा शहर की सड़कों पर घोषणा करते हुए घूमता था, ''रूपहले पर्दे पर देखिए... शाहजहाँपुर की वर्षा वशिष्ठ को...।'' बड़े पर्दे पर वर्षा को जीता-जागता देखना ('जलती जमीन' शाहजहाँपुर में रिलीज नहीं हुई थी। 'आरती और अंगारे' का बड़ा बैनर जरूर लग गया था, जो आगामी आकर्षण थी।) पूरे परिवार के लिए विलक्षण अनुभव था। जब सजी-सँवरी रूपा अपने महलनुमा घर के पोर्च में उतरी और अपनी मर्सिडीज में बैठ कर मैरिन ड्राइव की चकाचौंध करने वाली पृष्ठभूमि में सह्याद्रि की उर्वशी की तरह गतिशील हुई, तो पूरा परिवार स्तब्ध था ('काँपती हुई बिजली क्या धरती के गर्भ से जन्म ले सकती है?' पिता को 'शाकुंतल' की पंक्ति याद आयी)। अगले ढाई घंटों के दौरान परिवार रूपा के हर्ष-विषाद से आलोड़ित होता रहा। यह वही सिलबिल थी, जो घर में कपड़े धोती और बर्तन माँजती थी, झाड़ू लगाती और खाना बनाती थी। सौम्यमुद्रा को देखकर भी परिवार विभोर हुआ था, पर तब दूरी 'मैनेजेबिल' थी। किशोर और झल्ली को पता था कि मंच की पाँच सीढ़ियाँ चढ़कर वर्षा तक पहुँचा जा सकता है। दो घंटे बाद सौम्यमुद्रा मेकअप उतार कर फिर छोटी जिज्जी हो गयी थी (हालाँकि 'एस्थेटिक डिस्टेंस' !) बना रहा। किशोर को याद था, वह हफ्ते भर जिज्जी से पानी का गिलास नहीं माँग पाया था)। पर इस बार की दूरी गहरी और सघन थी, जिसे बड़े पर्दे ने अतिरिक्त रूप से महिमामंडित कर दिया था। पिता के मन में पहली बार सिलबिल के लिए थोड़े गर्व की भावना जागी। अंत में जब रूपा का देहांत हुआ, तो किशोर की आँखें सजल थीं, पिता का मन भर आया था और झल्ली एवं हेमलता सिसक रही थीं।

उस रात देर तक शर्माजी को नींद नहीं आयी। सिलबिल के पुराने बिंब सामने आते रहे--जब 'सौम्यमुद्रा' के अभिनय पर उन्होंने नाराजगी प्रकट की थी, जब मंचन के लिए लखनऊ जाने की जिद पकड़ने पर उन्होंने सिलबिल पर शारीरिक प्रहार किया था, जब इंटरव्यू के लिए दिल्ली जाने पर जोर देती सिलबिल को महादेव ने गुसलखाने में बंद कर

दिया था, जब लूले और हकले से जबर्दस्ती उसकी सगाई कर दी थी... ''इस लड़की ने घर में बहुत दुख उठाया'', उन्होंने मन-ही-मन कहा (इस लड़की के कारण परिवार ने जो दुख उठाया, उसका दंश 'रूपा' के कुछ देर पहले दम तोड़ देने के कारण मंद हो गया था!)।

''जिज्जी! बताओ, मैंने पीने के लिए क्या चीज बनायी है?''

वर्षा जैसे ही नहाकर निकली, झल्ली ने उमंग से पूछा। पीछे वैसे ही उछाह के साथ हेमलता खड़ी थी। दोनों के उत्साह पर कार्पेट पर बैठी झुमकी थोड़े, बुजुर्गाना ढंग से मुस्करा रही थी।

''क्या चीज बनायी है भई?'' वर्षा ने कफ्तान की जिप बंद करते हुए पूछा।

''याद करो, पिछले महीने हरे कृष्णा टैम्पिल से लाये थे।''

''तुम तीनों कहाँ-कहाँ घूमती हो। मुझे नहीं ले जातीं।'' वर्षा गद्दे पर बैठते हुए बड़े तकिये से टिक गयी।

''तुम्हें फुर्सत कहाँ होती है दीदी!'' हेमलता बोली।

झल्ली पायलों की रुनझुन के साथ रसोई में दौड़ी। फिर ट्रे लिए हुए आयी। जग में टुकड़ों के साथ ठंडाई थी और चार गिलास।

''अच्छा, बूटी छानी है।'' वर्षा हँसी, ''भांग भी डाली है न?''

तीनों हँसी--मुक्त, निर्बंध खिलखिलाहट। (घर में किसी बड़े-बुजुर्ग की टेढ़ी भौहें दिखायी न देने से ही ऐसी हँसी सुनायी देती है। अभी गायित्ती जिज्जी ही होतीं, तो टोक देतीं, ''सयानी लड़कियाँ टिल-टिल करती हुई अच्छी नहीं लगतीं।'')।

वर्षा ने दो बड़े घूँट लिए, ''अभी फूलवती मौसी देखें तो?'' उसने अतिरंजना से नकल उतारी, ''देखो तो महोबा वाली की छोकरियों को ... आसमान पै थिगली लगावे हैं।''

झल्ली और हेमलता फिर हँसीं।

झल्ली ने इसलिए तो ठंडाई नहीं बनायी कि अन्यथा जिज्जी वाइन पियेंगी, वर्षा ने हल्की मुस्कान से सोचा। उसके आसव-पान से दोनों संकुचित हो गयी थीं। आखिर सात पीढियों के संस्कार हैं, वर्षा ने सोचा था।

''जिज्जी, पाँव फैला लो।'' झल्ली बोली।

झल्ली और हेमलता वर्षा के दायें-बायें बैठ गयी थीं। झल्ली वर्षा के पाँव दबाने लगी, हेमलता बाँहें और कंधे। झुमकी मुस्करा रही थी। वर्षा ने आँखें मूँदकर परमानंद का अभिन्य किया।

''तुम दोनों मुझे बिगाड़ रही हो।'' कुछ पल बाद वर्षा ने आँखें खोलीं।

''उन्होंने कहा था, जिज्जी की सेवा करना।'' हेमलता बोली।

कुछ देर वर्षा चुप रही। देह पर नर्म स्पर्श भले लग रहे थे। कितने वर्षों वर्षा घर से निर्वासित रही थी (पुराने संचित अभावों ने क्या अपनी गाँठें खोल दी थीं?)।

''अच्छा, थैंक्स।'' वर्षा सीधी हो गयी, ''थोड़ी सेवा कल के लिए छोड़ दो।''

झल्ली और हेमलता फ़िर हँसीं।

आने के हफ्ते भर के भीतर वर्षा ने दोनों को मॉड किशोरियों के कपड़े ले दिये थे। हेमलता थोड़ी सकुचायी, पर झल्ली का जल्दी ही आधुनिका बनना थोड़ा अनिवार्य पाया गया। कारण यह था कि उसे वर्षा ने अंग्रेजी-संभाषण कोर्स में भर्ती करवा दिया था। बड़ी जिज्जी के अनुरूप झल्ली भी माँ पर गयी थी। गोरा रंग, कटीले नक्श। बस, आँखें छोटी थीं, जिसका प्रतिकार उसने काजल की लंबी लकीरों से करना सीख लिया था। कद में वह अभी वर्षा के कान तक आती थी। वर्षा का अंदाज था, साल भर में यह मेरे बराबर हो जायेगी। आज हेमलता ने भी झल्ली की देखादेखी स्कर्ट-ब्लाउज पहन लिया था। वर्षा ने मोहभरे ढंग से दोनों को देखा--कमसिन देहें, पतली-सी कमर, नन्हे-से उरोज। वर्षा ने दोनों को पायलें पहना दी थीं। दिन भर घर में रुनझुन होती रहती। ''ओहो हो, कैसी बलिहारी जा रही हो दादी अम्माँ की तरह!'' झुमकी ने चुटकी ली थी, ''तुम्हारी खुद घर में रुनझुन करने की उमर है।''

''झल्ली बांद्रा से तीन कैसेट लायी है।'' हेमलता बोली।

झल्ली सकपका गयी। उसने बात का दूसरा अर्थ लगाया। ''एक तरह से दो ही कहो। 'जूलिया' तो जिज्जी देखना चाहती थीं। फिर कल छुट्टी है न।''

उसके चेहरे पर अपराध-जैसी रंगत देखकर वर्षा पिघल गयी। ''अच्छा किया।'' उसने झल्ली के सिर पर हाथ फेरा। होश सँभालने के बाद झल्ली का वर्षा के साथ रहने का यह पहला अवसर था। शाहजहाँपुर में जब भी वर्षा आयी, दो-चार दिन को मेहमान की तरह। और उसकी अधिकांश चेतना विरोधी पक्ष की ओर केंद्रित रही। झल्ली के साथ सहज होने का कभी समय ही नहीं मिला।

टी.वी. और वी.सी.आर. झुमकी के साथ-साथ झल्ली तथा हेमलता के लिए भी चुंबक हो चुके थे। दिन में एक फिल्म तो अनिवार्य थी, कभी-कभी दो भी हो जातीं। झल्ली जैसे चाव से स्टीरियो चलाती या वी.सी.आर. के जबड़ों में कैसेट डालती, उससे वर्षा पुलक से भर उठती (झल्ली की उम्र के उसके ५४, सुल्तान गंज के दिनों में रेडियो भी नहीं था। अपनी छत पर खड़े हुए पड़ोसी के यहाँ से बिखरते 'ए गमे-दिल, क्या करूँ' सुरों से वह कई स्तरों पर बेधी गयी थी।)।

''कुरुबक कहाँ गयी?'' यकायक झल्ली बोली।

''यहीं तो थी।'' हेमलता ने आसपास देखा।

''दीदी के बिस्तर के नीचे रूठी बैठी होगी।'' झुमकी मुस्करायी।

झल्ली तेजी-से भीतर गयी और कुछ क्षणों बाद कुरुबक को लिए लौटी, ''जिज्जी, तुमने आते ही दुलार नहीं किया न?'' उसने आरोप लगाया।

''किया तो था।'' वर्षा ने दुर्बल स्वर में कहा और कुरूबक को गोद में लेकर सहलाने लगी, ''ऐसे गुस्सा नहीं करते कुरुबक... मैं तो तुम्हें इतना प्यार करती हूँ...''

विमल की क्वीन ने चार बच्चे जने थे, जिनमें से एक के अर्पण पर विचार किया जा रहा था। स्टार से यह भेंट पाने के लिए उद्योग से बड़े-बड़े उम्मीदवार थे, पर शोभा भाभी और बच्चों ने सिर्फ वर्षा को ऐसे सम्मान के योग्य पाया। बिना किसी मानसिक तैयारी के, अचानक ऐसा उपहार पाकर वर्षा विमूढ़ रह गयी। पालतू पशु का कोई अनुभव भी नहीं था

(सहपाठी सरला को जरूर शाहजहाँपुर के मुख्य बाजार में अपने कुत्ते के साथ गर्वपूर्वक चहलकदमी करते हुए ईर्ष्या भाव से देखा था)। जब उसने घर लौट कर तौलिए से ढँके प्राणी को 'नारी-केंद्र' (हर्ष ने 101, 'सिलवर सेंड' का यही नाम रखा था।) के दर्शनार्थ प्रस्तुत किया, तो आह्लाद की विभोर कर देने वाली किलकारियाँ दीवारों से टकराती पायी गयीं। देखते-देखते कुरुबक 'नारी-केंद्र' की पाँचवीं सदस्य बन गयी। झल्ली के तो जैसे उसमें प्राण बसने लगे। उसे नहलाना-धुलाना, शाम को कंपाउंड में घुमाना, सुबह-शाम 'बाथरूम हेतु' सड़क पर ले जाना--ये सारे दायित्व झल्ली ने सँभाल लिए। आम तौर से वह सोती भी झल्ली के ही साथ थी। एक बार देर रात वर्षा को लगा, किसी ने उसे छुआ है। वह अचकचा कर उठी। देखा कि कुरुबक उसके वक्ष से थूथनी लगाये कसमसा रही है। वर्षा ममत्व से भर उठी। उसे बाँह में लेकर अपने साथ सुला लिया। "तुम्हारी 'शकुंतला' के लिए यह 'दीर्घापांग' छौना है," हर्ष ने टिप्पणी की थी। पांडेजी भी कुरूबक के प्रादुर्भाव से प्रमुदित पाये गये, "मैडम, पपी के बिना स्टार की शोभा वैसे ही पूरी नहीं होती, जैसे मंगल-सूत्र के बिना सुहागिन की! कंचनप्रभा के घर आप नहीं गयीं। उन्होंने चार पपी पाल रखे हैं।" (संख्या सार्थक है, वर्षा ने सोचा था। कंचनप्रभा के इस समय चालू प्रेम-संबंध भी इतने ही बतलाये जा रहे थे)।

दरवाजे की घंटी बजी।

वापस लौटते हुए झल्ली ने मुस्कान दबाते हुए भाव-भंगिमा से प्रकट किया कि पांडे हैं। हेमलता और झुमकी भी मुस्करायीं। (घर में सबके लिए पांडे कौतुक की वस्तु थे)।

"आइए।" वर्षा ने मुस्कान दी।

"टैक्स कंसलटेंट के यहाँ से आ रहा हूँ।" पांडे एक ओर सोफे पर बैठ गये, "एक तो आप कम्पलसरी डिपॉजिट का चेक दे दीजिए।" उन्होंने ब्रीफकेस से डायरी निकाल कर एक पृष्ठ दिखाया, "आपका इतना एमाउंट एडजस्ट करना होगा। श्रॉफ साहब कहते हैं, एक बीमा पॉलिसी ले लीजिए। तिमाही भुगतान वाली बेहतर रहेगी। मैंने एक एजेंट से बात कर ली है। वह कल शाम को फॉर्म लेकर आ जायेंगे।"

वर्षा ने हामी में सिर हिलाया।

"तुलसियानीजी का फोन आया था। हमारी गाड़ी का पेमेंट पूरा हो गया है। डीलर से भी मैंने कंफर्स कर लिया है।"

वर्षा ने फिर सिर हिलाया।

"परसों मद्रास से इंस्टालमेंट आ जायेगा। अब कर्ज तो सब उतर गये हैं। कुछ जेवर ले लिये जायें? प्रीमियर-पार्टियों में जरूरत पड़ती है।"

"पांडेजी, सयानी लड़की घर में बैठी है।" वर्षा ने बड़ी-बूढ़ी का अभिनय किया, "पहले इसका बोझ तो उतार दूँ। रात को ठीक से नींद नहीं आती।"

हेमलता और झुमकी हँसी। झल्ली ने शर्मा कर भाभी के कंधे पर मुँह छिपा लिया।

पांडे ने छोटी-सी मुस्कान दी। उनकी मुखरता उसके कैरियर एवं स्टारडम की पेचीदगियों तक ही सीमित रहती थी।

"विश्वासजी परसों कलकत्ते से आ रहे हैं। शुक्रवार की शाम उनके साथ स्टोरी सिटिंग

रख लें?''

'' 'चंद्रग्रहण' का प्रीमियर है।'' वर्षा ने विवशता दिखायी।

''मैडम, एन.एफ.डी.सी. की फिल्म है, जिसका एक प्रिंट 'आकाशवाणी' में रिलीज हो रहा है।'' पांडे के स्वर में सूक्ष्म उपहास भी था और असहायता की ध्वनि भी, ''उसका हमारे कैरियर से कोई मतलब नहीं।'' (वह 'आपके' की जगह ज्यादातर 'हमारा' का व्यवहार करते थे। वर्षा ने कौतुक से सोचा था, मेरी शादी होने पर यह क्या करेंगे? उसने उनके संवाद की कल्पना की थी, ''हमारे पति ने आठ बजे हमें तैयार रहने को कहा है।''))।

''कैरियर से न हो, व्यक्ति के रूप में मेरे साथ जरूर है।'' वर्षा गंभीर हो गयी।

''अब वह समय आ गया है मैडम जब हमें व्यक्ति को कम और कैरियर को ज्यादा महत्व देना चाहिए।''

''मैं मित्रों के महत्व को कम नहीं कर सकती।''

''मित्रता हमें महँगी पड़ रही है मैडम ! अगर 'जलती जमीन' न होती, तो हिट पिक्चरों की हमारी हैट ट्रिक होती। अब 'चंद्रग्रहण' भी हमारे ऊपर जाते ग्राफ को ग्रहण लगायेगी। मैं आपको लिख कर दे सकता हूँ, यह पिक्चर एक हफ्ते से ज्यादा चलने वाली नहीं।''

''पांडेजी, मेरी भी कलात्मक जरूरतें हैं।''

''कैरियर की जरूरतें उससे बिलकुल उलटी जा रही हैं मैडम ! इंडस्ट्री ने हमारे साथ जो उम्मीदें जोड़ी हैं, उनको पूरा करना ही हमारे लिए उचित होगा।''

तीन फिल्मों व्यावसायिक सफलता से वर्षा को 'लकी' कहा जा रहा था। 'दर्द का रिश्ता' में वह सहनायिका थी। रिलीज से पहले उसे 'सेटअप' में नकारात्मक तत्व कहा गया, ''स्क्रीन-ब्यूटी नहीं है। आर्ट फिल्म की हीरोइन है।'' प्रदर्शन के पहले हफ्ते में अनिश्चय रहा। इतवार को आयी लगभग सभी समीक्षाओं में वर्षा की प्रशंसा थी। ''थाना के आगे समीक्षाओं की कोई कीमत नहीं,'' उद्योग पंडितों ने कहा। दूसरे सप्ताह से दर्शकों की पसंद अपना स्वरूप ग्रहण करने लगी और वर्षा के दो दृश्य फिल्म की हाइलाइट माने गये। पहला मंदिर में कृष्ण के साथ उसकी नाटकीय समक्षता का था (वस्तुतः निर्देशक हुसैन यहाँ राम को चाहते थे, पर बी.ए. के पहले वर्ष में माँ के साथ विध्वंसक संबंध बनने के दौरान वर्षा ने राम को 'डेजर्ट' करके कन्हैया का पीतांबर थाम लिया था, ''माँ के आराध्य मेरे नहीं हो सकते। वह तो हमेशा माँ का ही पक्ष लेंगे न !'' फिर ड्रामा स्कूल में आदित्य के स्वर में 'अंधा युग' की कृष्ण-स्पीच सुन कर उसके सामने कृष्ण-चरित्र की विलक्षण नाटकीय संभावनाएँ उजागर हुईं। आगे जब-जब वर्षा पर अँधेरे क्षण आये, उसने 'मुरली वाले' को ही याद किया। हुसैन ने कृष्ण के प्रति उसके 'व्यक्तिगत लगाव' को स्वीकार कर लिया।), ''तुमने मेरे साथ न्याय नहीं किया।'' वर्षा कृष्ण पर आरोप लगाती है, ''भक्तों के साथ ऐसे व्यवहार किया जाता है? मैं पच्चीस साल से तुम्हारी उपासना कर रही हूँ। तुमसे कभी कुछ नहीं माँगा। रोज तुम्हें दूध-मक्खन का भोग लगाया। अब पहली बार मेरे मन में प्रेम का बसंत आया है, तो तुम कानों में तेल डाले बैठे हो?'' (नारंग के अनुसार स्त्रियों एवं बच्चों को, जिनका 'सोशल' फिल्म की सफलता में बहुत योग होता है, यह

दृश्य विशेष रूप से लुभा गया।) दूसरा दृश्य मरती हुई रूपा का भाषण था। शुरू में 'आरती और अंगारे' में 'शांति'--ईश्वर संवाद का कोई दृश्य नहीं था, पर जब 'दर्द का रिश्ता' हिट होने लगी, तो बीरजी के अनुरोध से यह दृश्य डाल दिया गया। इस फिल्म में वह नायिका थी--'दर्द का रिश्ता' के विपरीत न त्याग करती थी, न अंत में मरती थी। उद्योग-विद्वान वर्षा की 'इमेज' के साथ जरूरतें जोड़े हुए थे, पर इसके बावजूद फिल्म चल गयी। 'दिल का सौदा' में वह महानगर की आधुनिक लड़की थी। विज्ञजनों का मत था, दर्शक-समुदाय उसे इस रूप में स्वीकार नहीं करेगा। पर पता नहीं क्यों, उसने कर लिया। इसके बाद यकायक वर्षा ने पाया कि वह 'लकी' मानी जा रही है। इसकी उसने यही 'व्याख्या' की (रंगमंच के बीज-शब्द ने सिनेमा में कहाँ आकर पकड़ा !) कि जब विशेषज्ञों का हर गणित, हर तर्क अंधी गली से टकराने लगे, हर अंदाज गलत साबित हो, हर भविष्यवाणी भौंचक्की पायी जाये, तो सवाल का एक ही जवाब होता है--लड़की लकी है !

"न उम्मीदों के पीछे कोई तर्क होता है, न उन्हें पूरी करने के औचित्य के पीछे।" वर्षा ने गहरी साँस के साथ उपसंहार किया, "सब किस्मत का खेल है पांडेजी।"

वर्षा के संकेत पर झल्ली चेकबुक ले आयी थी। वर्षा ने अनिवार्य बचत का चेक भरा, फिर फाड़ कर पांडे की ओर बढ़ा दिया।

"पिछले महीने का आपका कितना देना है?"

पांडे ने अपनी डायरी देखी, "ग्यारह और इक्कीस तारीख को आपने मुझे कैश दिया है--कुल सात हजार। इतने बचते हैं..." उन्होंने एक पन्ना दिखाया।

वर्षा ने चेक भर कर दे दिया। हर महीने कमाई का दस प्रतिशत जा रहा था।

"अपनी डेट्स डायरी दे दीजिए।" पांडे खड़े हो गये, "जून-जुलाई की बदली हुई एंट्री कर दूँगा।"

झल्ली ने चमड़े की जिल्द मढ़ी, बड़ी और सुंदर डायरी लाकर दे दी।

"फैन-मेल के जवाब तैयार हो गये?"

मेज के निचले खाने से झल्ली ने बड़े लिफाफों का बंडल उठाया। रोजाना घंटे भर झल्ली का यही मनपसंद दायित्व था--लिफाफे पर प्रशंसक का पता लिखना और भीतर वर्षा की रंगीन तस्वीर के साथ टाइप-जीरोक्स किया हुआ पत्र रखना, 'प्रिय मित्र आपके पत्र के लिए धन्यवाद। शुभ कामनाओं के साथ...' नीचे 'वर्षा वशिष्ठ' के हस्ताक्षर वह खुद कर देती थी--जिज्जी के ही ढंग से, दोनों शब्दों के पहले अक्षरों को थोड़ा फैलाते हुए।

"पिक्चरें आठ-दस ही बची हैं।" झल्ली बोली।

"मैं फोटोग्राफर को फोन कर दूँगा। कल शाम तक आ जायेंगी।" उन्होंने ब्रीफ केस से आठ-दस पत्रों की गड्डी निकाली, "इनमें पिक्चरों के बारे में सवाल पूछे गये हैं।"

वर्षा ने एक पत्र खोला। अधिकतर पत्र उत्तर भारत से हिंदी में आते थे, जिसमें आम तौर से उसके अभिनय की प्रशंसा होती थी। यह पत्र बंगलौर से अंग्रेजी में था, जिसमें 'जलती जमीन' की 'दाखाँ' की उसके व्यावसायिक चरित्र-निरूपणों से तुलना की गयी थी। अन्य पत्र भी अहिंदी प्रदेशों से थे, जिनमें उसकी कुछेक भूमिकाओं का विश्लेषण था और दो में उसकी प्रतिक्रिया पूछी गयी थी।

"इनके जवाब मैं कल लिखूँगी। आप शाम को टाइप करवा लें।"

पहली बार पांडे के चेहरे पर संतोष का भाव आया। "प्रशंसक किसी भी कलाकार की लोकप्रियता की बुनियाद होते हैं। ये नयी रिलीज पर पहले शो, पहले दिन या पहले सप्ताह में फिल्म देखते हैं और माउथ पब्लिसिटी में इनका अनन्य योगदान होता है। पत्र का अच्छा जवाब मिले, तो ये स्टार के साथ अपना व्यक्तिगत संबंध मानने लगते हैं। ऐसी गुडबिल स्टारडम को कंसौलीडेट करने में मदद देती है," उन्होंने कहा था।

वर्षा इससे सहमत थी। पांडे ने शो बिजनेस का अच्छा अध्ययन कर रखा है, उसने सोचा था।

"हाँ, जिंदा हूँ।" वर्षा कॉर्डलैस फोन थामे मुस्करायी, "आप कैसे हैं?"

ड्रांइगरूम में 'नारी-केंद्र' मुग्ध भाव से टी.वी. देख रहा था, जिस पर धारावाहिक नाम की नयी लीला शुरू हुई थी, इसलिए वर्षा अपने शयन-कक्ष में आ गयी थी।

"आपसे मिलने के बाद मैं आधा जिंदा जल रहा हूँ।" चंद्रप्रकाश की आवाज सुनायी दी।

"मुझे मालूम नहीं था, मेरी साँस में इतना कार्बन डिओक्साइड है।"

चंद्रप्रकाश हँसे।

वह प्रकाश उद्योग-समूह के युवराज थे। मेसाचुसेट्स इंस्टीट्यूट ऑफ टेक्नालॉजी से एम.बी.ए. करके लौटे थे और नरीमन प्वाइंट पर प्रकाश चैंबर्स के मुख्यालय की कमान सँभालते थे। मलाबार हिल पर उनका निवास था और जुहू पर रिट्रीट। 'उत्तर भारतीय समाज' के एक समारोह में हुई भेंट के बाद उनके घर आयोजित गजल-संध्या में वह शामिल हुई थी। फिर दो दावतों पर रिट्रीट पर भी गयी थी।

"शनिवार की शाम को आप घर बैठी क्या कर ही हैं?"

"थकान उतार रही हूँ।"

"तो जुहू आ जाइए न ! इस शुभ काम में मैं भी हाथ बटाऊँगा।"

मन के एक स्तर पर वर्षा हँसी, दूसरे पर स्थिति का क्षणीय विश्लेषण किया। चंद्रप्रकाश उसे पसंद आ रहे थे, पर पिछली दो भेंटों में वह व्यक्तिगत बातें करने लगे थे। अपने वृद्ध पिता का जिक्र किया था और अपने भावात्मक अकेलेपन का। वर्षा थोड़ी सतर्क हो गयी थी। वह क्या चाहती है? एक और मित्रता?

नहीं, मन में ऐसी कोई चाहत नहीं थी। पर चंद्रप्रकाश का व्यवहार शिष्ट एवं मृदु था, इसलिए सितार-वादन के उनके अगले आमंत्रण का मान रखने के लिए वह चली तो गयी, पर झल्ली व हेमलता को भी ले गयी। उसके साथ पुछल्ले देखकर चंद्रप्रकाश के चेहरे का भाव नहीं बदला, इसलिए वर्षा के मन में उनका सम्मान बना रहा।

"आप घर में हैं?"

"नहीं, 'सन एंड सेंड' में। अगर आप यहाँ न आना चाहें, तो मैं घर पहुँचता हूँ।"

चंद्रप्रकाश ने समझ लिया था, पाँच सितारा रेस्तराँ वर्षा को पसंद नहीं थे (वही मध्यमवर्गीय करोलबाग सिंड्रॉम !)। उसे पूरे तौर-तरीके बनावटी और आरोपित लगते थे।

दूसरी आशंका मीडिया की थी। चंद्रप्रकाश और उसको साथ-साथ देखे जाने का एक ही मतलब था-'बिंदास वर्षा का नया रोमांस !' अभी वह सिर्फ रंगमंच में ही क्रियाशील होती, तो ऐसे आमंत्रण 'अहोभाग्य' मानती (भावप्रवण अभिनेत्री की शैंपेन और बटर चिकिन से नाटकीय समक्षता आये दिन तो नहीं होती थी !) पर स्टारडम ने बहुत-कुछ बदल दिया था--सामान्य आकांक्षाएँ भी और सामान्य जीवन-पद्धति भी।

अगर वर्षा यह समझती थी कि केवल रचनात्मक पुरुष ही आत्मलीन होते हैं, तो यह उसका भ्रम था। चंद्रप्रकाश अपने काम में उतने ही डूबे रहते थे, जितना कोई भी प्रतिष्ठित अभिनेता, संगीत या फिल्म-निर्देशक। उनकी जुबान पर हमेशा आँकड़ों के साथ शेयर्स, होल्डिंग, फाइनेंशियल इंस्टीट्यूशंस, फेरा, डिविडेंट आदि शब्द कुलबुलाते रहते थे।

''मैं कलकत्ते से एक फोन का इंतजार कर रही हूँ। थोड़ी देर बाद आपको फोन करती

वर्षा ने सिर के नीचे कुशन रखा और वहीं कार्पेट पर लेट गयी।

कभी-कभी वर्षा को अपना आसपास अवास्तविक लगता था--एक मायावी समीकरण, जो आँखें मूँदते ही विलीन हो जायेगा। वह आँखें खोलेगी, तो अपने को जोड़बाग के लता-मंडप में बेंत की कुर्सी पर बैठा हुआ पायेगी। इन सुख-सुविधाओं और चमक-दमक के बीच सचमुच वही है--बस से मंडी हाउस आने वाली वर्षा वशिष्ठ? वह यहाँ क्या कर रही है? संजीदा अभिनेत्री का अनिवार्य बचत योजना से क्या संबंध है?

मिनट भर बाद फिर घंटी बजी। अब चाहे घंटी में कितनी ही बेचैनी हो, वर्षा खुद फोन नहीं उठाती थी। जब तक मालूम न हो कि कौन है, लाइन पर नहीं आती थी। न जाने कहाँ-कहाँ से फोन आने लगे थे। आमंत्रणों से अक्सर उसे आशंका होने लगी थी। पुराने परिचित भी यकायक प्रकट होने लगे थे। जिनका रंगमंच से नाता नहीं था, उनसे मिलने में उसे आपत्ति नही थी, पर समय की सख्त कमी थी। देह में थकान और आँखों में नींद भरी रहती। नाट्य विद्यालय का रेला भी बढ़ गया था। वह भरसक मदद करने की कोशिश करती, पर जो घनिष्ठ नहीं थे, उन्हें घर बुलाने से बचती। जो मुस्कानहीन रुख उसने सिने पत्रकारों के लिए अपनाया था, उसका दायरा अब फैलने लगा था। कोई पुराना परिचित यकायक स्टूडियो या डबिंग थिएटर में मिलने आ जाता, तो वर्षा एक पल को सर्द हो जाती, यह मुझसे क्या चाहता है?

''सुमंत...'' झुमकी दरवाजे पर आयी।

''नमस्ते सुमंतजी...'' वर्षा ने कॉडलैस का बटन दबाया, ''अच्छे तो हैं आप'

''मैं ठीक हूँ।'' सुमंत का संजीदा स्वर सुनायी दिया, ''एक जिज्ञासा है।''

''कहिए'

''मैंने परसों फोन किया, तब आप बाथरूम में थीं। कल फोन किया, तब भी आप बाथरूम में थीं। मैं सिर्फ इतना जानना चाहता हूँ कि स्टार दिन-दिन भर बाथरूम में क्या करते हैं और वहाँ एक अतिरिक्त फोन क्यों नहीं रखते'

''मैं सचमुच बाथरूम में थी।'' वर्षा मुस्करायी, ''आपने स्कूल में नागरिक शास्त्र पढ़ा होगा, क्योंकि यह अनिवार्य विषय था। अपनी इच्छा के अनुसार बाथरूम में रहना हरेक

का मूल अधिकार है। आप चाहें, तो भारतीय संविधान देख सकते हैं। अब रहा आपका दूसरा सवाल। मैं स्टार जरूर हो गयी हूँ, लेकिन इतनी बड़ी नहीं कि बाथरूम में टब रखूँ।''

''टब के बारे में तो मैंने नहीं पूछा।''

''बाथरूम में फोन तभी शोभा पाता है, जब उसे झाग भरे टब में लेटे हुए कान से लगाया जाये।''

''तो कब तक ऐसी उम्मीद की जा सकती है'

''जैसे ही मुझे हॉलीवुड की एक फिल्म मिले।''

सुमंत हँसे।

वह सिलवर ग्रूव रिकॉर्डिंग कंपनी के चीफ एग्जीक्यूटिव थे। उनसे पहली भेंट 'दर्द का रिश्ता' के लांग प्लेइंग के विमोचन पर हुई थी। फिर उन्होंने अपने हर समारोह में वर्षा को आमंत्रित करना शुरू कर दिया और न जाने पर उलाहना देने लगे। वह खूब विनोदी और सहज थे। जब दिव्या के एक इंटरव्यू से उन्होंने जान लिया कि 'ऐ गमे दिल, क्या करूँ' वर्षा की प्रिय कविता है (अब मेरा कुछ भी गोपनीय नहीं, वर्षा ने सोचा था। उसने अपने को अपने हेयरड्रेसर और शोफर के इंटरव्यू पढ़ने के लिए तैयार कर लिया था।), तो उनके घर आयोजित एक अंतरंग पार्टी में उसे अपनी 'छिपी हुई प्रतिभा' की बानगी दिखानी पड़ी। अपने गले के बारे में वर्षा को कोई भ्रम नहीं था, पर सुमंत ने दावा किया कि वह खासा सुरीला गा लेती है और अपनी एक किसी फिल्म में कम-से-कम एक गाना क्यों नहीं गाती? पिछले वर्ष भक्ति-पदों का एक संग्रह तैयार हुआ था, जिसमें उनके अनुरोध पर वर्षा ने कुछ परिचयात्मक पंक्तियाँ बोली थीं। अब वह 'वर्षा आयी' शीर्षक से पावस-गीतों का एक एल.पी. निकालना चाहते थे, जिसमें वर्षा को टिप्पणियाँ जोड़नी थीं।

वर्षा तीन-चार बार बांद्रा स्थित उनके घर जा चुकी थी। उनकी माँ से परिचय हुआ था। सुमंत लगभग पैंतीस के थे। ''अब मैं अपने कंधों पर रखा जिंदगी का बोझ किसी के साथ बाँटना चाहता हूँ'', उन्होंने वर्षा की ओर देखते हुए अर्थभरे स्वर में कहा था।

''वर्षाजी, न आप मेरे यहाँ आती हैं, न मुझे अपने यहाँ बुलाती हैं।'' सुमंत बोले, ''बताइए, जिंदगी कैसे कटेगी'

वर्षा हँसी, ''कट जायेगी सुमंतजी... ऐसे ही रोते-रोते।''

''साथ बैठ कर रोने में आपको क्या एतराज है'

''साथ बैठ कर रोने से रोने की गरिमा चली जाती है।'' कहते-कहते वर्षा ने जीभ काट ली।

एक पल चुप्पी रही। फिर सुमंत ठंडी साँस लेकर बोले, ''आज आपका मूड ठीक मालूम नहीं देता।''

और लाइन कट गयी।

फोन की ओर देखते हुए वर्षा की मुस्कान विलुप्त हो गयी। उसने फिर सिर कुशन पर रख लिया। जैसी ठंडी साँस सुमंत ने ली थी, वैसी ही उसके मुँह से भी निकल गयी।

क्या करे सुमंत को यहाँ बुला ले या खुद चंद्रप्रकाश के यहाँ चली जाये।

कुशन पर सिर रखे कुछ क्षण लेटी रही। फिर अनमने भाव से टू-इन-वन का बटन दबा

दिया। स्पूल के घूमने की मद्धिम सरसराहट के बाद वायोलिन का सुर उभरा और फिर दर्द भरा स्वर, 'ईंट-पत्थर के जंगल में मारे गये...'

आँखें मूँदे वर्षा 'मुक्ति' का गीत सुनती रही। फिर हवा के झोंके से अखबार सरसराया। एकाएक दिन में कही गयी नीरजा की बात याद आयी (सुबह सरसरी नजर से सुर्खियाँ देखने का ही समय मिला था)। उसने पन्ने पलटे। कला वाले पृष्ठ पर ऊपर बायीं ओर के पहले चार कॉलमों में रमन राजदाँ का लेख था और बीचोंबीच वर्षा की तस्वीर छपी थी।

'इस समुंदर में मौजे बिखरती रहीं/कुछ तमन्ना-ए-रंगीं निखरती रहीं/ऐसे गुलजार जंगल में मारे गये...'

''वर्षाजी।'' दरवाजा खोलते हुए रंजना के चेहरे पर पहले आशंका आयी, फिर मलिन-सी मुस्कान।

''मैंने कई बार फोन किया।''

''फोन खराब है।''

''मुझे हर्ष को लेकर जाना है।''

सुबह मिसेज कुलकर्णी का फोन आया था। एन.एफ.डी.सी. रमन राजदाँ की एक फिल्म फाइनेंस करने की सोच रही है। क्या वर्षा नायिका की भूमिका स्वीकार करेगी? कहानी की रूपरेखा सुनकर वर्षा ने नरमी से हर्ष की सिफारिश की। मिसेज कुलकर्णी ने कहा, मैं व्यक्तिगत रूप से इस बात का स्वागत करती हूँ, पर वैसे निर्देशक हर्ष से बचते हैं। तुम दोनों रात को खाने पर मेरे घर आ जाओ। राजदाँ को भी बुला लेती हूँ। बात हो जायेगी।

''हर्ष बाहर हैं। मैं भी अभी ही लौटी हूँ।'' रंजना बोली, ''आप थोड़ा इंतजार कर सकती हैं?''

फ्लैट बड़ा और सादा था। पुराने ढंग का फर्नीचर। लगता था, घर ने अच्छे दिन देखे हैं।

''आपको हमारे गाने कैसे लगे' रंजना ने कॉफी का प्याला सामने रखते हुए पूछा।

वर्षा तीन बड़े गुलदस्ते लेकर फेमस रिकॉर्डिंग थिएटर में गयी थी। कैमरों की क्लिक के बीच उसने हर्ष, रंजना और एंड्री को बधाइयाँ दी थीं। हर्ष का चेहरा देखकर वर्षा का जी जुड़ा गया। आँखों की चमक जिंदगी की सार्थकता की घोषणा थी। कितनी लंबी और यातनाभरी प्रतीक्षा के बाद वह आज की इस घड़ी तक पहुँच पाया था।

हर्ष से हाथ मिलाते हुए पल भर को समय ठहर गया।

''हेलीकॉन, मैं सिर्फ चाँद चाहता हूँ।'' उसकी आँखों में देखते हुए हर्ष ने हल्की मुस्कान से 'कालिगुला' का संवाद बोला।

''सच्ची नयी लहर 'मुक्ति' से शुरू होगी।'' एंड्री ने बड़ी मुस्कान से कहा।

एंड्री वस्तुतः आनंद भालेराव कामले थे। वह सेंट जेवियर्स से अंग्रेजी साहित्य में एम.ए. कर रहे थे। फिर उसे बीच में ही छोड़ कर निर्देशन का कोर्स करने फिल्म इंस्टीट्यूट चले गये। एक साल के बाद 'यह सिर्फ समय की बरबादी है' की घोषणा के साथ उन्होंने उसे भी छोड़ दिया और हॉलीवुड चले गये। वहाँ कई प्रख्यात निर्देशकों के सहायक रहे और डाक्यूमेंट्री फिल्में बनायीं। दो साल पहले लौट कर राजनीतिक दाँव-पेचों पर केंद्रित मराठी

फीचर 'मुख्यमंत्री' निर्देशित की, जिसने अपने भाषा-वर्ग में सर्वश्रेष्ठ फिल्म का राष्ट्रीय पुरस्कार जीता। 'कंपन' के दौरान हर्ष से मित्रता हुई थी। "फिल्म उद्योग में हर्षवर्धन अकेले मुखर और प्रखर बुद्धिजीवी अभिनेता हैं।" उन्होंने एक इंटरव्यू में कहा था,"वह इस माध्यम की शक्ति को राई-रत्ती समझते हैं। हिन्दी फिल्मों के बड़बोले और वाचाल संसार में हर्षवर्धन की अभिनय-शैली न सिर्फ मितभाषी है, बल्कि वह सुनती भी है--सामने के चरित्र को ही नहीं, बल्कि परिवेश के सतत मौन को भी।"

नयी लहर के एंग्री यंगमैन एंड्री झोला-सम्प्रदाय का चाक्षुष प्रतीक थे। बड़ी दाढ़ी व कोल्हापुरी चप्पलों के साथ नीली जींस, फ्लैप लगी दो जेबों वाली नीली कमीज, मुँह में चारमीनार, आँखों पर चश्मा और कंधे पर बैग--लगभग एक साल से वर्षा उन्हें इसी रूप में देखती आ रही थी। हर्ष के साथ उनकी कई समानताएँ थीं। उन्होंने भी एम.ए. बीच में ही छोड़ा था और वह भी जिद्दी बेसब्र, समझौता विरोधी और उत्कृष्ट कलामूल्यों के लिए प्रतिबद्ध थे। "खुशहाल जिंदगी गुजारने के लिए दस 'डर्टी हैरी' बनाने से भूखे रह कर एक 'गॉन विद द विंड' बनाना बेहतर है," कह कर उन्होंने अपनी कलादृष्टि प्रतिपादित की थी।

लोगों की बधाइयाँ लेते हुए रंजना का चेहरा भी चमक रहा था। वर्षा ने पल भर ध्यान से उसे देखा था।

"बहुत अच्छे लगे।" वर्षा बोली, "सिचुएशन के अनुकूल और प्रभावपूर्ण। पुरुष-स्वर का गीत तो खास तौर से मोहक है। एंड्री ने फिल्म में जैसे उसका इस्तेमाल सोचा है, बहुत कल्पनाशील है।"

"हाँ। हमारी आम फिल्मों की तरह नहीं होगा, जिसमें गाने के शुरू होते ही कहानी रुक जाती है।" रंजना ने कहा। उसके स्वर में गर्व था--स्वप्न को बाँटने का गर्व।

"मैं जरा हर्ष का कमरा देख सकती हूँ' कुछ पलों कि हिचकिचाहट के बाद आखिर वर्षा ने कह ही दिया।

क्षण भर को रंजना अचकचा गयी। फिर मुस्करा दी, "जरूर।"

घर के अनुरूप ही सादा कमरा था। पलंग, अलमारी, मेज-कुर्सी। काँच के शेड का टेबिल-लैंप जरूर सुंदर और भव्य था। वर्षा के मन में जो दबी-ढँकी आशंका थी, कमरे को देख कर दूर हो गयी। वहाँ रंजना से संबंधित कोई चीज दिखायी नहीं दी--न चूड़ी, न बिंदी, न सेंट की शीशी। एक बार जी हुआ, अलमारी खोल कर देख ले, पर साहस नहीं कर पायी।

"यह सब पच्चीस साल पुराना फर्नीचर है।" रंजना ने अलमारी का पल्ला खोल कर दस्तक दी (क्या वह उसके मन की बात समझ गयी थी? अगर हाँ, तो उसने अपने चेहरे के भाव से यह प्रकट नहीं होने दिया।) "बिल्कुल ठोस और टिकाऊ। आजकल का काठ और ऊपरी रंग-रोगन नहीं।"

हैंगर पर हर्ष की दो कमीजें लटकी थीं और एक पुरानी जींस। नीचे उसका सूटकेस रखा था।

अपने और रंजना के बीच वर्षा ने किंचित ठंडे तनाव का अनुभव किया। लेकिन यह भी लक्ष्य किया कि उसकी तुलना में रंजना सहज है। शायद इसके पीछे उम्र और अनुभव

होगा, उसने सोचा।

वर्षा खिड़की के सामने खड़ी बाहर देख रही थी। दृष्टि-रेखा को भर देने वाली ऊँची इमारतों को अभी एकबारगी ही स्वीकार नहीं कर पाती थी। बगल में मुख्य सड़क थी, जहाँ से ट्रैफिक का कोलाहल गूँज रहा था।

''आपने डाँस का कोर्स किया है'

''हाँ। दो गुरुओं से सीखा था। सुदूर अतीत में झाँकती हुई रंजना मुस्करायी, ''तब हीरोइन बनने के लिए नाचना बड़ी क्वालिफिकेशन मानी जाती थी।'' अपनी आकांक्षा की चर्चा करते हुए रंजना ऐसे मुस्करायी, जैसे अजनबी ने अस्तव्यस्त वस्त्रों में देख लिया हो।

''अच्छा' वर्षा अटककर बोली।

''मैं दो पिक्चरों की नायिका थी। एक रिलीज हुई, पर पिट गयी। दूसरी पूरी नहीं हो पायी।'' रंजना ने धीरे-धीरे कहा, ''फिर घर टूट गया। गुजारे के लिए कुछ करना था, तो नाच का सहारा लिया। कभी सोचा नहीं था कि यह पेशा बन जायेगा। पर जिंदगी में ऐसे ही होता है।''

रंजना ट्यूब के बिलकुल नीचे खड़ी थी। रोशनी में उसके चेहरे की रेखाएँ और तीखी महसूस हुई। वर्षा का मन हुआ, ट्यूब पर एक 'सॉफ्टी' लगा दे, तो रंजना का चेहरा थोड़ा नर्म दिखने लगेगा।

''रंजनाजी, एक बात पूछूँ' वर्षा बोली, ''आपको बुरा लगे, तो जवाब मत दीजिएगा।''

''पूछिए।'' रंजना कुर्सी पर बैठ गयी।

''आप यह फिल्म क्यों बना रही हैं'

रंजना के चेहरे पर उद्वेग नहीं आया, ''मुझे हर्षजी, उनकी क्षमता और उनके सपने में विश्वास है। अब जो मैं कह रही हूँ, उससे आप बुरा न मानें। आप आमंत्रण पर दिल्ली से बंबई आयी हैं और बंबई सेंट्रल से आपके स्टारडम के पड़ाव तक जैसे पंखुरियाँ बिछी हुई थीं। इसे पाने के लिए मैंने लोगों के ऐसे दर्दनाक संघर्ष देखे हैं कि अगर उन्हें बताने बैठूँ, तो आपकी रातों की नींद उड़ जाये। मेरी जिंदगी भी ऐसे ही संघर्ष का शिकार बनी। जिस व्यक्ति की वजह से मेरा घर टूटा, उसके पास भी ऐसा ही सपना था। धीरे-धीरे लहुलूहान सालों के बोझ-तले सपने की साँसें टूट गयीं। उसे अपनी शर्मभरी पराजय की ऐसी चोट लगी कि एक दिन मुझसे कुछ कहे बिना वह यह घर और शहर छोड़ कर चला गया...'' रंजना कुछ पल को चुप हुई, तो वर्षा को लगा, शायद वह आवेग में आ गयी है। लेकिन यह उसका भ्रम निकला। पेशे और शहर ने रंजना की सहनशक्ति बहुत बढ़ा दी थी। ''मैंने लोगों को कीड़ों भरी नाली से उठ कर आसमान के चौबारे पर बैठते हुए देखा है। हर्षजी तो 'कंपन' से अपनी सामर्थ्य साबित कर चुके हैं। बस, थोड़े जिद्दी और कट्टर है। दूसरों के दरवाजे पर जाकर दस्तक नहीं दे सकते। मुझे विश्वास है, वह ''स्टार मैटेरियल' हैं और 'मुक्ति' से यह साबित हो जायेगा।'' रंजना ने वर्षा को स्थिर दृष्टि से देखा, ''अब आप पूछेंगी, इसमें तुम्हारा क्या फायदा है? मैं यही कह सकती हूँ कि सबसे पहले तो मुझे इस बात का संतोष होगा कि पहला नहीं, दूसरा नहीं, पर तीसरा सपना साकार हो गया। हर दाँव हारने की कचोट थोड़ी कम हो जायेगी। इसके बाद बहुत कुछ हर्षजी के ऊपर निर्भर करता है। अगर वह इस

मित्रता की कद्र करें, तो मेरे बचे-खुचे दिन थोड़े अच्छे कट जायेंगे। हो सकता है, वह यहाँ से सीधे पाली हिल के अपने टैरेस फ्लैट में चले जायें और जब मैं फोन करूँ, तो जवाब मिले, साहब बाथरूम में हैं। हो सकता है, रिसीवर उठाने वाली आप ही हों, तो मैं आपसे वादा करती हूँ, इन दिनों का हवाला देकर अपनी बेचारगी बढ़ाऊँगी नहीं...''

वर्षा की निगाह पल भर रंजना से मिली रही।

''वर्षा,'' मिसेज कुलकर्णी ने कहा, ''तुम्हें पता होगा, पेसारो इंटरनेशनल फिल्म फेस्टीवल में रमन की फिल्म 'ए सर्टेन रिगार्ड' सेक्शन में दिखायी गयी थी।''

वर्षा ने हामी में सिर हिलाया।

सिगरेट सुलगाते हुए रमन राजदाँ मुस्कराये। फिर पैकेट हर्ष की ओर बढ़ाया। हर्ष ने एक सिगरेट ली, व्हिस्की का एक घूँट भरा, फिर इत्मीनान से चरस की पुड़िया निकालने लगा।

वर्षा अचकचा गयी, पर कुछ कहना ठीक नहीं लगा (मिन्नतों के बाद तो 'राजदुलारा' एन.एफ.डी.सी. पर नजरे-करम के लिए आने को राजी हुआ था !)। तुरंत मिसेज कुलकर्णी की ओर देखने लगी, ''मीरा बता रही थी, आपके पास नया प्रस्ताव भेजा है'

''हाँ। अच्छा सब्जेक्ट है।'' मिसेज कुलकर्णी बोलीं, ''बजट थोड़ा ज्यादा चाहिए होगा, पर मैं कमेटी से निकालने की कोशिश करूँगी।'' वह जरा-सा मुस्करायीं,''तुमने नरसिंह की फिल्म क्यों मना कर दी'

''आर्ट फिल्म का नाम सुनते ही 'हमारे' पांडेजी उदास हो जाते हैं।'' वर्षा मुस्करायी, ''फिर अगले महीनों में मुझे डेट्स की समस्या है।''

''नरसिंह प्रतीक्षा कर सकते थे।''

''क्षमा करें, न मैं नरसिंह से प्रभावित हुई, न मुझे उनकी पटकथा अच्छी लगी।'' वर्षा ने नरमी से कह दिया। मिसेज कुलकर्णी को नकारात्मक दलीलें वह पहली बार दे रही थी।

''वर्षा, कला सिनेमा को अगर तुम भी सहारा नहीं दोगी, तो कैसे चलेगा' मिसेज कुलकर्णी ने खेद के स्वर में कहा।

''अब चुनाव का संकट आ गया है मिसेज कुलकर्णी! समय की बहुत कमी है। अब स्वीकृति की एक ही कसौटी है--या ऊँचा पारिश्रमिक, या चुनौती भरी भूमिका।''

''और सम्मानित निर्देशक नहीं' रमन ने हँस कर पूछा।

सबके साथ-साथ वर्षा भी हँसी। हर्ष के साथ 'त्रिवेणी' में रमन से मुलाकातें हुई थीं। वह फिल्म समारोह में भाग लेने के लिए दिल्ली आते थे और सैल्यूलाइड प्रभा से मंडित, दायें-बायें रंगमंचीय सिने-लोलुपों के साथ मंडी हाउस में डोलते हुए दिखायी दे जाते थे।

''हर्ष, मंजुल तुमसे मिलना चाहते हैं।'' रमन बोले, ''कई साल मेरे चीफ असिस्टेंट थे। अब अपनी फिल्म प्लान कर रहे हैं। शायद तुम जानते भी हो।''

भरी हुई सिगरेट का कश खींचते हुए हर्ष ने हामी में सिर हिलाया,''तीसरे साल में जब फिल्म एप्रीसियेशन कोर्स के लिए हम लोग पूना गये थे, तो मंजुल एंड कंपनी ने एन.एस.डी. का नया नाम रखा था--नौटंकी स्कूल ऑफ डैल्ही।'' उसने वर्षा की ओर देखा, ''फिर एक दिन मेरी रैगिंग करने की कोशिश की थी। मंजुल का एक फ्रैक्चर तो मैं मौकाए-वारदात पर ही कर देता, पर हमारी प्रोफेसर सान्याल ने मुझे डाँट दिया।''

वातावरण असहज हो गया। रमन एकटक सामने कैक्टस को देख रहे थे।

वह फिल्म इंस्टीट्यट के पहले बैच से थे और फिल्म फाइनेंस कार्पोरेशन का गठन होने पर पहली खेप में उन्हें कर्ज मिला था (जो उन्होंने कभी नहीं लौटाया। क्योंकि कालांतर में वह 'अंतर्राष्ट्रीय सम्मानप्राप्त फिल्मकार' मान लिए गये थे, इसलिए कार्पोरेशन ने उन्हें वकील का नोटिस भी नहीं भेजा, जो गौरव 'राष्ट्रीय सम्मानप्राप्त फिल्मकारों' को दिया गया।) यह 'समांतर सिनेमा' का 'आमोद-प्रमोद काल' था (हिंदी साहित्य के रीति काल के समानांतर)। कीमतें नीची थीं। ऋण मिलते ही 'सामाजिक-राजनीतिक यथार्थ की कलात्मक पड़ताल के लिए प्रतिबद्ध' स्नातकों ने सबसे पहले बंबई के उपनगरों में फ्लैट खरीदा और बची-खुची राशि से दूसरों को 'टोपी पहनाते हुए' किसी तरह फिल्म पूरी करने लगे। कलाकारों को शूटिंग के दौरान सिर्फ चाय व खाना मिलता था, पारिश्रमिक नहीं। इसलिए सक्षम अभिनेता न मिलने पर मित्रों-पड़ोसियों में जो भी प्रदर्शन-कामी हाथ आया (पर्दे के मायावी सम्मोहन से पीड़ित लोगों की कमी नहीं थी।), उसे सहायक और प्रमुख भूमिकाओं में भी कैमरे के सामने खड़ा कर दिया। इसके लिए रमन राजदाँ द्वारा चुनी गयी 'डिइमोश्नालाइजेशन' की अभिनय शैली बड़ी कारगर पायी गयी। जैसा कि नाम से ही स्पष्ट है, इसमें मनोभावों का यथार्थपरक आलोड़न नहीं था। भावहीन, सपाट ढंग से छोटे-छोटे संवाद बोले जाते थे। डबिंग में लिप-सिंक्रोनाइजेशन की भी कोई कठिनाई नहीं थी, क्योंकि ब्रैसों, वर्दा और गोदार जैसे 'अत्योर' निर्देशकों ने लांग शॉट की महत्ता ताजी-ताजी प्रतिपादित कर दी थी (चतुर्भुज ऐसे रूपवादी फिल्मों का मनोरम नमूना पेश करते थे। ''तुम कहाँ थे?' झोंपड़ी के दरवाजे पर सहसा नायक को देख कर लांग शॉट में नायिका सपाट स्वर में पूछती है। ''शहर गया था।'' नायक भी वैसे ही लहजे में मिडलांग में उत्तर देता है। ''पंद्रह साल क्या करते रहे' नयिका सूप फटकते हुए पूछती है। ''अपने-आपको ढूँढ़ता रहा।'' नायक कान का मैल निकालते हुए जवाब देता है। ''रोटी खा लो। ठंडी हो रही है।'' कट टु थाली...)।

इंस्टीट्यूट के हर निर्देशक के झोले में अपनी मौलिक पटकथा होती थी, पर एफ.एफ.सी. के अध्यक्ष ने कहा, ''अब समय आ गया है, जब भारतीय कला-साहित्य और नयी लहर के बीच वह संबंध जुड़े, जो भारतीय सिनेमा के पूर्ववर्ती काल में था।'' इस तरह रमन अपनी दो फिल्मों के लिए साहित्यिक कृतियाँ लेने को मजबूर हुए (दूसरी फिल्म के निर्माता दिन भर 'समोवार' में बैठने वाले एक अन्य बुद्धिजीवी थे। कार्पोरेशन के नियमानुसार 'अंतर्राष्ट्रीय सम्मानप्राप्त फिल्मकार' को भी पहला भुगतान किये बिना दूसरी बार ऋण नहीं मिलता था, हालाँकि इंटरनेशनल फिल्म फेस्टीवल ऑफ पेरू में मिले सर्टिफिकेट ऑफ मैरिट के आधार पर रमन ने ऐसी कोशिश की थी। वर्षा ने इंडियन पैनोरमा में उनकी 'प्रतीक्षा' देखी थी। जब तक संतूर के सुरों के साथ क्रेडिट टाइटिल्स चले, दर्शक-समूह आतंकित पाया गया। फिर फिल्म शुरू हुई। सड़क पर एक पेड़ से लगी नायिका हाथ में थाली लिए प्रतीक्षा कर रही है। एक कीड़ा पेड़ पर चढ़ रहा है। फिर बारी-बारी से ये शॉट आते रहे--लंबी सड़क, तेज धूप, आसमान में उड़ते पंछी, प्रतीक्षा करती नायिका, पेड़ पर चढ़ता कीड़ा। फिर मावलंकर हॉल में लो चिल्लाने लगे और रीटा वर्षा

का कान पकड़कर उसे बाहर खींच ले गयी।

''वर्षा, तुम व्यावसायिक फिल्में क्यों कर रही हो' रमन ने पूछा।

इस सवाल से वर्षा आजिज आ चुकी थी।

''मुझे नहीं पता, आप क्या खाते हैं, लेकिन मैं गेहूँ की रोटी खाती हूँ, जो मुफ्त में नहीं मिलती।'' वर्षा ने ठंडे स्वर में कहा और सोचा, मैं यहाँ क्यों आयी? बेकार हर्ष को भी घसीट लायी। रमन लंबे समय से कथा-चित्र नहीं बना पाये हैं। वर्षा ने सोचा था, शायद उनकी प्रवृत्ति कुछ बदल गयी होगी। लेकिन नहीं, फ्रस्ट्रेशन ने उन्हें आक्रामक बना दिया था। सोचा कि कहे, आज आप मुझे अपनी फिल्म में लेना चाहते हैं। क्यों इसीलिए न कि मेरे नाम से फिल्म बेचने में मदद मिलेगी, वरना आप तो रास्ता चलती को नायिका बनाने वाले प्रतिभा-खोजी है। हर्ष के शुरू के व्यवहार पर जो खीज उठी थी, वह भी मिट गयी।

श्रीमती कुलकर्णी, जिन्हें इस शाम कला-संयोजक की भूमिका निभानी थी, संकुचित हो गयीं। ''रमन, अब फिल्म के बारे में बताओ न।'' उन्होंने कहा।

''जैसा कि नाम से स्पष्ट है, 'गायिका' फिल्म भारतीय शास्त्रीय संगीत की एक गायिका के बारे में है, जिसमें उसके कला और जीवनगत संघर्ष को दिखाया गया है। फिल्म का ढाँचा नॉनलिनइर है, इसलिए शब्दों में पटकथा को बताना फिल्म की एसेंशिएल इंपल्स को झुठलाना होगा, क्योंकि यहाँ नैरेटिव कोहीश्जन से दामन बचाया गया है। वह अभिनेत्री, जो नायिका की भूमिका निभाती है, फिल्म में चार छोटी भूमिकाओं में भी है और अंत में जब हम गायिका को पहले से शूट किये गये एक टी.वी. कार्यक्रम में देखते हैं, तो यही अभिनेत्री टी.वी. देखते हुए भी दिखायी देती है।'' रमन ने विचारलीन ढंग से सिगरेट का लंबा कश खींचा, ''मेरी यह धारणा अब पक्की हो गयी है कि कथात्मक गठन उस जीवन तथा अर्थबाहुल्य को व्यंजित नहीं कर सकती, जिसे मैं फ्रेम में बाँधना चाहता हूँ, क्योंकि स्ट्रक्चर हमेशा केंद्रीभूत विचार पर हावी हो जाता है। मेरा प्रयास ऐसे सिनेमा को सँवारना है, जो टाइम और स्पेस के विविध आयामों को समाहित कर सके। इसलिए पारंपरिक अर्थों में मैंने स्क्रिप्ट से भी किनारा कर लिया है। मेरी शॉट टेकिंग्ज भी अनायोजित और इंप्रोवाइज की हुई होंगी।''

''क्या नायक भी एक से ज्यादा भूमिकाएँ करता है'

''हाँ।'' रमन ने सिर हिलाया, ''वह सूट पहने हुए गायिका का क्लीनशेव्ड पति है। कुर्ता-पायजामा और पतली मूँछों के साथ उसका प्रेमी है और चूड़ीदार-शेरवानी पहने हुए उसका पिता है। आखिरी भूमिका में हम उसका मेकअप भी नहीं करते। न उसके बाल सफेद हैं, न चेहरे पर झुर्रियाँ। इस तरह हम समय और मानवीय रिश्तों की जटिल निरंतरता को एक्सप्लोर करते हैं।''

''ऐसी एप्रोच दर्शक को भ्रम में डाल देगी।'' हर्ष बोला, ''वह किसी भी चरित्र के साथ तादात्म्य स्थापित नहीं कर पायेगा।''

''ऐसा होना जरूरी है' रमन चिढ़ गये।

''हाँ। आप इतनी बुनियादी बात पर भी सहमत नहीं?'' वर्षा शांत रही।

''यह कथात्मक और फॉर्मूला सिनेमा की शब्दावली है।'' रमन ने घूँट लिया।

''क्या इसमें भी संवाद भावहीन होंगे और भारी स्टाइलाइजेशन' हर्ष ने पूछा।

''बेशक। यह मेरी सिनेभाषा की आंतरिक प्रकृति है।''

कुछ पलों का विराम रहा। वर्षा और हर्ष की निगाह मिली।

''रमन की फिल्म को शब्दों में बाँधना आसान नहीं।'' मिसेज कुलकर्णी मदद के लिए आगे आयीं, ''इसमें माध्यम का बहुत सुंदर और मौलिक व्यवहार होगा। बिंबसमूह बड़े मनोहारी और प्रभावपूर्ण होंगे। साउंडट्रैक तो अनूठा होगा, जिसमें नायिका के दृश्य में प्रमुख पुरुष-पात्रों के संवादों को और नायक के दृश्य में प्रमुख स्त्री-पात्रों के संवादों को जक्स्टापोज किया जायेगा। फिल्म के संपादन में संगीत की लय प्रतिबिंबित होगी।''

''इस बात से मैं इंकार नहीं कर रहा हूँ।'' हर्ष ने कहा, ''लेकिन एक अवस्था के बाद अभिनेता में चुनौती झेलने को मोह जाग जाता है।''

''तुम्हारा मतलब है, मेरी फिल्म अभिनेता के लिए चुनौती नहीं' रमन क्रुद्ध हो गये।

पल भर विराम रहा। फिर हर्ष और वर्षा--दोनों ने इंकार में सिर हिलाया।

मिसेज कुलकर्णी का चेहरा मलिन हो गया।

''मुश्किल यह है कि तुम लोग हर फ़िल्म में 'बोनी' और 'क्लाइड' बनाना चाहते हो।'' रमन का क्षोभ तीखा था।

''तो इसमें गलत क्या है' हर्ष भी सुलग उठा, ''हम दोनों जिस स्तर के कलाकार हैं, उसी स्तर की भूमिका ढूँढ़ते हैं।''

''यथार्थपरक के अलावा भी अभिनयशैली होती है।'' रमन ने तर्क किया, ''दरअसल समर्थ अभिनेता को गीली मिट्टी होना चाहिए, ताकि निर्देशक उसे अपने हिसाब से आकार दे सके।'' अब रमन के स्वर में दर्प की रंगत आ गयी, ''हिचकॉक की यह धारणा कि अभिनेता मवेशी हैं, बिलकुल सही है। मैं इसमें थोड़ा संशोधन करते हुए कहना चाहूँगा कि उन्हें विनीत मवेशी होना चाहिए, ताकि चरवाहा अपनी मनपसंद दिशा में उसे हाँक कर ले जा सके।''

''ऐसा समर्थ चरवाहा मैंने आज तक नहीं देखा।'' वर्षा बोली, ''ज्यादातर मुझे दुलत्ती झाड़ने लायक मिले हैं।''

''तुम्हें पता है, तुम क्या कह रही हो' रमन चीखे।

''हाँ, उसे पता है।'' हर्ष सख्ती से बोला, ''और आप जब वर्षा से बात करें, तो अपनी आवाज नीची ही रखें।''

वापस लौटते हुए वर्षा और हर्ष गाड़ी में हँसते रहे। अभी तक के ज्यादातर कला-क्षेत्र के वैचारिक संघर्षों में वर्षा ने हर्ष को विरोधी पक्ष में पाया था। आज लंबे समय के बाद दोनों एक साथ थे। इसलिए आज का मतैक्य वर्षा को बहुत मधुर लगा।

''इनकी फिल्म करने से घर में खाली बैठना बेहतर है।'' हर्ष का हाथ दबाते हुए उसने कहा।

''बताओ जिज्जी, आज कौन आया था' झल्ली ने उत्साह से पूछा।

वर्षा को मद्रास से लौटे पाँच दिन हो चुके थे। 'टिंसल टाउन' द्वारा सिद्धार्थ-प्रसंग को रेखांकित करने के बाद हर्ष से संवादहीनता का दौर चल रहा था। नारंग की कंपनी की नयी फिल्म शुरू हो रही थी। नीरजा के आमंत्रण पर वह स्टूडियो से उसके घर चली गयी थी।

''जीजाजी आये थे।''

''तो कहाँ चले गये? अकेले ही हैं? जिज्जी नहीं आयीं'

''यू आर होपलैस जिज्जी।'' झल्ली ने आँखें नचायीं, ''मेरी दो जिज्जियाँ हैं, तो जीजाजी भी दो होंगे न! छोटे जीजाजी आये थे--आइ मीन हर्षवर्धन द ग्रेट।'' (अंग्रेजी-संभाषण कक्षा फलफूल रही थी)।

''अच्छा, मेरा कन्यादान भी दे दिया तुमने।'' वर्षा मुस्करायी, ''दीना दस्तूर को एक और कवर-स्टोरी देने का इरादा है'

झल्ली प्रगल्भ स्वर में बोली, ''जीजाजी को जीजाजी न कहूँ, तो क्या कहूँ!'' (वर्षा को अन्नू की ठिठोली याद आयी, ''भाभी को भाभी न कहूँ, तो क्या कहूँ!'')

''बेचारे कितनी देर बैठे रहे।'' हेमलता बोली।

''दीदी, तुम शाम को कहीं जाती हो, तो फोन क्यों नहीं करतीं' झुमकी ने शिकायत की, ''चार जरूरी फोन थे। पांडेजी तुम्हें ढूँढ़ते-ढूँढ़ते परेशान हो गये।''

वर्षा ठंडी साँस लेकर बैठ गयी। ''हर्ष ने बताया नहीं, कहाँ जा रहे हैं? कोई फोन नंबर नहीं छोड़ा।''

झल्ली ने इंकार में सिर हिलाया, ''उन्होंने बताया नहीं।''

''उन्होंने नहीं बताया, तो तुम्हारे मुँह में दही जमा था? तुम लोगों से कुछ भी नहीं होता।'' वर्षा क्षोभ दबा नहीं पायी।

झल्ली का मुँह उतर गया। हेमलता गुमसुम हो गयी। झुमकी नीचे देखने लगी।

कुछ झणों बाद वर्षा तिनककर उठ खड़ी हुई, ''मैं सोने जा रही हूँ। अब मुझे तंग मत करना।''

''खाना नहीं खाओगी' झल्ली ने गिरी आवाज में पूछा।

''नहीं। तुम्हारी खबर सुनकर ही मेरा पेट भर गया। तुम लोग खा लो और बैठ कर टी.वी.-दर्शन करो।''

अपना पर्स लिए वर्षा आगे बढ़ी। उसके कमरे का दरवाजा बाहर से बंद था। ऐसा आम तौर से होता नहीं था। उसने हत्थे पर हाथ रखा और कुछ अतिरिक्त आवाज से दरवाजा खोला।

भीतर घुसते ही खड़ी रह गयी।

हर्ष बिस्तर पर लेटा 'बर्गमैन ऑन बर्गमैन' पढ़ रहा था।

''हाइ...'' उसने नजर ऊपर उठायी।

झल्ली खिलखिलाते हुए दरवाजे पर आयी, ''कैसा एप्रिल फूल बनाया।'' हँसी के मारे उसके पेट में बल पड़ रहे थे।

वर्षा ने ऐसी निगाह से उसे देखा, जो मुस्कान दबा नहीं पा रही थी।

''उन्होंने नहीं बताया, तो तुम्हारे मुँह में दही जमा था?'' झल्ली ने उसकी नकल उतारी, ''बस, खाना खाओ और बैठ कर टी.वी.-दर्शन करो।''

''कितनी ढीठ लड़की है!'' वर्षा ने बनावटी क्रोध दिखाया, ''कभी हम भी तुम्हारी उमर के थे। मजाल है, जो कभी बड़ों के सामने चूँ-चपड़ की हो। अम्माँ-दद्दा ने जहाँ हुकुम दिया, चुपचाप सुग्गे की तरह बैठ गये।''

''ओहो हो, तुम और सुग्गा...'' हँसी से दुहरे होते हुए झल्ली ने सुग्गे की तरह बैठने का अभिनय किया।

''झल्ली, अभी तुमने मेरा गुस्सा नहीं देखा। इतनी पिटायी करूँगी कि...''

''भाभी ! देखो, मेरी पिटायी हो रही है।'' झल्ली खिलखिलायी, ''ये मंजर देखती जाना...''

''क्या हुआ?'' हर्ष ने उसकी ओर देखा।

''आजकल जिसे देखो, मेरी टाँग खींचता है।'' वर्षा बिस्तर पर बैठ गयी।

''कल सुबह सात बजे तुम खार आ रही हो--क्लैप देने। 'मुक्ति' की शूटिंग है।''

गानों की रिकॉर्डिंग पर हर्ष की जैसी मुस्कान देखी थी, वैसी ही फिर उसके चेहरे पर दिखायी दी।

''पैसे का बंदोबस्त हो गया है' वर्षा आह्लाद और विस्मय से थरथरा गयी।

''काम चलाने लायक। निगेटिव के दस रोल आधे भुगतान पर मिल गये हैं। लैब और ईक्विप्मेंट क्रेडिट पर है। फ्लैट रंजना की सहेली का है, इसलिए लोकेशन हायर कुछ नहीं देना होगा। बस, ईश्वर का नाम लेकर शुरू कर रहे हैं।'' (हर्ष के मुँह से पहली बार ईश्वर का नाम सुनायी दिया!)

उसकी आँखों में कला-उमंग की रंगारंग तरलता थी--आहत भावना की एकाध बची-खुशी किरच ही चुभी। उस एक क्षण वर्षा को अजीब-सी अनुभूति हुई...कि हर्ष के साथ वह बहुत दृढ़ गठबंधन की कला-सहयात्री है और उन दोनों की व्यक्तियों के रूप में नियति बड़े ट्रेजिक ढंग से आपस में जुड़ गयी है...

''कैमरा।'' एंड्री की आवाज कमरे में गूँज गयी।

वर्षा ने लपक कर क्लैप दिया और पीछे आ गयी।

'मुक्ति' का केंद्रीय चरित्र हताश व अकेले असफल वकील का था। वह आम तौर से उत्पीड़ित मुवक्किलों के अपनी समझ में सच्चे केस लेता है, पर कानूनी ढाँचा ऐसा भ्रष्ट है कि अक्सर उन्हें न्याय नहीं दिला पाता। संपन्न लोगों के कपटी मुकदमे वह नहीं लेता। ऐसे रुख के कारण उसकी प्रेमिका उससे विमुख हो गयी है। फिर एक दीन-हीन नौजवान, जिसके ऊपर बलत्कार का अभियोग है, उसके पास आता है। नायक को विश्वास हो जाता है कि उसे फँसाया गया है। तरह-तरह के कानूनी पेंचों को पार करके और खतरों से भरी व्यक्तिगत जाँच के बाद वह मुजरिम को ससम्मान मुक्त करवा लेता है और काले बंधनों में धीरे-धीरे जकड़ी जाती उसकी आस्था भी मुक्ति पा लेती है। अंत में उसकी प्रेमिका भी उसे स्वीकार करती है।

''एक्शन।''

वर्षा के दिल की धड़कन रूक गयी। वह हर्ष को पहली बार कैमरे के सामने देख रही थी। हर्ष लंबे समय के बाद कैमरे का सामना कर रहा था।

एक दिन की दाढ़ी के साथ जींस-कमीज में हर्ष बिस्तर पर लेटा है। पाँव सिकोड़े हुए। पहली नजर में लगता है कि सो रहा है। कुछ क्षण बीतते हैं। खिड़की से आते धुँधले प्रकाश में उसकी आँखें खुलती हैं। एक पल में हर्ष ने अपनी आँखों के भाव से प्रकट कर दिया कि यह कैसा त्रासद चरित्र है, जो सुबह के होने से आशंकित हो रहा है।

वह गहरी साँस के साथ सीधा होता है। कुछ क्षण सामने देखता रहता है। फिर मेज से पैकेट-माचिस उठाता है। पैकेट खोलता है। सिगरेट नहीं है। पल भर उसे देख कर पैकेट नीचे फेंक देता है (मामूली कमरा दिखा दिया गया है। अब चरित्र की आर्थिक स्थिति स्पष्ट हो जाती है।)। माचिस मेज पर रखते हुए प्रेमिका की तस्वीर पर निगाह ठिठकती है (जो चारुश्री थी।)। जैसे लगाव और टूटन के साथ तस्वीर को देखते हुए यकायक हर्ष उठा, उससे वर्षा विभोर हो गयी।

''कट।''

हर्ष ने सवालिया निगाह से एंड्री को देखा।

''पर्फैक्ट।''

''व्हाट डू यू थिंक' हर्ष ने वर्षा को देखा।

अपने काम के बारे में हर्ष ने पहली बार उसकी सम्मति पूछी थी।

आसपास यूनिट के लगभग एक दर्जन लोग थे। वर्षा ने हल्की मुस्कान से प्रकट कर दिया कि उसकी क्या प्रतिक्रिया है।

''गुन्नू, अब कैमरा यहाँ रखते हैं।'' एंड्री ने सामने की दीवार से एक कदम आगे संकेत किया।

एटेंडेंट ने सँभाल कर कैमरा उठाया। लाइट-ब्वॉय लाइटें खिसकाने लगे। हर्ष एक सिगरेट भरने लगा।

''हर्ष, इस शॉट में तुम हॉटप्लेट तक आते हो।'' एंड्री बोला, ''कॉफी का जार उठाते हो। दर्शक देख रहा है कि आधा चम्मच से भी कम कॉफी बची है...''

एक युग के बाद वर्षा देख रही थी कि निर्देशक के साथ हर्ष के मधुर संबंध हैं। रिपर्टरी के अंतिम दौर में वह मदोन्मत्त साँड था, जिसे डॉक्टर अटल ही काबू कर पाते थे। (क्योंकि एक सीमा के बाद प्रिय शिष्य होने के नाते वह उनसे बहस नहीं करता था)। बंबई में क्षत-विक्षत हुए पांड्या की कराहें वह सुन ही चुकी थी। ''मैं बेवकूफों को बर्दाश्त नहीं कर सकता।'' हर्ष की स्थायी टेक उसे फिर याद आयी।

वर्षा एक घंटे के लिए आयी थी, पर रात को सवा दस बजे जब पैकअप हुआ, तो वह मौजूद थी। काम के स्तर से मन में ऐसी उमंग भर गयी कि उसने अपने निर्देशक को माफी का फोन करवा दिया (उसे बहू बन कर सास के साथ एक भावुक 'मास्टर सीन' करना था, जिसके विचार से ही मितली-सी आने लगी।)। कट-टु-कट, शॉट डिवीजन वाली एंड्री

की महाभारतनुमा शूटिंग स्क्रिप्ट भी उसने मनोयोग से पढ़ ली थी। दृश्यों के संयोजन और टेकिंग्ज बहुत कल्पनाशील एवं प्रभावपूर्ण थे (पटकथा एंड्री और हर्ष ने मिल कर लिखी थी)।

इतनी फिल्में करने और अंतर्राष्ट्रीय सिनेमा के सर्वश्रेष्ठ को देखने के बाद वर्षा ने माध्यम को बहुत सीमा तक समझ लिया था। यह एकदम स्पष्ट हो गया कि 'मुक्ति' से हर्ष की अभिनयशैली कैसी सघन, सूक्ष्म और बौद्धिक रूप ले रही है। दूसरे शॉट में कॉफी बनाते हुए उसने जीवन की हताशा व्यक्त कर दी थी। तीसरे शॉट में एक निराशाजनक फोन आने पर, जहाँ चरित्र का काम पाना लगभग तय हो चुका था, उसने 'हैलो' और विराम के साथ 'अच्छा'--दो शब्द बोल कर उजागर कर दिया था कि कैसे चरित्र कगार तक पहुँच चुका है।

ये शॉट सिने-अभिनय के आदर्श 'मिनीमलाइजेशन' के तो उत्कृष्ट नमूने थे ही, उनमें दृश्य की 'पेसिंग' का भी स्वतः ध्यान रखा गया था। बिलकुल पहले शॉट से ही 'चरित्र के सत्य' पर हर्ष की सही पकड़ दिखायी देती थी और निरूपण की यथार्थपरकता में गहरा सम्मोहन एवं शक्ति थी। पर हर्ष की उपलब्धि सिर्फ यहीं तक सीमित नहीं थी। टेकिंग के दौरान आँखों की हल्की नमी के साथ वर्षा ने महसूस किया था कि वह नायक की हताशा के पार चला गया है, उसने नायक की पीड़ा को आध्यात्मिक संस्पर्श दे दिया है...कि यह परिस्थितियों के सामने पराजय नहीं, यह अंतरात्मा द्वारा निर्देशित नियति-पथ है, यह व्यक्तिगत नैतिकता का एकाकी अवलंब है...

अब तक के बंबई-प्रवास में (वर्षा अभी तक इसे निवास नहीं मान पायी थी।) उसके मन में हर्ष के प्रति काफी आक्रोश जमा हो चुका था--खुले आम चरस और असंयमित ड्रग्स के प्रति, उद्दंड अहं के प्रति, पैसा न होने के बावजूद भूमिकाएँ ठुकरा देने के प्रति। पर आज का काम समाप्त होने तक सारी शिकायतें निस्पंद हो गयीं। उलटे हर्ष के प्रति बहुत कोमल तरलता से मन भर आया।

''रंजना, कैसी प्रोड्यूसर हो तुम' बाहर निकलते हुए एंड्री बोला, ''इतना अच्छा काम हुआ है। सेलीब्रेट नहीं करोगी' (एंड्री की स्थिति हर्ष से बेहतर नहीं थी। वह जोगेश्वरी के गेस्ट हाउस में रहता था)।

इससे पहले कि रंजना कुछ कह पाये, वर्षा ने कहा, ''सेलीब्रेट मेरे यहाँ करेंगे।''

तभी रंजना की सहेली वत्सला ने पीछे से पुकारा, ''वर्षाजी, मीरा का फोन है... रो रही है...''

''अच्छा'

वर्षा फिर भीतर गयी।

''वर्षा, सिद्धार्थ को अभी-अभी नानावती हॉस्पिटल में भर्ती करवाया है।'' मीरा का भीगा स्वर सुनायी दिया, ''उसने नींद की गोलियों का ओवरडोज ले लिया था।''

वर्षा सुन्न रह गयी।

जब हर्ष हताशा और टूटन के अभिनय में लीन था, तब सिद्धार्थ इन मनोवेगों से गुजरते हुए जगत-विसर्जन कर रहा था)...

9

अरमानों के मजार पर दिल की शमा' उर्फ चित्तनगरी की इकॉलॉजी

टाटा थिएटर में दूसरी घंटी हुई।

''बेस्ट ऑफ लक।'' मालविका राज्याध्यक्ष ने मुस्कान के साथ हाथ आगे बढ़ाया।

पहले हर्ष ने हाथ मिलाया, फिर वर्षा ने। फिर अपने-अपने सूटकेस लेकर दोनों प्रवेश के लिए खड़े हो गये। पाँच मिनट पहले झल्ली उत्साह के साथ बता गयी थी, बाहर 'हाउस-फुल' की तख्ती लग गयी है।

भरी हुई सिगरेट का आखिरी कश लेकर हर्ष ने उसे राखदानी में मसल दिया। वर्षा को लग रहा था कि वह थोड़ा आशंकित है। उसकी अपनी आशंका हर्ष से कम नहीं थी। लंबे समय के बाद रंगमंच पर पदार्पण था। 'सौम्यमुद्रा' द्वारा पहली बार दर्शक-समूह का सामना करने के डर की याद आ रही थी, पर साथ ही लंबे अनुभव का आत्मविश्वास भी बना हुआ था। उसे भरोसा था, मंच पर पहुँचने के आधे मिनट के भीतर हर्ष और वह 'वार्म-अप' हो जायेंगे--अभिनेता एवं दर्शक के जीवंत संबंध की कैमिस्ट्री काम करने लगेगी।

तीसरी घंटी के साथ पृष्ठभूमि संगीत की उदास धुन शुरू हुई। पुराने फर्नीचर वाले दृश्यबंध पर धीरे-धीरे प्रकाश आने लगा। वायोलिन की निश्चित आरोही लहर पर हर्ष आगे बढ़ा। जब वह मंचाग्र की अपनी जगह पर पहुँचा, तो वर्षा आगे आयी।

वर्षा ने महसूस किया कि स्टार को मंच पर देख कर एक पल के लिए दर्शक-समुदाय की धड़कन ठिठक गयी है। यह नयी दिल्ली का दर्शक-समूह नहीं था, जिसने स्कूल-प्रस्तुतियों से शुरू करके वर्षा वशिष्ठ का चेहरा पहचान लिया था। बंबई-निवासियों के लिए रूपहले पर्दे से अलग यह उसका पहला साक्षात्कार था। 'देवियो और सज्जनो, आज आप मेरा एक नया रूप देखेंगे' उसने मन-ही-मन कहा।

तभी हर्ष की आवाज सुनायी दी, ''हम सुरक्षित हैं। यहाँ कोई नहीं रहता। तुम शायद अपने को कहीं भी सुरक्षित नहीं महसूस करतीं। क्यों'

वर्षा चुपचाप सामने देखती रही।

''मैं यहाँ से हरके सुबह निकला करता था। फिर एक दिन मैं अपने को रोक नहीं सका और भीतर आ गया। ईश्वर ही जानता है कि कौन ऐसे घर का स्वामी होगा और फिर इसे छोड़ देगा...तुम इतना भी नहीं कहोगी कि यह मुझे पसंद है? कुछ गिने-चुने शब्द। या मुझे पसंद नहीं।''

अपने स्टारडम को लेकर वर्षा की वस्तुतः यही प्रतिक्रिया थी--'मुझे पसंद है' और साथ ही 'मुझे पसंद नहीं।'

अपना मखमली परिवेश पसंद था, चित्रनगरी ('फिल्म सिटी' का स्थानीय नाम यही था।) में जो 'भाव' मिलता था, वह पसंद था। मित्रों के लिए कुछ कर सकने की शक्ति पसंद थी, पर प्राइवेसी का विलोप पसंद नही था (दर्शकों की रूबरू प्रतिक्रिया जानने के लिए वह झल्ली तथा हेमलता के उजले मुखड़ों के बीच बुर्का पहन कर 'गेटी' थिएटर में 'आरती और अंगारे' देखने गयी थी। सिने पत्रिकाओं की उच्छृंखलता पसंद नहीं थी और 'जलती जमीन' के बाद अभिनय-सामर्थ्य का निरंतर क्षय पसंद नहीं था।

इतनी मुख्य धारा फिल्में करने के बाद अब भीतर कड़वा असंतोष और चिड़चिड़ी झल्लाहट भर गयी थी। सुबह स्टूडियो को निकलती, तो कोई उत्साह नहीं होता। शाम को वापस लौटती, तो मन:स्थिति और दारुण होती।

''वर्षा, तुम इसको इस तरह से देखो।'' आदित्य ने तर्क दिया था, '' 'जलती जमीन' में तुमको जितने दर्शक दस साल में देखेंगे, उनसे कहीं ज्यादा तुम्हें 'दर्द का रिश्ता' में एक महीने में देख लेंगे।''

''मैं इस दलील को नकारती नहीं हूँ।'' वर्षा ने कहा था, ''मेरी तकलीफ यह है कि इनका रचना-संसार कितना अवास्तविक है और वहाँ दर्शक को कितने निचले भावात्मक स्तर पर संबोधित किया जाता है।''

अब अगर कोई व्यावसायिक निर्माता उसे 'लोएस्ट कॉमन डिनोमिनेटर' की ऐसी स्क्रिप्ट देना चाहता, तो वह ले तो लेती, मगर पन्ने पलटने की कोई उमंग नहीं होती थी। घूम-फिर कर वही सब कुछ आ जाता-संयोग के तत्व का भरपूर, तिलमिला देने वाला व्यवहार, अतिनाटकीय घटनाएँ, हर स्थिति को अतिरंजना की चरम सीमा तक ले जाना, आँसुओं की गंगा-जमुना बहाने वाली भावुकता, नकली भाषा में बेहद बनावटी संवाद। वर्षा बार-बार ऐसा अनुभव करती, जैसे लंबी दौड़ में ओलंपिक के स्वर्ण-पदक प्राप्त धावक को शाहजहाँपुर की स्कूल-प्रतियोगिता में जिंदगी भर भाग लेने का अभिशाप दे दिया गया हो। यहाँ निम्न से निम्न स्तर का भी कलात्मक संतोष नहीं था--सौंदर्यबोधीय चुनौती तो बहुत दूर की बात थी। उसे 'अपने-अपने नर्क' और 'तीन बहनें' की तैयारी के दिन याद आये, जब हर सुबह कैसी कलात्मक उमंग लिए आती थी। जब पूर्वाभ्यास के दौरान चरित्र में 'सिंक' करते हुए सही सुर को पकड़ लेने पर वह यकायक कैसे सिहर उठती थी, जब रात बिस्तर पर जाते समय मन उस खान-मजदूर की प्रफुल्लता से भरा होता, जिसे कुदाल के अनवरत प्रहारों के बाद चट्टान के छिद्र से पीले सोने की झलक दिखायी दे गयी हो।

''लो, भावनाएँ बेचने वाली बनिया आ पहुँची है।'' स्टूडियो गेट से भीतर घुसते हुए आत्मग्लानि की यह स्थायी टेक हो गयी थी। (बहुत पहले 'मालविकाग्निमित्र' में उसने नृत्य-शिक्षक गणदास का यह संवाद पढ़ा था, 'जो अध्यापक नौकरी पा लेने पर शास्त्रार्थ से भागता है, दूसरों के उँगली उठाने पर भी चुप रह जाता है और केवल पेट पालने के लिए ही विद्या पढ़ाता है, ऐसे लोग पंडित नहीं, वरन ज्ञान बेचने वाले बनिये कहलाते हैं।' नाट्य विद्यालय के पहले वर्ष में आदित्य की एक फिल्म देखने के बाद उसने अभिनेता की परिभाषा गढ़ी थी, 'जो नाट्य विद्यालय स्नातक व्यावसायिक फिल्म मिल जाने पर कलात्मक चुनौती से भगाता है, अपनी अंतरात्मा के उँगली उठाने पर भी चुप रह जाता है

और (एयरकंडीशंड शयनकक्ष में सोते हुए) सिर्फ अपना पेट पालने के लिए 'इमोट' करता है, ऐसे लोग अभिनेता नहीं, वरन भावनाएँ बेचने वाले बनिये कहलाते हैं।'))।

पारे की तरह छटपटाती इस असंतोष की अनुभूति को चित्रनगरी के माहौल ने और तीखा कर दिया था। वर्षा को बार-बार ऐसा लगता, जैसे वह उस देश में है, जहाँ की भाषा उसके लिए अजनबी है। 'सोशल', 'मुस्लिम सोशल', 'एक्शन', 'फैमिली ड्रामा', 'लवस्टोरी', 'सैकिंड लीड' जैसे व्यावहारिक शब्द तो एक सीमा तक स्वीकार्य थे, लेकिन इसके बाद वह बौखलानें लगती थी, जैसे 'गैटअप' (अकेंद्रीय भूमिका निभाने वाला हर अभिनेता पारिश्रमिक के बाद पहला सवाल यही पूछता था, ''मेरा गैटअप क्या है' अपनी पृष्ठभूमि के अनुरूप वर्षा पहले अपने चरित्र का 'आंतरिक सत्य' समझना चाहती थी, फिर चाल-ढाल, तौर-तरीके और हाव-भाव पर आती थी, इसके बाद कहीं वेशभूषा का क्रम आता था। पर सिने अभिनेताओं की पद्धति बिल्कुल उलटी थी--वे अपनी वेशभूषा, केशसज्जा और दाढ़ी-मूँछों से चरित्र के 'आंतरिक सत्य' को पकड़ना चाहते थे।), 'रिलेशनशिप्स' (जो फिल्म ऊपर के मोटे-मोटे वर्गों में नहीं आती, वह रिश्तों के बारे में होती है। वर्षा ने कहना चाहा, ''हुसैन साब, 'आलमआरा' से लेकर 'अलबर्ट पिंटो' तक--हमारी सारी फिल्में रिश्तों के बारे में हैं।''), 'मैसेज' (जो फिल्म थोड़ी-सी भी फॉर्मूले के बाहर है, वह 'मैसेज' है और उसका कोई खरीदार नहीं। 'कागज के फूल' असफल रही, इसलिए 'मैसेज पिक्चर' है। हिट हो जाती, तो 'सोशल' होती। इनके हिसाब से 'टर्म्स ऑफ एनडियरमेंट्स', 'टु कंफैशंस' और 'ऑन द गोल्डन पांड' भी 'मैसेज' फिल्में हैं।), 'दर्शक की हमदर्दी' (खलनायक के अलावा सबको चाहिए थी। इस एक के अलावा बाकी सभी 'पर्फेक्ट लोगों के लिए पर्फेक्ट भूमिकाएँ' थी। इस रचना-संसार में मानवीय स्खलन की गुंजायश नहीं थी। इनकी 'डायल्यूट' करने की क्षमता पर वर्षा चमत्कृत थी। अगर हुसैन 'बोस्टन स्ट्रैंग्लर' भी बना रहे होते, तो उसे ऐसे दुरुस्त कर देते कि आखिर में नायक के दुर्भागय पर दर्शकों की आँखों में आँसू आ जाते।), 'पब्लिक की पसंद यह है।' (चित्रनगरी में इतने आत्मविश्वास से यह बात दुहरायी जाती थी, जैसे देश के लाखों दर्शक रोजाना इन्हें अपनी पसंद से सूचित करते हों। यहाँ तो हॉलीवुड के विपरीत बाजार-सर्वेक्षण भी नहीं होता, फिर इन्हें पता कैसे चल जाता है? और अगर पसंद के बारे में ये इतने निश्चित हैं, तो ज्यादातर फिल्में असफल क्यों होती हैं), 'इमेंज' (यहाँ इस बात के तमाम विशेषज्ञ थे कि वर्षा की 'इमेज' क्या है--भौंचक्की थी तो केवल वर्षा! अब जिंदगी भर के लिए यह 'इमेज' के जुये में जोत दी गयी थी। वर्षा अब तक यही समझती आयी थी कि अभिनेता को स्वयं को चरित्र में अंतर्मुक्त करना होता है, पर यहाँ कलाकार उलटा इमेज में समाहित हो रहा था। वर्षा को कैसे दृश्य में स्लीवनैस पहनना है, बारिश में किस सीमा तक भीगना है, देह-प्रदर्शन में कैसी सतर्कता बरतनी है--'इमेज' ने सारी सीमाएँ निर्धारित कर दी थीं। बीरजी ने बहुत जोर दिया कि 'आरती और अंगारे' के अंत में 'शांति' को मार दिया जाये, क्योंकि दुख एवं त्याग वर्षा की 'इमेज' के अनिवार्य अंग हैं। अगर विमल इस प्रस्ताव का विरोध न करते (और फिल्म चल जाती!), तो बेचारी वर्षा को मृत्युपर्यंत हर फिल्म में मरना पड़ता! 'इमेज'--पहेली का सबसे त्रासद परिणाम था पांडे का उस दिन रुआँसा चेहरा,

जब वर्षा ने 'सूनी माँग का प्रतिशोध' स्वीकार की, ''मैडम, यह आप क्या गजब ढा रही हैं' ''मजेदार भूमिका है पांडेजी! घोड़ा दौड़ाऊँगी, बंदूक चलाऊँगी, गाँव के रास्ते पर जमींदार को घसीटने के बाद कटार से उसकी नाक काटूँगी। ये तीनों काम मैंने आज तक नहीं किये।'' ''मुझे अपनी गर्दन कटने का डर लग रहा है मैडम! आपकी 'इमेज' आदर्श भारतीय नारी की है।'' ''अगर मुझे अभिनेत्री के रूप में जिंदा रहना है, तो ऐसी जोखिम अनिवार्य है।'' पांडे ने कानों पर ऐसे हाथ रखे, जैसे ईश्वर के प्रति गाली सुन ली हो।...)

व्यावसायिक सिनेमा की कार्यप्रणाली और तकनीकी स्तर ने भी उसे विक्षुब्ध कर दिया था। आधी शिफ्ट इंतजार में बीत जाती थी। बड़ा स्टार बनने की कसौटी ही यह थी कि हीरोइन, चरित्र-अभिनेता और यूनिट को लटकाये रखो (अगर कंचनप्रभा का काम वर्षा के साथ होता, तो वह कम-से-कम एक घंटा देर से जरूर आती थी।)। सिद्धार्थ की छवि आँखों में सँजोये वह हुसैन जैसे 'जहाज के कप्तान' को देखकर तिलमिला जाती, जो मास्टर सीन में समय और साधनों की आपराधिक बरबादी करते थे। ये कैसे निर्देशक हैं, जो दृश्य के विविध फ्रेमों को एक के बाद एक विजुलाइज नहीं कर सकते आम तौर से टेकिंग्ज बिलकुल प्रिमिटिव होती थीं। जो पात्र संवाद बोल रहा है, उसके सामने कैमरा स्थापित कर दिया। सघन दृश्य में कैमरा वहाँ घूमता था, जहाँ उसे हिलना भी नहीं चाहिए। जूम लेंस का इस्तेमाल गरीब की जोरू की तरह होता था। हीरोइन सजी-धजी आयी, तो मोतियों की माला को फोकस में लेकर पुल बैक टु रिवील कर दिया ('आल दैट जैज' में नायक के कॉफी पीने के साथ जब नृत्य की आक्रामक स्थितियों में धीरे-धीरे नर्तकों की संख्या प्रभावी ढंग से बढ़ती गयी, तो वर्षा ने उत्तेजित होकर कहा, ''देखो, इसे कहते हैं पुल बैक टु रिवील!'')। ये हॉलीवुड के सिर्फ मिलियन डॉलरों से चमत्कृत होते थे, उनकी दिन-दिन सान चढ़ने वाली कल्पनाशील और अनूठी तकनीक से नहीं। 'दर्द का रिश्ता' का प्रिव्यू देखते हुए 'डायरेक्टिड बाइ' वाला टाइटिल कार्ड आने पर वर्षा ने मुश्किल से मुस्कान रोकी थी। फिल्म में लड़ाई के दृश्य फाइट कंपोजर ने डायरेक्ट किये थे और नाच के दृश्य डाँस डायरेक्टर ने। अगर संगीत-निर्देशक बड़ा होता, तो शायद वह गाने खुद ही पिक्चराइज करता। (''व्यावसायिक सिनेमा में निर्देशक का सही टाइटिल है--फुटेज-एरेंजर!'' वर्षा ने सिद्धार्थ से कहा था)।

प्रभु-पूजा और अंधविश्वास चित्रनगरी के वातावरण का दूसरा दुष्कर पहलू थे। मुहूर्त पर पूजा तो गनीमत थी, पर रीलों के डिब्बों को प्रभु-चरणों में रखना, रिलीज से एक महीने पहले मांस-व्हिस्की छोड़ देना (शायद ये लोग पत्नी के साथ बिस्तर छोड़ कर नीचे फर्श पर सोने लगते होंगे!), घर में अखंड पाठ करवाना--इसको क्या कहा जाये? फिल्म के शीर्षक में किसी के लिए 'क' और 'ट' अशुभ था, तो किसी के लिए 'अ' व 'न' शुभ। किसी को पाँच अक्षर का शीर्षक शुभ था, किसी को ग्यारह का (विमल प्रोडक्शंस की हर फिल्म का शीर्षक 'अ' से शुरू होता था। बीरजी का दृढ़ मत था, ''हमारी चौथी पिक्चर इसलिए फ्लॉप हुई, क्योंकि उसका नाम 'म' से था।'' अगर शोभा भाभी को 'मीता' नाम बहुत प्रिय न होता, तो बीरजी उसे भी बदलवा देते!)। शुभ तथा मंगलकारी तत्वों को पास रखने का मोह ऐसा बौरा गया था कि तुलसियानी ने अपनी कॉकरस्पेनियल का नाम 'जुबिली' रखा

था (वर्षा ने सुझाव दिया था, ''आप अपने छोटे बेटे को घर में 'हाउसफुल' नाम से पुकारिये।'')।

ऐसी 'मोटीवेटिड' (रंगमंच के कुंजी-शब्द ने सिनेमा में कहाँ लाकर मारा।) ईश-आराधना के चलते अगर भविष्यवेत्ताओं की पौ बारह पायी जायें, तो आश्चर्य नहीं होना चाहिए। नारंग के यहाँ एक ज्योतिषी मासिक मानदेय पर नियुक्त थे। 'दिल का सौदा' की रिलीज-तिथि निश्चित करने से पहले तुलसियानी ने सचमुच वर्षा की कुंडली माँगी थी। वह निश्चित होना चाहते थे कि उसके ग्रह में राहु प्रबल तो नहीं। 'आरती और अंगारे' की रिलीज से पहले पांडे ने उसकी कंप्यूटराइज्ड कुंडली तैयार करवायी थी और अपने पास से दो सौ रुपये खर्च करके शनि-निवारण के लिए घर में हवन करवाया था (वैसे वह वर्षा-हेतु किये गये स्थानीय एवं दूरस्थ फोनों का बिल तक उसे थमा दिया करते थे।)।

चित्रनगरी पर प्रभुत्व रखने वाले और उसके आकांक्षी किसिम-किसिम के स्वामी थे। स्वामी प्रकाशानंद एक बार सेट पर आये थे और उससे दीक्षा लेने को कहा था। वर्षा ने विनीत भाव से उत्तर दिया, ''मैं नयी दिल्ली में स्वामी चेखवानंद से दीक्षा ले चुकी हूँ।'' स्वामी प्रेमानंद ने घर फोन किया था। इसी नाम के एक निर्माता भी थे, इसीलिए धोखे में वर्षा कॉर्डलैस का बटन दबा कर लाइन पर आ गयी। ''मैं तुम्हें फोटोग्राफर के सामने आशीर्वाद देना चाहता हूँ।'' प्रेमानंद बोले, ''तुम आश्रम आ जाओगी या मैं घर आ जाऊँ' सामने बैठे हर्ष को देखकर वर्षा मुस्करायी, ''मेरे प्रेमानंद मेरे सामने बैठे हैं।''

ऐसी असंगत कार्यशैली का थोड़ा विश्लेषण करने की कोशिश वर्षा ने की थी। जिस व्यवसाय की प्रकृति ही अनिश्चित है, उसमें थोड़ा मनोबल बढ़ाने की यह मार्मिक कोशिश थी। इस अनिश्चितता को कम करने की दूसरी कोशिश वितृष्णा जगाती थी--सफल हो चुके ज्यादा-से-ज्यादा फॉर्मूलों को फिल्म में समेटने की कोशिश करना, जबकि वे स्वयं जानते थे कि इनमें से हरेक नुस्खा किसी-न-किसी फिल्म में असफल भी हो चुका है। यह जानते हुए भी कि फॉर्मूलों को अपनाना सफलता की गारंटी नहीं है, कोई भी जोखिम नहीं लेना चाहता था। यह शब्द--जोखिम--वर्षा को दिन में सौ बार सुनना पड़ता।

जहाँ तक वर्षा समझती थी, सफलता का कोई विशेष कारण नहीं बताया जा सकता, जिस तरह असफलता की वजह नहीं बतायी जा सकती। बॉक्स-ऑफिस पर लगी लंबी कतार या उस पर भिनभिनाती मक्खियों को कारणों के साथ व्याख्यायित करना। वैसा ही है, जैसे ईश्वरीय सत्ता को प्रमाणित करने की कोशिश करना। पर जो पच्चीस सालों से व्यवसाय में थे, अपने को अबोध कैसे मान लेते! उनके तर्क बिल्कुल बालोचित होते थे। वर्षा को कई बार लगता, यह सिर्फ ऊपरी तसल्ली के लिए तर्क दे रहे हैं। अंदर यह भी जानते हैं कि कोई कुछ नहीं जानता। अगर ऐसा नहीं था, तो 'जय संतोषी माँ' लगभग उतना ही बिजनेस कैसे करती, जितना 'शोले' ने किया? वर्षा को हॉलीवुड के एक अनुभव संपन्न स्टूडियो एग्जीक्यूटिव का वक्तव्य याद आया, ''इस साल की सर्वाधिक सफल फिल्मों का विश्लेषण मैं चुटकी बजाते कर सकता हूँ। 'रेडर्स ऑफ द लॉस्ट आर्क' महान एडवेंचर पिक्चर, महान स्पेशल एफैक्ट्स, लूकास-स्पीलबर्ग की महान जोड़ी... 'आर्थर' महान रोमांटिक कॉमेडी। ऐसी पिक्चर के लिए हमेशा जगह है। फिर डडली मूर दर्शकों को लुभा गया। 'स्ट्राइप्स' भी मजेदार है। बिल मरे की कॉमेडी का अच्छा मार्कीट है।'' ''लेकिन 'फोर

सीजंस' वह क्यों हिट हुई' "प्लेन एल्डा के भी काफी दर्शक हैं।" "तो उसकी सभी पुरानी फिल्में नाकामयाब क्यों हुईं' पल भर के विराम के बाद उत्तर मिला, "यह नॉन-रिकरिंग फिनामिनन है।"

चित्रनगरी में आशंका की हवाएँ चलती थीं। सब सहमे और डरे हुए थे। इस हफ्ते तीन नयी फिल्मों के पिटने पर मुर्दनी छा जाती। अगले हफ्ते एक फिल्म के चल जाने पर छोटी-सी मुस्कान उभरने लगती। तनाव जीवनशैली की आधारशिला थी और अनिद्रा स्थायी भाव। पच्चीस साल के निर्माता बदहजमी, ऊँचे रक्तचाप और अल्सर का शिकार थे।

ऐसे तर्कातीत दृश्य को समीक्षाओं के महत्व ने थोड़ी और विसंगत रंगत दे दी थी। (व्यावसायिक सिनेमा की समीक्षा का औचित्य वर्षा की समझ में नहीं आता था। उसे एक अमरीकन समीक्षक की याद आती थी, जिसने लिखा था, " 'लवस्टोरी' की समीक्षा लिखना वैसा ही है, जैसे वैनीला आइसक्रीम की समीक्षा लिखना।" ऐसी समीक्षाओं पर सबसे सार्थक प्रतिक्रिया भी हॉलीवुड में ही संपन्न हुई। जब एक निर्देशक की सुपर-डुपर फिल्म की धज्जियाँ उड़ायी गयीं, तो उसने समीक्षकों को संबोधित करते हुए कहा, "सज्जनो, बैंक को जाते हुए मैं रोता रहा।")। इस दर्पोक्ति के बावजूद कि समीक्षा का महत्व थाना से आगे नहीं है, चित्रनगरी के ज्यादातर 'चितेरे' सकारात्मक प्रतिक्रिया के लिए खासे चिंतित पाये जाते थे। ('आरती और अंगारे' की रिलीज पर दी गयी प्रेस-पार्टी में बीरजी ने आमंत्रितों को 'स्कॉच में डुबो' दिया था और चुनिंदा पत्रकारों को पेंट के कपड़े या साड़ी के साथ लिफाफे में सौ-सौ के पाँच नोट भिजवाये थे)।

"मिस्टर सान्याल," वर्षा ने फोन पर कहा, "माफ कीजिए, मैं आपकी फिल्म नहीं कर पाऊँगी।"

कला फिल्मों के प्रति भी अब उसमें बहुस्तरीय असंतोष पनपने लगा था। इंस्टीट्यूट के ज्यादातर लोगों के पास सिर्फ तकनीक थी। 'लोअर डेप्थ्स' में कुरोसावा का नब्बे डिग्री का मोड़ लेने वाला ऐतिहासिक शॉट', 'बर्गमैन के क्लोजअप' और 'मिजोगूची के लांग शॉट' के स्तुति-गायक सिर्फ चमत्कारिक टेकिंग्ज में उलझकर रह जाते थे। दृश्य की विशिष्ट भावना की अभिव्यक्ति गौण रहती थी और रूपवादी सजावट एवं नक्काशी प्रमुख। इन सबके झोले में या तो किसी विदेशी फिल्म से प्रेरित अपनी मौलिक पटकथा होती थी (जिसमें सुचिंतित स्ट्रक्चर, कथासूत्र का संतुलित निर्वाह और चरित्रों का स्वाभाविक विकास दिखायी नहीं देता था।) या दलित, शोषित और उत्पीड़ित की साहित्यिक संघर्ष-गाथा (जिसको पर्दे पर देखने के बाद लेखक डंडा लिए निर्देशक को ढूँढ़ता पाया जाता।)। व्यापक अपील वाले मानवीय मनोभावों की इन्हें कोई पहचान नहीं थी ('द ग्रेट सांटिनि', 'द स्टोरी ऑफ एडेले एच.' और 'द बैलेड ऑफ नारायमा' जैसी फिल्में देखते हुए वर्षा अवसाद से भर जाती, "इन कला निर्देशकों को अच्छी कहानी की पकड़ क्यों नहीं है')।

प्रशिक्षण के बाद ये कैमरा और स्टीनबैक को सँभालना तो सीख गये थे, पर अभिनेताओं को हैंडिल करना इन्हें नहीं आता था। रचनात्मक उपकरण के रूप में अभिनेता का शरीर और भावतंत्र कैसे काम करता है, किसी जटिल भावना के विशिष्ट शेड को व्यक्त करने की

प्रक्रिया में अपने भीतर जाल फेंकते हुए अभिनेता कैसे लड़खड़ा कर जब हाथ आगे बढ़ाता है, तो उसे किस किस्म की पारस्परिक समझदारी से थाम कर सहारा देना चाहिए--ऐसी अपेक्षाएँ इनसे परे थीं (मीरा को तो छोड़ो, सिद्धार्थ भी अब गहन दृश्यों में वर्षा के कलात्मक निर्णय पर निर्भर करने लगा था।)। इसीलिए इंस्टीट्यूट के निर्देशक नाट्य विद्यालय के अभिनेताओं के सामने नमन करते थे ('कंपोजीशन की आइ-लाइन' और 'थ्री-शॉट सेटअप' जैसी पदावली न बोल पाने के कारण ड्रामा स्कूल के चतुर्भुज-जैसे निर्देशकों की सिनेमायी आकांक्षा जान कर वैसे ही उपहास की मुस्कान देते थे, जैसे इंदुमती-स्वयंवर में आये दूसरे उम्मीदवारों को अज ने दी थी।)।

क्योंकि वितरक इन फिल्मकारों से यक्ष्मा के कीटाणुओं की तरह भागते थे, इसजिए संतप्त ध्वजाधारियों के सिर्फ दो ही आश्रय रह गये थे--राष्ट्रीय पुरस्कार या भारतीय पैनोरमा (जिनकी समिति-बैठक के समय कला-सिनेमा में ऐसी सनसनी छा जाती, जैसे शेषशैया पर भगवान विष्णु करवट बदलने वाले हों।)। इनमें से किसी एक की सिद्धि हो जाने पर दूरदर्शन के सुपर ए स्लॉट में रविवार की शाम को टेलीकास्ट के साथ आठ लाख प्राप्त हो जाते थे, निगम का कर्ज चुक जाता था ('दूसरों को टोपी पहनाते हुए' व्हिस्की के साथ साल भर की दाल-रोटी चल जाती थी।) और ये अगले लोन के लिए फिर निगम के दरवाजे पर 'दायम पड़ा हुआ तेरे दर पर नहीं हूँ मैं/खाक ऐसी जिंदगी पै कि पत्थर नहीं हूँ मैं' गुनगुनाते हुए दस्तक देने लगते थे।

कला-फिल्म कृपणता एवं वंचना के अर्थशास्त्र की शोभायात्रा थी। यहाँ निर्देशक (जो आम तौर से निर्माता भी होता था।) दो दर्जन चाय का भुगतान भी ऐसे देता था, जैसे कमाठीपुरा की नगरवधू उधार करने वाले ग्राहक को आतिथ्य दे रही हो। वर्षा को सिद्धार्थ और मीरा के अलावा किसी से अपना पूरा पैसा नहीं मिला था। एक ने उसे 'लैब-लैटर' देने के बाद जब रूठे हुए प्रेमी की तरह आँखें फेर लीं, तो पांडे बोले, "मैं स्टेऑर्डर लाकर रिलीज रुकवा देता हूँ।" वर्षा ने हँसकर मना किया, "पांडेजी, आर्ट-फिल्म डायरेक्टर की आह दुर्वासा के शाप से भी भयंकर होती है।"

धारावाहिकों का सैलाब आते ही 'भारतीय सिनेमा के पुनरुत्थान' में जुटे कला क्रियाशील वैसे ही बौरा गये, जैसे मद बहने से हाथी उन्मत्त हो जाता है। पचास हजार से एक लाख तक की प्रति एपिसोड बचत की उमंग से थरथराये मिनी-फैलिनी और माइक्रोस्कोपी-एंटोनियोनी रातोंरात अमरीकी 'सोप-ऑपेरा' और 'सिट-कॉम' का अध्ययन करके दूरदर्शन महानिदेशालय को इस तरह भागने लगे, जिस तरह वन में आग लगने पर चौपाये भागने लगते हैं।

मंडी हाउस के गेट पर इस बेसब्र कतार को देखकर व्योम-गवाक्ष से झाँकते भरत मुनि ने सांत्वना की मुस्कान दी, जो नाट्य विद्यालय स्नातकों की अनंत पंक्ति को सह्याद्रि स्टूडियो के गेट पर देखकर विक्षुब्ध हो उठे थे...

अंग्रेजी दैनिकों के कई प्रबुद्ध समीक्षक वर्षा के खिलाफ चल रहे थे। " 'दर्द का रिश्ता' में वर्षा वशिष्ठ उपयुक्त हैं, पर ऐसी सक्षम अभिनेत्री मुख्य धारा सिनेमा में अपने समय का

अपव्यय कर रही है'' या 'जलती जमीन' से वर्षा ने सिनेमा के क्षेत्र में जो आशाएँ जगायी थीं, वे उन्होंने न सिर्फ पूरी नहीं कीं, बल्कि व्यावसायिक सिनेमा के दलदल में फँसकर अपनी चुनाव-दृष्टि पर भी प्रश्नचिन्ह लगा दिया।'' विक्षोभ से वर्षा का माथा तपने लगता। उसने क्या कला-सिनेमा की सेवा का व्रत ले रखा है किसी भी औसत व्यक्ति की तरह उसे अपनी रोजी कमाने का अधिकार नहीं

मिसेज कुलकर्णी के यहाँ हुई झड़प के बाद रमन राजदाँ ने 'वर्षा वशिष्ठ ने कला-सिनेमा की पीठ में छुरा भौंका' शीर्षक से 'टाइम्स ऑफ इंडिया' में विस्फोटक लेख लिखा था (एन.एफ.डी.सी. द्वारा उनकी फिल्म की पेशकश अंततोगत्वा रद्द कर दी गयी थी।), जिसमें उसे 'औसत अभिनेत्री' ठहराते हुए 'अहं-आक्रांत' घोषित किया गया था। 'अत्यौर सिनेमा में भी निर्देशक की केंद्रीय जगह के ऊपर अभिनेता को आरोपित करने की फूहड़ कोशिश' के कारण उसकी 'सिने समझ को अपरिपक्व' बताया गया था। पांडे के जोरदार आग्रह के बावजूद वर्षा ने इसका जवाब नहीं दिया। ''पांडेजी, मुझे मानसिक शांति चाहिए'', उसने कहा था। हर्ष ने लेख के जैसा ही तीखा प्रत्युत्तर लिखा, जिसमें रमन को 'भारतीय जीवन-दृष्टि की समझ से 'शून्य' और 'सौंदर्यबोधीय अवधारणाओं में नकलची' घोषित किया गया। इस पर रमन ने 'कायर वर्षा वशिष्ठ' शीर्षक से 'संडे आब्जर्वर' में एक और लेख लिखा, जिसमें वर्षा को हर्ष के कंधे पर बंदूक रखकर चलाने का दोषी करार दिया गया। हर्ष जब इसका भी जवाब लिख कर लाया, तो वर्षा ने उसके सामने हाथ जोड़ दिये, ''हर्ष, प्लीज...मुझे मन की शांति चाहिए।''

हर्ष ने पल भर से देखा, फिर पन्नों को मसलकर रद्दी की टोकरी में फेंक दिया।

''वर्षा...सॉरी, सिद्धार्थ फिलहाल तुमसे नहीं मिलना चाहता।'' सिद्धार्थ की बहन दमयंती ने पल भर बाद उसके चेहरे से निगाह हटा ली।

जिस रात सिद्धार्थ को अस्पताल लाया गया था, वर्षा घंटे भर बाद पहुँच गयी थी। वह इंटेसिव केयर यूनिट में था। उसे चेतना नहीं थी। सुबह जब वह गयी, तो स्थिति में सुधार था। तब तक दिल्ली से बड़ी बहन आ गयी थीं।

''वर्षा, सिद्धार्थ ने ऐसा क्यों किया' दमयंती ने उलझन की दृष्टि से उसे देखा। (क्या ये सिने पत्रिकाएँ नहीं पढ़ती होंगी, उसने सोचा।)।

वर्षा की निगाह झुक गयी, ''मैं भी उलझन में हूँ।''

थोड़ी देर बैठकर वह शूटिंग पर चली गयी। शाम को पाँच बजे मीरा का फोन आया, सिद्धार्थ को होश आ गया है। पैकअप होते ही वर्षा अस्पताल पहुँची। बरामदे में मीरा, मिसेज कुलकर्णी और 'आकाशदीप' के निर्माता देसाई थे, साथ ही कमांडर दीना दस्तूर के साथ 'बिच बिग्रेड' के दो-तीन और सिपहसालार थे। उनके प्रति संक्षिप्त एवं सर्द 'हैलो' के बाद वह मिसेज कुलकर्णी से बात करने आगे बढ़ी ही थी कि भीतरी कक्ष से दमयंती निकलीं।

...वर्षा के चेहरे पर कई रंग आये और गये। ठंडी साँस के साथ हामी में सिर हिलाकर वह मुड़ी और जीने की सीढ़ियाँ उतरने लगी।

अगले दिन मीरा ने बताया, सिद्धार्थ की ऐसी स्थिति के कारण वर्षा पर आरोप की उँगली उठ रही है। बहुत मसालेदार सामग्री के लिए तैयार हो जाओ।

वर्षा की यह धारणा सही निकली कि वह सिद्धार्थ की पहली संजीदा प्रेमिका है। वह बहुत आहत हो गया था। मलाड (पूर्व) के नये खरीदे अपने छोटे-से फ्लैट में घुटता रहता। 'आकाशदीप' के दो शिड्यूल हो चुके थे। शूटिंग का परवर्ती काम चल रहा था। अगला कार्यक्रम तय करने के लिए वह वर्षा के पास नहीं आया था। मद्रास से लौटकर वर्षा ने पड़ोसी के प्रार्थना-नंबर पर फोन किया था। उस समय वह घर पर नहीं था। बाद में भी उसने जवाबी फोन नहीं किया (आम तौर से वर्षा का फोन पाकर कला-सिनेमा के क्रियाशील कृतार्थ हो जाते थे। सिद्धार्थ की ऐसी प्रतिक्रिया से उसकी पीड़ा की गहनता ही उजागर हुई।)।

देर रात तक वर्षा को नींद नहीं आयी। जिस स्तर एवं सघनता की मानसिक शांति वह चाहती थी, वह तो खैर नहीं ही मिल रही थी। जैसी क्षीण और झीनी शांति उसने किसी तरह सँजो रखी थी, उसमें भी निरंतर मंथन चल रहा था और आगे गति बढ़ने को थी।

इकॉलॉजी से अभिप्राय अगर संतुलन से है, तो चित्रनगरी की पारिस्थितिकी में अपना संतुलन बनाये रखने का वर्षा को फिलहाल एक ही बहुस्तरीय एवं बहुउद्देशीय रास्ता नजर आया--रंगमंच!

''मैडम, विश्वासजी को सोमवार से दूसरी शिफ्ट की डेट्स दे देते हैं।'' पांडे बोले।

''उन्हें बता दीजिए कि मैं छह बजे तक ही काम कर पाऊँगी। फिर मेरी रिहर्सल है।''

''रिहर्सल' पांडे ने पहेली दुहराने के ढंग से कहा।

''हाँ। अगले महीने पहला शो है।''

''मैडम, यह क्या हो रहा है' पांडे के चेहरे पर ऐसा भाव था, जैसे उनके सामने उनका घर जलने लगा हो, ''हमारे पास समय कहाँ है? पिछले हफ्ते आपने (क्योंकि हितों का विरोध था, इसलिए 'हमने' का व्यवहार नहीं किया।) भट्ट की पिक्चर से इंकार किया है। मैं यह सोच कर चुप रहा कि आप थकी हुई हैं।''

''पांडेजी, कलात्मक सस्टनेंस और रिन्यूअल के लिए थिएटर में लौटना मेरी आंतरिक जरूरत है।''

जैसे वर्षा व्यावसायिक सिनेमा की शब्दावली से भौंचक्की हो जाती थी, वैसे ही पांडे उसके वक्तव्य से स्तंभित हो गये (उनके चेहरे पर वैसा ही उलझन भरा भाव आया, जैसा वी.सी.आर. पर 'फ्रेंच लैफ्टीनेंट्स वूमैन' देखने के बाद आया था, ''मुझे लगता है, समान कलाकारों के साथ ये दो अलग-अलग पिक्चरें थीं। गलती से रीलें एक साथ गड्डमड्ड हो गयी हैं।'')।

''आप तो उलटी गंगा बहा रही हैं मैडम! मैडम थिएटर के साथियों ने सिनेमा में घुसने के लिए बंबई पर धावा बोल दिया है और आप हैं कि स्टार बनने के बाद...''

व्यावसायिक सिनेमा के अपने सहयोगियों की निराशा तो वर्षा समझ सकती थी, पर दिलचस्प यह था कि रंगमंच के पुराने मित्रों की प्रतिक्रिया भी बहुत भिन्न नहीं थी।

''वर्षा, कैसे याद किया' शाम को चिंतामणि प्रमुदित भाव से आये।

पिछले वर्ष गर्मियों में चिंतामणि बड़ी उम्मीद के साथ 'डाँस ऑफ डैथ' के 'पृथ्वी' में दो शो करने के लिए आये थे। वर्षा भी झल्ली और हेमलता को लेकर देखने गयी थी (हर्ष नहीं आया। उसे 'पृथ्वी' में नाटक करने वालों की चलचित्र-पीड़ित मनोवृत्ति पसंद नहीं थी। ''वहाँ अपनी एंट्री लेने के बाद जब कोई कलाकार अपना संवाद बोलता है, तो दरअसल उसकी ध्वनि यह होती है, देखा आपने? मैं कितना अच्छा एक्टर हूँ। शो खत्म होते ही बैक स्टेज आइए। मुझे साइन कीजिए न।'' उसने टिप्पणी की थी।)।

थोड़े अंतराल के बाद 'पृथ्वी' आने पर वर्षा चकित रह गयी। पल भर को लगा, जैसे श्रीराम सेंटर आ गयी हो। उपस्थित जन-समुदाय में तीन-चौथाई दिल्ली रंगमंच के थे और लगभग आधे ड्रामा स्कूल के। जैसे ही कोई प्रतिष्ठित फिल्मी व्यक्ति नाटक का टिकट लेता, टिकट काउंटर से कोई उतावली से ग्रीनरूम में जाकर सूचना देता, ''फलाँ आये हैं। सँभालकर करना। दो घंटे बाद तुम्हारी जिंदगी बदल सकती है।''

बंबई पहुँचने की पहली शाम को ही चिंतामणि वर्षा के घर भी आये थे। ''वर्षा, क्या हुआ कि जिन संसत्सदस्य के आउट हाउस में मैं रहता था, वह पिछली बार चुनाव हार गये। अब मैं मुल्तानी ढांडा में ढाई सौ रूपये महीने की कोठरी में रहता हूँ--बीवी-बच्चे के साथ। सच्ची बात यह है कि मैं। रिपर्टरी से अब थक चुका हूँ।''

वर्षा की भौतिक उपलब्धियों से चिंतामणि किंचित आतंकित लगे। उसने अपने व्यवहार से भरसक उन्हें सहज रखने की कोशिश की, ''मेरी एक नयी फिल्म जल्दी ही शुरू होगी। मैं तुम्हें निर्देशक से मिलवाऊँगी। एक प्रोजेक्ट और मैच्योर हो रहा है। वहाँ भी मुलाकात करवा दूँगी। बाबा विश्वनाथ पर भरोसा रखो।'' (उसे विमल की टिप्पणी याद आयी, ''वाहेगुरू पर भरोसा रखो।'')

यह शुभकामना कि दो घंटे बाद तुम्हारी जिंदगी बदल सकती है, वस्तुतः भविष्यवाणी निकली। निर्माता-निर्देशक के दत्ता ने नाटक खत्म होते ही चिंतामणि के सामने अपनी नयी फिल्म में प्रमुख खलनायक की भूमिका का प्रस्ताव रखा और अगले दिन एक हजार की राशि के साथ उन्हें अनुबंधित कर लिया। हफ्ते भर बाद वर्षा के फोन पर (जो कांटैक्ट नंबर की तरह वह निर्माताओं को दे रहे थे और जिसके बिना 'स्ट्रगल' खासी प्रचंड हो जाती थी।) वाराणसी के उनके परिचित एक भोजपुरी फिल्म निर्माता का संदेश आया कि काँदीवली में लगे उनके सेट पर चिंतामणि को एक कुटिल भूमिका निभानी है।

''मैं 'चार मौसम' नाटक कर रही हूँ। आप नायक की भूमिका करेंगे'

चिंतामणि के चेहरे पर जो भाव आया, उस से वर्षा समझ गयी कि उसने उन्हें धर्मसंकट में डाल दिया है। पुरानी मित्र और स्टार तो वह थी ही, उसने उन्हें अच्छे पारिश्रमिक पर एक व्यावसायिक फिल्म भी दिलवायी थी।

''वर्षा, अब तुम्हारे पास नाटक के लिए समय है' चिंतामणि ने निराशा भरे कौतूहल से पूछा।

''हैलो' फोन की घंटी बजते ही नारी-स्वर सुनायी दिया।

''श्री चतुर्भुज धनसोखिया को डिस्टर्ब कर सकती हूँ'

''नमस्ते वर्षाजी! मैं रंभा बोल रही हूँ। ...एक मिनट...''

अब तक वर्षा की मान्यता थी कि असफल प्रेम देवदास के समान आत्म-संहारक होता है, पर चतुर्भुज का बंबइया उत्थान देखने के बाद उसने यह स्वीकार कर लिया था कि भग्न भावनाओं तथा विदग्ध जीवन-शैली का आई कोक के समान 'क्राइसिस मैनेजमेंट' नवजीवन भी प्रदान कर सकता है। मंडी हाउस में एक सौ बीस के शुद्ध पान के साथ चहलकदमी करने वाले आरामतलब एवं सुस्त चतुर्भुज में ऐसा कड़ा आत्मानुशासन तथा प्रबल इच्छाशक्ति भी है, उसने सोचा नहीं था।

जब वह 'दर्द का रिश्ता' में काम करने के लिए बंबई आये, तो सिर्फ एक रात उसके पास जुहू के फ्लैट में सोये। वर्षा ने नम्र भाव से कहा था, ''श्रीमान् आपके यहाँ होने से मुझे कोई असुविधा नहीं।'' पर दूसरे दिन वह उन्नाव के अपने एक संबंधी के पास मुलुंड चले गये। नीरजा ने बताया था कि यह जगह कितनी दूर है, पर कई बार जब सुबह छह बजे की शिफ्ट हुई, तो चतुर्भुज ठीक समय पर मौजूद पाये गये। बाद में मालूम हुआ था कि वह तीन बजे उठे थे और चार बजे घर से निकल पड़े थे। वह कैसी भी भूमिका के लिए किसी भी शिफ्ट में कहीं भी जाने को तैयार थे। काम माँगने के लिए किसी को भी फोन करने या किसी भी दरवाजे पर दस्तक देने से उन्हें परहेज नहीं था। अपना परिचय देते हुए वह सिर्फ यह कहते थे, ''मैं नेशनल स्कूल ऑफ ड्रामा का स्नातक हूँ।'' उन्हें निर्देशन कोर्स में स्वर्ण-पदक मिला है, 'अपने-अपने नर्क' और 'प्रतिशोध'--दिल्ली रंगमंच में कीर्ति-स्तंभ माने गये हैं, ऐसी बातें उनकी जुबान पर भूले से भी नहीं आती थीं। किसी भी मामूली फिल्म निर्देशक को 'सर' से संबोधित करने में उन्हें पीड़ा नहीं होती थी (हर्ष को ऐसा देखकर गहरी पीड़ा होती थी।)। हर्ष की तुलना में चतुर्भुज का व्यवहार देखकर वर्षा को ताज्जुब होता था। ''मैंने अपने अहं का उत्सर्ग कर दिया है।'' उन्होंने सिगरेट का कश खींचते हुए कहा था, ''इस समय मेरे दर्द की एक ही दवा है--लगातार व्यस्तता।'' इन दिनों वह अक्सर तीन-तीन शिफ्टें करते थे और जब भी थोड़ा समय मिलता, फ्लोर के एक कोने में मुँह पर रूमाल रखकर झपकी ले लेते।

कुछ महीनों बाद उन्होंने काँदीवली में एक कमरा ले लिया। अब तक व्यावसायिक सिनेमा में कुछ मित्र बन गये थे। नये शहर में जिंदगी रोपने की कोशिश सफल हो रही थी। अगर उन्हें कभी आर्थिक संकट हुआ भी, तो वर्षा को नहीं मालूम। उन्होंने वर्षा से कभी सौ रुपये भी नहीं माँगे।

फिर 'आरती और अंगारे' हिट हुई और चतुर्भुज हास्य-अभिनेता के रूप में स्थापित होने लगे। ('चंद्रग्रहण' में उन्होंने संजीदा प्रोफेसर की अच्छी भूमिका की थी, पर क्योंकि फिल्म नहीं चली, इसलिए व्यावसायिक सिनेमा की आचार-संहिता के अनुसार चतुर्भुज ने उसका कहीं नाम नहीं लिया। सिद्धार्थ ने 'आकाशदीप' में उन्हें एक गंभीर भूमिका देनी चाही थी। उन्होंने निर्माता का फोन नंबर ले लिया, पर उससे मिले नहीं। आचार-संहिता के

नियमानुसार उन्होंने सीख लिया था कि किसी को मुँह पर 'ना' मत कहो। हफ्ते भर बाद उन्होंने वर्षा को फोन किया, ''कुमारी, मैं 'आकाशदीप' न करना चाहूँ, तो तुम नाराज हो जाओगी' ''बिलकुल नहीं श्रीमान! पर यह जानना चाहूँगी कि क्यों' ''अब मेरी इमेज एक कॉमेडियन की बन गयी है।'' बिलकुल भिन्न संवेदना से संपन्न चतुर्भुज का ऐसा उद्‌गार सुनकर वर्षा सन्न रह गयी।)।

अब बड़े बैनरों की तीन फिल्में उनके पास थीं। उन्होंने एंटाप हिल पर छोटा-सा फ्लैट किराये पर ले लिया था। जरूरत की चीजें और पुरानी फिएट खरीद ली थी। एक सेक्रेटरी भी था, जो उनके साथ दो अन्य चरित्र-अभिनेताओं का काम देखता था। 'आरती और अंगारे' में उनका गाया हुआ गाना 'नाचे समधनिया लहंगा उतार चने के खेत में' हिट हो गया था। वह अपनी तीनों निर्माणाधीन फिल्मों में एक-एक गाना गा रहे थे और एक निर्माता ने उन्हें नायक के चार गाने गाने के लिए सिर्फ पार्श्वगायक के रूप में अनुबंधित किया था। एक 'सी' वर्ग की भूत-कथा फिल्म में उनसे संगीत-निर्देशन का आग्रह किया गया था। शुरू में वह इच्छुक नहीं थे। ''फिल्म संगीत में बहुत राजनीति है।'' उन्होंने कहा था, पर जब निर्माता ने पच्चीस हजार के पारिश्रमिक में साइनिंग एमाउंट दस कर दिया, तो चतुर्भुज ने हस्ताक्षर कर दिये।

''ये रंभा राजवंशी हैं।'' एक रात दरवाजे की घंटी बजी और चतुर्भुज भीतर आये।

रंभा बाइस-तेईस साल की बहुत सुंदर युवती निकली। हर्ष से वर्षा उसके बारे में सुन चुकी थी। वह परिवार की मर्जी के खिलाफ पटना से नायिका बनने के लिए आयी थी। उसने जुहू के 'लाइमलाइट सेंटर' से छह महीने का एक्टिंग कोर्स किया था।

नवेली ग्लैमर-कामिनी के अनुरूप रंभा ऐसी सजी-धजी थी, जैसे पाँच सितारा की पार्टी में आयी हो। कदली स्तंभ-सी जाँघों की झलक दिखाने वाली गहरी नीली मिनी स्कर्ट। पीली जमीन पर चौड़ी काली धारियों का जिप वाला टॉप। खूब चौड़ी छल्ले-जड़ी चमड़े की पेटी। अधखुले जिप से झलकती वक्ष-रेखा। दायीं कलाई में लगभग कुहनी तक भरी चूड़ियाँ। गहरी बर्गंडी लाल लिपस्टिक। बहुत कम स्प्रे के साथ पीछे कंघी किये गये बाल। उसकी देह की लचक, चाल और आँखें यौवन-मद से चूर थीं।

''जीवन में फिर थोड़ी ललक आ गयी है।'' चतुर्भुज कॉफी की चुस्की लेकर बोले।

रंभा खिलखिलायी।

''कुमारी, एक प्रस्ताव है।'' चतुर्भुज ने सिगरेट जलायी, ''मुझे डायरेक्ट करने का चांस मिल रहा है।''

कुछ समय पहले चतुर्भुज ने एक साहित्यिक कृति देने के साथ ऐसी इच्छा प्रकट की थी। वर्षा ने कहा था, वह श्रीमती कुलकर्णी से बात करेगी। हर्ष और उसको लेकर ऊँची नाटकीय शक्ति की कलात्मक फिल्म बनाने की योजना थी। मिसेज कुलकर्णी की प्रतिक्रिया सकारात्मक रही। उन्होंने वर्षा के साथ मैत्री संबंध रखने वाले कुछ नामों--एक व्यावसायिक फिल्म निर्देशक, एक कला फिल्म निर्देशक, एक फिल्म संपादक, कला फिल्मों की पटकथाएँ लिखने वाले एक साहित्यकार और एक फिल्म समीक्षक--पर विचार-विमर्श करके पटकथा-समिति की सूची बना ली और ऋण लेने के दो फॉर्मों के सेट

उसे दे दिये। हर्ष ने एंड्री के साथ बैठकर उपन्यास के सिने ट्रीटमेंट की विस्तृत रूपरेखा बनायी और चतुर्भुज को दे दी। फिर चतुर्भुज ने अजीब-सा प्रस्ताव रखा, रंभा के लिए सहनायिका की भूमिका जोड़ दी जाये।

"मैं इससे सहमत नहीं हूँ।" वर्षा ने कहा, "साहित्यिक कृति में परिवर्तन के पीछे कारण कलात्मक होने चाहिए। आपकी प्रिय फिल्म 'गॉडफादर' में उपन्यास से कई परिवर्तन किये गये हैं, पर हरएक सुचिंतित, कलात्मक और कथासूत्र को सघन करने वाला है--मनमाना और आरोपित नहीं। आप इस फिल्म में रंभा को ही नायिका लीजिए। मैं प्रोजेक्ट को निकलवाने की पूरी कोशिश करूँगी।"

"ऐसी स्थिति में फिल्म में मेरी दिलचस्पी नहीं।" हर्ष बोला।

पल भर चतुर्भुज और हर्ष की दृष्टि मिली रही।

"जान सकता हूँ, क्यों' चतुर्भुज ने ठंडे स्वर में पूछा।

"मैं सिर्फ समान स्तर की अभिनेत्री के साथ ही काम करता हूँ। आप यह अच्छी तरह जानते हैं। मैं भी इस समय काफी ऊपर जा सकता था, अगर..." कहते-कंहते हर्ष रूक गया।

रंभा ने गहरी साँस ली। वह कंचनप्रभा का छोटा संस्करण लगती थी। जब तक चुप रहती थी, उसके लावण्य का प्रभाव पड़ता था। मुँह खोलते ही सम्मोहन टूट जाता था। गूँगी गुड़िया की भूमिका इसके लिए बहुत उपयुक्त रहेगी, हर्ष ने वर्षा से कहा था।

"चारुश्री तुम्हारे बराबर की अभिनेत्री है' चतुर्भुज ने व्यंग्य स्वर में पूछा।

"वह बड़ी स्टार है।" हर्ष चिढ़ गया।

दोनों के बीच में तनाव आने लगा था। पहली नाटकीय समक्षता वर्षा के घर ही संपन्न हुई थी।

"जब बीरजी ने कहा कि 'पथेर पांचाली' देखते हुए उन्हें नींद आने लगी थी, तो आप हँसे क्यों' हर्ष ने नाराजगी से पूछा था।

"मैं उनकी व्हिस्की पी रहा था। यह शिष्टाचार का तकाजा था।"

"मैं भी उनकी व्हिस्की पी रहा था और थोड़ा-सा शिष्टाचार मुझे भी आता है।"

"पब्लिक स्कूल के एक्सेंट के साथ तुम्हारा अंग्रेजी प्रतिवाद उन्होंने बर्दाश्त कर लिया, मगर मेरे साथ ऐसा नहीं होता।" चतुर्भु ने खिन्न स्वर में कहा।

"आपको अपनी पृष्ठभूमि और गरिमा का ध्यान नहीं रहता अगर आप इस तरह व्यवहार करेंगे, तो आपमें और कमर्शियल सर्किट के दूसरे लोगों में क्या फर्क रहेगा'

"हर्ष, मैं यहाँ अपना फर्क जतलाने नहीं आया हूँ, अपने पाँवों पर खड़ा होने के लिए आया हूँ। तुम सामने वाले की बात को बेबाकी से काट सकते हो, क्योंकि तुम्हें अपने परिवार का सहारा है। मेरे पीछे कोई सहारा नहीं।"

पल भर दोनों की निगाह मिली रही।

"जान कर खुशी हुई।" वर्षा मुस्करायी।

चतुर्भुज ने आगे बताया, निर्माता दोषी अपनी बेटी को ब्रेक देना चाहते हैं। प्रेम-कहानी है। रंभा को सहनायिका की भूमिका मिल रही है। क्या वर्षा नायिका की अध्यापिका का

'स्पेशल एपियरेंस' स्वीकार कर लेगी लगभग छह दृश्यों की भूमिका है। उससे फिल्म को बेचने में मदद मिल जायेगी।

"कर लूँगी।" वर्षा ने कहा।

"आप उस कूढ़मग्ज दोषी को बर्दाश्त करेंगे' हर्ष भड़क उठा, "आपको पता है, वह 'ब्लॉकबस्टर देसाई' को बीसवीं सदी का महानतम निर्देशक मानता है वह अपनी फिल्म की कहानी खुद लिखता, संगीत निर्देशक को धुन सुझाता है आपको पता है, उसने चलने वाले फार्मूलों की लिस्ट बना रखी है'

"हाँ।" चतुर्भुज ने सिर हिलाया, "यह भी पता है कि 'कंपन' के फ्लॉप होने के बाद वह पाँच हजार लेकर तुम्हें साइन करने आया था। तुमने हीरो का पहला डायलॉग – 'तुम्हारे रूख्सारों में मेरी जन्नत है'--पढ़ते ही उसे दरवाजा दिखा दिया।"

हर्ष ने ठंडी साँस ली, "मुझे विश्वास नहीं होता कि 'अपने-अपने नर्क' डायरेक्ट करने वाले आप ही थे।"

"हर्ष, तुम सिनेमा में नायक हो और मैं कैरेक्टर-एक्टर।" चतुर्भुज ने स्वर में संतुलन बनाये रखा, "अगर मैं अपने हाथों में थोड़ी-सी शक्ति समेटना चाहता हूँ, तो शुरू में मुझे इन्हीं लोगों के हिसाब से चलना होगा। तुम मुझसे एन.एफ.डी.सी. वाले प्रोजेक्ट के लिए नाराज हो। माफ करना, सौंदर्यबोधीय फिल्म में मेरा विश्वास घट गया है, क्योंकि उसके खरीदार नहीं। जब बेवकूफों की कतार व्यावसायिक सिनेमा में चाँदी काट रही है, तो इस गोल्ड रश में मैं भी अपना नसीब आजमाना चाहता हूँ।"

"आप अपनी संवेदना को इस तरह कुंद हो जाने देंगे' हर्ष आक्रामक हो गया।

"मेरी संवेदना मुझे कहाँ तक ले जा पायी?" चतुर्भुज ने चिड़चिड़े स्वर में कहा, "बाबर लेन के रेलवे क्वार्टर तक न" उन्होंने अपने को शायद रोकने की कोशिश की, पर आक्रोश की लहर तेज थी, "और तुम ऊँची कला के शहीद बनना छोड़ दो। अपनी आँखें खोलो और आसपास देखते हुए वास्तविकता को पहचानो।"

"लेकिन तुम नहीं हो क्या? तुममें इतना विश्वास है। तुम्हारी खामोशी तक में विश्वास है। देखो, तुम्हारी तरफ। कोमल त्वचा, गर्व भरे कपोल, बेधने वाली आँखें--जो जानती हैं। कुछ ज्यादा ही बेधने वाली शायद। बुद्धिमान, पर साथ ही दुखी भी। और ऐसी थकान, मन को मथने वाली, जो बहुत कुछ जानती है।"

'आडम' का संवाद पढ़ते हुए चिंतामणि सहज नहीं लगा। उसकी एकाग्रता भी सतही और झीनी थी।

चतुर्भुज ने घड़ी देखी। उन्हें साढ़े आठ बजे सहाय के घर जाना था। रंभा भी वहीं मिलने वाली थी।

वर्षा का मन बुझ-सा गया। जाहिर था, पूर्वाभ्यास में उसके अलावा किसी की रुचि नहीं थी।

"वर्षा, मैं क्या करूँ' अगले दिन दोपहर को चिंतामणि ने सेठ स्टूडियो में आकर हवाई टिकट दिखाया, "कल सुबह बंगलौर के लोकेशन पर मुझे रिपोर्ट करना है। तीन हफ्ते का

शिड्यूल है।''

''बधाई।'' वर्षा मुस्करायी।

''बसंत आ गया और अब सर्दियों के नुकसान की मरम्मत का समय है।'' हर्ष ने संवाद बोल कर चतुर्भुज को देखा, ''बैट्रिस और आडम--दोनों प्रेम में आहत हो चुके हैं, इसलिए दूसरे अंक में प्रेम के पूर्वरंग के बाद मैं थोड़े सघन सुर से शुरू करता हूँ। ठीक है'

चतुर्भुज ने सहमति में सिर हिलाया।

वर्षा विभोर थी। हर्ष आज पहली बार पूर्वाभ्यास के लिए आया था और उसका चरित्र-विन्यास बहुत सही और वर्षा की व्याख्या के बहुत निकट था, इसलिए बिंबों के संयोजन एवं ध्वनियों के वितान संतोषजनक रूप ले रहे थे।

जिस शाम चिंतामणि जीवन की पहली हवाई-यात्रा से धन्य हुए थे, वर्षा 'पृथ्वी' गयी थी। सोचा था, स्टारडम की प्रतीक्षा में कैफे में मँडराते नाट्य विद्यालय के लोगों से मिलेगी, नाटक के उपयुक्त अभिनेता को टोहेगी और देखेगी कि उसके पास नाटक में बरबाद करने के लिए थोड़ा समय है या नहीं। जब वह पुराने परिचितों से घिरी आयरिश कॉफी पी रही थी, तो घर में हर्ष का फोन आया, ''झल्ली, जिज्जी हैं'

''जिज्जी बहुत परेशान हैं हर्ष भैया।'' (वर्षा की प्रार्थना पर फिलहाल इस संबोधन पर समझौता हो गया था।) ''ड्रामे का हीरो नहीं मिल रहा है। जुहू में ढँढ़ने गयी हैं।''

दस-बारह दिन से हर्ष से संपर्क नहीं था। 'मुक्ति' का छोटा-सा शिड्यूल पूरा हो चुका था। वर्षा को पता था, वह एडीटिंग-डबिंग में बहुत व्यस्त होगा। फिर चार रीलों के सहारे वितरक से पैसे पाकर अगली शूटिंग की योजना बनानी है। अपने सबसे महत्वाकांक्षी सपने को साकार करने की कोशिश में लगे हर्ष की एकाग्रता में 'चार मौसम' से विघ्न डालना वर्षा को उपयुक्त नहीं लगा। दूसरा कारण रंगमंच के प्रति हर्ष की विशुद्ध निष्ठा थी (अपनी पश्चिमोन्मुखी विचारधारा एवं जीवनशैली के बावजूद मंच पर चढ़ने से पहले वह हमेशा उसे छूकर हाथ माथे से लगाता था।)। रंगमंच को सिनेमा के लिए 'स्टेपिंग स्टोन' की तरह इस्तेमाल करने वाले साथियों से भी वह रुष्ट था (हालाँकि वर्षा इसका उलटा कर रही थी।)। वर्षा को आशंका थी, अपनी चालू व्यग्र मनःस्थिति में नाटकायोजन के नाम से हर्ष की भौंहों पर बल पड़ जायेंगे।

''क्या बात है वर्षा'

वर्षा वापस लौटी, तो हर्ष ड्रांइगरूम में बैठा झल्ली को अंग्रेजी-संभाषण का अभ्यास करवा रहा था। हेमलता और झुमकी प्रमुदित भाव से आसपास बैठी हुई थीं।

वर्षा ने सारी बात बतायी, ''मैंने एन.सी.पी.ए. को फोन किया था। उन्होंने सप्ताहांत में तीन दिन दिये हैं। बाद में 'पृथ्वी' में भी तीन दिन मिल गये हैं। पर कोई एक्टर नहीं मिल रहा। स्कूल का एक लड़का ठीक है, लेकिन वह मुझसे छोटा दिखता है।''

हर्ष ने हाथ बढ़ाकर स्क्रिप्ट ले ली। फिर कहा, ''चलो, रीडिंग करते हैं।''

वर्षा ने चतुर्भुज के दरवाजे की घंटी पर उँगली रखी। बिल्डिंग सूनी नहीं थी। फिर भी घंटी अतिरिक्त ऊँची और कुछ आशंका जगाने वाली लगी।

''हम लोगों ने अकेले आकर भूल तो नहीं की' वर्षा ने दबे स्वर में कहा।

पूर्वाभ्यास का चौथा दिन था। साढ़े सात बज चुके थे। चतुर्भुज अभी तक नहीं आये थे। यों वह रोजाना देर से आ रहे थे और प्रस्तुति पर उनका ध्यान बहुत सीमित था। वर्षा को थोड़ा अपराध-बोध था कि उसने चतुर्भुज को खामखाँ घसीट लिया। लेकिन साथ ही थोड़ा आक्रोश भी था। जिस चतुर्भुज के पास नयी दिल्ली में नाटक से संबंधित हर कथासूत्रीय सवाल का जवाब तैयार रहता था, जो मॉडेल के सहारे ग्रुपिंग्स एवं मूवमेंट्स तय करके पूर्वाभ्यास में आते थे, उन्हीं ने अब मुंबई में प्रस्तुति की कोई मानसिक तैयारी नहीं की थी। जो भी कुछ भला-बुरा होता था, रिहर्सल में आनन-फानन कर दिया जाता था।

हर्ष और वह अपने-आप गतियाँ निर्धारित करने लगे। पूर्वाभ्यास के लिए वर्षा ने अपनी बिल्डिंग में पहली मंजिल का अनबिका फ्लैट खुलवा लिया था।

''जिज्जी...'' तभी झल्ली बदहवास-सी आयी, ''चतुर्भुजजी का फोन आया, बचाओ, मुझे खतरा है... और लाइन कट गयी।''

दरवाजा थोड़ा-सा खुला और सफारी सूट पहने एक हट्टाकट्टा युवक दिखायी दिया।

''क्या है' उसने रूखे स्वर में पूछा।

''चतुर्भुज से काम है।'' हर्ष की आवाज स्थिर थी। न नर्म, न कड़ी।

युवक के चेहरे पर संदेह का भाव आ गया और शायद वह दरवाजा बंद करने की सोच रहा था।

''प्लीज...'' तभी वर्षा ने आगे बढ़ने की भंगिमा के साथ दरवाजे पर हाथ रखा।

वर्षा को देखते ही वह अचकचा गया। फिर पीछे हटा, ''आइये। हम यहाँ फसाद करने थोड़े ही आये हैं। पर अकेली लड़की पर हाथ उठाने का क्या मतलब? यह बंबई है, उन्नाव नहीं!''

दो और अनजान पुरुष सामने खड़े थे। पर उनकी मुद्रा सामान्य थी, पहले के जैसी आक्रामक नहीं।

चतुर्भुज एक कुर्सी पर अचल बैठे थे। रंभा मैक्सी पहने दीवान पर लेटी थी।

''वर्षाजी, हर्षजी... आइए।'' रंभा ने कहा, ''ये भूषण हैं--मेरे लोकल गार्जियन।''

सफारी सूट वाले युवक ने अभिवादन किया। वर्षा ने सिर हिलाया। फिर दोनों चतुर्भुज के सामने बैठ गये।

चतुर्भुज एकटक सामने देख रहे थे।

कुछ पल चुप्पी रही।

''भूषण, तुम जाओ।'' रंभा बोली।

''आर यू श्योर'

रंभा ने हामी में सिर हिलाया।

''मैं थोड़ी देर बाद फोन करूँगा।'' भूषण ने चतुर्भुज को देखते हुए कहा। फिर बाहर को बढ़ते हुए दोनों व्यक्तियों को संकेत किया। दूसरे ने बाहर निकलकर लैच बंद कर दिया।

चतुर्भुज अब भी सामने देखे जा रहे थे। वर्षा को लगा, वह स्थिति के क्षोभ एवं शर्मिंदगी से दग्ध हैं।

''वर्षाजी, आप ही बताइए, मेरा क्या दोष है' रंभा बोली, ''पिछले हफ्ते मुझे मालूम हुआ कि मैंने कंसीव कर लिया है। कॉमेडियन से (चतुर्भुज के लिए रंभा का यही संबोधन था।) मैंने कहा कि मुझे भरुचा क्लिनिक ले चलो, तो इन्होंने इंकार कर दिया और खुशियाँ मनाने लगे। आप बताइए, जैसी स्थिति में हम यहाँ रह रहे हैं, उसमें बच्चे की गुंजायश है? मेरे घर वालों ने मुझे 'डिसओन' कर दिया है, मंदिर में एक-दूसरे को माला पहना कर हमने शादी की है (यह वर्षा के लिए नयी सूचना थी।), तीन महीने बाद लीव-लाइसेंस का यह फ्लैट हमें छोड़ना होगा, अगले महीने मेरी पहली पिक्चर की शूटिंग शुरू होगी और कॉमेडियन बच्चे की रट लगाये हुए थे। मेरे लाख समझाने पर भी यह नहीं समझे। परसों जब यह शूटिंग पर गये, तो मैं क्लिनिक में चली गयी। भूषण मेरे साथ था। आज शाम को जब मैं लौटी, तो इन्होंने मुझ पर हाथ चला दिया...''

चतुर्भुज वैसे ही निश्चल बैठे रहे। पता नहीं, क्या सोच रहे थे--सुशीला के बारे में, अनुपमा के बारे में, या अपनी अस्तव्यस्त जिंदगी के बारे में...

''मैं मालविका राज्याध्यक्ष हूँ।'' युवती ने कुछ आत्मसजग ढंग से कहा, ''कल्याणी ने बताया कि...''

वह सादा साड़ी में आकर्षक थी। मेकअप नहीं के बराबर। खुले बालों के साथ बड़ी बिंदी। एस.एन.डी.टी. विश्वविद्यालय में प्राध्यापिका थी।

दो दिन वर्षा चिंता में रही कि अब नाटक का निर्देशन कौन करेगा। हर्ष ने कहा, हम दोनों मिलकर कर लेते हैं। पर वर्षा को यह स्वीकार नहीं था। 'फोर सीजंस' में दो ही तो पात्र हैं, जो बराबर मंच पर रहते हैं। वे अभिनय पर एकाग्र रहेंगे या यह देखेंगे कि बिंब-रचना कैसी हो रही है, ध्वनि-वितान कैसा बन रहा है? इसी उलझन में उसने कल्याणी को फोन किया, तो उसने मालविका का नाम सुझाया। वर्षा ने हर्ष से पूछा, तो उसकी प्रतिक्रिया भली थी। ''मैं उससे मिला नहीं हूँ, पर सोफिया में उसका 'पिकनिक' देखा है। हमारे लिए उपयुक्त हो सकती है।''

''इस नाटक के बारे में आपकी क्या राय है' वर्षा ने पूछा।

''अर्नोल्ड वेस्कर का सिर्फ यही नाटक मुझे पसंद है।'' मालविका मुस्करायी, ''इसमें समकालीन प्रेमभावना की उदास, संवेदनशील, कैलोडोस्कोपिक छवियाँ हैं। एक स्त्री, एक पुरुष और बदलते हुए मौसम। यह ऐसी प्रेमकथा है, जिसमें बाहरी दुनिया की ओर से रुकावटें नहीं आतीं। दोनों व्यक्तियों की पुरानी स्मृतियों के डंक से संघर्ष होता है। यह नाटक पीड़ा भरे ढंग से स्पष्ट करता है कि आज की जटिल जिंदगी में प्रेम करना कितना कठिन हो गया है।''

वर्षा का एक महीना बहुत अच्छा बीता। लंबे समय के बाद वह भावतंत्र के सघन स्तर पर क्रियाशील थी। उसके 'क्राफ्ट' को यथार्थपरक, गहन एवं अर्थवान विषयवस्तु को सँजोने, माँजने और अभिव्यक्त करने का अवसर मिला था। एक और रोचक बात यह थी कि नाटक के कथ्य में उसकी व्यक्तिगत अनुभूतियाँ स्पंदित हो रही थीं। जब 'बैट्रिस' के भावात्मक

अतीत की बोझिल छाया उसके वर्तमान पर पड़ी, तो वर्षा को बार-बार सिद्धार्थ की याद आयी। तीसरे अंक में 'आडम' के साथ संघर्ष उसके व हर्ष के बीच संपन्न हुए ताजा तनाव का स्मरण दिलाता रहा। नाटक की कितनी ही पंक्तियाँ उसे पसंद आयीं, 'तुमने किसी ऐसे ईश्वर को जाना है, जो हमारे-जैसा अकृपालु न हो?' 'दिल के अपने व्यक्तिगत दर्द होते हैं', 'तुम्हारा मौन बहुत सर्द है'...

वर्षा को एक तरह से सुबह से ही शाम का इंतजार रहता। पर भावतंत्र के पेंदे से 'मास्टर' दृश्यों को निपटाते हुए भीतर पहले जैसी चिडचिड़ाहट नहीं भरी होती थी। शाम को छह बजे वह उतावली से वापस लौटती, तो मालविका, हर्ष और एंड्री पूर्वाभ्यास के फ्लैट में बैठे हुए मिलते। झल्ली को प्रोडक्शन मैनेजर का पद दिया गया था, जो थोड़ी-थोड़ी देर बाद उत्साह से ऊपर से कॉफी का थर्मस और स्नैक्स की प्लेटें लाती रहती (उसके लिए छोटी जिज्जी का जीवन अनूठे, मोहक रंगों से भरा हुआ था।)। अचरज भाव से भरी हेमलता और झुमकी भी थोड़ी-थोड़ी देर बैठक लगा जातीं ("वर्षाजी बाथरूम में हैं" वाली फोन की स्थायी टेक अब बदल कर "वर्षाजी रिहर्सल में हैं" हो गयी थी।)। कभी मातमी सूरत लिए पांडे आकर बैठ जाते ("हाय रे कैरियर ग्राफ...", वर्षा मुस्कान दबाते हुए सोचती।)।

"आज की जिंदगी की यांत्रिकता और भावक्षय को पकड़ना उतना ही मुश्किल है, जितना रजिया सुल्तान या जोन ऑफ आर्क के जीवनगत झंझावात को प्रकट करना आसान।" वर्षा ने 'टाइम्स ऑफ इंडिया' के इंटरव्यू में कहा था, "दूसरी बात ऐतिहासिक कालखंड तथा तीव्र कार्यव्यापार के कारण अपेक्षाकृत सरल हो जाती है। एक अभिनेत्री के नाते 'टेमिंग ऑफ द श्रियू' या 'एंटीगनी' के द्वारा मैं शायद अधिक प्रभावपूर्णता पा सकती थी, लेकिन मेरा निश्चित मत है कि समकालीन झीनी विषयवस्तु में से यथोचित कला--आकार निर्मित करना भी हमारा बुनियादी सरोकार होना चाहिए।"

व्यावसायिक सिनेमा में इस मंचन की मिलीजुली प्रतिक्रिया हुई। विमल, हुसैन एवं नीरजा वाले मित्र-वर्ग ने उसकी रंगनिष्ठा और अनपेक्षित श्रम का आह्वान करने वाली प्रवृत्ति की सराहना की। "मुख्य धारा सिनेमा के जड़ वातावरण में ऐसी तरंग स्वागत योग्य है," विमल ने 'मिडडे' में कहा। विरोधियों में पहली आवाज कंचनप्रभा ने 'सिने ब्लिटज' में उठायी, " 'चार मौसम' इस बात की पूर्वसूचना है कि व्यावसायिक सिनेमा में वर्षा वशिष्ठ का मौसम खत्म होने को है। अब उसकी आजीविका का स्रोत 'नावेल्टी' और 'गैलेक्सी' की टिकट-खिड़की नहीं, 'टाटा' और 'पृथ्वी' की टिकट-खिड़की होगी।"

जहाँ तक टिकट-खिड़की पर प्रतिक्रिया का सवाल है, वह वर्षा के लिए कौतुक का विषय ही साबित हुई। 'टाटा' के तीनों शो हाउसफुल रहे और बाद में 'पृथ्वी' के भी। अगले महीने दुहराये गये प्रदर्शनों की भी यही स्थिति रही। वर्षा ने रंगमंडली का नाम 'कुतुबमीनार यूनिट' रखा था (उसे अपनी भावात्मक जड़ें मंडी हाउस में ही रोपी गयीं जो मालूम होती थीं!) और पच्चीस हजार प्रदर्शन का बजट निश्चित हुआ था। पर खर्च पाँच हजार के आसपास रहा। नेशनल सेंटर फॉर पर्फोमिंग आर्ट्स ने विज्ञापन किया था (बदले में चालीस प्रतिशत की आय भी उन्होंने ली।)। चंद्रप्रकाश ने 'प्रकाश उद्योगसमूह के सौजन्य से' समाचार पत्रों में अतिरिक्त विज्ञापन दिये और पैडर रोड व जुहू बीच के सामने 'वर्षा

वशिष्ठ के चार मौसम' वाली दो बड़ी होर्डिंग लगवायीं। एक दर्जन प्रदर्शनों के बाद 'कुतुबमीनार यूनिट' के खाते में बीस हजार की आय थी। वर्षा चकित भाव से हिसाब देखती रह गयी। सहयोगियों ने कुछ नहीं लिया। ''सौंदर्यबोधीय तृप्ति और तुम्हारे व हर्ष के साथ काम करना मेरा प्राप्य है।'' मालविका ने कहा। ''आगे हम 'नाइट ऑफ इगुआना' करेंगे। यह पैसा तब काम आयेगा।'' हर्ष बोला। जहाँ तक नाट्य-समीक्षा का सवाल है, वह मुख्य रूप से सकारात्मक रही, पर नाट्य-कृति तथा प्रस्तुति के गहरे विश्लेषण से विहीन। बंबई रंगमंच पर उसका कलात्मक विश्वास घट गया।

''वर्षा, स्टेज पर चली जाओ।'' पहले प्रदर्शन के बाद मालविका मुस्कान के साथ बोली।

तालियों की गड़गड़ाहट खत्म नहीं हो रही थी। दिल्ली रंगमंच में कर्टेन कॉल की प्रथा प्रायः नहीं थी। वैसे भी वर्षा को यह रूढ़ि खासी अहं-सहलाऊ और प्रदर्शन-मुग्धा लगती थी। पर बंबई रंगमंच के शो बिजनेस माहौल का यह हाइ प्वाइंट माना जाता था। आखिरकार वर्षा को हर्ष का हाथ पकड़कर मंच पर आना ही पड़ा। उसने तीन बार आभार के साथ दर्शक-समुदाय को नमन किया, तो चंद्रप्रकाश दो बड़े-बड़े गुलदस्ते लेकर ऊपर आ गये। फिर विमल... छायाकारों की फ्लैशलाइटें चमकने लगीं...

''वर्षा मौसी...'' बैकस्टेज पर आते ही किलकारी सुनायी दी।

बाबला को पहचानने में वर्षा को एक पल नहीं लगा, हालाँकि वह पहले से खूब लंबा हो गया था। खोजभरी, उत्तेजित निगाह से पीछे देखना अनिवार्य था।

''रीटा...''

वर्षा लपककर गले लग गयी। लंबे व्यवधान के बाद आकस्मिक मिलन का आवेग सघन था ('रथ को आगे बढ़ा लो, जिससे यह अधीर सुंदरी अपनी सखी से उसी प्रकार मिल ले, जैसे लता से बसंत की शोभा जा मिलती है।' 'विक्रमोर्वशी' की पंक्ति याद आने के साथ वर्षा मन-ही-मन विभोर हो उठी, नहीं, चित्रनगरी का माहौल अभी मुझे थोथा नहीं बना पाया है!)

आसपास के लोग मुस्कान के साथ मिलन-दृश्य देखते रहे।

''सुकुमार, तुम शर्त हार गये हो।'' अपने ड्रांइगरूम में रीटा ने दर्पसहित घोषणा की।

सुकुमार जैफर्सन इंडिया के मुख्य कार्यालय में एक विभाग के प्रमुख होकर आये थे। कार्माइकेल रोड पर तीन बेडरूम के फ्लैट में एक सप्ताह पहले गृहस्थी जम गयी थी।

''यह लो।'' सुकुगार ने तुरंत पर्स से सौ का नोट निकालकर सामने रख दिया।

बाबला और रिंकी हँसे। छोटे निक्की को गोद में लिए आया भी मुस्करायी।

''यह क्या गोरखधंधा है' वाइन का घूँट लेकर वर्षा ने पूछा।

''डैडी ने कहा था, तुम मम्मी को नहीं पहचानोगी।'' बाबला ने खुलासा किया।

''अच्छा, मेरी ऐसी बदनामी करते हो तुम लोग'' वर्षा ने आरोप लगाया।

''मैं क्या करती तुमने मेरे दो खतों का जवाब नहीं दिया।'' रीटा बोली।

''गृहप्रवेश पर मुझे तुम्हारा आखिरी खत मिला था।'' (अगले दिन छानबीन करने पर प्रशंसकों के बंडल में रीटा का एक पत्र मिल गया।) ''तुमने लिफाफे पर 'व्यक्तिगत' लिखा था या नहीं'

रीटा ने पल भर सोचा, ''शायद नहीं।''

''मैं क्या करूँ रीटा? कहाँ-कहाँ देखूँ? मंसूर का खत भी ऐसे ही गायब हुआ था। वह तो अच्छा हुआ, जो उन्होंने फोन कर लिया।''

''मैंने भी दो बार फोन किया था।''

''तो'

''सुबह के वक्त जवाब मिला, शूटिंग पर गयी हैं। मैंने अपना नाम बता कर कहा, मैं उनकी व्यक्तिगत मित्र हूँ, तो हँसी के ढंग से बोले, हाँ जरूर।''

''मेरे सेक्रेट्री होंगे।'' वर्षा संजीदा हो गयी। सोचा, इस बात पर पांडे को डाँटना पड़ेगा।

''एक बार शाम को फोन किया। किसी लड़की ने जवाब दिया, बाथरूम में हैं और एकदम रख दिया। मुझे कुछ कहने का मौका ही नहीं दिया।''

''छोटी बहन होगी। मैं उसके कान खींचूँगी।'' वर्षा बोली, ''तुम एक बार घर नहीं आ सकती थीं'

''अगले इतवार को हम आने वाले थे।'' रीटा ने बड़े बच्चों की ओर संकेत किया, ''तुम्हें शायद पता न हो, यहाँ स्कूल दो शिफ्टों में चलते हैं। जब बाबला वापस लौटता है, तो रिंकी के जाने का टाइम होता है... और यह जो तीसरी आफत है न, दिन भर मेरे साथ चिपकी रहती है।''

वर्षा ने निक्की को गोद में लिया, तो वह पहचान के भाव से मुस्कराया। फिर उसके गले की चेन पकड़ने लगा। चंचल आँखें कहीं स्थिर नहीं होती थीं। गोरी, गुदगुदी देह असंयत ढंग से मटक रही थी। मुँह से दूध की सुगंध। नन्हे-नन्हे दो दाँत दिखायी दे रहे थे। वर्षा के भीतर वात्सल्य की बारीक-सी रेखा सुगबुगायी। नर्म कपोल का चुंबन लेकर उसने कहा, ''अरे, तेरे तो दाँत निकल रहे हैं...''

''वर्षा,'' रीटा मुस्करायी, ''तुम्हें पता है, दाँत किस उम्र में निकलते हैं?''

रीटा की पुरानी नाइटी पहनकर वर्षा बाथरूम से निकली, हालाँकि यह भी ढीली थी।

''कितने साल बीत गये, पर मेरा नसीब नहीं बदला।'' दरवाजा बंद करते हुए उसने कहा।

''मतलब'

''शादीशुदा सहेली के डबल बेड पर उसके पति की जगह सोने का...'' वर्षा ने हताशा का अभिनय किया।

रीटा खिलखिलायी। फिर प्रशंसा के स्वर में कहा, ''फिगर बनाये रखने के लिए तुम्हें राष्ट्रीय पुरस्कार मिलना चाहिए।''

''पुरस्कार बहुत हो गये रीटा।'' वर्षा बिस्तर पर बैठ गयी, ''अब मैं दाँत निकलने की उम्र के बारे में सीखना चाहती हूँ।''

रीटा ने गहरी नजर से उसे देखा।

अब रीटा भरी पूरी स्त्री दिखती थी--दांपत्य और वात्सल्य सुख से छलछलाती। इस गृहस्वामिनी की तृप्त आँखों में मंडी हाउस की युवा अभिनेत्री की बेसब्र महत्वाकांक्षा गुम हो गयी थी। वर्षा ने सोचा, जब मैं रिपर्टरी के कला-कुंड में झुलस रही थी, फिर पेशेवर अनिश्चय एवं भावात्मक अस्थिरता के बीच अरब सागर के ज्वार-भाटे में डूब-उतरा रही थी, तब रीटा अपने स्थिर, सुव्यवस्थित घर-संसार में पति की बाँह पर सिर रखे गहरी नींद सो रही थी, तोतली बोली और अबोध मुस्कानों से दीप्त हो रही थी। रीटा की अधूरी कला-लालसा पर आज पहली बार वर्षा के मन में करुणा नहीं जागी। सिर्फ दोनों की नियति के अलग-अलग होने की सच्चाई ही उजागर हुई। अगर अभी तक मैं रीटा की कला-लालसा पर द्रवित होती रही हूँ, तो क्या रीटा भी मेरे अकेलेपन पर पीड़ित हुई है, वर्षा ने सोचा।

सुकुमार की देह भी भर गयी थी। बालों में सफेदी झलकने लगी थी।

हम लोग युवावस्था के अंतिम चरण में पहुँच रहे हैं, वर्षा ने सोचा।

घंटे भर पहले विरोध के बावजूद रीटा ने बच्चों को खाना खिलाकर सोने भेज दिया था। दोनों ने अपनी-अपनी नोटबुक में वर्षा के हस्ताक्षर लिए थे, ''हम अपने फ्रेंड्स को दिखायेंगे।'' रीटा ने जैसी मुस्कान से यह दृश्य देखा था, वर्षा उसका सामना नहीं कर पायी थी।

''सुकुमार, तुम बच्चों के कमरे में सो जाओ।'' रीटा ने आदेश दिया था, ''सुबह इन्हें तैयार करके स्कूल भेज देना। मैं और वर्षा देर से उठेंगे। फिर हमारा ब्रेकफास्ट बना कर हमें जगा देना।'' ''ओके मैडम।'' सुकुमार ने बटलर की भंगिमा से उत्तर दिया था। बच्चे हँसने लगे थे।

''क्यों? जो कुछ तुम्हें मिला है, उससे खुश नहीं हो?'' रीटा ने पूछा।

''सिर्फ मन के एक स्तर पर और एक हद तक। तुम्हें अजीब-सा लगेगा, अगर मैं कहूँ कि अब खुशी की अवधारणा में मेरा विश्वास नहीं रहा।''

रीटा कुछ पल उसे देखती रही। फिर बोली, ''तुम्हारी सारी फिल्में मैंने देख ली हैं। 'जलती जमीन' तो वी.सी.आर. पर कई बार देखी।...वर्षा, तुम बहुत ऊँचे कलात्मक सोपान तक पहुँच गयी हो। मुझे तुम्हारे ऊपर बहुत गर्व है--तुम्हारी सामर्थ्य पर, तुम्हारे समर्पण पर। तुम विवाह कर लेतीं, तो ऐसी कलात्मक श्रेष्ठता शायद संभव न होती।''

''शायद नहीं।'' वर्षा ने ठंडी साँस ली।

''जब थिएटर में तुम्हें 'ओवेशन' मिल रहा था, तो मुझे रोमांच हो गया। जब तुम प्रशंसकों से गुलदस्ते ले रही थीं, तो मुझे एन.एस.डी. हॉस्टेल के दिन याद आ रहे थे। हम एक कमरे में थे, पर हमारी नियति बिलकुल उलटी निकली। उस एक पल सुकुमार मुझे दुश्मन-से लगे।''

''उस एक पल मैं तुम्हें देख पाती,'' वर्षा ने घूँट-सा भरकर कहा, ''तो कहती, रीटा, तुम बहुत सौभाग्यशाली हो। तुम्हारे भीतर सूनेपन की आँधी तो नहीं चल रही। 'ओवेशन' अमूर्त है। आधी रात के अंधेरे में डरावने सपने से नींद टूटे, तो उसके स्पर्श से सांत्वना नहीं पायी जा सकती।''

"मुझे अंदाज नहीं था कि तुम भावात्मक रूप से ऐसी अकेली हो।"

"ऐसी अकेली भी नहीं। हाशिये पर एक-दो लोग हैं।" वर्षा तनिक-सी मुस्करायी, "सिद्धार्थ के बारे में तुमने पढ़ा होगा। चंद्रप्रकाश का नाम 'बिजनेस इंडिया' में शायद देखा हो। उन्होंने हाल में मेरे सामने शादी का प्रस्ताव रखा है।"

रीटा चौकन्नी हो गयी, "तो'

"प्रतीक्षा कर रही हूँ।" वर्षा उदास भाव से मुस्करायी, "आधी जिंदगी ऐसे ही बीत गयी।"

"किसकी प्रतीक्षा? हर्ष का कुछ हो जाने की"

वर्षा पल भर ठिठकी रही। फिर धीरे-से कहा, "शायद हाँ।"

"हर्ष हमारे साथ क्यों नहीं आया वर्षा? मैंने इतना इसरार किया..."

"जो पुराने दोस्त व्यवस्थित हो गये हैं, उनके यहाँ जाना हर्ष को पसंद नहीं।"

रीटा-जैसी अंतरंग के साथ भी हर्ष की चर्चा बढ़ाना वर्षा को रुचिकर नहीं लगा। उसने जमुहाई ले ली।

रीटा और बातें करना चाहती थी। वर्षों के बाद नाट्य विद्यालय की कोई मित्र मिली थी। शायद कार्पोरेट कल्चर के शिकंजे में कसे-कसे घट गयी थी। पर वर्षा क्लांत हो गयी थी। एक महीने से चलता हुआ जो शारीरिक और मानसिक श्रम था, उसने पहले प्रदर्शन के बाद निढाल कर दिया था। कल सुबह सेठ स्टूडियो में छह बजे की शिफ्ट थी। शाम टाटा थिएटर में आये निर्देशक से उसने कहा था, वह आठ तक जरूर पहुँच जायेगी। सात बजे उसका ड्राइवर उसे लेने आ जायेगा।

"तुम सो जाओ वर्षा।"

वर्षा ने पर्स से कांपोज की टिकिया निकाली और पानी का गिलास उठाया।

"तुम सोने के लिए गोली लेती हो' रीटा उसकी ओर देख रही थी।

"कभी-कभी। फिर आज सोने की जगह भी बदल गयी है न! मैं चांस नहीं लेना चाहती।"

रीटा हाथ बढ़ाकर लैंप का स्विच दबाने ही वाली थी। तभी दरवाजे पर दस्तक हुई।

"वर्षा।" सुकुमार ने कहा, "तुम्हारा फोन..."

रीटा ने कॉर्डलेस का बटन दबाकर उसे थमा दिया।

"वर्षा, अभी-अभी लांस एंजेल्स से फोन आया था।" मिसेज कुलकर्णी की आवाज आयी, "'यूनीवर्सल' वाले तुम्हें अपनी नयी फिल्म में लेना चाहते हैं।"

10

इन एंड ऐज उर्फ शक्ति अपनी सर्वोच्च सीमा तक

"वर्षा, अब तुम पारिश्रमिक के लिहाज से कंचनप्रभा से थोड़ा ही पीछे हो।" नीरजा ने मुस्कान के साथ उसे 'फिल्म इंफार्मेशन का नया अंक दिखाया।

नीरजा की प्रसन्नता का सम्मान रखने के लिए वर्षा ने एक नजर देख लिया। अंक हाथ में नहीं लिया। उसकी यह धारणा और बलवती हो गयी थी कि अगर वह चित्रनगरी के दैनंदिन तापमान के साथ धड़कने लगेगी, तो मन के चारों कोनों से वांछनीय मानसिक शांति से निरंतर दूर होती जायेगी। अगर अज्ञान नहीं, तो अल्पज्ञान उसकी रणनीति का अनिवार्य हिस्सा बन चुका था। पर इस समय अगर वह अंक हाथ में लेना भी चाहती, तो संभव नहीं था। बदन भीगा हुआ था। उँगलियों से बूँदें टपक रही थीं।

''चाय पी लो दीदी।'' झुमकी ने उसके कंधों पर बड़ी तौलिया फैला दी।

वर्षा ने बड़े-बड़े घूँट लिए। ठंडक का मद्धिम एहसास थोड़ा संयमित होता हुआ लगा।

कंपनी की नयी फिल्म का पूरा उत्तरदायित्व इस बार नीरजा ने सँभाला था। नारंग सेट पर भी नहीं आते थे। अतिरिक्त जिम्मेदारी से नीरजा और भी सतर्क चल रही थी। यों रोजाना की शूटिंग में लगभग साढ़े तीन-चार मिनट के स्क्रीन टाइम का मानक औसत निकल आता था।

सेट के दूसरे कोने में नृत्य-गीत में भाग लेने वाली 'जूनियर आर्टिस्ट' देह पोंछते हुए चाय पी रही थीं। पल भर बाद वर्षा ने निगाह फेर ली (पांडे होते, तो टोक देते, ''मैडम, वहाँ मत देखिए प्लीज।'' व्यावसायिक फिल्म के सेट पर नायक-नायिका सबसे विशिष्ट थे। जूनियर कलाकारों एवं तकनीकदां के बीच की सीमा-रेखा खासे मुखर रूप से विभाजित पायी जाती थी।)।

''वर्षा, तुम ठीक तो हो न' सुपरस्टार मैनाक टहलते हुए पास आ गये।

नंबर एक के साथ फिल्म साइन करते ही व्यावसायिक पलड़े पर वर्षा भारी हो गयी थी। नीरजा ने बताया था, ''कंचन प्रभा ने फीलर छोड़ा था। मैंने कह दिया, वर्षा हमारे कैंप में हैं और इस भूमिका के लिए उपयुक्त हैं।''

''जी।'' वर्षा मुस्करायी, ''बारिश का काम पहली बार कर रही हूँ, इसलिए...''

''तुम्हारी इमेज तुम्हें बचा लेती है।'' चाय की चुस्की लेते हुए मैनाक मुस्कराये।

विभिन्न समारोहों में चार-पाँच बार मैनाक से भेंट हुई थी। साथ काम करने का यह पहला अवसर था। मुख्यधारा सिनेमा के स्टारों के अहं को लेकर वर्षा आशंकित रहती थी, पर मैनाक के साथ अभी तक कोई अप्रिय अनुभव नहीं हुआ। उनका व्यवहार बराबर शिष्ट और उत्साहवर्धक रहा। समय की पाबंदी में भी वह उससे पीछे नहीं पाये गये। पहले दिन सुबह छह की शिफ्ट के लिए वर्षा ठीक समय पर पहुँची, तो उनकी आसमानी मर्सिडीज बाहर खड़ी थी। ''मैनाकजी पंद्रह मिनट पहले आ गये थे और अब मेकअप किये तैयार बैठे हैं'' नीरज ने मुस्कान के साथ सूचना दी थी।

''वन टू थ्री फोर...'' डांस-डायरेक्टर पुरुष-नर्तकों को रिहर्सल करवाते हुए ताल देने लगे।

'भीगी मोरी पीली सारी, बेदर्दी तेरी पिचकारी' गीत के बोल टेप से उभरने लगे। अब दूसरे अंतरा के लिए उसे ठुमकना था। अगर नाट्य विद्यालय में डांस-मूवमेंट की क्लास न होती, तो क्या नृत्य-निर्देशक मेरे ठुमकों को संतोषप्रद पाते, वर्षा ने सोचा।

एक सहायक ने रेन-मशीन चालू कर दी। दूसरा चारों कोनों में लगे चार कैमरों में से एक की जगह बदलने लगा।

''तुम्हारी हॉलीवुड की फिल्म कब शुरू हो रही है' मैनाक ने पूछा।

''एक हफ्ते बाद।''

''मेरे मित्र निर्माता प्रताप तुमसे मिलेंगे। तारीखों में उनके साथ थोड़ा सहयोग कर सकोगी मुझे पहला लीडिंग रोल उन्होंने ही दिया था और इससे भी बड़ी बात यह कि जलील करके नहीं।''

वर्षा सनसना गयी। सुपरस्टार के साथ उसे दूसरी पिक्चर मिल रही है।

''मैं पूरी तरह एडजस्ट करूँगी।''

''मै तुम्हारे साथ कंफर्टेबिल महसूस करता हूँ। स्टारडम ने तुम्हारी कलात्मक विचारधारा और जीवन-शैली में बुनियादी परिवर्तन नहीं किया।''

वर्षा का जी चाहा, उसके पास टेपरिकार्डर होता, तो इस बात को टेप पर अंकित करके पांडे को सुनाती। पर यह भी स्पष्ट था कि जिस तरह वर्षा लीक से हट कर है, उसी तरह मैनाक भी। नीरजा ने बताया था, वह गंभीर प्रकृति के हैं। न अपने घर पार्टियाँ करते हैं, न चाटुकारों को प्रश्रय देते हैं। उनके आसपास सिगरेट का पैकेट और चाय का प्याला थामने के लिए मुसाहिब भी नहीं रहते। वह अपनी बात का काटा जाना भी सहन कर लेते हैं।

मैनाक और उसके जैसे लोग लोक-स्वीकृति मिलने के बाद अपनी निजी जीवन-शैली बनाये रख सकते हैं। जब तक उनकी लोकप्रियता सुरक्षित है, तब तक उनकी जीवन-शैली सुरक्षित है।

''हर्ष की क्या खबर है'

वर्षा मुस्करायी, 'मुक्ति' शुरू हो गयी है।''

''मैंने उससे कहा था, एक बार व्यवस्था की शर्तों पर भीतर घुस जाओ, फिर तुम एक हद तक अपनी पसंद का काम कर सकते हो। उसने नहीं माना। मुझे खुशी है, अब उसकी कोशिश कारगर हो रही है।''

वर्षा ने मन-ही-मन कहा, आमीन।

इन दिनों वर्षा को लग रहा था कि जिंदगी सुहानी हो गयी है। पंकोद्यान में अपेक्षाकृत सन्नाटा था। 'सैलाब' के कारण व्यावसायिक रेटिंग ऊँची हो गयी थी और 'पैलेस ऑफ होप' ने उसके कलापक्ष को और सघन बना दिया था।

इसके अलावा दो कारण और थे।

सिद्धार्थ के साथ जुड़ा अपराध-बोध धुँधला हो रहा था। उसने सिद्धार्थ को छोटा-सा पत्र भेजा था, 'तुम्हारे निर्माता श्री देसाई आये थे। उनका यह विचार है कि फिल्म की प्रगति में मेरी तारीखों से रुकावट आयी है। मैंने उनसे क्षमायाचना करके आगे के लिए सहयोग का आश्वासन दे दिया है। 'आकाशदीप' के अधूरे रह जाने से तुम्हारे कैरियर पर कैसा असर पड़ेगा, यह तुम मुझसे बेहतर जानते हो। कुछ हफ्तों के लिए मुझे देखने की यंत्रणा यदि सह सको, तो मेरे ऊपर उपकार करोगे। फिल्म पूरी होने के बाद मेरी छाया भी तुम्हारे ऊपर नहीं

पड़ेगी, इस बात का वचन देती हूँ। जो भी तारीख निश्चित करो, मीरा के जरिये सूचना भेज देना। मुझे फोन करने के अतिरिक्त संकट से बच जाओगे। शुभ कामनाओं के साथ...'

तीसरी रात को दरवाजे की घंटी बजी। वर्षा को मिला कर पूरा 'नारी-केन्द्र' दूरदर्शन में लीन था। इस धारावाहिक ने हर बुधवार की शाम परिवारों को असामाजिक बना दिया था, जिसमें दिल्ली रंगमंच के कई जाने-पहचाने चेहरे थे।

''हैलो...'' सिद्धार्थ सामने खड़ा था।

पहले से दुबला लग रहा था। चेहरे पर हल्का असमंजस। निर्देशक की स्थिति पर उपजने वाली वर्षा की सहानुभूति आज और गहरी हो गयी। 'अत्योर' होने के बावजूद उसे स्टार के घर आना ही पड़ता है।

''दूसरे कमरे मे बैठें?'' वर्षा ने टी.वी. के सामने स्थापित तीनों युवतियों को एक नजर देखा।

''नहीं, ठीक है।'' सिद्धार्थ सामने बैठ गया, ''आज मैं भी सीरियल देख लेता हूँ।''

थोड़ी देर बाद कमरा खाली हो गया। झल्ली और हेमलता भीतर चली गयीं और कॉफी के प्याले रख कर झुमकी रसोई में।

''तुम्हारे लिए कोई दुर्भावना मेरे भीतर नहीं है।'' सिद्धार्थ ने धीमें स्वर में नीचे देखते हुए कहा, ''आघात अप्रत्याशित था, इसलिए लड़खड़ा गया।''

पहली निगाह में सिद्धार्थ आज वर्षा को लगभग वैसा ही अजनबी लगा था, जैसे शूटिंग के सर्वप्रथम दिन व्यवहार की तकनीकी शब्दावली। उसकी इस स्वीकारोक्ति से दूरी कुछ कम हुई, पर संकोच भरा तनाव बना रहा। अपने पुराने लगाव के ऊपर थोड़ा अचरज भी भीतर जागा। रिश्ते हमारे अंदर किस तरह बदलते रहते हैं, उसने सोचा।

''अब दो-तीन शिड्यूल में 'आकाशदीप' पूरी करना चाहता हूँ।'' सिद्धार्थ ने एक घूँट लिया, ''तुम्हारा करीब पंद्रह दिन का काम और होगा।''

''विदेशी फिल्म के बाद कभी भी रख लो।'' वर्षा ने कहा।

सिद्धार्थ कुछ पल चुप रहा। फिर बोला, ''मैंने तुमसे मिलना नहीं चाहा था।... माफ कर देना।''

वर्षा के मुँह से ठंडी साँस निकली, ''मैं समझती हूँ।''

सिद्धार्थ को अचानक खाँसी आ गयी।

''तुम्हारी तबीयत ठीक नहीं'

''ठीक है'' सिद्धार्थ रूमाल से मुँह पोंछने लगा।

''कोई नौकर रख लो। मीरा ने बताया था...'' कहते-कहते वर्षा रूक गयी। 'तुम अकेले घुटते रहते हो' जोड़ना ठीक नही लगा।

''सब तुम्हारी तरह खुशकिस्मत नहीं होते।'' सिद्धार्थ थोड़ा-सा मुस्कराया।

यह शाम की पहली मुस्कान थी।

''मतलब'

''झुमकी-जैसा कोई कहाँ मिलेगा'

वर्षा भी मुस्करा दी।

दूसरा कारण था हर्ष के कड़वे और क्रोधी चेहरे पर निर्मल मुस्कान।

चार रीलें तैयार थीं और जिसने भी देखी थीं, विभोर हो रहा था। वितरक मेघानी कुछ हफ्तों के लिए विदेश गये हुए थे। उनके वापस लौटते ही बड़े शिड्यूल की तैयारी हो रही थी। हर्ष और एंड्री का आग्रह था, एक लंबे शिड्यूल में फिल्म पूरी कर ली जाये। 'स्क्रीन' जैसे ट्रेड पेपर में हर्ष और एंड्री की तस्वीरों के साथ 'विलक्षण ध्वजाधारियों के पुन:प्रवेश पर तूर्यनाद' शीर्षक से लंबा लेख छपा था।

'समकालीन मुख्यधारा सिनेमा मारधाड़ और अश्रुसिंचित भावुकता के दलदल में भटक गया है और कला सिनेमा कोरे रूपबंध और वायवी बुद्धिविलास में।' एंड्री ने कहा था, 'मेरी मान्यता है कि माध्यम के सशक्त, कल्पनाशील व्यवहार के साथ मर्मस्पर्शी कहानी को फिल्माने से ही हम दर्शकों को सिनेमाघर तक ला पाने में सफल हो सकते हैं। प्रभात, राजकमल, विमल रॉय और गुरुदत्त रुकी विरासत हमें याद रखनी चाहिए।'

''आइए पांडेजी।'' हर्ष ने मुस्कान के साथ पांडे के अभिवादन का उत्तर दिया।

''इस शुभ अवसर पर आप उपस्थित हैं, यह खुशी की बात है।''

पांडे का ऐसा विभोर रूप वर्षा को कम ही देखने को मिलता था।

पांडे ने अनुबंध-पत्र वर्षा के सामने रख दिया, ''हमारे यहाँ स्टार की अल्टीमेट अभिलाषा होती है--डबल रोल। फिल्म के लगभग हर फ्रेम में वह उपस्थित होता है। विज्ञापन में उसका नाम फिल्म के नाम से भी ऊपर रहता है। आखिरकार हमारा नाम अब 'इन एंड ऐज' जैसी जादुई शब्दावली के साथ जुड़ रहा है--स्टारडम की अंतिम कसौटी और अंतिम स्वीकृति।... वर्षा वशिष्ठ--इन एंड ऐज--'राधा और सीता'...''

''डबल रोल आत्मरति की पुष्पशैया है।'' हर्ष ने उसे छेड़ा।

वर्षा मुस्करा दी।

पिछले दिन निर्माता से बात हो गयी थी। इस फिल्म में उसका पारिश्रमिक कंचनप्रभा के बराबर था।

''हर्षजी, आप अपने हाथ से मैडम को बॉलपेन देंगे'

हर्ष ने विनम्र भाव से वर्षा के सामने बॉलपेन प्रस्तुत किया। वर्षा ने मुस्कान के साथ हस्ताक्षर कर दिये।

पांडे ने दोनों प्रतियाँ ब्रीफकेस मे रख लीं।

''हर्षजी, आपसे एक अनुरोध है।'' पांडे बोले, ''आपका काम भी मैं देखूँ? मैडम से अनुमति ले ली है।''

''ठीक है।'' हर्ष ने कहा।

'' 'मुक्ति' के रिलीज से पहले आप कोई फिल्म साइन करना चाहेंगे?''

हर्ष ने कुछ सोचा, ''जब इतनी प्रतीक्षा की है, तो थोड़ी और सही।''

''यह बात तो ठीक है।'' (सेक्रेटरी स्वामी के खिलाफ कैसे बोल दे!) कुछ हिचकिचाकर पांडे बोले, ''वैसे साइन करने के भी फायदे हैं। सक्रिय कलाकार के रूप में

माकाट म नाम रहता ह। पारिश्रमिक अभी जरूर कम मिलेगा।''

पल भर मौन रहा।

''जब मैंने इतना जुआ खेला हे, तो थोड़ा और सही।''

पांडे ने हँस कर अभिवादन किया और चले गये।

''क्या लिख रहे हो' थोड़ी देर बाद वर्षा नहा कर निकली, तो हर्ष उसके कमरे में कार्पेट पर बैठा पैड पर झुका हुआ था। बगल में ऐश-ट्रे पर सिगरेट और कॉफी का प्याला (बाहर 'बुद्धूबक्से' से चिपका 'नारी-केंद्र' अब अकेले कमरे में वर्षा-हर्ष के रहने से संकुचित नहीं होता था। झुमकी का रुख शुरू से ठीक था। झल्ली-हेमलता थोड़ा शर्माने के बाद सहज हो गयी थीं।))।

'' 'मुक्ति' के बाद 'वर्षा-हर्ष कंबाइन' की स्थापना हो जायेगी।'' हर्ष ने कहा, ''इस बैनर की पहली फिल्म होगी--'महानगर में प्रेम'। यह बंबई की आपाधापी में नौकरीपेशा, वयस्क स्त्री-पुरुष की प्रेमकथा होगी। दोनों अपने-अपने कैरियर में समान रूप से महत्वाकांक्षी हैं और दोनों का कैरियर ही खलनायक का काम करता है। वे मिलना चाहते हैं, भावात्मक प्रबिद्धता में आगे बढ़ना चाहते हैं, पर पेशेवर प्रतिबद्धता आड़े आ जाती है। पुरुष स्त्री को अपनी नौकरी अपेक्षाकृत हल्के ढंग से लेने की सलाह देता है, जिससे संघर्ष गहरा हो जाता है। आगे चल कर विडंबना यह होती है कि स्त्री को ऊँची पदोन्नति मिलती है, पर पुरुष को नहीं, जबकि उसे ऐसा होने का पूरा विश्वास था। अकेलेपन और दफ्तरी यांत्रिकता से थक कर और अपने भग्न अहं पर काबू पाकर आखिरकार पुरुष स्त्री के पास वापस लौटता है।''

पल भर दोनों की दृष्टि मिली रही। फिर दोनों हल्के-से मुस्कराये। यह हमारी ही कहानी है, वर्षा ने सोचा।

''पिक्चर में पृष्ठभूमि में एक गाना होगा, जो शुरू में महानगरीय प्रतीकों--ठसाठस भरी लोकल, चर्चगेट स्टेशन, लाल बत्ती, हाउसफुल बोर्ड इत्यादि--पर सुपरइंपोज़ क्रेडिट टाइटिल्स के साथ चलेगा। यह फिल्म के अंत में दुहराया जायेगा, जब नायिका शादी के प्रस्ताव पर 'हाँ' करेगी। निर्देशन एंड्री का होगा।''

छोटा-सा मौन रहा।

''तुमने देखा है, फिल्में यहाँ समितियों के द्वारा बनती हैं। फिल्म की लागत में जिसका जितना योग होता है, उसी हिसाब से उसकी दखलंदाजी भी होती है। निर्माता, उसके परिवार के लोग, उसके घनिष्ठ मित्र, वितरक, नायक और नायिका--फिल्म को कहाँ से कहाँ ले जाते हैं, यह तुम जानती हो। मेरी मान्यता है कि फिल्म सही मानों में किसी एक सपने की ताबीर होती है और हमारे बैनर की फिल्में ऐसी ही होंगी।''

हर्ष का दृष्टिकोण वर्षा को अव्यावहारिक नहीं लगा। यहाँ यूनिट में सबसे महत्वपूर्ण व्यक्ति नायक था, फिर नायिका। अगर ये दोनों निर्माता भी हों, तो यह स्थिति वस्तुतः 'इच्छाशक्ति अपनी सर्वोच्च सीमा तक' को चरितार्थ करती थी। आज वर्षा के सामने पूरी तरह खुलासा हुआ कि हर्ष क्यों 'मुक्ति' के सामने अनेकों प्रस्तावों को नकारता गया है। अप्रमुख भूमिका उसे सिर्फ थोड़ा पैसा दे सकती थी और प्रमुख भूमिका नायकत्व का

संतोष। पर वे फिल्में मनोरंजन के अनेकानेक तत्वों का सम्मिश्रण थीं--एक केंद्रीय चरित्र द्वारा संचालित कथाचक्र नहीं। हर्ष ने अपनी क्षमता के अनुरूप 'मुक्ति' की कहानी चुनी थी, जैसा कई अभिनेता कर सकते हैं, पर वह अपनी निश्चित अवधारणा के अनुसार उसे पर्दे पर भी साकार कर रहा था, जैसा बिरले ही कर पाते हैं। 'मुक्ति' पूरी होने के बाद वह गर्व से कह सकता था, यह सौ फीसदी मेरी फिल्म है।

"हमारी दूसरी फिल्म 'झूठा सच' उपन्यास पर आधारित होगी।" हर्ष पैड की ओर देखता हुआ बोला, "इसका पहला हिस्सा पाकिस्तान में शूट किया जायेगा। यह बड़े कैनवास की भव्य और महँगी फिल्म होगी। इसमें तुम 'तारा' की भूमिका करोगी और मैं 'जयदेव' की। भाई-बहन की भूमिकाएँ निभा कर हम भारतीय सिनेमा के इतिहास में रिकॉर्ड कायम करेंगे। भारत के विभाजन के विध्वंस पर बनी यह पहली फिल्म श्रेष्ठ कलाकारों की बारात होगी। यह फिल्म तमाम पुरस्कार जीतेगी और टिकट-खिड़की पर भी हगांमा मचायेगी। निर्देशक एंड्री होगा। हाँ, यह फिल्म बाइ-लिंगुअल होगी--अंग्रेजी-हिंदी दोनों में।"

चोली के बंद कसते हुए वर्षा कब की ठिठक चुकी थी। उसे लग रहा था, वह हवा के पंखों पर सवार है।

"अब हम वर्सोवा के अपने बंगले में पहुँच गये हैं और घर में पहला बच्चा भी आ गया है।" कॉफी का घूँट लेकर हर्ष ने कहा, "हम बराबर बाहर की फिल्में कर रहे हैं। तुम एक शिफ्ट और मैं दो। ठीक'

"मैं भी दो शिफ्ट करूँगी।" वर्षा ठुनकी।

"नहीं, तुम थक जाओगी। फिर घर में भी तुम्हारी जरूरत होगी न!" हर्ष बोला, "तीसरी फिल्म का निर्देशन मैं करूँगा, साथ में कोई भूमिका नहीं। यह ऐसी स्त्री की कहानी होगी, जो पुरुषों द्वारा हावी किसी संस्थान में आने पर नीची निगाह से देखी जाती है, पर अपनी क्षमता और प्रखरता से धीरे-धीरे सबको अपनी श्रेष्ठता स्वीकार करने को विवश कर देती है।"

"मैंने हाल में ही ऐसी एक कहानी पढ़ी थी। पत्रिका यहीं कहीं होगी।"

"ढूँढ़ कर रखना।" हर्ष ने कश लिया, "हमारी कंपनी सामाजिक-राजनीतिक मुद्दों को लेकर सजग रहेगी। अगर रैडफोर्ड 'द कैंडीडेट' और 'ऑल द प्रेसीडेंट्'स मैन' बना सकता है, तो हम आपातकाल के अँधेरे पर फिल्म क्यों नहीं बना सकते? 'हन्ना के' और 'मिसिंग' जैसे राजनीतिक थ्रिलर भी हम बनायेंगे। 'चैरियट्स ऑफ फायर' ने साबित कर दिया है कि स्पोर्ट्स फिल्म के लिए टैबू नहीं। हम भी ध्यानचंद या पी.टी. उषा की संभावनाओं को टटोलेंगे। हम 'द लास्ट एंपेरर' जैसी फिल्म बहादुरशाह जफर पर बनायेंगे। हमारी वाइल्ड लाइफ इतनी समृद्ध है। 'आउट ऑफ एफ्रीका' जैसी फिल्म हम क्यों नहीं बना सकते? 'महाभारत' प्रस्तुति मूल्यों की अंतिम सीमा हो सकती है। एक गीतात्मक फिल्म हम मजाज के ऊपर बनायेंगे। मंसूर ने मुझे अपनी एक कहानी सुनायी थी।" पैड की ओर देखते हुए हर्ष आवेश में आ गया, "हाँ, हमारी कंपनी सर्वश्रेष्ठ अभिनेताओं और सर्वश्रेष्ठ तकनीशियनों का जमघट होगी--डिक्टेटर के शब्दों में 'दिग्गजों का द्वंद्व'... हमारी

एक पिक्चर हमेशा फ्लोर पर रहेगी। बैनर की प्रतिष्ठा के बाद यह जरूरी नहीं होगा कि हम अपनी हर फिल्म में काम भी करें। नये पर बेहद प्रतिभाशाली कलाकारों को भी हम मौका देंगे। हम सिर्फ कहानी ओके करेंगे, फिर निर्देशक पर छोड़ देंगे। लूकास की तरह हमारा समर्पित टास्क कोर्स होगा। ... सर्दियों में हम दिल्ली में रहेंगे और तभी काम करेंगे, जब शूटिंग दिल्ली में होगी..."

"बस..." वर्षा यकायक आशंकित हो गयी, "ज्यादा प्लैनिंग मत करो। मुझे डर लगता है..."

"हाइ..." जॉन विलसन ने दरवाजा खोला और गहरी निगाह से उसका जायजा लिया।

इतनी उम्र के बावजूद जॉन की चुस्ती चकित करने वाली थी। सफेद बालों और सफेद दाढ़ी के बीच चमकती तीखी आँखें पल भर के लिए असहज कर देती थीं।

ताज के वी.आइ.पी. स्वीट में घुसते हुए वर्षा को अपनी आत्मशक्ति सँजोनी पड़ी।

"मेरी पत्नी मार्था..." जॉन ने परिचय कराया।

हाथ मिला कर वर्षा सामने बैठ गयी। अब मैं हॉलीवुड के बहुत वरिष्ठ और सम्मानित निर्देशक के सामने हूँ, वर्षा ने सोचा।

जॉन ने अब तक तीस फिल्में बनायी थीं। इनमें से एक वर्षा ने शाहजहाँपुर में दिव्या के साथ देखी थी (इतवार की उस सुबह बरसात हो रही थी। छोटे-से छाते में वह दिव्या के साथ सिमटी हुई लक्ष्मी टाकीज में घुसी थी। छुट्टी के दिन घर का काम छोड़ कर 'सींग उठाये घुमक्कड़ी' करने के लिए माँ से द्वंद्व संपन्न हो चुका था। तब क्या वर्षा सोच सकती थी कि एक दिन इस निर्देशक के सामने बैठी होगी)। बाद में दिल्ली में छह सात और देखीं और फिर फिल्म-समारोह में मावलंकर में उनका रिट्रोस्पैक्टिव। उन्हें अमेरिका का ऑस्कर, ब्रिटेन का उसका समानार्थी, फ्रांस का सीजर और अनेकानेक अंतर्राष्ट्रीय पुरस्कार मिल चुके थे। पिछले बीस वर्षों से रेटिंग के हिसाब से तीन 'गर्म' निर्देशकों में हमेशा उनका नाम रहता था। बाद में प्रसिद्धि पाने वाले कितने ही कलाकारों और तकनीशियनों को उन्होंने 'ब्रेक' और काम दिया था। कपोला ने उनकी यूनिट में ट्रक चलाया था, सिडनी पोलक उनके सहायक रहे थे, डस्टिन हॉफमैन वार्डरोब इंचार्ज थे, जैक निकोलसन ने पटकथा लिखी थी, ब्रूस डर्न, मैरी टाइटलर मूर एवं जैसिका लैंग को पहला 'स्पीकिंग पार्ट' उन्होंने ही दिया था।

उन्होंने हर तरह की फिल्में बनायी थीं--साहित्यिक कृतियों पर आधारित, क्राइम थ्रिलर, युद्ध-कथा, प्रेम-कथा और सांगीतिक। वह संसार के छहों कांटीनेंट में शूट कर चुके थे। भारत में यह उनकी दूसरी फिल्म थी। अपनी धारणाओं में वह बहुत दृढ़ माने जाते थे। स्टार-निर्माता हर्बट टेलर की ऐतिहासिक पारिश्रमिक की फिल्म उन्होंने इसलिए ठुकरा दी थी, क्योंकि उसने हाउस कमेटी ऑफ अन-अमेरिकन एक्टीविटीज के सामने अपने वामपंथी मित्रों के विरूद्ध टेस्टीफाइ किया था।

जॉन जिद्दी और पर्फेक्शनिस्ट माने जाते थे। कहा जाता था कि उनकी हर फिल्म की समाप्ति के बाद एक प्रमुख कलाकार का नर्वस ब्रेकडाउन होता है। उनकी कुछ सूक्तियाँ विख्यात थीं, 'भावनाएँ इस पेशे से बहुत पहले विदा ले चुकी हैं', 'खराब समीक्षाएँ

निर्देशक को उसी तरह सँभाले रहती हैं, जिस तरह अलकोहल नारंगी के टुकड़े को।' और 'जिस दिन पहली फिल्म बनी, ईश्वर को नींद की गोली लेनी पड़ी।'

''तुमने स्क्रिप्ट पढ़ ली है' जॉन ने पूछा।

वर्षा ने कॉफी का घूँट लिया, ''जी हाँ।''

अगर हॉलीवुड की प्रकाशित पटकथाएँ वर्षा ने पहले से न पढ़ रखी होतीं, तो 'पैलेस ऑफ होप' की पटकथा देख कर वह चौंकी रह जाती। तकनीकी शब्दावली तो सिद्धार्थ की पटकथाओं में भी काफी होती थी। यहाँ हर दृश्य में दोनों ओर क्रम संख्या दी गयी थी और फिर स्क्रीनिंग टाइम। पहला राजमहल का शॉट सत्रह सैकिंड का था। समय दिये जाने का औचित्य वर्षा की समझ में आया। जॉन को पंद्रहवीं फिल्म से संपादन-अधिकार मिलता था (हीनतर निर्देशकों के पास कटिंग राइट्स नहीं थे। शूट किये हुए पचास से सौ रोलों के डिब्बे स्टूडियो को सौंप दो। वे उसमें से वांछित पिक्चर निकाल लेंगे। वर्षा को लगा, यह ऐसे ही है, जैसे लेखक अपने उपन्यास के तीन मसौदे प्रकाशक को सौंप दे और वह उसमें से 'फिनिश्ड कथाकृति' निकाल लें।)।

फेड इन ऑन

पैलेस ऑफ होप। रात।

मध्यकालीन भव्य इमारत। लो-एंगिल शॉट। ऊँचे खंभे, लंबे गलियारे, बुलंद दरवाजे, बड़ी खिड़कियाँ। कैमरा धीरे-धीरे विविध मंजिलों एवं बाहरी-भीतरी भागों पर पैन करता है। मध्यकालीन निरंकुश राजसत्ता का केंद्र होने से लेकर आज एक पाँच-तारा होटल श्रृंखला का भाग होने तक--इस इमारत ने बहुत कुछ देखा है। शॉट की शुरुआत से साउंडट्रैक सक्रिय हो चुका है। विभिन्न संवादों के अंश, किलकारी, गीत और रुदन सुनायी देते हैं...

जिम और डोरोथी यहाँ आकर ठहरते हैं। जिम भारतीय इतिहास का प्रोफेसर है और डोरोथी ट्रैवेल राइटर। जयपुर आते ही इस प्रेमी-युगल के बीच रहस्यमय ढंग से तनाव उभरने लगता है। भारतीय युवती सुप्रिया को देख कर, जो होटल में असिस्टेंट मैनेजर है, जिम चौंक जाता है। उसे लगता है, सुप्रिया का चेहरा बहुत जाना-पहचाना है। रात को वह सपना देखता है, जिसमें वह सुप्रिया के साथ पोलो खेल रहा है। दूसरे दिन जिम सुप्रिया से उसकी जन्मकुंडली लेता है और अपनी कुंडली के साथ (हाँ, उसने पाँच वर्ष पहले वाराणसी में अपनी जन्मकुंडली बनवायी थी!) एक सिद्ध ज्योतिषी को देता है। ''पिछले जन्म में यह तुम्हारी प्रेमिका और पत्नी थी। यह राजकुमारी महाश्वेता थी और तुम पुलिस सुपरिंटेंडेंट जॉर्ज।'' ज्योतिषी कहता है। अगले सपने में जिम डोरोथी को देखता है, जो कमिश्नर की बेटी और उस पर अनुरक्त है। आगे विगत और वर्तमान के दृश्यों का इसी तरह नियोजन किया गया था। अंत में डोरोथी भारत से चली जाती है और जिम एवं सुप्रिया विवाह कर लेते हैं।

''हाउ डु यू रिएक्ट टु दिस पीस ऑफ शिट' जॉन ने पूछा।

अगर वर्षा को हॉलीवुड शब्दावली की थोड़ी जानकारी न होती, तो उसका चौंकना अनिवार्य था (उसने मन-ही-मन कुछ पुस्तकों और एंड्री को धन्यवाद दिया, जिनके

सौजन्य से वह पीस ऑफ शिट, कीप वन थर्ड फॉर द शिट, द स्क्रिप्ट इज लिक्ड, डे फॉर नाइट, पेनिस एक्सटेंशन, द पिक्चर इज सॉफ्ट बट इट हैज लैग्स, ओवर एज, ऑन स्पैक्स इत्यादि का अभिप्राय समझने लगी थी।)।

''दिलचस्प है।'' वर्षा ने कहा।

''इस विषय में मुझे मैटाफिजिकल मानवीय नियति ने आकृष्ट किया है। अतीत और वर्तमान के बिंबों की सन्निधि--यह इस फिल्म की दृश्यात्मक चुनौती होगी। पूर्वी तथा पश्चिमी अनुभव-क्षेत्रों तथा जीवनशैलियों की टकराहट और निश्छल भावनात्मक एकीकरण द्वारा उनका शमन--यह कथ्य होगा।'' जॉन कुछ ठिठके, ''अंतर्राष्ट्रीय विवाह पर मैं लंबे अर्से से मोहित रहा हूँ... कि उस लगाव की प्रकृति कैसी है, जो एक व्यक्ति को अपना देश, अपनी भाषा और अपनी संस्कृति छोड़ने के लिए विवश कर देती है।''

''आपने यह विषय इसीलिए चुना'

''कुछ व्यावहारिक कारण भी है।'' जॉन मुस्कराये, ''यह बैस्टसैलर है और स्टूडियो ने इसके अधिकार खरीद रखे थे। चीफ मेरे पुराने मित्र हैं। मेरे दबाव पर उन्होंने मेरे साथ जो पिछली फिल्म बनायी थी, उसमें नुकसान हुआ। इस प्रोजेक्ट में मुझे व्यावसायिक संभावना दिखायी दी। इसमें पश्चिमी दर्शक को लुभाने वाली कई चीजें हैं--रहस्यमय पूर्व, शेर का शिकार, बालविवाह और सतीदाह, हाथी पर पोलो, राजा-रानी और राजमहल-षड्यंत्र, साँपों के करतब, सरोवर-नृत्य... देखूँ, तुम लोगों से इस प्रस्तुतिकरण में कहाँ तक सहयोग मिलता है।''

जॉन की दृष्टि में फिर वही तीखापन झलक गया।

मार्था वर्षा की ओर देखते हुए मुस्करायी। मुस्कान अर्थ भरी लगी। यह अर्थ क्या है, वर्षा ने सोचा।

''डोरोथी चुपचाप बैठी है।'' जॉन ने कहा, ''अब वह जिम के सपनों से चिंतित होने लगी है। इन सपनों की प्रकृति, विस्तार एवं नियमितता ऐसी है, जो उसे विचलित करने लगी है।''

बाग की छतरी के नीचे बैठी जैनेट ने सिर हिलाया।

शूटिंग का तीसरा दिन था। आसपास मेले-जैसा समां था। यूनिट के लगभग सवा सौ लोग यहाँ-वहाँ बिखरे हुए थे। होटल के प्रांगण के बाहर पुलिस का घेरा था, जो हजारों शूटिंग-दर्शनार्थियों पर नियंत्रण रखे हुए था।

काम की योजनाबद्धता से वर्षा प्रभावित हुई। रोज रात को अगले दिन की कॉलशीट दे दी जाती थी। सैकिंड यूनिट अलग गौण दृश्यों की शूटिंग कर रही थी।

पहले दो दिन तीनों चरित्रों के एकल दृश्य हुए। आत्मलीन जिम बाग में टहल रहा है, कौतुक भाव से बाजार का चक्कर लगा रहा है, भविष्य बताने वाले कार्ड को चुनने वाली चिड़िया के करतब देख रहा है। डोरोथी गुमसुम बालकनी में बैठी है, टेनिस खेल रही है, एक भारतीय लड़की से सुहागचिन्हों की महत्ता समझ रही है। सुप्रिया अपने कार्यालय में निर्देश दे रही है, होटल में जहाँ-तहाँ निगरानी कर रही है, रसोई में खाद्य पदार्थों की गुणवत्ता

परख रही है।

''जैनेट, हथेली पर ठुड्डी मत टिकाओ। अभी आशंका है, अवसाद नहीं।'' जॉन ने कहा।

वर्षा छरहरी देह के साथ जैनेट की नीली आँखें देख रही थी।

जैनेट माश्नल अपने अभिनय-कैरियर का आधार येल ड्रामा स्कूल में बिताये तीन वर्षों को मानती थी, जहाँ 'द टू जैंटिलमैन ऑफ वैरोना' तथा 'मेजर फॉर मेजर' प्रदर्शनों से उसकी पहचान बनी। फिर वह उदीयमान कलाकारों की सारे देश से न्यूयॉर्क पहुँचने वाली टोलियों के साथ थिएटर कम्यूनिकेशंस ग्रुप के लिए ऑडीशन देने गयी। अगले दो वर्ष छोटी-छोटी भूमिकाओं में और सेंट्रल पार्क के पब्लिक थिएटर कंप्लैक्स में शेक्सपियर करते हुए बीते, जहाँ रंगमंच और सिनेमा के कई प्रतिष्ठित निर्देशक प्रतिभा की खोज में आया करते थे। अगली सीढ़ी ब्रॉडवे पर 'इट्' स ए पिटी शी इज ए व्होर' में प्रमुख भूमिका थी, जिसके लिए उसे 'थिएटर वर्ल्ड' का पुरस्कार मिला और टोनी नॉमीनेशन। अगले दो वर्षों में उसने रंगमंच के साथ-साथ टेलीफिल्म 'हौलोकॉस्ट' की, जिसमें उसने गैस-चैंबर में प्राणोत्सर्ग करने वाली यहूदी स्त्री इंगा वाइस की भूमिका निबाही। यह भूमिका हॉलीवुड-प्रस्ताव का कारण बनी। फ्रेड जिनेमिन द्वारा निर्देशित 'द सिडक्शन ऑफ टी. स्मिथ' को कलात्मक एवं व्यावसायिक सफलता मिली। अगले तीन वर्षों में वह ब्रॉडवे तथा हॉलीवुड में समान रूप से सक्रिय रही। पिछले साल कारेल राइज द्वारा निर्देशित 'द हाउसवाइफ' में उसे ऑस्कर पुरस्कार मिला। अब उसकी गिनती नयी पीढ़ी की सक्षम अभिनेत्रियों--डायना कीटन, मैरिल स्ट्रीप और जैसिका लैंग--के साथ होती थी।

जैनेट पारंपरिक अर्थों में लावण्यमयी नहीं थी (पैरामाउंट के स्टूडियो चीफ को उसकी आँखें देख कर मुर्गी की याद आयी थी।)। लेकिन दर्शक-समुदाय के लिए उसके मोह का कारण बनी उसके व्यक्तित्व की समृद्ध जटिलता, जब उसने हर नयी फिल्म में अपनी क्षमता की नयी सतह उजागर की। जोन क्राफोर्ड या लाना टर्नर जैसी पुराने फैशन की स्टार बनने में उसकी रुचि नहीं थी, जिन्होंने जिंदगी भर एक ही पात्र के असीम रूपांतर पेश किये। वह उस किस्म की अभिनेत्री थी, जो अपने चरित्र में अपने को इस सीमा तक सन्निहित कर देती है कि उनकी अपनी पहचान और दुष्कर होती जाये। ''कुछ दशक पहले के हॉलीवुड में मैं कदम भी नहीं रखती, जब स्टूडियो कलाकारों की व्यावसायिक तथा व्यक्तिगत जिंदगी पर सख्त नियंत्रण रखते थे'', उसने कहा था। स्टार के सार्वजनिक संपत्ति होने की अवधारणा की वह कट्टर विरोधी थी और अपनी निजी जिंदगी में अतिक्रमण उसके बर्दाश्त के बाहर था। 'स्टार' की उपाधि का वह स्वागत नहीं करती थी, लेकिन इतना समझने की सहज बुद्धि उसमें थी कि बॉक्स-ऑफिस प्रभाव के अनुपात से कलाकार को चुनाव की आजादी मिल जाती है।

जैनेट ने अभी तक ऐसी कोई फिल्म नहीं की थी, जो मानवीय व्यवहार में नयी अंतर्दृष्टि न देती हो। उसकी हर फिल्म नारी मानसिकता के किसी महत् पक्ष का गहन परीक्षण करती थी।

''बॉब, तुम उस पेड़ के पीछे से आते हो।'' जॉन ने इशारा किया।

रॉबर्ट ने सिर हिलाया।

''कंपोज करो पीटर! इमेज शार्प है--दोनों बराबर के प्रेफरेंस में।''

सिनेमैटोग्राफर ने सिर हिलाया।

पैना विजन का ब्लिंप बॉडी वाला कैमरा वर्षा पहली बार देख रही थी। इसमें फार्वर्ड-रिवर्स मोटर थी, स्पीड वेरिएशन होता था और कैमरे के भीतर ही कलर करैक्शन हो जाता था। कलाकारों के पास ट्रांसमीटर लगे मिनी-माइक्रोफोन थे, जिससे संवाद अहाते में खड़ी साउंड वैन में रिकार्ड होते जाते थे। वहाँ मिक्सर लगा हुआ था और पायलेट ट्रैक मिक्स्ड होकर निकलता था। इस तरह अपेक्षाकृत शांत वातावरण वाले दृश्यों में डबिंग की जरूरत नहीं थी।

''आओ, रिहर्स करें।'' जॉन ने कहा।

रॉबर्ट और जैनेट की साथ-साथ यह पहली फिल्म थी। उनके संबंध औपचारिक लगे थे। ''आशा महल' के लिए रॉबर्ट का पारिश्रमिक तीन मिलियन डॉलर व मुनाफे में आठ प्रतिशत था और जैनेट का एक मिलियन। वर्षा को बड़ी व्यावसायिक भारतीय फिल्म का लगभग तीन गुना मिल रहा था।

वर्षा ने देखा, रॉबर्ट पेड़ से टिका खड़ा नीचे देख रहा था। वह दृश्य के लिए एकाग्रता सँजो रहा था।

रॉबर्ट सिंपसन ने अपना कैशोर्य और युवावस्था का पहला चरण ग्रीन विच विलेज में काटा था। इससे पहले के जीवन के बारे में उसके वक्तव्य परस्पर विरोधी थे। ''मैं कलकत्ते की सड़कों पर अनाथ पाया गया था'', ''मुझे क्रिश्चियन मिशनरियों ने शंघाई में पाला'' और ''जब मैंने होश सँभाला, तो मैं रिमांड होम में था'' ऐसे ही कुछ नमूने थे। लंबे समय तक उसके मन में अभिनय कला के प्रति तिरस्कार बना रहा। ''यह पुरुषोचित काम नहीं। यह नर्मो-नाजुक और स्त्रैणों का पेशा है।'' यह विडंबना ही है कि ऐसे रुख के बावजूद उसके काम के लिए लोगों की प्रतिक्रिया उसे रंगमंच के निकट ठेलती गयी। थिएटर गिल्ड में उसने 'अपने अभिनय के औजारों पर सान चढ़ायी, जहाँ ली स्ट्रासबर्ग और स्टैला एडलर मेने प्राध्यापक कम और यातनादायक ज्यादा थे।' ब्रॉडवे पर उसका पहला पदार्पण 'टॉल स्टोरी' में था, जिसमें वह बास्केटबॉल उछालते हुए मंच पर आकर एक पंक्ति बोलता था, ''सुनो, वे लोग आ गये हैं।'' इस एक संवाद से ही उसकी 'मंचीय उपस्थिति' रेखांकित हो गयी। अगले तीन वर्षों के दौरान भूमिकाएँ बड़ी होती गयीं और फिर आया 'रोज टैटू' में 'जैक', जिसने उसे 'दशक के सबसे संभावनापूर्ण अभिनेता' के रूप में प्रतिष्ठित कर दिया। 'न्यूयॉर्क टाइम्स' के नाट्य-समीक्षक ने चेतावनी दी थी, 'अगर बॉब होशियार नहीं रहेगा, तो सिनेमा में उसके स्टार बन जाने का खतरा है।' पहली ही फिल्म 'द कंफ्लिक्ट' ने ऐसा कर दिखाया, जो 'वेस्टर्न' थी। ''वेस्टर्न विगत और साफ-सुथरे पलायनवादी मनोरंजन का प्रांगण है।'' रॉबर्ट ने कहा था, ''यहाँ मुद्‌दे सुस्पष्ट हैं। पुरुष पुरुष हो सकते हैं और स्त्रियाँ स्त्रियाँ। इंडियन मारे जा सकते है, और घोड़ों के चोरों को फाँसी दी जा सकती है। सुखांत ढूँढ़ना आसान हैं, क्योंकि पूरा कार्यव्यापार सभ्यता के प्रसार को द्योतित करता है। पर 'द कंफ्लिक्ट' में इन्हीं मुद्‌दों का गंभीर परीक्षण है--पुरुष की प्रकृति, कानून और आजादी

तथा नस्लगत संघर्ष। अमेरिका की असफलता इन्हीं तत्वों में ढूँढ़ी जा सकती है--इंडियंस का संहार, सरहद को अर्थात् अमेरिकी आत्मा को साधना और बंदूकधारी के प्रतीक द्वारा वैयक्तिक हिंसा का महिमामंडन।'' जॉन वेन और क्लिंट ईस्टवुड से अलग ताजा तथा नयी अर्थवत्ता के वेस्टर्न के प्रति उसका आकर्षण बना रहा और ऐसी ही एक पिक्चर 'द शैडोज' में उसे अकादमी पुरस्कार मिला। कलात्मक चुनौती को पूरी तन्मयता से स्वीकार करने, हर भूमिका के लिए अपने भीतर नयी भावभूमि तलाशने तथा अपनी मौलिक, सूक्ष्म अभिनयशैली को निरंतर मांजते जाने से उसने अपनी विशिष्ट जगह बना ली और अब उसकी गिनती अपनी पीढ़ी के संजीदा स्टारों--डीनीरो, हॉफमैन और अलपचीनो के साथ होती थी।

''हाइ...'' निकट आते हुए रॉबर्ट ने कहा।

जैनेट चुपचाप सामने देखती रही।

''मैं तुम्हें जिम में ढूँढ़ रहा था।'' रॉबर्ट सामने बैठ गया।

जैनेट ने ठंडी साँस ली।

''तुम्हें नींद ठीक आयी'

जैनेट ने इंकार में सिर हिलाया, ''नहीं।''

''क्यों' रॉबर्ट के चेहरे पर अनिश्चित-सी मुस्कान उभरी।

जैनेट के चेहरे पर छाया-सी तैर गयी, ''मुझे यहाँ अजीब-सा लग रहा है।''

''क्यों यह तो आशा महल है। यहाँ आकर सबके भीतर आशा का संचार होता है। सुप्रिया ने क्या कहा था, भूल गयीं'

''तुम लाइनें बदल रही हो।'' जैनेट ने आरोप लगाया और जॉन की ओर देखा।

''मैं ढीला रहना चाहता हूँ, ताकि चीजें वजूद में आ सकें।'' रॉबर्ट ने भी जॉन को देखा, ''चरित्र-निरूपण ऐसे ही विकसित होगा और रिश्ते पनपेंगे।''

''सिनेमा में रिहर्सल रंगमंच की तरह नहीं हो सकती। मैंने अपना ड्रैमेटिक थ्रस्ट और इमोटिव लेवेल निर्धारित कर लिया है। अगर तुम संवाद बदलते जाओगे, तो मैं सूक्ष्म भाव-विन्यास की अपनी कुंजियाँ सही पल पर नहीं दबा पाऊँगी।''

''लेकिन फिर कैमीकल इंटर एक्शन की गुंजाइश कहाँ रहेगी'

''ऐसी गुंजाइश बहुत सीमित है।''

रॉबर्ट ने ठंडी निगाह से जैनेट को देखा।

वर्षा की साँस रुक गयी। उसके सामने दो विरोधी अभिनय-पद्धतियों की टकराहट हो रही थी। उसने अपने को एक सीमा तक जैनेट के साथ महसूस किया।

''हम टेक करेंगे।''

वर्षा ने जॉन के कलात्मक निर्णय की मन-ही-मन सराहना की।

''कट।'' सहसा जॉन की बुलंद आवाज गूँजी, ''बॉब, 'क्यों? पूछने से पहले तुम्हारा विराम लंबा हो गया। उसे छोटा करो।''

''मैं यह सोच रहा हूँ कि इसे नींद क्यों नहीं आयी? क्या इसकी अनिद्रा का कारण कहीं मेरा सपना है?'' रॉबर्ट के स्वर में संजीदा अभिनेता की एकाग्रता को तोड़ने की खिन्नता थी।

''मैं समझता हूँ, पर लंबा विराम दृश्य की दिलचस्पी को नुकसान पहुँचाता है।''

दूसरे, तीसरे और फिर चौथे टेक में भी जॉन ने इसी जगह काटने का निर्देश दिया।

''तुम मेरे चरित्र-निरूपण की धज्जियाँ उड़ा रहे हो।'' रॉबर्ट ने बौखलाकर आरोप लगाया।

''और तुम दृश्य की रोचकता की।'' जॉन का स्वर भी उसी तरह उत्तेजित था।

सातवाँ टेक जॉन के लिए संतोषप्रद था।

अब अगले शॉट में वर्षा भी सम्मिलित थी। मन-ही-मन मुरली वाले को याद करते हुए वर्षा ने पूर्वाभ्यास किया (जॉन ने उससे कहा था, वह अपने सहज भारतीय एक्सेंट में ही बोले।)। 'एक्शन' का निर्देश मिलते ही वर्षा क्यारियों से निकलकर आगे आयी। चेहरे पर बारीक मुस्कान।

''हाइ...'' जिम ने कहा।

''आप स्थानीय लोकनृत्य देखना चाहते थे न!'' वर्षा बोली, ''उसका इंतजाम हो गया है। आज तीन बजे आपको सुविधा होगी'

''कट !''

वर्षा ने अनिश्चित भाव से जॉन को देखा।

''तुम्हारी इस तीन सूत मुस्कान का क्या मतलब है' जॉन का स्वर क्रुद्ध था।

''मैं चरित्र में हल्का-सा मिस्टीरियस टच चाहती हूँ। अगला दृश्य जिम का ड्रीम सीक्वेंस है, जिसमें राजकुमारी ऐसी ही मोना लिजा मुस्कान के साथ दिखायी देती है।'' वर्षा ने तमाम निगाहें अपने ऊपर महसूस करते हुए स्पष्टीकरण दिया, ''वैसे भी सुप्रिया हॉस्पिटैलिटी इंडस्ट्री से है और ऐसी मुस्कान उसकी जॉब-डैफीनीशन का हिस्सा है।''

और तब पल भर ठहरकर जॉन ने अजीब हरकत की।

''तुम्हारा क्या ख्याल है' स्क्रिप्ट-गर्ल जूली से उसने पूछा।

वर्षा का चेहरा तमतमा गया। गहरे मौन में उसे अपनी आवाज सुनायी दी, ''जहाँ तक मेरा ख्याल है, इस फिल्म के डायरेक्टर आप हैं।''

सप्ताह के अंत तक तनाव तीव्र हो गया। उसके कई आयाम थे--जैनेट और रॉबर्ट के बीच, जॉन और जैनेट के बीच, वर्षा और रॉबर्ट के बीच, वर्षा और जॉन के बीच, जॉन और रॉबर्ट के बीच। पहले हफ्ते ही फिल्म शिड्यूल पिछड़ गया। स्टूडियो से नाराजगी भरे टेलैक्स आने लगे।

वर्षा की छोटी-सी मुस्कान जॉन ने फिलहाल स्वीकार कर ली थी, पर चेतावनी दी थी, ''मैं रशेज देखकर अंतिम निर्णय लूँगा।''

वर्षा ने अपने चरित्र पर बहुत श्रम किया था। अतीत और वर्तमान के दोनों पक्षों में अपने चरित्र का तारतम्य बनाये रखने के लिए मैनरिज्म तथा दृश्यात्मक निरंतरता के कुछेक प्रतीक निर्धारित किये थे (जैसे दृश्य तीन में अपने कार्यालय की मेज पर वह एक गुलदस्ता लगा रही है और दृश्य पाँच में महल के छज्जे पर राजकुमारी का प्रवेश हाथ में गुलाब लिए होता है।)।

जॉन ने चिढ़कर उसकी ओर देखा, ''इसे तुम कैसे जस्टीफाइ करोगी'

''नारी के यौवन, उमंग और प्रेम के साथ फूल की निकटता को जस्टीफाइ करने की जरूरत है, अगर ऐसा करना ही हो, तो इससे तीसरे दृश्य की मूल भावना अपेक्षा प्रकट होती है और पाँचवें दृश्य की मूल भावना उल्लास। सौंदर्यबोधीय दृष्टि से राजकुमारी और होटल की वरिष्ठ कर्मचारी--दोनों की पुष्पों पर आसक्ति वाजिब है।''

''मैं रोमांटिक नहीं होना चाहता।''

''यह सिर्फ मेरे परिष्कृत चरित्र का डिटेल है, जैसे नवें दृश्य में सितार। ऐसी चीजें चरित्र के यथार्थपरक ढाँचे को भरापूरा बताती हैं।''

जॉन ने सरसरी नजर से दृश्य देखा, फिर कहा, ''अच्छा, अभी तुम अपने इस भौतिक विचार को कार्यरूप में बदल लो। मैं रशेज देखकर आखिरी फैसला करूँगा।''

''ऐसा लगता है, रशेज आने के बाद मेरे सारे दृश्यों को रिशूट किया जायेगा।'' वर्षा ने शाम को जैनेट से कहा।

दूसरी बार वर्षा का कल्पनाशील विचार सुनने के बाद जॉन ने घूर कर उसकी ओर देखा, ''मैं डायरेक्टर्स गिल्ड, अमेरिका को तुम्हारे मेंबरशिप कार्ड का ऑर्डर देता हूँ। उसके आने के बाद ही इस दृश्य को शूट करेंगे।''

लंच के समय वर्षा जैनेट से गप्पें लगा रही थी, जब पास से निकलती हुई मार्था यकायक ठिठक गयी। वर्षा ने अपनी साड़ी पर पिन से गिल्ड का कृत्रिम कार्ड लगा रखा था। मार्था हँसते-हँसते दोहरी हो गयी। फिर हाथ पकड़कर जॉन को खींच लायी। जॉन ने गंभीर भाव से एक नजर कार्ड पर डाली, फिर वर्षा को देखा, ''ठीक है। जब तुम मेरे बराबर हो ही गयी हो, तो उस दृश्य को आज ही शूट कर लेंगे।''

वर्षा ने स्टारों के असंयमित व्यवहार और उच्छृंखलता की अनेक मिसालें पढ़ और देख रखी थीं। पाँचवें दिन जानकारी को और धार मिल गयी।

जॉन से झड़प के बाद रॉबर्ट अपने स्वीट में चला गया। चार बजे तक वह अट्ठाइस मार्टीनी पी चुका था, फिर लंच के साथ सात बोतल वाइन। कई बुलावों के बाद जब वह आखिरकार शॉट के लिए आया, तो उसे दृश्य की लाइटिंग पसंद नहीं आयी, ''यह मुझे अपनी एक पुरानी फिल्म के एक दृश्य की याद दिलाती है।''

''आगे से मैं याद रखूँगा कि तुम्हारी न सिर्फ टेक्नीकल याददाश्त बहुत अच्छी है, बल्कि तुम प्रकाश-योजना के भी विशेषज्ञ हो।'' जॉन ने व्यंग्य किया।

रात को वर्षा जूली के साथ एक गिलास बियर पीने बार में गयी, तो रॉबर्ट स्टूल पर बैठा व्हिस्की पी रहा था।

''एक रोगी दिल बदलवाने के लिए सर्जन के पास गया।'' जूली उसे हॉलीवुड एजेंट का लतीफा सुना रही थी, ''मैं तुम्हें चुनने का अवसर देता हूँ' सर्जन बोला। 'मेरे पास पच्चीस साल के पहलवान का दिल है और साठ साल के हॉलीवुड एजेंट का। बोलो, कौन-सा लगा दूँ? रोगी ने जवाब दिया, 'एजेंट का ठीक रहेगा।' 'तुम्हारा दिमाग तो नहीं चल गया? युवा और अत्यंत बलिष्ठ स्वर्णपदक विजेता के सामने तुम एक बुड्ढे के दिल को तरजीह दे रहे हो क्यों? 'मैं एजेंट का दिल चाहता हूँ, क्योंकि उसका कभी इस्तेमाल नहीं हुआ।''

वर्षा हँसने लगी। (नीति-कथा में सार था। एक बार जब व्यावसायिक फिल्म-शूटिंग के साथ मीरा की डबिंग का क्लैश हुआ, तो वर्षा ने अपनी मित्र को प्राथमिकता दी। व्यावसायिक फिल्म का प्रोडक्शन-कंट्रोलर नया या अव्यवहारकुशल था। उसने धमकी दे दी, ''पांडेजी, अगर हम वर्षाजी का इंतजार न करें, तो' वर्षा ने पांडे को फोन पर जवाब देते हुए सुना, ''किसी दिन वर्षाजी भी सुभद्रा देवी हो जायेंगी, लेकिन मैं जानता हूँ, अभी आप उनका इंतजार करेंगे।'')।

''वर्षा!'' जूली फोन सुनने के लिए उठी, तो रॉबर्ट ने बगल के स्टूल की ओर संकेत किया।

वर्षा निकट आयी।

''तुम मन-ही-मन मुझे गाली दे रही हो न'

''हाँ।'' वर्षा स्टूल पर बैठ गयी।

''जानती हो, आज सुबह क्या हुआ'

वर्षा ने सवालिया निगाह से देखा।

''मैंने न्यूयार्क अपनी भूतपूर्व पत्नी को फोन किया। मैं अपने बेटे से बात करना चाहता था। पर उस चुड़ैल ने उसे लाइन पर नहीं आने दिया।'' रॉबर्ट ने सिगरेट सुलगायी, ''फिर मैंने दूसरी भूतपूर्व पत्नी को शिकागो फोन किया। मैं अपनी बेटी से बात करना चाहता था। पर वह घर पर नहीं थी। जॉन के साथ हुए झगड़े के पीछे यह कारण भी था।''

वर्षा ने गहरी साँस ली।

''तुम्हें पता है, मेरी ज्यादातर कमाई एलिमनि में जा रही है।... मेरा स्टारडम कितना और चलेगा'

''मैं क्या कह सकती हूँ।''

''ज्यादा से ज्यादा एक साल। गहरी कलात्मक फिल्में बहुत कम हो गयी हैं। साइंस फिक्शन और कॉमिक-बुक पिक्चर्स में मेरी दिलचस्पी नहीं। फिर यह माना जाता है कि साथ काम करने के लिए मैं आदर्श नहीं।''

''इसमें गलत क्या है' वर्षा ने हल्की मुस्कान से टिप्पणी की।

''मैं अपना प्रतिशोध ले रहा हूँ। हॉलीवुड में शुरू में मैंने बहुत अपमान सहा था। मेरी पहली फिल्म के लिए उन्होंने मेरा स्क्रीन-टेस्ट लिया था। उनका व्यवहार मेरे तईं ऐसा था, जैसे मैं ब्रॉडवे का स्टार नहीं, लॉस एंजिल्स का स्ट्रगलर होऊँ।''

विभिन्न निर्माता-निर्देशकों के यहाँ नये-नये कीर्ति-कामियों को वर्षा ने भी देखा था। अपनी आकांक्षा, उसकी तीव्रता और गहराई, पूर्तिगत उतावली और अपने बारे में उनकी धारणा--यह सब देखकर वर्षा खासी शर्मिंदा और मलिन हुई थी। उनकी आकांक्षा इतनी प्रबल और नग्न थी कि वर्षा को उनकी आँखों में देखने का साहस नहीं होता था। वह उदास अचरज से भर उठती थी कि अपनी आकांक्षा के अधूरे रह जाने पर ये जिंदा कैसे रह पायेंगे?

''तुम्हें अपना रोल पसंद है' रॉबर्ट ने पूछा।

''हाँ।''

''तुम्हारा और जैनेट का रोल अच्छा है, मेरा नहीं। मेरे संवाद भी बदरंग हैं।''

"मुझे तो तुम्हारा रोल खासा आकर्षक लगता है।"

"पढ़ने पर मुझे भी लगा था, पर करने में नहीं। हो सकता है, यह जॉन की पद्धति का नतीजा हो।"

"ऐसा ही होगा।" वर्षा मुस्करायी, "इस पद्धति से अगर 'सेवेन समुराइ' भी बनायी जायेगी, तो 'डर्टी हैरी' लगने लगेगी।"

रॉबर्ट हँसा। फिर नया पैग बनाने लगा। एक घूँट लेकर बोला, "तुम भी थिएटर में थीं। क्या तुम्हें उन दिनों की याद नहीं आती'

"बहुत आती है।"

"मैं भी न्यूयॉर्क में संतुष्ट था, पर पैसे की कमी थी।"

मैं भी दिल्ली में संतुष्ट थी, पर पैसे की कमी थी, वर्षा ने सोचा।

"कैरियर के इस मोड़ पर मेरी चिंता बढ़ गयी है। तुम्हें पता नहीं होगा, मेरे साथ कितना तामझाम है।"

वर्षा को पता था। दो भूतपूर्व पत्नियाँ और तीन बच्चे तो थे ही, उसकी एक भूतपूर्व प्रेमिका ने भी अदालत में ऊँची राशि के हर्जाने का दावा कर रखा था। उसका आरोप था कि उसके शिशु का पिता रॉबर्ट है। बैवर्ली हिल्स के बंगले में एक दर्जन मुलाजिम थे--सुरक्षाकर्मी, हाउसकीपर, बटलर, शोफर, प्राइवेट सेक्रेटरी। उसके 'एंटूरेज' में मेकअपमैन, डॉक्टर, ड्रामा कोच और निजी सहायक साथ चलते थे (इस बार कोई प्रेमिका साथ नहीं आयी थी!)। एक एजेंट न्यूयॉर्क में था, एक लॉस एंजिल्स में। वकील, पब्लिसिस्ट और टैक्स सलाहकार भी पेरोल पर थे।

थोड़ी देर बाद वर्षा अपने बिस्तर पर सोच रही थी, कुछ झीना अवसाद, थोड़ा गुनगुना पछतावा और अपने-आप पर संदेह...आयु के एक पड़ाव तक पहुँचने पर संवेदनशील व्यक्तियों का एक वर्ग भीतरी खालीपन, हल्के आक्रोश और बेचैन करने वाली अर्थहीनता से जूझने लगता है--विशेषकर शो बिजनेस से जुड़े हुए लोग। क्योंकि चुनौतियाँ, तनाव और दर्द भरे विरोधाभास उनके आसपास बहुत हैं...

"वर्षा, तुम ईश्वर में विश्वास करती हो' जैनेट ने पूछा।

थोड़ी देर पहले दरवाजे की घंटी बजी। वर्षा को नींद आ गयी थी, जैनेट के आग्रह से पूछने के बाद भी उसने सच नहीं कहा। कारण यह था कि जैनेट उसका ध्यान रखती थी और देर रात को जगाते हुए पहली बार आयी थी।

"हाँ।"

जैक डेनियल का घूँट लेकर उसने फिर पूछा, "तुम्हें मानसिक शांति मिली है'

"उतनी नहीं, जितनी मैं चाहती हूँ।"

"तुम गीता पढ़ती हो'

"कभी-कभी।"

"मैंने कुछ साल पहले पढ़ी थी।" कुछ पल वह चुप रही, "जब मैं मिक से अलग हुई, तो बहुत बेचैन थी। मुझे मनुष्य योनि और पुनर्जन्म की अवधारणा दिलचस्प लगी।

क्यों? क्योंकि इससे मानव मूल्यों पर आस्था बनी रहती है।''

मिक-प्रकरण के बारे में वर्षा ने पढ़ा था। उसे कौतुक हुआ कि इन लोगों के कलात्मक और निजी जीवन के बारे में वह बहुत कुछ जानती है, पर ये लोग उसके बारे में लगभग कुछ नहीं जानते।

''तभी मेरे मन में यह बात आयी कि अपनी लोकप्रियता का उपयोग समाज के बृहत्तर हितों के लिए करना चाहिए। मैं 'होप' प्रोजैक्ट में क्रियाशील हुई। मेरी कोशिशों से गरीब देशों के करीब पाँच सौ बच्चे स्पांसर किये गये। मैंने भी तीन बच्चे स्पांसर कर रखे हैं, जिनमें से एक भारत में है--मेरठ में। उसका नाम रेनु है। अगले दस वर्ष तक उसकी शिक्षा की जिम्मेदारी मेरी है। शूटिंग खत्म होने पर मैं उससे मिलने जाऊँगी।'' पल भर ठहरकर जोड़ा, ''यह बात मैंने किसी को बतायी नहीं है।''

वर्षा ने सिर हिलाया। समृद्धि के साये कितने लंबे होते हैं, उसने सोचा। हॉलीवुड की विपुलता मेरे प्रदेश तक पहुँच रही है।

''अब मैं वाइल्ड लाइफ और इकॉलॉजी के लिए भी काम करना चाहती हूँ।'' जैनेट ने कहा, ''कुछ महीने मैं दक्षिण-पूर्वी एशिया में ही रहूँगी। काठमांडू और तिब्बत भी जाऊँगी।''

''तुम्हारी अगली फिल्म कब शुरू होगी'

''अगले साल। इस साल में अब आराम करूँगी।''

वर्षा को थोड़ी-सी ईर्ष्या हुई। इतना ऊँचा पारिश्रमिक साथ में बहुत तनाव लेकर आता है, पर बहुत सुविधा भी दे देता है।

''आज मैं बहुत बेचैन हूँ।'' यकायक जैनेट बोली, ''अकेली नहीं होना चाहती। यहाँ सो सकती हूँ'

''जरूर।'' वर्षा समझ गयी, जैनेट कैसे खतरे से बचना चाहती है। दो वर्ष पहले आत्महत्या का प्रयास कर चुकी थी।

दो झटकों में वस्त्र-विसर्जन करके जैनेट चादर तले घुस गयी। वर्षा ने पहले झटके की शुरुआत के साथ ही मुँह फेर लिया था।

''तुम ऐसे ही सोती हो' जैनेट ने सहज भाव से उसकी लुंगी-कुर्ते की ओर संकेत किया।

वर्षा ने भोलेपन के अभिनय के साथ हामी में सिर हिलाया, ''संयुक्त परिवार में बड़े होने से हम लोगों की आदतें मनोरंजक हो जाती हैं।''

विवाहित सहेली के बिस्तर पर सोने से यह विकल्प अच्छा है, वर्षा ने अपनी जगह लेटे हुए सोचा (अगर यह बात दीना दस्तूर को मालूम हो जाये, तो)।

अपनी मुस्कान दबाते हुए वर्षा को याद आया, कीर्केगार्द के अनुसार धरती पर आदमी का अस्तित्व 'असमाधानीय तनावों' के बीच उलझ गया है। कीर्केगार्द को मालूम नहीं था, पर वह मूवी स्टारों की बात कर रहा था!

''चियर्स!''

बेंक्वेट हॉल में फेयरवैल पार्टी चल रही थी। फिल्म का शिड्यूल एक महीना पिछड़ गया था। फिल्म थोड़ी ओवर बजट हो गयी थी। पर जॉन और पूरी यूनिट प्रमुदित थी।

''वर्षा, तुम्हें मुझसे उतनी ही नफरत है न, जितनी 'ग्रेट डिक्टेटर' देखने के बाद हिटलर को चैपलिन से हो गयी थी' जॉन ने मुस्कराकर पूछा।

''बेशक।'' वर्षा भी मुस्करायी।

छठवें हफ्ते से जॉन के साथ संबंध सुधरने लगे थे। बाद में मार्था ने बतलाया था, अभिनेताओं को साधने की यह जॉन की पद्धति है। तुम जॉन के मुकाबले डट कर खड़ी हो गयीं, इसलिए मैंने तुमसे कुछ नहीं कहा। यह पद्धति किस तरह के लोगों के साथ सही होगी, वर्षा को नहीं मालूम था, पर कम-से-कम उसके साथ यह सही नहीं थी। अपने चरित्र-निरूपण का कलात्मक और विदेशी यूनिट के साथ काम करने का व्यावहारिक तनाव ही उसके लिए काफी था। अभिनेता को साधने की निर्देशक की मनमानी कार्यप्रणाली उसके लिए त्रासद ही साबित हुई थी। उसे रोज रात को कंपोज की जरूरत पड़ने लगी थी। दिन में भी दिमाग की नसें भन्नायी हुई रहतीं। जैसे किसी पौधे को धरती से उखाड़ लेने पर जड़ों के साथ छोटे-छोटे तंतुजाल भी उखड़े चले आते हैं, वैसे ही अपनी व्याख्या के सभी तत्वों के गिर्दो-पेश को लेकर वर्षा सजग रहती कि पता नहीं, कब जॉन से झड़प होने पर उसे स्पष्टीकरण देना पड़ जाये। वर्षा ने अपने भीतर अतिरिक्त शक्ति इसलिए पायी, कि उसने दूसरे सप्ताह से ही अपने को प्रोजेक्ट से निकाले जाने के लिए तैयार कर लिया था। यह भीतर-ही-भीतर बुझ गयी थी। निर्देशक के सहयोगी से प्रतियोगी हो जाने का यह पहला अनुभव था।

छठवें हफ्ते में उसे मालूम हुआ कि उसके बारे में जॉन का वास्तविक मत क्या है। 'लाइफ' के प्रतिनिधि से जॉन ने कहा था, ''अपनी उम्र और अनुभव से मैंने वर्षा वशिष्ठ को डराने की कोशिश की थी, पर सींग उठाये साँड़ की तरह उसने मुझ पर कलात्मक हमला बोल दिया।... वर्षा अपने चरित्र को उसके सारे संभावित विस्तारों में ढूँढ़ती है। उबाऊ होने के बावजूद इस पर पूरा ध्यान देती है, क्योंकि तभी चुनाव करते समय आपको मालूम हो सकता है कि आपने सारे विकल्प टटोल लिए हैं या नहीं। अभ्यास किये बिना आप विषय को नहीं जान सकते और वह वास्तविक नहीं लगेगा। समर्पित अभिनेता को शारीरिक और मानसिक रूप से चरित्र बन जाना होता है। वर्षा वशिष्ठ ऐसी ही समर्पित अभिनेत्री हैं। फिल्म भ्रांति है, लेकिन वर्षा का कला-कौतूहल उसे बनावटी नहीं रहने देता। अगर वर्षा को पेड़ का चरित्र निभाना हो, तो वह छह महीने जंगल में जाकर खड़ी हो जायेगी। उसकी कल्पनाशीलता से मैं प्रभावित हूँ। उसके सुचिंतित इंप्रोवाइजेशन ने चरित्र के रेखाओं वाले रूपाकार में मोहक रंग भरे हैं।...कैमरे के लेंस के साथ वर्षा की इरोटिक कैमिस्ट्री है। 'एक्शन' के बाद वह यौवन की पहली रति-क्रीड़ा के गहन क्षण व्यंजित करती है। एक्टिंग उसके लिए ऑर्गेज्म है।''

वर्षा स्तब्ध रह गयी। अगर उसे यह बात कुछ पहले मालूम हो जाती, तो वह न सिर्फ अनावश्यक तनाव से बची रहती, बल्कि उसका प्रदर्शन भी कुछ बेहतर होता।

मार्था उससे सहमत नहीं थी, ''जॉन अपने-आपको और सभी प्रमुख कलाकारों को

शूटिंग के दौरान कगार पर रखता है। इसके नतीजे हमेशा संतोषजनक निकले हैं।''

हॉलीवुड के लोगों की मानसिकता से वर्षा का थोड़ा परिचय हो गया। उसे अकसर अचरज होता था, इन्हें मनोचिकित्सा की ऐसी जरूरत क्यों पड़ती है। अब अचरज इस बात पर हुआ कि ये इतने अर्से तक पागलखाने से बाहर कैसे हैं।

''जॉन, मुझे कितनी खुशी है कि तुम्हारी मनहूस शक्ल अब मुझे देखनी नहीं पड़ेगी।'' रॉबर्ट ने कहा।

जॉन हँसे, ''मुझे भी तुमसे कम खुशी नहीं।''

रॉबर्ट के साथ वर्षा के संबंध परवर्ती सप्ताहों में बेहतर हो गये थे। इसका एक मनोरंजक परिणाम यह निकला कि उसने वर्षा के साथ फ्लर्ट करना शुरू कर दिया, ''वर्षा, तुम एक रहस्यमयी युवती हो। मुझे ऐसे जीवधारी पसंद हैं, जिन्हें पूरी तरह परिभाषित करना मुश्किल हो।''

''धन्यवाद!'' वर्षा ने अपनी मोना लिसा मुस्कान निकाली।

''शाम का क्या कार्यक्रम है'

''गीता पढ़ूँगी।''

''तुम्हारी संस्कृति का एक और गौरवग्रंथ है, वह क्यों नहीं'

''मेरा रुझान चौथे पुरूषार्थ में है।''

''कभी-कभी पहले का भी अभ्यास कर लेना चाहिए।''

''वह उम्र के हिसाब से मेरे अनुकूल नहीं।''

''अच्छा अभी तुम्हारी क्या उम्र है'

''उतनी ही, जितनी भारतीय संस्कृति की।''

ऐसे शाब्दिक द्वंद्व के बाद रॉबर्ट खिलाड़ी-भावना से हँसता।

'पैलेस ऑफ होप' में तीसरे हफ्ते से नर्वस ब्रेकडाउन का वास्तविक उम्मीदवार जॉन ने रॉबर्ट को बनाना चाहा था। कुछ दिन रॉबर्ट ने सामना किया (शक्ति सँजोने के लिए वह नियमित रूप से न्यूयॉर्क और शिकागो फोन करता था।) पर फिर हथियार डाल कर सेट पर अपने चरित्र के अर्थ ढूँढ़ना बंद कर दिया (इसके पीछे मुख्य रूप से बैंक एवं बीमा कंपनी में अपनी साख के गिरने का डर था।)। लेकिन इस समझौते की हताशा उसके चेहरे पर झलक आयी थी।

''तुम्हारा क्या कार्यक्रम है' वर्षा ने पूछा।

''कल मैं एल.ए. के लिए रवाना हो रहा हूँ।'' जॉन मुस्कराया, ''टु माइ सिटी, व्हिच हैज टु बी सीन टु बी डिसबिलीव्ड!''

शैम्पेन का प्याला लिए वर्षा बाहर आ गयी। तरणताल की सुगबुगाती सतह पर चाँदनी का वर्क लगा हुआ था। आसपास शांति थी। उद्यान से आते हुए निर्मल झोंकों में फूलों की गंध बसी थी।

''तुम यहाँ बैठी हो।'' पीछे जैनेट का स्वर सुनायी दिया।

जैनेट के साथ अच्छी मित्रता और आपसी समझदारी विकसित हो गयी थी। सच्चाई यह थी कि अगर जैनेट न होती, तो वर्षा लोकेशन पर बहुत अलग-थलग पड़ जाती। जैनेट

ने न सिर्फ जॉन के बीच के तनाव वाले दिनों में उसका साथ दिया था, बल्कि यूनिट के भारतीय सदस्यों के साथ होने वाले नस्ल भेद की भी वह विरोधी रही थी (कुछ भारतीय कलाकार और तकनीकदाँ पाँच सितारा होटलों में ही ठहराये गये थे, पर उन्हें भोजन इत्यादि के लिए निश्चित छोटी राशि मिलती थी। फलस्वरूप खाने के लिए उन्हें आसपास के सस्ते होटलों में जाना पड़ता था। गोरों की रूमसर्विस का पूरा खर्च कंपनी का था--मदिरा को मिला कर। भारतीयों में केवल वर्षा को यह सुविधा मिली थी। कार आबंटित करने के मामले में वर्षा के साथ भेद बरता गया था--उसे हिंदुस्तानी कार दी गयी थी, विदेशी नहीं। "मैं इन बातों पर ध्यान नहीं देती जैनेट!" वर्षा ने कहा था," अपने सेक्रेटरी की नाराजगी के बावजूद मैं बंबई में इसमें सफर कर लेती हूँ।" उसने सामने जा रहे ऑटोरिक्शा की ओर इशारा किया था।)।

"वर्षा, मैं अगले महीने बंबई आऊँगी। जैनेट बगल में कुर्सी खींचकर बैठ गयी थी।

"मैं इंतजार करूँगी।"

कुछ क्षण चुप्पी छायी रही। जैनेट की पहली फिल्म उसने 'चाणक्य' में रीटा के साथ देखी थी। उसकी सामर्थ्य के प्रति मन में सम्मान जागा था। तब क्या वह कल्पना कर सकती थी कि सुल्तान गंज की सिलबिल आज के इस दिन तक पहुँचेगी

जिंदगी असीम संभावनाओं से भरी है, वर्षा ने सोचा।

तभी पीछे आहट हुई।

"वर्षाजी, अभी-अभी आपके लिए बंबई से फोन आया था--वंदना भवालकर का।" प्रोडक्शन सहायक दास ने आवेश से सूचना दी, "आपको 'चंद्रग्रहण' के लिए 'फिल्म फेयर' का सर्वश्रेष्ठ अभिनेत्री पुरस्कार मिला है।"

11

मंगलमय हो मिलन तुम्हारा

अचानक सप्तपदी का मौसम आ गया था।

" 'आशा महल' की शूटिंग खत्म होते ही वर्षा लखनऊ पहुँच गयी थी। पांडे ने फोन पर बहुत इसरार किया, "मैडम, दो अच्छे प्रस्ताव हैं। आप सीधी आ जाइए।"

"सिनेमा से बहुत बोर हो गयी हूँ पांडेजी!" वर्षा ने कहा, "हफ्ते भर दूसरे माहौल में रिलैक्स करूँगी।"

चार दिन वर्षा ने दिव्या के साथ गप्पें लगायीं, नींद का बचा हुआ कोटा पूरा किया और प्रिया के साथ बैडमिंटन खेली। पाँचवें दिन शाम को मिट्ठू ने अपने घर दावत रखी थी। उसने हजरतगंज के अलावा चौक में भी एक मेडिकल स्टोर खोल लिया था। दो बच्चे हो गये थे। परितृप्त गृहस्थी का सुख बदन पर तोंद के रूप में दिखायी देने लगा था।

"बहुत दिनों के बाद लखनऊ की याद आयी।" मिट्ठू ने कहा।

मिट्ठू के लिए अपनी पुरानी भावनाएँ याद आयीं और वर्षा के मुँह पर मुस्कान आ गयी। भावनाओं की यह कैसी नियति है, वर्षा ने सोचा। गोल चेहरे वाली सजी-धजी मिट्ठू की पत्नी हाथों में ट्रे लिए रोहन के सामने खड़ी थी। अगर मेरी कलात्मक लालसा तीव्र न होती, तो आज इस घर में यह भूमिका मैं निभा रही होती, उसने सोचा। प्रतिक्रिया के रूप में सिर्फ विस्मित-सा कौतुक भीतर जागा।

''बहुत दिनों बाद लखनऊ आयी हो।'' रात को घर लौटने पर दिव्या बोलीं, ''कैसा लगा'

वे ड्राइंगरूम में बैठी थीं। 'सौम्यमुद्रा' की तस्वीर किताबों के रैक के बगल में लगी थी।

''बहुत शांति मिली।''

जी चाहा कि लखनऊ के उस पहले प्रवास की बात करे, जब वह गर्मियों की छुट्टी में नाटक करने के लिए आयी थी। पर आशंका हुई कि उन दिनों की याद करते हुए वह भावुक हो जायेगी।

''शहर कुछ बदल गया है न'

''शहर उतने नही बदलते, जितने हम बदल जाते हैं।''

दिव्या मुस्कराने लगीं।

वर्षा ने वही कहा, जो वह महसूस कर रही थी। प्रदेश की राजधानी के जिस रवींद्र मंच पर पहली बार अभिनय करते हुए वह आतंकित थी, वहीं आज शाम संगीत नाटक अकादमी की ओर से मुख्यमंत्री की अध्यक्षता में उसका अभिनंदन किया गया था। रोहन ने बाद में बताया, प्रेक्षागृह के भीतर और बाहर ऐसी भीड़ उन्होंने नहीं देखी थी।

''मीडिया के द्वारा मेरे आँचल में ढेर सारा यश डाला जा रहा है।'' दिव्या ने अपने भाषण में कहा, ''सच्चाई बिलकुल दूसरी है। मैंने सिर्फ इतना किया है कि वर्षाजी के हाथों में एक कुंजी थमा दी। उनके चारों ओर के दरवाजे बंद थे। उन्होंने जिस दरवाजे में कुंजी लगायी, वह खुल गया। वर्षाजी बाहर निकलीं और अपने लंबे रास्ते पर बढ़ती चली गयीं। हम उनके आभारी हैं कि वह कभी-कभी मुड़कर हमारी ओर देख लेती हैं...''

''जिस लंबे रास्ते पर चल कर मैं आज के इस पड़ाव तक पहुँची हूँ'' वर्षा ने धन्यवाद देते हुए कहा, ''वह चमकदमक भरा, जटिल और मायावी है। अगर किसी को स्पंदनहीन और यांत्रिक होने से बचना हो, तो यह जरूरी है कि वह अपने पद-चिन्हों को देख ले और अपनी जड़ों को न भूले। मेरी यह यात्रा ऐसी ही एक कोशिश है। जो कुंजी दिव्याजी ने मुझे थमायी थी, वह अमूल्य धरोहर की तरह आज भी मेरे पास सुरक्षित है और लंबे, दुर्गम पथ के अनेकानेक अवरोध उससे दूर हुए हैं, जो कलात्मक भी थे और व्यक्तिगत भी।... आज इस समय मैं उन दिशाहीन, अँधेरे क्षणों को याद कर रही हूँ, जब दिव्याजी ने प्रकाश-रेखा की तरह वह कुंजी मेरे सामने झलकायी थी...''

''वर्षा, महादेव भाई...'' प्रिया ने रिसीवर बढ़ाया।

समारोह में चीफ सेक्रेटरी श्री सहाय से परिचय हुआ। वर्षा को सहसा याद आ गया, गृह प्रवेश के सभय न आ पाने की विवशता में महादेव भाई ने अपने सुपरसीड हो जाने की

दारुण गाथा लिखी थी। वर्षा ने जिक्र कर दिया। श्री सहाय ने कहा, आप अपने भाई से विस्तार पूछकर रोहनजी को बता दें। जो मेरे हाथ में होगा, मैं अवश्य करूँगा। रोहन ने आते ही इटावा में नियुक्त अपने पुलिस सुरिंटेंडेंट मित्र को फोन करके महादेव को बुलवाने का अनुरोध किया था। जिस हैड कांस्टेबिल को पुलिस सुपरिंटेंडेंट ने महादेव के पते पर भेजा, वह उनके ससुर निकले (संयोग सिर्फ मुख्यधारा सिनेमा में ही नहीं होते, वर्षा ने मुस्कान के साथ सोचा था।)।

"वर्षा ('यशोदा' को भूल कर आखिर यह नाम स्वीकार करना ही पड़ा!), तुम हो?" भाई असहज और आशंकित लगे।

"हाँ। आप, भाभी और बच्चे अच्छी तरह हैं न'

"हाँ, सब ठीक है।"

"आप जरा मुझे अपने केस के डिटेल्स दे दीजिए।"

कागज रोहन को देते हुए वर्षा शाहजहाँपुर के दारुण दिन याद आये और उनमें भाई की भूमिका (झल्ली ने बताया था, सिने-पत्रिकाओं के कर्दम-प्रसंग के बीच वर्षा की नुक्ताचीनी करने पर भाई और किशोर के बीच झगड़ा हो गया था। बड़े और कमाऊ हो जाने के आत्मविश्वास से भरे हुए किशोर ने महादेव के मुँह पर कह दिया, "आइ हैव सीन ऑल योर 'जुल्म्स' (बेचारा अंग्रेजी पर्याय नहीं जानता था!) ऑन छोटी जिज्जी!")।

"वर्षा, सब लोग मसूरी चलेंगे।" प्रिया ठुनकी, "बहुत मजा आयेगा।"

"मुझे दिल्ली पहुँचना है प्रिया! अनुपमा की शादी है।" वर्षा ने उसके सिर पर हाथ फेरा, "गर्मियों में चलेंगे।"

तभी फोन की घंटी बजी।

"शिवानी..." प्रिया ने रिसीवर बढ़ाया।

"डार्लिंग, कितनी मुश्किल से तुम पकड़ में आयी हो।" शिवानी की आवाज सुनायी दी, "अच्छा, कल सुबह तुम दिल्ली आ रही हो।"

"कल दो दिन बाद तो मैं वैसे भी आ रही हूँ।"

"मेरी डोली उठने के बाद आओगी'

"अच्छा ही हुआ।" शिवानी के भाई संतोष की मुस्कान से बोले।

पंडित के मंत्रों के साथ शिवानी सात फेरे ले रही थी। आगे-आगे एन.आर.आइ. स्टेटस का विनय था--डैडी के एक पुराने सहयोगी का बेटा। मॉडर्न स्कूल में वह शिवानी और हर्ष के साथ था और सेंट स्टीफेंस में हर्ष के साथ। शिवानी के लिए विनय का आकर्षण कैशोर्य के दिनों से उजागर था। पर हर्ष के कारण उसे अपने पर जब्त करना पड़ा था।

"पिछले साल जब विनय एक महीने के लिए भारत आया, तो मैं भावात्मक शून्य में थी।" शिवानी ने बताया, "अश्विनी ने अपने को पीछे खींच लिया था। मुख्य कारण यह था कि डैडी और भैया के साथ उसके 'वाइब्स' ठीक नहीं रहे। मैंने भी उसके प्रति ऐसा लगाव महसूस नहीं किया कि कोई स्टैंड लेने की सोचूँ (शिवानी की आँखें कुछ और कह रही थीं। बाबुल के पेड़ से उड़ते हुए शायद उनके और भैया के प्रति सख्त नहीं होना चाहती, वर्षा ने

सोचा।)। बड़े नामालूम ढंग से हम दोनों एक-दूसरे से छिटक गये। मुद्दत के बाद विनय से मिलने के बावजूद मैंने बहुत मधुर महसूस किया। विनय के प्रति डैडी-भैया की प्रतिक्रिया तो सकारात्मक थी ही। फिर हमारे व्यावसायिक हित भी जुड़ने लगे। मांट्रियल स्थित विनय की कंपनी ने बने-बनाये कपड़ों का बड़ा आदेश हमारी कंपनी को दिया। पिछले शुक्रवार को विनय ने यकायक मेरे सामने शादी का प्रस्ताव रखा, तो मैंने 'हाँ' कर दी। इतनी जल्दी विनय के घर वालों की तरफ से हुई। शायद उन्हें किसी कैनेडियन लड़की से खतरा था।'' शिवानी खिलखिलायी। यह हँसी उन्मुक्त और विजय से दीप्त थी। ऐसी हँसी वही युवती हँस सकती थी, जो कुछ घंटों बाद वधू बनने वाली हो।

''क्या तुम वहीं बस जाओगी' वर्षा ने पूछा।

दो दिन पहले शिवानी ने अपनी नौकरी से इस्तीफा दे दिया था। कल सुबह वह विनय के साथ एक वस्त्र-मेले में भाग लेने पश्चिम जर्मनी जा रही थी (''हमारा वर्किंग हनीमून है!'' शिवानी ने टिप्पणी की थी।)।

''कुछ साल तो लगेंगे ही।'' शिवानी मुस्करायी, ''विनय का कहना है, जब हमारा पहला बच्चा ऑफिस सँभालने लायक हो जायेगा, तो स्वदेश लौट आयेंगे।''

अश्विनी-प्रसंग की शुरुआत में शिवानी की आँखों में जो स्निग्ध प्रफुल्लता थी, उसकी और मोहक गहनता इस समय दिखायी दे रही थी।

''वर्षा, मैं सचमुच डरने लगी थी। अपनी सहेलियों में अकेली रह जाने वाली मैं आखिरी हूँ।''

''मुझे क्यों भूल गयीं'

''तुम अनअचैच्ड नहीं हो।'' शिवानी मुस्करायी। वह सीधे वर्षा की आँखों में देख रही थी। ऐसी बेबाकी उसकी निगाह में पहले कभी दिखायी नहीं दी। क्या ईर्ष्या का कोई जर्रा शिवानी के मन की तलछट में शेष रह गया था? और इस मोड़ पर, जहाँ उसकी नियति निश्चित रूप से हर्ष से अलग हो रही थी, कोई सीली चिंगारी सुलग उठी थी क्या उस बेबाकी पर विजय की झीनी रंगत भी थी कि अपने अलग रास्ते को मैंने भीतर की पूरी ऊष्मा के साथ स्वीकार कर लिया है?

वर्षा ने पलकें झुका लीं।

दायीं ओर के समूह में सुजाता-योगेश और मम्मी थीं (वर्षा उन्हीं के साथ बैठना चाहती थी, पर शिवानी की भाभी उसे खींच कर ले गयी।)। पालम से वर्षा सीधे मम्मी के पास गयी थी। अनुपमा और सुजाता अलग-अलग उसे एयरपोर्ट पर लेने आयी थीं। अनुपमा की मौजूदगी अच्छी रही। हर्षवर्धन-प्रसंग को सिर्फ छुआ गया।

''हर्ष ने काफी दिनों से नहीं लिखा।'' मम्मी बोलीं।

''बहुत व्यस्त होंगे मम्मी। 'मुक्ति' का अगला शिड्यूल होना है न!''

''रंजना कौन है' सुजाता ने पूछा।

''हम लोगों की मित्र हैं दीदी! पल भर सोच कर आगे जोड़ा, ''मिडिल एजिड हैं-मुक्ति' की प्रोड्यूसर।'' वर्षा ने अपना चेहरा भरसक कोरा रखा।

''हर्ष को रहने की मुश्किल है'

"ऐसी मुश्किल तो नहीं। रंजनाजी का बड़ा फ्लैट है। मैंने कितना इसरार किया, पर 'सिलवर सेंड' में रहने को तैयार नहीं हुए।"

"ठीक तो है।" मम्मी ने टिप्पणी की।

" 'मुक्ति' के बारे में मैंने बहुत अच्छी रिपोर्ट पढ़ी है।" सुजाता ने कहा।

सुजाता के तेवर बदले हुए थे। पहले की स्नेहमयी और भाई की क्षमता पर अगाध विश्वास करने वाली बहन हताशा एवं मोहभंग की किरचें चुन रही थी।

"अब तो प्रभु सुन लें।" मम्मी ने कहा।

"देखो, शिवानी की भी शादी हो रही है। देखते-देखते तुम इंटरनेशनल स्टार बन गयी हो।" सुजाता मुस्करायीं।

"मुरली वाले ने चाहा, तो अब देर नहीं होगी दीदी!" वर्षा ने हाथ जोड़े।

"कांग्रेचुलेशंस..." अनुपमा और उमेश द्वारा कागजों पर हस्ताक्षर करने के बाद मजिस्ट्रेट ने मुस्कराकर कहा।

"बधाई अनुपमा!" वर्षा ने हाथ मिलाया। मुस्कुराती अनुपमा की हाथ की पकड़ में उमंग का दबाव था। आँखें खिली हुईं। वर्षा के सामने पल भर के लिए अनुपमा की पुरानी छवि कौंधी--मंदिर में चतुर्भुज को माला पहनाते हुए। फिर वह आज की सादी अनुपमा में विलीन हो गयी।

अनुपमा के विभोर माता-पिता ने आशीर्वाद दिया। शादी पहले भोपाल में ही होना तय हुआ था, पर सादगी के लिए बेकल अनुपमा और उमश के आग्रह को परिवार ने मान लिया। "लड़की रास्ते पर आ गयी, यही बहुत है।" मम्मी ने कहा था।

सबकी खुशी के पीछे वर की उपयुक्तता थी। उमेश रामजस कॉलेज में प्राध्यापक और दिल्ली के दो श्रमिक संगठनों से जुड़े हुए थे। मजदूर बस्तियों में नुक्कड़ नाटक के दौरान ही अनुपमा से भेंट हुई थी। "लगता है, मैं तुमसे पहले सात फेरे लगा लूँगी।" अनुपमा ने चार महीने पहले लिखा था।

स्नेह मेहमानों को ठंडे पेय की बोतलें देने लगे।

पुरवाई की गोद में गदबदा बच्चा था। वर्षा ने उसका गाल थपथपाया, तो उसने भाव-भंगिता से उत्तर दिया।

"अभी से मिमिक्री करने लगा है।" पुरवाई लाड़ से बोली, "थियेटर वाले की औलाद है न!"

पिछली शाम वर्षा उनके डिफेंस कॉलोनी स्थित बंगले पर हो आयी थी। स्नेह अब खेमका की दो कंपनियों में बोर्ड ऑफ डायरेक्टर्स के सदस्य थे। "सब कुछ बदल गया है वर्षा!" स्नेह बोले, "हम लोगों को कोई नाटक देखे एक साल तो हो गया होगा।"

वर्षा के मन में 'मंडी हाउस का शाप' की पंक्तियाँ उभरने लगीं। स्नेह ने उसकी ओर देखा, तो वह हल्के-से मुस्करा दी। कुछ कहा नहीं।

वर्षा टहलती हुई लॉन के दूसरी ओर आ गयी। इतने दिन बाद जोड़बाग के घर में होना भला लगा। मोहभरी आँखों से अपने लतामंडप को देखा। उसका कमरा वैसा ही था। मेज पर उसकी कुछ किताबें और नाटकों के आलेख रखे थे। उसने 'अपने-अपने नर्क' के पन्ने पलटे।

वह अपने संवाद रेखांकित कर लेती थी। हाशिये पर निर्देश लिखती थी--'यहाँ से सघनता', 'यहाँ पर साँस'...

''मम्मी-डैडी के जाते ही तुम्हारा कमरा फिर खाली हो जायेगा।'' अनुपमा ने कहा था, ''यह आम तौर पर बंद ही रहता है।''

अपनी चीजें वर्षा ने नहीं मँगवायी थीं। उनका इस घर से निकलना वर्षा का हमेशा के लिए दिल्ली से निकलने के बराबर था, जो उसे सहन नहीं होता था। पर आज उसने सोचा, अनुपमा के ब्याह के बाद स्थिति बदल जायेगी। इस कमरे का इस्तेमाल शायद स्टडी की तरह होगा। जब तक वर्षा ने रिपर्टरी से इस्तीफा नहीं दिया था, अनुपमा घर-खर्च के उसके भाग के रूप में भेजा चेक (रसोई के हेड के बिना) लेती रही। पर इस्तीफा देने के अगले महीने जब उसने चेक भेजा (यह राशि अब वर्षा को आटे का नमक भी नहीं लगती थी), तो अनुपमा ने उसे वापस करते हुए लिखा, ''अब तुम यहाँ नहीं रह रही हो, तो मैं यह चेक कैसे ले लूँ? तुम्हारा कमरा तुम्हारा है, पर पैसे तभी देना, जब तुम फिर यहाँ आकर रहने लगो। यहाँ मैं किसी को रखने नहीं जा रही हूँ, इसलिए चिंता करने की जरूरत नहीं। यह बड़ी फिल्म पूरी होते ही आ जाओ। तुम्हारे बिना मेरी जिंदगी का पैटर्न भी बदल गया है, जो अच्छा नहीं लगता।''

मैंने एक नहीं, कई बड़ी फिल्में कर लीं, पर दिल्ली नहीं लौट पायी और अब अनुपमा की जिंदगी का पैटर्न फिर बदल गया है, वर्षा ने सोचा।

''वर्षाजी, प्रणाम!'' सूर्यभान ने उठते हुए हाथ जोड़े और चंचल मुस्कान से कहा, ''आपके सामने मेरे पाँव वैसे ही काँप रहे हैं, जैसे किशनलाल के आगे अचानक ऑलीवियन आ गये हों!''

पिछले दिन वर्षा रिपर्टरी गयी थी। रवींद्र भवन में कार घुसी, तो वर्षा का दिल धक्-धक् करने लगा। लॉबी में रिपर्टरी की नयी प्रस्तुति 'भगवदज्जुकम' का पोस्टर लगा था। वह परिचित चौकीदार से कुशल-क्षेम पूछने लगी। (इसी के साथ बीड़ी का बंडल बाँट कर वर्षों पहले चतुर्भुज ने साइकिल स्टैंड पर रात काटी थी।)। वर्षा को सामने देखकर चौकीदार सकपका गया। देखते-देखते वर्षा के आसपास भीड़ लग गयी।

लिफ्ट से निकलकर अपने अलमा मेटर में घुसते हुए रोमांच हो आया। बगल की दीवार पर 'तीन बहनें' की उसकी तस्वीर लगी थी। लॉबी में वर्षा के पाँव ठिठक गये। इस जगह के साथ उसके अब तक के जीवन के सबसे गहन आसंग हैं। आज वह जो भी कुछ है, इन्हीं दीवारों की बदौलत है। वह जैसे मंच पर चढ़ने से पहले उसे छूकर हाथ माथे से लगाती थी, जी चाहा, उसी तरह दहलीज छूकर उसका बंदन कर ले।

''जहेनसीब... वर्षाजी के दर्शन हुए...'' कार्यालय के नथानी गलियारे से आते हुए ठिठक गये और लपक कर सूर्यभान के कमरे का दरवाजा खोला, ''देखिए तो, कौन आया है!''

मेरी दुनिया बदल गयी है, सूर्यभान, अर्चना और ममता के सामने बैठे हुए वर्षा ने सोचा।

''पुराने लोगों में सिर्फ हमीं तीन पापी बचे हैं।'' अर्चना मुस्करायी।

सूर्यभान और अर्चना उसके साथ सहज थे, ममता थोड़ी संकुचित हो रही थी। क्या कास्टिंग को लेकर हुए पुराने तनाव को याद कर रही है, वर्षा ने सोचा।

''सीजन की शुरुआत हमने 'मिस जूली' से की थी।'' सूर्यभान ने ब्रोश्योर आगे बढ़ाया।

इन तीन के अलावा वर्षा को और कोई पहचाना चेहरा दिखायी नहीं दिया।

''नैना की मैंने तारीफ सुनी है।'' वर्षा बोली।

''वह भी रिपर्टरी छोड़ गयी।'' सूर्यभान मुस्कराये, ''यहाँ एक सौ दो एपिसोड का एक सीरियल बन रहा है। उसमें उसे प्रमुख भूमिका मिली है। एक किस्त का पारिश्रमिक डेढ़ हजार मिलेगा। हिसाब लगा लो, कितना हुआ।''

''पहले यहाँ एक जगह के लिए दस उम्मीदवार होते थे।'' अर्चना बोली, ''अब हालत यह है कि 'सी' क्लास एक्टर भी यहाँ टिकना नहीं चाहता।''

''पिछले साल स्कूल की प्रवेश समिति में मैं था।'' सूर्यभान ने कहा, ''लगभग सभी उम्मीदवारों का तौर-तरीका ऐसा था, जैसा थियेटर को सिनेमा के स्टेपिंग स्टोन की तरह इस्तेमाल कर रहे हों।''

''तीसरे साल के चार-पाँच लोग तो जिस दिन इम्तिहान खत्म हुआ, उसी दिन रात की गाड़ी से बंबई के लिए कूच कर गये।'' ममता बोली, ''स्टार बनने में एक दिन की भी देर क्यों हो?'

''बंबई पर हमारे हमले के कुछ फायदे भी हुए हैं।'' वर्षा ने कहा, ''कला-फिल्मों से हमारे लोग पहले से जुड़े रहे हैं। अब मुख्य धारा सिनेमा में भी हमने साबित किया है कि प्रशिक्षित कलाकार ज्यादा भरोसेमंद, कुशल और प्रभावी हैं। धारावाहिकों और टेलीफिल्मों में तो हमारे ही लोग भरे हुए हैं। बहुत धीरे-धीरे ही सही, पर इससे माहौल के कुछ कोनों का तो संस्कार होगा।... यहाँ मैं उस विलक्षण लाभ की बात नहीं कर रही हूँ, जो हमें व्यक्ति के रूप में हुआ है।''

कई नये कलाकारों से भेंट हुई।

''वर्षाजी, आप हमारी आदर्श हैं।'' एक अभिनेत्री ने अपना मत प्रकट किया।

''इस सेशन के आखिर में हम भी रिपर्टरी छोड़ रहे हैं।'' दूसरी बोली, ''हम ट्रेनी एपरेंटिस हैं।''

थोड़ी देर पहले वर्षा को जो सिहरन हुई थी, उसकी जगह अब झीने अवसाद ने ले ली।

'' 'चार मौसम' के बारे में मैंने पढ़ा था वर्षा!'' सूर्यभान बोले, ''अच्छा लगा। अपना प्रोडक्शन यहाँ क्यों नहीं लातीं? ट्रेड फेयर अथॉरिटी स्पांसर करती है।''

''वर्षाजी तो अब हॉलीवुड की तैयारी कर रही होंगी।'' एक अभिनेता बोला, ''इनके पास समय कहाँ होगा?''

वर्षा मुस्कराकर रह गयी। कैमरे के पैनिंग शॉट की तरह नये कलाकारों के चेहरों पर निगाह फेरी। सबकी आँखों में सिनेमास्कोपी सपने कुलबुला रहे थे।

"डिक्टेटर की क्या खबर है?" वर्षा ने पूछा।

पिछले वर्ष डॉक्टर अटल ने यकायक स्कूल से त्यागपत्र दे दिया था। समाचार पत्र देखते हुए वर्षा स्तंभित रह गयी थी। तुरंत उनके घर का नंबर डायल करने लगी। फिर ठिठक गयी। बात क्या करेगी, मुझे बताइये, आपने क्यों इस्तीफा दिया। उनकी बजाय सूर्यभान का नंबर मिलाया। "वे दो दिन पहले विदेश चले गये हैं। थिएटर आर्कीटेक्चर पर बड़ी किताब लिख रहे हैं। स्कूल यूनियन में एक-दो रंगविरोधी तत्व घुस आये हैं, जो अनरीजनेबिल माँगों पर अड़े हुए थे। संस्कृति मंत्रालय से भी वे नाराज थे, जो उनकी तीन-चार योजनाओं को अरसे से पेपरवेट तले दबाये हैं।"

उनकी जगह आदित्य के बैच के श्याममोहन ले रहे थे। वर्षा पर कुछ दिनों अजीब-सी उदासी छायी रही। फिर अपने को समझाया, दशरथ की जगह राम लेते हैं, सुभद्रा देवी की जगह कंचनप्रभा--संसार का यही नियम है)।

"आजकल लंदन में हैं।" सूर्यभान बोले, "इंडिया ऑफिस लायब्रेरी कंसल्ट कर रहे हैं। किताब के छह अध्याय पूरे हो गये हैं।"

मन के एक स्तर पर वर्षा को डॉक्टर अटल की अनुपस्थिति भली लगी। विद्यालय से सामूहिक पलायन के दृश्य देखने से वे बच गये। 'अपने-अपने नर्क', में 'प्राग स्प्रिंग' का उल्लेख था। इस उदारवादी दौर की समाप्ति प्राग में रूसी टैंकों के आगमन से हुई, जिसके बाद अलग-अलग विधाओं के तमाम प्रख्यात कलाकार देश को छोड़ गये। रंगमंच का 'दिल्ली स्प्रिंग' मुंबई के आह्वान से मुरझा गया।

"सिलबिल, अब तो झल्ली का भी ब्याह हो गया।" जीजाजी बोले, "अब तुम्हें क्या कहना है?"

वर्षा जब बंबई लौटी, तो बौखला गयी। हर तरफ से तारीखों की हाय-हाय मची थी। नीरजा का नया सेट तैयार खड़ा था। दस्यु-सुंदरी वाली फिल्म का इनडोर काम हो चुका था, अब वे लोकेशन पर जाना चाहते थे। एक कला फिल्म फ्लोर पर जाने को तैयार थी, दूसरी की डबिंग करनी थी। सिद्धार्थ नया शिड्यूल शुरू करना चाहता था। एक पुरानी फिल्म में पैचवर्क निकल आया था। दो निर्माता अपनी कहानी सुनाने को उतावले थे।

सांताक्रुज हवाई अड्डे से ही वर्षा पांडे के साथ नीरजा के सेट पर चली गयी। मैनाक को किसी अन्य फिल्म के लोकेशन पर बाहर जाना था। उनके पास यही एक हफ्ता था। नीरजा थोड़ी घबरायी हुई थी। 'आशा महल' के कारण उसकी फिल्म पिछड़ रही थी।

"नीरजा, तुम चिंता मत करो।" वर्षा ने कहा, "मैनाकजी के साथ के दृश्य इस हफ्ते में पूरे कर लूँगी। मेरे अलावा वाला उनका काम तुमने निपटा ही लिया है। महीने भर मैं तुम्हारे शिड्यूल को सबसे ऊपर रखूँगी। समय मिलेगा, तो दूसरी शिफ्ट सिद्धार्थ के साथ कर लूँगी।"

रात को दस बजे जब वर्षा लौटी, तो 'नारी केंद्र' स्वागत के लिए दरवाजे पर खड़ा था।

"क्यों, मेरे पीछे वी.सी.आर. पर हजार फिल्में देख लीं न' वर्षा ने हँस कर पूछा।

"क्या दीदी, दिन भर बोर होते थे।" झुमकी बोली।

''दीदी, इतनी लंबी तारीखें मत दिया करो।'' झुमकी बोली।

झल्ली सिर्फ मुस्करायी। गुमसुम लगी।

हर्ष नहीं आया, नहाते हुए वर्षा ने सोचा। उसे उम्मीद थी, हर्ष हवाई अड्डे पर पदार्पण करेगा। वहाँ नहीं मिला, तो सोचा, रात को घर जरूर पहुँचा हुआ होगा।

''जिज्जी, थोड़ी वाइन दूँ' झल्ली ने पूछा (झुमकी का यह दायित्व अब झल्ली ने सँभाल लिया था। मदिरा-प्रकोष्ठ के बारे में अब झल्ली और हेमलता की धारणा बदल गयी थी। जिज्जी, नीरजा, मीरा, हर्ष, चतुर्भुज, सिद्धार्थ--कितने लोगों को चषक के साथ नॉर्मल देखने के बाद दोनों आश्वस्त हो गयी थीं।)।

सिर हिलाते हुए वर्षा अपनी पसंदीदा जगह बड़े तकिये से टिक कर बैठ गयी। एक कुशन गोद में रख लिया। अंतराल के बाद दिनचर्या में वापसी के कील-पेंच जोड़ने में असमंजस था, पर घर में होने पर आश्वस्ति थी। इस आसन पर बैठा देख कर हर्ष ने उसे 'परिवार की मुखिया' की उपाधि दी थी। यों खाने की मेज पर, पता नहीं कैसे, यह जगह हर्ष के लिए सुरक्षित हो गयी थी (इसमें वर्षा को झल्ली और झुमकी की साजिश दिखायी दी थी!)।

''दीदी, इसको थोड़ा और दुलार कर लो।'' हेमलता मुस्करायी।

कुरुबक के साथ वर्षा का मधुर मिलन संपन्न हो चुका था, पर वह उसकी गोद में चढ़ने की कोशिश के साथ कूँ-कूँ किये जा रही थी।

''जीसस... शी हैज बिकम डिमांडिग लाइक ए लवर!'' झल्ली ने टिप्पणी की।

वर्षा एक पल को चौंकी। फिर सहज हो गयी। दिन में दस बार 'ऊप्स', 'टच बुड' और 'जिज्जी, कम ऑन यार!' का आलाप लेने वाली, 54 सुल्तान गंज में (जहाँ कोने-कोने में कविकुल-गुरु की उपमाएँ जुगनुओं-सी टिमटिमा रही थीं।) पल्लवित झल्ली का ऐसा रूप उसे माधवी-लता के विकास के समान स्वाभाविक ही प्रतीत हुआ।

''हर्ष की क्या खबर है' वर्षा ने घूँट लिया और कुरुबक की पीठ सहलाने लगी।

''करीब रोज आते थे। नहीं तो फोन जरूर करते थे।'' झल्ली बोली।

''हम सबको माउंट मैरी फेयर ले गये थे।'' हेमलता ने कहा।

''दस दिन से कुछ पता नहीं।'' झल्ली ने उसकी ओर देखा, ''मैंने फोन किया, तो रंजनाजी बोलीं, शहर के बाहर गये हैं और रिसीवर रख दिया।''

वर्षा कुछ पल चुप रही। सोचा, कल एंड्री को फोन करेगी।

''मेरे बैग में लड्डुओं का पैकेट होगा।'' वर्षा बोली, ''मम्मी ने हर्ष के लिए भेजा है।''

वर्षा को उम्मीद थी, झल्ली कहेगी, मैं सब खा जाऊँगी। एक बचाकर हर्ष भैया को दूँगी। पर वह चुप रही।

''फ्रिज में रख देती हूँ।'' हेमलता उठ गयी।

''कुकर की सीटी नहीं बजी' झुमकी भी रसोई में चली गयी।

वर्षा को थोड़ा अटपटा लगा।

''जिज्जी, तुमसे कुछ कहना है।'' झल्ली बोली।

उसके चेहरे पर ऐसी आशंका वर्षा ने कभी नहीं देखी थी। आज हमेशा के जैसा सिंगार-पिटार भी नहीं था। ढीला शलवार-कुर्ता पहन रखा था। न आँखों में काजल की रेखाएँ थीं, न बालों की अट्टालिका बनी थी।

''तुम डाँटोगी तो नहीं'

''बात क्या है' वर्षा को उलझन हुई। सोचा, या तो इसके हाथ से कोई कीमती चीज खराब हो गयी है या कार से छोटी-मोटी टक्कर हो गयी है। (पिछले दिनों उसने कारचालन शुरू कर दिया था--सौजन्य हर्ष भैया।))।

''जिज्जी, मुझसे कोई अनुचित बात नहीं हुई। मैं तुम्हें छूकर सौगंध खाती हूँ।'' झल्ली ने हाथ बढ़ाकर उसके पाँव छुये। उसका स्वर भर्रा गया था और वह निगाह मिला कर उसकी ओर देख नहीं पा रही थी।

''झल्ली, अभी तुम कितना नांदीपाठ करोगी'

''वो है न...नैनरंजन...'' झल्ली ने थूक-सा गटका।

''कौन'

''यू आर टू मच जिज्जी!... तुम्हारे पास कितनी बार आया है... 'माखन चोर' का ग्रैंडसन...''

'उत्तर भारतीय समाज' ने उत्तर प्रदेश की विभूति होने के नाते वर्षा का अभिनंदन किया था। उसके अध्यक्ष गोपाल मिश्र और उनके बेटे मुरारी से तो भेंट हुई थी, मुरारी का बेटा नैनरंजन भी समारोह के सिलसिले में चार-पाँच बार वर्षा के पास आया था। पहली बार आने का कारण था वर्षा का प्रामाणिक जीवन वृत्त लेना, जिसे स्मारिका में प्रकाशित होना था।

लगभग पचास साल पहले गोपाल मिश्र लोटी-डोर और सत्तू की पोटली लेकर बंबई आये थे। अब वह माखनचोर प्राइवेट लिमिटेड के मैनेजिंग डायरेक्टर थे, जिसकी कोलाबा से विरार और क्राफोर्ड मार्केट से मुलुंड तक इक्कीस दुकानें थीं। 'माखनचोर' शुद्ध दूध, दही और उत्तम मिठाइयों के लिए मशहूर था। मुख्य कार्यालय और निवास का तीनमंजिला बंगला जोगेश्वरी में ही था, जहाँ दूसरे की डेरी में दूध दुहने से गोपाल मिश्र ने अपना उद्यम शुरू किया था।

पहली बार नैनरंजन से मिलकर ही वर्षा प्रमुदित हो गयी थी। उसका मनोहारी रूप, निश्छलता और विनयशीलता देखते ही बनती थी (जीवन वृत्त देने के बाद वर्षा ने पूछा, तुम्हें कहाँ जाना है मैं तुम्हें कहीं छोड़ सकती हूँ'' तो नैन सकुचा गया। अपराध भाव से बोला, ''जी, मैं गाड़ी लिए हूँ।'' बाद में मालूम हुआ कि घर में पाँच प्राणी हैं और कारें भी इतनी ही हैं। अपना परिचय देते हुए उसने सिर्फ इतना कहा था कि मैं 'माखन चोर' से हूँ।)। समारोह के समय वर्षा को उसकी संपन्नता के विस्तार मालूम हुए। तीखे नक्श, बड़ी-बड़ी आँखें और माइकेल जैक्सन जैसे बालों के साथ वह लॉर्ड जिम की कमीज और पियरे कारदां की ट्राउजर में अतिथियों की अभ्यर्थना कर रहा था।

''नैनरंजन, तुम्हें तो कवि होना चाहिए था!'' वर्षा ने चुटकी ली थी।

''नैन को आप कवि ही समझिए वर्षाजी!'' गोपाल मिश्र हँसे, ''अंतर इतना ही है कि इसकी रचनाएँ सुनने की चीज नहीं, चखने की है। आप इसके हाथ की बनी केसरिया बर्फी

खाकर देखिए। दो पल के भीतर आपके मुँह में ही न घुल जाये तो कहिए। फैक्टरी में क्वालिटी कंट्रोल नैन के हाथ में है। यह सूंघ कर बता देता है कि कौन-से थाल का खोया ठीक है और कौन से थाल का नहीं।''

''तो क्या हुआ?'

वर्षा के चेहरे का भाव देखकर झल्ली मलिन पड़ गयी। सूखे गले से बताना शुरू किया, समारोह के तीन-चार दिन बाद जब झल्ली बांद्रा में अंग्रेजी-संभाषण का क्लास खत्म करके इंस्टीट्यूट से निकली, तो बाहर 'अचानक' अपनी मारुति से उतरता हुआ नैन मिल गया। 'मिश्र परिवार के साथ जिज्जी के अच्छे संबंधों के कारण' बेचारी को नैन के साथ कॉफी पीनी पड़ी। कालांतर में नैन के साथ न्यू टॉकीज में मैटिनी में उसने दो फिल्में देखी--'ब्रेकडांस' और 'टफ टर्फ'। वीडियो लाइब्रेरी में भी आने से पहले 'द अनबियरेबिल लाइटनेस ऑफ बीइंग' के जिस कैसेट को घर लाकर झल्ली ने वर्षा की वाहवाही पायी थी, वह वस्तुत: नैन की देन थी। प्रेम कहानी के निर्मल प्रवाह में जालिम जमाने का प्रतिरोध तब आया, जब वर्षा के लोकेशन-प्रवास में हेमलता ने उसे फोन पर नैन से बात करते हुए पकड़ लिया। भाभी उससे भले ही थोड़ी-सी ही बड़ी थी, पर थी तो परिवार की बहू। घर की मर्यादा पर आँच आने की आशंका से हेमलता लरज उठी, ''झल्ली, दीदी से पूछे बिना प्रेम करने की तुम्हारी हिम्मत कैसे हुई?'' दीदी सुनेंगी, तो उन्हें कितनी चोट पहुँचेगी। तुम्हारे भैया को पता चलेगा, तो मुझे ही डाँटेंगे न!'' भाभी ने अपना निर्णय सुना दिया, ''जब तक दीदी नहीं आतीं, तब तक कोचिंग क्लास में तुम्हारे साथ मैं चलूँगी। कुछ ऊँच-नीच हो गया, तो सब मुझे ही दोषी ठहरायेंगे।'' शाम को हर्ष आया, तो घर का तनाव मुखर था। भाभी ने उसे झल्ली द्वारा 'गलत कदम उठाये जाने' की सूचना दे दी। हर्ष ने हफ्ते भर नैन के बारे में यहाँ-वहाँ से जानकारी ली। फिर उसने कहीं बाहर अकेले नैन का इंटरव्यू किया, जिसका लिखित परिणाम उसने भाभी को झल्ली के सामने पर उसे दिखाये बिना दे दिया। हर्ष के आग्रह पर झल्ली ने कसम खायी कि जिज्जी के आने तक वह नैन से नहीं मिलेगी। झल्ली ने अपनी तरफ से वादा किया कि वह नैन से फोन पर भी बात नहीं करेगी।

''हूँ...'' वर्षा ने बड़ी-बूढ़ी की तरह हुंकारा भरा। वह अपनी हँसी रोके हुए थी।

''पिछले हफ्ते नैन का फोन आया था। मैंने 'हलो' के बाद कोई बात नहीं की। रिसीवर रखकर भाभी को बुला दिया। नैन ने भाभी से क्या कहा, मुझे नहीं मालूम।''

''हेमलता ने ठीक कहा है। बड़ों से पूछे बिना कहीं प्रेम किया जाता है?''

झल्ली ऐसे सामने बैठी थी, जैसे उससे गौवध हो गया हो। (बेचारी में इतनी तार्किक शक्ति भी नहीं बची कि पूछे, हर्ष से प्रेम करने से पहले तुमने दद्दा से पूछा था? भाभी से जरूर उसने यह जिज्ञासा कर दी थी। भाभी ने करारा जवाब दिया, ''प्रेम करने में दीदी की बराबरी करने से पहले कला की साधना में दस साल घर वालों का विरोध सहो, अपने पाँवों पर खड़ी हो और राष्ट्रीय पुरस्कार जीत कर दिखाओ।'' मिल एंड बूनस के सहारे खड़ा झल्ली का भावजगत पल भर में ढेर हो गया।))।

वर्षा तनिक खाँसी (पहली बार 'परिवार की मुखिया' की भूमिका खासी मनोरंजक

साबित हो रही थी।), "अगर नैन हमें पसंद नहीं आया, तो?"

"जो तुम कहोगी, मैं वही करूँगी।"

यह है नयी पीढ़ी का प्रेम, वर्षा ने सोचा, न इंटैग्रिटी है, न जोखिम का साहस।

मौन का दूसरा अर्थ निकालकर झल्ली विदीर्ण हो गयी, "मुझसे भूल हो गयी जिज्जी! एक बार क्षमा कर दो।"

"सोचती हूँ।" कह कर वर्षा ने कुछ पल सोचा। फिर आवाज लगायी, "हेमा..."

"आयी दीदी!" हेमलता तुरंत दूसरे कमरे से निकल आयी।

"हर्ष ने जो कागज दिया था, जरा दिखाओगी।"

हेमलता ने पल्लू में छिपा हाथ आगे बढ़ाया।

"नैनरंजन बहुत नेक, परिश्रमी और होनहार है। मैं कुमारी वर्षा वशिष्ठ से उसकी प्रबल सिफारिश करता हूँ। अगर मूल्यांकन अंकों में किया जाये, तो हमारी लड़की को सौ में चालीस अंक मिलेंगे और नैन को सौ में सौ।"

वर्षा ने हेमलता को देखा। दोनों के चेहरे पर मुस्कान थी।

झल्ली का सिर झुका हुआ था।

तभी दरवाजे की घंटी बजी।

" 'माखनचोर' आये हैं। झुमकी ने चंचल मुस्कान से सूचना दी (उसने नैन का यही नाम रख दिया था!)!

नैन अभिवादन के साथ भीतर घुसा, "दीदी, नमस्ते! ... भाभी, नमस्ते!" फिर झल्ली की ओर देखा, "हैलो..."

"हैलो..." जिज्जी के चरणों को देखती हुई झल्ली बोली।

"बैठो नैन!" वर्षा बोली।

नैन सामने बैठ गया। वह बिलकुल आत्मसजग नहीं था।

"जिज्जी, मैं जाऊँ?" झल्ली ने कातर भाव से अनुमति चाही।

परिवार की मुखिया के सिर हिलाने पर झल्ली उठ गयी।

हेमा भी उठने लगी, तो वर्षा ने उसे बैठे रहने का संकेत किया।

"नैन, तुम्हें कैसे मालूम पड़ा कि मैं आ गयी हूँ'

"क्या है दीदी कि इंडियन एयरलाइंस के एक ऑफीसर हमारे पुराने ग्राहक हैं। मैंने उनसे प्रार्थना की थी कि आपके आते ही मुझे फोन कर दें।" नैन मुस्कराया, "अब आप पूछेंगी, मुझसे बात करने की इतनी जल्दी क्या थी? इसका कारण यह है कि पिताजी वाराणसी में मेरे रिश्ते की बात कर रहे हैं। पिछले सप्ताह मैंने दादा-दादी को 'ज्वैल' के बारे में (झल्ली नाम का महानगरीय रूपांतर) बता दिया है। दादा आपसे मिलना चाहते हैं। वह कब आ जायें?"

वर्षा को छुटकारे से भरा ताज्जुब हुआ। वह जिसे प्रेम-व्यापार समझ रही थी, वह वस्तुतः शादी की प्रस्तावना थी!

"तुम पगले हो नैन!" वर्षा हँसने लगी, "दादा क्यों आयेंगे हम लड़की वाले हैं। हम आयेंगे।"

तभी फोन की घंटी बजी।

''हाँ, सब ठीक है... तुम अच्छे हो न ..हाँ, जिज्जी यहीं हैं। आज सुबह ही लौटी हैं...'' हेमा ने मुस्कान के साथ रिसीवर बढ़ाया, ''शाहजहाँपुर से... पिछले महीने वहाँ फोन लग गया है।''

वर्षा की पहली प्रतिक्रिया विस्मय की थी। ५४, सुल्तान गंज को फोन के साथ जोड़ पाना सरल नहीं था।

''मैं मजे में हूँ किशोर! तुम्हारी क्या खबर है .. हेमा की चिंता मत करना। थोड़ी मोटी करके भेजूँगी।''

हेमलता पल्लू में मुँह छिपाकर हँसी।

''दद्दा यहाँ ..मैं तो तुमसे पूछने वाली थी... एक मिनट...'' वर्षा ने हेमलता की ओर देखा, ''यहाँ दद्दा की चिट्ठी आयी है?''

हेमलता ने नाहीं में सिर हिलाया।

''नहीं, यहाँ कोई खबर नहीं।''

''कोई गड़बड़ है जिज्जी! अठारह दिन पहले रामेश्वरम से आयी चिट्ठी में उन्होंने लिखा था, मेरी तबीयत ठीक नहीं। मैं बंबई होते हुए वापस लौटने की सोच रहा हूँ। मैं समझ रहा था, वह तुम्हारे पास होंगे। आज सुबह हेमा की चिट्ठी मिली, जिसमें उसने दद्दा की खबर पूछी है। पिछले हफ्ते बड़े भैया की चिट्ठी आयी थी। उनके पास भी कोई समाचार नहीं।''

''चिट्ठी में कोई पता दिया था?''

''हिंदू धर्मशाला लिखा था।''

''उनके पास पैसे तो कम नहीं पड़ गये?''

''ऐसा होना तो नहीं चाहिए। दो हजार लेकर गये हैं। मैंने कह भी दिया था, जरूरत पड़े, तो तार कर दें।''

वर्षा पल भर सोचती रही।

किशोर का स्वर विह्वल हो गया, ''जिज्जी, वह जरूर बीमार पड़ गये हैं।''

''तू घबरा मत। मैं पता करवाती हूँ।''

घंटे भर के भीतर एक डी.सी.पी. आये और दद्दा की फोटो तथा अन्य विस्तार ले गये (वर्षा ने महाराष्ट्र के गृह राज्य मंत्री को फोन किया था।)। चंद्रप्रकाश के एक मैनेजर भी दद्दा की तस्वीर ले गये। चंद्रप्रकाश ने तुरंत अपने मद्रास कार्यालय को टेलेक्स भिजवा दिया। ''सुबह कूरियर सर्विस से तस्वीर चली जायेगी,'' उन्होंने फोन पर आश्वासन दिया।

अगले तीन दिन तनाव में बीते।

अगले दिन दोपहर से ही अलग-अलग तरह की रिपोर्ट आने लगी। बारह दिन पहले शर्माजी ने हिंदू धर्मशाला छोड़ दी थी। स्थानीय अस्पतालों के भर्ती-रजिस्टर में उनका नाम नहीं निकला। इस आयु-वर्ग की कोई लावारिस लाश भी नहीं मिली, डी.सी.पी. ने बताया। ''पिताजी की हुलिया से मिलता-जुलता व्यक्ति मदुरै की बस में बैठता हुआ देखा

गया है। मेरे सिक्योरिटी ऑफीसर फोलो-ऑन कर रहे हैं,'' चंद्रप्रकाश ने रात को बताया।

तीसरे दिन दोपहर को जब वर्षा मैनाक के साथ एक रूमानी दृश्य शूट कर रही थी और वर्षा का ड्राइवर बाहर खड़ी टोयोटा के काँच चमका रहा था, तो शर्माजी बोरीबंदर स्टेशन पर उतरे। गाड़ी लेट थी। लगभग छत्तीस घंटे के सफर के बाद बूढ़ी हड्डियाँ क्लांत हो गयी थीं। इस पर ज्वर भी था। एक हाथ में टीन का बदरंग पुराना बक्सा था, दूसरे में रस्सी से बँधा बिस्तर। द्वार की ओर बढ़ते हुए शर्माजी यकायक ठिठक गये। 'सैलाब' के रंगीन पोस्टर से सिलबिल का मुस्कराता मुखड़ा उनकी ओर देख रहा था।

बाहर निकलकर शर्माजी स्तब्ध रह गये। भीड़ की ऐसी यंत्रणामयी सघनता से चक्कर-सा आने लगा। यों महसूस हुआ, जैसे दम घुटने लगा हो (इतने लोगों से भरे भवन को देखकर ऐसा जान पड़ता है, मानो भीतर आग की लपटें उठी हुई हों। मेरा एकांत में रमने वाला मन तो चाहता है कि यहाँ से तत्काल भाग खड़ा होऊँ। आश्रम से राजधानी पहुँचने पर शार्गंरव की पीड़ा याद आयी।)।

क्या करें, क्या न करें, कुछ समझ नहीं आया। किशोर ने हिदायत दी थी, अगर आप अपने आने की सूचना न दे पायें, तो स्टेशन पहुँचकर जिज्जी को फोन कर दें। जिज्जी तो स्टूडियो में होंगी, पर झल्ली कार लेकर आ जायेगी।

शर्माजी फिर भीतर आ यगे। कई स्थानीय फोन लगे थे। एक के निकट आकर उन्होंने सूक्ष्म परीक्षण किया, इस्तेमाल के निर्देश पढ़े। यहाँ-वहाँ देखकर चौकन्ने भाव से रिसीवर उठाकर कानों से लगाया, पर 'सनसना देने वाले' डायल टोन को सुनते ही हिम्मत जवाब दे गयी। दहकते अंगारे की तरह उसे वापस रख दिया। (जिंदगी में कभी उन्होंने फोन पर बात नहीं की थी। पर मजेदार तथ्य यह था कि सिलबिल का सात अंकों का नंबर उन्हें 'हनुमान चालीसा' के समान कंठस्थ था!)।

शर्माजी फिर बाहर आ गये। टैक्सियों की कतार के पास सिपाही खड़ा था। शर्मा जी ने हिचकते हुए उसके पास जाकर वर्सोवा का नाम लिया। उन्हें विश्वास था, अपने प्रदेश की पुलिस की तरह सिपाही पहले घुड़केगा, फिर बात करेगा। पर उसने भलमनसाहत से एक टैक्सी वाले से पूछ कर बता दिया, वर्सोवा तक जाने में लगभग सौ रुपये लग जायेंगे।

एक ही शहर में इतनी दूरियाँ शर्माजी के भूगोल से परे थीं। सौ रुपये के रेल-टिकट से तो वह इतनी लंबी यात्रा करके आये थे।

सिपाही के निर्देश पर वह फिर स्टेशन की ओर मुड़े और स्थानीय गाड़ियों वाले हिस्से में प्रविष्ट हुए। चाय के स्टाल वाले ने उन्हें अगले मोर्चे की रूपरेखा बता दी (एक ही शहर में चलने वाली दो किस्म की रेलवे सेवाओं की उलझन ने महानगर के अजनबीपन से भरे संत्रास को और गहरा कर दिया।)। आधे घंटे तक अपनी कतार में सरकने के बाद उन्होंने अंधेरी का टिकट लिया। फिर मध्य रेलवे की बांद्रा जाने वाली लोकल में सहमे-से बैठ गये (एक के बाद एक दो सहयात्रियों से आश्वासन ले लिया कि वे सही गाड़ी में ही हैं।)। फिर बांद्रा आने पर लंबा पुल पार करते हुए दो बार भटके और एक सज्जन की सहायता से पश्चिमी रेलवे के प्लेटफॉर्म नंबर एक पर ऐसी जगह खड़े कर दिये गये, जहाँ दूसरे दर्जे का

डिब्बा रुकता था। एक के बाद एक तीन गाड़ियों में बदहवास हो उन्होंने घुसने की कोशिश की, पर नाकामयाब रहे। आखिर एक नौजवान की मदद से चौथी गाड़ी में इस मुहिम पर सफलता मिली। अगर फिर एक और नौजवान बिस्तर न उठाता, तो अँधेरी पर उतरने के बजाय शर्माजी का बोरीवली पहुँचना अनिवार्य था।

वी.टी. पर उतरने के लगभग तीन घंटे बाद जब शर्माजी 'सिलवर सेंड' के दरवाजे पर पहुँचे, तो बिल्डिंग की भव्यता से आतंकित हो गये।

''ओ बुड्ढा, कहाँ घुसता है?'' वर्दीधारी चौकीदार ने डपटकर पूछा।

शर्माजी ने बुदबुदाकर सिलबिल का औपचारिक नाम लिया।

''मेम साब बाहर हैं।''

तभी पीछे से आती वर्षा की टोयोटा ने हॉर्न दिया (झल्ली के इंस्टीट्यूट जाने का समय हो गया था।)।

''एक्सक्यूज मी सर,'' सफेद वर्दी और कैप वाले ड्राइवर ने पूछा, ''आप कहीं मैडम के फादर तो नहीं?''

''दद्दा, ऐसे करना चाहिए?'' वर्षा ने पहली बार पिता को कठघरे में खड़ा किया, ''एक पोस्टकार्ड तो डाल सकते थे। सब लोग कितने चिंतित हुए।''

पिता दूसरे बेडरूम में लिटा दिये गये थे। नर्म कंबल ओढ़े थे। वह ऐसे बालक की तरह मुस्कराये, जिसकी शरारत पकड़ ली गयी हो।

झल्ली का संदेश पाकर जब वर्षा काम छोड़कर भागती हुई आयी, तो डॉक्टर कन्नो पिता का मुआयना कर रहे थे (झल्ली की समझदारी वर्षा ने स्वीकार कर ली)।

''चिंता की कोई बात नहीं। कमजोरी में भीग जाने से बुखार हो गया है। कुछ दिन आराम करने दीजिए। ठीक हो जायेंगे।''

झल्ली ने प्रैस्क्रिप्शन लेकर ड्राइवर को दे दिया।

''गर्म चीजें पिलाइए। वैजीटेबिल, टमाटो सूप दिन में तीन-चार बार लीजिए।'' डॉक्टर ने अपना बैग उठाया, ''मैं कल सुबह आऊँगा।...पिताजी, आगे आप भारत-भ्रमण पर निकलें, तो कृपया किसी को साथ ले लें।''

नारी-केंद्र मुस्कराया।

''दद्दा, तुम कहाँ चले गये थे?'' झल्ली ने ओवलटीन मिले दूध का गिलास बढ़ाते हुए पूछा।

पिता महसूस कर रहे थे कि 'सिलवर सेंड' में परिवार के लोगों से संबंध की प्रकृति किंचित बदल गयी है। भव्यता की उनकी जो शाहजहाँपुरी अवधारणा थी, सिलबिल का निवास उससे भी परे निकला। ''अच्छा, यहाँ हर कमरे में गलीचे बिछे हुए हैं!'' झल्ली उनसे लेट जाने का अनुरोध कर रही थी और वह उल्लास भरे कौतुक से फ्लैट का निरीक्षण कर रहे थे। कुकिंग रेंज, हॉट केस, ऑटोमैटिक टोस्टर, मिक्सर, ग्रांइडर, फ्रिज, वाशिंग मशीन, छह लांग-प्लेइंग अपने आप सँभालने वाली टर्नटेबिल, बड़े-बड़े स्पीकर, टी.वी., वी.सी.आर., एयरकंडीशनर--उन्होंने सबकी पड़ताल की। उजली वर्दी में जिस ड्राइवर को

देख कर वह सकपकाये थे, वह वस्तुतः वर्षा का मुलाजिम निकला। वर्षा की कार बाहर से ही देखकर वह चमत्कृत हुए। यहाँ प्रथम दर्शन में महानगर की मैथिली बनी झल्ली उन्हें अंशतः परिचित लगी थी। चौकीदार द्वारा पिता के आने की खबर पाते ही झल्ली बदहवास-सी दौड़ती हुई बाहर आ गयी थी। हेमलता को जरूर इतना समय मिल गया था कि वह डंग्रीज उताकर साड़ी बाँध ले। "जिज्जी, दद्दा ने मुझे जेब्रा पेंट पहने देख लिया। मुझे बदलने का ध्यान ही नहीं रहा।" उसने बाद में सफाई दी थी। "कुछ बोलें, तो कहना, जिज्जी ने ये कपड़े ले दिये थे।" वर्षा ने 'कामसूत्र' अपने वार्डरोब में छिपाते हुए सांत्वना दी। पर पिता ने कुछ नहीं कहा। बस, एक नजर झल्ली के नये पहनावे को देख लेते थे।

"बताऊँ' ऐसे विनोदी ढंग से नयी पीढ़ी को वह पहली बार संबोधित कर रहे थे, "जैसे अश्वमेध यज्ञ के समय रघु का अश्व पहली बार राज्य से बाहर निकला, वैसे ही मैंने भी पहली बार उत्तर प्रदेश से बाहर पाँव रखा। दक्षिण के पांड्य राजाओं ने ताम्रपर्णी और समुद्र-संगम से बटोरे मोती रघु को ऐसे सौंप दिये थे, मानो अपना बटोरा हुआ यश ही उन्हें दे डाला हो। मैंने भी सोचा, थोड़ा-सा पुण्य बटोर लूँ। सो मद बहाते गजराज के समान बौराया-सा घूमता रहा--तंजौर, महाबलीपुरम्, मदुरै...रामेश्वरम में एक सिद्ध ज्योतिषी को मैंने तुम्हारी और सिलबिल की जन्मकुंडली दिखायी थी। सिलबिल के लिए उन्होंने कहा, एक साल के भीतर लग्न का योग है। पर तुम्हारे ग्रहों में राहु प्रबल निकला। उन्होंने कहा, आप तिरुपति जाकर निवारण की प्रार्थना कीजिए।"

"तबीयत ठीक नहीं थी, तो पहले यहाँ आना चाहिए था।" वर्षा बोली, "मैं तुम्हें थोड़े आराम से भिजवाती। हेमलता और झल्ली भी साथ जाकर दर्शन कर लेतीं।"

"मुझे झल्ली की बहुत चिंता है सिलबिल!" पिता अपनी धुन में कहते गये, "तुम मनमानी करती हो, पर आत्मनिर्भर हो। झल्ली तो किसी नौकरी के भी योग्य नहीं। मेरे पास कुछ नहीं है। किशोर का काम नया है और महादेव के सिर पर अपनी ही गिरस्ती का बोध है।"

वर्षा ने पल भर पिता के दुर्बल चेहरे की ओर देखा। फिर धीमे स्वर में कहा, "तुम चिंता मत करो दद्दा! मुरली वाले की कृपा से सब ठीक हो रहा है।"

शर्माजी की समझ में नहीं आया कि झल्ली क्यों अचानक बाहर गयी।

जैसे नायक के अभ्युत्थान और सौभाग्य के वर्णन में कविकुल-गुरु प्रफुल्लित होकर हरिणी छंद का प्रयोग करते थे, वैसे ही पिता के आगमन पर वर्षा भी प्रफुल्लित हो गयी थी (शायद इसलिए विशेष कि अभ्युत्थान के बाद उसका सौभाग्य आसपास बिखरा पड़ा था।), पर उसे यह अनुमान नहीं था कि उनके आगमन का पहला ही दिन 101, 'सिलवर सेंड' के जीवन-काव्य में मंदाक्रांता छंद बन जायेगा (कविकुल-तिलक ने प्रवास, विपत्ति तथा वर्षा के वर्णन में इसी छंद का व्यवहार किया था, जिन्हें वर्षा अपने पर्याय मानती आ रही थी!)।

कुरुबक के साथ दद्दा की पहली नाटकीय समक्षता पहले दिन अपरान्ह को संपन्न हुई।

"अरे..." वे लिविंग रूम में आते ही अचकचाकर खड़े रह गये।

झल्ली की गोद में बैठी कुरुबक नवागंतुक को देखते ही उछली और ठीक सामने स्थापित होकर उनका निरीक्षण करने लगी (घर में नियमित रूप से आने वाले दोनों पुरुष--हर्ष एवं पांडे उसके प्रति बहुत स्नेहशील थे। अपनी सहजबुद्धि से कुरुबक ने समझ लिया था कि हर्ष परिवार का होने वाला मुखिया है, इसलिए इससे बनाकर रखो। चुनांचे वह हर्ष का स्पर्श पाते ही उसके पाँवों से लिपटकर अपनी ऊष्मा प्रकट कर देती थी। जो दृष्टिकोण कुरुबक का हर्ष के प्रति था, वही पांडे का कुरुबक के प्रति। वे कुरुबक से बना कर रखते थे, क्योंकि वह स्वामिनी की पालतू थी।)। अगर पिता एक मीठा बोल ही बोल देते, तो कुरुबक संतुष्ट हो जाती, पर वे तो घुन्नायी हुई आँखों से उसे देख रहे थे। कुरुबक की धवल ऊष्मा वैसे ही काली पड़ गयी, जैसे इंद्रनीलमणि डाल देने पर दूध का रंग काला पड़ जाता है। उसने एक के बाद एक तीन मौंकों में अपनी पारदर्शी प्रक्रिया प्रकट कर दी (एक तो वह हर्ष के शब्दों में 'चार पैरों पर थरथराता इमोशन' थी और दूसरे, भावप्रवण अभिनेत्री के सान्निध्य से खासी 'इमोटिव' भी हो गयी थी!)।

"घर में श्वान..." पिता जुगुप्सा से बोले।

झल्ली ने लपककर कुरुबक को गोद में छिपा लिया और स्थिति की गंभीरता के मुताबिक उसे डाँटा, "कुरुबक, चुप करेगी या नहीं।"

"वेदपाठी ब्राह्मण के घर में श्वान का निवास शास्त्रों में वर्जित है।" पिता ने घोषणा की।

वर्षा ने हिम्मत करके तर्क दिया, "यह पशु बहुत स्वामिभक्त होता है दद्दा! युधिष्ठिर भी अपने कुत्ते के बिना स्वर्ग जाने को तैयार नहीं हुए थे।"

"वह द्वापर युग था। तब का पशु भी कलियुग के महामानव से श्रेष्ठ होता था।"

"यह 'लैप-डॉग' है दद्दा!" झल्ली ने अपने महानगरीय व्यक्तित्व की झलक दिखायी, "चुपचाप गोद में बैठा रहता है'

"अच्छा! तो क्या बंबई में 'हैड-डॉग' भी होते हैं'

महानगर में अपने क्षितिजों का नया-नया विस्तार करने वाली बेचारी झल्ली को इसका कोई उत्तर नहीं सूझा।

"और इसका नाम क्या रखा है क्या यह पुल्लिंग है?"

झल्ली ने इंकार में सिर हिलाया।

"यह एक और अनाचार है। ईश्वर ने प्राणी की जैसी रचना की है, उसको झुठलाते हुए अपनी इच्छा आरोपित करने की यह अनाधिकार और आपत्तिजनक हरकत है।" पिता ने स्थिर दृष्टि से नारी-केंद्र को देखा, "तथाकथित सौंदर्यबोधीय नामों के पीछे सिलबिल की ही प्रतिभा देखी गयी है (पिता शायद अभी तक 'यशोदा' नाम का तिरस्कार भूल नहीं पाये थे।) यह तुम्हारी ही मौलिक सूझबूझ होगी?"

वर्षा ने सिर जरा-सा हिलाया।

"सिलबिल, तुम्हें हो क्या गया है?" पिता स्तब्ध रह गये, "कविकुल-गुरु के प्रिय पुष्प को तुमने श्वान के साथ जोड़ दिया? काव्य-शास्त्र में औचित्य नाम का अलंकार भी होता है।"

झल्ली ने गहरी निगाह से वर्षा को देखा। इसका अभिप्राय था, यह मुद्दा मेरे ज्ञान-क्षेत्र से बाहर है। तुम ही इसका करारा जवाब दे सकती हो।

''यह नाम मुझे बहुत पसंद है।'' वर्षा धीमे स्वर में बोली, ''फिर इसका रेखाचित्र देखा, तो और भी मोहित हो गयी।''

पिता कुछ और सख्त कहने जा रहे थे, पर सिलबिल का कातर भाव देख कर रुक गये। फिर साथ ही उन्हें एक बुनियादी बात याद आ गयी, ''यह तो मांसाहारी होगी, अब यह मत कहना कि मैं इसे मौलिश्री और कदंब की पत्तियाँ खिलाती हूँ!''

वर्षा नीचे देखने लगी।

''सिलबिल!'' इस बार पिता का स्वर भर्रा गया, ''मैं अब तक इसी ग्लानि से दुग्ध हो रहा हूँ कि कुँवारी बेटी के घर में आया हूँ। क्या तुम यह अपेक्षा रखती हो कि सरयूपारीण ब्राह्मण उसी रसोई में खायेगा, जिसमें कुत्ते के लिए मांस पकता है?''

''क्षमा कर दो दद्दा!'' वर्षा ने खड़े होते हुए अपराध भाव से कहा, ''आज के बाद तुम इसे घर के भीतर नहीं देखोगे।''

कुरुबक को बाँहों में लिए वर्षा बाहर आ गयी। पीछे-पीछे विक्षुब्ध झल्ली थी, जिसने अपना रोष प्रकट करने के लिए दरवाजे के लैच को अतिरिक्त धड़ाके-से बंद कर दिया।

वर्षा के अभी तक क़न्या-रत्न पैदा नहीं हुआ था, इसलिए उसे कन्यादान का अनुभव नहीं था, पर इस समय उसके भीतर जैसी शहनाइयाँ बज रही थीं, उनकी गहनता बेटी की विदाई से कम नहीं थी।

चिकित्सा-शास्त्र में एक स्पर्श-थेरेपी भी बतायी गयी है। यह तो पता नहीं कि कुरुबक को इसका ज्ञान था, पर 'चार पाँवों पर भावना' होने के नाते अपनी स्वामिनी की बाँहों में बँधे-बँधे उसने वर्षा समेत नारी-केंद्र के आलोड़न का अनुभव जरूर कर लिया। फिर कुछ क्षण पहले माथे पर चंदन का टीका लगाये अनजाने व्यक्ति के कारण उसने जैसे डर का अनुभव किया था, उसे याद करके वह बहुत विचलित हो गयी। वर्षा के गले से उसने वैसे ही मुँह टिका दिया, जैसे धनुष चढ़ाये दुष्यंत को देखकर हिरनी आश्रम की तापसी की बाँहों में सिमट गयी थी।

झल्ली वर्षा और कुरुबक को बाँहों में भरते हुए रुआँसी हो गयी, ''कुरुबक को मत निकालो जिज्जी!'' और उसकी आँखों से दो आँसू बहने लगे।

''पगली, रोती क्यों है?'' वर्षा ने कहा और उसकी आँखें भी भर आयीं।

मौन के कुल पल सघन और लंबे थे। समाचारपत्रों में वर्षा कब से 'सह-अस्तित्व' शब्द पढ़ती आ रही थी, पर आज उसे पहली बार इसका नुकीला गूढ़ार्थ समझ में आया।

''अब मैं क्या करूँ?'' वर्षा ने जैसे दसों दिशाओं से पूछा।

दरवाजा खुला और उसे आहिस्ता-से बंद करते हुए झुमकी निकली। उसकी आँखें सूखी जरूर थीं, पर उनमें भी बेटी की विदाई का संकट थरथरा रहा था।

''दीदी,'' झुमकी ने नीचे की ओर संकेत किया, ''मिसेज डिसूजा...''

वर्षा ने झुमकी को ऐसे देखा, जैसे कुरुक्षेत्र में अक्षौहिणी सेना के सामने कंधे पर गाँडीव टाँगे किंकर्तव्यविमूढ़ अर्जुन को मार्ग-निर्देश मिल गया हो।

वर्षा के नेतृत्व में झल्ली और झुमकी नवीं मंजिल की सीढ़ियाँ उतरने लगीं।

"दद्दा इज टू मच!" झल्ली भड़क उठी, "ही इज सो आर्थोडॉक्स। दिस इज नॉट शाहजहाँपुर!"

गुस्सा तो वर्षा को भी था, पर कुछ बोली नहीं।

मिसेज डिसूजा के कितने आमंत्रणों के बावजूद वर्षा अभी तक उनके यहाँ नहीं जा पायी थी। आज स्यार को पूरे परिवार के साथ देखकर और स्यारसहित पूरे परिवार को विचलित देखकर वह स्तंभित रह गयी।

"मिसेज डिसूजा," वर्षा ने भीगी मुस्कान से कहा, "आय हैव कम टु यू विद ए ग्रेट प्रॉब्लम!"

जैसे विदूषक माढव्य का आखेट के लिए वन में पड़े रहने का कष्ट दुष्यंत की आँखों में अचानक शकुंतला के बस जाने से राजधानी वापस लौटने के निर्णय को टालते जाने के कारण 'जले हुए गाल पर फोड़ा निकल आने' के समान दुगुना हो गया था, कुछ-कुछ वैसी ही अनुभूति उसी शाम को वर्षा को हुई, जब उसने सुदूर नरीमन प्वांइट के हाइ-राइज रहेजा चैंबर्स के अठारहवें फ्लोर पर स्थित मल्टी-नेशनल जेनिथ : इंडिया के दफ्तर में दो टेक्स के बीच विमल के साथ गप्पें लगाते हुए यकायक झल्ली को एंट्री लेते हुए देखा (विमल की सेक्रेटरी की भूमिका में वह स्कर्ट-ब्लाउज में इलैक्ट्रिक टाइपराइटर और तीन फोनों से युक्त शीशे के टॉप वाली मेज के सामने रिवॉल्विग कुर्सी को तिरछा कर पर्सनल कंप्यूटर की कुंजियाँ दबा रही थी।)।

वर्षा की खिलखिलाहट बीच में ही कट गयी (पिता का क्लोज-अप सामने आने के साथ बीसवीं सदी के आठवें दशक के चौथी शताब्दी ई.पू. की 'कालिदास-ग्रंथावली' के दुर्जेय व्यवधान का अनुभव हुआ!)।

"झल्ली, क्या शैतानी की है, जो अब जिज्जी को रिपोर्ट-कार्ड दिखाने आयी हो?" विमल हँसते हुए उठ गये (वर्षा दूसरी नायिकाओं के समान शूटिंग पर पारिवारिक पुछल्ले ले कर नहीं आती थी, जिसके पीछे 'मैं कैसी भी स्थिति का अकेले सामना कर सकती हूँ' वाला आत्मविश्वास था, इसलिए विमल के साथ-साथ यूनिट को भी आभास हो गया कि झल्ली के आकस्मिक पदार्पण के पीछे कोई खास बात है। फिर 'मैडम' के 'खोये हुए' पिता आज ही तो वापस लौटे थे।)।

"जिज्जी, दद्दा ने मुझे झुमकी की जाति पूछी है।" झल्ली ने आशंका से सूचना दी। दोनों की निगाह मिली।

"जब मैंने उन्हें दवा की गोली दी, तो झुमकी बेचारी पानी लेकर आ गयी। कई लोग थे, इसलिए उन्होंने गिलास तो ले लिया। दोपहर को झुमकी ने उन्हें चाय दी। थोड़ी देर बाद मैंने देखा कि प्याला वैसा ही अनपिया रखा है। तब भाभी अपने हाथों से चाय बना कर उन्हें दे आयीं। झुमकी दीदी बेचारी रुआँसी हो गयीं..." झल्ली के चेहरे पर रोष छा गया, "जिज्जी, दिस इज द लिमिट! अब कुरुबक की तरह झुमकी को भी देशनिकाला देना पड़ेगा?"

वर्षा ने गहरी साँस ली। फिर मन-ही-मन अपनी भर्त्सना की। लंबे समय तक महानगरों में रहने और आषाढ़ के पहले मेघ के समान 'लिबरल' कला-क्षेत्रों में घुमड़ने के बाद वह ऐसी बुनियादी बातें भूलने लगी है।

"झल्ली, यहाँ से पांडेजी को फोन करो। कहना, थोड़े-से गंगाजल का प्रबंध कर दें। फिर दद्दा के सामने अपनी पापी रसोई शुद्ध कर लो। थोड़े-से बर्तन दद्दा के लिए अलग निकाल लो। उनका खाना दोनों जून तुम और हेमलता बनाना। सुबह-शाम जब मुझे समय मिलेगा, मैं हाथ बटाऊँगी। यह काम हेमलता पर मत छोड़ना। अपनी दुलारी भाभी को कहीं बुरा न लग जाये। दद्दा के लिए सब्जी और दाल-चावल धोने का काम भी झुमकी से मत करवाना। मैं रात को जब लौटूँगी, तो झुमकी को मना लूँगी। हाँ, फ्रिज से अंडे और डीप फ्रीजर से मटन-चिकन निकालकर चौकीदारों को दे दो। हम लोग भी अब प्याज-लहसुन नहीं खायेंगे। दद्दा को महक आ जाती है।"

"तुम्हें रोज सुबह दो उबले अंडे खाने को डॉक्टर कत्रो ने कहा है।" झल्ली ने प्रतिवाद किया।

"झल्ली, सोलह साल हमने 'अखाद्य' (यह वर्षा के प्राचीन 'अभिशप्त' के समान पिता का प्रिय शब्द था।) नहीं खाया, तो क्या दुबले हो गये?" वर्षा ने अपना स्वर धीमा किया (यूनिट के दो-तीन लोग इधर देख रहे थे।)।

"कोचिंग क्लास से निकलकर मैं रोज फास्ट फूड ज्वायंट में जाऊँगी और मटन हैमबर्गर खाऊँगी।" झल्ली ने विद्रोह का झंडा बुलंद कर दिया, "वे मुझे रोक लेंगे? व्हाइ कांट ही एलाउ अस अवर फ्रीडम?"

"घर में विरोधी विचारधारा के साथ सह-अस्तित्व युवा पीढ़ी के लिए हमेशा चुनौती रही है।" अनुभव-तपे राजनीतिज्ञ के समान वर्षा बोली, "तुम जाते ही लिकर-केबिनेट में बोतलें पीछे छिपा दो। आगे क्राकरी लगा दो। ताला लगाकर चाबी झुमकी को दे दो। जब तक दद्दा हैं, १०१ 'सिलवर सेंड' गुजरात बना रहेगा।"

मूल्यों की टकराहट झल्ली के लिए तीखी थी। उसने मुस्कान नहीं दी।

"दद्दा सोकर उठें, तो पूछना, अपने ठाकुरजी किस कमरे में, कौन-सी दिशा में प्रतिष्ठित करेंगे? उत्तर की ओर करते हैं क्या? शाहजहाँपुर में तो..."

"मुझे सिर्फ इतना मालूम है कि 'जनाडू' डिस्को में साइकेलैडिक लाइट्स कौन-सी दिशा में प्रतिष्ठित है।" झल्ली ने मुँह फुलाये हुए बात काट दी।

"झल्ली, तू कैसी ब्राह्मण कन्या है!" वर्षा ने आतंक दिखाया।

"मुझे पता है, दद्दा कहेंगे, वी.सी.आर. हटाकर मेरे ठाकुरजी प्रतिष्ठित कर दो।"

"तो बुरा क्या है?" वर्षा मुस्करायी, "मैडोना की पॉप-साँग कैसेट से तुम्हारे भीतर भी आसुरी प्रवृत्तियों का संचार होने लगा है। सुबह-शाम 'जय जगदीश हरे' गाओगी, तो..."

" 'जय जगदीश हरे' गायेगा मेरा ठेंगा... मैं सुबह-शाम हॉट पेंट्स पहन कर ठाकुरजी के सामने एरोबिक्स करूँगी।"

"लॉर्ड राम तुम्हें शाम दे देंगे। अहिल्या की तरह पत्थर बन जाओगी।"

"वो पत्थर 54, सुल्तान गंज के नियमों से सख्त नहीं होगा।"

"अब तुम्हें 54, सुल्तान गंज के नियमों की क्या चिंता है?" वर्षा ने मुस्कान के साथ उसका कान पकड़कर हिला दिया, "तुम्हें तो छुटकारा मिल ही गया है!"

"पिताजी, बधाई!" विमल ने शर्माजी के आगे हाथ जोड़े।

सारा परिवार--पिता, महादेव, मोहिनी भाभी, जीजाजी, जिज्जी और किशोर--जैसे मंत्रविद्ध देख रहा था। मैनाक भी अपनी पत्नी के साथ आये थे।

'सिलवर सेंड' के प्रांगण में ही शामियाना लगा था। पांडे, किशोर, नीरजा और एंड्री ने सारी व्यवस्था सँभाली थी। एकाध बार हर्ष की भी झलक मिली। शादी के बाद बात करूँगी, वर्षा ने सोचा था।

"ब्राइड के साथ मेरी फोटो खींचो न!" मीता ठुनकी।

"तेरी फोटो खींचेंगे, जब वर्षा ब्राइड बनेगी।" शोभा भाभी बोलीं।

थोड़ी देर पहले सप्तपदी हो चुकी थी। अब वर-वधू बधाइयाँ ले रहे थे। वर्षा ने हल्की मुस्कान से झल्ली को देखा। नीरजा सीरॉक के ब्यूटी पार्लर से उसका दुल्हनियाँ प्रसाधन करवाकर लायी थी।

"कोई मानेगा कि सुल्तान गंज में 'लाओ भर-भर चमेली के फूल, सजाओ मेरी मामुलिया' गाने वाली यही झल्ली है?" जीजाजी ने टिप्पणी की।

वर्षा की इच्छा थी कि अभी झल्ली की सिर्फ सगाई कर दी जाये। ब्याह लगभग तीन साल बाद हो। अभी इसकी उम्र ही क्या है? वर्षा के साथ सिर्फ मुरारी सहमत थे। पिता, गोपाल मिश्र, नैन और खुद झल्ली की धारणा थी कि ब्याह तत्काल हो जाना चाहिए। पिता आवेश में आकर 'रघुवंश' का उद्धरण देने लगे, "राजा दशरथ के समान अब मेरी दशा प्रात:काल के उस दीपक जैसी हो गयी है, जिसका तेल चुक गया हो और जो बस बुझने ही वाला हो।" जब संसार में अपनी स्थिति को लेकर उनका ऐसा दृष्टिकोण था, तो गोपाल मिश्र की ब्रेसब्री तो और भी जायज थी। (मुरारी उनकी अकेली संतान थे और नैन मुरारी की अकेली संतान। माखरचोर प्राइवेट लिमिटेड परिवार-नियोजन का अनन्य उदाहरण था!)। "मेरी साँस चलते घर में बहू आ जाये, यही मेरी अंतिम अभिलाषा है," गोपाल मिश्र ने कहा था।

ऐसे मतैक्य के सामने वर्षा ने हथियार डाल दिये। मिश्र परिवार की दूसरी माँग के पीछे वर के पिता और दादा दोनों दृढ़ थे, "वर्षाजी, ब्याह बिलकुल सादा होगा। हमें सिर्फ पहने हुए कपड़ों में बहू चाहिए।"

वर्षा ने नीरजा के साथ बैठकर शादी का जो बजट बनाया था, वह बेकार गया। "अच्छा ही हुआ वर्षा! तुम सस्ते में निपट गयीं।" नीरजा ने टिप्पणी की।

दो हफ्ते पहने से परिवार के लोग आने लगे। गायित्री के ब्याह पर भी ५४, सुल्तानगंज में खुशी की हिलोर उठी थी, पर उसमें छुटकारे की भावना प्रधान थी। उस विवाह की प्रकृति ऐसी थी, जैसे लंबे, दुरूह पथ पर चलते हुए कुछ दुर्बल यात्रियों ने अपने ऐसे सहयात्री से मुक्ति पा ली हो, जो अपंग थ। पर झल्ली की शादी भीतर से फूटने वाले आह्लाद का कारण बनी। वर्षा ने लक्ष्य किया, घर के लोगों के चेहरे पर ऐसी विशुद्ध उमंग

उसने कभी नहीं देखी थी।

''छोटी जिज्जी की वजह से यह दिन देखना नसीब हुआ है।'' मिश्र परिवार के वैभवशाली बंगले से लौटकर किशोर ने घर के सब लोगों के सामने घोषणा की।

''स्टार का ग्लैमर है।'' जीजाजी वर्षा की ओर देखते हुए मुस्कराये।

शर्माजी 54, सुल्तान गंज के विकास में दो चलचित्रों के योगदान पर चकित थे। अगर 'मदर इंडिया' के कारण संपन्न हुए गायित्री-परिणय से परिवार को नवजीवन मिला था, तो 'जलती जमीन' के कारण ('उत्तर भारतीय समाज' द्वारा वर्षा के अभिनंदन का निमित्त वही बनी।) झल्ली पारिवारिक ग्राफ में सबसे ऊपर चली गयी थी।

''झल्ली, तुम दिन भर करोगी क्या?'' जीजाजी ने चुटकी ली, ''तुम्हारे बंगले में पाँच कारें और ग्यारह नौकर हैं।''

''झल्ली रानी दिन भर मिठाई खायेंगी।'' मोहिनी भाभी बोलीं।

''और अगर सास ने सुबह चार बजे जगाकर बोला, बहू, दर्जन भर गायों का दूध दुहो, तो?'' जीजाजी ने आतंक का अभिनय किया।

''दूध दुहने के लिए नौकर हैं।'' झल्ली ने आँखें नचायीं, ''आइ एम ए मॉडर्न गर्ल। आइ विल स्टैंड द ऑफिस एंड लुक आफ्टर द फैमिलीज बिजनेस!''

''वर्षा बेटी, अब हम विदा लें?'' गोपाल मिश्र बोले, ''बहुत सवेरे इन दोनों की फ्लाइट है।'' (वर-वधू गोआ जा रहे थे। फोर्ट अगुआडा बीच में 'हनीमूनर्स स्वीट' बुक था।)।

फूलों से सजी मिश्र परिवार की मर्सिडीज गेट पर खड़ी थी।

झल्ली का विवाह पहला पारिवारिक प्रकरण था, जिसमें वर्षा का पूरा तादात्म्य रहा। बाद में उसने अपना विश्लेषण करने का प्रयत्न किया। विदाई पर ऐसे गहन और अदम्य आवेग का कारण क्या था? वह हमेशा परिवार से कटी-छटी रही थी, अकेली और असमर्थ थी। इस क्षमतावान मोड़ पर उसने एक पारिवारिक मोर्चा अनजाने ही बड़े प्रभावशाली ढंग से सँभाल लिया था, जिसके दौरान एक ओर झल्ली के साथ नयी आत्मीयता विकसित हुई थी, तो दूसरी ओर परिवार उसके सम्मुख कृतकृत्य हो गया था। 54, सुल्तान गंज के साथ कटाव की यह मनोरम क्षति पूर्ति थी।

''वर्षा बेटी, तुम तो इतनी समझदार हो...'' गोपाल मिश्र ने वर्षा का कंधा थपथपाया।

आँसू पोंछते हुए वर्षा अलग हुई।

किशोर झल्ली को सँभाले आगे बढ़ा।...

बारात की विदा के साथ पिता की आँखों में दो आँसू आ गये, ''सिलबिल, तुमने झल्ली को उबार लिया...'' उन्होंने रुँधे स्वर में कहा, ''जैसे विश्वजित यज्ञ के बाद रघु को चारों लोकों का पुण्य मिला था, वैसे ही तुम्हें मिले बेटी...''

वर्षा मुस्करायी।

''स्टार वाली मुस्कान से काम नहीं चलेगा।'' जीजाजी बोले, ''अब जवाब देना पड़ेगा। कला-साधना बहुत हो गयी। अब घर कब बसाना है?''

अभी-अभी वी.सी.आर. पर सबने 'चंद्रग्रहण' देखी थी। वर्षा के प्रभामंडल का साक्षी बना पूरा परिवार उपस्थित था। अपनी सिलबिल की जीवन-शैली कैसी अनूठी हो गयी है, इस बात पर परिवार का स्तब्ध विस्मय चालू था। नौकर, झुमकी और ड्राइवर की स्थिति तो ठीक थी, पर प्राइवेट सेक्रेटरी और निजी हेयरड्रेसर की अवधारणा समझने में परिवार को कुछ समय लगा। फोन की घंटी कितनी बजती थी। वर्षा ज्यादातर 'बाथरूम में' होती थी। लोगों द्वारा भेजे गये तीन-चार गुलदस्ते ड्रांइगरूम के कोने में रखे ही रहते थे।

एक बात से सभी सहमत थे। वर्षा बहुत मेहनत करती है। "जिज्जी बेचारी सोने को तरस जाती हैं," हेमलता ने कहा था। पिछले दिन पूरा परिवार फिल्मालय के सेट पर शूटिंग देखने भी गया था।

"जैसी आप आज्ञा दें।" वर्षा बोली।

जीजाजी के साथ जिज्जी और मोहिनी भाभी भी हँसीं।

"अपने स्वास्थ्य की ओर भी ध्यान दो।" महादेव भाई बोले।

"हाँ, देखो तो, कैसे मुँह निकल आया है।" भाभी ने सहमति दिखायी।

उत्तर प्रदेश के मुख्य सचिव श्री सहाय ने अपना वचन निभाया। तीन हफ्ते में भाई के पास हरदोई में तबादले के साथ पदोन्नति का आदेश आ गया था। क्वार्टर मिल गया था। यहाँ से सीधे ज्वायन करने जा रहे थे।

"सिलबिल रानी, हमारी थोड़ी मदद करोगी?" दो दिन पहले भाभी ने अकेले में कहा। आगे तफसील दी, तुम्हारे भैया ने इटावा में एक पुराना मकान देखा है। कुछ पैसा उन्हें अपने प्रोविडेंट फंड से मिल जायेगा, कुछ भाभी के पिता उधार देंगे। वह लगभग पच्चीस हजार दे सकेगी? (वर्षा के घर 'छत फोड़ कर बरसने वाले कलदारों' के बारे में भाभी खासी कुत्सित छानबीन कर चुकी थीं। वर्षा को मालूम था कि उन्हें मालूम है कि ब्याह के मूल बजट का चौथाई भी खर्च नहीं हुआ। वैसे भी 'सिलबिल के बड़े भैया ने भाई-बहनों के लिए जिंदगी भर अपने पेट पर पत्थर बाँधा है।') वर्षा ने हामी भर दी। "यह तुम्हारा कर्ज होगा।" भाभी ने पुलकित होकर कहा, "धीरे-धीरे चुका देंगे।" "कैसी बात करती हो भाभी!" वर्षा मुस्करायी, "यह छोटे पर मेरी न्योछावर है।"

हम अपने मित्र और प्रेमी बदल सकते हैं, पर रक्त संबंधा नहीं, वर्षा ने सोचा।

"खाना खाने का समय कहाँ है सिलबिल के पास?" पिता बोले, "मुँह अँधेरे निकलती है, आधी रात को लौटती है।"

पिता यकायक सिलबिल के प्रति ममत्व से भर उठे थे।

"हैलो..." फोन की घंटी बजी, तो हेमलता ने रिसीवर उठा लिया, "एक मिनट..." फिर विवशता से कहा, "कोई इंग्लिश में बोल रहा है।"

"यस?" झुमकी रसोई से भागती हुई आ गयी, "राइट नाउ शी इज बिजी। प्लीज कॉल टुमौरो।"

"झल्ली चली गयी। अब मुझे टेलीफोन-ऑपरेटर ढूँढ़ना होगा।" वर्षा बोली, "झुमकी बेचारी क्या-क्या करे।"

कोई कुछ नहीं बोला। नौकरानी होते हुए भी घर में झुमकी की स्थिति विशिष्ट थी।

हेमलता और झल्ली उसे 'झुमकी दीदी' द्वारा संबोधित करती थीं। शेष परिवार के लिए यह कौतुक का विषय था और मोहिनी भाभी के लिए भौंहें सिकोड़ने का।

"आज के दिन अम्माँ होतीं..." गायित्री ने ठंडी साँस ली।

कुछ पल के लिए चुप्पी छा गयी। ब्याह के समय वर्षा के मन में भी यह बात आयी थी। माँ का चेहरा आँखों के आगे आ गया--अपने साथ चलने वाले शीत युद्ध की एक मुद्रा में।

"सिलबिल, फिर हर्षवर्धन दिखायी नहीं दिये?" जीजाजी ने पूछा।

"अपनी फिल्म में उलझे हैं।"

ब्याह की गहमागहमी में हर्ष के साथ बस, आमना-सामना होता था। "वितरक की ओर से कुछ मुश्किल हो रही है," उसने इतना ही कहा था। वर्षा ने एंड्री से पूछा, तो वह बोला, "शादी के बाद बात करेंगे।"

"जिज्जी का ब्याह शाहजहाँपुर से होगा।" सहसा किशोर ने घोषणा की, "और कन्यादान मैं करूँगा।"

पिछले दिन वर्षा अपने कमरे में कार्पेट पर बैठी हेमलता को एक बुनायी सिखा रही थी (झुमकी समेत पूरा परिवार बाबुलनाथ के मंदिर में दर्शन करने गया था।), जब किशोर दरवाजे पर आ खड़ा हुआ, "हेमा, मुझे जिज्जी से बात करनी है। तुम दस मिनट फोन सँभाल लोगी?"

"अच्छा..." हेमा तत्परता से बाहर चली गयी।

एक पल को वर्षा सहमी। क्या आज किशोर भी उसे कठघरे में खड़ा करेगा?

"जिज्जी, अगर मैंने भगवान से कभी कुछ माँगा है, तो तुम्हारी खुशी... जितना मैंने तुम्हें सहते हुए देखा है..." आगे आवेग के मारे कुछ बोल नहीं पाया। यह भी स्पष्ट था कि मानसिक तैयारी के कितने ऊहापोह एवं तनाव के बाद वह इस नाटकीय समक्षता के लिए आया था। बेचारे के पास सधी अभिव्यक्ति भी नहीं थी। सुरलहर 'फ्लैट' थी, बलाघात या तो नहीं थे, या गलत जगह थे। बस, थरथराती हुई भावना थी। "मुझे उस दिन चैन मिलेगा, जब तुम्हारा ब्याह होगा... और यह मैं दद्दा व भैया की तरह किसी अपवाद के डर से नहीं कह रहा हूँ..."

किशोर आते ही दो दिन से हर्ष को देखने के लिए व्यग्र था (हालाँकि हेमा के बहुत पहले लिखे गये पत्र में 'हर्षजी' की सुरूपशीलता का नख-शिख वर्णन और गुणशीलता का कसीदा वह पढ़ चुका था।)। तीसरे दिन जब यह ऐतिहासिक भेंट हुई, तो वर्षा मौजूद नहीं थी। हेमलता ने बाद में स्निग्ध मुस्कान से बताया, "दीदी, तुम्हारे लाड़ले भैया बोले, राजहंसिनी मोती के अलावा और क्या चुगेगी!" (वर्षा ने हल्की मुस्कान से सोचा, बेचारे किशोर को बिजली उपकरणों के कारण 'कालिदास-ग्रंथावली' के गहन अध्ययन का मौका नहीं मिला 'महानदी सागर को छोड़कर और कहाँ समा सकती है,' यह उपमा बेहतर होती!)।

आज एक और बात उलटी थी। अभी तक वर्षा किशोर का हाथ थामती आयी थी, पर इस समय किशोर ने उसका हाथ थाम रखा था।

किशोर के ऐसी भूमिका अदा करने से एक पल को वर्षा अचकचा गयी। फिर धीरे-धीरे गिने-चुने शब्दों में 'मुक्ति' की समस्या के बारे में बताया, "अपने आत्मसम्मान के कारण हर्ष अनिश्चय के बीच ब्याह नहीं करना चाहते। जैसे ही फिल्म पूरी होगी, मैं वादा करती हूँ कि तुम्हारे मन का चैन जुटा दूँगी।"

किशोर ने भरे-भरे भाव से वैसे ही उसका सिर हिलाया, जैसे वर्षा सहलाती थी। अंदरूनी मंद स्मित के साथ वर्षा ने सोचा, किशोर अब सचमुच बड़ा हो गया है।

अगर वर्षा विश्लेषण करे, तो हर्ष के बाद किसी पुरुष से दूसरा दृढ़तम संबंध किशोर के साथ होगा, पर हर्ष की तुलना में उसने किशोर के साथ अपने वयस्क जीवन का शायद दस फीसदी समय बिताया होगा।

भाई-बहन के संबंध की यह कैसी 'नियति' है, उसने हल्की मुस्कान के साथ सोचा ('अभिशप्त' दौर के बाद अब यह उसका प्रिय शब्द हो चला था!)।

"तुम मुझे बचपन में कहानी सुनाती थीं।" किशोर बोला, "अब तुम उसी राजकुमारी की तरह रोती रहती हो और घर के लोग मोती चुनने में लगे हुए हैं। तुम अपनी मेहनत की कमाई के इतने पैसे भाभी को दे रही हो (किशोर की दुकान 'वर्षा इलैक्ट्रिकल्स' भी वर्षा की प्रारंभिक मदद से ही खुली थी, पर वह पूरा हिसाब रख रहा था और साल खत्म होते ही लाभ के प्रतिशत के साथ ब्याज का चेक वर्षा को भेजा था। वर्षा ने 'मैं तुमसे ब्याज लूँगी?' डाँट के साथ चेक वापस भेज दिया था। अब वह वर्षा को कानूनी तौर पर भागीदार बनाने की कार्रवाई कर रहा था। 'सुल्तान गंज का मकान तो अब किशोर का हो गया' का गिला करते हुए भाभी ने खासा भौड़ा अप्रत्यक्ष संकेत किया था कि उनके बड़े बेटे को साझेदार बना लिया जाये। इस प्रस्ताव को नामंजूर करते हुए किशोर ने विवश संदेशवाहिका झल्ली को सुना दिया, "बिट्टन बड़ा होकर दुकान में काम करने लगे, तो उसका दस-पंद्रह प्रतिशत हिस्सा जरूर होगा। इससे पहले कैसे हो सकता है? भैया पहले दद्दा के साथ मिल कर घर चलाते थे। अब मैं अकेले चला रहा हूँ।" 'सिलबिल के हुनमान' से भाभी को ऐसी ही उम्मीद थी!), उन्होंने तो तुम्हें कभी फूटी आँखों भी नहीं देखा।"

"ऐसे नहीं कहते किशोर!" वर्षा ने ठंडी साँस लेकर कहा, "भैया ने परिवार के लिए बहुत किया है। ब्याह से पहले वे अपने लिए सिर्फ पचास रुपये रखते थे, बाकी सारी तनख्वाह दद्दा के हवाले कर देते थे। दद्दा के पास मैंने दो से ज्यादा धोती, कुर्ते कभी नहीं देखे। टोपी फटती जाती थी और वे जहाँ-तहाँ से सिलते जाते थे। दो चुटकी तम्बाकू के अलावा उनका कोई शौक नहीं था... और उनका दो जून का खाना... मैं कभी भूल नहीं पाती। मैं छह-सात साल की थी। रोटी बेलना सीख रही थी। दद्दा ने थोड़ी-सी दाल और माँगी। अम्माँ ने बटलोई देखते हुए कहा, बस, इतनी बची है और अभी सब बच्चों को खाना है। दद्दा 'हाँ-हाँ' के साथ जल्दी-जल्दी नमक से सूखे चावल खाकर उठ गये। उनके चेहरे पर इस बात की शर्मिंदगी थी कि गृहस्वामी ने दो चमचे दाल और माँग ली थी..." वर्षा की आँखों से पहले दो आँसू बहे, फिर वह फफककर रो उठी।

सामने उसका विपुल वैभव बिखरा था। अलमारी में पंद्रह-बीस हजार के बंडल पड़े ही रहते थे, बैंक के लॉकर में पर्याप्त आभूषण थे, नवीन मामा की सलाह पर उसने पाँच

कंपनियों के बड़ी संख्या में शेयर खरीद रखे थे, रोहन की एक कंपनी में वह पच्चीस प्रतिशत की साझेदार थी, पनवेल के पास पाँच एकड़ का फार्म खरीदने की कानूनी कार्यवाही चल रही थी, हाल ही में किश्तों पर आधे भुगतान की सुविधा के साथ बंगला लेने की बात उठी थी (अजीम पिक्चर्स की अगली प्रस्तुति के सिलसिले में बात करने के लिए आये हुए मुनव्वर ने पांडेजी के जोरदार आग्रह पर--"मैडम, फ्लैट में रहने वाला स्टार अनुलंबन के हिसाब से ऊँचा जरूर होता है, पर बाजारी कीमत आम तौर से बंगले वाले स्टार की ऊँची रहती है!"--ऐसा प्रस्ताव रखा था, लेकिन वर्षा ने यह सोच कर टाल दिया कि अकेली झुमकी के सहारे इतना सब सँभालेगी कैसे...), मगर बचपन के गहन 'ब्लैक पीरियड' के छाले मिट नहीं पाये। वह चाहे कितने ही भव्य बंगले में रहने लगे, 54, सुल्तान गंज की त्रासद स्मृतियों और अतृप्त आकांक्षाओं का कोल्ड स्टोरेज उसकी ऐश्वर्यशाली जीवन-शैली पर हमेशा भारी पड़ेगा।

"दीदी..." दरवाजे पर आ गयी हेमलता का विह्वल स्वर सुनायी दिया।

लिविंग रूम में बैठी हेमलता वर्षा की रुलायी सुनकर सकपका गयी। गलियारे में आकर दो पल खड़ी रही। मँझली ननद के प्रति हेमलता की सच्ची 'लॉयल्टी' थी। ब्याह से पहले उसके अवलोकनार्थ आने पर वर्षा का मृदु व्यवहार उसने देखा था, ब्याह के बाद 54, सुल्तान गंज का बारीक पर्यवेक्षण करते हुए अपने पति की समृद्धि का कारण पहचाना था, फिर इतने दिन 'सिलवर सेंड' में रहते हुए वर्षा के स्नेह की परख के बीच उसकी यह धारणा बलवती हो गयी थी कि 'ऐसी ननद सात जन्मों के पुण्यों से ही मिलती है।'

"तुमने जिज्जी से क्या कह दिया?" हेमलता ने किशोर की ओर देखा (पति के साथ शायद उसने पहली बार आरोप के ऐसे स्वर में बात की होगी।)।

वर्षा ने भीगी आँखों से इंकार में सिर हिलाते हुए हाथ बढ़ाया और हेमलता को अपने साथ बिठा लिया।

जिस तरह दूसरे लोग नर्क हैं, उसी तरह परिवार अनिवार्य 'यंत्रणा' है और पारिवारिक रिश्ते हमेशा चलने वाला महाभारत, जिसमें हार-जीत नहीं होती, उसने आँसू पोंछते हुए सोचा।

किशोर की घोषणा के बाद महादेव भाई चुप रहे, पर मोहिनी भाभी के चेहरे पर सख्ती आ गयी।

"छोटा भाई बड़ी बहन का कन्यादान देता है?" गायित्री ने मुस्कान के साथ स्थिति सँभाली।

"समय के अनुसार विधि-विधान भी बदलते हैं।" पिता बोले, "अगर बड़ी बहन के कुँआरे रहते हुए छोटा भाई और छोटी बहन का लगन हो सकता है, तो शादीशुदा छोटा भाई बड़ी बहन का कन्यादान क्यों नहीं दे सकता? कविकुल-गुरु ने कहा है, पुरानी होने से ही कोई चीज अच्छी नहीं हो जाती, न नयी होने से बुरी होती है। ज्ञानीजन दोनों को परखते हैं और श्रेष्ठ को अपनाते हैं।"

शंकर और जनक के धनुष-जैसी दृढ़ पिता की कर्मकांडी मान्यताएँ अचानक

'फ्लैक्सिबिल' होने लगीं, वर्षा ने कौतुक के साथ सोचा, क्या यह 'अरमानों के मजार पर जलने वाली दिल की शमा' का प्रताप नहीं?

12
'किलिंग फील्ड्स'

"वर्षा, हर्ष आत्मविनाश के रास्ते पर बढ़ रहा है।" एंड्री ने कॉफी का घूँट लेकर कहा।

परिवार को गये हुए चौथा दिन था। सिर्फ पिता रह गये थे। डॉक्टर कत्ते ने कहा, दो हफ्तों में दवाओं का कोर्स पूरा हो जायेगा। अगर पिता रुक जायें, तो बेहतर है। अपनी बीमारी के लिए पिता का सरोकार बहुत कम रह गया था--झल्ली के दायित्व से जो मुक्ति मिल गयी थी। वर्षा और किशोर ने अनुरोध किया, तो पिता मान गये। एक कारण यह भी था कि नैनरंजन के लिए उनमें मोह जाग उठा था ("झल्ली--नैन की जोड़ी वनज्योत्स्ना लता और आम्रवृक्ष के समान है!")।

बोरीबंदर स्टेशन से परिवार को विदा देकर वर्षा लौटी। घंटी बजायी, तो झुमकी ने दरवाजा खोला। दो घंटों में घर पहले की तरह सँवर गया था। बच्चों के उत्पात के चिन्ह विलीन हो गये थे। सिर्फ सूनापन थरथरा रहा था। और उत्सव के बाद का अवसाद।

"झुमकी, एक प्याला चाय पिला दो, फिर मैं चलूँ।" वर्षा बोली। आज सिद्धार्थ ने उसके अनुरोध पर दो बजे की शिफ्ट रखी थी।

"कुछ खाओगी नहीं?"

वर्षा ने नाहीं में सिर हिलाया। फिर पूछा, "दद्दा नहीं लौटे?"

पिता कांदीवली में एक पुराने परिचित से मिलने चले गये थे (नीरजा ने ड्राइवर के साथ अपनी दूसरी कार भेज दी थी।)

"नियोगीजी का फोन आया था। शाम को दद्दा को नेशनल पार्क ले जायेंगे।"

झल्ली और हेमलता की मायलों की रुनझुन के बिना घर नीरव लगा। वी.सी.आर. को देखते हुए वर्षा ने सोचा, अब यह कैसे क्रंदन कर रहा है।

"देखो, जिज्जी, जरा इनकी बातें सुनो।" अपना संदूक सँभालते हुए हेमलता ने लाड़ से शिकायत की थी, "मैंने कहा, स्कर्ट-ब्लाउज कभी घर में पहन लूँगी, तो कहते हैं, नहीं, इन्हीं कपड़ों में बाजार ले चलूँगा। पड़ोसिने मुझे बोली नहीं मारेंगी?"

"सबसे पहले तो फूलवती मौसी की घिग्घी बँध जायेगी।" वर्षा ने मुस्कान के साथ नकल उतारी, "हे भगवान, देखो तो महोबा वाली की बहुरिया को! सुल्तान गंज की मैरिन ड्राइव बनावे है!"

हल्की मुस्कान से वर्षा ने चाय का घूँट लिया। फिर उदासी की परत थोड़ी गहरी हो गयी। 'सिलवर सेंड' से जाते हुए हेमलता के मन का एक हिस्सा थोड़ा विचलित था, पर

पति के सान्निध्य से हुलसी हुई थी। सबकी अपनी जिंदगी है, वर्षा ने सोचा।

"झुमकी, अब मुझे तुम्हारी चिंता है।"

यह बात दो-तीन बार उठ चुकी थी। दिल्ली में माली लछ्मन से झुमकी की मित्रता थी। बीच-बीच में वह उसके साथ घूमने या कभी दोपहर के शो में पिक्चर देखने जाती थी। (एक बार चाणक्य में 'सैटरडे नाइट फीवर' देखकर आयी थी और दो दिन ठुमकती रही थी।)।

"उसकी चिट्ठी आती रहती है?"

झुमकी ने प्रगल्भ मुस्कान से हामी में सिर हिलाया।

"तो क्या सोचा है?"

पहले वैवाहिक अनुभव के घाव शायद भरे नहीं थे, इसलिए इस मुद्दे पर झुमकी ने कभी उमंग नहीं दिखायी। आर्थिक संपन्नता से विभोर रहना शायद दूसरा कारण था। यहाँ झुमकी का व्यक्तिगत खर्च नहीं के बराबर था। पूरा वेतन बैंक के रिकरिंग फिक्स्ड जमा खाते में चला जाता था। वर्षा से कपड़े भी मिलते थे और साल में तीनेक महीने का वेतन बोनस के रूप में।

"दीदी, मैं तुम्हें छोड़कर नहीं जाना चाहती।" ('प्रजापालक राजा दिलीप अपनी पत्नी के साथ बहुत दिनों तक नंदिनी गाय की सेवा और पूजा करते रहे। जब यह सो गयी, तो ये दोनों भी सोने चले गये और ज्यों ही वह सोकर उठी, त्यों ही इन दोनों की नींद खुल गयी।' वर्षा को 'रघुवंश' की याद आयी।)

वे अब स्वामिनी-परिचारिका संबंध से परे चली गयी थीं। अंतरंगता की जो आभा झुमकी के चेहरे पर थी, उसे देखते हुए वर्षा कुछ नहीं कह पायी।

एंड्री की ओर दखते हुए वर्षा स्तब्ध रह गयी। दिमाग की नसों पर जैसे हथौड़े दनादन बज उठे।

"मैंने यह बात तुमसे बचाये रखी। इसके दो कारण थे।" एंड्री ने गहरी साँस ली, "तुम बहुत व्यस्त थीं, इसलिए मैं तुम्हारे लिए अतिरिक्त तनाव नहीं जुटाना चाहता था। चतुर्भुज की भी यही राय थी। दूसरे, मुझे उम्मीद थी कि 'मुक्ति' से स्थिति सँभल जायेगी। शूटिंग से कुछ पहले और उसके दौरान ऐसा होने भी लगा था। लेकिन फिर हालात उलझ गये।"

वर्षा ने रुकी हुई साँस ली।

सिगरेट जलाते हुए एंड्री धीरे-धीरे बोलता रहा। जब वर्षा 'आशा महल' के लोकेशन पर थी, तब रंजना के साथ हर्ष की झड़प हो गयी थी। तब वह कुछ दिन नंदा के यहाँ रहा। पर काम के बिना हेरोइन की लत के कारण उसकी आदतें अजीब हो गयी हैं। वह रात को चार-पाँच बजे तक जागता है और दिन में सोता है। नंदा के घर में छोटे बच्चे हैं। उन्होंने हर्ष से क्षमा माँग ली। फिर वह चतुर्भुज के यहाँ चला गया, हालाँकि उनके साथ तनाव चल रहा है और रंभा के प्रति उसकी नापसंदगी पुरानी है। कुछ दिन बाद देर रात को वापस लौटने पर हर्ष की रंभा से कलह हो गयी। चतुर्भुज ने भी रंभा का ही पक्ष लिया, "हर्ष, हम दोनों काम करते हैं। सोलह घंटे बाद लौट कर सोये हैं।" हर्ष उसी घड़ी बाहर निकल गया। फिर

कुछ दिन उसने गेस्ट हाउस के एंड्री के कमरे में काटे। वहाँ बाहरी अतिथियों पर पाबंदी है, पर एंड्री के पुराने और सम्मानित होने के कारण यह रियायत दी गयी। पर हर्ष के नैश-जागरण के कारण एक पड़ोसी ने मैनेजर से शिकायत कर दी। उसने एंड्री को हर्ष को हटाने का आदेश दे दिया। अब तक हर्ष जिसके पास रहा, उससे उसने ड्रग्स के लिए भी पैसे लिये। इसी बात पर पहली बार विड्रावल सिंपटम्स की व्यग्र चिड़चिड़ाहट में एंड्री से भी द्वंद्व हो गया। अगला पड़ाव नाट्य विद्यालय के पुराने स्नातक रामदेव के यहाँ था, जिन्होंने एक वर्ष पहले 'एक्टर्स एकेडमी' की स्थापना की थी। वह हर्ष से कह चुके थे कि वह हजार महीने के पारिश्रमिक पर अभिनय का प्रशिक्षण देने लगे। फिलहाल हर्ष उन्हीं के पास है।

वर्षा सुन्न बैठी थी। हर्ष कितनी बार और किस सीमा तक उसे चौंकाता रहेगा?

''वर्षाजी, आप...'' रामदेव उसे देखकर हक्का-बक्का रह गया, ''मुझे बुला लिया होता।''

''हर्ष से कुछ काम है।'' वर्षा बोली।

जब वर्षा रिपर्टरी के दूसरे वर्ष में थी, तब रामदेव 'उरुभंग' निर्देशित करने आये थे। वर्षा वेशभूषा सँभाल रही थी। मिलनसार और मधुरभाषी होने के नाते रामदेव से मित्रता हो गयी। वह रवींद्र भवन के पीछे धोबी घाट पर रहते थे। पूर्वाभ्यास के दौरान एक ट्रेनी एपरेंटिस संतोष खन्ना से उनका प्रेम और फिर विवाह हो गया, जो कनाट प्लेस में कपड़ों की एक दुकान के समृद्ध व्यवसायी की छोटी बेटी थी। 'उरुभंग' के अंतिम प्रदर्शन के बाद रामदेव जंगपुरा में घर जमाई बन कर 'फैबुलस फ्रैबिक्स' में ग्राहकों को निपटाने लगे। बीवी की बदौलत गमे-जिंदगी से निजात मिल गयी थी, पर कमीज-पतलून का कपड़ा काटते हुए रह-रहकर गमे-फन का दर्द कसकता रहा। जब माध्यम-बदलुओं की टोली बंबई पहुँचने लगी, तो रामदेव में भी अपना नसीब आजमाने का जज्बा जागा। संतोष ने पिता द्वारा दिये गये थोड़े पैसे के सहारे विले पार्ले में ग्यारह महीने के लीव-एंड-लाइसेंस पर छोटा-सा फ्लैट लेकर नये कला-पथ के संघर्ष का आधार जुटा दिया और रामदेव एक व्यावसायिक निर्देशक के दूसरे सहायक बन गये। कुछ ही महीनों में रामदेव के मनोबल का तापमान नीचे गिरने लगा। बुनियादी कारण तो फिल्म-निर्देशन का स्वतंत्र अवसर पाने की अनंत प्रतीक्षा थी, जिसके दौरान गुजारा बहुत मुश्किल लग रहा था। दूसरा कारण पचास के दशक के नायक भूपेंद्र कुमार (जिन्हें अब चरित्र-अभिनेता के रूप में इक्की-दुक्की फिल्म ही मिल पाती थी) के 'लाइमलाइट सेंटर' में हजार महीने के पारिश्रमिक पर अभिनय-प्रशिक्षण देने का प्रस्ताव था।

कालांतर में रामदेव ने शहर में चल रहे ऐसे तीन-चार संस्थानों का सूक्ष्म परीक्षण किया। सबसे सफल दुकान फिल्म इंस्टीट्यूट के ही एक भूतपूर्व अभिनय-प्राध्यापक की थी, जो 'स्टारसंस' को ट्रेनिंग देने के विशेषज्ञ माने जाते थे। दूसरे ऐसे खस्ताहाल लोग थे, जो पहले व्यावसायिक सिनेमा में किसी न किसी रूप में फलफूल चुके थे। इन सबके विज्ञापन मुख्य रूप से 'स्क्रीन' तथा 'स्टार एंड स्टाइल' में दिखायी देते थे। विद्यार्थियों में

अधिकतर पब्लिक स्कूलों तथा बंबई, दिल्ली, चंडीगढ़ इत्यादि बड़े शहरों के होते थे। जैसे रिलाइंस इंडस्ट्रीज ने अपने शेयरों की रिकॉड-तोड़ बिक्री के लिए निवेशियों की नयी बिरादरी ढूँढ़ी थी, वैसे ही रामदेव ने अपनी 'एक्टर्स एकेडमी' के लिए ग्लैमर-लोलुपों को हस्तगत करने के हेतु नयी जमीन तोड़ने की सोची। उन्होंने 'फिल्मी फुलझड़ियाँ', 'फिल्मी कलियाँ' आदि पत्रिकाओं में विज्ञापन दिये। बीच में वर्षा की तस्वीर के साथ 'फिल्म स्टार वर्षा वशिष्ठ के मार्ग निर्देशन में' का आकर्षण था। देखते-देखते रामदेव के पते पर उत्तर प्रदेश, मध्य प्रदेश, बिहार, राजस्थान, हिमाचल प्रदेश और हरियाणा आदि के छोटे शहरों, कस्बों और गाँवों से पचास रुपये के प्रोस्पैक्टस के लिए मनीआर्डर बरसने लगे। एक दिन के इंटरव्यू के लिए वह जनपथ के इंपीरियल होटल पहुँचे और शाम को सात बजे उन्होंने पाया कि बयालीस कीर्ति-कामियों ने तीन महीने के प्रशिक्षण के लिए दह हजार का बैंक ड्राफ्ट और ढाई सौ रुपये नकद प्रवेश-शुल्क जमा करा दिया है।

पहला बैच चलाते हुए रामदेव ने स्टार-निर्माण व्यवसाय की थोड़ी बारीकियाँ और समझीं। अगले बैच के लिए उन्होंने निवास की सुविधा जुटायी (तीन फ्लैट लीज पर लेकर एक कमरे में चार-चार लड़के रखे, दो नौकरों ने खाने का बंदोबस्त किया और हर विद्यार्थी से दो हजार मासिक लिये), हजार के- भुगतान पर हर विद्यार्थी की दर्जन भर तस्वीरें निकलवायीं (विभिन्न वेशभूषाओं और मुद्राओं में प्रोफाइल एवं क्लोजअप दर्शाते हुए। विभिन्न निर्माताओं के यहाँ इन्हें छोड़ना स्टार बनने का अनिवार्य अंग था!) और हजार के खर्च पर 'स्क्रीन प्रेजेंस' जाँचने के लिए वीडियो शूटिंग की। चित्रनगरी की चकाचौंध से चमत्कृत और परिनिष्ठित हिंदी तक ठीक से न बोल पाने वाले ग्लमैर-ज्वर-पीड़ित गँवई ऐसी 'इंटेसिव' शिक्षण-प्रणाली और अपनी 'मनोहारी' छवियाँ देख कर निहाल हो उठे! बोनस के रूप में एक दिन उन्हें वर्षा के सेट पर ले जाया गया। बाद में दीक्षांत-समारोह में डिप्लोमा देने के लिए भी वर्षा आयी थी (इनमें से कुछ भोले-भाले, निर्माताओं को गर्व के भाव से यह तथाकथित 'डिप्लोमा' दिखाते थे!)।

शुरू में रामदेव ने कमोबेश नाट्य विद्यालय के पाठ्यक्रम का सहारा लिया था, पर स्टारडम के शॉर्टकट-खोजियों के साथ जल्दी ही उसकी निरर्थकता सामने आने लगी। फिर कुछ ऐसे भी गाँठ के पूरे उनके पास पहुँचे, जो स्टार बनने के लिए तीन माह का लंबा समय नहीं निकाल सकते थे! इस प्रकार रामदेव ने दो दिन से चार सप्ताह तक के क्रैश कोर्स आयोजित किये। अब प्रशिक्षण में स्टानिस्लावस्की को हटा कर विभिन्न व्यावसायिक फिल्मों के दृश्य अभिनीत किये जाते थे और टू-इन-वन पर टेप चलाकर नाचने-गाने का अभ्यास होता था।

"वर्षाजी, अब मैंने कोर्स को और विशेषीकृत कर दिया है।" कॉफी का प्याला वर्षा के सामने रखते हुए रामदेव बोले, "मैंने खलनायक, हास्य-अभिनेता और चरित्र-अभिनेता का प्रशिक्षण भी शुरू किया है। पर मुश्किल यह है कि यहाँ आने वाला हर कोई सीधे हीरो बनना चाहता है। उत्तर भारत में शायद आईनों की बहुत कमी है।"

घूँट भरते हुए वर्षा मुस्करायी। पिछले बैच के अंतिम चरण में एक शाम को रामदेव ने पृथ्वी थिएटर लिया था, जहाँ कुछ आमंत्रितों के सामने प्रशिक्षार्थियों ने अपनी अभिनय-

निपुणता के नमूने पेश किये थे। दो-तीन को सिपाही, टैक्सीचालक आदि का काम मिलने लगा था।

"ट्रेनिंग पूरी होने पर इन लोगों का क्या होता है?" वर्षा ने पूछा।

"जब तक घर से मनीऑर्डर आता है, स्ट्रगल चलती है। फिर घर वापस लौटने लगते हैं।" रामदेव मुस्कराये, "एक दो हिम्मत करके स्टूडियोज की इन 'किलिंग फील्ड्स' में जंग जारी रखते हैं। फिर धीरे-धीरे आत्मि और शारीरिक रूप से मरने लगते हैं।"

"तुम्हें तंग नहीं करते?"

"घर में नौकर को मैंने समझा रखा है। वह अंदर नहीं घुसने देता। यहाँ दफ्तर में एक-दो बार बात कर लेता हूँ। फिर सर्द ढंग से कह देता हूँ, मैं व्यस्त हूँ।"

बगल के कमरे से 'ये दुनिया अगर मिल भी जाये तो क्या है' गीत के बोल उभर रहे थे। स्थिति की विडंबना की भौंड़ी करुणा से वर्षा व्यथित हो गयी। पर्दे पर नाचना-गाना हर्ष के लिए शुरू से निंदनीय था, पर आज मामूली-से गुजारे के लिए वह यही करने को मजबूर था। अगर पर्दे पर पहले ऐसा कर लिया होता, तो आज यह नौबत ही क्यों आती!

"हर्ष आजकल तुम्हारे पास रहते हैं?" वर्षा ने पूछा।

"दो-तीन दिन मेरे साथ घर गये थे।" रामदेव थोड़ा सकुचा गया, "अब यहीं सो जाते हैं।"

उसने सामने सोफे की ओर इशारा किया।

"हर्ष ठीक-ठाक तो हैं न?"

"अब क्या कहूँ वर्षाजी!" रामदेव ने गहरी साँस ली।

कुछ पल की चुप्पी के बाद वर्षा बोली, "मुझे बता दो, तो अच्छा रहेगा।"

"किसी तरह निभा रहा हूँ। राम-राम करके यह बैच निकल जाये।... सुबह नौ से हमारी क्लास शुरू होती है। परसों साढ़े आठ से उन्हें जगाना शुरू किया, तो साढ़े दस तक उठने लायक हुए। दिन-रात तो उनकी ट्रिप चलती है। क्लासों के बीच मुझे धुकधुकी लगी रहती है कि पता नहीं, कब यह लुढ़क जायें। आप देखिए न, लड़कों के ऊपर कितना बुरा असर पड़ता है... और जहाँ तक पैसे का सवाल है, मेरी तो छोड़िए, लड़कों तक से उधार ले रखा है, बल्कि एक-दो को ड्रग्स की आदत लगाये दे रहे हैं..."

एंड्री ने मानसिक तैयारी कर दी थी, फिर भी वर्षा घनघोर विषाद से लरज उठी। जैसे हर दूसरा अभिनेता अपने चरित्र-निरूपण को दूसरे ढंग से निभाता है, वैसे ही दूसरे स्वर ने हर्ष-गाथा की थोड़ी नयी व्याख्या दे दी।

"रामू, मेरी एक बात मानोगे?" वर्षा ने पर्स से चेक निकालकर बढ़ाया, "हर्ष पैसे माँगे, तो थोड़े-थोड़े देते जाना। तुम एडिक्ट्स की आदत समझते हो।" उसने रामदेव की ओर देखा। अगली सीढ़ी चोरी ही हो सकती थी। वर्षा ने दाँतों-तले होंठ दबाकर आवेग पर संयम पाने की कोशिश की।

"वर्षाजी, मैं एकेडमी में बराबर आपके नाम का इस्तेमाल कर रहा हूँ। मैं आपका बहुत आभारी हूँ। इस बैच में मैं हर्षजी को सँभाल लूँगा। हिसाब जैसा होगा, बाद में आपको बता दूँगा। फिलहाल इसे आप रखिए।"

उसने चेक वर्षा के पर्स में रख दिया।

''पहली बार जब रंजना मुझे मेघानी के पास ले गयी थी, तो मैंने उन्हें विस्तार से कहानी की रूपरेखा सुनायी थी।'' हर्ष बोला, ''मैंने अँग्रेजी में बात शुरू की थी, लेकिन जब मैंने देखा कि मेरे एक्सप्रेशन से वह भौंचक्के हो रहे हैं, तो मैं राष्ट्रभाषा पर आ गया। उनकी समझ को देखते हुए मैंने फिल्म के कथासूत्र का बोधगम्य विश्लेषण किया था। इस बात तक का खुलासा कर दिया था कि शीर्षक की सार्थकता क्या है। मैं स्क्रिप्ट लेकर गया था कि आप पढ़कर देख लीजिए, तो उसने आतंक का ऐसा भाव दिखाया, जैसे मैंने 'यूलीसिस' सामने रख दी हो।'' फिर कड़वाहट से जोड़ा, ''साले 'ट्रेंड गाइड' के अलावा पढ़ते क्या हैं! इन्हीं मा... (वह जीवन में पहली बार उसके सामने बेबाक गाली देने जा रहा था, पर फिर उसे देखते हुए सँभल गया।) की मुट्ठी में बीसवीं सदी का सबसे शक्तिशाली माध्यम तड़प रहा है!''

हर्ष थका और कमजोर लग रहा था। आँखें लाल थीं। आज जींस के साथ टीशर्ट पहनी थी, इसलिए सिलवटों से बचाव हो गया था।

वे आधे उखाड़े जा चुके राजदरबार के सूने सूट पर थे। लोगों द्वारा विघ्न पड़ने के विचार से वर्षा ने मेकअप रूम में बैठना ठीक नहीं समझा था।

''मेघानी ने तुम्हें अपनी शर्तें नहीं बतायी थीं?''

''मेरा ईश्वर गवाह है वर्षा! उसने जो निर्देश दिये थे, हमने उन्हीं पर अमल किया है। उसने दो गानों की शर्त रखी थी। हमने वैसा ही किया। अब उजबक बोलता है, गाने तो बैकग्राउंड में हैं। हमारी अवधारणा वही थी। तभी तो मैं स्क्रिप्ट दिखाना चाहता था। ट्रीटमेंट के बारे में तो उसने कोई हुक्मनामा नहीं थमाया था। फिर उसने चारुश्री को शाकाहारी बना दिया। गाने के साथ जब तक कुछ गर्म साँसें नहीं होंगी, तो कैसे बात बनेगी? गर्म सीन तो स्क्रिप्ट में हैं ही नहीं। वह थीम का तकाजा ही नहीं है। प्यार फिल्म में लो की (Low Key) है। मेरा तो खून खौलने लगा। मन हुआ, कालर पकड़ कर साले को एक झापड़ मारूँ...''

''रंजना क्य कहती है?''

''दोगली है। जब मेरे सामने होती है, तो हाँ-हाँ करती है। जब मेघानी के सामने होती है, तब भी हाँ-हाँ करती है और जब हम सामने होते हैं, तो चुप रहती है।''

''तो मेघानी अब क्या करने को कहते हैं?''

''कहता है, दूसरा गाना चारुश्री पर दुबारा पिक्चराइज करो--रिवीलिंग आर इरॉटिक। अव्वल तो ऐसा सुझाव पिक्चर को पंक्चर करता है और मान लो, हम ऐसा सोचें भी, तो पैसा कहाँ है!''

''रंजना का सारा पैसा खत्म हो गया?''

''हाँ। कहती है, पंद्रह हजार और ऊपर से लग गया।''

''इतना कहाँ से लग गया? ''वर्षा को उलझन हुई, ''वर्कर्स की रोजाना मजदूरी, खाना, ट्रांसपोर्ट... थोड़ा फुटकर लगा लो। और कहाँ खर्च हुआ?''

''उसने अपनी डायरी दिखायी थी। मैं गुस्से में था। मैंने देखा नहीं कि उसने क्या तीन-पाँच कर रखा है।''

''फिल्म के अधूरे रह जाने में उसका नुकसान नहीं? आखिर वह प्रोड्यूसर है।''

हर्ष के चेहरे पर छाया-सी झिलमिला गयी।

''उसने महाबलेश्वर की अपनी प्रॉपर्टी बेची है। वह अकारथ नहीं जायेगी?''

''उसने प्रॉपर्टी बेची नहीं, लीज पर दी है। महाबलेश्वर से एकाएक फोन आ गया, तो भेद खुला।'' हर्ष ने उसकी ओर देखा, ''बेचने का नाटक मुझे एहसान से दबाने के लिए था। तभी पिछले दिनों भावात्मक रूप से मुझे ब्लैकमेल करने की उसकी कोशिश आक्रामक होने लगी... कि मैं बहुत अकेली हूँ, मैंने बहुत दुख उठाया है, तुमसे मिलने के बाद मेरे भीतर का क्रंदन थम गया है, तुम्हारे बिना मैं जी नहीं पाऊँगी।... तुम सोच सकती हो, उसके मन में क्या था? अगर 'मुक्ति' का अगला शिड्यूल होता है, तो उससे पहले मेरे साथ उसकी सिविल मैरिज हो जाये।''

वर्षा के गले में काँटे-से चुभने लगे। अपनी कल्पना के उन्मत्त हो जाने पर भी वह ऐसी बात नहीं सोच सकती थी।

फिल्म का शीर्षक कितने स्तरों पर अर्थवान है और ऐसे चरित्र सिर्फ चित्रनगरी में ही मिल सकते हैं, वर्षा ने सोचा। उसे वह भेंट याद आयी, जब रंजना ने कैसे अभिभूत होकर हर्ष की प्रतिभा और उसके सपने का जिक्र किया था। तब क्या वह सोच सकती थी कि सपने की इस साझेदारी के पीछे रंजना की अपना जीवन सँवारने की चाह सुलग रही है? (''मनुष्यता दो तरह की होती है--सामान्य और फिल्मी!'' एक बार काली मनः-स्थिति में नीरजा ने टिप्पणी की थी, ''व्यावसायिक सिनेमा के माहौल में साँस लेता व्यक्ति बाप को मुखाग्नि देने से पहले सोचता है, इसमें मेरा क्या फायदा है?'')

''मैंने उसे नरमी से समझाने की कोशिश की।'' हर्ष ने सिगरेट सुलगायी, ''मेरी और तुम्हारी मित्रता की प्रकृति दूसरी है। अगर पिक्चर का कुछ नहीं भी हो पाता, तब भी तुम हमारे परिवार की सदस्य जैसी हो। मैं और वर्षा हमेशा तुम्हारा ध्यान रखेंगे। तुमने बहुत कठिन दिनों में मेरा साथ दिया है। पर वह पागल-सी हो गयी। छुरी उठाकर सीने में घोंपने की कोशिश करने लगी। मेरे मन में कड़वाहट भर गयी। जिसे आत्महत्या करनी होती है, वह दूसरों के सामने रिहर्सल नहीं करता। रात का एक बजा होगा। मैं उसे उसके हाल पर छोड़कर बाहर निकल गया।''

वर्षा कुछ पल सोचती रही, ''तब क्या रंजना को इतना पैसा लीज से मिला है?''

''पूना के इंडस्ट्रियलिस्ट मित्र माधव से।'' हर्ष ने गहरा कश लिया, ''मैं रंजना को बताये बिना माधव से मिला था। सच्चाई सामने आ गयी। उन दोनों के बीच यह अंडरस्टैंडिंग थी कि इन प्रारंभिक रीलों के बाद पिक्चर में माधव की और वित्तीय जिम्मेदारी नहीं होगी। अगर फिल्म सफल रही, तो माधव को उसकी राशि थोड़े ब्याज के साथ लौटा दी जायेगी। अगर कोई गड़बड़ हुई, तो माधव अपने टैक्स रिटर्न में इस हानि का इस्तेमाल करेगा।'' हर्ष कड़वी व्यथा के भाव से मुस्कराया, ''रंजना अपने अकेलेपन का दुखड़ा रो रही थी। क्या मैं समझता नहीं? माधव उसका पुराना पार्टटाइम प्रेमी है और मेघानी से भी उसकी दोस्ती

दफ्तर तक सीमित नहीं।'' हर्ष कुछ क्षण सामने देखता रहा, फिर गहरी साँस छोड़ी, ''यह सब इतना घिनौना है!''

हर्ष के चेहरे पर बेहद शर्मिंदगी भरी स्थिति में होने का चुभने वाला तनाव था। कलात्मक मूल्यों वाली फिल्म को रूपायित करने के लिए हर्ष को कैसी बहुस्तरीय यातना से गुजरना पड़ा है, वर्षा ने सोचा।

''मैं कैसे कीचड़ में फँस गया हूँ।''

वर्षा को लगा, हर्ष की आँखें भीग गयी हैं। पल भर को आशंका हुई, कहीं हर्ष बिखर न पड़े। लेकिन वह जूते के नीचे सख्ती-से सिगरेट मसलता रहा। शायद इसी तरह अपने उफान को दबा रहा था।

''तुम लोगों ने क्या जगह चुनी!'' नीरजा मुस्कान के साथ आगे आती दिखायी दी।

वर्षा ने अपने बदरंग सिंहासन पर थोड़ा खिसककर नीरजा के लिए जगह बनायी। रशेज अच्छे होने की उमंग में है, वर्षा ने सोचा।

''तुम दोनों बाहर ऐसे चिपककर मत बैठा करो।'' हर्ष मुस्कराया, ''दीना दस्तूर छोड़ेंगी नहीं।''

नीरजा खिलखिलायी--ऐसी बंधनमुक्त कि जलतरंग-सी घंटियाँ रुकने में ही नहीं आ रही थीं।

ड्रग्स का मुद्दा आज रह गया, वर्षा ने सोचा। शायद बुरा नहीं हुआ। दो दिन बाद डॉक्टर मर्चेंट ने वर्षा को एप्वाइंटमेंट दिया था। एडिक्ट के मनोविज्ञान में अंतर्दृष्टि पाने के बाद ही इस संवेदनशील मुद्दे को छूना बेहतर होगा। अपने अनुभव से वर्षा इतना तो समझती थी कि हर्ष कभी नहीं मानेगा कि वह व्यसनी है। नाटकीय समक्षता भी हो जायेगी और नतीजा कुछ नहीं निकलेगा (उसकी स्थिति 'विक्रमोर्वशी' के मछुए जैसी होगी, जो हाथ की मछली के पानी में कूद जाने पर निराश होकर कहता है, ''जा, मुझे पुण्य ही मिलेगा!'')।

''हाँ वर्षाजी?'' रंजना ने चाय का घूँट लेकर पूछा।

वर्षा ने सुबह फोन किया था, वह दस मिनट बात करने के लिए कब आ सकती है? रंजना बोली, मुझे शाम को जुहू आना है। मैं खुद आ जाऊँगी।

'' 'मुक्ति' का क्या करना है?''

जिस भावात्मक दबाव की बात हर्ष ने कही थी, उसके धूमिल चिन्ह भी रंजना की आँखों में दिखायी नहीं दे रहे थे (या मेरे पास वह नजर नहीं है और या मेरे प्रशिक्षित अभिनेत्री होने के बावजूद रंजना मेरे ऊपर भारी पड़ती है, वर्षा ने सोचा।)। वह सहज थी। शिफॉन प्रिंट साड़ी में आकर्षक भी लग रही थी।

''क्या करें?'' रंजना ने वर्षा की ओर देखा, ''मेरे पास और पैसा नहीं। मेघानी ने हाथ बढ़ाने से इंकार कर दिया है।''

''मुझे दुख इस बात का है कि आप सबकी मेहनत बेकार जा रही है।''

रंजना ने विचारलीन ढंग से घूँट भरा, ''यह बात तो सही है।'' फिर एकटक उसकी ओर देखा।

पल भर को वर्षा विचलित हो गयी। हर्ष को लेकर मुझे कितनी प्रतिद्वंद्विता भुगतनी होगी, वर्षा ने सोचा। पहले शिवानी थी। फिर चारूश्री। अब रंजना...

"हर्ष ने आपसे मेरे बारे में क्या कहा है?" रंजना की आँखों में पुरानी बेबाकी घुमड़ आयी थी। हर्ष के साथ की अंतिम नाटकीय समक्षता में उसने बड़ा दाँव लगा दिया था। इस बात का एहसास उसकी आँखों में कौंध रहा था।

वर्षा की बाहर निकली साँस थोड़ी ठंडी रही। जिस प्रतिद्वंद्वी को उसने खासा घातक समझा था, उसने एक ही गलत प्रश्न से अपनी स्थिति की कमजोरी उजागर कर दी।

संकोच उलटे वर्षा को हुआ, "पिक्चर को लेकर कुछ मामूली मतभेद की बात की थी।"

वर्षा का पहला सरोकार इस समय फिल्म थी। किसी तरह 'मुक्ति' पूरी हो जाये, तो ये सारी उलझनें अपने-आप सुलझ जायेंगी।

"हर्ष ने मेरे साथ ज्यादती की है। उनके सपने में मैं न सिर्फ तन-मन-धन से साथ रही, बल्कि अपने मैत्री संबंधों को भी समर्पित कर दिया। फिर भी..." और अचानक रंजना सिसकने लगी। उसकी आँखों से आँसुओं की रेखाएँ बह रही थीं।

वर्षा स्तब्ध रह गयी। रंजना के साथ रुदन को जोड़ पाना बहुत मुश्किल लगा। साथ ही इस बात का एहसास भी जागा कि हर्ष के अपने घर से निकलने पर रंजना को अपनी पराजय की झलक मिल गयी होगी। आज उसने वास्तविकता को स्वीकार कर लिया है। जो खिन्नता और क्षोभ अभी तक रंजना के लिए संचित होता रहा था, वह जैसे छिद्र पाकर बूँद-बूँद बाहर टपकने लगा।

"रंजनाजी..." उसने रंजना के हाथ पर हाथ रखते हुए नरमी से कहा।

"मेरे साथ क्यों ऐसा होता है?"

उत्तर में बाहर समुद्र की लहरें गरजीं।

क्या अब 'मुक्ति' पूरी हो जायेगी, वर्षा ने सोचा।

"देखिए वर्षाजी", मेघानी ने दो टूक भाव से कहा, "मैं यहाँ धंधा करने बैठा हूँ, सिनेमा के इतिहास में अपना नाम जोड़ने के लिए नहीं। मैंने हर्षजी और रंजनाजी से ऐसा कोई वादा नहीं किया था, जिससे पलट जाने की तोहमत मुझ पर लगायी जा सके।"

"हम आपके ऊपर तोहमत लगाने नहीं आये हैं।" नीरजा बोली।

पीछे अलमारी में कुछ जुबिली ट्राफियाँ रखी थीं। दफ्तर की साजसज्जा भड़कीली थी। मेघानी की अनुभवसिद्ध आँखों में काइयाँपन के काँटे थे और जबान पर चित्रनगरी की टकसाली शब्दावली।

इसके सामने बैठे हुए हर्ष को कैसी ग्लानि हुई होगी, वर्षा ने सोचा।

"में ऐसी पिक्चर पसंद करता हूँ, जिसकी लागत पचास लाख हो और जो बीस करोड़ का बिजनेस करे। मैं ऐसी पिक्चर भी बर्दाश्त कर लेता हूँ, जो बीस लाख की लागत पर एक करोड़ ही कमा पाये। पर ऐसी पिक्चर बनाने का क्या मतलब, जो अपनी लागत ही न निकाल पाये?"

जो रीलें आपने देखी हैं, उनसे आपको ऐसा ही लगता है?'' नीरजा ने पूछा।

''स्पीड धीमी है। सोकर उठने और चाय पीने में हीरो कितना फुटेज खाता है।''

''नायक की जीवन-शैली और उसूलों के कारण उसकी फटेहाली को एस्टाब्लिश करना जरूरी है।'' वर्षा बोली, ''सिने व्याकरण के अनुसार सिर्फ फिल्म के शुरू में ही जरा-सा समय मिलता है।''

''इस बात को शुरू में कमेंट्री में नहीं कहा जा सकता?''

''यह सिनेमेटिक तरीका नहीं है।''

''हीरो की माँ का कैरेक्टर डाल दीजिए। वह फोन करती है और हमें सारी जानकारी मिल जाती है।''

''नायक दुनिया में बिलकुल अकेला है। भावना के स्तर पर वह सिर्फ अपनी प्रेमिका से जुड़ा है। तभी इस रिश्ते की अहमियत सामने आती है। वैसे भी सिनेमा सूचना नहीं, अनुभव है।''

मेघानी कुछ पल टूथपिक से दाँत कुरेदते रहे, ''कहानी बाँधने वाली नहीं लगती। फिर बलात्कार भी दिखाया नहीं जाता। उसकी रिपोर्टिंग होती है।''

''हमारे पात्र पर बलात्कार का अभियोग झूठा है। वह दिखाया कैसे जायेगा?''

''ऐसी कहानी चुनने का मतलब क्या है?''

''हमारे आज के सामाजिक-राजनीतिक ढाँचे में सिद्धांतवादी व्यक्ति का दम घुटता है। अपने दृढ़ विचारों की कीमत चुकाने वाला नायक मूल्यों में विश्वास कर रहा है। इस केस के माध्यम से वह अपने जर्जर हो रहे विश्वास को फिर से प्राप्त करता है।''

''यह तो मैसेज पिक्चर हो गयी।'' मेघानी बुदबुदाये।

चपरासी ने खड़ के टुकड़े मेज के किनारे पर सरकाये और प्याले रखने लगा।

''कोर्ट सीन कैसे होंगे?'' मेघानी ने गहरी साँस लेकर पूछा।

''बहुत इंटेंस और नाटकीय शक्ति से भरपूर।''

कुछ देर चुप्पी रही। मेघानी ने सोने का पानी चढ़े केस से सिगरेट निकाली, फिर चाँदी के लाइटर से हीरे-जड़ी तीन अँगूठियाँ झलकाते हुए उसे लौ दिखायी, ''मेरी बेटी सोफिया में पढ़ती है। उसको आर्ट की तकलीफ है। कल शाम वह 'द आउटसाइडर' का कैसेट देख रही थी। मैं भी बैठ गया। थोड़ी देर बाद मैंने कहा, कहानी में तो कोई टेंपो नहीं। बेटी बोली, इसके राइटर को नोबेल प्राइज मिला हुआ है। नोबेल प्राइज के नाम से ही मैं उठने लगा। तभी पिक्चर में कोर्ट सीन आ गया। आप जानती हैं, हमारी पिक्चरों के कोर्ट सीन कैसे धाँसू होते हैं। मैंने सोचा, अब कहानी जमेगी। हीरो से पूछा गया, तुमने खून क्यों किया? तो वह हिचकिचाकर जवाब देता है, वहाँ तमाम मक्खियाँ थीं... और कोर्ट सीन खलास...'' कश खींचते हुए मेघानी मुस्कराये, ''बात यह है वर्षाजी कि कमर्शियल हिंदी पिक्चर कामू नहीं!''

''अगर कमर्शियल से आपका मतलब सिर्फ फार्मूलों से है, तो वे बेशक हमारी फिल्म में नहीं हैं।''

''पर हीरो-हीरोइन का प्यार तो हो। दर्शक को हम सिनेमाघर तक खींचेंगे चारूश्रीजी के नाम पर, लेकिन ढाई घंटे वह बैठेगा कैसे?''

''कहानी की पकड़ से।'' वर्षा ने घूँट लिया, ''और क्या पेड़ के इर्द-गिर्द नाचना-गाना ही प्यार होता है?''

मेघानी ने पल भर वर्षा को देखा। फिर थोड़ा सोचते रहे, ''मुझे डर है कि पिक्चर में रिलीफ नहीं है। इसमें कोई मदहोश डाँसर डाल सकते हैं? कोर्टरूम से थककर एक शाम को हीरो बार में जाकर बैठ जाता है, जहाँ कैबरे चल रहा है। डाँसर की उसमें दिलचस्पी हो जाती है। इस तरह एक-दो गानों की सिचुएशन भी निकल आती है।''

वर्षा ने नाहीं में सिर हिलाया। भीतर से कड़वाहट उभरी। इस दफ्तर में कितनों का स्वप्न दुःस्वप्न में बदल गया होगा!

''बात यह है वर्षाजी कि कहानी की अपील मुझे क्लासेज के लिए लगती है, मासेज के लिए नहीं। अभी आपने जो शूट किया है, वह मलाबार हिल के लिए है। अब मुजफ्फरपुर के लिए भी कुछ सोचिए। यह इसलिए भी जरूरी है कि आपका पढ़ा-लिखा दर्शक मिनर्वा तक नहीं आयेगा, अपने घर में पिक्चर की कैसेट देख लेगा। जहाँ तक आम दर्शक का सवाल है...''

''आम दर्शक की पसंद के आप विशेषज्ञ हैं?'' वर्षा आवेश में आ गयी, ''चारूश्री जी पर गर्म साँसों का एक गाना पिक्चराइज कर लें, तो पिक्चर हिट हो जायेगी? मैं कितनी फिल्मों के नाम आपको गिनाऊँ, जिनमें आपके ये चहेते फार्मूले भरे पड़े थे और पहले हफ्ते में ही टिकट-खिड़की पर मक्खियाँ भिनक रही थीं? 'अर्धसत्य' में तो कोई फार्मूला नहीं था, फिर गैलेक्सी में एक टिकट पर पचास रूपये का ब्लैक क्यों हो रहा था?''

''फ्लूक धंधे का एक्सैप्शन होते हैं वर्षाजी, रूल नहीं।''

''आपको अभी से पता है कि 'मुक्ति', 'नॉन-रिकरिंग फिनामिनन' नहीं होगी?'' ('फ्लूक' जैसे अपमानजनक शब्द का वह इस्तेमाल नहीं कर पायी।)

''दर्शक को क्या पसंद आता है, इसकी थोड़ी-बहुत समझ मुझमें है।''

''समझ नहीं, सामर्थ्य है, जिसके बूते पर आप हमारी मेहनत और प्रतिभा को डिब्बों में बंद कर सकते हैं।''

''धंधे की बात है वर्षाजी! जब दिल में धुक-धुक हो रही हो, तो जोखिम कैसे ली जा सकती है?''

''तो साफ-साफ अपनी बात कहिए, दर्शकों की पसंद की दुहाई मत दीजिए।''

कुछ देर चुप्पी रही। वातानुकूलन के बावजूद तनाव की तपिश का एहसास होने लगा था।

''वर्षाजी, आप मेरे पास आयी हैं, मैं शुक्रगुजार हूँ।'' मेघानी बोले, ''अगर पिक्चर तैयार होती, सिर्फ रिलीज की प्रॉब्लम होती, तो मैं कमीशन बेसिस पर या कोई और रास्ता निकालता। पर अभी तो पहला वाटरलू ही सामने है। आप कुछ और डिस्ट्रीब्यूटरों से बात करके देखिए, पर पहले चारूश्रीजी पर गाना पिक्चराइज कर लीजिए।''

''कविकुल-तिलक कालिदास का नाम तो आपने सुना होगा?'' वर्षा ने हल्की मुस्कान से पूछा।

मेघानी ने हामी में सिर हिलाया।

''जब सम्राट रघु ने विश्वजित यज्ञ में अपना सब कुछ दान कर दिया, तो कौत्स ऋषि उनके पास आये।'' वर्षा ने धीरे-धीरे कहना शुरू किया, ''रघु ने मिट्टी के पात्र से विधिवत उनकी पूजा की और हाथ जोड़कर कहा, 'ऋषिश्रेष्ठ, जैसे सूर्य अपने प्रकाश से सोये हुए संसार को जगा देता है, वैसे ही जिस गुरु ने आपको ज्ञान की ज्योति देकर जगाया है, वे आपके गुरु कुशल से तो हैं न? आपके आश्रम में तो सब मंगल है? बताइए, मैं क्या सेवा करूँ?' मिट्टी का पात्र देखकर उतरे मुँह वाले कौत्स बोले, 'राजन, आपके राज्य में हमें सब प्रकार का सुख है। मै आपके पास कुछ माँगने आया था, पर लगता है कि मुझे विलंब हो गया है। चक्रवर्ती होते हुए भी सब कुछ दान में देकर आप उस चंद्रमा के समान बड़े सुंदर लग रहे हैं, जिसकी सारी कलाएँ देवताओं ने धीरे-धीरे पी डाली हों। अब मुझे कोई और द्वार खटखटाना होगा, क्योंकि पपीहा भी बिना जल वाले बादलों से पानी नहीं माँगा करता। आपका कल्याण हो।' ऐसा कहकर कौत्स उठने लगे, तो रघु ने उन्हें रोकते हुए पूछा, 'ऋषिशिरोमणि, आपकी आवश्यकता क्या है, यह तो बता दीजिए।' कौत्स ने देखा कि विश्वजित यज्ञ करने पर भी रघु को अभिमान छू तक नहीं गया है, इसलिए वर्ण और आश्रम की रक्षा करने वाले सम्राट से उन्होंने मन की बात कही, 'विद्या की समाप्ति पर मैंने गुरुजी से पूछा, मैं क्या गुरू-दक्षिणा दूँ? वे बोले, मैं तुम्हारी गुरू भक्ति से बहुत प्रसन्न हूँ। पर जब मैंने हठ किया, तो वे बिगड़कर कहने लगे, 'मैंने तुम्हें चौदह विद्याएँ पढ़ायी हैं, इसलिए मुझे चौदह करोड़ स्वर्ण-मुद्राएँ लाकर दो।' रघु ने नम्रता से प्रार्थना की, 'आप जैसे वेदपाठी ब्राह्मण मेरे द्वार से निराश लौटे, यह बदनामी मैं नहीं सह सकता। आप हमारी यज्ञशाला में चलें। वहाँ स्थापित गार्हपत्य, दाक्षिणात्य और आहवनीय अग्नियों के साथ आप भी चौथी अग्नि के समान पूजनीय होकर दो-चार दिन विश्राम करें। तब तक मैं कुछ जतन करता हूँ।' कौत्स ने प्रसन्न होकर रघु की बात मान ली। रघु ने सोच विचार कर निश्चय किया कि अब कुबेर से ही धन ले लिया जाये, क्योंकि पृथ्वी पर तो धन है नहीं। जैसे वायु के झोंकों से मेघ कहीं भी जा सकता है, वैसे ही वशिष्ठ के मंत्रों से पवित्र किया गया रघु का रथ भी समुद्र, आकाश, पर्वत-कहीं भी जा सकता था। अपने अस्त्र-शस्त्र ठीक करके रघु साँझ होते ही रथ में ही सो गये थे। भोर में रघु जैसे ही चलने को हुए, वैसे ही सेवकों ने आकर अचरजभरा समाचार दिया कि खाली राजकोष में बहुत देर तक सोने की वर्षा हुई है। हुआ यह था कि रघु के आक्रमण की बात जानते ही कुबेर ने ऐसा 'इनीशिएटिव' लिया था। वह सोने का ठेर ऐसे दमक रहा था, जैसे किसी ने सुमेरु पर्वत का एक भाग काट कर ला गिराया हो।...हम आपसे सुमेरु पर्वत का एक भाग नहीं माँग रहे हैं। छोटे-से टुकड़े से ही हमारा काम चल जायेगा।''

''आप जितनी अच्छी एक्ट्रेस हैं, उतनी ही अच्छी नैरेटर भी हैं।'' मेघानी मुस्कराये, ''देखिए, मेरी आँखें भीग गयी हैं।'' सचमुच उनकी आँखों में एक तरल परत थी। उन्होंने रूमाल निकालकर आँखों से छुआया। कुछ क्षण सामने देखते रहे। फिर ठंडी साँस लेकर

बोले, "काश, मैं भी ऐसा 'इनीशिएटिव' ले पाता..."

नीरजा को संकेत करते हुए वर्षा उठ खड़ी हुई, "मेघानीजी, आपका कल्याण हो!"

"मुझे ट्वेंटियथ सैंचुरी फॉक्स के स्टूडियो चीफ की [illegible] स्टेटमेंट बहुत पसंद है..."

मेघानी ने दरवाजा खोलते हुए कहा, "कि ब्लॉकबस्टर बीसवीं सदी का सबसे नया आर्ट-फार्म है। हमारा पूरा आर्ट सिनेमा इकट्ठे 'अमर अकबर एंथोनी' का मुकाबला कर सकता है?"

"दाऊद, मुझे डिस्टर्ब मत करो।" वर्षा ने झुँझलाकर कहा।

दूसरा सहायक सकपका गया।

"सॉरी मैडम!"

उसने बाहर निकलकर दरवाजा बंद कर दिया।

सोफे पर पड़ी वर्षा ने आँखें मूँद लीं। मेघानी से भेंट हुए चार दिन हो चुके थे, पर मुँह में कड़वाहट अभी भी बाकी थी। उसने सुन रखा था, वितरक सबसे कट्टर व्यवसायी होते हैं (एंड्री के शब्दों में, 'कशीदा काढ़ने वाले कसाई...'), पर वे ऐसी सख्त चट्टान बन कर रास्ता रोक लेंगे, यह नहीं सोचा था। नारंग, हुसैन और बीरजी के माध्यम से चार और वितरकों से भेंट हुई थी। 'मुक्ति' जैसी फिल्म के लिए सबसे सहनशील दिल्ली-यू.पी. के अरोड़ा लगे। पर कुल मिलाकर सबकी प्रतिक्रिया यही थी--पहले पिक्चर पूरी कर लीजिए। प्रारंभिक रीलों के आधार पर क्या कहा जा सकता है? अगर नायक विमलजी होते, तब भी एक बार अधूरी फिल्म में हाथ डालने के लिए हम सोच सकते थे। विमल जी की इमेज पिक्चर को परिभाषित कर देती है। स्टार नायक के न होने से उलझन होती है। शून्य में दाँव कैसे लगाया जा सकता है? मार्कीट वैसे ही मंदा चल रहा है। सिनेमाघर बंद होते जा रहे हैं। वीडियो पायरेसी और केबिल से धंधा चौपट हो गया है...

हर्ष की जिंदगी मार्कीट के सँभलने तक रुकी रहेगी?

ये सब अवरोध तभी उसे नोंच रहे थे, जब वह 'आकाशदीप' पर एकाग्र होना चाहती थी। अब तक के कैरियर में 'नलिनी' उसकी सबसे माँगभरी भूमिका थी--वस्तुत: एक महान् भूमिका ("पुरुष प्रधान समाज में कमनीय नारी के अपने को क्रमश: रेखांकित करते जाने की प्रक्रिया..." सिद्धार्थ ने एक वाक्य में फिल्म का कथासूत्र निरूपित किया था। अपनी प्रेमिका के लिए पति पत्नी को छोड़ देता है। वह अपने पाँवों पर खड़ी होकर दो बच्चों को सँभालती है और साथ ही उच्च शिक्षा भी लेती जाती है। कार्यालय का अधिकारी लिंगीय दंभ में उसकी अवमानना करता रहता है और नलिनी को संघर्ष के लिए कटिबद्ध देखकर दूर के पिछड़े कस्बे में उसका तबादला करा देता है। अपनी क्षमता एवं संकल्पशक्ति से नलिनी हर अग्निपरीक्षा से अक्षत निकलती है। अंतत: ऊँचे पद पर मुख्य कार्यालय में वह फिर बुला ली जाती है और पति भी क्षमायाना के साथ उसके पास वापस लौटता है। पर नलिनी उसे स्वीकार नहीं करती। उसने आत्मबल पा लिया है।)।

कमरे के पर्दे खींचकर, अँधेरा करके मूड बनाने की जरूरत उसने पहली बार महसूस की थी। आँखें बंद करती, तो मेघानी का चेहरा सामने आ जाता। आँखें खोलती, तो हर्ष के चेहरे पर आँखों की सुर्खी और बढ़ती दिखायी देती।

सप्ताह भर पहले चंद्रप्रकाश आये थे, ''मेरा विवाह-प्रस्ताव कब तक विचाराधीन रहेगा?'' (वह इंकार को हँस कर अनसुना कर चुके थे।) तीन दिन पहले सुमंत ने भी फोन किया था, ''वर्षाजी, जिंदगी कैसे कटेगी?''

वर्षा ने फुसफुसाकर पूछा, ''शाहिद हकीम, मेरी जिंदगी उलझ क्यों गयी है?''

दरवाजे पर हल्की दस्तक हुई।

''एंटर!''

सिद्धार्थ दबे पाँव भीतर आया, ''वर्षा, तुम ठीक तो हो न?''

''हाँ।'' वर्षा बोली, ''लाइटिंग हो गयी है?''

''हाँ।'' शॉट तैयार है।''

''आती हूँ। एकदम टेक ले लेना।''

''अच्छा...'' पल भर ठिठककर सिद्धार्थ चला गया।

उसके साथ संबंध धीरे-धीरे तनावहीन होने लगा था। शारीरिक स्पर्श बंद था। वर्षा कभी व्यक्तिगत सवाल पूछ लेती थी, पर सिद्धार्थ नहीं।

वर्षा बाहर निकली। आँगन में जमा यूनिट के लोग खामोश थे। वर्षा सीधे अपनी जगह आकर खड़ी हो गयी (सिद्धार्थ ने शॉट विस्तार में समझा दिया था।)। एक-एक करके सिद्धार्थ के आदेश गूँजे। छोटा-सा मंजुल बिस्तर पर सोने की मुद्रा में पड़ा था। उसकी दिन भर वर्षा से छेड़छाड़ चलती रहती थी, पर आज वह भी 'दीदी' का मूड खराब होने से सहमा हुआ था।

''एक्शन!''

''काफी दिनों बाद तुम्हें देखकर अच्छा लगा।'' चारूश्री मुस्करायी।

वर्षा को दिल्ली की पहली भेंट याद आ रही थी, जब वह दीन-हीन थी। अभी-अभी यास्मीन और सदानंद नम्र भाव से उससे मिले थे। वर्षा को उन फोन-वार्ताओं का स्मरण हो आया था, जो कुछ वर्ष पहले हर्ष को ढूँढ़ने की कोशिश में संपन्न हुई थीं।

वर्षा को पहली बार ऐसा लगा कि उसके सामने होते हुए भी आज चारुश्री की आँखों में प्रतिद्वंद्वी की सतर्कता का भाव नहीं है (जो मित्रता के प्रारंभिक दौर में शिवानी की आँखों में भी दिखायी देता था।)। वर्षा का चौकन्ना मूल्यांकन करने वाली तेज निगाह में आश्वस्ति एवं तटस्थता थी। अगर मैंने सही समझा है, तो इसके पीछे क्या वजह हो सकती है, वर्षा ने सोचा।

''क्या बात है वर्षा?''

'' 'मुक्ति' का गाना रिशूट करना होगा।''

''मैंने तो सुना था, पैसे की समस्या है।'' चारूश्री ने उसकी ओर देखा।

''थोड़ा नकद मेरी जिम्मेदारी है। बाकी क्रेडिट पर है।''

"चाय का घूँट लेते हुए चारुश्री ठिठकी। फिर गहरी साँस लेकर मग काँच की सतह वाली मेज पर रख दिया। वह सिल्क की लुंगी और मोनोग्राम वाला कुर्ता पहने थी। दायीं कलाई में ढेर सारी चूड़ियाँ। पिछली दीवार को पूरा घेरे हुए उसका ब्लोअप था। दूसरी दीवार पर अलग-अलग वेशभूषाओं में उसकी तस्वीरों का कोलाज। कमरे की सज्जा स्टारडम के अनुरूप एवं अहंदीप्त थी (पांडेजी ने भी वी.वी. के मोनोग्राम वाले हाउसकोट और ड्राइंगरूम में सामने की दीवार पर छा जाने वाले ब्लोअप का सुझाव दिया था। वर्षा ने अनसुना कर दिया। मेरा घर अहं-पोलो का क्रीड़ाक्षेत्र नहीं बनेगा, उसने सोचा था।)।

"वर्षा, सैल्युलाइड वाली 'मुक्ति' के लिए अब देर हो चुकी है।" चारुश्री मुस्करायी, "मैं इस उद्योग से मुक्ति ले रही हूँ। अभी घोषणा नहीं की है, पर जल्दी ही मैं शादी कर रही हूँ। मेरे भावी पति बंगलौर में हैं। यह बंगला बेच रही हूँ...तुम खरीदोगी?"

अब मुस्कराने की बारी वर्षा की थी।

"यही दस्तूर है। मैंने यह जगह सुभद्रा देवी से खरीदी थी।"

"इन चीजों को लेकर मेरी महत्वाकांक्षाएँ छोटी रही हैं।"

"काश, मेरे भाई भी तुम्हारे-जैसे होते। मेरे इस फैसले से घर में उदासी छा गयी है।...मेरी जिंदगी बदल रही है, लेकिन..." कहते-कहते चारुश्री रुक गयी।

"बधाई के अलावा और क्या कहूँ!"

वर्षा चारुश्री के पारिवारिक मतभेदों के बारे में जानने को उत्सुक नहीं थी। अपनी ही समस्याओं की गिरफ्त काफी थी।

"मैंने अपने भूतपूर्व प्रेमियों का बराबर साथ दिया है।" पल भर उसकी प्रतिक्रिया देख कर चारुश्री ने चंचलता से जोड़ा, "चिंता मत करो। हर्ष के साथ रिश्ता मेरी ओर से ज्यादा था। अगर मेरी व्यावसायिक स्टैंडिंग पहले जैसी होती, तो चलते-चलते मैं अपने सुखी वैवाहिक जीवन के लिए हर्ष और तुम्हारी शुभ कामनाएँ लेने के इस मौके को गँवाती नहीं। पर अब अव्वल नबर के लिए तुम्हारी व कंचनप्रभा की फिनिशिंग टाइ का रिप्ले चल रहा है। तुम खुद यह रोल क्यों नहीं करतीं?"

सबसे पहले एंड्री ने यह सुझाव दिया था। फिर हर्ष ने प्रमुदित सहमति प्रकट की थी। वर्षा तैयार थी, पर एक बार चारुश्री से बात करना जरूरी समझा (दीना दस्तूर एंड कंपनी द्वारा काफी उकसाये जाने के बावजूद चारुश्री ने उसे कर्दम-क्रीड़ा का निशाना नहीं बनाया था।)। हाँ, वे दिन जरूर याद आये थे, जब 'मुक्ति' की तैयारी चल रही थी। तब उसकी व्यावसायिक रेटिंग मामूली थी, इसलिए हर्ष ने भी उसका नाम नहीं लिया था। शायद इसी झिझक के चलते उसने खुद इस सुझाव की पहल नहीं की थी।

"मेरी तमन्ना अधूरी रह गयी कि एक पिक्चर में तुम्हारे साथ काम करूँ।" पोर्च में विदा देते हुए चारुश्री बोली।

"अच्छा ही रहा।" वर्षा ने मुस्कान के साथ अपनी कार का दरवाजा खोला, "एकाध तमन्ना अधूरी रह जाये, तो ईश्वर पर आस्था बनी रहती है।"

13
'वन फ्लियु ओवर द कुक्कू 'ज नेस्ट'

''कुछ पीने को दोगी?'' हर्ष ने नरमी से पूछा।

वर्षा ने उसे निर्देश दिया था, रोज रात को यहाँ आया करो। कहीं जाना हो और मैं घर में न होऊँ, तो झुमकी के पास नंबर छोड़ो, वरना मैं आधी रात को तुम्हारे कमरे पर निगरानी करने आ जाऊँगी।

वर्षा ने पल भर सोचा। पिता की विद्यमानता के कारण मदिरा-प्रकोष्ठ अभी भी बंद था (हालाँकि झल्ली के ब्याह की चहल-पहल में जीजाजी ने एक बार बियर माँगी थी और एक बोतल पीकर तरंग में आ गये थे--वह धारावाहिक रूप से अंग्रेजी बोलने लगे थे। जिज्जी समेत नारी-केन्द्र का पर्याप्त मनोरंजन हुआ था।)

''दद्दा सो गये हैं न?'' हर्ष ने हल्की मुस्कान से जोड़ा।

वर्षा के बाहर होने के कारण पिता ने अपने समय से आठ बजे खाना खा लिया था और नौ बजे का धारावाहिक देखकर सोने चले गये थे।

''झुमकी...'' वर्षा ने ढालने का मूकाभिनय किया।

झुमकी मुस्कान के साथ दराज से चाबियों का गुच्छा निकालने लगी। हर्ष उसके पास गया और अपनी पसंद की बोतल की ओर इशारा किया।

हर्ष ने अपनी दिनचर्या में ड्रग्स के समय में कुछ तब्दीली कर ली है, वर्षा ने सोचा। जब रात को उसे वर्षा के यहाँ हाजिरी देनी होती है, तब ठीक रहता है। पिछले डोज का प्रभाव अँधेरा गहराने तक खत्म हो जाता होगा और अगला डोज यहाँ से जाने के बाद लेना होगा।

''चियर्स!'' हर्ष ने एक साँस में चौथाई से कुछ कम व्हिस्की पी ली। उसकी ड्रिंक का रंग सुर्ख था। पटियाला पैग में जरा-सा पानी मिलाया गया था। उसकी तुलना में वर्षा की ड्रिंक काफी हल्की थी। हर्ष ने सिगरेट जलायी। आसपास देखा। कुछ सोचता रहा, ''तुम्हारा नारी-केन्द्र अब आधा रह गया है।''

''ट्रौजन वीमैन की तरह मैं और झुमकी बचे हैं।''

वर्षा के सामने अपने-अपने घरों में उमंग से चहकते हुए झल्ली और हेमलता की तस्वीरें उभरीं। अजीब-सा सूनापन भीतर उभरने लगा।

''रॉयल चैलेंज बहुत दिनों बाद पी।'' हर्ष घूँट लेकर बोला।

वर्षा ने गिलास होंठों से लगाया। अंतराल के बाद पीना भला लग रहा था।

पिता के कारण जीवन-शैली बदल गयी थी। इस स्थिति ने एक बड़े अंतर्द्वंद्व को जन्म दिया था। अगर पिता न होते, तो वह जब एक्टर्स एकेडमी गयी थी, तभी लौटते हुए हर्ष को घर ले आती। सिर्फ झल्ली और हेमलता ही होतीं, तब भी खास हिचक न होती। हर्ष को अपने मास्टर बेडरूम में ही रख लेती। पर जब पिता के दुर्बल चेहरे का क्लोज अप सामने आया, तो वर्षा ऐसा साहस नहीं जुटा पायी। वह हर्ष को लेकर वर्षा की आशंका नहीं

समझेंगे और इस बात की व्याख्या इस रूप में करेंगे कि सिलबिल आत्मनिर्भर है, इसलिए मनमानी कर रही है। पिता के साथ वयस्क जिंदगी में पहली बार आत्मीयता पनपी थी। वह उन्हें आहत करने के विचार से कमजोर पड़ गयी।

विकल्पों को उसने टटोला था। वह पांडे से कह कर किसी एस्टेट एजेंट की मदद से छोटा-सा फ्लैट किराये पर ले सकती थी, पर वहाँ हर्ष अकेला ही रहता। एकेडमी में फोन था, लोग आते-जाते रहते थे और विद्यार्थियों के रिहायशी फ्लैट भी उसी बिल्डिंग में थे।

उसने चिंतामणि को फोन कर दिया था। दिल्ली का कोई भला संघर्षी हो, तो तुरंत बताना। हर्ष के लिए संगी चाहिए।

''यहाँ से मम्मी को फोन करोगे?'' वर्षा बोली।

हर्ष को जैसे झटका-सा लगा।

''तुमने एकेडमी का नंबर दे दिया?'' हर्ष ने चौकन्ने होकर पूछा।

''नहीं।'' वर्षा नीचे देखने लगी, ''फिर झूठ बोली।''

हर्ष सामने देखता रहा। फिर गहरी साँस लेकर कहा, ''बात क्या करूँगा...''

कुछ पल चुप्पी रही। फिर हर्ष ने उसके हाथ पर हाथ रख दिया। वह नीचे कार्पेट पर बैठा था, वर्षा सामने स्टूल पर।

''काश, मैंने इतने प्रस्ताव ठुकराये न होते...'' हर्ष फुसफुसाया।

वर्षा के मन का एक हिस्सा तत्क्षण संतोष के आवेग से थरथरा उठा। अगर हर्ष में वास्तविकता को स्वीकार कर पछतावे का भाव आ गया, तो आगे के लिए उम्मीद है। कुछ कहना चाहा, पर ठिठक गयी। एकदम अपनी खुशी प्रकट नहीं करेगी। कहीं हर्ष के नाजुक, आहत स्वाभिमान को ठेस न पहुँचे।

''हर्ष, कल डॉक्टर मर्चेंट के यहाँ चलोगे?''

ऐसे प्रस्ताव के लिए यह समय उसे उपयुक्त लगा।

''क्यों?''

''डिटॉक्सीफिकेशन के लिए।''

हर्ष ने पल भर गहरी निगाह से उसे देखा (कुछ संवेदनशील मुद्दों को लेकर बेहद अंतरंग प्रेमियों में भी कितनी दूरी हो सकती है, वर्षा ने सोचा।) फिर चौंकने का अभिनय किया, ''मुझे हुआ क्या है? मैं तुम्हें नॉर्मल नहीं लग रहा?''

वर्षा ने भी पल भर का विराम दिया (पर निगाह सामान्य रखी), ''तुम कौन-कौन से ड्रग्स लेते हो, मुझे मालूम है। बीच-बीच में तुम मेंड्रेक्स और डेमेरोल भी लेते हो। तुम्हें अब पेट में दर्द होने लगा है।''

हर्ष के चेहरे का भाव बदल गया, ''एंड्री ने तुमसे काफी बकवास की है।'

वर्षा चुप रही। डॉक्टर मर्चेंट ने कहा था, व्यसनी में सबसे पहले सुधरने की चाह और तीव्र इच्छा शक्ति होनी चाहिए।

''वर्षा, मैं अपना मनोविश्लेषण अच्छी तरह कर सकता हूँ और मुझमें प्रबल इच्छाशक्ति भी है। 'मुक्ति' बन जाती, तो मैं ड्रग्स अपने आप छोड़ देता...'' हर्ष का स्वर तरल हो गया।

''जब समझते हो, तो छोड़ क्यों नहीं देते?''

''इसके बिना बाहरी दुनिया का सामना नहीं कर पाता।'' हर्ष ने हताशा से सिर झटका, '' 'मुक्ति' बन जाती, तो...''

हर्ष की तान एक ही बात पर टूट रही थी। वर्षा ने भड़क उठने से अपने को भरसक रोका। डॉक्टर मर्चेंट ने कहा था, तुम्हें अपनाने से उसे घेरना होगा।

''हर्ष, ईश्वर न करे, पर अगर तुम्हें कुछ हो गया, तो?... मम्मी का थोड़ा-सा समय बाकी है। रो-धोकर काट लेंगी। सुजाता बहुत दुखी होंगी, पर उनकी अपनी जिंदगी है। पर मेरा क्या होगा?''

हर्ष उसकी ओर एकटक देखता रह गया। फिर जुड़े हुए घुटनों पर सिर रख लिया। अस्फुट स्वर में कहा, ''थोड़े ही दिन की बात है...''

''यह बहाना कब से चल रहा है?'' इस बार वर्षा को गुस्सा आ गया, ''तुम पेशेवर नजरिये से सिनेमा में अब तक भटक रहे हो, यह मैं बर्दाश्त कर सकती हूँ। हमारे पास इसके लिए तर्क हैं। पर ड्रग्स पर तुम्हारी निर्भरता इतनी बढ़ गयी है, यह मैं और बर्दाश्त नहीं कर सकती।... कल के दिन तुम्हें कुछ हो गया, तो सुजाता और मम्मी मेरी ही गर्दन पकड़ेंगी न? सच्चाई छिपाते-छिपाते मैं बहुत थक गयी हूँ। तुम्हें ड्रग्स और मुझमें से एक का चुनाव करना होगा और जवाब मुझे अभी चाहिए।''

वे कुछ पल वर्षा को पहाड़-से लगे, जिनके दौरान हर्ष उसकी ओर देख रहा था। फिर देखते-देखते उसकी आँखें भीग गयीं। फिर दो आँसू बहने लगे। डैडी के देहांत के बाद वर्षा पहली बार ऐसा दृश्य देख रही थी... यह महत्वाकांक्षा की परिणति थी और सपने की ताबीर...

हर्ष ने उसकी गोद में सिर रख दिया। रुँधे स्वर में कहा, ''तुम्हारे सिवा मेरा कौन है...''

वर्षा ने उसके बालों में उँगलियाँ उलझा लीं। उसकी आँखें भी भर आयी थीं। अगर हर्ष दिल्ली और रंगमंच तक ही सीमित रहता, तो छोटे एवं विशिष्ट कला क्षेत्र में सफल और संतुष्ट होता, पर कला क्षेत्र के विस्तार की ललक उसे--और वर्षा को--ऐसे अँधेरे, काले मोड़ तक ले आयी थी। स्थिति के अनूठेपन पर वर्षा चमत्कृत हो उठी। इस नाटकीय समक्षता के पीछे खलनायक की भूमिका वाले थे उत्कृष्ट कलामूल्य और समझौता विरोधी कार्यशैली...

सहसा वर्षा को लगा कि वे अकेले नहीं हैं।

गलियारे में खड़े पिता उसकी ओर देख रहे थे।

''सिलबिल, तुम मदिरापान भी करती हो?'' पिता ने पूछा।

वर्षा पल भर स्थिर रही। फिर तनिक-सा सिर हिलाने के अलावा कोई विकल्प नहीं था।

उसे चार दिन से ऐसी नाटकीय समक्षता की आशंका हो रही थी। शायद ताजा ममत्व के चलते पिता ने उसके 'चारित्रिक स्खलन' के साथ समझौता करने की कोशिश की होगी,

पर फिर सफल नहीं हो पाये थे।

"क्यों?" पिता के स्वर में असमंजस और उलझन थी।

"शुरुआत जिज्ञासा व एडवेंचर से हुई थी।" वर्षा धीमे स्वर के साथ कठघरे में दाखिल हो गयी।

"यह जिंदगी की कोई दार्शनिक पहेली है, जिसके लिए जिज्ञासा हो?" पिता कुछ झुंझलाहट से बोले, "संसार का नैसर्गिक चक्र कैसे चलता है, मृत्यु के बाद आदमी कहाँ जाता है, यह जिज्ञासा है। हिमालय पर चढ़ने की कोशिश करना, साइकिल पर दुनिया का भ्रमण करना--यह एडवेंचर है। अपने घर में बैठकर आसव पीने में कौन-सा एडवेंचर है?"

वर्षा ने मन-ही-मन पिता के तर्क को स्वीकार किया। उसे आशा नहीं थी कि इस मुद्दे पर उनका दृष्टिकोण इस तरह सुलझा हुआ हो सकता है। बोलते हुए उसे एहसास था कि वह शब्दों का बहुत सटीक व्यवहार नहीं कर रही है, पर जो पहला कारण था--अनुभव की ललक--उसे वह जुबान पर नहीं लाना चाहती थी।

"मैं गलत कह गयी। दरअसल एक प्रमुख कारण अनुभव की माँग थी।" वर्षा ने घूँट-सा भरा, "आप 'जिज्ञासा' की जगह 'कौतूहल' रख सकते हैं। उसने एक तरह से प्रेरणा का काम किया।"

"वाङ्मय में मैंने कहीं नहीं पढ़ा कि किसी ने अनुभव के लिए भी कुकर्म किये हों।" पिता स्तब्ध रह गये, "वाल्मीकि ने अनुभव के लिए डाके नहीं डाले, न वसंतसेना अनुभव के लिए नगरवधू बनी।"

"मेरे काम में कल्पना और अंतर्दृष्टि भी मदद करती है, पर पहले भावतंत्र को अनुभवसंपन्न होना चाहिए। शाहजहाँपुर में मेरे अनुभवों का दायरा सीमित था। उनका विस्तार करना मुझे जरूरी लगा।"

"तुम्हारा मतलब यह हुआ कि सिर्फ शराबी ही देवदास की भूमिका कर सकता है?"

;क्या पिता ने यौवनावस्था में बरुआ का यह चलचित्र भी देख रखा है? अगर हाँ, तो उन्होंने जिंदगी में तीन नहीं, जेसा कि परिवार की युवा पीढ़ी समझती है, बल्कि चार चलचित्र, वर्षा की दो फिल्मों के अलावा, देख रहे हैं!)

"अभिनेता का शराबी होना जरूरी नहीं, पर अगर उसे मदिरा के आस्वाद की जानकारी हो, तो उसे अभिनय को प्रामाणिक बनाने में मदद मिलेगी।" वर्षा ने नरमी से कहा, "चरित्र में सेंध लगाने के लिए सभी संजीदा अभिनेता ऐसी युक्तियाँ अपनाते हैं।"

"स्वांग को संजीदगी से भी लिया जाता है?"

"हाँ।" वर्षा ने कैसेट उठा कर दिखायी, " 'रेजिंग बुल' की भूमिका के लिए डि नीरो ने बॉक्सिंग सीखी और अधेड़ उम्र को प्रामाणिक दिखाने के लिए बियर पी-पीकर अपने सपाट पेट पर तोंद ले आया।"

पिता पल भर कैसेट पर डि नीरो का चेहरा देखते रहे। फिर बोले, "अब तो तुम्हें अनुभव हो चुका है। अब मदिरा क्यों जरूरी है?"

"जरूरी तो नहीं। पर जब मैं थकी हुई या तनाव में होती हूँ, तो रिलैक्स करने में उससे मदद मिलती है।"

''यह वंश की परंपरा के अनुकूल नहीं।'' पिता ने कहा, ''अपनी सात पीढ़ियों में किसी पुरुष ने भी मदिरा को हाथ नहीं लगाया होगा--स्त्री की तो बात ही छोड़ो।''

आत्मनिर्भर होने के बाद वर्षा को लगा था--विशेषकर पंक-प्रहार वाले प्रसंग में कि विरोधी पक्ष के 'वंश की परंपरा' वाले तर्क पर चिड़चिड़ाना वयस्कता का चिन्ह नहीं, आर्थिक स्वावलंबन की 'ऐरोगेंस' होगी। तर्क का जवाब तर्क से ही दिया जाना चाहिए।

''नियोगीजी जब कुश्ती लड़ते थे, तो रोज शाम को बूटी छानते थे। अभी भी उनकी यह आदत जारी है।'' वर्षा ने विनीत भाव से टिप्पणी की।

''नियोगीजी स्त्री नहीं हैं।''

तर्क का दरवाजा बंद हो चुका था। अब वर्षा के सामने एक ही झिर्री खुली रह गयी थी।

''परिवार की सात पीढ़ियों में किसी स्त्री ने काम नहीं किया, पर मैं कर रही हूँ।''

पिता पल भर उसे देखते रहे। फिर भीतर को मुड़ गये।

''मिसेज कुलकर्णी, मैं बड़ी उम्मीद लेकर आपके पास आयी हूँ।'' वर्षा ने हल्की मुस्कान से कहा।

वही ड्रांइगरूम था, जहाँ रमन राजदां प्रसंग संपन्न हुआ था। उसके बाद श्रीमती कुलकर्णी के साथ तनाव आ गया था। फिर एक समारोह में आमना-सामना हुआ, तो वर्षा ने अभिवादन के साथ बातचीत की पहल की। फिर उनके निगम की एक फिल्म का प्रस्ताव आया, तो वर्षा ने स्वीकार कर लिया। श्रीमती कुलकर्णी ने फोन करके धन्यवाद दिया था।

''क्या बात है वर्षा?''

वर्षा ने संक्षेप में 'मुक्ति' के निर्माण की समस्या बतायी। फिर पूछा, ''निगम इस प्रोजैक्ट को टेकओवर कर सकता है?''

''पक्ष और विपक्ष--दोनों में मेरे पास तर्क हैं।'' कुछ पल सोच कर श्रीमती कुलकर्णी बोलीं, ''दो साल पहले हमने ऐसा ही एक प्रोजैक्ट ले लिया था। उस फिल्म का अनुभव सुखद नहीं रहा: कोई वितरक आगे नहीं आया। हमने खुद फिल्म रिलीज की और घाटा उठाया। अंतर्राष्ट्रीय पुरस्कार तो दूर की बात, कोई राष्ट्रीय पुरस्कार भी नहीं मिला।''

वर्षा का मुँह मलिन हो गया। फिर हल्की मुस्कान जुटाकर कहा, ''अब पक्ष में भी कुछ कह दीजिए।''

''बस, यही कहा जा सकता है कि तुम और एंड्री फिल्म से जुड़े हुए हो।'' श्रीमती कुलकर्णी भी मुस्करायीं।

कुछ पल चुप्पी रही।

''रमन वाले केस में मैं तुमसे सहयोग की अपेक्षा करती थी। हर्ष जिद्दी और दंभी है, मै जानती हूँ, पर तुम्हारा स्वभाव दूसरा है।'' श्रीमती कुलकर्णी के चेहरे पर रुखाई झलक आयी थी, ''फिर हर्ष ने अखबारों में जो लेखबाजी की, उसमें मेरे ऊपर हमला क्यों किया है? अगर रमन ने तुम लोगों के ऊपर कोई अनुचित कटाक्ष किया है, तो क्या उसके लिए मैं उत्तरदायी हूँ? हर्ष ने बहुत ओछी मनोवृत्ति का परिचय दिया है।'' ''मैं अपनी और हर्ष की ओर से आपसे क्षमा माँगती हूँ।'' वर्षा ने सूखे गले से कहा, ''यह समझ लीजिए कि 'मुक्ति' के ऊपर एक तरह से मेरी जिंदगी निर्भर करती है।''

फिर कुछ देर चुप्पी रही। श्रीमती कुलकर्णी प्याले में चम्मच चलाती रहीं। तनाव के मारे वर्षा के तलवों पर नमी आने लगी।

"श्री साधन बोस से तुम्हारे कैसे संबंध हैं?"

मुख्य धारा सिनेमा के प्रतिष्ठित निर्देशक श्री बोस निगम के अध्यक्ष थे।

"अच्छे हैं। उन्होंने मुझसे एक कॉमेडी करने के लिए कहा है।"

"तो तुम एक बार उनसे मिल लो। बोर्ड के जो तीन स्थानीय सदस्य हैं, उनसे भी बात कर लोगी, तो अच्छा रहेगा। मीटिंग में एक के बाद एक-दो-तीन सदस्य समर्थन कर दें, तो आसानी हो जाती है।"

"ठीक है। मैं अगले दो-तीन दिन में ही यह काम कर लूँगी।"

"उसके बाद मुझे बता दो और औपचारिक पत्र के साथ चारों रीलें भेज दो। प्रोड्यूसर तो कोई रंजना है न?"

वर्षा ने हामी में सिर हिलाया। फिर श्रीमती कुलकर्णी के हाथ थामते हुए आवेग से कहा,"आज की यह भेंट मैं कभी भूलूँगी नहीं।"

"अपने-अपने टेटि' आरोआ..." (यह ताहिती के उत्तर में स्थित ब्रेंडों के प्रवालद्वीप का हवाला था।) कँटीले तारों की सीमा पर खड़ा हर्ष अभिभूत भाव से आसपास देख रहा था, "यहाँ की हवा ही दूसरी है।"

फार्म को दो ओर से घेरे हुए छोटी-सी, सर्पीली नदी बह रही थी। ऊपर आसमान बिलकुल नीला था। और आसपास बड़े सात्विक ढंग की शांति।

पर वर्षा इस दृश्य से कहीं ज्यादा विभोर हर्ष को देखकर हो रही थी।

"वर्षा, हर्ष की ओर देखो।" थोड़ी देर पहले डॉक्टर मर्चेंट ने हँसकर कहा था, "कुछ अंतर दिखायी देता है?"

वर्षा कुछ बोल नहीं पायी। भावावेग से आँखें सजल हो गयी थीं। हर्ष के चेहरे पर रिपर्टरी के दिनों की तेजस्वी आभा लौट आयी थी, रंग पहले की तरह निखर गया था और आँखों में जीवंत चमक थी।

"बिलकुल वैसे ही लग रहे हैं, जैसे सेंट स्टीफेंस में थे।" झल्ली बोली।

"झल्ली, तब तुमने मुझे कहाँ देखा था?" हर्ष मुस्कराया।

"जिज्जी की आँखों में..." झल्ली फुसफुसायी (बित्ते भर के वैवाहिक जीवन से अनुराग भरी चुहल की प्रतिभा निखर आयी थी!)।

वर्षा ने जब डिटॉक्सीफिकेशन की बात की थी, तो उसे आशंका थी कि अभी महीनों उसे हर्ष की घेराबंदी करनी पड़ेगी। पर उसकी प्रतिक्रिया देखकर वह भीतर-ही-भीतर चकित रह गयी। अगले दिन सुबह नौ बजे डॉक्टर मर्चेंट की क्लिनिक में मिलना तय हुआ था। वर्षा जब ठीक समय पर भीतर घुसी, तो उसे बिलकुल उम्मीद नहीं थी कि हर्ष वहाँ होगा। पर वह प्रतीक्षा कक्ष में बैठा अखबार पढ़ रहा था।

अगले कुछ हफ्ते वर्षा जिंदगी में भुला नहीं पायेगी। प्रारंभिक दिनों में हर्ष की यातना देखी नहीं जाती थी। ड्रग्स के सहारे के बिना वह घायल पशु की तरह तड़पता था। रात-रात

भर उसे नींद नहीं आती थी। पानी का गिलास लेते हुए भी हाथ काँपने लगता। वर्षा ने अपने को तैयार कर लिया था कि डॉक्टर मर्चेंट का फोन कभी भी आ सकता है कि हर्ष क्लिनिक से भाग निकला। पर हर्ष ने जिस प्रबल इच्छा शक्ति के होने का दावा किया था, उसे साबित करके दिखा दिया।

"वर्षा, मैं यह क्या सुन रही हूँ?" तीन दिन पहले सुजाता का फोन आया था, "मैं सुबह की फ्लाइट से आ रही हूँ।"

"दीदी, जैसे इतने दिन रुकी हैं, वैसे एक हफ्ता और रुक जाइए। अपने भाई को, जिसका पुनर्जन्म हुआ है, देखिए और 'मुक्ति' की शूटिंग भी।"

उत्तेजित सुजाता से घंटे भर बात होती रही। बीच-बीच में मम्मी भी लाइन पर आ जाती थीं।

"इस जगह का कुछ नाम रखेंगे।" हर्ष बोला।

फार्म के एक हिससे में आम, जामुन और नारियल के पेड़ थे, दूसरे में सब्जियाँ उगती थीं। बायीं ओर लंबे-चौड़े बाग से घिरी कॉटेज थी। जिस कमरे की खिड़की खोलो, हरियाली सीधे आँखों में उतरने लगती थी।

"वर्षा, एक अच्छा-सा फार्म बिकाऊ है। लोगी?" विमल ने पूछा था।

वह दूसरे इतवार की छुट्टी में मिलने गयी थी। पल भर को अचकचाकर रह गयी। विमल ने बताया, उनके एक व्यवसायी मित्र अपनी फैक्टरी के विस्तार की खातिर बेच रहे हैं। विमल मोंटू के नाम से खरीदना चाहते हैं, पर बीरजी का कहना है, सँभालेंगे कैसे? पूना के पास इतना बड़ा फार्म पहले से ही है। थोड़ा सस्ता भी मिल रहा है। वर्षा के पास 'आशा महल' से मिला हुआ पैसा था। नीरजा और पांडे से सलाह ले कर वर्षा ने सौदा कर लिया।

"वीकएंड पर यहाँ रहेंगे।" हर्ष बोला।

"नीरजा अपना एक छोटा-सा बुलटेरियर दे रही है।" वर्षा ने कहा।

"यहाँ काम आयेगा। पर उसका भी कुछ नाम सोचना होगा।"

"क्या बात है?" वर्षा मुस्करायी, "नाम को लेकर बड़े चिंतित हो रहे हो?"

वे पेड़ों के बीच से धीरे-धीरे चल रहे थे।

झल्ली, नैन और पिता दूर विपरीत दिशा में जाते हुए दिखायी दिये।

"अब बताओगी, क्या खुशखबरी है?" हर्ष ने उसकी ओर देखा।

"एक हफ्ते बाद 'मुक्ति' की शूटिंग के लिए तैयार रहो। एंड्री शिड्यूल बना रहा है।"

हर्ष जहाँ-का-तहाँ ठिठक गया, "क्या कह रही हो?"

श्रीमती कुलकर्णी के सौजन्य से निगम के बोर्ड की मीटिंग जल्दी हो गयी थी। प्रस्ताव मंजूर हो गया था। तीन-चार दिन में पहला चेक मिल जाने का आश्वासन था।

हर्ष को मुस्कराने में कुछ समय लगा।

स्थिति की विडंबना का असर दोनों पर था। हर्ष रंगमंच और सिनेमा--दोनों में वर्षा का अग्रगामी था, पर चित्रनगरी का चमत्कार मुलाहिजा हो कि शाहजहाँपुर की दीन-हीन सिलबिल, स्टारडम से महिमामंडित होने के बाद, बेहद प्रभावशाली आई.ए.एस. बाप के बेहद प्रतिभाशाली बेटे की जिंदगी का कायाकल्प कर रही थी।

एक-दूसरे का हाथ थामे कुछ क्षण दोनों चुपचाप चलते रहे। प्रेमियों के बीच हाथ के स्पर्श की महत्ता जैसे वर्षा के भीतर नये सिरे से रेखांकित हुई। उसे सालों पहले का इंडिया गेट पर संपन्न हुआ हर्ष के साथ का पहला चुंबन याद आया। उसके बाद सुख, तनाव, अनिश्चय और दुख की छायाओं के नीचे रेंगते कितने स्पर्शों की शोभा-यात्रा थी, जिसे पार करके वे आज के इस क्षण तक पहुँचे थे। इस पुरुष के साथ मेरी नियति बड़े ट्रेजिक ढंग से जुड़ गयी है, वर्षा ने बहुत पहले की अपनी अनुभूति को याद करते हुए सोचा।

''तुमने सुजाता की चिट्ठी पढ़ ली?'' हर्ष ने पूछा।

''नहीं। नवीन मामा ने हाथ बढ़ाया, तो मैंने लिफाफा उन्हें दे दिया।''

'' 'मुक्ति' की शूटिंग खत्म करके ही दिल्ली चलेंगे। मम्मी का कहना है, शादी सादा ढंग से वसंत विहार के बंगले से होगी। सुजाता ने पूछा है, बारात कहाँ जायेगी?''

''जोड़बाग।''

''और कन्यादान कौन करेगा?'' हर्ष मुस्कराया।

''किशोर और हेमलता...'' कुछ रुक कर जोड़ा, ''शादी के बाद मम्मी को साथ ही ले आयेंगे।''

हर्ष ने सहमति में सिर हिलाया। फिर कहा, ''पांडेजी से मैं कहूँगा, 'मुक्ति' के बाद मैं हर तरह की फिल्में करने को तैयार हूँ। न इंटैलैक्चुअल सवाल करूँगा, न पैसे का मोलभाव।''

वर्षा ने हर्ष की ओर नहीं देखा, सिर्फ स्पर्श की गहनता को महसूस किया।

कुछ क्षण चुप्पी रही।

''तुमने एक ऐतिहासिक समानता नोट की है?'' हर्ष ने कहा, ''जैसे ब्रेंडो और क्लिफ्ट के एजेंट समान थे, वैसे ही हम दोनों के प्राइवेट सैक्रेटरी भी एक ही हैं।''

सामने देखते हुए वर्षा मुस्करायी।

फिर कुछ पल मौन रहा।

दूर कहीं बाँसुरी की तान उभरी--धीमी, उमंग भरी। शांति में बारीक-सी सेंध लगा रही थी, पर फिर भी दृश्य का हिस्सा लगती थी।

''बाँसुरी मेरे लिए कृष्ण को दिये जाने वाले गांधारी के शाप से जुड़ी हुई है।'' हर्ष बोला।

''मेरे आराध्य को लेकर अशुभ बात मत करो।''

''अरे, मैं तो भूल ही गया था। मुरली वाले की भक्त मेरे साथ है...'' हर्ष हँस दिया।

मेरा आँचल हर तरह से भरने वाला है, वर्षा ने आश्वस्ति से सोचा। मुरली वाले अपनी पुरानी भक्त का साथ दे रहे हैं। हरे कृष्ण मंदिर से आजीवन सदस्यता के लिए दो बार फोन आया था। दिल्ली से श्रीमती वर्धन बनकर लौटेगी, तो बन ही जायेगी।

''यह क्या है?'' हर्ष ठिठक गया।

पेड़ों के झुरमुट के बीच कच्ची दीवारों पर छप्पर था। सूखी पत्तियों पर चलते वे आगे आये। हर्ष ने बाँस के टुकड़ों का किवाड़ सरकाया।

बीच में खड़ा बकरी का छोटा-सा बच्चा उन्हें आशंका से देख रहा था।

"तुमने बकरियाँ भी पाल रखी हैं?"

वर्षा ने हँसकर बच्चे की पीठ पर दुलार का हाथ फेरा। वह दहलीज तक आया, फिर नीचे की हरी पत्तियाँ चबाने लगा।

एकाएक वे आलिंगन में बँध गये। चुंबनों की श्रृंखला तीव्र और सघन थी। अपने भीतर-बाहर और हर्ष के साथ समग्र शांति की ऐसी गहरी अनुभूति वर्षा को पहली बार हुई। उन दोनों के बीच और उन दोनों के साथ बाहरी दुनिया के बीच तंतु समतल हो चुके थे। अब किसी आशंका, किसी तनाव की छाया नहीं थी--न कलागत, न पेशेवर, न सांसारिका।

चुंबन की गहनता को तोड़े बिना वे सूखी घास के ढेर पर लुढ़क गये।

"हर्ष को क्या बीमारी है?" पिता ने पूछा।

काफी दिनों तक वे अँधेरे में थे। क्लिनिक में हर्ष के होने की बात गोपनीय रखी गयी थी। फिर जब उन्हें मालूम हुआ, तो झल्ली ने 'कभी-कभी उठने वाला पेट का दर्द' बता कर टाल दिया। फार्म हाउस से लौटने के दो दिन बाद तक पिता अनमने चल रहे थे।

वर्षा ने गहरी साँस ली, "ड्रग्स की वजह से है।" (वह पिता के सामने 'नर या कुंजर' जैसा झूठ भी नहीं बोल सकती थी। बचपन से ही उनसे सुनती आयी थी, "तीन प्रकार के तीर्थों में सत्य मानस तीर्थ है।)।

"कौन-से ड्रग्स?" पिता स्तब्ध रह गये।

वर्षा को स्पष्ट करना पड़ा।

धीरे-धीरे पिता के चेहरे पर क्रोध के चिन्ह झलकने लगे, "उसने भी अनुभव के लिए शुरू किया था क्या?"

महानगर की नयी पीढ़ी को आम तौर से और रंगमंच एवं कला सिनेमा संप्रदाय को विशेष रूप से अब वे सिर्फ बर्दाश्त कर रहे थे (वर्षा के प्रति ममत्व डिजॉल्व होने लगा था।)। अजीबोगरीब यूनिसेक्स पोशाकें ("मालूम ही नहीं पड़ता कि लड़की कौन है और लड़का कौन!") 'शिट', 'बॉल्स' और 'स्क्रू' जैसे बेबाक उद्‌गारों से भरी धुआँधार अंग्रेजी बड़े-बड़े बिखरे वालों और घिसी हुई जींस के कारण उन्होंने इन्हें 'शंकर के संगियों' की संज्ञा दी थी। मीरां को उन्होंने सिगरेट सुलगाते हुए देख लिया था और हर्ष को चरस पिघलाते हुए। मदिरा-प्रकोष्ठ वाली वाल-यूनिट खोल कर भी वह उसका परीक्षण कर चुके थे। नीरजा के हाथ में ब्ल्यू-फिल्म 'एक्सटेसी' की कैसेट ("वर्षा, आय'म फीलिंग हॉर्नी यार!") की छिपाते-छिपाते एक झलक से वह लाभान्वित हो चुके थे। फिल्म की 'विषय-वस्तु' क्या होगी, यह उसके आवरण से स्पष्ट था। 'प्ले ब्वॉय', 'पेंट हाउस' आदि वर्षा के निर्देशानुसार झुमकी ने रद्‌दी वाले को दे दी थीं, पर पिता की 'मनुस्मृति' वाली मानसिकता को चौंकाने के लिए 'डिबॉनेयर' एवं 'फिल्मफेयर' ही काफी थे। किताबों की अलमारी में विदेशी सचित्र फिल्म पटकथाएँ भी उन्होंने देख ली थीं। ('उच्च कला' होने के नाते वर्षा ने उन्हें छिपाने की जरूरत नहीं समझी थी, पर पिता ने 'वही कला स्वीकार्य है, जिसे गृहस्थ अपने पारिवारिक जनों के साथ देख सके') कह कर वर्षा की सौंदर्य-दृष्टि पर सवालिया निशान लगा दिया था। (इन पटकथाओं को उन्होंने 'कृष्णाभिसारिका कला' की संज्ञा दी थी!)।

इतनी उम्र हो जाने के बावजूद ये लोग कुँआरे चल रहे हैं, यह उनकी प्रमुख आपत्ति थी। नीरजा ने 'प्रेम-विवाह आधुनिक युवती का एकमात्र चुनाव है' कह कर जैसे हिंदू धर्म को खतरे में डाल दिया था।

वर्षा का देर रात लौटना, पुरुषों के फोन, 'पुरुष-मित्रों' (इस संज्ञा से ही वह तिलमिला जाते थे।) का वक्त-बेवक्त आना और अनौपचारिक ढंग से बातचीत (एंड्री को वर्षा का हाथ थामे देखकर वह सुन्न रह गये थे।)--ये सब उनकी सहनशक्ति को चुनौतियाँ थीं। दस्यु-सुंदरी वाली फिल्म के बैनर में वर्षा के बलात्कार का 'घिनौना दृश्य' देख कर वह बहुत विचलित हो उठे थे (वितरक ने सेंसर किये हुए अंश का विज्ञापन में इस्तेमाल कर लिया था।)। फिर हमेशा की तरह वर्षा की जीवन-दृष्टि भी उन्हें विक्षुब्ध कर गयी थी। महिला विश्वविद्यालय द्वारा आयोजित परिसंवाद में (जिसकी टी.वी. रपट दिखायी गयी थी।) वर्षा ने 'आर्थिक स्वावलंबन को आज की नारी के जीवन की धुरी' माना था। उसी शाम पिता के साथ नाटकीय समक्षता संपन्न हुई थी, "अगर तुमने बुलंदशहर वाला विवाह कर लिया होता, तो आज तुम्हारा भरा-पूरा घर होता। तुम्हारे आज के 'सूने जीवन से' वह हर लिहाज से बंदनीय होता।" वर्षा ने तर्क करने की थोड़ी कोशिश की, तो उन्होंने "क्या तुम सुखी हो?" वाला भारी भरकम सवाल उसके नाजुक कंधों पर रख दिया। जैसे एक बार प्रागैतिहासिक काल में वह महादेव भाई से कच्ची उम्र के कारण नहीं कह सकी थी कि मेरी और आपकी सुख की परिभाषा अलग-अलग है, वैसे ही आज अपने ही घर में पिता को चोट पहुँचाने की आशंका से चुप रह गयी।

स्टारडम का एक अनिवार्य पक्ष--वर्षा के आसपास निरंतर झूलने वाली आँखों की बंदनवार--भी उन्हें क्रोधित कर गयी थी। वर्षा के साथ हरे कृष्ण मंदिर में भी प्रशंसकों की टोलियों ने परिवार को घेर लिया था। फिर नीम पर करेला चढ़ने के समान हर्ष के साथ वर्षा के संबंध की प्रकृति का भी उन्हें अंदाज हो गया था। एक शाम को घर लौटने पर उन्होंने हर्ष को वर्षा के कमरे में उसके बिस्तर पर सोते देखा था (हालाँकि वर्षा बेचारी सुबह से स्टूडियो में थी।)। मध्यमवर्गीय नैतिकता के चलते पूछ तो नहीं पाये थे, पर अंदर-ही-अंदर हिल उठे थे (पार्वतीशंकर के एकांत विहार के समय द्वार को सँभालने वाले प्रहरी के नाम पर उन्होंने मन-ही-मन झुमकी को '१०१, सिलवर सेंड की प्रमथ" की उपाधि से विभूषित कर दिया था।)।

संकट को गहरा करने वाला तथ्य यह, था कि चित्रनगरी में पिता को कुछ भी प्रीतिकर नहीं था--पारिश्रमिक पक्ष को मिला कर। "मन के स्वास्थ्य के लिए विपुल धन अच्छा नहीं। इससे मूल्यों एवं मान्यताओं का संतुलन गड़बड़ा जाता है। वैसे भी तुम्हारा अर्जन 'शवल' किस्म का है।" ("शास्त्रों में धन के तीन प्रकार बताये गये हैं।" उन्होंने खुलासा किया था, "अपने वर्ण के अनुरूप वृत्ति से कमायी गयी सम्पत्ति 'शुक्ल' है, अपने से नीच वर्ण की वृत्ति से कमायी गयी 'शवल' है और जुआ, चोरी, ठगी आदि का परिणाम 'कृष्ण'।" (वर्षा ने मुरली वाले के प्रति आभार व्यक्त किया, जो पिता ने उसके पैसे को तीसरी कोटि का घोषित नहीं किया।)।

अपने कमरे में वर्षा देर तक कार्पेट पर उदास-सी पड़ी रही। विमल के घर में वह

'आदर्श स्टार' मानी जाती थी। विमल के वयोवृद्ध पिता कुँआरी कन्याओं को भोजन के लिए बुलाते समय उसका नाम सूची में सबसे ऊपर रखते थे। वर्षा के मन का एक कोना चाहता था, काश, झल्ली के अस्तित्व की समस्या को सुलझा देने के अलावा दद्दा किसी और दृष्टि से भी उसका मूल्यांकन कर लें। पर इतने पुरस्कारों, ख्याति और समृद्धि के बावजूद ऐसी कोई आशा दिखायी नहीं दे रही थी।

रोचक सच्चाई यह थी कि 'विपुल धन' कमाने का गुण वर्षा के संदर्भ में तो पिता के लिए गौण था, पर हर्ष के मूल्यांकन की प्रमुख कसौटी बना हुआ था ("आखिर गृहस्थी-रथ का सारथी तो पुरुष ही होता है।")। इतना ही प्रमुख तत्व उसका विजातीय होना था। "जाति-भेद हिंदू धर्म का आधार है।" पिता ने कहा था, "झल्ली ने प्रेम करने की भूल जरूर की है, पर किया तो ब्राह्मण से है, इसलिए उसका गठबंधन विवाह के आठ प्रकारों में सर्वोच्च 'ब्राह्म' माना जायेगा, जो माता-पिता की सहमति से होता है। पर हर्ष के साथ तुम्हारा परिणय सबसे नीची किस्म का 'पैशाचिक' ही रहेगा।"

"दद्दा, तुमसे एक अनुमति लेनी है।" वर्षा ने हिम्मत करके कह ही दिया। पिता ने उसकी ओर स्थिर दृष्टि से देखा।

"तीन दिन बाद हर्ष को क्लिनिक से छुट्टी मिल जायेगी। उन्हें यहाँ रख लूँ?"
"मतलब?" पिता को समझने में कठिनाई हुई।

"डॉक्टर ने कहा है, अभी कुछ दिनों इन्हें अकेला नहीं छोड़ना चाहिए। किसी कमजोर पल में वह फिर ड्रग्स की ओर मुड़ सकते हैं। यहाँ मेरी और झुमकी की निगरानी रहेगी।"

पिता का चेहरा तमतमा गया, "सिलबिल, लाज-शर्म बिलकुल बेच खायी है तुमने..." आवेश में वह उठकर खड़े हो गये।

"दद्दा, मैं बहुत मजबूर होकर कह रही हूँ।" वर्षा ने होंठ काटा।

"रखो, जरूर रखो। तुम्हारा घर है..." तेजी-से गलियारे को बढ़ते हुए वह बोले, "मैं जाता हूँ।"

वर्षा ने घंटी पर उँगली रखी।

"वर्षाजी, नमस्ते!...हर्षजी, नमस्ते!" दरवाजे पर सुशीला खड़ी थीं, पर थोड़े असहज ढंग से।

वर्षा और हर्ष को सँभलने में कुछ पल लगे।

"भाभी, आपको देखकर बहुत अच्छा लगा।" वर्षा ने उन्हें बाँहों में भर लिया।

यारी रोड की नयी बिल्डिंग में चतुर्भुज का गृहप्रवेश था। काफी दिनों के बाद उनसे फोन पर बात हुई थी। चरित्र-अभिनेता के रूप में उनकी व्यस्तता बढ़ गयी थी। अपने निर्देशन की फिल्म रिलीज हो चुकी थी और काफी सफल रही थी। एक प्रतिष्ठित निर्माता ने उन्हें अपनी स्टारकास्ट फिल्म के लिए साइन कर लिया था, जिसमें मैनाक के होने की आशा थी। उनके पास दो और प्रस्ताव भी आये थे, जिन पर विचार किया जा रहा था ("आम तौर से ना कह कर मैं लक्ष्मी का अपमान करने की नादानी नहीं कर सकता।" उन्होंने कहा था।)। उनके संगीत-निर्देशन वाली फिल्म असफल रही थी, पर दो गाने पसंद

किये जा रहे थे। पार्श्व गायक वाला कैरियर भी जारी था।

सादा सजावट का एक बेडरूम का फ्लैट था।

''वर्षा, इसे पहचाना?'' चतुर्भुज ने पूछा।

निकर-टीशर्ट पहने बीरू ने हाथ जोड़े, ''दीदी, नमस्ते!''

उन्नाव से निकलकर सीधे बंबई की बिरादरी में शामिल होते हुए बालक सहम गया था।

''तीनेक महीने पहले रंभा मुझे छोड़ गयी है।'' छज्जे में आकर चतुर्भुज बोले।

वर्षा अवाक रह गयी।

''सोच सकती हो, क्यों?''

चतुर्भुज के स्वर में आवेग नहीं था, न चेहरे पर तनाव। आँखें जरूर सूनी थीं।

''हर्ष ने उसके बारे में सही राय दी थी, पर तब मेरी आँखें मोह से अंधी थीं।''

वर्षा का मुँह सूख गया था। कुछ बोल नहीं पायी। पालम की याद भीतर कौंधी, जब अनुपमा के विरह से दग्ध चतुर्भुज सार्वजनिक रूप से बिलख उठे थे।

''वह प्रोड्यूसर आनंद की अगली पिक्चर की नायिका है और उन्हीं के साथ रहने लगी है।'' दो पल बाद चतुर्भुज व्यथा से मुस्कराये, ''उस शाम को वह लौटी और अचानक अपना सामान बाँधने लगी। मैं हक्का बक्का रह गया। बोली, मुझे रोकने की कोशिश मत करना। भूषण बाहर ही खड़ा है। मेरा ऐसा कोई इरादा नहीं था। फिर चीजें गिनाने लगी, यह लैंप मैंने खरीदा था, यह ''मिक्सी'' मैंने खरीदी थी। मैंने कहा, तुम सब कुछ ले जाओ सहसा चोट खाने से मैं बिलबिला उठा, पर भीतर मैंने बड़े सात्विक किस्म की विरक्ति महसूस की। कई हफ्ते उधेड़बुन में लगा रहा। फिर सुशीला को चिट्ठी लिखी।''

''जहाँ तक हृदय पक्ष का सवाल है, आपने मुद्दत के बाद समझदारी का कदम उठाया है श्रीमान!''

''अपने भटकाव की व्यर्थता मेरे सामने उजागर हो गयी है।'' गहरी साँस लेकर चतुर्भुज बोले।

आज का गृहप्रवेश बहुत सार्थक रहा, वर्षा ने सोचा।

''हर्ष, यू आर लुकिंग ग्रेट!'' आदित्य बोले।

डिफैक्टरों की पूरी बारात और बंबई के उपस्थित मित्रों की यही प्रतिक्रिया थी।

चिंतामणि ने गिलास बढ़ाया, तो हर्ष ने इंकार में सिर हिलाया, ''आय'म ऑन द वैगन...''

हर्ष के क्लिनिक में होने की बात एंड्री के अलावा और किसी मित्र को मालूम नहीं थी। काफी दिनों के बाद पांडे की एक बात से वर्षा सहमत हुई, ''मैडम, इंडस्ट्री में लोग बात का बतंगड़ बनाते हैं। हर्षजी को अभी सिर्फ चरस के साथ जोड़ा जाता है। अगर इलाज की बात खुल जायेगी, तो हर्षजी को लेने से निर्माता कतराने लगेंगे।'' फिर मुस्कान के साथ जोड़ा, '' 'मुक्ति' के बाद तो उन्हें स्टार बनना ही है।'' (क्लिनिक में हर्ष के स्वास्थ्य में निरंतर सुधार देख कर पांडे गद्‌गद हो गये थे। निकट भविष्य में अपनी आय दुगुनी होने की

संभावना जो थी!)।

आज वर्षा पीछे मुड़कर देखती है, तो उसे लगता है कि पार्टी की शुरुआत ही गलत हो गयी थी। थम्स अप की बोतल थामे हर्ष खिड़की के सामने खड़ा बीरू को बता रहा था कि शहर के जीवन में समुद्र की क्या भूमिका है। इरावती वर्षा को बतला रही थीं कि अच्छे पब्लिक स्कूलों में अनिवार्य दक्षिणा के कैसे झमेले हैं (उनकी बेटी ने इसी सत्र में स्कूल बदला था।)। जब उसकी निगाह उठी, तो हर्ष के सामने एंड्री खड़ा था और हर्ष के चेहरे पर जैसा भाव था, उससे पल भर को वर्षा की धड़कन लड़खड़ा गयी, रक्त का तापमान तत्क्षण गिर गया।

तीन दिन पहले यकायक श्रीमती कुलकर्णी का फोन आया था, ''वर्षा, तुम्हारी प्रोड्यूसर ने हस्ताक्षर करके अनुबंध-पत्र वापस नहीं भेजा है।''

वर्षा ने सप्ताह भर पहले अनुबंध-पत्र रंजना के पास भिजवा दिया था। उसने ड्राइवर से कहा था, वह हस्ताक्षर करके स्वयं निगम को भेज देगी। धाराएँ वाजिब थीं। निगम पहले अपनी लागत निकालेगा, फिर निर्माता का मूल वापस करेगा। अगर निगम को 'पर्याप्त' लाभ होगा, तो 'आपसी विचार-विनिमय से निर्धारित प्रतिशत' निर्माता को दिया जायेगा।

वर्षा के हाथ-पाँव फूल गये। तुरंत रंजना को फोन किया, ''रंजनाजी, मैं ड्राइवर को भेज रही हूँ। दस्तखत करके कांट्रैक्ट उसे दे देंगी प्लीज?''

''वर्षाजी, मेरा इरादा थोड़ा बदल गया है?'' रंजना की आवाज सुनायी दी।

''मतलब।'' वर्षा के पाँवों में कमजोरी की झुनझुनी भरने लगी।

'अगर आपका निगम मेरी लागत का भुगतान अभी कर दे, तो मैं 'मुक्ति' के सारे अधिकार उन्हें बेच दूँगी।''

''क्या कह रही हैं रंजनाजी?... मैं आपको कैसे बताऊँ, मैंने बोर्ड से कितनी मुश्किल से यह प्रस्ताव मंजूर करवाया है, साधनजी और दूसरे लोगों के सामने किस तरह हाथ जोड़े हैं...''

''मैं मानती हूँ वर्षाजी, पर 'मुक्ति' से मुझे कुछ नहीं मिला। अगर पैसा ही मिल जाये, तो समझौता हो सकता है। मिसेज कुलकर्णी से कहिए, पाँच लाख का चेक तैयार करवा दें। गुड नाइट!'' और रिसीवर रख दिया गया।

रात भर वर्षा करवटें बदलती रही। सुबह एंड्री को फोन करके रंजना के पास जाने को कहा। दोपहर को एंड्री ने स्टूडियो आकर बताया, रंजना का कहना है कि तुम सिर्फ निर्देशक हो, हिसाब-किताब की बात तुमसे नहीं होगी।

शाम को वर्षा श्रीमती कुलकर्णी के पास भागी।

''यह असंभव है वर्षा!'' वह अपने स्वर की खिन्नता छिपा नहीं पायीं, ''रंजना की लागत ज्यादा-से-ज्यादा डेढ़ लाख के आसपास होगी। फिल्म के बिकने के बाद ही हम उनका भुगतान कर सकते हैं। यह राशि कितनी होगी, यह हमारे वित्त विशेषज्ञ तय करेंगे। अभी-अभी हुई बोर्ड की बैठक में 'मुक्ति' का प्रस्ताव अनुमोदित हुआ है। तब सामने रखे गये निर्माता के पत्र में उसकी राशि के अग्रिम भुगतान का कोई जिक्र नहीं था। अगली बैठक तीन महीने बाद होगी। हो सकता है, लगभग पच्चीस हजार अग्रिम देने की बात बोर्ड

मान जाये, पर इससे ज्यादा नहीं हम भी तो अधूरी फिल्म को लेकर जोखिम उठा रहे हैं। हमने पहले भी दो अधूरी फिल्में ऐसी ही शर्तों पर ली हैं। न 'मुक्ति' ब्लॉकबस्टर है, न हम व्यावसायिक निर्माता। तुम रंजना को समझाओ। फिल्म के पूरे होने में सबका फायदा है--रंजना को मिलाकर।''

और फिल्म के अधूरे रह जाने से सबसे ज्यादा नुकसान हर्ष का है, वर्षा ने मन-ही-मन कहा।

हर्ष ने इशारे से वर्षा को बुलाया।

''कोई मानेगा कि मुँह और हाथ के निबाले में चार सूत का फासला होते हुए भी आदमी भूखा मर सकता है?'' एंड्री वेदना भरे तनाव की मुस्कान से कह रहा था, ''मैं निगम के दफ्तर से होकर आया हूँ। दो लाख का हमारा चेक तैयार है। शूटिंग की सारी तैयारी हो चुकी है। बुधवार को सुबह सात बजे पुराने लोकेशन से हम शुरू कर रहे हैं।...विडंबना की हद देखो, निगम का चपरासी चेक लेकर वर्षा के घर को निकल रहा था, जब यकायक एक क्लर्क ने फाइल देखकर कहा, इसमें निर्माता के हस्ताक्षर वाला अनुबंध-पत्र तो है ही नहीं!''

''रंजना ने ऐसी माँग की है?'' हर्ष उसकी ओर देख रहा था।

वर्षा ने हामी में सिर हिलाया। तीन दिन से वह बहुत व्यस्त और तनाव में थी। हर्ष से भेंट नहीं हुई थी। आज क्लिनिक से यहाँ आते समय उसने सरसरे ढंग से सिर्फ इतना बताया था कि दफ्तरशाही की कुछ उलझन है। एकाध दिन में सँभाल लेंगे।

हर्ष फुंकार उठा, ''मक्कार! हरामजादी! मादरचोद!... उसकी लागत एक लाख के करीब होनी चाहिए। चलो, दरें ऊँची लगाते हुए डेढ़ मान लो। माधव से वह तीन लाख लायी है। इसमें से डेढ़ तो उसने पहले ही अंदर कर लिए हैं। अब सीधे पाँच के लिए मुँह फाड़ रही है? उसके होश ठिकाने हैं या नहीं? 'मुक्ति' के अधिकारों के साथ वह अपने आप को भी बेच दे, तो उस कुतिया का कौन-सा आशिक उसे पाँच लाख दे देगा?''

सेंट स्टीफेंस में तराशी गयी शालीन और सॉफीस्टीकेटिड जुबान चित्रनगरी के इस मोड़ पर आकर गलाजत भरी नाली में बदल गयी थी।

''घाटकोपर की रंडी साली... उसकी वल्दिगत तक तो डाउटफुल है... उसकी माँ भी एक्ट्रैस थी। सिर्फ बड़ा बेटा शौहर से पैदा हुआ था। बाद की चार औलादों के बाप अलग-अलग हैं। माँ जब ठर्रे में धुत्त होती थी, रंजना को बाप का नाम शिंदे बताती थी और जब होश में होती थी, तो मिस्त्री... शायद अम्माँ को खुद नहीं मालूम था...''

''छोड़ो भी।'' वर्षा को जिंदगी में पहली बार हर्ष से वितृष्णा हुई।

''वर्षा, तुम शाम को उससे मिलने वाली थीं?'' एंड्री ने पूछा।

''मैं नीरजा को लेकर उसके पास गयी थी।'' वर्षा बोली, ''मैंने कहा, डेढ़ लाख में आप 'मुक्ति' के अधिकार मुझे बेच दीजिए। उसने इंकार कर दिया।''

हर्ष के माथे की रग फड़कने लगी। उसने तिपाई पर रखा फोन झपट लिया।

''हर्ष, ऐसे नहीं।'' वर्षा ने रोकने की कोशिश की, ''तुम कल सुबह उसके घर जाओ और नरमी से...''

''तुम उस कुतिया को जानती नहीं हो।'' हर्ष के नथुने फड़कने लगे थे, ''मुझे अपने दरवाजे पर देखकर वह पाँच के छह लाख कर देगी।''

वर्षा असहाय-सी देखती रही। हर्ष व्यग्रता से नंबर मिला रहा था। वर्षों के संघर्ष का परिणाम, जिसके ऊपर कई जिंदगियाँ निर्भर करती थीं, कुछ क्षणों में घोषित होने वाला था।

हे प्रभु, रंजना घर पर न हो, वर्षा ने प्रार्थना की।

''यह मैं क्या सुन रहा हूँ?'' हर्ष माउथपीस में बोल रहा था।

वर्षा खिड़की के बाहर देखने लगी, जहाँ वर्सोवा गाँव की रोशनियाँ झिलमिला रही थीं। हवा में मछलियों की हल्की-सी गंध थी।

''यू बिच, यू स्लट... यू स्टिंकिंग कंट...'' हर्ष ने बौखलाकर रिसीवर क्रेडिल पर पटक दिया।

'' 'दकन अल्सर' के लिए (औरंगजेब के ढाई दशक चलने वाले, अंततः असफल, दक्षिण सैन्याभियान को इतिहासकारों ने यही नाम दिया था।) दिल्ली दरबार के पास अब कोई दवा नहीं।'' स्नेह कंधे पर बैग लटकाये नाटकीय मुद्रा में दरवाजे पर खड़े थे।

दस बजने में पाँच मिनट थे।

''दोस्तो!'' वर्षा ने ताली बजाकर घोषणा की, ''जानते हैं, पाँच मिनट में यहाँ कौन मौजूद होगा?'' उसने मुस्कान के साथ लोगों पर निगाह फेरी, ''डिक्टेटर!''

सुबह वर्षा बाथरूम से निकली, तो झुमकी ने बताया, ''दीदी, डॉक्टर अटल का फोन था।''

''क्या कह रही हो?'' वर्षा सनसना गयी।

''हाँ दीदी!'' झुमकी जानती थी कि डॉक्टर अटल कौन हैं, ''उन्होंने यह नंबर छोड़ा है।''

वर्षा ने आधा मिनट सोचा। फिर डायरेक्टरी इंक्वायरी को फोन करके छोड़े हुए नंबर का पता लिया। वह जुहू का निकला। वर्षा पंद्रह मिनट में वहाँ पहुँच गयी। तलबों की हल्की सिहरन के साथ घंटी बजायी। छोटी-सी लड़की गुड़िया चिपकाये हुए निकली।

''मुझे डॉक्टर अटल से मिलना है।''

''नानाजी योगा कर रहे हैं। उसने भावभंगिमा से हाथ ऊपर उठाकर साँस रोकने का अभिनय किया।

पीछे एक युवती निकली। नक्श से वर्षा समझ गयी, डॉक्टर अटल की बेटी हैं।

''आइए वर्षाजी!'' उन्होंने कहा।

मिनट भर बाद डॉक्टर अटल मुस्कान के साथ ड्रांइगरूम में आये, ''हैलो वर्षा...''

वर्षा सकपकायी-सी खड़ी रही। लंबे अंतराल के बाद उन्हें देख रही थी। बढ़ती आयु के चिन्ह प्रमुख हो गये थे, पर चाल में पहली-सी तेजी और आँखों में पैनापन था।

''तुम अच्छी तो हो न?'' वह सामने बैठ गये।

''यस सर!''

'' 'चंद्रग्रहण' हम लोगों ने कल रात देखी। अच्छी लगी।''

वर्षा तनिक मुस्करा कर रह गयी।

"अब तो अपने ज्यादातर लोग यहाँ इकट्ठे हो गये हैं?"

"जी सर!" वर्षा ने चाय का घूँट लिया, "सर, मेरे यहाँ आने का समय कब निकालेंगे? यहाँ के सभी लोगों को खबर करूँगी।"

"मिलना तो मैं भी चाहता हूँ, पर कल दिल्ली पहुँचना जरूरी है। महीने भर बाद मैं फिर आऊँगा, तब, सही।"

"सर, आज शाम को थोड़ा वक्त होगा? चतुर्भुज का गृहप्रवेश है। सभी लोग होंगे।"

"अच्छा?" डॉक्टर अटल मुस्कराये, "जरूर।"

"मैं कितने बजे लेने आ जाऊँ?"

उन्होंने पल भर सोचा, "तुम पता दे दो। मैं पहुँच जाऊँगा--दस बजे।"

वर्षा ने पैड पर पता लिखा। फिर हल्की मुस्कान से कहा, "अब मैं क्विक मार्च करूँ सर? लेफ्ट राइट लेफ्ट..."

"वर्षा, क्यों बंडल मार रही हो?" इरावती बोती, "हमें तो यहाँ मुद्दत हो गयी। उन्होंने कभी फोन नहीं किया, घर आना तो दूर की बात है।"

कनिष्ठ होने पर भी वर्षा को फोन कर दिया, इसलिए गीले कोयले-सी धुआँ दे रही है, वर्षा ने सोचा (तुम दो बाल गोपालों को सँभालने वाली मोटी गृहस्थिन बन कर रह गयी हो। तुम्हें फोन करके सर क्या पूछेंगे, क्यों इरा, कटहल का अचार डाला है न इस बार? मैं ट्रेनिंग को सार्थक कर रही हूँ। स्टारडम की व्यस्तता और तमाम पुरस्कार पाने के बावजूद थिएटर नहीं छोड़ा। तुम लोगों में फोन करने की सबसे उपयुक्त पात्र मैं हूँ।)

"इराजी, वर्षा ऐसे मजाक नहीं करती।" रीटा बोली।

"कुमारी, अगर तुम सच कह रही हो, तो आज का दिन ऐनिहासिक होगा।" चतुर्भुज आवेश में आ गये।

"वर्षा, तुमने बताया क्यों नहीं?" हर्ष ने धीरे-से पूछा।

"सरप्राइज देना चाहती थी।"

हर्ष थोड़ा असहज हो गया। डॉक्टर अटल के 'ब्ल्यू-आइड ब्वॉय' की ऐसी प्रतिक्रिया देखकर वर्षा उलझन में पड़ गयी।

चतुर्भुज ने दरवाजा खोल दिया था और गलियारे में खड़े थे।

दस बजने में कुछ सैकिंड थे, जब लिफ्ट नीचे से आकर रुकी और दरवाजा खुला।

"गुड ईवनिंग सर!" चतुर्भुज अभ्यर्थना में झुक गये।

"बहुत-बहुत बधाई!" डॉक्टर अटल उनसे हाथ मिला रहे थे।

स्थिति की विडंबना पर वर्षा मुस्करा उठी। अब चतुर्भुज विदेशी भाषा बोलने लगे हैं और डिक्टेटर स्वदेशी!

"हाँ, बताता हूँ।" डॉक्टर अटल भीतर आकर बैठे, "मैं तीन दिन पहले लंदन से लौटा हूँ। किताब पूरी हो गयी है। जल्दी ही छप जायेगी। प्रकाशक लंदन के ही हैं। कुछ तस्वीरें और भेजनी हैं। प्रिंस ऑफ वेल्स म्यूजियम में आज रिप्रिंट ही छाँट रहा था।"

चतुर्भुज ट्रे में जॉनीवाकर की बोतल लेकर आये, तो डॉक्टर अटल ने टोक दिया, ''नहीं, रंगभेद नहीं चलेगा। सब लोग जो पी रहे हैं, वही मुझे दो।''

चिंतामणि ने डायरेक्टर्स स्पेशल उठायी, तो डॉक्टर अटल बोले, ''क्यों चतुर्भुज, यह सिर्फ फिल्म डायरेक्टर के लिए ही है या थिएटर डायरेक्ट भी छू सकते हैं?''

हँसी के बीच उन्होंने 'चियर्स' के साथ अपना गिलास उठाया, फिर घूम-घूमकर हर एक से अलग-अलग बात करते रहे। छोटी दो ड्रिंकों और लगभग डेढ़ घंटे बाद उन्होंने विदा ली, ''सुबह आठ बजे एक एप्वाइंटमेंट है... नहीं, रात दस बजे के बाद मुझे खाना मना है... वैसे भी ग्रैंडडाटर जाग रही होगी। उसे कहानी सुनाकर सुलाना होगा।... अगली बार जब आऊँगा, तो वर्षा के फार्महाउस पर पिकनिक होगी।''

जिन डॉक्टर अटल ने कुछ वर्ष पहले भावुकता दिखाने पर वर्षा को डाँट पिलायी थी, वही डॉक्टर अटल बाहर निकलते-निकलते जरा-से विचलित हो गये, ''सिनेमा में तुम लोगों की सफलता और सिनेमा क्षेत्र में ड्रामा स्कूल के सम्मान से यह साबित हुआ है कि हमारी प्रशिक्षण-पद्धति सही थी। मुझे इस बात का गहरा संतोष है।''

''हर्ष, डिक्टेटर ने तुमसे क्या कहा?'' स्नेह ने पूछा।

हर्ष चाय का प्याला बगल में रखे गुमसुम बैठा था। स्नेह की बात सुनकर चौंक गया।

डॉक्टर अटल ने सबसे ड्रांइगरूम में ही बात की थी, सिर्फ हर्ष को वह कंधे पर हाथ रखकर छज्जे पर ले गये थे (''मैं व्यक्तिगत रूप से डॉक्टर अटल के निकट हो सकता हूँ'' पत्र-पत्रिकाओं में 'मुक्ति' की प्रशंसा के दौरान सूर्यभान ने फोन पर कहा था, ''पर मैं उनका सबसे प्रिय अभिनेता नहीं हूँ। यह जगह हर्षवर्धन की है। उनका पक्का विश्वास रहा है कि वह बहुत दूर तक जायेगा। हर्ष को 'कंपन' के लिए अंतर्राष्ट्रीय पुरस्कार मिलने पर मैंने उन्हें जितना प्रफुल्लित देखा था...वर्षा, मैं सिहर उठा था...''))।

''उन्होंने कहा, थोड़ा व्यावहारिक होना अच्छा रहता है।'' हर्ष धीमे स्वर में बोला।

''तो इस बात पर अमल कब करोगे? बूढ़े होने के बाद?'' स्नेह का स्वर तीव्र था।

वर्षा ने चौंककर स्नेह का गिलास देखा। नहीं, पहला पैग ही था, जिसमें से अभी मुश्किल से दो घूँट लिये गये थे।

स्नेह के आक्रोश का कारण मैत्रीभरी सद्भावना थी, यह सब जानते थे, इसलिए चुप्पी छायी रही।

''जब तुम बंबई के लिए चले थे, तो नयी दिल्ली स्टेशन पर मैंने सोचा था, लो, हिंदी सिनेमा को महान अभिनेता और महान स्टार मिल रहा है।'' स्नेह की आवाज तनाव से तीखी हो गयी, ''हम सबकी उम्मीदों पर तुमने कैसी स्याही पोत दी?''

''हर्ष, तुमने हमारे साथ विश्वासघात किया है।'' आदित्य ने बहुत देर के बाद मुँह खोला, ''मैं बंबई देर से आया था, इसलिए चरित्र-अभिनेता बनकर रह गया। पर तुम तो सही समय पर आये थे। मुख्य भूमिकाओं के प्रस्ताव तुम्हारे कदमों में थे। मैंने सोचा था, रंगमंच पर मेरी विरासत को तुमने नयी ऊर्जा दी है। अब सिनेमा में भी...'' आखिर तक आते-आते उनकी आवाज भर्रा गयी। उन्होंने एक साँस में गिलास का चौथाई हिस्सा पी

लिया (यह छठवाँ–सातवाँ पैग होगा)।

''अपने साथ के लोगों में...'' स्नेह तीव्र दृष्टि से हर्ष को देख रहे थे।

''स्नेह जी, छोड़िए भी!'' चतुर्भुज ने नरमी से उन्हें रोकने की कोशिश की।

''मुझे टोको मत!'' स्नेह ने सख्ती से उन्हें डाँट दिया और अगले पल फिर हर्ष को लक्ष्य बनाया, ''अपने साथ के लोगों में तुम सबसे पहले आये थे। वर्षा तो स्टार बन गयी। चतुर्भुज ने भी अपनी जगह बना ली। चिंतामणि और रामदेव के फ्लैट बुक हैं। बाद के आये नये लोग भी राष्ट्रीय नेटवर्क में पूरे देश का एक्सपोजर और एक-एक एपीसोड में दो से दस हजार तक पा रहे हैं। तुम कह सकते हो, भौतिक उपलब्धियों में मेरी दिलचस्पी नहीं। पर कलात्मक मूल्यों के लिए भी तुमने क्या किया?''

''क्यों? जहाँ तक अभिनय का सवाल है...'' हर्ष ने दुर्बल स्वर में कहा।

''यही तो रोना है हर्ष!'' स्नेह और भी आक्रामक हो गये, ''जहाँ तक अभिनय का सवाल है, तुमने हमें सुखद आश्चर्य दिया है और इसीलिए हमारी तकलीफ और जायज है। उस पहली फिल्म के बाद तुमने क्या किया?... चिंतामणि, डिक्टेटर अभी हर्ष के काम के बारे में क्या बोले?''

''उन्होंने कहा, हर्ष का रोल को निभाने का थ्रस्ट मुझे ऑलीवियर की याद दिलाता है, उसके समृद्ध स्वर और डिक्शन में बर्टन की नफासत और चमक है,'' चिंतामणि बोला, ''ब्रेंडो की तरह हर्ष का ग्राफ टेढ़ामेढ़ा नहीं जाता। उसकी शैली क्लिफ्ट की तरह प्रखर, जटिल तथा सूक्ष्म है। वह डि नीरो के समान अपने चरित्र-विन्यास में बारीक नक्काशी करता है और उसमें डीन की तरह अपनी भूमिका से भी परे जाने की सामर्थ्य है। वह निःसंदेह आज के भारत का सर्वश्रेष्ठ अभिनेता है...''

वर्षा से और नहीं देखा गया। हर्ष का चेहरा जर्द पड़ गया था, आँखें झुकी हुई थीं, माथे की नस तड़क जाती थी...

वर्षा ने नल पूरा खोल दिया। सँकरे-से बाथरूम में मोटी धार घायल पशु की तरह चीत्कार करने लगी। बाहर का सारा शोर भीतर डूब गया। देखते-देखते बाल्टी भर गयी। फिर पानी कल-कल नीचे बहने लगा।

वर्षा ने अपनी आँख छुई। नहीं, सूखी थी, पर भीतर दारुण क्रंदन चल रहा था। उसने चेहरे पर बार-बार छपाके मारे। फिर तौलिये में मुँह छिपा लिया।

वह कितनी देर बैठी रही, उसे नहीं मालूम। ध्यान तब टूटा, जब दरवाजे पर दस्तक हुई।

''वर्षा...'' रीटा की आवाज थी।

वर्षा ने ढीले हाथों से दरवाजा खोला।

''बधाई...'' रीटा ने उसे बाँहों में भर लिया, ''तुम्हें पद्मश्री मिली है!''

उसकी उमंग को देखते हुए वर्षा नहीं कह पायी कि उससे औपचारिक स्वीकृति ली जा चुकी है (उसके 'उत्तर प्रदेश की विभूति' होने के नाते मुख्य सचिव श्री सहाय ने पहल की थी।)।

चतुर्भुज ने उसका हाथ पकड़ा और नृत्य की भंगिमा से उसे ड्राइंगरूम में खींच ले गये। आसपास लोगों के मुस्कराते, बधाइयाँ देते चेहरे थे। वर्षा के कानों में अभी भी पानी की धार

भरी हुई थी।

सब लोग थे--हर्ष के अलावा।

कार्पेट पर उसकी जगह खाली थी। उसके प्याले में आधा इंच चाय बची थी। उसका कुशन दीवार से टिका रखा था। उसके बीचों-बीच अभी भी हर्ष की कुहनी के दबाव का निशान था...

14
विषाद-कक्ष

सुनसान जंगल के कोने में वर्षा कँटीली झाड़ियों के बीच भाग रही थी। गहरा अँधेरा था। पाँवों और हाथों पर जब चुभन के साथ काँटों का स्पर्श होता, तो वह दर्द की हिलोर को दबाती हुई दिशा में थोड़ी तब्दीली कर देती। पर दो-चार पलों के बाद फिर सुइयों की गर्म नोंके-सी उसे जहाँ-तहाँ खरोंच देतीं। पीछे बराबर आक्रामक आहटें थीं। उनकी तेज साँसों का दहशतनाक एहसास हो रहा था। उसके पीछे दूरवर्ती घेरे की गोलाई में ढोल पीटे जा रहे थे और आतंकित करने वाली थापें धीरे-धीरे उसे कसने लगी थीं। अगला कदम आगे बढ़ाते ही वह सहसा चिहुँक पड़ी। पाँव के नीचे जमीन नहीं थी। वह कहाँ पहुँच गयी है? नीचे क्या है? लड़खड़ाते हुए उसने पीछे देखने की कोशिश की। कालिमा की हल्की-गहरी परतों के पार सुझायी कुछ नहीं दिया। बस, ढोल की बौराई गूँज और पास आती हुई जान पड़ी।

साँस रुकने के साथ उसने जाना कि वह नीचे गिर रही है। उसने हाथ बढ़ाये, पर किसी चीज का स्पर्श नहीं हुआ। नीचे या तो पानी होगा या पत्थर, उसने सोचा।

कितनी देर हो गयी थी, पर वह सतह से नहीं टकरायी थी। बस, अँधेरे की वादी में तेज रफ्तार से गिरती जा रही थी...

वर्षा की आँखें धीरे-धीरे खुलीं। फिर लगा कि आँखें पहले से खुली थीं, पर उनमें अँधेरा भरा था, जो अब धीरे-धीरे छितराने लगा था। आसपास अभी भी धुँधला था। मैं कहाँ हूँ, उसने सोचा। गर्दन के पिछले हिस्से में टीस हुई। उसे क्या हो गया है? उसने हाथ बढ़ाकर पीछे छूना चाहा, लेकिन बाँह अशक्त थी। वह हिली-डुली भी नहीं। क्या मुझे लकवा मार गया है? "कोई है?" उसने आवाज दी। मगर उसे कुछ सुनायी नहीं दिया। मेरे कानों को क्या हो गया?

...बोझिल पलकें फिर बंद हो गयीं। अब वह फिर अपने अँधेरे की वादी में थी।

उसे लग रहा था, वह अजीब-सी स्थिति में है। उसकी चेतना के कुछ हिस्से तंद्रा में थे और कुछ जाग्रत। मैं एक ही समय में सो और जाग रही हूँ, उसने सोचा।

आँखों में उभरती छवियाँ कैलेडोस्कोप की तरह पल-पल बदलने लगीं। धूप से तपता रेगिस्तान यकायक फूलों की क्यारी बन गया, जिसमें बारीक छेदों वाले फुहारे से पानी दिया जा रहा था। शाम के स्तब्ध सूनेपन में सुनसान जंगल के पुल पर से रेल गुजरी। इंजन ने लंबी सीटी दी, जो अगले पल डिस्को की उन्मत लय में बदल गयी और जलते-बुझते रंगीन कुमकुमों की लहरिया पंक्ति शार्प फोकस में आने लगी। जुहू तट पर दौड़ते हुए कई पाँवों का क्लोज शॉट था, जो देखते-देखते डिजॉल्व होकर चौराहे की लाल बत्ती की पृष्ठभूमि में गीली आँखों के साथ भीख माँगती बूढ़ी भिखारिन के क्लोजअप में रूपांतरित हो गया...

थकान से वर्षा ऐसे निस्पंद होने लगी, जैसे यकायक बिजली चले जाने पर पर्दे का बिंब साउंडट्रैक की गड़बड़ाहट के साथ विलुप्त होने लगता है...

वह चेतना के तल पर तनिक-सी उभरी, जब लगा कि उसकी आँखों में ही यकायक सूर्योदय हो गया है।

"वर्षा..." नर्म हथेली ने उसके माथे को छुआ।

यह आवाज मैंने कहीं सुनी है, वर्षा ने सोचा। चौंधिया देने वाले उजाले में खुली पलकें फिर झपकने लगीं।

"नहीं, रोशनी आने दीजिए।" यह किसी पुरुष का स्वर था।

फिर किसी ने उसकी नब्ज पर उँगली रखी।

"वर्षा, थोड़ी देर बैठोगी?"

फिर सहारा देकर उसे बिस्तर पर बिठा दिया गया। अब वर्षा ने धीरे-धीरे पलकें खोलीं। खिड़की का पर्दा एक ओर सरका था। पीली, म्लान धूप कमरे में भर रही थी।

लाइटिंग में कितनी देर लग रही है, वर्षा ने सोचा।

"लो, पी लो।"

प्याला उसके मुँह के सामने था। वर्षा ने होंठ किनारे से लगाये। भीतर गर्म तरलता की छुअन महसूस हुई।

"इंजैक्शन का थोड़ा असर है।" अनजान पुरुष ने कहा।

यह सीन कौन-सा है, वर्षा ने सोचा। आज दोपहर की शिफ्ट है?

"शॉल लोगी?" और उसके कंधे ढँक दिये गये।

इस बार वर्षा ने देखा। कुछ पल एकटक। चेहरा पहचाना-सा लगा। फिर उसने वर्षा का हाथ थमा लिया। उस चेहरे पर असमंजस और तनावभरी व्यग्रता थी। फिर वर्षा की निगाह में पुल बैक टु रिवील जैसी टेकिंग हुई।

"अनुपमा..." वर्षा ने अस्फुट स्वर में कहा।

भरी-भरी अनुपमा ने उसका हाथ दबाया।

यह सेट पर कब आ गयी, वर्षा ने सोचा।

"दैट्स गुड!" गले में आला डाले पुरुष बोला। फिर कुर्सी खींचकर उसके सामने बैठ गया। फिर आला उसके वक्ष पर रखने लगा।

कोई नया अभिनेता है, वर्षा ने सोचा।

बाहर फोन की घंटी बजी। फिर कुछ आहट हुई। फिर थोड़ा ऊँचा स्वर सुनायी दिया,

''वे अभी मिलने की स्थिति में नहीं है। समझने की कोशिश कीजिए प्लीज...''

यह तो स्नेह की आवाज लगती है, वर्षा ने सोचा।

''गोम्स, गेट पर ताला लगा दो।'' फिर वही आवाज आयी।

यह तो वही खिड़की है, जो मेरे लता-मंडप में खुलती है। यह तो जोड़बाग का मेरा कमरा है। मेज पर अभी भी मेरी किताबें रखी होंगी, वर्षा ने सोचा। मैं दिल्ली कब आ गयी?

बाहर कोई कार रुकी। फिर उत्तेजित नारी-स्वर सुनायी दिया। वर्षा के मन में कुछ पहचान की घंटियाँ टुनटुनायी। फिर लगा कि कमरा खाली हो गया।

धूप मलिन होकर घटती जा रही थी। बाहर उसके लता-कुंज में पंछी चहक रहे थे। हवा में हल्की सर्द छुअन का एहसास हुआ। वर्षा ने शॉल अच्छी तरह ओढ़ लिया।

फिर गलियारे में आहट हुई... डोलते कुंडलों वाला चेहरा सीधे उसके सामने था।

वर्षा की अँधेरी वादी में पुकार-सी गूँजती गयी। फिर अनेकों स्वरों में प्रतिध्वनित होने लगी।

''शिवानी...'' वर्षा ने बेधक, रुँधे स्वर में कहा। फिर मन के गहनतम कोने से बवंडर-सा उठा और वर्षा हिलक-हिलककर रो उठी।

कुछ समय बाद वर्षा इस योग्य हुई कि पुराने दृश्यों को रिप्ले कर सके।

वर्षा को पद्मश्री मिलने के समाचार से गृहप्रवेश की पार्टी में जो उत्तेजना फैली, उसके बीच हर्ष बाहर निकल गया। किसी ने ध्यान नहीं दिया कि वह कब उठा। वर्षा के ड्राइवर ने, जो नीचे चौकीदार के साथ गप्पें लगा रहा था, बताया कि साहब जल्दी-जल्दी बाहर निकल गये। वर्षा ने चतुर्भुज के यहाँ से ही एकेडमी का नंबर मिलाया। पर घंटी बजती रही। मुश्किल यह थी कि हर्ष के एकाएक चले जाने को कोई भी संजीदगी से नहीं ले रहा था। इरावती के नाक-भौं सिकोड़ने के बावजूद आदित्य ने नया पैग बना लिया था और 'कंजूस' के भूले-बिसरे संवाद सुनाते हुए गद्गद हो रहे थे कि अधूरी ही सही, पर इतने सालों बाद भी पंक्तियाँ उन्हें याद तो हैं।

चतुर्भुज के यहाँ से निकलते हुए ढाई बज गये। निकलते-निकलते वर्षा ने फिर एकेडमी का नंबर मिलाया था। इस बार भी घंटी बजती रही। रामदेव ने भी अपने घर फोन करके पूछ लिया। हर्ष नहीं आया था। वर्षा ने घर फोन किया। झुमकी ने बताया, हर्ष तो नहीं आये। वर्षा को उम्मीद थी, हर्ष 'सिलवर सेंड' चला गया होगा और अपनी पसंदीदा फिल्म 'द अनबियरेबिल लाइटनैस आफ बीइंग' देख रहा होगा (पिता नाराज होकर चले ही गये थे। हर्ष के साथ निश्चित हो गया था कि तीन दिन बाद क्लिनिक से छुट्टी मिलने पर उसे यहाँ ही रहना है।)।

''नीरजा, अब क्या करें?''

रात को तीन बजे वर्षा ने एकेडमी की घंटी बजायी। दरवाजा नहीं खुला। अंदर रोशनी भी नहीं थी। चौकीदार कह चुका था, साहब नहीं आये।

''पुलिस को फोन करते हैं।'' नीरजा बोली।

डी.एन. नगर थाने का ड्यूटी ऑफिसर जोशी वर्षा को पहचान गया। (पिता की तलाश की सरगर्मी में वह शामिल रहा था।)। वर्षा ने कालीना के ड्रग-अड्डे का पता बताते हुए साथ चलने की पेशकश की।

"आपका चलना प्रौपर नहीं होगा मैडम!" जोशी बोले, "उसकी जरूरत भी नहीं है। हम कालीना के अलावा आसपास के दो-तीन अड्डों में भी देख लेंगे। एक-डेढ़ घंटे में आपको फोन करेंगे।"

नीरजा उसके साथ बैठी रही। झुमकी कॉफी बनाकर ले आयी थी।

वर्षा सोच रही थी, एक ही शाम को एक के बाद एक तीन हादसे हुए हैं--रंजना के सौजन्य से 'मुक्ति' के अवरोध की खबर हर्ष तक पहुँचना, दीन-हीन स्थिति में डॉक्टर अटल से हर्ष का सामना और स्नेह के साथ नाटकीय समक्षता। (क्या इस श्रृंखला में पद्मश्री सम्मान भी जोड़ दिया जाये?)।

'मैडम, उन अड्डों पर तो हर्ष नहीं मिले।" सुबह चार बजे जोशी का फोन आया, "मैंने हैडक्वार्टर सूचना भेज दी है। सुबह तक कुछ पता चलना चाहिए। हो सकता है, हर्ष वापस ही लौट आयें।"

तीनेक घंटे नीरजा और झुमकी सोयीं। वर्षा करवटें बदलती रही। नीरजा ने उसे आश्वस्त किया था, पर वर्षा की आँखों के आगे बार-बार स्नेह की भर्त्सना से दग्ध हर्ष का चेहरा आ जाता था।

सुबढ़ साढ़े सात पर वर्षा डबिंग के लिए 'सुदीप' चली गयी। यह रफ कट उसने पहले नहीं देखा था। अपना काम अच्छा होने की उमंग में चिंता थोड़ी पीछे सरक गयी। उसने मनोयोग से दो दृश्य पूरे किये।

कॉफी के लिए दस मिनट का ब्रेक हुआ था। निर्देशक उसके पास बैठे आगामी फिल्म के लिए संभावित कहानी की रूपरेखा सुना रहे थे। तभी बदहवास पांडे को उसने आगे आते हुए देखा। एक पल के लिए वर्षा का रक्तसंचार थम गया।

"मैडम..." पांडे भर्राये स्वर में बोले।

वर्षा के तलवों में नमी छाने लगी थी।

"वर्सोवा बीच पर हर्षजी की लाश मिली है..."

यान की खिड़की के बाहर अँधेरा ही अँधेरा भरा था। वे कालिमा के बादल थे, जिन्हें चीरते हुए यान आगे बढ़ रहा था। वर्षा को लगा, उसका भीतरी स्वरूप बाहरी प्रकृति के साथ एकाकार हो गया है।

"अच्छा, एक ले लो।" नीरजा ने कांपोज की एक टिकिया उसके होंठों के बीच सरका दी।

वर्षा के पर्स में भरी शीशी देखकर नीरजा ने उसे अपने कब्जे में ले लिया था।

वर्षा घुटने मोड़े, सीट पर पाँव रखे निढाल बैठी थी। चुन्नी से सिर ढँका हुआ था। एक ओर नीरजा थी, दूसरी ओर अन्नू। नवीन मामा और मामी अगली पंक्ति में थे। इंडियन एयरलाइंस की उड़ान में ऐसी श्रीहीन स्टार शायद पहली बार देखी जा रही थी।

सांताक्रुज हवाई अड्डे पर 'असंभव के सारे संघानी' हर्षवर्धन के शव को विदा देने आये थे।

कालिगुला दो कुत्तों के बीच, कुत्ते की मौत मरा था।...

चतुर्भुज ने बताया, स्नेह अपने को बहुत अपराधी महसूस कर रहे हैं। वर्षा कुछ बोलने की स्थिति में नहीं थी, पर मन के एक स्तर पर एहसास था--अपराध किसी का है, तो सिर्फ हर्ष का। एक ओर ऊँचे कलात्मक मूल्य, जिद और स्वाभिमान है और दूसरी ओर छुईमुई अहं। ये 'किलिंग फील्ड्स' मोतीलाल नेहरू मार्ग और साउथ ब्लॉक का हिस्सा नहीं है, जहाँ लोग बराबर ध्यान रखें कि कहीं 'राजदुलारे' को चोट न पहुँचे।

वर्सोवा गाँव के किनारे समुद्र तट से लगी चौपाल थी। चतुर्भुज के घर से निकल कर कहीं से ड्रग्स का जुगाड़ करके हर्ष यहीं आया था। उसने व्यग्रता में या जानबूझ कर ओवरडोज ले लिया था (वर्षा दूसरी संभावना से सहमत थी।)। सुबह एक कुत्ता उसके पैरों के पास बैठा पाया गया था और दूसरा उसका मुँह चाटते हुए...

वर्षा फटी-फटी आँखों से देखती रही। हर्ष के जर्द चेहरे पर मक्खियाँ भिनक रही थीं... यह सेंट स्टीफेंस का बहुत होनहार छात्र था। वाशिंगटन डी.सी. और मास्को में देश का राजदूत तो नहीं, पर अंतर्राष्ट्रीय स्तर का अभिनेता जरूर बन गया था। शिवानी और चारुश्री जैसी अनेक आकर्षक एवं संपन्न युवतियाँ इसकी जीवनसंगिनी बनने को लालायित थीं। किसी भी दृष्टि से देखो, हर्ष को आकाश पर होना चाहिए था, पर वह चौपाल के धूल भरे फर्श पर सूखी विष्ठा के बीच पड़ा था।

जब रात को वर्षा चतुर्भुज के घर से लौटी थी, तो मुख्य सड़क पर उसकी कार इस चौपाल से लगभग पाँच सौ कदम के अंतर पर मुड़ी थी। 'सिलवर सेंड' से इस चौपाल के बीच एक फर्लांग से भी कम का फासला था। जब वर्षा जोशी को फोन कर रही थी, तो हर्ष तीखी पीड़ा से तड़प रहा था...

हर्ष के चेहरे पर इस यंत्रणा के चिन्ह थे... सूखे, विकृत होंठ, चेहरे की लकीरों में दर्द की थरथराहट...

उसने काँपते हाथों से हर्ष का माथा छुआ था। हर्ष के कितने स्पर्श वर्षा की देह और स्मृति में सुरक्षित थे। स्पंदनहीन हर्ष को छूत हुए उन सारे स्पर्श-पुंजों के देह में एक साथ झंकृत हो उठने की व्यग्रता थी, पर ऐसा कुछ नहीं हुआ। एक तरह की ठंडी सिहरन से माथे पर नमी छा गयी।

वर्षा स्तब्ध थी--भावात्मक रूप से सुन्न। अभी तक उसे रुलायी नहीं आयी थी (''तुम 'चेरी २०००' की मेलेनी ग्रिफिथ वाली रोबो हो गयी थीं,'' नीरजा ने कई महीनों बाद कहा था, ''जिसके तारों का शॉटसर्किट हो गया था और एक विशिष्ट मुद्रा में उसका चेहरा फ्रीज हो चुका था।'')।

''वर्षाजी...''

हवाई अड्डे के लाउंज में दूरदर्शन मंडली को देखकर वर्षा जुगुप्सा से भर उठी। दिन भर नीरजा और पांडे उसे संवाददाताओं से बचाये हुए थे। रिसीवर को क्रेडिल से हटाना मुमकिन नहीं था। नवीन मामा और दिल्ली के बीच फोन आ-जा रहे थे।

अपने व्यक्तिगत, गहनतम शोक में वर्षा अपना ही सामना करने में असमर्थ थी और यहाँ उससे कैमरे का सामना चाहा जा रहा था।

वंदना भवालकर को देखकर वर्षा ठिठक गयी।

''हर्षजी, पर एक कार्यक्रम हम आज ही राष्ट्रीय नेटवर्क में प्रसारित कर रहे हैं।'' वंदना बोली, ''हर्षजी को उनका दाय मिलना चाहिए। पर अगर आप अपनी निजी प्रतिक्रिया को उजागर नहीं करना चाहतीं, तो मैं आपकी इस भावना का सम्मान करूँगी।'' (किसी पत्राकार की जबाने-मुबारक से ऐसा सुभाषित वर्षा पहली बार सुन रही थी।)

कैमरा चालू हो गया था। नीरजा, झल्ली, नैनरंजन और नाट्य विद्यालय के साथी आशंका से वर्षा को निहार रहे थे।

वर्षा ने अपने सूखे होंठों पर जीभ फेरी। फिर अस्फुट स्वर में कहा, ''मेरे वास्ते चंद्रमा हमेशा के लिए बुझ गया है...''

नवीन मामा मुखाग्नि देने के लिए आगे बढ़े।

वर्षा नीरजा और अनुपमा के बीच खड़ी थी।

पालम के ऊपर जब यान ने अर्द्धचंद्राकार चक्कर लिया, तो वर्षा फटी आँखों से बाहर देखती रही। नीचे शहर की दीपावली जगमगा रही थी। इन्हीं में कहीं वसंत विहार के घर की रोशनियाँ होंगी, जहाँ उसे सर्दियों में अपने पति के साथ रहना था।

''बेटा, इस घर में तो तुम डोली लेकर आने वाले थे...'' मम्मी शव पर झुकी बिलख रही थीं।

''बंबई ने तुम्हें किस तरह वापस भेजा है...'' सुजाता ने क्रंदन किया।

वर्षा कोने में घुटनों पर सिर झुकाये बैठी थी। अनुपमा ने उसके कंधों पर शॉल लपेट दिया था। पालम से निकलते हुए नीरजा ने कांपोज की एक गोली और दे दी थी। वर्षा के भीतर सर्द अंधड़ चल रहा था। कानों में मम्मी और सुजाता का विलाप भरा था। क्या यह दृश्य वास्तविक है, उसने सोचा। वह आँखें खोलेगी और सामने मुस्कराता हुआ हर्ष दिखायी देगा। उसने आँखें खोलीं, तो मम्मी का रुदन में विकृत चेहरा दिखायी दिया।

''तुमने बार-बार झूठ क्यों बोला?'' सुजाता यकायक वर्षा को देखते हुए उबल पड़ी, ''इलाज तक की बात हमसे क्यों छिपायी? मुझे बंबई आने से क्यों रोका?... आखिरी बार भाई का जीता-जागता चेहरा तो देख लेती... बोली, 'मुक्ति' की शूटिंग देखना। अब दिखाओ 'मुक्ति' की शूटिंग...''

वर्षा के मन के बाहरी स्तर पर ही सुजाता की प्रतिक्रिया रजिस्टर हुई। उसने एक बार मुँह उठाया, सुजाता की आँखों में, जहाँ हमेशा उसके लिए अंडरस्टैंडिंग और सहानुभूति रही थी, आज आक्रोश झलझला रहा था...वर्षा का सिर फिर झुक गया। हे प्रभु, कुछ दिनों के लिए मुझे बेहोशी दे दो, उसने मन-ही-मन कहा। मेरे ऊपर क्रोध करने का क्या मतलब? (सुजाता और मम्मी को शव की 'अगवानी' करते देखकर वर्षा को 'क्रॉस पर्पेजेज' का दृश्य याद आया था, जहाँ वर्षों के बाद लौटे भाई की हत्या करने के बाद बहन माँ से कहती है, ''तुम्हीं ने तो कहा था, इस संसार का कोई अर्थ नहीं।'')।

...एक लकड़ी कड़कड़ायी। फिर ज्वाला और उत्तप्त हो गयी। हवा के झोंकों से लपटें व्यग्र हो जातीं, फिर भरभरा कर दायें-बायें डुलने लगतीं।

एकाएक सुजाता की रुलायी उफन पड़ी। वर्षा ने अपने भीतर उसकी अनुगूँज महसूस की, पर आवेग होठों से बाहर नहीं निकला, भीतर ही घुमड़ने लगा। उसकी तीखी काट से वर्षा की देह झनझना गयी...

"धर्म की पहली सीढ़ी यह है कि स्थूल शरीर में अंतर्निहित आत्मा के अस्तित्व को समझ लिया जाये।" स्वामीजी बोले।

दिव्या के बगल में निश्चल बैठी वर्षा सूने ढंग से सामने देखती रही। लखनऊ में तीसरा बेचैन दिन था।

"आत्मा के अस्तित्व के ज्ञान के बाद ही सच्चे रूप में जीवनयापन किया जा सकता है। विचार, इंद्रियज्ञान, भावना, इच्छाशक्ति और विवेक भौतिक शरीर के कार्य हैं। आत्मा इनसे अलग और विशिष्ट है। आत्मा की व्याप्ति वैसी ही है, जैसी आकाश की। देह का अंत हो जाने पर आत्मा का अंत नहीं होता। मृत्यु पर शोक करना मूर्खता है, क्योंकि आत्मा अमर है। श्रीकृष्ण ने कहा, तू उनके लिए शोक करता है, जो शोक के योग्य नहीं। परंतु बाते ज्ञानियों-जैसी करता है। ज्ञानीजन न तो मरे हुए लोगों के लिए शोक करते हैं और न जीवितों के लिए..."

मैं ज्ञानी नहीं हूँ, वर्षा ने सोचा।

"जिस प्रकार आत्मा शरीर की बाल, युवा और वृद्ध अवस्थाओं के पार होती है, उसी प्रकार वह दूसरे शरीर में भी चली जाती है। बुद्धिमान ऐसे देहांतर से विचलित नहीं होते।"

मैं बुद्धिमान नहीं, वर्षा ने सोचा।

"जो आत्मा पृथ्वी के समस्त प्राणियों में व्याप्त है, उसे तुम अविनाशी जानो। वह अजन्मी, नित्य शाश्वत और पुरातन है। वह सर्वव्यापी, स्थिर, अचल और सनातन है। वह अव्यक्त, चिंतन के परे और विकार रहित है। वह नित्य और अवध्य है..."

"चलो दिव्या," वर्षा फुसफुसायी, "सस्ता साहित्य मंडल से तीन रुपये की यह किताब मैं भी खरीद सकती हूँ।"

"जगत-विसर्जन कोई समाधान नहीं" वर्षा ने व्हिस्की का घूँट लेकर कहा।

दोपहर ढल रही थी। (वर्षा को जन्म-जन्मांतर से पहले ओबेरॉय का दिन याद आया, जब तेज धूप के उजाले में आदित्य को पीते देखकर वह विमूढ़ हो गयी थी।)।

"यह दुर्बलों और कायरों की अपनी बौनी क्षमता को पहचानने की स्वीकृति है। सच्चे और महान वे हैं, जो अपनी असफलता की कचोट के साथ जिंदा रहते हैं। अपने निकृष्टतम रूप में भी जिंदगी मौत के सर्वश्रेष्ठ ढंग से बेहतर है।"

बियर का मग हाथ में लिये दिव्या उसकी ओर देखती रही।

"आत्महंता को पता नहीं होता कि अपने निकटतम लोगों को वह कैसे सर्वग्रासी दुख के शिकंजे में कसा छोड़ रहा है। अपनी टुच्ची खुदगर्जी में वह सिर्फ अपने दर्द में डूबा रह जाता है--कुत्ते की तरह अपने घाव को चाटता हुआ। वे पीछे छूटे लोग वंदनीय हैं, जो पीड़ा के दंश से चीखते हुए फिर अपने कर्मपथ पर वापस लौटते हैं।" वर्षा डनहिल की सिगरेट सुलगाने लगी।

"आत्महत्या इतनी जघन्य नहीं है।" दिव्या बोलीं, "यह एक काले क्षण में आदमी के कमजोर पड़ जाने का नतीजा है।"

"कला-मार्ग पर काले पल बराबर आते रहते हैं। इस तरह तो जिंदगी को कोई अवसर मिलेगा ही नहीं।" वर्षा ने सख्ती से कहा, "वैसे भी यह बिलकुल निरर्थक मौत थी। रंजना की रुकावट से हर्ष ने समझा कि 'मुक्ति' का दरवाजा स्थायी रूप से बंद हो चुका है। दरअसल ऐसा नहीं था। गृहप्रवेश वाली पार्टी के अगले दिन मैं नंदा, हुसैन और बीरजी को दो लाख के प्रस्ताव के साथ रंजना के पास भेजने की बात तय कर चुकी थी। एक मामूली डाँस-डायरेक्टर में आम तौर से इतना साहस नहीं होता कि उद्योग के ऐसे प्रतिष्ठित लोगों को भी खाली हाथ वापस भेज दे। नारंग तीसरी बार इम्पा के अध्यक्ष बने हैं और हुसैन डायरेक्टर्स एसोसिएशन के सचिव हैं। मान लो, आहत भावना के चलते रंजना फिर भी इंकार कर देती, तब भी मैंने दूसरा विकल्प तय कर लिया था। रंजना की चार रीलों को भूल कर निगम नये सिरे से फिल्म बनाने के लिए तैयार था। पटकथा एंड्री और हर्ष की थी, जिसके लिए रंजना से कोई भुगतान या अनुबंध नहीं हुआ था। हमारे शूटिंग शुरू करने पर वह स्टेऑर्डर नहीं ला सकती थी। हाँ, हम तुरंत शुरू नहीं कर सकते थे। पहले हमें निगम की पटकथा-समिति से गुजरना होता, फिर तीनेक महीने बाद बोर्ड की बैठक में दुबारा मंजूरी मिलती। फिल्म व्यवसाय को जो थोड़ा-सा जानता है, उसे मालूम है, यहाँ छह-आठ महीनों का विलंब मामूली है।"

दिव्या उसकी ओर देखती रह गयीं, "यह बात हर्ष को पता नहीं थी?"

वर्षा ने इंकार में सिर हिलाया, "एक तो समय नहीं मिला। दूसरे, मैं हर्ष को तय हो जाने के बाद ही बताना चाहती थी..." पल भर को वर्षा आत्मलीन हो गयी। सुजाता ने इस बात पर विश्वास नहीं किया था कि 'मुक्ति' फिर भी बन सकती थी। सुजाता मेरे प्रतिकूल क्यों हो गयी है, वर्षा ने सोचा। अगर वर्षा सुजाता के तुरंत बंबई आने पर सहमत नहीं थी, तो कारण यही था कि क्लिनिक में सुजाता का सामना करते हुए हर्ष शर्मिंदा हो जाता। फिर 'मुक्ति' की शूटिंग में हर्ष को कार्यरत देखकर ही सुजाता को वास्तविक खुशी मिलती। वह तो सिर्फ अपने ढंग से भाई-बहन के प्रति सरोकार व्यक्त कर रही थी।

हर्ष का देहांत मम्मी को अलबत्ता और निकट ले आया था (हर्ष के लिए वर्षा ने कितना किया है, इसकी विस्तृत रपट नवीन मामा दे चुके थे।)। संस्कार के दूसरे दिन मम्मी की प्रमुख चिंता यह हो गयी थी कि वर्षा अभी तक रो नहीं पायी।

"इसी घर में तो तू दुल्हिन बन कर आने को थी।" मम्मी ने उसे वक्ष से चिपका लिया था, "रो ले अभागी, नहीं तो यह दर्द नासूर बनकर कलेजे से फूटेगा..."

फिर दो तमाचे मारकर उसे रुलाने की कोशिश की। फिर बजाय वर्षा के खुद ही रो पड़ी...

वर्षा खिड़की के सामने खड़ी हो गयी। नीचे सड़क पर कोलाहल था। स्त्रियाँ, पुरुष और बच्चे हँसते-खिलखिलाते। तेजी से सड़क पार करते। सिर्फ मैं ही अपने विषाद-कक्ष में बंदी हूँ, वर्षा ने सोचा। धूप सुहानी थी। सर्दी भी। आकाश नीला था। हवा के झोंके भी मंद और मृदु।

"मैं अभी जिंदा हूँ।" वर्षा फुसफुसायी।

अब मेरे जीवन के हर्षविहीन अध्याय की शुरूआत हो रही है, उसने सोचा। कितने वर्षों की अंतरंगता, आसंगों और स्मृतियों के साथ अब मुझे नये सिरे से हर्ष के बिना जीने की आदत डालनी होगी (जिस तरह सामग्री-वाहक होते हैं, उसी तरह अब मैं स्मृति-वाहक हूँ!)।

15
भावात्मक विधवा

"वर्षा," मम्मी ने संकोचभरी हिचकिचाहट से पूछा, "यह सच है कि तुम्हें हर्ष से गर्भ रह गया है?"

लखनऊ से लौटने पर वर्षा घर नहीं आयी थी, सीधे स्टूडियो गयी थी (अगले कुछ दिन 'बुखार में अभिनय' के थे।)। सांताक्रुज हवाई अड्डे पर झल्ली और नैनरंजन, पांडे तथा निर्माता रेड्डी के साथ उसकी प्रतीक्षा कर रहे थे। झल्ली और नैन रोजाना फोन तो करते ही थे, दिल्ली और लखनऊ भी उसे देखने आये थे। (उसे 'शोकज्वर' जो था--सौजन्य चतुर्भुज।) किशोर भी उसे मिलने पहले दिल्ली आया था, फिर हेमलता को लेकर लखनऊ। जीजाजी ने हर्ष के निधन को 'विधाता की निर्मम निष्ठुरता' कहा था। मोहिनी भाभी ने समवेदना का छोटा-सा पत्र भेजा था, जिसमें महादेव भाई के 'बहुत दुखी होने' का उल्लेख था। बस, पिता मूक थे।

"जिज्जी, तुम ठीक तो हो न?" झल्ली ने उसका हाथ थाम लिया।

बड़े गॉगल्स के पीछे छिपी आँखों के साथ वर्षा ने हामी में सिर हिलाया। पिछली शाम को आखिरी गोली ली थी। तय किया था, अब दिन में गोलियों से दूर रहना है, अपनी दिनचर्या में इस सुरक्षा-उपकरण के बिना वापस लौटन की कोशिश करनी है। पर मुँह अँधेरे से तलब तकाजा करने लगी थी। कुछ लेने को हाथ बढ़ाती, तो पल भर को उँगलियाँ अशक्त लगने लगती। रह-रह कर हलक में काँटे-से चुभते और भीतर से कमजोरी की लहर उमड़ती। उड़ान के दौरान अपने पर नियंत्राण की कोशिश के साथ वह 'गीता' पढ़ती रही। एयर होस्टेस नाश्ते की ट्रे लेकर आयी, पर कुछ खाने की इच्छा नहीं हुई। काली कॉफी के अलबत्ता एक के बाद एक तीन प्याले पी गयी। एयर होस्टेस हर बार मुस्कान के साथ खौलता पानी लाती थी।

''माफ कीजिए, मैं आपको परेशान कर रही हूँ।'' वर्षा ने क्षमा याचना की।

''बिल्कुल नहीं मिस वशिष्ठ!'' हॉस्टेस ने मुस्कान के साथ इंकार में सिर हिलाया।

उसकी आँखों में यह भाव था–मुझे पता है, तुम कितनी विचलित हो।

समाचारपत्रों ने हर्ष की मृत्यु की व्यापक रपट दी थी। अनेक सिने पत्रिकाओं ने आवरण-कथा बनायी थी और कुछ ने वर्षा की तस्वीरों के साथ 'ब्लैक विडो' एवं 'भावात्मक विधवा' जैसे शीर्षक दिये थे।

बाहर निकलते हुए वर्षा ने फिर महसूस किया कि पल भर को पाँव सुन्न हो रहे हैं।

''नैन, मुझे एक काली कॉफी ला दोगे?'' कार के दरवाजे का सहारा लेते हुए वर्षा ठिठक गयी।

नैन तुरंत मुड़ गया।

झल्ली सहारा देकर उसे बिठाने लगी, ''काम शुरू करने की क्या जल्दी थी?''

''लोगों का नुकसान हो रहा है झल्ली!''

नैन ने उसे कागज का गिलास थमाया।

वर्षा ने बड़े-बड़े चार घूँट लिए, तो थोड़ी राहत मिली।

''मैडम, आपकी हिदायत के अनुसार पूरे पंद्रह दिन दे दिये हैं।'' थोड़ी चुप्पी के बाद पांडे बोले, ''लगभग बारह दिनों में दो-दो शिफ्टें हैं।''

वर्षा ने हामी में सिर हिलाया, ''किसी का शिड्यूल बनने लगे, तो एडजस्ट कर लीजिएगा। मैं मुँह अँधेरे से आधी रात तक व्यस्त रहना चाहती हूँ।''

बदरंग इमारतों पर बदरंग आकाश कसा हुआ था। दिन के उजाले में अवसाद भरी मलिनता थी। अवा में उमस।

वर्षा को लगा, जैसे वह स्वयं इस दृश्य का हिस्सा नहीं, स्टिल लाइफ की तस्वीर देख रही थी।

ऐसे ही धीरे-धीरे, कड़वे घूँटों के साथ मुझे हर्षरहित जीवन की आदत डालनी होगी, उसने गहरी साँस के साथ सोचा।

''दीदी...''

आधी रात को वर्षा जब घर के सामने पहुँची, तो झुमकी दरवाजे के बाहर खड़ी थी। हल्की सिसकी के साथ वह हिली। वर्षा ने उसे गले से लगा लिया।

घर हमेशा की तरह व्यवस्थित था। लेकिन बिलकुल सूना। पीछे लहरें तट पर चूर-चूर हो रही थीं।

पल भर वर्षा कार्पेट पर कोने की जगह देखती रही, जहाँ हर्ष कुशन लिये बैठता था। बगल में राखदानी। कभी-कभी हाथ में टी.वी. का रिमोट कंट्रोल।

अब हर्ष यहाँ कभी बैठा नहीं मिलेगा...हतोद्या प्राप्स्यसि स्वर्ग जित्वा या मोक्ष्यसे, स्वामीजी ने कहा था... अगर तू मारा जायेगा, तो मुझे स्वर्ग मिलेगा। यदि तू जीतेगा, तो पृथ्वी भोगेगा। अत: हे कौंतेय, लड़ने का निश्चय करके तू खड़ा हो।

हर्ष हारा और मारा भी गया। (उसे स्वर्ग मिलने का भी कोई सवाल नहीं उठता।)

''झुमकी,'' बड़े पैग से घूँट लेकर वर्षा बोली, ''अब हमारी जीवन-शैली बदल रही है...''

''याद कर उजागर सिंह!'' वर्षा ने दाँत पीसे, ''उस अमावस की रात तूने क्या किया था हरामजादे?'' और उसका हाथ हवा में लहराया।

हंटर की सड़ाप के साथ चीख तो उभरी, लेकिन उसके साथ 'ओ माइ गॉड' भी सुनायी दिया।

''कट!'' निर्देशक चिल्लाये।

''वर्षाजी!'' कराह के साथ दीनानाथ मुस्कराया, ''आपका हाथ तो ऐसे चल गया, जैसे मैंने सचमुच आपका घर जला दिया हो।''

वर्षा क्षमा याचना कर रही थी, जब निर्देशक ने कहा, ''मैडम, आज आप अपसेट हैं।''

...वर्षा ने हरे पत्तों वाला हाथ आगे बढ़ाया, तो बकरी का बच्चा कुछ पल आशंका के साथ उसे देखता रहा। वर्षा ने पुचकारा, तो वह झिझककर थोड़ा आगे बढ़ा। फिर पत्ते मुँह में ले लिये।

पुआल का ढेर उसी तरह कोने में था। आसपास वैसी ही खामोशी थी।

बाँस के टुकड़ों का दरवाजा खुला था। हल्की हवा में पेड़ सरसरा रहे थे।

छुट्टी के दिन मैंने आना शुरू कर दिया है हर्ष, वर्षा ने मन-ही-मन कहा।

पिछली सुबह वह डॉक्टर मिसेज मेहता के क्लिनिक में गयी थी। अपनी रिपोर्ट की ओर वह देखती रह गयी थी। तब से तनाव का मंथन चल रहा था। सुबह की इस लंबी ड्राइव में आँखें भारी थीं।

''वर्षा, तुम्हारी नींद पूरी नहीं हो रही है।'' नीरजा ने कहा था।

वर्षा ने हामी में सिर हिलाया।

मैं हर्ष के बच्चे को स्वीकार करूँगी, यह धारणा बलवती होती जा रही थी।

हर्ष उसके अब तक के जीवन का सबसे महत्वपूर्ण पुरुष था। अनेक झंझावातों से गुजरने के बावजूद उसके साथ का रिश्ता बहुत दृढ़ और स्थायी साबित हुआ था। अब इस संबंध का एक प्रतीक उसे मिल सकता था। हर्ष से संबंध की निरंतरता बनी रह सकती थी।

यह निर्णय कंटक-पथ साबित होगा, यह समझना मुश्किल नहीं था। हर्ष के आत्मसंहार को उसने कायरता माना था। क्या वह भी कायरता दिखाये और क्लिनिक में मुक्ति पाकर बाहरी तौर पर धुली-पुँछी जिंदगी जीती रहे?

निरर्थक विवाद में पड़ने की उसमें कोई चाह नहीं थी। लेकिन उसके पेट में जो बीज है, वह सिर्फ हर्ष की ही स्मृति नहीं, उसका अपना भी अंश है। वह उन दोनों की साझी प्रतिबद्धता है। अपनी कलानिष्ठा के बाद वह वर्षा का सबसे महत् मानवीय गठबंधन है।

उसे अंदाज था, इस जीव की स्वीकृति उसके आगामी जीवन की दिशा और प्रकृति बदल देगी।

पेड़ों के झुरमुट के बीच सूखे पत्तों पर चलते हुए उसने मन-ही-मन कहा, मैं इस फैसले का मूल्य चुकाने को तैयार हूँ...

''हाँ मम्मी!'' वर्षा स्थिर स्वर में बोली।

''सिलवर सैंड' में मम्मी और सुजाता पहली बार आयी थीं। प्रफुल्लता की जगह घर में तनाव भरा हुआ था। झुमकी चाय की ट्रे रखकर निःशब्द बाहर चली गयी थी।

अपना फैसला लेते ही वर्षा ने अपने चार-पाँच प्रमुख निर्माताओं से कह दिया था, जल्दी-से-जल्दी मेरा काम पूरा कर लीजिए, वरना पाँच-छह महीने की देर होगी। जिसे आर्थिक तंगी थी, उसे वर्षा ने रियायत और सहूलियत का आश्वासन दिया। ऐसे में यह सवाल अनिवार्य था, जल्दी की वजह क्या है? वर्षा ने तय कर लिया था, कोई बहाना नहीं गढ़ेगी, सीध सही कारण बता देगी।

उनके चेहरे का भाव देखते हुए वर्षा को अनुमान हो गया, आगे कैसे झंझावात का सामना करना है।

''मैडम, इस बार तो आपने हद ही कर दी।'' शाम को पांडे के साथ नाटकीय समक्षता संपन्न हुई, ''आप जिस डाल पर खड़ी हैं, उसी पर कुल्हाड़ी मार रही हैं। अभी कैरियर के लिहाज से आपका शादी का फैसला ही ठीक नहीं था। शादी के बाद हीरोइन की लोकप्रियता में एकदम गिरावट आती है। पर मैं चुप रहा। फिर ईश्वर को कुछ और ही मंजूर था। अब तो आपको सारी रणनीति नंबर एक के हिसाब से तय करनी चाहिए। कंचनप्रभा ने पिछली फिल्म फ्लॉप दी है। अगर हमारी अगली रिलीज हिट हो जाती है, तो हम अपना मूल्य बढ़ाकर दौड़ का निर्णायक फैसला कर देंगे। आप इमोश्नल एक्ट्रैस हैं और कंचनप्रभा की तरह आपकी लोकप्रियता सिर्फ जवान लड़कों तक सीमित नहीं। मैं आपको लिखकर दे सकता हूँ, अव्वल नंबर के ओहदे से पाँच साल कोई आपको हिला नहीं सकता। अगर हम आर्ट सिनेमा को झटक दें, तो हमारा शासन और लंबा भी खिंच सकता है। लेकिन आपने ऐसा विध्वंसक शगूफा छेड़ दिया। बच्चे वाली--और वह भी शादी के बगैर--हीरोइन के लिए इंडस्ट्री में कोई जगह नहीं मैडम!''

''पांडे जी'', वर्षा ने स्थिर स्वर में कहा, ''मैं एक बार कह चुकी हूँ, मेरी जाती जिंदगी पर टिप्पणी करने का आपको कोई अधिकार नहीं।''

''आप जानते-बूझते मक्खी निगल रही हैं मैडम! मैं मुँह पर ताला कैसे लगा लूँ? आखिर मेरा हित आपके साथ जुड़ा हुआ है।''

''अगर आप चाहें, तो अपने हित को मुझसे काट लीजिए।''

पांडे ने वर्षा को यों देखा, जैसे उसने उनकी नाव में छेद कर दिया हो।

वर्षा ने भरसक अपने को सिने पत्रिकाओं से दूर रखा, पर आते-जाते बांद्रा और पैडर रोड की होर्डिंग पर तो निगाह पड़ ही जाती थी। ग्लॉसीज के विज्ञापन तो उसके घर आने वाले अंग्रेजी दैनिक में भी छपते थे। पत्रिकाओं से फोन आने पर झुमकी की स्थायी प्रतिक्रिया हो गयी थी-'नो कमेंट्स! (शुरू-शुरू में दबाव इतना बढ़ा कि रिसीवर उठाते ही झुमकी 'हैलो' की बजाय 'नो कमेंट्स' कहने लगी। इस पर एक बार रीटा की आवाज

आयी, "झुमकी, मैं कोई सफाई नहीं माँग रही हूँ। वर्षा को और तुम्हें निक्की की सालगिरह पर बुला रही हूँ।")

कर्दम-सरिता में बाढ़ आ गयी थी। वर्षा के गर्भ ने राष्ट्रीय प्राथमिकता का दर्जा हासिल कर लिया था। कुछेक ने इस स्थिति को हर्ष के साथ जोड़ा था।

"तुमने पब्लिसिटी से पहले हमें इत्तिला क्यों नहीं दी?" सुजाता ने विक्षुब्ध स्वर में पूछा।

"अव्वल तो 'स्टारडस्ट' अपना अंक निकालने से पहले मेरे पास शिड्यूल नहीं भेजती। दूसरे, मेरे आपको इत्तिला करने का क्या मतलब?" वर्षा का स्वर भी तीखा था।

"क्यों? हमको बतलाना तुम्हारा फर्ज नहीं था?"

"फर्ज निभाना सिर्फ मेरी ही जिम्मेदारी रह गयी है? मेरे होने वाले पति के शव के सामने आपने मुझ पर ऊलजुलूल अभियोग लगाये। मैं यहाँ अपने दुख-दर्द के साथ अकेली जूझ रही हूँ। आपने एक बार भी पूछा कि वर्षा, तुम कैसी हो?" सुजाता के साथ संबंध की कड़वाहट की कचोट वर्षा के गले में नमी बनकर उभरने लगी, "अपनी डोली उठते समय आपने कहा था, हम दोनों एक दूसरे की जिंदगी बाँटेंगे। जब इस साझे की सबसे ज्यादा जरूरत थी, तभी आपने मुझसे मुँह फेर लिया।" वर्षा ने सख्ती-से शाहजहाँपुरी शैली में अपने जबड़े कसे। सुजाता के सामने वह पिघलेगी नहीं।

"वर्षा, आखिर इस गर्भ के साथ हर्ष का नाता है..." मम्मी के चेहरे का भाव दूसरा था, उनका स्वर दूसरा था, उनकी दृष्टि दूसरी थी।

वर्षा की सख्ती जहाँ-की-तहाँ थम गयी, "आपको फोन करने की बात एक बार मैंने सोची थी। फिर शर्म-सी महसूस हुई..." वर्षा अचानक ठिठक गयी (उसने अनजाने ही मम्मी और सुजाता में अंतर स्थापित कर दिया है। सुजाता इसे तुरंत वर्षा की कूटनीतिक चाल मान लेंगी।)।

कुछ पलों का मौन भारी और लंबा लगा।

"तुम्हें अंदाज होगा, सामाजिक रूढ़ियों के लिहाज से तुमने कैसा चुनौती भरा कदम उठाया है?" सुजाता ने सधे स्वर में पूछा।

वर्षा चौकन्नी हो गयी। उसे लगा, वह सुजाता का रणकौशल समझ रही है और एक के बाद एक ये सवाल उसे किस कोने में ले जाकर घेर लेंगे।

उसने हामी में सिर हिलाया।

"हो सकता है, तुम्हें सारी जिंदगी अकेले ही रहना पड़े?"

वर्षा ने फिर सहमति प्रकट की।

"अभी तुम्हारी सारी जिंदगी सामने पड़ी है।" इस बार स्वर अपेक्षाकृत नर्म था, "हो सकता है, आगे चल कर कोई ऐसा तुम्हें मिले, जिसके साथ तुम कानूनी तौर पर अपनी जिंदगी बाँटना चाहो (सुजाता के शब्दों के मौलिक इस्तेमाल पर वर्षा किंचित मुग्ध हुई।)। तब तुम्हें अपने इस फैसले पर पछतावा नहीं होगा?"

वर्षा ने कुछ पल सोच कर इंकार में सिर हिला दिया।

सुजाता ने तत्क्षण मम्मी की ओर देखा। फिर पहले जैसी नरमी-से पूछा, ''तुम इससे छुटकारा क्यों नहीं पा लेतीं?''

अब मम्मी भी खोज भरी दृष्टि से वर्षा को देख रही थीं।

मैंने गलत नहीं समझा था, वर्षा ने सोचा।

''हम तुम्हारा भला ही चाहते हैं बेटी!'' मम्मी बोलीं।

''मुझे लंबे समय तक शून्य में जीना है,'' वर्षा ने अटकते हुए कहा, ''और अब यही मेरा सहारा होगा।''

''अगर इसकी परवरिश में हम तुम्हारी मदद न करना चाहें, तो?'' सुजाता स्थिर दृष्टि से उसे देख रही थीं।

''आपसे मदद माँगी किसने है?'' वर्षा का मुँह तमतमा उठा, ''मैं जैसी दीन-हीन पैदा हुई थी, मेरा बच्चा वैसे पैदा नहीं होगा। वह अपनी माँ के घर में मुँह में चाँदी के चम्मच के साथ पैदा होगा, जैसे उसका बाप हुआ था...ऐसी ओछी बात तो चित्रनगरी में पैदा होने वालों के मन में आती है, आप तो दिल्ली के प्रतिष्ठित परिवार के लोग हैं।''

सुजाता आक्रोश के साथ खड़ी हो गयीं, ''चलो मम्मी!''

वर्षा भी खड़ी हो गयी। मम्मी को उठने में कुछ क्षण लगे।

वर्धन परिवार लंबे समय से उसके लिए बहुत महत्वपूर्ण था--अपने परिवार से कहीं ज्यादा और आत्मीय। आज उसकी होते-होते रह जाने वाली ननद और सास पहली बार उसके घर आयी थीं और विद्वेष भाव से बाहर जा रही थीं।

नहीं, उन्हें रोकने का कोई अर्थ नहीं था। जो रास्ता उसे चुनना पड़ गया था, वह अलग और एकाकी था।

देखो हर्ष, तुम्हारे बाद क्या हो रहा है, उसने ठंडी साँस लेकर सोचा।

कुछ महीनों बाहरी दुनिया से साक्षात विकट और दारुण था। कुछ लोग अश्लील मुस्कान देते थे (जैसे अजय और कंचनप्रभा), कुछ आँखें चुराते थे (जैसे नंदा व हुसैन), कुछ ने पारिवारिक उत्सवों में उसे बुलाना बंद कर दिया था (जैसे इरावती)। चंद्रप्रकाश के फोनों की श्रृंखला टूट गयी थी। सुमंत ने अपनी कंपनी के एक जलसे में जरूर बुलाया था, लेकिन अब उसके आगे 'अकेली जिंदगी कैसे कटेगी?' वाले सदाबहार सवाल को रखना छोड़ दिया था।

वर्षा की पूरी एकाग्रता अपने काम पर थी। सुबह तड़के निकलती और आधी रात को लौटती। नींद की गोलियाँ, मदिरा इत्यादि कब की बंद हो चुकी थी। शिशु-साहित्य का छोटा-मोटा संग्रह आलमारी में जमा हो गया था। जब भी समय मिलता, पन्ने पलटने लगती।

अभी तक बच्चों के प्रति उसने विशेष ध्यान नहीं दिया था। धारणा यही बनी हुई थी कि जैसे फूल-पौधे होते हैं, पंछी होते हैं, वैसे ही बच्चे भी होते हैं। पर पेट के धीरे-धीरे उभरने के साथ सजगता पनपने लगी। आते-जाते किसी बच्चे से सामना होता, तो वर्षा हल्की मुस्कान से उसका सूक्ष्म परीक्षण करने लगती--उसकी अटपटी चाल, हाव-भाव, बोलने का ढंग।

प्रकृति में स्त्री इसीलिए विशिष्ट है, क्योंकि वह जननी है, वर्षा ने सोचा।

दिव्या और शिवानी के पत्रों से मनोबल बढ़ा। किशोर-हेमलता नियमित रूप से लिखते थे, जीजाजी ने मौसम की बधाइयों का कार्ड भेजा था। जिज्जी और महादेव भाई मौन थे। जब पंक-प्रवाह अपने चरम तक पहुँचा, तो पिता का पत्र आया था, कविकुल गुरू ने लिखा है, 'सीता पर लगाये हुए भीषण कलंक की बात सुनकर राम का हृदय वैसे ही फट गया, जैसे घन की चोट से तपाया हुआ लोहा फट जाता है। वे मन में सोचते रहे कि अब दो ही उपाय बच रहे हैं--या तो मैं इस बात को अनसुनी कर दूँ और या निर्दोष पत्नी को सदा के लिए छोड़ दूँ। उस समय उनका चित्त हिंडोला बना हुआ था--वे निश्चय नहीं कर पा रहे थे। पर उस कलंक को मिटाने का और कोई रास्ता भी दिखायी नहीं दे रहा था। सो उन्होंने सोचा कि सीता का त्याग करके यह कलंक मिटाना चाहिए, क्योंकि यशस्वियों को अपना यश सबसे प्रिय होता है। उदास मुँह से अपने भाइयों को बुलाकर राम बोले, यद्यपि मैं सदाचारी होने के कारण पवित्र हूँ। फिर भी जैसे भाप पड़ने से स्वच्छ दर्पण भी धुँधला हो जाता है, वैसे ही देखो, सूर्यवंशी राजर्षियों के कुल में मेरे कारण कैसा कलंक लग रहा है। जैसे पानी के ऊपर तेल की बूंद फैल जाती है, वैसे ही इस समय घर-घर में मेरी निंदा फैल रही है। इसलिए जैसे हाथी अपने अलान से खीज कर उसे उखाड़ने की चेष्टा करने लगता है, वैसे ही मैं भी अपने इस कलंक को सह नहीं पा रहा हूँ। इस समय यद्यपि सीता को पुत्र होने वाला है, तो भी अपना कलंक मिटाने के लिए मैं सब मोह तोड़ कर उसे वैसे ही छोड़ दूँगा, जैसे पिता की आज्ञा से मैंने राज्य छोड़ दिया था। मैं जानता हूँ कि वह निर्दोष है, पर बदनामी सत्य से अधिक बलवती होती है। देखो, निर्मल चंद्रबिंब पर पड़ी पृथ्वी की छाया को लोग चंद्रमा का कलंक कहते हैं, पर मिथ्या होने पर भी सारा संसार इसे ही ठीक मानता है...'

वर्षा की आँखें सजल हो गयीं। देर तक उदास बैठी रही। फिर आलमारी खोलकर पत्र उस सौ के नोट के पास सहेज कर रख दिया, जिसे 'सिलवर सेंड' से जाते समय पिता बेटी के घर में भोजन के मूल्य स्वरूप दे गये थे।

''दीदी, हर्ष भैया की मम्मी आयी हैं।'' झुमकी ने आशंका के साथ सूचना दी।

वर्षा को क्लिनिक से लौटे पाँचवाँ दिन था। पौंड का शिशु हुआ था--हर्ष की तरह गोरा, पर नक्श माँ पर गये थे।

''अभी इतराओ मत।'' रीटा ने कहा था, ''बच्चों के फीचर्स साल भर में शक्ल लेते हैं।''

रीटा दिन में काफी समय उसका प्रशिक्षण करने आ जाती थी।

रीटा ने दूध की एक बूँद उल्टी हथेली पर गिराकर उसकी गर्माहट अनुभव की। फिर निपिल बच्चे के मुँह में देने लगी, ''एक क्षेत्र में तुमने मुझे पीछे छोड़ दिया है, पर दूसरे में मैं तुम्हें काफी सिखा सकती हूँ।''

वर्षा ने मुस्कान से सहमति प्रकट की और मोह भरे कौतुक से बच्चे को देखती रही...अब वह संपूर्ण स्त्री बन गयी है--जननी, लेकिन पत्नी बने बिना। इस एक सोपान

का उसने उल्लंघन कर दिया (डॉक्टर मेहता अगर मित्र न होतीं, तो क्लिनिक में दाखिला मुश्किल था।)। प्रसव के बाद जब बच्चा पहली बार उसके बगल में लिटाया गया था, तो शिशु को देखने की ललक के बाद वर्षा की दूसरी चाह यही हुई थी--काश, आज हर्ष होता...

इन पाँच दिनों में कितनी बार यह बात उसके मन में आयी है--एक ओर उसे पहले से भी अकेला बना गयी है, तो दूसरी ओर शिशु के साथ का बंधन और दृढ़ करती गयी है।

मम्मी के आने की सूचना से वर्षा को ताज्जुब नहीं हुआ। 'सिलवर सैंड' से प्रस्थान के बाद सुजाता से कोई संपर्क नहीं था, पर मम्मी ने नियमित रूप से फोन करके उसका हाल पूछा था, हिदायतें दी थीं और दो-तीन बार सिसकने भी लगी थीं। नवीन मामा, मामी और अन्नू भी बराबर संपर्क रखे हुए थे और प्रसव के दिन ही क्लिनिक में आये थे। अन्नू ने बताया था, वर्षा के कारण मम्मी और सुजाता में संघर्ष चल रहा है।

"आइए मम्मी..." वर्षा ने उठकर अभ्यर्थना की।

मम्मी छड़ी के सहारे आगे बढ़ने लगीं, तो वर्षा ने तुरंत आगे बढ़कर सहारा दिया।

मम्मी ने जैसी दृष्टि से बच्चे को देखा, वर्षा पिघल गयी। फिर उसका चुंबन लेकर उन्होंने उसे छाती से लगा लिया...फिर वंश-परंपरा के अटूट रह जाने का सुख था या हर्ष की अनुपस्थिति का दुख, या दोनों...कि मम्मी की आँखों से आँसू बहने लगे।

"देखो भाग्य का खेल..." मम्मी रूँधे गले से बोलीं, "आज के दिन न उसके डैडी हैं, न वह..."

वर्षा कुछ कह नहीं पायी। बस, मम्मी का हाथ अपने हाथों में ले लिया। (रीटा नि:शब्द बाहर चली गयी थी।)। थोड़ी चुप्पी के बाद मम्मी ने आँसू पोंछे। फिर बैग से एक कागज निकाला, "अपने पुरोहत से बच्चे की कुंडली बनवायी है।"

वर्षा को इसका ध्यान ही नहीं रहा था। उसने मुस्कान से बच्चे की कुंडली ले ली।

"सुजाता मुझसे रूठी हुई है।" मम्मी वर्षा की ओर देख रही थीं।

वर्षा की आँखें झुक गयीं। यह विषय उसके अधिकार-क्षेत्र से बाहर था।

"मैंने वही किया है, जो न्याय की माँग है।" मम्मी ने कुछ और कागज निकाले, "वसंत विहार का बंगला बच्चे के नाम किया है। मुनीरका का फ्लैट सुजाता का है। हर्ष के डैडी ने जो फिक्सड डिपॉजिट, शेयर और कैश छोड़ा है, वह दोनों बच्चों में आधा-आधा बाँटा है। तुम्हें अगले महीने एक दिन के लिए दिल्ली आना होगा। मेरे सामने ही बंगले का पजैशन ले लो। नवीन से कह दिया है, वह भी साथ आयेगा।... मुझे पूरा विश्वास है, हर्ष के डैडी की आत्मा मुझसे सहमत होगी।

उपसंहार

प्रेम की अंतिम परिभाषा

"दीदी!" दरवाजे के बाहर झुमकी की हल्की पुकार सुनायी दी।

"आओ।" वर्षा ने करवट बदली। नींद थोड़ी देर पहले टूट चुकी थी, पर थोड़ी थकान और सुस्ती थी।

"रूप सारे अखबार लेकर आया है।" झुमकी ने मुस्कान के साथ सूचना दी।

वर्षा भी मुस्करायी। घड़ी देखी, तो आठ बज रहे थे। उसने छोटी-सी अंगड़ाई ली।

झुमकी ने एयरकंडीशनर बंद कर दिया। खिड़की खोली और पर्दा हटाया। बाहर दुबका उजाला भीतर घुस आया। वर्षा ने गर्दन मोड़ी। समुद्र शांत था। सतह अलग-अलग रेखाओं में झिलमिला रही थी।

"दीदी, चाय यहीं दूँ कि बाहर आओगी?"

"बाहर आती हूँ।"

रूप का सुबह-सुबह आना उसे अच्छा लगा। थोड़ी देर गपशप हो जायेगी।

वह बाथरूम में आ गयी। मुँह पर पानी के छींटें दिये। फिर नर्म तौलिए में मुँह छिपा लिया।

गाउन पहनते हुए अपने अक्स पर निगाह पड़ी। चेहरा तनिक भर गया था। आँखों में भी अब पहले के जैसा खालीपन नहीं था।

"गुड मार्निंग!" रूप दो टोस्टों के बीच ऑमलेट की परत जमाते हुए मुस्कराया, "आप तो जानती हैं, मुझे स्ट्रगल में भूख ज्यादा लगती है।"

वर्षा मुस्कान के साथ कार्पेट पर बैठ गयी। ट्रे अपने पास खींचकर दोनों प्यालों में चाय बनाने लगी।

"मुझे बंबई में काफी बेगानापन महसूस होता है।" रूप प्लेट में जैम डालता हुआ बोला।

"अपरिचय के सह्याद्रि काटते जाओ।" वर्षा मुस्करायी, "अंतरंगता की जू-ए-शीर निकल आयेगी।"

रूप को उसने पिछले साल 'मेघदूत' थियेटर में 'द रोज टैटू' में देखा था। बहुत प्रभावित हुई। बैकस्टेज जाकर बधाई दी। (?आदित्य, सूर्यभान और हर्षवर्धन की परंपरा को रूप आगे ले जायेगा', शालिनी कात्यायन ने अपनी समीक्षा घोषणा की थी।)। सत्र समाप्त होने पर रूप ने रिपर्टरी छोड़ दी थी।

"रिव्यूज देखिए न!"

"देखती हूँ।" वर्षा ने चाय का घूँट लिया। उम्र बढ़ने के साथ अब समीक्षाओं के लिए सिर्फ उत्सुकता रह गयी थी, पहले के जैसी थरथराती बेताबी नहीं।

" 'इंडियन पोस्ट' में डिक्टेटर पर तीन पैराग्राफ हैं, आप पर दो और मुझे सिर्फ तीन जुमलों में निपटा दिया गया है।" रूप ने बनावटी नाराजगी दिखायी।

"तुम्हारे ऊपर भी तीन पैराग्राफ लिखे जायेंगे।" वर्षा मुस्करायी, "थोड़ा सब्र करो।"

डॉक्टर अटल ने दो महीने बंबई रहकर वर्षा की संस्था कुतुबमीनार यूनिट के लिए 'ए डे बाइ द सी' निर्देशित किया था। वर्षा यही नाटक करना चाहती थी, पर बंबई में समर्थ निर्देशक नहीं मिल पा रहा था। आदित्य, चतुर्भुज, चिंतामणि--सबने उसे निरुत्साहित किया, पर उसने हिम्मत करके डॉक्टर अटल को छोटा-सा पत्र लिख दिया। हफ्ते भर बाद उनका हामी का उत्तर आ गया था।

अब मैं विषाद-कक्ष से बाहर आ गयी हूँ, वर्षा ने हुलसकर सोचा था।

...हर्ष के निधन को एक वर्ष हो चुका था। सुजाता ने बरसी मनायी थी, पर वर्षा को नहीं बुलाया था। पाँच महीने पहले नींद में ही मम्मी की साँस टूट गयी थी। वर्षा समवेदना प्रकट करने के लिए मुनीरका गयी थी। सुजाता को अभिवादन करके एक ओर बैठ गयी। दर्जन भर लोग रहे होंगे। सुजाता ने उससे कोई बात नहीं की। योगेश अलबत्ता अच्छी तरह मिले थे और नवीन मामा, मामी और अन्नू ने यह छिपाने की कोशिश नहीं की कि वर्षा के साथ उनका कैसा नाता है। थोड़ी देर बाद सुजाता को अभिवादन करके वह बाहर आ गयी थी।

"मैं दस तक गिनती हूँ...एक..."

झुमकी ने दूध का गिलास हेमंत के मुँह से लगा दिया, जो ब्लॉकों के बीच आत्मलीन कुछ बनाने में व्यस्त था।

"दीदी, मैं दोपहर को फार्म चली जाऊँ?" झुमकी बोली, "इतवार को तुम्हारे साथ लौट आऊँगी।"

तीन महीने पहले लछमन से झुमकी का ब्याह हो गया था। लछमन ने फार्म का दायित्व सँभाल लिया था। झुमकी फार्म आती-जाती रहती थीं, पर 'सिलवर सैंड' छोड़ने को राजी नहीं थी। वर्षा को भी यह बंदोबस्त पसंद था।

"झल्ली को फोन कर देती हूँ। लंच टाइम में हेमंत को ले जायेगी।"

"ठीक है।" वर्षा बोली।

हेमंत की पहली वर्षगाँठ आने वाली थी। वर्षा ने तय किया था, वसंत विहार में मनायेगी। सुजाता को निमंत्रण भेजना है या नहीं, अभी निश्चय नहीं किया था। नवीन मामा ने कह दिया था, उनका पूरा परिवार शामिल होगा (मामी ने बताया था, सुजाता मम्मी की वसीयत को चुनौती देने की सोच रही है। वर्षा ने अपने को कानूनी नोटिस पाने के लिए तैयार कर लिया था। मानवीय संबंधों की प्रकृति पर नये सिरे से ताज्जुब हुआ था।)।

जहाँ तक अपने परिवार का सवाल है, स्थिति पहले-जैसी थी। झल्ली, किशोर और हेमलता उसके सहयात्री थे, जिज्जी, महादेव भाई और पिता ने अनबोला बाँध रखा था (पिता के रुख के पीछे वर्षा पीढ़ी का अंतर रखती आयी थी, पर गोपाल मिश्र ने जब हर

साल की भाँति धूमधाम से जन्माष्टमी मनायी, तो वर्षा को आमंत्रण भेजने से हिचकिचाये नहीं। पीढ़ी का अंतर शायद सिर्फ शाहजहाँपुर में ही लागू होता है, वर्षा ने सोचा था।)।

अगले महीने वर्षा को शाहजहाँपुर जाना था। मगनलालजी नगर पिता बन गये थे। वर्षा का नागरिक-अभिनंदन होना था। उसे मालूम नहीं था कि पिता समारोह में शामिल होंगे या नहीं। वर्षा ने तय किया था, ५४, सुल्तान गंज पहुँचकर पिता को प्रणाम करेगी, फिर हेमंत से कहेगी, "नाना के पाँव छुओ।" इसके बाद क्या होगा, वह नहीं जानती थी...

"गुड मार्निंग मैडम!" गोस्वामी भीतर आये, "खट्टर साब को सुबह की शिफ्ट दे दी है। पिल्लैजी का इंस्टालमेंट शाम तक आ जायेगा। हैदराबाद से रावजी आ गये हैं। उन्हें बात करने के लिए लोकेशन पर ले जाऊँ?"

वर्षा ने हामी में सिर हिलाया।

जब वर्षा कर्दम-क्रीड़ा का निशाना थी, तब नीरजा की फिल्म रिलीज हुई थी। बहुत सफल रही। पांडे ने प्रमुदित भाव से 'नम्बर वन' की घोषणा करते हुए मूल्य बढ़ाने पर बल दिया। विमल और नारंग की सलाह मानते हुए वर्षा सहमत नहीं हुई ("वर्षा, तुम्हारा स्टारडम देह-प्रदर्शन पर आधारित चार-दिन-की-चाँदनी जैसा नहीं कि हर रिलीज पर कीमत बढ़ाते हुए जल्दी-जल्दी आठ-दस फिल्में कीं और जहाँ दो फ्लॉप दिये, वहीं बाजार से बाहर हो गयीं। तुम लंबी दौड़ वाली स्ट्रांग, इमोश्नल एक्ट्रैस हो (इस शब्दावली पर वर्षा आज भी मुस्कान नहीं दबा पाती।)। देर तक टिके रहने के लिए निर्माताओं के बीच अपनी साख को तरजीह दो, बढ़े हुए मूल्य को नहीं। ऐसी रणनीति की एक कुंजी यह है कि तुम्हारे पुराने निर्माता तुम्हें रिपीट करें।")। तीन महीने के बाद मालूम हुआ कि शुभाकांक्षियों की सम्मति सही थी, जब वर्षा की अगली फिल्म असफल हो गयी। इस रिलीज से पहले वर्षा ने पुराने मूल्य पर दो फिल्में साइन की थीं, पर इन निर्माताओं ने उसे हटाने की पेशकश नहीं की।

पर पांडे बहुत कटु हो गये।

अब तक कंचनप्रभा व्यावसायिक तुला पर नीचे चली गयी थी। उसकी जगह पल्लवी अनंगी द्वारा भरने की संभावना थी । कामुक अठखेलियों से छलकती उसकी नयी फिल्म कई केंद्रों में तेजी से जुबिली की तरफ बढ़ रही थी। धड़ाधड़ फिल्में साइन करते हुए वह मद्रास से मुंबई-आगमन की सोच रही थी।

महीने की शुरुआत थी। वर्षा ने सुबह पांडे का मासिक हिसाब कर दिया था। वर्षा को लगा कि आज पांडे किंचित विचलित है। फिर अपने को यह कहकर समझा लिया था कि उनके साथ झड़प हो जाने के बाद से वह बढ़ा-चढ़ाकर सोचने लगी है। उस दिन फिर न पांडे ने फोन किया, न आये।

"वर्षा, कुछ सुना?" सुबह नीरजा का फोन आया था, "तुम्हारे पांडे ने पल्लवी अनंगी का पल्लू थाम लिया है।"

दो दिन बाद पांडे का फोन आया, "मैडम, मैं बहुत मजबूर था।"

"मुझे शिकायत नहीं है पांडेजी!" वर्षा ने कहा, "मेरी शुभकामनाएँ आपके साथ हैं।"

इसे विधि की विडंबना कहा जाये या चित्रनगरी का चमत्कार कि कुछ समय बाद पल्लवी अनंगी की 'रात की रानी' और वर्षा की 'आकाशदीप' बंबई में एक साथ रिलीज हुई। पहली के बारह प्रिंट थे और दूसरी के दो। चौथे हफ्ते में पल्लवी सिर्फ 'नावेल्टी' में सुबह के शो में देखी जा रही थी और वर्षा आठ थिएटरों में चारों शोज में।

''मैडम, बधाइयाँ।'' पांडे सुबह-सुबह गुलदस्ता लेकर सकुचाये हुए आये थे, ''आपकी आर्ट-फिल्म हिट हो गयी।''

वर्षा मुस्करायी, ''सब हाथ की लकीरों का खेल है।''

पांडे कुछ क्षण ठिठके रहे। अगर उनके मन में वर्षा के पास लौटने की बात थी, तो वर्षा को यह स्वीकार नहीं था। उनके प्रिय उसूल में वर्षा का विश्वास नहीं था--ए स्टार इज एज गुड एज हिज लेटेस्ट फिल्म!

''तुमने तो कहा था, पार्टी है!'' वर्षा को थोड़ा ताज्जुब हुआ।

सिद्धार्थ ने हामी में सिर हिलाया।

''पर यहाँ तो कोई नहीं।''

''पार्टी की परिभाषा के अनुसार कम-से-कम दो लोग होने चाहिए-- एक मेजबान और एक मेहमान!'' सिद्धार्थ ने अपनी और उसकी ओर संकेत किया, ''वे दोनों हैं।''

वर्षा मुस्कान के साथ सोफे पर बैठ गयी।

वह दो महीनों के बाद स्वदेश लौटी थी। पेरिस में उसकी फिल्मों का पुनरावलोकन था। फिर पश्चिमी यूरोप में चार जगह 'पैलेस ऑफ होप' की रिलीज पर उसे बुलाया गया था। फिर लॉस एंजेल्स में दो हफ्ते वह जैनेट की हाउस गेस्ट रही। फिर कनाडा में एक सप्ताह शिवानी के साथ बिताया।

''चियर्स!'' सिद्धार्थ मुस्कराया।

वर्षा ने गिलास ऊपर उठाया। फिर एक घूँट लिया।

''जेट लैग के बावजूद ताजा लग रही हो।''

''अपनी मिट्टी का असर है।''

वर्षा को वह आलोड़न याद आया, जिससे सहार उतरने पर वह थरथरा गयी थी। उसका एक कारण नन्हा हेमंत भी था। झल्ली से उसे लेकर कलेजे से लगाते हुए आँखें सजल हो गयी थीं।

''यहाँ मीडिया में तुम्हारे नये प्रस्तावों की कई सुखियाँ बनीं।'' सिद्धार्थ ने कवाब की प्लेट आगे बढ़ायी।

''तीन प्रस्ताव थे।'' वर्षा ने एक टुकड़ा मुँह में रखा, ''एक साइंस-फिक्शन था। एक अनजाने प्लेनेट की लड़की स्पेसशिप की खराबी की वजह से अमेरिका में फँस जाती है। विषय मुझे पसंद नहीं आया। एक फ्रेंच प्रस्ताव दिलचस्प है। एक फ्रेंच युवक, जो इंडोलोजिस्ट है, सर्दियों में नयी दिल्ली आता है और एक हिंदुस्तानी यूनिवर्सिटी लेक्चरर से उसका प्रेम होता है। वयस्क प्रेम कहानी है। दूसरा प्रस्ताव न्यूयॉर्क के एक भारतीय व्यवसायी का है। एक भारतीय नृत्यांगना न्यूयॉर्क पहुँचती है, जहाँ सांस्कृतिक धक्कों के

बीच एक अमरीकी जैज संगीतज्ञ से उसका प्रेम होता है।''

''इस कहानी में भावात्मक संघर्ष की बहुत संभावनाएँ हैं।'' सिद्धार्थ बोला।

''मुश्किल यही है कि मैं डांसर नहीं हूँ।''

''क्यों? तुम नाच तो लेती हो?''

''आर्ट फिल्म का शिड्यूल खत्म होने की खुशी में दो-चार ठुमके लगा लेना एक बात है, भरत नाट्यम-कत्थक दूसरी बात।''

''फिल्म में नाच मैनेज हो जाते हैं। बदन किसी का होता है, क्लोजअप किसी के।''

''मुझे तसल्ली नहीं होगी। मैंने कहा है, या तो नाच को किसी और कला रूप से बदलने की सोचिए या फिर मेरी जगह किसी डांसर को ही ले लीजिए।''

सिद्धार्थ ने इंकार में सिर हिलाया, ''वह डांसर अभिनेत्री नहीं होगी। हम डांस को मैनेज कर सकते हैं, अभिनय को नहीं। नाच फिल्म के गहरे नाटकीय दृश्यों में संवेदनशील अभिनय का स्थानापन्न नहीं हो सकता। कथा-फिल्म डांस की डॉक्युमेंटरी नहीं, मानवीय अनुभूतियों की धूपछाँही यात्रा होती है।''

वर्षा ने पल भर सिद्धार्थ को देखा, ''क्या बात है? तुम सौंदर्यबोधीय तर्क देते हो, तो मुझे सहमत होने में देर नहीं लगती। हॉलीवुड के लोग सिर्फ व्यावसायिक तर्क देते हैं।''

''तुम व्यावसायिक तर्क नहीं सुनतीं, तभी तो पांडेजी ने तुमसे विदा ले ली।''

दोनों हँसे।

काफी दिनों के बाद अकेले बैठने का अवसर मिला था और सिद्धार्थ के घर में पहली बार। ''आकाशदीप'' के सिलसिले में सिद्धार्थ ही उसके पास आता था--थोड़ा सकुचाया हुआ और जल्दी में।

''देर से पूछ रहा हूँ।'' सिद्धार्थ मुस्कराया, ''तुमने कोई नाच क्यों नहीं सीखा? 'त्रिवेणी' का तो तुम रोज एक चक्कर लगाती थीं।''

वर्षा के सामने पल भर के लिए भूली-बिसरी यादों की तरह वे दिन झलक गये। ''तब मैं रंगमंच के लिए पूरी तरह प्रतिबद्ध थी।'' हल्की मुस्कान के साथ पूरे पच्चीस वर्ष रिपर्टरी में स्थापित रहने का अपना निर्णय याद आया... फिर रिपर्टरी का अपना पिछला चक्कर। सारे चेहरे नये थे। नयी अभिनेत्रियों की सनातन शिकायत अंततः रंग लायी थी--अर्चना और ममता को स्कूल में अभिनय के प्रशिक्षण के लिए बुला लिया गया था। सूर्यभान ने भी इस्तीफा दे दिया था। वे 'चाणक्य' धारावाहिक में दस हजार प्रति एपिसोड के पारिश्रमिक पर केन्द्रीय भूमिका निभा रहे थे।... वर्षा कुछ क्षण पूर्वाभ्यास वाले 'यातना कक्ष' में अकेली खड़ी रही। फिर सिर झुकाये बाहर निकल आयी।

''दो प्रोजैक्ट मैच्योर हो रहे हैं।'' सिद्धार्थ सिगरेट सुलगाने लगा, ''एक फिल्म छोटे बजट की है। मैं ही प्रोड्यूस कर रहा हूँ। दूसरी महँगी होगी, क्योंकि बैकग्राउंड कोरपोरेट सेक्टर का है।... मार्च में तुम्हारी डेट्स की क्या स्थिति है?''

''डायरी देखनी पड़ेगी।'' वर्षा बोली, ''झुमकी को फोन करूँ?''

''ऐसी जल्दी नहीं। दो-चार दिन में बता देना।''

वर्षा ने हामी में सिर हिलाया, ''मैं कौन-सी फिल्म में हूँ?''

''दोनों में!'' सिद्धार्थ मुस्कराया, ''मैं क्या करूँ? जब भी कोई विषय सोचता हूँ, नायिका के रूप में तुम्हारा ही इमेज सामने आने लगता है।''

सिद्धार्थ एकटक उसकी ओर देख रहा था--वही गहन दृष्टि, जो मन में उतरने लगती है (क्या अभी-अभी मैंने इन आँखों में गहरा अकेलापन पढ़ा है?)...

हर्ष के निधन के बाद जब पंक-प्रवाह में सुगबुगाहट शुरू ही हुई थी, तो सिद्धार्थ ने उसे छोटा-सा पत्र भेजा था, 'इस समय तुम पर जो बीत रही है, उसकी कल्पना ही कर सकता हूँ। आधी रात के निद्राहीन पल में याद रखना कि किसी की समवेदना तुम्हारे साथ है।'

''वर्षा, मुझसे शादी करोगी?''

जब सिद्धार्थ ने उसका नाम लिया, तब उसकी खोयी-सी दृष्टि कैसेट-संग्रह पर थी। उसने समझा कि सिद्धार्थ किसी कैसेट को देखने की पेशकश रखने वाला है। यह बात सुनकर सारी चेतना पल भर को आँखों में इकट्ठी हो गयी। फिर दिल धीरे-धीरे अपने समतल ताल पर लौटने लगा।

''कई निर्देशकों ने नायिकाओं के साथ शादी की है।'' सिद्धार्थ के चेहरे पर जानी-पहचानी संजीदगी आ गयी थी, ''उनमें से कुछ ने ऐसे बयान दिये हैं कि यह सिर्फ भावात्मक नाता है, इसका कोई पेशेवर पहलू नहीं। यह बात तुम्हारे आगे मैं अभी ही साफ कर देना चाहता हूँ कि मेरे-तुम्हारे संबंध बिलकुल पेशेवर रहेंगे। मेरी फिल्म का तुम अपने नियमानुसार पारिश्रमिक लोगी। मेरा बैंक खाता तुम्हारे साथ साझा होगा। तुम्हारे खाते और जायदाद से मेरा कोई संबंध नहीं होगा और तुम मेरे घर में रहोगी। इस फ्लैट में जल्दी ही मेरा दफ्तर खुलेगा। रहने के लिए बड़ी जगह ले रहा हूँ। जितनी सुविधाओं की तुम आदी हो, उतनी मैं जुटा लूँगा। तुम्हें पता नहीं होगा, मुझे बावन एपिसोड्स के सीरियल का एप्रूवल मिला है।''

सिद्धार्थ थोड़ा तनाव में आया लग रहा था।

''कहने की जरूरत नहीं कि बच्चा हमारे साथ रहेगा।''

वर्षा के मुँह से गहरी साँस निकली। यकायक ऐसे प्रस्ताव से बिजली का झटका-सा लगा था।

धीरे-धीरे वर्षा अँधेरे की वादी से तो निकल आयी थी ('विषाद भी टिकाऊ नहीं हो सकता। विषाद भी दंभ है।' उसे 'कालिगुला' का संवाद याद आया।') लेकिन स्मृतियों का कंटक-पथ चल रहा था। लगता था, अभी चलेगा--देर तक... शायद आखिर तक...

आहिस्ता-आहिस्ता हर्षविहीन जिंदगी की आदत पड़ने लगी थी। आसंग, जो पहले चेतना में केंद्रीय थे, अब क्रमशः धुँधलाते हुए पृष्ठभूमि में आने लगे थे। अनुपस्थिति हर्ष को संबोधित करना कम हो गया था। कसी हुई जीवन-शैली में अवकाश के दो-चार पल मिलते, तो अपने भावात्मक अकेलेपन का एहसास होता।

दो पुरुषों ने थोड़ी मैत्री परिधि में कदम रखा था। दिल्ली के पुराने परिचित चित्रकार असीम अब बंबई आ गये थे। न्यूयार्क के एन.आइ.आइ. सुशील भी वर्षा को पसंद आये थे। फिल्म की योजना को अंतिम रूप देने के लिए वह जल्दी ही बंबई आ रहे थे।

भीतर की हल्की मुस्कान के साथ वर्षा ने सोचा, अगर अब मैं चुनाव करूँगी, तो कसौटी कालिगुला की ही होगी--'किसी को प्रेम करने का अभिप्राय यह है कि उस व्यक्ति के बगल में तुम वृद्ध होने के लिए तैयार हो।'

(आखिरकार वर्षा को प्रेम की अंतिम परिभाषा मिल ही गयी थी!)

"मुझे सोचने के लिए समय चाहिए।" वर्षा ने धीमे स्वर में कहा।

बाग में उजली चाँदनी झर रही थी। कटी हुई घास, पौधों और पेड़ों की टहनियों पर शुभ्रता की झीनी परत लगी हुई थी। हवा निर्दोष थी।

आसपास गहरा मौन था। मौन की ऐसी प्रकृति मैंने यहीं महसूस की है, वर्षा ने सोचा।

पीछे कॉटेज की खिड़कियों में उजाला भरा था, जिसकी धवल पृष्ठभूमि में पौधे हिलडुल रहे थे।

हवा का झोंका आया, तो मेज पर रखे पन्ने फड़फड़ाने लगे (अगले महीने बंबई में आयोजित अंतर्राष्ट्रीय फिल्म समारोह में वंदना भवालकर द्वारा लिखित 'वर्षा के मौसम की कला-यात्रा' का विमोचन होना था।)।

"तुम्हारी रचनाशीलता का एक चरण पूरा हो रहा है।" वंदना ने शाम को यहीं पूछा था, "इस एक सोपान की समाप्ति पर तुम्हारी क्या प्रतिक्रिया है?"

वर्षा कुछ क्षण सामने देखती रही। पश्चिमी आकाश के एक कोने में गोलाकार पीलापन विलीन हो रहा था। आसपास धुआँरे से लाल, कत्थई और बैंगनी धब्बे कसमसाते हुए हर पल अपनी छायाँ बदल रहे थे।

"मुझे काफी संतोष है।" वर्षा ने धीरे-धीरे कहा, "पर साथ ही एक नामालूम-सी उदासी भी है।" उसे 'आशा महल' की शूटिंग के दौरान रॉबर्ट से हुई अंतरंग बातचीत के बाद की अपनी प्रतिक्रिया याद आयी, "कुछ झीना अवसाद, थोड़ा गुनगुना पछतावा और अपने-आप पर तनिक झिझका-सा संदेह... आयु के एक पड़ाव तक पहुँचने पर कुछ रचनालीन, संवेदनशील व्यक्ति भीतरी खालीपन, हल्के आक्रोश और बेचैन करने वाली अर्थहीनता से जूझने लगते हैं--खास कर शो बिजनेस से जुड़े हुए लोग। क्योंकि चुनौतियाँ, तनाव और दर्द भरे विरोधाभास उनके आसपास बहुत हैं।"

वर्षा टेप रिकॉर्डर की ओर देखती रही, जिसके स्पूल धीरे-धीरे घूम रहे थे।

"अब आहिस्ता-आहिस्ता मैंने 'सीगल' की नीना की मान्यता स्वीकार कर ली है...कि जिस चीज का हमारे पेशे में महत्व है, वह यश नहीं, बल्कि सहने की क्षमता है। अपना दायित्व निबाहो और विश्वास रखो।"

वंदना अपनी नोटबुक में कुछ लिखने लगी।

मौन यकायक टूटा।

"नईं..." प्रिया के बढ़े हुए हाथ को देखकर हेमंत चीख उठा।

वह लछ्मन की नकल में क्यारी के पास उकड़ूँ बैठा अपनी छोटी-सी खुरपी से घास-पात उखाड़ रहा था। कुरुबक उसके सामने अलसायी-सी बैठी थी। 'सिलवर सैंड' की तुलना में फार्म हेमंत को बहुत प्रिय था। सब्जियाँ तोड़ना, हेंड पंप चलाना, गाय-बछड़े को

दाना-पानी देना--ये काम उसे बहुत लुभाते थे। सुबह उठते ही कमान से छूटे तीर की तरह वह फार्म में गुम हो जाता। झुमकी दूध का गिलास लिए इधर-उधर पुकारती फिरती।

"प्रिया..." बेंत की कुर्सी पर चुपचाप बैठी दिव्या ने देर के बाद मुँह खोला।

"मम्मी, सारे कपड़े गंदे कर लिए हैं।" हेमंत से खुरपी छीनने की प्रक्रिया में प्रिया ने कहा।

"धुल जायेंगे।" दिव्या अपने परिचित स्थिर में बोलीं।

"अपने ऊपर भी कितनी मिट्टी डाल रखी है।"

"उसे भी धो दूँगी।"

नीली-पीली मिनी डिस्को ड्रेस की जेबों में हाथ डाले प्रिया ने घूर कर हेमंत को देखा, "गंदा लड़का..."

खुरपी छीने जाने का डर खत्म होते ही हेमंत फिर क्यारी पर झुक गया था--आसपास से बिलकुल निर्लिप्त।

"अब हेमंत अपने पिता के बारे में सवाल पूछना शुरू करेगा।"

वर्षा ने आँखें खोलीं, तो कुछ वैसा ही लगा, जैसे डुबकी के बाद पानी की सतह पर ऊपर आते हुए लगता है ('दर्द का रिश्ता' के एक दृश्य के लिए उसने 'होराइजन' के जुहू के सबसे बड़े तरणताल में तैरना सीखा था।)--ठहरी खामोशी टूटी और अँधेरे से बाहर आने पर रोशनी का बदलता हुआ रंग झिलमिलाने लगा।

"उसे भी जवाब दूँगी।" वर्षा ने गहरी साँस ली। फिर हल्की मुस्कान से जोड़ा, "जिंदगी भर यही तो किया है।"

आसपास की चुप्पी में कामगारों की झोंपड़ियों की दिशा से बाँसुरी का मद्धिम स्वर सुनायी दिया।

वर्षा उठकर मेज के पास आयी। बर्फ की डोलची में लगी वाइन की बोतल उठायी और दो गिलासों में ढालने लगी।

लॉन में मोटी दरी पर सफेद चादर बिछी थी। ऊपर कुशन रखे थे। मेज पर चम्मच-गिलासों के साथ प्लेटें लगी थीं।

दिव्या झूले पर बैठी थीं। वे जरा-सा हिलीं, तो मैक्सी की गले की पाइपिंग और माथे की लट की सफेदी चमक उठी।

"दिव्या, थकान लग रही है? आराम कुर्सी पर बैठोगी या कुशन दूँ?'

"मै ठीक हूँ।" दिव्या गिलास लेते हुए मंद स्मित से बोलीं।

इस समय कोई कह सकता है कि दिव्या इस संसार में शायद थोड़े समय की मेहमान है, वर्षा ने सोचा।

पिछले दिन ब्रॉनकोस्कॉपी से मालूम हुआ था कि दिव्या को श्वासनली का कैंसर है। दिव्या के आत्म-नियंत्रण में ढील नहीं आयी थी। उनका हाथ थामे वर्षा सुन्न बैठी रही। संसार की व्यवस्था में ऐसी बुनियादी अतर्क संगति क्यों है? क्या यह (हर्ष की तरह) दिव्या के जाने की उम्र है? ...वह दिव्या के बिना अपनी दुनिया की कल्पना कर सकती है?

रात को रोहन को लखनऊ फोन किया, तो वे रो पड़े। वर्षा ने बहुत दिनों के बाद (और रोहन के संदर्भ में पहली बार) दिव्या का भीगा स्वर सुना, "रोहन, तुम ऐसे करोगे, तो प्रिया को कौन सँभालेगा?"

प्रिया को अभी नहीं बताया गया था। दिव्या ने यह दायित्व वर्षा को सौंपा था। वर्षा ने सोचा था, कल सुबह प्रिया को फार्म घुमाने के बहाने से ले जायेगी ('पार पहुँचकर लक्ष्मण ने आँसू रोककर रुँधे गले से सीता को पति द्वारा त्याग दिये जाने का निर्णय इस प्रकार सुनाया, जैसे कोई भयंकर बादल ओले बरसा रहा हो। उसे 'रघुवंश' की याद आयी।)... कैसी होगी प्रिया की प्रतिक्रिया? क्या वह फूट पड़ेगी? पेड़ के तने से माथा ठोकते हुए बिलखने लगेगी? या चुपचाप आँसू बहाती आँखों से सामने देखती रहेगी?

वह क्या कहकर प्रिया को धीरज बँधायेगी? कि अभी हताश होने की जरूरत नहीं है। हो सकता है, ऑपरेशन सफल हो और मालूम पड़े कि अभी रोगव्याप्ति नहीं हुई है, तो दिव्या हमारे बीच अपनी सामान्य जिंदगी जियेंगी। बस, बीच-बीच में परीक्षण होते रहेंगे। पर अगर मालूम पड़े कि रोगव्याप्ति की अवस्था पीछे निकल चुकी है, तो?

कल का दिन प्रिया की अब तक की जिंदगी का सबसे ऐतिहासिक और दुखद दिन होगा।

अगर प्रिया के जैसी भूमिका कभी वर्षा को मिले, तो वह किस तरह उसे निभाना बेहतर समझेगी?

वर्षा को प्रागैतिहासिक काल में शाहजहाँपुर की वह गहराती शाम याद आयी, जब रोहन और मिट्ठू तीन दिन रहकर लखनऊ वापस लौट गये थे। तब दिव्या और वर्षा--दोनों उदास थीं। दिव्या के लिए तो वह कुछ नहीं कर सकती थी, पर दिव्या ने उसे धीरज बँधाया था। अगर ड्रामा स्कूल में प्रवेश न मिले, तो लखनऊ में मेरे पास रहना। तुम्हारी वैकल्पिक जिंदगी का बंदोबस्त हो चुका है।

कुछ समय के बाद मैं आज की इस शाम को भी ऐसी ही गहनता के साथ याद करूँगी, वर्षा ने सोचा।

"रोहन से तुम भी कहना कि इलाज के लिए विदेश जाने का विचार छोड़ दें।" दिव्या बोलीं, "मैं अपनी आखिरी साँसें अपनी धरती पर ही लेना चाहती हूँ।"

वर्षा इससे सहमत नहीं थी, पर फिलहाल उनकी इच्छा के सम्मान के कारण चुप रही (वैसे भी वह पहले 'मर्सी किलिंग' के पक्ष में दिव्या से बहस कर चुकी थी।)।

"बस, एक ही इच्छा रह गयी है कि 'अनुपस्थित' होने से पहले (उन्होंने 'देहांत' के लिए 'इन कैमरा' में व्यवहृत शब्द का सहारा लिया था।) तुम्हें दुल्हिन बनी देख लूँ।" दिव्या मुस्करायीं।

"कोई इच्छा अधूरी रह जाये, तो जिंदगी में आस्था बनी रहती है।" वर्षा ने अपनी प्रिय धारणा प्रकट कर दी।

प्रिया बाहर निकली, तो खिड़कियों की रोशिनियों में उसकी तीन-चार लंबी छायाएँ एक-दूसरे को काटते हुए क्यारियों तक फैल गयीं।

'ज्वैल का फोन आया। घंटे भर में सब पहुँच जायेंगे--नैन, नीरजा, मीरा, सिद्धार्थ..."

प्रिया ने उमंग से सूचना दी, "कितना मजा आयेगा। मैं टू-इन-वन यहीं लगा दूँगी और ज्वैल के साथ डांस करूँगी।" पल भर ठिठककर दिव्या को चेतावनी दे दी, "मम्मी, आज मुझे जल्दी सोने को मत कहना, प्लीज..."

दो पल दिव्या को चुप देखकर वर्षा ने सांत्वना दे दी, "नहीं कहेंगी।"

आज की यह पार्टी वह रद्द कर देना चाहती थी, पर दिव्या ने विरोध किया, "इसी बहाने इन लोगों से फिर मिल तो लूँगी। वैसे भी मुझे पार्टी, संगीत और खिलखिलाहट अच्छी लगती है--इसी क्रम में!"

वर्षा चादर पर लेटी थी। सिरहाने कुशन। घूँट भर कर गिलास बगल में रख लिया था। जुड़ी हुई हथेलियाँ सिर के नीचे।

क्षण भर ठिठककर प्रिया ने चप्पलें उतारीं और वर्षा के पास लेट गयी। कुछ क्षण ऊपर देखती रही। फिर मुग्ध भाव से बोली, "इट्'स सो ब्यूटीफुल!" (जैसे प्रागैतिहासिक काल में 'अभिशप्त' वर्षा का प्रिय शब्द था, वैसे ही इस शब्द का रिश्ता अब प्रिया से बन गया था। वर्षा को मिश्रीलाल डिग्री कॉलेज के दिनों की धुँधली-सी याद आयी, जब उसने सौंदर्य का संधान शुरू किया था।)।

आकाश में सितारे चमक रहे थे--दृष्टि-सीमा को भरते हुए। अलग-अलग कोनों में तारे कुमकुम से झिलमिला रहे थे।

"देखो, तारा टूटा..." प्रिया उत्तेजित-सी उठी, "कुछ माँग लो..." वह आँखें बंद किये जल्दी-जल्दी बुदबुदाने लगी थी।

वर्षा ने दिव्या की ओर देखा। फिर दोनों हल्के-से मुस्करायीं।

***